Terry Pratchett

SCHEIBENWELT
ALL STARS

Gevatter Tod. MacBest. Wachen! Wachen!

Aus dem Englischen
von Andreas Brandhorst

PIPER

Zu den lieferbaren Titeln von Terry Pratchett siehe Seite 1102.

MIX
Papier aus verantwortungsvollen Quellen
FSC® C083411
FSC
www.fsc.org

Ungekürzte Taschenbuchausgabe
ISBN 978-3-492-28229-1
April 2020

Titel der englischen Originalausgaben: »Mort«, 1987, »Wyrd Sisters«, 1988
und »Guards! Guards!«, 1989 bei Victor Gollancz Ltd. London
in Zusammenarbeit mit Collin Smythe Ltd.

Umschlaggestaltung: Guter Punkt, München
Umschlagabbildung: Katarzyna Oleska
Satz: Kösel Media GmbH, Krugzell
Gesetzt aus der Quadraat
Druck und Bindung: CPI books GmbH, Leck
Printed in the EU

Gevatter Tod

Ein Roman von der bizarren Scheibenwelt

Für Rhianna

Dies ist das von flackerndem Kerzenschein erhellte Zimmer mit den Lebensuhren – zahllose Regale, gefüllt mit kleinen Sanduhren, eine für jeden Lebenden. Der Sand darin rinnt von der Zukunft in die Vergangenheit, und das leise Zischen der einzelnen Körner vereint sich zu lautem Tosen.

Dort ist der Herr des Zimmers; er schreitet durch den Raum und wirkt recht nachdenklich. Sein Name lautet Tod.

Natürlich ist er nicht irgendein Tod, sondern ein ganz besonderer. Sein spezieller Wirkungskreis ist, nun, kein Kreis, sondern die flache, runde Scheibenwelt. Sie ruht auf den Rücken von vier riesigen Elefanten, die wiederum auf der gewaltigen Sternenschildkröte Groß-A'Tuin stehen, und von ihrem Rand ergießt sich ein ewiger Wasserfall in die Unendlichkeit des Alls.

Wissenschaftler haben errechnet, dass die tatsächliche Existenzchance für etwas derart Absurdes ungefähr eins zu einer Million beträgt.

Zauberer hingegen wissen aus Erfahrung, wie oft Unmögliches und Verrücktes zur täglichen Norm werden können.

Tod klickt auf knöchernen Zehen über die schwarzweißen Fliesen und murmelt unter seiner Kapuze, während Skelettfinger über die Regale mit den Lebensuhren tasten.

Schließlich nickt er zufrieden, greift vorsichtig nach einem der gläsernen Behälter und trägt ihn zur nächsten Kerze. Er hält ihn ins Licht und beobachtet aufmerksam das winzige Objekt in seinem Innern.

Der Blick leerer, glühender Augenhöhlen gilt der Weltschildkröte, die durch die Tiefen des Alls wandert, ihr Panzer von Kometen und Meteoriten zerkratzt. Tod weiß: Eines Tages wird selbst Groß-A'Tuin sterben. Welche Herausforderung!

Schließlich betrachtet er das blaugrüne Schimmern der Scheibenwelt, die sich langsam unter ihrer winzigen Satellitensonne dreht.

Das Licht des Tages gleitet zu der langen Gebirgskette, die man Spitzhornberge nennt. In jenem Massiv gibt es viele tiefe Täler, steile Grate und, allgemein gesprochen, zu viel Geografie. Es hat sein eigenes, ganz spezielles Wetter, das zum größten Teil aus Schrapnellregen, Peitschenwind und einer gehörigen Portion Blitz und Donner besteht. Manche Leute behaupten, es liege daran, dass die Spitzhornberge Heimat alter, ungebändigter Magie sind. Na ja, die Leute reden eben viel ...

Tod zwinkert, hält nach Einzelheiten Ausschau und sieht ein weites Grasland an den drehwärtigen Hängen der Berge.

Jetzt sieht er einen besonderen Hügel.

Jetzt sieht er ein Feld.

Jetzt sieht er einen laufenden Jungen.

Jetzt beobachtet er.

Seine Stimme klingt wie bleierne Tafeln, die auf rauen Granit herabfallen, als er sagt: JA.

Zweifellos verbarg sich etwas Magisches in dem hügeligen Gelände, und dadurch bekam es eine besondere Farbe, weshalb man die Region oktarines Grasland nannte. Es war einer der wenigen Orte auf der ganzen Scheibenwelt, die das Wachstum reannueller Pflanzen ermöglichten.

Solche Pflanzen wachsen rückwärts in der Zeit. Man bringt die Saat in diesem Jahr aus und erntet in der Vergangenheit.

Morts Familie war darauf spezialisiert, Wein aus reannuellen Trauben herzustellen. Die erlesenen Produkte ihrer Arbeit genossen gerade bei Wahrsagern einen ausgezeichneten Ruf, denn sie versetzten Hellseher und ähnliche Zeitgenossen in die Lage, einen Blick in die Zukunft zu werfen. Es gab dabei nur ein Problem: Man bekam *zuerst* den Katzenjammer und musste anschließend eine Menge trinken, um ihn loszuwerden.

Die meisten reannuellen Bauern waren groß und kräftig gebaut, und außerdem neigten sie dazu, sich selbst aufmerksam zu beobachten und ständig den Kalender im Auge zu behalten. Wer vergisst, gewöhnliche Saat auszubringen, verliert nur die Ernte. Doch wer es versäumt, Getreide zu säen, das bereits vor zwölf Monaten geerntet wurde, bringt das ganze Gefüge der Kausalität durcheinander und muss damit rechnen, in die eine oder andere peinliche Situation zu geraten.

Die Peinlichkeiten beschränkten sich nicht nur darauf: Mort, jüngster Sohn der Familie, besaß die erstaunliche Gabe, immer wieder für Verlegenheit zu sorgen. Er begegnete den Erfordernissen des Gartenbaus nicht annähernd mit dem nötigen Ernst und zeigte dabei ein Geschick, das sich kaum von dem eines toten Seesterns unterschied. Oh, er ging seinen Verwandten durchaus zur Hand, aber mit jener Art von vager, fröhlicher Hilfsbereitschaft, die ernsthafte Männer schon sehr bald fürchteten, weil sie etwas Ansteckendes und Fatales darin sahen. Mort war groß, hatte rotes Haar und Sommersprossen. Sein Körper schien nur teilweise der Kontrolle des Gehirns zu unterliegen und erweckte den Eindruck, einzig und allein aus Knien zu bestehen.

An diesem besonderen Tag lief Mort über den Hang, winkte und rief unaufhörlich.

Sein Vater und Onkel standen an der Mauer und beobachteten den Jungen verzagt.

»Es ist mir ein Rätsel, dass die Vögel nicht einmal fortfliegen«, sagte Vater Lezek. »Ich würde mich aus dem Staub machen, wenn eine solche Gestalt auf mich zuliefe.«

»Oh, ein wahres Wunder. Der menschliche Körper, meine ich. Sieh dir nur seine Beine an. Man erwartet ständig, dass sie einknicken; stattdessen ist er ziemlich flink damit.«

Mort erreichte das Ende der Ackerfurche. Eine dicke Ringeltaube watschelte gleichgültig beiseite.

»Wenigstens hat er das Herz am richtigen Platz«, sagte Lezek vorsichtig.

»Oh, was man vom Rest allerdings nicht behaupten kann.«

»Er hält das Haus sauber«, fügte Lezek hinzu. »Und er isst nicht viel.«

»O ja, das sehe ich.«

Lezek musterte seinen Bruder, der zum Himmel emporstarrte.

»Wie ich hörte, ist auf deiner Farm eine Stelle frei, Hamesh«, sagte er.

»Oh. Ich habe inzwischen einen Lehrling eingestellt. Glaube ich.«

»Oh«, machte Lezek düster. »Wann denn?«

»Gestern«, log sein Bruder sofort und errötete nicht einmal. »Ein Vertrag mit Unterschrift und Siegel. Tut mir leid. Weißt du, ich habe nichts gegen deinen Sohn. Ein netter Junge – wenn man ihn besser kennt. Es ist nur ...«

»Ich weiß, ich weiß«, brummte Lezek. »Er hat zwei linke Hände.«

»Zwei linke *Knie*«, sagte Hamesh.

Sie beobachteten die Gestalt in der Ferne. Mort war gerade gefallen, und einige Tauben wankten neugierig näher.

»Er ist keineswegs dumm, nein, das bestimmt nicht«, fuhr Hamesh fort. »Ich meine, wirkliche Dummheit sieht anders aus. Glaube ich.«

»Er hat ein Gehirn im Kopf«, räumte Lezek ein. »Manchmal denkt er so angestrengt nach, dass man ihm eine Ohrfeige geben muss, um seine Aufmerksamkeit zu bekommen. Oma hat ihm das Lesen beigebracht. Ich fürchte, die Belastung war zu groß für ihn.«

Mort stand auf, stolperte über den Saum seines Umhangs und fiel erneut.

»Du solltest ihn ein Gewerbe erlernen lassen«, schlug Hamesh vor. »Das Priestertum. Oder vielleicht die Zauberei. Zauberer lesen viel.«

Die beiden Brüder wechselten einen besorgten Blick und stellten sich vor, was Mort anrichten mochte, wenn er magische Bücher in die ungeschickten Hände bekam.

»Es gibt noch andere Berufe«, fügte Hamesh hastig hinzu. »Bestimmt kann sich Mort irgendwo und irgendwie nützlich machen. Glaube ich.«

»Sein Problem besteht darin, dass er zu viel denkt«, sagte Lezek. »Sieh ihn dir nur an. Normale Jungen überlegen nicht, wie man Vögel erschreckt. Man verscheucht sie einfach, und damit hat es sich. Aber Mort braucht für alles Erklärungen. Das bringt ihn in Schwierigkeiten. Ihn und seine Umwelt.«

Hamesh rieb sich das Kinn und überlegte.

»Vielleicht kann sich jemand anderer um dieses Problem kümmern«, sagte er.

Lezeks Gesichtsausdruck veränderte sich nicht, aber in seinen Augen blitzte es kurz.

»Worauf willst du hinaus?«, fragte er.

»Nächste Woche findet in Schafrücken der Gewerbemarkt statt. Schick ihn als Lehrling dorthin. Sein neuer Herr nimmt ihn unter die Fittiche und sorgt dafür, dass er pariert, dass er sich anständig benimmt.«

Lezek starrte über den Acker. Mort betrachtete gerade einen Stein.

»Oh, ich möchte nicht, dass ihm etwas zustößt«, erwiderte er skeptisch. »Seine Mutter und ich ... Wir mögen ihn recht gern. Ich meine, man gewöhnt sich an ihn.«

»Es wäre nur zu seinem eigenen Besten. Jemand soll einen Mann aus ihm machen.«

»O ja«, sagte Lezek und seufzte. »Rohmaterial gibt's sicher genug.«

Mort fand Interesse an dem Stein. Er enthielt kleine, verschnörkelte Schalen, die aus den Anfangstagen der Welt stammten. Niemand wusste, warum der Schöpfer damals solchen Wert darauf gelegt hatte, steinerne Wesen entstehen zu lassen.

Mort interessierte sich für viele Dinge, zum Beispiel dafür, weshalb die menschlichen Zähne so gut zusammenpassten. Er hatte lange über diese Frage nachgedacht. Auch darüber, aus welchen unerfindlichen Gründen die Sonne ausgerechnet am Tag über den Himmel kroch, obgleich ihr Licht während der Nacht weitaus nützlicher gewesen wäre. Er kannte die üblichen Erklärungen, aber sie befriedigten seine Neugier nicht.

Mit anderen Worten: Mort gehörte zu den Leuten, die gefährlicher sind als ein Sack voller Klapperschlangen. Er war entschlossen, über die elementare Logik des Universums Aufschluss zu gewinnen.

Was enorm schwierig sein musste, weil es überhaupt keine gab. Der Schöpfer hatte einige bemerkenswert gute Ideen, als er die Scheibenwelt formte, doch Verständlichkeit stand nicht auf der Liste seiner Optionen.

Tragische Helden stöhnen immer, wenn die Götter ihre

Aufmerksamkeit auf sie richten. Doch wirklich arm dran sind diejenigen, die von den Göttern nicht beachtet werden.

Mort hörte die wie üblich verärgert klingende Stimme seines Vaters. Er warf den Stein nach einer Taube, die gleichgültig träge auswich, seufzte und kehrte über den Acker zurück.

Einige Tage später machten sich Vater und Sohn auf den Weg: Am Silvesterabend verließen sie die Berge und reisten nach Schafrücken. Ein verdrießlich und mürrisch wirkender Esel trug den Sack, der Morts geringe Habe enthielt. Das Dorf bestand eigentlich nur aus einem kopfsteingepflasterten Platz, auf vier Seiten von Läden und Geschäften gesäumt, die alle notwendigen Dienstleistungen einer landwirtschaftlichen Gemeinschaft anboten.

Nach fünf Minuten kam Mort aus der Stube des Schneiders und trug ein weites, braunes und undefinierbares Kleidungsstück, von dem sich der frühere Besitzer aus gutem Grund getrennt hatte. Es schien für einen neunzehnbeinigen Elefanten bestimmt zu sein und bot daher genug Platz, um hineinzuwachsen.

Lezek musterte seinen Sohn kritisch.

»Sehr hübsch, wenn man den Preis bedenkt«, behauptete er kühn.

»Es kratzt«, sagte Mort. »Und ich glaube, ich bin hier drin nicht allein.«

»Tausende von Jungen im ganzen Land wären überglücklich, ein so herrlich warmes« – Lezek suchte nach den richtigen Worten – »Gewand ihr Eigen nennen zu können.«

»Kann ich es einem von ihnen überlassen?«, fragte Mort hoffnungsvoll.

»Du musst würdevoll aussehen«, sagte Lezek streng. »Du musst einen guten Eindruck machen, aus der Menge ragen.«

Letzteres fiel ihm bestimmt nicht sehr schwer. Vater und Sohn bahnten sich einen Weg durch das Gedränge auf dem Platz, und jeder von ihnen lauschte den eigenen Gedanken. Für gewöhnlich fand Mort großen Gefallen daran, den Ort zu besuchen. Er mochte die kosmopolitische, internationale Atmosphäre in Schafrücken und hörte gern die fremdartigen Dialekte von Leuten, die aus fünf oder sogar zehn Meilen entfernten Dörfern stammten. Diesmal aber entstand Unbehagen in ihm, und er hatte das ebenso seltsame wie unangenehme Gefühl, sich an etwas zu erinnern, das erst noch geschehen musste.

Der Gewerbemarkt schien auf folgende Weise zu funktionieren: Die nach Arbeit suchenden Männer warteten auf der Mitte des Platzes und bildeten eine lange Reihe. Die meisten von ihnen hatten Zeichen an den Hüten befestigt, um dem Rest der Welt ihren Beruf mitzuteilen: Schäfer trugen Wollstreifen, Fuhrleute ein Büschel aus Pferdehaar, Innenausstatter kleine Fetzen interessanter Sackleinentapeten. Und so weiter und so fort.

Wer sich einen Ausbildungsvertrag erhoffte, stand auf der mittwärtigen Seite des Platzes.

»Gesell dich einfach zu den anderen!«, sagte Lezek und fügte unsicher hinzu: »Dann kommt jemand und bietet dir eine Lehrlingsstelle an. Wenn du einen guten Eindruck machst. Wenn du den Leuten gefällst. Wenn ...« Er war plötzlich ziemlich sicher, dass er mit seinem Sohn nach Hause zurückkehren musste.

»Und *wenn* jemand an mich herantritt?«, fragte Mort. »Was passiert dann?«

»Nun ...«, begann Lezek und brach ab. Über diesen Punkt hatte Hamesh geschwiegen. Er besann sich auf sein beschränktes Wissen über Märkte, das vor allen Dingen den Verkauf von Vieh betraf. »Ich nehme an, man zählt deine Zähne und so. Wahrscheinlich wollen sich die Interessenten vergewissern, dass du nicht niest und deine Füße in Ordnung sind. An deiner Stelle würde ich nicht darauf hinweisen, dass du lesen kannst. Damit könntest du eventuelle Lehrmeister beunruhigen.«

»Und dann?«

»Dann begleitest du deinen neuen Herrn und lernst ein Gewerbe«, sagte Lezek.

»Was für eins?«

»Nun ... Das Zimmerhandwerk ist nicht übel«, erwiderte Lezek vorsichtig. »Oder die Diebeskunst. Sie gilt durchaus als ehrenhaft. Glaube ich jedenfalls. Ich meine, es muss Leute geben, die stehlen. Sonst wäre das Leben viel zu langweilig.«

Mort starrte zu Boden. Er war ein pflichtbewusster Sohn, wenn er sich an die Tugend des Gehorsams erinnerte, was nicht allzu häufig geschah. Wenn Vater und Schicksal von ihm erwarteten, eine Ausbildung zu beginnen, wollte er wenigstens ein guter Lehrling sein. Das Zimmerhandwerk erschien ihm allerdings wenig geeignet – Holz konnte ziemlich stur sein und neigte dazu, ein beharrliches Eigenleben zu entwickeln. Außerdem splitterte es leicht. Und was die Kunst des Klauens, Stehlens und Entwendens betraf: Die meisten Bewohner der Spitzhornberge waren so arm, dass sie sich keinen offiziellen Dieb leisten konnten.

»Na schön«, sagte Mort schließlich. »Ich versuch's. Aber was machen wir, wenn mich niemand will?«

Lezek kratzte sich am Kopf.

»Keine Ahnung«, entgegnete er. »Ich schlage vor, wir warten bis zum Ende des Marktes. Bis heute Abend. Besser noch: bis um Mitternacht.«

Und Mitternacht rückte rasch näher.

Raureif bildete eine dünne glitzernde Schicht auf dem Kopfsteinpflaster. Oben im dekorativen Uhrturm öffneten sich kleine Klappen, und winzige Gestalten aus verwittertem Holz und rostigem Eisen krochen hervor, als Ketten rasselten, Zahnräder knirschten und der Gong ertönte.

Noch fünfzehn Minuten. Mort fröstelte, und tief in ihm brannte ein Feuer aus Scham und verzweifelter Hartnäckigkeit, heißer als die Flammen der Hölle. Er blies in die hohlen Hände, um sich irgendwie zu beschäftigen, blickte zum kalten Himmel hoch und versuchte die Blicke der wenigen Nachzügler zu übersehen.

Die meisten Budenbesitzer hatten bereits ihre Sachen gepackt und den Platz verlassen. Selbst der dicke Mann mit den warmen Pasteten pries seine Waren nicht mehr an und biss herzhaft in einen mit Hackfleisch gefüllten Teig, ungeachtet der Gefahren, die er damit für seine Gesundheit heraufbeschwor.

Die letzten jungen Männer waren schon vor Stunden mit den erhofften Lehrverträgen in der Tasche gegangen. Zurück blieb Mort, ein glubschäugiger Bursche mit krummem Rücken und laufender Nase. Der einzige konzessionierte Bettler in Schafrücken glaubte, eine gewisse natürliche Begabung in ihm zu erkennen. Dem Jungen, der links von Mort gewartet hatte, stand eine Ausbildung zum Spielzeugmacher bevor, und die anderen wurden bald zu Steinmetzen, Hufschmieden, Meuchelmördern, Krämern, Böttchern, Betrügern und Pflügern. In einigen Minuten begann das neue Jahr, und hundert Lehrlinge freuten sich auf ihren neuen Beruf, konnten zufrieden in die Zukunft sehen.

Mort fragte sich niedergeschlagen, warum ihm niemand ein Angebot unterbreitete. Den ganzen Abend über hatte er versucht, möglichst würdevoll auszusehen. Er hatte interessierten Ausbildungsherren fest in die Augen geblickt, um sie mit seinem exzellenten Wesen zu beeindrucken und auf außerordentlich positive Charaktereigenschaften hinzuweisen. Doch aus irgendeinem Grund erzielte er nicht die erhoffte Wirkung.

»Möchtest du eine warme Fleischpastete?«, fragte sein Vater.

»Nein.«

»Der Mann verkauft sie recht billig.«

»Nein, danke.«

»Oh.«

Lezek zögerte.

»Ich könnte ihn fragen, ob er einen Lehrling braucht«, schlug er vor. »Ein seriöses Gewerbe, die Gastronomie.«

»Ich glaube, er benötigt keine Hilfe«, sagte Mort.

»Ja, wahrscheinlich hast du recht«, antwortete Lezek. »Eine Art Ein-Mann-Betrieb, nehme ich an. Außerdem geht er gerade heim. Was hältst du davon, wenn wir uns meine Pastete teilen?«

»Ich habe überhaupt keinen Hunger, Paps.«

»Das Fleisch enthält nur wenige Knorpel. Fast gar keine.«

»Nein. Trotzdem vielen Dank.«

»Oh.« Lezek seufzte, stampfte mit den Füßen, um die Kälte zu vertreiben, und pfiff leise vor sich hin. Er wollte irgendetwas sagen, seinem Sohn Mut zusprechen, ihm einen Rat geben, darauf hinweisen, das Leben sei ein dauerndes Auf und Ab. Er wollte den Arm um Morts Schultern legen, ihm die Probleme des Erwachsenwerdens erläutern, ihm mit einigen knappen Worten erklären, in der Welt gehe es meistens recht komisch zu, und man dürfe, bildlich gesprochen, nie zu stolz sein, eine wenigstens einigermaßen genießbare Fleischpastete anzunehmen.

Stattdessen schwieg er und dachte voller Grauen daran, was aus seinem Bauernhof werden sollte, wenn Mort den Anbau reannueller Pflanzen lernen musste.

Inzwischen waren sie allein. Auf den Kopfsteinen wuchs der Raureif, der letzte dieses Jahres.

Hoch oben im Turm machte ein Zahnrad laut und deutlich *Knirsch* und löste einen Hebel aus, der wiederum einen Sperrbolzen beiseiteschob und ein Bleigewicht herabfallen ließ. Ein geradezu beängstigend klingendes Rasseln erklang, gefolgt von einem metallenen Schnaufen und Keuchen. Die kleinen Klappen öffneten sich, und erneut krochen die Uhr-Zwerge unter dem großen Zifferblatt hervor. Mit steifer mechanischer Fröhlichkeit, als litten sie an robotischer Arthritis, schwangen sie ihre Hämmer, und das laute Hallen des Gongs kündigte ein neues Jahr an.

»Das wär's«, sagte Lezek hoffnungsvoll. Sie mussten nun eine Unterkunft finden: Niemand, der noch alle seine Sinne beisammen hatte, kraxelte während der Neujahrsnacht in den Spitzhornbergen herum. Irgendein warmer Stall ...

»Erst beim letzten Schlag ist es Mitternacht«, stellte Mort sachlich fest.

Lezek hob die Schultern und beugte sich dem Starrsinn seines Sohnes.

»Meinetwegen«, brummte er. »Warten wir noch einige Sekunden.«

Er hatte die Worte gerade ausgesprochen, als er das *Klippklapp* von Hufen hörte, und es hallte weitaus lauter über den Platz, als normale Akustik erlauben sollte. Eigentlich wurde der Ausdruck *Klippklapp* dem unheilvollen Pochen überhaupt nicht gerecht. Gewöhnliches *Klippklapp* deutete auf ein lebhaftes kleines Pony hin, das vielleicht einen Strohhut trug, mit zwei Löchern für die Ohren. *Dieses Klippklapp* hingegen ließ keinen Zweifel daran, dass niemand mit irgendwelchen Strohhüten rechnen durfte.

Das Pferd erreichte den Platz von der mittwärtigen Straße her. Dampf wallte von den schweißfeuchten weißen Flanken, und Funken stoben vom Kopfsteinpflaster unter den

Hufen. Es bewegte sich mit der anmutigen stolzen Eleganz eines edlen Rosses, und es trug *keinen* Strohhut.

Die hochgewachsene Gestalt auf seinem Rücken war in einen dunklen Umhang gehüllt. Als das Pferd die Mitte des Platzes erreicht hatte, stieg der Reiter langsam ab und tastete nach einem Gegenstand hinter dem Sattel. Schließlich fand er – oder sie – einen Futtersack, streifte den Riemen über die Ohren des Rosses und klopfte ihm freundlich auf den Hals.

Die Luft gewann plötzlich eine schmierige, ölige Qualität, und die Schatten vor Mort wurden dichter, verwandelten sich in Regenbogen, deren Farben auf Dunkelblau und Violett beschränkt blieben. Der Reiter schritt mit wehendem Mantel auf ihn zu, und seine – ihre? – Füße klickten und klackten auf dem Pflaster. Abgesehen davon ertönte nicht das geringste Geräusch. Eine sonderbare gespenstische Stille glitt heran, als die Akustik floh und sich irgendwo verbarg.

Dünnes glattes Eis ruinierte den höchst dramatischen Effekt.

VERDAMMTER MIST!

Es war keine Stimme im eigentlichen Sinn. An den Worten gab es nichts auszusetzen, aber sie erklangen in Morts Kopf, ohne sich mit einem Umweg durch die Ohren aufzuhalten.

Er lief los, um der ausgerutschten Gestalt auf die Beine zu helfen, ergriff eine Hand, die nur aus blanken Knochen bestand, so glatt und vergilbt wie eine alte Billardkugel. Die Kapuze fiel zurück, und darunter kam ein nackter Schädel zum Vorschein. Der Blick leerer Augenhöhlen richtete sich auf den Jungen.

Ganz leer waren sie nicht. Sie ähnelten Fenstern, die einen Ausblick in die Weiten des Alls gestatteten, und tief in ihnen glühten zwei kleine blaue Sterne.

Mort dachte daran, dass er entsetzt sein sollte, und deshalb überraschte ihn die unerklärliche Ruhe in seinem Innern. Vor ihm saß ein Skelett, rieb sich die Knie und brummte leise, aber es war ein *lebendes* Skelett, das zwar beeindruckend wirkte, ihm jedoch (so seltsam das auch sein mochte) keine Angst machte.

DANKE, JUNGE, sagte der Totenkopf. WIE HEISST DU?

»Äh«, erwiderte Mort, »Mortimer – Herr. Man nennt mich Mort.«

WELCH INTERESSANTER ZUFALL! sprach der Knochenmann. MORT. DER NAME HAT EINEN ANGEMESSENEN GRABESKLANG. BITTE HILF MIR HOCH.

Die Gestalt stand ungelenk auf und strich mit einer fahrigen Geste den Umhang glatt. Mort sah einen breiten Gürtel an der Taille des Skeletts, und daran hing ein Schwert mit weißem Heft.

»Ich hoffe, du bist nicht verletzt, Herr«, sagte er höflich.

Der Totenschädel grinste – in dieser Hinsicht blieb ihm kaum eine Wahl.

MACH DIR KEINE SORGEN UM MICH. Erst jetzt schien der Knochenmann Lezek zu bemerken, der wie erstarrt stand. Der Blick – fast – leerer Augenhöhlen richtete sich auf ihn, und Mort hielt eine Erklärung für angebracht.

»Mein Vater«, sagte er und versuchte, möglichst unauffällig vor den Reglosen zu treten. »Entschuldige bitte, Herr ... Bist du der Tod?«

IN DER TAT. DU HAST EINE AUSGEZEICHNETE BEOBACHTUNGSGABE, JUNGE.

Mort schluckte.

»Mein Vater ist ein gutherziger Mann«, sagte er. Nach einigen nachdenklichen Sekunden fügte er hinzu: »Meistens jedenfalls. Wenn's dir nichts ausmacht ... Ich wäre dir sehr dankbar, wenn du ihn verschonen könntest. Äh, ich weiß nicht, was du mit ihm angestellt hast, aber vielleicht bist du so nett, damit aufzuhören. Womit ich dir keineswegs zu nahe treten möchte, Herr.«

Tod wich einen Schritt zurück und neigte den Kopf zur Seite.

ICH HABE FÜR UNS BEIDE NUR DIE ZEIT ANGEHALTEN, sagte er. DEIN VATER WIRD NICHTS SEHEN ODER HÖREN, DAS IHN VERWIRRT. NEIN, JUNGE, ICH BIN DEINETWEGEN GEKOMMEN.

»Meinetwegen?«

DU MÖCHTEST DOCH EINE ANSTELLUNG, ODER?

Allmählich ging Mort ein Licht auf. »Du suchst einen *Lehrling?*«, fragte er.

Die Augenhöhlen wandten sich ihm zu, und die aktinischen Punkte darin funkelten.

SELBSTVERSTÄNDLICH.

Tod winkte mit einer knöchernen Hand. Violettes Licht glühte, gefolgt von einer Art sichtbarem *Plopp*, und Lezek zuckte zusammen. Die Zeit erwachte aus ihrem Betäubungsschlaf, woraufhin die Uhr-Zwerge unter dem Zifferblatt erneut ihre Hämmer schwangen. Sie hatten sich nicht verzählt: Nach dem zwölften Gong kehrten sie gehorsam zurück, und hinter ihnen schlossen sich die kleinen Klappen.

Lezek blinzelte.

»Seltsam«, sagte er. »Eben habe ich dich gar nicht gesehen. Muss mit meinen Gedanken ganz woanders gewesen sein.«

ICH HABE DEINEM SOHN ANGEBOTEN, IN MEINE DIENSTE ZU TRETEN, verkündete Tod. ICH NEHME AN, DU BIST DAMIT EINVERSTANDEN, ODER?

»Äh, worin besteht deine Tätigkeit?«, fragte Lezek. Er wirkte überhaupt nicht überrascht, sprach so mit dem Skelett, als sei das die normalste Sache der Welt.

ICH GELEITE SEELEN INS JENSEITS, erwiderte Tod.

»Oh«, machte Lezek. »Natürlich. Entschuldige! Eine

dumme Frage. Dein Aussehen, ich meine, deine Kleidung ist ein deutlicher Hinweis. Eine notwendige Arbeit, da bin ich ganz sicher. Wahrscheinlich mangelt es dir nicht an Aufträgen. Schon lange im Geschäft?«

SEIT EINER GANZEN WEILE, JA, bestätigte Tod.

»Gut. Ausgezeichnet. Bisher habe ich nicht daran gedacht, dass ein solcher Job für Mort infrage kommen könnte, aber es ist zweifellos ein sehr ehrenvoller Beruf, der Zuverlässigkeit und Ernst erfordert. Genau richtig für meinen Sohn. Äh, wie lautet dein Name?«

TOD.

»Paps ...«, begann Mort.

»Klingt nicht vertraut für meine Ohren«, sagte Lezek: »Kommst du weit herum?«

MEIN TÄTIGKEITSBEREICH ERSTRECKT SICH VON DEN DUNKELSTEN TIEFEN DES MEERES BIS ZU JENEN HÖHEN, DIE NICHT EINMAL EIN ADLER ERREICHEN KANN, erwiderte Tod.

»Ich schätze, das ist weit genug.« Lezek nickte. »Nun, ich ...«

»Paps ...«, drängte Mort und zupfte am Ärmel seines Vaters.

Tod legte dem Jungen die Hand auf die Schulter.

WAS ER HÖRT UND SIEHT, UNTERSCHEIDET SICH VON DEINEN WAHRNEHMUNGEN, erklärte er. SEI UNBESORGT, IHM WIRD NICHTS GESCHEHEN. ICH MÖCHTE IHM NUR MEINEN ANBLICK ERSPAREN. ODER GLAUBST DU, ER SÄHE MICH GERN SO, WIE ICH WIRKLICH BIN – IN FLEISCH UND BLUT, SOZUSAGEN?

»Aber du bist der Tod«, platzte es aus Mort heraus. »Du streifst umher und ... *tötest*!«

ICH TÖTE?, fragte Tod beleidigt. DA IRRST DU DICH. DIE LEUTE KOMMEN VON GANZ ALLEIN UMS LEBEN. ICH KÜMMERE MICH NUR UM IHRE SEELEN, DAS IST ALLES.

ES WÄRE SCHLIESSLICH EINE ZIEMLICH VERRÜCKTE WELT, WENN MENSCHEN DAS ZEITLICHE SEGNEN, OHNE ZU STERBEN, MEINST DU NICHT AUCH?

»Nun ...«, sagte Mort skeptisch.

Er hatte noch nie das Wort ›fasziniert‹ gehört – es gehörte nicht zum üblichen Vokabular der Familie. Dennoch beschrieb es seine Reaktion ziemlich genau. Ein Teil seines bisher verkannten Selbst wurde neugierig und entwickelt ein Interesse, das mit dem Zögern rang und schon nach wenigen Sekunden triumphierte. Wenn er diese einmalige Chance verstreichen ließ, so glaubte er, würde er das für den Rest seines Lebens bedauern. Er dachte an die Demütigungen des vergangenen Abends, an den langen Weg nach Hause ...

»Muss ich sterben, um den Job zu bekommen, oder?«, fragte er.

DEIN TOD IST KEINESWEGS OBLIGATORISCH, sagte Tod.

»Und die Knochen ...«

DU KANNST HAUT UND HAAR BEHALTEN, WENN DU UNBEDINGT WILLST.

Verständliche Erleichterung durchströmte Mort, und er ließ den angehaltenen Atem entweichen.

»Wenn mein Vater nichts dagegen hat ...«, sagte er.

Sie sahen Lezek an, der sich nachdenklich das Kinn rieb.

»Was hältst du davon, Mort?«, fragte er mit der Nervosität eines Fieberopfers. »Vermutlich würden sich viele Leute einen anderen Beruf wünschen. Ich muss zugeben, dass ich mir nicht unbedingt so etwas vorgestellt habe. Aber angeblich hat das Bestattungsgewerbe durchaus seine Vorzüge. Die Wahl liegt bei dir, Sohn.«

»Bestattungsgewerbe?«, wiederholte Mort. Tod nickte und hob in einer verschwörerischen Geste den Zeigefinger zum Mund.

»Es ist ... interessant«, sagte Mort langsam. »Ich glaube, ich sollte es versuchen.«

»Äh, wo gehst du deinen Geschäften nach?«, fragte Lezek und erinnerte sich vage daran, schon eine ähnliche Frage gestellt zu haben. »Ist jener Ort weit entfernt?«

NUR EINE SCHATTENBREITE, antwortete Tod. ICH WAR ZUR STELLE, ALS DIE ERSTE PRIMITIVE ZELLE ENTSTAND. ICH BIN DORT, WO MENSCHEN WEILEN. UND ICH WERDE AUCH ZUGEGEN SEIN, WENN DAS LETZTE LEBEN DEN VERBLASSENDEN GLANZ GEFRIERENDER STERNE BEKLAGT.

»Oh«, brummte Lezek, »offenbar bist du ziemlich beschäftigt.« Er runzelte verwirrt die Stirn, wie jemand, der angestrengt versucht, sich etwas Wichtiges ins Gedächtnis zurückzurufen. Schließlich gab er es auf.

Tod klopfte ihm kameradschaftlich auf die Schulter und sah dann Mort an.

HAST DU IRGENDWELCHE SACHEN DABEI?

»Ja«, sagte Mort sofort. Dann fiel ihm etwas ein. »Oh, ich glaube, sie sind noch im Laden. Paps, wir haben meinen Sack beim Schneider vergessen.«

»Bestimmt hat er sein Geschäft längst geschlossen«, erwiderte Lezek. »In der Neujahrsnacht wird gefeiert und nicht verkauft. Dir bleibt wohl nichts anderes übrig, als bis übermorgen zu warten. Äh, bis morgen. Heute ist schon ja morgen. Ich meine ...«

ES SPIELT KEINE ROLLE, JUNGE, behauptete Tod. WIR BRECHEN SOFORT AUF. BESTIMMT HABE ICH HIER BALD ZU TUN, UND DANN KÖNNEN WIR DEINE HABSELIGKEITEN ABHOLEN.

»Besuch uns, sobald du Gelegenheit dazu findest«, sagte Lezek. Es schien ihm eine gewisse Mühe zu bereiten, seine Gedanken zu ordnen.

»Ich bin mir nicht sicher, ob das ein gute Idee ist«, wandte Mort ein.

»Tja, nun, äh, auf Wiedersehen, Junge«, stammelte Lezek.

»Sei fügsam und fleißig, klar? Und ... Entschuldige bitte, Herr, hast du einen Sohn?«

Tod musterte ihn verwundert.

NEIN, sagte er. NEIN, ICH HABE KEINE SÖHNE.

»Nun, ich würde gern noch einige letzte Worte an Mort richten, wenn es dir recht ist.«

ICH KÜMMERE MICH INZWISCHEN UMS PFERD, verkündete Tod und zeigte damit weitaus mehr Taktgefühl als sonst.

Lezek legte Mort den Arm um die Schultern, was angesichts des Größenunterschieds nicht unbeträchtliche Akrobatik erforderte, und führte ihn fort.

»Weißt du, was mir dein Onkel Hamesh über das Lehrgewerbe verraten hat?«, flüsterte er.

»Nein.«

»Er gab mir einen wichtigen Hinweis«, vertraute der alte Mann seinem Sohn an. »Er meinte, der Lehrling trete häufig die Nachfolge seines Ausbilders an. Wie gefällt dir diese Aussicht?«

Mort dachte an Knochen, an leere Augenhöhlen, in denen kleine blaue Sterne leuchteten. »Äh, ich weiß nicht so recht ...«

»Du solltest gründlich darüber nachdenken«, riet Lezek.

»Ich *denke* darüber nach, Vater.«

»Viele junge Burschen haben auf diese Weise angefangen, meint Hamesh. Sie machen sich nützlich, gewinnen das Vertrauen ihres Herrn und ... Nun, wenn Töchter im Haus sind ... Hat, äh, hat *er* irgendwelche Töchter erwähnt?«

»Er wer?«, fragte Mort.

»Du weißt schon. Der Mann, in dessen Dienste du trittst.«

»Ach, *er*. Nein. Nein, ich glaube nicht«, sagte Mort langsam. »Vermutlich gehört er nicht zu den Leuten, die Wert auf Ehe und Familie legen.«

»Viele junge Männer verdanken ihren beruflichen Aufstieg gut überlegten Trauungsscheremonien«, sagte Lezek.

»Tatsächlich?«

»Hörst du mir überhaupt zu, Mort?«

»Was?«

Lezek blieb auf dem vereisten Pflaster stehen, griff nach den Schultern des Jungen und drehte ihn zu sich herum.

»So geht das nicht weiter, Sohn«, sagte er. »Reiß dich endlich zusammen! Wenn du es in dieser Welt zu etwas bringen willst, musst du zunächst einmal lernen, richtig *zuzuhören.* Verstehst du? Hör wenigstens auf mich, deinen Vater.«

Mort sah in das Gesicht seines Vaters. Er wollte ihm viele Dinge sagen: wie sehr er an ihm hing, welche Sorgen er sich machte. Er wollte ihn fragen, was er eben gesehen und gehört zu haben glaubte. Er wollte ihm sagen, dass er das Gefühl hatte, auf einen Maulwurfshügel getreten zu sein und unmittelbar darauf feststellen musste, dass es sich in Wirklichkeit um einen kleinen Vulkan handelte. Er wollte ihn fragen, was er sich unter Trauungsscheremonien vorstellen sollte.

Stattdessen seufzte er. »Ja. Danke für deinen Rat. Äh, ich muss jetzt los. Wenn ich Zeit finde, schreibe ich dir einen Brief.«

»Irgendwann kommt bestimmt jemand vorbei, der ihn uns vorlesen kann«, erwiderte Lezek. »Auf Wiedersehen, Mort.« Er schniefte leise.

»Auf Wiedersehen, Paps«, sagte der Junge. »Ich besuche euch mal.«

Tod hüstelte diskret – es klang, als breche ein von Termiten zerfressener Balken.

WIR MÜSSEN UNS BEEILEN, sagte er. STEIG AUF!

Mort nahm hinter dem reichverzierten, mit silbernen Beschlägen geschmückten Sattel Platz, und Tod beugte sich herab, um Lezek die Hand zu schütteln.

DANKE, sagte er.

»Im Grunde seines Wesens ist er ein guter Junge«, behauptete Lezek. »Obgleich er manchmal mit offenen Augen träumt. Na ja, ich schätze, wir alle waren einmal jung.«

Tod dachte darüber nach.

NEIN, sagte er schließlich. DAS GLAUBE ICH NICHT.

Er nahm die Zügel, und das Pferd tänzelte herum, wandte sich der randwärtigen Straße zu. Mort drehte den Kopf und winkte verzweifelt.

Lezek erwiderte den Abschiedsgruß. Als das Pferd und die beiden Reiter nicht mehr zu sehen waren, ließ er die Hand sinken und betrachtete sie verwirrt. Die Finger des fremden Mannes ... Sie hatten sich irgendwie seltsam angefühlt. Aber er konnte sich beim besten Willen nicht daran erinnern, warum ihm die Berührung so seltsam erschienen war.

Mort hörte, wie die Hufe des prächtigen Rosses über die Kopfsteine klapperten. Es folgte ein dumpferes Pochen, als feste Erde auf das Pflaster folgte, und dann herrschte plötzlich Stille.

Er senkte den Kopf und beobachtete die Landschaft, die sich im perlmuttenen Mondschein unter ihm ausbreitete. Wenn er jetzt fiel, prallte er nur auf leere Luft.

Die Hände schlossen sich fester um den Sattel.

HAST DU HUNGER, JUNGE?, fragte Tod nach einer Weile.

»Ja, Herr.« Die Worte stammten direkt aus dem Magen, bemühten gar nicht erst das Gehirn.

Tod nickte und zügelte das Pferd. Es verharrte mitten in der Leere, und tief unten glitzerte das runde Panorama der Scheibenwelt. Hier und dort verriet sich eine Stadt durch orangefarbenes Glühen, und vom warmen Meer in der Nähe des Randes ging ein vages phosphoreszierendes Schimmern aus. In einigen tiefen Tälern verdunstete langsames, gefangenes Licht zu silbrigem Dampf.*

Doch ein anderes Gleißen überstrahlte alles: Es stieg vom Rand auf, wuchs erhaben den Sternen entgegen. Goldene Mauern umgaben die Welt.

»Wunderschön«, murmelte Mort ergriffen. »Was ist das?«

DIE SONNE BEFINDET SICH DERZEIT UNTER DER SCHEIBENWELT, erklärte Tod.

»Wiederholt sich das in jeder Nacht?«

JA, bestätigte Tod. SO IST DIE NATUR EBEN.

»Wieso erfahre ich erst *jetzt* davon?«

WEIL SONST NIEMAND ETWAS AHNT. NUR WIR BEIDE WISSEN BESCHEID. UND DIE GÖTTER. SIEHT NETT AUS, NICHT WAHR?

»Ich bin platt!«

Tod beugte sich vor und sah in die Tiefe, beobachtete die Welt der Sterblichen.

ICH WEISS NICHT, WIE'S MIT DIR STEHT, sagte er, ABER

* Das Licht der Scheibenwelt ist ausgesprochen träge und zahm, und es gibt nur wenige Dinge, die noch langsamer sind. Ganz anders sieht die Sache mit normalem Licht aus. Der bekannte Philosoph Ly Schwatzmaul, den man auch Lügegut nennt, vertritt den Standpunkt, nur die Monarchie sei schneller. Er ging von folgenden Überlegungen aus: Es kann nicht mehr als einen König geben, und die Tradition verlangt, dass es zu keinen Lücken zwischen Königen kommen darf: Wenn einer stirbt, muss *sofort* ein Nachfolger da sein. Er meinte, wahrscheinlich existierten einige Elementarpartikel – Königonen, oder vielleicht Königinonen –, die ein solches Phänomen bewirkten. Natürlich bleibt der Thron manchmal leer, und Ly Schwatzmaul folgerte daraus, dass die entsprechenden Partikel in einem solchen Fall mitten im Flug auf ein Antiteilchen treffen, möglicherweise ein Republikon. Er entwickelte ambitionierte Pläne und wollte diese Entdeckung nutzen, um Nachrichten über große Entfernungen zu schicken, machte sich in diesem Zusammenhang sogar die Mühe, einen unwichtigen König zu foltern, um das Signal zu modulieren. Leider bekam er keine Gelegenheit, sein ganzes wissenschaftliches Genie unter Beweis zu stellen, denn im entscheidenden Augenblick schloss die Kneipe.

ICH KÖNNTE JETZT EIN ORDENTLICHES CURRYGERICHT VERTRAGEN.

Es war bereits eine ganze Weile nach Mitternacht, doch in der Zwillingsstadt Ankh-Morpork herrschte noch immer rege Betriebsamkeit. Mort hatte Schafrücken für eine hektische Metropole gehalten, aber im Vergleich zu dem Durcheinander um ihn herum ging es in dem Dorf so geruhsam zu wie auf einem Friedhof.

Immer wieder haben Dichter versucht, Ankh-Morpork zu beschreiben. Nicht einem einzigen von ihnen ist es gelungen. Vielleicht liegt es an der mitreißenden Vitalität der Stadt, oder daran, dass sie mit einer Million Einwohner und ohne einen einzigen Abwasserkanal das eher sensible Gemüt der Poesie zu sehr belastet. Drücken wir es folgendermaßen aus: Ankh-Morpork ist so voller Leben wie ein alter Käse an einem heißen Sommertag, so laut wie Flüche in einer Kirche, so sauber wie ein Schornstein, der seit mindestens einem Jahrhundert nicht mehr gereinigt wurde, so kunterbunt wie ein dicker Bluterguss und so voller quirliger, geschäftiger und nervöser Aktivität wie ein Hundekadaver auf einem Haufen fleischfressender Ameisen.

Überall gab es Tempel, deren Tore weit offen standen. Aus dem halbdunklen Innern der Gebäude drangen Gongschläge, das Rasseln von Becken und, bei besonders konservativen fundamentalistischen Religionen, die kurzen Schreie von Opfern. Hier und dort sah Mort Läden, deren sonderbare Waren bis auf die Straße reichten. Er bemerkte viele lächelnde junge Damen, die sich nur wenig Kleidung leisten konnten. Er bewunderte Jongleure, Feuerspeier und andere Leute, die sofortige Transzendenz versprachen.

Tod schritt ungerührt durch das Chaos. Mort hatte aus

irgendeinem Grund damit gerechnet, dass der Knochenmann die Menge wie Rauch durchdrang, aber er wurde enttäuscht. Die schlichte Wahrheit lautete: Wo auch immer sich Tod befand, die Leute wichen ihm aus.

Auf Mort traf das nicht zu. Im allgemeinen Gedränge bildete sich eine Gasse für seinen Lehrmeister, aber hinter ihm schloss sie sich so schnell, dass Mort in Schwierigkeiten geriet. Anders ausgedrückt: Man trat ihm auf die Füße; man stieß ihm Ellenbogen in die Rippen; man versuchte, ihm seltsam riechende Gewürze und sonderbar geformtes Gemüse zu verkaufen; und eine bereits recht betagte Dame behauptete mit kühner Verwegenheit, er sähe wie ein gut situierter junger Mann aus, der bestimmt nichts dagegen hätte, sich ein wenig zu vergnügen.

Mort dankte ihr freundlich und meinte ungeachtet aller Zweifel, er amüsiere sich bereits prächtig.

Tod erreichte die Straßenecke und schnupperte. In der Nähe bewiesen einige Feuerspeier ihre Künste, und das Licht der flackernden Flammen spiegelte sich auf dem glatten Schädel des Knochenmanns wider. Ein Betrunkener taumelte heran, wankte aus keinem ersichtlichen Grund beiseite, runzelte verwirrt die Stirn und setzte dann seinen komplizierten Zickzack-Kurs fort.

DIES IST EINE WAHRE STADT, JUNGE, sagte Tod. WAS HÄLTST DU DAVON?

»Sie scheint recht groß zu sein«, erwiderte Mort unsicher. »Warum gefällt den Menschen eine derartige Enge? Ich meine, hier geht's zu wie in einem Bienenstock.«

Tod hob die beinernen Schultern.

ICH FÜHLE MICH HIER WOHL, sagte er. ANKH-MORPORK IST VOLLER LEBEN.

»Herr?«

JA?

»Was ist ein Currygericht?«

Das blaue Glühen in den leeren Augenhöhlen strahlte heller.

HAST DU JEMALS IN EINEN FÜNFHUNDERT GRAD HEISSEN EISWÜRFEL GEBISSEN?

»Nein, Herr«, antwortete Mort.

CURRY SCHMECKT SO ÄHNLICH.

»Herr?«

JA?

Mort schluckte. »Entschuldige bitte, Herr, aber mein Vater hat mir gesagt, dass ich fragen soll, wenn ich etwas nicht verstehe.«

EIN BEGRÜSSENSWERTER RAT, stellte Tod fest. Er ging durch eine Seitengasse, und erneut teilte sich die Menge vor ihm, als bestünde sie aus entgegengesetzt geladenen Partikeln.

»Herr, mir ist da etwas aufgefallen, äh, man muss sich doch den Tatsachen stellen, nicht wahr, und die besonderen Umstände, ich meine ...«

HERAUS DAMIT, JUNGE.

»Wie kannst du überhaupt Speisen zu dir zu nehmen?«

Tod blieb so plötzlich stehen, dass Mort gegen ihn stieß. Als der Lehrling zu sprechen begann, brachte ihn der Knochenmann mit einer brüsken Geste zum Schweigen. Er schien zu lauschen.

WEISST DU, JUNGE, MANCHMAL KANN ICH ZIEMLICH BÖSE WERDEN, sagte Tod mehr zu sich selbst.

Er wirbelte um die eigene Achse und eilte mit langen Schritten und wehendem Kapuzenmantel davon. Die Gasse wand sich an dunklen Mauern und stillen schiefen Häusern entlang, war eigentlich kein Durchgang, sondern eher eine schmale Lücke zwischen den Gebäuden.

Tod blieb an einer alten wackligen Regentonne stehen, streckte den Arm hinein und holte einen kleinen, ziegelsteinbeschwerten Sack hervor. Mit der anderen Hand zog er das

Schwert – im Halbdunkel tanzten blaue Funken über die Klinge – und durchtrennte den Strick.

JA, MANCHMAL WERDE ICH RICHTIG WÜTEND, sagte er, öffnete den Beutel und drehte ihn um. Mort beobachtete, wie ein kleines Pelzbündel herausrutschte und auf den Boden fiel. Tod berührte es wie zärtlich mit weißen Fingern.

Nach einigen Sekunden lösten sich graue Rauchfäden von den ertrunkenen Tieren und bildeten drei katzenförmige Wolken. Sie blähten sich auf und erzitterten ein wenig, als seien sie nicht ganz sicher, welche Gestalt sie annehmen sollten. Verwirrte Augen blinzelten und sahen Mort an. Als er versuchte, eins der Katzenphantome zu berühren, stieß er auf keinen Widerstand, spürte nur ein leichtes Prickeln.

IN MEINEM JOB ERLEBT MAN DIE LEUTE NICHT GERADE IN IHRER BESTFORM, erklärte Tod. Er hauchte eins der Tiere an, und die winzige Wolke wehte fort. Ein leises klagendes Miauen ertönte, wie aus weiter Ferne und durch ein langes Blechrohr.

»Es sind Seelen, nicht wahr?«, fragte Mort. »Wie sehen Menschen aus?«

DAS KOMMT GANZ DARAUF AN, erwiderte Tod. ES HÄNGT VON DEN INDIVIDUELLEN MORPHOGENETISCHEN FELDERN AB.

Das Skelett seufzte – Mort verglich das Geräusch mit dem leisen Knistern eines Leichentuchs –, fing die Wolkenkätzchen behutsam ein und verstaute sie irgendwo in seiner schwarzen Robe. Dann richtete er sich auf.

UND JETZT ..., sagte er. ICH GLAUBE, ICH HABE DICH SCHON AUF DIE VORZÜGE VON CURRY HINGEWIESEN.

Im *Curry-Garten* an der Ecke Gottesstraße und Blutgasse waren fast alle Tische besetzt, und die Gäste stammten ausschließlich aus der Creme der Gesellschaft. Zumindest handelte es sich um Leute, die ganz oben schwammen und daher die Bezeichnung ›Creme‹ verdienten. Überall standen Duftbüsche, deren Knospen und Blüten es fast gelang, die allgemeinen Aromen der Stadt zu überlagern, einen Geruch, der dem nasalen Äquivalent eines Nebelhorns gleichkam.

Mort aß mit heißhungrigem Appetit, bezähmte seine Neugier und beobachtete nicht, was Tod mit den Speisen anstellte. Zuerst war der Teller vor ihm gefüllt, und einige Minuten später glänzte er leer, ein deutlicher Hinweis darauf, dass in der Zwischenzeit etwas geschehen sein musste. Mort begann zu ahnen, dass solche Dinge nicht den üblichen Gewohnheiten Tods entsprachen. Vermutlich ging es ihm nur um das Wohlbefinden seines Lehrlings. Er verhielt sich wie ein in die Jahre gekommener Junggesellenonkel, der mit seinem Neffen Urlaub macht und ständig befürchtet, sich falsch zu verhalten und in ein erzieherisches Fettnäpfchen zu treten.

Die anderen Gäste des Lokals schenkten ihnen kaum Beachtung, übersahen Tod selbst dann, als er sich zurücklehnte und eine hübsch verzierte Pfeife anzündete. Unter gewöhnlichen Umständen fällt es niemandem besonders leicht, unbeeindruckt zu bleiben, wenn Rauch aus leeren Augenhöhlen quillt, doch alle Anwesenden brachten es mühelos fertig.

»Ist es Magie?«, fragte Mort.

WAS GLAUBST DU, JUNGE?, erwiderte Tod. BIN ICH WIRKLICH HIER?

»Ja«, sagte Mort langsam. »Ich ... ich habe die Leute beobachtet. Sie sehen dich an, aber sie erkennen dich nicht. Glaube ich jedenfalls. Du beeinflusst sie irgendwie.«

Tod schüttelte den Kopf.

SIE SCHAFFEN ES VON GANZ ALLEIN, entgegnete er. MAGIE SPIELT DABEI KEINE ROLLE. DIE LEUTE SEHEN

MICH NICHT, WEIL SIE MICH NICHT SEHEN WOLLEN. BIS IHRE ZEIT ABGELAUFEN IST. ZAUBERER ERKENNEN MICH AUF DEN ERSTEN BLICK, EBENSO KATZEN. ABER FÜR DEN DURCHSCHNITTLICHEN MENSCHEN BLEIBE ICH UNSICHTBAR. Er blies einen Rauchring an die Decke. SELTSAM, NICHT WAHR?

Mort drehte den Kopf. Der Ring aus blauem Rauch schwebte unter dem Vordach hervor und trieb in Richtung Fluss.

»*Ich* sehe dich«, sagte er.

DAS IST ETWAS ANDERES.

Der klatschianische Kellner kam und legte die Rechnung vor Tod auf den Tisch. Der Mann war untersetzt und braunhaarig, und seine Frisur erinnerte an eine auseinandergeplatzte Kokosnuss. Verwirrungsfalten bildeten tiefe Täler in dem runden Gesicht, als ihm Tod freundlich zunickte. Der Kellner schüttelte den Kopf wie jemand, der sich von Seife in den Ohren zu befreien versucht, seufzte und ging fort.

Tod griff unter seinen Umhang und holte einen großen Lederbeutel mit Kupfermünzen hervor. Die meisten von ihnen trugen eine blaugrüne Patina hohen Alters. Er beäugte die Rechnung skeptisch und legte zehn kleine Metallscheiben auf den Tisch.

KOMM, sagte er und stand auf. WIR MÜSSEN LOS. Mort folgte hastig, als Tod den *Curry-Garten* verließ und auf die Straße trat. Dort herrschte noch immer rege Betriebsamkeit, obwohl sich am Horizont schon das erste Licht des neuen Tages zeigte.

»Hast du ein bestimmtes Ziel?«

DU BRAUCHST NEUE SACHEN.

»Diese hier *sind* neu. Ich habe sie erst heute bekommen. Äh, gestern, meine ich.«

IM ERNST?

»Mein Vater meinte, der Schneider in Schafrücken sei für sein gutes Angebot bekannt.«

DADURCH BEKOMMT DIE ARMUT EINEN VÖLLIG NEUEN ASPEKT. Tod schauderte, und seine Knochen klapperten leise.

Kurz darauf erreichten sie eine breitere Straße, die in ein vornehmeres Stadtviertel führte – die Abstände zwischen den einzelnen Fackeln wurden geringer, während sich die zwischen den Müll- und Kehrichthaufen vergrößerten. In diesem Bereich gab es weder Ställe noch Buden am Gehsteig; stattdessen sah Mort richtige kleine Gebäude mit Werbeschildern über den Türen. Es waren keine Geschäfte oder Läden, sondern regelrechte Warenhäuser. In ihnen arbeiteten fest angestellte Verkäufer, und es gab dort bequeme Stühle und sogar Spucknäpfe. Die meisten von ihnen hatten selbst um diese Zeit geöffnet. Aus gutem Grund: Der durchschnittliche ankhianische Händler kann kaum schlafen, weil er dauernd an das Geld denken muss, das er nicht verdient.

»Gehen die Leute hier nie zu Bett?«, fragte Mort.

DIES IST EINE STADT, sagte Tod und öffnete die Tür eines Textilgeschäftes. Als sie es zwanzig Minuten später verließen, strich Mort stolz über einen wie maßgeschneiderten schwarzen Mantel mit silbrig glänzenden Stickmustern – während der Ladeninhaber einige uralte Kupfermünzen in der Hand hielt und sich verwundert fragte, woher sie stammten.

»Woher nimmst du die ganzen Münzen?«, fragte Mort.

OH, DAS IST GANZ EINFACH: ICH NEHME SIE AUS DEM BEUTEL.

Ein fleißiger Friseur, der auch des Nachts die Kasse klingeln hören wollte, bescherte Mort einen Haarschnitt, der bei den jungen Leuten in Ankh-Morpork als letzter Schrei galt (wobei an dieser Stelle nicht unerwähnt bleiben soll, dass einige Mütter tatsächlich schrien, als sie die neueste Frisur ihrer Sprösslinge sahen). Tod nahm unterdessen in einem zweiten Sessel Platz und summte leise vor sich hin. Zu seiner eigenen Überraschung hatte er ausgesprochen gute Laune.

Nach einer Weile schlug er die Kapuze zurück und sah zum Lehrling des Barbiers auf, der ihm gerade ein Handtuch um den knöchernen Hals schlang. Mort stellte fest, dass er ebenso hypnotisiert und benommen wirkte wie die anderen – lebenden – Menschen, die Tod begegneten.

EINIGE TROPFEN DUFTWASSER UND EINE ORDENTLICHE POLITUR, GUTER MANN, sagte Tod zufrieden.

Ein älterer Zauberer, der sich in einer Ecke des Zimmers den Bart stutzen ließ, zuckte heftig zusammen, als er die düstere Grabesstimme hörte. Tod wusste, wie man einen möglichst großen Effekt erzielte: Wie in Zeitlupe drehte er den Kopf und lächelte sein bestes Totenschädel-Lächeln. Woraufhin der Magier erbleichte und rasch einige Schutzzauber murmelte.

Ein wenig unsicher und mit ungewohnter Kühle an den Ohren kehrte Mort einige Minuten später zu dem Stall zurück, in dem Tods Pferd wartete. Er versuchte angemessen zu stolzieren – sein neuer Haarschnitt und der Mantel schienen eine gewisse Eleganz zu verlangen –, aber irgendwie klappte es nicht richtig.

Mort erwachte.

Eine Zeit lang blickte er an die Decke, während sein Gedächtnis auf die Rückspultaste drückte und die Ereignisse des vergangenen Tages kleinen Eiswürfeln gleich kristallisierten.

Er konnte unmöglich dem Tod begegnet sein. Er konnte unmöglich mit einem Skelett gespeist haben, in dessen fast leeren Augenhöhlen zwei winzige blaue Sterne funkelten.

Ein gespenstischer Traum, weiter nichts. Es war völlig absurd, im Soziussitz auf einem großen weißen Pferd zu reiten, das zum Himmel emportrabte und dann ...

... wohin galoppierte?

Die Antwort kam mit der Unausweichlichkeit eines Steuerbescheids.

Hierher.

Vorsichtig tastende Hände berührten kurzgeschnittenes Haar und, weiter unten, weichen glatten Stoff. Das Material war weitaus erlesener als die raue, nach Schafen riechende Wolle, die Mort von daheim kannte. Es fühlte sich an wie warmes, trockenes Eis.

Hastig schwang er die Beine über den Bettrand, stand auf und sah sich im Zimmer um.

Dies fiel ihm als Erstes auf: Der Raum war groß, größer als das ganze Haus seiner Eltern, und trocken, so trocken wie Gräber unter einer uralten Wüste. Die Luft schmeckte wie stundenlang gekocht und anschließend abgekühlt. Der dicke Teppich auf dem Boden hätte einem ganzen Stamm von Pygmäen als Versteck dienen können und knisterte elektrisch, als Mort darüber hinwegschritt. Das farbliche Spektrum umfasste nur violette und schwarze Töne.

Er sah an sich herab und stellte fest, dass er ein langes, weißes Nachthemd trug. Morts Kleidung lag sorgfältig zusammengefaltet auf einem Stuhl am Bett – auf einem Stuhl, der komplizierte Knochen- und Totenschädel-Motive aufwies.

Morts Gedanken rasten, als er sich anzog.

Er öffnete die Tür aus massivem Eichenholz und war ein wenig enttäuscht, als das erwartete dumpfe Knarren ausblieb.

Draußen erstreckte sich ein langer leerer Flur aus Holz, und an der gegenüberliegenden Wand brannten große gelbe Kerzen in verschnörkelten Haltern. Mort verließ das Zimmer und schlich durch den Flur, bis er eine Treppe erreichte. Er trat die Stufen hinab, ohne dass etwas Schreckliches geschah, und kurz darauf stand er in einer Art Eingangshalle mit vielen Türen. Überall hingen schwarze Vorhänge, und auf der einen Seite bemerkte Mort eine große Standuhr. Ihr Ticken klang wie der Herzschlag eines Berges.

Daneben sah er einen Schirmständer.

Eine Sense ruhte darin.

Morts Blick strich über die Türen. Sie wirkten bedeutungsvoll, und die geschwungenen Rahmen zeigten das bereits vertraute Knochenmotiv. Als er sich einer von ihnen näherte, erklang eine Stimme hinter ihm.

»Den Raum solltest du besser nicht betreten, Junge.«

Es dauerte einige Sekunden, bis er begriff, dass die Stimme nicht etwa hinter seiner Stirn erklang. Er hörte echte menschliche Worte, die von einem Mund formuliert und den Ohren mithilfe eines geeigneten Luftkompressionssystems mitgeteilt wurden, so wie es die Natur beabsichtigt hatte. Die Natur gab sich große Mühe für nur acht Worte, die eine gewisse Verdrießlichkeit zum Ausdruck brachten.

Mort drehte sich um, und sein Blick fiel auf ein Mädchen, das ebenso groß war wie er selbst und vielleicht einige Jahre älter. Es hatte silbernes Haar und Augen mit einem perlmuttartigen Glanz, trug ein langes und ebenso interessantes wie unpraktisches Kleid – genau jene Art von Gewand, in das sich tragische Heldinnen hüllen, während sie eine einzelne Rose an die Brust pressen und voller Sehnsucht zum Mond emporblicken. Mort hatte nie den Ausdruck ›präraffaelitisch‹ gehört, und daher mussten seine gedanklichen Beschreibungsversuche zwangsläufig scheitern. Jedenfalls, derartige junge Frauen neigten zu ätherischer Durchsichtigkeit und zu metaphorischer Schwindsucht, während dieses besondere Mädchen eher den Eindruck erweckte, als gehöre Schokolade zu seinen Lieblingsspeisen.

Sie kippte den Kopf zur Seite, starrte Mort an und klopfte verärgert mit dem Fuß auf den Boden. Dann streckte sie plötzlich die Hand aus und zwickte ihn in den Arm.

»Autsch!«

»Hm, du bist also wirklich echt«, stellte die Namenlose klug fest. »Wie heißt du, Junge?«

»Mortimer. Man nennt mich Mort.« Er rieb sich den rechten Ellbogen. »Warum hast du das getan?«

»Ich nenne dich Junge«, sagte sie. »Ich habe es nicht nötig, dir mein Verhalten zu erklären, aber wenn du's unbedingt wissen willst: Ich habe dich für tot gehalten. Du siehst tot aus.«

Mort gab keine Antwort.

»Hat es dir die Sprache verschlagen?«

Mort zählte stumm bis zehn.

»Ich bin nicht tot«, sagte er schließlich. »Glaube ich wenigstens. Manchmal fällt es mir schwer, ganz sicher zu sein. Wer bist du?«

»Für dich bin ich Fräulein Ysabell«, erklärte das Mädchen hochmütig. »Vater meint, du brauchst etwas zu essen. Komm mit!«

Ysabell stolzierte fort und wandte sich einer anderen Tür zu. Mort folgte ihr in genau der richtigen Entfernung, um mit dem linken Ellbogen an die zurückschwingende Pforte zu stoßen.

Er fand sich in einer Küche wieder, einem langen niedrigen und warmen Zimmer, von dessen Decke Kupfertöpfe herabhingen. Ein großer Herd aus schwarzem Eisen beanspruchte eine ganze Wand. Davor stand ein alter Mann und summte leise vor sich hin, während er Eier und Schinken briet.

Der Duft übermittelte Morts Geschmacksknospen eine eindeutige Botschaft: Wenn sie sich zusammenrissen und von ihrer Überraschung erholten, erwartete sie vielleicht eine angenehme Überraschung. Der Junge setzte sich in Bewegung, ohne dass die Beine Befehle vom Gehirn empfingen.

»Albert«, sagte Ysabell scharf. »Noch jemand zum Frühstück.«

Der Mann drehte langsam den Kopf und nickte wortlos. Das Mädchen wandte sich wieder an Mort.

»Seltsam«, sagte es, »meinem Vater stand die Bevölkerung der ganzen Scheibenwelt zur Auswahl, und trotzdem entschied er sich ausgerechnet für dich. Na ja, ich schätze, es hätte schlimmer kommen können.«

Ysabell rauschte aus dem Zimmer und warf die Tür zu.

»Schlimmer?«, fragte Mort vor allem sich selbst. Es war still im Zimmer, abgesehen vom leisen Brutzeln in der Pfanne und dem Knistern der Kohlen im heißen Herzen des Herds. Mort sah, dass die Backofentür folgende Aufschrift trug: *Der Kleine Moloch (gezähmt).*

Als der Koch auch weiterhin nicht auf ihn achtete, zog Mort einen Stuhl heran und nahm am weißen, abgeschrubbten Tisch Platz.

»Pilze?«, fragte der alte Mann, ohne sich umzudrehen.

»Mhm? Was?«

»Möchtest du Pilze?«

»Oh«, machte Mort. »Entschuldige. Nein, vielen Dank.«

»Wie du meinst, junger Herr.«

Der Alte drehte sich um und hielt auf den Tisch zu.

Wenn er beobachtete, wie sich Albert bewegte, hielt Mort immer den Atem an, selbst später noch, als er sich daran gewöhnt hatte. Tods Diener war unglaublich dürr, und seine Nase bildete einen dicken Zinken im Gesicht. Er gehörte zu den Leuten, die immer den Eindruck erwecken, als trügen sie Handschuhe mit abgeschnittenen Fingern (auch dann, wenn sie keine benutzten), und er ging mit überaus komplizierten Bewegungsmustern. Albert beugte sich vor und holte gleichzeitig mit dem linken Arm aus. Zuerst schwang er ihn ganz langsam, doch dann folgte ein plötzlicher, die Gelenke strapazierender Ruck, der die Gefahr heraufzubeschwören schien, dass sich der Unterarm vom Ellbogen löste. Das damit einhergehende Zittern und Vibrieren erfasste schließlich auch den Rest des Körpers, insbesondere die Beine, und verlieh Albert damit das Erscheinungsbild eines Stelzenläufers, der einen Geschwindigkeitsrekord zu brechen versuchte. Die Pfanne sauste in weiten kompliziert anmutenden Bögen durch die Luft und verharrte dicht über Morts Teller.

Der alte Mann neigte den Kopf und starrte über den Rand halbmondförmiger Brillengläser.

»Ich könnte dir auch Haferbrei anbieten«, sagte er und zwinkerte bedeutungsvoll, als wolle er den Jungen an einer globalen Haferbrei-Verschwörung teilnehmen lassen.

»Entschuldige bitte«, sagte Mort. »Kannst du mir erklären, wo ich hier bin?«

»Ach, das weißt du nicht? Dies ist Tods Zuhause, Junge. Er brachte dich gestern Nacht mit.«

»Ich glaube, äh, ich erinnere mich. Es ist nur …«

»Ja?«

»Die Eier und der Schinken«, sagte Mort unsicher. »Das Frühstück erscheint mir irgendwie … unangemessen.«

»Irgendwo muss noch eine Blutwurst herumliegen«, sagte Albert.

»Nein, ich meine …« Mort zögerte. »Ich kann mir einfach nicht vorstellen, dass *er* sich hier an den Tisch setzt und Speckstreifen mit Toast isst.«

Albert lächelte. »Meistens verzichtet er darauf. Es geschieht nur sehr selten, dass er uns beim Essen Gesellschaft leistet. Um ganz ehrlich zu sein: Was die Versorgung mit Speis' und Trank angeht, stellt unser Herr keine großen Ansprüche. Ich koche nur für mich und natürlich die …« Er zögerte kurz. »Die junge Dame.«

Mort nickte. »Deine Tochter«, sagte er.

»Meine? Ha! Von wegen. Tod ist ihr Vater.«

Mort starrte auf die Spiegeleier. Sie schwammen in einem kleinen Teich aus Fett und erwiderten seinen Blick. Wenn Albert von den Vorzügen einer gesunden Ernährung gehört hatte, so hielt er offenbar nicht viel davon.

»Sprechen wir über dieselbe Person?«, fragte er schließlich. »Groß. Bevorzugt schwarze Kleidung. Ein wenig... dürr...«

»Er hat Ysabell adoptiert«, erläuterte Albert freundlich. »Es ist eine ziemlich lange Geschichte...«

Eine Glocke läutete.

»... die ich dir irgendwann später erzählen werde. Er hat dich gerade in sein Büro bestellt. An deiner Stelle würde ich mich sputen, Tod wartet nicht gern. Eigentlich durchaus verständlich. Die Treppe hoch und dann die erste Tür auf der linken Seite. Du findest sie bestimmt...«

»Ich nehme an, die Rahmen sind mit Totenschädel- und Knochenmotiven geschmückt?«, vermutete Mort und schob den Stuhl zurück.

»Das gilt für alle Türen«, seufzte Albert. »Oder die meisten. Ist nur eine Laune von ihm. Er will damit niemanden erschrecken.«

Mort überließ sein Frühstück einem ganz besonderen Gerinnungsprozess, eilte die Stufen hoch und blieb vor der ersten Tür stehen. Langsam hob er die Hand, um anzuklopfen.

HEREIN.

Der Knauf drehte sich von allein, und die Tür schwang nach innen.

Tod saß hinter einem Schreibtisch, den Blick auf ein dickes, in Leder gebundenes Buch gerichtet, das fast größer war als der Tisch. Er hob den Kopf, als Mort eintrat, benutzte einen knöchernen Finger als Lesezeichen und grinste. Ihm blieb auch gar nichts anderes übrig.

AH, sagte er und zögerte. Er kratzte sich am Kinn – es

klang, als striche jemand mit dem Fingernagel über einen Kamm.

WER BIST DU, JUNGE?

»Mort, Herr«, sagte Mort. »Dein Lehrling. Erinnerst du dich?«

Tod musterte ihn eine Zeit lang, und nach einer Weile strich das blaue Leuchten in den fast leeren Augenhöhlen wieder übers Buch.

O JA, murmelte er. MORT. NUN, JUNGE, WILLST DU WIRKLICH LERNEN UND DIE TIEFSTEN GEHEIMNISSE VON RAUM UND ZEIT IN ERFAHRUNG BRINGEN?

»Ja, Herr. Ich glaube schon, Herr.«

GUT. DER STALL BEFINDET SICH HINTER DEM HAUS, UND DIE SCHAUFEL HÄNGT DIREKT NEBEN DER TÜR.

Er senkte den Blick aufs Buch. Und er hob ihn wieder. Mort hatte sich nicht von der Stelle gerührt.

IST ES VIELLEICHT MÖGLICH, DASS DU MICH NICHT VERSTANDEN HAST?

»Zumindest nicht ganz, Herr«, erwiderte Mort.

MIST, JUNGE. MIST. ALBERT HAT EINEN KOMPOSTHAUFEN IM GARTEN. ICH VERMUTE, IRGENDWO STEHT EINE SCHUBKARRE HERUM. MACH DICH AN DIE ARBEIT.

Mort nickte kummervoll. »Ja, Herr. Jetzt verstehe ich, Herr. Herr?«

JA?

»Herr, ich begreife nicht ganz, was das mit den Geheimnissen von Raum und Zeit zu tun hat.«

Tod blieb auf sein Buch konzentriert.

KEIN WUNDER, sagte er. SCHLIESSLICH BIST DU HIER, UM ZU LERNEN.

Zwar bezeichnet sich der Tod der Scheibenwelt als ANTHROPOMORPHE PERSONIFIZIERUNG, aber er hatte es schon vor einer ganzen Weile aufgegeben, traditionelle skelettene Pferde zu benutzen, denn er wollte nicht ständig damit aufgehalten werden, abgefallene Knochenteile festzubinden. Er zog es vor, bei seiner Arbeit erstklassige Rösser aus Fleisch und Blut zu verwenden.

Mort stellte bereits nach kurzer Zeit fest, wie gut die Verdauung der Tiere funktionierte.

Wer sich darüber beklagt, in einer Parfümerie sein Brot verdienen zu müssen, hat noch nie einen Stall betreten. Viele erwerbsmäßige Tätigkeiten beschwören die ökonomische Magie des sogenannten Mehrwerts, und Morts Aufgabe bestand in gewisser Weise aus dem genauen Gegenteil: Er sollte etwas *weg*schaffen. Der Junge gab sich damit zufrieden, dass er es wenigstens warm hatte und fand bald zu einer mehr – oder, wie in diesem Fall, weniger – angenehmen Routine. Er besann sich auf einen das Gemüt schonenden Gleichmut, und als Ablenkung begann er mit dem üblichen Mengenbewertungsspiel. Mal sehen, dachte er. Inzwischen habe ich fast ein Viertel nach draußen gebracht, ach, sagen wir ruhig ein Drittel. Wenn ich mit *dieser* Ecke der Heuraufe fertig bin, ist es mehr als die Hälfte, sagen wir fünf Achtel, und das bedeutet, es sind nur noch drei Schubkarren nötig …

Derartige Überlegungen verringerten die Arbeit natürlich nicht. Sie bewiesen nur eins: Man empfindet die schreckliche Größe des Universums weitaus weniger als Belastung, wenn man den Kosmos in einzelne, möglichst kleine Brocken unterteilt.

Eins der Pferde beäugte Mort aufmerksam; ab und zu schnappte es freundschaftlich nach seinem Haar.

Nach einer Weile spürte der Junge, dass ihn jemand beobachtete. Ysabell lehnte an der niedrigen Tür und stützte das Kinn auf die Hände.

»Bist du ein Bediensteter?«, fragte sie.

Mort straffte die Schultern.

»Nein. Ich bin Lehrling.«

»Das ist doch Unsinn. Albert meint, du kannst gar kein Lehrling sein.«

Mort begann damit, die Schubkarre zu füllen. Noch zwei Schaufeln, vielleicht auch drei, wenn die Mischung aus Stroh und Dung ordentlich zusammengepresst wird. Mit anderen Worten: noch vier Schubkarren, vielleicht auch fünf, und dann habe ich die Hälfte ...

Ysabell räusperte sich laut und hob die Stimme. »Er meint, Lehrlinge werden irgendwann zu Meistern, und es kann nur einen Tod geben. Also bist du nur ein einfacher Angestellter und musst dich an meine Anweisungen halten.«

... und dann noch einmal acht Schubkarren, bis zur Tür alles frei ist, womit zwei Drittel des ganzen Stalls ausgemistet wären ...

»Hast du mich verstanden, Junge?«

Mort nickte. Anschließend sind es noch einmal vierzehn Schubkarren, besser gesagt fünfzehn, denn die Ecke dort ist noch nicht ganz sauber ...

»Bist du plötzlich stumm geworden? Kannst du nicht mehr sprechen?«

»Mort«, sagte Mort sanft.

Ysabell musterte ihn verärgert. »Was?«

»Ich heiße Mort«, sagte Mort. »Beziehungsweise Mortimer. Aber die meisten Leute nennen mich Mort. Wolltest du mit mir reden?«

Ysabell starrte ihn wortlos an. Ihr Blick wanderte zwischen Morts Gesicht und der Schaufel hin und her.

»Ich bin beauftragt, hier Ordnung zu schaffen, und deshalb habe ich leider keine Zeit«, fügte der Junge hinzu.

Ysabell platzte geradezu.

»Warum bist du hier? Warum hat dich Vater mitgebracht?«

»Er besuchte den Gewerbemarkt in Schafrücken und bot mir eine Ausbildungsstelle an«, sagte Mort. »Alle Jungen fanden Arbeit. Und ich auch.«

»Und du *wolltest* eingestellt werden?«, entfuhr es Ysabell. »Er ist der Tod. Freund Hein. Der Schnitter. Der Sensenmann, der des Nachts auf Seelenfang geht. Er nimmt eine sehr wichtige Aufgabe wahr. Niemand kann seine *Nachfolge* antreten. Man *wird* nicht etwa zum Tod. Man ist es.«

Sie verstand es ausgezeichnet, in Kursiv zu sprechen.

Mort deutete mit einer fahrigen Geste auf die Schubkarre.

»Ich schätze, früher oder später wird alles gut«, sagte er. »Mein Vater meint immer, dass sich das Schicksal Kummer ersparen will, weshalb sich irgendwann alles in Wohlgefallen auflöst.«

Er griff nach der Schaufel, drehte sich zum Pferd um und grinste, als er hörte, wie Ysabell abfällig schnaubte und davonmarschierte.

Mort arbeitete sich tapfer durch die Sechzehntel, Achtel, Viertel und Drittel, schob die Karre immer wieder über den Hof und beobachtete, wie der Haufen am Apfelbaum allmählich größer wurde.

Tods Garten war groß und gut gepflegt. Natürlich herrschten schwarze Töne vor. Schwarzes Gras wuchs. Schwarze Blumen verströmten Grabesduft. Schwarze Äpfel hingen an den schwarzen Zweigen des schwarzen Apfelbaums. Selbst die Luft wirkte irgendwie tintig.

Nach einiger Zeit glaubte Mort, verschiedene Arten von Schwarz zu sehen, obwohl ihm das absurd erschien.

Er bemerkte nicht etwa besonders dunkles Rot oder Grün oder was auch immer, sondern echte Schattierungen von Schwarz. Ein völlig neues Spektrum bot sich ihm dar, mit vielen unterschiedlichen Farben, und sie alle waren ... nun, schwarz. Er erweiterte den Komposthaufen mit dem letzten

Stallmist, stellte die Schubkarre beiseite und kehrte zum Haus zurück.

KOMM HEREIN.

Tod stand hinter einem Pult und betrachtete eine Karte. Nach einigen Sekunden hob er den Kopf und sah Mort geistesabwesend an.

VERMUTLICH HAST DU NIE VON DER MANTEBUCHT GEHÖRT, ODER?, fragte er.

»Nein, Herr«, bestätigte Mort.

DORT LIEGT EIN BERÜHMTES WRACK.

»Ein Schiff? Wann ging es unter?«

ES MUSS ERST NOCH UNTERGEHEN, erwiderte Tod. ES GIBT NUR EIN PROBLEM: ICH KANN DEN VERDAMMTEN ORT NICHT FINDEN.

Mort trat näher und warf einen Blick auf die Karte.

»Willst du das Schiff versenken?«, fragte er.

Tod wirkte entsetzt.

NATÜRLICH NICHT. ES WIRD EINER MISCHUNG AUS FEHLERHAFTER NAVIGATION, SEICHTEM WASSER UND UNGÜNSTIGEM WIND ZUM OPFER FALLEN.

»Wie schrecklich«, murmelte Mort. »Wie viele Seeleute ertrinken?«

DAS HÄNGT GANZ VOM SCHICKSAL AB, sagte Tod, drehte sich zum Bücherschrank um und holte einen dicken Band hervor, der ein alphabetisches Ortsverzeichnis enthielt. SELBST ICH MUSS MICH MIT SEINEN ENTSCHEIDUNGEN ABFINDEN. WAS IST DAS FÜR EIN GERUCH?

»Er stammt von mir«, sagte Mort schlicht.

OH. ICH VERSTEHE. DER STALL. Tod zögerte, und seine knöcherne Hand ruhte auf dem Buchrücken. WARUM, GLAUBST DU, HABE ICH DICH MIT DEM AUSMISTEN BEAUFTRAGT? DENK GRÜNDLICH NACH, BEVOR DU ANTWORTEST.

Mort überlegte. Er *hatte* gründlich nachgedacht, wenn er

nicht gerade damit beschäftigt gewesen war, die Fuhren mit der Schubkarre zu zählen. Er fragte sich, ob die Arbeit dazu diente, die Bewegungen der Hände mit der visuellen Wahrnehmung zu koordinieren, oder ob er die Tugend gewohnheitsmäßigen Gehorsams erlernen sollte. Vielleicht beabsichtigte Tod auch, ihn auf die allgemeine Bedeutung eigentlich banaler Tätigkeiten hinzuweisen und Demut in ihm zu wecken. Möglicherweise sollte ihm klar werden, dass man ganz unten anfangen musste, wenn man es zu etwas bringen wollte.

Keine dieser Erklärungen befriedigte ihn.

»Ich glaube …«, begann er.

JA?

»Ich glaube, ich musste im Stall arbeiten, weil du knietief in Pferdescheiße gestanden hast.«

Tod musterte ihn eine Zeit lang. Mort trat unruhig von einem Bein aufs andere.

ABSOLUT RICHTIG, erwiderte Tod. DU BIST NICHT NUR AUFMERKSAM, SONDERN BESITZT AUCH EINEN GUTEN SINN FÜR DIE REALITÄT. AUSGEZEICHNETE VORAUSSETZUNGEN FÜR UNSEREN JOB.

»Ja, Herr. Herr?«

HMM? Tod schlug das Buch auf und sah im Verzeichnis nach. Sein weißer Zeigefinger strich mit einem leisen Kratzen über altes Papier.

»Es sterben dauernd Menschen, nicht wahr? Millionen. Du bist sicher sehr beschäftigt. Aber …«

Tod bedachte ihn mit einem Blick, der Mort bereits vertraut erschien. Das blaue Glühen in den Augenhöhlen brachte zunächst gelinde Überraschung zum Ausdruck, gefolgt von einem Hauch Ärger, mühsamem Wiedererkennen und schließlich vager Nachsicht.

ABER?

»Ich hätte angenommen, dass du … nun, viel mehr unterwegs bist und dauernd durch die Straßen irgendwelcher Städte schreitest. Du weißt schon. Ein Bild im Almanach meiner Oma zeigte dich mit Sense und allem Drum und Dran.«

ICH VERSTEHE. ICH FÜRCHTE, SOLCHE DINGE SIND RECHT SCHWER ZU ERKLÄREN, SOLANGE MAN NICHT ÜBER PUNKTINKARNATION UND KNOTENFOKUSSIERUNG BESCHEID WEISS. KENNST DU DICH MIT DERARTIGEN PHÄNOMENEN AUS?

»Ich glaube nicht.«

FÜR GEWÖHNLICH IST MEINE PERSÖNLICHE ANWESENHEIT NUR IN WENIGEN FÄLLEN ERFORDERLICH.

»Wie bei einem König«, sagte Mort. »Ich meine, ein König regiert selbst dann, wenn er mit ganz anderen Angelegenheiten beschäftigt ist. Sogar im Schlaf. Ist das auch bei dir der Fall?«

EIN GEEIGNETER VERGLEICH, entgegnete Tod und rollte die Karte zusammen. UND NUN, DA DU IM STALL FERTIG BIST ... FRAG ALBERT, OB ER IRGENDEINE ARBEIT FÜR DICH HAT. WENN DU MÖCHTEST, KANNST DU MICH HEUTE ABEND AUF MEINER TOUR BEGLEITEN.

Mort nickte. Tod konzentrierte sich wieder auf das große Lederbuch, nahm einen Stift, starrte darauf hinab, hob den Kopf und neigte ihn ein wenig zur Seite.

HAST DU MEINE TOCHTER KENNENGELERNT?, fragte er.

»Äh, ja, Herr«, sagte Mort, die Hand am Türknauf.

EIN SEHR NETTES MÄDCHEN, behauptete Tod. ABER WAHRSCHEINLICH FEHLTE YSABELL BISHER JEMAND, MIT DEM SIE SPRECHEN KANN. JEMAND, DER IN IHREM ALTER IST.

»Herr?«

UND NATÜRLICH WIRD SIE EINES TAGES ALLES ERBEN.

Für einen Sekundenbruchteil flackerten in den tiefen Augenhöhlen zwei kleine blaue Supernoven. Und Mort begriff, dass Tod auf diese Weise zu zwinkern versuchte, obwohl es ihm verständlicherweise an Erfahrung mangelte.

Mort verbrachte den Rest des Nachmittags in einer Landschaft, die sich jenseits von Raum und Zeit erstreckte, die auf keiner Karte erschien und in jenen fernen Winkeln des Multiversums existierte, die ausschließlich total ausgerasteten Astrophysikern bekannt sind, Leuten, die Realität mit Wahn verwechseln und Jacken tragen, deren Verschlüsse sich auf der Rückseite befinden. Zusammen mit Albert pflanzte er violett gefleckte schwarze Brokkoli.

»Weißt du, er gibt sich Mühe«, sagte Albert und winkte mit dem Setzholz. »Es ist nur so – was Farben angeht, fehlt es ihm ein wenig an Fantasie.«

»Ich bin mir nicht sicher, ob ich verstehe«, erwiderte Mort. »Hat Tod das alles hier *erschaffen*?«

Jenseits der Gartenmauer neigte sich das Gelände in ein tiefes Tal hinab, stieg dann wieder an und reichte als dunkles Moor bis zu fernen Bergen, deren Gipfel so spitz wie Katzenzähne waren.

»Ja«, sagte Albert. »Pass mit der Gießkanne auf.«

»Wie sah es hier vorher aus?«

»Keine Ahnung.« Albert begann mit einer neuen Reihe. »Vielleicht gab es hier nur Firmament – so nennt man schlichtes Nichts. Um ganz ehrlich zu sein: Dieser Ort stellt keine besonders herausragende Arbeit dar. Ich meine, mit dem Garten ist soweit alles in Ordnung, aber die Berge sind Pfusch. Sie verlieren an Substanz, wenn die Distanz zu ihnen schrumpft. Ich hab sie mir mal aus der Nähe angesehen.«

Mort beobachtete die Bäume. Sie erschienen ihm lobenswert real.

»Warum gab er sich solche Mühe?«, fragte er.

Albert brummte. »Weißt du, was mit jungen Burschen passiert, die zu viele Fragen stellen?«

Mort dachte kurz nach.

»Nein«, erwiderte er schließlich. »Was?«

Stille folgte.

Nach einer Weile richtete sich Albert auf. »Ich will verdammt sein, wenn ich das wüsste. Vermutlich bekommen sie Antworten, und das geschieht ihnen ganz recht.«

»Tod bot mir an, ihn heute Abend zu begleiten«, sagte Mort.

»Ein ziemliches Glück für dich, wie?«, entgegnete Albert unsicher und ging in Richtung Haus.

»Hat er das alles hier *wirklich* erschaffen?«, fragte Mort und folgte dem alten Mann.

»Ja.«

»Warum?«

»Damit wir uns hier heimisch fühlen, nehme ich an.«

»Bist du tot, Albert?«

»Ich? Sehe ich tot aus?« Albert schnaufte, als ihn Mort kritisch musterte. »Hör auf damit! Ich bin ebenso lebendig wie du. Vielleicht steckt sogar noch mehr Vitalität in mir.«

»Entschuldige.«

»Schon gut.« Der alte Mann öffnete die Hintertür, sah Mort an und rang sich ein Lächeln ab.

»Du solltest solche Fragen für dich behalten«, riet er. »Damit bringst du die Leute nur durcheinander. Wie wär's, wenn wir uns was in die Pfanne hauen, hm?«

Die Glocke läutete, als sie Domino spielten. Mort stand sofort auf.

»Bestimmt möchte er, dass sein Pferd vorbereitet wird«, sagte Albert. »Komm.«

Im dunkler werdenden Zwielicht gingen sie zum Stall, und Mort beobachtete, wie der alte Mann den Hengst sattelte.

»Er heißt Binky«, sagte Albert und zurrte den Gurt fest. »Was Namen angeht, scheint der Einfallsreichtum unseres Herrn ebenfalls begrenzt zu sein.«

Mort erinnerte sich an das Bild im Almanach seiner Großmutter – zwischen den Pflanzzeiten-Tabellen und der Übersicht mit den Mondphasen – und las in Gedanken noch einmal die Worte unter der furchteinflößenden Darstellung: *Thod, Der Grohße Glaimacher, Kommt Zuh allen Mänschen.* Während seiner Versuche, das Alphabet auswendig zu lernen, hatte er das Bild oft betrachtet. Es hätte nicht annähernd so beeindruckend gewirkt, wenn allgemein bekannt gewesen wäre, dass der Name des Feuerrosses ausgerechnet Binky lautete.

»Seelenfänger, Rachebringer oder Pechrabenschwarz klänge viel besser«, fuhr Albert fort. »Unser Herr hat eben seine Launen, damit muss man sich abfinden. Du freust dich schon auf den Ausflug, nicht wahr?«

»Ich denke schon«, erwiderte Mort ungewiss. »Ich habe Tod noch nie bei der Arbeit zugesehen.«

»Nur wenige Leute bekommen Gelegenheit dazu«, sagte Albert. »Und die überwiegende Mehrheit von ihnen nie zweimal.«

Mort holte tief Luft.

»Was seine Tochter betrifft …«, begann er.

AH. GUTEN ABEND, ALBERT, JUNGE.

»Mort«, sagte Mort automatisch.

Tod betrat den Stall und bückte sich ein wenig, um nicht an die Decke zu stoßen. Albert nickte, keinewegs auf eine unterwürfige Art, wie Mort bemerkte, eher so, als sei er ein wenig außer Übung. Bei den seltenen Abstechern nach Schafrücken hatte Mort den einen oder anderen Diener kennengelernt, und Alberts Gebaren entsprach nicht den üblichen

Mustern. Er verhielt sich so, als gehöre das Haus ihm und als sei der Eigentümer nur ein Gast auf der Durchreise, jemand, den man dulden musste, so wie abbröckelnden Putz und Spinnen auf dem Klo. Tod machte sich nichts daraus. Albert und er schienen bereits über alles gesprochen zu haben, was eine Erörterung wert war; sie gaben sich einfach damit zufrieden, ihrer Arbeit mit einem Minimum an Unannehmlichkeiten nachzugehen. Mort verglich dieses Empfinden mit einem gemütlichen Spaziergang nach einem schlimmen Gewitter: Alles erweckt den Eindruck von Frische, und nichts ist besonders unangenehm; gleichzeitig spürt man, dass sich gewaltige Energien entladen haben.

Mort fügte seiner mentalen Liste von Absichten einen weiteren Punkt hinzu: Er nahm sich vor, mehr über Albert herauszufinden.

HALTE DAS, sagte Tod, drückte ihm eine Sense in die Hand und schwang sich auf Binkys Rücken. Sie wirkte ganz normal, abgesehen von der Klinge, die so dünn war, dass Morts Blick hindurchreichte, kaum mehr als ein blassblaues Schimmern, das Flammen schneiden und Geräusche zerhacken konnte. Der Junge hielt das Instrument mit äußerster Vorsicht.

IN ORDNUNG, sagte Tod. STEIG AUF. ALBERT, DU BRAUCHST NICHT AUF UNS ZU WARTEN.

Das Pferd trabte über den Hof und gen Himmel.

Es hätte einen grellen Blitz geben sollen, und auch Sterne, die bunte Warpstreifen bilden. Vielleicht hätte die Luft Spiralen formen und sich in einen Funkenregen verwandeln sollen, wie es bei gewöhnlichen transdimensionalen Hypersprüngen geschieht. Aber der Protagonist dieser Szene ist der Tod. Er beherrscht die Kunst des nichtprotzerischen Reisens und kann ebenso leicht zwischen die Dimensionen kriechen wie durch eine geschlossene Tür gehen. Er braucht keine Spezialisten für spezielle Spezialeffekte.

In leichtem Galopp ritten Mort und sein Lehrmeister durch Wolkenschluchten und über die Hänge weit aufragender Kumulusberge, bis sich schließlich die watteartigen Schleier vor ihnen teilten. Tief unten lag die Scheibenwelt in hellem Sonnenschein.

ES LIEGT AN DER VARIABILITÄT DER ZEIT, erklärte Tod, als Mort eine entsprechende Frage stellte. SIE IST NICHT WEITER WICHTIG.

»Ich habe immer geglaubt, dass sie eine große Rolle spielt.«

MENSCHEN HALTEN DIE ZEIT FÜR BEDEUTSAM, WEIL SIE SIE SELBST ERFUNDEN HABEN, sagte Tod düster. Mort hielt diese Bemerkung für recht abgedroschen, entschied sich jedoch dagegen, seinem Herrn zu widersprechen.

»Wohin sind wir unterwegs?«, fragte er.

IN KLATSCHISTAN FINDET EIN VIELVERSPRECHENDER KRIEG STATT, sagte Tod. AUSSERDEM SIND GERADE EINIGE SEUCHEN AUSGEBROCHEN. WIR KÖNNTEN UNS AUCH UM EINEN WICHTIGEN MORDFALL KÜMMERN, WENN DIR DAS LIEBER IST.

»Wer ist das Opfer?«

EIN KÖNIG.

»Oh, Könige«, murmelte Mort und wusste nicht, ob er enttäuscht sein sollte. Mit Königen kannte er sich aus. Einmal im Jahr kam eine Theatergruppe nach Schafrücken (die Leute machten tatsächlich eine Menge Theater, vor allem bei Beköstigungs- und Honorarfragen), und bei den Schauspielen ging es immer um irgendwelche Monarchen. Könige brachten sich entweder gegenseitig um oder wurden getötet. In den meisten Fällen war die Handlung recht kompliziert: Die dramaturgische Palette umfasste Verwechslungen, Gift, Schlachten, verschwundene Söhne, Geister und Hexen. Zum Instrumentarium gehörten Degen, Schwerter und jede Menge Dolche. Wer als König regierte, tat gut daran, möglichst rasch sein Testament aufzusetzen, und deshalb verwunderte es Mort, dass die meisten Darsteller auf der Bühne nach dem Thron gierten. Er hatte nur vage Vorstellungen vom Palastleben, zweifelte jedoch kaum daran, dass die meisten Angehörigen des Hofes nur selten Gelegenheit bekamen, friedlich zu schlafen.

»Ich würde gern einen richtigen König sehen«, sagte er. »Meine Oma hat mir erzählt, dass sie ihre Kronen nie ablegen und sie sogar auf dem Abort tragen.«

Tod dachte einige Sekunden darüber nach.

ES SPRECHEN KEINE TECHNISCHEN GRÜNDE DAGEGEN, erwiderte er schließlich. ALLERDINGS HABE ICH IN DIESER HINSICHT ANDERE ERFAHRUNGEN GEMACHT.

Das Pferd schwang herum, und unter ihnen raste die weite, schachbrettartig gemusterte Landschaft der Sto-Ebene dahin, ein fruchtbares Land mit vielen Kohlfeldern und kleinen übersichtlichen Königreichen. Kurze Kriege, Ehebündnisse, komplizierte Pakt-Politik und manchmal recht unaufmerksame und nachlässige Kartenzeichner sorgten dafür, dass die Grenzen ständig in Bewegung blieben.

»Dieser König«, fragte Mort, als ein Wald unter ihnen hinwegflog. »Ist er gut oder böse?«,

DIE CHARAKTERLICHEN EIGENSCHAFTEN MEINER KUNDEN GEHEN MICH NICHTS AN, sagte Tod. ICH VERMUTE, ER IST NICHT BESSER ODER SCHLECHTER ALS ANDERE KÖNIGE.

»Verurteilt er Leute zum Tode?«, fragte Mort und erinnerte sich plötzlich daran, wer vor ihm saß. »Womit ich dir keineswegs zu nahe treten will.«

MANCHMAL. KÖNIGE SIND ZU GEWISSEN DINGEN GEZWUNGEN, WEISST DU.

Sie näherten sich einer Stadt, die ein Schloss umschmiegte. Der Palast erhob sich auf einem Granitsockel, der wie ein geologischer Pickel aussah. Tod meinte, es sei ein Felsen von den Spitzhornbergen und stamme aus jener legendären Zeit, als die Eisriesen Krieg gegen die Götter geführt, ihre gewaltigen Gletscher über das Land geschoben und versucht hatten, die ganze Scheibenwelt unter ihre frostige Herrschaft zu bringen. Schließlich hatten sie es aufgegeben und waren mit ihren kalten Heeren zu den schroffen Bergen in der Mitte zurückgekehrt. Die Bewohner der Ebenen wussten nicht genau, warum die Eisriesen von ihren Eroberungsplänen Abstand genommen hatten. Die jungen Leute in der einzigen Metropole von Sto Lat, der Schlossstadt, glaubten die Feldherren aus Eis zu verstehen: Sie hatten sich schlicht und einfach gelangweilt.

Binky trabte durch leere Luft und landete auf dem höchsten Turm des Palastes. Tod stieg ab und wies Mort an, den Futterbeutel hervorzuholen.

»Den Leuten fällt doch bestimmt auf, dass hier oben ein Pferd steht«, gab er zu bedenken, als sie zur Treppe schritten.

Tod schüttelte den Kopf.

WÜRDEST DU MIT EINEM PFERD AUF DIESEM HOHEN TURM RECHNEN?, fragte er.

»Nein«, antwortete Mort. »Das Treppenhaus ist viel zu schmal, um ein Ross hochzuführen.«

EBEN.

»Oh, ich verstehe. Die Leute übersehen etwas, das sie für unmöglich halten.«

DU HAST ES ERFASST.

Sie gingen durch einen breiten Flur mit Gobelins an den Wänden. Tod griff in eine Tasche seines dunklen Mantels, holte eine Lebensuhr hervor und beobachtete sie aufmerksam.

Es war ein besonders erlesenes Exemplar. Das Glas bildete winzige Facetten, und dahinter glänzte ein kunstvolles Ziergespinst aus Holz und Messing. Mort las die eingravierten Worte ›König Olerve, Der Verdammte Mistkerl‹.

Der feine Sand schimmerte seltsam. In der oberen Hälfte war nicht mehr viel übrig.

Tod summte leise vor sich hin und verstaute das Glas wieder unter seinem Umhang.

Mort und sein Lehrmeister wanderten um eine Ecke ... und prallten gegen eine Wand aus purem Lärm.

In dem großen Saal vor ihnen standen Dutzende von Personen unter einer dichten Wolke aus Rauch, und die Stimmen wehten bis zur hohen Decke empor, von der farbenprächtige Banner herabhingen. Auf einem Balkon versuchten drei Bänkelsänger, sich Gehör zu verschaffen. Ihre Bemühungen erzielten keinen Erfolg.

Tods Erscheinen blieb weitgehend unbeachtet. Ein Wächter an der Tür wandte sich um, öffnete den Mund, klappte ihn wieder zu und runzelte verwirrt die Stirn. Einige Höflinge sahen in Tods und Morts Richtung, aber ihre Blicke glitten sofort weiter, als der gesunde Menschenverstand die von den Augen übermittelten Signale beiseiteschob.

WIR HABEN NOCH EINIGE MINUTEN ZEIT, verkündete Tod, ging zum nächsten Kellner und nahm ein Glas vom Tablett. ICH SCHLAGE VOR, WIR MISCHEN UNS UNTER DIE LEUTE.

»Sie können mich ebenso wenig sehen wie dich!«, entfuhr es Mort. »Obgleich ich *lebendig* bin!«

DIE REALITÄT IST NICHT IMMER DAS, WAS SIE ZU SEIN SCHEINT, sagte Tod. WENN DIE ANWESENDEN SOLCHEN WERT DARAUF LEGEN, MICH ZU ÜBERSEHEN, WARUM SOLLTEN SIE DANN AUF DICH ACHTEN? WIR HABEN ES MIT ARISTOKRATEN ZU TUN, JUNGE. SIE SIND DARAN GEWÖHNT, NICHT ALLES ZU BEMERKEN. WAS MACHT DIE AUFGESPIESSTE KIRSCHE IN DEM GLAS, JUNGE?

»Mort«, sagte Mort automatisch.

AUF DEN GESCHMACK DES GETRÄNKS HAT SIE ÜBERHAUPT KEINEN EINFLUSS. WESHALB NIMMT JEMAND

EINEN PERFEKTEN TADELLOSEN DRINK, UM DANN EINE GEPFÄHLTE KIRSCHE HINEINZULEGEN?

»Was geschieht jetzt?«, fragte Mort. Ein betagter Graf stieß gegen seinen Ellbogen und sah sich misstrauisch um, wobei er den Blick des Jungen mied. Nach einigen Sekunden zuckte er die Schultern und ging weiter.

DAS HIER ZUM BEISPIEL, sagte Tod und stahl einen Appetithappen. ICH MEINE, ICH MAG PILZE, HÜHNCHEN UND VANILLECREME. NEIN, ICH HABE ÜBERHAUPT NICHTS DAGEGEN. ABER WARUM, BEI ALLEN HEILIGEN, MUSS MAN DIESE LECKEREIEN UNBEDINGT IN EIN TEIGSTÜCK PRESSEN?

»Bitte?« Mort blinzelte.

SO IST DAS EBEN MIT STERBLICHEN, fuhr Tod fort. IHNEN BLEIBEN NUR EIN PAAR JAHRE IN DIESER WELT, UND WAS FANGEN SIE MIT IHRER ZEIT AN? SIE VERSUCHEN DAUERND, SELBST DIE EINFACHSTEN DINGE KOMPLIZIERT ZU MACHEN. KOMISCH, NICHT WAHR? HIER, PROBIER EINE ESSIGGURKE!

»Wo ist der König?«, fragte Mort, reckte den Hals und starrte über die festlich gekleideten Männer und Frauen hinweg.

DER TYP DORT DRÜBEN, MIT DEM BLONDEN BART, sagte Tod. Er klopfte einem Lakai auf die Schulter und nahm ein zweites Glas vom Tablett, als sich der Diener verblüfft umdrehte.

Mort ließ den Blick durch den Saal schweifen, und schließlich sah er den Betreffenden. Er stand im Zentrum der Menge, beugte sich ein wenig vor und hörte einem recht kleinen Höfling zu. Der König war groß und untersetzt und hatte das phlegmatische, geduldige Gesicht eines Mannes, von dem man getrost ein Pferd kaufen würde.

»Er scheint kein *schlechter* König zu sein«, sagte Mort. »Warum sollte jemand beabsichtigen, ihn zu ermorden?«

SIEHST DU DEN BURSCHEN NEBEN IHM? DER KERL HAT EINEN SCHNURRBART UND LÄCHELT WIE EIN KROKODIL. Tod hob die Sense und zeigte damit in die entsprechende Richtung.

»Ja.«

ER IST DER VETTER DES KÖNIGS, DER HERZOG VON STO HELIT, erklärte Tod. KEIN BESONDERS FREUNDLICHER ZEITGENOSSE. TRÄGT GERN GIFT IN KLEINEN FLASCHEN MIT SICH HERUM. IM VERGANGENEN JAHR STAND ER IN DER THRONFOLGE AN FÜNFTER STELLE; INZWISCHEN NIMMT ER DEN ZWEITEN PLATZ EIN. MACHT ZIEMLICH SCHNELL KARRIERE, NICHT WAHR? Tod griff unter den Mantel und holte eine Lebensuhr hervor, in der schwarzer Sand durch ein Gitterwerk aus winzigen Eisenlanzen rann. Tod schüttelte den kleinen Behälter versuchsweise. ER KANN SEINE INTRIGEN NOCH DREISSIG ODER FÜNFUNDDREISSIG JAHRE FORTSETZEN, stellte er seufzend fest.

»Und er bringt dauernd irgendwelche Leute um?«, fragte Mort. Er schüttelte den Kopf. »Es gibt keine Gerechtigkeit.«

Tod seufzte erneut. NEIN, bestätigte er und reichte das leere Glas einem ziemlich verdutzten Pagen. ES GIBT NUR MICH.

Er trat vor und zog sein Schwert, dessen Klinge im gleichen blauen Ton glühte wie die der Amtssense.

»Ich dachte, du benutzt die Sense«, flüsterte Mort.

MONARCHEN VERDIENEN DAS SCHWERT, antwortete Tod. DAS IST EIN – WIE HEISST ES SO SCHÖN? – KÖNIGLICHES VORRECHT.

Mit der freien Hand langte er in eine Manteltasche und hob König Olerves Lebensglas. In der oberen Hälfte kauerten sich die letzten Körner zusammen.

PASS JETZT GUT AUF, sagte Tod. VIELLEICHT MUSST DU SPÄTER EINIGE FRAGEN BEANTWORTEN.

»Warte«, presste Mort hervor. »Es ist unfair. Kannst du ihn nicht verschonen?«

UNFAIR?, wiederholte Tod. WER HAT BEHAUPTET, BEI MEINEM JOB SPIELE FAIRNESS EINE ROLLE?

»Ich meine, wenn der andere Mann so gemein und durchtrieben ist …«

JETZT HÖR MIR MAL GUT ZU, sagte Tod. VERGISS FAIRNESS UND SOLCHE SACHEN. IN UNSEREM BERUF DARF MAN KEINE STELLUNG BEZIEHEN. MAN MUSS OBJEKTIV BLEIBEN. MEINE GÜTE, WENN DIE ZEIT ABGELAUFEN IST, IST SIE EBEN ABGELAUFEN. NUR DARAUF KOMMT ES AN, JUNGE.

»Mort«, sagte Mort und beobachtete die Menge.

Und dann sah er sie. Ein zufälliges Bewegungsmuster im allgemeinen Gedränge schuf eine Gasse zwischen Mort und einem schlanken, rothaarigen Mädchen, das hinter dem König bei einigen älteren Damen saß. Die junge Frau war nicht wirklich schön: In ihrem Gesicht hatten sich zu viele Sommersprossen versammelt, und hinzu kamen einige Knochen, denen nichts lieber zu sein schien, als die blasse Haut zu durchstoßen. Doch ihr Anblick bewirkte einen Schock, der hinter Morts Stirn jähe Hitze entstehen ließ und die Produktionskapazität der Drüsen voll auslastete.

ES IST SO WEIT, sagte Tod und stieß seinen Lehrling mit einem spitzen Ellbogen an. FOLGE MIR.

Tod schritt auf den König zu und schloss die rechte Knochenhand fester um das Schwertheft. Mort blinzelte und setzte sich ebenfalls in Bewegung. Für einen Sekundenbruchteil begegnete die junge Frau seinem Blick – und sah sofort wieder zur Seite. Dann drehte sie erneut den Kopf, und ihre Lippen formten ein entsetztes O.

Morts Rückgrat schmolz. Er lief los und stürmte dem König entgegen. »Euer Majestät!«, rief er. »Gebt acht! Ihr seid in großer Gefahr!«

Die Welt verwandelte sich plötzlich in klebrigen Sirup. Wie in einem Hitzschlagwahn wallten blaue und violette Schatten heran, und die Geräusche verklangen, bis die Stimmen der Anwesenden nur noch leise flüsterten – es klang wie das Raunen in einem beiseitegelegten Kopfhörer. Mort beobachtete, wie Tod gelassen neben dem König stehen blieb und...

... den Balkon beobachtete.

Mort sah den Schützen, die Armbrust, den Bolzen, der mit der Geschwindigkeit einer altersschwachen Schnecke heranglitt. Das tödliche Geschoß näherte sich dem König ganz langsam, aber Mort wusste, dass er nicht mehr rechtzeitig eingreifen konnte. Es schien Stunden zu dauern, bis er seine bleischweren Beine wieder unter Kontrolle brachte, und eine halbe Ewigkeit später gelang es ihm, beide Füße gleichzeitig auf den Boden zu setzen. Er stieß sich ab und erfuhr dabei das Beschleunigungsmoment einer eher faulen Kontinentalverschiebung.

Während er durch die Luft schwebte, hörte er die gleichmütige Stimme seines Lehrmeisters. MACH DIR KEINE HOFFNUNG, ES KLAPPT NICHT. ES IST NUR NATÜRLICH, DASS DU ES VERSUCHST, ABER DU WIRST KEINEN ERFOLG HABEN.

Wie im Traum glitt Mort durch eine stille Welt...

Der Bolzen traf ins Ziel. Tod schloss beide Hände um das Heft, holte mit dem Schwert aus und trieb die Klinge durch den Hals des Königs, ohne dass irgendeine Spur zurückblieb. Mort segelte weiterhin durch einen seltsamen Zwielichtkosmos und glaubte zu erkennen, wie ein phantomhaftes Etwas davonhuschte.

Es konnte sich nicht um den König handeln, denn der stand wie festgewurzelt und starrte Tod mit wortloser Verblüffung an. Zu seinen Füßen zitterte ein schemenhaftes *Etwas*, und in weiter Ferne ertönten Schreie.

EIN GUTER SAUBERER JOB, sagte Tod. MONARCHEN SIND OFT EIN PROBLEM. SIE WOLLEN UNBEDINGT AM LEBEN FESTHALTEN. GANZ ANDERS DER DURCHSCHNITTLICHE BAUER: ER KANN ES GAR NICHT ABWARTEN, INS JENSEITS ZU WECHSELN.

»Zum Teufel auch, wer bist du?«, entfuhr es dem König. »Und was tust du hier? Antworte gefälligst! Sonst rufe ich die Wäch…«

Die Botschaft der Sehnerven erreichte schließlich die zentralen Bereiche des Gehirns. Mort war beeindruckt. König Olerve hatte viele Jahre lang auf dem Thron gesessen, und selbst als Toter wahrte er seine Würde.

»Oh«, sagte er, »ich verstehe. Ich habe nicht damit gerechnet, dir schon jetzt zu begegnen.«

EUER MAJESTÄT… Tod deutete eine Verbeugung an. DIE MEISTEN LEUTE SIND ÜBERRASCHT, WENN SIE MICH SEHEN.

Der König blickte sich um. In der Schattenwelt war es still und dunkel, doch irgendwo in der Ferne herrschte ziemliche Aufregung.

»Das bin ich dort unten, nicht wahr?«

ICH FÜRCHTE JA, SIRE.

»Ein guter Schuss. Mit einer Armbrust, stimmt's?«

JA. UND NUN, SIRE, WENN IHR NICHTS DAGEGEN HABT…

»Wer hat mich umgebracht?«, fragte der König. Tod zögerte.

EIN GEDUNGENER MÖRDER AUS ANKH-MORPORK, antwortete er.

»Hm. Ganz schön hinterlistig. Ich gratuliere Sto Helit. Tja, ich habe dauernd irgendwelche Gegenmittel geschluckt, um mich vor Gift zu schützen. Aber gegen kalten Stahl gibt es keine Arznei, oder? Oder?«

NEIN, SIRE.

»Der alte Trick mit der Strickleiter und dem schnellen Pferd an der Zugbrücke, nehme ich an.«

SO SCHEINT ES, SIRE, sagte Tod und griff behutsam nach dem Arm des Königs. WENN ES EUCH EIN TROST IST: DAS PFERD MUSS SCHNELL SEIN.

»Ach?«

Tods knöchernes Grinsen wuchs ein wenig in die Breite.

MORGEN HABE ICH IN ANKH EINEN TERMIN MIT DEM REITER, erklärte Tod. WISST IHR, ER HAT EIN LUNCHPAKET BEKOMMEN. VOM HERZOG.

Es gab mehrere Eigenschaften, die Olerve für den Thron von Sto Lat prädestinierten, und dazu gehörte, dass er nicht besonders schnell von Begriff war. Der König dachte einige Sekunden lang nach und lachte leise. Dann bemerkte er Mort.

»Wer ist das?«, fragte er. »Noch ein Toter?«

MEIN LEHRLING, sagte Tod. ICH SCHÄTZE, ICH WERDE DEM SCHLINGEL BALD EINE ORDENTLICHE STANDPAUKE HALTEN MÜSSEN. JEMAND SOLLTE DIR DEN KOPF WASCHEN, JUNGE.

»Mort«, sagte Mort automatisch. Er lauschte dem Klang ihrer Stimmen, und gleichzeitig beobachtete er fasziniert, was um sie herum geschah. Er fühlte sich ... nun, real. Tod schien weiterhin feste Substanz zu besitzen. Und der König wirkte überraschend gesund und munter, wenn man bedachte, dass man ihn gerade umgebracht hatte. Der Rest der Welt bestand aus lauter vagen Schemen und Schatten. Diffuse Gestalten beugten sich über einen zu Boden gesunkenen Körper und durchdrangen Mort, als sei er nur zerfasernder Nebel.

Die junge Frau schluchzte.

»Das ist meine Tochter«, sagte der König. »Eigentlich sollte ich sie bemitleiden. Warum empfinde ich überhaupt nichts?«

GEFÜHLE BLEIBEN ZURÜCK. ES HAT ETWAS MIT DEN DRÜSEN ZU TUN.

»Oh. Das leuchtet ein. Sie kann uns nicht sehen, oder?«

NEIN, bestätigte Tod.

»Vermutlich gibt es keine Möglichkeit für mich, ihr ...«

KEINE EINZIGE.

»Tja, es ist nur ... Ich meine, sie wird jetzt Königin, und wenn ich ...«

TUT MIR LEID.

Die junge Dame sah auf, und ihr Blick glitt durch Mort. Der Herzog trat hinter sie und legte ihr eine tröstende Hand auf die Schulter. Ein dünnes Lächeln umspielte seine Lippen – Mort verglich das Lächeln mit dem Grinsen einer Sandbank, die auf unvorsichtige Schwimmer wartet.

Wenn ich mich dir nur verständlich machen könnte!, sagte Mort. Du darfst ihm nicht vertrauen!

Die Prinzessin starrte Mort an und rollte mit den Augen. Er streckte den Arm aus und versuchte, ihre Hand zu berühren, doch seine Finger stießen auf keinen Widerstand.

KOMM JETZT, JUNGE. WIR DÜRFEN HIER NICHT LÄNGER HERUMTRÖDELN.

Mort spürte den nicht unfreundlichen Griff seines Lehrmeisters. Widerstrebend wandte er sich ab, folgte Tod und dem König.

Sie gingen durch die Wand. Mort befand sich mitten in festem Stein, als ihm einfiel, dass niemand einfach so durch Wände schreiten konnte.

Die fatale Logik dieser Erkenntnis traf ihn wie ein tödlicher Schock. Die Kälte des Granits legte sich ihm um den Leib, als er eine bleierne Stimme hörte.

BETRACHTE DIE ANGELEGENHEIT AUS FOLGENDER PERSPEKTIVE. DIE WAND KANN ÜBERHAUPT NICHT EXISTIEREN, DENN SONST WÄRST DU WOHL KAUM IN DER LAGE HINDURCHZUGEHEN, JUNGE.

»Mort«, sagte Mort.

WIE?

»Ich heiße Mort beziehungsweise Mortimer«, erwiderte Mort verärgert, schob sich vor und streifte die Kühle ab.

NA ALSO. WAR DOCH GAR NICHT SO SCHWER, ODER?

Mort sah verwirrt durch den Korridor und klopfte versuchsweise an die Mauer. Er entdeckte keine verborgene Tür, und der Stein schien durchaus massiv zu sein. Hier und dort glänzte Glimmer.

»Wie bringst du das fertig?«, fragte er. »Wie habe *ich* das geschafft? Ein magisches Wunder?«

GERADE MAGIE SPIELT DABEI NICHT DIE GERINGSTE ROLLE, JUNGE. WENN DU GANZ ALLEIN ZU SO ETWAS IN DER LAGE BIST, KANN ICH DICH NICHTS MEHR LEHREN.

Die Gestalt des Königs gewann allmählich eine geisterhafte Qualität. »Höchst beeindruckend, in der Tat«, sagte er. »Übrigens: Ich löse mich auf.«

DAS LIEGT AN DEINEM SCHWÄCHER WERDENDEN MORPHOGENETISCHEN FELD, erklärte Tod.

Die Stimme des Monarchen war kaum mehr als ein Flüstern. »So etwas lässt sich wohl nicht vermeiden, oder?«

ES PASSIERT ALLEN TOTEN. VERSUCH EINFACH, ES ZU GENIESSEN.

»Wie denn?«, raunte Olerve und *waberte.*

KEINE AHNUNG. ICH BIN NICHT TOT. ICH BIN DER TOD.

Der König erzitterte und schrumpfte, wurde immer kleiner, bis sich die Größe seines morphogenetischen Felds auf einen winzigen, strahlenden Punkt beschränkte. Es passierte so schnell, dass Mort nur einen Teil der Veränderung beobachten konnte. Innerhalb eines Sekundenbruchteils wurde aus dem Geist ein funkelndes Staubkorn, das leise seufzte.

Tod fing das glühende Etwas vorsichtig ein und verstaute es irgendwo unter seinem Umhang.

»Was ist mit ihm geschehen?«, fragte Mort.

DAS WEISS NUR ER ALLEIN, entgegnete Tod. KOMM.

»Meine Oma sagte immer, Sterben sei wie Einschlafen«, fügte Mort hoffnungsvoll hinzu.

KEINE AHNUNG. BEIDE ERFAHRUNGEN SIND MIR FREMD.

Mort warf einen letzten Blick durch den Flur. Die große Tür schwang gerade auf, und die Leute verließen den Saal. Zwei ältere Damen bemühten sich, die Prinzessin zu trösten, aber die achtete gar nicht darauf und marschierte mit langen energischen Schritten durch den Flur. Die beiden dicken Frauen schnauften asthmatisch und versuchten vergeblich, mit der Thronfolgerin Schritt zu halten.

SIE IST BEREITS EINE KÖNIGIN, sagte Tod anerkennend. Er mochte Stil.

Auf dem Dach erklang seine Stimme erneut.

DU HAST VERSUCHT, DEN KÖNIG ZU WARNEN, sagte er und nahm Binkys Futtersack ab.

»Ja, Herr. Tut mir leid.«

MAN MUSS SICH MIT DEM SCHICKSAL ABFINDEN UND DARF NICHT VERSUCHEN, EINFLUSS DARAUF ZU NEHMEN. WER BIST DU SCHON, DASS DU ES DIR ANMASST, ÜBER LEBEN UND TOD ZU ENTSCHEIDEN?

Er musterte seinen Lehrling aufmerksam.

SO ETWAS DÜRFEN NUR DIE GÖTTER, fuhr er fort. WER AM SCHICKSAL ODER AUCH NUR DER ZUKUNFT EINES EINZELNEN MENSCHEN HERUMPFUSCHT, BESCHWÖRT DEN UNTERGANG DER GANZEN WELT HERAUF. VERSTEHST DU?

Mort nickte zerknirscht.

»Schickst du mich jetzt nach Hause?«, fragte er.

Tod beugte sich vor und zog den Jungen hoch. Mort nahm hinter dem Sattel Platz.

WEIL DU MITGEFÜHL GEZEIGT HAST? NEIN. ICH WÜRDE MICH VON DIR TRENNEN, WENN DU DICH GEFREUT

HÄTTEST. ABER IN UNSEREM BERUF MUSS MAN LERNEN, DEM MITLEID DIE RICHTIGE FORM ZU GEBEN.

»Welche?«

DIE EINER SCHARFEN KLINGE.

Tage vergingen, und Mort verlor schon bald die kalendarische Übersicht. Die düstere Sonne von Tods Welt kroch in regelmäßigen Abständen über den Himmel, doch den Abstechern ins Universum der Sterblichen schien keine bestimmte Routine zugrunde zu liegen. Tod besuchte nicht nur Könige und wichtige Schlachten; zu seinen Kunden gehörten auch ganz gewöhnliche Leute.

Die Mahlzeiten wurden von Albert serviert, der fast ständig lächelte und nur selten sprach. Ysabell blieb die meiste Zeit über in ihrem Zimmer oder ritt auf einem kleinen Pony durchs Moor jenseits der Schlucht. Mort beobachtete sie dabei und sah, wie ihr Haar wehte. Sicher hätte sie einen beeindruckenderen Anblick geboten, wenn sie eine bessere Reiterin und das Pony ein wenig größer gewesen wäre. Was das Haar betraf... Manche Haarsorten *wehen* auf eine natürliche Art und Weise, doch Ysabells Strähnen mangelte eine solche Eigenschaft.

Wenn Mort seinen Lehrmeister nicht bei nächtlichen Ausflügen begleitete – Tod sprach dabei immer wieder von der PFLICHT –, half er Albert oder machte sich im Garten und im Stall nützlich. Manchmal suchte er auch Tods große Bibliothek auf und las dort mit dem unersättlichen allesfressenden Appetit derjenigen, die zum ersten Mal die Magie des geschriebenen Wortes entdecken.

Bei den meisten Büchern handelte es sich natürlich um Biografien. Zumindest in einer Hinsicht stellten sie etwas Besonderes dar: Sie schrieben sich selbst. Wer bereits gestorben war, füllte seine Werke von Deckel zu Deckel, wohingegen sich Ungeborene mit leeren Seiten begnügen mussten. Die übrigen Leute ... Mort machte sich Notizen, markierte einzelne Stellen, zählte später die zusätzlichen Zeilen und gelangte zu dem Schluss, dass sich manche Bücher pro Tag um vier oder fünf Absätze erweiterten.

Die Handschrift erkannte er nicht.

Schließlich nahm Mort all seinen Mut zusammen.

DU MÖCHTEST WAS?, erwiderte Tod überrascht. Er saß hinter seinem verzierten Schreibtisch und drehte den sensenförmigen Brieföffner hin und her.

»Einen freien Nachmittag«, wiederholte Mort. Das Zimmer erschien ihm plötzlich riesig, und er konnte sich kaum des unangenehmen Eindrucks erwehren, mitten auf einem fußballfeldgroßen Teppich zu stehen.

WARUM?, fragte Tod. BESTIMMT GEHT ES DIR DABEI NICHT UM DIE BEERDIGUNG DEINER GROSSMUTTER, fügte er hinzu. DAVON WÜSSTE ICH.

»Nun, Herr, ich, äh, ich möchte nur ein bisschen unter Leuten sein«, sagte Mort und versuchte, dem Blick der blauglühenden Augenhöhlen standzuhalten.

DU BEGEGNEST JEDEN TAG MENSCHEN, wandte Tod ein.

»Ja, schon, aber eben nicht besonders lange«, erwiderte Mort. »Ich meine, ich würde gern mit jemandem reden, dessen Lebenserwartung sich nicht nur auf einige wenige Minuten beschränkt. Herr.«

Tod trommelte mit seinen Knochenfingern auf den Schreibtisch – es klang nach einer Maus, die sich im Steptanz versuchte. Einige Sekunden lang bedachte er seinen Lehrling mit durchdringendem Blick. Ihm fiel auf, dass der Junge nicht mehr so ungelenk wirkte und mehrere Knie und Ellenbogen verloren zu haben schien. Er stand aufrechter und erweckte sogar den Eindruck, so schwierige Ausdrücke wie

›Exspektanz‹ und ›reziproker Respekt‹ zu kennen. Was nur an der Bibliothek liegen konnte.

NA SCHÖN, sagte Tod widerstrebend. OBWOHL ICH GLAUBE, DASS DU HIER ALLES HAST, WAS DU BRAUCHST. DIE PFLICHT IST DOCH NICHT ZU BESCHWERLICH FÜR DICH, ODER?

»Nein, Herr.«

DU BEKOMMST GUT ZU ESSEN, HAST EIN WARMES BETT, GENUG FREIZEIT UND UMGANG MIT ALTERSGENOSSEN.

»Ich bitte um Verzeihung, Herr ...«

MEINE TOCHTER, erklärte Tod. ICH GLAUBE, DU BIST IHR BEREITS BEGEGNET, ODER?

»Oh. Ja, Herr.«

WENN MAN SIE BESSER KENNT... SIE HAT EIN WARMES HERZ UND EINEN GUTEN CHARAKTER.

»Daran, äh, zweifle ich nicht, Herr.«

TROTZDEM MÖCHTEST DU EINEN ... FREIEN NACHMITTAG? Tod sprach die letzten Worte mit unüberhörbarem Abscheu aus.

»Ja, Herr. Wenn du nichts dagegen hast, Herr.«

NUN GUT. SO SEI ES. ICH ERWARTE DICH ZURÜCK, WENN DIE SONNE UNTERGEHT.

Tod öffnete sein großes Hauptbuch, griff nach einem Stift und begann zu schreiben. Ab und zu streckte er die Hand aus und bewegte die kleinen Kugeln eines Abakus.

Nach einer Weile sah er auf.

DU BIST NOCH IMMER HIER, stellte er fest. OBGLEICH DEINE ARBEITSZEIT GERADE ZU ENDE GEGANGEN IST, fügte er ein wenig verdrießlich hinzu.

»Äh«, machte Mort, »können mich die Menschen in ihrer Welt sehen, Herr?

ICH GLAUBE SCHON, sagte Tod. ICH BIN SOGAR ZIEMLICH SICHER. KANN ICH DIR SONST NOCH IRGENDWIE

BEHILFLICH SEIN, BEVOR DU AUFBRICHST UND MIT DEINEN AUSSCHWEIFUNGEN BEGINNST?

»Da wäre tatsächlich eine Sache, Herr«, entgegnete Mort mit wachsender Verzweiflung. »Ich weiß leider nicht, wie man von hier aus in die Welt der Sterblichen gelangt.«

Tod seufzte laut und zog eine Schublade auf.

GEH EINFACH DORTHIN.

Mort nickte kummervoll und beschritt den langen Weg zur Tür des Büros. Als er sie erreichte und den Knauf drehte, hüstelte Tod.

JUNGE!, rief er und warf seinem Lehrling etwas zu.

Mort fing den Gegenstand auf, und gleichzeitig öffnete sich die Tür.

Rahmen und Schwelle verschwanden, und aus dem dicken Teppich wurde ein schmutziges Kopfsteinpflaster. Helles Tageslicht strömte wie Quecksilber auf ihn herab.

»Mort«, stellte sich Mort dem Kosmos vor.

»Wie bitte?«, fragte ein Händler, der dicht neben ihm stand. Mort drehte den Kopf und sah einen weiten Marktplatz, auf dem ein dichtes Gedränge aus Menschen und Tieren herrschte. In dem allgemeinen Durcheinander wurde praktisch alles verkauft: von schlichten Nadeln bis hin zu erhabenen Heilsvisionen, die von einigen Wanderpredigern angeboten wurden. Es war unmöglich, ein Gespräch zu führen, das auf Schreie verzichtete.

Mort klopfte dem Händler auf den Rücken.

»Kannst du mich sehen?«, fragte er.

Der Mann musterte ihn kritisch.

»Ich denke schon«, erwiderte er nach einer Weile. »Zumindest erkenne ich jemanden, der dir sehr ähnlich sieht.«

»Danke«, sagte Mort erleichtert.

»Schon gut. Ich sehe ziemlich viele Leute, tagaus, tagein, ohne dafür irgendwelche Gebühren zu berechnen. Bist du an Schnürsenkeln interessiert?«

»Eigentlich nicht«, sagte Mort. »Wie heißt dieser Ort?«

»Das weißt du nicht?«

Einige Männer und Frauen am nächsten Stand wandten sich um und beobachteten Mort nachdenklich. Sein Verstand schaltete einen Gang herunter und gab Gas.

»Mein Herr ist viel unterwegs«, fügte er wahrheitsgemäß hinzu. »Wir sind gestern Abend eingetroffen, und ich habe im Karren geschlafen. Heute habe ich den Nachmittag frei.«

»Aha«, machte der Händler, beugte sich vor und zwinkerte verschwörerisch. »Du möchtest dich vergnügen, nicht wahr? Ich könnte etwas für dich arrangieren.«

»Oh, ich wäre bereits damit zufrieden zu wissen, wo ich bin«, sagte Mort.

Der Mann starrte ihn groß an.

»Dies ist Ankh-Morpork. Das sieht man doch auf den ersten Blick. Und man riecht es sofort.«

Mort schnupperte. Die Luft in der Stadt hatte ein besonderes Flair – es handelte sich um die Art von Luft, die den Eindruck vermittelte, dass sie gut über Bedeutung und Konsequenzen des Lebens Bescheid wusste. Jeder einzelne Atemzug erinnerte daran, dass Tausende von anderen Personen in der Nähe weilten. Und die meisten von ihnen besaßen Achseln.

Der Händler musterte Mort argwöhnisch, bemerkte das blasse Gesicht, die gute Kleidung – und eine seltsame Aura, eine Art Sprungfedereffekt.

»Ich will ganz offen sein«, sagte er. »Ich bin bereit, dir den Weg zum nächsten Bordell zu zeigen.«

»Ich habe bereits gegessen«, erwiderte Mort und hoffte, dass er damit die richtige Antwort gab. »Ich möchte dich nur um eine Auskunft bitten: Sind wir hier in der Nähe von Sto Lat?«

»Die Entfernung beträgt rund zwanzig Meilen. In Richtung Mitte.« Der Händler befeuchtete sich die Lippen und fügte hastig hinzu: »Aber dort gibt es nichts, das einen jungen Mann von deinem Schlage interessieren könnte. Du möchtest bestimmt deine Freiheit genießen, nicht wahr? O ja, ich weiß: Dir steht der Sinn nach neuen Erfahrungen, nach Aufregung und Romantik ...«

Mort hatte unterdessen den Beutel geöffnet, der von Tod stammte. Er enthielt Goldmünzen in der Größe von Zechinen.

Vor seinem inneren Auge formte sich ein Bild. Er sah ein blasses schmales Gesicht, umrahmt von rotem Haar, eine junge Frau, die aus irgendeinem Grund seine Gegenwart gespürt hatte. Die undeutlichen Gefühle, die Morts Denken und Empfinden schon seit Tagen heimsuchten, zwangen eine plötzliche Entscheidung herbei.

»Ich brauche ein sehr schnelles Pferd«, sagte er.

Fünf Minuten später hatte sich Mort verirrt.

Er befand sich nun in einem Stadtviertel, das man ›Schatten‹ nannte, einem Bereich, der dringend Hilfe von der Regierung brauchte, zum Beispiel einen amtlichen Flammenwerfer. Man konnte ihn nicht als verwahrlost und schmutzig bezeichnen, denn solche Worte wurden den Schatten nicht annähernd gerecht. Sie stellten vielmehr einen Gestalt gewordenen, greifbaren Superlativ von Erbärmlichkeit, Elend und Niedertracht dar. Offenbar wirkte sich ein sehr spezielles Einstein'sches Paradoxon aus, das in diesen Straßen und Gassen so etwas wie herrlichen Schrecken und ekstatisches Entsetzen schuf. Was das allgemeine Klima betraf: Es herrschte ein überaus stabiles Hochdruckgebiet aus Lärm, porenaktiver Schwüle und nasenfreundlichem Kuhstallduft.

In den Schatten gab es nicht das, was man Nachbarschaft nennt; stattdessen sollte man besser von einer regelrechten Ökologie sprechen. Der Vergleich mit einem riesigen, auf festem Land gewachsenen Korallenriff erscheint angemessen: Es bot Lebensraum für Hummer, Tintenfische und Garnelen – und auch für Haie.

Mort wanderte hilflos durch das Labyrinth aus schmalen Gassen und kurvenreichen Durchgängen. Beobachter in Dachhöhe hätten sicher ein gewisses Bewegungsmuster in der Menge hinter ihm erkannt, eine Art Kielwelle aus Männern, die sich langsam ihrem Opfer näherten. Sie wären sicher zu dem Schluss gelangt, dass Mort und sein Gold ungefähr die gleiche Lebenserwartung hatten wie ein dreibeiniger Igel mitten auf einer sechsspurigen Autobahn.

Inzwischen dürfte bereits klar geworden sein, dass es in den Schatten keine Bürger gab, sondern nur Bewohner. Gelegentlich wandte sich Mort an jemanden und fragte nach einem vertrauenswürdigen Pferdehändler. Für gewöhnlich brummte der betreffende Bewohner etwas Unverständliches und eilte fort. Aus gutem Grund: Wer beabsichtigte, in den Schatten länger als drei oder vier Stunden zu überleben, entwickelte zusätzliche Sinne und ging Mort mit der gleichen Aufmerksamkeit aus dem Weg, mit der ein Bauer während eines Gewitters hohe Bäume meidet.

Schließlich erreichte Tods Lehrling den Ankh, größter und erhabenster aller Flüsse. Selbst dort, wo er in die Stadt strömte, war er langsam und träge, beladen mit dem Schlick der Ebenen. Aber im Bereich der Schatten wäre selbst ein Agnostiker in der Lage gewesen, ihn zu Fuß zu überqueren. Wer im Ankh zu ertrinken versucht, erstickt vorher.

Mort betrachtete die braune Masse skeptisch. Sie schien sich zu bewegen, und hier und dort stiegen Blasen auf. Also musste es Wasser sein.

Er seufzte und wandte sich um.

Drei Männer traten ihm entgegen, erschienen so plötzlich, als wären sie aus dem Pflaster gewachsen. Sie sahen ganz wie die zu allem entschlossenen, durchtriebenen Bösewichter aus, die irgendwann in jedem Roman auftauchen, um den

Helden ein wenig in Gefahr zu bringen. Der Leser bleibt bei solchen Abschnitten natürlich zuversichtlich, denn er weiß genau, dass der Protagonist nicht vor der letzten Seite sterben kann. Er ist daher ziemlich sicher, dass den Halunken eine Überraschung bevorsteht.

Diese drei Burschen grinsten anzüglich. Sie hatten Übung darin.

Einer von ihnen zog ein Messer und schnitt damit runde Löcher in die Luft, während er sich Mort langsam näherte. Seine beiden Kumpanen blieben einige Schritte zurück und gewährten ihm unmoralische Unterstützung.

»Her mit dem Geld!«, fauchte der Mann.

Mort tastete nach dem Beutel am Gürtel.

»He, einen Augenblick!«, sagte er. »Was geschieht nachher? Ich meine, nachdem ich dir die Münzen gegeben habe?«

»Was?«

»Geld oder Leben«, erklärte Mort. »So heißt es doch immer, nicht wahr? Eine Tradition aller Räuber, die etwas auf sich halten. Das habe ich in einem Buch gelesen.«

»Möglich, nicht unbedingt von der Hand zu weisen«, gestand der Räuber ein. Er spürte, dass er die Initiative verlor, fasste sich jedoch rasch. »Andererseits: Vielleicht verlangen wir das Geld *und* dein Leben. Alles oder nichts, sozusagen.« Er drehte den Kopf und sah seine Gefährten an, die daraufhin gehorsam kicherten.

»In dem Fall …« Mort holte aus, um den Beutel so weit wie möglich in den Fluss zu werfen. Eine nicht geringe Wahrscheinlichkeit sprach dafür, dass er von der Oberfläche abprallen würde.

»He, was tust du da?«, fragte der Räuber. Er lief los, blieb aber sofort stehen, als Mort den Beutel hin und her schwang.

»Nun«, sagte Mort, »ich sehe die Sache so. Wenn ihr mich *ohnehin* töten wollt, kann das Geld von mir aus ruhig im Ankh verschwinden. Es liegt ganz bei euch.« Um seinen Standpunkt zu unterstreichen, nahm er eine Münze aus dem Beutel und warf sie ins Wasser. Das braune Etwas verschlang die kleine gelbe Metallscheibe mit einem unheilvoll klingenden saugenden Geräusch. Die Diebe schauderten.

Ihr Anführer starrte auf Morts Börse. Er blickte auf sein Messer. Er beobachtete den Jungen einige Sekunden. Er sah seine beiden Komplizen an.

»Entschuldige mich für einen Moment«, sagte er schließlich und kehrte zu den anderen Räubern zurück, um sich mit ihnen zu beraten.

Mort schätzte die Entfernung bis zum Ende der Gasse ab. Nein, er konnte es unmöglich schaffen. Die drei Halunken schienen ziemlich flink auf den Beinen zu sein. Nur Logik brachte sie ein wenig in Verlegenheit.

Der Anführer drehte sich wieder zu Mort um. Er warf seinen Begleitern einen letzten Blick zu, und sie nickten bestätigend.

»Ich glaube, wir töten dich und gehen ein Risiko ein, was das Geld betrifft«, sagte er. »Wir möchten vermeiden, dass sich die Sache herumspricht.«

Die beiden anderen Räuber zogen ebenfalls ihre Messer.

Mort schluckte. »Ich fürchte, ihr macht einen Fehler.«

»Wieso?«

»Jemand könnte verletzt werden. *Ich* zum Beispiel. Und das würde mir ganz und gar nicht gefallen.«

»Dir soll nichts gefallen, du sollst sterben«, sagte der Anführer und kam näher.

»Ich glaube, meine Zeit ist noch nicht abgelaufen«, erwiderte Mort und wich zurück. »Man hätte mir bestimmt Bescheid gegeben.«

»Ja«, brummte der Räuber. Verwirrung stahl sich in seine grimmige Miene. »Genau das ist gerade geschehen, nicht wahr? Bei der Großen Dampfenden Elefantenkacke!«

Mort war geflohen. Direkt durch die Wand.

Der Oberdieb starrte auf die massive Mauer, die Mort verschluckt hatte. Verärgert warf er sein Messer zu Boden.

»Zum - - - - auch«, schnaufte er. »Ein - - - - Zauberer. Ich hasse - - - - Zauberer!«

»Du solltest sie nicht - - - -«, brummte einer der beiden anderen Schurken. Es fiel ihm überhaupt nicht schwer, vier Bindestriche zu formulieren.

Das dritte Mitglied des Trios war nicht ganz so helle wie seine Kumpanen. »He, er ist einfach durch die Wand gegangen!«

»Und wir ham ihn schon seit einer halben Ewigkeit verfolgt, jawohl«, fügte der zweite Halunke hinzu. »Wirklich ’n toller Plan, Armertropf. Ich habe doch gesacht, dass er ein Zauberer is. Nur Zauberer sin hier allein unterwechs. Habe ich nich gesacht, dass er wie ein Zauberer aussieht? Ich sachte ...«

»Du *sachst* eindeutig zuviel«, knurrte der Anführer.

»Ich hab gesehen, wie er direkt durch die Wand gegangen ist ...«

»Ach, tatsächlich?«

»Ja!«

»Direkt durch die Wand, habta das nicht gesehen?«

»Du hältst dich wohl für ziemlich klug, was? Glaubst wohl, dein Verstand sei messerscharf, wie?«

»Zumindest schärfer als deiner, ha!«

Der Anführer bückte sich und griff mit einer fließenden Bewegung nach seinem Dolch.

»Auch schärfer als diese Klinge hier?«

Der dritte Dieb schlurfte zur Wand und beklopfte sie, während hinter ihm so bedeutungsvolle Worte erklangen wie »Argh!« und »Grgh!«, kurz darauf gefolgt von dumpfem Stöhnen und Ächzen.

»Mit der Mauer ist alles in Ordnung«, sagte der letzte Räuber. »Völlig normaler Stein, soweit sich das feststellen lässt. Was meint ihr dazu, Jungs?«

»Jungs?«

Er stolperte über zwei Leichen.

»Oh«, murmelte er. Es wurde bereits darauf hingewiesen, dass dieser Schurke bei einem Intelligenzwettbewerb nicht einmal den Trostpreis erhalten hätte, aber sein geistiges Getriebe arbeitete gut genug, um ihm eine wichtige Erkenntnis zu ermöglichen: Er befand sich in einer schmalen düsteren Gasse, die zum Stadtviertel Schatten gehörte – und er war allein.

Er lief los und kam ziemlich weit.

Tod schritt langsam durch das Zimmer mit den Lebensuhren, und sein starrer Blick glitt über die vielen Stundengläser. Eifriger Sand rieselte in ihnen. Albert folgte ihm pflichtbewusst und trug das große Hauptbuch.

Das Tosen der Zeit umgab sie. Es bedeutete Zukunft und Vergangenheit, nur einen Hauch Gegenwart.

Das Geräusch stammte von den langen Regalen, die sich bis in weite Ferne erstreckten. Hunderte, Tausende, Millionen und Milliarden Lebensuhren ruhten darauf, enthielten den feinen Staub sterblichen Lebens. Es war ein düsteres, unheilvolles Geräusch, die akustische Entsprechung von dicker träger Vanillesoße, die auf den Pfannkuchen der Seele tröpfelte.

NUN GUT, sagte Tod. ES SIND NUR DREI. EINE RUHIGE NACHT.

»Heute sind folgende Personen dran«, verkündete Albert. »Mütterchen Kniesehne, Abt Lobgesang – schon wieder – und Prinzessin Keli.«

Tod betrachtete die drei entsprechenden Sanduhren.

ICH HABE MIR ÜBERLEGT, OB ICH DEN JUNGEN SCHICKEN SOLL, sagte er.

Albert schlug im Hauptbuch nach.

»Mütterchen Kniesehne dürfte keine Probleme bereiten, und der Abt hatte bereits Gelegenheit, einschlägige Erfahrungen zu sammeln«, erwiderte er. »Die Prinzessin hingen … Schade. Sie ist erst fünfzehn. Wir sollten mit Schwierigkeiten rechnen.«

JA, WIRKLICH BEDAUERNSWERT.

»Herr?«

Tod griff nach dem dritten Glas und beobachtete nachdenklich, wie sich der Fackelschein auf dem Glas widerspiegelte. Er seufzte.

SO JUNG …

»Stimmt was nicht, Herr?«, fragte Albert besorgt.

DIE ZEIT IST WIE EIN BREITER STROM, DER AN DEN GESTADEN DES SCHICKSALS VORBEIFLIESST, SEHNSÜCHTE UND HOFFNUNGEN FORTTRÄGT …

»Herr!«

WAS? Tod erwachte aus seinen Grübeleien.

»Du hast zu lange und zu hart gearbeitet, Herr. Es ist der Stress …«

WOVON SCHWATZT DU DA, MANN?

»Deine Bemerkungen von vorhin … Sie klangen ziemlich seltsam. Vielleicht fühlst du dich nicht gut, Herr.«

UNSINN. MIR IST ES NIE BESSER GEGANGEN. WORÜBER SPRACHEN WIR GERADE?

Albert hob die Schultern und blickte wieder ins Buch.

»Mütterchen Kniesehne ist Hexe«, sagte er. »Es könnte sie verärgern, wenn du Mort schickst.«

Wer sich auf den Umgang mit Magie verstand, hatte nach seinem Ableben das Recht, von Tod höchstpersönlich und nicht etwa von einem seiner Gesandten ins Jenseits geleitet zu werden.

Tod überhörte Alberts Einwand und starrte weiterhin auf Prinzessin Kelis Lebensuhr.

WIE BEZEICHNET MAN JENES GEFÜHL, DAS SICH ALS WEHMÜTIGES BEDAUERN UMSCHREIBEN LÄSST UND GEWISSEN DINGEN GILT, DIE MAN LEIDER NICHT ÄNDERN KANN?

»Trauer, Herr. Glaube ich. Und nun ...«

ICH BIN TRAUER.

Alberts Kinnlade klappte herunter. Schließlich fasste er sich lange genug, um hervorzustoßen: »Herr, wir sprachen über Mort!«

MORT?

»Damit ist dein Lehrling gemeint, Herr«, erklärte Albert geduldig. »Ein hochgewachsener, recht schlaksiger junger Mann mit vielen Ellbogen und Knien, von denen er inzwischen ein paar verloren hat.«

OH. JA. NUN, WIR SCHICKEN IHN.

»Ist er wirklich fähig, allein die PFLICHT zu erfüllen?«, fragte Albert skeptisch.

Tod dachte kurz nach. JA, ICH GLAUBE SCHON, antwortete er schließlich. ER IST SCHARFSINNIG UND LERNT SCHNELL. Nach kurzem Zögern fügte er hinzu: AUSSERDEM KÖNNEN DIE STERBLICHEN WOHL KAUM VON MIR ERWARTEN, DASS ICH MICH DAUERND UM SIE KÜMMERE.

Mort starrte verwirrt auf den schwarzen Samt dicht vor seinen Augen.

Ich bin durch eine Wand gegangen, dachte er. Und das ist unmöglich.

Behutsam strich er den Vorhang beiseite, um festzustellen, ob sich irgendwo eine Tür verbarg. Aber sein Blick fiel nur auf abbröckelnden Putz, der an einigen Stellen zwar feuchtes, doch nichtsdestotrotz massives Mauerwerk offenbarte.

Er betastete es versuchsweise. Und kam zu dem Schluss, dass er einen anderen Ausgang suchen musste.

»Tja«, sagte er zur Wand. »Was jetzt?«

Hinter ihm erklang eine Stimme. »Ah«, sagte die Stimme. »Entschuldige bitte ...«

Mort drehte sich langsam um.

An dem Tisch in der Mitte des Zimmers saß eine klatschianische Familie, die aus Vater, Mutter und sechs Kindern bestand, deren Köpfe auf der einen Seite wie die Stufen einer Treppe aufragten. Acht Blicke richteten sich auf Mort. Das neunte Augenpaar gehörte einem greisen Menschen von unbestimmbarem Geschlecht und schenkte dem Neuankömmling nicht die geringste Beachtung. Sein Eigentümer nutzte die Gelegenheit, um an der großen Reisschale ein wenig Ellbogenfreiheit zu gewinnen. Das uralte Neutrum vertrat die durchaus verständliche Ansicht, leckerer gekochter Fisch in der einen Hand sei gleich mehrere unerklärliche Manifestationen wert, und in der plötzlich entstandenen Stille ertönte ein genüssliches Schmatzen.

In der einen Ecke des kleinen Raums stand ein niedriger Schrein, der Offler geweiht war, dem sechsarmigen Krokodilgott von Klatsch. Der Götze grinste wie Tod. Allerdings gab es einen Unterschied: Tod hatte keinen Schwarm Heiliger Vögel, die Nachrichten von seinen Jüngern brachten und ihm außerdem die Zähne reinigten.

Klatschianer achten die Gastfreundschaft mehr als alle anderen Tugenden. Während Mort sprachlos starrte, stand die Frau auf, holte einen zusätzlichen Teller und füllte ihn aus der großen Schale. Nach einem kurzen stummen Kampf rang sie dem geschlechtslosen Greis einige Welsstücke ab und fügte sie dem Reis hinzu.

Der Blick ihrer schwarzumrandeten Augen blieb die ganze Zeit auf den so plötzlich erschienenen Besucher gerichtet.

Mort begriff, dass die Worte, die er eben gehört hatte, vom Vater stammten. Er verbeugte sich nervös.

»Tut mir leid«, sagte er. »Äh, allem Anschein nach bin ich durch diese Wand hier gegangen.« Es klang recht seltsam, selbst in seinen eigenen Ohren.

»Bitte?«, erwiderte der Mann. Die Armreifen der Frau klirrten leise, als sie einige Paprikastreifen zu einem kunstvollen Muster auf dem Teller anordnete und eine grüne Soße hinzugab, die unangenehme Erinnerungen in Mort weckte. Er hatte sie vor einigen Wochen probiert: Zwar war sie das Ergebnis eines außerordentlich komplizierten Rezepts, doch der Geschmack deutete darauf hin, dass die Hauptingredienzen aus Fischeingeweiden bestanden, die mehrere Jahre lang in Haigalle gelegen hatten. Tod hielt es für eine Delikatesse, woraus Mort schloss, dass er sich nicht zum Gourmet eignete.

Er schob sich vorsichtig an der Wand entlang und hielt auf die Tür mit dem langen Perlenschnur-Vorhang zu. Die Köpfe der Beobachter drehten sich langsam.

Mort rang sich ein verlegenes Lächeln ab.

Die Frau fragte: »Warum zeigt der Dämon seine Zähne, Licht meines Lebens?«

Der Mann erwiderte: »Vielleicht hat er Hunger, Mond meiner Sehnsucht. Hol noch mehr Fisch für ihn.«

Und der oder die Alte kommentierte: »Den wollte ich essen, verflixter Bengel. Ach, wehe der Welt, wenn das Alter nicht mehr respektiert wird!«

Das Klatschianische zeichnet sich durch all die akustischen Schnörkel und zungenakrobatischen Kunststücke einer uralten und gereiften Sprache aus, in der es bereits fünfzehn verschiedene Worte für den Begriff ›Mord‹ gab, bevor die übrigen Bewohner der Welt herausfanden, was man mit einem ordentlichen Knüppel anrichten kann. Für einen Sekundenbruchteil hatte Mort nicht die geringste Ahnung, was die sonderbaren Zisch- und Brummlaute bedeuteten, aber dann geschah etwas Seltsames: Das Kauderwelsch klopfte an seine Trommelfelle, fand Einlass und wurde in den Laboratorien des Gehirns zu einer verständlichen Botschaft.

»Ich bin kein Dämon, sondern ein Mensch«, sagte er. Und klappte verblüfft den Mund zu, denn er hatte perfektes Klatschianisch gesprochen.

»Bist du etwa ein Dieb?«, fragte der Vater. »Oder ein Attentäter? So wie du hier hereingeschlichen bist... Du könntest sogar ein *Steuereintreiber* sein.« Er griff unter den Tisch und holte ein Hackbeil hervor, dessen Klinge sehr scharf wirkte. Die Frau schrie, ließ den Teller fallen und presste ihre jüngsten Kinder an eine Brust, die auch noch mehr Sprösslingen Platz geboten hätte.

Mort starrte auf den blanken bedrohlichen Stahl und entschied, es mit Diplomatie zu versuchen.

»Ich bringe euch Grüße aus den finstersten Sphären der Hölle«, sagte er kühn.

Sofort kam es zu einer erstaunlichen Veränderung. Das Hackbeil verschwand wieder unterm Tisch, und die ganze Familie lächelte.

»Dämonenbesuche bringen viel Glück«, behauptete der Vater. »Was ist dein Begehr, o stinkende Brut aus Offlers Lenden?«

»Wie?«, fragte Mort verwirrt.

»Ein Dämon bringt Segen und Wohlstand dem Manne, der ihm hülfet«, intonierte der Vater. »Wie können wir dir zu Diensten sein, o fauliger Odem aus den Senkgruben der Verdammnis?«

»Ich habe keinen großen Appetit«, sagte Mort. »Aber wenn du weißt, wo ich ein schnelles Pferd finden kann, das mich vor Sonnenuntergang nach Sto Lat bringt...«

Der Mann strahlte und verneigte sich. »Ich kenne einen

solchen Ort, o Ausgeburt des verderblichen Verderbens. Bitte folge mir.«

Mort schloss sich dem Vater an. Der uralte Urahn am Tisch sah ihnen argwöhnisch nach und kaute energisch.

»So etwas bezeichnet man hier als Dämon?«, fragte das greisenhafte Etwas. »Möge Offler diese feuchte Region mit Trockenheit verfluchen. Selbst die hiesigen Teufel sind drittklassig und überhaupt nicht mit denen im Alten Land zu vergleichen.«

Die Frau füllte eine kleine Reisschale, schob sie in die gefalteten Mittelhände der Statue (in der Regel waren solche Gaben am nächsten Morgen verschwunden) und trat zurück.

»Mein Gemahl erzählte, dass er vor einigen Wochen im *Curry-Garten* einen unsichtbaren Kunden bedient hat«, erwiderte sie. »Er war sehr beeindruckt.«

Zehn Minuten später kehrte das Familienoberhaupt zurück und legte in feierlichem Schweigen einen kleinen Haufen Goldmünzen auf den Tisch. Sie genügten, um einen großen Teil der Stadt zu erwerben.

»Er hatte einen ganzen Beutel voll davon«, meinte er. Eltern, Kinder und Urahn starrten eine Zeit lang auf die Münzen. Schließlich seufzte die Frau.

»Reichtum bringt Probleme mit sich«, sagte sie. »Was tun wir jetzt?«

»Wir kehren nach Klatsch zurück«, entschied Gemahl. »Unsere Kinder sollen gemäß den ruhmreichen Traditionen unseres alten Volkes aufwachsen, in der Heimat, wo ein aufrechter Mann nicht als Kellner für herrische Wirte und Restaurantbesitzer arbeiten muss, sondern stolz das Haupt heben kann. Ich schlage vor, wir machen uns unverzüglich auf den Weg, o duftende Blüte einer Dattelpalme.«

»Warum denn, o hart arbeitender Sohn der Wüste?«

»Weil ich gerade das beste Rennpferd des Patriziers verkauft habe«, antwortete der Mann.

Das Pferd war nicht so prächtig und schnell wie Binky, aber seine Hufe fraßen heißhungrig die Meilen. Innerhalb weniger Minuten wuchs die Entfernung zu einigen berittenen Wächtern, die aus irgendeinem Grund mit Mort sprechen wollten. Die eher schäbigen Viertel des Stadtrands von Ankh-Morpork blieben schon bald zurück, und der Weg führte durch die weite Ebene von Sto. Der dunkle Boden war sehr fruchtbar, was an den häufigen Überflutungen durch den trägen Ankh lag, der den Bewohnern dieser Region ein regelmäßiges sicheres Einkommen gewährte. Insbesondere die Ärzte brauchten sich keine Sorgen zu machen: In ihren Wartezimmern wimmelte es von Patienten mit chronischer Arthritis.

Außerdem war die Landschaft extrem langweilig. Das Licht des Tages destillierte von Silber zu Gold, und Mort ritt über eine völlig flache kühle Ebene, auf der schachbrettartige Kohlfelder von Horizont zu Horizont reichten. Man könnte viel über Kohl schreiben, zum Beispiel auf den hohen Vitamingehalt hinweisen, auf die vielen Spurenelemente in den Blättern, auf die für einen ordentlichen Stuhlgang bedeutsamen Ballaststoffe, auf den lobenswerten Nährwert. Dennoch fehlt solchen Früchten des Feldes und Schweißes etwas. Trotz ihrer kulinarischen und moralischen Überlegenheit im Vergleich zu Narzissen (um ein Beispiel zu nennen) haben sie nie die dichterische Kreativität stimuliert. Nur wenige Poeten ließen sich dazu herab, einige Zeilen über die Ästhetik des Kohls zu verfassen, in der Mehrzahl solche, die seit einer Woche fasteten. Die Entfernung nach Sto Lat betrug nur zwanzig Meilen, aber für die subjektive menschliche Erfahrung wuchs die Strecke auf das Hundertfache.

An den Toren von Sto Lat standen Wächter, doch im Vergleich zu denen in Ankh-Morpork wirkten sie verlegen und unsicher, wie Amateure. Mort ritt an einem vorbei, und der Mann kam sich wie ein Narr vor, als er fragte: »Wer dort?«

»Ich habe leider keine Zeit, um mit dir zu reden«, erwiderte Mort.

Der Soldat war gerade erst der Stadtwache zugeteilt worden und nahm seine Aufgabe sehr ernst, obwohl ... obwohl es ihm nicht sehr behagte, den ganzen Tag über ein Kettenhemd zu tragen und sich an einer Stange festzuhalten, an deren Ende der Stahl einer Axt glänzte. Als er sich freiwillig gemeldet hatte, war er davon überzeugt gewesen, dass ihn Aufregung erwartete, Abenteuer, eine Armbrust und vor allem eine Uniform, die nicht im Regen rostete.

Er trat vor, dazu entschlossen, die Stadt gegen Leute zu verteidigen, die verantwortungsbewussten und rechtmäßig autorisierten Repräsentanten der Legislative nicht mit dem gebührenden Respekt begegneten. Mort starrte auf die Lanzenspitze, die nur wenige Zentimeter vor seinem Gesicht schwebte. Mühsam versuchte er, seine Ungeduld zu bezähmen.

»Aber wenn ich es mir genauer überlege ...«, sagte er wie beiläufig. »Was hältst du davon, wenn ich dir dieses prächtige Ross zum Geschenk mache?«

Es fiel ihm nicht weiter schwer, den Eingang des Schlosses zu finden. Auch dort standen Wächter, ausgestattet mit Armbrüsten und grimmigen Mienen. Mort bedauerte es, dass ihm die Pferde ausgegangen waren. Eine Zeit lang wanderte er vor dem Tor auf und ab, bis er schließlich die neugierigen und argwöhnischen Blicke aller Palastwachen fühlte. Enttäuscht ging er fort, schlenderte niedergeschlagen durch die Straßen und verfluchte seine eigene Dummheit.

Ein zwanzig Meilen weiter Ritt, vorbei an endlosen Kohlfeldern, der verlängerte Rücken inzwischen kaum mehr als ein taubes Stück Holz ... Wozu das alles? Er wusste nicht einmal, was er sich von einem Aufenthalt in Sto Lat versprach. Die Prinzessin hatte ihn bemerkt, obgleich er sich unsichtbar wähnte? Na und? Bedeutete das irgendetwas? Nein, natürlich nicht? Trotzdem sah Mort immer wieder die hoffnungsvoll blickenden Augen der jungen Frau. Er wollte ihr sagen, dass es nichts zu befürchten gab. Er wollte ihr von sich erzählen, von seinen Wünschen und Zukunftserwartungen. Er wollte feststellen, in welchem Zimmer des Schlosses sie wohnte. Er wollte das Fenster beobachten, bis sie das Licht löschte. Und so weiter, und so fort.

Einige Zeit später drang ein seltsam dumpfes rhythmisches Geräusch an die Ohren eines aufmerksamen Schmieds, der in einer Seitenstraße von Sto Lat arbeitete, in einer Gasse, die direkt ans Schloss grenzte. Zu seinem großen Erstaunen bemerkte er einen hochgewachsenen, schlaksigen und rotgesichtigen jungen Mann, der immer wieder versuchte, durch die Palastwand zu gehen.

Noch etwas später betrat ein junger Mann mit Kratzern und Schrammen im Gesicht eine Schenke und fragte nach dem Wohnort des nächsten Zauberers.

Noch etwas später näherte sich Mort einem kleinen schiefen Haus, über dessen Eingangstür ein dunkel angelaufenes Messingschild hing. Die Aufschrift lautete: Ignazius Eruptus Schneidgut, Doctoruß Magus (Unsichtbare Universität), Maister des Unendlichen, Ulluminahtus, Zauberer des Zweiundfünfzigsten Grades, Hüter der Sacralen Pfohrte – Wenn nicht zu Hause Post bitte bei Frau Thugent nebenan hinterlassen.

Mort war angemessen beeindruckt, und das Herz klopfte ihm bis zum Hals, als er nach dem Türklopfer griff – der gusseisernen Nachbildung eines unheimlichen Fabelwesens, in dessen breiter Schnauze ein dicker Ring steckte – und zweimal pochte.

Einige Sekunden geschah überhaupt nichts, dann hörte Mort seltsame Geräusche. Bei einem weniger ehrwürdigen Domizil hätte er angenommen, dass jemand hastig Geschirr in die Spüle schob und schmutzige Wäsche unter dem Sofa versteckte.

Schließlich öffnete sich die Tür und schwang geheimnisvoll langsam auf.

»Du follteft beffer ftaunen«, sagte der Türklopfer im Plauderton. Der Ring behinderte ihn etwas. »Er benutzt einige Rollen und Feile. Weifft du, in Hinficht auf Öffnungfzauber ift er nicht fehr begabt.«

Mort starrte auf die grinsende Metallfratze. Ich arbeite für ein Skelett und kann durch Wände gehen, dachte er. Warum sollte mich so etwas überraschen?

»Besten Dank«, sagte er.

»Gern gefehen. Klopf die Ftiefel an den Ftufen ab. Die Fufmatte hat heute ihren freien Tag.«

Mort betrat ein großes niedriges Zimmer, einen düsteren Raum voller Schatten und Schemen. Es roch hauptsächlich nach Weihrauch und gekochtem Kohl, aber auch nach schmutziger Wäsche und jener Sorte von Person, die des Morgens ihre Socken an die Wand wirft und das Paar trägt, das nicht an der Tapete festklebt. Mort sah eine große (gesprungene) Kristallkugel, ein Astrolabium (es fehlten mehrere Teile), ein abgewetztes Oktagramm auf dem Boden und einen ausgestopften Alligator, der von der Decke herabhing. Ausgestopfte Alligatoren gehören zur Standard-Ausstattung eines jeden magischen Laboratoriums. Dieses besondere Exemplar wirkte recht verdrießlich.

Ein Perlenschnurvorhang an der einen Seite knisterte dramatisch beiseite und offenbarte jemanden, der eine Kapuze trug. Solche Aufmachungen waren Mort bereits vertraut.

»Günstige Sterne leuchten auf die Stunde unserer Begegnung herab,« verkündete die Gestalt wohlwollend.

»Welche Sterne?«, fragte Mort.

Einige Sekunden besorgten Schweigens folgten.

»Ich bitte um Verzeihung.«

»Welche Sterne meinst du?«, fragte Mort.

»Günstige«, sagte die Gestalt unsicher und holte tief Luft. »Welches Anliegen führt dich zu Ignazius Eruptus Schneidgut, Bewahrer der Acht Schlüssel, Wanderer in den Kerkerdimensionen, Oberster Magus des ...«

»Entschuldige«, warf Mort ein, »bist du das wirklich?«

»Wirklich was?«

»Meister des Übernatürlichen, Erster Lord Dingsbums der Sakralen Kerker und so weiter?«

Schneidgut schlug verärgert die Kapuze zurück. Anstelle des erwarteten graubärtigen Mystikers sah Mort ein rundliches, pummeliges Gesicht, rosarot und weiß wie Schweinepastete – ein Vergleich, der sich nicht nur auf die farblichen Aspekte beschränkte. Zum Beispiel haben Schweinepasteten keinen Bart und wirken meistens gutmütig.

»Im übertragenen Sinne«, antwortete Ignazius Eruptus.

»Was bedeutet das?«

»Es bedeutet, äh, nein«, sagte Schneidgut.

»Aber du hast doch gesagt ...«

»Das war nur Werbung«, sagte der Zauberer. »Eine besondere Art von Magie, mit der ich mich seit einiger Zeit befasse. Was möchtest du?« Schneidgut lächelte hintergründig. »Einen Liebestrank? Ein Mittel, um junge Damen von deinen männlichen Qualitäten zu überzeugen?«

»Ist es möglich, durch Wände zu gehen?«, fragte Mort verzweifelt. Schneidguts Hand verharrte dicht vor einer großen Flasche mit öliger Flüssigkeit.

»Mithilfe von Magie?«

»Äh«, machte Mort, »ich glaube nicht.«

»Dann solltest du sehr dünne Wände wählen«, riet der Zauberer. »Noch besser: Benutze die Tür. Ich empfehle dir die dort drüben, falls du nur gekommen bist, um meine Zeit zu verschwenden.«

Mort zögerte und legte seinen Beutel mit dem Gold auf den

Tisch. Schneidgut starrte auf die Münzen, wimmerte leise und streckte die Hand nach einer gelben Scheibe aus. Sein Besucher hielt ihn am Unterarm fest.

»Ich bin durch Wände gegangen«, sagte Mort langsam und deutlich.

»Oh, natürlich bist du das, selbstverständlich«, murmelte der Zauberer. Sein Blick klebte am Beutel fest. Er löste den Korken aus einer Flasche, in der es bläulich schimmerte, trank einen geistesabwesenden Schluck.

»Es ist nur ... Vorher wusste ich nicht, dass ich dazu in der Lage bin, und als ich durch die erste Wand ging, wusste ich nicht, was ich anstellte, und obwohl ich inzwischen auch andere Mauern durchschritten habe, weiß ich noch immer nicht, wie ich das mache. Ich möchte wissen, wie man so etwas bewerkstelligt.«

»Warum?«

»Weil ...«, begann Mort. »Wenn ich ganz bewusst durch Wände gehen könnte, wäre ich praktisch zu allem fähig.«

»Ausgesprochen tiefsinnig«, erklärte Schneidgut. »Geradezu philosophisch. Wie heißt die junge Frau auf der anderen Seite der Wand?«

»Sie ...« Mort schluckte. »Ihren Namen kenne ich nicht.« Er fasste sich wieder. »Vorausgesetzt, es gibt überhaupt eine solche Frau. In diesem Zusammenhang bin ich mir ganz und gar nicht sicher.«

»Na schön«, sagte Schneidgut, nahm erneut einen Schluck und schauderte. »In Ordnung. Wie man durch Wände gehen kann. Ich muss einige Nachforschungen anstellen, und sie könnten ziemlich teuer werden.«

Mort griff behutsam nach dem Beutel und entnahm ihm eine kleine Goldmünze.

»Als Vorschuss«, sagte er und legte die winzige Scheibe auf den Tisch.

Schneidgut nahm sie so behutsam zur Hand, als könne sie

explodieren oder sich einfach in Luft auflösen. Er betrachtete sie eingehend.

»Eine solche Münze habe ich noch nie zuvor gesehen«, sagte er nach einer Weile. »Was hat es mit den komischen Schnörkeln auf sich?«

»Sie besteht aus Gold, oder?«, erwiderte Mort. »Ich meine, du brauchst sie nicht zu behalten …«

»O ja, sicher, es ist Gold«, versicherte Schneidgut schnell. »Daran kann überhaupt kein Zweifel bestehen. Ich habe mich nur gefragt, woher es stammt.«

»Du würdest mir bestimmt nicht glauben, wenn ich es dir sagen würde«, erwiderte Mort. »Übrigens: Wann geht hier die Sonne unter?«

»Meistens dann, wenn's dunkel wird«, sagte Schneidgut, starrte weiterhin auf die Münze und trank. »Ungefähr jetzt.«

Mort sah aus dem Fenster. Graues Zwielicht kroch über die Straße.

»Ich komme bald wieder«, versprach er und eilte zur Tür. Der Zauberer rief ihm etwas nach, aber Mort achtete gar nicht darauf und lief über die Straße.

Panik regte sich in ihm. Tod wartete vierzig Meilen entfernt. Bestimmt musste er damit rechnen, gehörig ausgeschimpft zu werden. Bestimmt …

AH, DA BIST DU JA, JUNGE.

Tod trat hinter einer kleinen Bude hervor, in der unter anderem Sülzaale angeboten wurden. In seinen Knochenhänden hielt er einen Teller mit Schnecken.

DER ESSIG IST BESONDERS LECKER. MÖCHTEST DU MAL PROBIEREN, JUNGE?

Tod mochte sich an einem vierzig Meilen entfernten Ort aufhalten, aber natürlich konnte er gleichzeitig auch *hier* sein …

Unterdessen drehte Schneidgut in seinem chaotischen

Zimmer die Goldmünze hin und her, murmelte immer wieder ›durch Wände gehen‹ und trank. Unglücklicherweise warf er erst einen Blick aufs Etikett, als die Flasche nur noch Luft enthielt. Die Aufschrift lautete: ›Oma Wetterwachs' Trank Dher Laidenschaft, gebrauht nach dem berühmten Resept *Macht mühde Männer munnter.* Nur ain klainer (!) Löffel am Ahbend‹.

Ich ganz allein?«, fragte Mort.

JA. ICH HABE GROSSES VERTRAUEN ZU DIR.

»Donnerwetter!«

Der Vorschlag verdrängte alles andere aus Morts Bewusstsein, und überrascht stellte er fest, dass er überhaupt keine Unsicherheit verspürte. Während der vergangenen Wochen hatte er viele Sterbende gesehen, und solche Erlebnisse verloren ihr Potential an Schrecken und Entsetzen, wenn man wusste, dass man anschließend mit den Toten sprechen konnte. Die meisten von ihnen waren erleichtert, nur einige wenige verärgert. Und alle wussten einige aufmunternde Worte zu schätzen.

WAS MEINST DU? SCHAFFST DU ES?

»Ja, Herr. Ja. Ich glaube schon.«

DAS IST DIE RICHTIGE EINSTELLUNG. ICH HABE BINKY AN DER PFERDETRÄNKE HINTER DER ECKE DORT ZURÜCKGELASSEN. REITE MIT IHM NACH HAUSE, WENN DU FERTIG BIST.

»Du bleibst hier, Herr?«

Tod sah über die Straße, und in seinen Augenhöhlen blitzte es.

ICH MÖCHTE EINEN KLEINEN SPAZIERGANG MACHEN, sagte er geheimnisvoll. ICH FÜHLE MICH IRGENDWIE SELTSAM. DIE FRISCHE LUFT TUT MIR BESTIMMT GUT. Er schien sich an etwas zu erinnern, griff unter seinen Umhang und holte drei Sanduhren hervor.

ALLES EINFACHE JOBS, brummte er. VIEL SPASS.

Er drehte sich um, summte leise vor sich hin und ging.

»Ah, danke!«, rief ihm Mort nach. Er hob die Lebensuhren ins letzte verblassende Licht des Tages und stellte fest, dass die obere Hälfte eines gläsernen Behälters nur noch wenige Körner enthielt.

»Trage ich jetzt die Verantwortung?«, fragte er, bekam jedoch keine Antwort. Tod war in einer Seitengasse verschwunden.

Binky begrüßte ihn mit einem leisen, freundlichen Wiehern. Mort stieg auf, und das Herz klopfte ihm lauter, als er an die PFLICHT dachte. Seine Hände bewegten sich von ganz allein, zogen die Sense aus der Scheide und berührten (vorsichtig, ganz vorsichtig) den scharfen Stahl (?). Das hauchdünne Etwas glänzte in einem strahlenden Blau und zerschnitt das Sternenlicht wie weiche Butter. Mort ließ sich langsam in den Sattel sinken und verzog das Gesicht, als sein Allerwertester protestierte. Glücklicherweise genoss man bei einem Ritt mit Binky einige Vorteile – der Reiter hatte das angenehme Gefühl, auf einem weichen Kissen zu sitzen. Mort zögerte kurz, trunken von delegierter Autorität, öffnete die Satteltasche, holte Tods Ersatzmantel hervor, streifte ihn um die Schultern und ließ die silberne Brosche am Hals zuschnappen.

Noch einmal betrachtete er die erste Lebensuhr und trieb Binky mit den Knien an. Der Hengst schnüffelte in der kühlen Abendluft und setzte sich in Bewegung.

Einige Dutzend Meter entfernt rannte Ignazius Eruptus Schneidgut aus seinem Haus, beschleunigte auf dem frostigen Kopfsteinpflaster und lief mit wehendem Umhang.

Das Pferd begann mit leichtem Trab, und die Distanz zwischen den Hufen und der Straße wuchs. Der Schweif zuckte kurz, als Binky über die Dächer hinwegflog und gen Himmel glitt.

Schneidgut bemerkte nichts davon. Seine Gedanken galten (im wahrsten Sinne des Wortes) drängenderen Angelegenheiten. Er stieß sich ab, sprang und landete der Länge nach im langsam gefrierenden Wasser der Pferdetränke. Erleichtert blieb er liegen, seufzte und beobachtete die winzigen, schwimmenden Eisschollen. Sie lösten sich auf. Und kurz darauf begann das Wasser zu dampfen und zu brodeln.

Mort ritt in geringer Höhe und genoss den Rausch der Geschwindigkeit. Das schlafende Land raste stumm unter ihm hinweg. Binky galoppierte mühelos; unter dem Fell des großen Hengstes bewegten sich die dicken Muskelstränge wie Schlangen. Die dichte Mähne streifte Morts Gesicht. Das blaue Glühen der Sense zerteilte die Finsternis und ließ zwei Hälften der Nacht zurück.

Stumm wie ein Schatten flogen sie durch den Mondschein, sichtbar nur für Katzen und Zauberer, die mit Dingen herumpfuschten, an denen sie sich die magischen Finger verbrennen konnten.

Bald wich die weite Ebene ersten Hügeln, und kurz darauf marschierten ihnen die hohen Grate der Spitzhornberge entgegen. Binky senkte den Kopf, wurde etwas langsamer und näherte sich einem Pass zwischen zwei aufragenden Gipfeln, im silbrigen Licht so spitz wie Koboldzähne. Irgendwo heulte ein Wolf.

Mort warf einen neuerlichen Blick auf die Lebensuhr. Sie war mit den Nachbildungen von Eichenblättern und Alraunen verziert, und der Mondschein verlieh dem Sand einen goldenen Glanz. Er drehte das Glas und las die dünne, zarte Gravur eines Namens: Ammelin Kniesehne.

Binky setzte den Flug in einem gemütlichen Handgalopp fort, und Mort beobachtete das Dach eines weiten Waldes. Auf den Wipfeln glitzerte Schnee, der jung oder auch sehr alt sein konnte. In dieser Hinsicht konnte man nie ganz sicher sein, denn die Spitzhornberge horteten ihr Wetter und verteilten es, ohne dabei die Gebote des Kalenders zu berücksichtigen.

Unter ihnen bildete sich eine Lücke. Binky trat auf die metaphorische Bremse, schwang herum und sank einer Lichtung mit mehreren hohen Schneewehen entgegen. Genau in der Mitte des hellen Runds stand eine kleine Hütte. Wenn der Boden nicht mit kristallisiertem Wasserstoffoxid bedeckt gewesen wäre, hätte Mort sicher das Fehlen von Baumstümpfen bemerkt: Die Bäume waren nicht etwa einer Axt zum Opfer gefallen; man hatte sie schlicht und einfach entmutigt, auf der Lichtung zu wachsen.

Einige hohe Fichten gingen auf Nummer Sicher und zogen sich tiefer in den Wald zurück.

Kerzenlicht flackerte durch ein Fenster der Hütte, tastete blass und orangefarben über den Schnee.

Binky setzte weich auf und tänzelte über die weiße Kruste, ohne darin einzusinken. Natürlich hinterließ der Hengst keine Spuren.

Mort stieg ab, ging zur Tür, brummte leise und holte versuchsweise mit der Sense aus.

Das Hüttendach wies mehrere, sanft nach unten geneigte Vorsprünge auf, über die schwere Schneelasten abrutschen konnten. Außerdem dienten sie dazu, das Brennholz vor den Unbilden des Wetters zu schützen. Kein Bewohner der Spitzhornberge wagte es, den Winter ohne große Holzhaufen auf mindestens drei Seiten seines Heims zu erwarten. In diesem Fall aber fehlten Scheite, obgleich es noch Monate dauerte, bis der Frühling begann.

Dafür hing direkt neben der Tür ein Netz mit Heu. Ein Zettel war daran befestigt, und einige krakelige Großbuchstaben verkündeten: FÜR DEINN FERD.

Mort kämpfte gegen das Unbehagen an, das sich wie eine Gewitterwolke in ihm verdichtete – jemand hatte mit seiner Ankunft gerechnet. Er wusste aus leidlicher Erfahrung, dass man sich nicht von den Flutwellen der Unsicherheit davonspülen lassen durfte, sondern mit einem Surfbrett darauf reiten musste, wenn man nicht riskieren wollte, in Ungewissheit zu ertrinken. Jedenfalls, Binky hielt sich nicht mit irgendwelchen moralischen Bedenken auf und probierte einen Bissen Heu. Er schien ihm zu schmecken.

Tods junger Stellvertreter überlegte, ob er anklopfen sollte. Aus irgendeinem Grund erschien ihm ein solches Verhalten unangemessen. Angenommen, es antwortete niemand? Und wie sollte er reagieren, wenn man ihm mitteilte, niemand sei an Staubsaugern oder Nachschlagewerken interessiert?

Mort traf eine Entscheidung, drückte die Klinke und öffnete die Tür. Sie schwang nach innen auf und knarrte überhaupt nicht.

Er betrat eine Küche, deren niedrige Decke seinen Kopf in Gefahr brachte. Das Licht einer einzelnen Kerze flackerte über weißes Geschirr in langen Schrankregalen, spiegelte sich auf Fliesen wider, die erst kürzlich geschrubbt zu sein schienen und vor Sauberkeit geradezu strahlten. Das Feuer im breiten Kamin trug kaum zur Beleuchtung des Zimmers bei, beschränkte sich nur auf einen Haufen grauweißer Asche unter halb verkohlten Holzresten. Mort begriff sofort, dass es sich um den letzten Scheit handelte.

Eine alte Frau saß am Tisch und schrieb mit hingebungsvollem Eifer. Nur einige wenige Zentimeter trennten das Ende ihrer krummen Nase vom Papier. Dicht neben dem kleinen Tintenfass hatte sich eine graue Katze zusammengerollt und musterte Mort gelassen. Die Sense stieß an einen Deckenbalken, und die Frau hob den Kopf.

»Ich bin gleich so weit«, sagte sie, starrte auf das Blatt hinab und runzelte die Stirn. »Ich habe noch nicht hinzugefügt, dass ich im Vollbesitz meiner geistigen Kräfte bin. Ist ohnehin Blödsinn, nicht wahr? Ich meine, welcher Tote kann schon von sich behaupten, gesund zu sein? Möchtest du einen guten Tropfen?«

»Wie bitte?«, fragte Mort. Er erinnerte sich an seine Rolle und wiederholte: »WIE BITTE?«

»Falls du überhaupt trinkst. Himbeerwein. Auf der Kommode. Nimm ruhig die ganze Flasche.«

Mort richtete einen argwöhnischen Blick auf die Kommode und hatte das Gefühl, die Initiative zu verlieren. Er holte die Lebensuhr hervor und beobachtete sie. In der oberen Hälfte befand sich noch ein wenig Sand.

»Es bleiben mir noch einige Minuten«, sagte die Hexe, ohne sich umzudrehen.

»Woher ... Ich meine, WOHER WEISST DU DAS?«

Ammelin Kniesehne achtete nicht auf ihn, trocknete die Tinte vor der Kerze, versiegelte den Brief mit Wachs und legte ihn beiseite. Dann griff sie nach der Katze.

»Oma Ichkümmermichgut kommt morgen vorbei, um hier alles in Ordnung zu bringen. Du gehst mit ihr, verstanden? Sorg dafür, dass sie Mütterchen Nusskern das Waschbecken aus rosarotem Marmor überlässt. Sie wünscht es sich schon seit Jahren.«

Die Katze miaute gehorsam.

»Ich habe nicht ...« Mort räusperte sich. »ICH HABE NICHT DIE GANZE NACHT ZEIT, WEISST DU.«

»Du schon, im Gegensatz zu mir«, widersprach die Hexe. »Außerdem ist es nicht nötig zu schreien.« Mort bemerkte ihren krummen Rücken erst, als sie vom Hocker rutschte – sie wirkte wie ein lebender Bogen. Mühsam zog sie einen spitzen großen Hut vom Haken an der Tür und setzte ihn aufs weiße Haupt, nachdem sie Dutzende von Haarnadeln zurechtgerückt hatte. Anschließend nahm sie zwei Gehstöcke zur Hand.

Die alte Frau wankte auf Mort zu und sah ihn aus Augen an, die er mit schwarzen Johannisbeeren verglich.

»Was meinst du? Brauche ich meinen Schal? Nein, vermutlich nicht. Ich schätze, mich erwartet im Jenseits ein recht warmer Ort.« Sie musterte Mort und runzelte erneut die Stirn.

»Du bist *jünger*, als ich dachte«, sagte sie. Als Mort schwieg, fügte Ammelin Kniesehne hinzu: »Um ganz ehrlich zu sein, ich habe überhaupt nicht mit jemandem wie dir gerechnet.«

Mort atmete tief durch.

»Mit wem denn?«, fragte er und spürte, wie das Surfbrett unter ihm schwankte.

»Mit Tod«, erwiderte die alte Frau schlicht. »Das gehört zur Vereinbarung, wenn du verstehst, was ich meine. Hexen erfahren im Voraus von ihrem Ableben und genießen das Privileg persönlicher Aufmerksamkeit.«

»Ich bin sie«, sagte Mort.

»Sie?«

»Die persönliche Aufmerksamkeit. Tod hat mich geschickt. Ich arbeite für ihn. Kein anderer Lehrmeister wollte mich.« Mort zögerte. Alles ging schief. Er stellte sich vor, wie ihn der erboste Knochenmann aus seinen Diensten entließ. Zum ersten Mal trug er Verantwortung und wurde ihr nicht annähernd gerecht. Tod schickte ihn bestimmt nach Hause.

Mort glaubte bereits zu hören, wie man ihn auslachte.

Seine Verlegenheit formte einen Trichter, aus dem ein nebelhornartiges Heulen ertönte. »Dies ist mein erster richtiger Auftrag, und ich ruiniere alles.«

Die Sense fiel mit einem leisen Klappern zu Boden, hackte ein Stück vom Tischbein ab und schnitt eine Fliese fein säuberlich in zwei Teile.

Die Hexe neigte den Kopf zur Seite und beobachtete Mort

eine Zeit lang. »Ich verstehe«, sagte sie schließlich. »Wie heißt du, junger Mann?«

»Mort«, schniefte Mort. »Das ist eine Abkürzung für Mortimer.«

»Nun, Mort, ich nehme an, du hast eine Lebensuhr dabei, nicht wahr?«

Der Junge nickte kummervoll, tastete nach seinem Gürtel und holte den kleinen gläsernen Behälter hervor. Ammelin Kniesehne betrachtete ihn kritisch.

»Noch eine Minute, vielleicht auch ein paar Sekunden mehr«, stellte sie fest. »Mit anderen Worten: Die Zeit drängt. Ich schließe nur rasch ab.«

»Begreifst du denn nicht?«, schluchzte Mort. »Ich habe alles durcheinandergebracht. Ich bin neu in diesem Job.«

Die Hexe klopfte ihm auf die Hand. »Bei dieser Sache fehlt es auch mir an Erfahrung«, erwiderte sie tröstend. »Wir können gemeinsam lernen. Heb jetzt die Sense auf und benimm dich wie ein großer Junge. So ist's recht.«

Sie achtete nicht auf Morts Einwände, schob ihn nach draußen und zog die Tür zu. Energisch drehte sie einen großen eisernen Schlüssel und hängte ihn an den Haken neben der Pforte.

Der Frost hatte seine Faust um den Wald geschlossen und drückte so fest zu, dass die Wurzeln knackten. Der Mond neigte sich dem Horizont entgegen, doch der Himmel war voller Sterne, wodurch der Winter noch kälter anmutete. Ammelin Kniesehne schauderte.

»Dort drüben liegt ein alter Baumstamm«, sagte sie im Plauderton. »Von jener Stelle aus kann man das Tal sehen. Ein hübscher Anblick. Im Sommer. Ich schlage vor, wir setzen uns.«

Mort stützte die alte Frau und strich möglichst viel Schnee von der gefrorenen Rinde. Sie nahmen Platz, und Tods Lehrling stellte vorsichtig die Lebensuhr ab. Er wusste nicht, welchen Ausblick dieser Ort im Sommer bot: Derzeit sah er nur dunkle Felsen vor einem Himmel, von dem es weiß herabrieselte.

»Ich bin völlig verwirrt«, gestand Mort ein. »Ich meine, du klingst so, als *möchtest* du sterben.«

»Es gibt einige Dinge, die ich vermissen werde«, antwortete die Hexe. »Weißt du, irgendwann wird das Leben langweilig. Auf den eigenen Körper ist kein Verlass mehr, und man sehnt sich nach Abwechslung. Ich schätze, es wird Zeit, dass ich einen neuen Anfang mache. In der anderen Welt.« Sie dachte kurz nach. »Hat dir Tod gesagt, dass ihn magische Leute ganz deutlich sehen können?«

»Nein«, log Mort.

»Für uns ist er nicht unsichtbar.«

»Er hält nicht viel von Zauberern und Hexen«, murmelte Mort.

»Niemand mag Klugscheißer«, erwiderte Ammelin Kniesehne zufrieden. »Weißt du, manchmal bringen wir ihn in Schwierigkeiten. Priester bereiten ihm keine Probleme, und deshalb findet er sie sympathisch.«

»Davon hat er mir nie etwas gesagt.«

»Geistliche preisen dauernd das Leben nach dem Tode. Wohingegen wir häufig darauf hinweisen, wie angenehm das Leben in *dieser* Welt sein könnte. Wenn man sich den Problemen stellt und sie löst, anstatt sein Heil in religiöser Erleuchtung zu suchen.«

Mort zögerte. Er wollte sagen: Du irrst dich; Tod ist ganz anders; er kümmert sich nicht darum, ob die Leute gut oder schlecht sind; er legt nur Wert auf Pünktlichkeit; und er mag Katzen.

Aber er blieb stumm und glaubte zu verstehen, dass die Menschen etwas brauchten, woran sie glauben konnten.

Erneut heulte ein Wolf, diesmal so nahe, dass sich Mort besorgt umsah. Ein zweiter auf der anderen Seite des Tals antwortete. Einige andere im Wald stimmten mit ein. Mort hatte noch nie zuvor ein derartiges Klagen vernommen.

Er drehte den Kopf, starrte die Hexe an und blickte erschrocken auf die Lebensuhr hinab. Eine Sekunde später sprang er auf, schloss beide Hände um den Griff der Sense und schlug zu.

Ammelin Kniesehne stand auf und ließ den Körper zurück.

»Gut gemacht«, lobte sie. »Ich dachte schon, du hättest den richtigen Zeitpunkt verpasst.«

Mort lehnte sich an einen Baum und schnappte nach Luft, während die Hexe die Reste ihrer sterblichen Existenz betrachtete.

»Hmm«, meinte sie skeptisch. »Das Leben bleibt nicht ohne gewisse Konsequenzen.« Sie hob die Hand und lachte, als das Sternenlicht hindurchfunkelte.

Dann veränderte sie sich. Mort hatte diesen Vorgang schon mehrmals beobachtet: Er begann immer dann, wenn die Seele begriff, dass sie nicht länger an das morphogenetische Feld des Körpers gebunden war. Meistens entwickelte die Metamorphose ein eigenes Bewegungsmoment, aber der Hexe gelang es auf eine bewundernswerte Weise, den Umwandlungsprozess zu kontrollieren. Das Haar löste sich aus dem dicht zusammengesteckten Knoten, wuchs in die Länge und glänzte in allen Regenbogenfarben. Falten schrumpften und lösten sich auf. Das graue Wollgewand wogte wie die Oberfläche des Meeres und schmiegte sich an völlig neue Konturen, die eine seltsame Wärme in Mort entstehen ließen.

Ammelin Kniesehne sah an sich herab, lachte leise und tauschte ihr Kleid gegen etwas Laubgrünes und Hautenges.

»Wie gefällt dir das?«, fragte sie. Zuvor hatte ihre Stimme kratzig und fast schrill geklungen; jetzt deutete sie auf Moschus, Ahornsirup und andere Dinge hin, die Morts Adamsapfel wie die Kugel an einem Gummiband auf und ab tanzen ließen.

»...«, brachte er hervor und umfasste den Sensengriff so fest, dass die Knöchel weiß wurden.

Die Hexe kam mit wiegenden Hüften näher und lächelte ein bezauberndes Sieh-mich-genau-an-Lächeln.

»Ich habe dich nicht verstanden«, gurrte sie.

»S-s-sehr hübsch«, stotterte Mort. »Hast du ... früher so ausgesehen?«

»So bin ich immer gewesen. Es ist mein wahres Selbst.«

»Oh.« Mort starrte auf seine Füße. »Eigentlich muss ich dich jetzt fortbringen.«

»Ich weiß«, erwiderte die Hexe. »Mach dir keine Mühe: Ich bleibe hier.«

»Das ist unmöglich! Ich meine ...« Er suchte nach den richtigen Worten. »Weißt du, wenn du bleibst ... Dann breitest du dich aus und wirst immer dünner, bis ...«

»Ich werde es genießen«, sagte Frau (beziehungsweise Fräulein) Kniesehne mit fester Stimme. Sie beugte sich vor und gab Mort einen Kuss, der ebenso substanzlos war wie das Seufzen einer Eintagsfliege. Gleichzeitig löste sie sich auf, bis nur der Kuss blieb, eine Erinnerung, die sich mit erotischer Glut in Morts Gedächtnis brannte.

Eine ganze Weile blieb der Junge wie angewurzelt stehen und presste die eine Hand an die Wange. Die Bäume am Rand der Lichtung erzitterten kurz, und der kalte Wind trug ein ätherisches Lachen herbei. Dann herrschte wieder frostige Stille.

Das nervöse Winken der Pflicht durchteilte den rosaroten Dunst hinter Morts Stirn. Er griff nach der zweiten Lebensuhr, blinzelte und stellte fest, dass die obere Hälfte nur noch wenig Sand enthielt.

Lotusblüten schmückten das Glas, und als Mort sie berührte, erklang ein leises *Ommm*.

Er wirbelte um die eigene Achse, lief über den knirschenden Schnee und schwang sich auf Binkys Rücken. Der Hengst hob den Kopf, bäumte sich auf und sprang den Sternen entgegen.

Große Zungen aus blauen und grünen Flammen leckten von der Wurzel des Kosmos herab. Gespinste aus oktarinem Glanz tanzten langsam und mit majestätischer Erhabenheit über die Scheibenwelt, während die Aurora Coriolis – das energetische Flackern des starken magischen Felds – Blitze zu den grünen Eisbergen in der Mitte schickte.

Das gewaltige Massiv von Cori Celesti, Heim der Götter, war eine zehn Meilen hohe Säule aus funkelndem Feuer.

Ein solcher Anblick bot sich nur wenigen Menschen dar, und Mort gehörte nicht zu ihnen: Er klammerte sich verzweifelt an Binkys Hals fest und schloss die Augen, als sie an der Spitze eines Kometenschweifs durch die Nacht rasten.

Andere Berge umgaben Cori Celesti. Im Vergleich zum riesigen granitenen Turm wirkten sie wie Maulwurfshügel, obwohl jeder von ihnen über ein angemessenes Sortiment an Graten, Schründen, Schluchten, Geröllhängen, Pässen, Klippen und Gletschern verfügte. Jedes beliebige Gebirge wäre mit einer solchen geografischen Ausstattung zufrieden gewesen.

Auf dem höchsten von ihnen, am Ende eines trichterförmigen Tals, wohnten die Lauscher.

Es war eine der ältesten religiösen Sekten auf der ganzen Scheibenwelt, wobei nicht unerwähnt bleiben soll, dass sich selbst die Götter darüber stritten, ob man das Lauschen als eine richtige Religion bezeichnen konnte. Nur ihre Neugier darauf, was die Lauscher hören mochten, bewahrte den Tempel davor, von gut gezielten Lawinen zermalmt zu werden.

Von Göttern verlangt man verständlicherweise, dass sie alles wissen, und deshalb führen Rätsel zu einer erheblichen Störung ihres sprichwörtlichen Gleichmuts.

Es dauerte eine Weile, bis Mort sein Ziel erreichte. Die entsprechende Zeitspanne ließe sich recht einfach mit einigen Punkten überbrücken, doch vermutlich ist dem Leser bereits die seltsame Form des Tempels aufgefallen: Er ringelt sich wie ein großes weißes Ammonshorn am Ende des Tals. Wer an dieser Stelle auf eine Erklärung hofft, soll nicht enttäuscht werden.

Die Lauscher beabsichtigen Folgendes: Sie möchten herausfinden, was der Schöpfer sagte, als Er das Universum schuf.

Die Theorie ist ganz einfach.

Sie geht von einer schlichten Prämisse aus: Die Werke des Schöpfers lassen sich nie zerstören, wobei sich die Bezeichnung ›Werke‹ auf das ganze Spektrum Seines Handelns bezieht. Daraus lässt sich der logische Schluss ziehen, dass Seine ersten Worte noch immer irgendwo erklingen. Vermutlich hallen sie durch die Weite des Kosmos und tanzen als Echos zwischen Myriaden von Elementarpartikeln hin und her (abgesehen von den Atheistikons). Ein wahrhaft konzentrierter und aufmerksamer Lauscher sollte also in der Lage sein, sie zu hören.

Vor Äonen fanden die Lauscher heraus, dass Eis und Zufall diesen besonderen Einschnitt im Berg zum genauen Gegenteil eines Echotals geformt hatten, und daraufhin erbauten sie ihren Tempel mit den vielen Zimmern genau dort, wo im Heim eines Hi-Fi-Fanatikers der einzige bequeme Sessel steht. Ein komplexes System aus Umlenkvorrichtungen leitete alle Geräusche, die das Trichtertal erreichten, in die zentrale Kammer, wo zu jeder Tages- oder Nachtzeit drei Mönche saßen.

Und lauschten.

Es dürfte den Leser nicht überraschen, dass sie sich mit einigen Problemen konfrontiert sahen. Sie hörten nicht nur das leise und meistens unverständliche Flüstern der ersten Worte, sondern auch alle anderen Geräusche auf der Scheibenwelt. Um die WORTE davon zu unterscheiden, mussten sie lernen, klare akustische Trennungen vorzunehmen, was natürlich ein gewisses Talent verlangte. Novizen wurden nur dann als Lehrlinge aufgenommen, wenn sie aus einer Entfernung von mindestens tausend Metern allein wegen des speziellen Tons feststellen konnten, auf welcher Seite eine Münze liegenblieb. Die eigentliche Aufnahme in den Orden erfolgte erst, wenn der Prüfling auch noch Auskunft über die Farbe geben konnte.

Zwar wohnten die Heiligen Lauscher in einem abgelegenen und unzugänglichen Teil der Welt, doch viele Leute scheuten nicht die Mühe einer langen beschwerlichen und auch recht gefährlichen Reise, um zu ihnen zu gelangen. Die Pilger wanderten durch frostige Gebiete, in denen sich Trolle herumtrieben. Sie stapften durch unwirtliche Tundren, wankten durch stinkende Sümpfe und taumelten durch weite Wüsten. Sie kletterten mühsam die schmale Treppe hoch, die zum verborgenen Tal führte. Sie krochen zum Tempel, um dort von den Geheimnissen des Seins zu erfahren.

In den meisten Fällen lautete die Antwort auf ihre Fragen: »Stöhnt nicht so laut!«

Binky sauste einem weißen Schatten gleich über die Gipfel und ging auf der schneebedeckten Leere des Hofes nieder. Das Glühen und Schimmern der himmlischen Lichtorgel umschmiegte die Flanken des Hengstes. Mort sprang aus dem Sattel, stürmte durch stille Kreuzgänge und erreichte schließlich das Zimmer, in dem der Achtundachtzigste Abt im Sterbebett lag, umringt von seiner frommen Gemeinde.

Am Ende der Liege blieb Mort stehen, stützte sich auf die Sense und versuchte wieder zu Atem zu kommen.

Der Abt – ein kleiner, kahlköpfiger Mann, das Gesicht so runzlig und faltig wie eine Backpflaume – schlug die Augen auf.

»Du bist spät dran«, raunte er und hauchte sein Leben aus.

Mort schluckte, keuchte und holte betont vorsichtig mit der Sense aus. Es erstaunte ihn selbst, dass er den Hals nicht verfehlte. Der Abt stemmte sich hoch und ließ seine Leiche zurück.

»Nicht eine Sekunde zu früh«, sagte er mit einer Stimme, die nur Mort hören konnte. »Ich habe mir schon Sorgen gemacht.«

»Ist soweit alles in Ordnung mit dir?«, stieß Mort hervor. »Leider bleibt mir nicht genug Zeit, um dir alles zu erklären. Ich habe es sehr eilig …«

Der Abt stand auf und wich den anderen Mönchen nicht aus, als er sich Mort näherte. Ungerührt ging er durch sie hindurch.

»Nicht so hastig«, sagte er. »Nach dem Tod führe ich immer gern ein nettes Gespräch. Was ist mit dem anderen Burschen passiert?«

»Dem anderen Burschen?«, wiederholte Mort verwirrt.

»Hochgewachsen. Schwarzer Mantel. Ziemlich mager. Um nicht zu sagen: dürr.«

»Der *andere* Bursche?«, fragte Mort noch einmal. »Meinst du Tod?«

»So heißt er, ja«, erwiderte Abt Lobgesang fröhlich.

Morts Kinnlade klappte herunter. »Du stirbst wohl recht häufig, was?«

»Ja, stimmt«, bestätigte der Abt: »Ziemlich oft. Wenn man sich daran gewöhnt hat, wird es zur Routine.«

»Tatsächlich?«

»Wir müssen jetzt los«, sagte der Abt.

Mort schloss den Mund wieder. »Darauf wollte ich gerade hinweisen.«

»Setz mich einfach unten im Tal ab«, fügte der kleine Mönch hinzu, trat an dem Jungen vorbei und ging in Richtung Hof. Mort starrte eine Zeit lang ins Leere, drehte sich dann mit einem Ruck um, lief dem Toten nach und wusste, dass er erneut die Würde seines Amtes aufs Spiel setzte.

»Hör mal …«, begann er.

»Wenn ich mich richtig erinnere, kam Gevatter Tod immer mit einem Pferd namens Binky«, sagte der Abt freundlich. »Bist du in seine Stiefel getreten?«

»Stiefel?«, fragte Mort und blinzelte.

»Oder Fußstapfen. Besser noch: in die Abdrücke seiner Zehenknochen.« Der Abt seufzte. »Entschuldige bitte. Ich weiß nicht genau, wie solche Dinge bei euch organisiert sind, Junge.«

»Mort«, sagte Mort geistesabwesend. »Ich bin noch in der Ausbildung. Mein Lehrmeister hat mir aufgetragen, deine Seele mitzunehmen«, fügte er in einem möglichst festen und gebieterischen Tonfall hinzu. Der Mönch wandte sich zu ihm um und lächelte nachsichtig.

»Ich wünschte, ich könnte dich begleiten«, sagte er. »Na ja, vielleicht bekomme ich eines Tages Gelegenheit, dir Gesellschaft zu leisten. Wenn du mich jetzt bitte ins nächste Dorf bringen könntest … Ich glaube, ich werde gerade gezeugt.«

»Gezeugt?« Mort schüttelte verwundert den Kopf. »Du bist eben gestorben.«

»Ja, das schon«, gestand der Abt ein. »Aber, weißt du, ich habe eine Art Lebens-Abonnement.«

Mort verstand allmählich, wenn auch langsam.

»Oh«, machte er. »Manche Bücher erzählen davon. So etwas nennt man Reinkarnation, nicht wahr?«

»Das ist der richtige Ausdruck. Bisher bin ich dreiundfünfzigmal wiedergeboren worden. Vielleicht auch vierundfünfzigmal. Es ist schwer, die Übersicht zu behalten.«

Binky sah auf und wieherte einen Pferdegruß, als ihm der Abt auf den Hals klopfte. Mort schwang sich in den Sattel und half Lobgesang beim Aufsteigen. Der Hengst trabte sofort los.

»Es muss recht interessant sein«, sagte Mort. Die Messskala der Plauderei wies dieser Bemerkung sicher einen tiefen Minuswert zu, aber ihm fiel nichts anderes ein.

»Nein, nicht unbedingt«, widersprach der Abt. »Bestimmt glaubst du, ich könnte mich an alle meine vorherigen Leben erinnern, aber das ist leider nicht der Fall. Erst nach dem Tod öffnen sich die verborgenen Pforten des Gedächtnisses.«

»Wirklich bedauernswert«, sagte Mort.

»Stell dir nur einmal vor, mehr als fünfzigmal zu lernen, nicht mehr in die Hose zu machen.«

»Dürfte alles andere als angenehm sein«, kommentierte Mort voller Mitgefühl.

»Kann man wohl sagen. Wenn's nach mir ginge, würde ich nicht mehr reinkarnieren. Wo bleibt der berühmte Seelenfrieden? Kaum ist man tot, geht's schon wieder von vorn los. Und wenn ich den Dreh raus habe – ich meine, wenn ich endlich die Vorzüge eines guten Klos zu schätzen weiß –, kommen die Jungs aus dem Kloster und suchen nach einem Knaben, der gezeugt wurde, als der alte Abt starb. Wie fantasielos. Könntest du mal kurz halten?«

Mort sah nach unten.

»Wir sind hoch über dem Boden«, erwiderte er skeptisch.

»Es dauert nicht lange.« Lobgesang glitt von Binkys Rücken, ging einige Schritte und schrie.

Er schrie ziemlich lange. Schließlich kehrte der Abt zurück und stieg wieder auf.

»Du ahnst nicht, wie lange ich auf eine solche Gelegenheit gewartet habe«, sagte er.

Einige Meilen vom Tempel entfernt, in einem kleinen Tal, standen die Hütten eines Dorfes, das für die Lauscher als eine

Art Dienstleistungsbetrieb fungierte. Schon aus der Ferne war zu sehen, dass die Architekten der kleinen Gebäude großen Wert auf schalldichte Isolierung gelegt hatten.

»Lande irgendwo«, sagte der Mönch. Mort setzte ihn dort ab, wo die Häuser besonders dicht beieinander standen. Der Abt schwebte einen halben Meter über dem Schnee und sah sich anerkennend um.

»Ich hoffe, dein nächstes Leben wird besser«, murmelte Mort.

Lobgesang hob die Schultern. »Hoffnung schadet nicht. Erst mal steht mir ein neunmonatiger Urlaub bevor. Die Umgebung gibt zwar nicht viel her, aber wenigstens hab ich's warm.«

»Alles Gute!«, wünschte Mort. »Ich muss jetzt los.«

»Au revoir«, erwiderte der Abt traurig und wandte sich um.

Das bunte Flackern über der Scheibenweltmitte projizierte noch immer einen geisterhaften Schein auf die Landschaft. Mort seufzte und griff nach der dritten Lebensuhr.

Kleine Kronen zierten das silbrige Glas, und der Sand war recht ungleichmäßig verteilt.

Mort glaubte, dass ihm die Nacht bereits genug böse Streiche gespielt hatte und es kaum schlimmer kommen konnte. Er drehte den kleinen, kristallenen Behälter und las den Namen …

Prinzessin Keli erwachte.

Sie hatte etwas gehört: Es klang nach jemandem, der völlig lautlos sein wollte. Man vergesse Erbsen und Matratzen. Eine natürliche Auslese führte über die Jahre hinweg zu folgenden evolutiven Ergebnissen: Wer als Mitglied einer königlichen Familie überleben wollte, musste möglichst rasch lernen, all jene Geräusche zu hören, die kluge Attentäter vermieden.

Praktisch an jedem Hof gab es jemanden, der sich die Zeit damit vertrieb, Thronfolgern die Kehle durchzuschneiden.

Keli lag im Bett und überlegte, was es nun zu tun galt. Unter ihrem Kopfkissen verbarg sich ein Dolch. Vorsichtig schob sie die Hand unter weiche Seide, und gleichzeitig hielt sie aus halbgeschlossenen Augen nach unvertrauten Schatten im Zimmer Ausschau. Mit kühler, majestätischer Logik stellte sie sich einer wichtigen Erkenntnis: Wenn sie durch etwas zu erkennen gab, dass sie nicht mehr schlief, lief sie Gefahr, nie mehr zu erwachen.

Mattes Licht fiel durch das große Fenster auf der einen Seite, doch die verschiedenen Rüstungen, Wandteppiche und das übrige Brimborium hätten einer ganzen Armee als Versteck dienen können.

Keli tastete lautlos unters Kopfkissen und musste enttäuscht feststellen, dass der Dolch fehlte. Wahrscheinlich wäre sie ohnehin nicht in der Lage gewesen, sich damit zu verteidigen.

Sie überlegte, ob sie schreien und die Wächter rufen sollte, entschied sich jedoch dagegen. Wenn jemand durchs Zimmer schlich, so waren die Soldaten im Flur sicher überwältigt, gefesselt und vielleicht sogar tot – oder mit Gold betäubt.

Auf den flachen Steinen am Kamin stand eine Wärmpfanne. Ließ sich die als Waffe verwenden?

Keli vernahm ein leises metallenes Kratzen. Vielleicht ist es doch gar keine so schlechte Idee, aus vollem Halse zu schreien, dachte die Prinzessin.

Das Fenster implodierte. Blaue und violette Flammen loderten, und für einen Sekundenbruchteil sah Keli vor diesem Hintergrund eine seltsame Gestalt: Sie trug einen Kapuzenumhang und saß auf einem geradezu riesigen Pferd.

Es *stand* jemand am Bett. Jemand, der gerade ein Messer hob.

Die Zeit schien sich plötzlich zu dehnen. Keli beobachtete,

wie der Arm langsam in die Höhe kam und das Ross mit der Geschwindigkeit eines vorrückenden Gletschers herangaloppierte. Die Klinge befand sich nun genau über ihr, senkte sich Zentimeter um Zentimeter. Und das Pferd ... Es stieg auf die Hinterläufe, und der Reiter beugte sich vor, holte mit einer seltsamen Waffe aus. Eine sonderbar glühende Klinge schnitt durch die Luft, und es hörte sich an, als riebe jemand mit dem Finger über einen feuchten Glasrand ...

Das Licht flackerte und wich neuerlicher Dunkelheit. Etwas – jemand? – fiel zu Boden. Ein leises Klappern folgte.

Keli holte tief Luft.

Eine Hand presste sich ihr auf den Mund, und unmittelbar darauf erklang eine besorgte Stimme: »Wenn du schreist, wirst du es schon bald bereuen. Bitte! Ich habe bereits genug Schwierigkeiten.«

Wer mit einer derart authentischen Verwirrung zu flehen verstand, war entweder aufrichtig oder ein so guter Schauspieler, dass er sich seinen Lebensunterhalt auf der Bühne verdienen konnte, ohne des Nachts irgendwelche Leute umbringen zu müssen. »Wer bist du?«, fragte Keli.

»Ich weiß nicht, ob ich dir das sagen darf«, erwiderte die Stimme. »Du lebst noch, oder?«

Die Prinzessin setzte zu einer ironischen Antwort an und klappte gerade noch rechtzeitig den Mund zu. Die Frage erschien ihr eigentümlich bedeutungsvoll.

»Bist du dir nicht sicher?«

»Nicht ganz ...« Kurze Stille folgte. Keli versuchte, die Dunkelheit mit ihren Blicken zu durchdringen und der Stimme ein Gesicht hinzuzufügen. »Vielleicht habe ich dir etwas Schreckliches angetan.«

»Hast du mir nicht gerade das Leben gerettet?«

»Um ehrlich zu sein: Ich weiß nicht genau, was ich gerettet habe. Gibt es hier irgendwo eine Lampe?«

»Manchmal lässt die Zofe Streichhölzer auf dem Kaminsims liegen«, sagte Keli und spürte, wie sich die fremde Gegenwart entfernte. Sie hörte einige unsichere Schritte, ein mehrmaliges Pochen, untermalt von leisem Stöhnen, und schließlich ein lautes Klappern – obgleich dieser Ausdruck nur wenig geeignet ist, das metallene Getöse im Zimmer zu beschreiben. Keli vernahm sogar das traditionelle Klirren, das für gewöhnlich einige Sekunden später folgt, wenn man glaubt, es sei alles vorbei.

»Ich liege unter einer Rüstung«, sagte die Stimme. Sie klang nun ein wenig gedämpft. »Ist es noch weit bis zum Kamin?«

Keli stand auf und tastete sich vorsichtig zur Feuerstelle. Das matte Glühen der Asche zerrte einige widerstrebende Konturen aus der Finsternis, und nach kurzer Suche fand sie die Streichhölzer, zündete eins an, hustete im aufsteigenden Schwefeldampf und griff nach einer Kerze. Damit trat sie an den Hügel aus Rüstungsteilen heran, entdeckte eine mit Edelsteinen verzierte Scheide, zog das Schwert heraus – und verschluckte fast ihre Zunge, als ihr jemand seinen heißen und feuchten Atem ins Ohr blies.

»Das ist Binky«, ertönte es aus dem Haufen. »Er will nur nett sein. Wenn du ein wenig Heu für ihn hast ...«

»Dies ist der vierte Stock«, entgegnete Keli mit königlicher Selbstbeherrschung. »Es würde dich vielleicht überraschen zu erfahren, wie wenige Pferde sich hierher verirren.«

»Oh. Könntest du mir bitte aufhelfen?«

Die Prinzessin ließ das Schwert sinken und zog eine Brustplatte beiseite. Darunter kam ein schmales, blasses Gesicht zum Vorschein.

»Erklär mir besser, warum ich nicht sofort die Wächter rufen soll«, sagte sie. »Allein dein Aufenthalt in meinem Schlafzimmer genügt, um dich zu Tode zu foltern.«

Keli starrte wütend auf den Unbekannten hinab.

Mort räusperte sich. »Nun, äh, würdest du bitte meine

Hand freigeben? Danke. Zunächst einmal: Wahrscheinlich könnten mich die Wächter überhaupt nicht sehen. Zweitens: Du errätst nie, warum ich hier bin, und du siehst ganz so aus, als wolltest du es auch gar nicht wissen. Drittens ...«

»Drittens was?«, fragte Keli.

Mort öffnete den Mund und schloss ihn wieder. Er wollte antworten: Drittens, du bist wunderschön, oder zumindest hübsch, beziehungsweise attraktiv, wenigstens attraktiver als die meisten Mädchen, die ich bisher kennengelernt habe, obgleich ich zugegebenermaßen nicht vielen begegnet bin. Aus dieser glücklicherweise rein gedanklichen Bemerkung geht hervor, dass Mort aufgrund einer tief in ihm verwurzelten Ehrlichkeit nie Dichter werden kann. Man stelle sich jemanden vor, der junge Frauen mit Sommertagen verglich – und gleich darauf eine umfassende Erklärung hinzufügte, um genau zu erläutern, welcher Tag gemeint war und ob es zur betreffenden Zeit regnete. Unter diesen Umständen braucht man es eigentlich kaum zu bedauern, dass Tods Lehrling nicht die richtigen Worte fand.

Keli hielt die Kerze hoch und sah zum Fenster.

Es wies nicht die geringsten Beschädigungen auf. Am steinernen Rahmen zeigte sich kein einziger Kratzer, und die bunten Scheiben mit den Sto Lat-Wappen glänzten vertraut fest und stabil. Die Prinzessin richtete den Blick wieder auf Mort.

»Lassen wir den dritten Punkt«, sagte sie. »Kehren wir stattdessen zum zweiten zurück.«

Eine Stunde später erreichte das Glühen der Morgendämmerung die Stadt. Das Tageslicht auf der Scheibenwelt zeichnet sich nicht durch besondere Eile aus – in dem starken magischen Feld tröpfelt es, anstatt zu fließen. Um einen anderen Vergleich zu verwenden: Es glitt wie goldener Sirup über die Landschaft, und das Schloss auf dem granitenen Sockel ragte wie eine Sandburg aus der trägen Flut. Der Tag spülte zögernd heran und kroch in aller Gemütsruhe an den Mauern hoch.

Mort und Keli saßen nebeneinander auf dem Bett, und zwischen ihnen stand die Lebensuhr. Die obere Hälfte enthielt keinen Sand mehr.

Die geschlossene Tür filterte die Geräusche des allgemeinen Erwachens.

»Ich verstehe das nicht«, sagte die Prinzessin nach einer Weile: »Bin ich nun tot oder nicht?«

»Du *solltest* tot sein«, erwiderte Mort. »Ein Gebot des Schicksals oder was weiß ich. Die Theorie kenne ich nur in groben Zügen.«

»Und du hättest mich umbringen müssen?«

»Nein!«, widersprach Mort entsetzt. »Ich meine, der Mörder hätte dich töten sollen. Ich habe es dir eben zu erklären versucht.«

»Warum hast du ihn daran gehindert?«

Mort musterte Keli verwirrt.

»*Wolltest* du sterben?«

»Natürlich nicht. Aber in diesem Zusammenhang scheinen persönliche Wünsche keine große Rolle zu spielen, oder? Ich gebe mir nur Mühe, vernünftig zu sein.«

Mort starrte auf seine Knie. Schließlich stand er auf.

»Ich muss jetzt los«, sagte er kühl.

Er klappte die Sense zusammen, verstaute sie in der Scheide am Sattel und blickte zum Fenster.

»Du hast mein Zimmer auf recht ungewöhnliche Weise betreten«, stellte Keli fest. »Hör mal, als ich eben sagte …«

»Kann man es öffnen?«

»Nein. Für gewöhnlich benutzen Besucher die Tür. Ein Balkon säumt den Flur … Aber dort wird man dich sehen!«

Mort überhörte die letzten Worte, öffnete die Tür und führte Binky in den Flur. Keli folgte ihm hastig. Eine Zofe blieb abrupt stehen, machte einen höflichen Knicks und runzelte andeutungsweise die Stirn, als ihr Gehirn klugerweise dem Anblick eines ziemlich großen Pferdes widerstand, das über den Teppich ging.

Vom Balkon aus konnte man einen der Innenhöfe des Schlosses beobachten. Mort spähte über die Brüstung und schwang sich in den Sattel.

»Gib auf den Herzog acht!«, riet er Keli. »Er trachtet dir nach dem Leben.«

»Mein Vater hat mich immer wieder vor ihm gewarnt«, erwiderte die Prinzessin. »Ich habe einen guten Vorschmecker.«

»Du solltest dir auch einige gute Leibwächter zulegen«, schlug Mort vor. »Leider muss ich mich jetzt von dir verabschieden. Es warten noch einige wichtige Aufgaben auf mich.« Er versuchte, das richtige Maß an verletztem Stolz zum Ausdruck zu bringen, als er hinzufügte: »Leb wohl!«

»Sehen wir uns wieder?«, fragte Keli. »Die ganze Sache ist mir nach wie vor ein Rätsel, und ich möchte ...«

»Ich fürchte, eine neuerliche Begegnung wäre nicht unbedingt eine gute Idee«, sagte Mort düster. »Denk nur an meinen Beruf!« Er schnalzte mit der Zunge, und daraufhin stieß sich Binky ab. Der Hengst setzte über die Brüstung hinweg und trabte in den blauen Morgenhimmel.

»Vielen Dank!«, rief Keli dem Jungen nach.

Die Zofe kämpfte vergeblich gegen ihr Unbehagen an und gewann immer mehr den Eindruck, dass etwas nicht stimmte. »Fühlst du dich wohl, Herrin?«

Keli musterte sie geistesabwesend.

»Was?«, fragte sie.

»Ich habe mich nur gefragt, ob ... ob alles in Ordnung ist.«

Keli ließ die Schultern hängen.

»Nein«, antwortete sie nach einigen Sekunden. »Alles ist völlig verkehrt. In meinem Schlafzimmer liegt ein toter Attentäter. Könntest du bitte dafür sorgen, dass die Leiche weggeschafft wird?«

Keli hob die Hand und kam einem Einwand zuvor. »Sag jetzt bitte nicht ›Tot, Herrin?‹ oder ›Attentäter, Herrin?‹ oder etwas in der Art. Schreie nützen ebenfalls nichts. Ich möchte nur, dass der Leichnam verschwindet, klar? Und zwar in aller Stille. Ich glaube, ich habe Kopfschmerzen. Ein Nicken genügt völlig.«

Die Zofe nickte, blinzelte unsicher und eilte davon.

Mort wusste nicht, wie er zurückkehrte. Das Blau des Himmels verwandelte sich in ein stumpfes Grau, als Binky durch eine Lücke zwischen den Dimensionen galoppierte. Der Hengst landete nicht etwa auf dem dunklen Boden von Tods Anwesen, nein, die schwarze Erde war einfach *da*. Sie zeigte das Gebaren eines freundlichen Flugzeugträgers, der sich unter einen Senkrechtstarter schob, um dem Piloten Mühe zu ersparen.

Das große Ross trabte zum Stall und blieb mit zuckendem Schweif vor der Tür stehen. Mort stieg ab und lief zum Haus.

Nach einigen Metern verharrte er, eilte zurück, holte Heu für Binky, lief erneut zum Haus, machte einmal mehr kehrt, rieb den Hengst ab, überprüfte den Wassereimer, stürmte zum Haus, hastete zurück, nahm die Decke vom Haken an der Wand und legte sie dem Pferd auf den Rücken. Binky schnaubte würdevoll.

Mort trat durch die Hintertür ein und lauschte besorgt. Alles blieb still; er vernahm nicht das geringste Geräusch. Auf leisen Sohlen schlich er zur Bibliothek, in der die Luft selbst des Nachts aus heißem trockenem Staub zu bestehen schien. Es dauerte einige subjektive Jahre, bis er Prinzessin Kelis Biografie fand. Es handelte sich um ein deprimierend dünnes Buch, und das entsprechende Regal ließ sich nur mithilfe der Leiter erreichen, einer wackligen Vorrichtung, die frappierende Ähnlichkeit mit einem frühen Belagerungsapparat aufwies.

Mort blätterte mit zitternden Fingern, starrte auf die letzte Seite und stöhnte.

»Die Prinzessin wurde im Alter von fünfzehn Jahren ermordet«, las er. »Ihr Tod hatte die Vereinigung von Sto Lat und Sto Helit zur Folge, führte indirekt zum Ende der Stadtstaaten in den Großen Ebenen und ermöglichte die Entstehung...«

Morts Blick huschte wie ein eigenständiges Wesen über die Zeilen, und gelegentlich entrang sich seiner Kehle ein leises Ächzen.

Nach einer Weile ließ er das Buch sinken, zögerte und schob es ins Regal zurück. Er fühlte es dort oben, als er die Leiter hinunterkletterte – allein die Existenz des Buches kam einer Anklage gleich.

Auf der Scheibenwelt verkehrten nur wenige Hochseeschiffe, denn die meisten Kapitäne zogen es vor, die Küste im Auge zu behalten. Dafür gibt es folgende Erklärung: Wenn Schiffe in der Ferne den Eindruck erwecken, über den Rand der Welt zu rutschen, so verschwinden sie keineswegs hinter dem Horizont, sondern rutschen *wirklich* über den Rand der Welt.

In jeder Generation gab es einige tatendurstige Entdecker, die an dieser traurigen Tatsache zweifelten und aufbrachen, um das Gegenteil zu beweisen. Seltsamerweise kehrten sie nie zurück und bekamen dadurch keine Gelegenheit, die Ergebnisse ihrer Forschungen einem breiten Publikum zugänglich zu machen.

Deshalb muss diese Analogie für Mort bedeutungslos bleiben:

Er hatte das Gefühl, als sei er gerade mit der *Titanic* untergegangen – um unmittelbar darauf von der *Lusitania* gerettet zu werden.

Er hatte das Gefühl, in einem Anflug fataler Fröhlichkeit einen Schneeball geworfen zu haben – um dann zu beobachten, wie die daraus entstehende Lawine drei Wintersportorte unter sich begrub.

Er hatte das Gefühl, dass die Geschichte aus den Fugen geriet.

Er hatte das Gefühl, dringend mit jemandem sprechen zu müssen.

Dafür kamen nur Albert oder Ysabell infrage, denn die Vorstellung, alles zwei leeren Augenhöhlen zu erklären, in denen zwei kleine blaue Sterne leuchteten, erschien ihm gerade nach der vergangenen Nacht wenig verlockend. Was Ysabell betraf: Wenn sie sich dazu herabließ, in seine Richtung zu blicken (was selten genug geschah), gab sie deutlich zu verstehen, dass ihrer Meinung nach der einzige Unterschied zwischen Mort und einer toten Kröte in der Farbe bestand. Und Albert…

Er war zwar nicht der beste denkbare Beichtvater, aber wenn sich die Auswahl auf eine Person beschränkte, nahm er eine Vorrangstellung ein.

Mort wandte sich von der Leiter ab und wanderte müde an den endlosen Regalen entlang. Erst ein paar Stunden Schlaf, und anschließend die bittere Wirklichkeit.

Plötzlich hörte er ein gedämpftes Keuchen, gefolgt von hastigen Schritten. Irgendwo fiel eine Tür ins Schloss. Mort spähte vorsichtig um die Ecke und war fast enttäuscht, als er nur einen Stuhl sah, auf dem einige Bücher lagen. Er griff nach einem Band, las den Namen, überflog einige Zeilen und bemerkte, dass jemand ein tränenfeuchtes Spitzentaschentuch zurückgelassen hatte.

Mort stand spät auf, eilte in die Küche und rechnete damit, eine vorwurfsvolle bleierne Stimme zu hören. Seine Trommelfelle warteten umsonst.

Albert stand an der steinernen Spüle, blickte nachdenklich auf die Fritteuse und überlegte vermutlich, ob es Zeit wurde, das Öl zu wechseln. Er entschied schließlich, noch ein Jahr damit zu warten.

Der alte Mann drehte sich um, als Mort am Tisch Platz nahm.

»Eine lange Nacht, nicht wahr?«, fragte er. »Wie ich hörte, hast du dich bis heute Morgen in der Welt der Sterblichen herumgetrieben. Möchtest du ein Ei? Ich hab auch Haferbrei für dich.«

»Das Ei genügt«, sagte Mort hastig. Er hatte nie den Mut aufgebracht, Alberts Haferbrei zu probieren. Die graubraune Masse wirkte seltsam lebendig und verschlang Löffel.

»Nach dem Frühstück erwartet dich unser Herr«, fügte Albert hinzu. »Er meinte allerdings, du brauchtest dich nicht zu beeilen.«

»Oh.« Mort starrte auf den Tisch. »Hat er sonst noch etwas gesagt?«

»Er betonte, es sei sein erster freier Abend seit tausend Jahren gewesen«, antwortete Albert. »Er summte. Schien geradezu ... fröhlich zu sein. Gefällt mir ganz und gar nicht. Ich habe ihn noch nie zuvor auf diese Weise erlebt.«

»Hm.« Mort nutzte die gute Gelegenheit. »Äh, bist du schon lange hier?«

Albert musterte ihn über den Rand seiner Brille hinweg.

»Vielleicht«, erwiderte er. »Es fällt einem schwer, nicht mit dem Kalender durcheinanderzugeraten, wenn man sich außerhalb der Zeit befindet. Ich kam kurz nach dem Tod des alten Königs hierher.«

»Welchen König meinst du, Albert?«

»Ich glaube, er hieß Artorollo. Ein kleiner dicker Mann mit piepsiger Stimme. Ich hab ihn nur einmal gesehen.«

»Und wo?«

»In Ankh natürlich.«

»Was?«, entfuhr es Mort. »In Ankh-Morpork gibt es keine Könige. Das weiß doch jeder.«

»Es liegt schon ein paar Jährchen zurück«, sagte Albert. Er griff nach Tods persönlicher Teekanne, setzte sich ebenfalls und blickte verträumt in die Ferne.

Mort wartete gespannt.

»Ach, damals gab's richt'ge Könige, nich die Witzlinge von heut«, fuhr Albert fort, goss Tee auf seine Untertasse und kühlte ihn, indem er mit dem Ende seines Schals wedelte. »Es handelte sich um richtige *Monarchen*. Ich meine, sie war'n weise und gerecht – wenn sie sich daran erinnerten. Wenn sie einen guten Tag hatten. Wenn sie nicht gerade ihre Folterkammern modernisierten.« Der alte Mann dachte einige Sekunden lang nach. »Natürlich wurden sie manchmal böse. Tja, niemand is ein Heiliger. Abgesehen von den Heiligen. Wenn ihnen jemand nich in den Kram passte … Rübe ab, zackzack. Sie fackelten nich lange, nein, das nich. Ach, und die Königinnen … Sie war'n alle groß und schlank und angemessen blass, und sie trugen so komische Mützen …«

»Schleier?«, fragte Mort.

»Ja, genau. Und die Prinzessinnen war'n so schön, wie der Tag lang ist, ja, und so edel und sanft und zart, dass sie Pampelmusen durch ein Dutzend Matratzen spüren konnten.«

»Pampelmusen?«

Albert zögerte. »Was in der Richtung«, brummte er und winkte ab. »Jedenfalls, es gab Feste und Turniere und Hinrichtungen. Eine großartige Ära.« Er liebkoste seine Erinnerungen mit einem Lächeln.

»Inzwischen scheint selbst die Zeit alt geworden zu sein«, fügte er hinzu und seufzte tief.

»Hast du noch andere Namen, Albert?«, erkundigte sich Mort.

Der alte Mann kehrte schlagartig ins Hier und Jetzt – besser gesagt: ins Dann und Drüben – zurück.

»Oh, ich weiß, worauf du hinauswillst«, sagte er scharf. »Du möchtest meinen wahren Namen herausfinden und dann in der Bibliothek nachsehen, nicht wahr? Schnüffelst wohl gern herum, wie? Ja, ja, ich kann's mir denken. Dauernd hockst du dort in irgendeiner Ecke und liest die Leben junger Frauen ...«

Offenbar hoben die Herolde der Schuld in Morts Augen ihre Fanfaren und bliesen kräftig hinein, denn Albert lachte leise und deutete mit einem krummen Zeigefinger auf ihn.

»Du solltest die Bücher wenigstens ins Regal zurückstellen«, empfahl er. »Weißt du, ich habe keine Lust, jungen Spannern nachzuräumen. Außerdem: Es ist nicht richtig, in den intimsten Erlebnissen verstorbener Fräuleins herumzustöbern. Wahrscheinlich wirst du irgendwann blind davon.«

»Aber ich habe doch nur ...«, begann Mort, erinnerte sich an das feuchte Spitzentaschentuch und schwieg.

Er überließ Albert das Geschirrspülen und kehrte in die Bibliothek zurück. Matter Sonnenschein fiel durch die hohen Fenster, strich wie sanft über die zahllosen geduldigen Buchrücken und trübte allmählich ihre Farben. Ab und zu schwebte ein verirrtes Staubkorn in die dicken Lichtbalken und glühte wie eine winzige Supernova.

Mort lauschte und hörte ein leises, emsiges Kratzen: Die Bücher schrieben sich selbst.

Früher hätte er ein solches Geräusch als gespenstisch empfunden, doch nun wirkte es irgendwie ... beruhigend. Es bewies ihm, dass der Kosmos noch immer funktionierte und wie geschmiert lief. Sein Gewissen hatte nur auf ein solches Stichwort gewartet und spottete mit viel zu deutlicher Ironie: Du hast recht, mit der Eisenbahn des Universums ist soweit alles in Ordnung, aber die Gleise führen in die falsche Richtung.

Mort wanderte durch das Labyrinth aus Regalen, fand den Hocker und stellte fest, dass die Bücher verschwunden waren. Albert befand sich nach wie vor in der Küche, und Tod hatte die Bibliothek nicht betreten. Also kam nur Ysabell infrage. Was las sie? Wonach suchte sie?

Er hob den Blick und ließ ihn über die vielen Bücher schweifen. Es lief ihm kalt über den Rücken, als er daran dachte, was sich nun anbahnte …

Es blieb ihm gar keine andere Wahl: Er musste sich jemandem anvertrauen.

Auch für Keli war das Leben nicht gerade einfach.

Es lag daran, dass die Kausalität ein ziemlich großes Trägheitsmoment besaß. Morts Sensenhieb, der aus Zorn, Verzweiflung und aufkeimender Liebe den falschen Hals traf, hatte den Zug aus Ursache und Wirkung auf andere Schienen gelenkt (um im Bild zu bleiben), doch jemand hatte versäumt, dem Schicksal eine entsprechende Mitteilung zu machen. Um einen anderen Vergleich zu benutzen: Tods Gehilfe hatte auf den Schwanz eines Dinosauriers getreten, aber es dauerte noch eine Weile, bis das andere Ende begriff, dass ein ›Autsch‹ angebracht war.

Das Universum wusste von Kelis Tod und nahm deshalb mit verständlicher Überraschung zur Kenntnis, dass sie noch immer herumlief und atmete.

Die kosmische Verblüffung kam auf verschiedene Weise zum Ausdruck. Einige Höflinge musterten die Prinzessin verwirrt und wussten nicht so recht, warum sie sich in ihrer Nähe unsicher fühlten. Sie übersahen Keli oder sprachen mit gedämpften Stimmen, was sie mit einer gewissen Verlegenheit erfüllte – und in des Königs Tochter Ärger weckte.

Der Kämmerer ertappte sich bei der Anweisung, die

Schlossfahne auf Halbmast zu setzen – und wusste beim besten Willen nicht, was ihn zu einer solchen Order veranlasste. Man brachte ihn mit einem leichten Nervenzusammenbruch zu Bett, nachdem er bei den Stadtschneidern aus keinem ersichtlichen Grund tausend Ellen schwarzen Trauerstoff bestellt hatte.

Das seltsame Gefühl wachsender Irrealität breitete sich im ganzen Palast aus. Der Erste Kutscher beauftragte seine Assistenten, die Andachtskarosse auf Hochglanz zu bringen, betrachtete sie anschließend und weinte in sein Gamsleder, weil er sich nicht daran erinnern konnte, wessen Sarg zum Friedhof transportiert werden sollte. Bedienstete wandelten mit gesenkten Häuptern durch die Flure und sahen sich immer wieder verwundert um. Der Koch widerstand nicht der Versuchung, ein schlichtes Bankett aus kaltem Fleisch vorzubereiten. Hunde bellten, wurden gleich darauf wieder still und kamen sich ziemlich dumm vor. Die beiden schwarzen Hengste, denen traditionsgemäß die Aufgabe zukam, die Bestattungskutsche zu ziehen, wurden so unruhig, dass sie fast einen Stallknecht zertrampelten.

Unterdessen wartete der Herzog von Sto Helit vergeblich auf einen Kurier. Der Mann war sofort losgeritten, hatte jedoch auf halbem Weg sein Pferd gezügelt und fragte sich verwirrt, worin sein Auftrag bestand.

Keli spürte, wie die Distanz zu den Geschehnissen in ihrer unmittelbaren Umgebung wuchs. Mehrmals zwickte sie sich selbst, um ganz sicher zu sein, dass sie wirklich noch lebte. Und ihr Zorn wuchs.

Gegen Mittag erreichten die Ereignisse einen ersten Höhepunkt. Keli betrat den großen Speisesaal und musste feststellen, dass vor dem königlichen Stuhl ein Teller fehlte. Mit einigen lauten und sehr deutlichen Worten an den Diener gelang es ihr, Abhilfe zu schaffen. Aber anschließend wurden die Schüsseln und Tabletts an ihr vorbeigereicht, ohne dass sie eine Möglichkeit bekam, von ihrer Gabel Gebrauch zu machen. Mit einer Mischung aus Verzweiflung und Verdruss beobachtete sie, wie der Weinkellner zuerst das Glas des würdevoll dreinblickenden Abort-Ministers füllte.

Keli ließ sich zu einer ganz und gar unmajestätischen Verhaltensweise hinreißen und streckte das Bein aus. Der Kellner stolperte, murmelte etwas Unverständliches und starrte auf die Fliesen.

Die Prinzessin beugte sich zur Seite und rief dem Staatsrat für die Speisekammer ins Ohr: »Kannst du mich sehen, Mann? Warum müssen wir uns mit kaltem Schweinefleisch und Schinken begnügen?«

Der Staatsrat unterbrach ein geflüstertes Gespräch mit der Dame Des Kleinen Achteckigen Zimmers Im Nordturm und starrte Keli an, wobei sich seine Überraschung in Verwirrung verwandelte. »Ich, äh, ich glaube, ich sehe Euch tatsächlich ...«

»Euer Königliche Hoheit«, fügte Keli drohend hinzu.

»Aber ... äh, ja ... Hoheit«, stotterte der Mann und brach ab. Dann erinnerte er sich an seine ganz persönliche Wirklichkeit, drehte sich um und setzte das Gespräch fort.

Eine Zeit lang blieb Keli still sitzen, von Entsetzen und Wut wie gelähmt. Schließlich schob sie den Stuhl zurück, stand auf und stürmte aus dem Saal. Zwei Bedienstete, die im Flur standen und Schinkenrollen von einem Tablett stibitzten, wurden plötzlich beiseitegestoßen, was ihren Glauben an Schlossgespenster erhärtete.

Keli eilte in ihre Gemächer und zog an der Kordel, die eine Klingel im Zimmer der Tageszofe betätigte. Normalerweise war die Dienerin innerhalb weniger Sekunden zur Stelle, aber diesmal ließ sie sich bemerkenswert viel Zeit. Nach einer Weile drehte sich der Knauf, und die Tür schwang ganz langsam auf. Ein blasses, besorgtes Gesicht erschien im Spalt.

Die Verwirrung in den bleichen Zügen entging Keli nicht,

und diesmal hatte sie sich innerlich darauf vorbereitet. Sie packte die Zofe an den Schultern, zerrte sie ins Zimmer und stieß die Tür zu. Als die Frau nur ins Leere starrte und sich erstaunliche Mühe gab, den Blick der Prinzessin zu meiden, holte Keli entschlossen aus und versetzte ihr eine schallende Ohrfeige.

»Hast du das gefühlt?«, fragte sie. »Na?«

»Ich, äh ... ja ...«, stammelte die Zofe unsicher, taumelte zurück, stieß ans Bett und sank auf die Matratze.

»Sieh mich an!«, rief Keli. Sie trat näher. »Sieh mich an, wenn ich mit dir spreche! Du kannst mich sehen, nicht wahr? Sag mir, dass du mich sehen kannst, wenn du nicht auf der Stelle hingerichtet werden willst!«

Die Zofe blinzelte und bemerkte zorniges Funkeln in königlichen Augen.

»Ich kann dich sehen«, bestätigte sie. »Aber ...«

»Aber was? *Aber was?*«

»Du bist doch ... Ich meine, ich habe gehört ... Ich dachte eigentlich ...«

»Was hast du gedacht?«, fragte Keli scharf. Sie rief jetzt nicht mehr. Stattdessen hatten ihre leisen Worte die Qualität akustischer Peitschenhiebe.

Die Zofe ließ den Kopf hängen und schluchzte. Keli klopfte eine Zeit lang mit dem Fuß auf den Boden, bevor sie die Frau wütend schüttelte.

»Gibt es einen Zauberer in der Stadt?«, fragte sie. »Sieh mich an! Du sollst mich *ansehen*. Wo wohnt der nächste Zauberer? Du und die anderen Zofen ... Ihr habt doch bestimmt einen Magier besucht, um euch irgendwelche Liebestränke zu holen, stimmt's? Nenn mir seine Adresse!«

Die Frau hob den Kopf, wischte sich Tränen aus den Augen und versuchte, den Blick auf Keli zu richten, obgleich die Stimme der Vernunft nach wie vor behauptete, dass die Prinzessin tot war.

»Äh, ein Zauberer … ja. Schneidgut, in der Mauergasse …«

Ein dünnes Lächeln umspielte Kelis Lippen. Sie überlegte, wo man ihre Mäntel aufbewahrte, hielt es jedoch für besser, die Zofe nicht mit einer entsprechenden Frage zu belasten und selbst mit der Suche nach dem königlichen Kleiderschrank zu beginnen. Sie wartete und beobachtete die Frau aufmerksam. Nach einer Weile verklang ihr Schluchzen, und sie sah sich verwirrt um, bevor sie hastig den Raum verließ.

Sie hat mich bereits vergessen, dachte Keli und starrte auf ihre Hände. Sie waren keineswegs transparent.

Magie. Ja, zweifellos.

Die Prinzessin betrat das Nebenzimmer und öffnete versuchsweise einige Schränke, bis sie einen schwarzen Kapuzenumhang fand. Rasch streifte sie ihn über, huschte in den Flur und schlich über die Dienstbotentreppe.

Diesen Weg hatte sie noch nie zuvor genommen. Sie durchstreifte eine Welt, die zum größten Teil aus Truhen mit schmutziger Wäsche, kahlen Wänden, Speiseaufzügen und Serviertischen bestand. Es roch nach schimmeligem Brot.

Keli durchwanderte den Kosmos des Gewöhnlichen wie ein ans Diesseits gebundener Geist. Sie wusste natürlich, dass die Schlossbediensteten irgendwo wohnten und arbeiteten – ein Gebot der Notwendigkeit, das auch für die Existenz von Abflüssen und Kanalisationssystemen galt. Außerdem hielt sie es für möglich, dass die Zofen, Knechte und alle anderen von ihren Verwandten und Freunden identifiziert werden konnten, obgleich sie sich so sehr ähnelten. Doch diese Überlegungen bereiteten sie nicht auf einen ganz besonderen Anblick vor. Bisher kannte sie den Weinkellner Moghedron nur als eine erhabene Präsenz, die Würde ausstrahlte und sich wie eine Galeone bewegte, die gerade volle Segel gesetzt hatte. Und deshalb überraschte es sie, als sie ihn in der Speisekammer sah, das Hemd geöffnet, in der rechten Hand eine dampfende Pfeife, in der linken einen bis zum Rand gefüllten Krug. Er rülpste leise.

Zwei junge Frauen liefen kichernd an Keli vorbei, ohne auf sie zu achten. Die Prinzessin ging weiter und kam sich in ihrem eigenen Schloss plötzlich wie ein Eindringling vor.

Wofür es eine einfache Erklärung gab: Das Schloss gehörte ihr gar nicht. Die lärmende Welt um sie herum, die warmen Wäschereien und kühlen Trockenzimmer ... All das gehörte sich selbst. Niemand konnte darauf Anspruch erheben. Es regierte als absoluter Souverän.

Keli nahm eine Hähnchenkeule vom Tisch in der größten Küche, einer riesigen Kammer, in der Hunderte von Töpfen in langen Reihen von der Decke herabhingen – das Gewölbe sah aus wie ein Arsenal, in dem sich Schildkröten mit neuen Panzern ausrüsten konnten. Als sie in das gebratene Fleisch biss, fühlte sie die typische Aufregung eines Diebs. Sie stahl! In ihrem eigenen Königreich!

Der Koch sah direkt durch sie hindurch, mit Augen so trüb wie fleckiges Glas.

Keli lief an den Ställen vorbei und durch das rückwärtige Tor. Zwei Wächter standen dort, und es gelang ihnen mühelos, die Prinzessin zu übersehen.

In den Straßen der Stadt legte sich Kelis Unruhe ein wenig, obgleich sie sich noch immer seltsam nackt fühlte. Sie empfand es als zermürbend, Leute zu beobachten, die sich nur um ihre eigenen Angelegenheiten kümmerten und keine Anstalten machten, der Thronfolgerin alle Wünsche von den Lippen zu lesen. Keli war im Zentrum des Universums aufgewachsen und fühlte sich nun zum Rand gedrängt. Fußgänger stießen gegen sie, prallten ab und fragten sich verblüfft, was für ein Hindernis ihnen den Weg versperrte. Mehrmals musste Keli Karren ausweichen, die direkt auf sie zurumpelten.

Das Stück Hühnchen konnte nicht die Leere in ihrem Magen füllen, der mit beharrlichem Knurren auf das versäumte Mittagessen hinwies. Sie ließ zwei Äpfel unter ihrem Umhang verschwinden und nahm sich vor, später dem Kämmerer Bescheid zu geben. Wenn er herausgefunden hatte, was Äpfel kosteten, sollte er dem Obsthändler das ihm zustehende Geld schicken.

Als Keli das Haus des Zauberers erreichte, war ihr Haar zerzaust, und der Mantel wies einige sehr unangenehme Flecken auf. Außerdem roch sie ein wenig nach Pferdedung. Der Türklopfer bereitete ihr einige Probleme. Bisher hatte sie die Erfahrung gemacht, dass sich Türen von ganz allein öffneten, und bei besonders widerspenstigen Exemplaren halfen Bedienstete nach.

Sie war so verzweifelt, dass sie das anzügliche Zwinkern des Klopfers nicht bemerkte.

Erneut pochte sie an die Tür und glaubte, ein dumpfes Klirren zu hören. Nach einer Weile schwang die Tür einige Zentimeter weit auf, und Keli sah ein rundes Gesicht mit roten Flecken. Über der Stirn wuchs lockiges Haar.

Ihr rechter Fuß überraschte sie, indem er sich klugerweise in den Spalt schob.

»Ich verlange, den Zauberer zu sprechen«, verkündete Keli. »Und zwar sofort.«

»Er ist derzeit beschäftigt«, erwiderte das Gesicht. »Möchtest du vielleicht ein Leidenschaftselixier?«

»Ein was?«

»Ich ... Ah, wir haben heute Schneidguts IchmachdichfitSalbe im Angebot«, fügte das Gesicht hinzu und lächelte bedeutungsvoll. »Sorgt für ordentlichen Hafer und stellt die Ernte sicher, wenn du verstehst, was ich meine.«

Keli räusperte sich entrüstet. »Nein, ich verstehe dich nicht«, log sie.

»Muntermacher? Jungfrauentraum? Erfüller unerfüllter Sehnsüchte? Belladonna-Augentropfen?«

»Ich verlange ...«

»Tut mir leid, wir haben geschlossen«, sagte das Gesicht und schloss die Tür. Keli zog den Fuß gerade noch rechtzeitig zurück.

Sie murmelte einige Worte, die ihre Schlosslehrer sowohl erstaunt als auch entsetzt hätten, ballte die Faust und hämmerte ans Holz.

Der Rhythmus des zornigen Pochens verlangsamte sich allmählich, als Keli zu begreifen begann.

Er hat mich gesehen!, dachte sie. Er hat mich gehört!

Sie holte mit neuer Entschlossenheit aus und schrie aus vollem Hals.

»Ef wird nicht klappen«, erklang eine Stimme dicht vor ihr. »Er ift fehr ftur.«

Keli senkte langsam den Kopf und begegnete dem frechen Blick des Türklopfers. Die monströse Fratze wackelte mit den gusseisernen Ohren und sprach durch den dicken Schnauzenring.

»Ich bin Prinzessin Keli, Thronerbin von Sto Lat«, sagte sie hochherrschaftlich und verscheuchte das Erschrecken in einen fernen Winkel ihres Selbst. »Ich unterhalte mich nicht mit Dingen, die zu Türen gehören.«

»*Ich* bin nur ein Türklopfer und kann mit allen möglichen Leuten reden«, lautete die fröhliche Antwort. »Wenn du'f genau wiffen willft: Meifter Fneidgut hat heute feinen anftrengenden Tag und möchte nicht geftört werden. Aber wenn du daf magife Wort auffprichft ... Wenn ef von fo hübfen jungen Damen ftammt, entriegelt ef felbft die hartnäckigften Flöffer.«

»Was für ein magisches Wort? Wie lautet es?«

Der Türklopfer brummte leise. »Hat man dich denn überhaupt nichtf gelehrt, Fräulein?«

Keli richtete sich zu ihrer vollen Größe auf, was eigentlich kaum die Mühe lohnte. Sie hatte selbst einen anstrengenden Tag hinter sich – zumindest einen anstrengenden Morgen –, und der ohnehin nicht sehr große Vorrat an königlicher Geduld ging allmählich zur Neige. Mein Vater hat auf dem Schlachtfeld mehr als hundert Feinde getötet, erinnerte sie sich stolz. Ich sollte zumindest in der Lage sein, mit einem Türklopfer fertigzuwerden.

»Ich bin gut erzogen worden«, sagte sie eisig. »Von einigen der besten Gelehrten im ganzen Land.«

Der Türklopfer schien nicht beeindruckt zu sein.

»Wenn fie vergafen, dir daf magife Wort fu nennen«, erwiderte er ruhig, »kann ef mit ihnen nicht weit her fein.«

Keli streckte die Hand aus, griff nach dem Ring und schlug ihn ans Holz. Der Türklopfer grinste.

»Ja, behandle mich grob«, ächzte er. »Fo hab ich'f gern!«

»Du bist abscheulich.«

»Ja. Oh, daf war gut. Bitte noch einmal …«

Die Tür öffnete sich einen Spaltbreit, und Kelis Blick fiel kurz auf lockiges Haar.

»Verehrtes Fräulein, ich sagte doch, dass wir heute geschlossen …«

Keli seufzte.

»Bitte hilf mir!«, murmelte sie. »Bitte!«

»Na, fiehft du?«, triumphierte der Türklopfer. »Irgendwann erinnert fich *jeder* an daf magife Wort!«

Keli hatte ihren Vater bei offiziellen Anlässen nach Ankh-Morpork begleitet und hochrangige Zauberer von der Unsichtbaren Universität kennengelernt, dem wichtigsten magischen Lehrinstitut auf der Scheibenwelt. Einige von ihnen waren recht groß, die meisten dick. Fast alle trugen elegante Kleidung, oder glaubten es wenigstens.

Die Mode der Zauberer unterlag den üblichen Veränderungen des allgemeinen ästhetischen Empfindens. Ein Magier, der etwas auf sich hielt und heute wie ein betagter, gutmütiger Greis aussehen wollte, musste morgen seinen Herrenausstatter aufsuchen, sich neu einkleiden lassen und es mit anderer Schminke versuchen. Frühere Zauberer-Generationen bevorzugten interessante Blässe, mystisches Druidenflair, hier und dort etwas Staub oder eine vage Grimmigkeit, mit der sie sich eine möglichst geheimnisvolle Aura gaben. Keli kannte Zauberer nur als kleine, in Pelz gehüllte Berge, die recht schnaufend sprachen, und Ignazius Eruptus Schneidgut passte ganz und gar nicht in dieses Bild.

Zunächst einmal: Er war jung. Was man ihm natürlich kaum zur Last legen konnte. Wahrscheinlich mussten selbst Zauberer jung anfangen. Ihm fehlte ein Bart, und der Saum seines recht schmutzigen Mantels bestand einzig und allein aus abgescheuerten Fransen.

»Möchtest du etwas zu trinken oder so?«, fragte er und trat unauffällig eine achtlos beiseite geworfene Weste unter den Tisch.

Keli schüttelte den Kopf und sah sich vergeblich nach einer Sitzgelegenheit um. Überall lag Wäsche oder stand benutztes Geschirr. Schneidgut bemerkte ihre Skepsis.

»Ich wollte gerade mit dem Aufräumen beginnen«, behauptete er und stieß mit dem Ellbogen die Reste einer Knoblauchwurst zu Boden. »Normalerweise kommt Frau Thugent zweimal in der Woche und nimmt mir diese Arbeit ab, aber sie muss sich derzeit um ihre Schwester kümmern, die schon wieder schwanger ist. Ihr Mann hat einen Muntermacher von mir bekommen, und offenbar wirkt das Zeug recht gut. Möchtest du wirklich nichts trinken? Sei unbesorgt, du machst mir keine Mühe. Gestern lag hier irgendwo eine saubere Tasse herum.«

»Ich habe ein Problem, Meister Schneidgut«, sagte Keli.

»Einen Augenblick, bitte.« Der Zauberer griff über den Kamin und holte einen spitzen zerknitterten Hut hervor, der schon bessere (wenn auch nicht *viel* bessere) Tage gesehen hatte. »Ich bin ganz Ohr.«

»Was hat es mit dem Hut auf sich?«

»Oh, er ist sehr wichtig. Man muss einen richtigen Hut haben, wenn man sich mit Magie beschäftigt. Wir Zauberer wissen über solche Dinge Bescheid.«

»Wie du meinst. Übrigens: Kannst du mich sehen?«

Schneidgut musterte seine Besucherin. »Ja. Ja, ich glaube, es besteht kein Zweifel daran, dass ich dich sehe.«

»Und hören? Kannst du mich auch hören?«

»Laut und deutlich. Ja. Jede einzelne Silbe ist genau am richtigen Platz. Kein Problem.«

»Würde es dich dann überraschen zu erfahren, dass ich für die anderen Leute in der Stadt überhaupt nicht existiere?«

»Du bist Luft für sie?«

»Noch weniger als das.«

»Nur ich kann dich sehen und hören?«

Keli schnaubte abfällig. »Und dein Türklopfer.«

Schneidgut zog sich einen Stuhl heran und nahm Platz. Er rutschte ein wenig hin und her. Er runzelte nachdenklich die Stirn. Er stand auf, griff unter seinen Hosenboden und holte eine zerquetschte rötliche Masse hervor, die einst eine halbe Pizza* gewesen sein mochte. Er betrachtete sie kummervoll.

* Die erste Pizza auf der Scheibenwelt wurde von dem klatschianischen Mystiker namens Ronron ›Offenbarungs-Joe‹ Schuwadi geschaffen, der später behauptete, er habe das Rezept vom Schöpfer der Scheibenwelt höchstpersönlich erhalten – vermutlich hatte Er genau so etwas im Sinn, als Er das Universum plante. Einige Wüstenreisende, die das Original gesehen haben (es ist auf wundersame Weise in der Verbotenen Stadt von Iieeh erhalten geblieben), berichteten dies: Der Schöpfer habe nur ein schlichtes Käse-und-Paprika-Ding mit einigen schwarzen Oliven** beabsichtigt; Berge und Seen seien erst später hinzugefügt worden, aus jäher kreativer Begeisterung.

** Nach dem Schisma der Drehwärtigen und dem darauffolgenden Krieg, der fünfundzwanzigtausend Todesopfer forderte, wurde den Gläubigen gestattet, das Rezept um ein kleines Lorbeerblatt zu erweitern.

»Soll man's fassen?«, klagte er. »Den ganzen Morgen habe ich danach gesucht. Gehört zu der Alles-drauf-Sorte, mit einer Extraportion Paprika.« Er zog einen halb zerflossenen Käsestreifen lang und erinnerte sich plötzlich an Keli.

»Oh, entschuldige bitte!«, sagte. »Wo bleiben nur meine Manieren? Du musst mich für sehr unhöflich halten. Hier. Probier eine Sardelle! Bitte.«

»Hast du mir überhaupt zugehört?«

»Fühlst du dich unsichtbar?«, fragte Schneidgut und schmatzte. »Ich meine, in dir selbst?«

»Natürlich nicht. Ich bin nur ärgerlich. Und ich möchte, dass du für mich einen Blick in die Zukunft wirfst.«

»Oh, ich weiß nicht ... Was du mir eben geschildert hast, klingt irgendwie *medizinisch*, pathologisch, um ganz genau zu sein ...«

»Ich bin bereit, für deine Dienste zu bezahlen.«

»Es ist illegal«, brachte Schneidgut fast verzweifelt hervor. »Der alte König hat das Wahrsagen in Sto Lat verboten. Er konnte Zauberer nicht ausstehen.«

»Ich bezahle *viel*.«

»Frau Thugent glaubt, dass mit der Krönung des Mädchens zur neuen Königin alles noch schlimmer wird. Die Prinzessin soll arrogant und hochmütig sein. Vielleicht hält sie von den Praktikanten der subtilen Künste noch viel weniger als ihr Vater.«

Keli lächelte. Wer zum Hof gehörte und dieses Lächeln kannte, hätte Schneidgut vom Stuhl gezerrt und ihn irgendwo in Sicherheit gebracht, zum Beispiel auf dem nächsten Kontinent. Aber der Zauberer ahnte nichts, blieb still sitzen und strich sich kleine Pilze vom Mantel.

»Soweit ich weiß, ist sie in dieser Hinsicht nicht zum Scherzen aufgelegt«, entgegnete Keli. »Es würde mich nicht überraschen, wenn sie dich nach dem Wahrsagen aus der Stadt jagen ließe.«

»*Lieber* Himmel!«, platzte es aus Schneidgut heraus. »Glaubst du wirklich?«

»Ich schlage vor, wir lassen die Zukunft ruhen und beschränken uns auf die Gegenwart«, sagte Keli. »Dagegen könnte nicht einmal die jetzige Prinzessin und baldige Königin etwas einwenden.« Großzügig fügte sie hinzu: »Wenn du möchtest, lege ich bei ihr ein gutes Wort für dich ein.«

Schneidguts Miene erhellte sich. »Oh, du kennst sie?«

»Ja. Manchmal allerdings nicht besonders gut.«

Der Zauberer seufzte. Er kramte im Durcheinander auf dem Tisch, rückte vorsichtig einige hohe Türme aus Tellern mit mumifizierten Nahrungsresten beiseite und entdeckte schließlich eine dicke Ledermappe, an der ein Käsestück klebte.

»Nun«, meinte er skeptisch, »das hier sind Karockkarten. Die geballte Weisheit der Ahnen und so weiter. Oder wie wär's mit dem Ching Aling des Mittwärtigen? Bei der Schickeria ist es gerade besonders beliebt. Teeblätter oder Kaffeesatz benutze ich nicht.«

»Nehmen wir das Ching-Ding.«

»Na schön. Wirf die gelben Stäbchen hier in die Luft.«

Keli kam der Aufforderung nach und beobachtete zusammen mit Schneidgut, welches Muster sich ergab.

»Hmmm«, machte der Zauberer nach einer Weile. »Eins im Kamin, eins im Kakaobecher, eins auf der Straße – ich hätte das Fenster schließen sollen –, eins auf dem Tisch und ein weiteres, nein, *zwei* hinter der Kommode. Ich schätze, Frau Thugent findet die übrigen.«

»Du hast mir nicht gesagt, wie hoch und weit man die Stäbchen werfen muss. Soll ich's noch mal versuchen?«

»Neiiin, lieber nicht.« Schneidgut blätterte in einem vergilbten Buch, das zuvor unter einem Tischbein gelegen hatte. »Das Muster scheint einen gewissen Sinn zu ergeben. Ja, da haben wir's. Oktagramm acht Komma acht acht sieben:

Illegalität, die Nicht-Büßende Gans. Ah, ja. Lass mich mal kurz im Stichwortverzeichnis nachsehen.« Er blätterte erneut. »Aha, hier steht's.«

»Nun?«

»Ohne Vertikalität geht der koschenillerote Kaiser zur Teezeit hinaus. Gegen Abend schweigt die Molluske an der Mandelblüte.«

»Ja?«, fragte Keli respektvoll. »Was bedeutet das?«

»Wahrscheinlich überhaupt nichts, wenn du nicht gerade eine Molluske bist«, erwiderte Schneidgut. »Vermutlich ging bei der Übersetzung einiges verloren.«

»Kennst du dich wirklich mit solchen Dingen aus?«

»Ich schlage vor, wir wenden uns den Karten zu«, sagte der Zauberer hastig und mischte. »Zieh eine.«

»Es ist der Tod«, stellte Keli fest.

»Oh. Nun.« Schneidgut suchte nach den richtigen Worten. »Die Todeskarte ist natürlich nicht immer und unbedingt mit dem Tod an sich gleichzusetzen.«

»Anders ausgedrückt: Sie bedeutet nur dann keinen Tod, wenn dein Kunde zu aufgeregt ist und du es für besser hältst, die Wahrheit zu verschweigen, hm?«

»Nimm eine andere Karte.«

Keli zog eine und betrachtete sie. »Schon wieder der Tod.«

»Hast du die andere zurückgelegt?«

»Nein. Soll ich noch eine wählen?«

»Warum nicht?«

»Welch ein Zufall!«

»Tod Nummer drei?«

»Ja. Ist dies ein spezielles Kartenspiel für irgendwelche Zaubertricks?« Keli gab sich alle Mühe, beherrscht zu klingen, aber sie konnte das hysterische Vibrieren nicht ganz aus der Stimme verbannen.

Schneidgut runzelte die Stirn, sammelte die Karten ein, mischte sie noch einmal und legte sie dann nacheinander auf den Tisch. Es gab nur einen Tod.

»Meine Güte«, murmelte er. »Ich glaube, die Sache ist ernst. Würdest du mir bitte deine Hand zeigen?«

Er betrachtete sie recht lange. Schließlich ging er zur Kommode, zog die oberste Schublade auf, holte eine Lupe hervor und befreite sie mit flüchtiger Verlegenheit von einer dicken Haferbreipatina. Mehrere Minuten lang beobachtete er alle Einzelheiten der schmalen zarten Hand, lehnte sich schließlich zurück und musterte Keli.

»Du bist tot«, sagte er.

Die Prinzessin zögerte. Ihr fiel keine passende Antwort ein. Den Worten ›Das bin ich nicht‹ mangelte es an einem gewissen Stil, wohingegen ›Im Ernst?‹ ein wenig zu banal klang.

»Habe ich schon darauf hingewiesen, dass die Sache ernst ist?«, fügte der Zauberer hinzu.

»Ich glaube, ja«, sagte Keli langsam und sachlich.

»Ich hatte recht.«

»Oh.«

»Es könnte sogar fatal sein.«

»Der Tod ist bereits fatal genug, oder?«, erwiderte Keli.

»Ich meine, nicht unbedingt für dich.«

»Oh.«

»Weißt du, etwas Fundamentales scheint aus den Fugen geraten zu sein. Du bist in jeder Hinsicht tot, und doch sitzt du putzmunter vor mir. Die Karten halten dich für tot. Die Lebenslinie beklagt dein Ableben. Selbst das Universum trauert um dich.«

»Ich bin ziemlich sicher, dass ich noch lebe«, sagte Keli, doch ein Schatten des Zweifels huschte über ihr Gesicht.

»Ich fürchte, deine Meinung spielt keine große Rolle.«

»Aber die Leute können mich sehen und hören. Zumindest einige. Zum Beispiel du.«

»Wenn man mit dem Studium an der Unsichtbaren Universität beginnt, lernt man als Erstes, dass die Leute solchen

Dingen keine besondere Aufmerksamkeit schenken. Es kommt nur darauf an, was ihre Gehirne für wichtig halten.«

»Du meinst, die Leute sehen mich nicht, weil ihre Gehirne auf stur schalten?«

»So ungefähr. Man nennt das Vorherbestimmung oder so ähnlich.« Schneidgut sah Keli betroffen an. »Ich bin Zauberer. Wir wissen über solche Dinge Bescheid.«

»Na ja«, fügte sie hinzu, »eigentlich wird man nicht *sofort* in dieses Rätsel des menschlichen Verhaltens eingeweiht. Zunächst erfährt man, wo sich die Toiletten befinden, was sicher nicht unwichtig ist. Aber auf dem Studienplan steht diese Sache an erster Stelle.«

»*Du* kannst mich sehen.«

»Oh, sicher. Zauberer werden dazu ausgebildet, Dinge zu erkennen, die wirklich existieren. Gleichzeitig gewöhnt man es ihnen ab, Imaginäres zu beobachten. Unter gewissen Umständen ist eine solche Fähigkeit recht nützlich. Es gibt bestimmte Übungen, die ...«

Keli trommelte mit den Fingern auf den Tisch, oder versuchte es wenigstens. Es erwies sich als überraschend schwer. Mit vagem Entsetzen starrte sie hinab.

Schneidgut wischte mit dem Ärmel über die Tischfläche.

»Tut mir leid«, brummte er. »Gestern bestand mein Abendessen aus Brötchen mit Sirup und Melasse.«

»Was soll ich jetzt tun?«, fragte Keli.

»Ich schätze, es bleiben dir nicht viele Möglichkeiten.«

»Nicht viele?«

»Nur sehr wenige, um ehrlich zu sein. Du könntest eine sehr erfolgreiche Diebin werden ... Entschuldige bitte. Das war taktlos von mir.«

»Der Meinung bin ich auch.«

Schneidgut klopfte ihr unbeholfen auf die Hand, und Keli war viel zu sehr in Gedanken versunken, diese eklatante Majestätsbeleidigung zu bemerken.

»Weißt du, es steht bereits alles fest. Die Geschichte hat alle Details ausgearbeitet, vom Anfang bis zum Ende. Form und Inhalt der einzelnen Tatsachen sind völlig unbedeutend, denn die Historie rollt einfach über sie hinweg. Man kann nichts ändern, weil die Änderungen längst berücksichtigt wurden. Du bist tot. Das Schicksal hat dein Leben beendet. Versuch einfach, dich damit abzufinden.«

»Ich *will* mich nicht damit abfinden«, erwiderte Keli. »Warum sollte ich? Immerhin ist es nicht meine Schuld.«

»Du verstehst nicht. Die Geschichte hält nie an, sondern marschiert schnurstracks weiter. Du bist sozusagen am Wegesrand stehen geblieben, und von nun an beschränkt sich deine Rolle auf die einer unbeteiligten Beobachterin. Du kannst nicht mehr aktiv in das Geschehen eingreifen. Mach dir nichts draus. Es ist ohnehin besser, den Ereignissen ihren natürlichen Lauf zu lassen.« Schneidgut klopfte erneut auf die Hand seiner Besucherin. Als Keli aufsah, schluckte er und wich zurück.

»Wie soll es von jetzt an für mich weitergehen?«, fragte die Prinzessin. »Muss ich aufs Essen verzichten, weil die Nahrung nicht für mich bestimmt ist? Erwartet man von mir, dass ich mich in irgendeine Gruft zurückziehe und dort mein Dasein friste, bis ich zum zweiten Mal sterbe?«

»Ein recht schwieriges Problem, nicht wahr?«, kommentierte Schneidgut. »So ist das eben mit dem Schicksal. Wenn die Welt dich nicht wahrnehmen kann, bist du tot. Wir Zauberer wissen über solche …«

»Sag es nicht!« Keli stand auf.

Vor fünf Generationen war einer ihrer Vorfahren mit seiner Gruppe berittener Halunken durch die weite Ebene geritten. Die Halsabschneider, Diebe, Räuber und Meuchelmörder hatten einige Meilen vor dem Hügel von Sto Lat Halt gemacht, und ihr Anführer (Kelis Ahne) hatte den schlafenden Ort mit besonderer Entschlossenheit beobachtet. Sie bedeutete so viel wie: Mir reicht's. Wenn man im Sattel geboren wird, so bedeutet das noch lange nicht, dass man auch darin sterben muss.

Eine Laune der Natur hatte es ihm ermöglicht, der Urururenkelin viele seiner unverwechselbaren Merkmale zu vererben*, was erheblich zu Kelis eher exzentrischer Attraktivität beitrug. Diese Eigenschaften wurden nun deutlich sichtbar. Selbst Schneidgut war beeindruckt. Wenn es um Entschlossenheit ging, zersplitterte selbst Granit an Kelis vorgeschobenem Kinn.

Sie benutzte genau den gleichen Ton, in dem sich ihr Ahne vor dem Angriff an seine müden, verschwitzten Gefährten gewandt hatte**, als sie sagte:

»Nein, nein, ich finde mich nicht damit ab. Ich werde mich nicht in eine Art Geist verwandeln. Du wirst mir helfen, Zauberer.«

Schneidguts Unterbewusstsein nahm den besonderen Klang der Stimme zur Kenntnis. Das entschlossene Vibrieren in ihr sorgte dafür, dass selbst die Holzwürmer in den Bodendielen ihren Festschmaus unterbrachen und Haltung annah-

* Abgesehen von dem dichten Schnurrbart mit den herunterhängenden Enden und der runden Pelzmütze mit der Spitze darauf.

** Sein Sohn, der nicht im Sattel geboren wurde und mit Messer und Gabel zu essen verstand, überlieferte die Rede in Form eines Heldenepos, das folgendermaßen begann:

> »Sehet dort drüben, in tiefem Schlummer der Feind. Fett ist er von gestohlenem Gold, die Gedanken voller Gier. Lasset eure Speere mit dem Zorn des Feuers sprechen, das an einem windigen Tag über die knochentrockene Steppe lodert. Lasset eure Schwerter reiner Tugend zustoßen wie die Hörner eines fünfjährigen Stiers, der an Zahnschmerzen leidet.«

Auf diese Weise ging es drei Stunden lang weiter. Die Realität kann es sich nicht leisten, Dichter zu bezahlen, und sie berichtet uns, dass die Rede aus folgenden Worten bestand:

> »He, Jungs, die meisten Leute liegen noch im Bett. Sie können uns sicher nicht mehr Widerstand leisten als des Großmütterchens Magen einem ordentlichen Durchfall, und was mich betrifft: Ich habe Zelte endgültig satt.«

men. Keli brachte nicht etwa eine Meinung zum Ausdruck, sondern traf eine schlichte Feststellung.

»Ich, Fräulein?«, erwiderte der Zauberer unsicher. »Ich weiß überhaupt nicht, wie ...«

Er wurde vom Stuhl gerissen und mit wehendem Mantel auf die Straße gezerrt. Keli straffte die Schultern, marschierte in Richtung Schloss und zog den widerstrebenden Schneidgut hinter sich her. Sie schritt wie eine Mutter, die sich auf den Weg zur Schule macht, nachdem ihr geliebter Sohn mit einem blauen Auge nach Hause zurückgekehrt ist. Sie wurde zu einer unaufhaltsamen Naturgewalt.

»Was hast du vor?«, fragte Schneidgut und begriff mit wachsendem Entsetzen, dass er Keli nicht aufhalten konnte, was auch immer sie plante.

»Heute ist dein Glückstag, Zauberer.«

»Oh«, brummte er, »wie schön für mich.«

»Du bist gerade zum Königlichen Wiedererkenner ernannt worden.«

»Aha. Und worin besteht meine Aufgabe, wenn ich fragen darf?«

»Du wirst alle Leute daran erinnern, dass ich noch lebe. Es ist ganz einfach. Du bekommst drei ordentliche Mahlzeiten am Tag, und außerdem wird deine Wäsche gewaschen. Kopf hoch, Mann!«

»Und wie verhält sich ein Königlicher Wiedererkenner?«

»Du bist Zauberer«, sagte Keli. »Du solltest über gewisse Dinge Bescheid wissen.«

ACH, TATSÄCHLICH?, fragte Tod.

(Es handelt sich um einen Filmtrick, der auch bei Büchern angewendet werden kann. Tod sprach natürlich nicht mit der Prinzessin. Er saß in seinem Büro und unterhielt sich mit

Mort. Aber die Worte erzielen einen guten Effekt, nicht wahr? Vermutlich nennt man so etwas Schnelles Überblenden oder Plötzlicher Szenenwechsel Mit Jähem Zoom. Oder es gibt noch andere exotischere Ausdrücke dafür. Ein Industriezweig, in dem erfahrene Techniker mit ›He, Bursche!‹ angesprochen werden, prägt manchmal recht ausgefallene Begriffe.)

UND WORÜBER?, fügte Tod hinzu. Er wickelte schwarze Seide um einen Widerhaken, der in einem kleinen Schraubstock am Schreibtischrand steckte.

Mort zögerte, in erster Linie aus Furcht und Verlegenheit. Hinzu kam der Anblick eines munteren Skeletts, das einen dunklen Kapuzenumhang trug und Trockenfliegen fürs Angeln herzustellen versuchte.

Außerdem saß Ysabell auf der anderen Seite des Zimmers. Sie gab vor, mit Näharbeiten beschäftigt zu sein, aber sie beobachtete ihn durch einen emotionalen Dunst verdrießlicher Missbilligung. Mort spürte den Blick ihrer geröteten Augen am Nacken.

Tod fügte einige Krähenfedern hinzu und pfiff fröhlich durch die Zähne – er hatte nichts anderes, wodurch er pfeifen konnte. Nach einer Weile sah er auf.

HMM?

»Äh, es hat nicht so ... reibungslos geklappt, wie es eigentlich sollte«, sagte Mort und trat nervös von einem Bein aufs andere.

DU HATTEST PROBLEME?, fragte Tod, rückte die Federn zurecht und zupfte an einigen Fransen.

»Die Hexe wollte mich nicht begleiten, weißt du, und der Mönch ... Er begann noch einmal von vorn.«

DESHALB BRAUCHST DU DIR KEINE SORGEN ZU MACHEN, JUNGE ...

»... Mort ...«

... INZWISCHEN DÜRFTE DIR KLAR SEIN, DASS GE-

STORBENE MENSCHEN BEKOMMEN, WAS SIE WOLLEN. AUF DIESE WEISE ERGEBEN SICH WENIGER PROBLEME.

»Ich weiß, Herr. Aber das bedeutet auch: Wenn verdorbene Seelen davon überzeugt sind, sie verdienen das Paradies, gehen ihre Wünsche tatsächlich in Erfüllung. Und wer die Hölle fürchtet, schmort im Feuer der Verdammnis. Es erscheint mir nicht gerecht.«

ICH HABE DIR GERATEN, DICH WÄHREND DER PFLICHT AN EINE WICHTIGE REGEL ZU ERINNERN. WIE LAUTET SIE?

»Nun ...«

HMM?

Mort schwieg verlegen.

ES GIBT KEINE GERECHTIGKEIT. ES GIBT NUR DICH.

»Nun, ich ...«

DAS DARFST DU NIE VERGESSEN.

»Ja, aber ...«

ICH SCHÄTZE, LETZTENDLICH KOMMT ALLES INS LOT. ICH BIN NIE DEM **SCHÖPFER** BEGEGNET, ABER WIE ICH HÖRTE, IST ER MENSCHEN DURCHAUS FREUNDLICH GESINNT. Tod zerschnitt die letzten Fäden und öffnete den Schraubstock.

BEFREIE DICH VON SOLCHEN ÜBERLEGUNGEN, fügte er hinzu. ZUMINDEST DIE DRITTE PERSON DÜRFTE DIR KEINE SCHWIERIGKEITEN BEREITET HABEN.

Damit kam der entscheidende Augenblick. Mort hatte lange darüber nachgedacht und fand, dass es sinnlos war, die Sache mit der Prinzessin noch länger zu verheimlichen. Durch seine Schuld begann eine Art historisches Beben, und früher oder später mussten die ersten Gebäude der Geschichte einstürzen, was sicher nicht unbemerkt bleiben konnte. Er hielt es für besser, die schwere Bürde von seinem Gewissen abzustreifen. Sei ganz ehrlich, forderte er sich auf. Stell dich den Konsequenzen. Sei tapfer! Leg die Karten offen auf den Tisch. Streich nicht wie die Katze um den heißen Brei. Sprich Klartext! Gnade, hier bin ich.

Leere, blauglühende Augenhöhlen starrten durchdringend.

Mort erwiderte den Blick wie ein Hase, der des Nachts versucht, einen dreißig Tonnen schweren Lastwagen zu hypnotisieren, dessen Fahrer seit zwölf Stunden auf einem Koffein-Trip ist und sich für einen Formel-1-Piloten hält.

Die suggestiven Fähigkeiten des Hasen versagten.

»Nein, Herr«, entgegnete er.

IN ORDNUNG. GUT GEMACHT. WAS HÄLTST DU HIERVON?

Angler vertreten den Standpunkt, dass eine gute Trockenfliege dem Original so gut wie möglich ähneln soll. Es gab die richtigen Trockenfliegen für den Morgen. Es gab andere Trockenfliegen für die Abenddämmerung. Und so weiter.

Das Ding zwischen Tods Knochenfingern stammte aus dem Anbeginn der Zeit. Es war eine Fliege, die im Schwefelnebel der Ursuppe getanzt hatte. Es war eine Fliege, die auf Mammutdung herumspaziert war. Es war *keine* Fliege, die an Fensterscheiben abprallte. Es *war* eine Fliege, die sich durch Mauern bohrte, ein Insekt, das unter einer aus Blei bestehenden Klatsche hervorkroch, Gift spuckte und Rache schwor. Seltsame Flügel und andere sonderbare Objekte ragten aus ihrem Leib, und sie besaß erstaunlich viele Zähne.

»Wie heißt sie?«, fragte Mort.

ICH NENNE SIE – TODS RUHM. Tod bedachte das Objekt mit einem letzten bewundernden Blick und verstaute es in der Kapuze seines Umhangs. ICH FÜHLE MICH GENEIGT, AM HEUTIGEN ABEND EIN BISSCHEN LEBEN ZU GENIESSEN, sagte er. DU HAST JETZT DEN DREH RAUS UND KANNST DICH UM DIE PFLICHT KÜMMERN. DAS WÄR'S.

»Ja, Herr«, erwiderte Mort und stöhnte innerlich. Er nahm seine Existenz als einen scheußlich finsteren Tunnel wahr, an dessen Ende kein Licht strahlte.

Tod trommelte mit den Fingern auf den Tisch und summte leise.

OH, FAST HÄTTE ICH ES VERGESSEN, sagte er. ALBERT HAT MIR MITGETEILT, DASS SICH JEMAND IN DER BIBLIOTHEK ZU SCHAFFEN MACHT.

»Ich verstehe nicht ganz, Herr.«

JEMAND NIMMT BÜCHER AUS DEN REGALEN UND LÄSST SIE HERUMLIEGEN. BÜCHER ÜBER JUNGE FRAUEN. DER BETREFFENDE SCHEINT DAS FÜR AMÜSANT ZU HALTEN.

Wie bereits erwähnt wurde, haben die Heiligen Lauscher ein so gut trainiertes Gehör, dass sie durch einen ordentlichen Sonnenuntergang taub werden können. Für einige Sekunden glaubte Mort, sein Nacken entwickle ein ähnlich geheimnisvolles Talent, denn er konnte *sehen*, wie Ysabell plötzlich erstarrte und ganz langsam die Nadel sinken ließ. Er hörte auch das leise Keuchen, das er schon einmal vernommen hatte, bei den Regalen. Und er erinnerte sich an das Spitzentaschentuch.

»Ja, Herr«, sagte er. »Es wird nicht wieder vorkommen, Herr.«

Die Haut zwischen seinen Schulterblättern begann zu jucken.

AUSGEZEICHNET. IHR BEIDE KÖNNT JETZT GEHEN. LASST EUCH VON ALBERT EIN LUNCHPAKET GEBEN. MACHT EINEN AUSFLUG. DIE FRISCHE LUFT TUT EUCH BESTIMMT GUT. VERGNÜGT EUCH EIN WENIG. ZUSAMMEN. MIR IST AUFGEFALLEN, DASS DU MEINER TOCHTER AUS DEM WEG GEHST. Er stieß Mort gutmütig in die Rippen – es fühlte sich an, als ramme ihm jemand einen Stock in die Seite – und fügte hinzu: ALBERT HAT MICH DARAUF HINGEWIESEN, WAS DAS BEDEUTET.

»Tatsächlich?«, fragte Mort zerknirscht. Er hatte sich geirrt: Es *leuchtete* ein Licht am Ende des Tunnels, und es stammte von einem Flammenwerfer.

Tod warf dem Jungen einen verschwörerischen Blick zu, und in seinen Augenhöhlen zwinkerten zwei Supernoven.

Mort reagierte nicht darauf. Nach einigen Sekunden der Verzweiflung wandte er sich wortlos um und ging zur Tür. Im Vergleich mit seiner Geschwindigkeit bewegte sich Groß-A'Tuin mit der fröhlichen Flinkheit eines springenden Lamms.

Er war bereits auf halbem Weg durch den Flur, als er eilige Schritte hörte und eine Hand nach seinem Arm griff.

»Mort?«

Er drehte den Kopf und sah Ysabell durch einen Nebel aus deprimierter Niedergeschlagenheit.

»Warum hast du meinen Vater im Glauben gelassen, du seiest für die Sache mit den Büchern verantwortlich?«

»Keine Ahnung.«

»Das war ... sehr nett von dir«, sagte Ysabell vorsichtig.

»Bist du sicher? Ich weiß überhaupt nicht, was über mich kam.« Er holte das Spitzentaschentuch hervor. »Ich glaube, es gehört dir.«

»Danke.« Ysabell putzte sich die Nase.

Mort ging weiter, die Schultern wie Geierschwingen geneigt. Das Mädchen lief ihm nach.

»He!«

»He?«

»Ich wollte dir danken.«

»Schon gut«, murmelte Mort. »Ich möchte dir nur raten, demnächst keine Bücher mehr herumliegen zu lassen. Es ärgert sie. Oder was weiß ich.« Er versuchte, möglichst freudlos zu lachen. »Ha!«

»Ha was?«

»Einfach nur ha!«

Er erreichte das Ende des Flurs und bemerkte die Küchentür. Sicher wartete Albert auf der anderen Seite und grinste anzüglich. Mort wusste, dass er einen solchen Anblick unter den gegenwärtigen Umständen nicht ertragen konnte. Er blieb stehen.

»Ich habe die Bücher doch nur genommen, weil ich mich nach Gesellschaft sehnte«, sagte Ysabell hinter ihm.

Mort kapitulierte.

»Wir könnten einen Spaziergang durch den Garten machen«, sagte er kummervoll, verdrängte das in ihm keimende Mitleid und fügte hinzu: »Ohne irgendwelche Verpflichtungen.«

»Soll das heißen, du willst mich nicht heiraten?«, fragte Ysabell.

»Heiraten?«, wiederholte Mort entsetzt.

»Aus diesem Grund hat dich mein Vater hierher gebracht, stimmt's? Er *braucht* doch gar keinen Lehrling.«

»Du meinst, deshalb die Rippenstöße, das Zwinkern und all die Bemerkungen wie: ›Nun, Sohn, eines Tages wird das alles dir gehören?‹ Ich gebe mir große Mühe, sie zu überhören. Ich möchte noch gar nicht heiraten«, fuhr er fort und schob ein Erinnerungsbild der Prinzessin beiseite. »Und dich erst recht nicht. Womit ich dich keineswegs beleidigen will.«

»Ich würde dich nicht einmal heiraten, wenn du der einzige Mann auf der ganzen Scheibenwelt wärst«, erwiderte Ysabell zuckersüß.

Diese Worte verletzten Mort. Es war eine Sache, die feste Absicht zu verkünden, niemanden zu heiraten, und eine ganze andere, nicht geheiratet werden zu wollen.

»Wenigstens sehe ich nicht so aus, als hätte ich jahrelang in einem Kleiderschrank gehockt und von morgens bis abends Pfannkuchen gegessen«, sagte er, als sie auf Tods schwarzen Rasen traten.

»Wenigstens gehe ich mit jeweils nur einem Knie in den Beinen«, erwiderte Ysabell.

»*Meine* Augen sehen nicht wie zwei krikerige Spiegeleier aus.«

Ysabell nickte. »Andererseits ... *Meine* Ohren scheinen nicht an einem abgestorbenen Baum gewachsen zu sein. Übrigens: Was bedeutet krikerig?«

»Damit meine ich Eier, wie sie Albert brät.«

»Mit öligem, gallertartigem Eiweiß, in dem klebrige Dinge stecken?«

»Ja.«

»Ein gutes Wort«, sagte Ysabell anerkennend. »Jedenfalls, mein Haar, wenn du gestattest, sieht nicht wie etwas aus, womit man ein Klo reinigt.«

»Mag sein. Dafür weist meins kaum Ähnlichkeit mit einem regennassen Igel auf.«

»Nimm bitte zur Kenntnis, dass meine Brust nicht wie ein Toastständer wirkt, den jemand in eine feuchte Papiertüte gestopft hat.«

Mort warf einen kurzen Blick auf den oberen Abschnitt von Ysabells Kleid. Er enthielt genug Speck, um das Räucherfach in Alberts Speisekammer zu füllen. Wahrscheinlich blieb sogar noch etwas übrig. Der Junge verzichtete auf einen Kommentar.

»*Meine* Augenbrauen sehen nicht wie zwei kopulierende Seidenraupen aus«, sagte er stattdessen.

»Zugegeben. Aber ich möchte darauf hinweisen, dass meine Beine ein Schwein in einer kleinen Gasse aufhalten könnten.«

»Wie bitte?«

»Sie sind nicht krumm«, erklärte Ysabell.

»Oh.«

Sie schlenderten an den Lilienbeeten vorbei und schwiegen eine Zeit lang, auf stummer Suche nach neuen Metaphern. Schließlich wandte sich Ysabell zu Mort um und streckte die Hand aus. Er ergriff sie dankbar.

»Genug damit?«, fragte das Mädchen.

»Ich denke schon.«

»Gut. Ich nehme an, wir sollten wirklich nicht heiraten. Schon aus Rücksicht auf die Kinder.«

Mort nickte.

Sie nahmen auf einer steinernen Bank Platz, die zwischen zwei sorgfältig beschnittenen Hecken stand. In diesem Teil des Gartens hatte Tod einen kleinen Teich angelegt. Gespeist wurde er von eiskaltem Wasser, das ein marmorner Löwe spuckte. Dicke weiße Karpfen lauerten in der Tiefe, tauchten manchmal zwischen den Seerosen auf und sahen sich neugierig um.

»Wir hätten Brotkrumen mitbringen sollen«, sagte Mort galant und wählte damit ein streitsicheres Thema.

»Mein Vater kommt nie hierher«, erwiderte Ysabell und beobachtete die Fische. »Er hat das alles geschaffen, damit ich mich hier zu Hause fühle.«

»Aber es scheint nicht geklappt zu haben, oder?«

»Es ist nicht echt«, stellte das Mädchen fest. »Hier ist nichts echt. Man könnte von einer irrealen Realität sprechen, wenn du verstehst, was ich meine. Oder von einer unwirklichen Wirklichkeit. Weißt du, mein Vater verhält sich gern wie ein Mensch. Derzeit gibt er sich ziemlich große Mühe, wie dir sicher nicht entgangen ist. Ich glaube, du hast erheblichen Einfluss auf ihn. Einmal hat er sogar versucht, das Banjospielen zu erlernen.«

»Ich stelle mir ihn eher an einer Orgel vor.«

»Er kam nicht damit zurecht«, sagte Ysabell. »Er ist einfach nicht kreativ genug. Er kann nichts Neues schaffen.«

»Eben hast du gesagt, dass er den Teich angelegt hat. Ich nehme an, vorher war er nicht da.«

»Es ist nur eine Kopie. Irgendwann hat er irgendwo einen solchen Teich gesehen und beschlossen, seinen Garten zu erweitern.«

Mort rutschte voller Unbehagen hin und her. Ein kleines Insekt kroch an seinem Bein hoch.

»Wie traurig«, sagte er und hoffte, dass sein Ton den Umständen einigermaßen gerecht wurde.

»Ja.«

Ysabell griff nach einigen kleinen Steinen und warf sie geistesabwesend ins Wasser.

»Sind meine Augenbrauen wirklich so schlimm?«, fragte sie.

»Mhm«, machte Mort. »Ich fürchte, ja.«

»Oh.« Weitere Kiesel folgten. Die Karpfen starrten das Mädchen empört an.

»Und meine Beine?«, fragte Mort.

»Ja. Tut mir leid.«

Mort suchte in seinem begrenzten Plauderei-Repertoire und fand nur Leere.

»Mach dir nichts draus«, sagte er betont höflich. »Eine ordentliche Abmagerungskur brächte alles in Ordnung. Na ja, fast alles.«

»Er ist sehr freundlich«, murmelte Ysabell und überhörte die letzte Bemerkung. »In einer geistesabwesenden Art und Weise.«

»Er kann wohl kaum dein richtiger Vater sein, oder?«

»Meine Eltern kamen vor einigen Jahren ums Leben, als sie den Großen Nef überquerten. Ich glaube, damals herrschte recht stürmisches Wetter. Tod fand mich und brachte mich hierher. Ich weiß nicht, was ihn dazu bewegte.«

»Vielleicht empfand er so etwas wie Mitleid.«

»Oh, er fühlt nichts. Nie. Woraus ich ihm keineswegs einen Vorwurf mache. Niemand kann über seinen eigenen Schatten springen, und dabei sähe sich Tod mit einem besonderen Problem konfrontiert, denn er wirft gar keinen. Es liegt schlicht und einfach daran, dass ihm die nötigen Voraussetzungen fehlen. Er hat keine … Drüsen oder wie man so was nennt. Wahrscheinlich nahm er mich nur deshalb mit, weil meine Lebensuhr noch Sand enthält.«

Ysabell wandte Mort ein blasses Gesicht zu.

»Ich erlaube nicht, dass jemand schlecht über ihn spricht. Er gibt sich Mühe. Er hat nur immer ... zu viel zu tun.«

»Mein Vater war so ähnlich. Ich meine, er ist es noch immer.«

»Ich nehme an, er hat Drüsen, oder?«

»Ich glaube schon«, sagte Mort unsicher. »Weißt du, über Drüsen und so habe ich noch nicht viel nachgedacht.«

Sie starrten auf eine Forelle hinab. Der Fisch starrte zurück.

»Durch meine Schuld gerät die ganze Geschichte der Zukunft in Gefahr«, sagte Mort.

»Im Ernst?«

»Ja. Als er sie zu töten versuchte, habe ich ihn getötet, aber das Schicksal verlangte, dass sie starb und der Herzog zum König gekrönt wurde, doch das Schlimmste ist, das *Schlimmste* ist, dass er trotz seiner heimtückischen Verdorbenheit die vielen Stadtstaaten vereint und ein großes Reich geschaffen hätte, und die Bücher behaupten, dass ein Jahrhundert des Friedens und des Wohlstands folgte. Ich meine, man sollte eigentlich eine Schreckensherrschaft oder etwas in der Richtung erwarten, aber allem Anschein nach braucht die Geschichte manchmal solche Leute, und die Prinzessin wäre nur eine bedeutungslose Monarchin gewesen. Ich meine, sie ist nicht böse, nein, ganz bestimmt nicht, sie meint es gut, aber sie nimmt einen Platz ein, den die Historie für jemand anderen reserviert hat, und jetzt kann alles das, was die Bücher schildern, überhaupt nicht geschehen, und die Geschichte spielt verrückt, und es ist alles meine Schuld.«

Mort brach ab, schnappte nach Luft und wartete besorgt auf die Antwort.

»Ich glaube, du hattest recht.«

»Ach?«

»Wir hätten Brotkrumen mitbringen sollen«, murmelte Ysabell. »Ich schätze, die Fische finden in ihrem Teich irgendwelche Nahrung. Käfer und so.«

»Hörst du mir überhaupt zu?«

»Natürlich. Worüber hast du gerade gesprochen?«

Mort ließ die Schultern hängen. »Oh, es ist nicht weiter wichtig. Es spielt überhaupt keine Rolle. Nicht die geringste. Zumindest nicht für uns. Nur für den Rest des Universums.«

Ysabell seufzte und stand auf.

»Ich nehme an, es wird jetzt Zeit für dich«, sagte sie. »Ich bin froh, dass wir die Sache mit dem Heiraten geklärt haben. Das Gespräch mit dir war recht nett.«

»Wir könnten eine Art Hass-Hass-Beziehung knüpfen«, schlug Mort vor.

»Normalerweise bekomme ich kaum Gelegenheit, mich mit Leuten zu unterhalten, die bei Vaters Arbeit eine Rolle spielen.« Ysabell ging einen Schritt, zögerte und schien darauf zu warten, dass Mort Antwort gab.

»Das kann ich gut verstehen«, sagte er, als ihm nichts anderes einfiel.

»Vermutlich musst du bald los.«

»Ja. Bald.« Mort runzelte die Stirn und spürte, dass ihre Unterhaltung aus den seichten Gewässern schwamm und über einer unauslotbaren Tiefe schwebte.

Plötzlich hörte er ein seltsames Geräusch.

Mit einem Anflug von Heimweh erinnerte er sich an den Hof zu Hause. Während der strengen Winter in den Spitzhornbergen hielt seine Familie an Kälte und Entbehrungen gewöhnte *Tharga*-Kühe vor dem Haus, und im Lauf der Monate wurde ab und zu Stroh verteilt. Nach der Schneeschmelze hatte sich auf dem Hof eine sechzig oder siebzig Zentimeter hohe Schicht mit einigermaßen stabiler Kruste gebildet. Man konnte über sie hinweggehen, wenn man achtgab. Wenn man *nicht* aufpasste, sank man knietief in geballten *Tharga*-Dung. Und wenn man anschließend die dampfenden grünen Stiefel aus der klebrigen Masse zog, ertönte eine Art Schmatzen, das ebenso deutlich den Frühling ankündigte wie Vogelgezwitscher und das Summen von Bienen.

Ein solches Geräusch ertönte nun. Mort sah instinktiv auf seine Schuhe.

Ysabell weinte. Es war kein damenhaftes leises Schluchzen; es klang eher so, als ersticke jemand in kompaktem *Tharga*-Kot. Sie schnappte nach Luft, keuchte krampfhaft, ruderte mit den Armen und lief rot an. Irgendwo tief in ihr blubberte es, und Mort stellte sich vor, wie dicke Blasen aus dem Kegel eines Meeresvulkans stiegen und darum wetteten, wer als erster die Wasseroberfläche erreichte. Er hörte ein gedämpftes, stoßweises Schrillen, das sich wie unter Druck aus Ysabells Kehle löste und in stumpfsinnigem Elend gereift war.

»Ah«, sagte Mort.

Ysabell erzitterte so heftig wie ein Wasserbett, das von den ersten Stoßwellen eines Erdbebens erfasst wurde. Sie holte ein Taschentuch hervor, das unter diesen Umständen ebenso wenig nützte wie ein Papierhut während eines Orkans. Sie versuchte, verständliche Worte zu formulieren, die jedoch nur aus Konsonanten bestanden. Rhythmisches Quieken ersetzte die Vokale.

»Wie bitte?«, fragte Mort.

»Ich sagte: Für wie alt hältst du mich?«

»Fünfzehn?«, erwiderte er vorsichtig.

»Ich bin sechzehn«, heulte Ysabell. »Und weißt du, wie lange ich schon sechzehn bin?«

»Ich fürchte, ich verstehe dich nicht ganz.«

»Das überrascht mich nicht. Niemand versteht mich.« Sie putzte sich die Nase und hielt die Hände ruhig genug, um das Taschentuch wieder im Ärmel zu verstauen.

»Du darfst ab und zu in die Welt der Sterblichen zurückkehren«, fuhr sie fort. »*Du* bist noch nicht lange genug hier, um es bemerkt zu haben. Wenn du's genau wissen willst: An diesem Ort steht die Zeit still. Oh, *etwas* verstreicht, aber es handelt sich nicht um echte Zeit. Echte Zeit kann mein Vater nicht erschaffen.«

»Ach.«

Ysabell schwieg einige Sekunden, und als sie erneut sprach, ertönte die dünne, erzwungen ruhige und *tapfere* Stimme eines Mädchens, das sich mit großer Mühe zusammengerissen hatte – und jederzeit noch einmal die Beherrschung verlieren konnte.

»Schon seit fünfunddreißig Jahren bin ich sechzehn.«

»Ach?«

»Schon im ersten Jahr war es schlimm genug.«

Mort erinnerte sich an die letzten Wochen seines Lebens und nickte voller Mitgefühl.

»Liest du deshalb all die Bücher?«, fragte er.

Ysabell senkte den Kopf und strich mit einer Sandale verlegen über leise knirschenden Kies.

»Sie sind sehr romantisch«, antwortete sie. »Einige enthalten wirklich mitreißende Geschichten. Ich denke da nur an die junge Frau, die Gift trank, als ihr junger Gatte starb. An die zweite, die von einer hohen Klippe sprang, weil ihr Vater darauf bestand, dass sie einen Greis heiratete. An die dritte, die ertrank, weil …«

Mort hörte mit wachsendem Erstaunen zu. Nach Ysabells Schilderungen zu urteilen, war es mehr als nur bemerkenswert, wenn eine Bewohnerin der Scheibenwelt ihre Pubertät lange genug überlebte, um ein Paar Strümpfe abzutragen.

»… und dann hielt sie ihn für tot und beging Selbstmord, und dann wachte er auf und brachte sich *wirklich* um, und dann gab es da das Mädchen …«

Der gesunde Menschenverstand darf vermuten, dass wenigstens einige Frauen ihr drittes Lebensjahrzehnt erreichten, ohne sich vorher aus Liebeskummer umzubringen, doch Vernunft und Realität bekamen in diesen Dramen nicht einmal eine Nebenrolle.* Mort wusste bereits, dass sich Verliebte gleichzeitig heiß und kalt fühlten, manchmal auch schwindelig und schwach, doch bisher war ihm entgangen, dass Dummheit ebenfalls zu den Begleiterscheinungen gehörte.

»... schwamm jeden Abend durch den Fluss, doch eines Nachts wütete ein Sturm, und als er nicht kam, geriet sie ganz außer sich und ...«

Mort hielt es instinktiv für möglich, dass sich manche Paare zum Beispiel beim Dorftanz kennenlernten, ineinander verliebten, ein Jahr oder zwei zusammenlebten, sich nach einigen Streitereien langsam aneinander gewöhnten und heirateten, ohne vorher Selbstmord zu begehen.

Nach einer Weile merkte er, dass die Litanei unglücklicher Liebe endete.

»Oh«, machte er und überlegte. »Gibt es denn überhaupt keine jungen Leute, die ohne große Mühen zueinander finden und nicht sofort auf dem Friedhof enden?«

»Liebe bedeutet Leid«, behauptete Ysabell. »Sie muss voller finsterer Leidenschaft sein.«

»Tatsächlich?«

»Ja. Kummer ist unbedingt erforderlich. Ebenso eine gehörige Portion Seelenschmerz.«

* Das berühmteste Liebespaar der Scheibenwelt bestand zweifellos aus Mellius und Gretelina. Ihre reine, leidenschaftliche und überaus tragische Affäre hätte sicher die Seiten der Geschichte versengt, wenn sie nicht durch eine ebenso seltsame wie unerklärliche Laune des Schicksals zweihundert Jahre auseinander und auf verschiedenen Kontinenten geboren wären. Die Götter waren jedoch so gnädig, ihn in ein Bügelbrett und sie in einen kleinen Messingpfahl zu verwandeln.**

** Wenn man ein Gott ist, braucht man sein Handeln nicht zu begründen.

Ysabell runzelte plötzlich die Stirn und glaubte, sich an etwas zu erinnern.

»Hast du eben eine Geschichte erwähnt, die angeblich verrücktspielt?«, fragte sie und rechnete vielleicht damit, dass er ihr den Namen einer interessanten Biografie nannte.

Mort dachte kurz nach. »Nein«, sagte er.

»Ich fürchte, ich habe nicht richtig zugehört.«

»Macht nichts.«

Schweigend schlenderten sie zum Haus.

Als Mort das Büro betrat, stellte er fest, dass Tod vier Lebensuhren auf seinem Schreibtisch zurückgelassen hatte. Das große lederne Buch lag geschlossen und zugebunden auf einem Pult.

Ein Zettel ragte unter den gläsernen Behältern hervor.

Mort rechnete damit, dass sein Lehrmeister entweder gotische Schriftzeichen oder Grabstein-Blockbuchstaben verwendete, und aus diesem Grund war er ein wenig enttäuscht. Tod hatte ein klassisches Werk über Grafologie gelesen und einen handschriftlichen Stil gewählt, der auf eine ausgeglichene, in sich ruhende Persönlichkeit hinwies.

Die Nachricht lautete:

Ich bin Fyschen gegangen. Hoite nacht schteht Folgendes auf dem Arbaitsplahn: aine Hinrichtunk in Pseudopolis, ain natührliches Ableben in Krull, ain fataler Sturz in den Ritzzenbärgen uhnd jemand in Ell-Kinte, där an Fiehber stirbet. Den Räst des Tages hast du frai.

Mort stellte sich die Geschichte als eine dicke lange Stahltrosse vor, die plötzlich riss und mit zerstörerischer Wucht durch die Realität peitschte.

Die Geschichte verhält sich nicht auf eine solche Weise. Sie fasert ganz langsam aus, wie ein alter Pullover. Ein Pullover, der mehrmals geflickt und gestopft wurde, dem man Teile hinzufügte und abnahm, um ihn anderen Personen anzupassen, der in einem Kasten unter dem Spülbecken der Zensur verstaut wurde, um später zu Staublappen der Propaganda zerrissen zu werden. Irgendwann nimmt er immer wieder die alte Form an. Die Geschichte neigt dazu, alle jene Leute zu verändern, die sie ändern wollen. Die Geschichte hat ständig ein As im ausgefransten Ärmel. Sie ist alt genug, um alle Tricks zu kennen.

Folgendes geschah:

Morts fehlerhafter Sensenhieb hatte die Historie in zwei verschiedene Realitäten zerschnitten. In der Stadt Sto Lat herrschte nach wie vor Prinzessin Keli, wenn auch nicht ohne gewisse Probleme. Sie nahm die Hilfe des Königlichen Wiedererkenners in Anspruch, der auf die Gehaltsliste des Hofes gesetzt und beauftragt wurde, die vergesslichen Untertanen an Kelis Existenz zu erinnern. Doch in den anderen Regionen der Scheibenwelt – jenseits der Ebene, in den Spitzhornbergen, am Runden Meer und bis hin zum Rand – blieb die traditionelle Wirklichkeit stabil. Dort war die Prinzessin eindeutig tot, und der Herzog saß auf dem Thron. Dort lief die Welt ganz nach Plan, was auch immer das bedeutete.

Was alles noch interessanter machte: Beide Realitäten waren real.

Derzeit trennten den historischen Ereignishorizont noch etwa zwanzig Meilen von der Stadt, und niemand bemerkte ihn. Als Grund mag hier der geringe Unterschied zwischen dem ... Nun, vielleicht ist es angebracht, in diesem Zusammenhang von zwei verschiedenen historischen Druckpotenzialen zu sprechen. Die Differenz zwischen ihnen war noch nicht sehr groß, wuchs jedoch langsam an. Draußen in der Ebene mit den weiten Kohlfeldern schimmerte es in der Luft, und aufmerksame Ohren hätten ein leises Zischen vernommen, wie von brutzelnden Heuschrecken.

Menschen verändern die Geschichte ebenso wenig wie Vögel den Himmel, sie hinterlassen nur flüchtige Muster. Zentimeter um Zentimeter schob sich die wirkliche Wirklichkeit näher an Sto Lat heran, so unaufhaltsam wie ein Gletscher und weitaus kälter.

Mort bemerkte es als Erster.

Ein langer Nachmittag lag hinter ihm. Der Bergsteiger hatte sich bis zum letzten Augenblick an einem kleinen abbröckelnden Vorsprung festgehalten, und der zum Tode Verurteilte bezeichnete Mort als Lakaien des monarchistischen Staates. Nur die alte Dame im Zimmer 103 nahm den Lohn ihres Lebens dankbar hin, verabschiedete sich mit einem letzten verschmitzten Blick von den trauernden Verwandten, sah den Jungen mit der Sense an und meinte, er sei ein wenig blass.

Die Sonne der Scheibenwelt näherte sich dem Horizont, als Binky müde durch den Himmel von Sto Lat trabte. Mort senkte den Kopf und sah die Grenze der Realität. Sie wölbte sich direkt unter ihm, eine dünne Sichel aus matt glänzendem silbrigem Dunst. Er begriff nicht sofort, worum es sich handelte, ahnte nur, dass die seltsame Erscheinung in einem unheilvollen Zusammenhang mit ihm stand.

Er zügelte das Pferd, und der Hengst glitt dem Boden entgegen, landete in unmittelbarer Nähe des sonderbaren Funkelns. Es bewegte sich mit der Geschwindigkeit eines gemütlichen Spaziergängers und zischte, während es geisterhaft über die Eintönigkeit raureifbedeckter Kohlköpfe glitt und an zugefrorenen Entwässerungsgräben entlangkroch.

Es war eine kalte Nacht, jene Art von Nacht, in der Frost und Nebel um die Vorherrschaft kämpfen und alle Geräusche gedämpft sind. Binkys Atem kondensierte zu dichten weißen Wolken; er wieherte leise, fast entschuldigend, und scharrte mit den Hufen.

Mort stieg ab und näherte sich der Grenzfläche. Gespenstische Schatten huschten darüber hinweg, veränderten ihre Form, erzitterten und verschwanden.

Nach kurzer Suche fand er einen Stock und schob ihn in die substanzlose Wand hinein. Eigentümliche Wellenmuster entstanden und rollten davon.

Aus den Augenwinkeln bemerkte Mort eine Bewegung und blickte auf. Eine schwarze Eule patrouillierte über den Gräben und suchte nach kleinen fiependen Tieren.

Funken sprühten, als sie an den schimmernden Wall prallte, und es folgte ein eulenförmiges Kräuseln, das allmählich in die Breite wuchs und sich schließlich mit dem allgemeinen Wabern vereinte.

Innerhalb weniger Sekunden verblasste das bunte Glühen. Mort spähte durch die transparente Trennschicht, doch auf der anderen Seite konnte er nirgends eine Eule sehen. Er rätselte darüber nach, als einige Meter entfernt eine Art lautloses Plätschern erklang: Der Vogel kehrte ungerührt ins Diesseits zurück und flog wieder über die Felder.

Mort nahm seinen ganzen Mut zusammen und trat durch die Barriere, die gar keine war. Es prickelte.

Einige Sekunden später folgte ihm Binky. Der Hengst rollte verzweifelt mit den Augen, und faserige Ausläufer der Grenzfläche tasteten nach seinen Hufen. Das Pferd bäumte sich mit wogender Mähne auf und schüttelte sich wie ein Hund in dem Versuch, festhaftende Dunstfetzen abzustreifen. Es warf dem Jungen einen flehentlichen Blick zu.

Mort griff nach dem Zaumzeug, klopfte Binky beruhigend auf die Schnauze und holte ein klebriges, schmuddeliges Zuckerstück hervor. Er wusste, dass er sich in der Gegenwart eines bedeutungsvollen Etwas befand, doch er verstand noch nicht, welche Konsequenzen sich daraus ergeben mochten. Seine Erkenntnisse beschränkten sich zunächst auf dunkle Ahnungen.

Vor ihm erstreckte sich eine Straße und führte an großen taufeuchten Weiden vorbei. Mort stieg auf, ritt über das Feld und erreichte kurz darauf das tröpfelnde Zwielicht unter den Bäumen.

In der Ferne sah er die Lichter von Sto Helit – eigentlich kaum mehr als eine kleine Stadt, ein an urbanem Größenwahn leidendes Dorf –, und das schwache Glühen am Rand seines Blickfeldes musste von Sto Lat stammen. Mort beobachtete es voller Sehnsucht.

Die Barriere bereitete ihm Unbehagen: Sie kroch über das Feld hinter den Bäumen.

Mort wollte mit Binky gen Himmel aufsteigen, als er in unmittelbarer Nähe einen hellen, warmen und verlockenden Schein bemerkte – er fiel aus den Fenstern eines großen Gebäudes, das etwas abseits der Straße stand. Vermutlich war es ohnehin ein fröhliches Licht, aber wenn man es mit der Umgebung und Morts derzeitiger Stimmung verglich, bekam es geradezu ekstatische Qualitäten.

Als er näher heranritt, bemerkte er Schatten, die sich hinter den Fenstern bewegten, und singende Stimmen erklangen. Eine Schenke, schloss Mort, voller Leute, die sich vergnügten. Was Spaß, Freude und – allgemein gesprochen – Zeitvertreib betraf, waren Bauern sicher nicht sehr wählerisch. Wer sich tagaus tagein um Kohl kümmern musste, empfand alles andere als Erleichterung.

Menschen befanden sich in dem Gasthaus, und sie beschäftigten sich mit unkomplizierten menschlichen Dingen: Sie gossen sich einen hinter die Binde und vergaßen allmählich die Texte ihrer Lieder.

Bisher hatte Mort kein Heimweh verspürt, denn er musste immerzu an wichtigere Dinge denken. Jetzt fühlte er es zum ersten Mal, eine ganz spezielle Art von Sehnsucht, die keinem Ort galt, sondern einer Geisteshaltung, einer inneren Einstellung. Er wollte plötzlich ein völlig normaler Mensch sein, der sich nur um einfache, weltliche Dinge Sorgen zu machen brauchte, zum Beispiel um Geld, Krankheiten und andere Leute ...

»Ich genehmige mir ein Gläschen«, überlegte Mort laut. »Vielleicht fühle ich mich dann besser.«

An der einen Seite des Gebäudes fand er einen offenen Stall und führte Binky in eine warme, nach Pferden riechende Dunkelheit, die drei andere Tiere enthielt. Während er den Futtersack löste, fragte er sich stumm, ob Tods Ross in Hinsicht auf seine Artgenossen ähnlich empfand. Im Vergleich mit den anderen Pferden, die ein weitaus weniger übernatürliches Leben führten und Binky wachsam beobachteten, wirkte der Hengst ziemlich beeindruckend. Er war im wahrsten Sinne des Wortes echt – die Blasen an Morts Schaufelhand räumten alle Zweifel aus –, doch jetzt sah er echter aus als jemals zuvor. Er schien massiver zu sein. Seine Pferdeaura verdichtete sich. Binky wuchs. Wurde größer als das Leben selbst.

Mort stand kurz vor einer wichtigen Schlussfolgerung, und es ist schade, dass er im entscheidenden Augenblick abgelenkt wurde. Vom Schild über der Taverntür. Dem entsprechenden Künstler mangelte es zwar an Talent, aber trotzdem sah Mort auf den ersten Blick, wem die bunte Darstellung ähneln sollte. Er erkannte Kelis trotzig vorgeschobene Kinn wieder, betrachtete ein schmales, von feuerrotem Haar umrahmtes Gesicht. Darunter stand in verschnörkelten Lettern: ZUM KOFF DÄR KÖHNIGIN.

Mort seufzte und öffnete die Tür.

Von einem Augenblick zum anderen wurde es still im Schankraum, und wie auf ein geheimes Zeichen hin drehten sich alle Gäste um. Sie starrten den Neuankömmling mit jener Art von bäuerlicher Ehrlichkeit an, die folgende Botschaft übermittelte: Für zwei gut gefüllte Krüge schlagen wir dir mit einem Spaten den Schädel ein und begraben dich bei Vollmond unter einem hohen Komposthaufen.

Es mag durchaus die Mühe wert sein, Mort genauer anzusehen, denn im Verlauf der letzten Kapitel hat er sich ein wenig verändert. Zwar besitzt er noch immer recht viele Ellbogen und Knie, aber sie nehmen nun den ihnen gebührenden Platz ein. Außerdem bewegt er sich nicht mehr so, als wären seine Gelenke mit Gummistreifen verbunden. Früher hat er oft geblinzelt und den Eindruck erweckt, die Umgebung kaum erkennen zu können. Jetzt lässt das Leuchten in seinen Augen vermuten, dass er bereits zu viel von der Welt weiß. Und damit noch nicht genug. Das Funkeln in seinen Pupillen deutet darauf hin, dass er einen Blick auf Dinge geworfen hat, die gewöhnlichen Leuten für immer verborgen bleiben, oder die sie nur einmal sehen, ganz kurz.

Etwas im Erscheinungsbild des Jungen teilte den Beobachtern stumm mit: He, Leute, wer mich blöd anquatscht, kann ebenso gut nach einem Wespennest treten. Hört ihr bereits das zornige Summen?

Anders ausgedrückt, Mort wirkt nicht mehr wie etwas, das eine Katze gefressen und anschließend ausgebrochen hat.

Der Wirt zog die Hand von der Schwarzdornkeule zurück, die unter der Theke lag, und gleichzeitig versuchte er mit nur mäßigem Erfolg, sich ein fröhliches Willkommenslächeln abzuringen.

»'n Abend, Euer Lordschaft«, sagte er. »Was für ein Begehr führt Euch durch die dunkle, kalte Nacht?«

»Wie bitte?«, erwiderte Mort und blinzelte im hellen Licht.

»Er will wissen, was du trinken möchtest«, knurrte ein kleiner, frettchengesichtiger Mann, der am Kamin saß und

Mort so beobachtete wie ein Metzger mehrere Gehege voller Lämmer.

»Hm, ich weiß nicht«, brummte Mort. »Hast du Sternentau?«

»Nie davon gehört, Euer Lordschaft.«

Mort drehte den Kopf und musterte die Anwesenden im flackernden Schein des wärmenden Feuers. Es handelte sich um Leute, die man gemeinhin als Salz der Erde bezeichnete. Mit anderen Worten: Sie waren schlecht für die Gesundheit. Mort sah untersetzte, kräftige und vierschrötige Gestalten, aber er machte sich nicht die Mühe, sie mit seinem eigenen Körperbau zu vergleichen.

»Was trinkt man hier?«, fragte er verwirrt.

Der Wirt warf seinen übrigen Gästen einen kurzen Seitenblick zu. Ein interessanter Trick, wenn man berücksichtigte, dass sie direkt vor ihm saßen und standen.

»Nun, Euer Lordschaft, wir mögen zum Beispiel Knieweich.«

»Knieweich?«, wiederholte Mort und überhörte ein mehrstimmiges leises Kichern.

»Ja, Euer Lordschaft. Wird aus Äpfeln hergestellt. Ah, hauptsächlich aus Äpfeln.«

Mort dachte an Vitamine und dergleichen. »Na schön«, sagte er. »Dann möchte ich einen Krug Knieweich.« Er griff in die Tasche und holte den von Tod stammenden Beutel hervor, der noch immer viele Goldmünzen enthielt. In der jähen Stille war das Klimpern der kleinen gelben Scheiben so laut wie das Dröhnen der legendären Messingglocken von Leshp – man kann sie bei stürmischen Nächten hören, wenn die Strömungen ihren Klang vom Meeresboden herauftragen.

»Alle anwesenden Herren sind herzlich eingeladen«, fügte Mort hinzu.

Der laute dankbare Jubel überwältigte ihn so sehr, dass er

einen wichtigen Punkt übersah: Seine neuen Freunde bekamen ihre Getränke in fingerhutkleinen Gläsern, während der Wirt ihm einen großen hölzernen Becher reichte.

Man erzählt sich viele Geschichten über Knieweich. Angeblich destilliert man diese Spezialität in entlegenen Sümpfen, und das ebenso uralte wie geheime Rezept wird vom betrunkenen Vater an den beschwipsten Sohn weitergereicht. Die Behauptungen, Ratten, Schlangenköpfe und Schrot spielten bei der Herstellung eine wichtige Rolle, sind natürlich absurd. Wer von toten Schafen berichtet, leidet entweder an einem ordentlichen Kater oder hat Entzugserscheinungen. Was die Erzählungen betrifft, bei denen es um Hosenknöpfe geht, ist ebenfalls eine gehörige Portion Skepsis angebracht. Es kann jedoch kein Zweifel daran bestehen, dass man einen Kontakt zwischen Knieweich und Metall vermeiden sollte. Als der Wirt ungeniert zu wenig Wechselgeld herausgab und einen Stapel Kupfermünzen über die Theke schob, berührten sie mehrere Tropfen von dem Zeug und begannen sofort zu dampfen.

Mort schnupperte an seinem Becher und nippte vorsichtig. Die Flüssigkeit schmeckte nicht nur nach Äpfeln, sondern auch nach herbstlicher Morgendämmerung und etwas anderem, das man für gewöhnlich unter einem Brennholzstapel vermutete. Er wollte nicht respektlos erscheinen und trank einen großen Schluck.

Die Bauern beobachteten ihn aufmerksam und hielten den Atem an.

Mort glaubte, dass man eine Reaktion von ihm erwartete.

»Nicht übel«, sagte er. »Recht erfrischend.« Er nahm noch einen Schluck. »An den würzigen Geschmack muss man sich erst gewöhnen, aber bestimmt ist es die Mühe wert.«

Hier und dort ließ sich ein verblüfftes Murmeln vernehmen.

»Der Kerl hat sein Knieweich mit Wasser gestreckt, jawoll.«

»Nein, nein! Du weißt doch, was passiert, wenn man einen Tropfen Wasser hineinfallen lässt.«

Der Wirt achtete nicht auf die kritischen Stimmen. »Es schmeckt Euer Lordschaft?«, wandte er sich an Mort und benutzte dabei den gleichen Ton, in dem der heilige Georg nach seiner Rückkehr gefragt wurde: ›Du hast *was* getötet?‹

»Ist ziemlich scharf«, sagte Mort. »Und auch recht streng.«

»Entschuldigt bitte, Euer Lordschaft«, entgegnete der Wirt und nahm Mort vorsichtig den Becher aus der Hand. Er roch daran und wischte sich Tränen aus den Augen.

»Grrgh«, ächzte er. »Ich habe mich nicht geirrt. Eindeutig Knieweich.«

Er musterte den Jungen, und so etwas wie widerwilllige Anerkennung stahl sich in seine Mimik. Der Neuankömmling hatte den Becher schon fast bis zur Hälfte geleert, und erstaunlicherweise stand er noch immer aufrecht – und lebte. Der Wirt reichte das hölzerne Gefäß zurück wie eine Trophäe, die dem Sieger eines unerhört schwierigen Wettkampfs zustand. Als Mort noch einen großen Schluck trank, zuckten einige Zuschauer zusammen. Der korpulente Mann hinter dem Tresen fragte sich, woraus die Zähne seines jungen Gastes bestanden – offenbar aus einem ähnlich widerstandsfähigen Material wie der Magen.

»Du bist nicht zufällig ein Zauberer?«, fragte er und ließ das ›Euer Lordschaft‹ weg.

»Tut mir leid, nein. Sollte ich?«

Eigentlich nicht, dachte der Wirt. Er trägt keinen spitzen Hut mit Monden und Sternen, und an den Fingern fehlen nikotingelbe Flecken. Erneut starrte er auf den Becher hinab.

Etwas ging nicht mit rechten Dingen zu. Und der Junge ... Er wirkte zunehmend seltsamer. Er sah nicht so aus, wie man es erwartete. Er schien ...

… wirklicher zu sein als normale Menschen.

Lächerlich!, dachte der Wirt. Die Theke ist wirklich. Der Boden ist wirklich. Meine Kunden sind so wirklich, wie man es sich nur wünschen kann. Und doch … Während Mort vor dem Tresen stand, verlegen dreinblickte und gelegentlich an einer Flüssigkeit nippte, in der man Löffel auflösen konnte, gewann er ein zusätzliches Maß an Wirklichkeit, eine neue Dimension der Wirklichkeit. Sein Haar war haariger, seine Kleidung kleidiger. Und die Stiefel stellten den Inbegriff stiefeliger Existenz dar. Es bereitete einem Kopfschmerzen, ihn nur anzusehen.

Kurz darauf stellte Mort seine menschliche Natur unter Beweis. Der Becher entfiel zitternden Fingern und rollte über die Bodenfliesen – einige ölige Knieweichtropfen fraßen sich sofort heißhungrig in den Stein. Mort deutete zur gegenüberliegenden Wand, klappte den Mund auf und gab einen lautlosen Schrei von sich.

Die Stammgäste seufzten und setzten ihre Gespräche fort, erleichtert darüber, dass nun wieder alles seine Ordnung hatte. Ihrer Meinung nach verhielt sich Mort jetzt völlig normal. Der Wirt war dankbar für die Rehabilitierung seines Getränks, beugte sich vor und klopfte Mort kameradschaftlich auf die Schulter.

»Schon gut«, sagte er. »Manchmal haut einen das Zeug richtig um. Mach dir nichts draus! Ein mehrwöchiger Brummschädel, und dann hast du's überstanden. Ein *kleines* Gläschen Knieweich bringt dich wieder auf die Beine.«

Tatsächlich rät jeder Wirt, der etwas auf sich hält, den Kater in Alkohol zu ersäufen, wobei er in der Regel hinzufügt, der eigene Alkohol sei dafür besonders geeignet. Doch wer versucht, eine verhasste Miezekatze in einem Fass mit Knieweich zu ertränken, muss mit Überraschungen rechnen, zum Beispiel damit, die Haut von den Fingern zu verlieren.

Mort deutete weiterhin zur Wand und brachte mit zittriger

Stimme hervor: »Kannst du es nicht sehen? Es kommt durch die Mauer! Direkt durch die Mauer!«

»Nach dem ersten Glas Knieweich kommen viele Dinge durch die Mauer. Meistens sind sie grün und glänzen feucht.«

»Der Nebel! Hörst du das Zischen?«

»Ein zischender Nebel, hm?« Der Wirt blickte zur Wand, die abgesehen von einigen Spinnweben völlig leer und überhaupt nicht geheimnisvoll war. Die Aufregung in Morts Stimme weckte Besorgnis in ihm. Er hätte normale Schuppenmonster bevorzugt – sie ließen sich mit einem zweiten Glas vertreiben.

»Das Etwas kriecht durchs Zimmer! Fühlst du überhaupt nichts?«

Die übrigen Gäste wechselten kurze Blicke – Morts Hysterie erfüllte sie mit Unbehagen. Zwei oder drei Bauern gaben später zu, dass sie tatsächlich etwas gespürt hatten, eine Art kaltes Prickeln. Vielleicht lag es an Verdauungsstörungen.

Mort taumelte, hielt sich krampfhaft an der Theke fest und schauderte.

»Nun ...«, begann der Wirt. »Ein Scherz ist ein Scherz, aber ...«

»Eben hattest du ein grünes Hemd an!«

Der Wirt sah an sich herab.

»Eben?«, wiederholte er erschrocken. Seine rechte Hand setzte sich von ganz allein in Bewegung, aber bevor sie die heimliche Reise zum Schwarzdornknüppel beenden konnte, sprang Mort plötzlich vor und packte den dicken Mann an der Schürze.

»Du hast ein grünes Hemd, nicht wahr?«, stieß er hervor. »Ich kann mich deutlich daran erinnern, auch an die kleinen gelben Knöpfe!«

»Äh, ja«, bestätigte der Wirt und versuchte, stolz die Schultern zu straffen. »Ich bin ein vermögender Mann und habe gleich zwei Hemden. Das grüne ist erst in der nächsten Woche dran.« Er wollte gar nicht erfahren, woher Mort von den gelben Knöpfen wusste.

Der Junge ließ ihn los und wirbelte herum.

»Die Leute nehmen andere Plätze ein als vorhin! Wo ist der Mann, der am Kamin saß? Es hat sich alles verändert!«

Er lief nach draußen, und kurz darauf vernahm der Wirt ein dumpfes Stöhnen. Nach einigen Sekunden kehrte Mort zurück und wandte sich an die erschrockenen Gäste.

»Wer hat das Schild ausgetauscht? Jemand hat das Schild geändert!«

Der Wirt befeuchtete sich nervös die Lippen.

»Nach dem Tod des alten Königs, meinst du?«, fragte er.

Als er Morts Blick bemerkte, lief es ihm kalt über den Rücken. In den dunklen Augen des Jungen flackerte Grauen.

»Den Namen! Ich meine den Namen!«

»Nun, äh, es ist immer der gleiche Name gewesen«, erwiderte der Wirt und wandte sich fast flehentlich an die Bauern. »Das stimmt doch, oder? Meine Schenke hieß und heißt *Zum Kopf des Herzogs*, nicht wahr?«

Die Männer murmelten zustimmend.

Mort starrte sie der Reihe nach an und bebte am ganzen Leib. Schließlich drehte er sich um und stürmte nach draußen.

Die Bauern hörten Hufschläge auf dem Hof, ein Pochen, das langsam leiser wurde und plötzlich verklang, als sei das Pferd vom Boden verschluckt worden – oder gen Himmel aufgestiegen.

In der Schenke herrschte völlige Stille. Die Gäste starrten betreten ins Leere. Niemand wollte zugeben, was er gerade gesehen hatte.

Schließlich setzte sich der Wirt in Bewegung, wankte durchs Zimmer, streckte die Hand aus und tastete mit den Fingerspitzen über beruhigend festes Holz. Es war vertraut massiv.

Und doch hatten alle Anwesenden beobachtet, wie Mort dreimal nach draußen gelaufen war, ohne zuvor die Tür zu öffnen.

Binky gewann an Höhe und flog fast senkrecht empor. Die Hufe traten durch leere Luft, und der Atem des Rosses formte einen langen Kondensstreifen. Mort hielt sich mit Knien, Händen und vor allen Dingen Willenskraft fest, grub das Gesicht in die dichte Mähne des Hengstes. Er sah erst nach unten, als die Luft eiskalt wurde und so dünn war wie die Bratensoße in einem Armenhaus.

Weiter oben flackerten die Lichter der Mitte am winterlichen Firmament. Unten ...

... wölbte sich ein kuppelartiges Etwas, das viele Meilen durchmaß und im Sternenlicht silbrig glänzte. Morts Blick reichte hindurch; und hier und dort bemerkte er helles Schimmern. Wolken trieben an der Grenzfläche vorbei.

Nein, das stimmte nicht ganz. Mort sah genauer hin. Sicher, einige Wolken trieben in das seltsame Gebilde hinein, und es gab auch weitere, die sich in seinem Innern zusammenballten, aber sie wirkten irgendwie dünner und fransiger, bewegten sich außerdem in eine andere Richtung und hatten kaum etwas mit den übrigen Wolken gemein. Hinzu kamen die Mittlichter. Sie verliehen der Nacht außerhalb der kuppelförmigen Erscheinung ein undeutliches Grau, während unter der Wölbung alles dunkel blieb.

Mort starrte auf das Stück einer völlig anderen Welt. Es schien auf die Scheibe gepfropft worden zu sein, um jemandem einen Streich zu spielen. Das Wetter unterhalb der Kuppel unterschied sich von dem der anderen Regionen, und bisher hatte noch niemand den Schalter für die Aurora Coriolis betätigt.

Die Scheibenwelt lehnte den kosmischen Eindringling ab, umzingelte ihn mit ihrem Sein, drängte ihn allmählich in die Nichtexistenz zurück. Mort beobachtete, wie das Etwas nach und nach kleiner wurde, doch gleichzeitig vernahmen seine mentalen Ohren das leise Zischen brutzelnder Heuschrecken, während die Grenzfläche übers Land kroch und die allgemeine historische Entwicklung wieder ins Lot brachte. Die Realität heilte sich selbst.

Mort begriff sofort, was sich im Zentrum der Kuppel befand: eine Stadt namens Sto Lat, mit einem granitenen Sockel, auf dem sich die Mauern eines Schlosses erhoben. Und in dem Schloss ...

Gegen seinen Willen stellte er sich vor, was geschehen mochte, wenn das kuppelförmige Phänomen auf die Größe eines Zimmers schrumpfte, wenn sie so klein wurde wie ein Mensch, wie ein Ei. Er schluckte.

Die Logik hätte Mort mitteilen sollen, dass genau darin seine Rettung lag. In ein oder zwei Tagen würde sich sein Problem von ganz allein aus der Welt schaffen, im wahrsten Sinne des Wortes. Anschließend beschrieben die Bücher in Tods Bibliothek wieder eine *richtige* Geschichte. Die Logik hätte das historische Gefüge mit einem in die Länge gezogenen Gummiband verglichen, das sich nun zusammenzog, um die ursprüngliche Form anzunehmen. Die Logik hätte den Jungen darauf hingewiesen, dass er alles noch schlimmer machte, wenn er zum zweiten Mal in den allgemeinen Entwicklungsprozess eingriff. Ja, die Logik hätte ihn vermutlich beruhigt und erleichtert aufatmen lassen – wenn sie nicht einfach fortgeschlendert wäre, um sich die Nacht freizunehmen.

Wegen der Bremswirkung des starken magischen Feldes ist das Licht auf der Scheibenwelt ziemlich langsam, und daher befand sich der Teil des Randes, der die Insel Krull trug, noch immer unter der kleinen Orbitalsonne. Mit anderen Worten: Dort hatte gerade erst der Abend begonnen. Außerdem herrschte eine angenehm hohe Temperatur, denn jener Teil des Rands bekommt mehr Wärme und zeichnet sich durch mildes Meeresklima aus.

Krull bot einen guten Lebensraum für Menschen, die nicht an Schwindelgefühlen litten. Ein Teil der Küste (wenn man überhaupt von einer ›Küste‹ sprechen kann) ragt über den Rand hinaus, aber die einzigen Krullianer, die darauf mit pathologischer Sorge reagierten, gehörten zur Kategorie Tagträumer und Schlafwandler. Der Leser ahnt bestimmt, dass solche Spezies von der natürlichen Auslese besonders hart betroffen sind und deshalb nur kleine, im Aussterben begriffene Minderheiten darstellen. In jeder menschlichen Gesellschaft gibt es Aussteiger, aber auf Krull bekommen solche Leute keine Gelegenheit, ihre Meinung zu ändern.

Terpsic Mims war kein Aussteiger, sondern Angler. Es gibt einen wichtigen Unterschied: Das Angeln nimmt weitaus mehr Zeit in Anspruch und führt nur selten zu einem fatalen Sturz ins Nichts. Man holt sich höchstens nasse Füße. Terpsic lächelte zufrieden und beobachtete den kleinen, mit einer Feder versehenen Schwimmer, der auf den Wellen des Hakrullflusses tanzte. Ein sanfter Wind wehte und seufzte im Schilf, das sich am Ufer hin und her neigte. Der Mann befreite sein Denken und Empfinden von allem Ballast, gab sich ganz dem Gefühl inneren Friedens hin. Nur die Vorstellung, dass vielleicht tatsächlich ein Fisch anbiss, störte seine Seelenruhe. Kalte und schlüpfrige Fische gingen ihm mit ihrem Zappeln auf die Nerven. Und mit Terpsics Nerven war es nicht zum Besten bestellt.

Solange er nichts fing, gehörte Terpsic Mims zu den glücklichsten Anglern der Scheibenwelt, denn fünf lange Meilen trennten den Hakrullfluss von seinem Heim und somit auch von Frau Gwladys Mims, mit der er die letzten sechs glücklichen Ehemonate verbracht hatte. Die zwanzig Jahre davor vergaß er schlicht.

Terpsic hob nur kurz den Kopf, als eine zweite Gestalt einige Dutzend Meter entfernt am Ufer Aufstellung bezog. Andere Angler hätten vielleicht gegen diese Verletzung der Etikette protestiert, aber Terpsic hob nur die Schultern. Er war für alles dankbar, das die Wahrscheinlichkeit eines Fangs reduzierte. Aus den Augenwinkeln beobachtete er, dass der Neuankömmling eine Trockenfliege verwendete. Er fand diese Art des Angelns recht interessant, lehnte sie jedoch ab, da man zu viel Zeit damit vergeudete, den Köder zu Hause vorzubereiten.

Noch nie zuvor hatte er eine solche Trockenfliege gesehen. Die meisten gehorchten ihrem Herrn, indem sie ruhig und friedlich auf dem Wasser schwammen und darauf warteten, von einem hungrigen Fischmaul verschlungen zu werden. Doch diese besondere Fliege entwickelte ein gespenstisches Eigenleben, stürzte sich mit einem entschlossenen Knurren in die Fluten und zerrte entsetzte Fische an Land.

Vages Unbehagen regte sich in Terpsic, als er beobachtete, wie die große Gestalt unter den Weiden immer wieder mit der Rute ausholte. Das Wasser brodelte und schäumte, als die schuppige Bevölkerung des Flusses in Panik geriet und vor dem summenden, brummenden Schrecken zu fliehen versuchte. Unglücklicherweise schnappte ein großer und vor Angst völlig außer sich geratener Hecht aus reiner Verzweiflung nach Terpsics Haken.

Im einen Augenblick stand er noch am Ufer, und im nächsten tauchte er durch grünes und unangenehm nasses Zwielicht. Der Atem des Mannes bildete kleine Blasen, die perlenartig fortglitten, und vor dem inneren Auge zogen Erinnerungsbilder seines Lebens vorbei. Noch während er ertrank, fürchtete er die Erinnerungen, die von der Hochzeit bis zur Gegenwart reichten. Er dachte daran, dass Gwladys bald Witwe sein würde, was ihn ein wenig aufmunterte. Terpsic neigte dazu, in erster Linie die positiven Aspekte zu sehen und alles Negative mit fatalistischem Gleichmut hinzunehmen, und als er dankbar in den Schlamm am Grund sank, kam er zu dem Schluss, dass sein Leben von jetzt an nur besser werden konnte …

Etwas packte ihn am Schopf und zerrte ihn an eine Wasseroberfläche zurück, die plötzlich aus flüssigem Schmerz zu bestehen schien. Geisterhafte blaue und schwarze Schemen wallten dicht vor ihm. Flammen loderten in Terpsics Lunge, und in seinem Hals brannte ein heißes Feuer.

Hände – eisige kalte Hände, die sich seltsam hart anfühlten – zogen ihn durchs Wasser und an Land. Terpsic blieb verzweifelt im Sand liegen. Nachdem er eine Zeit lang vergeblich versucht hatte, weiterhin zu ertrinken, fand er sich mit der bitteren Tatsache ab, ins Leben zurückzukehren.

Er wurde nicht wütend, denn Gwladys verbot Zorn und Ärger ihres Mannes. Aber er fühlte sich betrogen. Er war geboren worden, ohne dass man ihn nach seiner Meinung fragte. Er musste heiraten, weil Gwladys Vater und sein eigener eine entsprechende Vereinbarung getroffen hatten. Und jetzt hinderte man ihn sogar daran, das Leben zu verlieren, von dem er bisher geglaubt hatte, dass es einzig und allein ihm gehörte. Noch vor wenigen Sekunden war ihm alles ganz einfach erschienen, doch jetzt wich die erhoffte Problemlosigkeit neuerlichen Komplikationen.

Eigentlich lag Terpsic überhaupt nichts daran, sich umzubringen – was Selbstmord anging, vertraten die Götter einen unerschütterlich festen Standpunkt. Er hatte nur nicht gerettet werden wollen.

Er rieb sich Schlick und schleimige Wasserlinsen aus dem

Gesicht und starrte die große Gestalt enttäuscht an. »Warum musstest du mich unbedingt retten?«

Die Antwort verwirrte ihn. Er dachte darüber nach, als er niedergeschlagen nach Hause stapfte. Die betreffenden Worte flohen in einen entfernten Winkel seines Ichs, als sich Gwladys über die durchnässte und schmutzige Kleidung ihres Gemahls beklagte. Sie krochen in den Fokus des Bewusstseins zurück, als Terpsic vor dem Kamin saß und schuldbewusst nieste – für gewöhnlich verbot ihm Gwladys auch, krank zu sein. Als er unter der Bettdecke fröstelte, hallte der bleierne Klang zwischen seinen Ohren wider und ließ ihn einfach keine Ruhe finden. Mit fiebrig-schwacher Stimme murmelte er: »Was soll das heißen: ›DAMIT ICH MICH SPÄTER UM DICH KÜMMERN KANN?‹«

Fackeln brannten in Sto Lat, und Dutzende von Soldaten waren damit beauftragt, sie in regelmäßigen Abständen zu erneuern. Helles Licht tanzte durch die Straßen, und der flackernde Schein verdrängte alle jene Schatten, die sich seit Jahrhunderten nach dem Sonnenuntergang versammelten, um zu entscheiden, was sie unternehmen sollten. Er erhellte entlegene Ecken, wo die Augen verwunderter Ratten in muffigen Schlupfwinkeln glühten. Er zwang Diebe und Einbrecher, zu Hause zu bleiben. Er schimmerte durch den nächtlichen Dunst, formte einen seltsamen Nimbus, der sogar das Funkeln der Mittlichter überstrahlte. Vor allen Dingen aber fiel er auf das Gesicht der Prinzessin Keli.

Ihre Bildnisse waren praktisch allgegenwärtig, klebten an jeder freien Fläche. Binky trabte durch die hellen Straßen, vorbei an einer Keli, die von Türen, Wänden und Giebeln blickte. Mort starrte auf Hunderte von Plakaten, die seine Geliebte zeigten: an Mauern und Masten, an Fenstern und gläsernen Vitrinen, an Türen und schmalen Zugängen, an Karren und hölzernen Verschlägen. Es roch nach Kleister.

Seltsamerweise schienen die Bürger der Stadt kaum etwas davon zu bemerken. Sto Lats Nachtleben war zwar nicht annähernd so bewegt und voller Zwischenfälle wie das in Ankh-Morpork – ebenso wenig kann es ein gewöhnlicher Papierkorb mit der städtischen Müllabfuhr aufnehmen –, aber es herrschte trotzdem rege Betriebsamkeit. Höker priesen Gebrauchtgegenstände aus vierter Hand an. Spieler zeigten ihre Kunststücke mit Karten und Würfeln. Messer- und Scherenschärfer hantierten mit ihren Wetzsteinen. Gewisse Damen boten gewisse Dienste an und geizten nicht mit gewissen Reizen. Taschendiebe versuchten, sich ihren Lebensunterhalt zu verdienen, ohne im Kerker zu enden. Hier und dort wanderten sogar einige ehrliche Händler umher, die sich durch einen bedauerlichen Zufall nach Sto Lat verirrt hatten und ihre Waren zu Schleuderpreisen verkauften, weil sie darauf brannten, die Stadt so schnell wie möglich zu verlassen. Mort ritt durch die Straßen und hörte ein halbes Dutzend verschiedene Sprachen. Nur am Rande nahm er zur Kenntnis, dass er sie alle verstand.

Schließlich stieg er ab, führte sein Ross durch die Mauergasse und hielt nach Schneidguts Domizil Ausschau. Er fand es nur durch Zufall: Eins der Plakate fluchte leise und undeutlich.

Vorsichtig streckte er die Hand aus und zog einen Papierstreifen beiseite.

»Vielen Dank«, sagte der Türklopfer. »Ef ift doch nicht fu faffen! Im einen Augenblick ift daf Leben ganf normal, und im nächften hat man den Mund voller Kleifter.«

»Wo ist Schneidgut?«

»Im Palaft.« Der Türklopfer starrte ihn an und zwinkerte mit einem gusseisernen Auge. »Einige Männer kamen und brachten alle feine Fachen fort. Und kurf darauf begannen andere damit, überall Bilder feiner Freundin anzukleben.« Das fratzenhafte Metallgesicht schnitt eine Grimasse, was ihm nicht besonders schwerfiel. »Verdammte Miftkerle.«

Dunkle Flecken bildeten sich auf Morts Wangen.

»Bilder seiner Freundin?«, wiederholte er finster.

Der Türklopfer konnte sein dämonisches Wesen nicht leugnen und kicherte spöttisch, als er den Tonfall des Jungen hörte. Es klang, als strichen Fingernägel über grobes Sandpapier.

»Ja«, bestätigte er. »Fie fienen ef fiemlich eilig fu haben, wenn du mich fragft.«

Mort saß schon wieder im Sattel.

»He!«, rief ihm der Türklopfer nach. »Hab Mitleid mit mir. Fei fo nett und befrei mich von dem Plakat, Junge!«

Mort zog die Zügel so hart an, dass sich das Pferd aufbäumte und laut schnaubte. Er zwang Binky herum, kehrte zum kleinen Haus zurück, beugte sich vor und schloss die Hand um den Griff des Türklopfers, der plötzlich recht verunsichert wirkte. Morts Augen glühten wie Schmelztiegel, und der Gesichtsausdruck ähnelte dem eines Schmelzofens. In seiner Stimme lag genug Hitze, um Eisen verdampfen zu lassen. Der Klopfer wusste nicht genau, was er davon halten sollte, doch der Instinkt riet ihm zur Vorsicht.

»Wie hast du mich genannt?«, fragte Mort.

Der Türklopfer dachte rasch nach. »Herr?«, erwiderte er.

»Und um was hast du mich gebeten?«

»Mich von dem Plakat fu befreien?«

»Wozu ich nicht die geringste Absicht habe.«

»Na fön«, sagte der Türklopfer. »Ift in Ordnung für mich. Ich behalte den Mund voller Kleifter. Fmeckt eigentlich gar nicht flecht, wenn man fich'f genau überlegt.«

Er beobachtete, wie Mort davonritt, schauderte erleichtert und klopfte in seiner Nervosität leise an die Tür. »Daaas war seeehr knapp«, sagte eine der Angeln.

»Fei ftill!«

Mort kam an Nachtwächtern vorbei, deren Aufgabe jetzt offenbar darin bestand, kleine Glocken zu läuten und ein wenig verlegen den Namen der Prinzessin zu rufen. Sie schienen Mühe zu haben, sich an ihn zu erinnern. Mort achtete nicht auf sie und lauschte Stimmen, die nur in seinem Innern erklangen. Sie führten folgendes Gespräch:

Sie hat dich nur einmal gesehen, du Narr. Warum sollte sie irgendwelche Gedanken an dich verschwenden?

Ich weiß, ich weiß. Aber immerhin habe ich ihr das Leben gerettet.

Glaubst du etwa, sie sei dir deshalb zu ewiger Dankbarkeit verpflichtet? Das Leben der Prinzessin gehört nicht etwa dir, sondern einzig und allein Keli. Sie kann damit anfangen, was sie will. Und außerdem: Schneidgut ist Zauberer.

Na und? Zauberern steht es nicht zu, mit ... mit jungen Frauen anzubändeln. Die Tradition verlangt, dass sie koisch sind ...

Koisch?

Sie dürfen nicht duweisstschon ...

Ach, überhaupt kein Duweisstschon?, fragte die mentale Stimme und schien zu grinsen.

Es soll schlecht für die Magie sein, erwiderte Mort bitter.

Komischer Ort, um Magie aufzubewahren.

Mort war schockiert. Wer bist du?

Ich bin du, Mort, dein inneres Selbst.

Mir wäre lieber, du würdest aus meinem Kopf verschwinden. Es ist schon so ziemlich eng darin.

Mag sein, entgegnete die Stimme. Ich wollte dir nur helfen. Denk immer daran: Wenn du dich brauchst – du bist immer in der Nähe.

Kurz darauf herrschte wieder Stille.

Es muss wirklich die Stimme meines inneren Selbst gewesen sein, dachte Mort niedergeschlagen. Ich bin der einzige, der mich Mort nennt.

Diese überraschende Erkenntnis beanspruchte seine ganze Aufmerksamkeit, und deshalb nahm er nur geistesabwesend zur Kenntnis, dass er während seines stummen Monologs durchs Schlosstor geritten war. Natürlich reiten tagaus, tagein viele Leute durchs Tor, aber für die meisten von ihnen muss es erst geöffnet werden.

Die Wächter zu beiden Seiten rissen voller Furcht die Augen auf und glaubten, einen Geist gesehen zu haben. Wahrscheinlich hätten sie sich noch weitaus mehr gefürchtet, wenn ihnen klar gewesen wäre, dass ihre Vermutung zumindest in groben Zügen zutraf.

Der vor dem Zugang des großen Saals stehende Soldat hatte ebenfalls alles beobachtet, aber als Binky über den Hof trabte, blieb ihm noch Zeit genug, sich wieder einigermaßen zusammenzureißen.

»Halt!«, krächzte er unsicher. »Halt, wer da?«

Mort bemerkte ihn erst jetzt.

»Was?«, fragte er, noch immer in Gedanken versunken.

Der Wächter befeuchtete sich die trockenen Lippen und wich einen Schritt zurück. Mort stieg ab und trat näher.

Der Soldat nahm seinen ganzen Mut zusammen und besann sich auf die Art von beharrlicher Sturheit, die eine baldige Beförderung begünstigte. »Ich wollte nur fragen ... Was, äh, wer bist du?«

Mort griff nach der Lanze, die ihm den Weg zur Tür versperrte, und schob sie gleichmütig beiseite.

»Mort«, sagte er leise.

Ein gewöhnlicher Soldat hätte sich bestimmt damit zufriedengegeben, doch dieser Mann hatte das Zeug zum Offizier.

»Ich meine, bist du Freund oder Feind?«, stammelte er und versuchte, Morts Blick zu meiden.

»Was wäre dir lieber?«, fragte Mort und lächelte. Zwar konnte er sich nicht mit Tods Lächeln messen, aber sein

Grinsen erwies sich als recht beeindruckend, zumal es völlig humorlos blieb.

Der Wächter seufzte erleichtert und trat zur Seite.

»Du kannst passieren, Freund«, sagte er.

Mort schritt durch den Saal und näherte sich der Treppe, die zu den königlichen Gemächern führte. Seit seinem letzten Aufenthalt an diesem Ort hatte sich der große Raum sehr verändert. Überall sah er Bilder von Keli; sie ersetzten sogar die alten, verstaubten Banner an der hohen Decke. Wer durchs Schloss wanderte, konnte unmöglich mehr als nur einige wenige Meter zurücklegen, ohne dass sein Blick auf ein Porträt der Prinzessin fiel. Ein Teil von Mort fragte sich nach dem Grund, während ein anderer besorgt an die gespenstische Grenzfläche dachte, die sich langsam der Stadt näherte, an eine Kuppel, die immer mehr schrumpfte und in deren Zentrum sich Sto Lat befand. Hauptsächlich aber herrschte in seinem Ich eine heiße Glut aus Zorn, Verblüffung und Eifersucht. Ysabell hat recht, fuhr es ihm durch den Sinn. Dies muss Liebe sein.

»Der Junge, der durch Wände geht!«

Mort hob ruckartig dein Kopf. Schneidgut stand am oberen Ende der Treppe.

Auch der Zauberer hatte sich stark verändert, stellte Mort verbittert fest. Aber vielleicht nicht gründlich genug. Er trug noch immer einen schwarzweiß gemusterten, mit Pailletten besetzten Umhang, und auf seinem Kopf ruhte ein Hut, der mindestens einen Meter hoch und mit mehr mystischen Symbolen verziert war als eine Gebissschemakarte. Darüber hinaus steckten seine Füße in roten Samtschuhen, die vorn spitze, schlangenartige Schnörkel und an den Seiten silberne Spangen aufwiesen. Doch am Kragen zeigten sich nach wie vor einige Flecken, und außerdem kaute Schneidgut hingebungsvoll.

Er beobachtete, wie Mort die Treppe heraufkam.

»Bist du auf etwas sauer?«, fragte er. »Ich habe mit der Arbeit begonnen, glaub mir, doch ich musste mich auch um einige andere Dinge kümmern. Tja, es ist gewiss nicht leicht, durch Wände ... Warum siehst du mich so an?«

»Was machst du hier?«

»Die gleiche Frage könnte ich dir stellen. Möchtest du eine Erdbeere?«

Mort starrte auf den kleinen Bastkorb des Zauberers.

»Mitten im Winter?«

»Eigentlich ist es Rosenkohl mit einer Prise Magie.«

»Und schmeckt er wie Erdbeeren?«

Schneidgut seufzte. »Nein, wie Rosenkohl. Die Zauberformel ist nicht perfekt. Ich wollte der Prinzessin eine Freude bereiten, aber sie hat damit nach mir geworfen. Es wäre eine Schande, sie in den Abfall zu geben. Probier mal!«

Mort richtete einen scharfen Blick auf Schneidgut.

»Keli hat damit nach dir geworfen?«

»Leider muss ich das bestätigen. Eine ziemlich eigenwillige junge Dame.«

Aber hallo!, sagte eine Stimme hinter Morts Stirn. Du bist wieder im Rennen. Begreifst du denn nicht, du Dummkopf? Die Chance, dass Keli Duweisstschon mit diesem Burschen erwägt, ist geringer als null.

Lass mich endlich in Ruhe!, erwiderte Mort. Sein Unterbewusstsein machte ihm Sorgen. Offenbar hatte es einen direkten Draht zu Körperteilen, die er derzeit nicht beachten wollte.

»Warum bist du hier?«, fragte er laut. »Hat deine Anwesenheit etwas mit den vielen Bildern zu tun?«

»Tolle Idee, nicht wahr?« Schneidgut strahlte. »Ich bin sehr stolz darauf.«

»Entschuldige bitte!«, Mort stöhnte leise. »Ich habe einen anstrengenden Tag hinter mir und würde mich gern irgendwo ausruhen.«

»Wie wär's mit dem Thronsaal?«, schlug Schneidgut vor. »Um diese Zeit hält sich dort niemand auf. Alle schlafen.«

Mort nickte und musterte den jungen Zauberer misstrauisch. »Warum bist du noch auf, hm?«

»Äh«, antwortete Schneidgut. »Äh, ich wollte nur einen kurzen Blick in die Speisekammer werfen.«

Er hob die Schultern.*

An dieser Stelle soll Folgendes nicht unerwähnt bleiben: Schneidgut bemerkt, dass Mort – obgleich vom Reiten müde und aufgrund des fortgesetzten Schlafmangels erschöpft – von innen heraus glüht. Auf eine seltsame Art und Weise, die nichts mit körperlichen Ausmaßen zu tun hat, wirkt er größer als das Leben. Schneidgut hat genug einschlägige Erfahrungen gesammelt, um seine Mitmenschen einzuschätzen, und er weiß auch, dass bei okkulten Angelegenheiten die offensichtliche Antwort meistens falsch ist.

Mort geht geistesabwesend durch Wände und schüttet Witwenmacher in sich hinein, ohne betrunken zu werden. Aber der Grund ist nicht etwa eine sonderbare Metamorphose, die ihn langsam in einen Geist verwandelt. Ganz im Gegenteil: Er wird allmählich gefährlich wirklich.

Während er an der Balkonbrüstung entlangwandert und dabei durch eine Marmorsäule geht, ohne es zu bemerken,

* In der Speisekammer fand Schneidgut einen halben Krug mit ranziger Mayonnaise, ein altes Stück Käse und eine Tomate, auf der Schimmel wuchs, obgleich die Vorratskammern des Schlosses tagsüber folgende Dinge enthielten: fünfzehn Hirsche, hundert Paar Rebhühner, fünfzig Fässer Butter, zweihundert geröstete Hasen, fünfundsiebzig große Schinken, mindestens sechshundert Kilogramm Wurst, vierhundert Pfund verschiedene Geflügelsorten, achtzig Dutzend Eier, einige Störe aus dem Runden Meer, ein Fass mit Kaviar und ein mit Oliven gefülltes Elefantenbein. Der Zauberer machte einmal mehr die niederschmetternde Erfahrung, dass sich die elementare Magie im Universum auf folgende Weise manifestiert: Wer des Nachts versucht, eine Speisekammer zu plündern, entdeckt dabei nur einen halben Krug mit ranziger Mayonnaise, ein altes Stück Käse und eine Tomate, auf der Schimmel wächst.

wird langsam klar, dass die Welt aus seiner Perspektive betrachtet eine gegenstandslose Natur gewinnt.

»Du bist gerade durch eine Marmorsäule gegangen«, sagte Schneidgut. »Wie machst du das?«

»Tatsächlich?« Mort sah sich um. Die Säule schien recht fest zu sein. Er streckte den Arm aus und holte sich einen blauen Flecken am Ellbogen.

»Ich bin ganz sicher«, bestätigte Schneidgut. »Uns Zauberern fallen solche Dinge auf, weißt du.« Er griff in eine Tasche seines Umhangs.

»Dann hast du sicher auch die graue Kuppel gesehen, die sich über dieser Region wölbt, nicht wahr?«, fragte Mort.

Schneidgut quiekte leise und ließ den Korb fallen. Mort vernahm den wenig aromatischen Geruch ranziger Salatsoße.

»Schon?«

»Was das ›Schon‹ angeht, muss ich passen«, erwiderte Mort. »Nur in einem Punkt bin ich ganz sicher: Ein zischendes Etwas kriecht über die Landschaft, und niemand scheint es zu bemerken oder sich Sorgen zu machen, obwohl es ...«

»Wie schnell bewegt es sich?«

»... Dinge verändert!«

»Du hast es gesehen? Wie weit ist es entfernt? Wie schnell kommt es heran?«

»Natürlich habe ich es gesehen. Ich bin zweimal hindurchgeritten. Es fühlte sich an, als ...«

»Aber du bist doch kein Zauberer. Wieso...«

»Was tust du hier eigentlich?«

Schneidgut holte tief Luft und rief: »Ruhe!«

Jähe Stille folgte. Der Zauberer nickte kurz und schloss die Hand um Morts Arm. »Komm«, sagte er und zerrte den Jungen mit sich. »Ich weiß nicht genau, wer du bist, und ich hoffe, eines Tages habe ich genug Zeit, es herauszufinden. Aber im Augenblick gibt es Wichtigeres. Etwas Schreckliches wird geschehen, und es hat mit dir zu tun.«

»Etwas Schreckliches? Wann?«

»Das hängt davon ab, wie weit die Grenzfläche entfernt ist und wie schnell sie sich nähert«, erwiderte Schneidgut und dirigierte Mort in einen Seitengang. Vor einer kleinen Eichentür ließ er ihn los, griff erneut in die Tasche und holte ein kleines Stück Käse sowie eine zerquetschte Tomate hervor.

»Würdest du das bitte halten? Danke.« Nach kurzer Suche fand er einen Schlüssel und schloss auf.

»Wird das Etwas die Prinzessin töten?«, fragte Mort.

»Ja«, sagte Schneidgut. »Beziehungsweise nein.« Er zögerte, die Hand am Knauf. »Das war recht scharfsinnig von dir. Wie bist du darauf gekommen?«

»Ich ...«, begann Mort.

»Keli hat mir eine seltsame Geschichte erzählt«, sagte der Zauberer.

»Das kann ich mir denken. Falls du sie für absurd hältst – sie ist wahr.«

»Du bist er, stimmt's? Tods Lehrling?«

»Ja. Allerdings bin ich derzeit nicht im Dienst.«

»Freut mich, das zu hören.«

Schneidgut schloss die Tür hinter ihnen und tastete nach einem Kerzenhalter. Etwas machte *Plopp!*, und blaues Licht blitzte, gefolgt von einem leisen Ächzen.

»Entschuldige«, sagte der Zauberer und beleckte seine Finger. »Ein Feuerzauber. Ich fürchte, ich habe den Dreh noch nicht ganz raus.«

»Du hast mit dem kuppelförmigen Phänomen gerechnet, nicht wahr?«, fragte Mort. »Was passiert, wenn es sich um den Palast schließt?«

Schneidgut ließ sich seufzend auf die Reste eines Schinkenbrötchens sinken.

»Keine Ahnung«, entgegnete er. »Es dürfte sicher interessant sein, die Konsequenzen zu beobachten. Aber von *außen*, wenn's nach mir geht. Ich *glaube*, wir müssen mit Folgendem rechnen: Die letzte Woche wird schlicht und einfach aus dem Kalender der Geschichte gestrichen.«

»Und das bedeutet, Keli stirbt plötzlich?«

»Verstehst du denn nicht? Sie wird schon seit einer Woche tot sein. All dies hier ...« Der Magier vollführte eine vage Geste. »... ist dann nie geschehen. Der Attentäter hat seinen Auftrag durchgeführt. Und du deinen. Die Realität heilt ihre Wunden, und anschließend ist alles in bester Ordnung. Ich meine, vom Standpunkt der Historie aus gesehen. Eigentlich gibt es gar keinen anderen.«

Mort blickte aus dem schmalen Fenster, sah über den Hof hinweg und in die nächste Straße hinab. Dort hing ein Porträt der Prinzessin und lächelte zum dunklen Himmel empor.

»Erzähl mir von den Bildern«, sagte er. »Mir scheint, sie haben etwas Magisches.«

»Ich bin mir nicht sicher, ob sie so wirken, wie sie wirken sollen. Weißt du, die Leute wurden nervös, ohne den Grund dafür zu erkennen, was alles noch schlimmer machte. Ihre Gedanken weilten in einer Realität und die Körper in einer anderen. Ziemlich unangenehm. Sie konnten sich nicht an die Vorstellung gewöhnen, dass die Prinzessin noch lebt. Ich hielt die Bilder zunächst für eine gute Idee, aber ... Menschen übersehen Dinge, die von ihren Gehirnen abgelehnt werden.«

»Das ist mir bereits aufgefallen«, kommentierte Mort deprimiert.

»Ich habe die Ausrufer auch am Tag durch die Stadt geschickt«, fuhr Schneidgut fort. »Ich hoffte, die Leute von Kelis Existenz überzeugen zu können und dadurch diese Wirklichkeit wirklich werden zu lassen.«

»Mmpf?«, fragte Mort und wandte sich vom Fenster ab. »Wie meinst du das?«

»Ich dachte, dass sich die Realität ändert, wenn genug Bewohner von Sto Lat an die Prinzessin glauben. Was Götter betrifft, funktioniert das ausgezeichnet. Wenn Menschen aufhören, an einen Gott zu glauben, stirbt er. Und je mehr sie an ihn glauben, desto stärker wird er.«

»Das wusste ich nicht. Ich bin immer davon überzeugt gewesen, dass Götter einfach Götter sind.«

»Sie haben es nicht gern, wenn man darüber redet«, sagte Schneidgut, trat zum Tisch und suchte inmitten der Bücher und Pergamentrollen.

»Bei Göttern mag so etwas klappen, weil sie etwas Besonderes darstellen«, murmelte Mort. »Aber Menschen sind ... na ja, stofflicher. Ich meine, man kann sie anfassen, mit ihnen reden. Ich bezweifle, dass in diesem Fall allein der Glaube genügt.«

»Vielleicht irrst du dich. Nehmen wir mal an, du verlässt dieses Zimmer und durchstreifst den Palast. Irgendwann sieht dich ein Wächter und hält dich für einen Dieb. Bestimmt schießt er mit seiner Armbrust auf dich. In *seiner* Realität bist du ein Eindringling, der etwas stehlen will. Eigentlich stimmt das nicht, aber das spielt keine Rolle: Du wärst trotzdem tot. Ja, der Glaube ist sehr mächtig. Ich habe gehört, er könne sogar Berge versetzen. Vertrau mir. Wir Zauberer wissen über solche Dinge Bescheid. Ah, hier haben wir's ja.«

Schneidgut zog ein Buch aus dem allgemeinen Durcheinander und schlug es dort auf, wo ein Schinkenstreifen als Lesezeichen diente. Mort blickte ihm über die Schulter und runzelte die Stirn, als er die schnörkelige magische Schrift sah. Die einzelnen Zeichen bewegten sich, krochen zitternd über die Seiten und lehnten es ab, von einem Nichtzauberer gelesen zu werden. Das brodelnde Buchstabengewirr war sehr verwirrend.

»Was hat es damit auf sich?«, fragte Mort nach einer Weile.

»Es ist das Buch der Magie, verfasst vom Magus Alberto Malich«, erwiderte Schneidgut. »Eine Art theoretisches Werk über die Zauberei. Ich rate dir übrigens nicht, die einzelnen

Worte allzu lange anzustarren, denn das mögen sie nicht. An dieser Stelle heißt es …«

Seine Lippen vibrierten lautlos. Winzige Schweißperlen bildeten sich auf der Stirn und beschlossen, einen gemeinsamen Ausflug zu machen und die Nase zu besuchen. Die Augen tränten.

Manchen Leuten gefällt es, sich mit einem guten Buch an den Kamin zu setzen. Aber niemand, der noch alle Tassen im Schrank hat, würde es wagen, in einem Werk über Magie zu schmökern. Alle darin enthaltenen Worte führen ein ebenso gespenstisches wie rachsüchtiges Eigenleben, und wer sie zu lesen riskiert, lässt sich auf ein geistiges Freistilringen ein. So mancher junge Zauberer hat versucht, sich mit einem Band zu beschäftigen, der zu stark für ihn war. Wer in solchen Fällen die schrillen Schreie hörte und herbeieilte, fand nur noch leere Schnabelschuhe, aus denen der für solche Szenen obligatorische Rauch quoll – und ein Buch, das vielleicht ein wenig dicker geworden war. Wer mutig genug ist, sich in magischen Bibliotheken die Zeit zu vertreiben, dem können die entsetzlichsten Dinge zustoßen; im Vergleich dazu ist es kaum mehr als eine leichte Massage, sich von einem Ungeheuer aus den Kerkerdimensionen das Gesicht abreißen zu lassen.

Glücklicherweise handelte es sich bei Schneidguts Ausgabe um ein zensiertes und exorziertes Exemplar, in dem einige der gefährlichsten Seiten mit Klemmen zusammengesteckt waren. (In besonders stillen Nächten konnte der junge Zauberer trotzdem das leise, wütende Kratzen der eingekerkerten Worte hören, wie von einer Spinne, die in einer Streichholzschachtel gefangen ist. Wer schon einmal dicht neben jemandem gesessen hat, der einen Walkman trug, weiß sicher, welche Art von Geräusch gemeint ist.)

»Dies ist genau die richtige Stelle«, verkündete Schneidgut. »Hier heißt es, selbst die Götter …«

»Ich habe ihn schon einmal gesehen!«

»Wen?«

Mort zeigte mit einem zitternden Finger auf das Buch.

»Ihn!«

Schneidgut warf ihm einen skeptischen Blick zu und betrachtete dann die linke Seite. Das Bild dort zeigte einen älteren Zauberer, der ein Buch samt Kerze hielt und an unheilbarer Würde zu leiden schien.

»Das gehört nicht zur Magie«, sagte Schneidgut. »Es ist nur der Autor.«

»Was steht unter dem Bild?«

»Äh ... ›Wänn dem Lehser dises Buhch gefallen hatt, so interessiert er sich fiellaicht für ahndere Tittel fom glaichen ...‹«

»Nein, ich meine den Namen direkt unter der Abbildung!«

»Oh. ›Alberto Malich.‹ Jeder Zauberer kennt ihn. Schließlich hat er die Unsichtbare Universität gegründet.« Schneidgut lachte leise. »Im Hauptsaal gibt es eine berühmte Statue von ihm. Während eines Fests bin ich einmal an ihr hochgeklettert und habe ...« Er brach ab und gluckste.

Mort starrte wie gebannt auf das Bild.

»Sag mir ...«, flüsterte er. »Hat die Statue einen Tropfen an der Nasenspitze?«

»Ich glaube nicht«, sagte Schneidgut. »Immerhin besteht sie aus Marmor. Ich begreife überhaupt nicht, warum du so aufgeregt bist. Viele Leute wissen, wie Alberto Malich ausgesehen hat. Er war berühmt und ist es noch heute.«

»Er lebte vor langer Zeit, nicht wahr?«

»Vor ungefähr zweitausend Jahren. Hör mal, ich weiß nicht, warum du ...«

»Aber ich wette, er starb nicht«, sagte Mort. »Bestimmt verschwand er einfach, ja?«

Schneidgut überlegte einige Sekunden.

»Komisch, dass du das erwähnst«, erwiderte er langsam. »Ich kenne da eine Legende, in der es heißt, Malich habe sich auf einige höchst eigentümliche Dinge eingelassen. *Angeblich* hat er sich selbst in die Kerkerdimensionen geworfen, als er versuchte, den Ritus von AshkEnte rückwärts zu vollziehen. Man fand nur seinen Hut. Tragische Sache. Die ganze Stadt trauerte einen Tag lang, und viele Leute erwiesen seinem Hut die letzte Ehre. Es war nicht einmal ein besonders hübscher Hut – er hatte Brandflecken.«

»Alberto Malich«, murmelte Mort mehr zu sich selbst. »Höchst interessant.«

Er trommelte mit den Fingern auf den Tisch, und das Pochen klang seltsam gedämpft.

»Tut mir leid«, sagte Schneidgut. »Den Umgang mit Sirupbrötchen muss ich erst noch lernen.«

»Soweit ich es feststellen konnte, bewegt sich die Grenzfläche mit der Geschwindigkeit eines Spaziergängers.« Mort leckte sich geistesabwesend die Finger ab. »Kannst du sie nicht mit Magie aufhalten?«

Der Zauberer schüttelte den Kopf. »Nein, ich nicht«, erwiderte er und fügte fröhlich hinzu: »Sie würde mich plattquetschen.«

»Und was passiert, wenn sie das Schloss erreicht?«

»Oh, dann wohne ich wieder in der Mauergasse. Ich meine, in dem Fall habe ich mein Haus nie verlassen. Wenn sich die Kuppel um uns schließt, ist dies alles nie geschehen. Eigentlich schade. Das Essen im Palast ist sehr gut, und außerdem wäscht man meine Sachen. Gratis. Da wir gerade dabei sind: Wie weit ist die andere Realität entfernt?«

»Etwa zwanzig Meilen, schätze ich.«

Schneidgut rollte mit den Augen, starrte kurz zur Decke hoch und bewegte lautlos die Lippen. »Das bedeutet, sie trifft morgen gegen Mitternacht hier ein. Genau rechtzeitig zur Krönung.«

»Wessen Krönung?«

»Kelis Krönung.«

»Aber sie ist doch schon Königin, oder?«, fragte Mort.

»In gewisser Weise. Offiziell wird's erst, wenn man ihr die Krone aufs Haupt setzt.« Schneidgut lächelte. Im flackernden Kerzenschein bildete sein Gesicht ein undeutliches Schattenmuster. »Wenn ich es dir mit einem Vergleich erläutern darf: Es ist wie der Unterschied zwischen dem Ende des Lebens und dem Beginn des Todes.«

Vor zwanzig Minuten war Mort müde genug gewesen, um einfach irgendwo Wurzeln zu schlagen, doch jetzt spürte er, wie ihm das Blut in den Adern zu kochen begann. Es war die typische nervöse Energie, die spät in der Nacht ein Ventil sucht – und die man am nächsten Mittag bereut. Mort brauchte unbedingt Bewegung, um seine Muskeln daran zu hindern, aus schierem Übermut zu platzen.

»Ich gehe zu Keli«, sagte er. »Du kannst offenbar nichts für sie tun, aber vielleicht bin ich in der Lage, ihr zu helfen.«

»Wächter stehen vor ihrem Zimmer«, antwortete Schneidgut. »Das sei nur der Form halber erwähnt. Ich weiß natürlich, dass es für dich nicht den geringsten Unterschied macht.«

Mitternacht in Ankh-Morpork. Eigentlich spielte es keine Rolle: In der großen Zwillingsstadt bestand der einzige Unterschied zwischen Tag und Nacht darin, dass es nach Sonnenuntergang dunkler war. Auf den Marktplätzen herrschte das übliche Gedränge, und in den Bordellen ging es so turbulent zu wie eh und je. Verlierer im ewigen und undurchschaubaren Bandenkrieg schwammen mit Bleigewichten an den Füßen stromabwärts, und Dealer, die illegale und auch unlogische Freuden anboten, gingen ihren heimlichen Geschäften nach. Einbrecher brachen ein. Mörder mordeten. Messer blitzten im matten Sternenlicht, das auf dunkle Gassen herabglänzte. Astrologen begannen mit ihrem Tageswerk. Ein Nachtwächter, der sich in die Schatten verirrt hatte, hob seine Glocke und rief: »Zwölf Uhr und alles ist arrgghh …«

Die Handelskammer von Ankh-Morpork wäre sicher nicht sehr erfreut gewesen, wenn jemand behauptet hätte, der wichtigste Unterschied zwischen der Stadt und einem Sumpf sei die Anzahl der Alligatorbeine. Kritiker übersehen leicht die Tatsache, dass es in Ankh einige ausgewählte Bereiche gibt (vor allen Dingen auf den Hügeln), in denen man auf Wind hoffen darf, der den allgemeinen Gestank davonweht. Wenn man Glück hat, trägt eine sanfte Brise sogar die recht angenehmen Aromen von Träumesüßblüten und Duftegut-Veilchen heran.

In dieser besonderen Nacht gesellte sich Salpeter hinzu. Der Amtsantritt des Patriziers* jährte sich zum zehnten Mal; aus diesem Grund hatte er einige Freunde (insgesamt fünfhundert) auf einen Drink zu sich eingeladen und veranstaltete ein Feuerwerk. Im Palastgarten ertönte Gelächter sowie ein gelegentliches Stöhnen der Leidenschaft, und der Abend erreichte gerade sein interessantestes Stadium: Alle Anwesenden hatten mehr getrunken, als für sie gut war, aber noch nicht genug, um einfach umzufallen. In diesem Zustand ist man zu Dingen fähig, die einem für den Rest des Lebens die Schamesröte ins Gesicht treiben. Man bläst zum Beispiel ungeniert in Papiertröten und lacht so laut, dass es einem das Zwerchfell zerreißt.

Rund zweihundert Gäste des Patriziers taumelten und hüpften durch die sogenannte Schlangenreihe und vergnügten sich mit einem eher sonderbaren morporkianischen Volkstanz,

* Ankh-Morpork hat viele Regierungsformen ausprobiert und sich schließlich für die Art von Demokratie entschieden, die als Ein Bürger, Eine Stimme bekannt ist. Der Patrizier war Der Bürger. Er hatte Die Stimme.

der nur wenige Bedingungen stellte: Man musste viel getrunken haben, den Vordermann – oder die Vorderfrau – an der Taille festhalten, dauernd kichern und ab und zu laut schreien. Mit ohrenbetäubendem Gebrüll zog das menschliche Krokodil durch möglichst viele Zimmer (vorzugsweise durch solche mit zerbrechlichen Gegenständen), und die einzelnen Tänzer gaben sich große Mühe, in irgendeinem meist recht individuellen Takt das Bein zu heben. Dieses bunte Treiben dauerte schon seit einer halben Stunde an. Inzwischen hatten die Feiernden praktisch alle Räume durchquert, und unterwegs gesellten sich ihnen mehr oder weniger freiwillig weitere Leute hinzu, unter ihnen zwei Trolle, der Koch, der Oberfolterer des Patriziers, drei Kellner, ein Einbrecher, der zufällig vorbeikam, und ein kleiner Sumpfdrache.

Irgendwo in der Schlangenmitte wankte der dicke Lord Rodley von Quirm, Erbe des berühmten Quirm-Anwesens. Derzeit galt seine Aufmerksamkeit in erster Linie den dünnen Fingern, die ihn an der Taille berührten. Zwar schwamm das Gehirn in einem hochprozentigen Alkoholbad, aber einige Gedanken befreiten sich lange genug aus der Anästhesie, um den Sprechorganen einen Befehl zu übermitteln.

»Na so was!«, rief er über die Schulter, als sie zum elften Mal grölend durch die riesengroße Küche schwankten. »Bitte nicht so fest.«

ES TUT MIR AUSSERORDENTLICH LEID.

»Nichts für ungut, alter Knabe«, erwiderte Lord Rodley, hob das rechte Bein und verlor fast das Gleichgewicht. »Sind wir uns schon einmal begegnet?«

DAS HALTE ICH FÜR UNWAHRSCHEINLICH. WÜRDEST DU MIR BITTE DIE BEDEUTUNG DIESER SELTSAMEN AKTIVITÄT ERKLÄREN?

»Was?«, rief Lord Rodley, um ein lautes Klirren zu übertönen. Jemand hatte gerade die Tür einer gläsernen Vitrine eingetreten, und einige andere Leute bejubelten den Helden.

WAS HAT ES MIT UNSERER DERZEITIGEN VERHALTENSWEISE AUF SICH?, fragte die dunkle Stimme mit gletscherner Geduld.

»Besuchst du zum ersten Mal eine Party? Achte auf das Glas!«

LEIDER BEKOMME ICH NUR SELTEN GELEGENHEIT, AN FEIERN TEILZUNEHMEN. ICH WÄRE DIR SEHR DANKBAR, WENN DU MIR ÜBER DIESEN VORGANG AUFSCHLUSS GEBEN KÖNNTEST. HAT ER IRGENDETWAS MIT SEX ZU TUN?

»Solange wir nicht plötzlich anhalten, besteht keine Gefahr, wenn du verstehst, was ich meine«, antwortete der Lord und stieß seinen Hintermann mit dem Ellbogen an.

»Autsch«, fügte er gleich darauf hinzu. Weiter vorn deutete lautes Krachen auf das Ende einer Anrichte mit Dutzenden von kostbaren Porzellantellern hin.

NEIN.

»Wie?«

ICH VERSTEHE NICHT, WAS DU MEINST.

»Gib auf die Schlagsahne acht, man kann leicht auf ihr ausrutschen. Hör mal, es ist nur ein Tanz, klar? Man vergnügt sich damit. Man hat Spaß.«

SPASS.

»Genau. Dada, dada, da – und treten!« Seine Lordschaft zögerte.

WER IST DIESER SPASS?

»Es ist kein Wer, sondern ein Was. Spaß ist ein Gefühl.«

UND WIR HABEN SPASS?

»Bis eben war ich mir da ziemlich sicher«, erwiderte Rodley von Quirm ungewiss. Die Stimme dicht hinter ihm bereitete ihm Unbehagen. Sie schien inmitten seiner Gedanken zu erklingen.

WAS IST SPASS?

»Dies ist Spaß!«

MAN HAT SPASS, WENN MAN MÖGLICHST KRÄFTIG TRITT?

»Es gehört dazu. Und hoch das Bein!«

MAN HAT SPASS, WENN MAN LAUTE MUSIK IN VIEL ZU WARMEN ZIMMERN HÖRT?

»Durchaus möglich.«

WIE MACHT SICH SPASS BEMERKBAR?

»Er... Meine Güte, entweder man hat Spaß, oder man hat keinen. Man braucht niemanden zu fragen; man weiß Bescheid, wenn man sich vergnügt, klar?« Mit einem Hauch von Argwohn fügte er hinzu. »Wie bist du überhaupt hierhergekommen? Kennst du den Patrizier?«

IN GEWISSER WEISE ERLEICHTERT ER MIR DIE ARBEIT. ICH BIN STRENG GENOMMEN NICHT EINGELADEN WORDEN UND NUR GEKOMMEN, UM ZU LERNEN UND MEHR ÜBER MENSCHLICHE EMPFINDUNGEN HERAUSZUFINDEN.

»Klingt so, als sei das ziemlich mühsam für dich.«

MAG SEIN. BITTE ENTSCHULDIGE MEINE BEKLAGENSWERTE UNWISSENHEIT. MEIN EINZIGER WUNSCH BESTEHT DARIN, INFORMATIONEN ZU SAMMELN, DIE MIR NEUE ERKENNTNISSE ERMÖGLICHEN. ALL DIE LEUTE HIER, VERGNÜGEN SIE SICH?

»Ja!«

DANN IST DIES ALSO SPASS.

»Freut mich, dass wir diesen Punkt geklärt haben«, brummte Lord Rodley. »Achtung, ein Stuhl!«, fügte er hinzu und fühlte sich plötzlich unangenehm nüchtern. Die farbigen Nebel unbekümmerter Heiterkeit wichen dem Grau verwirrten Ernstes.

Hinter ihm ertönte erneut die bleierne Stimme. DIES IST SPASS. MAN HAT SPASS, WENN MAN VIEL TRINKT. WIR HABEN SPASS. ER HAT SPASS. DIES IST IRGENDWIE SPASSIG.

WELCH EIN SPASS.

Hinter Tod hielt sich der kleine Sumpfdrache des Patriziers

mit grimmiger Entschlossenheit an knöchernen Hüften fest und dachte: Ob Wächter oder nicht, wenn wir das nächste Mal an einem offenen Fenster vorbeikommen, mache ich mich aus dem Staub.

Keli strich die Decke zurück, setzte sich abrupt auf und saß kerzengerade.

»Bleib stehen und komm nicht näher!«, sagte sie. »Wächter!«

»Wir konnten ihn nicht aufhalten«, sagte der erste Soldat und spähte verlegen am linken Türrahmen vorbei.

»Er hat einfach nicht auf uns geachtet«, ließ sich der zweite von der rechten Seite her vernehmen.

»Und der Zauberer meinte, es sei alles in Ordnung. Man teilte uns mit, alle müssten auf ihn hören, weil …«

»Schon gut, schon gut«, sagte Keli gereizt: »Glücklicherweise hatte ich nicht sofort den Finger am Drücker, andernfalls wäre jemand gestorben.« Sie legte die Armbrust aufs Nachtschränkchen, vergaß jedoch, die Waffe zu sichern.

Es klickte leise, und eine gespannte Sehne knarrte. Metall kratzte über festes Holz, und Mort hörte ein leises Surren, gefolgt von dumpfem Stöhnen. Es stammte von Schneidgut.

Mort drehte sich um.

»Ist alles in Ordnung mit dir?«, fragte er. »Bist du verletzt?«

»Nein«, erwiderte der Zauberer und schnaufte. »Nein, der Bolzen hat mich nicht getroffen. Wie fühlst du dich?«

»Ein bisschen müde, aber sonst ganz gut. Weshalb fragst du?«

»Oh, nur so. Du spürst keinen seltsamen Luftzug? Hast du nicht den Eindruck, irgendwo undicht zu sein?«

»Nein. Warum?«

»Oh, nur so, nur so.« Schneidgut wandte sich um und beobachtete aufmerksam die Wand hinter Mort.

»Gönnt man Toten überhaupt keine Ruhe?«, fragte Keli bitter. »Ich dachte immer, wenn man gestorben ist, kann man endlich mal richtig ausschlafen.« Sie schien geweint zu haben, und Mort begriff mit erstaunlicher Menschenkenntnis, dass sie ihre Tränen lieber verborgen hätte. Sie fühlte sich ertappt, was noch mehr Ärger in ihr weckte.

»Das ist nicht fair«, erwiderte er. »Ich bin nur gekommen, um zu helfen. Stimmt's, Schneidgut?«

»Hmm?«, fragte der Zauberer. Misstrauisch starrte er auf den Bolzen, der sich tief in die Wand gebohrt hatte. »O ja. Er meint es ernst. Aber er wird sich vergeblich bemühen. Äh, hat jemand eine Schnur?«

»Du willst helfen?«, platzte es aus Keli heraus. »Helfen? Wenn du nicht gewesen wärst ...«

»Lägst du bereits in einem Grab«, sagte Mort. Die Prinzessin musterte ihn verblüfft.

»Aber dann hätte ich alles vergessen«, entgegnete sie nach einer Weile und schluchzte leise. »Tote haben kein besonders gutes Gedächtnis. Tote leiden nicht. Tote ...«

»... sind tot«, warf Mort bedeutungsvoll ein. »Sie zeichnen sich durch einen eklatanten Mangel an Leben aus.«

»Ich glaube, ihr könnt jetzt gehen«, sagte Schneidgut zu den beiden Wächtern, die versuchten, möglichst unauffällig zu wirken. »Aber gebt mir bitte den einen Speer. Ja, danke.«

»Mein Pferd steht draußen«, fügte Mort hinzu. »Und du weißt sicher, dass es kein gewöhnliches Pferd ist. Ich kann dich an jeden gewünschten Ort bringen. Du brauchst nicht hierzubleiben.«

»Mit der Monarchie kennst du dich nicht besonders gut aus, oder?«, fragte Keli.

»Äh, nein?«

»Sie meint Folgendes: besser eine tote Königin im eigenen

Schloss als eine lebendige Bürgerliche irgendwo anders.« Schneidgut rammte den Speer dicht neben dem Bolzen in die Wand und sah am Schaft entlang. »Das hätte ohnehin keinen Zweck. Nicht etwa der Palast ist das Zentrum der Kuppel, sondern sie.«

»Wer?«, fragte Keli. Ihre Stimme hätte Milch einen Monat lang frischhalten können.

»Euer Hoheit«, erwiderte Schneidgut automatisch, presste die Wange an den Schaft und kniff das eine Auge zu.

»Vergiss das nicht!«

»Ich werde es nicht vergessen, obgleich das überhaupt keine Rolle spielt«, antwortete der Zauberer. Er zog den Bolzen aus der Wand und prüfte aufmerksam die Spitze.

»Wenn du im Schloss bleibst, ist dein Tod gewiss«, sagte Mort.

»Meinetwegen«, sagte Keli. »Dann zeige ich der Scheibenwelt, wie eine Königin stirbt.« Sie gab sich so stolz, wie es ihr rosarotes und mit Blümchen gemustertes Nachthemd zuließ.

Mort nahm auf dem Fußende des Bettes Platz und schlug die Hände vors Gesicht.

»Ich *weiß*, wie Königinnen sterben«, murmelte er. »Wie alle anderen Menschen auch. Warum bist du so versessen auf den Tod? Ich kenne einige Leute, denen es weitaus lieber wäre, wenn du am Leben bleibst.«

»Entschuldigt bitte, ich würde mir gern die Armbrust ansehen«, sagte Schneidgut im Plauderton und trat ans Nachtschränkchen heran. »Achtet überhaupt nicht auf mich.«

»Ich bin bereit, mich meinem Schicksal mit der gebührenden Würde zu stellen«, sagte Keli, doch in ihrer Stimme zitterte eine Spur von Unsicherheit.

»Nein, da irrst du dich. Ich weiß, wovon ich rede. Glaub mir. Der Tod ist nicht würdevoll. Man stirbt einfach, und damit hat es sich.«

»Es kommt eben auf das Wie an. Ich werde vornehm sterben, so wie Königin Ezeriel.«

Mort runzelte die Stirn. Die Geschichte der Scheibenwelt war ihm ein Buch mit sieben Siegeln: »Königin Ezeriel?«

»Sie lebte in Klatsch, hatte viele Liebhaber und setzte sich auf eine Schlange«, sagte Schneidgut, während er die Sehne der Armbrust spannte.

»Mit voller Absicht! Sie litt an Liebeskummer!«

»Ich weiß nur, dass sie großen Gefallen daran fand, in Eselsmilch zu baden«, erwiderte der Zauberer. »Die Geschichte ist schon komisch. Man wird Königin, regiert dreißig Jahre lang, erlässt Gesetze, erklärt anderen Staaten den Krieg... Und schließlich erinnern sich die Leute nur daran, dass man nach Joghurt roch und von einer Schlange in den...«

»Ezeriel gehört zu meinen Vorfahren«, unterbrach ihn Keli scharf. »Ich bestehe darauf, dass ihr Andenken in Ehren gehalten wird.«

»Wie wär's, wenn ihr endlich still seid und mir zuhört?«, rief Mort verzweifelt.

Die Prinzessin und der Zauberer schwiegen.

Schneidgut seufzte leise, richtete die Armbrust auf Morts Rücken und betätigte den Auslöser.

Die Nacht marschierte heran, verlangte ihre ersten Opfer und setzte den Weg fort. Selbst die wildesten Feiern endeten, und vom Lachen und Trinken erschöpfte Gäste torkelten nach Hause, um zu schlafen. Manche fanden nicht ins eigene Bett, sondern erwachten später unter fremden Decken. Jene müden Wanderer waren nur Strandgut eines anderen Zeitstroms, und während sie schnarchend in ihr angestammtes Territorium zurückkehrten (den Tag), begannen die wahren

Überlebenden der Nacht mit den ernsten Geschäften der Finsternis.

Sie ähnelten denen, die der Stadt Ankh-Morpork während des hellen Sonnenscheins eine für sie typische Vitalität verliehen. Es gab nur zwei kleine Unterschiede: Man versteckte die Messer nicht mehr, und kaum jemand lächelte.

In den Schatten herrschte Stille, abgesehen von den Pfeifsignalen der Diebe und dem leisen Stöhnen von Leuten, die einen sehr persönlichen und ziemlich endgültigen Konkurs anmeldeten.

In der Schinkengasse begann gerade das berühmt-berüchtigte Würfelspiel des Rheumatischen Wa. Mehrere Dutzend in Kapuzenmäntel gehüllte Gestalten hockten im Kreis und beobachteten, wie Was drei achtseitige Würfel über den festgetretenen Boden tanzten und irreführende Lektionen in statistischer Wahrscheinlichkeit erteilten.

»Drei!«

»Tuphals Augen, bei Io!«

»Der weiß, wie man mit den Dingern umgeht, M'guk!«

EIN KLACKS.

Der Bucklige M'guk – ein kleiner plattgesichtiger Mann, der einem mittwärtigen Stamm angehörte und dessen Geschick mit den Würfeln überall dort gerühmt wurde, wo sich zwei Männer einfanden, um einen dritten zu schröpfen – griff nach den drei kleinen Objekten und starrte auf sie hinab. Er fluchte stumm und begriff, dass Wa mit den Würfeln kaum weniger gut umzugehen verstand, eine bittere Erkenntnis, die ihn bereits mehrere Münzen gekostet hatte. Doch sein Zorn galt in erster Linie dem namenlosen Spieler, der ihm direkt gegenübersaß. Er wünschte ihm einen vorzeitigen und möglichst schmerzvollen Tod.

M'guk versuchte es mit einem neuen Wurf.

»Dreimal sieben macht einundzwanzig, Freundchen!«, verkündete er triumphierend.

Wa griff nach den Würfeln, reichte sie dem Fremden, wandte sich anschließend an den Buckligen und zwinkerte kurz. M'guk schnaufte leise und beeindruckt. Er hatte aufmerksam nach einem Trick Ausschau gehalten, und doch wäre ihm die flüchtige Bewegung fast entgangen. Was täuschend krumme Finger konnten sehr flink sein.

Ein seltsames Klappern ertönte, als der Fremde die Hand schüttelte und sie ruckartig öffnete. Drei Würfel sausten in einem weiten Bogen durch die Luft, fielen auf den Boden und zeigten vierundzwanzig Punkte.

Einige der erfahreneren Spieler wichen von dem Unbekannten fort. Wer beim Würfelspiel des Rheumatischen Wa zu viel Glück hatte, bekam später häufig Anlass, es zu bedauern.

Wa blickte auf die Würfel, und in seinen Augen glänzten die Klingen imaginärer Dolche.

»Drei Achten«, hauchte er. »Ein derartiges Glück ist geradezu unheimlich.«

Die übrigen Leute verstanden die Warnung und ließen sich von der Nacht verschlucken. Zurück blieben nur einige stämmige, muskulöse und recht finster dreinblickende Männer. In einer Einkommensteuererklärung hätte Wa ihr Gehalt vermutlich unter dem Punkt ›Werkschutz‹ abgesetzt.

»Aber vielleicht ist es gar kein Glück«, fügte er hinzu. »Vielleicht steckt Zauber dahinter.«

DIESE BEMERKUNG IST NICHT SEHR NETT.

»An unserem Spiel nahm einmal ein Zauberer teil, der sich schnelles Geld erhoffte«, sagte Wa. »Ich kann mich nicht mehr genau daran erinnern, was aus ihm wurde. Wisst ihr es noch, Jungs?«

»Er bekam eine Abreibung ...«

»Wir ließen ihn in der Schweinestraße zurück ...«

»... und im Honigweg ...«

»... und an einigen anderen Orten.«

Der Fremde stand auf. Die anderen Männer folgten seinem Beispiel und näherten sich ihm.

EIN SOLCHES VERHALTEN IST UNGERECHTFERTIGT. ICH BIN NUR HIER, UM ZU LERNEN. WARUM HABEN MENSCHEN SOLCHE FREUDE DARAN, DAS GESETZ DES ZUFALLS HERAUSZUFORDERN?

»Zufall hat damit nichts zu tun. Knöpft ihn euch vor, Jungs!«

An die folgenden Ereignisse entsann sich später keine lebende Seele, abgesehen von der einer streunenden Katze. Sie war auf dem Weg zu einer Verabredung, kam zufällig vorbei und sah interessiert zu.

Was Schurken holten mit ihren Messern aus, doch plötzlich erstarrten sie. Grelles violettes Licht flackerte ihnen entgegen. Der Fremde schob die Kapuze zurück, griff nach den Würfeln und drückte sie dem Rheumatischen Wa in die Hand, der verwirrt den Mund öffnete und ihn dann wieder zuklappte. Der Spieler blinzelte mehrmals und versuchte vergeblich, das zu übersehen, was sich viel zu deutlich seinen Blicken darbot. Und grinste.

WIRF!

Es gelang Wa, den Kopf zu senken und auf die Hand hinabzustarren.

»Worin besteht der Einsatz?«, flüsterte er.

WENN DU GEWINNST, NIMMST DU DEINE LÄCHERLICHEN BEHAUPTUNGEN ZURÜCK, DAS LEBEN DER MENSCHEN SEI ZUM GRÖSSTEN TEIL VOM ZUFALL BESTIMMT.

»Ja. Ja. Und wenn ich ... verliere?«

DANN WIRST DU DIR WÜNSCHEN, GEWONNEN ZU HABEN.

Wa wollte schlucken, aber seine Kehle war knochentrocken. »Ich weiß, dass ich viele Leute umgebracht habe, aber ...«

DREIUNDZWANZIG, UM GENAU ZU SEIN.

»Ist es zu spät, Reue zu zeigen?«

DA BIST DU BEI MIR AN DER FALSCHEN ADRESSE. WIRF JETZT.

Wa dachte nicht einmal daran, richtig auszuholen: Er kniff die Augen zu, ließ die Würfel einfach zu Boden fallen und hielt die Lider gesenkt.

DREI ACHTEN. NA BITTE. WAR DOCH GAR NICHT SO SCHWER, ODER?

Wa fiel in Ohnmacht.

Tod hob die knöchernen Schultern, ging fort und blieb nur kurz stehen, um die Katze hinter den Ohren zu kraulen. Er summte leise vor sich hin. Zwar wusste er nicht so recht, was mit ihm geschah, aber er fand Gefallen daran.

Du konntest unmöglich sicher sein, dass es klappt!«

Schneidgut breitete beschwichtigend die Arme aus.

»Nein, das nicht«, gestand er. »Aber ich dachte: Was haben wir schon zu verlieren?« Er wich zurück.

»Du meinst, was hattest *du* schon zu verlieren!«, rief Mort. Verärgert trat er vor und zog den Armbrustbolzen aus dem Bettpfosten.

»Willst du etwa behaupten, dieses Ding sei einfach durch mich hindurchgeflogen?«, fragte er scharf.

»Ich habe alles genau beobachtet«, stellte der Zauberer fest.

»Ich hab's ebenfalls gesehen«, warf Keli ein. »Es war schrecklich. Der Bolzen kam genau dort zum Vorschein, wo eigentlich dein Herz sein sollte.«

»Du bist durch eine marmorne Säule gegangen«, sagte Schneidgut.

»Und durch das Fenster dort geritten«, fügte Keli hinzu.

»Ja, aber das alles geschah, während ich im *Dienst* war«,

erwiderte Mort und winkte. »Während ich die PFLICHT wahrnahm. Das ist ganz etwas anderes. Und außerdem …«

Er zögerte. »Eure Blicke«, sagte er. »Genauso haben mich heute Abend die Leute in der Schenke angesehen. Stimmt was nicht?«

»Mit dem einen Arm hast du gerade *durch* den Bettpfosten gewinkt«, sagte Keli leise.

Mort betrachtete seine Hand und klopfte ans Holz.

»Na? Völlig fest. Ein ganz normaler Pfosten. Ziemlich stabil.«

»Du hast eben einige Leute in einer Schenke erwähnt«, brummte Schneidgut. »Was geschah dort? Bist du durch die Wand gegangen?«

»Nein! Ich habe nur etwas getrunken, eine Spezialität, die man Knieweich nennt …«

»Knieweich?«

»Ja. Schmeckt nach faulen Äpfeln. Und die Leute starrten mich an, als hätte ich Gift geschluckt.«

»Wie viel hast du getrunken?«, fragte Schneidgut.

»Einen Krug, nehme ich an. Ich habe kaum darauf geachtet …«

»Wusstest du, dass Knieweich das stärkste alkoholische Getränk zwischen hier und den Spitzhornbergen ist?« Der Zauberer schnitt eine Grimasse.

»Nein.« Mort schüttelte den Kopf. »Davon hat mir niemand etwas gesagt. Was spielt das für eine Rolle?«

»Du hattest wirklich keine Ahnung, nicht wahr?« Schneidgut nickte langsam. »Vielleicht gibt uns das einen Hinweis.«

»Hat es etwas mit Kelis Rettung zu tun?«

»Wahrscheinlich nicht. Trotzdem würde ich gern einen Blick in meine Bücher werfen.«

»Dann ist es unwichtig«, sagte Mort.

Er wandte sich an die Prinzessin, in deren Augen nun ein Hauch von Bewunderung glomm.

»Ich glaube, ich kann dir helfen«, verkündete er. »Ich glaube, ich kann uns mächtige Magie verschaffen. Mit Zauberei wäre es doch möglich, die Grenzfläche aufzuhalten, Schneidgut, oder?«

»Mit meiner nicht. Es müsste wirklich starke Magie sein, und selbst dann wäre gesunde Skepsis angebracht. Die Realität ist recht hartnäckig …«

»Ich mache mich sofort auf den Weg«, verkündete Mort. »Bis morgen. Lebt wohl!«

»Es ist bereits Morgen«, entgegnete Keli.

Mort seufzte.

»Na schön.« Er fühlte sich ein wenig aus dem Konzept gebracht. »Ich hebe mich jetzt von dannen!«

»Du hebst dich was?«

»So reden Helden«, erklärte Schneidgut, deutete auf Mort und tippte sich kurz an die Stirn.

Tods Lehrling schnitt eine finstere Miene, bedachte Keli mit einem aufmunternden Lächeln und verließ das Zimmer.

»Er hätte wenigstens die Tür öffnen können«, maulte die Prinzessin.

»Ich glaube, er war viel zu verlegen, um daran zu denken«, überlegte Schneidgut laut. »Irgendwann erlebt jeder so etwas.«

»Du meinst, irgendwann gehen wir alle durch geschlossene Türen?«

»Im übertragenen Sinn. Meistens begnügen wir uns damit, in ein Fettnäpfchen zu treten.«

»Ich werde jetzt schlafen«, stellte Keli fest. »Selbst Tote brauchen Ruhe. Hör endlich auf, an der Armbrust herumzufummeln, Schneidgut! Ich bezweifle, dass es sich für einen Zauberer gehört, allein in einem Damenzimmer zu sein.«

»Hmm? Ich bin doch gar nicht allein, oder? Du bist ebenfalls hier, stimmt's?«

»Eben«, bestätigte Keli. »Genau darum geht es, nicht wahr?«

»Oh. Ja. Ich verstehe. Äh. Also bis morgen.«

»Gute Nacht, Schneidgut. Schließ bitte die Tür hinter dir!«

Die Sonne kletterte über den Horizont, gab sich einen Ruck und kroch am Firmament empor.

Es würde jedoch noch eine Weile dauern, bis das langsame, träge Licht über die Scheibenwelt kroch und die Nacht vertrieb. Die Herrschaft der Schatten über Ankh-Morpork blieb zunächst ungebrochen.

Derzeit drängten sich die Schemen in der Filigranstraße zusammen, genauer gesagt: bei der *Geflickten Trommel*, die zu den bekanntesten Schenken der Stadt gehörte. Ihr Ruf gründete sich nicht etwa auf das Bier, das wie Spülwasser aussah und wie Batteriesäure schmeckte, sondern basierte auf der besonderen Kundschaft. Wenn man lange genug in der *Trommel* sitzt, so heißt es, wird früher oder später jeder wichtige Held der Scheibenwelt versuchen, einem das Pferd zu stehlen.

Nach wie vor erklangen laute Stimmen in der Taverne, und Rauch bildete dichte Wolken. Der Wirt hielt den Zeitpunkt für gekommen, Feierabend zu machen, und versuchte, den Anwesenden mit einem demonstrativen Gebaren sein Ruhebedürfnis zu verdeutlichen: Er löschte einige Lampen, zog die große Standuhr auf, bedeckte die Zapfhähne mit einem Tuch und vergewisserte sich, dass die Keule mit den Nägeln griffbereit unter der Theke lag. Die Männer an den Tischen schenkten ihm natürlich nicht die geringste Beachtung. Für die meisten Gäste in der *Geflickten Trommel* wäre selbst der dicke Knüppel kaum mehr gewesen als nur ein zarter Hinweis.

Dennoch waren sie aufmerksam genug, um vages Unbehagen angesichts der hochgewachsenen und recht finsteren

Gestalt zu empfinden, die am Tresen lehnte und sich langsam durch den ganzen Barbestand trank.

Einsame, hingebungsvolle Trinker erzeugen im Allgemeinen ein mentales Kraftfeld, das ihnen eine ungestörte Privatsphäre gewährleistet. Doch dieser spezielle Kunde strahlte eine fatalistische Düsternis aus, die allmählich für Leere und Stille sorgte.

Was den Wirt keineswegs betrübte: Der Fremde vor der Theke führte ein teures Experiment durch.

Man findet sie in jeder einigermaßen gut ausgestatteten Taverne im Multiversum: Regale mit seltsam geformten staubigen Flaschen, die exotische Spezialitäten enthalten, meistens blaue oder grüne Flüssigkeiten, aber auch andere eher seltsame Dinge, die normale Flaschen nie in sich aufnähmen. Zum Beispiel irgendwelche Früchte, kleine Zweige oder, in extremen Fällen, ertrunkene Eidechsen. Niemand weiß, warum Wirte so großen Wert auf derartige Getränke legen, denn in der Mehrzahl schmecken sie wie eine Mischung aus Sirup und Terpentin. Vielleicht hoffen sie darauf, dass eines Tages ein Fremder das Lokal betritt und Pfirsichmarinade Mit Einem Schuss Pfefferminz bestellt – ein Ereignis, das die betreffende Schenke über Nacht zu einer Sehenswürdigkeit machen würde.

Der ersehnte Fremde stand an der Theke und arbeitete sich durch ein Regal.

WAS IST MIT DER GRÜNEN FLASCHE?

Der Wirt blickte aufs Etikett.

»Angeblich Melonencognac«, sagte er skeptisch. »Hier steht, der Brandy sei von Mönchen nach einem uralten Rezept hergestellt«, fügte er hinzu.

ICH PROBIERE IHN.

Der Wirt beobachtete die leeren Gläser auf dem Tresen. Einige von ihnen enthielten Reste von Fruchtsalat, aufgespießte Kirschen und kleine Sonnenschirme aus Papier.

»Hast du wirklich noch nicht genug?«, fragte er und hielt vergeblich Ausschau nach dem Gesicht des Unbekannten.

Das Glas – die Flüssigkeit darin kristallisierte an den Rändern – verschwand unter der Kapuze und kam einige Sekunden später wieder zum Vorschein. Leer.

NEIN. UND NUN DIE GELBE FLASCHE MIT DEN WESPEN.

»Frühlingsfrische. Ein Schluck gefällig?«

JA. ANSCHLIESSEND DIE BLAUE FLASCHE MIT DEN GOLDENEN FLECKEN.

»Äh, Haumichum?«

JA. UND DANN DAS ZWEITE REGAL.

»Welche Flasche hast du im Sinn?«

ALLE.

Der Fremde stand völlig gerade, leerte die Gläser mit ihrem Inhalt aus Sirup und verschiedenen Obstteilen wie im Akkord.

Das ist Stil, dachte der Wirt begeistert. Wenn's so weitergeht, lege ich mir eine rote Jacke zu und stelle kleine Schalen mit Erdnüssen und Essiggurken auf die Theke. Vielleicht hänge ich sogar ein paar Spiegel auf und ersetze das Sägemehl. Er griff nach einem biernassen Lappen und begann gut gelaunt damit, den Tresen zu putzen. Unglücklicherweise verwischte er einige Tropfen Frühlingsfrische, die einen bunten Striemen auf dem Holz bildeten und sich sofort durch den Lack fraßen. Der letzte Stammkunde setzte seinen Hut auf, brummte etwas Unverständliches und ging.

ICH VERSTEHE DAS NICHT, sagte der Fremde.

»Bitte?«

ES MÜSSTE DOCH ETWAS GESCHEHEN, ODER?

»Wie viele Gläser hast du getrunken?«

SIEBENUNDVIERZIG.

»Dann kann praktisch alles passieren«, sagte der Wirt. Er kannte seinen Job und wusste, was von ihm erwartet wurde, wenn jemand allein und spät in der Nacht, beziehungsweise früh am Morgen, trank. Er hob seine Schürze, säuberte damit ein Glas und fragte: »Deine bessere Hälfte hat dich rausgeworfen, stimmt's?«

WIE MEINST DU DAS?

»Du ertränkst deinen Kummer, nicht wahr?«

ICH HABE KEINEN KUMMER.

»Nein, natürlich nicht. Vergiss meine letzten Worte einfach.« Nachdenklich rieb er das Glas. »Weißt du, manchmal hilft es, mit jemandem zu reden.«

Der Fremde schwieg einige Sekunden lang und dachte nach. Schließlich erwiderte er: DU MÖCHTEST MIT MIR SPRECHEN?

»Ja, natürlich. Ich bin ein guter Zuhörer.«

NOCH NIE HAT JEMAND DEN WUNSCH GEÄUSSERT, SICH MIT MIR ZU UNTERHALTEN.

»Wie schade.«

MAN LÄDT MICH AUCH NIE ZU PARTYS EIN.

»Ts, ts.«

ALLE HASSEN MICH. ALLE. ICH HABE KEINEN EINZIGEN FREUND.

»Jeder braucht einen Freund«, sagte der Wirt weise.

ICH GLAUBE ...

»Ja?«

ICH GLAUBE, ICH KÖNNTE MICH MIT DER GRÜNEN FLASCHE ANFREUNDEN.

Der Wirt schob die achteckige Flasche über den Tresen. Tod griff danach und hielt sie über sein Glas. Ölige Flüssigkeit zischte leise.

DU GLAUBSCHT, ICH SCHEI BETRUNKEN NICHT WAHR?

»Ich bediene jeden, der noch auf beiden Beinen stehen kann«, erwiderte der Wirt.

UND DASCH ISCHT AUCH VÖLLIG RICHTIG. ABER ICH ...

Der Fremde zögerte, während ein rhetorischer Zeigefinger zur Decke deutete.

WORÜBER SPRACHEN WIR GERADE?

»Du glaubst, ich hielte dich für betrunken.«

AH. JA. ABER ICH KANN JEDERZEIT NÜCHTERN WERDEN. DIESCH ISCHT EIN EXPERIMENT. ICH WÜRDE JETZT GERN NOCH EINMAL MIT DER ORANGEFARBENEN FLASCHE EKSCHPERIMENTIEREN.

Der Wirt seufzte und sah auf die Uhr. Zweifellos verdiente er eine Menge Geld, zumal der Fremde nicht geneigt zu sein schien, um die Zeche zu feilschen oder das Wechselgeld zu zählen. Andererseits: Es wurde allmählich spät, so spät, dass es früh wurde. Hinzu kam eine seltsame Aura des Unbekannten, die Besorgnis in ihm weckte. Viele seiner Gäste tranken, als gäbe es kein Morgen, aber jetzt hielt er es zum ersten Mal für möglich, dass sie recht hatten.

ICH MEINE, WASCH HÄLT DIE ZUKUNFT SCHON FÜR MICH BEREIT? HAT DIESCH IRGENDEINE BEDEUTUNG FÜR MICH? WO ISCHT DER SCHINN DESCH GANZEN?

»Keine Ahnung, Kumpel. Ich schlage vor, du schläfst ein paar Stunden. Dann fühlst du dich bestimmt besser.«

ICH SCHOLL SCHLAFEN? OH, ICH SCHLAFE NICHT. ICH KOMME NIE ZUR RUHE. MUSCH DAUERND DIE SCHENSCHE SCHWINGEN.

»Jeder braucht seinen Schlaf. Selbst ich«, betonte der Wirt.

ALLE HASCHEN MICH, WEISCHT DU.

»Ja, das hast du schon erwähnt. Übrigens: Es ist schon fast drei.«

Der Fremde drehte sich um, wankte und starrte durch den leeren Schankraum.

DIE ANDEREN LEUTE SCHIND GEGANGEN, stellte er fest. WIR BEIDE SCHIND DIE LETZTEN.

Der Wirt hob die Klappe der Theke und trat an den Unbekannten heran.

ICH HABE KEINEN EINZIGEN FREUND. SELBST KATZEN HALTEN MICH NUR FÜR AMÜSANT.

Ruckartig streckte er die Hand aus und griff nach einer Flasche mit Wulstlingschnaps. Er nahm einen Schluck, während ihn der Wirt in Richtung Tür dirigierte und sich fragte, wie ein so dünner Mann derart schwer sein konnte.

WIE ICH EBEN SCHON SAGTE: ICH KANN JEDERZEIT NÜCHTERN WERDEN. WARUM SIND MENSCHEN GERN BETRUNKEN? MACHT ESCH IHNEN SPASS?

»Es hilft ihnen, das Auf und Ab des Lebens zu vergessen, alter Knabe. Insbesondere das Ab. Lehn dich einfach an die Wand. Ich öffne nur rasch die Tür.«

SCHIE WOLLEN IHR LEBEN VERGESCHEN? HA. HA.

»Du bist mir jederzeit willkommen, hörst du?«

DU WÜRDESCHT DICH WIRKLICH FREUEN, WENN ICH DICH NOCH EINMAL BESCHUCHE?

Der Wirt betrachtete den Münzstapel auf der Theke – seiner Ansicht nach war eine solche Zeche durchaus die eine oder andere Überstunde wert. Außerdem schien der Fremde recht harmlos und gutmütig zu sein.

»Selbstverständlich«, erwiderte er, führte die hochgewachsene Gestalt nach draußen und nahm ihr mit einer geübten Bewegung die Flasche ab. »An meiner Theke ist immer ein Platz für dich frei.«

DAS SIND DIE NETTESTEN WORTE, DIE ICH JEMALS ...

Die Tür fiel ins Schloss und verschluckte den Rest des Satzes.

Ysabell setzte sich in ihrem Bett auf.

Erneut das Klopfen, leise und drängend. Sie zog die Decke bis zum Kinn hoch.

»Wer ist da?«, flüsterte sie.

»Ich bin's, Mort«, antwortete eine gedämpfte Stimme. »Mach auf, bitte!«

»Warte!«

Ysabell beugte sich rasch zum Nachtschränkchen vor, tastete nach den Streichhölzern, kippte dabei ein Fläschchen Duftwasser um und stieß eine Schachtel Schokoladenplätzchen beiseite, die nur noch leeres Papier enthielt. Einige Sekunden später rückte sie die angezündete Kerze etwas näher heran und zupfte den Ausschnitt ihres Nachthemds zurecht, um eine möglichst große Wirkung zu erzielen. »Es ist nicht abgeschlossen.«

Mort wankte ins Zimmer, roch nach Pferd, Raureif und Knieweich.

»Ich hoffe, dass du nicht hier eindringst, um meine Hilflosigkeit auszunutzen«, sagte Ysabell schelmisch.

Mort sah sich erstaunt um. Ganz offensichtlich hatte Ysabell eine Vorliebe für Rüschen. Selbst die Frisierkommode erweckte den Eindruck, einen Unterrock zu tragen. Das Zimmer war nicht in dem Sinne eingerichtet, sondern eher bekleidet.

»Für solchen Unsinn habe ich keine Zeit«, sagte Mort. »Nimm die Kerze! Begleite mich in die Bibliothek! Und zieh dir um Himmels willen etwas anderes an! Du platzt ja aus allen Nähten.«

Ysabell sah an sich hinab und hob ruckartig den Kopf.

»Unerhört!«

Mort stand bereits wieder im Flur. »Es geht um Leben und Tod«, verkündete er bedeutungsvoll und trat zur Seite.

Ysabell beobachtete, wie die Tür hinter ihm zuschwang. An der Rückseite hing ein blauer, mit Troddeln verzierter Morgenmantel, den ihr Tod am vergangenen Jahreswechsel geschenkt hatte. Sie verabscheute das Ding. Es war eine Nummer zu klein, und außerdem zeigte sich an der einen Tasche die Rüschendarstellung eines Kaninchens. Trotzdem brachte sie nicht den Mut auf, den Umhang einfach wegzuwerfen – selbst Tod verdiente es, dass man auf seine Gefühle Rücksicht nahm.

Das Mädchen dachte eine Zeit lang nach, seufzte, stand auf und streifte das grässliche Kleidungsstück über. Dann schlenderte es in den Korridor. Mort wartete ungeduldig.

»Mein Vater könnte uns hören«, sagte Ysabell.

»Er ist noch nicht zurück. Komm!«

»Woher willst du das wissen?«

»Wenn er hier ist, herrscht im Haus eine andere Atmosphäre. Es ist wie ... wie der Unterschied zwischen einem Mantel, der getragen wird oder am Haken hängt. Hast du das noch nie bemerkt?«

»Welche wichtige Aufgabe erwartet uns?«

Mort schob die Tür der Bibliothek auf. Warme, trockene Luft wehte ihm entgegen, und die Angeln stimmten ein protestierendes Quietschen an.

»Wir müssen jemandem das Leben retten«, antwortete er. »Einer Prinzessin, wenn du's genau wissen willst.«

Ysabell war sofort fasziniert.

»Geht es um eine *richtige* Prinzessin? Ich meine, kann sie eine Erbse durch zwölf Matratzen spüren?«

»Ob sie ...«, begann Mort. Erinnerte Verwirrung wich plötzlichem Verstehen. »Oh. Ja. Ich *wusste* doch, dass Albert etwas durcheinandergebracht hat.«

»Liebst du sie?«

Mort blieb abrupt zwischen den Regalen stehen und lauschte dem emsigen Kratzen zwischen den einzelnen Buchrücken.

»Es fällt es mir sehr schwer, sicher zu sein«, entgegnete er vorsichtig. »Sehe ich so aus?«

»Du wirkst ein wenig nervös. Welche Gefühle bringt sie dir entgegen?«

»Keine Ahnung.«

»Ah«, sagte Ysabell im wissenden Tonfall einer Expertin. »Unerwiderte Liebe ist besonders schlimm. Aber wahrscheinlich wäre es keine gute Idee, Gift zu nehmen oder dich auf eine andere Art und Weise umzubringen«, fügte sie nachdenklich hinzu. »Übrigens: Was tun wir denn hier? Möchtest du im Buch der Prinzessin nachsehen, um festzustellen, ob sie dich heiratet?«

»Ich habe es bereits gelesen«, sagte Mort. »Sie ist tot. Rein historisch gesehen. Ich meine, sie ist nicht wirklich gestorben.«

»Gut. Sonst wäre es Nekromantie. Wonach suchen wir?«

»Nach Alberts Biografie.«

»Weshalb? Ich glaube, er hat gar keine.«

»Es gibt für jeden Menschen eine.«

»Er mag keine Leute, die persönliche Fragen stellen. Ich habe einmal nach seinem Buch Ausschau gehalten, konnte es jedoch nirgends entdecken. Außerdem: Albert hat nicht viel los. Warum sollte er so interessant sein?« Ysabell griff nach zwei weiteren Kerzen und zündete sie an. Der flackernde Schein strich über lange Regale; Schatten ergriffen hastig die Flucht.

»Ich brauche einen mächtigen Zauberer, und ich glaube, er ist einer.«

»Wer? Albert?«

»Ja. Allerdings suchen wir nach einer Biografie mit dem Titel Alberto Malich. Vermutlich ist er mehr als zweitausend Jahre alt.«

»Wer? Albert?«

»Ja. Albert.«

»Ich habe ihn noch nie mit einem Zauberhut gesehen«, sagte Ysabell skeptisch.

»Er hat ihn verloren. Es spielt auch keine Rolle: Zauberhüte sind nicht verbindlich. Wo sollen wir beginnen?«

»Wenn du recht hast ... Im Archiv, nehme ich an. Dort bewahrt mein Vater alle Biografien auf, die älter als fünfhundert Jahre sind. Hier entlang!«

Ysabell ging voraus, vorbei an den wispernden und raunenden Regalen, und schritt durch eine Sackgasse, die an einer geschlossenen Tür endete. Sie ließ sich nur mit Mühe öffnen, und das Knarren der Angeln hallte laut durch die ganze Bibliothek. Mort stellte sich vor, wie die vielen Bücher eine kurze Pause einlegten und lauschten.

Schmale Stufen führten in eine konturlose Finsternis hinab. Staubige Spinnweben hingen an den Wänden, und die Luft roch wie seit mindestens tausend Jahren in einer Pyramide eingesperrt.

»Es verirrt sich nur selten jemand hierher«, sagte Ysabell. »Ich zeige dir den Weg.«

Mort hielt ein Kompliment für angebracht.

»Ich muss sagen, du bist wirklich mit allen Wassern gewaschen.«

»Soll das eine Anspielung auf meine Morgentoilette sein?«, erwiderte Ysabell. »Du verstehst dich wirklich auf den Umgang mit Mädchen, mein Junge.«

»Mort«, sagte Mort automatisch.

Im Archiv war es so dunkel und still wie in einer unterirdischen Höhle. Die Regale standen gerade weit genug auseinander, um einer Person Durchlass zu gewähren, und oben erstreckten sie sich übers Kerzenlicht hinaus in die Finsternis. Sie wirkten besonders gespenstisch, weil hier nichts kratzte. An diesem Ort gab es keine Leben mehr, die geschrieben werden mussten – die Bücher schliefen. Aber Mort konnte sich kaum des Eindrucks erwehren, dass sie wie Katzen ruhten, mit einem offenen Auge. Sie waren sich ständig ihrer Umgebung bewusst.

»Ich habe diesen Ort schon einmal aufgesucht«, flüsterte Ysabell. »Wenn man weit genug geht, weichen die Biografien Tontafeln, Steinplatten und Tierhäuten, und dann heißen alle Leute Ug und Zog.«

Die Stille erschien fast greifbar. Während sie durch die trockenen, warmen und stillen Gänge schritten, fühlte sich

Mort von den Büchern beobachtet. In diesem Gewölbe waren die Erinnerungen aller Menschen verstaut, die jemals auf der Scheibenwelt gelebt hatten. Die Aufzeichnungen reichten bis zu den Leuten zurück, die durch göttlichen Schalk aus Lehm oder anderen Materialien entstanden waren. Die dicken Bände begegneten Mort nicht etwa mit Ablehnung; sie fragten sich nur, was ihn herführte.

»Bist du an den Ugs und Zogs vorbeigegangen?«, fragte er neugierig. »Was befindet sich vor ihnen? Mit einer Antwort darauf könntest du ganze Generationen von Philosophen und Theologen beglücken.«

»Ich bekam es mit der Angst zu tun. Weißt du, es ist ein ziemlich langer Weg, und ich hatte nicht genug Kerzen dabei.«

»Wie schade.«

Ysabell blieb so plötzlich stehen, dass Mort gegen sie stieß.

»Dies müsste der richtige Bereich sein«, sagte sie. »Was nun?«

Mort las die verblassten Namen auf den Buchrücken.

»Von alphabetischer Ordnung kann keine Rede sein,« stöhnte er.

Sie blickten hoch. Sie wanderten durch mehrere Seitengänge. Sie zogen einige Bände aus den untersten Regalen. Staub wogte.

»Völlig aussichtslos«, brummte Mort schließlich. »Hier sind Millionen von Biografien verstaut. Die Chance, allein durch Zufall die richtige zu finden ...«

Ysabell hielt ihm die Hand auf den Mund.

»Horch!«

Mort murmelte etwas Unverständliches durch ihre Finger und schwieg, als er begriff, was sie meinte. Er spitzte die Ohren und versuchte, etwas anderes zu hören als nur das dumpfe Zischen absoluter Stille.

Dann vernahm er es: ein leises beständiges Kratzen. Weit, weit über ihnen, irgendwo in der undurchdringlichen Dunkelheit eines hohen Gebirges aus Büchern, wurde noch immer ein Leben geschrieben.

Die beiden jungen Leute rissen die Augen auf und sahen sich an. Nach einigen Sekunden sagte Ysabell: »Auf dem Weg hierher sind wir an einer Leiter mit kleinen Rädern vorbeigekommen.«

Winzige Rollen quietschten, als Mort die Leiter heranschob. Das obere Ende bewegte sich ebenfalls, schwang an ächzenden Metallgelenken hin und her.

»In Ordnung«, sagte er. »Gib mir die Kerze, damit ich ...«

»Ich bin fest entschlossen, die Kerze nach oben zu begleiten«, verkündete Ysabell. »Bleib du hier unten und rück die Leiter zurecht, wenn ich es dir sage. Und keine Widerrede.«

»Dort oben könnte es gefährlich sein«, erwiderte Mort galant.

»Es kann auch hier unten gefährlich sein«, sagte Ysabell. »Und deshalb steige ich mit der Kerze die Leiter hoch, klar?«

Sie setzte den Fuß auf die erste Sprosse, und schon nach kurzer Zeit war sie kaum mehr als ein rüschiger Schemen, umhüllt von flackerndem Kerzenschein, der allmählich verblasste.

Mort hielt die Leiter fest und versuchte, nicht an die vielen Leben zu denken, deren Gegenwart einen zunehmenden Druck auf ihn ausübte. Gelegentlich fiel ein Meteor aus heißem Wachs auf den Boden und bildete einen kleinen Krater im Staub. Ysabell verwandelte sich in einen matten Fleck weit oben, und wenn sie sich bewegte, erzitterte die ganze Leiter.

Nach einer Weile hielt sie inne. Stunden schienen zu verstreichen.

Dann klang ihre Stimme zu Mort herab, gedämpft vom Filter der Stille.

»Ich habe die Biografie gefunden, Mort.«

»Gut. Bring sie herunter.«

»Du hattest recht, Mort.«

»Freut mich. Kehr nun mit dem Buch zurück!«

»Es fragt sich nur, mit welchem, Mort.«

»Verlier keine Zeit. Die Kerze hält nicht ewig.«

»Mort!«

»Ja?«

»Alberts Leben belegt ein ganzes Regal, Mort!«

Der Morgen begann, jener Teil des Tages, der niemandem gehörte, abgesehen von den Möwen, die über den Docks von Morpork segelten, der Flut, die langsam stromaufwärts rollte, und einem warmen drehwärtigen Wind, der den vielen Gerüchen der Stadt eine Prise Frühlingsduft hinzufügte.

Tod saß auf einem Poller und blickte in Richtung Meer. Er beschloss, nicht mehr betrunken zu sein – die Kopfschmerzen störten ihn.

Er hatte es mit Angeln, Tanzen, Spielen (mit Würfeln) und Trinken versucht, angeblich den vier größten Freuden des Lebens, aber er verstand noch immer nicht ganz, warum Menschen solchen Gefallen daran fanden. Mit dem Essen war so weit alles in Ordnung – Tod wusste eine gute Mahlzeit zu schätzen. Andere Vergnügen des Fleisches fielen ihm nicht ein. Genauer gesagt, seine Vorstellungskraft unterlag in dieser Hinsicht keinen Beschränkungen, aber die einzelnen Punkte auf der entsprechenden Liste erforderten eine, nun, *fleischliche* Präsenz, die in seinem Fall gewisse körperliche Umstrukturierungen verlangt hätte, und er war nicht bereit, solche Zugeständnisse in Erwägung zu ziehen. Außerdem ließen Menschen von solchen Dingen ab, wenn sie älter wurden, woraus er den Schluss zog, dass sie nicht besonders attraktiv und erstrebenswert sein konnten.

Tod gewann allmählich den Eindruck, dass ihm die menschliche Natur zeit seines Lebens ein Rätsel bleiben musste.

Das Kopfsteinpflaster dampfte im hellen Sonnenschein, und Tod spürte jenes besondere Frühlingsprickeln, das in einem Wald tausend Tonnen Saft durch zwanzig Meter Holz schicken kann.

Die Möwen krächzten und drehten fröhliche Kreise. Eine einäugige Katze – sie hatte gerade ihr achtes Leben begonnen und nur ein Ohr behalten – kroch unter einigen leeren Fischkisten hervor, gähnte hingebungsvoll und rieb sich an Tods Beinen. Der sanfte Wind wehte den berühmt-berüchtigten Gestank von Ankh-Morpork fort und trug die Aromen von Gewürzen und frischgebackenem Brot herbei.

Tod versuchte ebenso verwirrt wie vergeblich, ein sonderbares Gefühl zu unterdrücken. Er war wirklich froh, am Leben zu sein, und die Rolle als Tod gefiel ihm immer weniger.

OFFENBAR VERMISSE ICH ETWAS, dachte er.

Mort kletterte die Leiter hoch und gesellte sich an Ysabells Seite. Das Gerüst vibrierte und schwankte, schien jedoch bereit zu sein, ihr gemeinsames Gewicht zu tragen. Die Höhe machte dem Jungen glücklicherweise nichts aus; unten herrschte pechschwarze Finsternis.

Einige von Alberts frühen Bänden fielen langsam auseinander. Er griff nach einem davon und spürte, wie die Leiter heftig dabei erbebte. Hastig klammerte er sich fest und schlug das Buch irgendwo in der Mitte auf.

»Halt die Kerze etwas näher heran«, sagte er.

»Kannst du was entziffern?«

»Ich gebe mir Mühe ...«

»... rang är mit där Händen, verährgert darüber, dass alle Mänschen früher oder spähter dem Tode ausgeliehfert seiet.

Woraufhin är schwohr, däm Schikksal ainen Schtrich durche Rächnung su machen und Unstärblichkeit su fihnden. ›Auf diesige Waise‹, so wantte er sich an där jungen Zaubara, ›tragen wir baldig där Götter Manntel.‹ Am nächstigen Tage – äs rehgnete – ging Alberto ...«

»Es ist auf Alt geschrieben«, sagte Mort. »Bevor man Grammatik und Orthografie erfand. Schlagen wir mal in den späteren Büchern nach.«

Es bestand kein Zweifel daran, dass es sich um Alberts Biografie handelte. Der Hinweis auf gebratenes Brot war eindeutig.

»Mal sehen, was er gerade macht«, sagte Ysabell.

»Das gehört sich doch nicht. Ich meine, es ist sein Leben. Es geht uns nichts an. Es ...«

»Na und? Hast du etwa Angst?«

Mort seufzte.

Er suchte die leeren Seiten des letzten Bandes und blätterte zurück, bis er Alberts Geschichte fand. Sie schrieb sich mit überraschendem Eifer, wenn man die späte Stunde berücksichtigte. Die meisten Biografien wissen nicht viel über den Schlaf zu berichten, es sei denn, die betreffenden Menschen träumen besonders intensiv.

»Sei vorsichtig mit der Kerze. Ich möchte vermeiden, dass Talg auf Alberts Leben kleckert.«

»Wieso denn? Er mag Fett und Talg. Sieh dir nur mal seine Pfanne an!«

»Hör endlich auf zu kichern«, sagte Mort. »Oder willst du riskieren, dass wir beide von der Leiter fallen? An dieser Stelle heißt es ...«

»... Er schlich durch die staubige Dunkelheit des Archivs«, las Ysabell, »den Blick auf den matten Kerzenschimmer weit oben gerichtet. Die kleinen Teufel schnüffeln schon wieder herum, dachte er, stecken die Nasen in Dinge, die sie nichts angehen ...«

»Mort, er …«

»Sei still. Ich lese.«

»… entschlossen dazu, dem ein Ende zu bereiten. Auf leisen Sohlen näherte sich Albert der Leiter, spuckte in die Hände und machte sich bereit, dem Gerüst einen ordentlichen Stoß zu versetzen. Tod würde gewiss nichts davon erfahren. Seit einigen Tagen verhielt er sich recht seltsam, was einzig und allein die Schuld des Jungen war …«

Mort hob den Kopf und sah in Ysabells entsetzt blickende Augen.

Das Mädchen griff nach dem Buch und starrte weiterhin seinen Begleiter an, als es den Arm ausstreckte und den dicken Band fallen ließ.

Mort beobachtete, wie sich Ysabells Lippen bewegten, stellte fest, dass er ebenfalls stumm zählte.

Drei, vier …

Tief unten pochte es leise. Ein gedämpfter Schrei erklang, gefolgt von neuerlicher Stille.

»Vielleicht hast du ihn umgebracht«, sagte Mort nach einer Weile.

»Was, *hier*? Außerdem: Ich kann mich nicht daran erinnern, von dir einen besseren Vorschlag gehört zu haben.«

»Nein, aber … Er ist ein alter Mann.«

»Nein, das ist er nicht«, erwiderte Ysabell scharf und begann mit dem Abstieg.

»Sind zweitausend Jahre für dich ein Klacks?«

»Siebenundsechzig, keinen Tag mehr.«

»In den Büchern steht …«

»Ich habe dir doch gesagt, dass die Zeit, die *echte* Zeit, hier keine Rolle spielt: Hörst du denn nie zu, Junge?«

»Mort«, sagte Mort.

»Und tritt mir nicht dauernd auf die Finger. Ich beeile mich, aber schneller geht's eben nicht.«

»Entschuldige.«

»Und sei kein solcher Waschlappen. Hast du eine Ahnung, wie langweilig es sein kann, hier zu leben?«

»Wahrscheinlich nicht«, erwiderte Mort und fügte mit aufrichtiger Sehnsucht hinzu: »Ich kenne das Phänomen der Langeweile nur vom Hörensagen und würde es gern einmal direkt erleben.«

»Langeweile ist schrecklich.«

»Auch auf die Gefahr hin, dich zu enttäuschen: Ständige Aufregung kann einem ganz schön auf die Nerven gehen.«

»Ich hätte nichts gegen ein bisschen Abwechslung einzuwenden.«

Weiter unten stöhnte jemand und ließ sich zu einigen deftigen Ausdrücken hinreißen.

Ysabell spähte in die Dunkelheit.

»Mit seinen Fluchmuskeln ist offenbar alles in Ordnung«, stellte sie fest. »Ich glaube, solchen Worten sollte ich nicht lauschen. Sie könnten Charakter und Moral schaden.«

Albert hockte im Staub, lehnte sich mit dem Rücken an die Regale und hielt sich den Arm.

»Es ist wohl kaum nötig, einen solchen Wirbel zu machen«, sagte Ysabell energisch. »Du hast keine Verletzungen erlitten. So etwas erlaubt mein Vater einfach nicht.«

»Warum habt ihr mir das angetan?«. stöhnte Albert. »Ich wollte doch nur herausfinden, was ihr hier treibt.«

»Du wolltest uns von der Leiter stoßen«, sagte Mort. »Ich hab's im Buch gelesen. Es wundert mich nur, dass du keine Magie verwendet hast.«

Albert musterte ihn finster.

»Du weißt also Bescheid, wie?«, erwiderte er leise. »Ich hoffe, jetzt bist du zufrieden. Du hast kein Recht, in meinem Leben herumzuschnüffeln.«

Er stemmte sich hoch, stieß Morts hilfreich zugreifende Hand beiseite und taumelte an den schweigenden Regalen entlang.

»Halt, warte!«, rief Mort. »Ich brauche deine Hilfe.«

»Oh, natürlich«, sagte Albert über die Schulter hinweg. »Das ist doch ganz logisch, oder? Du hast schlicht und einfach gedacht: Ich spioniere ein bisschen in Alberts Privatleben, lasse es auf ihn fallen und bitte ihn anschließend um Hilfe.«

»Ich wollte nur feststellen, wer du wirklich bist«, antwortete Mort und folgte dem alten Mann.

»Ich bin ich. Was ist daran so rätselhaft?«

»Wenn du mir nicht hilfst, wird etwas Schreckliches geschehen! Es gibt da eine Prinzessin, und sie …«

»Es geschehen dauernd irgendwelche schrecklichen Dinge, Junge …«

»… Mort …«

»… und normalerweise verlangt niemand von mir, etwas dagegen zu unternehmen.«

»Aber du bist ein mächtiger Zauberer gewesen!«

Albert blieb kurz stehen, drehte sich aber nicht um.

»Ja, genau. Ich bin ein mächtiger Zauberer *gewesen*. Die Betonung liegt auf *gewesen*. Und versuch bloß nicht, mir Honig um den Mund zu schmieren. Ich mag keinen Honig.«

»Man hat dir Denkmäler gesetzt und so«, beharrte Mort und unterdrückte ein Gähnen.

»Wie nett. Dummheit ist eben unausrottbar.« Albert erreichte die Treppe, die zur eigentlichen Bibliothek emporführte. Mit entschlossenen Schritten trat er die Stufen hoch und verharrte in der offenen Tür. Seine Gestalt zeichnete sich deutlich vor dem Licht ab.

»Soll das heißen, du willst gar nicht helfen?«, fragte Mort. »Nicht einmal dann, wenn du helfen könntest?«

»Du hast es erfasst«, knurrte Albert. »Und glaub bloß nicht, es hätte irgendeinen Sinn, an mein weiches Herz unter der harten Schale zu appellieren«, fügte er hinzu. »Es ist längst versteinert.«

Mort hörte, wie der alte Mann so zornig über die Fliesen der Bibliothek stapfte, als hege er einen persönlichen Groll gegen sie. Hinter ihm fiel die Tür ins Schloss.

»Nun …«, begann Tods Lehrling unsicher.

»Was hast du erwartet?«, blaffte Ysabell. »Bis auf meinen Vater ist ihm alles gleich.«

»Ich dachte, jemand wie Albert könnte helfen, wenn ich ihm alles richtig erklärte«, sagte Mort niedergeschlagen und ließ die Schultern hängen. Die brodelnde Energie, die ihn seit Stunden antrieb, verschwand und hinterließ bleiernen Dunst in seinem Bewusstsein. »Weißt du, dass er ein berühmter Zauberer war?«

»Und wenn schon, Zauberer müssen nicht unbedingt nett und hilfsbereit sein. Misch dich nicht in die Angelegenheiten von Magiern, denn eine Zurückweisung weckt häufig Verärgerung, das habe ich irgendwo gelesen.« Ysabell trat näher an Mort heran und musterte ihn besorgt. »Du siehst aus wie etwas, das man auf dem Teller zurücklässt«, stellte sie fest.

»Ich 'n in Ordnung«, knurrte Mort, stapfte die Treppe hoch und taumelte durch die kratzenden Schatten der Bibliothek.

»Das bist du nicht. Du könntest einige Stunden Schlaf gebrauchen, mein Junge.«

»M't«, murmelte Mort.

Er fühlte, wie ihm Ysabell den Arm um die Schultern schlang. Die Wände glitten langsam an ihm vorbei, und der Klang der eigenen Stimme kam wie aus weiter Ferne. Benommen stellte er sich vor, wie angenehm es wäre, sich auf einer gemütlichen Steinplatte auszustrecken und hundert Jahre zu schlafen.

Tod kehrt bald zurück, dachte er, während Ysabell seinen gehorsamen Körper durch den Flur dirigierte. Es blieb ihm keine andere Wahl: Er musste seinem Lehrmeister alles erzählen. Eigentlich war Tod gar nicht so übel. Vielleicht zeigte er Verständnis. Vielleicht half er. Es kam nur darauf an, alles richtig zu erklären. Anschließend konnte er sich endlich von seinen Sorgen befreien und schla…

Und wo warst du vorher beschäftigt?«

WIE BITTE?

»Womit hast du dir deinen Lebensunterhalt verdient?«, fragte der junge Mann hinter dem Schreibtisch.

Die Gestalt ihm gegenüber rutschte unruhig auf dem Stuhl hin und her.

ICH HABE SEELEN INS JENSEITS GELEITET. ICH WAR DAS ENDE ALLER HOFFNUNGEN. ICH WAR DIE EXTREME REALITÄT. ICH WAR DER MÖRDER, DER SICH VON KEINER NOCH SO FEST VERSCHLOSSENEN TÜR AUFHALTEN LIESS.

»Ja, ich verstehe. Aber beherrschst du irgendwelche besonderen Fertigkeiten?«

Tod überlegte.

WIE WÄR'S MIT ERFAHRUNGEN IM UMGANG MIT GEWISSEN LANDWIRTSCHAFTLICHEN WERKZEUGEN?, erwiderte er schließlich. Der junge Mann schüttelte den Kopf.

NEIN?

»Dies ist eine Stadt, Herr…« Er senkte den Blick und spürte erneut ein diffuses Unbehagen, das er nicht zu ergründen vermochte. »Herr… Herr… Herr…« Er gab es auf. »Hier bei uns gibt es nicht viele Felder und Äcker.«

Er legte den Schreibstift beiseite und zeigte ein einstudiertes Lächeln. Es wirkte pergamentartig und schien aus einem Buch zu stammen.

In Ankh-Morpork war der Fortschritt noch nicht so weit fortgeschritten, dass ein Arbeitsamt notwendig war. Wer einer geregelten Arbeit nachging, trat die Nachfolge seines

Vaters an. Es gab auch Leute, die natürliche Begabungen aufwiesen, sich durch eine besondere Tüchtigkeit auszeichneten und durch Mund-zu-Mund-Propaganda eine Anstellung fanden. Andererseits herrschte ein wachsender Bedarf an Bediensteten und Lakaien, und angesichts eines beginnenden Konjunkturaufschwungs in den Geschäftsbereichen der Stadt hatte Liona Keeble (so hieß der junge Mann hinter dem Schreibtisch) den Beruf des Arbeitsvermittlers erfunden. Derzeit sah er sich dabei mit einigen Problemen konfrontiert.

»Mein lieber Herr ...« Keeble warf einen kurzen Blick auf seine Unterlagen. »Herr ... Äh, es kommen viele Leute aus der Provinz hierher, die meisten in der irrigen Annahme, in Ankh-Morpork sei das Leben leichter und angenehmer. Bitte erlaube mir, ganz offen zu sein: Du scheinst mir ein Ehrenmann zu sein, der in der letzten Zeit ein wenig, äh, Pech hatte. Es wundert mich, dass du dir eine eher, nun, banale Tätigkeit wünschst.« Erneut sah er auf die Schriftstücke. »Hier steht, du möchtest eine nette Beschäftigung, bei der du ›lieben Katzen und duftenden Blumen‹ Gesellschaft leisten kannst.«

TUT MIR LEID. ICH DACHTE, ES SEI ZEIT FÜR EINE ABWECHSLUNG.

»Kannst du ein Musikinstrument spielen?«

NEIN.

»Wie ist es mit dem Tischlern?«

KEINE AHNUNG. ICH HAB NOCH KEINEN HOBEL IN DER HAND GEHALTEN. Tod starrte zu Boden. Vage Verlegenheit regte sich in ihm.

Keeble schob die Unterlagen beiseite und seufzte.

ICH KANN DURCH WÄNDE GEHEN, sagte Tod, als er spürte, dass die Unterhaltung in einer verbalen Sackgasse zu enden drohte.

Keeble strahlte. »Das würde ich gern sehen«, erwiderte er. »Es wäre eine durchaus interessante Qualifikation.«

IN ORDNUNG.

Tod stand auf, schob den Stuhl zurück und näherte sich zuversichtlich der nächsten Wand.

AUTSCH.

Keeble beobachtete ihn erwartungsvoll. »Nun?«, fragte er.

HM. DIES IST EINE GANZ GEWÖHNLICHE MAUER?

»Ich glaube schon. Allerdings bin ich kein Experte auf diesem Gebiet.«

SIE SCHEINT SICH MIR ZU WIDERSETZEN.

»Den Eindruck habe ich auch.«

WIE NENNT MAN DAS GEFÜHL, WENN MAN SICH GANZ KLEIN VORKOMMT UND GLÜHT?

Keeble drehte seinen Schreibstift hin und her.

»Meinst du einen zornigen Pygmäen?«

DAS WORT HAT IRGENDETWAS MIT FALLEN ZU TUN.

»Bestürzt?«

JA, sagte Tod und fügte sofort hinzu. JA. ICH BIN BESTÜRZT. UND AUCH BESCHÄMT.

Keeble räusperte sich. »Mir scheint, du hast weder besondere Fähigkeiten noch irgendwelche speziellen Talente. Vielleicht solltest du dich als Lehrer versuchen.«

Tods Gesicht war eine Fratze des Entsetzens. Diese Beschreibung traf eigentlich immer zu, aber diesmal steckte Absicht dahinter.

»Weißt du«, fuhr Keeble freundlich fort, legte den Stift neben die Schriftstücke und drückte die Fingerspitzen aneinander, »viele Leute besuchen mich und hoffen, dass ich ihnen zu einer neuen beruflichen Laufbahn verhelfe. Doch es kommt nur selten jemand, der von sich behauptet, eine …« Er suchte nach den richtigen Worten.

ANTHROPOMORPHE PERSONIFIZIERUNG?

Der Vermittler nickte. »… zu sein. Ja. Was bedeutet der Ausdruck?«

Tod hatte genug.

DIES, sagte er.

Für einen Sekundenbruchteil, nur für den Hauch eines Augenblicks, sah Keeble die Gestalt ganz deutlich. Sein Gesicht wurde ebenso blass wie das des Knochenmanns. Die Hände zitterten. Das Herz machte einen Salto. Der Puls legte einen Sprint ein.

Tod beobachtete ihn mit mäßigem Interesse, griff unter seinen schwarzen Umhang und holte eine Lebensuhr hervor. Er hielt sie ins Licht und prüfte den Inhalt des gläsernen Behälters.

BERUHIGE DICH WIEDER, bat er. DER SAND REICHT NOCH FÜR EINIGE JAHRE.

»Abbbbb ...«

MÖCHTEST DU GENAU WISSEN, WIE VIEL ZEIT DIR NOCH BLEIBT?

Keeble schnappte nach Luft, keuchte hingebungsvoll und schüttelte den Kopf.

»nnN ... nnN ...«, antwortete er.

Die Ladenglocke läutete, und der Vermittler rollte mit den Augen. Tod glaubte, dass der Mann zumindest ein wenig Dankbarkeit verdiente. Er durfte nicht zulassen, dass Keeble einen Kunden verlor – allem Anschein nach legten Menschen großen Wert auf florierende Geschäfte. Sie verehrten einen exotischen Gott namens Profit und fürchteten die Dämonen Pleite, Gerichtsvollzieher und Steuernachzahlung.

Tod strich den Perlenschnur-Vorhang beiseite, betrat den Hauptraum und sah eine dicke Frau, die wie ein in der Mitte angeschwollenes Weißbrot aussah und mit einem Rotbarsch auf den Tresen schlug.

»Es geht um den Job als Köchin in der Unsichtbaren Universität«, begann sie. »Du hast behauptet, es sei eine gute Stellung, aber das stimmt nicht, verdammich. Die Studenten spielen einem dauernd Streiche, und ich verlange ... Ich will ... Ich bin nicht bereit ...«

Sie brach ab.

»Äh«, fügte sie nach einer Weile hinzu, »du bist nicht Keeble, oder?« Ihr Temperament hatte erhebliches Bewegungsmoment eingebüßt.

Tod musterte sie. Noch nie zuvor war er einem unzufriedenen Kunden begegnet. Er wusste nicht so recht, wie er sich verhalten sollte. Schließlich rang er sich zu einer Entscheidung durch.

HINFORT MIT DIR, ZÄNKISCHES WEIB. MÖGE DICH DIE SCHWARZE MITTERNACHT VERSCHLUCKEN.

In den Augen der Köchin funkelte es.

»Ich wäre verdammt froh, wenn die Mitternacht ein Maul hätte«, keifte sie. »Dann könnte ich das hier hineinstopfen.« Erneut hieb sie mit der Schuppenmasse auf den Tresen. »Sieh dir das an! Gestern abend war's 'ne Wärmflasche und heute Morgen ein Fisch. Ist es denn zu fassen?«

VERLASS UNVERZÜGLICH DEN LADEN. SONST RUFE ICH ALLE TEUFEL DER HÖLLE, DAMIT SIE DEINE UNSTERBLICHE SEELE IN EWIGES FEUER BADEN. Tod wartete gespannt.

»Mit Höllen und Teufeln kenne ich mich nicht aus. Ich weiß nur, dass meine Wärmflasche keine Wärmflasche mehr ist. Eine anständige Frau hat in der Unsichtbaren Universität nichts zu suchen. Die Zauberer ...«

ICH GEBE DIR GELD, WENN DU SO FREUNDLICH WÄRST, JETZT NACH HAUSE ZU GEHEN, sagte Tod verzweifelt.

Die Köchin zeigte eine Reaktionsschnelligkeit, die zuschnappende Klapperschlangen verblüfft und selbst den flinksten Blitzen die Schamesröte ins flackernde Antlitz getrieben hätte.

»Wie viel?«, fragte sie sofort.

Tod holte seinen Beutel hervor und legte einige dunkle und grün angelaufene Münzen auf den Tresen. Die Frau betrachtete sie argwöhnisch.

VERSCHWINDE JETZT, brummte Tod und fügte hinzu:

BEVOR DIE HEISSEN WINDE DER VERDAMMNIS DEINE NICHTSWÜRDIGE LEICHE VERBRENNEN.

»Mein Mann wird davon erfahren«, erklärte die Köchin, als sie den Laden verließ. Noch nie zuvor hatte Tod eine unheilvollere Drohung vernommen.

Er kehrte ins Nebenzimmer zurück. Keeble saß noch immer hinter seinem Schreibtisch und röchelte, als er den Knochenmann sah.

»Es stimmt also«, ächzte er. »Ich habe gehofft, dass es ein Albtraum gewesen ist!«

WILLST DU MICH BELEIDIGEN?, fragte Tod.

»Bist du wirklich der Tod?«, fragte der Arbeitsvermittler fassungslos.

JA.

»Warum hast du das nicht gleich gesagt?«

UM KOMPLIKATIONEN ZU VERMEIDEN. DIE MEISTEN LEUTE EMPFANGEN MICH NICHT GERN. SIE ZIEHEN PERSONEN AUS FLEISCH UND BLUT VOR. KNOCHEN VERWIRREN SIE.

Keeble griff nach dem Stift, schrieb und kicherte hysterisch vor sich hin.

»Du möchtest also umsatteln?«, fragte er. »Zum Waldschrat? Sandmann? Nikolaus? Der rote Mantel dürfte kein Problem darstellen.«

SEI NICHT ALBERN. ICH BRAUCHE NUR EINE – ABWECHSLUNG.

Keeble schob nervös einige Akten, Schnellhefter und Kladden beiseite, fand schließlich ein bestimmtes Blatt und reichte es der finsteren Gestalt.

Tod las einige gekritzelte Sätze.

DAS IST EINE ARBEIT? MAN WIRD DAFÜR BEZAHLT?

»Ja, ja. Mach dich sofort auf den Weg. Keine Sorge, du bist genau richtig für den Job! Aber verrat bloß nicht, dass ich dich schicke.«

Binky galoppierte durch die Nacht, und tief unter den Hufen rollte die Scheibenwelt dahin. Mort stellte fest, dass sein Schwert weiter reichte, als er bisher angenommen hatte, bis hin zu den Sternen. Er schwang es durch die Tiefen des Raums, bohrte es in einen gelben Zwergstern, der daraufhin als Nova zerplatzte. Ein hübscher Funkenregen aus kollabierendem Plasma entstand. Mort richtete sich im Sattel auf, holte noch einmal mit der langen, *langen* Klinge aus und lachte, als die blaue Flamme übers Firmament sengte. Das Brennen und Flackern ließ nur grauschwarze Asche zurück.

Und das Feuer loderte weiter. Mort rang mit dem Schwert, das den Horizont zerschnitt, an hohen Bergrücken entlangschabte, Meere verdampfen ließ und weite grüne Wälder verbrannte. Hinter ihm erklangen Stimmen. Er hörte die Schreie von Freunden und Verwandten, drehte sich verzweifelt um. Heftige Stürme trieben Sand und Staub über ausgedörrten Boden, und Mort versuchte, die Hand vom Heft zu lösen. Aber das Schwert klebte mit eisiger Kälte an seinen Fingern fest, zwang ihn zu einem unseligen Tanz, der erst enden konnte, wenn nichts mehr lebte.

Als es so weit war, als die Welt starb, trat Mort Tod gegenüber, und der Knochenmann sagte: »Gut gemacht, Junge.«

Und Mort antwortete: MORT

»Mort! Mort! Wach auf!«

Vage Gedanken und Erinnerungsfragmente zitterten, wie ein rheumatischer Fisch, der sich nach Trockenheit und einer warmen Decke sehnte und gleichzeitig wusste, dass ihm eine ziemlich bittere Überraschung bevorstand, wenn sein Wunsch in Erfüllung ging. Morts Selbst kämpfte gegen das Zerren der Realität an, klammerte sich an Benommenheit und den Schrecken des Traums fest, doch jemand zog an seinem Ohr.

»Mmmpf?«, fragte er.

»*Mort!*«

»Wsst?«

»Mort, es geht um meinen Vater!«

Er schlug die Augen auf und starrte verwirrt in Ysabells Gesicht. Dann fielen ihm die Ereignisse der vergangenen Nacht ein. Das Gedächtnis holte aus und versetzte ihm eine schallende Ohrfeige.

Mort schwang die Beine über den Bettrand, noch immer von Resten des Traums umhüllt.

»Na schön«, brummte er. »Ich gehe sofort zu ihm und erkläre alles.«

»Er ist nicht hier! Und Albert steht kurz vor einem Nervenzusammenbruch!« Ysabell stand am Bett und hielt ein Taschentuch in zitternden Händen. »Glaubst du, meinem Vater könnte etwas zugestoßen sein?«

Mort blinzelte. »Sei doch nicht dumm!«, erwiderte er. »Er ist der Tod.« Der Junge kratzte sich. Er fühlte sich heiß, wie ausgedörrt, und überall juckte es.

»Aber er war noch nie so lange fort! Nicht einmal damals, als in Pseudopolis eine Seuche ausbrach! Ich meine, er muss am Morgen hier sein, um das Hauptbuch auf den neuesten Stand zu bringen und die Knoten auszuarbeiten und ...«

Mort griff nach Ysabells Arm. »Schon gut, schon gut«, sagte er möglichst besänftigend. »Ich bin sicher, es ist alles in Ordnung. Beruhige dich jetzt. Ich gehe los und sehe nach dem Rechten ... Warum kneifst du die Augen zu?«

»Zieh dir bitte etwas an, Mort«, sagte Ysabell. Es klang ein wenig gepresst.

Mort sah an sich hinab.

»Entschuldige«, murmelte er. »Ich wusste nicht ... Wer hat mich zu Bett gebracht?«

»Ich«, erwiderte Ysabell. »Aber ich habe weggesehen.«

Mort sprang in die Hose, streifte sich hastig das Hemd über und eilte zu Tods Büro, dichtauf gefolgt von Ysabell.

Albert wartete dort und hüpfte von einem Bein aufs andere, tanzte wie auf glühenden Kohlen. Als Mort eintrat, brachte das Gesicht des alten Mannes fast so etwas wie Dankbarkeit zum Ausdruck.

Und in seinen Augen glänzten Tränen.

Mort starrte Albert verblüfft an.

»Er hat nicht auf seinem Stuhl gesessen«, klagte der ehemalige Zauberer.

»Warum ist das so wichtig?«, fragte Mort. »Mein Großvater kam tagelang nicht nach Hause, wenn er auf dem Markt gute Geschäfte abschließen konnte.«

»Er ist immer hier gewesen«, sagte Albert. »Seit ich ihn kenne, sitzt er jeden Morgen an seinem Schreibtisch und berechnet die Knoten. Das ist seine Pflicht. Und Tod nahm sie immer mit großem Verantwortungsbewusstsein wahr.«

»Ich schätze, die Knoten kommen ein oder zwei Tage lang allein zurecht«, vermutete Mort.

Ein stimmungsmäßiger Temperatursturz teilte ihm mit, dass er sich irrte. Er musterte Ysabell und Albert.

»Nein?«, fragte er.

Der alte Mann und das Mädchen schüttelten den Kopf.

»Wenn die Knoten nicht richtig bestimmt werden, gerät das kosmische Gleichgewicht in Gefahr«, sagte Ysabell. »Dann könnte praktisch alles passieren.«

»Hat er dir das nicht erklärt?«, warf Albert ein.

»Leider nicht«, erwiderte Mort. »Tod machte mich nur mit der praktischen Seite vertraut. Die theoretischen Aspekte wollte er mir später erläutern.«

Ysabell schluchzte laut.

Albert berührte Mort am Arm, hob und senkte mehrmals die Brauen – was bei ihm besonders dramatisch wirkte – und verdeutlichte ihm damit, dass er ein Gespräch unter vier Augen für angebracht hielt. Mort folgte ihm widerstrebend in eine Ecke des Zimmers.

Der alte Mann suchte in seinen Taschen und holte schließlich eine kleine zerknitterte Papiertüte hervor.

»Pfefferminz gefällig?«, fragte er.

»Nein, danke.«

»Tod hat dir nie von den Knoten erzählt?«, erkundigte sich Albert.

»Bisher nicht.«

Albert saugte an einem Pfefferminzbonbon – es hörte sich an, als ziehe jemand den Stöpsel einer göttlichen Badewanne.

»Wie alt bist du, Junge?«

»Mort. Ich bin sechzehn.«

»Bevor er sechzehn wird, sollte ein Junge gewisse Dinge erfahren«, sagte Albert, sah verstohlen über die Schulter und beobachtete Ysabell, die auf Tods Stuhl Platz genommen hatte und bemerkenswert leise weinte.

»Oh, *darüber* weiß ich Bescheid. Mein Vater sprach mehrmals davon, als er die Tharga-Kühe zu den Stieren brachte. Wenn ein Mann und eine Frau ...«

»Nein, ich meine das Universum im allgemeinen«, sagte Albert hastig. »Ich meine, hast du jemals darüber nachgedacht?«

»Nun ...«, brummte Mort. »Wenn ich mich richtig erinnere, wird die Scheibenwelt von vier Elefanten getragen, die auf dem Rücken der Schildkröte Groß-A'Tuin stehen.«

»Das ist noch längst nicht alles. Ich meine das ganze Universum mit Raum und Zeit und Leben und Tod und Tag und Nacht und dem ganzen Rest.«

»Ich fürchte, bisher habe ich nicht allzu viele Gedanken daran verschwendet«, gab Mort zu.

»Schade. Es wäre durchaus angebracht gewesen. Ich will auf Folgendes hinaus: Die Knoten sind ein wichtiger Teil des Kosmos. Sie verhindern, dass der Tod außer Kontrolle gerät. Natürlich nicht der Tod, den wir alle kennen und der jetzt dort am Schreibtisch sitzen sollte, sondern der Tod an sich, das normale Sterben. Ich meine ...« Albert rang sichtlich mit seinem Vokabular. »Um dir ein Beispiel zu nennen: Der Tod sollte genau am Ende des Lebens erfolgen, nicht vorher oder nachher. Und die Knoten müssen so berechnet werden, damit die Schlüsselfiguren ... Du kannst mir nicht folgen, oder?«

»Tut mir leid.«

»Nun, die Knoten müssen mit der gebotenen Exaktheit bestimmt werden, damit man anschließend die richtigen Personen – die richtigen Lebensuhren – auswählen kann. Die eigentliche PFLICHT ist dagegen nicht weiter schwer.«

»Bist du in der Lage, die Berechnung vorzunehmen?«

»Nein. Du?«

»Nein!«

Albert lutschte nachdenklich an dem Pfefferminzbonbon. »Dann sitzt die ganze Welt in der Tinte«, kommentierte er.

»Ich begreife gar nicht, warum du dir solche Sorgen machst«, sagte Mort. »Wahrscheinlich ist Tod nur irgendwo aufgehalten worden.« Es gelang ihm nicht einmal, sich selbst zu überzeugen. Tod gehörte nicht gerade zu den Leuten, denen man gern eine Geschichte erzählte. Niemand klopfte ihm auf den Rücken und sagte: ›He, Kumpel, warum so eilig? Wie wär's mit einem Bier in der Eckkneipe?‹ Man bat ihn nicht darum, an einer Kegelpartie teilzunehmen, und kaum jemand käme wohl auf den Gedanken, ihn zum Essen in ein Restaurant einzuladen ... Mort empfand fast schmerzliches Mitleid, als er daran dachte, dass sein Lehrmeister das einsamste Geschöpf im ganzen Universum war. Bei der Großen Kosmischen Party blieb Tod in die Küche verbannt.

»In den letzten Tagen hat sich unser Herr sehr verändert«, sagte Albert kummervoll. »Gib den Stuhl frei, Mädchen! Sehen wir uns mal die Knoten an.«

Sie öffneten das Hauptbuch.

Sie starrten eine Zeit lang darauf hinab.

Schließlich fragte Mort: »Was bedeuten all die Symbole?«

»Ichus non sapiens«, raunte Albert.

»Wie bitte?«

»Ich meine: Mich soll der Schlag treffen, wenn ich wüsste, was es mit diesen komischen Zeichen auf sich hat.«

»Das eben waren magische Worte, nicht wahr?«, fragte Mort. »Wie sie ein Zauberer verwendet, stimmt's?«

»Zauberei und Magie! Hast du nichts anderes im Sinn? Ich weiß nichts von solchen Dingen. Und was dich betrifft… Konzentriere Intelligenz, Einfallsreichtum und Interpretationskraft auf das hier.«

Mort betrachtete das komplizierte Linienmuster. Es sah aus, als habe eine trunkene Spinne versucht, das Blatt mit einem besonders raffinierten Netz zu schmücken – und offenbar hatte sie häufig eine Pause eingelegt, um hier und dort einige zierende Hieroglyphen hinzuzufügen. Mort wartete auf das helle Licht der Inspiration, doch hinter seiner Stirn blieb alles dunkel.

»Erkennst du was?«

»Für mich ist das alles reinstes Klatschianisch«, erwiderte Mort. »Ich weiß nicht einmal, ob es von links nach rechts, diagonal oder von unten nach oben gelesen wird.«

»Man beginnt in der Mitte und folgt den Spiralbahnen«, sagte Ysabell und schnaufte abfällig. Sie saß in einer Ecke.

Morts Schläfe stieß an Alberts Nase, als sie sich beide vorbeugten, um die mittleren Bereiche der Seite zu betrachten. Sie runzelten die Stirn und sahen das Mädchen an. Ysabell hob die Schultern.

»Ich habe hier oft genäht und dabei gelernt, wie man die Knotenkarte entziffert«, erklärte sie. »Vater las häufig laut aus ihr vor.«

»Du kannst helfen?«, fragte Mort.

»Nein«, sagte Ysabell und putzte sich die Nase.

»Was soll das heißen, ›nein‹?«, knurrte Albert. »Diese Angelegenheit ist zu wichtig für irgendwelche Scherze …«

»Ich meine«, sagte Ysabell rasiermesserscharf, »dass *ich* die Knoten berechnen werde und *ihr* mir dabei helfen könnt.«

Die Händlergilde von Ankh-Morpork hat es sich zur Angewohnheit gemacht, große Gruppen gewisser Männer in ihre Dienste zu nehmen. Die Betreffenden haben Ohren in den Ausmaßen von Fäusten und Fäuste so groß wie mit Walnüssen gefüllte Beutel. Ihre Aufgabe besteht darin, alle jene Leute freundschaftlich eines Besseren zu belehren, die sich in aller Öffentlichkeit erdreisten, die vielen Vorzüge der Stadt zu übersehen. Um nur ein Beispiel zu nennen: Der bekannte Philosoph Katzenröster schwamm mit dem Gesicht nach unten flussabwärts, nachdem er folgende berühmt gewordene Worte ausgesprochen hatte: »Wenn ein Mann Ankh-Morpork nicht mehr ausstehen kann, so hat er es satt, immerzu knöcheltief im Schlamm zu stehen.«

Es erscheint daher angeraten, einen (unter vielen, wohlgemerkt) positiven Aspekt zu erwähnen, der Ankh-Morpork im Vergleich mit allen anderen großen Städten des Multiversums eine herausragende Stellung verleiht.

Gemeint ist das Essen.

Die Handelsrouten der halben Scheibenwelt führen entweder direkt durch die Metropole oder am breiten trägen Fluss entlang. Mehr als die Hälfte aller Stämme und Völker haben geruchsunempfindliche Repräsentanten geschickt, die sich irgendwo in dem verwirrenden Stadtlabyrinth niederließen, und dadurch wurde Ankh-Morpork zu einer Art kulinarischem Schmelztiegel. Auf den Speisekarten stehen: mehr als tausend Gemüsesorten, fünfzehnhundert Käsespezialitäten, zweitausend Gewürze, dreihundert Fleisch-, zweihundert Geflügel- und fünfhundert Fischarten. Hinzu kommen hundert leckere Nudelvariationen, siebzig verschiedene Vertreter der gastronomischen Gattung Ei, fünfzig unterschiedliche Insektenspezies, zwanzig Schlangen und andere Reptilien sowie etwas Hellbraunes und Warziges, das als wandernder klatschianischer Sumpftrüffel bekannt ist.

Das Spektrum der Restaurants, Imbissstuben und Mampfhöhlen reicht vom Opulenten – kleine Portionen auf großen Tellern aus massivem Silber – bis hin zum Diskreten. Die Etablissements der zuletzt genannten Kategorie werden von exotischeren Gästen besucht, von denen es heißt, sie verschlängen alles, das sich irgendwie hinunterwürgen lässt.

Hargas Rippenhaus an den Docks gehört wahrscheinlich nicht zu den erlesensten Esslokalen der Stadt, denn die Kundschaft besteht aus recht kräftig gebauten Leuten, die in erster Linie Wert auf Quantität legen und das Mobiliar zertrümmern, wenn man ihre Wünsche unberücksichtigt lässt. Ihnen steht nicht der Sinn nach dem Ausgefallenen und Speziellen. Sie ziehen konventionellere Speisen vor, wie zum Beispiel flugunfähige Vogelembryonen, zerhacktes Fleisch in Darmhäuten, einzelne Scheiben gewisser Muskelteile von Schweinen und aus dem Boden gegrabene Pflanzenknollen, die man in tierisches Fett taucht. In der Sprache des gemeinen Volkes ausgedrückt handelt es sich um folgende Dinge: Eier, Würstchen, Schinken und Bratkartoffeln.

In diesem besonderen Lokal gab es keine Speisekarte. Sie war auch gar nicht nötig, denn man brauchte nur einen Blick auf Hargas Schürze zu werfen.

Der neue Koch schien außerordentlich tüchtig zu sein. Harga – eine lebende Werbung für seine an Kohlehydraten reiche Ware – strahlte übers ganze Gesicht: Es herrschte Hochbetrieb, und alle Kunden waren vollauf zufrieden. Was er nicht zuletzt seinem neuen Angestellten verdankte. Ja, ein wirklich fleißiger Koch. Und er arbeitete fast beunruhigend schnell!

Er klopfte an die Klappe.

»Zwei Spiegeleier, Pommes frites, Bohnen und einen Trollburger ohne Zwiebel«, sagte er.

IN ORDNUNG.

Einige Sekunden später öffnete sich die Durchreiche, und zwei Teller wurden auf den Tresen geschoben. In dankbarem Erstaunen schüttelte Harga den Kopf.

So ging es schon den ganzen Abend. Die Eier glänzten gelb und weiß, die Bohnen sahen aus wie glitzernde Rubine, und die Pommes frites waren so goldbraun wie an exklusiven Stränden in der Sonne brutzelnde Urlauberkörper. Hargas letzter Koch hatte Kartoffeln gebraten, die wie kleine Papiertüten voller Eiter wirkten.

Der Inhaber ließ einmal mehr den Blick durch den Raum schweifen und stellte fest, dass ihm niemand Beachtung schenkte. Er wollte der Sache auf den Grund gehen. Einmal mehr pochte er an die Durchreiche.

»Ein Alligatorbrötchen«, sagte er. »Das Fleisch knus …«

Die Klappe schwang auf. Harga zögerte, nahm seinen ganzen Mut zusammen und öffnete das Brötchen vorsichtig. Er sah gebratenes Fleisch, daran konnte überhaupt kein Zweifel bestehen. Es schien knusprig zu sein. Ob es von einem Alligator stammte oder nicht, ließ sich kaum feststellen.

Der Wirt holte tief Luft und klopfte.

»Na schön«, brummte er. »Ich beschwere mich nicht. Ich möchte nur wissen, wieso du so unglaublich schnell bist.«

DIE ZEIT SPIELT KEINE ROLLE.

»Tatsächlich nicht?«

NEIN.

Harga beschloss, sich damit zufriedenzugeben.

»Du machst da drin wirklich verdammt gute Arbeit, Junge«, sagte er.

WIE NENNT MAN ES, WENN MAN WARME ZUFRIEDENHEIT EMPFINDET UND SICH WÜNSCHT, DIE DINGE SOLLTEN SO BLEIBEN, WIE SIE SIND?

»Ich vermute, in einem solchen Fall kann man von Glück sprechen«, erwiderte Harga.

Tod eilte durch die kleine, enge Küche, an deren Wänden sich eine jahrzehntealte Patina aus schmierigem Fett gebildet hatte. Er tänzelte fröhlich und summte vor sich hin, während er schnitt und kochte, briet und röstete. Ausgelassen schwang er die große Pfanne.

Kurze Zeit später öffnete er die Tür, ließ die Nacht und einige Katzen aus der Nachbarschaft herein. Angelockt wurden sie von einigen Schüsseln, die sowohl frische Milch als auch besonders zartes Fleisch enthielten und an strategischen Stellen auf dem Boden standen. Gelegentlich legte Tod eine kurze Pause ein und kraulte eins der Tiere hinter den Ohren.

»Glück«, sagte er und wunderte sich über den sonderbaren Klang seiner Stimme.

Der Zauberer und Königliche Wiedererkenner Schneidgut kletterte die letzten Stufen der Turmtreppe hoch, lehnte sich schnaufend an die Wand und fürchtete, dass ihm das Herz die Brust zerriss. Allmählich ließ das rasende Pochen nach.

Eigentlich handelte es sich um einen ganz normalen Turm, der nur nach den Maßstäben von Sto Lat recht hoch war. Er schien perfekt geeignet zu sein, hilflose Prinzessinnen einzukerkern, aber hauptsächlich wurde er für die Lagerung alter Möbel benutzt.

Er hatte einen großen Vorteil – von oben hatte man einen ausgezeichneten Blick über die Stadt und das weite Land. Mit anderen Worten: Man konnte jede Menge Kohl beobachten.

Schneidgut näherte sich behutsam den bröckeligen Zinnen und starrte durch den Morgendunst, der etwas dunstiger als sonst zu sein schien. Wenn er sich wirklich anstrengte, glaubte er, ein seltsames Flackern am Himmel zu erkennen. Und von den Feldern her vernahm er ein dumpfes Zischen, als briete jemand Heuschrecken. Er schauderte.

Bei solchen Gelegenheiten tasteten seine Hände aus reiner Angewohnheit in die Taschen und fanden: einen angebissenen Apfel und eine Tüte mit klebrigen Gummibärchen, die ihm nur wenig Trost spendeten.

Schneidgut verspürte den Wunsch, den jeder Zauberer unter solchen Umständen empfindet: Er wollte rauchen. Er hätte jemanden für eine Zigarre umbringen können, und für eine halbwegs brauchbare Zigarettenkippe wäre er immerhin noch bereit gewesen, eine oberflächliche Fleischwunde in Erwägung zu ziehen. Er seufzte und riss sich zusammen. Entschlossenheit stärkt den Charakter, hieß es. Das Problem bestand nur darin, dass der Charakter in diesem Fall nichts von den Opfern wissen wollte, die man für ihn brachte. Es hieß auch, dass jeder große Zauberer unter dauernder Anspannung stehen sollte. Schneidgut erfüllte diese Voraussetzungen – man hätte ihn als Bogensehne verwenden können.

Er wandte sich von der eintönigen Kohlkopflandschaft ab und kehrte über die Treppe in den Hauptbereich des Schlosses zurück.

Glücklicherweise schienen seine Bemühungen Wirkung zu erzielen. Die Bevölkerung nahm es hin, dass eine Krönung anstand, obgleich sie nicht genau wusste, wem der Thron gebührte. In den Straßen und Gassen sollten bunte Fähnchen und Wimpel wehen, und außerdem plante Schneidgut, im Stadtbrunnen aus Kohl gebrautes Bier sprudeln zu lassen (Wein war zu teuer). Auf dem Programm standen muntere Volkstänze (die Palastsoldaten würden nötigenfalls mit gezückten Schwertern für angemessene Feststimmung sorgen). Hinzu kamen Wettläufe und Sackhüpfen für Kinder. Der Zauberer stellte sich einen am Spieß röstenden Ochsen vor und leckte sich aus reiner Vorfreude die Lippen. Er dachte an die mit neuem Blattgold versehene königliche Kutsche: Bestimmt konnten die Bürger der Stadt dazu veranlasst werden, von ihr Kenntnis zu nehmen.

Was den Hohepriester im Tempel des Blinden Io betraf, musste man jedoch mit gewissen Schwierigkeiten rechnen. Schneidgut sah in ihm einen gutmütigen alten Mann, der mit dem Messer so schlecht umzugehen verstand, dass viele rituelle Opfer die Geduld verloren und fortgingen. Als er zum letzten Mal versucht hatte, eine Ziege zu opfern, blieb ihr genug Zeit, Zwillinge zur Welt zu bringen, einen ausgeprägten Mutterinstinkt zu entwickeln und die ganze Priesterschaft aus dem Tempel zu jagen. Der Kerl brauchte einfach zu lange, um die Konturen seiner Umgebung zu entwirren.

Die Chance, dass es ihm tatsächlich gelang, der richtigen Person die Krone aufs Haupt zu setzen, waren selbst unter normalen Umständen nur durchschnittlich. Schneidgut wusste, dass ihm wahrscheinlich nichts anderes übrig blieb, als neben dem alten Priester zu stehen und diskret seine zitternden Hände zu führen.

Aber es gab noch ein anderes Problem, das ihm weitaus kritischer erschien. Gewissermaßen das Problem der Probleme. Voller Unbehagen entsann er sich an das morgendliche Gespräch mit dem Kanzler.

»Ein Feuerwerk?«, hatte Schneidgut wiederholt.

»Das ist doch die spezielle Spezialität von Zauberern, nicht wahr?«, hatte der Kanzler gefragt. Seine Stimme klang, als breche jemand einen zwei Wochen alten Brotlaib. »Blitze und Geballer und was weiß ich. Als kleiner Junge habe ich einmal einen Magier gesehen, der ...«

»Ich fürchte, ich muss dich enttäuschen«, erwiderte Schneidgut. »Was Feuerwerke betrifft, sind meine magischen Kenntnisse recht begrenzt.« Sein Tonfall machte deutlich, dass er diese Art von Unwissenheit keineswegs bedauerte.

»Jede Menge Raketen«, erinnerte ihn der Kanzler fröhlich. »Ankhianische Kerzen. Donnerblitze. Und irgendwelche Dinger, die man in der Hand halten kann. Eine Krönung ohne Feuerwerk ist wie ... wie eine Suppe mit zu viel Salz drin.«

Schneidgut ahnte, dass bei diesem Vergleich etwas nicht stimmte, erhob jedoch keine Einwände. Zucker war ihm ohnehin lieber.

»Ja, sicher, aber ...«

»Guter Mann«, unterbrach ihn der Kanzler und rieb sich glücklich die Hände. »Ich wusste doch, dass man sich auf dich verlassen kann. Um es noch einmal zu betonen: Raketen, je mehr, desto besser. Und als krönender Abschluss – ha-ha – etwas ganz Besonderes, etwas, das an Großartigkeit kaum zu überbieten ist. Etwas wahrhaft Atemberaubendes, zum Beispiel ein Bild von ... von ...« Der Kanzler runzelte verwirrt die Stirn, und seine Augen trübten sich auf eine Weise, die der Zauberer nur zu gut kannte.

»Von Prinzessin Keli«, sagte er und seufzte.

»Ah ja«, bestätigte der Kanzler. »Ein Porträt von ... von ihr ... in Form eines Feuerwerks. Für euch Zauberer sind derartige Sachen sicher ein Kinderspiel, aber die Leute mögen so etwas eben. Ein ordentliches Geknalle, auf dass die Balkons erzittern – um die Loyalitätsmuskeln in Topform zu halten. Ach, was tut man nicht alles für sein Volk ... Kümmer dich darum. Raketen. Mit Runen drauf.«

Kurz nach dem Gespräch blätterte Schneidgut in einem magischen Buch mit dem Titel *Ungeheurer Spaß und seine Geheimnisse*. Er sah im Stichwortverzeichnis nach, sammelte vorsichtig einige ganz gewöhnliche Ingredienzen, wie man sie in jedem Haushalt fand – und hielt ein brennendes Streichholz an die Masse.

Mit den Brauen ist das schon eine komische Sache, dachte er. Man bemerkt sie erst, wenn sie fehlen.

Schneidgut roch ein wenig nach Rauch und rieb sich die geröteten Augen, als er in Richtung der königlichen Gemächer durch die langen Flure des Palastes wanderte. Unterwegs kam er an einigen Dienstmädchen vorbei, die mit typischen Dienstmädchenangelegenheiten beschäftigt waren. Der Zauberer wusste nicht genau, worum es sich dabei handelte, aber die geheimnisvollen Aufgaben schienen immer mindestens drei junge Frauen und häufiges Gekicher zu erfordern. Wenn sie ihn sahen, schwiegen sie plötzlich, eilten mit gesenktem Kopf weiter und setzten in einer sicheren Distanz von mehreren Metern ihr pflichtbewusstes Lachen fort. Ihr Verhalten ärgerte ihn. Er sah nicht etwa eine persönliche Sache darin – nein, das ganz gewiss nicht – vertrat aber die Ansicht, dass Zauberer mehr Respekt verdienten. Hinzu kam: Einige Zofen sahen ihn auf eine Art und Weise an, die unmagische Gedanken in ihm weckte.

Die Philosophen haben recht, dachte er. Der Pfad der Erleuchtung ist streckenweise voller Glassplitter.

Er klopfte an Kelis Tür, und eine Bedienstete öffnete. »Ist deine Herrin zugegen?«, fragte er in einem möglichst gebieterischen Tonfall.

Die junge Frau hielt sich die Hand vor den Mund. Ihre Schultern bebten, und in den Augen funkelte es. Ein leises Glucksen filterte durch die Finger.

Ich kann nichts dagegen tun, dachte Schneidgut. Immer wieder habe ich diese erstaunliche Wirkung auf das weibliche Geschlecht.

»Ist es ein Mann?«, erklang Kelis Stimme. Der Blick des Dienstmädchens trübte sich, und es neigte verwirrt den Kopf zur Seite.

»Ich bin's, Schneidgut«, sagte Schneidgut.

»Oh, na gut. Komm herein!«

Der Zauberer schob sich an der Bediensteten vorbei und versuchte ein leises Kichern zu überhören, als die Zofe durch den Flur davoneilte. Es war natürlich allgemeinbekannt, dass ein Magier keine Anstandsdame benötigte, doch das gleichgültige ›Oh, na gut‹ der Prinzessin betrübte ihn.

Keli saß an ihrer Frisierkommode und kämmte sich das Haar. Nur sehr wenige Männer auf der Scheibenwelt erfahren, was eine Prinzessin unter ihren Kleidern trägt, und Schneidgut gesellte sich dieser auserwählten Gruppe mit großem Widerstreben und gleichzeitig bemerkenswerter Selbstbeherrschung hinzu. Nur das nervöse Tanzen seines Adamsapfels verriet ihn. Kein Zweifel: Die Zauberei blieb ihm auf *Tage* hinaus verwehrt.

Keli drehte sich um, und eine dünne Wolke aus Körperpuder wehte Schneidgut entgegen. Nein, verbesserte er sich in Gedanken. Es wird *Wochen* dauern, bis ich wieder zu magischer Muße finde.

»Wieso sind deine Wangen so rot?«, fragte die Prinzessin. »Ist dir heiß? Fühlst du dich nicht gut?«

»Aargh.«

»Bitte?«

Der Zauberer schüttelte sich. Konzentrier dich auf die Bürste, dachte er. Einzig und allein auf die Bürste. »Die Folgen eines magischen Experiments«, brachte er hervor. »Nur einige leichte Verbrennungen.«

»Kommt *es* noch immer näher?«

»Ich fürchte, ja.«

Keli starrte in den Spiegel und schnitt eine Miene, die trotzig-energische Entschlossenheit zum Ausdruck brachte.

»Bleibt uns Zeit genug?«

Diese Frage erfüllte Schneidgut mit vagem Entsetzen. An seinen Vorbereitungen gab es nichts auszusetzen. Er hatte dem Königlichen Astrologen lange genug seinen Wein entzogen, um ihm klarzumachen, dass die Krönungszeremonie nur am nächsten Tag stattfinden konnte, und anschließend hatte er ihren Beginn auf eine Sekunde nach Mitternacht festgesetzt. Damit noch nicht genug. Er hatte das traditionelle Fanfarenkonzert auf einen kurzen Trompetenstoß reduziert, den obligatorischen Auftritt des Hohepriesters auf das Notwendige reduziert und auch den Text redigiert, mit dem er göttlichen Segen herbeirufen wollte – vermutlich kam es zu einem ziemlichen Krach, wenn die Götter davon erfuhren. Die langwierige Salbung mit geweihten Ölen sollte sich auf einen kurzen Tupfer hinter die Ohren beschränken. Skateboards gehörten zu den noch unerfundenen Erfindungen auf der Scheibenwelt; andernfalls wäre Kelis Wanderung durch den Mittelgang ungewöhnlich schnell gewesen.

»Vielleicht nicht«, erwiderte der Zauberer zerknirscht. »Es könnte knapp werden.«

Keli musterte sein Spiegelbild.

»Wie knapp?«

»Äh, sehr.«

»Soll das heißen, das Etwas könnte uns erreichen, wenn die Zeremonie beginnt?«

»Äh, möglicherweise schon vorher«, erwiderte Schneidgut kummervoll.

Keli trommelte mit den Fingern auf den Tischrand – ansonsten blieb alles still. Der Zauberer rechnete damit, dass sie in Tränen ausbrach oder den Spiegel zerschmetterte. Stattdessen fragte sie:

»Woher willst du das wissen?«

Schneidgut überlegte, ob er einfach erwidern sollte: Wir Zauberer wissen über solche Dinge Bescheid. Er entschied sich schließlich dagegen. Bei seiner letzten so lautenden Antwort hatte ihn Keli mit einer Axt bedroht.

»Ich habe einen der Wächter nach der Schenke gefragt, die Mort erwähnte«, sagte er. »Aufgrund seiner Angaben habe ich die Strecke berechnet, die es zurücklegen muss. Nach

Morts Schilderungen bewegt es sich mit der Geschwindigkeit eines Spaziergängers. Ich nehme an, dass er bei diesem Vergleich an sich selbst dachte, und daher habe ich einzuschätzen versucht, wie schnell er …«

»So einfach ist das? Du hast überhaupt keine Magie verwendet?«

»Nein, nur gesunden Menschenverstand. Auf lange Sicht halte ich ihn für zuverlässiger.«

Keli beugte sich vor und klopfte ihm auf die Hand.

»Armer alter Schneidgut!«, murmelte sie.

»Ich bin erst zwanzig, Euer Hoheit.«

Keli stand auf und betrat das Ankleidezimmer. Eine Prinzessin lernt schon recht früh, älter zu sein als alle, die einen geringeren Rang einnehmen.

»Ja, ich schätze, es muss auch junge Zauberer geben«, sagte sie über die Schulter hinweg. »Man stellt sie sich nur immer alt vor. Warum eigentlich?«

»Die Greisenhaftigkeit gehört zu unserem Beruf, verehrtes Fräulein«, entgegnete Schneidgut, rollte mit den Augen und hörte das leise Knistern von Seide.

»Weshalb hast du beschlossen, Zauberer zu werden?« Kelis Stimme klang gedämpft – offenbar zog sie sich gerade etwas über den Kopf.

»Man kann zu Hause arbeiten und braucht sich nicht übermäßig anzustrengen«, erwiderte Schneidgut. »Außerdem wollte ich mir über den Sinn des Lebens klar werden.«

»Ist dir das gelungen?«

»Nein.« Schneidguts Konversationstalente ließen zu wünschen übrig. Sonst wäre er sicher nicht so gedankenlos gewesen, folgende Worte zu formulieren: »Und warum hast du beschlossen, Prinzessin zu werden?«

»Um ganz ehrlich zu sein«, antwortete Keli nach einem nachdenklichen Schweigen, das einige Sekunden dauerte, »diese Entscheidung wurde mir abgenommen.«

»Bitte entschuldige. Ich ...«

»Es ist eine Tradition meiner Familie, königlich zu sein. Wahrscheinlich trifft das auch auf Magier zu. Dein Vater war bestimmt ein Zauberer, oder?«

Schneidgut knirschte mit den Zähnen. »Äh, nein«, sagte er. »Mit Magie hatte er nur wenig zu tun. Überhaupt nichts, wenn du's genau wissen willst.«

Er ahnte die nächste Frage der Prinzessin, und da kam sie auch schon, mit der Pünktlichkeit des Sonnenuntergangs, begleitet von einer Mischung aus Heiterkeit und Faszination.

»Ach? Stimmt es, dass es Zauberern verboten ist, sich mit F ...«

»Wenn das alles ist ...«, sagte Schneidgut schnell. »Ich sollte jetzt besser gehen. Falls mich jemand sprechen möchte: Das Knallen der Explosionen weist den Weg. Ich ... *Gnnnh!*«

Keli kehrte aus dem Ankleideraum zurück.

Damenkleider spielten in Schneidguts Vorstellungswelt eine nur untergeordnete Rolle – wenn er an Frauen dachte, malte sein Fantasie meistens Bilder, die völlig auf Produkte der Textilindustrie verzichteten –, doch der Anblick, der sich ihm nun darbot, war im wahrsten Sinne des Wortes atemberaubend. Ganz gleich, welcher Modeschöpfer für dieses Gewand die Verantwortung trug: Offenbar hatte der Betreffende einem kreativen Wahn nachgegeben, ohne den Tarifurlaub der Schneiderinnen zu berücksichtigen. Eine bereits recht umfangreiche Seidenbasis wurde um zahllose Spitzen erweitert, denen man hier und da ein wenig Gezieferpelz und mehrere Dutzend blasse Perlen hinzufügte. Anschließend stärkte man die Ärmel und stattete sie mit Borten, Troddeln, silbrigen Filigranarbeiten und anderen Verzierungen aus, bevor man erneut nach Seide griff und noch einmal von vorn begann.

Schneidgut empfand es als höchst erstaunlich, was man mit mehreren Unzen Schwermetall, einigen verärgerten Mollusken, sieben oder acht toten Nagetieren und um Insektenpanzer gewickelten Zwirn anstellen konnte. Das Gewand wurde nicht in dem Sinne getragen, sondern eher bewohnt. Und da die weit herabreichenden Volants und Rüschen nicht auf Rädern ruhten, musste der Zauberer annehmen, dass sich in Kelis Leib weitaus mehr Muskeln verbargen, als er bisher vermutet hatte.

»Na, wie sehe ich aus?«, fragte die Prinzessin und drehte sich langsam. »Dieses Kleid wurde von meiner Mutter getragen. Und meiner Großmutter. Und meiner Urgroßmutter.«

»Was, von allen gleichzeitig?«, erwiderte Schneidgut. Er war durchaus bereit, so etwas für möglich zu halten. Wie ist sie hineingelangt?, überlegte er. Vielleicht gibt es hinten eine Tür ...

»Ein Erbstück der Familie. Das Mieder ist mit echten Diamanten besetzt.«

»Das Mieder?«

»Hier.«

»Oh.« Schneidgut schauderte. »Sehr beeindruckend«, kommentierte er, als er die Sprache wiederfand. »Hältst du das Gewand nicht für ein wenig ... *gereift?*«

»Es ist königlich.«

»Ja, aber sicher kannst du dich darin nicht besonders schnell bewegen, oder?«

»Ich habe nicht vor, einen Wettlauf zu beginnen. Eine Königin muss Würde ausstrahlen.« Einmal mehr schob sie das Kinn vor, und Kelis Züge gewannen wieder bemerkenswerte Ähnlichkeit mit denen ihres kriegerischen Vorfahren – der zeit seines Lebens großen Wert auf flinke Schnelligkeit gelegt und Würde mit der Klinge seines Schwertes verwechselt hatte.

Schneidgut breitete die Arme aus.

»Na schön«, sagte er. »In Ordnung. Wir geben uns alle Mühe. Ich hoffe nur, dass Mort etwas einfällt.«

»Es ist schwer, einem Geist zu vertrauen«, murmelte Keli. »Er geht durch Wände!«

»Ich habe darüber nachgedacht«, sagte der Zauberer. »Eine rätselhafte Sache, nicht wahr? Mort geht nur dann durch irgendwelche Dinge, wenn er nicht daran denkt. Ich glaube, es ist eine Berufskrankheit.«

»Eine was?«

»Gestern Abend war ich mir fast sicher. Er wird allmählich wirklich.«

»Wir alle sind wirklich! Ich meine, du bist es ganz bestimmt. Bei mir sind Schicksal und Geschichte etwas anderer Ansicht.«

»Aber Mort wird *sehr* wirklich. Geradezu extrem wirklich. So wirklich wie Tod. Und wirklicher kann man nicht werden. Nein, ganz und gar nicht.«

Bist du sicher?«, fragte Albert argwöhnisch.

»Natürlich«, erwiderte Ysabell. »Rechne nach, wenn du unbedingt willst.«

Albert starrte auf das große Buch, und Unsicherheit vertrieb alle anderen mimischen Aspekte aus seinem Gesicht.

»Vielleicht hast du recht«, sagte er unbeholfen und notierte die beiden Namen auf einem Zettel. »Wie dem auch sei: Es gibt eine Möglichkeit, Gewissheit zu erlangen.«

Er zog die oberste Schublade des Schreibtischs auf und holte einen großen eisernen Ring hervor. Nur ein Schlüssel baumelte daran.

WAS GESCHIEHT JETZT?, fragte Mort.

»Wir müssen die Lebensuhren holen«, erklärte Albert. »Komm.«

»Mort!«, entfuhr es Ysabell.

»Ja?«

»Was du eben gesagt hast...« Sie unterbrach sich und fügte nach einigen Sekunden hinzu: »Ach, nichts. Es klang irgendwie ... seltsam.«

»Ich habe nur gefragt, was jetzt geschieht«, sagte Mort.

»Ja, aber ... Schon gut.«

Albert schob sich an ihnen vorbei, wankte wie eine zweibeinige Spinne durch den Flur und blieb vor der Tür stehen, die immer verriegelt blieb. Der Schlüssel passte genau ins Schloss. Die Tür schwang auf, ohne dass die Angeln quietschten. Es ließ sich nur das ätherische Zischen stillerer Stille vernehmen.

Dem das schier ohrenbetäubende Donnern unablässig rieselnden Sands folgte.

Mort und Ysabell blieben wie erstarrt auf der Schwelle stehen, während Albert an langen Wänden aus Glas entlangstapfte. Das allgemeine Rauschen erreichte den Körper nicht nur durch die Ohren. Es kroch auch durch Beine und Schädelknochen, füllte das Gehirn, bis es nur noch an dieses allgegenwärtige Geräusch denken konnte, verursacht von Millionen gelebter Leben, die alle ihrer letztendlichen Bestimmung entgegenstrebten.

Mort und das Mädchen an seiner Seite blickten wie gebannt an den langen Gestellen mit den zahllosen Sanduhren entlang, jede von ihnen einzigartig, jede mit einem Namen versehen. Fackeln brannten an den Wänden, und ihr Schein spiegelte sich auf den kleinen kristallenen Behältern wider, wodurch der Eindruck entstand, als funkelten winzige Sterne auf Myriaden Gläsern. Das gegenüberliegende Ende des Zimmers verlor sich in einem endlosen Labyrinth aus hellem Schimmern.

Mort spürte, wie sich Ysabells Hand fest um seinen Arm schloss. Als sie sprach, klang ihre Stimme gepresst.

»Einige Lebensuhren sind so *klein*, Mort.«

ICH WEISS.

Ganz langsam lockerte sie den Griff, wie jemand, der das letzte As auf ein hohes Kartenhaus legt und vorsichtig die Hand zurückzieht, um das Gebäude nicht zum Einsturz zu bringen.

»Wiederhol das bitte!«, hauchte sie.

»Ich sagte: Ich weiß. Leider kann ich nichts daran ändern. Bist du noch nie hier drin gewesen?«

»Nein.« Ysabell trat einen Schritt beiseite und bedachte ihn mit einem starren Blick.

»Dieses Zimmer ist nicht schlimmer als die Bibliothek«, fügte Mort hinzu, und es wäre ihm beinah gelungen, selbst daran zu glauben. In der Bibliothek las man nur über die verschiedenen Leben, doch in diesem Raum konnte man direkt beobachten, wie sie verstrichen.

»Warum siehst du mich so an?«, fragte er.

»Ich versuche nur, mich an deine Augenfarbe zu erinnern«, erwiderte sie. »Die Pupillen haben sich nämlich ver...«

»Ich störe euch beide nur ungern!«, rief Albert, um das Tosen des Sands zu übertönen. »Aber eine wichtige Aufgabe wartet auf uns. Hier entlang!«

»Braun«, wandte sich Mort an Ysabell. »Meine Augen sind braun. Warum?«

»Beeilt euch!«

»Du solltest Albert besser helfen«, sagte Ysabell. »Er scheint ziemlich nervös zu sein.«

Mort setzte einen Fuß vor den anderen und versuchte, die wachsende Beklommenheit aus sich zu verbannen. Wie benommen ging er über die Fliesen und näherte sich Albert, der ungeduldig mit dem Fuß klopfte.

»Was soll ich tun?«, fragte er.

»Folg mir einfach!«

Die Wände des Zimmers wichen zurück, und mehrere Gänge führten an hohen, mit Lebensuhren gefüllten Gestellen vorbei. Hier und dort unterteilten steinerne Säulen mit rechteckigen Markierungen die Regale. Gelegentlich warf Albert einen kurzen Blick auf die Schilder, aber die meiste Zeit über marschierte er so zielsicher, als kenne er jeden Winkel des Raums.

»Gibt es hier für jeden lebenden Menschen ein Glas, Albert?«

»Ja.«

»Das Zimmer scheint nicht groß genug zu sein.«

»Hast du schon mal was von n-dimensionaler Topografie gehört?«

»Äh, nein.«

Der alte Mann blieb vor einem Gerüst stehen, sah auf den Zettel, suchte in den Regalen und holte eine Lebensuhr hervor, deren obere Hälfte nur noch wenig Sand enthielt.

»Halt es!«, sagte er. »Wenn die Knoten-Berechnungen stimmen, müsste das andere ganz in der Nähe sein. Ah, hier ist es ja.«

Mort betrachtete die beiden Gläser und drehte sie langsam hin und her. Das eine wies die Verzierungen eines wichtigen Lebens auf, während das zweite eher schlicht wirkte.

Er las die Namen. Der erste bezog sich offenbar auf einen Adligen irgendwo im Achatenen Reich, während der zweite aus einigen Piktogrammen bestand, eine Schrift, die Mort als Drehwärtiges Klatschianisch erkannte.

»Jetzt bist du dran«, sagte Albert: »Je eher du mit der Arbeit beginnst, desto schneller bist du fertig. Ich bringe Binky zur Vordertür.«

»Was hältst du von meinen Augen?«, fragte Mort.

»Soweit ich erkennen kann, ist alles in Ordnung mit ihnen«, erwiderte der alte Mann. »Das Weiße ein bisschen gerötet, die Pupillen blauer als sonst. Sonst fällt mir nichts auf.«

Ein nachdenklicher Mort folgte ihm zur Tür. Ysabell sah, dass er nach Tods Schwert griff und die Klinge prüfte, indem er wie sein Lehrmeister damit ausholte. Mort lächelte finster, als Donner grollte.

Als er sich wieder in Bewegung setzte, schnappte Ysabell unwillkürlich nach Luft. Sie kannte diese Gangart. Mort *stolzierte.*

»Mort?«, flüsterte sie.

JA?

»Etwas geschieht mit dir.«

ICH WEISS, sagte Mort. »Aber ich glaube, ich kann es kontrollieren.«

Draußen pochten Hufe, und kurz darauf öffnete Albert die Tür. Er trat ins Haus und rieb sich die Hände. »Alles klar, Junge, verlier jetzt keine Zeit mehr …«

Mort schwang das Schwert in Brusthöhe. Etwas knisterte, als risse feine Seide, und die Klinge bohrte sich dicht neben Alberts Ohr in den Türpfosten.

AUF DIE KNIE, ALBERTO MALICH.

Alberts Kinnlade klappte herunter, und die Augen rollten zur Seite, um auf das blaue Schimmern zu starren, von dem ihn nur wenige Zentimeter trennten. Dann senkten sich die Lider und bildeten zwei schmale Schlitze.

»Das wagst du bestimmt nicht, Junge«, sagte er.

MORT. Die eine Silbe knallte wie ein Peitschenschlag, und die Drohung darin war unüberhörbar.

»Es gibt einen Pakt«, sagte Albert, und ein erster Zahn des Zweifels nagte an der Selbstsicherheit in seiner Stimme. »Es gibt eine Vereinbarung.«

»Sie wurde nicht mit mir geschlossen.«

»Trotzdem ist es eine Vereinbarung! Wohin kämen wir, wenn wir keine Vereinbarungen mehr achten?«

»Ich weiß nicht, wohin ich käme«, erwiderte Mort ruhig. ABER MIR IST DURCHAUS KLAR, WAS AUS DIR WÜRDE.

»Das ist nicht gerecht!«, wimmerte Albert.

ES GIBT KEINE GERECHTIGKEIT. ES GIBT NUR MICH.

»Hör auf damit!«, warf Ysabell ein. »Sei doch nicht dumm, Mort. Hier kannst du niemanden töten. Außerdem willst du Albert gar nicht umbringen, oder?«

»Zumindest nicht an diesem Ort. Aber ich könnte ihn in die Welt der Sterblichen zurückschicken.«

Albert erbleichte.

»Dazu bist du nicht fähig!«

»Wirklich nicht? Ich wäre imstande, dich in die reale Welt zu bringen und dort zurückzulassen. Ich glaube, du hast dort nicht mehr viel Zeit, oder?« ODER?

»Sprich nicht auf diese Weise!«, jammerte Albert und mied Morts Blick. »Wenn du auf diese Weise sprichst, klingst du wie unser Herr.«

»Ich kann weitaus strenger sein als unser Herr«, sagte Mort gelassen. »Ysabell, sei so gut und hol Alberts Buch ...«

»Mort, du solltest jetzt wirklich ...«

ICH WIEDERHOLE MICH NICHT GERN.

Ysabell floh blass aus dem Zimmer.

Albert schielte an der Schwertklinge entlang, sah Mort an und rang sich ein schiefes Lächeln ab.

»Du kannst dich der Veränderung nicht auf Dauer widersetzen«, behauptete er.

»Das will ich auch gar nicht. Ich möchte sie nur lange genug unter Kontrolle halten.«

»Es wird immer schlimmer, begreifst du das denn nicht? Je länger unser Herr abwesend ist, desto mehr wirst du wie er. Aber in deinem Fall wäre das besonders fatal, denn du weißt die ganze Zeit über, dass du einmal als Mensch gelebt hast ...«

»Und du?«, fragte Mort scharf. »Hast du dir Erinnerungen an dein Leben in der anderen Welt bewahrt? Wenn du zurückkehrst ... Wie viel Zeit bleibt dir dann noch?«

»Insgesamt einundneunzig Tage, drei Stunden und fünf Minuten«, antwortete Albert sofort. »Ich wusste, dass mir der Tod dicht auf den Fersen war. Aber hier bin ich sicher, und außerdem ist er gar kein übler Herr. Manchmal glaube ich sogar, dass er ohne mich überhaupt nicht mehr zurechtkommt.«

»Du hast recht«, gab Mort zurück. »Niemand stirbt in Tods privatem Reich. Bist du damit zufrieden?«

»Oh, ich bin mehr als zweitausend Jahre alt. Ich habe länger gelebt als irgendein anderer Mensch.«

Mort schüttelte den Kopf.

»Da irrst du dich«, widersprach er. »Du hast die Dinge nur ein wenig gestreckt, sie gewissermaßen in die Länge gezogen. Hier kann niemand *richtig* leben. Die Zeit an diesem Ort ist nicht echt, nur ... simuliert. Nichts verändert sich. Ich würde lieber sterben und abwarten, was dann passiert, anstatt hier eine Ewigkeit zu verbringen.«

Albert rieb sich nachdenklich das Kinn. »Das mag bei dir der Fall sein«, erwiderte er. »Aber ich war Zauberer, weißt du. Und ein mächtiger noch dazu. Man hat mir sogar ein Denkmal gesetzt. Andererseits: Man führt kein langes Leben als Zauberer, wenn man sich nicht einige Feinde macht, und ... Ich fürchte, sie erwarten mich auf der Anderen Seite.«

Albert schniefte leise. »Nicht alle von ihnen gehen auf zwei Beinen. Manche haben überhaupt keine. Manchen fehlt sogar ein Gesicht. Ich fürchte nicht etwa den Tod, sondern das, was danach kommt.«

»Dann hilf mir!«

»Was hätte ich davon?«

»Eines Tages brauchst du vielleicht einen Freund auf der Anderen Seite«, sagte Mort. Er dachte kurz nach und fügte hinzu: »Es könnte gewiss nicht schaden, wenn du deine Seele ein wenig aufpolierst. Die Burschen, die im Jenseits auf dich warten ... Vielleicht stößt sie der Geschmack einer guten Tat ab.«

Albert schauderte und schloss die Augen.

»Du hast keine Ahnung, wovon redest du«, brummte er mit mehr Gefühl als Grammatik. »Sonst würdest du so etwas nicht sagen. Worum geht es?«

Mort erklärte es ihm.

Albert lachte schallend.

»Nichts weiter als das? Ich soll nur die Realität für dich ändern? Himmel, das ist unmöglich! Es gibt keine Magie mehr, die stark genug wäre. Nur mit den Großen Zauberformeln ließe sich so etwas bewerkstelligen. Nein, Mort, es ist aussichtlos. Vergiss die Sache. Ganz gleich, was du versuchst: Du kannst den Gleisen der Geschichte keine neue Richtung aufzwingen.«

Auf der Scheibenwelt gab es keine Eisenbahn. Andernfalls hätte Mort vielleicht schlagfertig geantwortet: ›Aber es ist möglich, in einem Bahnhof umzusteigen.‹

Ysabell kehrte ein wenig außer Atem zurück und trug das letzte Buch von Alberts Leben. Der alte Mann schniefte erneut. Der winzige Tropfen an seiner Nasenspitze faszinierte Mort. Er schien jeden Moment herunterfallen zu können, brachte aber nie den Mut dazu auf. In dieser Hinsicht ähnelte er dem ehemaligen Zauberer.

»Mit dem Buch kannst du mir nichts anhaben«, sagte Albert misstrauisch.

»Oh, es soll dir keineswegs noch einmal auf den Kopf fallen«, erwiderte Mort. »Ich vermute nur, dass man kein mächtiger Magier wird, indem man immer die Wahrheit sagt. Lies vor, Ysabell!«

»›Albert sah ihn unsicher an …‹«, begann das Mädchen.

»Du kannst unmöglich alles glauben, was dort geschrieben steht …«

»›… platzte es aus ihm heraus, obgleich er tief in seinem steinernen Herzen wusste, dass die Biografien aus Tods Bibliothek nie logen‹«, las Ysabell.

»Sei endlich still!«

»›… rief er und kämpfte gegen die Erkenntnis an, dass sich die Realität zwar nicht aufhalten, aber zumindest ein wenig verlangsamen ließ.‹«

WIE?

»›… fragte Mort im bleiernen Tonfall des Todes‹«, begann Ysabell pflichtbewusst.

»Ja, ja, schon gut«, sagte Mort verärgert. »Verlier keine Zeit mit meinen Stellen.«

»Oh, entschuldige bitte. Ich bin nur eine einfache Sterbliche. Verschon mein armseliges Leben.«

KEIN LEBENDER WIRD VERSCHONT. JEDER KOMMT EINMAL AN DIE REIHE.

»Und sprich nicht so mit mir«, fügte Ysabell hinzu. »Mir jagst du damit keinen Schrecken ein.« Sie blickte wieder aufs Buch und stellte fest, dass die übers Papier kriechenden Worte etwas anderes behaupteten.

»Sag mir wie, Zauberer!«, knurrte Mort.

»Aber mir ist doch nur meine Magie geblieben!«, jammerte Albert.

»Du brauchst sie jetzt nicht mehr, alter Geizkragen.«

»Ich fürchte mich nicht vor dir, Junge …«

SIEH MICH AN UND WIEDERHOL DAS.

Mort schnippte herrisch mit den Fingern, und Ysabell beugte sich einmal mehr übers Buch.

»›Albert blickte in den blauen Glanz der Augen, und sein Widerstandswille schmolz wie Schnee in der Sonne‹«, las sie. »›Er sah nicht nur den Tod, sondern einen Tod, der die Suppe seines Wesens mit menschlichen Gewürzen wie Rache, Grausamkeit, Abscheu und Wut kochte. Albert begriff mit einer alle Zweifel ausschließenden Gewissheit, dass dies seine letzte Chance war. Mort würde ihn in die Wirkliche Zeit zurückschicken, ihn jagen und dafür sorgen, dass er in den Kerkerdimensionen endete, wo die Geschöpfe des Grauens seine Seele Punkt Punkt Punkt.‹« Ysabell sah auf. »Auf der nächsten halben Seite stehen nur Punkte.«

»Weil nicht einmal das Buch wagt, solche Dinge zu erwähnen«, hauchte Albert. Er versuchte, die Augen zuzukneifen, aber die Dunkelheit hinter den Lidern erschien ihm so gespenstisch, dass er sie rasch wieder öffnete. Selbst Morts Anblick war ihm lieber.

»Na schön«, sagte er. »Es gibt eine Zauberformel, mit der man in einem begrenzten Bereich die Zeit verlangsamen kann. Ich schreibe sie auf. Aber du musst einen Zauberer finden, der sie laut ausspricht.«

»Das dürfte nicht weiter schwer sein.«

Mit schwammiger Zunge befeuchtete sich Albert die spröden, trockenen Lippen.

»Ich stelle allerdings eine Bedingung. Zuerst musst du die PFLICHT wahrnehmen.«

»Ysabell?«, fragte Mort. Das Mädchen starrte erneut auf den dicken Band hinab.

»Er meint es ernst«, bestätigte es. »Du musst Tod vertreten. Wenn nicht, läuft alles quer, und in dem Fall bliebe Albert ohnehin nichts anderes übrig, als in die Wirkliche Zeit zurückzukehren.«

Bei den letzten Worten drehten sie sich alle um und richteten ihre Blicke auf die große Standuhr im Flur. Ihr langes Pendel sägte langsam durch die Luft und zerschnitt eine unechte Zeit in kleine Stücke.

Mort stöhnte.

»Es ist schon zu spät«, ächzte er. »Vielleicht kann ich mich um eine der beiden Personen kümmern, die heute Nacht sterben sollen. Aber die andere ...«

»Unser Herr hätte die PFLICHT problemlos erfüllt«, bemerkte Albert.

Mort zerrte die Klinge aus dem Türpfosten und schwang sie ungelenk. Der alte Mann zuckte zusammen.

»Schreib die Zauberformel auf!«, rief Tods Lehrling. »Und zwar schnell!«

Er wirbelte herum und kehrte in das Büro seines Lehrmeisters zurück. In der einen Ecke stand eine Nachbildung der Scheibenwelt, die auf vier silbernen Elefanten stand, unter denen sich der bronzene Panzer einer anderthalb Meter langen Groß-A'Tuin wölbte. Jade-Adern symbolisierten breite Ströme; Diamantenstaub stellte weite Wüsten dar, und Edelsteine versinnbildlichten die wichtigsten Städte. Ankh-Morpork war zum Beispiel ein Karfunkel.

Mort stellte die beiden Lebensuhren dort ab, wo die betreffenden Menschen lebten, nahm hinter dem Schreibtisch Platz, beobachtete die beiden Gläser und versuchte, den Abstand zwischen ihnen mit reiner Willenskraft zu verringern. Der Stuhl knarrte leise, als sich Mort von einer Seite zur anderen neigte und auf die Miniaturscheibenwelt starrte.

Nach einer Weile kam Ysabell auf leisen Sohlen herein.

»Albert hat die Formel notiert«, sagte sie kleinlaut. »Ich habe im Buch nachgesehen. Es ist kein Trick. Jetzt hockt er in seinem Zimmer, schmollt und ...«

»Sieh dir die beiden Sanduhren an! Ich meine, siehst du sie?«

»Ich glaube, du solltest dich ein wenig beruhigen, Mort.«

»Wie kann ich mich beruhigen, wenn dies Glas hier – sieh nur! – am Großen Nef steht und das andere in Bes Pelargic? Anschließend muss ich wieder nach Sto Lat zurück. Es ist eine mindestens zehntausend Meilen lange Rundreise, ganz gleich aus welcher Perspektive man die Sache betrachtet. Und sie dauert ganz eindeutig *zu lange!*«

»Bestimmt findest du trotzdem eine Möglichkeit, die PFLicht wahrzunehmen.« Ysabell brachte es nur fertig, die ersten drei Buchstaben groß auszusprechen. »Ich helfe dir.«

»Du? Wie willst du mir helfen?«

»Binky ist imstande, uns beide zu tragen«, erwiderte Ysabell mit einer Spur von Verlegenheit und hob unsicher eine große Papiertüte. »Ich habe uns etwas zu essen eingepackt und könnte ... Türen für dich aufhalten und so.«

Mort lachte freudlos. DAS IST SICHER NICHT NÖTIG.

»Wenn du doch endlich aufhören würdest, so zu sprechen!«

»Ich kann dich nicht mitnehmen. Du wärst nur eine Belastung für mich.«

Ysabell seufzte. »Ich schlage Folgendes vor: Gehen wir einfach davon aus, dass wir den Streit bereits hatten und ich mich durchsetzen konnte – auf diese Weise ersparen wir uns viel Mühe. Außerdem bekommst du vielleicht Schwierigkeiten mit Binky, wenn ich nicht dabei bin. In den vergangenen Jahren habe ich ihm viele Zuckerstücke gegeben. Brechen wir jetzt auf?«

Albert saß auf seinem schmalen Bett und starrte an die Wand. Draußen erklang dumpfer Hufschlag, dem jähe Stille folgte, als Binky aufstieg. Der alte Mann brummte etwas Unverständliches.

Zwanzig Minuten verstrichen. Verschiedene Ausdrücke huschten über Alberts Gesicht wie Schatten über einen Hügelhang. Gelegentlich flüsterte er vage Bemerkungen wie »Ich hab's ihnen gesacht« oder »Is doch alles Wahnsinn« und »Unser Herr sollte davon erfahr'n«.

Schließlich schien er eine Vereinbarung mit sich selbst zu treffen, sank langsam auf die Knie und zog einen zerkratzten Koffer unter dem Bett hervor. Es dauerte eine Weile, bis es ihm gelang, den Deckel zu öffnen, und als er einen staubigen grauen Umhang entfaltete, fielen Mottenkugeln und stumpf gewordene Pailletten zu Boden. Er streifte das Gewand über, versuchte mit nur mäßigem Erfolg, die vielen Falten glattzustreichen, und kroch noch einmal unters Bett. Das Klirren von Porzellan untermalte halblaute Flüche, und eine knappe Minute später kam Albert wieder zum Vorschein – mit einem Stab, der ihn um ein ganzes Stück überragte.

Er war auch dicker als ein normaler Stab, was hauptsächlich an den Schnitzmustern lag, die vom einen Ende bis zum anderen reichten. Die seltsamen Darstellungen waren undeutlich, wiesen jedoch darauf hin, dass es ein unbedarfter Beobachter bedauert hätte, sie genau zu betrachten.

Albert straffte die Schultern und betrachtete sich im Spiegel über dem Waschbecken.

»Hut«, sagte er plötzlich. »Kein Hut. Man muss einen Hut haben, wenn man zaubern will. Verdammter Mist.«

Er stapfte in den Flur und kehrte nach einer geschäftigen Viertelstunde zurück. Während dieser Zeit geschah dies: Der Teppich in Morts Schlafzimmer bekam ein rundes Loch; der Spiegel in Ysabells Kammer büßte sein silbernes Papier ein; der kleine Kasten unter der Küchenspüle verlor eine Nadel und viel Zwirn; und die Kleidertruhe in der Abstellkammer musste sich von einigen Pailletten trennen. Das Ergebnis von Alberts Bemühungen war nicht ganz so Ehrfurcht gebietend, wie es sich der alte Mann wünschte – zumal es ständig dazu neigte, ihm tief in die Stirn zu rutschen –, doch es glänzte in mattem Schwarz, besaß Sterne und Monde und wies mit der notwendigen Deutlichkeit darauf hin, dass es sich bei dem Träger um einen Zauberer handelte, wenn auch vielleicht einen verzweifelten.

Zum ersten Mal seit zweitausend Jahren hatte Albert das Gefühl, angemessen gekleidet zu sein. Dieses Empfinden beunruhigte ihn aus irgendeinem Grund, und er zögerte, bevor er den Läufer vor dem Bett beiseite schob und mit seinem Stab einen Kreis auf den Boden malte.

Wo der Stab die Dielen berührte, entstand ein oktarines

Schimmern: die achte Farbe des Spektrums, die Farbe der Magie, das Pigment der Imagination.

Albert fügte dem Kreis acht Zacken hinzu, verband sie miteinander und schuf damit ein Oktagramm. Ein leises Brummen wehte durchs Zimmer.

Alberto Malich trat in die Mitte der Darstellung und hob seinen Zauberstab hoch über den Kopf. Er spürte, wie der magische Gegenstand unter seinem Griff langsam erwachte, nahm das Prickeln einer noch schlafenden Kraft wahr, die sich zögernd entfaltete und wie ein Tiger streckte. Längst vergessen geglaubte Erinnerungen an Macht und Magie gähnten in ihm, und im staubigen Dachboden seines Bewusstseins herrschte plötzlich wieder rege Betriebsamkeit. Seit Jahrhunderten hatte er sich nicht mehr so lebendig gefühlt.

Er leckte sich die Lippen. Das Brummen verklang, hinterließ eine sonderbare, wartende Stille.

Malich neigte den Kopf zurück und rief eine einzelne Silbe.

Blaugrünes Feuer loderte von beiden Enden des Stabes. Oktarine Flammen züngelten aus den acht Zacken des Oktagramms und umhüllten den Zauberer. Eigentlich waren diese spektakulären Begleiterscheinungen überhaupt nicht notwendig, um die gewünschte magische Wirkung zu erzielen, aber Zauberer legen eben großen Wert auf einen imposanten Auftritt...

Was auch für ihren Bühnenabgang gilt. Alberto Malich verschwand.

Stratohemisphärische Winde zerrten an Morts Mantel.

»Wohin reiten wir zuerst?«, rief ihm Ysabell ins Ohr.

»Nach Bes Pelargic!«, erwiderte Mort. Die Böen trugen die Worte fort.

»Wo ist das?«

»Im Achatenen Reich! Auf dem Gegengewicht-Kontinent!«

Er deutete nach unten.

Mort wusste, wie viele Meilen es noch zurückzulegen galt, und deshalb drängte er Binky nicht zur Eile. Der große weiße Hengst flog derzeit in leichtem Galopp und überquerte gerade den Ozean. Ysabell starrte auf die hohen grünen Wellen mit ihren Schaumkronen und klammerte sich an Mort fest.

Mort beobachtete einige Wolken, die in der Ferne über dem Kontinent schwebten, und widerstand der Versuchung, das Pferd mit der flachen Seite seines Schwerts anzutreiben. Er hatte es noch nie geschlagen und wusste nicht, was passieren würde, wenn er sich jetzt dazu hinreißen ließ. Es blieb ihm nichts anderes übrig, als zu warten und sich in Geduld zu fassen.

Eine Hand schob sich von hinten in sein Blickfeld und hielt ein Brötchen.

»Du kannst zwischen Schinken, Käse und Nougatcreme wählen«, sagte Ysabell. »Vertreib dir ruhig die Zeit, indem du etwas isst.«

Mort betrachtete die ein wenig zerdrückt wirkende Masse und versuchte sich daran zu erinnern, wann er zum letzten Mal etwas gegessen hatte. Seine innere Uhr breitete hilflos die Arme aus und riet ihm, einen Kalender zu konsultieren. Er seufzte und griff nach dem Brötchen.

»Danke«, sagte er möglichst freundlich.

Die kleine Sonne glitt dem Horizont entgegen und zog träges Tageslicht hinter sich her. Die Wolken weiter vorn verdichteten sich; ihre Ränder glühten in einem rosaroten und orangefarbenen Schein. Nach einer Weile sah Mort die dunkleren Konturen der Landmasse, einen gestaltlosen Schemen, auf dem hier und dort die Lichter von Städten leuchteten.

Eine halbe Stunde später glaubte er, einzelne Gebäude zu

erkennen. Die achatene Architektur hatte eine Vorliebe für gedrungene Pyramiden.

Binky sank tiefer, bis sich seine Hufe nur noch einen knappen Meter über dem Meer befanden. Mort warf erneut einen prüfenden Blick auf die Lebensuhr, zog vorsichtig an den Zügeln, änderte den Kurs und lenkte das Pferd randwärts.

Mehrere Schiffe lagen vor Anker, kleine Küstenkutter mit nur einem Segel. Das Reich riet seinen Bürgern ab, sich zu weit zu entfernen, mit dem warnenden Hinweis, sie könnten beunruhigende Dinge sehen. Aus dem gleichen Grund war an den Grenzen eine hohe Mauer errichtet worden, auf der die Ordentliche Garde patrouillierte. Ihre Aufgabe bestand in erster Linie darin, allen jenen Leuten ordentlich auf die Finger zu treten, die mit dem Gedanken spielten, für ein paar Minuten nach draußen zu gehen und ein wenig frische Luft zu schnappen.

Das geschah natürlich nicht sehr oft, denn die meisten Untertanen des Sonnenkaisers gaben sich durchaus damit zufrieden, auf ihrer Seite der Mauer zu leben. Philosophen haben zweifelsfrei festgestellt, dass praktisch jeder auf der einen oder anderen Seite irgendeiner Mauer wohnt, und sie geben folgenden Rat: Entweder findet man sich damit ab, oder man muss sich widerstandsfähigere und schmerzunempfindlichere Finger wachsen lassen.

»Wer schmeißt hier den Laden?«, fragte Ysabell, als sie den Hafen überquerten.

»Ein junger Kaiser, kaum mehr als ein Kind«, erwiderte Mort. »Aber ich glaube, um die eigentlichen Regierungsgeschäfte kümmert sich der Großwesir.«

»Trau nie einem Großwesir!«, murmelte Ysabell düster.

Der Sonnenkaiser hatte diese Weisheit längst verinnerlicht. Sein Großwesir (er hieß Neun Drehende Spiegel) vertrat einen ziemlich klaren Standpunkt, wenn es darum ging, wer über das Reich herrschen sollte – in solchen Fällen zeigte er immer auf sich selbst –, und der Junge wurde allmählich groß genug, um Fragen zu stellen wie: »Glaubst du nicht, mit einigen Toren wäre die Mauer weitaus hübscher?« und »Ja, aber wie sieht es auf der anderen Seite aus?« Der Wesir fühlte schon bald Mitleid mit dem Kaiser und beschloss, ihn von der schrecklich schweren Bürde seiner Neugier zu befreien: mit Gift und einem Grab in gelöschtem Kalk.

Binky landete auf sorgfältig geharktem Kies vor dem großen, niedrigen Palast, und seine Hufe brachten erhebliche Unordnung in die allgemeine Harmonie des Universums.* Mort stieg ab und half Ysabell vom Rücken des Hengstes.

»Versprich mir, dass du mich nicht behinderst«, sagte er ernst. »Und stell auch keine Fragen.«

Er eilte einige lackierte Stufen hoch, lief durch stille Zimmer und blieb gelegentlich stehen, um sich mithilfe der Lebensuhr zu orientieren. Am Ende eines langen Flurs bemerkte er ein verziertes Gitter und blickte in den Saal, in dem der Hof gerade das Abendessen einnahm.

Der junge Sonnenkaiser saß im Schneidersitz am oberen Ende der Matte, und hinter ihm lag der Majestätenmantel aus Gezieferpelz und Federn. Er schien ihm langsam zu klein zu werden. Die Plätze der anderen Regierungsangehörigen berücksichtigten eine recht komplizierte Rangfolge im Schloss. Der Großwesir fiel sofort auf: Mit unübersehbarem Miss-

* Der Steingarten des Universellen Friedens und der Kosmischen Schlichtheit wurde auf Anweisung des alten Kaisers Ein Sonnenspiegel** angelegt und nutzte die Interaktionen von Kieselformen und Schatten, um die elementare Einheit von Seele und Materie einerseits und die Harmonie allen Seins andererseits zu symbolisieren. Es heißt, die Geheimnisse im Herzen der Realität verbargen sich in der genauen Anordnung der Steine.

** Er ging nicht nur aufgrund des Steingartens in die achatene Geschichte ein. Historiker weisen darauf hin, dass er die Angewohnheit hatte, seinen Feinden Lippen und Beine abzuschneiden und zu versprechen, sie freizulassen, wenn es ihnen gelänge, durch die Stadt zu laufen und auf einer Trompete zu spielen.

trauen stocherte er in seiner Schüssel, die *Squschi* und gekochte Algen enthielt. Niemand schien zu sterben.

Mort setzte den Weg fort, ging um eine Ecke und stieß fast gegen einige Soldaten der Ordentlichen Garde. Sie standen vor einem Guckloch in der Papierwand und reichten verstohlen eine Zigarette von Hand zu Hand.

Auf Zehenspitzen kehrte Mort zum Gitter zurück und hörte folgendes Gespräch:

»Ich bin der Unglücklichste aller Sterblichen, o Immanente Präsenz, dass ich ein solches Etwas in meinem ansonsten sehr schmackhaften *Squschi* finden muss«, klagte der Wesir und hob die Stäbchen.

Die Anwesenden reckten die Hälse, und Mort folgte ihrem Beispiel. Er war geneigt, den Ausführungen des Großwesirs zuzustimmen, denn das Etwas sah aus wie ein blaugrüner Klumpen, aus dem einige gummiartige Schläuche heraushingen.

»Dafür werde ich den Kaiserlichen Zubereiter zur Rechenschaft ziehen, Ehrwürdiger Gelehrter und Fanal der Wissenschaft«, erwiderte der Kaiser. »Wer hat die Rippchen stibitzt?«

»Nein, o Scharfsinniger und Einfühlsamer Vater Eures Volkes«, sagte der Wesir. »Ich wollte mich nicht etwa beklagen, sondern darauf hinweisen, dass dies hier die Milzblase eines Puffaals aus den Tiefen des Meeres zu sein scheint. Es heißt, es sei die köstlichste aller Köstlichkeiten, und sie gebührt allein jenen, die das besondere Wohlwollen der Götter genießen. Ja, so steht es geschrieben. Selbstverständlich maße ich mir eine solche Ehre nicht an. Ganz im Gegenteil: Ich verneige mein elendes Selbst vor Eurer strahlenden Größe. Möge Euch der leckere Happen schmecken.«

Der Wesir winkelte den Arm an, und das Ding flog durch die Luft, landete in der Schüssel des Kaisers, wackelte einige Male und blieb still liegen. Der Junge starrte eine Zeit lang darauf hinab und spießte es mit einem Stäbchen auf.

»Ach«, machte er, »aber hat der erhabene Philosoph Ly Schwatzmaul nicht verkündet, Gelehrte stünden über Prinzen? Wenn ich mich richtig erinnere, habt Ihr mir einmal ein entsprechendes Zitat vorgelesen, o Treuer und Gewissenhafter Sucher nach der Wahrheit.«

Das Etwas sauste erneut über die Matte hinweg und landete mit einem entschuldigenden *Ploff* in der Schüssel des Wesirs. Er griff rasch danach, bereitete sich auf den nächsten Wurf vor und kniff die Augen zusammen.

»In gewöhnlichen Fällen mag das durchaus stimmen, o Jadener Fluss der Weisheit, aber was mich betrifft: Ich kann unmöglich über dem Kaiser stehen, den ich wie meinen eigenen Sohn liebe und seit dem bedauerlichen Tod seines Vaters von ganzem Herzen verehre. Daher lege ich Euch diese unbedeutende Gabe zu Füßen.«

Die Blicke der Versammelten folgten dem blaugrünen Klumpen, als er einmal mehr über sie hinwegflog. Der Kaiser reagierte mit erstaunlichem Geschick, hob seinen Fächer und schlug das Ding wie einen Tennisball zurück. Es landete mit solcher Wucht in der Schüssel des Großwesirs, dass Algenfetzen spritzten.

»*Irgendjemand* soll es essen, verdammt!«, rief Mort, den natürlich niemand hören konnte. »Ich hab's eilig!«

»Ihr seid tatsächlich der rücksichtsvollste und aufmerksamste aller Diener, o Loyaler und Wahrhaft Einziger Begleiter Meines Vaters und Meines Großvaters, Als Sie Das Zeitliche Segneten. Und deshalb verordne ich hiermit, dass du mit dieser erlesenen und fürwahr exquisiten Delikatesse belohnt werden sollst.«

Der Wesir betrachtete das Ding unsicher, hob den Kopf und sah das Lächeln des Kaisers. Es war ein strahlendes, grässliches Lächeln. Er räusperte sich und suchte nach den richtigen Worten.

»Leider ist mein Magen schon gut gefüllt …«, begann er, doch der Kaiser unterbrach ihn mit einer jähen Geste.

»Vielleicht kann ich Abhilfe schaffen«, sprach er und klatschte in die Hände. Die Wand hinter ihm zerriss von oben bis unten, und vier Ordentliche Wächter betraten den Saal. Drei von ihnen zückten lange Säbel, und der vierte versuchte, einen glühenden Zigarettenstummel zu verschlucken.

Der Wesir ließ seine Schüssel fallen.

»Der treueste meiner Diener glaubt, er habe für diesen letzten Bissen keinen Platz mehr in seinem Bauch«, erklärte der Kaiser. »Vielleicht könntet ihr nachsehen und feststellen, ob das stimmt. Warum quillt dem Mann Rauch aus den Ohren?«

»Er brennt vor Tatendrang, o Himmlische Eminenz«, erwiderte der Anführer schnell. »Ich fürchte, er kann es gar nicht abwarten, Gebrauch von seinem Säbel zu machen.«

»Dann soll er ihn benutzen und … Oh, der Wesir scheint seinen Appetit wiedergefunden zu haben. Ausgezeichnet!«

Völlige Stille herrschte, als sich der Großwesir die blaugrüne Masse in den Mund schob. Er kaute rhythmisch und schluckte.

»Welch herrlicher Geschmack!«, behauptete er kühn. »Vorzüglich. Die Speise der Götter, fürwahr. Wenn Ihr mich jetzt bitte entschuldigen würdet …« Er machte Anstalten, sich in die Höhe zu stemmen. Kleine Schweißperlen glänzten ihm auf der Stirn.

»Ihr möchtet schon gehen?«, fragte der Kaiser und hob die Brauen.

»Dringende Staatsangelegenheiten rufen mich, o Weitsichtiger und …«

»Man riskiert Verdauungsstörungen, wenn man so kurz nach dem Essen aufsteht«, tadelte der Kaiser, und die Wächter nickten. »Setz dich! Ich nehme an, mit ›dringenden Staatsangelegenheiten‹ meinst du den Inhalt der kleinen roten Flasche, die in dem schwarzlackierten Schrank deines Zimmers steht und die Aufschrift *Gegenmittel* trägt, o Lampe des Mitternachtsöls.«

In den Ohren des Wesirs rauschte es. Auf seinen Wangen bildeten sich blaue Flecken.

»Siehst du?«, fuhr der Kaiser fort. »Verfrühte Aktivität mit vollem Magen zieht Unwohlsein nach sich. Möge diese Botschaft selbst in den fernsten Regionen meines Reiches verkündet werden. Alle Untertanen sollen von deinem beklagenswerten Zustand erfahren und sich ihn eine Lehre sein lassen.

»Ich ... gratuliere Euch ... zu dieser ... weisen Maßnahme ...«, stammelte der Wesir und fiel nach vorn auf ein Tablett mit gebackenen Krabben.

»Ich hatte einen *sehr* guten Lehrmeister«, erwiderte der Kaiser.

WURDE AUCH ZEIT, brummte Mort und schwang das Schwert.

Eine Sekunde später stand die Seele des Wesirs auf und musterte Mort von Kopf bis Fuß.

»Wer bist du, Barbar?«, fragte er scharf.

ICH BIN DER TOD.

»Aber nicht mein Tod«, entgegnete der Wesir energisch. »Wo ist der Schwarze Feuerspeiende Himmelsdrache?«

ER WAR VERHINDERT, erklärte Mort. Hinter der Seele des Großwesirs formten sich schattenhafte Gestalten. Einige trugen kaiserliche Prachtgewänder, aber es gab auch noch viele andere mit gewöhnlicher Kleidung. Sie alle schienen versessen darauf zu sein, den Neuankömmling im Jenseits zu begrüßen.

»Ich glaube, du wirst bereits erwartet«, fügte Mort hinzu und eilte fort. Als er den Flur erreichte, begann die Seele des Wesirs zu schreien ...

Ysabell stand geduldig neben Binky, der sich gerade einen Imbiss genehmigte und an einem fünfhundert Jahre alten Bonsai knabberte.

»Ein Job erledigt«, seufzte Mort und schwang sich in den Sattel. »Komm! Was den zweiten angeht, habe ich ein ungutes Gefühl, und uns bleibt nur wenig Zeit.«

Albert materialisierte mitten in der Unsichtbaren Universität, am gleichen Ort, von dem aus er die Welt der Sterblichen verlassen hatte. Vor rund zwanzig Jahrhunderten.

Er brummte zufrieden und strich Staub von seinem Gewand.

Kurz darauf merkte er, dass ihn jemand beobachtete. Er hob den Kopf und stellte fest, dass sein eigener, marmorner Blick auf ihm ruhte: Er stand direkt vor dem Denkmal, das man ihm gesetzt hatte.

Er rückte sich die Brille zurecht, starrte missmutig auf die bronzene Tafel am Sockel der Statue und entzifferte die Schrift:

»Alberto Malich, Gründer Dieser Universität. Anno Mundi 1222–1289. ›Einen solchen Mann sehen wir nie wieder.‹«

So viel zur Prophetie, dachte Albert. Warum hatten die magischen Professoren und Studenten keinen fähigeren Bildhauer beauftragt, wenn sie so viel von ihm hielten? Die Nase ähnelte einem Zinken. Und das sollte ein Bein sein? Irgendwelche Leute waren so dreist gewesen, ihre Namen hineinzukratzen. Mit einem solchen Hut wollte Albert nicht einmal zu Grabe getragen werden. Wenn es allein nach ihm ging, kam ein längerer Friedhofurlaub ohnehin nicht infrage.

Er zielte mit einem oktarinen Blitz auf das abscheuliche Ding und lächelte grimmig, als die Statue krachend zerplatzte.

»Na schön«, wandte er sich an die Scheibenwelt im Allgemeinen. »Ich bin zurück.« Das Prickeln der Magie kroch ihm durch den Leib und formte einen warmen Glanz hinter der Stirn. Wie sehr habe ich dieses Gefühl vermisst!, dachte er.

Einige Zauberer hatten die Explosion gehört, eilten durch die breite Doppeltür, rissen die Augen auf und gelangten zu einem ebenso offensichtlichen wie falschen Schluss.

Dort stand der Sockel. Leer. Dort wallte eine Wolke aus Marmorstaub. Und ein leise murmelnder Albert trat daraus hervor.

Die Zauberer weiter hinten drehten sich sofort um und schlichen auf leisen Sohlen fort. Jeder von ihnen hatte einmal in jugendlichem Übermut ein nützliches Schlafzimmerutensil genommen und es auf den Kopf der Statue gesetzt. Oder Bier über den Sockel gegossen. Oder seinen Namen in gewisse Teile der steinernen Anatomie geritzt. Schlimmer noch. Während der Feierwoche in jedem Semester, wenn Wein und Bier in Strömen flossen und der Weg zum Abort viel zu lang schien, war es zu weitaus beschämenderen Zwischenfällen gekommen. Als Studenten hatten sie es damals für sehr lustig gehalten, doch jetzt, als ausgebildete, erfahrene Zauberer sahen sie die Sache anders.

Nur zwei Gestalten blieben stehen und begegneten dem Zorn des lebendig gewordenen Denkmals. Die eine verharrte, weil sich ihr Mantelsaum an der Tür verheddert hatte, und die andere … war ein Affe, der menschlichen Angelegenheiten mit sorglosem Gleichmut begegnete.

Albert packte den Zauberer, der mit wachsender Verzweiflung versuchte, durch die Wand zu gehen. Der Mann quiekte.

»Schon gut, schon gut, ich geb's ja zu! Ich war betrunken, glaub mir. Ich wollte überhaupt nicht … Ich meine … Es tut mir leid! Oh, es tut mir so schrecklich leid …«

»Was faselst du da?«, fragte Albert verwirrt.

»... so leid, wenn ich dir klarmachen könnte, wie leid es mir tut, wäre ich ... Würdest du ...«

»Hör endlich mit dem Quatsch auf!« Albert sah auf den kleinen Affen hinab, der seinen Blick mit einem freundlichen Lächeln erwiderte. »Wie heißt du, Mann?«

»Ja, Herr, ich höre sofort auf, Herr, unverzüglich, Herr, kein Quatsch mehr, Herr ... Rincewind, Herr. Stellvertretender Bibliothekar, wenn du erlaubst, Herr.«

Albert musterte ihn eingehend. Der Bursche sah aus wie ein schmutziges, vergessenes Wäschestück, das ordentlich geschrubbt, mehrmals durch die Mangel gedreht und anschließend sorgfältig gebügelt werden musste. Wenn Rincewind ein Musterbeispiel dafür darstellte, was aus der Zauberei geworden war, so hielt Alberto Malich einige einschneidende Veränderungen für erforderlich.

»Welcher Bibliothekar ließe sich von dir vertreten?«, fragte er verärgert.

»Ugh.«

Etwas tastete nach seinen Fingern, etwas, das sich wie ein warmer weicher Lederhandschuh anfühlte.

»Ein Affe! In *meiner* Universität!«

»Ein Orang-Utan, Herr. Früher ist er ein ganz normaler Zauberer gewesen, Herr, aber er brachte die Magie durcheinander, Herr, und jetzt will er sich nicht mehr zurückverwandeln lassen, Herr, außerdem weiß nur er, wo die Bücher stehen, Herr«, entgegnete Rincewind diensteifrig: »Ich kümmere mich um seine Bananen«, fügte er hinzu, als er eine zusätzliche Erklärung für angebracht hielt.

Albert bedachte ihn mit einem finsteren Blick. »Sei still!«

»Sehr wohl, Herr. Bin still, Herr.«

»Und sag mir, wo Tod ist.«

»Tod, Herr?«, erwiderte Rincewind und wich an die Wand zurück.

»Hochgewachsen, knochig, blaues Glühen in den leeren Augenhöhlen, stolziert dauernd, SPRICHT SO … Tod. Hast du ihn kürzlich gesehen?«

Rincewind schluckte. »Nein, Herr. Kürzlich nicht, Herr.«

»Ich suche ihn. Dieser Unsinn muss sofort aufhören. Von *jetzt* an werden andere Saiten aufgezogen, klar? Ich möchte, dass die acht ältesten Zauberer *hierherkommen*. Ich erwarte sie in einer halben Stunde, mit allen notwendigen Dingen, um den Ritus von AshkEnte zu vollziehen, verstanden? Und dass es niemand von euch wagt zu schlampen, ihr Schlampen! Was seid ihr doch für ein verlotterter Haufen! Hör endlich auf, nach meiner Hand zu greifen!«

»Ugh.«

»Auf meinem Programm steht jetzt ein Kneipenbesuch«, fauchte Albert. »Wird heutzutage noch irgendwo anständiges Bier ausgeschenkt?«

»In der *Trommel*, Herr«, sagte Rincewind.

»Die *Geflickte Trommel?* In der Filigranstraße? Es gibt sie noch immer?«

»Es wurde mehrmals der Name geändert, und es kam auch zu einigen Um- und Wiederaufbauten, aber die Taverne steht noch immer dort, wo sie, äh, steht. Du sitzt wohl ziemlich auf dem Trockenen, wie?« Rincewind zwinkerte und grinste viel zu breit.

»Was weißt du schon davon?«, blaffte Albert.

»Überhaupt nichts, Herr«, versicherte Rincewind prompt.

»Na schön, ich statte der *Trommel* einen Besuch ab. Aber in einer halben Stunde bin ich zurück. Und wenn die Zauberer dann nicht hier sind, werde ich …« Albert überlegte kurz. »Sie sollten mich besser nicht warten lassen!«

Er stürmte in den Flur, gefolgt von einem Schleier aus Marmorstaub.

»Hast du den Hut gesehen?«, fragte Rincewind mit zittriger Stimme.

»Ugh?«

»Wer einen solchen Hut trägt, ist zu allem fähig.«

Während Albert vor dem Tresen in der *Geflickten Trommel* stand und sich mit dem Wirt stritt, der ihm eine vergilbte Rechnung vorlegte (es handelte sich um ein sorgfältig aufbewahrtes Erbstück, das einen Königsmord, drei Bürgerkriege, Feuersbrünste, vierhundertneunzig Überfälle und mehr als fünfzehntausend Kneipenschlägereien überstanden hatte) und ihn daran erinnerte, dass ein gewisser Alberto Malich seit rund zweitausend Jahren mit drei Kupfermünzen und den entsprechenden Zinsen in der Kreide stand, während er rechnete und versuchte, zumindest eine grobe Vorstellung von dem Betrag zu bekommen, während er einen finanziellen Schwindelanfall erlitt und ahnte, dass nicht einmal die größte Tresorkammer auf der ganzen Scheibenwelt ausreichte, um das ganze Geld aufzunehmen, während er zu dem kummervollen Schluss gelangte, dass ankhianische Händler problemlos mit dem sprichwörtlich guten Gedächtnis von Elefanten mithalten konnten, während schuldbewusste Verlegenheit nach und nach magischem Zorn wich ... Während dies geschah, hinterließ Binky über dem großen und geheimnisvollen Kontinent Klatsch einen langen Kondensstreifen.

Tief unten pochten Trommeln in aromatisch duftenden, finsteren Dschungeln. Wallende Dampfsäulen stiegen von verborgenen Flüssen auf, in deren schlammigen Fluten ungeheuerliche Ungeheuer darauf warteten, dass ihr Abendessen vorbeimarschierte.

»Die Brötchen mit dem Käse sind alle«, sagte Ysabell. »Es ist nur noch Schinken da. Was leuchtet dort unten?«

»Die Lichtdämme«, erwiderte Mort. »Wir nähern uns dem

Ziel.« Er holte die Lebensuhr hervor, um nachzusehen, wie viel Sand die obere Hälfte enthielt.

»Aber wir nähern uns nicht schnell genug, verdammt!«

Die Lichtdämme glänzten ein wenig mittwärts von ihrem derzeitigen Kurs und sahen aus wie kleine Teiche aus Licht – ein Eindruck, der keineswegs täuschte. Einige besonders gewitzte Stämme errichteten Spiegelwälle in den Wüstenbergen, um den langsamen und trägen Sonnenschein der Scheibenwelt einzufangen. Er wurde anschließend in kleine Stücke geschnitten und als Zahlungsmittel verwendet.

Binky glitt über einige Lagerfeuer der Nomaden und die stummen Sümpfe des Tsortstroms. Weiter vorn enthüllte das perlmuttene Glühen des Mondes vertraute Konturen.

»Die Pyramiden von Tsort im Mondschein«, hauchte Ysabell. »Wie romantisch!«

ERRICHTET MIT DEM BLUT VIELER TAUSEND SKLAVEN, bemerkte Mort.

»Bitte sag so etwas nicht!«

»Entschuldige, aber es ist nun einmal eine unleugbare Tatsache, dass ...«

»Ja, schon gut, ich weiß«, brummte Ysabell enttäuscht und verärgert.

»In diesem Land macht man sich viel Mühe, wenn es darum geht, einen verstorbenen König zu bestatten«, erklärte Mort, als sie über einer der kleineren Pyramiden kreisten. »Man füllt die Leichen mit irgendwelchen Konservierungsstoffen, damit sie den Tod überleben.«

»Funktioniert es?«

»Nicht besonders gut.« Mort beugte sich über Binkys Hals. »Ich sehe Fackeln. Hier sind wir genau richtig.«

Eine Prozession wand sich schlangenartig durch breite, von spitz zulaufenden Bauwerken gesäumte Straßen. Angeführt wurde sie von einer riesigen Statue des Krokodilgottes Offler, die auf den Schultern von hundert schwitzenden Sklaven ruhte. Binky trabte hinab, ohne dass jemand Kenntnis von ihm nahm, und landete schließlich auf festgetretenem Sand vor dem Pyramideneingang.

»Es ist schon wieder ein König eingelegt worden«, sagte Mort und hob die Lebensuhr ins Licht des Mondes. Es handelte sich um ein schlichtes Glas; nirgends zeigte sich königliche Zierde.

»Er kann es wohl kaum sein«, murmelte Ysabell. »Die Herrscher werden doch wohl nicht bei lebendigem Leib, äh, eingelegt, oder?«

»Das glaube ich kaum. Ich habe davon gelesen. Bevor das eigentliche Konservierungsverfahren beginnt, werden die Leichen erst, äh, aufgeschnitten, um die ...«

»Ich will nichts davon hören!«

»... Weichteile zu entfernen«, fügte Mort kleinlaut hinzu. »Vermutlich ist es ganz gut, dass die Sache mit dem Einlegen nicht klappt. Stell dir nur mal vor, man wacht auf und muss feststellen, dass einem ... gewisse Dinge fehlen.«

»Deine Aufgabe besteht also nicht darin, den König ins Jenseits zu geleiten«, sagte Ysabell laut. »Wen dann?«

Mort wandte sich dem dunklen Eingang zu. Er sollte erst verschlossen werden, wenn die Sonne aufging – der Seele des toten Königs sollte Gelegenheit gegeben werden, die Grabstätte zu verlassen. Die Finsternis jenseits des Tors wirkte besonders finster und deutete auf eine weitaus unheilvollere Zweckbestimmung hin als zum Beispiel das Schärfen eines Rasiermessers.

»Um das herauszufinden, müssen wir die Pyramide betreten«, sagte Mort.

Achtung! Er kehrt zurück!«

Die acht ältesten Zauberer der Unsichtbaren Universität bezogen hastig Aufstellung, strichen sich die Bärte glatt und versuchten angestrengt, so etwas wie Würde auszustrahlen. Es fiel ihnen nicht leicht. Man hatte sie aus ihren magischen Werkstätten geholt, beim vierten Verdauungscognac vor einem angenehm warmen Kaminfeuer gestört und ihr stummes Philosophieren unterbrochen, jenes konzentrierte Nachdenken, das einen möglichst bequemen Lehnstuhl und ein weiches Taschentuch auf dem Gesicht erfordert. Ihre abendliche Muße war jäher Unruhe und einer gehörigen Portion Verwirrung gewichen. Immer wieder glitten besorgte Blicke zum leeren Sockel.

Nur ein Geschöpf wäre in der Lage gewesen, zum Ausdruck zu bringen, was sich nun in den Gesichtern der Zauberer zeigte. Gemeint ist eine Taube, die erstaunt beobachtet, wie sich ihr Lieblingsdenkmal in Bewegung setzt, einen Waffenladen betritt und es nach einigen Minuten mit einer großkalibrigen Jagdflinte verlässt.

»Er kommt durch den Flur!«, rief Rincewind und ging hinter einer Säule in Deckung.

Die versammelten Zauberer starrten so auf die breite Doppeltür, als könne sie jeden Augenblick explodieren. Ihre Erwartungen wurden nicht enttäuscht: Das dicke, massive Holz platzte tatsächlich auseinander. Streichholzgroße Eichensplitter regneten auf sie herab, und oktarines Licht fiel auf eine kleine, hagere Gestalt. In der einen Hand hielt sie einen dampfenden Stab, in der anderen eine gelbe Kröte.

»Rincewind!«, donnerte Albert.

»Herr!«

»Nimm dieses Ding und bring es fort.«

Rincewind nahm die Kröte entgegen. Das Tier blickte auf und bat ihn stumm um Verzeihung.

»Der blöde Wirt wird es bestimmt nicht noch einmal wagen, Zauberern gegenüber eine dicke Lippe zu riskieren«, knurrte Albert mit grimmiger Zufriedenheit. »Wirklich kaum zu fassen: Kaum bin ich ein paar Hundert Jahre fort, schon glauben die Leute in der Stadt, sie könnten einem Zauberer Widerworte geben!«

Einer der alten Zauberer brummte etwas.

»Was hast du gesagt? Sprich lauter, Mann!«

»Als Quästor dieser Universität möchte ich darauf hinweisen, dass wir immer großen Wert darauf gelegt haben, gute Beziehungen zur Nachbarschaft zu pflegen, aus Respekt dem Gemeinwesen gegenüber«, murmelte der Zauberer und versuchte Alberts durchdringendem Blick auszuweichen.

Alberto Malich starrte ihn verblüfft an. »Warum?«, fragte er verwundert.

»Äh, wir hielten es für unsere Bürgerpflicht, ein möglichst gutes Beispiel zu ge … arrrgh!«

Der Zauberer schlug hastig die Flammen aus, die sich durch seinen langen Bart fraßen. Albert ließ seinen Stab sinken und musterte die anderen Magier nacheinander. Sie duckten sich unter seinem finsteren Blick wie Gras während eines Sturms.

»Möchte sonst noch jemand auf die Bedeutung von Bürgerpflichten hinweisen?«, fragte er. »Gute Beziehungen zur Nachbarschaft, wie?« Er richtete sich zu voller Größe auf. »Habt ihr denn überhaupt keinen Mumm mehr in euren gebrechlichen Knochen? Glaubt ihr etwa, ich habe diese Universität gegründet, damit ihr den verdammten Rasenmäher ausleihen könnt? Welchen Sinn hat Macht, wenn man sie nicht anwendet? Wenn ein Wirt keinen Respekt zeigt, lasst ihr von seiner blöden Kneipe nicht genug übrig, um Kastanien darauf zu rösten, klar?«

Die alten Zauberer seufzten synchron und starrten traurig auf die Kröte in Rincewinds Hand. Die meisten von ihnen erlernten in ihrer Jugend die hehre Kunst, in der *Trommel* bis zur Bewusstlosigkeit zu trinken. Inzwischen waren sie über solche Dinge hinaus, aber am nächsten Abend hätte im Festsaal der *Geflickten Trommel* das jährliche, von der Händlergilde veranstaltete Messer-und-Gabel-Essen stattfinden sollen, und die Zauberer der Achten Stufe bekamen immer Freikarten. Ihre wehmütigen Gedanken kreisten um gebratenen Schwan, zwei verschiedene Trüffelsorten und Dutzende von Trinksprüchen in der Art von ›Auf unsere geschätzen, nein, äh, auf unsere ehrenwerten Gäste!‹ Für gewöhnlich dauerte das Gelage bis spät in die Nacht und endete erst, wenn der Wirt die Bediensteten der Universität benachrichtigte und sie bat, mit den Schubkarren zu kommen.

Albert schritt an der Reihe entlang und klopfte mit seinem Stab auf den einen oder anderen Bauch. Seine Seele tanzte und sang. Die Welt der Sterblichen verlassen? Ins Haus am Rande der Ewigkeit zurückkehren? Niemals! Dies war Macht und Leben! Er beschloss, Tod die Stirn zu bieten und ihm ins grinsende Knochengesicht zu spucken.

»Beim Rauchenden Spiegel von Grism, von jetzt an wird hier einiges anders!«

Einige der anwesenden Zauberer hatten sich Geschichtskenntnisse angeeignet und wussten daher, was ihnen bevorstand. Sie nickten voller Unbehagen und stellten sich vor: keine bequemen Lehnstühle mehr, die Betten schmal und hart, unter der kratzigen Decke hervorkriechen und aufstehen, wenn es noch dunkel war, Verbot aller alkoholischen Getränke. Wahrscheinlich mussten sie sich sogar die wahren Namen aller Dinge einprägen, bis die Last des Wissens das Gehirn zerquetschte.

»*Was tut der Mann da?*«

Ein Zauberer hatte geistesabwesend seinen Tabaksbeutel hervorgeholt, und als er Alberts scharfe Stimme hörte, ließ er erschrocken eine halb gedrehte Zigarette fallen. Sie prallte vom Boden ab. Die Blicke der übrigen Zauberer folgten ihr sehnsüchtig – bis Alberto Malich sie mit einem freudlosen Lächeln zertrat.

Brüsk drehte sich der Universitätsgründer um. Rincewind war ihm als eine Art inoffizieller Adjutant gefolgt und stieß fast gegen ihn.

»Du! Rinceblind oder so! Rauchst du?«

»Nein, Herr. Rauchen ist eine üble Angewohnheit, Herr. Schadet der Gesundheit, Herr.« Rincewind vermied es, seine Vorgesetzten anzusehen. Er begriff plötzlich, dass er sich wahrscheinlich erbitterte Feinde geschaffen hatte. Die beschränkte Lebenserwartung der Betreffenden linderte kaum seine Sorge.

»Recht so! Halt meinen Stab! So, ihr armseligen Witzfiguren und Verräter der magischen Tradition, ich werde euch Beine machen, kapiert? Und zwar im wahrsten Sinne des Wortes. Morgen früh, noch vor der Morgendämmerung, macht ihr drei Runden um den Innenhof, und anschließend beginnen hier drin die eigentlichen körperlichen Übungen! Ausgewogene Mahlzeiten! Intensives Studium! Bewegung für Körper und Geist! Und der verdammte Affe wird so schnell wie möglich dem nächsten Zirkus übergeben!«

»Ugh?«

Einige der alten Zauberer schlossen die Augen.

»Zuerst aber«, fügte Albert hinzu und senkte die Stimme, »werdet ihr mir dabei helfen, den Ritus von AshkEnte zu vollziehen. Ich muss da noch was erledigen …«

Mort schritt durch die rabenschwarzen Tunnel in der Pyramide, und Ysabell versuchte, den Anschluss nicht zu verlieren. Das matte Glühen des Schwerts fiel auf unangenehme Dinge. Der Krokodilgott Offler war wie eine Kosmetikwerbung, wenn man ihn mit einigen anderen Ungeheuerlichkeiten verglich, die in Tsort verehrt wurden. In Dutzenden von Wandnischen standen Nachbildungen von Wesen, die Er offenbar aus den Resten seines Schöpfungswerks geformt hatte.

»Warum hat man hier all die Statuen aufgestellt?«, flüsterte Ysabell.

»Die tsortanischen Priester sind davon überzeugt, dass die Ungeheuer nach dem Schließen der Pyramide lebendig werden und die Leiche des Königs vor Grabräubern schützen«, erwiderte Mort.

»Welch grässlicher Aberglaube!«

»Oh, von Aberglaube kann überhaupt keine Rede sein«, sagte Mort zerstreut.

»Sie werden *wirklich* lebendig?«

»Ich möchte nur so viel sagen: Tsortaner verstehen ihr Handwerk, wenn sie einen Ort verfluchen.«

Mort bog um eine Ecke, und Ysabell verlor ihn für einen entsetzlichen Moment aus den Augen. Sie hastete durch die Finsternis, stieß gegen ihn und stellte fest, dass er gerade einen hundeköpfigen Vogel betrachtete.

»Grgh.« Sie schauderte. »Läuft es dir bei dem Anblick nicht kalt über den Rücken?«

»Nein«, antwortete Mort schlicht.

»Warum nicht?«

WEIL ICH MORT BIN. Er drehte sich um, und Ysabell schnappte unwillkürlich nach Luft: Seine Augen glühten in einem kobaltfarbenen Ton.

»Hör auf damit!«

ICH ... KANN NICHT.

Sie versuchte vergeblich, laut zu lachen. »Du bist nicht der Tod«, sagte sie. »Du vertrittst ihn nur.«

WER TODS PFLICHTEN ERFÜLLT, IST DER TOD.

Ysabell schwieg schockiert – und hörte ein leises Stöhnen

irgendwo in der Dunkelheit vor ihnen. Mort vernahm es ebenfalls, drehte sich um und eilte mit langen Schritten durch die Finsternis.

Er hat recht, dachte Ysabell. Er bewegt sich sogar wie mein Vater …

Das bläuliche Glühen wich fort, und angesichts der gierig herankriechenden Dunkelheit gab sich Ysabell einen Ruck. Sie kämpfte gegen ihr Unbehagen an, folgte Mort um eine weitere Ecke und sah einen großen Raum, eine seltsame Mischung aus Schatzkammer und vollgestopftem Dachboden. Trübes, von der Schwertklinge ausgehendes Licht tropfte über die Wände.

»Was ist das hier?« raunte Ysabell. »Noch nie zuvor habe ich so viele Sachen an einem Ort gesehen.«

DER KÖNIG NIMMT SIE IN DIE NÄCHSTE WELT MIT, sagte Mort.

»Offenbar hält er nichts davon, mit leichtem Gepäck zu reisen. Sieh nur das Boot dort! Und in der Ecke steht eine goldene Badewanne.«

WAHRSCHEINLICH MÖCHTE ER SICH GRÜNDLICH WASCHEN, WENN ER SEIN ZIEL ERREICHT.

»Und die vielen Statuen!«

LEIDER MUSS ICH DICH DARAUF HINWEISEN, DASS ES KEINE STATUEN SIND, SONDERN MENSCHEN WAREN. DIENER DES KÖNIGS, UM GANZ GENAU ZU SEIN.

Ysabell verzog das Gesicht.

DIE PRIESTER HABEN SIE VERGIFTET.

Das Stöhnen wiederholte sich, kam von der anderen Seite des Raums. Mort ging weiter, vorbei an zusammengerollten Teppichen, dicken Dattelbündeln, Geschirrkisten und edelsteingefüllten Truhen. Offenbar hatte der König nicht so recht entscheiden können, was er bei seiner letzten Reise zurücklassen sollte; aus diesem Grund ging er auf Nummer Sicher und nahm einfach alles mit.

ABER DAS GIFT WIRKT NICHT IMMER SCHNELL GENUG, fügte Mort düster hinzu.

Ysabell kletterte ihm tapfer nach, blickte über ein Kanu und sah eine junge Frau, die auf mehreren Läufern lag. Sie trug eine Gazehose, eine Weste, bei deren Herstellung der Schneider mit dem Stoff gespart hatte, und genug Armreife und Fußringe, um ein mittelgroßes Schiff zu vertäuen. An ihrem Mund zeigte sich ein grüner Fleck.

»Hat sie Schmerzen?«, fragte Ysabell leise.

NEIN. SIE UND DIE ANDEREN LAKAIEN GLAUBEN, AUF DIESE WEISE INS PARADIES ZU GELANGEN.

»Und stimmt das?«

VIELLEICHT. WER WEISS? Mort holte die Lebensuhr aus der Innentasche seines Umhangs und betrachtete sie im Glühen des Schwertes. Seine Lippen bewegten sich lautlos, und eine Zeit lang schien er stumm zu zählen. Dann warf er das Glas plötzlich über die Schulter, hob die andere Hand und holte mit der Klinge aus.

Die Seele der jungen Frau stand auf und streckte sich, während ihr Phantomschmuck klirrte. Als sie Mort sah, neigte sie den Kopf.

»Zu Diensten, Herr!«

ICH BIN NICHT DEIN HERR. ICH BIN NUR MORT. GEH JETZT, WOHIN DU MÖCHTEST. DU KANNST DEINE BESTIMMUNG FREI WÄHLEN.

»Ich werde eine Konkubine am himmlischen Hof des Königs Zetesphut sein, der für immer und ewig zwischen den Sternen regiert«, sagte die Seele entschlossen.

»Niemand zwingt dich dazu«, erwiderte Ysabell scharf. Die junge Frau drehte sich um und sah sie aus großen Augen an.

»Oh, mir bleibt gar nichts anderes übrig. Ich habe mich sehr gründlich darauf vorbereitet.« Ihre Gestalt verblasste. »Bisher habe ich es nur zur Magd gebracht.«

Sie verschwand. Ysabell starrte missbilligend auf die Stelle, an der sie eben noch gestanden hatte.

»Hast du gesehen, wie sie gekleidet war?«, fragte sie.

ICH SCHLAGE VOR, WIR VERLASSEN DIE PYRAMIDE JETZT.

»Aber es kann doch gar nicht stimmen, dass der König Soundso zwischen den Sternen regiert«, brummte Ysabell, während sie erneut das Zimmer durchquerten und den Tunnel erreichten. »Dort oben ist alles leer.«

ES LÄSST SICH NUR SCHWER ERKLÄREN, entgegnete Mort. ER WOHNT TATSÄCHLICH ZWISCHEN DEN STERNEN, ZUMINDEST IN SEINER VORSTELLUNG.

»Mit Sklaven?«

WENN SIE SICH DAFÜR HALTEN.

»Das ist nicht gerecht.«

ES GIBT KEINE GERECHTIGKEIT, sagte Mort. ES GIBT NUR UNS.

Sie eilten durch die von wartenden Ungeheuern gesäumten Korridore und liefen fast, als sie in die kühle Nacht zurückkehrten. Ysabell lehnte sich an rauen Stein und schnappte nach Luft.

Mort war überhaupt nicht außer Atem.

Er atmete nicht einmal.

ICH BRINGE DICH AN EINEN BELIEBIGEN VON DIR GEWÜNSCHTEN ORT, sagte er. ANSCHLIESSEND MUSS ICH DICH VERLASSEN.

»Aber ich dachte, du wolltest die Prinzessin retten!«

Mort schüttelte den Kopf.

ICH HABE KEINE WAHL. ES GIBT KEINE WAHL.

Ysabell stürmte auf ihn zu und hielt ihn am Arm fest, als er sich Binky zuwandte. Er strich ihre Hand sanft beiseite.

MEINE LEHRE GEHT JETZT ZU ENDE.

»Es ist nur deine Vorstellung!«, rief Ysabell. »Du bist das, was du zu sein glaubst!«

Sie unterbrach sich und blickte nach unten. Der Sand zu Morts Füßen begann zu brodeln und wirbelte wie von plötzlichen Sturmböen erfasst.

Die Luft knisterte und fühlte sich schmierig an. Mort verzog das Gesicht.

JEMAND VOLLZIEHT DEN RITUS VON ASHK ...

Es schlug wie ein himmlischer Hammer zu, der vom Firmament herabsauste und einen Krater im Boden schuf. Etwas sirrte und summte, und es roch nach heißem Blech.

Mort hob den Kopf im wehenden Sand und drehte sich wie in Trance, allein im ruhigen Zentrum des Orkans. Blitze flackerten in der dunklen Wolke. Tief im Innern versuchte er sich von dem Bann zu befreien, spürte jedoch, wie sich der sonderbare Griff noch fester um ihn schloss. Er konnte ihm ebenso wenig widerstehen wie eine Kompassnadel dem Drang, mittwärts zu zeigen.

Schließlich fand er, was er suchte: einen Torbogen aus oktarinem Licht, der in einen kurzen Tunnel führte. Am anderen Ende standen einige Gestalten und winkten.

ICH KOMME, sagte er und drehte den Kopf, als er ein Geräusch hörte. Siebzig Kilo weibliches Fleisch prallten gegen seine Brust und raubten ihm das Gleichgewicht.

Mort fiel, und Ysabell schwang sich sofort auf ihn, hielt ihm mit grimmiger Entschlossenheit die Arme fest.

LASS MICH GEHEN, sagte er. MAN HAT MICH GERUFEN.

»Nicht dich, du Idiot!«

Ysabell sah in die blau glühenden pupillenlosen Augen und hatte das Gefühl, in einen hypnotischen Strudel aus wogendem Licht zu blicken.

Mort krümmte den Rücken und brüllte einen so alten und bösartigen Fluch, dass er in dem starken magischen Feld tatsächlich Gestalt annahm, mit ledrigen Schwingen schlug und davonschlich. Ein ganz persönliches Gewitter krachte über den Sanddünen.

Er versuchte, Ysabells Blick einzufangen. Sie glaubte zu spüren, wie ihr Geist einem Stein gleich in einen tiefen Schacht aus blauem Glanz fiel. Rasch drehte sie den Kopf.

GEHORCHE MIR. Morts Stimme wäre in der Lage gewesen, selbst den härtesten Granit zu zerschneiden.

»Mit diesem Ton versucht es Vater mir gegenüber schon seit Jahren«, erwiderte Ysabell ruhig. »Meistens dann, wenn er möchte, dass ich mein Zimmer aufräume. Es hat noch nie geklappt.«

Mort rief einen zweiten Fluch, der einen Moment umherflatterte und dann versuchte, sich im Sand zu verstecken.

DER SCHMERZ ...

»Du bildest dir alles nur ein«, sagte Ysabell und stemmte sich der Kraft entgegen, die sie beide in Richtung Torbogen zerrte. »Du bist nicht Tod. Du bist nur Mort. Du bist das, was du zu sein glaubst.«

Mitten im konturlosen Blau der Augen bildeten sich zwei winzige braune Punkte und wuchsen.

Der Sturm um sie herum klagte mit zischenden Böen. Mort schrie.

Der Ritus von AshkEnte dient schlicht und einfach dazu, Tod zu beschwören und zu binden. Studenten des Okkulten wissen, dass man ihn vergleichsweise einfach vollziehen kann. Nötig sind nur: eine magische Formel, drei kleine Holzstücke und vier Kubikzentimeter Mäuseblut. Doch kein Zauberer, der seinen spitzen Hut wert ist, würde etwas derart Unbeeindruckendes erwägen. Tief in ihrem Herzen wissen sie, dass eine Zeremonie der Zauberei nur dann magischer Würde gerecht wird, wenn sie von großen gelben Kerzen Gebrauch macht, nicht auf jede Menge Weihrauch und andere erlesene Kräuter verzichtet, mit acht verschiedenen Kreidefarben auf den Boden gemalte Kreise benutzt und außerdem einige große Kessel verwendet.

Die acht Zauberer standen an den Spitzen des großen Oktagramms, wankten von einer Seite zur anderen und sangen. Sie hielten die Arme ausgestreckt, und ihre Fingerspitzen berührten sich.

Aber etwas ging nicht mit rechten Dingen zu. Oh, sicher, im Zentrum des ausgesprochen lebendig wirkenden Oktagramms hatte sich eine Dunstwolke gebildet, aber sie wallte und wogte und weigerte sich hartnäckig, Gestalt anzunehmen.

»Mehr Energie!«, rief Albert. »Wir brauchen mehr magische Energie. Volldampf voraus!«

Kurz darauf formten sich Konturen im Nebel: ein schwarzer Umhang, ein glühendes Schwert. Albert fluchte, als er das bleiche Gesicht unter der Kapuze sah. Es war nicht bleich genug.

»Nein!«, rief er, sprang ins Oktagramm und versuchte, das noch substanzlose Etwas zu verscheuchen. »Nicht du, nicht du …«

Und im fernen Tsort vergaß Ysabell ihre damenhafte Zurückhaltung. Sie ballte die Faust, kniff die Augen zusammen, schlug zu und traf Mort am Kinn. Die Welt um sie herum explodierte …

In der Küche von *Hargas Rippenhaus* fiel die Bratpfanne zu Boden, und einige Katzen ergriffen die Flucht …

Im großen Saal der Unsichtbaren Universität geschah alles gleichzeitig.*

Die Zauberer richteten eine gewaltige magische Kraft auf die Schattensphäre, und plötzlich bekam sie einen Fokus.

* Das ist nicht ganz richtig. Die meisten Philosophen vertreten folgende Ansicht: Die kürzeste Zeitspanne, in der praktisch alles geschehen kann, umfasst tausend Milliarden Jahre.

Wie ein widerstrebender Korken, der sich mit einem jähen *Plopp* aus dem Flaschenhals löst, wie ein dicker Tropfen aus der umgedrehten Ketchupflasche der Ewigkeit … materialisierte Tod im Oktagramm und fluchte.

Albert begriff zu spät, dass er sich innerhalb des magischen Rings befand, und versuchte hastig, ihn zu verlassen. Knochenfinger hielten ihn am Saum seines Mantels fest.

Die übrigen Zauberer – diejenigen von ihnen, die noch immer auf den Beinen standen und bei Bewusstsein waren – stellten verblüfft fest, dass Tod eine Schürze trug und ein Kätzchen in der Hand hielt.

»Warum musstest du ALLES RUINIEREN?«

»Alles ruinieren?«, wiederholte Albert und versuchte noch immer den Rand des Oktagramms zu erreichen. »Weißt du denn nicht, was der Junge angestellt hat?«

Tod hob den Kopf und schnupperte.

Das Geräusch überlagerte alle anderen Laute im Saal und brachte sie zum Schweigen.

Es war ein Geräusch, das man am dunklen Rand von Träumen hört, das einen schweißgebadet und voller Entsetzen aus dem Schlaf reißt. Es war wie das leise Kratzen an der Tür des Grauens. Es war wie das Schnaufen jener besonderen Igelspezies, die Bäume zertrampelt und Lastwagen unter sich zerquetscht. Es war ein Geräusch, das man nicht zweimal hören will. Es gibt kaum jemanden, der es nur *einmal* hören möchte.

Tod richtete sich langsam auf.

IST DAS SEIN DANK FÜR MEINE FREUNDLICHKEIT? INDEM ER MEINE TOCHTER ENTFÜHRT, MEINE BEDIENSTETEN BELEIDIGT UND AUS EINER LAUNE HERAUS DIE STRUKTUR DER REALITÄT IN GEFAHR BRINGT? OH, WIE DUMM VON MIR! ICH WAR VIEL ZU LANGE EIN NARR!

»Herr, wenn du die Güte hättest, meinen Mantel loszulassen ...«, begann Albert und hörte in seiner Stimme einen seltsam bittenden Unterton.

Tod achtete nicht auf ihn. Er schnippte mit den Fingern – es klang wie das Klappern einer Kastagnette –, und die Schürze löste sich funkenstiebend auf. Das Kätzchen setzte er ganz behutsam ab und schob es mit dem Fuß beiseite.

HABE ICH IHM NICHT DIE GRÖSSTE ALLER GELEGENHEITEN GEBOTEN?

»In der Tat, Herr. Daran kann überhaupt kein Zweifel bestehen, Herr. Wenn du mich nun bitte ...«

ER KONNTE SICH NEUE FERTIGKEITEN ANEIGNEN. ICH HABE IHM EINEN BERUF MIT ZUKUNFT GEGEBEN, EINEN JOB FÜRS GANZE LEBEN.

»Da hast du völlig recht, Herr. Bitte lass mich jetzt los ...«

Alberts Stimme veränderte sich noch etwas mehr, und aus gebieterischen Trompeten wurden wehklagende Pikkoloflöten. Er klang flehentlich und entsetzt, doch es gelang ihm, Rincewinds Blick einzufangen.

»Mein Stab!«, zischte er. »Wirf mir meinen Stab zu! Tod ist nicht unbesiegbar, während er im Kreis steht! Mit meinem Stab kann ich mich befreien!«

»Wie?«, fragte Rincewind.

OH, WIE SEHR BEDAURE ICH ES NUN, ETWAS NACHGEGEBEN ZU HABEN, DAS ICH IN ERMANGELUNG EINES BESSEREN AUSDRUCKS ALS SCHWÄCHEN DES FLEISCHES BEZEICHNEN WILL!

»Mein Zauberstab, du Idiot!«, kreischte Albert. »Mein Stab!«

»Ich verstehe nicht ganz ...«

ES WAR RICHTIG VON DIR, MICH WIEDER ZUR VERNUNFT ZU BRINGEN, DIENER, sagte Tod. LASS UNS KEINE ZEIT VERLIEREN.

»Mein Sta ...!«

Es kam zu einer Implosion, und ein Windstoß fauchte

durch den Saal. Die Flammen der gelben Kerzen tanzten zur Seite und wuchsen in die Länge, bevor sie erloschen.

Einige Sekunden verstrichen in völliger Lautlosigkeit.

Dann ertönte die Stimme des Quästors in Bodenhöhe. »Es war sehr unfreundlich von dir, den Zauberstab einfach so zu verlieren, Rincewind. Erinnere mich daran, dich irgendwann streng zu bestrafen. Hat jemand Streichhölzer dabei?«

»Ich weiß überhaupt nicht, was mit dem Stab passiert ist! Ich habe ihn nur an die Säule hier gelehnt, und jetzt...«

»Ugh.«

»Oh«, sagte Rincewind.

»Eine zusätzliche Bananenration für den Affen«, sagte der Quästor ruhig. Licht flackerte, und jemandem gelang es, eine Kerze anzuzünden. Die Zauberer standen langsam auf.

»Das soll uns allen eine Lehre sein«, erklärte der Quästor. Er strich Staub und Wachs von seinem Umhang, blickte auf und rechnete damit, dass die Statue von Alberto Malich wieder auf ihrem Sockel stand.

»Offenbar können auch die Gefühle von Denkmälern verletzt werden«, sagte er. »Wenn ich mich richtig erinnere, habe ich als Student im ersten magischen Semester meinen Namen in ... Spielt keine Rolle. Äh, ich schlage hier und jetzt vor, die Skulptur zu ersetzen.«

Die anderen Zauberer schwiegen.

»Und sie soll, äh, nicht aus Marmor bestehen, sondern aus Gold«, fuhr er fröhlich fort. »Mit kostbaren Edelsteinen geschmückt, so wie es dem ehrenwerten Gründer unserer Universität gebührt.«

Der Quästor überlegte kurz. »Und um sicherzustellen, dass kein Student Gelegenheit bekommt, die neue Statue auf irgendeine Weise zu entwürdigen ... Wir stellen sie im tiefsten aller Keller auf.«

»Und verriegeln anschließend die Tür«, fügte er hinzu. Einige Zauberer begannen zu lächeln.

»Und werfen den Schlüssel weg?«, fragte Rincewind.

»Wir *verschweißen* die Tür«, sagte der Quästor. Er erinnerte sich an die *Geflickte Trommel* – und daran, wie viel Alberto Malich von körperlicher Ertüchtigung gehalten hatte.

»Und vermauern den Zugang«, sagte er. Die Zauberer applaudierten.

»Und werfen dann den Maurer weg!«, jubelte Rincewind, der allmählich Spaß an der Sache fand.

Der Quästor bedachte ihn mit einem tadelnden Blick. »Wir wollen doch nicht übertreiben«, sagte er.

In der Stille bewegte sich eine Düne, die etwas größer war als die anderen. Sie wölbte sich empor, und Sand rieselte beiseite. Zum Vorschein kam ein schnaubender, die lange Mähne schüttelnder Binky.

Mort schlug die Augen auf.

Leider gibt es kein geeignetes Wort, um die kurze Zeitspanne nach dem Erwachen zu beschreiben, während der das Bewusstsein nur warmes rosarotes Nichts enthält. Man liegt in völliger Gedankenlosigkeit und spürt nur den vagen, langsam stärker werdenden Verdacht, dass sich all die Erinnerungen heranschleichen, auf die man getrost verzichten kann. Sie sind wie eine mit feuchtem Sand gefüllte Socke, die von entschlossener Hand geschwungen wird und genau auf die Stirn zielt. Mit ihnen einher geht die kummervolle Erkenntnis, dass der einzige tröstende Aspekt einer wahrhaft entsetzlichen Zukunft in ihrer Kürze besteht.

Mort setzte sich auf und presste die Hände an den Kopf, um zu verhindern, dass er sich ganz abschraubte.

Neben ihm wölbte sich der Sand, und Ysabell kroch darunter hervor. Das Haar war zerzaust, und Pyramidenstaub bedeckte ihre Wangen. Einige Strähnen schienen an den Enden versengt zu sein.

Das Mädchen musterte Mort gleichgültig.

»Hast du mich geschlagen?«, fragte er und betastete den Unterkiefer.

»Ja.«

»Oh.«

Mort starrte zum Himmel hinauf, als warte dort eine Mitteilung auf ihn. Er glaubte sich daran zu erinnern, dass er bald irgendwo sein musste. Dann fiel ihm etwas anderes ein.

»Danke«, sagte er.

»Gern geschehen, und das meine ich ernst«, erwiderte Ysabell. Sie stand auf und begann damit, sich Schmutz und Spinnwebenreste vom Kleid zu streichen.

»Sollen wir jetzt los, um deine Prinzessin zu retten?«, fragte sie zaghaft.

Morts ganz persönliche Realität holte ihn ein. Mit einem Satz sprang er auf die Beine, stieß einen erstickten Schrei aus und beobachtete blaue Funken, die ihm vor den Augen tanzten. Er schwankte kurz und sank wieder zu Boden. Ysabell hielt ihn fest und half ihm wieder hoch.

»Lass uns zum Fluss gehen«, sagte sie. »Wir könnten jetzt wohl einen Schluck Wasser vertragen.«

»Was ist mit mir passiert?«

Ysabell stützte ihren Begleiter. Trotzdem gelang es ihr, mit den Schultern zu zucken.

»Jemand hat den Ritus von AshkEnte vollzogen. Vater hasst ihn. Er meint, man beschwöre ihn immer bei den unpassendsten Gelegenheiten. Der Teil von dir, der sich ... nun, mit Tod identifizierte, folgte dem Ruf, und du bist hier zurückgeblieben. Glaube ich. Wenigstens sprichst du jetzt wieder mit deiner alten Stimme.«

»Wie spät ist es?«

»Kommt ganz darauf an, wann die Pyramide von den Priestern geschlossen wird.«

Mort blinzelte, starrte durch einen brennenden Tränenschleier und beobachtete die große Grabstätte des Königs. Tatsächlich. Heller Fackelschein leuchtete, und einige Gestalten versiegelten den Zugang. Wenn die Legenden auch nur ein Körnchen Wahrheit enthielten, würden bald die monströsen Wächter erwachen und mit ihrer ewigen Patrouille beginnen.

Mort *wusste*, dass es sich nicht nur um eine Sage handelte. Er erinnerte sich an das Wissen darüber. Er erinnerte sich an ein Selbst, das so kalt und endlos war wie der nächtliche Himmel. Er erinnerte sich, in eine widerstrebende Existenz gerufen worden zu sein, als das erste lebende Geschöpf entstand. Er erinnerte sich an die sichere, über jeden Zweifel erhabene Erkenntnis, die letzten Lebewesen im Universum zu ihrer endgültigen Bestimmung zu geleiten. Anschließend bestand seine Pflicht darin, die metaphorischen Stühle auf die Tische zu stellen und das Licht zu löschen.

Er erinnerte sich an das Gefühl der Einsamkeit.

»Verlass mich nicht!«, brachte er hervor.

»Ich bin hier«, antwortete Ysabell. »Und ich bleibe, solange du mich brauchst.«

»Es ist Mitternacht«, sagte Mort niedergeschlagen, ließ sich am Ufer des Tsort nieder und tauchte den schmerzenden Kopf in leise gluckerndes Nass. Neben ihm erklang ein Geräusch, als ließe jemand das Wasser aus einer Badewanne. Binky trank.

»Bedeutet das, wir sind zu spät dran?«

»Ja.«

»Tut mir leid. Ich wollte, ich könnte dir helfen.«

»Das kannst du nicht.«

»Zumindest hast du dein Versprechen Albert gegenüber gehalten.«

»Ja«, murmelte Mort bitter. »Wenigstens das.«

Fast von einer Seite der Scheibenwelt zur anderen ...

Es gibt keinen geeigneten Ausdruck für den mikroskopisch kleinen Hoffnungsschimmer, auf den man sich nicht zu konzentrieren wagt, weil man fürchtet, ihn dadurch zu vertreiben – ebenso gut könnte man versuchen, ein Photon zu betrachten. Man kann sich nur vorsichtig heranschleichen, daran vorbeisehen, daran vorbeigehen und darauf warten, dass das kleine Licht hell genug wird, um die Schatten des Zweifels zu vertreiben.

Wasser tropfte von Morts Stirn, als er zum Sonnenuntergangshorizont blickte und versuchte, sich das Modell der Scheibenwelt in Tods Arbeitszimmer ins Gedächtnis zurückzurufen, ohne dass der Kosmos Verdacht schöpfte.

Bei solchen Gelegenheiten gewinnt man manchmal den Eindruck, als sei das universelle Möglichkeitspotenzial so fein ausbalanciert, dass man alles zu ruinieren droht, wenn man nur zu laut denkt.

Mort orientierte sich anhand der Mittlichter, die zwischen den Sternen funkelten, vermutete möglichst unauffällig, dass sich Sto Lat etwa ... dort drüben befand ...

»Mitternacht«, sagte er laut.

»Inzwischen schon nach Mitternacht«, sagte Ysabell.

Mort stand auf und gab sich alle Mühe, seinen Triumph zu verbergen, der wie ein emotionales Fanal strahlte. Möglichst ruhig griff er nach Binkys Zügeln.

»Komm«, sagte er. »Uns bleibt nicht mehr viel Zeit.«

»Was meinst du damit?«

Mort schwang sich in den Sattel und half dem Mädchen beim Aufsteigen. Eine freundliche, gut gemeinte Geste, doch fast wäre er dadurch vom Pferderücken gerutscht. Ysabell schob seine Hand sanft beiseite und nahm ganz allein hinter ihm Platz. Binky tänzelte ein wenig, spürte Morts Aufregung, schnaubte und scharrte mit den Hufen.

»Ich sagte: Was meinst du damit?«

Mort drehte das Pferd zum fernen Glühen des Sonnenuntergangs herum.

»Die Geschwindigkeit der Nacht«, erwiderte er.

Schneidgut blickte über die Schlosszinnen und stöhnte. Die Grenzfläche war nur noch eine Straße entfernt und im oktarinen Spektrum ganz deutlich zu erkennen. Er brauchte nicht einmal seine Fantasie zu bemühen, um sich das brutzelnde Zischen vorzustellen. Er hörte es, ein scheußliches sägendes Summen, als träfen hier und dort Partikel einer eigenwilligen Wirklichkeit auf die Wand der echten, realen Realität und gäben ihre Energie in Form von Geräuschen ab. Die perlmuttene Wand kroch mit unaufhaltsamer Zielstrebigkeit übers Kopfsteinpflaster, verschlang dabei bunte Wimpel und Fähnchen, Fackeln und wartende Zuschauer. Zurück blieben nur dunkle Gassen. Irgendwo dort draußen, dachte der Zauberer, ist überhaupt nichts passiert. Irgendwo dort draußen liege ich friedlich in meinem Bett und schlafe. Ach, wie ich mich beneide.

Er drehte sich um, kehrte über die Treppe nach unten zurück, hastete zum großen Saal und hatte dabei Mühe, nicht über den Saum seines Umhangs zu stolpern. Leise schlüpfte er durch die kleine Klappe in der großen Tür und befahl den Wächtern, den Zugang zu verriegeln. Dann hob er den widerspenstigen Mantel ein wenig und lief durch einen Seitengang, um nicht von den Gästen gesehen zu werden.

Tausende von Kerzen flackerten im Saal, und Dutzende von Würdenträgern aus der Sto-Ebene warteten darauf, dass die Zeremonie begann. Die meisten von ihnen wirkten irgendwie verunsichert und schienen nicht recht zu wissen, warum sie sich an diesem Ort befanden.

Hinzu kam der Elefant.

Der Anblick des Elefanten überzeugte Schneidgut davon, dass er endgültig übergeschnappt war. Vor einigen Stunden hatte er das Tier für eine ausgezeichnete Idee gehalten, als ihn das eher begrenzte Sehvermögen des Hohepriesters an den Rand der Verzweiflung brachte und er sich dann an die Sägemühle am Rande der Stadt erinnerte. Dort wurde besagtes Geschöpf eingesetzt, um Baumstämme und andere schwere Lasten zu transportieren. Es handelte sich um einen schon älteren, recht arthritischen Elefanten mit unberechenbarem Temperament, aber er eignete sich prächtig als Opfer, denn der Hohepriester sollte imstande sein, ihn zu sehen.

Mehrere Soldaten versuchten behutsam, das Tier zu beruhigen. In seinem nur langsam arbeitenden Hirn dämmerte allmählich die Erkenntnis, dass es sich eigentlich im Stall befinden sollte, wo es nicht an Heu und Wasser mangelte und es voller Wehmut von den heißen Tagen in den weiten, khakifarbenen Ebenen der Klatsch-Wüsten träumen konnte. Die Verwirrung des Elefanten verwandelte sich nach und nach in Nervosität.

Es dürfte bald klar werden, dass es für seine wachsende Rastlosigkeit auch noch einen anderen Grund gibt, der hier nicht unerwähnt bleiben soll. Während des allgemeinen Durcheinanders bei den Vorbereitungen fand sein Rüssel durch Zufall den zeremoniellen Kelch, der fünf Liter besonders starken Wein enthielt. Inzwischen befindet sich besagte Flüssigkeit im Magen des Elefanten. Seltsam heiße Vorstellungsbilder tanzen vor seinen trüben Augen. Er denkt an entwurzelte Affenbrotbäume, an Paarungskämpfe mit anderen Bullen, an fröhliche Märsche durch Eingeborenendörfer, bei denen man sich nicht die Mühe zu machen braucht, den Hütten auszuweichen. Die Erinnerungen sind recht vage, aber sie erfüllen ihn dennoch mit einem gewissen

Wohlbehagen. Sicher wird es nicht mehr lange dauern, bis er die anwesenden Menschen durch einen herrlich roten Schleier sieht.

Glücklicherweise ahnte Schneidgut nichts davon, als er den Blick des hohepriesterlichen Assistenten einfing. Der betreffende Mann war nicht nur tüchtig und zuverlässig, sondern besaß auch eine gehörige Portion Weitblick: Klugerweise hatte er sich sowohl mit hohen Stiefeln als auch mit einer langen Gummischürze ausgestattet.

Der Zauberer gab ihm das Zeichen für den Beginn der Zeremonie, eilte in den Ankleideraum der Priester und streifte sich hastig das von der Schlossnäherin gerade noch rechtzeitig für ihn fertiggestellte Gewand über. Es bestand aus einer wirren Ansammlung von Spitzen, Tressen, Litzen, Pailletten und goldenem Zwirn, stellte eine so unverschämte Geschmacklosigkeit dar, dass sich selbst der Erzkanzler der Unsichtbaren Universität geschämt hatte, ein solches Kleidungsstück zu tragen. Einige Sekunden lang bewunderte sich Schneidgut im Spiegel, setzte dann den spitzen Hut auf und stürmte zur Tür zurück. Dicht davor hielt er inne, um den Weg gemächlichen, würdevollen Schrittes fortzusetzen, wie es jemandem von seinem Stand gebührte.

Er erreichte den Hohepriester, als Keli mit ihrer Wanderung durch den Mittelgang begann, begleitet von einigen Zofen, die sie so geschäftig umringten wie Schleppkähne ein einlaufendes Passagierschiff.

Das Erbkleid gereichte ihr zwar nicht gerade zum Vorteil, aber Schneidgut hielt sie trotzdem für wunderschön. Irgendein Aspekt ihres Erscheinungsbildes ließ ihn innerlich erzittern und ...

Er biss die Zähne zusammen und konzentrierte sich auf die Sicherheitsmaßnahmen. Er hatte mehrere Wächter im Saal postiert – falls der Herzog von Sto Helit noch im letzten Augenblick versuchen sollte, die Thronfolge infrage zu stellen – und beschloss, den Onkel der Prinzessin aufmerksam im Auge zu behalten. Er saß in der ersten Reihe und lächelte sonderbar zufrieden. Als er Schneidguts Blick begegnete, sah der Zauberer voller Unbehagen zur Seite.

Der Hohepriester hob die Hände, und daraufhin wurde es still. Schneidgut trat etwas näher, als sich der alte Mann mittwärts wandte und mit krächzender Stimme den göttlichen Segen zu erflehen begann.

Neben dem Greis verharrte er und beobachtete den Herzog.

»Hört mich, mhm, o Götter …«

Warum schaute der Intrigant und Verschwörer von Sto Helit zu den Fledermäusen im Dachgebälk hinauf?

»Hör mich, o Blinder Io der Hundert Augen; hör mich, o Großer Offler mit Deinem Von Vögeln Umschwirrten Rachen; hör mich, o Gnädiges Schicksal; hör mich, o Kühle, mhm, Bestimmung; hör mich, o Siebenhändiger Sek; hör mich, o Hoki Aus Den Wäldern; hör mich, o …«

Mit dumpfem Entsetzen begriff Schneidgut, dass sich der dumme alte Narr nicht an die Anweisungen hielt und die ganze lange Liste herunterleiern wollte. Auf der Scheibenwelt gab es mehr als neunhundert bekannte Gottheiten, und theologische Forscher entdeckten ständig weitere. Es konnte Stunden dauern, ihre Namen zu nennen. Die versammelte Gemeinde wurde bereits unruhig.

Keli stand vor dem Altar, und in ihren Augen funkelte Zorn. Schneidgut stieß den Hohepriester in die Rippen, ohne einen erkennbaren Effekt zu erzielen. Schließlich sah er den jungen Messdiener an, hob und senkte mehrmals die Brauen.

»Er soll damit aufhören!«, zischte er. »Wir haben nicht genug Zeit!«

»Das würde den Unwillen der Götter erregen …«

»*Mein* Unwillen ist schon erregt, und ich bin *hier*.«

Der Messdiener musterte Schneidgut und hielt es für angebracht, später eine Erklärung an die Götter zu richten. Er klopfte dem Hohepriester auf die Schulter und flüsterte ihm etwas ins Ohr.

»... o Steikhegel, Gott Entlegener, mhm, Kuhställe; hör mich, o ... Wie? Was?«

Geflüster. Geflüster.

»Das ist, mhm, sehr ungewöhnlich. Nun gut, kommen wir direkt zur, mhm, Deklaration der Abstammungslinie.«

Geflüster. Geflüster.

Der Hohepriester bedachte Schneidgut mit einem finsteren Blick. Zumindest sah er in seine Richtung.

»Mhm, na schön. Mhm, bereitet den Weihrauch und die Duftkräuter für die Absolution Des Viergeteilten Pfades vor.«

Geflüster. Geflüster.

Das Gesicht des Hohenpriesters verdunkelte sich.

»Ich nehme an, mhm, es kommt nicht einmal ein kurzes Gebet infrage, oder?«, fragte er eisig.

»Wenn wir uns nicht endlich sputen, ergeben sich einige Probleme«, warf Keli ruhig ein.

Geflüster.

»Oh, ich weiß, selbstverständlich, natürlich«, brummte der Hohepriester. »Warum die Gemeinde mit einer religiösen, mhm, Zeremonie langweilen, nicht wahr? Also holt den blöden Elefanten.«

Der Messdiener warf Schneidgut einen verzweifelten Blick zu und gab den Wächtern ein Zeichen. Als sie ihr schwankendes Mündel mit lauten Rufen und spitzen Stöcken antrieben, schob sich der junge Geistliche an den Zauberer heran und drückte ihm etwas in die Hand.

Schneidgut betrachtete den Gegenstand. Es war ein wasserdichter Hut.

»Hältst du das für nötig?«

»Der Hohepriester ist sehr fromm und nimmt seine Aufgabe ernst«, erwiderte der Messdiener. »Vielleicht brauchen wir sogar Schnorchel.«

Der Elefant erreichte den Altar, und die Soldaten zwangen ihn ohne große Mühe, auf die Knie zu sinken. Das Tier rülpste und machte »Hick!«

»Wo ist das Opfer?«, fragte der Hohepriester scharf. »Bringen wir diese, mhm, *Farce* hinter uns!«

Der Messdiener trat erneut auf ihn zu und flüsterte. Der alte Mann lauschte eine Zeit lang, nickte ernst, schloss beide Hände um den weißen Griff des Opfermessers und hob es hoch über den Kopf. Das Publikum wartete gespannt, wartete noch etwas länger ... und ließ langsam den angehaltenen Atem entweichen.

»*Wo* vor mir?«

Geflüster.

»Deine Hilfe habe ich gewiss nicht nötig, Bursche. Schon seit siebzig Jahren opfere ich Männer und Jungen ... auch, mhm, Frauen und Tiere ... und wenn ich nicht mehr mit dem Messer, mhm, umgehen kann, darfst du mich mit einer Grabschaufel zu Bett bringen.«

Der Hohepriester holte in einem weiten Bogen aus und stieß entschlossen zu. Nur rein zufällig gelang es ihm, dem Elefanten eine leichte Fleischwunde am Rüssel zuzufügen.

Das große Tier erwachte aus seiner angenehmen, nachdenklichen Benommenheit und trompetete. Der Messdiener drehte sich entsetzt um und starrte in zwei blutunterlaufene Augen, die am verletzten Rüssel entlangschielten. Mit einem weiten Satz brachte er eine sichere Distanz zwischen sich und den Altar.

Der Elefant war wütend. Verwirrende Erinnerungsbilder trieben durch seinen schmerzenden Schädel, zeigten ihm lodernde Flammen und schreiende Menschen mit Netzen, Käfigen und Speeren. Dumpf erinnerte er sich daran, viel zu lange schwere Baumstämme geschleppt zu haben. Er hob den Rüssel, schmetterte ihn auf den Altar und beobachtete zu seiner eigenen Überraschung, wie der feste Marmor auseinanderbrach. Mit den Stoßzähnen hob er die beiden Teile an, versuchte ohne großen Erfolg eine steinerne Säule zu entwurzeln, spürte plötzlich das Bedürfnis nach frischer Luft und lief rheumatisch durch den Mittelgang.

Er machte sich nicht die Mühe, vor der geschlossenen Tür anzuhalten – der in seinem Blut brodelnde und vom Wein verstärkte Herdenruf war viel zu stark. Er rannte einfach weiter, stieß die Tür aus den Angeln, stürmte über den Hof, zerschmetterte das Tor, rülpste noch einmal, donnerte durch die schlafende Stadt und beschleunigte noch immer, als er in der Nachtbrise den Geruch des fernen dunklen Kontinents Klatsch witterte. Er hob den zitternden Schwanz, eilte weiter und begann mit der langen Heimreise.

Unterdessen herrschte im Saal eine Mischung aus wogendem Staub, erschrockenen Schreien und allgemeinem Durcheinander. Schneidgut rückte den Hut aus der Stirn und stemmte sich langsam hoch.

»Danke«, sagte Keli, die unter ihm gelegen hatte. »Warum bist du auf mich gesprungen?«

»Ich habe instinktiv gehandelt, um Euch zu schützen, Euer Majestät.«

»Ja, der Instinkt mag in diesem Zusammenhang eine nicht unbeträchtliche Rolle spielen, aber...« Sie wollte hinzufügen, der Elefant hätte vielleicht weniger gewogen, überlegte es sich jedoch anders, als sie das breite, ernste und gerötete Gesicht des Zauberers bemerkte.

»Wir sprechen später darüber«, entschied sie, setzte sich auf und klopfte Staub von ihrem massigen Gewand. »In der Zwischenzeit... Vielleicht sollten wir bei der Zeremonie auf ein Opfer verzichten. Ich bin noch keine Majestät, nur eine Hoheit. Wenn bitte jemand so nett wäre und die Krone holen könnte...«

Hinter ihnen klickte es leise, als ein Sicherungsbügel zurückschnappte.

»Der Zauberer wird jetzt die Hände heben, damit ich sie deutlich sehen kann«, sagte der Herzog.

Schneidgut stand wie in Zeitlupe auf und drehte sich um. Sechs Männer leisteten dem Verschwörer von Sto Helit sowohl Gesellschaft als auch moralische Unterstützung – die Art von Männern, deren einzige Lebensaufgabe darin zu bestehen scheint, hinter Leuten wie dem Herzog zu stehen. In ihren breiten Händen hielten sie entsicherte Armbrüste, die den unangenehmen Eindruck erweckten, als könnten sie jeden Augenblick hässlich spitze Bolzen davonschleudern.

Die Prinzessin erhob sich und wollte sich auf ihren Onkel stürzen. Schneidgut hielt sie gerade noch fest.

»Nein«, sagte er leise. »Dieser Kerl gehört nicht zu den Leuten, die dich in einem tiefen Keller fesseln und den Mäusen gerade genug Zeit geben würden, die Stricke zu zernagen, bevor die Flut kommt. Er ist vielmehr ein Exemplar der Gattung Mensch, die konsequentes Handeln vorzieht. Mit anderen Worten: Er wäre sicher bereit, dich auf der Stelle zu töten.«

Der Herzog verneigte sich.

»Aus deinem Mund sprechen wahrhaft die Götter«, erwiderte er. »Die Sache liegt auf der Hand, nicht wahr? Die arme Prinzessin wurde von dem wildgewordenen Elefanten zu Tode getrampelt. Wirklich bedauerlich. Das Volk wird dich beweinen. Was hältst du davon, wenn ich als neuer König eine offizielle Trauerwoche anordne?«

»Das ist doch absurd!«, platzte es aus Keli heraus. Tränen quollen ihr in die Augen. »Die Geladenen haben alles gesehen!«

Schneidgut schüttelte den Kopf und beobachtete, wie sich die Soldaten einen Weg durch die verwirrte, verblüffte Menge bahnten.

»Nein«, widersprach er. »Du wärst erstaunt, wenn du wüsstest, was sie alles *übersehen* haben. Insbesondere dann, wenn sie erfahren, dass es ansteckend sein kann, von einem Elefanten zertrampelt zu werden. So was könnte sogar passieren, wenn man im Bett liegt.«

Der Herzog lachte leise vor sich hin.

»Für einen Zauberer bist du bemerkenswert intelligent«, entgegnete er. »Ich schlage nur eine Verbannung vor ...«

»Damit kommst du nicht durch«, sagte Schneidgut. Er dachte kurz nach und fügte hinzu: »Das heißt, wahrscheinlich *kommst* du damit durch, aber anschließend hast du bestimmt ein schlechtes Gewissen, und wenn du im Sterben liegst, wirst du dir wünschen ...«

Er unterbrach sich und riss die Augen auf.

Der Herzog drehte den Kopf einige Zentimeter weit, um seinem Blick zu folgen.

»Was ist los, Zauberer? Was hast du gesehen?«

»Ich habe mich geirrt«, entfuhr es Schneidgut fast schrill. »Du kommst *nicht* damit durch. Du wirst nicht einmal *hier* sein. Gleich ist dies alles überhaupt nicht geschehen ...«

»Achtet auf seine Hände«, brummte der Herzog. »Schießt sofort, wenn er auch nur den kleinen Finger rührt.«

Verwundert wandte er sich um. Es schien kein Trick zu sein: Der Zauberer hatte aufrichtig geklungen. Es hieß auch, Magier könnten Dinge sehen, die für die Augen von gewöhnlichen Menschen verborgen blieben ...

»Es spielt überhaupt keine Rolle, ob du mich umbringst oder nicht«, stieß Schneidgut hervor. »Morgen wache ich nämlich in meinem Bett auf, und dann ist alles nur ein übler Traum gewesen. Vielleicht nicht einmal das. Es kommt direkt durch die Wand!«

Nächtliche Dunkelheit rollte über die Scheibenwelt. Die Finsternis war natürlich immer gegenwärtig, lauerte in Ritzen und Spalten, in Höhlen, Kellern und tiefen Gewölben. Doch wenn das träge Licht der Sonne folgte, schwollen die Teiche und Seen der Nacht an und vereinten sich.

Das Licht der Scheibenwelt wird von einem starken magischen Feld gebremst. Das Licht der Scheibenwelt hat nichts mit normalem Licht gemein. Es ist gewissermaßen in die Jahre gekommen, hat eine Menge gesehen und neigt nicht mehr dazu, irgendetwas zu überstürzen. Es weiß: Ganz gleich, wie sehr ich mich auch beeile, die Dunkelheit ist immer zuerst da. Deshalb lässt es alles ruhig angehen.

Mitternachtsschwärze glitt wie eine samtene Fledermaus über die Landschaft. Binky war schneller als sie und folgte ihr als ein winziges Licht inmitten undurchdringlicher Schatten. Funken stoben von den Hufen, bildeten kleine Flammen. Unter dem schweißfeuchten, glänzenden Fell vibrierten dicke, schlangenartige Muskelstränge.

Die beiden Gestalten auf dem Rücken des Hengstes schwiegen die meiste Zeit. Ysabell löste den einen Arm von Morts Taille und beobachtete, wie ihre Finger in allen acht Farben des Regenbogens leuchteten. Dünne Strahlenbahnen wanden sich um die Ellenbogen und reichten von den Haarspitzen herab.

Mort lenkte das Pferd tiefer und hinterließ eine wallende, viele Meilen lange Wolke.

»Jetzt kann kein Zweifel mehr daran bestehen, dass ich verrückt bin«, sagte er.

»Wieso?«

»Ich habe da unten gerade einen Elefanten gesehen«, ächzte Mort. »He, dort vorn sind die Lichter von Sto Lat!«

Ysabell blickte ihm über die Schulter und bemerkte ein mattes Glühen am Horizont.

»Wie viel Zeit bleibt uns noch?«, fragte sie nervös.

»Keine Ahnung. Vielleicht nur ein paar Minuten.«

»Mort, ich habe dich noch nicht gefragt, was ...«

»Ja?«

»Was willst du *tun*, wenn wir den Palast erreichen?«

»Ich weiß es nicht«, erwiderte Mort. »Ich hatte gehofft, dass mir bis dahin etwas einfällt.«

»Und hat sich deine Hoffnung erfüllt?«

»Nein. Aber noch ist es nicht so weit. Vielleicht hilft uns Alberts Zauberformel. Und ich ...«

Mort brach entsetzt ab, als er die Kuppel der Realität sah, die sich wie eine langsam schrumpfende Qualle über dem Schloss wölbte. Nach einer Weile erklang Ysabells Stimme.

»Nun, ich glaube, es ist fast so weit. Was hast du jetzt vor?«

»Halt dich fest!«

Binky segelte durch die zerschmetterten Tore des Hofes und zog einen Funkenschweif hinter sich her, als er über das Kopfsteinpflaster flog. Einige Sekunden später landete er und setzte mit einem weiten Sprung durch die aufgebrochene Tür des großen Saals. Dahinter ragte die perlmuttartige Wand der Grenzfläche auf, und die beiden Reiter spürten ein kaltes Prickeln, als sie das trübe Glühen durchdrangen.

Mort gewann einen schemenhaften Eindruck von Keli, Schneidgut und einigen hochgewachsenen, recht kräftigen Männern, die hastig zur Seite wichen. Er erkannte den Herzog, zog sein Schwert und schwang sich aus dem Sattel, als Binky schnaufend stehen blieb.

»Rühr die Prinzessin nicht an!«, rief er. »Es würde dich den Kopf kosten!«

»Ein beeindruckender Auftritt«, bemerkte der Herzog und nahm die eigene Klinge zur Hand. »Und auch sehr närrisch. Ich ...«

Er brach ab. Seine Augen trübten sich. Er taumelte nach vorn. Schneidgut ließ einen schweren silbernen Kerzenhalter sinken und begegnete Mort mit einem entschuldigenden Lächeln.

Mort wandte sich den übrigen Männern zu, und das blaue Feuer von Tods Schwert knisterte drohend.

»Wer möchte sich mir entgegenstellen?«, knurrte er. Die Komplizen des Herzogs wichen zurück, wandten sich eilends um, flohen ... und verschwanden, als sie die Grenzfläche passierten. Jenseits davon gab es auch keine Würdenträger. In der realen Realität war der große Saal dunkel und leer.

Keli, Schneidgut und die beiden Neuankömmlinge standen unter einer Kuppel, die rasch kleiner wurde.

Mort trat auf den Magier zu.

»Irgendwelche Vorschläge?«, fragte er. »Ich habe eine Zauberformel mitgebracht, die ...«

»Kommt nicht infrage. Wenn ich es hier drin mit einer magischen Beschwörung versuche, fegt sie uns das Gehirn aus dem Schädel. Diese Wirklichkeit ist zu klein, um derartigen Belastungen standzuhalten.«

Mort sank auf die Überbleibsel des Altars und fühlte sich leer und ausgehöhlt. Einige Sekunden lang beobachtete er, wie die zischende Grenzfläche weiterhin näher kam. Ich überlebe sie wahrscheinlich, dachte er. Und ebenso Ysabell. Der Schneidgut, wie wir ihn hier sehen, wird den Wechsel in die andere Realität nicht überstehen, aber der andere Zauberer, der in der Mauergasse wohnt, hat nichts zu befürchten. Was Keli betrifft ...

»Setzt mir nun jemand die Krone aufs Haupt oder nicht?«, fragte sie scharf. »Ich will als Königin sterben. Es wäre schrecklich, als Bürgerliche tot zu sein!«

Mort musterte sie verwirrt und versuchte sich daran zu erinnern, was sie meinte. Ysabell kramte im Schutt hinter dem Altar und hob schließlich einen verbeulten goldenen Reif hoch, an dem Diamanten glänzten.

»Ist sie das hier?«, erkundigte sie sich.

»Die Krone, ja«, bestätigte Keli, den Tränen nahe. »Aber wir brauchen einen Priester.«

Mort seufzte schwer.

»Schneidgut, wenn dies unsere eigene Realität ist, so können wir sie doch unseren Wünschen anpassen, oder?«

»Was hast du vor?«

»Du bist jetzt ein Priester. Such dir einen Gott aus, dem du dienen möchtest.«

Der Zauberer verbeugte sich und nahm die Krone von Ysabell entgegen.

»Ihr macht euch lustig über mich«, schnappte Keli.

»Tut mir leid.« Mort unterdrückte ein Gähnen. »Es war ein ziemlich langer und anstrengender Tag.«

»Ich hoffe, ich kriege das richtig hin«, sagte Schneidgut würdevoll. »Ich habe noch nie jemanden gekrönt.«

»Und ich bin noch nie gekrönt worden!«

»Gut.« Schneidgut wirkte erleichtert. »Lernen wir also gemeinsam.« In einer fremden Sprache murmelte er einige feierlich klingende Worte. Eigentlich handelte es sich um einen Zauberspruch, der dazu diente, alte Kleidung von Flöhen zu befreien, aber er dachte: Was soll's? Und dann fügte er in Gedanken hinzu: He, Mann, in dieser Realität bin ich der mächtigste Zauberer aller Zeiten. Davon kann ich noch meinen Enkeln er... Er knirschte mit den Zähnen. Eins stand fest, in der gegenwärtigen Wirklichkeit mussten gewisse Traditionen über den Haufen geworfen werden.

Ysabell nahm neben Mort Platz und griff nach seiner Hand.

»Nun?«, fragte sie leise. »Der entscheidende Augenblick ist gekommen. Hast du eine Idee?«

»Nein.«

Die Grenzfläche hatte die Hälfte des Saals durchquert und wurde ein wenig langsamer, als der Widerstand einer ebenso kleinen wie individuellen Realität zunahm.

Mort spürte etwas Warmes und Feuchtes am Ohr. Er hob die Hand und berührte Binkys Schnauze.

»Liebes, treues Pferd«, sagte er. »Wie schade, dass mir die Zuckerstücke ausgegangen sind. Du wirst ganz allein nach Hause zurückfinden müssen ...«

Er erstarrte plötzlich.

»Wir können *alle* nach Hause zurück«, fügte er hinzu.

»Ich schätze, das gefiele meinem Vater nicht sehr«, erwiderte Ysabell. Mort schenkte ihr keine Beachtung.

»Schneidgut!«

»Ja?«

»Wir brechen auf. Kommst du mit? Es gibt dich noch immer, wenn diese Realität verschwindet.«

»Zumindest existiert dann noch ein Teil von mir«, murmelte der Zauberer.

»Genau das meinte ich.« Mort schwang sich wieder in den Sattel.

»Aber der andere Teil, der einfach zu verschwinden droht, möchte euch gern begleiten«, fügte Schneidgut hastig hinzu.

»Ich bin nach wie vor entschlossen, hier in meinem Königreich zu sterben«, verkündete Keli.

»Wozu du entschlossen bist oder nicht, ist mir völlig schnuppe«, entgegnete Mort. »Ich habe die ganze Scheibenwelt überquert, um dich zu retten, und deshalb wirst du dich gefälligst retten lassen!«

»Aber ich bin die Königin.« In Kelis Stimme ließ sich ein Hauch von Unsicherheit vernehmen. Sie drehte sich zum Zauberer um, der schuldbewusst den Kerzenhalter sinken ließ: »Ich habe gehört, wie du mich geweiht hast! Ich bin doch Königin, oder?«

»O ja«, bestätigte Schneidgut sofort. Und da das Wort eines Zauberers angeblich härter sein soll als geschmiedetes Eisen, fügte er tugendhaft hinzu: »Und außerdem bist du jetzt völlig frei von Ungeziefer.«

»Schneidgut!«, rief Mort. Der junge Zauberer nickte, schlang die Arme um Kelis Taille und hob sie auf Binkys Rücken. Dann raffte er seinen weiten Umhang zusammen, stieg ebenfalls auf und half auch Ysabell in die Höhe. Der Hengst taumelte ein wenig und beklagte sich mit einem empörten Schnaufen über die schwere Last, die er tragen musste. Mort achtete nicht darauf, lenkte ihn in Richtung Tür und trieb ihn an.

Die Grenzfläche folgte ihnen, als sie auf den Hof ritten. Nach einigen Sekunden verklang das Klappern der Hufe, und der Hengst gewann an Höhe. Das perlmutterne Schimmern versuchte sie einzuholen, streckte graue Fransenfinger nach ihnen aus.

»Entschuldige bitte«, sagte Schneidgut zu Ysabell und zog seinen Hut. »Ignazius Eruptus Schneidgut, Zauberer des Ersten Grades, Absolvent der Unsichtbaren Universität, früherer Königlicher Wiedererkenner und vermutlich bald Kandidat für den Galgen. Würdest du mir bitte erklären, wohin wir unterwegs sind?«

»Zum Anwesen meines Vaters!«, rief Ysabell, um das Rauschen des Windes zu übertönen.

»Kenne ich ihn?«

»Das bezweifle ich. Eine Begegnung mit ihm hättest du bestimmt nicht vergessen.«

Die obersten Palastzinnen glitten dicht unter Binkys Hufen dahin. Der Hengst spannte die Muskeln und flog den Wolken entgegen. Schneidgut lehnte sich wieder zurück und hielt den Hut fest.

»Wer ist der ehrenwerte Herr, von dem wir sprechen?«, fragte er.

»Der Tod«, antwortete Ysabell.

»Doch nicht etwa ...«

»Genau der.«

»Oh.« Schneidgut starrte nach unten, beobachtete die fernen Dächer und lächelte schief. »Vielleicht sollte ich ein wenig Zeit sparen und einfach abspringen.«

»Mein Vater ist recht nett, wenn man ihn besser kennt«, behauptete Ysabell.

»Tatsächlich? Glaubst du wirklich, er gibt uns die Gelegenheit, freundlich mit ihm zu plaudern?«

»Haltet euch fest!«, rief Mort. »Jetzt überfliegen wir gleich ...«

Etwas Schwarzes raste vom Himmel herab und verschluckte sie.

Die Grenzfläche erzitterte unsicher, jetzt so leer wie das Bankkonto eines Bettlers. Eine Zeit lang zögerte die Kuppel, bevor sie die metaphorischen Achseln zuckte und weiterhin schrumpfte.

Die vordere Tür schwang auf, und Ysabell sah nach draußen.

»Es ist niemand da«, sagte sie. »Ihr könnt jetzt reinkommen.«

Ihre drei Begleiter betraten den Flur. Schneidgut blieb kurz auf der Fußmatte stehen und streifte gewissenhaft den Schmutz von den Schuhen ab.

»Kein besonders geräumiges Haus«, stellte Keli kritisch fest.

»Innen ist es viel größer«, erwiderte Mort und wandte sich an Ysabell. »Hast du überall nachgesehen?«

»Ich kann nicht einmal Albert finden«, sagte sie. »Und bisher hat er das Anwesen noch *nie* verlassen.«

Sie hüstelte und erinnerte sich an ihre Pflichten als Gastgeberin.

»Möchte jemand etwas zu trinken?«, fragte sie. Keli überhörte ihre Worte.

»Ich habe wenigstens ein Schloss erwartet«, murmelte sie. »Gewaltig und schwarz, mit hohen dunklen Türmen. Ohne einen ... Schirmständer.«

»Es steht immerhin eine Sense drin«, sagte Schneidgut.

»Ich schlage vor, wir gehen ins Arbeitszimmer und verschnaufen ein wenig«, warf Ysabell rasch ein und öffnete die schwarze Friestür.

Schneidgut und Keli traten über die Schwelle und stritten sich leise. Ysabell griff nach Morts Arm.

»Was tun wir jetzt?«, flüsterte sie ihm zu. »Mein Vater wird ziemlich erbost sein, wenn er sie hier findet.«

»Mir fällt schon etwas ein«, gab Mort zurück. »Ich schreibe die Biografien neu oder so was in der Art.« Er lächelte schief. »Sei unbesorgt! Ich überlege mir was.«

Hinter ihnen fiel die Tür ins Schloss. Mort wandte sich um und sah in Alberts grinsendes Gesicht.

Der große Ledersessel auf der anderen Seite des Schreibtischs drehte sich langsam, und Tod musterte Mort, hob die Knochenhände und drückte die Fingerspitzen aneinander. Als er ganz sicher sein konnte, dass er die ungeteilte, entsetzte Aufmerksamkeit der vier jungen Leute hatte, sagte er:

DU SOLLTEST GLEICH DAMIT ANFANGEN, DIR ETWAS ZU ÜBERLEGEN.

Die finstere Gestalt stand auf und schien zu wachsen, während es im Zimmer dunkler wurde.

VERSUCH GAR NICHT ERST, DICH ZU ENTSCHULDIGEN, fügte Tod hinzu.

Keli verbarg das Gesicht an Schneidguts massiger Brust.

ICH BIN ZURÜCK. UND ICH BIN ZORNIG.

»Herr, ich ...«, begann Mort.

SCHWEIG, sagte Tod und richtete den weißen Zeigefinger auf Keli. Sie drehte sich zu ihm um, weil ihr Körper keinen Ungehorsam wagte.

Tod streckte die Hand aus und berührte ihr Kinn. Mort tastete nach seinem Schwert.

IST DIES DAS GESICHT, DAS TAUSEND SCHIFFE IN SEE STECHEN LIESS UND DIE DACHLOSEN TÜRME VON PSEUDOPOLIS VERBRANNTE?, fragte der Knochenmann. Keli starrte wie gebannt auf zwei karmesinrote Flecken, die viele Meilen tief in den leeren Augenhöhlen funkelten.

»Äh, entschuldige bitte«, warf Schneidgut ein und nahm respektvoll den Hut ab.

JA?, fragte Tod zerstreut.

»Ich bin sicher, du meinst ein anderes Gesicht, Herr.«

WIE HEISST DU?

»Schneidgut, Herr. Ich bin Zauberer, Herr.«

ICH BIN ZAUBERER, HERR, wiederholte Tod spöttisch und zischte abfällig. HALT DIE KLAPPE, ZAUBERER.

»Sehr wohl, Herr.« Schneidgut trat zurück.

Tod drehte sich zu Ysabell um.

ICH ERWARTE EINE ERKLÄRUNG, TOCHTER. WARUM HAST DU DEM NARREN DORT GEHOLFEN?

Ysabell machte einen nervösen Knicks.

»Ich ... ich liebe ihn, Vater. Glaube ich wenigstens.«

»Im Ernst?«, fragte Mort verblüfft. »Davon hast du mir nie etwas erzählt!«

»Na ja, wir hatten nie viel Zeit füreinander, und es ergab sich keine geeignete Gelegenheit«, erwiderte Ysabell. »Vater, er wollte nicht ...«

SEI STILL.

Ysabell senkte den Kopf. »Ja, Vater.«

Tod schritt um den Schreibtisch herum und blieb direkt vor Mort stehen. Eine ganze Weile starrte er ihn stumm an.

Dann schlug er ganz plötzlich zu und traf seinen Lehrling mitten im Gesicht. Mort verlor das Gleichgewicht und fiel zu Boden.

ICH BRINGE DICH IN MEINEM HAUS UNTER, sagte er.

ICH BILDE DICH AUS. ICH GEBE DIR ESSEN, KLEIDUNG UND EINE GELEGENHEIT, VON DER DU NICHT EINMAL ZU TRÄUMEN GEWAGT HÄTTEST. UND DAS IST NUN DER DANK. DU ENTFERNST MEINE TOCHTER VON MIR. DU VERNACHLÄSSIGST DEINE PFLICHT. DU HINTERLÄSST WUNDEN IN DER REALITÄT, DIE WAHRSCHEINLICH ERST IN HUNDERT JAHREN HEILEN. MIT DEINEM UNÜBERLEGTEN, VERANTWORTUNGSLOSEN HANDELN NIMMST DU DEINEN GEFÄHRTEN JEDE CHANCE. DIE GÖTTER VERLANGEN BESTIMMT, DASS SIE AUS DEM UNIVERSUM GETILGT WERDEN.

MIT ANDEREN WORTEN, JUNGE: DU HAST DEINEN ERSTEN JOB GRÜNDLICH VERPATZT.

Mort setzte sich auf und betastete die rechte Wange. Sie brannte kalt, wie Kometeneis.

»Mort«, sagte er.

ACH, DER JUNGE SPRICHT! UND WAS SAGT ER?

»Lass die anderen gehen«, fuhr Mort fort. »Sie wurden nur in die Dinge verwickelt. Sie trifft keine Schuld. Du könntest bestimmt dafür sorgen, dass ihnen nichts geschieht …«

WARUM SOLLTE ICH SIE VERSCHONEN? SIE GEHÖREN JETZT MIR.

»Ich bin bereit, für sie zu kämpfen«, sagte Mort.

WIE TAPFER UND GROSSMÜTIG VON DIR. DAUERND VERSUCHEN IRGENDWELCHE STERBLICHEN GEGEN MICH ZU KÄMPFEN. NOCH NIE HATTE EINER VON IHNEN ERFOLG. GEH JETZT.

Mort stand auf und erinnerte sich an das Gefühl, der Tod gewesen zu sein. Er konzentrierte sich auf jenes Empfinden, hieß es willkommen …

NEIN, erwiderte er.

OH, DU FORDERST MICH HERAUS? ZU EINEM DUELL ZWISCHEN EBENBÜRTIGEN GEGNERN?

Mort schluckte und dachte: Wenigstens liegt der Fall jetzt

klar; es sind keine Missverständnisse mehr möglich. Wenn man über den Rand einer steilen Klippen hinaustritt, nimmt das Leben eine entscheidende und eindeutige Wende …

»Falls es sich nicht vermeiden lässt«, bestätigte er. »Und wenn ich gewinne …«

WENN DU GEWINNST, KANNST DU FREI WÄHLEN UND ENTSCHEIDEN, sagte Tod. FOLGE MIR.

Er stolzierte an Mort vorbei in den Flur.

»Weißt du, worauf du dich einlässt?«, fragte Schneidgut.

»Nein.«

»Du kannst den Herrn nicht besiegen«, sagte Albert und seufzte. »Glaub mir, ich weiß Bescheid.«

»Was passiert, wenn du verlierst?«, erkundigte sich Keli.

»Ich werde nicht verlieren«, brummte Mort. »Genau darin besteht das Problem.«

»Mein Vater will, dass er gewinnt«, sagte Ysabell bitter.

»Du meinst, er wird ihn gewinnen lassen?«, warf Schneidgut verwirrt ein.

»O nein! Er beabsichtigt nicht, ihm den Sieg einfach so zu schenken, aber er *möchte* verlieren.«

Mort nickte. Als sie der düsteren Gestalt durch den Korridor folgten, fragte er sich: Wie mag es sein, eine wahrhaft endlose Zukunft zu haben, außerhalb der Zeit zu leben (wenn man dabei überhaupt von ›leben‹ sprechen kann) und dem mysteriösen Willen des Schöpfers gerecht zu werden? Eigentlich verständlich, dass Tod mit all dem Schluss machen wollte. Tod hatte ihm gesagt, die Knochen seien nicht unbedingt erforderlich, aber vielleicht spielte das keine Rolle. Fühlte sich die Ewigkeit wirklich wie eine lange Zeit an, oder waren alle Lebensspannen etwa gleich lang, wenn man einen rein persönlichen Maßstab anlegte?

Hallo!, meldete sich eine Stimme in Morts Kopf. Erinnerst du dich an mich? Ich bin du. Ich habe dich in diese Lage gebracht.

»Danke«, murmelte er. Seine Begleiter musterten ihn skeptisch.

Du könntest das Duell durchaus mit heiler Haut überstehen, sagte die Stimme. Du hast einen großen Vorteil. Du bist er gewesen, aber er war nie du.

Tod marschierte durch den Flur und ins Lange Zimmer. Die Kerzen entzündeten sich gehorsam, als er eintrat.

ALBERT.

»Herr?«

HOL DIE GLÄSER.

»Ja, Herr.«

Schneidgut hielt den alten Mann am Ärmel fest.

»Du bist ein Zauberer«, zischte er. »Du brauchst seine Anweisungen nicht zu befolgen!«

»Wie alt bist du, Junge?«, fragte Albert freundlich.

»Zwanzig.«

»Wenn du in meinem Alter bist, siehst du die Dinge anders.« Er wandte sich an Mort. »Tut mir leid.«

Mort zog sein Schwert, dessen Klinge im Kerzenlicht fast unsichtbar war. Tod drehte sich um und sah ihn an, eine schmale Silhouette vor den hoch aufragenden Regalen mit den Lebensuhren.

Er streckte die Arme aus. Es donnerte dumpf, als zwischen seinen Händen die Sense erschien.

Albert kam durch einen der Zwischengänge zurück, trug zwei kleine kristallene Behälter und setzte sie wortlos auf einem Säulensims ab.

Die eine Uhr war um ein Vielfaches größer als die gewöhnlichen Gläser; dunkel, schmal und mit einem komplizierten Motiv geschmückt, das aus einem Totenschädel mit mehreren Knochen bestand.

Aber damit noch nicht genug.

Mort stöhnte innerlich. Er konnte deutlich sehen, dass die Lebensuhr überhaupt keinen Sand enthielt.

Der zweite Behälter wirkte schlicht und verzichtete auf Verzierungen. Mort griff danach.

»Darf ich?«, fragte er.

NUR ZU.

Mort las seinen Namen, der in die obere Hälfte graviert war. Er hielt das Glas ins Licht und stellte ohne große Überraschung fest, dass nur noch wenig Sand blieb. Als er es ans Ohr hielt, konnte er das Geräusch seines verstreichenden Lebens hören, obwohl sich um ihn herum das Rieseln der Myriaden Körner zu einem dumpfen Tosen vereinte.

Er setzte den kleinen Behälter vorsichtig ab.

Tod wandte sich an Schneidgut.

HE, ZAUBERER. SEI SO GUT UND ZÄHL FÜR UNS BIS DREI.

Schneidgut nickte kummervoll.

»Könntet ihr euer Problem nicht aus der Welt schaffen, indem ihr euch an einen Tisch setzt und in aller Ruhe...«, begann er.

NEIN.

»Nein.«

Mort und Tod traten langsam über die schwarzweißen Fliesen und beobachteten sich wachsam. Ihre winzigen Spiegelbilder strichen über Tausende von Lebensuhren.

»Eins«, sagte Schneidgut.

Tod hob drohend seine Sense. »Zwei.«

Die beiden Klingen trafen aufeinander, und es klang, als strichen Katzenkrallen über eine Glasscheibe.

»Sie haben beide gemogelt!«, entfuhr es Keli.

»Natürlich«, bestätigte Ysabell und nickte.

Mort sprang zurück, holte viel zu langsam mit seinem Schwert aus und schlug zu. Es fiel Tod nicht weiter schwer, den Hieb zu parieren, und einen Sekundenbruchteil später ging er zu einem weitaus geschickteren Gegenangriff über. Mort rettete sich, indem er zur Seite hechtete.

Die Sense gehört zwar nicht zu den wichtigsten und bedeutsamsten Kampfwaffen, aber wer sich auf der falschen Seite einer Bauernrevolte befindet (um nur ein Beispiel zu nennen), macht rasch die Erfahrung, dass sie in geübten Händen viel Unheil anrichten kann. Sobald sie schwingt, weiß nicht einmal mehr ihr Besitzer, wo sich die Schneide befindet.

Tod kam näher und grinste. Mort duckte sich, wich einem Hieb in Kopfhöhe aus und warf sich nach rechts. Hinter ihm klirrte es, als die Sense eine Lebensuhr im Regal traf...

... In einer dunklen Gasse von Ankh-Morpork drückte sich ein nächtlicher Leichensammler beide Hände auf die Brust und fiel vom Kutschbock...

Mort richtete sich wieder auf, schloss beide Hände ums Schwertheft und schlug zu. Eine sonderbare Erregung erfasste ihn, als er beobachtete, wie Tod zurücksprang. Die in einem bläulichen Ton glühende Klinge traf ein Regal und durchschnitt es. Als die darauf stehenden Lebensuhren zu rutschen begannen und sich dem Boden entgegenneigten, hastete Ysabell an Mort vorbei, um die kristallenen Behälter nacheinander aufzufangen...

... In verschiedenen Regionen der Scheibenwelt stürzten insgesamt vier Menschen, aber wie durch ein Wunder kamen sie mit dem Leben davon...

... Mort stürmte los, um seinen Vorteil auszunutzen. Tods Hände bewegten sich so schnell, dass die Konturen verwischten, als er das mehrmals zustoßende Schwert abwehrte. Schließlich drehte er die Sense ein wenig, und ihre gewölbte Schneide beschrieb einen weiten Bogen, dem Mort unbeholfen auswich. Das Schwertheft stieß dabei gegen ein Glas und stieß es vom schmalen Sockel...

... Ein Tharga-Hirte in den Spitzhornbergen wanderte über eine hohe Weide und suchte im blassen Schein seiner Lampe nach einer verschwundenen Kuh. In der pechschwarzen Finsternis stolperte er über einen Stein und stürzte in eine dreihundert Meter tiefe Schlucht…

…Schneidgut gab sich selbst einen Stoß, griff mit verzweifelt ausgestreckter Hand nach der fallenden Lebensuhr, prallte auf den Boden und rutschte auf dem Bauch an den Regalen entlang…

…Eine breite, aus der Klippenwand ragende Wurzel fing den Sturz des schreienden Hirten ab und bewahrte ihn vor einigen schwierigen Problemen: Tod, das Urteil der Götter, die Ungewissheit, ob ihn im Jenseits wirklich das Paradies erwartete oder vielleicht die seelischen Schmelztiegel der Hölle. Er strich diese Punkte von der langen Liste seiner Sorgen, und es blieb nur ein Eintrag, der ihm vergleichsweise wenig Kummer bereitete: Er brauchte nur dreißig Meter an einer steilen und völlig glatten Felswand emporzuklettern, umhüllt von undurchdringlicher Schwärze.

Es kam zu einer kurzen Unterbrechung des Kampfes, als die beiden Gegner voneinander fortwichen, sich auf die nächste Runde vorbereiteten und dem jeweiligen Kontrahenten keine Blöße zu geben versuchten.

»Können wir denn überhaupt nichts tun?«, fragte Keli.

»Mort verliert so oder so«, sagte Ysabell und schüttelte den Kopf. Schneidgut zog den silbernen Kerzenhalter aus dem weiten Ärmel und hielt ihn nachdenklich in der Hand.

Tod hob erneut die Sense, zerschmetterte unabsichtlich eine nahe Lebensuhr…

…In Bes Pelargic taumelte der Foltermeister des Königs und fiel in sein eigenes Säurebecken…

…und schlug so plötzlich zu, dass Mort der Schneide nur durch Zufall auswich.

Natürlich durfte er nicht ständig auf einen Verbündeten namens Glück zählen. Hinzu kamen heißer Schmerz in den Muskeln und eine betäubende Erschöpfung, die sich grau inmitten seiner Gedanken ausbreitete – zwei Nachteile, die Tod nicht belasteten.

Der Knochenmann musterte seinen Gegner und begriff, wie es um ihn stand.

GIB AUF, sagte er. VIELLEICHT LASSE ICH GNADE WALTEN.

Um seinen Worten Nachdruck zu verleihen, riss er die Sense herum, und Mort hob gerade noch rechtzeitig das Schwert, um die gewölbte Klinge zu blockieren. Sie prallte ab und stieß gegen ein weiteres Glas, das sofort zersplitterte ...

... Der Herzog von Sto Helit tastete krampfhaft nach dem Herzen, spürte stechenden Schmerz, öffnete den Mund zu einem lautlosen Schrei und fiel vom Pferd ...

Mort wankte zurück, bis er die feste Kühle einer steinernen Säule am Nacken fühlte. Tods entmutigend leere Lebensuhr stand nur wenige Zentimeter von seinem Kopf entfernt.

Der Knochenmann achtete nicht auf ihn und betrachtete nachdenklich die gläsernen Reste, die an das Leben des Herzogs erinnerten.

Mort schrie, holte mit dem Schwert aus und hörte wie aus weiter Ferne die anfeuernden Rufe der Zuschauer, die schon seit geraumer Weile eine solche Reaktion von ihm erwartet hatten. Selbst Albert hob die faltigen Hände und klatschte.

Vergeblich erwartete Mort das Klirren von Glas.

Er drehte sich um und versuchte es erneut. Die blaue Klinge durchdrang den mit Knochendarstellungen geschmückten Behälter, ohne auch nur einen Kratzer zu hinterlassen.

Ein feines, nur für ihn wahrnehmbares Knistern in der Luft veranlasste ihn, das Schwert nach hinten zu halten und einen entschlossenen Hieb seines Gegners zu parieren. Tod sprang flink beiseite, wich dadurch einem langsamen, ungelenken Stoß aus.

DAS WÄR'S DANN WOHL, JUNGE.

»Mort«, sagte Mort. Er sah auf.

»Mort«, wiederholte er und schlug so wuchtig zu, dass die Sense zerbrach. Zorn brodelte in ihm. Wenn er schon sterben musste, so wenigstens mit seinem Namen.

»Ich heiße Mort, du verdammter Mistkerl!«, rief er und näherte sich Tod, während das Schwert ein gespenstisches Eigenleben zu entwickeln schien und immer wieder durch die Luft schnitt. Tod wankte zurück, lachte und duckte sich unter den wütenden Hieben, die den Griff der Sense zerstückelten.

Mort hielt nicht inne, schwang die Klinge von rechts nach links, von oben nach unten. Durch den roten Dunst der Raserei vor seinen Augen beobachtete er, dass Tod den Rest seiner Sense wie ein Schwert hielt und jeden einzelnen Schlag mit unerschütterlichem Geschick abwehrte. Er ließ sich nicht in die Enge treiben, und die Energie der Wut musste irgendwann zur Neige gehen. Du kannst ihn nicht besiegen, dachte Mort. Ich bin höchstens imstande, mich noch eine Zeit lang zu verteidigen. Vermutlich ist es sogar besser, bei diesem Duell zu verlieren. Was sollte ich schon mit der Ewigkeit anfangen?

Im Nebel der Erschöpfung zeichnete sich vage die Gestalt des Todes ab: Er richtete sich auf, holte wie in Zeitlupe mit seinem improvisierten Schwert aus, so langsam, als striche die Klinge durch zähen Sirup.

»Vater!«, stieß Ysabell hervor.

Tod drehte den Kopf.

Morts Seele mochte sich durchaus mit der Vorstellung anfreunden, bald ein neues Leben im Jenseits zu beginnen, doch der Körper war keineswegs zu Kompromissen bereit. Er hing an der Welt, die er kannte. Und er handelte, um transzendentalen Experimenten vorzubeugen. Der rechte Arm hob das Schwert, schlug Tods Klinge beiseite und drängte den Knochenmann zur nächsten Säule.

In der plötzlichen (und angesichts der vielen Lebensuhren eher relativen) Stille bemerkte Mort, dass ein ganz bestimmtes Geräusch verklungen war, das ihn während der letzten zehn Minuten begleitet hatte. Er blickte zur Seite.

Die obere Hälfte seines Glases enthielt kaum noch Sand.

STOSS ZU.

Mort hob das Schwert und starrte in glühende Augenhöhlen.

Er ließ die Waffe wieder sinken.

»Nein.«

Tods Fuß trat so blitzartig in Leistenhöhe zu, dass selbst Schneidgut zusammenzuckte.

Mort krümmte sich stumm zusammen und rollte über den Boden. Tränen quollen ihm in die Augen und verschleierten Tod, der sich ihm näherte, in der einen Hand die Sensenklinge, in der anderen die Lebensuhr seines Lehrlings. Keli und Ysabell wurden verächtlich beiseite gestoßen, als sie Tod am schwarzen Umhang festhalten wollten. Schneidgut bekam einen Stoß in die Rippen, und der silberne Kerzenhalter fiel auf die Fliesen.

Nach einigen Schritten blieb Tod stehen. Die Spitze des Sensenschwerts verharrte kurz vor Morts Augen und neigte sich dann nach oben.

»Du hast recht«, erklang Ysabells Stimme. »Es gibt keine Gerechtigkeit. Es gibt nur dich.«

Tod zögerte und ließ den Rest der Sense langsam sinken. Er drehte sich um und sah Ysabell an. Seine Adoptivtochter zitterte vor Wut.

WIE MEINST DU DAS?

Ysabell starrte zum knöchernen Gesicht hinauf, hob die rechte Hand, schwang sie zurück, schwang sie zur Seite, schwang sie nach vorn und versetzte Tod eine Ohrfeige. Es hörte sich an, als schüttele sie einen Becher mit Würfeln.

Es folgte eine entsetzlich laute Stille.

Keli schloss die Augen. Schneidgut wandte sich um und hob schützend die Arme über den Kopf.

Tod betastete vorsichtig seine Wange.

Ysabells Brust hob und senkte sich auf eine Weise, für die Schneidgut seine Magie geopfert hätte.

Tods Stimme klang ein wenig dumpfer und hohler, als er fragte: WARUM?

»Du hast einmal gesagt, dass man die ganze Welt in Gefahr bringt, wenn man am Schicksal einer Person herumpfuscht«, erwiderte Ysabell.

JA?

»Du hast sein Leben manipuliert. Und auch meins.« Mit einem zitternden Zeigefinger deutete sie auf die Glasscherben am Boden. »Hinzu kommen diese Menschen.«

NUN?

»Was verlangen die Götter *dafür?*«

VON MIR?

»Ja!«

Tod wirkte überrascht. VON MIR KÖNNEN SIE NICHTS VERLANGEN. IRGENDWANN MÜSSEN SELBST DIE GÖTTER MEINEM RUF FOLGEN.

»Das scheint wohl kaum besonders fair zu sein, oder?«, entgegnete Ysabell scharf. »Sind die Götter nicht für Gerechtigkeit und Gnade zuständig?« Sie hatte das Schwert aufgehoben, ohne dass jemand Kenntnis davon nahm.

Tod lächelte. DEINE BEMÜHUNGEN SIND ANERKENNENSWERT, sagte er. ABER SIE NÜTZEN NICHTS. TRITT BEISEITE.

»Nein.«

DIR SOLLTE KLAR SEIN, DASS SELBST LIEBE KEINEN SCHUTZ VOR MIR GEWÄHRT. ES TUT MIR LEID.

Ysabell hob das Schwert. »Es tut dir *leid?*«

AUS DEM WEG.

»Nein. Du willst dich nur rächen. Und das ist nicht fair.«

Tod neigte kurz den Kopf, und als er wieder aufsah, irrlichterte es in seinen Augenhöhlen.

DU WIRST GEHORCHEN.

»Von wegen!«

DU MACHST DIES SEHR SCHWER.

»Freut mich.«

Tods Finger trommelten ungeduldig auf der Sensenklinge, mit einem Geräusch wie von mehreren Mäusen, die auf einer Blechdose tanzten. Er schien nachzudenken. Er sah Ysabell, die zu Mort trat. Er beobachtete Schneidgut und Keli, die an einem hohen Regal kauerten.

NEIN, sagte er schließlich. NEIN. ICH DARF KEINEN MENSCHLICHEN APPELLEN NACHGEBEN. ICH KANN ZU NICHTS GEZWUNGEN WERDEN. ICH TREFFE NUR DIE ENTSCHEIDUNGEN, DIE ICH FÜR RICHTIG HALTE.

Er winkte, und eine unsichtbare Hand entriss Ysabell das Schwert. Tod vollführte eine zweite, etwas kompliziertere Geste, und daraufhin wurde das Mädchen angehoben und mit sanftem Nachdruck an die nächste Säule gedrückt.

Mort beobachtete, wie sich ihm die finstere Gestalt näherte und mit dem Sensenrest zum letzten Hieb ausholte. Tod blickte auf ihn herab.

DU AHNST NICHT, WIE SEHR ICH DIES BEDAUERE, sagte er.

Mort stemmte sich auf die Ellbogen. »Vielleicht doch«, erwiderte er.

Für einen Moment starrte ihn Tod verblüfft an, und dann begann er zu lachen. Das Geräusch donnerte durchs Zimmer und hallte von den langen Regalen wider. Tod lachte noch immer wie ein Erdbeben auf einem Friedhof, als er nach Morts Lebensuhr griff und sie ihm vor die Augen hielt.

Mort versuchte, sich darauf zu konzentrieren. Das letzte Sandkorn rutschte über die glatte Fläche, zögerte am Rand und fiel in die untere Hälfte. Kerzenlicht spiegelte sich auf den Siliziumfacetten wider, als es sich langsam drehte, lautlos landete und einen winzigen Krater schuf.

Das Glühen in Tods Augenhöhlen wurde immer heller, bis es Morts Blickfeld ganz ausfüllte. Das dumpfe Lachen erschütterte die Grundfeste des Universums.

Und dann drehte Tod das Glas um.

Erneut flackerte heller Kerzenschein im großen Saal des Schlosses von Sto Lat, und laute Musik erklang.

Die geladenen Gäste gingen nacheinander die Stufen hinunter und näherten sich dem kalten Büfett. Dem Zeremonienmeister blieb kaum Zeit genug, Luft zu holen. Ständig nannte er die Namen derjenigen, die zu spät kamen, entweder aus reiner Gedankenlosigkeit oder um auf die Bedeutung der eigenen Person hinzuweisen. Er verkündete gerade:

»Der Königliche Wiedererkenner, Hüter Des Privaten Schlafzimmers der Königin, Seine Magische Durchlaucht Ignazius Eruptus Schneidgut, Zauberer des Ersten Grades und Absolvent der Unsichtbaren Universität.«

Schneidgut gesellte sich dem jungen Paar hinzu und grinste von einem Ohr bis zum anderen. In der rechten Hand hielt er eine dicke Zigarre.

»Darf ich die Braut küssen?«, fragte er.

»Für Zauberer ist das erlaubt«, erwiderte Ysabell und bot ihm die Wange dar.

»Das Feuerwerk war einfach herrlich«, sagte Mort. »Und ich vermute, es wird nicht allzu lange dauern, den explodierten Außenwall durch einen neuen zu ersetzen. Sicher findest du allein zu den Speisen.«

»Es scheint ihm recht gut zu gehen«, stellte Ysabell fest, als Schneidgut in der Menge verschwand. Ein starres Lächeln umspielte ihre Lippen.

»Kein Wunder«, murmelte Mort und nickte einem Adligen zu. »Er ist weit und breit der Einzige, der es sich erlauben kann, der Königin *nicht* zu gehorchen.«

»Es heißt, er sei die wahre Macht hinter dem Thron«, fügte Ysabell hinzu. »Man bezeichnet ihn als Eminenz oder so.«

»Wahrscheinlich als Eminenz Dickwanst«, antwortete Mort zerstreut. »Ist dir schon aufgefallen, dass er seit einigen Tagen überhaupt keine Magie mehr beschwört?«

»Seistilldakommtsie.«

»Ihre Erhabene Majestät Königin Kelirehenna I., Herrin von Sto Lat, Protektorin der Acht Protektorate und Kaiserin des Langen Umstrittenen Streifens Mittwärts Von Sto Kerrig.«

Ysabell machte einen Knicks, und Mort verneigte sich. Keli bedachte sie beide mit einem strahlenden Lächeln. Allem Anschein nach war sie unter einen recht guten Einfluss geraten: Sie trug jetzt Kleidung, die zumindest zum Teil ihrer Figur gerecht wurde, und die Frisur sah nicht mehr nach einer Mischung von Ananas und Zuckerwatte aus.

Keli hauchte Ysabell einen Kuss auf die Wange, wich dann einen Schritt zurück und musterte Mort von Kopf bis Fuß.

»Wie steht's mit Sto Helit?«, fragte sie.

»Oh, so weit ganz gut«, sagte Mort. »Abgesehen von den Kellern, die umgebaut werden sollten. Euer verstorbener Onkel hatte einige ungewöhnliche ... Hobbys und ...«

»Sie meint dich«, flüsterte Ysabell. »So lautet jetzt dein offizieller Name.«

»Mort ist mir lieber«, sagte Mort.

»Du hast ein interessantes Wappen gewählt«, fuhr die Königin fort. »Gekreuzte Sicheln vor einer Sanduhr auf schwarzem Grund. Die Buchführer im Königlichen Heroldsamt klagten tagelang über Kopfschmerzen.«

»Ich habe eigentlich gar nichts dagegen, ein Herzog zu sein«, brummte Mort. »Mir fällt nur die Erkenntnis schwer, mit einer Herzogin verheiratet zu sein.«

»Du wirst dich daran gewöhnen.«

»Ich hoffe nicht.«

»Und nun, Ysabell ...«, sagte Keli und schob das Kinn vor. »Wenn du zur königlichen Gesellschaft gehören willst, musst du unbedingt einige Leute kennenlernen ...«

Ysabell warf Mort einen verzweifelten Blick zu, als sie von der Königin ins allgemeine Gedränge geführt wurde.

Mort strich mit einem Finger an der Innenseite des Kragens entlang, sah nach rechts und links ... und verbarg sich hinter einer hohen Topfpflanze, die unweit des Büfetttisches stand. Er hoffte darauf, wenigstens einige Minuten ungestört zu bleiben.

Weiter vorn räusperte sich der Zeremonienmeister. Seine Augen trübten sich, und er starrte in die Ferne.

»Der Seelenräuber«, sagte er mit einer monotonen Stimme, die nur den Mund betrifft und von den Ohren nicht wahrgenommen wird. »Unterwerfer von Imperien, Verschlinger von Ozeanen, Herrscher der Schattenwelt, Jahresdieb, Ultimate Realität, Ernter der Menschheit ...«

SCHON GUT. ICH GLAUBE, DAS GENÜGT.

Mort erstarrte mit einem Truthahnschenkel im Mund. Die Stimme erklang direkt hinter ihm, und er brauchte gar nicht den Kopf zu drehen, um festzustellen, von wem sie stammte. Man hörte sie nicht in dem Sinne, sondern spürte sie eher. Kühle und Dunkelheit wehten heran, und die Musik im Festsaal wurde leise, flüsterte aus einer anderen Welt.

»Wir haben nicht damit gerechnet, dass du kommst«, wandte sich Mort an die Topfpflanze.

IMMERHIN GEHT ES UM DIE HOCHZEIT MEINER EIGENEN TOCHTER. UND AUSSERDEM HABE ICH ZUM ERSTEN MAL EINE OFFIZIELLE EINLADUNGSKARTE MIT GOLDENEM RAND UND ALLEM DRUM UND DRAN BEKOMMEN.

»Ja, aber als du bei der Trauung gefehlt hast …«

ICH HIELT MEINE GEGENWART BEI JENER ZEREMONIE NICHT UNBEDINGT FÜR ANGEMESSEN.

»Nun, ja, mag sein …«

EIGENTLICH BIN ICH EIN WENIG ÜBERRASCHT. ICH DACHTE, DU WOLLTEST DIE PRINZESSIN HEIRATEN.

Mort errötete. »Wir haben darüber gesprochen«, sagte er: »Und sind zu dem Schluss gelangt, dass man nichts überstürzen sollte, nur weil man zufälligerweise eine Prinzessin gerettet hat.«

SEHR WEISE. ZU VIELE JUNGE FRAUEN FALLEN IN DIE ARME DES ERSTEN JUNGEN MANNES, DEN SIE NACH EINEM HUNDERTJÄHRIGEN SCHLAF SEHEN. UM NUR EIN BEISPIEL ZU NENNEN.

»Ja. Und dann dachte ich, ich meine, nachdem ich Ysabell besser kennengelernt habe …«

JA, ICH VERSTEHE. EINE AUSGEZEICHNETE ENTSCHEIDUNG. WIE DEM AUCH SEI: ICH HABE BESCHLOSSEN, MEIN INTERESSE FÜR MENSCHLICHE ANGELEGENHEITEN AUFZUGEBEN.

»Tatsächlich?«

WOVON MEINE BERUFLICHEN VERPFLICHTUNGEN NATÜRLICH NICHT BETROFFEN SIND. DU WEISST JA: SIE VERLANGEN IN ERSTER LINIE OBJEKTIVITÄT, KEINE ANTEILNAHME.

Am Rande von Morts Blickfeld erschien eine Knochenhand, und ihr Zeigefinger spießte geschickt ein gekochtes Ei auf. Mort drehte sich um.

»Was ist geschehen?«, fragte er. »Ich muss endlich Bescheid wissen! In der einen Sekunde standen wir im Langen Zimmer, und in der nächsten befanden wir uns auf einem Feld außerhalb der Stadt. Und wir waren wirklich wir! Ich meine, die Realität wurde geändert, um für uns Platz zu schaffen! Wer ist dafür verantwortlich?«

ICH HABE MIT DEN GÖTTERN GESPROCHEN. Tod wirkte verlegen.

»Oh.« Mort überlegte. »Im Ernst?«

JA.

»Wie reagierten sie auf deine Fürsprache? Sicher nicht sehr erfreut, oder?«

DIE GÖTTER SIND GERECHT. UND AUCH SENTIMENTAL. SOLCHE EIGENSCHAFTEN FEHLEN MIR, WIE DIR KLAR SEIN DÜRFTE.

ABER NOCH BIST DU NICHT FREI. DU MUSST DAFÜR SORGEN, DASS DIE GESCHICHTE STATTFINDET.

»Ich weiß«, murmelte Mort. »Es geht darum, die Königreiche zu vereinen und so weiter.«

VIELLEICHT WÜNSCHST DU DIR BALD, BEI MIR GEBLIEBEN ZU SEIN.

»Zumindest habe ich durch dich eine Menge gelernt«, gestand Mort ein. Geistesabwesend hob er die Hand und strich über die vier dünnen weißen Narben auf der Wange. »Doch ich glaube, ich könnte den Erfordernissen deines Jobs nie ganz genügen. Es tut mir sehr leid ...«

ICH HABE EIN GESCHENK FÜR DICH.

Tod stellte seinen Teller mit Appetithäppchen ab und griff in eine der vielen geheimnisvollen Taschen seines Umhangs. Als die knöchernen Finger wieder zum Vorschein kamen, hielten sie eine kleine Kugel.

Sie durchmaß etwa acht Zentimeter. Es hätte die größte Perle auf der Scheibenwelt sein können, wäre nicht das gestaltlose Wallen auf der silbrig schimmernden Oberfläche gewesen. Ständig schien es hier und dort Konturen zu gewinnen, die sich jedoch sofort wieder auflösten und genereller Formlosigkeit wichen.

Tod ließ den Gegenstand auf Morts ausgestreckte Hand fallen. Er fühlte sich überraschend schwer und warm an.

FÜR DICH UND DEINE FRAU. EIN HOCHZEITSGESCHENK.

»Ein wunderschönes Objekt! Wir dachten, der silberne Toastständer sei von dir.«

ER STAMMT VON ALBERT. ICH FÜRCHTE, ER HAT NICHT VIEL FANTASIE.

Mort drehte die Kugel. Die in ihrem Innern wogenden Formen reagierten offenbar auf die Berührung und schickten dünne Lichtbahnen aus, die über die Oberfläche glitten und nach seinen Fingern tasteten.

»Ist es eine Perle?«, fragte er.

JA. WENN ZUM BEISPIEL EIN SANDKORN IN EINE AUSTER GERÄT UND NICHT ENTFERNT WERDEN KANN, UMHÜLLT DIE ARME MUSCHEL DEN STÖRENFRIED MIT SCHLEIM UND VERWANDELT IHN SO IN EINE PERLE. DIESES EXEMPLAR HIER STELLT ETWAS GANZ BESONDERES DAR. ES HANDELT SICH UM EINE PERLE DER REALITÄT. DER VERÄNDERLICHE GLANZ DARIN IST WARTENDE WIRKLICHKEIT: DU SOLLTEST SIE EIGENTLICH WIEDERERKENNEN, IMMERHIN HAST DU SIE SELBST GESCHAFFEN.

Mort warf die Kugel mehrmals hoch und fing sie abwechselnd mit der rechten und linken Hand auf.

»Wir legen sie zu den Kronjuwelen«, sagte er. »In der betreffenden Truhe ist noch viel Platz.«

EINES TAGES WIRD SIE ZUM KEIM EINES NEUEN UNIVERSUMS.

Mort zuckte zusammen und hätte den runden Gegenstand fast fallen gelassen.

»Wie bitte?«

DER DRUCK DIESER REALITÄT HÄLT DIE PERLE ZUSAMMENGEPRESST. VIELLEICHT KOMMT IRGENDWANN EINMAL DER TAG, AN DEM DAS GEGENWÄRTIGE UNIVERSUM STIRBT. WENN DAS GESCHIEHT, DEHNT SICH DIE KUGEL AUS UND … WER WEISS, IN WAS SIE SICH DANN VERWANDELT? HÜTE SIE GUT. SIE IST NICHT NUR EIN GESCHENK, SONDERN AUCH EINE MÖGLICHE ZUKUNFT.

Tod neigte den Kopf zur Seite. EIN KLEINES, SOGAR UNWICHTIGES DING, VERGLICHEN MIT DER EWIGKEIT, DIE ICH DIR ANGEBOTEN HABE.

»Ja, ich weiß«, sagte Mort. »Ich bin dir sehr dankbar.«

Er legte die Kugel vorsichtig auf den Büfetttisch, zwischen den Wachteleiern und Würstchen.

DA WÄRE NOCH ETWAS. Tod griff erneut unter seinen schwarzen Umhang und holte ein rechteckiges Präsent hervor. Es war in zerknittertes Geschenkpapier gehüllt und mit einem bunten Faden verschnürt.

Mort öffnete das Paket, und sein Blick fiel auf ein kleines, in Leder gebundenes Buch. Auf dem Rücken stand in glänzenden goldenen Lettern: *Mort*.

Er schlug die leeren Seiten auf und blätterte zurück, bis er die schmale Tintenspur fand, die geduldig übers Papier kroch. Neugierig begann er zu lesen:

Mort klappte das Buch zu, und in der Stille klang das leise Pochen wie ein Schöpfungsknall. Er lächelte voller Unbehagen.

»Es müssen noch viele Seiten gefüllt werden«, sagte er. »Enthält die obere Hälfte meiner Lebensuhr genug Sand? Du hast das Glas einfach nur umgedreht, und nach Ysabells Ansicht müssen wir daraus schließen, dass ich im Alter von …«

DIR BLEIBT AUSREICHEND ZEIT, sagte Tod kühl. DIE MATHEMATIK IST NICHT ANNÄHERND SO ZUVERLÄSSIG, WIE MAN OFT BEHAUPTET.

»Möchtest du zu den Taufen eingeladen werden?«

LIEBER NICHT. ICH GEBE KEINEN GUTEN VATER AB, UND ZUM OPA EIGNE ICH MICH NOCH WEITAUS WENIGER. MEINE KNIE SIND ZU SPITZ, WENN DU VERSTEHST, WAS ICH MEINE.

Tod stellte sein Weinglas ab und nickte Mort zu.

RICHTE DEINER GATTIN MEINE BESTEN GRÜSSE AUS, sagte er. ICH MUSS JETZT WIEDER LOS.

»Schon? Ich würde mich freuen, wenn du uns noch ein wenig Gesellschaft leisten könntest.«

DAS IST SEHR NETT VON DIR, ABER DIE PFLICHT RUFT. *Tod seufzte.* DU WEISST JA, WIE DAS IST.

Mort ergriff die dargebotene kalte Hand und schüttelte sie.

»Wenn du dir einmal einige Tage freinehmen möchtest ...«, sagte er. »Wenn dir der Sinn nach einem Urlaub steht ...«

VIELEN DANK FÜR DAS ANGEBOT, *entgegnete Tod freundlich.* ICH WERDE ES ERNSTHAFT ERWÄGEN. UND NUN ...

»Leb wohl!« Mort stellte überrascht fest, dass er einen Kloß im Hals hatte. »Das klingt grässlich, nicht wahr?«

IN DER TAT. *Tod grinste, und es wurde bereits mehrfach darauf hingewiesen, dass ihm eigentlich auch gar nichts anderes übrig blieb. Diesmal aber steckte volle Absicht dahinter.*

ICH ZIEHE ›AUF WIEDERSEHEN‹ VOR, *sagte er.*

MacBest

Ein Roman von der bizarren Scheibenwelt

PIPER

Es treten auf: drei Hexen, Könige,
Dolche, Kronen, Stürme, Zwerge,
Katzen, Geister, Phantome, Affen,
Räuber, Dämonen, Wälder, Erben,
Narren, Folterer, Trolle, Drehscheiben, Jubel und Trubel sowie diverse
Alarme.

Wind heulte. Blitze stachen ziellos herab, wie ein ungeschickter Mörder. Donner rollte über das dunkle, regengepeitschte Land.

Die Nacht war so dunkel wie das Innere einer Katze. Man konnte sie für eine jener Nächte halten, die Götter nutzen, um Menschen wie Figuren auf dem Schachbrett des Schicksals zu bewegen. Mitten im elementaren Stürmen, neben tropfnassen Stechginsterbüschen, glühte Feuerschein wie Tollheit im Auge eines Wiesels. Das flackernde Licht fiel auf drei Gestalten. Es blubberte im nahen Kessel, und eine unheimliche Stimme kreischte: »Wann soll'n wir drei uns wiedersehen?«

Eine kurze Pause folgte.

Schließlich erwiderte eine andere und weitaus normaler klingende Stimme: »Tja, ich hätte nächsten Dienstag Zeit.«

Die Sternenschildkröte Groß-A'Tuin schwimmt durchs unergründlich tiefe Meer des Alls, und auf ihrem Rücken stehen vier riesige Elefanten, deren Schultern die Scheibenwelt tragen. Eine kleine Sonne und ein winziger Mond umkreisen sie in einer komplizierten Umlaufbahn, um verschiedene Jahreszeiten zu schaffen – nirgends sonst im Multiversum mag es notwendig werden, dass ein Elefant das Bein hebt, um die Sonne vorbeiziehen zu lassen.

Der Grund dafür bleibt vielleicht immer ein Rätsel. Vielleicht hatte der Schöpfer des Universums die Nase voll von langweiligen Achsenneigungen, Albedos und Rotationsgeschwindigkeiten; möglicherweise beschloss er, sich ein wenig Spaß zu gönnen.

Wer vermutet, dass die Götter einer solchen Welt wahrscheinlich nicht Schach spielen, hat zweifellos recht. Es gibt überhaupt keine Götter, die an Schachpartien Gefallen finden. Dazu fehlt ihnen einfach die Fantasie. Götter bevorzugen einfache, gemeine Spiele, deren Regeln zum Beispiel *Du sollst keine Transzendenz erreichen* und *Fall sofort der Vergessenheit anheim* lauten. Wenn man Religion verstehen will, sollte man daran denken, dass es in der göttlichen Vorstellung vom Vergnügen in erster Linie um Schlangen und Leitern mit eingefetteten Sprossen geht.

Magie hält die Scheibenwelt zusammen – ein Zauber, der durch ihre Drehung entsteht, wie Seide, gesponnen aus den tiefen Schichten der Existenz, um die Wunden der Realität zu nähen.

Ein großer Teil davon erreicht die Spitzhornberge, die sich von den frosterstarrten kalten Ländern der Mitte durch einen langen Archipel bis zum warmen Ozean erstrecken, der endlos über den Rand fließt.

Pure Magie knistert unsichtbar von Gipfel zu Gipfel und entlädt sich im Gebirge. Die meisten Hexen und Zauberer stammen aus den Spitzhornbergen. Dort bewegen sich die Blätter der Bäume selbst dann, wenn kein Wind weht. Dort machen Felsen abends Spaziergänge.

Manchmal scheint sogar das Land lebendig zu sein ...

Gelegentlich auch der Himmel.

Der Sturm gab sich wirklich Mühe. Dies war seine große Chance. Er hatte einige Jahre damit verbracht, die Provinzen zu durchstreifen, hier und dort nützliche Arbeit in Form von Böen zu leisten, Beziehungen zu knüpfen, ahnungslose Schafhirten zu überraschen und kleine Eichen zu entwurzeln. Jetzt bekam er durch einen Wetterwechsel die Möglichkeit, sich richtig ins Zeug zu legen. Er strengte sich deshalb so sehr an, weil er hoffte, von einem wichtigen Klima entdeckt zu werden.

Es war ein *guter* Sturm. Er zeichnete sich durch eine gehörige Portion Talent und recht beeindruckende Leidenschaft aus. Die Kritiker gelangten zu folgendem Schluss: Wenn er lernte, Blitz und Donner zu kontrollieren, so stand diesem Sturm eine steile Karriere bevor.

Die Wälder applaudierten mit lautem Rauschen, wogenden Dunstschwaden und umherfliegenden Blättern. Es ist bereits darauf hingewiesen worden, dass die Götter in solchen Nächten nicht über Schachbrettern brüten, sondern sich mit anderen Spielen die Zeit vertreiben. Auch dabei geht es um das Schicksal der Sterblichen und die Throne von Königen. Man sollte nicht vergessen, dass sie vom Anfang bis zum Ende mogeln ...

Eine Kutsche rollte über den Weg, der durch den Wald führte. Immer wieder neigte sie sich mit einem Ruck von einer Seite zur anderen, als die Räder an Baumwurzeln stießen. Der Kutscher holte mit der Peitsche aus, und ihr verzweifelt klingendes Knallen bildete einen guten Kontrapunkt zum Grollen des Gewitters.

Weiter hinten, der Abstand war nicht besonders groß und verringerte sich, folgten drei in Kapuzenmäntel gehüllte Reiter.

In solchen Nächten finden böse Taten statt. Und natürlich auch gute. Aber die bösen überwiegen.

In solchen Nächten gehen Hexen auf Reisen.

Natürlich reisen sie nicht ins Ausland. Das Essen bereitet ihnen Magenbeschwerden; das Wetter ist unzuverlässig, und die Schamanen schnappen sich alle Liegestühle. Nein, sie bleiben im ihnen vertrauten Wald. Faserige Wolken umschmiegten einen vollen Mond, und die Luft flüsterte und enthielt deutliche Anzeichen von Magie.

Auf der Lichtung sprachen die Hexen solche Worte:

»Am Dienstag muss ich babysitten«, sagte die eine.

Sie trug keinen Hut, aber ihr weißes, lockiges Haar war so dicht, dass es einem Helm gleichkam. »Für unseren Jason, der wieder Vater geworden ist. Ich hätte Freitag Zeit. Beeil dich mit dem Tee, Liebe! Ich verdurste schier.«

Die jüngste Hexe seufzte, schöpfte kochendes Wasser aus dem Kessel und goss es in die Teekanne.

Die dritte Hexe klopfte ihr gutmütig auf die Hand.

»Der Ton war schon recht gut«, meinte sie. »Nur das Kreischen könnte noch etwas besser sein. Stimmt's, Nanny Ogg?«

»Richtiges Kreischen kann nie schaden«, erwiderte Nanny Ogg schnell. »Und beim Schielen hat dir Gütchen Wemper, mögesieinfriedenruhen, sicher sehr geholfen.«

»Du hast gut geschielt«, fügte Oma Wetterwachs hinzu. Die jüngste Hexe, sie hieß Magrat Knoblauch, entspannte sich erleichtert. Sie begegnete Oma Wetterwachs mit großem Respekt. Überall in den Spitzhornbergen wusste man, dass Frau beziehungsweise Fräulein Wetterwachs nur selten jemanden lobte. Wenn sie das Schielen für gut hielt, so hatte Magrat wahrscheinlich in die eigenen Nasenlöcher gestarrt.

Im Gegensatz zu Zauberern, die auf eine komplizierte Hierarchie Wert legen, können sich Hexen kaum mit einer strukturierten Organisation der beruflichen Laufbahn anfreunden. Jede einzelne Hexe entscheidet, welches Mädchen sie als Nachfolgerin wählt. Hexen sind von Natur aus nicht besonders gesellig, soweit es die Kolleginnen betrifft, und sie haben keine Anführerin.

Unter den Anführerinnen, die es bei Hexen gar nicht gab, genoss Oma Wetterwachs die höchste Hochachtung.

Magrats Hände zitterten ein wenig, als sie den Tee vorbereitete. Sie war natürlich zufrieden, aber gleichzeitig empfand sie es als nervenaufreibend, das Arbeitsleben als Dorfhexe zwischen Oma Wetterwachs auf der einen und Nanny Ogg auf der anderen Seite des Waldes zu beginnen. Die Idee, einen Hexenzirkel zu schaffen, stammte von ihr. Es überraschte sie, dass Oma und Nanny einverstanden waren – zumindest erhoben sie keine Einwände.

Sie erinnerte sich an das Gespräch ...

»Ein Zirkel?«, fragte Nanny Ogg. »Was hat denn Geometrie damit zu tun?«

»Sie meint einen *Hexenzirkel*, Gytha«, erklärte Oma Wetterwachs. »Du weißt schon, wie in der guten alten Zeit. Eine Versammlung.«

»Die Knie hoch?«, fragte Nanny Ogg hoffnungsvoll.

»Kein Tanz«, warnte Oma. »Ich bin gegen das Tanzen. Und ich halte auch nichts davon, zu singen, sich übermäßig aufzuregen und mit Salben und so weiter herumzualbern.«

»Die frische Luft tut dir bestimmt gut«, verkündete Nanny fröhlich.

Magrat versuchte, sich ihre Enttäuschung in Hinsicht auf das Tanzen nicht anmerken zu lassen. Glücklicherweise hatte sie darauf verzichtet, einige andere Ideen in Worte zu kleiden. Sie griff nun in die mitgebrachte Tüte – dies war ihr erster Sabbat, und sie wollte ihn voll auskosten.

»Möchte jemand Teekuchen?«, fragte sie.

Oma Wetterwachs betrachtete ihn eine Zeit lang, bevor sie hineinbiss. Magrat hatte ihn mit einer Kruste gebacken, die kleine Fledermäuse nachbildete, und deren Augen bestanden aus Rosinen.

Die Kutsche erreichte den Waldrand. Sie rumpelte über einen Stein hinweg, raste einige Sekunden lang auf zwei Rädern weiter und richtete sich dann wieder auf, ungeachtet aller Gesetze des Gleichgewichts. Doch die Steigung vor ihr sorgte dafür, dass sie langsamer wurde.

Der Kutscher – er stand nun aufrecht wie ein Wagenlenker – strich sich das Haar aus den Augen und spähte durch die Düsternis. Niemand lebte hier oben im Schoß der Spitzhornberge, aber trotzdem sah er Licht. Bei allen Barmherzigen – dort vorn schimmerte Licht!

Hinter ihm bohrte sich ein Pfeil ins Kutschendach.

Unterdessen stellte sich König Verence, Monarch von Lancre, einer verblüffenden Erkenntnis.

Wie die meisten Menschen – damit sind insbesondere Leute unter sechzig gemeint – hatte er nie sehr gründlich darüber nachgedacht, was geschehen würde, wenn man starb. Wie die meisten Menschen seit dem Anbeginn der Zeit ging er rein instinktiv von der Annahme aus, dass irgendwie alles in Ordnung käme.

Und wie die meisten Menschen seit dem Anbeginn der Zeit war er nun tot.

Genauer gesagt: Er lag am unteren Ende der Treppe in Schloss Lancre, und ein Dolch steckte in seinem Rücken. König Verence richtete sich auf, und dabei erwartete ihn eine weitere Überraschung. Jemand, den er für sich selbst hielt, stand auf, aber etwas, das seinem Körper ähnelte, blieb liegen.

Es war ein recht guter Körper, fand er, als er ihn jetzt zum ersten Mal von außen sah. Er hatte immer an ihm gehangen, doch das schien jetzt nicht mehr der Fall zu sein, wie er sich eingestehen musste.

Es handelte sich um einen großen, muskulösen Leib. Verence hatte sich gut um ihn gekümmert, ihm einen Schnurrbart und lange Locken erlaubt, ihm gesunde Bewegung im Freien verschafft, den Magen mit rotem Fleisch gefüllt. Aber jetzt, als ein Körper nützlich gewesen wäre, ließ er ihn im Stich. Beziehungsweise raus.

Kurz darauf merkte Verence, dass eine dürre, hochgewachsene Gestalt neben ihm stand. Der größte Teil von ihr verbarg sich unter einem schwarzen Kapuzenmantel, aber darunter ragte ein knöcherner Arm hervor, dessen Hand eine große Sense hielt.

Wenn man tot ist, wird man sich sofort über die Bedeutung gewisser Dinge klar.

HALLO.

Verence richtete sich zu seiner vollen Größe auf, oder was normalerweise seine volle Größe gewesen wäre. Doch der Teil seiner Existenz, für den das Wort ›Größe‹ einen Sinn hatte, lag steif auf dem Boden und sah einer Zukunft entgegen, die den Ausdruck ›Tiefe‹ angebracht erscheinen ließ.

»Ich bin ein *König*, wohlgemerkt«, sagte er.

DU *WARST* EIN KÖNIG, EUER MAJESTÄT.

»Was?«, fragte Verence scharf.

WARST. MAN NENNT SO ETWAS VERGANGENHEITSFORM. DU WIRST DICH BALD DARAN GEWÖHNEN.

Die hochgewachsene Gestalt trommelte mit knochigen Fingern auf den Griff der Sense. Sie schien über etwas verärgert zu sein.

Mir ergeht es ähnlich, dachte Verence. Aber die verschiedenen deutlichen Hinweise der speziellen Umstände arbeiteten sich allmählich durch die naiv-tapfere Dummheit, die fast den gesamten Charakter bestimmte. Ganz gleich, in welchem Königreich er sich befand, so dämmerte ihm langsam, er war gewiss nicht sein König.

»Bist du der Tod, Bursche?«, fragte er.

ICH HABE VIELE NAMEN.

»Und welchen benutzt du derzeit?« Diesmal erklang etwas mehr Respekt in Verences Stimme. Leute wanderten umher; sie wanderten *durch* den König und seinen Begleiter, wie Geister.

»Oh, es war also Felmet«, murmelte Verence und beobachtete den Mann, der mit einem heimtückischen Lächeln am oberen Ende der Treppe lauerte. »Mein Vater riet mir immer, vor ihm auf der Hut zu sein. Warum bin ich nicht zornig?«

ES LIEGT AN DEN DRÜSEN, entgegnete Tod. AM ADRENALIN UND SO WEITER. DU HAST JETZT KEINE GEFÜHLE MEHR, NUR NOCH GEDANKEN.

Die hochgewachsene Gestalt rang sich zu einer Entscheidung durch.

DIES IST HÖCHST UNGEWÖHNLICH, fügte Tod wie im Selbstgespräch hinzu. ABER WER BIN ICH SCHON, UM DAGEGEN ZU PROTESTIEREN?

»Ja, wer?«

WAS?

»Ich sagte: Ja, wer?«

SEI STILL.

Tod neigte den Kopf zur Seite und erweckte den Eindruck, einer inneren Stimme zu lauschen. Als die Kapuze nach hinten rutschte, sah Verence, dass Tod tatsächlich ganz und gar wie ein Skelett aussah. Mit einer Ausnahme: Die Augenhöhlen glühten himmelblau. Doch der König empfand keine Furcht. Einerseits war es schwer, erschrocken zu sein, wenn die dazu notwendigen Dinge einige Meter entfernt gerannen; andererseits hatte er sich zeit seines Lebens nie vor etwas gefürchtet, und er wollte auch jetzt nicht damit beginnen. Der Grund dafür? Es mangelte ihm an Fantasie, und außerdem gehörte er zu den wenigen Menschen, die völlig im Hier und Heute leben.

Bei den meisten Leuten ist das nicht der Fall. Sie führen ihr Leben als eine Art temporaler Fleck im Aufenthaltsbereich des

Körpers: Sie erwarten die Zukunft oder klammern sich an der Vergangenheit fest. Für gewöhnlich denken sie so konzentriert daran, was als Nächstes geschehen wird, dass sie es erst merken, wenn sie darauf zurückblicken. Viele Menschen sind so. Sie lernen die Furcht, weil sie tief in ihrem Innern, auf einer unterbewussten Ebene, genau wissen, was geschehen wird – es geschieht bereits.

Aber Verence hatte immer nur in der Gegenwart gelebt. Zumindest bis jetzt.

Tod seufzte.

ICH NEHME AN, NIEMAND HAT DIR ETWAS GESAGT, ODER?, fragte er vorsichtig.

»Wie bitte?«

KEINE VORAHNUNGEN? VIELLEICHT SELTSAME TRÄUME? IRGENDWELCHE VERRÜCKTEN WAHRSAGER, DIE DIR IN DEN STRASSEN ETWAS ZUGERUFEN HABEN?

»Sollten sie mich etwa darauf hinweisen, dass ich bald sterbe?«

NEIN, WAHRSCHEINLICH NICHT, erwiderte Tod. DAS WÄRE ZU VIEL ERHOFFT. SIE ÜBERLASSEN ES IMMER MIR.

»Wer?«, fragte Verence verwirrt.

DAS SCHICKSAL, DIE VORSEHUNG UND ALLE ANDEREN. Tod legte dem König die Hand auf die Schulter. WIE DEM AUCH SEI: ICH FÜRCHTE, DU MUSST EIN GEIST WERDEN.

»Oh.« Verence blickte an seinem ... Körper hinab, der recht fest wirkte, bis jemand hindurchmarschierte.

REG DICH NICHT AUF DESHALB.

Verence sah, wie man seine steife Leiche ehrerbietig aus dem Saal trug.

»Ich werd's versuchen«, sagte er.

DAS IST ANERKENNENSWERT.

»Ich bezweifle, ob ich der Sache mit den weißen Laken und Ketten gewachsen bin«, fuhr der König fort. »Verlangt man von mir, dass ich dauernd stöhne und schreie?«

Tod zuckte mit den Schultern. MÖCHTEST DU?, fragte er.

»Nein.«

DANN WÜRDE ICH MIR DARÜBER KEINE GEDANKEN MACHEN. Tod holte eine Sanduhr unter dem schwarzen Umhang hervor und betrachtete sie aufmerksam.

JETZT MUSS ICH MICH SPUTEN, sagte er, drehte sich abrupt um, hob die Sense und verließ den Saal, indem er durch die Wand ging.

»He, warte!« Verence lief ihm nach.

Tod blickte nicht zurück. Der König folgte ihm durch die Mauer und spürte dabei keinen Widerstand – er schien durch Nebel zu schreiten.

»Ist das alles?«, entfuhr es ihm. »Ich meine, wie lange muss ich ein Geist sein? *Warum* soll ich ein Geist sein? Du kannst mich doch nicht einfach so zurücklassen.« Verence verharrte und hob einen gebieterischen, halb durchsichtigen Zeigefinger. »Bleib stehen! Ich befehle es dir!«

Tod schüttelte kummervoll den Kopf und trat durch die nächste Wand. Der verstorbene König eilte ihm so würdevoll wie möglich nach und erreichte die große schwarze Gestalt, als sie den Sattelgurt eines weißen Rosses festzurrte. Das Pferd stand auf dem Wehrgang des Schlosses und trug einen Futtersack.

»Du kannst mich nicht einfach so zurücklassen!«, wiederholte er, obwohl es ihm an Überzeugung mangelte.

Tod wandte sich ihm zu.

DOCH, ICH KANN, antwortete er. DU BIST UNTOT, WEISST DU. GEISTER BEFINDEN SICH IN DER WELT ZWISCHEN LEBEN UND TOD. DAFÜR BIN ICH NICHT ZUSTÄNDIG. Er klopfte Verence auf die Schulter. SEI UNBESORGT. ES DAUERT KEINE EWIGKEIT.

»Gut.«

ES KÖNNTE DIR ALLERDINGS WIE EINE EWIGKEIT ERSCHEINEN.

»Wie lange wird mein, äh, Leben als Geist dauern?«

BIS DU DEIN SCHICKSAL ERFÜLLT HAST, NEHME ICH AN.

»Und woher soll ich wissen, worin mein Schicksal besteht?«, fragte der König mit wachsender Verzweiflung.

KEINE AHNUNG, TUT MIR LEID.

»Wie kann ich es herausfinden?«

SOLCHE DINGE OFFENBAREN SICH IRGENDWIE, HABE ICH GEHÖRT, sagte Tod und schwang sich in den Sattel.

»Und bis dahin muss ich hier spuken.« Der König sah sich auf dem Wehrgang um. »Vermutlich ganz allein. Kann mich jemand sehen?«

OH, DIE ÜBERSINNLICH BEGABTEN. NAHE VERWANDTE. UND NATÜRLICH KATZEN.

»Ich hasse Katzen.«

Tods Gesichtsausdruck verhärtete sich etwas – wenn das möglich war. Für einen Moment zeigte sich im blauen Leuchten der leeren Augenhöhlen ein rötliches Strahlen.

ICH VERSTEHE. Der Ton wies darauf hin, dass Tod sogar Katzenhasser tolerierte. SICHER GEFALLEN DIR GROSSE HUNDE.

»Ja, das stimmt.« Verence starrte missmutig ins Morgengrauen. Seine Hunde würde er wirklich vermissen. Und es sah nach einem guten Jagdtag aus.

Er fragte sich, ob Geister auf die Jagd gingen. *Mit an Sicherheit grenzender Wahrscheinlichkeit nicht*, dachte er. Ähnliches galt für Essen und Trinken, und das fand Verence noch deprimierender. Er mochte große, laute Bankette und hatte so manches gutes Bier geschlabbert*. Auch einige schlechte, wenn er darüber nachdachte. Meistens war er erst am nächsten Morgen imstande gewesen, den Unterschied festzustellen.

Niedergeschlagen trat er nach einem Stein und beobachtete trübsinnig, wie der Fuß hindurchstrich. Keine Jagd mehr,

* Schlabbern ist wie trinken; man verschüttet nur mehr.

weder mit Hunden noch mit Falken, keine Feste, keine Zechereien ... Verence begriff langsam, dass die Freuden des Fleisches ohne das Fleisch kaum der Rede wert waren. Die Tatsache, dass er nicht mehr lebte, munterte ihn keineswegs auf.

EINIGE LEUTE MÖGEN ES, GEISTER ZU SEIN, sagte Tod.

»Hmm?«, erwiderte der König schwermütig.

EIGENTLICH IST ES GAR NICHT SO SCHLIMM. UNTOTE KÖNNEN BEOBACHTEN, WIE ES IHREN NACHKOMMEN ERGEHT. BITTE? STIMMT WAS NICHT?

Aber Verence war bereits in einer Wand verschwunden.

OH, LASS DICH DURCH MICH NICHT STÖREN, brummte Tod gereizt. Er sah sich mit einem Blick um, der Raum, Zeit und die Seelen der Menschen durchdrang, und er sah: einen Erdrutsch im fernen Klatsch, einen Orkan in Wiewunderland, eine Seuche in Hergen.

VIEL ARBEIT, murmelte er und lenkte sein Pferd gen Himmel.

Verence stürmte durch die Mauern des Schlosses. Seine Füße berührten kaum den Boden – tatsächlich wiesen die Steinplatten an manchen Stellen solche Mulden auf, dass er dort gar keine Gelegenheit bekam, den Boden zu berühren.

Als König hatte er sich daran gewöhnt, die Diener so zu behandeln, als existierten sie überhaupt nicht, und es war fast das Gleiche, durch sie zu laufen. Der einzige Unterschied bestand darin, dass sie nicht zur Seite wichen.

Verence erreichte das Kinderzimmer, sah die aufgebrochene Tür, die herumliegenden Laken ...

Hufschläge. Er eilte zum Fenster, starrte nach draußen und beobachtete, wie seine Pferde, an die Deichsel der Kutsche gespannt, durchs Tor galoppierten. Einige Sekunden später folgten drei Reiter. Eine Zeit lang pochten die Hufe auf dem Kopfsteinpflaster, bevor Stille zurückkehrte.

Der König schlug auf die Fensterbank, und seine Faust drang einige Zentimeter tief darin ein.

Dann glitt er nach draußen und lehnte es ab, die Höhe zur Kenntnis zu nehmen. Mit einer Mischung aus Fliegen und Rennen überquerte er den Hof und näherte sich den Ställen.

Dort brauchte er etwa zwanzig Sekunden, um folgende Erfahrung zu machen: Zu den vielen Dingen, die einem Geist verwehrt blieben, gehörte auch das Reiten. Es gelang ihm, in den Sattel zu springen – das heißt, er schwebte direkt darüber –, aber als das Pferd davonstob, hockte Verence auf gut anderthalb Metern leerer Luft.

Er versuchte zu laufen und kam bis zum Tor, bevor die Luft so dick wurde, dass sie die Konsistenz von Teer gewann.

»Das geht nicht«, ertönte eine alte, traurige Stimme hinter ihm. »Du bist an den Ort gebunden, wo man dich getötet hat. So ist das eben mit dem Spuken. Glaub mir, ich weiß darüber Bescheid.«

Oma Wetterwachs hob den zweiten Teekuchen zum Mund und zögerte.

»Jemand kommt«, sagte sie.

»Weißt du das, weil es in deinen Daumen prickelt?«, fragte Magrat interessiert. Sie hatte viel aus Büchern über Hexenkunst gelernt.

»Weil mir die Ohren klingen«, erwiderte Oma, sah Nanny Ogg an und hob die Brauen. Die alte Gütchen Wemper war auf ihre eigene Art und Weise eine ausgezeichnete Hexe gewesen, aber zu *verspielt*. Zu viele Blumen, romantische Vorstellungen und dergleichen.

Gelegentlich zuckten Blitze, und ihr kurzlebiger Schein fiel auf eine Moorlandschaft, die sich bis zum Wald erstreckte. Der Regen auf dem warmen Sommerboden schuf geisterhafte Dunstschwaden.

»Hufschläge?«, brummte Nanny Ogg. »Um diese Zeit in der Nacht käme niemand hierher.«

Magrat sah sich scheu um. Hier und dort im Moor ragten große Steinblöcke auf, ihr Ursprung in der Zeit verloren. Es hieß, sie führten ein recht mobiles Eigenleben. Magrat schauderte.

»Vor wem sollte man sich hier fürchten?«, brachte sie hervor.

»Vor uns«, antwortete Oma Wetterwachs selbstgefällig.

Die Hufschläge wurden lauter und langsamer. Dann rumpelte die Kutsche an den Stechginsterbüschen vorbei; die Pferde hingen in den Geschirren. Der Kutscher sprang vom Bock, lief zur Tür, holte ein großes Bündel hervor und hastete den drei Frauen entgegen.

Er war halb über den Torf, als er plötzlich verharrte und Oma Wetterwachs entsetzt anstarrte.

»Es ist alles in Ordnung«, raunte Oma, und ihr Flüstern klang glockenklar durch das Heulen des Sturms.

Sie trat einige Schritte vor, und ein geeigneter Blitz erlaubte es ihr, direkt in die Augen des Mannes zu sehen. Ihr trüber Glanz wies Kenner darauf hin, dass der Blick nicht mehr dem Diesseits galt.

Mit einer letzten ruckartigen Bewegung drückte der Mann Oma Wetterwachs das Bündel in die Hände und fiel zu Boden. Die Federn eines Armbrustbolzens ragten aus seinem Rücken.

Drei Gestalten näherten sich dem flackernden Feuer. Oma sah in zwei andere Augen, die so kalt wirkten wie die Hänge der Hölle.

Ihr Eigentümer warf die Armbrust beiseite. Ein Kettenhemd glänzte unter dem durchnässten Mantel, als er sein Schwert zog.

Er fuchtelte nicht damit herum. Die Augen, deren Blick an Oma Wetterwachs' Zügen festklebte, gehörten einem Mann, der nie mit irgendwelchen Dingen herumfuchtelt. Es waren die Augen eines Mannes, der ganz genau weiß, wozu ein Schwert dient. Er streckte die Hand aus.

»Gib es mir!«, verlangte er.

Oma zupfte an der Decke des Bündels und betrachtete das von Schlaf umhüllte Gesicht eines Kindes.

Sie hob den Kopf.

»Nein«, entgegnete sie schlicht.

Der Soldat musterte Magrat und Nanny Ogg, die ebenso reglos standen wie die Monolithen des Moors.

»Seid ihr Hexen?«, fragte er.

Oma Wetterwachs nickte. Ein Blitz stach aus dem dunklen Firmament herab, und hundert Meter entfernt ging ein Strauch in Flammen auf. Die beiden anderen Soldaten murmelten etwas, doch der erste Mann lächelte nur und ballte eine gepanzerte Faust.

»Gleitet Stahl an Hexenhaut ab?«, fragte er.

»Nicht dass ich wüsste«, erwiderte Oma Wetterwachs gelassen. »Möchtest du es herausfinden?«

Einer der anderen Soldaten trat auf den ersten zu und berührte ihn vorsichtig am Arm.

»Herr, mit allem Respekt, Herr, aber ich halte das für keine gute Idee ...«

»Sei still.«

»Aber du beschwörst schreckliches Unheil herauf, wenn du ...«

»Habe ich mich nicht klar genug ausgedrückt?«

»Herr«, sagte der Soldat. Er begegnete Omas Blick, und in seinen Pupillen glühte hoffnungsloses Grauen.

Der Anführer wandte sich wieder Oma Wetterwachs zu, die völlig ruhig blieb.

»Deine Bauernmagie eignet sich nur dafür, Narren zu beeindrucken, Mutter der Nacht. Ich kann dich auf der Stelle töten.«

»Dann schlag ruhig zu«, sagte Oma und sah ihm über die

Schulter. »Wenn dein Herz von dir verlangt, dass du mich tötest, so stoß mir das Schwert in den Leib.«

Der Mann hob die Klinge. Erneut gleißte ein Blitz und traf einen wenige Meter entfernt liegenden Stein. Rauch wallte, und es roch nach verbranntem Silizium.

»Daneben«, sagte der erste Soldat spöttisch. Oma Wetterwachs beobachtete, wie er die Muskeln spannte, als er mit dem Schwert ausholte.

Plötzlich zeigte sich Verwirrung in seiner Miene. Er neigte den Kopf zur Seite, öffnete den Mund und schien zu versuchen, sich mit einer neuen Idee anzufreunden. Das Schwert fiel ihm aus der Hand und bohrte sich in den Torf. Dann seufzte der Mann, faltete sich langsam zusammen und sank vor Oma Wetterwachs zu Boden.

Sie stieß ihn sanft mit dem Fuß an. »Vielleicht wusstest du gar nicht, worauf ich gezielt habe«, hauchte sie. »Mutter der Nacht, hm?«

Einer der beiden anderen Soldaten – gemeint ist jener Mann, der versucht hatte, seinen Vorgesetzten zur Vernunft zu bringen – starrte entsetzt auf den blutigen Dolch in seiner Hand und wich zurück.

»Ichichich konnte es nicht zulassen«, stammelte er. »Er hätte nicht, ich meine, er durfte nicht ...«

»Bist du aus dieser Gegend, junger Mann?«, fragte Oma Wetterwachs.

Der Soldat fiel auf die Knie. »Ich komme aus Verrückter Wolf, gnä' Frau«, sagte er, und sein Blick galt der Leiche des Anführers. »Dafür wird man mich hinrichten!«, jammerte er.

»Du hast nur das getan, was du für richtig hieltest«, sagte Oma Wetterwachs.

»Deshalb bin ich nicht Soldat geworden. Es war nie mein Wunsch, jemanden zu töten.«

»Lobenswert.« Nachdenklich fügte Oma hinzu: »Was hältst

du davon, Seemann zu werden? Ja, eine nautische Karriere. An deiner Stelle würde ich so schnell wie möglich damit beginnen. Besser noch: jetzt sofort. Lauf, junger Mann! Lauf zum Meer! Im Wasser kann man keine Spuren hinterlassen. Bestimmt erwartet dich ein langes und erfolgreiches Leben.« Sie überlegte einen Moment. »Zumindest sind deine Aussichten, hier ein langes und erfolgreiches Leben zu führen, wesentlich geringer.«

Der Soldat stand auf und sah Oma Wetterwachs mit einer Mischung aus Dankbarkeit und Ehrfurcht an. Eine Sekunde später lief er durch die Nebelschwaden.

»Jetzt erklärt uns vielleicht jemand, was dies alles zu bedeuten hat«, sagte Oma und drehte sich zum dritten Mann um.

Beziehungsweise dorthin, wo er gestanden hatte.

Hufschläge pochten in der Ferne, und Stille folgte.

Nanny Ogg humpelte einige Schritte.

»Ich könnte ihn einholen«, sagte sie. »Was meinst du?«

Oma Wetterwachs schüttelte den Kopf, nahm Platz und richtete ihre Aufmerksamkeit auf das Kind. Es war ein Junge, knapp zwei Jahre alt, und seine einzige Bekleidung bestand aus der Decke. Oma wiegte ihn ein wenig und starrte ins Leere.

Nanny Ogg untersuchte die beiden Leichen wie jemand, der sich nicht vor Aufbahrungen fürchtete.

»Vielleicht waren es Räuber«, sagte Magrat zaghaft.

Nanny schüttelte den Kopf.

»Sonderbar«, sagte sie. »Sie tragen beide das gleiche Abzeichen. Zwei Bären auf einem schwarzen und goldenen Schild. Weiß jemand von euch, was es damit auf sich hat?«

»Das Wappen von König Verence«, antwortete Magrat.

»Wer ist König Verence?«, fragte Oma Wetterwachs.

»Er regiert über dieses Land«, sagte Magrat.

»Oh, der König«, brummte Oma Wetterwachs, als sei die Sache kaum der Rede wert.

»Soldaten, die gegeneinander kämpfen«, sagte Nanny Ogg.

»Das ergibt überhaupt keinen Sinn. Magrat, sieh in der Kutsche nach.«

Die jüngste Hexe kam der Aufforderung nach und kehrte mit einem Sack zurück. Als sie ihn öffnete und umdrehte, fiel etwas auf den Torf.

Der Sturm heulte nun auf der anderen Seite des Berges, und von einem blassen Mond tropfte wässeriges Licht auf das Moorland. Es floss auch über einen Gegenstand, bei dem es sich zweifellos um eine außerordentlich wichtige Krone handelte.

»Eine Krone«, sagte Magrat. »Mit vielen spitzen Dingen dran.«

»Lieber Himmel«, kommentierte Oma.

Das Kind gluckste im Schlaf. Oma Wetterwachs mochte es nicht, in die Zukunft zu sehen, aber jetzt fühlte sie den Blick der Zukunft auf sich gerichtet.

Er gefiel ihr nicht sehr.

König Verence stand der Vergangenheit gegenüber, und er teilte Oma Wetterwachs' Mangel an Begeisterung.

»Du kannst mich sehen?«, fragte er.

»O ja, ziemlich deutlich sogar«, bestätigte der Neuankömmling.

Verence zog die Brauen zusammen. Geister schienen weitaus größeren mentalen Anstrengungen ausgesetzt zu sein als lebende Menschen. Vierzig Jahre lang hatte er es geschafft, höchstens ein- oder zweimal am Tag zu denken, und jetzt war er die ganze Zeit über damit beschäftigt.

»Ah«, sagte er, »du bist ebenfalls ein Geist.«

»Gut beobachtet.«

»Der Kopf unter deinem Arm gab mir einen Hinweis«, sagte Verence, zufrieden mit sich selbst.

»Stört er dich? Ich kann ihn wieder aufsetzen, wenn er dich stört.« Das Phantom streckte freundlich die freie Hand aus. »Freut mich, dich kennenzulernen. Ich bin Champot, König von Lancre.«

»Verence, ebenso.« Er musterte das Gesicht des alten Königs. »Ich erinnere mich nicht daran, dein Bild in der Langen Galerie gesehen zu haben …«

»Oh, die ersten Porträts entstanden nach meiner Zeit«, sagte Champot und winkte ab.

»Seit wann bist du schon hier?«

Der alte König ließ die Hand sinken und rieb sich die Nase. »Seit etwa tausend Jahren«, verkündete er stolz. »Als Mensch und Geist.«

»Tausend Jahre!«

»Ich habe dieses Schloss gebaut und wollte gerade einige hübsche Dekorationen hinzufügen, als mir mein Neffe im Schlaf den Kopf abhackte. Ich kann dir gar nicht sagen, wie sehr mich das geärgert hat.«

»Aber … tausend Jahre …«, wiederholte der andere König benommen.

Champot griff nach seinem Arm. »Eigentlich ist es gar nicht so schlimm«, sagte er und führte einen bestürzten Verence über den Hof. »Als Geist hat man sogar gewisse Vorteile.«

»Das müssen verdammt seltsame Vorteile sein!«, entfuhr es Verence. »Mir hat das Leben *gefallen!*«

Champot lächelte aufmunternd. »Du wirst dich daran gewöhnen«, versprach er.

»Ich will mich gar nicht daran gewöhnen!«

»Du hast ein starkes morphogenes Feld«, sagte Champot. »Ja, ich bin sicher. Weißt du, ich halte nach solchen Dingen Ausschau. Ja. Ein sehr starkes Feld. Kein Zweifel.«

»Morpho-was?«

»Ich konnte nie besonders gut mit Worten umgehen«, erklärte Champot. »Ich fand es immer leichter, mit Gegenständen nach Leuten zu werfen. Aber ich schätze, es läuft alles darauf hinaus, wie man gelebt hat. *Als* man noch gelebt hat, meine ich. Man nennt so etwas ...« Er zögerte kurz. »... animalische Vitalität. Ja, so lautet der richtige Ausdruck. Animalische Vitalität. Je mehr man davon hatte, desto leichter fällt es einem, sich als Geist das eigene Selbst zu erhalten. Ich glaube, du bist hundertprozentig lebendig gewesen. Als Mensch, meine ich.«

Fast gegen seinen Willen fühlte sich Verence geschmeichelt. »Ich habe immer versucht, aktiv zu sein.« Sie schritten durch eine Mauer und erreichten den leeren Großen Saal. Der Anblick langer Bankettische löste eine automatische Reaktion im König aus.

»Wie besorgen wir uns das Frühstück?«, fragte er.

Champots Kopf sah überrascht auf.

»Wir frühstücken nicht«, erwiderte er. »Wir sind Geister.«

»Aber ich bin hungrig!«

»Das bist du nicht. Du bildest es dir nur ein.«

Teller, Tassen und Krüge klapperten in der Küche. Die Köche waren bereits auf, und da sie keine anderen Anweisungen bekommen hatten, trafen sie Vorbereitungen für das normale Frühstücksmenü des Schlosses. Vertraute Düfte wehten durch den dunklen Zugang, der zur Küche führte.

Verence schnupperte.

»Würstchen«, sagte er verträumt. »Schinken. Eier. Geräucherter Fisch.« Er starrte Champot an. »Blutwurst«, flüsterte er.

»Du hast keinen Magen mehr«, stellte der alte Geist fest. »Es ist nur deine Fantasie. Reine Angewohnheit. Du *glaubst*, Hunger zu haben.«

»Ich *glaube*, ich bin bereits halb verhungert.«

»Mag sein, aber du kannst überhaupt nichts essen«, sagte Champot. »Nicht einen einzigen Bissen.«

Verence nahm auf einer Sitzbank Platz, ganz vorsichtig, um

nicht hindurchzusinken. Entmutigt senkte er den Kopf und schlug die Hände vors Gesicht. Er hatte gehört, dass der Tod schlimm war, aber so schlimm …

Er sehnte sich nach Rache. Er wollte das plötzlich so düster wirkende Schloss verlassen, um seinen Sohn zu suchen. Und er erschrak, als er merkte, dass er noch einen dritten, größeren Wunsch verspürte: Derzeit hätte er alles für einen Teller mit gebackenen Nieren gegeben.

Eine feuchte Morgendämmerung strömte übers Land, erkletterte die Mauer des Schlosses Lancre, stürmte die Feste und kroch schließlich durch die Flügelfenster der Türme.

Herzog Felmet starrte verdrießlich auf den tropfnassen Wald. Er schien endlos zu sein. Felmet hatte nichts gegen Bäume, aber wenn so viele davon beisammenstanden, boten sie seiner Ansicht nach einen äußerst deprimierenden Anblick. Immer wieder ertappte er sich dabei, dass er sie zu zählen begann.

»In der Tat, Liebste«, sagte er.

Viele Leute, die dem Herzog begegneten, verglichen ihn mit einer jener Eidechsen, die auf vulkanischen Inseln leben, sich nur einmal am Tag bewegen, ein drittes rudimentäres Auge haben und auf monatlicher Basis blinzeln. Er glaubte, ein zivilisierter Mann zu sein, der sich mehr für die trockene Luft und den hellen Sonnenschein eines gut organisierten Klimas eignete.

Andererseits ist das Leben als Baum vielleicht gar nicht so schlecht, dachte Felmet. Bäume hatten keine Ohren, da war er ziemlich sicher. Und sie schienen auch ohne den heiligen Stand der Ehe gut zurechtzukommen. Eine männliche Eiche – er beschloss, in einem Lexikon nachzusehen –, eine männliche Eiche vertraute ihre Pollen einfach nur dem Wind an, und die Sache mit den Eicheln – es sei denn, es ging dabei um Eichenäpfel; nein, es waren Eicheln, der Herzog zweifelte kaum daran – fand woanders statt...

»Ja, Teuerste«, sagte er.

Bäume sind wirklich gut dran, dachte Felmet und starrte auf die zahllosen Wipfel. *Egoistische Mistkerle.*

»Gewiss, Schatz«, murmelte er.

»Was?«, fragte die Herzogin.

Der Herzog zögerte und versuchte verzweifelt, sich an die letzten fünf Minuten des Monologs zu erinnern. Die endlosen Worte warfen ihm vor, nur ein halber Mann und ... willensschwach zu sein? Vage entsann er sich an die Klage darüber, das Schloss sei zu kalt. Ja, das war's. Na ja, zumindest in dieser Hinsicht konnten sich die verdammten Bäume nützlich machen.

»Ich lasse einige fällen und sofort hierherbringen, Gepriesene.«

Lady Felmet war einige Sekunden lang sprachlos, was nur höchst selten geschah. Wer die große und imposante Frau zum ersten Mal sah, dachte an eine Galeone mit gesetzten Segeln. Dieser Eindruck wurde noch von ihrem Irrglauben verstärkt, roter Samt stehe ihr. Immerhin passte er zu der Hautfarbe.

Der Herzog hielt es oft für einen Glücksfall, dass er diese Frau geheiratet hatte. Ohne ihren Motor des Ehrgeizes hätte er seine Zeit vermutlich damit verschwendet, auf die Jagd zu gehen, zu trinken und seinen droit de seigneur* zu ertüchtigen. Doch jetzt trennte ihn nur noch ein Schritt vom

* Was auch immer das sein mochte. Bisher hatte er niemanden gefunden, der sich bereit zeigte, ihm eine Erklärung anzubieten. Aber er war ganz sicher, dass ein feudaler Lord so etwas besitzen musste, und bestimmt benötigte es regelmäßig Ertüchtigung. Er stellte sich in diesem Zusammenhang einen großen haarigen Hund vor. Felmet entschied, sich einen zu besorgen und ihn angemessen zu dressieren.

Thron; vielleicht herrschte er bald über alles, was er nun beobachtete.

Zum Beispiel über den Wald, dachte er niedergeschlagen.

Felmet seufzte.

»Du willst *was* fällen lassen?«, fragte die Herzogin eisig.

»Oh, die Bäume«, antwortete der Herzog.

»Was haben denn Bäume damit zu tun?«

»Nun ... es sind so *viele*«, betonte Felmet.

»Wechsle nicht das Thema!«

»Entschuldige bitte, Liebling.«

»Ich *sagte*: Wie konntest du so dumm sein, sie entkommen zu lassen? Ich habe dich darauf hingewiesen, dass der Diener zu treu ist. Einer solchen Person darf man nicht vertrauen.«

»Nein, Schatz.«

»Hast du zufällig daran gedacht, sie verfolgen zu lassen?«

»Von Bentzen, Teuerste. Und zwei Wächtern.«

»Oh.« Die Herzogin zögerte. Bentzen war Hauptmann der herzoglichen Leibwache und als Mörder so fähig wie ein psychotischer Mungo. Sie hätte sich ebenfalls für ihn entschieden. Lady Felmet bedauerte es, vorübergehend um die Chance gebracht worden zu sein, ihren Gemahl zu tadeln, aber sie fand schnell zu ihrem üblichen vorwurfsvollen Selbst zurück.

»Er hätte im Schloss bleiben können, wenn du bereit gewesen wärst, auf mich zu hören. Aber du bist mit deinen Gedanken immer woanders.«

»Wie bitte, Herzallerliebste?«

Der Herzog seufzte erneut. Eine lange Nacht lag hinter ihm. Erst war es zu einem Sturm gekommen, der viel zu dramatisch geheult hatte, und dann zu der blutigen Angelegenheit mit den Messern ...

Es ist bereits erwähnt worden, dass den Herzog nur noch ein Schritt vom Thron trennte. Der fragliche Schritt begann am oberen Ende der Treppe, die zum Großen Saal führte: König Verence war im Dunkeln die Stufen hinuntergefallen und unten, entgegen allen Gesetzen der Wahrscheinlichkeit, in den eigenen Dolch gestürzt.

Der Schlossarzt hatte erklärt, Verence sei durch natürliche Ursachen gestorben. Bentzen war zu ihm gegangen, um ihn auf Folgendes hinzuweisen: Wenn man des Nachts mit einem Dolch im Rücken die Treppe hinunterfiel, so war das eine Krankheit, die auf unkluges Öffnen des Mundes zurückging.

Einige andere Angehörige der herzoglichen Leibwache, die nicht vorsichtig genug gewesen waren, hatten sich bereits angesteckt. Es war zu einer kleinen Epidemie gekommen.

Der Herzog schauderte. Die vergangene Nacht enthielt verschwommene, aber auch schreckliche Details.

Er erinnerte sich daran, dass jetzt alles Unangenehme zu Ende ging und ihm ein Königreich zu Füßen lag. Es mochte kein besonders großes Reich sein, und außerdem bestand es überwiegend aus Bäumen, aber es hatte eine Krone.

Die verschwunden blieb.

Schloss Lancre stand auf einem Felsvorsprung und war von einem Architekten erbaut worden, der von Gormenghast gehört hatte, ohne dass ihm ein ausreichendes Budget zur Verfügung stand. Er hatte sich große Mühe mit einem Vorrat an Ausverkauf-Türmen und diversen Sonderangebot-Artikeln gegeben, zum Beispiel gebrauchten Kellergeschossen, Strebepfeilern, Zinnen, Steinfiguren, Höfen, Kerkern und Verliesen. Es fehlte nichts, was ein ordentliches Schloss brauchte, abgesehen von einem stabilen Fundament und Mörtel, der nicht schon bei einem leichten Nieselregen bröckelte.

Das Schloss neigte sich schwindelerregend hoch über dem weißen Wasser des Flusses Lancre, der dreihundert Meter weiter unten rauschte. Ab und zu fielen kleine Teile des Gebäudes hinein.

Es war kein besonders großes Schloss, aber es enthielt

mindestens tausend Stellen, wo man eine Krone verstecken konnte.

Die Herzogin verließ das Zimmer, um jemand anderen zu schelten. Lord Felmet blieb allein zurück und starrte mürrisch über die Landschaft. Es begann zu regnen.

Jemand nahm dies zum Anlass, laut ans Schlosstor zu klopfen. Damit störte er den Pförtner, der zusammen mit Koch und Hofnarr in der warmen Küche saß und Karten spielte.

Er verzog das Gesicht und stand auf. »Es klopft auswärts«, sagte er.

»Auswärts?«, wiederholte der Narr.

»Drinwärts wohl kaum, Idiot.«

Der Narr sah verwirrt auf. »Es klopft auswärts?«, fragte er argwöhnisch. »Klingt seltsam. Hat das was mit Zen zu tun?«

Als der Pförtner in Richtung Wachhaus davonschlurfte, schob der Koch eine weitere Münze in die Tischmitte und bedachte den Narren mit einem scharfen Blick.

»Was ist ein Zen?«, fragte er.

Die Glocken des Narren klirrten und läuteten leise, als er seine Karten sortierte. »Oh, eine Subsekte des klatschianischen philosophischen Systems namens Sumtin«, erwiderte er, ohne vorher nachzudenken. »Sie ist für ihre einfache Strenge bekannt und bietet inneren Frieden sowie seelische Ganzheit, zu erreichen durch Meditation und eine besondere Atemtechnik. Ein interessanter Aspekt besteht darin, unsinnig erscheinende Fragen zu stellen, um die Türen der Wahrnehmung weiter aufzustoßen.«

»Wie bitte?«, entfuhr es dem Koch misstrauisch. Er war ziemlich nervös. Als er das Frühstück in den Großen Saal gebracht hatte, schien jemand versucht zu haben, ihm das Tablett aus den Händen zu ziehen. Schlimmer noch: Der neue Herzog hatte ihn mit dem Auftrag zurückgeschickt, *Haferschleim* zu holen. Er schauderte. Haferschleim und ein drei

Minuten gekochtes Ei! Für so etwas fühlte sich der Koch zu alt. Er hatte sich an eine gewisse Routine gewöhnt und glaubte sich der wahren feudalen Tradition verpflichtet. Er wollte nur Dinge servieren, die man braten und denen man einen Apfel ins Maul stecken konnte.

Der Narr zögerte mit einer Karte in der Hand, unterdrückte die Panik und überlegte rasch.

»Meiner Treu!«, quiekte er. »Du habest mehr Fragen als ein Schoner Besansegel.«

Der Koch entspannte sich.

»Na schön«, murmelte er, noch immer nicht ganz zufriedengestellt. Der Narr verlor die nächsten drei Spiele, um ganz sicher zu sein.

Unterdessen öffnete der Pförtner die Klappe im Tor und blickte nach draußen.

»Wer klopft auswärts?«, knurrte er.

Der Soldat zögerte, obwohl er völlig durchnässt und entsetzt war.

»Auswärts?«, wiederholte er. »Auswärts wo?«

»Wenn du mich auf den Arm nehmen willst, lasse ich dich den ganzen Tag draußen stehen«, erwiderte der Pförtner ruhig.

»Nein!«, rief der Soldat. »Ich muss sofort zum Herzog. Hexen sind auf Reisen!«

Mehrere mögliche Kommentare gingen dem Pförtner durch den Kopf, unter anderem ›Vielleicht machen sie Urlaub‹ und ›Ich könnte ebenfalls ein paar freie Tage brauchen‹. Aber er schwieg, als er das Gesicht des Soldaten bemerkte. Er wirkte wie jemand, der Dinge gesehen hatte, die niemand sehen möchte ...

Hexen?«, fragte Lord Felmet.

»Hexen!«, sagte die Herzogin.

In den zugigen Fluren flüsterte eine Stimme, so leise wie der Wind in Schlüssellöchern. »Hexen!«, raunte es hoffnungsvoll.

Die übersinnlich Begabten ...

Es ist Einmischerei, jawohl«, verkündete Oma Wetterwachs. »Und daraus ergeben sich nur Scherereien.«

»Es könnte so *romantisch* sein.« Magrat seufzte tief.

»Dutschidutschi-du«, sagte Nanny Ogg.

»Wie dem auch sei«, erwiderte Magrat, »du hast den schrecklichen Mann umgebracht!«

»Nein, ich habe die Dinge nur dazu ... ermutigt, sich auf eine bestimmte Weise zu entwickeln.« Oma Wetterwachs runzelte die Stirn. »Er hatte keinen Respekt. Wer keinen Respekt hat, muss mit Problemen rechnen.«

»Itziwitzi dididi.«

»Der andere Mann hat das Kind hierher gebracht, um es zu retten!«, platzte es aus Magrat heraus. »Er wollte, dass wir den Jungen schützen! Das ist doch offensichtlich! Die Vorsehung hat ihn zu uns geführt!«

»Oh, *offensichtlich*«, entgegnete Oma. »Ja, es scheint offensichtlich zu sein. Doch wenn etwas offensichtlich ist, braucht es deshalb noch nicht wahr zu sein.«

Sie wog die Krone in den Händen. Das Objekt fühlte sich recht schwer an, doch es war ein Gewicht, das über Pfunde und Unzen hinausging.

»Ja, aber ich meine ...«, begann Magrat.

»Ich meine, dass bald Leute kommen werden«, sagte Oma Wetterwachs. »Ernste Leute. Finster dreinblickende Leute. Leute, die nicht zögern, Mauern einzureißen und Hütten niederzubrennen. Und ...«

»Utzidutzi dadada.«

»*Und* wir wären alle *viel* glücklicher, wenn du endlich damit aufhören würdest, so zu glucksen, Gytha!«, zischte Oma scharf. Sie spürte, wie Ärger in ihr aufstieg. Es entstand immer Ärger in ihr, wenn sie sich unsicher fühlte. Außerdem befanden sie sich nun in Magrats Hütte, und die Einrichtung ging ihr allmählich auf die Nerven. Magrat glaubte an die Weisheit der Natur, Elfen, die Heilkraft von Farben, den Kreis der Jahreszeiten und viele andere Dinge, von denen Oma Wetterwachs nichts hielt.

»Du willst mir hoffentlich nicht erklären, wie man sich um ein Kind kümmert«, erwiderte Nanny Ogg mit sanftem Nachdruck. »Immerhin habe ich fünfzehn eigene.«

»Ich schlage nur vor, dass wir gründlich darüber nachdenken«, brummte Oma.

Die anderen Hexen beobachteten sie eine Zeit lang.

»Nun?«, fragte Magrat.

Oma Wetterwachs' Finger trommelten auf den Rand der Krone. Sie runzelte die Stirn.

»Zuerst einmal: Wir müssen den Jungen von hier fortbringen.« Sie hob die Hand. »Nein, Gytha, deine Hütte ist zweifellos geeignet, aber sie bietet keine Sicherheit. Er muss in ein anderes Land, wo ihn niemand kennt. Und dann dies hier.« Oma hob die Krone.

»Oh, ganz einfach«, sagte Magrat. »Wir verstecken sie unter einem Stein oder so. Mit kleinen Kindern ist alles viel schwieriger als mit Kronen.«

»Da irrst du dich«, widersprach Oma. »Und der Grund dafür: Es wimmelt überall von kleinen Kindern, und sie sehen alle gleich aus. Aber wahrscheinlich gibt's nicht viele Kronen. Außerdem neigen sie dazu, gefunden zu werden. Irgendwie rufen sie Menschen zu sich. Selbst wenn wir sie irgendwo unter einen Stein legen würden, innerhalb einer Woche fände sie Gelegenheit, sich durch Zufall entdecken zu lassen. Ganz bestimmt.«

»Ja, du hast recht.« Nanny Ogg nickte würdevoll. »Wie oft ist es euch passiert, dass ihr einen magischen Ring in die tiefsten Tiefen des Meers werft, anschließend nach Hause zurückkehrt, um ein Häppchen Steinbutt zum Tee zu essen ... und dann liegt der Ring plötzlich auf dem Tisch?«

Die Hexen überlegten.

»Nie«, sagte Oma Wetterwachs. »Und das gilt auch für euch. Hinzu kommt: Vielleicht will der Junge die Krone irgendwann zurück. Sie gehört ihm, das dürfen wir nicht vergessen. Könige messen Kronen große Bedeutung bei. Wirklich, Gytha, manchmal sind deine Bemerkungen ...«

»Ich koche uns Tee«, bot sich Magrat fröhlich an und verschwand in der Spülküche.

Die beiden älteren Hexen saßen am Tisch und wahrten ein höfliches, angespanntes Schweigen. »Sie hat es hier recht hübsch, nicht wahr?«, meinte Nanny Ogg nach einer Weile. »Blumen und so. Was sind das für Dinge an den Wänden?«

»Siegel und Amulette«, antwortete Oma Wetterwachs. »Oder so.«

»Schick«, sagte Nanny vorsichtig. »Und dann die Umhänge und Ruten und so.«

»Modern«, brummte Oma Wetterwachs und rümpfte die Nase. »Als ich ein Mädchen war, haben wir uns mit einem Klumpen Wachs und einigen Nadeln begnügt. Damals mussten wir unseren *eigenen* Zauber entwickeln.«

»O ja, seitdem haben wir alle viel Wasser gelassen«, sagte Nanny Ogg weise und wiegte den kleinen Jungen.

Oma Wetterwachs schniefte. Nanny Ogg hatte drei Ehen hinter sich und regierte über einen ganzen Clan aus Kindern und Enkeln überall im Königreich. Für Hexen war es nicht direkt *verboten* zu heiraten, das gab Oma widerstrebend zu. Aber nur sehr widerstrebend. Erneut schniefte sie missbilligend. Ein Fehler, wie sich herausstellte.

»Was ist das für ein Geruch?«, fragte sie scharf.

»Oh.« Nanny Ogg rückte das kleine Kind zurecht. »Ich sehe mal nach, ob Magrat ein paar saubere Tücher hat.«

Daraufhin war Oma Wetterwachs allein. Eine seltsame Verlegenheit erfasste sie, typisch für jemanden, der allein im Zimmer einer anderen Person ist. Sie widerstand der Versuchung, sich die Bücher im Regal anzusehen oder am Kaminsims nach Staub zu suchen. Langsam drehte sie die Krone hin und her, und das Objekt schien größer und schwerer zu werden.

Sie bemerkte einen Spiegel über dem Kamin und blickte auf die Krone hinab. Der funkelnde Gegenstand war verlockend, schien geradezu darum zu flehen, aufgesetzt zu werden. Warum nicht? Oma vergewisserte sich, dass niemand zusah, nahm rasch den Hut ab und ersetzte ihn durch die Krone.

Sie schien gut zu passen. Oma Wetterwachs richtete sich stolz auf, trat vor den Herd und winkte gebieterisch.

»Gar nicht schlecht«, murmelte sie und winkte arrogant in Richtung der Standuhr. »Runter mit der Rübe, ha!«, befahl sie und lächelte grimmig.

Und dann erstarrte sie plötzlich, als sie Schreie hörte, das Donnern von Hufen, das Zischen von Pfeilen und dumpfes Pochen, mit dem sich Speere in menschliches Fleisch bohrten. Angriffswelle auf Angriffswelle flutete durch Omas Kopf. Erbarmungslose Schwerter schlugen auf Schilde, gegnerische Klingen oder Knochen. Die Gewalt vieler Jahre kondensierte in einer Zeitspanne von wenigen Sekunden. Manchmal glaubte die Hexe, bei den Toten zu liegen oder an einem Ast zu baumeln. Es gab Hände, die nach der Krone griffen, sie auf ein Samtkissen legten ...

Oma Wetterwachs nahm sie behutsam ab – es fiel ihr sehr schwer, denn die Krone wollte auf ihrem Kopf bleiben – und legte sie auf den Tisch.

»Das bedeutet es also, König zu sein«, murmelte sie. »Warum halten das so viele für erstrebenswert?«

»Möchtest du Zucker?«, erklang Magrats Stimme hinter ihr.

»Man muss als Narr zur Welt kommen, um König zu werden«, befand Oma.

»Bitte?«

Sie drehte sich um. »Hab dich gar nicht hereinkommen sehen. Was hast du gesagt?«

»Möchtest du Zucker in den Tee?«

»Drei Löffel«, erwiderte Oma Wetterwachs sofort. Eins der wenigen Betrübnisse ihres Lebens bestand darin, dass sie trotz aller Anstrengungen den Gipfel ihrer Karriere mit allen Zähnen und einer rosaroten, pfirsichweichen Haut erreicht hatte. Selbst die mächtigsten Zaubersprüche konnten keine Warzen in ihrem attraktiven, wenn auch ein wenig pferdeartigen Gesicht wachsen lassen, und ein hoher Zuckerkonsum verlieh ihr nur unerschöpfliche Energie. Vor vielen Jahren war sie einmal so verzweifelt gewesen, dass sie einen Magier um Rat fragte, und der erklärte ihr, es liege daran, dass sie einen Stoffwechsel besaß. Dieser Hinweis erlaubte es ihr wenigstens, sich Nanny Ogg überlegen zu fühlen, die bestimmt nie einen gesehen hatte.

Magrat gab pflichtbewusst drei gehäufte Löffel Zucker in die Tasse. *Es wäre wirklich nett, gelegentlich mal ein ›Danke‹ zu hören*, dachte sie wehmütig.

Dann spürte sie den Blick der Krone.

»Du fühlst es, nicht wahr?«, fragte Oma Wetterwachs. »Wie ich schon sagte: Kronen rufen Menschen zu sich.«

»Es ist schrecklich!«

»Nein, nein, die Krone versucht nur, eine richtige Krone zu sein. Es liegt in ihrer Natur.«

»Sicher steckt Magie in ihr!«

»Sie ist nur das, was sie ist«, betonte Oma Wetterwachs noch einmal.

»Sie möchte, dass ich sie aufsetze«, sagte Magrat. Ihre ausgestreckte Hand zitterte.

»Ja, da hast du recht.«

»Aber ich werde stark sein«, sagte Magrat.

»Das habe ich nicht anders erwartet«, erwiderte Oma, und ihr Gesicht wirkte plötzlich seltsam hölzern. »Was macht Gytha?«

»Sie wäscht das Kind im Spülbecken«, antwortete Magrat geistesabwesend. »Wie sollen wir so etwas verstecken? Was geschieht, wenn wir die Krone irgendwo *tief* vergraben?«

»Ein Dachs würde sie nach oben holen«, murmelte Oma. »Oder jemand sucht an der betreffenden Stelle nach Gold. Oder ein Baum schlingt die Wurzeln darum und fällt beim nächsten Sturm. Dann kommt jemand vorbei, sieht das Ding, setzt es auf...«

»Es sei denn, die entsprechende Person ist ebenso willensstark wie wir«, warf Magrat ein.

»Ja, in der Tat«, bestätigte Oma Wetterwachs und starrte auf ihre Fingernägel. »Es ist nicht schwer, eine Krone aufzusetzen. Das Problem besteht darin, sie wieder vom Kopf zu nehmen.«

Magrat griff danach und drehte sie.

»Eigentlich sieht sie gar nicht wie eine richtige Krone aus«, sagte die junge Hexe.

»Du hast bestimmt schon viele gesehen«, erwiderte Oma Wetterwachs. »Wahrscheinlich bist du eine Expertin für Kronen.«

»Ich kenne tatsächlich einige.« Ein gewisser Trotz lag in Magrats Stimme. »Normalerweise sind sie mit mehr Edelsteinen besetzt und haben Stoff in der Mitte. Diese ist eher unscheinbar...«

»Magrat Knoblauch!«

»Ich übertreibe nicht. Als ich bei Gütchen Wemper in die Lehre ging...«

»... mögesieinfriedenruhen...«

»Mögesieinfriedenruhen, ja. Sie nahm mich mit nach Scharfschneide oder Lancre, wenn die wandernden Schauspieler im Ort waren. Sie fand großen Gefallen am Theater. Du würdest staunen, wie viele Kronen es dort gibt. Obgleich ...« Magrat legte eine kurze Pause ein. »Gütchen meinte, sie bestünden nur aus Blech und Papier und so. Und Glas anstelle von echten Edelsteinen. Trotzdem sehen sie echter aus als diese hier. Ist das nicht seltsam?«

»Dinge, die wie Dinge aussehen wollen, sehen manchmal mehr wie Dinge aus als Dinge«, stellte Oma Wetterwachs fest. »Eine allgemein bekannte Tatsache. Aber ich rate davon ab, einer solchen Entwicklung Vorschub zu leisten. Warum wandern die Schauspieler mit Kronen umher? Und was spielen sie?«

»Weißt du nicht übers Theater Bescheid?«, fragte Magrat.

Oma Wetterwachs, die aus Prinzip niemals irgendeine Art von Unwissenheit zugab, zögerte nicht eine Sekunde lang. »Oh, doch. Es gehört zu *solchen* Sachen, stimmt's?«

»Gütchen Wemper meinte, es halte dem Leben einen Spiegel vor«, sagte Magrat. »Sie meinte auch, das Theater muntere sie immer auf.«

»Kann ich mir denken«, erwiderte Oma und ging in die Offensive. »Wenn man's richtig spielt. Die Schauspieler sind sicher gute Leute, wie?«

»Ich denke schon.«

»Und sie wandern durchs ganze Land?«, fragte Oma Wetterwachs nachdenklich und blickte zur Tür der Spülküche.

»Ja, wie ich hörte, ist derzeit eine Truppe in Lancre. Ich bin nicht dort gewesen, weil ... Du weißt schon.« Magrat sah zu Boden. »Es geziemt sich nicht für eine Frau, solche Orte allein aufzusuchen.«

Oma nickte. Sie billigte derartige Grundsätze, solange niemand verlangte, dass sie sich daran hielt.

Ungeduldig trommelte sie mit den Fingern auf Magrats Tischdecke.

»Na schön«, brummte sie. »Warum nicht? Geh und sag

Gytha, sie soll das Kind gut einwickeln. Es ist schon lange her, seit ich zum letzten Mal ein Theater gehört habe, das richtig gespielt wurde.«

Magrat war natürlich fasziniert. Das Theater bestand nur aus bemaltem Sackleinen, einer Bretterbühne, die auf mehreren Fässern ruhte, und einigen Sitzbänken, die auf dem Dorfplatz standen. Aber gleichzeitig war es *Das Schloss*, *Ein anderer Teil des Schlosses*, *Der gleiche Ort etwas später* und *Das Schlachtfeld*. Jetzt hatte es sich in *Eine Straße außerhalb der Stadt* verwandelt. Es hätte ein wundervoller Nachmittag sein können, ohne Oma Wetterwachs.

Eine Zeit lang beobachtete sie das Drei-Mann-Orchester, um das Musikinstrument namens Theater zu identifizieren, und schließlich richtete sie ihre Aufmerksamkeit auf die Bühne. Magrat gelangte allmählich zu dem Schluss, dass es bestimmte Aspekte des Theaters gab, die sich Omas Verständnis entzogen.

Derzeit rutschte sie zornig auf ihrem Stuhl hin und her.

»Er hat ihn umgebracht«, zischte sie. »Warum unternimmt niemand etwas? Er hat ihn getötet! Vor den Augen aller Anwesenden!«

Magrat hielt ihre Kollegin verzweifelt am Arm fest, als Oma Wetterwachs aufstehen wollte.

»Sei unbesorgt«, flüsterte sie. »Er ist nicht tot!«

»Nennst du mich Lügnerin, Mädchen?«, erwiderte Oma scharf. »Ich hab's genau gesehen!«

»Der Schein trügt. Es ist nur Schauspielerei.«

Oma Wetterwachs beruhigte sich ein wenig, brummte aber weiterhin leise vor sich hin. Sie hatte das Gefühl, dass man versuchte, sie zum Narren zu halten.

Auf der Bühne stand ein Mann, der ein Laken trug und einen

leidenschaftlichen Monolog hielt. Oma hörte einige Minuten lang zu, bevor sie Magrat in die Rippen stieß.

»Wovon schwatzt der Kerl da?«, fragte sie.

»Er bringt zum Ausdruck, wie sehr ihn der Tod des anderen Mannes betrübt«, antwortete Magrat. Um das Thema zu wechseln, fügte sie hastig hinzu: »Hier gibt's jede Menge Kronen, nicht wahr?«

Oma Wetterwachs ließ sich nicht ablenken. »Will er jetzt den Mörder suchen und ihn zur Rechenschaft ziehen?«

»Es ist ein bisschen komplizierter ...«, begann Magrat hilflos.

»Welch eine Schande!«, zischte Oma. »Und die arme Leiche liegt dort einfach herum. Niemand achtet auf sie.«

Magrat warf Nanny Ogg einen flehentlichen Blick zu. Die zweite ältere Hexe aß einen Apfel und beobachtete die Bühne mit dem Interesse einer wissenschaftlichen Forscherin.

»Ich *glaube* ...«, begann Nanny. »Ich glaube, er stellt sich nur tot. Er atmet noch.«

Der Rest des Publikums zweifelte inzwischen nicht mehr daran, dass diese Kommentare zur Vorstellung gehörten. Alle Zuschauer blickten zur Leiche – sie errötete.

»Und seht euch mal seine Stiefel an«, sagte Nanny Ogg kritisch. »Ein wahrer König würde sich schämen, solche Stiefel zu tragen.«

Die Leiche versuchte, ihre Füße hinter einem Pappbusch zu verbergen.

Oma Wetterwachs glaubte, einen kleinen Sieg über die Händler von Lüge und List errungen zu haben. Sie nahm einen Apfel aus der Tüte und folgte dem Geschehen auf der Bühne mit neuem Interesse. Magrats Anspannung ließ ein wenig nach; sie lehnte sich zurück und fand wieder Gelegenheit, die Vorführung zu genießen. Doch nicht sehr lange. Eine Stimme weckte ihre bewusst betäubte Ungläubigkeit.

»Was ist das?«

Magrat seufzte. »Nun«, sagte sie langsam, »*er* glaubt, *er* sei der Prinz, aber in Wirklichkeit ist *er* die Tochter des anderen Königs, als Mann verkleidet.«

Oma Wetterwachs maß den Schauspieler mit einem analytischen Blick.

»Er ist ein Mann. Trägt eine Perücke aus Stroh. Und spricht mit hoher Stimme.«

Magrat schauderte. Sie kannte einige Sitten des Theaters und hatte bereits gefürchtet, dass diese Sache zur Sprache kam. Oma Wetterwachs war für ihre *Ansichten* bekannt.

»Ja, aber ...« Die junge Hexe suchte nach den richtigen Worten. »Dies ist Theater, weißt du. Alle Frauen werden von Männern gespielt.«

»Warum?«

»Es sind keine Frauen auf der Bühne zugelassen«, sagte Magrat kleinlaut und schloss die Augen.

Überraschenderweise blieb neben ihr alles still. Sie riskierte es, ein Lid zu heben und zur Seite zu blicken.

Oma Wetterwachs kaute immer wieder auf dem gleichen Stück Apfel und blickte weiterhin zur Bühne.

»Reg dich jetzt nicht auf, Esme«, sagte Nanny, die ebenfalls von Omas Ansichten wusste. »Diese Stelle ist gut. Ich verstehe langsam, worum's geht.«

Jemand tippte Oma auf die Schulter. »Würdest du bitte den Hut absetzen, gnä' Frau?«

Oma Wetterwachs drehte sich ganz langsam um, wie von unsichtbaren Motoren bewegt, und richtete einen hundert Kilowatt starken diamantblauen Blick auf den hinter ihr sitzenden Zuschauer. Der Mann schien regelrecht zu verwelken, krümmte sich zusammen und versuchte, mindestens einen halben Meter kleiner zu werden.

»Nein«, sagte Oma.

Der Mann dachte über seine Möglichkeiten nach. »Na gut«, murmelte er.

Oma Wetterwachs nickte den Schauspielern zu, die eine Pause eingelegt hatten, um sie zu beobachten.

»Warum guckt ihr so?«, knurrte sie. »Macht weiter!«

Nanny Ogg reichte ihr eine zweite Tüte.

»Wie wär's mit einem Pfefferminzbonbon?«, fragte sie.

Es herrschte wieder Stille im improvisierten Theater, abgesehen von den stockenden Stimmen der Schauspieler, die immer wieder zur sehr ernsten Oma Wetterwachs blickten. Hinzu kamen saugende Geräusche, verursacht von zwei Pfefferminzbonbons, die unerbittlich von einer Wange zur anderen geschoben wurden.

Dann sagte Oma Wetterwachs mit so schneidender Stimme, dass einer der Schauspieler sein Holzschwert fallen ließ: »Dort drüben hockt ein Mann, der den anderen dauernd was zuflüstert!«

»Ein Souffleur«, erklärte Magrat. »Er teilt ihnen mit, was sie sagen sollen.«

»Wissen sie das nicht?«

»Ich vermute, sie vergessen's dauernd«, erwiderte Magrat verdrießlich. »Aus welchem Grund auch immer.«

Oma stieß Nanny Ogg an.

»Was ist jetzt los?«, fragte sie. »Warum treiben sich dort so viele Könige und andere Leute herum?«

»Ein Bankett hat begonnen«, sagte Nanny Ogg. »Wegen des toten Königs, weißt du noch, der Bursche mit den schmutzigen Stiefeln, allerdings, ich meine, wenn du genau hinsiehst, er ist nun als Soldat verkleidet, und alle halten Reden darüber, wie gut der König war und wer ihn ermordet haben mag.«

»Tatsächlich?« Oma Wetterwachs schnitt eine grimmige Miene, musterte die Schauspieler und hielt nach dem Mörder Ausschau.

Sie traf eine Entscheidung und stand auf.

Ihr schwarzer Schal entfaltete sich wie die Schwingen eines Racheengels, der kam, um die Welt von allem Närrischen zu befreien, von Heuchelei, Verschlagenheit und Schande. Sie schien größer zu sein als sonst und richtete einen zornigen Zeigefinger auf den Schuldigen.

»Er hat es getan!«, rief Oma Wetterwachs triumphierend. »Wir haben ihn alle dabei *gesehen*! Er hat den König mit einem Dolch erstochen!«

Zufriedene Zuschauer verließen das Theater. Es war eine gute Vorstellung gewesen, fanden sie, wenn auch ein bisschen schwer zu verstehen. Sie hatten herzhaft gelacht, als alle Könige fortliefen, die in Schwarz gekleidete Frau aufsprang und unüberhörbar laut den Mörder entlarvte. Allein diese Schlussszene war den halben Taler Eintritt wert.

Die drei Hexen saßen nun allein am Rand der Bühne.

»Ich frage mich, wie sie alle die Könige und Lords dazu bringen, hierherzukommen und Reime zu sprechen«, überlegte Oma Wetterwachs völlig unbeeindruckt. »Ich dachte, sie sind viel zu beschäftigt. Mit dem Regieren und so.«

»Nein«, erwiderte Magrat verzagt. »Ich fürchte, du verstehst noch immer nicht, worum es beim Theater geht.«

»Ich werde der Sache auf den Grund gehen«, versprach Oma. Sie stand auf und zog einen Sackleinenvorhang beiseite.

»Du!«, rief sie. »Du bist tot!«

Die ehemalige Leiche – sie aß gerade ein Schinkenbrot, um ihre Nerven zu beruhigen – fiel vom Stuhl.

Oma Wetterwachs trat nach einem Busch. Ihr Fuß hinterließ ein Loch darin.

»Na bitte!«, wandte sie sich an die Welt im Allgemeinen. Eine seltsame Art von Genugtuung lag in diesen beiden Worten. »Nichts ist wirklich! Alles nur Farbe und Stöcke und angeklebtes Papier.«

»Kann ich euch irgendwie helfen, verehrte Damen?«

Es war eine volle, herrliche Stimme; jeder Diphthong nahm genau den richtigen Platz ein. Es war eine goldbraune Stimme. Wenn der Schöpfer des Multiversums eine Stimme hatte, so eine mit diesem Klang. Es gab nur einen Nachteil: Es handelte sich nicht um eine Stimme, mit der man Kohlen bestellen konnte. Wenn man mit dieser Stimme Kohlen bestellte, dann bekam man Diamanten.

Offenbar gehörte sie einem großen, dicken Mann, in dessen Gesicht ein üppiger Bart wucherte. Rosarote Adern formten die Straßenkarte einer großen Stadt auf seinen Wangen, und die Nase hätte sich erfolgreich in einer Schüssel mit Erdbeeren verstecken können. Er trug ein zerfranstes Wams und eine löchrige Strumpfhose, und seine Gelassenheit teilte mit, dass der aus Samt und Geziefer-Pelz bestehende Umhang gerade in der Wäsche war. Er ließ ein fleckiges Handtuch sinken, mit dem er sich einen Teil der Schminke aus dem Gesicht gewischt hatte.

»Ich kenne dich«, sagte Oma Wetterwachs. »Du hast den König ermordet.« Sie warf Magrat einen kurzen Blick zu und fügte widerwillig hinzu: »So sah es jedenfalls aus.«

»Ich bin *hoch*erfreut. Es ist mir immer eine Ehre, wahren Kennern zu begegnen. Olwyn Vitoller, *zu* euren Diensten. Ich bin der Direktor dieser Vagabundenschar.« Der Mann nahm seinen von Motten angefressenen Hut ab und verneigte sich tief. Es war keine Geste der Ehrerbietung, eher eine Studie in fortgeschrittener Topologie.

Der Hut glitt und ruckte durch eine Serie komplizierter Bögen und erreichte das Ende eines nach oben zeigenden Arms. Ein Bein geriet in Bewegung und wich etwas zurück. Der Rest des Körpers sank höflich nach unten, bis sich der Kopf auf einer Höhe mit Omas Knie befand.

»Nun, ja«, sagte Oma Wetterwachs. Ihre Kleidung schien weiter und viel wärmer geworden zu sein.

»Eine gute Vorstellung«, warf Nanny Ogg ein. »All die vielen Worte, die du so elegant gesprochen hast ... Man merkte sofort, dass du ein König warst.«

»Ich hoffe, wir haben euch nicht zu sehr gestört«, sagte Magrat.

»Meine liebe Dame ...«, erwiderte Vitoller. »Darf ich darauf hinweisen, wie erfreulich es für einen einfachen Komödianten ist, wenn sein Publikum hinter die Fassade aus reiner Bühnenschminke sieht und den verborgenen Sinn erkennt?«

»Du darfst«, verkündete Oma Wetterwachs. »Und lass mich feststellen, dass du sehr geschickt mit Worten umgehst, Herr Vitoller.«

Sie sahen sich an, als der Dicke seinen Hut wieder aufsetzte – zwei Profis, die sich gegenseitig einschätzten. Vitoller unterbrach den Blickkontakt zuerst und versuchte, den Anschein zu erwecken, als habe überhaupt kein stummer Wettstreit stattgefunden.

»Und nun ...«, sagte er. »Was führt drei so bezaubernde Damen hierher?«

Damit verbuchte Vitoller einen verbalen Sieg – Oma Wetterwachs' Kinnlade klappte herunter. Um sich selbst zu beschreiben, hätte sie höchstens den Ausdruck ›einigermaßen attraktiv‹ verwendet. Nanny war so speckig wie ein Baby, und ihr Gesicht erinnerte an eine kleine getrocknete Rosine. Was Magrat betraf ... Sie wirkte angemessen schlicht und sauber, aber ihre Brust ließ sich mit einem flachen Plättbrett vergleichen, auf dem zwei Erbsen lagen. Bisher hatten Romantik und dergleichen nur in ihrer Fantasie existiert. Oma Wetterwachs spürte etwas, eine besondere Magie, deren Kraft sich nun entfaltete. Doch an diese Art von Zauber war sie nicht gewöhnt.

Es lag an Vitollers Stimme. Ihr Klang allein genügte, alles zu verändern.

Man sehe sie sich nur an, dachte Oma und beobachtete ihre beiden Kolleginnen. *Putzen sich auf wie zwei Dussel.* Sie merkte plötzlich, dass sie sich auf den eigenen eisenharten Haarknoten klopfte, ließ die Hand sinken und räusperte sich nachdrücklich.

»Wir würden gern mit dir sprechen, Herr Vitoller.« Sie deutete zu den Schauspielern, die gerade das Theater abbauten und eine sichere Distanz wahrten. In einem verschwörerischen Ton fügte sie hinzu: »An einem Ort, wo wir nicht gestört werden.«

»Gewiss, liebe Dame«, erwiderte Vitoller. »Derzeit wohne ich in dem geschätzten Haus, das *Durstigen Erleichterung* spendet.«

Die Hexen sahen sich verwirrt um, und schließlich fragte Magrat: »Meinst du die Taverne?«

Es war kalt und zugig im Großen Saal des Schlosses Lancre, und die Blase des neuen Kämmerers wurde nicht jünger. Er duckte sich unter Lady Felmets Blick.

»O ja«, sagte er. »Es gibt hier welche. Jede Menge.«

»Und die Leute *unternehmen* nichts dagegen?«, fragte die Herzogin.

Der Kämmerer blinzelte. »Wie bitte?«, erwiderte er.

»Die Leute tolerieren sie?«

»Ja, das stimmt«, bestätigte der Kämmerer fröhlich. »Es gilt als Glücksfall, eine Hexe im Dorf zu haben. Ja, so ist es.«

»Warum?«

Der Kämmerer zögerte. Zum letzten Mal hatte er eine Hexe konsultiert, weil gewisse rektale Probleme den Abort in eine tägliche Folterkammer verwandelten. Er bekam einen Krug mit Salbe, die den Rest der Welt angenehmer gestaltete.

»Sie befreien den Pfad des Lebens von Unebenheiten«, antwortete er.

»In meiner Heimat erlauben wir keine Hexen«, sagte die

Herzogin streng. »Und wir haben nicht vor, sie hier zuzulassen. Du wirst uns ihre Adressen besorgen.«

»Adressen, Euer Ladyschaft?«

»Wir brauchen Auskunft darüber, wo sie wohnen. Ich nehme an, deine Steuereintreiber wissen, wo man sie finden kann.«

»Äh«, entgegnete der Kämmerer kummervoll.

Der Herzog beugte sich auf seinem Thron vor.

»Sie bezahlen doch Steuern, oder?«, fragte er.

»Na ja, sie *bezahlen* sie nicht direkt«, sagte der Kämmerer.

Stille folgte. »Sprich, Mann!«, befahl Lord Felmet schließlich.

»Eigentlich, ich meine, um ganz genau zu sein ... Die Hexen bezahlen sie nicht. Steuern, meine ich. Wir hielten es nie für nötig, äh, der alte König verzichtete darauf ... Tatsache ist, dass die Hexen bisher keine Steuern bezahlt haben.«

Der Herzog legte die Hand auf den Arm seiner Gemahlin.

»Ich verstehe«, sagte er kühl. »Na schön. Du darfst jetzt gehen.«

Der Kämmerer nickte erleichtert und schlich im schrägen Gang einer Krabbe hinaus.

»Na so was!«, kommentierte die Herzogin.

»Ganz meine Meinung.«

»Auf diese Weise hat deine Familie ein Königreich verwaltet?«, fragte Lady Felmet vorwurfsvoll. »Du warst praktisch *verpflichtet*, deinen Vetter umzubringen. Das lag geradezu im Interesse der Spezies. Die Schwachen dürfen nicht überleben.«

Der Herzog fröstelte. Ihre Ladyschaft erinnerte ihn immer wieder daran. Im Großen und Ganzen hatte er nichts dagegen, Leute zu töten beziehungsweise ihren Tod anzuordnen und bei der Hinrichtung zuzusehen. Aber die Ermordung eines Verwandten ... Das ging ihm gegen den Strich – und Vetter Verence an die Leber.

»Du hast völlig recht«, brachte Lord Felmet hervor. »Alles deutet darauf hin, dass in diesem Land ziemlich viele Hexen leben, und es könnte schwierig sein, die drei aus dem Moor zu finden.«

»Spielt keine Rolle.«

»Natürlich nicht.«

»Nimm die Sache in die Hand!«

»Ja, Teuerste.«

Die Sache in die Hand nehmen. In die Hand, ja. Wenn der Herzog die Augen schloss, sah er ganz deutlich, wie Verence die Treppe hinunterfiel. Hatte jemand erschrocken nach Luft geschnappt, irgendwo im dunklen Flur? *Wir sind völlig allein gewesen, ich bin ganz sicher*, dachte er. Die Sache in die Hand nehmen! Er hatte versucht, sich das Blut von der Hand abzuwaschen. Wenn ihm das gelang, so hatte er sich immer wieder gesagt, war überhaupt nichts geschehen. Er hatte geschrubbt und geschrubbt und geschrubbt, bis er schrie.

Oma Wetterwachs besuchte zum ersten Mal eine Gaststätte. Steif und wachsam saß sie hinter ihrem Portwein mit Zitrone, als sei das Glas ein Schild, der sie vor den Verlockungen der Welt schützte.

Nanny Ogg hingegen vergnügte sich prächtig. Sie leerte gerade ihr drittes Glas, und Oma Wetterwachs sah sie im Geist bereits auf dem Tisch tanzen. Früher oder später würde sie herumhüpfen, ihre Unterröcke zeigen und *Der Igel ist in jedem Fall besser dran* singen.

Vitoller und seine Frau hatten ebenfalls Platz genommen, und vor ihnen lagen Kupfermünzen. Das Zählen kam einem Wettstreit gleich.

Oma beobachtete Frau Vitoller, als sie den umhertastenden Fingern ihres Mannes halbe Taler wegschnappte. Sie wirkte intelligent und behandelte ihren Angetrauten mit der gleichen Einstellung, die ein Schäferhund seinem Lieblingsschaf entgegenbrachte. Oma Wetterwachs kannte die Abgründe des Ehelebens nur aus einer gewissen Distanz, so wie ein Astronom die Oberfläche einer fernen fremden Welt beobachten kann, aber sie war bereits zu folgendem Schluss gelangt: Vitollers Gemahlin musste eine ganz besondere Frau sein, ausgestattet mit unerschöpflicher Geduld, großem Organisationsgeschick und flinken Fingern.

»Frau Vitoller«, sagte sie schließlich, »darf ich mir die Freiheit erlauben, dich zu fragen, ob eure Verbindung mit Früchten gesegnet ist?«

Das Ehepaar starrte sie groß an.

»Sie meint ...«, begann Nanny Ogg.

»Ich verstehe«, sagte Frau Vitoller leise. »Die Antwort lautet: nein. Wir hatten mal ein kleines Mädchen.«

Eine dunkle Wolke hing über dem Tisch. Ein oder zwei Sekunden lang sahen die beiden Vitollers wie gewöhnliche Menschen und viel älter aus. Der Theaterdirektor blickte auf einige Münztürme hinab.

»Wisst ihr, wir haben dieses Kind«, sagte Oma Wetterwachs und deutete auf den Jungen in Nanny Oggs Armen. »Es braucht ein Zuhause.«

Die Vitollers starrten erneut. Der Mann seufzte.

»Es ist kein Leben für ein Kind«, murmelte er. »Ständig auf Reisen. Immer neue Orte. Kaum Zeit für die Schule. Und heutzutage soll die Schule sehr wichtig sein.« Aber sein Blick klebte an dem Jungen fest.

»Warum braucht er ein Zuhause?«, fragte Frau Vitoller.

»Weil er keins hat«, erwiderte Oma. »Zumindest keins, in dem er willkommen ist.«

Stille schloss sich an. »Und ihr ...«, kam es kurz darauf von Frau Vitollers Lippen. »In welcher Beziehung steht ihr zu dem Knaben?«

»Wir sind seine Patentanten«, sagte Nanny Ogg sofort. Oma Wetterwachs runzelte überrascht die Stirn – so etwas wäre ihr nicht in den Sinn gekommen.

Vitoller spielte geistesabwesend mit den vor ihm liegenden Münzen. Seine Frau beugte sich vor, streckte den Arm aus und berührte seine Hand, woraufhin eine stumme Zwiesprache folgte. Oma drehte den Kopf zur Seite. Sie hatte längst gelernt, Gesichtsausdrücke zu deuten, doch manchmal verzichtete sie lieber darauf.

»Leider ist das Geld knapp …«, begann Vitoller.

»Aber nicht zu knapp«, hielt ihm seine Frau fest entgegen.

»Ja, da hast du vielleicht recht. Wir sollten imstande sein, uns um den Jungen zu kümmern.«

Oma Wetterwachs nickte, griff unter ihren Umhang, holte einen Lederbeutel hervor und öffnete ihn auf dem Tisch. Er enthielt viele Silber- und sogar mehrere Goldmünzen.

»Das sollte genügen«, verkündete sie und bemühte ihr Vokabular. »Für Windeln und dergleichen. Für Kleidung und so. Was auch immer.«

»Es ist hundertmal mehr als genug, denke ich«, sagte Vitoller überrascht. »Warum hast du nicht gleich darauf hingewiesen?«

»Wenn ich deine Bereitschaft hätte kaufen müssen, wärst du den Preis nicht wert gewesen.«

»Aber ihr wisst doch gar nichts von uns«, wandte Frau Vitoller ein.

»Wir kennen euch wirklich nicht, oder?«, erwiderte Oma ruhig. »Natürlich wüssten wir gern, wie er zurechtkommt. Ihr könntet uns ja Briefe schicken. Wie dem auch sei: Ich halte es für eine gute Idee, nicht darüber zu reden, nachdem ihr aufgebrochen seid, versteht ihr? Um des Kindes willen.«

Frau Vitoller sah die beiden Hexen an.

»Das ist noch nicht alles, oder?«, fragte sie. »Es steckt mehr dahinter, stimmt's?«

Oma zögerte und nickte dann.

»Aber es wäre besser, wenn wir nichts davon erfahren?«

Wieder ein Nicken.

Oma Wetterwachs stand auf, als mehrere Schauspieler hereinkamen und den Zauber dieses besonderen Augenblicks beendeten. Schauspieler neigen dazu, sehr raumfüllend zu sein.

»Ich habe noch einige Dinge zu erledigen«, sagte sie. »Bitte entschuldigt mich.«

»Wie heißt der Knabe?«, fragte Vitoller.

Oma Wetterwachs zögerte kaum merklich. »Tom.«

»John«, warf Nanny ein. Die beiden Hexen wechselten einen kurzen Blick. Oma gewann.

»Tom John«, sagte sie fest und rauschte nach draußen.

Dort begegnete sie der atemlosen Magrat.

»Ich habe eine Kiste gefunden«, erklärte sie. »Mit Kronen und vielen anderen Dingen drin. Ich habe sie unter die übrigen Sachen gelegt, wie du gesagt hast.«

»Gut«, brummte Oma.

»Im Vergleich mit den anderen gibt unsere Krone nicht viel her!«

»Umso besser«, nickte Oma Wetterwachs. »Hat dich jemand gesehen?«

»Nein. Alle waren zu beschäftigt, aber ...« Magrat unterbrach sich und errötete.

»Heraus damit, Mädchen!«

»Kurze Zeit später kam ein Mann herein und zwickte mich in den Po.« Magrat lief puterrot an und presste sich die Hand auf den Mund.

»Tatsächlich?« Oma Wetterwachs kniff die Augen zusammen. »Und dann?«

»Und dann, und dann ...«

»Ja?«

»Er sagte, er sagte ...«

»Was sagte er?«

»Er sagte: ›Hallo, Schätzchen, hast du heute Abend schon etwas vor?‹«

Oma Wetterwachs grübelte eine Zeit lang darüber nach. »Die alte Gütchen Wemper ... Sie ging nicht oft aus, oder? Ich meine, sie kam nicht viel herum?«

»Sie musste auf ihr Bein Rücksicht nehmen.«

»Aber sie hat dich alles über Geburtshilfe und so gelehrt?«

»O ja, *das*«, erwiderte Magrat, »damit kenne ich mich bestens aus.«

»Aber ...« Oma Wetterwachs zögerte und wagte sich auf unvertrautes Terrain. »Hat sie dir auch erläutert, was, äh, *vorher* kommt?«

»Bitte?«

»Du weißt schon.« Verzweiflung schlich sich in Omas Stimme. »Männer und so.«

Magrat schien der Panik nahe zu sein. »Was ist mit ihnen?«

Im Laufe ihres Lebens hatte sich Oma Wetterwachs auf viele ungewöhnliche Dinge eingelassen, und es erforderte eine ganze Menge, sie dazu zu bringen, einer Herausforderung auszuweichen. Doch diesmal gab sie nach.

»Vielleicht solltest du bei nächster Gelegenheit mit Nanny Ogg sprechen«, sagte sie hilflos. »Irgendwann. Möglichst bald.«

Gelächter drang durchs Fenster hinter ihnen. Glas klirrte, und dann ertönte eine dünne singende Stimme.

»... mit einer Giraffe, wenn man auf dem Stuhl steht. Doch der Igel ...«

Oma Wetterwachs überhörte die nächsten Worte. »Nur nicht gerade jetzt«, fügte sie hinzu.

Die Schauspielertruppe brach noch vor dem Morgengrauen auf, und ihre vier Wagen rumpelten über die Straße, die zur Sto-Ebene und den großen Städten führte. In Lancre herrschte ein Gesetz, das von allen Komödianten, Quacksalbern, Scharlatanen und anderen möglichen Verbrechern verlangte, den Ort bei Sonnenuntergang zu verlassen. Kaum jemand nahm Anstoß daran, da es praktisch keine Wehrwälle gab, und niemand hatte etwas dagegen, wenn die betreffenden Leute nach dem Einbruch der Dunkelheit heimlich zurückkehrten. Es ging in erster Linie um den allgemeinen Eindruck.

Die Hexen saßen in Magrats Hütte und benutzten Nanny Oggs uralte grüne Kristallkugel.

»Es wird höchste Zeit, dass du dieses Ding auch mit Ton ausstattest«, murmelte Oma Wetterwachs. Sie gab der Kugel einen Stoß; das Bild darin erzitterte.

»Wie seltsam«, sagte Magrat. »Ich meine die Sachen in den Wagen. Papierbäume, viele Kostüme und …« Sie winkte. »… und dann ein großes zusammengerolltes Bild, das ferne Länder zeigte, mit Tempeln und so weiter. Es war wundervoll.«

Oma brummte etwas Unverständliches.

»Erstaunlich, dass all die Leute Könige und so wurden, nicht wahr? Reinste Magie.«

»Was redest du da, Magrat Knoblauch? Es war doch nur Farbe und Papier. Alle haben es deutlich gesehen.«

Magrat setzte zu einer Erwiderung an, ging die beabsichtigte Bemerkung noch einmal in Gedanken durch und schloss den Mund.

»Wo ist Nanny?«, fragte sie.

»Sie liegt draußen im Gras«, antwortete Oma. »Offenbar fühlt sie sich nicht sehr gut.« Ein würgendes Geräusch – es stammte zweifellos von Nanny Ogg – bewies, dass Oma Wetterwachs' Hinweis einer Untertreibung gleichkam.

Magrat seufzte.

»Weißt du, wenn wir *wirklich* seine Patentanten sind, sollten wir ihm drei Geschenke geben. So verlangt es die Tradition.«

»Wie meinst du das, Mädchen?«

»Drei gute Hexen sollten dem Knaben drei Geschenke machen. Zum Beispiel Schönheit, Weisheit und Glück.« Trotzig fügte Magrat hinzu: »So war es damals Brauch.«

»Oh, du sprichst von Pfefferkuchenhäuschen und dergleichen«, erwiderte Oma Wetterwachs abfällig. »Von Spinnrädern, Kürbissen und Fingern, die man sich an Rosendornen aufsticht. Damit konnte ich mich nie anfreunden.«

Nachdenklich putzte sie die Kristallkugel.

»Ja, aber ...«, begann Magrat. Oma Wetterwachs sah zu ihr auf. Typisch Magrat. Den Kopf voller Kürbisse. Wäre am liebsten gleich mehrfach Patentante gewesen, die magische Geschenke verteilte. Aber sie hatte ein gutes Herz. Mochte kleine pelzige Tiere. Gehörte zu jenen Leuten, die sich um Vögelchen sorgten, die aus dem Nest fielen.

»Wenn es dich glücklicher macht ...«, sagte Oma Wetterwachs, von sich selbst überrascht. Sie vollführte eine vage Geste, die den Wagen der Schauspieler galt. »Was soll es sein? Reichtum, Schönheit?«

»Tja, Geld ist nicht alles, und wenn er nach seinem Vater kommt, dürfte er schön genug werden.« Magrat klang plötzlich ernst. »Vielleicht Weisheit?«

»Das muss er selbst lernen«, erwiderte Oma.

»Absolute Sehkraft? Eine gute Singstimme?« Draußen ertönte Nanny Oggs enthusiastisches Krächzen. *Ein Zauberstab hat einen Knauf am Ende*, teilte sie gerade dem Nachthimmel mit.

»Das ist nicht wichtig«, sagte Oma Wetterwachs laut. »Man muss dabei an Pschikologie denken, verstehst du? Mit Schönheit und Reichtum und so verschwendet man nur seine Zeit. Darauf kommt's überhaupt nicht an.«

Sie sah wieder in die Kristallkugel und winkte halbherzig. »Du solltest Nanny holen. Schließlich sind wir zu dritt.«

Magrat half Nanny Ogg herein, und man erklärte ihr alles.

»Drei Geschenke, wie?«, wiederholte sie. »Mit solchen Sachen habe ich mich nicht mehr beschäftigt, seit ich ein Mädchen war. Erinnert mich an ... Was hast du vor?«

Magrat eilte durchs Zimmer und entzündete Kerzen.

»Oh, wir müssen die richtige magische Atmosphäre schaffen«, erklärte die junge Hexe. Oma Wetterwachs zuckte mit den Schultern, erhob jedoch keine Einwände, obgleich sie sich provoziert fühlte. Andererseits: Alle Hexen beschworen Magie auf ihre eigene Art und Weise, und dies war Magrats Heim.

»Was sollen wir dem Knaben geben?«, fragte Nanny.

»Wir haben gerade darüber gesprochen«, sagte Oma.

»Ich weiß, was er sich als Mann wünschen wird.« Nanny zeigte es ihren beiden Kolleginnen und empfing eisiges Schweigen.

»Was könnte er *damit* anfangen?«, fragte Magrat schließlich. »So etwas muss doch sehr unbequem sein, oder?«

»Wenn er heranwächst, wäre er uns dafür sicher dankbar«, kommentierte Nanny. »Mein erster Mann, er sagte immer ...«

»Normalerweise wählt man unter solchen Umständen weniger physische Dinge«, unterbrach Oma die zweite ältere Hexe. Sie bedachte Nanny Ogg mit einem durchdringenden Blick. »Warum alles verderben, Gytha? Weshalb musst du immer ...«

»Wenigstens kann ich von mir behaupten, dass ich ...«, begann Nanny.

Beide Stimmen schrumpften zu einem verärgerten Flüstern, dem erneut ein recht kühles Schweigen folgte.

»Vielleicht wäre es besser, wenn wir alle zu unseren Hütten zurückkehren und dort ganz allein entscheiden«, schlug Magrat mit gekünstelter Fröhlichkeit vor. »Dann wählt jede von uns das Geschenk, das sie für geeignet hält. Wisst ihr, es war ein langer Tag, und wir sind alle müde.«

»Gute Idee«, sagte Oma Wetterwachs energisch und stand auf. »Komm, Nanny Ogg«, fügte sie scharf hinzu, »es war ein langer Tag, und wir sind alle müde.«

Magrat hörte ihre zankenden Stimmen, als sie über den Pfad wanderten.

Traurig nahm sie inmitten der bunten Kerzen Platz und hielt ein Fläschchen mit extrem magischem Weihrauch, das aus einem Warenhaus für magische Artikel im fernen Ankh-Morpork stammte. Sie hätte den Inhalt gern ausprobiert. Manchmal, dachte sie, wäre es nett, wenn die Leute ein wenig freundlicher sein könnten.

Sie blickte in die Kristallkugel.

Sie gab sich einen inneren Ruck.

»Er wird leicht Freundschaften schließen«, hauchte sie. Kein großartiges Geschenk, zugegeben. Aber in diesem Zusammenhang hatte Magrat immer mit Problemen fertigwerden müssen, und deshalb sah sie etwas Erstrebenswertes darin.

Nanny Ogg saß allein in der Küche, ihren großen Kater auf dem Schoß. Sie genehmigte sich einen Schlummertrunk und versuchte sich trotz des Benommenheitsdunstes an Strophe siebzehn des Igel-Lieds zu erinnern. Es ging darin um Ziegen, erinnerte sie sich, aber Einzelheiten blieben verborgen. Die Zeit war wie ein Hobel auf dem Sperrholz des Gedächtnisses.

Sie prostete der unsichtbaren Präsenz zu.

»Du solltest ein verdammt gutes Gedächtnis haben«, sagte sie. Und etwas würdevoller: »Er wird sich immer an die Worte erinnern.«

Oma Wetterwachs marschierte durch den nächtlichen Wald, zog den Schal fester und überlegte. Es lag tatsächlich ein langer Tag hinter ihr, und ein sehr anstrengender noch dazu. Mit dem Theater war es am schlimmsten gewesen. So viele Leute, die vorgaben, andere Personen zu sein. Dinge, die geschahen, ohne zu geschehen. Landschaftsteile, die man mit dem Fuß durchstoßen konnte … Oma legte immer großen Wert darauf, den Überblick zu wahren, und das fiel ihr jetzt immer schwerer. Die Welt schien sich dauernd zu verändern.

Früher hatte sie sich nicht so schnell verändert. Seltsam.

Mit langen Schritten wanderte sie durch die Dunkelheit, davon überzeugt, dass der Wald in dieser regnerischen und windigen Nacht Seltsames und Schreckliches enthielt – sie selbst.

»Er soll das sein, was er zu sein glaubt«, sagte sie. »Mehr kann sich niemand in dieser Welt erhoffen.«

Wie die meisten Leute sind Hexen *nicht* in der Zeit festgehalten. Der Unterschied besteht darin, dass sie es wissen und Vorteile daraus ziehen. Sie lieben die Vergangenheit, weil ein Teil von ihnen noch immer dort lebt, und gleichzeitig können sie die Schatten der Zukunft sehen.

Oma Wetterwachs glaubte zu erkennen, wie die Zukunft langsam Gestalt annahm, und es gehörten Messer dazu.

Es begann um fünf am nächsten Morgen. Vier Männer ritten in der Nähe von Oma Wetterwachs' Hütte durch den Wald, banden die Pferde in sicherer Entfernung fest und schlichen vorsichtig durch den Nebel.

Der befehlshabende Feldwebel war eher unglücklich mit seinem Auftrag. Er kam aus den Spitzhornbergen und wusste nicht recht, wie man eine Hexe verhaftete. Etwas sagte ihm, dass die fragliche Hexe nicht viel davon halten würde. Unbehagen erfüllte ihn, als er an eine Hexe dachte, die es nicht mochte, verhaftet zu werden.

Die übrigen Soldaten stammten ebenfalls aus den Spitzhornbergen. Sie folgten dem Feldwebel dichtauf, bereit dazu, sich hinter ihn zu ducken, sollte ihr Blick auf etwas anderes als einen Baum fallen.

Oma Wetterwachs' Hütte zeigte sich als pilzartiger Schemen im Dunst. Der wild wuchernde Kräutergarten schien sich sogar in der stillen Luft zu bewegen. Dort wuchsen Pflanzen, die man sonst nirgends in den Bergen fand. Man hatte ihre Wurzeln und Samen fünftausend Meilen weit über die Scheibenwelt getragen, und der Feldwebel war sicher, dass sich ihm ein oder zwei Blüten zuwandten. Er schauderte.

»Und jetzt?«, fragte einer der anderen Männer.

»Wir ... Wir schwärmen aus«, antwortete der Anführer. »Ja. Wir schwärmen aus. Genau.«

Leise und behutsam schlichen sie durch den Adlerfarn. Der Feldwebel ging hinter einem praktischen Baumstumpf in die Hocke. »In Ordnung«, sagte er. »Ausgezeichnet. Ihr wisst genau, worauf es ankommt. Jetzt schwärmen wir erneut aus, und zwar einzeln.«

Die Soldaten murrten ein wenig, verschwanden jedoch im Nebel. Der Feldwebel gab ihnen einige Minuten Zeit, damit sie in Stellung gehen konnten. »Gut«, knurrte er dann. »Jetzt ...«

Er schwieg plötzlich.

Er fragte sich, ob er es wagen durfte, laut zu rufen, entschied sich jedoch dagegen.

Er stand auf. Er nahm den Helm ab, um Respekt zu zeigen, trat dann durchs feuchte Gras zur Hintertür. Ganz leise klopfte er an.

Nach einigen Sekunden setzte er wieder den Helm auf. »Niemand zu Hause«, sagte er. »Verdammter Mist.« Als er fortgehen wollte ...

Die Tür öffnete sich. Sie öffnete sich *sehr* langsam und mit einem bemerkenswert lauten Knarren. Einfache Vernachlässigung hätte keinen solchen akustischen Effekt erzielen können. Dazu war sorgfältige Arbeit mit heißem Wasser nötig, über mehrere Wochen hinweg. Der Feldwebel blieb stehen, drehte sich wie in Zeitlupe um und versuchte dabei, so wenige Muskeln wie möglich zu bewegen.

Mit gemischten Gefühlen nahm er zur Kenntnis, dass niemand auf der Schwelle stand. Seine bisherige Erlebniswelt bot keinen Platz für Türen, die sich allein öffneten.

Er räusperte sich nervös.

Oma Wetterwachs sagte ihm direkt ins Ohr: »Du hast einen scheußlichen Husten. Es war richtig von dir, zu mir zu kommen.«

Der Feldwebel sah sie mit einer Mischung aus Wahnsinn und Dankbarkeit an. »Grrgh«, erwiderte er.

Sie hat *was* getan?«, fragte Lord Felmet.

Der Feldwebel starrte wie hypnotisiert auf eine Stelle dicht neben dem Stuhl des Herzogs.

»Sie gab mir eine Tasse Tee, Herr«, sagte er.

»Und was ist mit deinen Männern?«

»Sie bekamen ebenfalls Tee, Herr.«

Lord Felmet stand auf und legte den Arm um die rostenden Kettenhemd-Schultern des Feldwebels. Seine Stimmung war nicht besonders gut. Die halbe Nacht hatte er damit verbracht, sich die Hände zu schrubben. Niedergeschlagen erinnerte er sich an ein Haferschleim-Frühstück, das zu viel Salz und einen gerösteten Apfel enthielt, an einen Koch, der in der Küche an hysterischen Anfällen litt. Man merkte sofort, dass Ärger im Herzog brodelte. Er war freundlich. Wenn seine Geduld litt, wurde er immer netter, bis er schließlich den Punkt erreichte, an dem Worte wie ›Herzlichen Dank‹ die Schärfe einer Guillotine-Klinge gewannen.

»Feldwebel«, sagte er, als er den Mann langsam durchs Zimmer führte.

»Herr?«

»Vielleicht habe ich es bei dem Befehl an Deutlichkeit mangeln lassen, Feldwebel«, fuhr der Herzog im Tonfall einer Schlange fort.

»Herr?«

»Ich meine, möglicherweise habe ich dich verwirrt. Ich wollte dir sagen: ›Bring mir eine Hexe, notfalls in Ketten.‹ Aber vielleicht lautete meine Anweisung: ›Geh zu einer Hexe und trink Tee mit ihr.‹ Hast du einen derartigen Befehl von mir gehört?«

Der Feldwebel runzelte die Stirn. Mit Sarkasmus konnte er nichts anfangen. Seine Erfahrungen mit Leuten, die sauer auf ihn waren, betrafen Flüche und gelegentliche Knüppel.

»Nein, Herr«, antwortete er.

»Dann frage ich mich, wieso du meinen Befehl nicht ausgeführt hast.«

»Herr?«

»Vermutlich hat sie irgendwelche Zauberformeln gemurmelt, nicht wahr? Ich kenne Hexen.« Lord Felmet hatte während der vergangenen Nacht nicht nur seine Hände geschrubbt, sondern auch in einem der aufregenderen Bücher über Hexen gelesen*. Schließlich musste er die Lektüre beenden, weil seine verbundenen Hände zu sehr zitterten. »Ich nehme an, sie konfrontierte dich mit Visionen überirdischen Entzückens. Hat sie dir ...« Der Herzog zitterte. »... dunkle Reize und verbotene Freuden gezeigt, an die ein Normalsterblicher nicht einmal denken sollte? Hat sie dir dämonische Geheimnisse anvertraut, die einen Mann in die finsteren Tiefen seiner Begierden reißen?«

* Geschrieben von Zauberern, die im Zölibat leben und gegen vier Uhr morgens eigenartige Vorstellungen entwickeln.

Lord Felmet nahm Platz und fächelte sich mit einem Taschentuch kühle Luft zu.

»Geht es dir nicht gut, Herr?«, fragte der Feldwebel.

»Wie? Oh, es ist alles in Ordnung mit mir. Könnte gar nicht besser sein.«

»Aber dein Gesicht glüht regelrecht.«

»Schweif nicht vom Thema ab, Mann!«, erwiderte der Herzog scharf und atmete mehrmals tief durch, um sich zu beruhigen. »Gib es zu: Die Hexe bot dir hedonistische und unzüchtige Vergnügen an, die nur den Liebhabern der fleischlichen Künste bekannt sind. Habe ich recht?«

Der Feldwebel stand stramm und blickte starr geradeaus.

»Nein, Herr«, sagte er wie jemand, der sich ungeachtet aller Konsequenzen der Wahrheit stellte. »Sie bot mir ein Brötchen an.«

»Ein Brötchen?«

»Ja, Herr. Mit Rosinen drin.«

Lord Felmet saß völlig reglos, während er den inneren Frieden wiederzufinden versuchte. Schließlich brachte er hervor: »Und deine Soldaten?«

»Auch sie bekamen Rosinenbrötchen. Bis auf den jungen Roger, der streng Diät halten muss. Weil er gewisse Probleme hat.«

Der Herzog lehnte sich langsam zurück und hob eine Hand vor die Augen. *Ich bin geboren, um über die Ebenen zu herrschen,* dachte er kummervoll. *Dort ist alles flach. Dort gibt es ein anständigeres Wetter. Dort bestehen die Leute nicht aus Teig. Lieber Himmel, gleich erzählt mir der Bursche, mit welchen Problemen sich Roger auseinandersetzen muss.*

»Er aß einen Keks, Herr.«

Lord Felmet sah aus dem Fenster und blickte zu den Bäumen. Zorn brannte in ihm, und zwar immer heißer. Aber während der zwanzigjährigen Ehe mit Lady Felmet hatte er nicht nur gelernt, seine Gefühle unter Kontrolle zu halten, sondern auch die Instinkte. Chaos kochte hinter seiner Stirn, doch das Gesicht blieb ausdruckslos. Im seelischen schwarzen Ozean des Herzogs regte sich ein emotionales Etwas, für das er bisher nie Zeit gehabt hatte. Die Rückenflosse der Neugier tauchte auf.

Fünfzig Jahre lang war Lord Felmet gut zurechtgekommen, ohne eine Anwendung für Neugier zu entdecken. Es handelte sich um eine Eigenschaft, die man bei Aristokraten nur selten förderte. Er fand Gewissheit weitaus besser. Jetzt glaubte er, einen Nutzen für Neugier zu erkennen.

Der Feldwebel verharrte mitten im Zimmer und wirkte wie jemand, der auf einen Befehl wartete und bereit war, sich in Geduld zu fassen, bis ihn die Kontinentalverschiebung von seinem Posten verdrängte. Schon seit vielen Jahren stand er in den anspruchslosen Diensten der Könige von Lancre, und das ließ sich nicht leugnen. Der größte Teil seines Körpers hatte Haltung angenommen, aber der Bauch entspannte sich nach wie vor.

Lord Felmets Blick fiel auf den Narren, der neben dem Thron auf seinem Stuhl saß. Die zusammengekauerte Gestalt hob verlegen den Kopf und ließ seine Glocken halbherzig läuten.

Der Herzog rang sich zu einer Entscheidung durch. Wenn man Fortschritte erzielen wollte, so musste man schwache Stellen finden. Er verdrängte den Gedanken daran, dass dazu auch die Nieren eines Königs am oberen Ende einer Treppe zählten, konzentrierte sich stattdessen darauf, einmal mehr die Sache in die Hand zu nehmen.

In die Hand ... Er hatte geschrubbt und geschrubbt, ohne Erfolg. Schließlich war er ins Verlies gegangen, hatte sich eine Drahtbürste des Folterers ausgeliehen und erneut geschrubbt. Aber auch dabei stellte sich nicht die erhoffte Wirkung ein. Ganz im Gegenteil: Alles wurde noch schlimmer. Je mehr er schrubbte, desto mehr Blut floss. Der Herzog fürchtete allmählich, den Verstand zu verlieren.

Er verjagte die Erinnerungen in einen fernen Winkel seines Bewusstseins und konzentrierte sich. Schwache Stelle. Ja. Der Narr sah wie eine schwache Stelle aus.

»Du kannst gehen, Feldwebel.«

»Herr«, sagte der Soldat und ging steifbeinig davon.

»Narr?«

»Meiner Treu, Herr …«, sagte der Hofnarr nervös und zupfte an einer Saite seiner verhassten Mandoline.

Der Herzog setzte sich auf den Thron.

»Sprich nicht von Treue«, erwiderte er. »Das erinnert mich zu sehr an meine Frau.« Er seufzte. »Gib mir einen Rat, Narr!«

»Fürwahr, Onkel …«, begann der Narr.

»Ich bin nicht dein Onkel – das hätte ich wohl kaum vergessen.« Lord Felmet beugte sich vor, bis nur noch wenige Zentimeter seine Nasenspitze vom bestürzten Gesicht des Narren trennten. »Wenn du deine nächste Bemerkung mit ›Onkel‹, ›fürwahr‹ oder ›meiner Treu‹ beginnst, drehe ich dich durch die Mangel.«

Einige Sekunden lang bewegten sich die Lippen des Narren lautlos, dann sagte er: »Wie wär's mit ›wahrlich‹?«

Der Herzog wusste, wann Zugeständnisse angebracht waren. »Mit ›wahrlich‹ kann ich leben«, erwiderte er. »Und du *über*lebst damit. Aber keine Kapriolen!« Er lächelte ermutigend. »Wie lange bist du schon Narr, Junge?«

»Wahrlich, Gebieter …«

Lord Felmet hob die Hand. »Ich schlage vor, du lässt auch das ›Gebieter‹ weg.«

»Wahrlich, Gebie… Herr.« Der Narr schluckte unruhig. »Mein ganzes Leben lang, Herr. Siebzehn Jahre als Idiot, Mann und Kind. Und mein Vater vor mir. Und mein Onkel zur gleichen Zeit. Und mein Großvater vor ihnen. Und sein …«

»Deine ganze Familie besteht aus Narren?«

»So ist es Tradition bei uns, Herr«, antwortete der Narr. »Ich meine, wahrlich.«

Der Herzog lächelte erneut. Sein Hofnarr war viel zu besorgt, um die vielen Zähne zu sehen.

»Du kommst aus dieser Gegend, nicht wahr?«, fragte Lord Felmet.

»Fürw... Ja, Herr.«

»Dann kennst du die Ansichten und Überzeugungen der Einheimischen, oder?«

»Ich glaube schon, Herr. Wahrlich.«

»Gut. Wo schläfst du hier, Narr?«

»Im Stall, Herr.«

»Von jetzt an darfst du im Flur vor meinem Zimmer schlafen«, sagte der Herzog gönnerhaft.

»Donnerwetter!«

»Und nun ...« Die Stimme des Herzogs tropfte auf den Narren hinab wie Sirup auf einen Pudding. »Erzähl mir von Hexen ...«

In jener Nacht schlief der Narr nicht im warmen Stroh des Stalls, sondern auf den harten königlichen Fliesen im flüsternden Flur über dem Großen Saal.

»Das ist närrisch«, sagte er zu sich selbst. »Aber ist es närrisch *genug?«*

Irgendwann döste er ein und träumte von einer geisterhaften Gestalt, die seine Aufmerksamkeit zu erringen versuchte. Wie aus weiter Ferne hörte er die Stimmen des Lords und Ihrer Ladyschaft, die auf der anderen Seite der Tür miteinander sprachen.

»Wenigstens ist es jetzt nicht mehr so zugig«, gab die Herzogin widerstrebend zu.

Der Herzog sank in einen Sessel, sah seine Gemahlin an und lächelte.

»Nun?«, fragte sie. »Wo sind die Hexen?«

»Der Kämmerer scheint recht zu haben, Teuerste. Die Hexen halten alle Einheimischen in ihrem Bann. Der Feldwebel unserer Wache kam mit leeren Händen zurück.« Hände ... Lord Felmet kämpfte gegen einen aufdringlichen Gedanken.

»Du solltest ihn hinrichten lassen«, sagte die Herzogin sofort. »Das wird den anderen eine Lehre sein.«

»Derartige Maßnahmen führen letztendlich dazu, dass wir dem letzten Soldaten befehlen, sich die Kehle durchzuschneiden, damit es ihm selbst eine Lehre ist. Übrigens«, fügte Lord Felmet sanft hinzu, »scheinen weniger Diener im Schloss zu sein. Normalerweise mische ich mich nicht in deine Angelegenheiten ein ...«

»Dann verzichte auch diesmal darauf!«, grollte Ihre Ladyschaft. »Für den Haushalt bin ich zuständig. Ich kann *Nachlässigkeit* nicht ausstehen.«

»Du weißt das alles sicher am besten, aber ...«

»Was ist mit den Hexen? Willst du einfach die Hände in den Schoß legen und beobachten, wie die Saat des zukünftigen Unheils aufgeht? Willst du zulassen, dass dir die Hexen trotzen? Und was ist mit der Krone?«

Der Herzog zuckte die Schultern. »Wahrscheinlich liegt sie irgendwo im Fluss.«

»Und der Knabe? *Hat* man ihn den Hexen gegeben? Sind bei ihnen Menschenopfer gebräuchlich?«

»Das bezweifle ich«, erwiderte Lord Felmet. Die Herzogin schien ein wenig enttäuscht zu sein.

»Die Hexen«, fuhr der Herzog fort, »verzaubern offenbar das Volk.«

»Das ist doch ganz klar ...«

»Nein, nicht mit Magie. Ich meine, sie genießen Respekt. Sie heilen Krankheiten und so. Eine seltsame Sache. Einerseits fürchten sich die Leute aus den Bergen vor ihnen, und andererseits sind sie stolz auf die Hexen. Es könnte schwierig werden, etwas gegen sie zu unternehmen.«

»Ich glaube fast, dass du ebenfalls beeindruckt bist«, tadelte die Herzogin finster.

Lord Felmet *war* fasziniert. Von Macht ging immer eine gewisse Faszination aus, darum hatte er Lady Felmet geheiratet. Er starrte ins Kaminfeuer.

Die Herzogin erkannte das boshafte Lächeln auf den Lippen ihres Angetrauten. »Es gefällt dir, nicht wahr?«, fragte sie. »Die Gefahr, meine ich. Ich erinnere mich an unsere Hochzeit. Die Sache mit dem verknoteten Seil ...«

Vor den glasigen Augen des Herzogs schnippte sie mit den Fingern. Er setzte sich jäh auf.

»Ganz und gar nicht!«, rief er.

»Na schön. Wie willst du vorgehen?«

»Ich warte ab.«

»Du willst *abwarten?*«

»Abwarten und nachdenken. Die Geduld ist eine Tugend.«

Lord Felmet lehnte sich wieder zurück. Sein Lächeln hätte eine Million Jahre damit verbringen können, auf einem Felsen zu hocken. Dann, nach einigen Sekunden, zuckte es in seinem Augenwinkel.

Blutflecken zeigten sich an den Verbänden der einen Hand.

Wieder ritt ein Vollmond auf den Wolken.

Oma Wetterwachs melkte und fütterte die Ziegen, löschte das Feuer, hängte ein Tuch vor den Spiegel und holte ihren Besen hinter der Tür hervor. Dann ging sie nach draußen, schloss die Hintertür ab und hängte den Schlüssel an einen Nagel im Abort.

Das genügte. Nur einmal in der ganzen Hexereigeschichte

der Spitzhornberge war ein Dieb in die Hütte einer Hexe eingebrochen. Sie hatte ihn besonders streng bestraft.*

Oma setzte sich auf den Besen und murmelte einige Worte, die kaum überzeugend klangen. Als nichts geschah, stieg sie ab, zupfte an den Borsten und versuchte es noch einmal. Am einen Ende des Stiels glühte es kurz, doch das Schimmern verblasste sofort wieder.

»Verflixt«, murmelte die Hexe.

Sie drehte den Kopf von einer Seite zur anderen, um festzustellen, ob jemand zusah. Ein jagender Dachs hörte die hastigen Schritte, spähte hinter einem Busch hervor und beobachtete, wie Oma Wetterwachs über den Pfad lief, den Besen in steif ausgestreckten Armen. Schließlich sprang die Magie an, und die alte Hexe nahm gerade noch rechtzeitig auf dem Stiel Platz, bevor er aufstieg, so elegant und anmutig wie eine Gans, der ein Flügel fehlte.

Über den Baumwipfeln ertönte ein Fluch, der allen Arten von Zwergen-Mechanik galt.

Die meisten Hexen ziehen es vor, in einsamen Hütten mit schiefen Schornsteinen und unkrautüberwucherten Schindeldächern zu leben. Oma Wetterwachs billigte diese Einstellung. Ihrer Meinung nach hatte es nur dann einen Sinn, Hexe zu sein, wenn man die Leute deutlich genug darauf *hinwies*.

Nanny Ogg kümmerte sich nicht darum, was die Leute wussten, und es war ihr völlig gleichgültig, was sie dachten. Sie wohnte in einem neuen, mit Kinkerlitzchen gefüllten Haus, mitten in Lancre und im Zentrum ihres eigenen Reichs. Diverse Töchter und Schwiegertöchter besuchten sie turnusmäßig, um sich mit dem Kochen und Saubermachen abzu-

* Die betreffende Hexe unternahm überhaupt nichts, aber manchmal, wenn sie den Dieb im Dorf sah, lächelte sie hintergründig. Drei Wochen unablässiger Anspannung waren zu viel für ihn: Er nahm sich das Leben. Besser gesagt: Er nahm es, trug es über den Kontinent, wurde zu einem ganz neuen – und wesentlich besseren – Menschen und kehrte nie zurück.

wechseln. Auf jeder flachen und einigermaßen ebenen Stelle standen Ziergegenstände, mitgebracht von reisenden Familienmitgliedern. Söhne und Enkel sorgten dafür, dass ihr nie das Brennholz ausging. Sie reparierten das Dach und reinigten den Kamin. Der Schrank mit den Getränken war immer gut gefüllt, und im Beutel neben dem Schaukelstuhl fehlte nie würziger Tabak. Über dem Herd hing ein Brandmalerei-Schild mit der Aufschrift ›Mutter‹. Kein Tyrann in der ganzen Weltgeschichte hatte jemals eine so absolute Herrschaft errungen.

Nanny Ogg hielt sich eine Katze, einen großen, grauen, einäugigen Kater namens Greebo, der seine Zeit damit verbrachte, zu schlafen, zu fressen und eine gewaltige auf Inzest beruhende Katzensippe zu zeugen. Als Oma Wetterwachs' Besen unbeholfen hinter dem Haus landete, öffnete er das Auge – es wirkte wie ein gelbes Fenster zur Hölle. Mit einem ganz besonderen Instinkt erkannte er Oma als unversöhnliche Katzenhasserin und kroch gemächlich unter einen Stuhl.

Magrat saß bereits am Feuer.

Eine der ehernen Regeln der Magie besteht darin, dass ihre Anwender das eigene Erscheinungsbild nicht für längere Zeit verändern können. Ihre Körper entwickeln eine Art gestaltmäßiges Trägheitsmoment und kehren nach und nach zu der ursprünglichen Form zurück. Aber Magrat gab nicht auf. An jedem Morgen war ihr Haar lang, dicht und blond, und am Abend zeigte es sich wieder als übliches zerzaustes Durcheinander. Um ihr Aussehen ein wenig zu verbessern, flocht sie Veilchen und Schlüsselblumen in die Locken, doch auch das führte nicht zum erhofften Resultat. Sie sah damit nur aus, als sei ihr ein Blumenkasten auf den Kopf gefallen.

»Guten Abend«, grüßte Oma Wetterwachs.

»Auf dass wir uns im Mondschein treffen«, erwiderte Magrat höflich. »Herzlich willkommen. Ein Stern scheint …«

»Ah, da bist du ja«, sagte Nanny Ogg schlicht. Magrat verzog das Gesicht.

Oma setzte sich und entfernte die Nadeln, die ihren Hut am Knoten befestigten. Schließlich fiel ihr Blick auf Magrat und verharrte dort.

»Magrat!«

Die junge Hexe zuckte zusammen und drückte die knochigen Hände an die tugendhafte Vorderseite des Rocks.

»Ja?«, fragte sie mit zittriger Stimme.

»Was hast du da auf dem Schoß?«

»Meinen Intimus«, erwiderte Magrat kleinlaut.

»Und deine Kröte?«

»Ist weggehüpft«, erklärte Magrat. »Sie hat ohnehin nicht viel getaugt.«

Oma Wetterwachs seufzte. Magrats verzweifelte Suche nach einem zuverlässigen Intimus dauerte schon eine ganze Weile. Zwar begegnete sie ihnen allen mit Liebe und hingebungsvoller Zuneigung, aber jeder schien irgendeinen schrecklichen Fehler zu haben. Sie neigten zum Beißen oder gerieten unter unaufmerksame Füße; in extremen Fällen kam es zu rätselhaften Metamorphosen.

»Damit sind es schon fünfzehn in diesem Jahr«, stellte Oma fest. »Das Pferd nicht mitgezählt. Was ist es diesmal?«

»Ein Stein.« Nanny Ogg lachte leise.

»Steine sind wenigstens recht genügsam und widerstandsfähig«, sagte Oma.

Dieser Stein streckte einen Kopf aus und bedachte sie mit einem amüsierten Blick.

»Eine Schildkröte«, ließ sich Magrat vernehmen. »Ich habe sie beim Markt in Schafrücken gekauft. Sie ist unglaublich alt und kennt viele Geheimnisse, hat mir der Händler gesagt.«

»Ich kenne ihn«, brummte Oma Wetterwachs. »Er verkauft Goldfische, bei denen nach ein oder zwei Tagen die Farbe abbröckelt.«

»Jedenfalls«, warf Magrat trotzig ein, »ich nenne sie Leichtfuß. Das ist mein Recht.«

»O ja, natürlich«, entgegnete Oma. Sie seufzte erneut, diesmal fast lautlos. »Wie läuft's, Schwestern? Das letzte Mal haben wir uns vor zwei Monaten gesehen.«

»Wir sollten uns bei jedem Neumond treffen«, sagte Magrat streng. »Tradition.«

»Die Jüngste von unserem Grame hat geheiratet«, verkündete Nanny Ogg. »Ich durfte die Hochzeit nicht versäumen.«

»Und ich war die ganze Nacht auf den Beinen, um eine kranke Ziege zu pflegen«, verkündete Oma Wetterwachs prompt.

»Ja, hm«, sagte Magrat skeptisch. Sie kramte in ihrer Tasche. »Wenn wir jetzt beginnen, sollten wir die Kerzen anzünden.«

Die beiden älteren Hexen wechselten einen resignierten Blick.

»Aber wir haben hier die hübsche neue Lampe, die mir unsere Tracis geschickt hat«, sagte Nanny Ogg unschuldig. »Außerdem wollte ich das Feuer ein wenig schüren.«

»Ich kann auch dann *aus*gezeichnet sehen, wenn es nicht hell ist«, erwiderte Oma Wetterwachs. »*Und* du liest zu viele komische Bücher. Grimmerlinge oder so.«

»Grimoires ...«

»Bitte zeichne nicht wieder was auf den Boden«, fügte Nanny Ogg hinzu. »Beim letzten Mal hat unsere Dreen Tage gebraucht, um die Dingsbums fortzuwischen.«

»Runen«, sagte Magrat. In ihren Augen glitzerte es flehentlich. »Wenigstens eine Kerze ...«

Nanny Ogg gab ein wenig nach. »Na schön, meinetwegen. Wenn du dich dadurch besser fühlst. Aber nur eine. Und eine weiße. Nichts Ausgefallenes.«

Magrat ließ enttäuscht die Schultern hängen. Wahrscheinlich war es keine gute Idee, den restlichen Inhalt ihrer Tasche hervorzuholen.

»Wir sollten mehr sein«, sagte sie traurig. »Ein Hexenzirkel, der nur aus drei Personen besteht – das ist einfach nicht richtig.«

»Ich wusste gar nicht, dass wir noch ein Zirkel sind. Niemand hat mich darauf hingewiesen.« Oma Wetterwachs schniefte. »Auf dieser Seite des Berges gibt es nur noch Mütterchen Dismass, und sie verlässt ihre Hütte kaum mehr.«

»Aber die vielen Mädchen in meinem Dorf…«, sagte Magrat. »Vielleicht wären sie interessiert.«

»Du weißt genau, dass wir anders vorgehen«, erwiderte Oma Wetterwachs. »Mädchen und Frauen brechen nicht auf, um die Hexerei zu suchen. Es ist genau umgekehrt.«

»Ja, natürlich.« Magrat nickte. »Tut mir leid.«

»Schon gut«, entgegnete Oma Wetterwachs besänftigt. Sie hatte nie ein Talent fürs Entschuldigen entwickelt, schätzte es jedoch bei anderen.

»Was ist mit dem neuen Herzog?«, fragte Nanny, um die allgemeine Stimmung zu verbessern.

Oma lehnte sich zurück. »Er hat einige Häuser im Blöden Kaff niederbrennen lassen. Wegen Steuern.«

»Wie schrecklich!«, entfuhr es Magrat.

»Der alte König Verence hat ebenfalls solche Befehle gegeben«, sagte Nanny. »Hatte ein fürchterliches Temperament.«

»Aber *er* gab den Bewohnern rechtzeitig Bescheid«, wandte Oma Wetterwachs ein. »Damit sie sich vorher in Sicherheit bringen konnten.«

»O ja«, bestätigte Nanny Ogg als getreue Royalistin. »Er konnte sehr zuvorkommend sein. Manchmal bezahlte er für den Wiederaufbau der abgebrannten Hütten. Wenn er's nicht vergaß.«

»Und an jedem Silvesterabend gab's Rehrücken«, kommentierte Oma Wetterwachs wehmütig. »Tradition.«

»Ja, und er brachte Hexen großen Respekt entgegen.« Nanny blickte ins Leere. »Wenn er irgendwelche Leute jagte und mir im Wald begegnete, nahm er immer den Helm ab und sagte: ›Ich hoffe, es geht dir gut, Frau Ogg.‹ Am nächsten Tag schickte er seinen Diener mit einigen Flaschen oder so. Ein wahrer König.«

»Obwohl es eigentlich nicht richtig ist, Leute zu jagen«, wandte Magrat ein.

»Äh, nein«, gab Oma Wetterwachs zu. »Aber er jagte nur Bösewichter. Er meinte immer, es gefiele ihnen. Und er ließ sie laufen, wenn sie sich wirklich Mühe gaben, ihm zu entkommen.«

»Und dann sein großes, haariges Ding«, murmelte Nanny Ogg.

»Ah«, brummte Oma geistesabwesend. »Sein droit de seigneur.«

»Brauchte eine Menge Ertüchtigung.« Nanny sah jetzt ins Feuer.

»Aber am nächsten Tag schickte er seine Wirtschafterin mit einem Beutel Silber und Geschenken für die Hochzeit«, sagte Oma Wetterwachs. »Viele Paare bekamen dadurch einen guten Start im Leben.«

»Ja«, pflichtete ihr Nanny bei, »auch so manche Einzelpersonen.«

»Jeder Zoll ein König«, lobte Oma.

»Wovon redet ihr da?«, fragte Magrat misstrauisch. »Hat er sich Haustiere gehalten?«

Die beiden älteren Hexen kehrten in eine unschuldige Wirklichkeit zurück. Oma Wetterwachs zuckte die Schultern.

Magrat sprach nun in einem ernsten Ton. »Wenn ihr so gut von dem alten König denkt, warum seid ihr dann nicht über seinen Tod betroffen? Ich meine, es war ein ziemlich verdächtiger Unfall.«

»Typisch für Könige«, sagte Oma. »Sie kommen und gehen, die guten ebenso wie die schlechten. Verences Vater vergiftete den König, den wir vor ihm hatten.«

»Der alte Thargum«, erinnerte sich Nanny Ogg. »Mit einem

großen roten Bart. Auch er war anständig und zuvorkommend.«

»Aber jetzt darf niemand behaupten, dass Felmet den König umgebracht hat«, warf Magrat ein.

»Was?«, fragte Oma.

»Deshalb hat er vorgestern in Lancre einige Leute hinrichten lassen«, fuhr Magrat fort. »Wegen der Verbreitung boshafter Lügen. Er sagte, wer ihn als Mörder bezeichnet, sähe das Innere seines Verlieses, aber nicht für lange. Er sagte auch, Verence sei eines natürlichen Todes gestorben.«

»Ein König, der ermordet wird, *stirbt* einen natürlichen Tod«, betonte Oma Wetterwachs. »Ich verstehe gar nicht, warum sich Felmet deshalb so anstellt. Als der alte Thargum ums Leben kam, steckte man seinen Kopf auf einen Pfahl und entzündete ein Freudenfeuer. Anschließend waren alle im Schloss eine Woche lang betrunken.«

»Ja.« Nanny beugte sich ein wenig vor. »Man trug seinen Kopf durch die Dörfer, damit alle sehen konnten, dass er wirklich nicht mehr lebte. Sehr überzeugend, dachte ich damals. Besonders für ihn. Er grinste. Ich glaube, er hat sich gewünscht, auf diese Weise aus der Welt zu scheiden.«

»Wir sollten den neuen Herzog im Auge behalten«, sagte Oma. »Scheint mir ein bisschen zu schlau zu sein. Das ist nicht unbedingt gut für einen König. Und ich fürchte, er weiß nicht, wie man Respekt zeigt.«

»In der letzten Woche kam ein Mann zu mir und fragte mich, ob ich Steuern bezahlen möchte«, erzählte Magrat. »Ich habe abgelehnt.«

Nanny Ogg hob den Kopf. »Er hat auch mich besucht. Aber unser Jason und unser Wane gingen hinaus und erklärten, dass wir vorhaben, dem Verein der Steuerzahler beizutreten.«

»Klein, schütteres Haar, schwarzer Mantel?«, fragte Oma Wetterwachs nachdenklich.

»Ja«, antworteten die beiden anderen Hexen.

»Er versteckte sich zwischen meinen Himbeersträuchern. Als ich nach draußen ging, um nach seinen Wünschen zu fragen, lief er fort.«

»Um ehrlich zu sein...«, begann Magrat. »Ich habe ihm zwei Vierteltaler gegeben. Er meinte, man würde ihn foltern, wenn er Hexen nicht dazu bringt, Steuern zu zahlen...«

Lord Felmet betrachtete die beiden Münzen auf seinem Schoß.

Dann sah er den Steuereintreiber an.

»Nun?«

Der Steuereintreiber räusperte sich. »Äh, Herr, weißt du. Ich habe die Notwendigkeit erklärt, ein stehendes Heer zu unterhalten ettzehtra, und sie fragten nach dem Grund, und daraufhin habe ich gesagt, wegen der Räuber ettzehtra, und dann sagten sie, mit Räubern hätten sie überhaupt keine Probleme.«

»Und der zivile Kostenfaktor?«

»Oh. Ja. Ich habe auch darauf hingewiesen, dass es nötig ist, Brücken zu bauen und instand zu setzen ettzehtra.«

»Und?«

»Sie meinten, sie brauchen keine Brücken.«

»Ah«, sagte der Herzog in einem wissenden Ton. »Sie können kein fließendes Wasser überqueren.«

»Da bin ich mir nicht so sicher, Herr. Ich glaube, Hexen überqueren einfach alles, wenn sie wollen.«

»Haben sie sonst noch etwas gesagt?«, fragte Lord Felmet.

Der Steuereintreiber zupfte nervös am Saum seines Mantels.

»Nun, Herr, ich habe darauf hingewiesen, dass Steuern sehr hilfreich sind, um den königlichen Frieden zu bewahren, Herr...«

»Und?«

»Sie sagten, der König solle sich selbst um seinen Frieden kümmern, Herr. Und dann starrten sie mich an.«

»Wie?«

»Es ist schwer zu beschreiben«, erwiderte der Steuereintreiber. Er versuchte, den Blick des Herzogs zu meiden, gewann dabei den Eindruck, dass der Fliesenboden in alle Richtungen floh und bereits mehrere Meilen zurückgelegt hatte. Lord Felmets Faszination wirkte auf ihn wie eine Nadel auf einen Schmetterling.

»Versuch es«, sagte der Herzog.

Der Steuereintreiber errötete.

»Nun ...«, druckste er. »Es war kein ... angenehmes Starren.«

Was bewies, dass er mit Zahlen wesentlich besser umgehen konnte als mit Worten. Wenn sich Verlegenheit, Furcht, schlechtes Gedächtnis und ein völliger Mangel an Fantasie nicht gegen ihn verschworen hätten, wäre er vermutlich in der Lage gewesen, folgende Antwort zu geben:

›Als ich ein kleiner Junge war und bei meiner Tante wohnte, als sie mir verbot, vom Zucker zu naschen ettzehtra, als sie den Krug ins höchste Regal der Speisekammer stellte und ich einen Stuhl nahm, während sie fort war, als sie dann zurückkam, ohne dass ich sie hörte, als ich den Krug nicht richtig zu fassen bekam, als er herunterfiel und auf dem Boden zerplatzte, als meine Tante dann die Tür öffnete und mich ansah – es war genau diese Art von Starren. Und schlimmer noch: Die Hexen *wussten*, welche Wirkung es auf mich hatte.‹

»Nicht angenehm«, sagte der Herzog.

»Nein, Herr.«

Lord Felmet trommelte mit den Fingern der linken Hand auf die Armlehne des Throns. Der Steuereintreiber hüstelte.

»Du ... Du willst mich doch nicht zwingen, noch einmal zu den Hexen zu gehen, oder?«, fragte er.

»Hm?« Der Herzog winkte verärgert. »Nein, nein«, sagte er. »Käme mir nie in den Sinn. Geh auf dem Heimweg beim Folterer vorbei. Frag ihn, wann er Zeit für dich hat.«

Der Steuereintreiber sah den Herzog dankbar an und verneigte sich hastig.

»Ja, Herr. Sofort, Herr. Vielen Dank, Herr. Du bist sehr ...«

»Ja, ja«, murmelte Lord Felmet geistesabwesend. »Verschwinde!«

Der Herzog blieb allein im Großen Saal zurück. Es regnete wieder. Ab und zu lösten sich kleine Putzfladen von den Wänden und fielen auf den Boden. In den Mauern knirschte es gelegentlich, als sie sich weiter setzten. Es roch nach alten Kellern.

Bei den Göttern, wie sehr ich dieses Königreich hasse!

Es war zu klein, nur vierzig Meilen lang und etwa zehn Meilen breit; der größte Teil davon bestand aus steilen Bergen mit eisgrünen Hängen und messerscharfen Kämmen oder aus dichten Wäldern. Ein solches Königreich sollte keinem Monarchen Probleme bereiten.

Lord Felmet hatte das seltsame Gefühl, dass sein Reich Tiefe besaß. Es schien mit zu viel Geografie ausgestattet zu sein.

Er stand auf und ging zum Balkon, der einen unvergleichlichen Blick auf den Wald bot. Der Herzog fühlte sich von den vielen Bäumen angestarrt.

Und er spürte ihren Groll. Lord Felmet fand das seltsam, denn die Menschen erhoben kaum Einwände. Sie protestierten praktisch gegen nichts. Verence war recht beliebt gewesen, auf seine eigene Art und Weise. Hunderte von Bürgern hatten die Bestattungszeremonie besucht – der Herzog erinnerte sich an die vielen ernsten Gesichter. Sie wirkten nicht dumm. Nein, dumm ganz gewiss nicht. Höchstens besorgt. Als spiele es eigentlich gar keine Rolle, was Könige taten.

Das ärgerte ihn fast ebenso sehr wie die Bäume. Ein ordentlicher Aufstand wäre jetzt weitaus ... angemessener gewesen. Dann hätte er losreiten und Leute aufhängen können; unter solchen Umständen kam es zu der kreativen Spannung, die eine richtige Entwicklung der Staatsgeschäfte ermöglichte. Im Tiefland, in den Ebenen – wenn man dort irgendwen trat, so trat er zurück. Aber hier oben in den Bergen ... Wenn man hier jemandem einen energischen Tritt geben wollte, so wich der Betreffende beiseite und wartete geduldig darauf, dass einem das Bein abfiel. Wie sollte ein König, der über derartige Untertanen regierte, in die Geschichte eingehen? Man konnte sie ebenso wenig unterdrücken wie eine Matratze.

Lord Felmet hatte die Steuern erhöht und einige Dörfer aus prinzipiellen Gründen niedergebrannt, damit alle wussten, woran sie mit ihm waren. Aber die erhofften Reaktionen blieben aus.

Und dann die Hexen. Sie ließen ihn nicht zur Ruhe kommen.

»Narr!«

Der Hofnarr hatte hinter dem Thron gedöst und erwachte entsetzt.

»Ja!«

»Komm her!«

Der Narr klirrte und läutete unglücklich über den Boden.

»Sag mir, Narr: Regnet es hier immer?«

»Meiner Treu, Onkel ...«

»Beantworte nur meine Frage«, brachte Lord Felmet mit eiserner Geduld hervor.

»Manchmal hört es auf zu regnen, Herr«, erklärte der Narr. »Damit es schneien kann. Und manchmal haben wir richtig üppigen orgulumischen Nebel.«

»Orgulumisch?«, wiederholte der Herzog gedankenverloren.

Der Narr versuchte vergeblich, seine Zunge unter Kontrolle zu halten. Erschrocken lauschte er der eigenen Stimme. »Dick beziehungsweise dicht, Herr. Aus dem latatianischen *Orgulum*, was Suppe oder Brühe bedeutet.«

Aber der Herzog achtete gar nicht auf ihn. Seiner Erfahrung nach lohnte es sich kaum, dem Geplapper von Untergebenen zuzuhören.

»Ich langweile mich, Narr.«

»Dann möchte ich dich unterhalten, mein Lord, mit fröhlichen Scherzen und erbaulichen Witzen.«

»Ein Versuch kann nicht schaden.«

Der Hofnarr befeuchtete sich die Lippen. Diese Antwort überraschte ihn. Verence hatte sich damit zufriedengegeben, ihn zu treten oder eine Flasche nach ihm zu werfen. Ein *wahrer* König.

»Ich warte. Bring mich zum Lachen!«

Dem Narren blieb keine andere Wahl.

»Nun, Gebieter«, begann er mit bebender Stimme, »warum gilt eine mit Warmbier gefüllte Pferdetränke als Bruder einer Talgkerze in der Nacht?«

Lord Felmet runzelte die Stirn. Der Narr hielt es für besser, nicht zu warten.

»Fürwahr, eine Talgkerze mag schmierig sein, doch eine mit Warmbier gefüllte Pferdetränke macht dick«, fügte er hinzu. Weil es zum Witz gehörte, berührte er Lord Felmets Bauch mit dem Ballon, der an seinem Stab befestigt war, und gleichzeitig zupfte er an den Saiten der Mandoline.

Der Zeigefinger des Herzogs trommelte auf die Armlehne des Throns.

»Ach?«, erwiderte er. »Und weiter?«

»Das, äh, wäre eigentlich alles«, sagte der Narr. Und: »Mein Großvater hielt diesen Witz für einen seiner besten.«

»Wahrscheinlich hat er ihn anders erzählt«, brummte Lord Felmet. Er stand auf. »Ruf meine Jagdreiter! Wir verschaffen uns ein wenig Bewegung. Und du kommst mit.«

»Ich kann nicht reiten, mein Lord.«

Der Herzog lächelte zum ersten Mal an diesem Morgen.

»Prächtig!«, sagte er. »Dann geben wir dir eben ein Pferd, das man nicht reiten kann. Ha, ha.«

Er sah auf die Verbände hinab. *Und anschließend*, dachte er, *leihe ich mir eine Feile vom Waffenschmied aus.*

Ein Jahr verstrich. Die Tage folgten geduldig aufeinander. Als das Multiversum entstand, hatten sie versucht, alle gleichzeitig zu vergehen, doch das klappte nicht.

Tomjon saß unter Hwels wackligem Tisch und beobachtete seinen Vater, der auf und ab ging, mit einem Arm winkte und sprach. Vitoller winkte immer mit den Armen, während er redete. Wenn man ihm die Hände auf den Rücken gebunden hätte, wäre er stumm gewesen.

»Na schön«, sagte er. »Was ist mit *Des Königs Bräute?«*

»Haben wir im letzten Jahr gebracht«, antwortete Hwel.

»In Ordnung. Dann führen wir *Mallo, Tyrann von Klatsch* auf.« Vitollers Kehlkopf schaltete in einen anderen Gang, und seine Stimme gewann einen volltönenden Klang, der jedes Fenster an einem durchschnittlich großen Dorfplatz erzittern lassen konnte. »Mit Blut bin ich gekommen, und mit Blut werde ich herrschen. Auf dass niemand behaupten könnet, das Blut ...«

»Diese Vorstellung fand vor zwei Jahren statt«, sagte Hwel ruhig. »Jedenfalls, die Leute haben genug von Königen. Sie wollen auch mal lachen.«

»Von *meinen* Königen haben sie gewiss nicht genug«, erwiderte Vitoller. »Lieber Junge, die Leute besuchen das Theater nicht, um dort zu lachen. Nein, sie kommen, um neue *Erfahrungen* zu sammeln, um zu *lernen* und zu *staunen* ...«

»Um zu lachen«, wiederholte Hwel noch einmal. »Sieh dir dies an!«

Tomjon hörte das Rascheln von Papier und das Knacken von Flechtwerk, als Vitoller auf einem Wäschekorb Platz nahm.

»*Eine Art Zauberer*«, las der Direktor. »*Oder: Wie du willst.*«

Hwel streckte die Beine unter den Tisch und schob dadurch Tomjon beiseite. Er zog den Jungen an einem Ohr hervor.

»Worum geht's dabei?«, fragte Vitoller. »Zauberer? Dämonen? Kobolde? Händler?«

»Mit der vierten Szene des zweiten Akts bin ich besonders zufrieden«, verkündete Hwel und dirigierte den Knaben auf sich zu. »›Komisches Abwaschen mit zwei Dienern‹.«

»Irgendwelche Sterbebett-Szenen?«, fragte Vitoller hoffnungsvoll.

»Nei-ein«, erwiderte Hwel. »Aber ich könnte für dich einen humorvollen Monolog im dritten Akt einfügen.«

»Einen humorvollen Monolog!«

»Na ja, es gibt noch Platz für ein Soliloquium im letzten Akt«, sagte Hwel hastig. »Ich schreibe es heute Abend, kein Problem.«

»Und Dolche«, fügte Vitoller hinzu, als er sich erhob. »Ein hinterhältiger Mord. Das beeindruckt die Zuschauer immer.«

Er ging, um die Vorbereitung der Bühne zu beaufsichtigen.

Hwel seufzte und griff nach seinem Federkiel. Irgendwo hinter den Sackleinenwänden befand sich der Ort Galgenvogel, der es zugelassen hatte, auf einem Felsvorsprung in der steilen Wand einer Schlucht erbaut zu werden. Es gab jede Menge flachen Boden in den Spitzhornbergen. Das Problem bestand nur darin, dass der größte Teil davon vertikal war.

Hwel mochte die Spitzhornberge nicht, was seltsam erscheinen mochte: Immerhin wohnten hier viele Zwerge, und er stammte ganz offensichtlich aus diesem Volk. Aber man hatte ihn vor vielen Jahren aus seinem Stamm ausgestoßen, weil er an Klaustrophobie litt und gleichzeitig zum Tagträumen neigte. Der zuständige Zwergenkönig sah darin keine nützlichen Eigenschaften für jemanden, der eine Spitzhacke schwingen soll, ohne zu vergessen, was es zu treffen gilt. Hwel wurde mit einem sehr kleinen Beutel Gold und den besten Wünschen des Stammes verabschiedet.

Zufälligerweise waren zu jener Zeit Vitollers wandernde Schauspieler in der Nähe, und Hwel investierte eine winzige Kupfermünze, um sich *Der Drache aus den Ebenen* anzusehen. Er beobachtete die Vorstellung, ohne einen Muskel zu rühren, zog sich anschließend wortlos in seine Unterkunft zurück. Am nächsten Morgen klopfte er bei Vitoller an und reichte ihm die erste Version von *Der König unterm Berg*. Es handelte sich nicht um ein besonders gutes Stück, aber Vitoller war scharfsinnig genug, um Folgendes zu erkennen: In dem haarigen, runden Kopf steckte genug Fantasie für die ganze Welt. Woraus folgte: Als die wandernden Schauspieler weiterwanderten, lief jemand, um mit ihnen Schritt zu halten ...

Partikel aus purer Inspiration rasen die ganze Zeit über durchs Universum. Ab und zu trifft eins von ihnen ein aufnahmefähiges Bewusstsein, das dann die DNS erfindet, Flötensonaten komponiert oder dafür sorgt, dass Glühlampen schon nach der halben Zeit durchbrennen. Doch die meisten von ihnen verfehlen das Ziel. Viele Leute schreiten durch ihr Leben, ohne auch nur ein einziges Kreativitätspartikel zu empfangen.

Manche Personen sind noch schlimmer dran: Sie werden von *allen* getroffen.

Zum Beispiel Hwel. Genug Inspirationen für eine vollständige Geschichte der darstellenden Künste strömten in einen kleinen dicken Schädel, den die Evolution nur dafür vorgesehen hatte, eine bemerkenswerte Widerstandsfähigkeit Axthieben gegenüber aufzuweisen.

Hwel beleckte den Federkiel und sah sich schüchtern im Lager um. Niemand beobachtete ihn. Vorsichtig schob er das *Eine Art Zauberer*-Manuskript beiseite, und darunter kam ein anderer Papierstapel zum Vorschein.

Es war kein weiteres kommerzielles Werk. Auf dem Blatt zeigten sich Schweißflecken, und die dahinkriechenden Worte wurden von Tintenklecksen, durchgestrichenen Stellen und kleinen gekritzelten Einfügungen begleitet. Hwel starrte einige Sekunden lang darauf hinab, allein in einer Welt, die nur aus ihm selbst, der nächsten leeren Seite und den lauten Stimmen seiner Träume bestand.

Dann begann er zu schreiben.

Tomjon fühlte sich von Hwels nie besonders intensiver Aufmerksamkeit befreit, kroch zu einer Kiste, öffnete sie und holte in der sehr methodischen Weise von Kindern alle Kronen hervor.

Der Zwerg streckte die Zunge aus, als er den eigenwilligen Federkiel übers Papier steuerte. Er fand Platz für unglückliche Liebe, komische Totengräber und den buckligen König. Nur die Katzen und Rollschuhe bereiteten ihm noch Schwierigkeiten ...

Er sah auf, als es irgendwo gluckste.

»Um Himmels willen, Junge«, rief er. »Das Ding ist viel zu groß für dich. Leg es weg!«

Die Scheibenwelt drehte sich in den Winter.

Im Winter konnte man die Spitzhornberge nicht unbedingt ein magisch-frostiges Wunderland nennen, in dem jeder Zweig ein glitzerndes Eisgewand trug. Der Winter in den Spitzhornbergen war nicht zum Scherzen aufgelegt; er öffnete ein Tor, das geradewegs zur ursprünglichen Kälte führte, die schon vor der Erschaffung der Welt existiert hatte. Der Winter in den Spitzhornbergen bedeutete mehrere Meter Schnee und verwandelte die Wälder in dunkle grüne Tunnel zwischen den Schneewehen. Hier kündigte der Winter den trägen, faulen Wind an, der sich nicht damit aufhielt, Leuten auszuweichen, sondern direkt durch sie hindurchblies. Die Vorstellung, dass man Gefallen am Winter finden konnte, war den Bewohnern der Spitzhornberge völlig fremd – sie kannten achtzehn verschiedene Wörter für Schnee.*

Der Geist des Königs Verence schlich hungrig und niedergeschlagen an den Zinnen vorbei, blickte über den geliebten Wald und wartete auf seine Chance.

Es war ein Winter, der Unheil verkündete. Des Nachts glühten Kometen am kalten Himmel. Die am Tag dahingleitenden Wolken sahen aus wie Wale und Drachen. Im Dorf Scharfschneide brachte eine Katze ein zweiköpfiges Junges zur Welt, aber das gehörte wahrscheinlich nicht zur Kategorie der bösen Omen. Immerhin hatte sich Greebo große Mühe gegeben, zum männlichen Vorfahren der letzten dreißig Katzengenerationen zu werden.

Andererseits: Im Blöden Kaff überraschte sich ein Hahn dabei, ein Ei zu legen, und anschließend suchte er nach Antworten für einige ebenso peinliche wie persönliche Fragen. In Lancre schwor jemand, er sei einem Mann begegnet, der mit eigenen Augen beobachtet hatte, wie ein Baum die Wurzeln aus dem Boden zog und davonmarschierte. Einmal schneite es tiefgefrorene Krabben. Seltsame Lichter leuchteten am Himmel. Gänse gingen rückwärts. Die ganze Zeit über funkelte das kalte Feuer der Aurora Coriolis, der Mittlichter, deren frostiger Schein über den mitternächtlichen Schnee glitzerte.

Das alles konnte man natürlich nicht als ungewöhnlich bezeichnen. Die Spitzhornberge erhoben sich auf der stationären magischen Welle der Scheibenwelt – man vergleiche sie mit einer Eisenstange, die unschuldig und quer auf die Schienen einer Untergrundbahn gelegt wird. Die Berge waren so sehr mit Magie gesättigt, dass sie sich ständig entlud. Häufig wachten Leute mitten in der Nacht auf, murmelten ein gelang-

* Unglücklicherweise eignet sich keins von ihnen dafür, gedruckt zu werden.

weiltes »Oh, schon wieder so ein Omen«, und drehten sich auf die andere Seite.

Der Silvesterabend begann und kündigte ein neues Jahr an. Und dann, ganz plötzlich, geschah überhaupt nichts.

Ein klarer Himmel wölbte sich, und kalter Puderzucker schien alles zu bedecken.

Die eisumhüllten Wälder schwiegen und rochen nach Zinn. Überraschenderweise fiel nur noch Schnee vom Firmament.

Ein Mann wanderte von Scharfschneide nach Lancre, und der Weg führte ihn durchs Moor. Er sah weder Irrlichter noch kopflose Hunde, umherwandernde Bäume, geisterhafte Kutschen oder Kometen. Man brachte ihn in eine Taverne und gab ihm dort etwas zu trinken, um seine Nerven zu beunruhigen.

Die stoische Ruhe der Spitzhornbergler – sie hatte sich im Lauf der Jahre als souveräner Widerstand dem magischen Chaos gegenüber entwickelt – wurde nicht mit der plötzlichen Veränderung fertig. Man denke in diesem Zusammenhang an ein Geräusch, das man erst hört, wenn es verklingt.

Oma Wetterwachs vernahm es jetzt, als sie unter mehreren dicken Steppdecken in ihrem eiskalten Schlafzimmer lag. Die Silvesternacht verlangt traditionsgemäß von Hexen, zu Hause zu bleiben, und Oma war früh zu Bett gegangen, in Gesellschaft einer Tüte mit Äpfeln und einer Wärmflasche. Aber etwas hatte sie aus ihrem leichten Schlaf geweckt.

Eine gewöhnliche Person wäre jetzt ins Erdgeschoss gegangen, vermutlich mit einem Schürhaken bewaffnet. Oma schlang nur die Arme um die Knie und ließ ihre Gedanken treiben.

Nein, es befand sich nicht im Haus. Sie spürte die kleinen flinken Seelen der Mäuse, die vagen Träume der Ziegen, die im Stall lagen und sich behaglicher Flatulenz hingaben. Eine jagende Eule formte einen plötzlichen Dolch aus Wachsamkeit, als sie übers Haus flog.

Oma Wetterwachs konzentrierte sich noch mehr, bis ihr

Geist leise zirpende Insekten im Strohdach und Holzwürmer in den Balken berührte. Auch dort fand sie nichts Interessantes.

Sie zog die Decken höher und ließ ihre mentalen Ohren in den Wald wachsen, in dem völlige Stille herrschte, nur unterbrochen von Schnee, den Bäume hier und dort abschüttelten. Selbst mitten im Winter war der Wald voller Leben: Normalerweise schlief es in kleinen Höhlen oder überwinterte in dicken Baumstämmen.

Nichts Außergewöhnliches. Das Ich der Hexe dehnte sich weiter aus, zu den hohen Mooren und verborgenen Pässen, wo Wölfe übers Eis rutschten. Sie tastete nach ihrem messerscharfen Selbst. Dann noch höher, bis zu den Schneefeldern, die nur noch Geziefer-Rudel enthielten.*

Alles schien völlig normal zu sein – was als Hinweis darauf genügte, dass etwas nicht mit rechten Dingen zuging, Oma Wetterwachs fühlte eine Entität im Wald, etwas *Lebendiges*, jung und doch uralt...

Sie prüfte dieses Empfinden. Ja. Genau. Jung, alt, einsam. Allein. Und...

Gefühle waren nie einfach, das wusste die Hexe. Wenn man sie fortnahm, kamen darunter nur andere zum Vorschein...

Ein Etwas, das sehr *zornig* werden konnte, wenn es nicht bald damit aufhörte, sich einsam und allein zu fühlen.

Aber Oma fand es nicht. Sie nahm die winzigen Psychen der Schmetterlingspuppen unter dem gefrorenen Laubkompost wahr, spürte auch die Präsenz von Würmern, die sich unter die Frostgrenze zurückgezogen hatten. Ihre geistigen Ohren lauschten auch einigen Menschen, was gewisse Probleme mit sich brachte: Das menschliche Bewusstsein dachte so viele

* Geziefer sind kleine schwarze und weiße Geschöpfe, berühmt für ihren Pelz. Sie gelten als vorsichtigere Verwandte der Lemminge: Sie stürzen sich nur von kleinen Steinen.

Gedanken gleichzeitig, dass sie sich kaum voneinander unterscheiden ließen. Ebenso gut hätte man versuchen können, Nebel an die Wand zu nageln.

Nichts. Nichts. Das Empfinden verdichtete sich, aber es blieb ohne lokalisierbare Ursache. Oma Wetterwachs richtete ihre Aufmerksamkeit auch auf die kleinsten Wesen im Königreich, doch ihre Suche blieb erfolglos.

Sie setzte sich auf, entzündete die Kerze auf dem Nachtschränkchen und griff nach einem Apfel. Eine Zeit lang starrte sie an die Schlafzimmerwand.

Sie nahm nur ungern eine Niederlage hin. Dort draußen gab es etwas, das Magie trank, wuchs und eine solche Vitalität entfaltete, dass sich seine Präsenz auch im Haus ausdehnte. Trotzdem hielt sie vergeblich danach Ausschau.

Oma aß den Apfel, legte den Kern neben den Kerzenständer und blies die Flamme aus.

Samtweiche kalte Nacht glitt ins Zimmer zurück.

Oma Wetterwachs beschloss, einen letzten Versuch zu unternehmen. Vielleicht blickte sie in die falsche Richtung...

Eine Sekunde später lag sie auf dem Boden, mit einem Kissen vor dem Gesicht.

Sie hatte sich etwas *Kleines* vorgestellt. In Wirklichkeit...

Schloss Lancre erzitterte. Es erbebte nicht besonders heftig, aber das war auch gar nicht nötig – immerhin schwankte es schon in einer leichten Brise. Ein kleiner Turm neigte sich langsam zur Seite und fiel in die tiefe neblige Schlucht.

Der Narr lag auf den Fliesen und fröstelte im Schlaf. Er wusste die Ehre zu schätzen – wenn es sich tatsächlich um eine Ehre handelte –, aber wenn er im zugigen Flur schlief, träumte er immer von der Narrengilde, hinter deren strengen grauen Mauern er sich durch eine siebenjährige schreckliche

Ausbildung geschaudert hatte. Allerdings waren die Fliesen nicht ganz so hart wie die Betten im Gildenhaus.

Anderthalb Meter entfernt klirrte leise eine Rüstung. Die Lanze vibrierte in einer stählernen Faust, sauste wie eine Fledermaus im Sturzflug durch die Luft und prallte dicht neben dem Ohr des Narren auf den Boden.

Er richtete sich auf und stellte fest, dass er noch immer zitterte. Ebenso wie die Steinplatten unter ihm.

In Lord Felmets Zimmer strömten Kaskaden aus Staub vom uralten Himmelbett. Der Herzog erwachte aus einem Traum, in dem ein gewaltiges Ungeheuer ums Schloss gestapft war, und entsetzt dachte er, dass es vielleicht wirklich geschah.

Das Porträt eines vor Äonen gestorbenen Königs fiel von der Wand. Lord Felmet schrie.

Der Narr wankte herein und versuchte, das Gleichgewicht auf einem Boden zu wahren, der sich nun wie Meereswellen hob und senkte. Seine Lordschaft taumelte aus dem Bett und packte ihn am Wams.

»Was ist los?«, zischte er. »Ein Erdbeben?«

»Die sind hier recht selten, mein Lord«, erwiderte der Narr. Er wurde zur Seite gestoßen, als ein Sofa über den Teppich wackelte.

Lord Felmet eilte zum Fenster und blickte über den Wald. Der Mondschein tropfte auf weiße Baumwipfel, die sich in völlig unbewegter Luft von einer Seite zur anderen neigten.

Ein Putzfladen fiel herunter. Der Herzog wirbelte um die eigene Achse, und diesmal griff er so fest zu, dass die Füße des Narren den Bodenkontakt verloren.

Zu dem Luxus, auf den Lord Felmet verzichtete, gehörte auch die Unwissenheit. Er legte großen Wert darauf, ständig zu wissen, was passierte. Die angenehmen Ungewissheiten des Lebens übten keinen Reiz auf ihn aus.

»Die Hexen stecken dahinter, nicht wahr?«, knurrte er.

Seine linke Wange begann wie ein Fisch auf dem Trocknen zu zucken. »Sie sind dort draußen, stimmt's? Sie richten ihren verderblichen Bann auf das Schloss, habe ich recht?«

»Meiner Treu, Onkel ...«, begann der Narr.

»Sie regieren dieses Land, oder?«

»Nein, mein Lord, sie haben nie ...«

»*Wer hat dich gefragt?*«

Der Narr zitterte genau entgegengesetzt zum Schloss, und dadurch schien nur er völlig stillzustehen.

»Äh, du, mein Lord«, erwiderte er hilflos.

»Willst du mir etwa widersprechen?«

»Nein, mein Lord!«

»Dachte ich mir. Du bist mit ihnen verbündet, nicht wahr?«

»Mein Lord!«, entfuhr es dem Hofnarren schockiert.

»Alle stehen mit ihnen im Bunde!«, fauchte der Herzog. »Euer ganzer Haufen! Ihr alle seid Rädelsführer!«

Er warf den Narren beiseite, stieß das große Fenster auf und betrat den Balkon. Wütend betrachtete er das schlafende Königreich.

»Hört ihr mich!«, rief er. »Ich bin der König!«

Das Zittern verblüffte den Herzog, indem es abrupt aufhörte. Nach einer Weile fasste sich Lord Felmet wieder und klopfte Mörtelstaub vom Nachthemd.

»Na bitte«, brummte er.

Aber dies war noch schlimmer. Jetzt hörte der Wald zu. Die Worte Seiner Lordschaft verschwanden in einem umfassenden Vakuum aus Stille.

Etwas lauerte dort draußen. Er spürte es deutlich. Es war stark genug, das Schloss durchzuschütteln, und jetzt beobachtete es ihn und lauschte.

Der Herzog wich vorsichtig zurück und tastete nach dem Fensterriegel. Behutsam drückte er die beiden Flügel zu und schloss die Vorhänge.

»Ich bin der König«, wiederholte er leise und sah den Narren an, der daraufhin den Eindruck gewann, dass Lord Felmet etwas von ihm erwartete.

Er ist mein Herr und Lord, dachte er. *Ich habe sein Salz gegessen oder wie das heißt. In der Gildenschule hat man mich immer wieder darauf hingewiesen, dass ein Narr seinem Herrn bis zum Ende treu sein muss, auch nachdem ihn alle anderen verlassen haben. Es spielt überhaupt keine Rolle, was ich davon halte. Jeder Monarch braucht einen Narren. Es kommt nur auf Ergebenheit an. Alles andere ist nebensächlich. Ich muss ihm treu bleiben – auch wenn er auf dem besten Weg ist, endgültig überzuschnappen. Ich bin sein Narr, bis einer von uns stirbt.*

Voller Entsetzen nahm er zur Kenntnis, dass der Herzog weinte.

Der Narr griff in seinen Ärmel und holte ein ziemlich fleckiges, rotgelbes und mit kleinen Glocken besticktes Taschentuch hervor. Lord Felmet nahm es mit großer Dankbarkeit entgegen und putzte sich die Nase. Dann hielt er das Tuch ausgestreckt und beobachtete es mit furchterfülltem Misstrauen.

»Sehe ich hier vielleicht einen Dolch?«, murmelte er.

»Äh, nein, mein Lord. Weißt du, es ist ein Taschentuch. Man kann den Unterschied feststellen, wenn man genau hinsieht. Es hat nicht so viele scharfe Kanten.«

»*Guter* Narr«, sagte der Herzog gedankenverloren.

Völlig ausgeklinkt, dachte der Hofnarr. *Bei ihm sitzen alle Schrauben locker. Er ist geistig so verdreht, dass man sein Bewusstsein benutzen könnte, um die Korken aus Weinflaschen zu ziehen.*

»Knie neben mir nieder, Narr!«

Der Hofnarr gehorchte. Lord Felmet legte ihm eine von schmutzigen Verbänden umhüllte Hand auf die Schulter.

»Bist du mir treu ergeben?«, fragte er. »Kann ich dir vertrauen?«

»Ich habe geschworen, meinem Lord bis zum Tod zu folgen«, antwortete der Narr heiser.

Der Herzog brachte sein vom Wahn gezeichnetes Gesicht

ganz nahe an den Narren heran, der in blutunterlaufene Augen blickte.

»Ich wollte es nicht«, hauchte Lord Felmet in einem verschwörerischen Tonfall. »Man hat mich gezwungen. Ich wollte es nicht …«

Die Tür schwang auf. Ihre Ladyschaft füllte den Zugang. Sie hatte fast die gleiche Form.

»Leonal!«, sagte sie scharf.

Der Narr stellte überrascht fest, was mit den Augen des Herzogs geschah. Das irrsinnige rote Feuer verschwand aus ihnen, wurde nach hinten gesaugt, und ein vertrauter blauer, durchdringender Blick kehrte zurück. Er bedeutete nicht, dass Lord Felmet wieder normal geworden war. Selbst sein kühler Verstand kam Wahnsinn gleich. Der Herzog hatte einen Verstand, der wie eine Uhr tickte, und wie bei einer Uhr machte es regelmäßig *Kuckuck*.

Seine Lordschaft sah ruhig auf.

»Ja, Liebste?«

»Was hat dies zu bedeuten?«, fragte Ihre Ladyschaft.

»Hexen, nehme ich an«, antwortete der Herzog.

»Ich glaube nicht, dass …«, begann der Narr. Lady Felmets Blick brachte ihn nicht nur zum Schweigen, sondern nagelte ihn fast an die Wand.

»Das ist offensichtlich«, sagte sie. »Du bist ein Idiot.«

»Ein Narr, Lady.«

»Das auch«, fügte die Herzogin hinzu und wandte sich wieder an ihren Gemahl.

»So«, verkündete sie und lächelte grimmig, »sie fordern uns noch immer heraus, wie?«

Lord Felmet zuckte mit den Schultern. »Wie soll ich gegen Magie ankämpfen?«

»Mit Worten«, sagte der Narr, ohne vorher nachzudenken. Er bedauerte es sofort. Herzog und Herzogin starrten ihn an.

»Wie bitte?«, fragte Ihre Ladyschaft.

Der Narr ließ verlegen seine Mandoline sinken.

»In … In der Gilde haben wir gelernt, dass Worte noch mächtiger sein können als Magie.«

»Clown!«, platzte es aus Lord Felmet heraus. »Worte sind nur Worte. Oder Wörter. Kurze Silben. Stöcke und Steine brechen meine Gebeine …« Er legte eine kurze Pause ein und genoss den nächsten Gedanken. »Aber Worte sind nicht imstande, mich zu verletzen.«

»Vielleicht doch, mein Lord«, wandte der Narr ein. »Wenn man die richtigen verwendet. Zum Beispiel … Lügner! Usurpator! Mörder!«

Der Herzog zuckte zurück und klammerte sich an den Armlehnen des Throns fest.

»Natürlich enthalten solche Worte keine Wahrheit«, fuhr der Narr hastig fort. »Aber sie können sich wie ein unterirdisches Feuer ausbreiten, bereit dazu, nach oben zu dringen und zu verbrennen …«

»Das stimmt, das stimmt!«, schrillte der Herzog. »Ich höre sie die ganze Zeit.« Er beugte sich vor. »Es sind die Hexen!«, zischte er.

»Dann, dann, dann müssen sie mit anderen Worten bekämpft werden«, sagte der Narr. »Mit Worten, die selbst bei Hexen wirken.«

»Welche Worte meinst du?«, fragte die Herzogin nachdenklich.

Der Narr zuckte mit den Achseln. »Vettel. Unheilsbringerin. Böses altes Weib.«

Ihre Ladyschaft hob eine buschige Braue.

»Eigentlich bist du gar nicht so närrisch«, sagte sie langsam. »Du meinst Gerüchte.«

»Nichts anderes, Lady.« Der Narr rollte mit den Augen. *Warum habe ich nicht geschwiegen?*, dachte er kummervoll.

»Es sind die Hexen«, flüsterte Lord Felmet. Seine Stimme galt dem Rest des Multiversums. »Wir müssen die Welt vor den Hexen warnen. Sie sind böse. Sie lassen es zurückkehren, das Blut. Sogar Schmirgelpapier hilft nicht.«

Der Boden bebte erneut, als Oma Wetterwachs über schmale, eisverkrustete Pfade durch den Wald eilte. Ein Klumpen Schnee löste sich von einem hohen Ast und fiel ihr auf den Hut.

Es war einfach nicht richtig. Ganz gleich, welches Etwas den Berg und alles andere erzittern ließ: Eine Hexe, die etwas auf sich hielt, blieb in der Silvesternacht zu Hause. So verlangte es die Tradition. Niemand kannte den Grund dafür, aber darauf kam es auch nicht an.

Oma erreichte das Moor und schritt über frosterstarrtes Heidekraut, das der Wind vom Schnee befreit hatte. Ein sichelförmiger Mond hing über dem Horizont, und sein blasses Licht fiel auf hohe Gipfel. Hier oben begann eine ganz andere Welt, in die sich selbst Hexen nur selten wagten. Die Landschaft stammte aus der kalten Geburt allen Seins: nur grünes Eis, messerscharfe Kämme und tiefe, verborgene Täler. Eine derartige Landschaft war nicht für Menschen bestimmt. Sie war ebenso wenig feindselig wie ein Ziegelstein oder eine Wolke, zeichnete sich aber durch unheilvolle Gleichgültigkeit aus.

Diesmal fühlte sich Oma Wetterwachs von ihr beobachtet. Ein durch und durch fremdartiges Bewusstsein schenkte ihr überaus intensive Aufmerksamkeit. Sie blickte an den eisigen Hängen hinauf und rechnete fast damit, einen gewaltigen Schatten zu sehen, der sich vor den Sternen bewegte.

»Wer bist du?«, rief sie. »Was willst du?«

Ihre Stimme hallte zwischen den Felsen wider. Irgendwo in der Ferne grollte das dumpfe Donnern einer Lawine.

An der höchsten Stelle des Moors, wo im Sommer Rebhühner zwischen den Sträuchern und Büschen hüpften, stand ein mittelgroßer Monolith. Er ragte ungefähr dort auf, wo sich die Hexenreviere berührten – obwohl man ihre Grenzen nie genau festgelegt hatte.

Der Stein mochte etwa so groß sein wie ein hochgewachsener Mann, und er bestand aus bläulichem Fels. Er galt als äußerst magisch: Zwar gab es keinen anderen, *aber bisher hatte ihn niemand zählen können.* Wenn ihn jemand nachdenklich ansah, so rückte er unauffällig beiseite und versteckte sich hinter dem Beobachter. Es war der zurückhaltendste aller Monolithen.

Gleichzeitig stellte er einen der Entladungspunkte für die Magie der Spitzhornberge dar. Der Boden in seiner Nähe war schneefrei und dampfte leicht.

Jetzt kroch der Stein fort, verharrte hinter einem Baum und maß Oma Wetterwachs mit argwöhnischen Blicken.

Sie wartete zehn Minuten lang, bis Magrat über den Pfad von Verrückter Wiesel kam – die gutmütigen Bewohner jenes Dorfes waren daran gewöhnt, alle Leiden (abgesehen von akuter Enthauptung) mit Ohrmassage und auf Blumen basierenden homöopathischen Heilmitteln zu behandeln. Die junge Hexe keuchte atemlos und trug nur einen Schal über ihrem Nachthemd, das sehr enthüllend gewesen wäre, wenn es bei ihr etwas gegeben hätte, das man enthüllen konnte.

»Du hast es ebenfalls gefühlt?«, fragte Magrat.

Oma Wetterwachs nickte. »Wo ist Gytha?«

Sie blickten über den Weg, der nach Lancre führte, einer Ansammlung von Lichtern im verschneiten Tal.

Es fand eine Party statt. Licht fiel aus den Fenstern. Dutzende von Personen kamen aus Nanny Oggs Haus oder gingen hinein. Man hörte: gelegentliches schrilles Lachen, das Klirren von splitterndem Glas und raufende Kinder. Allem Anschein nach erreichte die Intensität des Familienlebens in dem Gebäude gerade ein Maximum.

Die beiden Hexen standen unschlüssig auf der Straße.

»Glaubst du, wir sollten hineingehen?«, fragte Magrat zaghaft. »Man hat uns nicht eingeladen. Und wir haben keine Flasche mitgebracht.«

»Ich glaube, dort drin gibt's bereits zu viele Flaschen«, erwiderte Oma Wetterwachs missbilligend. Ein Mann taumelte durch die Tür, rülpste und stieß gegen sie. »Gutes neues Jahr, gnä' Frau.« Dann hob er den Kopf, sah ein strenges Gesicht und wurde fast sofort nüchtern.

»Fräulein«, korrigierte Oma eisig.

»Es tut mir schrecklich leid …«, begann der Mann.

Oma Wetterwachs rauschte stolz an ihm vorbei. »Komm, Magrat!«, befahl sie.

Der Lärm im Haus verharrte dicht vor der Schmerzschwelle. Nanny Ogg schlug der Silvester-Tradition ein Schnippchen, indem sie das ganze Dorf zu sich einlud, und die Luft im Zimmer hätte selbst hartgesottene Messgeräte für Umweltverschmutzung das Fürchten gelehrt. Oma Wetterwachs bahnte sich einen Weg durchs Gedränge und ließ sich dabei von einer krächzenden Stimme leiten, die der Welt im Großen und Ganzen erklärte, wie gut der Igel im Vergleich mit vielen anderen Tieren dran war.

Nanny Ogg saß in einem Sessel am Kamin, in der einen Hand einen großen Krug, in der anderen eine Zigarre. Sie lächelte, als sie Omas Gesicht sah.

»Heda, du altes Suppenhuhn!«, kreischte sie aus vollem Hals. »Bist also doch gekommen. Trink einen! Oder auch zwei. Hallo, Magrat! Hol dir 'n Stuhl und lass die Sau raus!«

Greebo – er lag auf der Kamindecke und beobachtete das allgemeine Durcheinander aus einem halb geöffneten gelben Auge – schlug ein- oder zweimal mit dem Schwanz.

Oma Wetterwachs nahm Platz und saß steif und so gerade, als hätte sie einen Besen verschluckt. Ihre Haltung brachte Würde und Anstand zum Ausdruck.

»Wir bleiben nicht lange«, sagte sie und warf Magrat einen finsteren Blick zu, als sie versuchsweise die Hand nach einer Schüssel mit Erdnüssen ausstreckte. »Wie ich sehe, bist du sehr beschäftigt. Wir haben uns nur gefragt, ob du etwas ... bemerkt hast. Heute Nacht. Vor einer Weile.«

Nanny Ogg runzelte die Stirn.

»Der Älteste unseres Darron musste sich übergeben«, erwiderte sie nach einer Weile. »Hat vom Bier seines Vaters getrunken.«

»Wenn es ihm nicht *extrem* schlecht ging, muss es sich um etwas anderes gehandelt haben«, stellte Oma Wetterwachs fest. Sie malte ein verschlungenes okkultes Zeichen in die Luft, doch Nanny übersah es.

»Jemand versuchte, auf dem Tisch zu tanzen«, sagte sie. »Fiel in die Kürbissoße unserer Reet. Wir haben herzhaft gelacht.«

Oma Wetterwachs hob und senkte mehrmals die Brauen, drückte dann einen bedeutungsvollen Zeigefinger an die Nase.

»Ich meine *völlig* andere Dinge«, betonte sie düster.

Nanny Ogg musterte sie.

»Ist mit deinem Auge was nicht in Ordnung, Esme?«, fragte sie.

Oma Wetterwachs seufzte.

»Außerordentlich besorgniserregende Entwicklungen mit magischen Tendenzen bahnen sich an«, sagte sie laut.

Es wurde still im Zimmer. Alle starrten die Hexen an, abgesehen von Darrons Ältestem, der die gute Gelegenheit nutzte, um weitere alkoholische Erfahrungen zu sammeln. Einige Sekunden später kehrten mehrere Dutzend geflohene Gespräche zurück.

»Vielleicht wäre es angebracht, wenn wir einen Ort aufsuchen, wo wir in Ruhe miteinander reden können«, schlug Oma vor, als sich erneut Tumult ausbreitete.

Kurze Zeit später saßen die drei Hexen in der Waschküche, und Oma Wetterwachs versuchte, das Bewusstsein zu beschreiben, dessen Präsenz sie gefühlt hatte.

»Das Etwas ist irgendwo dort draußen, in den Bergen und hohen Wäldern«, sagte sie. »Und es ist sehr groß.«

»Ich glaube, es sucht nach jemandem«, warf Magrat ein. »Es erinnert mich an einen treuen Hund, der sich verlaufen hat und den Rückweg nicht findet.«

Oma Wetterwachs dachte darüber nach. Eigentlich gar kein schlechter Vergleich ...

»Ja«, bestätigte sie. »Ein Hund. Und zwar ein ziemlich *großer.*«

»Besorgt«, sagte Magrat.

»Auf der Suche«, sagte Oma.

»Und er wird zornig«, fügte die junge Hexe hinzu.

»Ja.« Omas Blick blieb auf Nanny gerichtet.

»Vielleicht ein Troll«, vermutete Nanny Ogg. »Ich habe einen fast vollen Krug Bier zurückgelassen«, sagte sie vorwurfsvoll.

»Ich weiß, wie sich der Geist eines Trolls anfühlt, Gytha«, brummte Oma Wetterwachs. Sie zischte die Worte nicht. Es war ihr ruhiger Tonfall, der Nanny Ogg dazu veranlasste, eine Zeit lang zu schweigen.

»Es heißt, mittwärts gibt's besonders große Trolle«, sagte sie schließlich. »Und Eisriesen. Und riesige haarige Dingsbums, die über der Schneegrenze leben. Aber so was meinst du nicht, oder?«

»Nein.«

»Oh.«

Magrat schauderte. Sie wollte glauben, dass Hexen absolute Kontrolle über ihren Körper hatten und dass die Gänsehaut unter dem Nachthemd nur ein Produkt ihrer Fantasie war. Das

Problem bestand darin, dass sie über eine ausgesprochen lebhafte Fantasie verfügte.

Nanny Ogg seufzte.

»Ich schätze, wir sollten der Sache auf den Grund gehen.« Sie nahm den Deckel des Waschtrogs ab.

Nanny Ogg benutzte die Waschküche nie, denn um ihre Wäsche kümmerte sich eine Schar diensteifriger Schwiegertöchter, an deren Namen sie sich nur selten erinnerte. Deshalb diente der Raum als Lager für getrocknete Knollen, alte Hexenkessel und Gläser mit gärender Wespenmarmelade. Seit zehn Jahren war unter dem steinernen Waschtrog kein Feuer mehr entzündet worden. Mörtelbrocken lösten sich zwischen den Ziegeln, und an der Brennkammer wuchsen seltene Kräuter. Unter dem Deckel kam tintenschwarzes und, so behaupteten einige Gerüchte, unauslotbar tiefes Wasser zum Vorschein. Man bestärkte die Ogg-Enkel in ihrem Glauben, es sei die Heimstatt von Ungeheuern aus dem Morgengrauen der Zeit – Nanny sah in ein bisschen Aufregung und sinnlosen Schrecken unabdingbare Voraussetzungen für die richtige Magie der Kindheit.

Im Sommer kühlte sie ihr Bier im Trog.

»Es müsste eigentlich klappen«, murmelte sie. »Ich glaube, wir sollten uns an den Händen fassen. Magrat, vergewissere dich bitte, dass die Tür verschlossen ist.«

»Was hast du vor?«, fragte Oma Wetterwachs. Sie befanden sich in Nannys Revier, und daher stand ihr die Wahl zu.

»Ich sage immer, dass eine ordentliche Beschwörung nie schaden kann.« Und: »Habe es schon seit Jahren nicht mehr versucht.«

Oma Wetterwachs zog die Stirn kraus.

»Aber das geht doch nicht!«, stieß Magrat hervor. »Zumindest nicht hier. Man braucht einen richtigen Kessel und ein magisches Schwert. Und ein Oktagramm. Und bestimmte Gewürze und so.«

Oma und Nanny wechselten einen Blick.

»Es ist nicht ihre Schuld«, sagte Oma. »Es liegt daran, dass sie zu viele Grimmerlinge liest.« Sie wandte sich an Magrat.

»Solche Dinge brauchen wir nicht«, erklärte sie. »Pschikologie genügt völlig.« Sie sah sich in der alten Waschküche um.

»Man begnügt sich mit dem, was man hat«, sagte sie.

Oma Wetterwachs griff nach einem ausgebleichten Holzstab und wog ihn nachdenklich in der Hand.

Wir er- und beschwören dich mit ...« Oma Wetterwachs legte eine kurze Pause ein. »... diesem scharfen und schrecklichen Holzstab.«

Das Wasser im Trog kräuselte sich ein wenig.

»*Sieh nur, wie wir ...*«, Magrat seufzte. »... wie wir altes Bleichsoda und sehr harte Seifenflocken zu deinen Ehren verstreuen. Im Ernst, Nanny, ich weiß nicht ...«

»Sei still! Jetzt du, Gytha.«

»*Ich rufe und binde dich* mit dieser Scheuerbürste der List – leider fehlen ihr viele Borsten – und dem Waschbrett des Schutzes.« Nanny winkte damit; die Wringvorrichtung fiel ab.

»Ehrlichkeit ist ja ganz gut«, flüsterte Magrat kläglich, »aber es mangelt an der richtigen Atmosphäre.«

»Jetzt hör mir mal gut zu, Mädchen«, sagte Oma Wetterwachs. »Dämonen scheren sich nicht um das äußere Erscheinungsbild von Dingen. Es kommt nur darauf an, was du glaubst. Weiter geht's.«

Magrat versuchte sich vorzustellen, dass die Laugenseife aus den erlesensten klatschianischen Was-auch-immer bestand. Es fiel ihr nicht leicht. Allein die Götter mochten wissen, welcher Dämon auf eine solche Beschwörung reagierte.

Auch Oma Wetterwachs empfand vages Unbehagen. Sie interessierte sich nicht sonderlich für Dämonen. Außerdem:

Die Verwendung von Zaubersprüchen und diversen Werkzeugen erschien ihr zu sehr wie Zauberei. Dadurch ging man jenen Wesen nur um den Bart; sie nahmen es zum Anlass, sich wichtig zu fühlen. Oma fand, dass Dämonen zu gehorchen hatten, wenn man sie rief.

Aber das allgemeine Protokoll gab der Gastgeberin das Recht, die Wahl zu treffen. Und Nanny mochte Dämonen, die männlich waren oder männlich wirkten.

Oma Wetterwachs hob den sechzig Zentimeter langen Holzstab, redete der Unterwelt entweder gut zu oder drohte ihr. Der eigene Wagemut erstaunte sie.

Das dunkle Wasser brodelte lustlos und glättete sich wieder. Dann ertönte plötzlich ein leises *Plopp*, und ein Kopf tauchte auf. Magrat ließ die Seife fallen.

Es war ein recht guter Kopf. Die Augen blickten vielleicht ein wenig zu grausam, und die Nase erinnerte eher an einen Schnabel, aber ansonsten war dem Geschöpf eine seltsame Art von Attraktivität zu eigen. Was kaum überraschte: Da der Dämon nur ein Symbol seines wahren Selbst ins Diesseits projizierte, konnte er sich genauso gut Mühe dabei geben. Er drehte sich langsam und bildete eine glänzende schwarze Statue im matten Mondschein.

»Nun?«, grollte er.

»Wer bist du?«, fragte Oma Wetterwachs schlicht.

Der Kopf drehte sich und sah sie an.

»Mein Name ist für Menschen unaussprechbar, Weib«, antwortete er.

»Lass mich darüber urteilen«, erwiderte Oma. »Und nenn mich nicht Weib.«

»Na schön«, brummte der Dämon selbstgefällig. *»Ich heiße WxrtHltl-jwlpklz.«*

»Wo bist du gewesen, als man die Vokale verteilt hat?«, fragte Nanny Ogg. »Hinter der Tür?«

»Nun, Herr...« Oma Wetterwachs zögerte etwa eine Millisekunde lang. »...WxrtHltl-jwlpklz, du fragst dich sicher, warum wir dich gerufen haben.«

»*Das solltet ihr eigentlich nicht sagen*«, erwiderte der Dämon. »*Die üblichen Worte lauten ...*«

»Schweig! Ich warne dich. Wir haben das Schwert der List und das Oktagramm des Schutzes.«

»*Ach, wirklich?*«, höhnte der Dämon. »*Für mich sehen die Dinger eher aus wie ein Waschbrett und ein Holzstab.*«

Oma Wetterwachs blickte zur Seite. In einer Ecke der Waschküche stapelte sich Brennholz, und davor stand ein großer schwerer Sägebock. Sie starrte den Dämon streng an, während sie ausholte und ihren Stab auf den Bock hinabsausen ließ.

Völlige Stille folgte, nur unterbrochen von einem leisen Knirschen, als der Sägebock in zwei Hälften brach, die vor dem Brennholzstapel zu Boden fielen.

Das Gesicht des Dämons blieb ausdruckslos.

»*Drei Fragen sind euch erlaubt*«, grummelte er.

»Geschieht etwas Seltsames im Königreich?«, fragte Oma Wetterwachs.

Das Wesen schien zu überlegen.

»Und lüg bloß nicht!«, warnte Magrat ernst. »Sonst lernst du die Scheuerbürste kennen.«

»*Meinst du etwas Seltsameres als sonst?*«

»Beeil dich!«, drängte Nanny. »Meine Füße sind schon ganz kalt.«

»*Nein. Es geschieht nichts Seltsames.*«

»Aber wir haben etwas gefühlt...«, begann Magrat.

Oma Wetterwachs hob die Hand. »Warte, warte!« Ihre Lippen bewegten sich lautlos. Dämonen waren wie Genies oder Philosophieprofessoren: Wenn man nicht *genau* die richtige Frage stellte, fanden sie großen Gefallen daran, absolut wahrheitsgemäße, aber vollkommen irreführende Antworten zu geben.

»Existiert etwas im Königreich, das vorher fehlte?«, fragte sie.

»*Nein.*«

Die Tradition ließ nur drei Fragen zu. Oma Wetterwachs versuchte, die dritte so zu formulieren, dass man sie nicht absichtlich missverstehen konnte. Dann beschloss sie, die Spielregeln zu verändern.

»Was ist eigentlich los, zum Teufel?«, entfuhr es ihr. »Und wenn du jetzt versuchst, dich irgendwie herauszuwinden, wirst du gekocht.«

Der Dämon zögerte. Omas Taktik war offenbar neu für ihn.

»Bitte hol einige Holzscheite, Magrat!«, sagte die alte Hexe.

»*Ich protestiere gegen diese Behandlung!*« Ungewissheit prickelte in der Stimme des Dämons.

»Wir können nicht die ganze Nacht mit dir verplempern«, sagte Oma Wetterwachs mit fester Stimme. »Für Zauberer sind solche Wortspiele vielleicht interessant, aber wir haben Wichtigeres zu tun.«

»Soll ich die Scheite entzünden?«, fragte Nanny unschuldig.

»*Hört mal …*« Entsetzen kroch nun in die Stimme des Dämons. »*Wir dürfen nicht einfach so Informationen preisgeben. Wisst ihr, es gibt Regeln und Vorschriften.*«

»Die Büchse auf dem Regal dort drüben enthält altes Öl, Magrat«, sagte Nanny.

»*Wenn ich euch etwas verrate …*«, begann der Dämon.

»Ja?«, fragte Oma Wetterwachs ermutigend.

»*Ihr erzählt es doch nicht weiter, oder?*«

»Kein einziges Wort«, versprach Oma.

»Meine Lippen sind versiegelt«, fügte Magrat hinzu.

»*Es gibt nichts Neues im Königreich*«, sagte der Dämon. »*Aber das Land ist erwacht.*«

Oma Wetterwachs blinzelte verwirrt. »Was soll das?«

»*Es ist unglücklich. Es möchte einen fürsorglichen König.*«

»Wie ...« Magrat unterbrach sich, als Oma winkte.

»Du meinst nicht das Volk, oder?«

Und als der Dämon den schwarzen Kopf schüttelte: »Das dachte ich mir.«

»Was ...« Nanny sprach nicht weiter, als Oma Wetterwachs den Zeigefinger zum Mund hob.

Sie drehte sich um und trat zum Fenster der Waschküche, einem Spinnenweb-Friedhof aus verblassten Schmetterlingsflügeln und den Schmeißfliegen des letzten Sommers. Ein blasses Glühen hinter der raureifbesetzten Scheibe wies darauf hin, dass erstaunlicherweise bald ein neuer Tag begann.

»Kannst du uns den Grund dafür nennen?«, fragte Oma und blickte weiterhin nach draußen. Sie fühlte die Seele eines ganzen Landes ...

Und sie war ziemlich beeindruckt.

»*Ich bin nur ein Dämon. Was weiß ich schon? Ich kenne einzig und allein das Geschehen an sich, nicht seine Ursachen.*«

»Ich verstehe.«

»*Darf ich jetzt gehen?*«

»Hm?«

»*Bitte?*«

Oma Wetterwachs nickte wie in Trance.

»O ja, lauf nur!«, sagte sie geistesabwesend. »Danke.«

Der Kopf rührte sich nicht von der Stelle. Er blieb da, wie ein Hotelportier, der gerade fünfzehn Koffer in den zehnten Stock getragen, dem Gast das Bad gezeigt sowie die Kissen aufgeschüttelt hat und sich nun anschickt, die bereits aufgezogenen Vorhänge noch einmal aufzuziehen.

»*Wärt ihr vielleicht so nett, mich zu verbannen?*«, fragte der Dämon, als ihm niemand Beachtung schenkte.

»Wie?«, erwiderte die immer noch nachdenkliche Oma Wetterwachs.

»*Äh, nach einer richtigen Verbannung würde ich mich besser fühlen*«, sagte der Kopf. »*Den Worten ›Lauf nur‹ fehlt es am gewissen Etwas.*«

»Oh. Na schön, wenn du solchen Wert darauf legst… Magrat!«

Die junge Hexe zuckte zusammen. »Ja?«

Oma Wetterwachs warf ihr den Holzstab zu.

»Erweise ihm die Ehre, ja?«

Magrat fing den Stab an der Stelle auf, die Oma hoffentlich für den Griff hielt. Sie lächelte.

»Natürlich. Na schön. Nun gut. Ähem. Hebe dich hinfort, Brut der Finsternis! Kehre zurück in die stinkende Tiefe …«

Der Kopf grinste zufrieden, als er diese Worte hörte. Sie hatten den richtigen Klang.

Der Dämon sank ins schwarze Wasser des Trogs zurück und schien einfach zu schmelzen, wie Kerzenwachs unter der Flamme. Kurz bevor er verschwand, grollte er noch voller Verachtung: *»Lauf nuuuuuuuuur …«*

Oma Wetterwachs kehrte allein nach Hause zurück, als das rosarote kalte Licht der Morgendämmerung über den Schnee glitt. Es war nicht still im Haus.

Deutlich spürte sie die Unruhe der Ziegen im Stall. Unter dem Dach flüsterten und raunten greise Stare. Die Mäuse hinterm Küchenschrank fiepten leise.

Oma kochte Tee und merkte, dass jedes Geräusch lauter war, als es eigentlich der Fall sein sollte. Sie ließ den Löffel in die Spüle fallen, und es klang nach einer Glocke, die vom Klöppel getroffen wurde.

Sie war immer beunruhigt, nachdem sie sich mit organisierter Magie beschäftigt hatte. So etwas schlug ihr aufs Gemüt. Nervös schritt sie durchs Haus und suchte nach Dingen, die es zu erledigen galt, brachte jedoch keine der angefangenen Arbeiten zu Ende. Immer wieder wanderte sie ziellos über die kalten Fliesen.

Unter solchen Umständen nutzt der Verstand jede Gelegenheit, um sich von seiner eigentlichen Aufgabe abzulenken: über verschiedene Dinge nachzudenken. Ein Beobachter wäre sicher erstaunt gewesen, mit welcher Hingabe Oma Wetterwachs den Teekannenständer reinigte, uralte Nüsse aus der Obstschale auf der Anrichte grub und mit einem Löffel versteinerte Brotkrusten aus Fugen zwischen den Fliesen kratzte.

Tiere hatten Gedanken. Menschen ebenfalls, wenn auch verworrene. Selbst Insekten waren damit ausgestattet: Bei ihnen sah Oma Wetterwachs kleine Lichter in der Finsternis der Gedankenlosigkeit.

Die alte Hexe hielt sich für eine Expertin, was solche Dinge betraf, doch ein denkendes Land war neu für sie.

Bei den Göttern, Länder lebten nicht einmal. Ein Land bestand doch nur aus ...

He, Moment mal! Eine Idee kroch in Oma Wetterwachs' Bewusstsein und versuchte dort schüchtern, ihre Aufmerksamkeit zu erringen.

Vielleicht war es doch gar nicht so absurd, sich vorzustellen, dass der düstere Wald auch mit geistigem Leben ausgestattet war. Oma setzte sich mit einem antiken Brotstück in der Hand auf und blickte zum Kamin. Ihr mentales Auge blickte durch die Wand und beobachtete die langen schneeumhüllten Reihen von Bäumen. Ja. Auf diese Weise hatte sie es noch nie zuvor gesehen. Das Ich des Waldes setzte sich aus vielen kleinen Geistern zusammen: die Gedanken von Vögeln und Bären, auch die langsamen und trägen Überlegungen der Bäume selbst ...

Oma Wetterwachs setzte sich in den Schaukelstuhl, der von ganz allein zu schaukeln begann.

Wenn sie den Wald beobachtete, dachte sie manchmal an ein ausgestreckt liegendes großes Geschöpf – eine Mettaffer, wie sich Zauberer ausgedrückt hätten. Im Sommer war es schläfrig und summte mit Hummeln und Bienen; während der Herbststürme heulte und fauchte es wütend; im Winter schlüpfte es unter eine Decke aus Schnee und schlief. Oma Wetterwachs erkannte jetzt, dass der Wald nicht nur aus vielen einzelnen Dingen bestand, sondern auch ein eigenes, klar bestimmtes Ich besaß. Er lebte, wenn auch nicht auf die Art und Weise wie zum Beispiel eine Spitzmaus.

Er lebte *langsamer.*

Ein wichtiger Punkt. Wie schnell schlug das Herz eines Waldes? Vielleicht einmal im Jahr. Ja, das klang richtig. Er lag dort draußen, wartete auf helleren Sonnenschein und längere Tage, die mehrere Millionen Liter Saft Dutzende von Metern gen Himmel pumpten, mit einem systolischen Pochen, das zu lang und zu laut war, um von menschlichen Ohren gehört zu werden.

Plötzlich biss sich Oma Wetterwachs auf die Lippe.

Sie hatte gerade das Wort ›systolisch‹ verwendet, und es gehörte gewiss nicht zu ihrem Vokabular.

Jemand befand sich in ihrem Kopf.

Etwas.

Hatte sie gerade eigene Gedanken gedacht? Oder stammten sie von jemand anderem?

Oma sah zu Boden und versuchte, ihre Ideen für sich zu behalten. Aber *etwas* beobachtete ihr Bewusstsein so mühelos, als verwandle sich ihr Kopf in durchsichtiges Glas.

Die Hexe stand auf und zog die Vorhänge beiseite.

Sie warteten draußen, dort, wo sich während der wärmeren Monate ein Rasen befand, und jedes einzelne starrte sie an.

Nach einigen Minuten öffnete Oma Wetterwachs die vordere Eingangstür. Ein wahres *Ereignis:* Wie die meisten Bewohner der Spitzhornberge betrat und verließ Oma ihr Haus nur durch die Hintertür. In einem gewöhnlichen Leben gab es nur drei Anlässe, die es angemessen erscheinen ließen, die Vordertür zu benutzen, und dabei wurde man jedes Mal getragen.

Sie widersetzte sich Omas Bemühungen und ließ sich nur ruckweise bewegen. Einige Lackfladen fielen auf eine Schneewehe davor, die nach innen rutschte. Als sie etwa halb offen stand, schaltete die Tür endgültig auf stur und klemmte energisch.

Oma Wetterwachs schob sich ungelenk durch die Lücke und stapfte durch unberührten Schnee.

Sie hatte bereits den spitzen Hut aufgesetzt und den langen schwarzen Mantel übergestreift, um keinen Zweifel daran zu lassen, dass sie eine Hexe war.

Ein älterer Küchenstuhl lag halb im kalten Weiß begraben. Im Sommer verwendete ihn Oma als geeignete Sitzgelegenheit, um zu nähen oder andere Handarbeiten zu erledigen und dabei gleichzeitig den Pfad im Auge zu behalten. Jetzt griff sie danach, klopfte Schnee ab, stellte ihn gerade und setzte sich: die Knie auseinander, die Arme entschlossen verschränkt. Sie schob das Kinn vor.

Die Sonne des Neujahrstags stand bereits hoch am Himmel, aber das Licht blieb trüb und fiel schräg vom grauen Firmament. Es glühte auf der Dampfwolke über den versammelten Tieren. Sie rührten sich nicht. Nur dann und wann scharrte ein Geschöpf mit den Hufen oder kratzte sich.

Oma Wetterwachs drehte den Kopf, als ihr eine Bewegung auffiel. Erst jetzt bemerkte sie die vielen Vögel auf den Ästen und Zweigen aller Bäume im Garten. Es sah nach dem Beginn eines sonderbar braunen und schwarzen Frühlings aus.

Dort, wo im Sommer Kräuter wuchsen, standen oder lagen Wölfe mit heraushängenden Zungen. Hinter ihnen hockten mehrere Bären, und daneben sah Oma eine Gruppe von Rehen und Hirschen. Die Plätze im mettafforischen Parkett belegten Hasen, Wiesel, Geziefer, Dachse, Füchse und verschiedene andere Tiere, die man gemeinhin Waldvolk nennt – obwohl sie ihr ganzes Leben in einer recht blutigen Welt aus Jägern und Beute verbringen, aus Töten oder Getötetwerden, meistens mithilfe von Klauen, Krallen und unangenehm spitzen Zähnen.

Sie hockten zusammen im Schnee, vergaßen ihre normalen kulinarischen Beziehungen und versuchten, Oma Wetterwachs mit Blicken aufzuspießen.

Zwei Dinge wurden der Hexe sofort klar. Erstens: Die anwesenden Tiere stellten einen guten Querschnitt des Waldlebens dar.

Und zweitens ... Sie musste es laut aussprechen.

»Ich weiß nicht, welcher Zauber euch hierhergeführt hat«, sagte Oma. »Aber eins steht fest: Wenn der Bann nachlässt, sollten sich einige von euch beeilen, von hier zu verschwinden.«

Die Tiere verharrten reglos. Es herrschte völlige Stille, sah man von einem älteren Dachs ab, der sich verlegen erleichterte.

»Hört mal«, brummte Oma. »Was erwartet ihr von mir? Es hat überhaupt keinen Sinn, dass ihr gekommen seid. Er herrscht nun. Dies ist sein Königreich. Ich kann mich nicht einmischen. Einmischungen sind in jedem Fall *falsch*. Es muss sich alles von selbst regeln, zum Guten oder zum Schlechten. So lautet ein fundamentaler Grundsatz der Magie, jawohl. Man kann nicht herumlaufen und die Leute mit Zaubersprüchen regieren; dann müsste man immer mächtigere Magie einsetzen.« Oma Wetterwachs lehnte sich zurück, dankbar für eine lange Tradition, die den Klugen, Weisen und Fähigen eine aktive oder gar dominierende Beteiligung an den Regierungsgeschäften verbot. Sie dachte daran, wie es sich angefühlt hatte, die Krone auch nur einige Sekunden lang zu tragen.

Nein, Kronen entfalteten eine sehr unangenehme Wirkung auf die Klugen. Es war besser, das Regieren Leuten zu überlassen, deren Brauen sich in der Mitte trafen, wenn sie nachzudenken versuchten. Auf eine komische Art und Weise kamen sie wesentlich besser damit zurecht.

»Die Menschen müssen allein damit fertigwerden«, fügte Oma hinzu. »Das ist eine allgemein bekannte Tatsache.«

Einer der größeren Hirsche bedachte sie mit einem besonders skeptischen Blick.

»Ja, na schön, er hat den alten König umgebracht«, räumte Oma Wetterwachs ein. »So will es eben die Natur. Darüber wisst gerade ihr gut Bescheid. Das Überleben des Dingsbums. Ihr habt überhaupt keine Ahnung, was ein Erbe ist. Vielleicht haltet ihr so etwas für eine Art Kaninchen.«

Sie trommelte mit den Fingern aufs Knie.

»Wie dem auch sei: Der alte König war nicht gerade ein guter Freund von euch, oder? Ging dauernd auf die Jagd und so.«

Dreihundert dunkle Augenpaare starrten sie an.

»Was wollt ihr eigentlich von mir?«, fragte Oma Wetterwachs. »Soll ich etwa mit Königen herumpfuschen, nur weil sie euch nicht gefallen? Wo würde das alles enden? Außerdem habe ich keinen Grund, mich über den neuen König zu beklagen.«

Sie versuchte, den Blick eines extrem schielenden Wiesels zu meiden.

»Na schön, es ist egoistisch und selbstsüchtig«, fuhr sie fort. »Das gehört eben dazu, eine Hexe zu sein. Ich wünsche euch allen einen guten Tag.«

Oma marschierte ins Haus und versuchte die Tür zu schließen. Sie klemmte mehrmals, was den dramatischen Effekt ihres Abgangs ruinierte.

Oma Wetterwachs schloss die Vorhänge, nahm im Schaukelstuhl Platz und schaukelte hingebungsvoll.

»Darum geht es«, murmelte sie. »Ich kann mich nicht einmischen. Ja. Genau.«

Die Wagen rollten langsam über holprige Straßen und näherten sich einem anderen Dorf, an dessen Namen sich die wandernden Schauspieler nicht erinnerten und den sie sofort wieder vergessen würden. Die Wintersonne hing tief über den feuchten, dunstverschleierten Kohlfeldern der Sto-Ebene, und in der nebligen Stille klang das Knarren der Räder lauter als sonst.

Hwel saß im letzten Wagen und ließ die kurzen Beine übers Lehnbrett baumeln.

Er gab sich alle Mühe. Vitoller hatte ihm die Erziehung Tomjons überlassen: »Du kennst dich mit solchen Sachen besser aus«, hatte der Direktor gesagt und mit dem für ihn typischen Taktgefühl hinzugefügt: »Außerdem brauchst du dich nicht dauernd zu bücken, wenn du mit ihm sprichst.«

Aber es klappte nicht.

»Apfel«, wiederholte er und zeigte die Frucht.

Tomjon lächelte. Er war jetzt fast drei Jahre alt und hatte noch kein einziges verständliches Wort gesagt. Argwohn und Misstrauen begleiteten inzwischen Hwels Erinnerungen an die Hexen.

»Aber er scheint recht intelligent zu sein«, sagte Frau Vitoller. Sie saß im selben Wagen und stopfte Kettenhemden. »Er kennt alle Dinge. Er gehorcht aufs Wort. Ich wünschte nur, er könnte endlich sprechen«, fügte sie hinzu und klopfte dem Knaben zärtlich auf die Wange.

Hwel gab Tomjon den Apfel, und der Junge nahm ihn ernst entgegen.

»Ich fürchte, die Hexen haben euch einen bösen Streich gespielt, gnä' Frau«, sagte der Zwerg. »Du weißt schon. Wechselbalg und so. Meine Ururgroßmutter hat mir erzählt, dass so etwas auch einmal bei uns geschah. Feen vertauschten zwei Kinder – das eine stammte aus dem Volk der Menschen, das andere aus unserem. Wir schöpften erst Verdacht, als es mit dem Kopf immer wieder an die Decke stieß. Es heißt …«

»Es heißt, diese Frucht sei ein Segen für die Welt, so süß. Oder, so meine ich, sie ist wie das Herz des Menschen, außen rot, und doch, verborgen im Innern, finden wir den Wurm, die Fäule, den Makel. Wie herrlich sie auch glänzen mag, ein Biss genügt, und man erkennt den Kern des Menschen, verdorben.«

Hwel und Frau Vitoller drehten sich gleichzeitig um und starrten Tomjon an, der ihnen zunickte und den Apfel aß.

»Das war der Wurm-Monolog aus *Der Tyrann*«, hauchte Hwel. Sein sprachliches Geschick ließ ihn im Stich. »Zum Teufel auch«, sagte er.

»Aber er klang wie …«

»Ich hole Vitoller.« Hwel sprang von der Ladeklappe, lief über gefrorene Pfützen und erreichte kurz darauf den ersten Wagen des Konvois. Dort begegnete er einem Theaterdirektor, der leise vor sich hin pfiff und der Bezeichnung seiner Truppe gerecht wurde, indem er wanderte.

»Heda, *B'zgda-hiara**«, erklärte er fröhlich.

»Du musst sofort kommen! Er spricht!«

»Spricht?«

Hwel hüpfte auf und ab. »Er *rezitiert!*«, *entfuhr* es dem Zwerg. »Hör es dir an! Er klingt wie …«

»Ich?«, erwiderte Vitoller einige Minuten später, nachdem die Wagen neben der Straße in einem Wäldchen aus blattlosen Bäumen gehalten hatten. »Klinge ich so?«

»Ja«, bestätigten die wandernden Schauspieler.

Der junge Willikins, auf weibliche Rollen spezialisiert, gab Tomjon – er stand auf einem Fass im Zentrum der Lichtung – einen sanften Stoß.

»He, Junge, kennst du meinen Vortrag aus *Wie du willst?*«, fragte er.

* Eine tödliche Beleidigung auf Zwergisch. Doch hier wird der Ausdruck als Kosewort benutzt. Er bedeutet ›Rasenschmuck‹.

Tomjon nickte. »›Ich sage: Er ist nicht tot, der unter dem Steine liegt. Denn wenn der Tod hören könnte …‹«

Alle lauschten in ehrfürchtigem Schweigen, während weitere Dunstschwaden über nasse Felder zogen und sich der rote Sonnenball dem Horizont entgegenneigte. Als der Junge seine Ansprache beendete, rollten heiße Tränen über Hwels Wangen.

»Bei allen Göttern«, brachte er hervor, »ich muss in verdammt guter Form gewesen sein, als ich das geschrieben habe.« Er putzte sich laut die Nase.

»Höre ich mich wirklich so an?«, fragte ein blasser Willikins.

Vitoller klopfte ihm gutmütig auf die Schulter.

»Wenn du dich so anhören würdest, mein Lieber«, antwortete er, »stündest du jetzt nicht bis zum Allerwertesten im Schlamm dieser verdammten Felder. Und dann hättest du mehr zum Tee als nur gekochten Kohl.«

Er klatschte in die Hände.

»Wir brechen auf«, verkündete er. Sein Atem formte weiße Wolken in der kalten Luft. »Alle in die Wagen! Bei Sonnenuntergang müssen wir vor den Mauern von Sto Lat sein.«

Als die murrenden Schauspieler aus dem Bann erwachten und wieder auf die Karren kletterten, winkte Vitoller den Zwerg beiseite und legte ihm den Arm um die Schultern, besser gesagt: um den Kopf.

»Nun?«, begann er. »Dein Volk weiß über Magie Bescheid. Das behauptet man jedenfalls. Was hältst du davon?«

»Tomjon verbringt den größten Teil seiner Zeit bei der Bühne«, erwiderte Hwel unsicher. »Kein Wunder, dass er dabei das eine oder andere aufschnappt.«

Vitoller bückte sich. »Glaubst du?«

»Ich glaube, ich habe eine Stimme gehört, die meine Knittelverse nahm, ihnen die richtige Form gab und sie durch die Ohren direkt ins Herz stieß«, antwortete Hwel schlicht. »Ich glaube, ich habe eine Stimme gehört, die hinter der ungestalten Form von Worten erklang und jene Dinge sagte, die ich nicht zum Ausdruck bringen konnte, weil es mir an Talent mangelt. Wer weiß, woher diese Fähigkeit kommt?«

Er blickte ruhig in Vitollers rotes Gesicht. »Vielleicht hat er sie von seinem Vater geerbt«, fügte er hinzu.

»Aber …«

»Und wer weiß, was Hexen zustande bringen?«, fragte der Zwerg.

Vitoller spürte die Hand seiner Frau in der eigenen. Als er verwundert und gleichzeitig verärgert aufstand, hauchte sie ihm einen Kuss an den Hals.

»Quäl dich nicht!«, tröstete sie ihn. »Es ist doch alles in bester Ordnung, oder? Dein Sohn hat gerade sein erstes Wort gesprochen.«

Der Frühling kam, und Ex-König Verence konnte sich noch immer nicht daran gewöhnen, untot zu sein. Mit unerbittlicher Entschlossenheit durchstreifte er das Schloss und suchte nach einer Möglichkeit, sich aus den erbarmungslosen Fesseln der alten Steine zu befreien.

Er versuchte auch den anderen Geistern aus dem Weg zu gehen.

Champot mochte ein wenig lästig sein, aber ansonsten gab es nichts an ihm auszusetzen. Doch Verence war zurückgewichen, als er zum ersten Mal den Zwillingen begegnete: Hand in Hand schritten sie durch die mitternächtlichen Flure, zwei kleine Phantome, die an ein Verbrechen erinnerten, das vielleicht noch tragischer war als die üblichen königsmörderischen Unannehmlichkeiten.

Und dann der troglodytische Wanderer, ein bereits ziemlich verblasster Affenmensch, der einen aus Pelz bestehenden Lendenschurz trug und offenbar nur deshalb im Schloss spukte, weil man es auf seinem Grabhügel errichtet hatte. Aus unerfindlichen Gründen raste manchmal ein Streitwagen mit schreienden Frauen durch die Wäscherei. Und was die Küche betraf...

Trotz Champots Warnungen gab Verence eines Tages der Versuchung nach, folgte den appetitanregenden Düften und betrat den großen, heißen und kuppelförmigen Raum, der als Küche und Schlachthof diente. Komische Sache. Seit seiner Kindheit hatte er diesen Ort nicht mehr aufgesucht. Küchen und Könige schienen sich nur schlecht miteinander zu vertragen.

In dem saalartigen Raum *wimmelte* es von Geistern. Aber es waren keine Menschen. Man konnte sie nicht einmal protomenschlich nennen.

Verence sah Hirsche, Ochsen, Hasen, Fasane, Rebhühner, Schafe und Schweine. Er erblickte sogar einige klecksige Dinge, die auf unangenehme Weise an Austern erinnerten. Die Geister waren so dicht gepackt, dass sie miteinander verschmolzen und die Küche in einen stummen, wirren Albtraum aus Zähnen, Fellen und Hörnern verwandelten, vage, dunstig und verschwommen. Einige bemerkten Verence, und er vernahm leises Blöken und Grunzen, das aus weiter Ferne zu kommen schien, irgendwie schrill und zornig klang. Der Koch und seine Helfer wanderten unbekümmert durch das Gedränge und stellten vegetarische Würstchen her.

Verence beobachtete das lautlose Geschehen eine halbe Minute lang, und dann floh er. Einmal mehr bedauerte er, keinen Magen zu haben. Mehr denn je wünschte er sich einen – um sich den Finger in den Hals zu stecken, vierzig Jahre tief, um alles zu erbrechen, was er jemals gegessen hatte.

Er hoffte, in den Ställen Trost zu finden, wo seine geliebten Jagdhunde äußerst kummervoll winselten und an der Tür kratzten, weil sie seine unsichtbare Gegenwart spürten.

Jetzt spukte er – wie sehr er dieses Wort hasste! – in der Langen Galerie, wo ihn die Porträts längst toter Könige aus den staubigen Schatten anstarrten. Er wäre durchaus bereit gewesen, ihnen freundschaftliche Gefühle entgegenzubringen, wenn er nicht ihr ständiges Brabbeln in verschiedenen Teilen des Schlosses gehört hätte.

Verence gab sich im Tod zwei Ziele. Erstens: Er wollte das Schloss verlassen und nach seinem Sohn suchen. Zweitens: Er ersehnte sich eine Möglichkeit, am Herzog Rache zu nehmen. Aber nicht, indem er ihn tötete, falls das überhaupt möglich war: Die Vorstellung, eine Ewigkeit in der Gesellschaft jenes kichernden Idioten zu verbringen, verlieh dem Tod völlig neues Entsetzen.

Er saß unter einem Gemälde der Königin Bemery (670–722), an deren recht strenger Wohlgestalt er vielleicht sogar Gefallen gefunden hätte – wenn er nicht an diesem Morgen gesehen hätte, wie sie durch eine Mauer gewandert war.

Verence vermied es, durch Wände zu gehen. Ein Mann hatte schließlich seine Würde.

Nach einer Weile spürte er einen Blick. Er drehte den Kopf.

In der nahen Tür hockte eine Katze, beobachtete ihn und blinzelte langsam. Sie war grau gefleckt und ziemlich dick …

Nein. Nicht dick, sondern *groß*. Sie hatte so viele Narben, dass sie wie eine pelzbesetzte Faust aussah. Die Ohren waren zwei durchlöcherte Stummel, und träge Bosheit glühte im einen gelben Auge. Der Schwanz zuckte einige Fragezeichen.

Greebo hatte gehört, dass sich Lady Felmet eine kleine weiße Katze hielt, und daraufhin hatte er sofort beschlossen, ihr seine Aufwartung zu machen.

Verence sah nun zum ersten Mal ein Tier mit so viel eingebauter Gemeinheit. Er stand reglos, als der Kater näher kam, wie ein Wasserfall schnurrte und versuchte, sich an seinem Bein zu reiben.

»Na, na«, sagte der König unbestimmt. Er bückte sich,

um Greebo hinter den beiden fransigen Höckern auf dem Kopf zu kraulen. Welch eine Erleichterung, dass ihn nicht nur Geister sehen konnten. Zweifellos war Greebo ein sehr ungewöhnlicher Kater. Die meisten Katzen im Schloss waren entweder verhätschelte Schoßtiere oder ängstliche Pelzbündel, die sich dauernd irgendwo verkrochen. Hinzu kamen die Stammgäste der Ställe, die für gewöhnlich den Nagetieren ähnelten, von denen sie lebten. Diese Katze war eindeutig ihr eigener Herr. Natürlich erwecken alle Katzen diesen Eindruck, aber im Gegensatz zu der geistlosen Selbstversenkung, die man bei ihnen als Hinweis auf verborgene Weisheit interpretierte, strahlte Greebo echte Intelligenz aus. Außerdem haftete ihm ein Geruch an, der Wände einstürzen lassen konnte und bei toten Füchsen zu Stirnhöhlenvereiterungen führte.

Nur ganz bestimmte Personen hielten sich derartige Katzen.

Der König ging in die Hocke und stellte fest, dass er in den Boden sank. Rasch richtete er sich wieder auf und schwebte nach oben. Wenn ein Mann versuchte, sich der ätherischen Welt anzupassen, so gab es keine Hoffnung mehr für ihn, befand Verence.

Nur nahe Verwandte und übersinnlich Begabte, hatte Tod gesagt. Es gab nicht viele derartige Personen im Schloss. Der Herzog fiel in die erste Kategorie, aber durch seinen unnachgiebigen Egoismus wurde er in übernatürlicher Hinsicht so nützlich wie eine Karotte. Was die anderen anging ... Nur Koch und Narr schienen sich zu qualifizieren. Doch der Koch verbrachte einen großen Teil seiner Zeit damit, in der Speisekammer zu weinen, weil er nichts braten durfte, was blutiger war als eine Pastinake. Und der Narr war ein solches Nervenbündel, dass Verence die Versuche aufgegeben hatte, sich ihm mitzuteilen.

Eine Hexe. *Wenn Hexen nicht übernatürlich begabt sind*, dachte der untote König, *dann bin ich nur eine Wolke aus unsichtbarem Nebel*. Er musste eine Hexe ins Schloss locken. Und dann ...

Er hatte einen Plan. Mehr noch: Es war ein *Plan*. Er hatte Monate damit verbracht, ihn zu entwickeln, zu verbessern und zu verfeinern. Ansonsten konnte er ohnehin kaum etwas mit seiner Zeit anfangen. *Tod hat recht*, überlegte er. *Geister haben nur Gedanken.* Zwar hatte er sich während seines Lebens kaum Zeit für irgendwelche Gedanken genommen, aber da ihn die verschiedenen Bedürfnisse des Fleischlichen nicht mehr ablenkten, fand er nun Gelegenheit, die Freuden des Geistigen zu genießen. Bisher waren seine kompliziertesten Pläne auf Bemerkungen wie »Lasst uns losreiten und etwas töten« beschränkt gewesen. Doch jetzt nahm ein echter Plan Gestalt an, in Form einer Katze.

»Komm, Miezekätzchen!«, lockte er. Greebo bedachte ihn mit einem durchdringenden gelben Blick.

»Katze«, fügte Verence hinzu, »beziehungsweise Kater.« Er trat zurück und winkte. Einige Sekunden lang hatte es den Anschein, als wolle ihm das Tier nicht folgen, doch dann beobachtete der König erleichtert, wie Greebo aufstand, gähnte und auf ihn zutappte. Es geschah nicht häufig, dass Greebo Geister sah, und deshalb brachte er dem bärtigen, durchscheinenden Mann vages Interesse entgegen.

Verence führte ihn durch einen staubigen Nebenflur und in eine Rumpelkammer, die unter anderem zur Lagerung mottenzerfressener Wandteppiche und alter Gemälde diente. Greebo sah sich kritisch um, nahm dann in der Mitte des Zimmers Platz und musterte den König erwartungsvoll.

»Hier drin gibt's viele Mäuse und so, weißt du«, sagte Verence. »Außerdem regnet's durch die zerbrochene Fensterscheibe. Und du kannst auf den Teppichen schlafen.«

»Tut mir leid«, fügte der untote König hinzu und drehte sich zur Tür um.

Darauf hatte er während der vergangenen Monate hingearbeitet. Als Lebender hatte er sich immer gut um seinen Körper gekümmert, und als Toter setzte er diese persönliche Tradition fort. Er lehnte es ab, sich gehen zu lassen und ganz verschwommen zu werden – einige Geister im Schloss waren kaum mehr als blasse Flecken. Verence hatte sich eine eiserne Selbstbeherrschung zu eigen gemacht und allein mit seinen Gedanken geübt, wodurch ihm beeindruckende Geistermuskeln gewachsen waren. Monatelang hatte er Ektoplasma gestemmt und war jetzt besser in Form als jemals zuvor, auch wenn es ihm an Leben mangelte.

Schließlich hatte er mit *kleinen* Staubflocken begonnen. Die erste hätte ihn fast umgebracht*, aber er gab nicht auf, nahm sich auch Sandkörner und sogar getrocknete Erbsen vor. Er hatte es nicht gewagt, die Küche aufzusuchen, sich jedoch damit vergnügt, Felmets Mahlzeiten zu versalzen – bis er sich zusammenriss. Der Herzog mochte zur Spezies des menschlichen Ungeziefers gehören, aber es war trotzdem unehrenhaft, ihn zu vergiften.

Jetzt lehnte er sein ganzes Gewicht gegen die Tür und versuchte mit jedem Mikrogramm seines ätherischen Selbst, so schwer wie möglich zu werden. Autosuggestiver Schweiß tropfte ihm von der Nase und verschwand, bevor er den Boden berührte. Greebo sah fasziniert zu, als an den Armen des Königs geisterhafte Muskeln wie kopulierende Fußbälle zitterten.

Die Tür bewegte sich langsam, knarrte, wurde schneller und fiel mit einem dumpfen Pochen zu. Der Riegel rutschte in die Einfassung.

Jetzt muss es gelingen, dachte Verence. Er konnte den Riegel sicher nicht allein beiseiteschieben. Bestimmt kam eine Hexe, um nach ihrer Katze zu suchen – oder?

* Sozusagen.

Der Narr lag hinter dem Schloss an einem Hügelhang und starrte in die Tiefen eines kleinen Sees. Zwei Forellen erwiderten seinen Blick.

Irgendwo auf der Scheibenwelt, so sagte ihm die Vernunft, gab es vermutlich jemanden, der noch schlechter dran war als er. *Wer mag es sein?*, dachte er niedergeschlagen.

Er hatte nicht darum gebeten, zu einem Narren zu werden, aber das spielte kaum eine Rolle. Nachdem sich Paps aus dem Staub gemacht hatte ... Anschließend war niemand mehr bereit gewesen, ihn anzuhören.

Opa gewiss nicht. Seine frühesten Erinnerungen zeigten ihm einen Großvater, der streng vor ihm aufragte und ihn zwang, alle Witze auswendig zu lernen, wobei er die jeweiligen Pointen unterstrich, indem er mit einem Gürtel ausholte und zuschlug. Das Ding bestand aus dickem Leder, und die Glocken daran machten es nicht lustiger.

Opa genoss den beneidenswerten Ruf, sieben neue offizielle Witze erfunden zu haben. Vier Jahre hintereinander hatte er in Ankh-Morpork beim Großen Preis der Trottel und Idioten die Ehrenkappe des Größten Narren gewonnen – ein einzigartiger Rekord. Angeblich wurde er dadurch zum komischsten Mann aller Zeiten. Er hatte hart daran gearbeitet, das musste man ihm lassen.

Der Narr schauderte, als er sich in seiner Erinnerung als sechsjährigen Knaben sah, der nach dem Essen zum Opa ging und ihm einen eigenen Witz erzählte. Es ging dabei um eine Ente.

Anschließend bekam er die schlimmste Tracht Prügel seines Lebens, was selbst damals eine Herausforderung für den Großvater gewesen sein musste.

Er erinnerte sich an die einzelnen Sätze, begleitet von läutenden Schlägen. »Mein Junge, du musst lernen, dass es nichts Ernsteres gibt als das Scherzen. Von jetzt an wirst du nie, nie, *nie* wieder einen Witz erzählen, der nicht zuerst die Genehmigung der Gilde gefunden hat.« Opa legte eine kurze Pause ein, um die Hand zu wechseln. »Wer bist du schon, dass du entscheiden kannst, was witzig ist? Meiner Treu, sollen die Ungeschulten über die Späße von Laien kichern – es ist das Gelächter der Dummen. Lass dich nie, nie, nie wieder bei unerlaubter Heiterkeit erwischen!«

Der junge Narr war in sein Zimmer zurückgekehrt, um die dreihundertdreiundachtzig von der Gilde genehmigten Witze auswendig zu lernen. Das war schon schlimm genug gewesen. Aber später hatte er sich auch das noch weitaus schlimmere und wesentlich umfangreichere Glossar vornehmen müssen.

Dann schickte man ihn nach Ankh, und dort stellte er in kahlen, kalten und düsteren Zimmern fest, dass noch andere Bücher existierten als nur das große, schwere und in Messing gebundene *Buch des unheimlichen Spaßes*. Dort draußen gab es eine weite, runde Welt mit vielen seltsamen Orten und Leuten, die sonderbaren Tätigkeiten nachgingen, zum Beispiel …

Gesang. Er hörte eine singende Stimme.

Vorsichtig hob er den Kopf und zuckte zusammen, als die kleinen Glocken an seinem Hut klirrten. Hastig hielt er die verdammten Dinger fest.

Noch immer sang jemand. Der Narr spähte behutsam durch das Mädesüß, das ihm ein ideales Versteck bot.

Der Gesang war nicht besonders gut. Die Sängerin schien nur das Wort ›La‹ zu kennen und benutzte es immer wieder. Sie schien zu glauben, dass eine solche Melodie gelegentliches »Lalala« erforderte, und offenbar war sie entschlossen, den diesbezüglichen Erwartungen der Welt zu genügen.

Der Narr riskierte es, den Kopf noch weiter zu heben, und zum ersten Mal sah er Magrat.

Sie stellte ihren unsicheren Tanz auf der kleinen Wiese ein und versuchte ohne großen Erfolg, sich Gänseblümchen ins Haar zu stecken.

Der Narr hielt den Atem an. In langen Nächten auf harten Fliesen hatte er von solchen Frauen geträumt. Na ja, eigentlich ließen sie sich kaum mit dieser weiblichen Person vergleichen, musste er zugeben. Meistens hatte er sich Frauen vorgestellt, die von der Natur im Brustbereich großzügiger ausgestattet waren. Seine Wunschvorstellungen zeigten ihm auch keine roten, spitzen Nasen und weniger zerzaustes Haar. Aber die Libido des Narren war intelligent genug, den Unterschied zwischen Unmöglichem und Erreichbarem zu erkennen, und sie aktivierte rasch einige Filterelemente.

Magrat pflückte Blumen und sprach zu ihnen. Der Narr spitzte die Ohren und lauschte angestrengt.

»Hier haben wir Woll-Swertien«, trillerte sie. »Und da ist Melassen-Gänsefuß, gut für Ohrentzündungen …«

Selbst Nanny Ogg, die dem Rest der Welt recht aufgeschlossen und fröhlich gegenüberstand, hätte kaum etwas Schmeichelhaftes über Magrats Stimme sagen können. Doch der Narr glaubte, niemals etwas Wundervolleres gehört zu haben.

»Und fünfblättrige Falsche Alraune, ideal bei Problemen mit der Blase. Oh, und dort ist Des Alten Mannes Froschbiss. Wenn's mit dem Stuhlgang hapert.«

Ein Glockenspiel erklang, als der Narr aufstand. Bisher hielt die Wiese nichts Gefährlicheres bereit als kleine Wolken aus hellblauen Schmetterlingen und einige freischaffende Hummeln, doch nun beobachtete Magrat, wie ein großer rotgelber Dämon aus dem Gras wuchs.

Er öffnete und schloss den Mund. Drei bedrohlich wirkende Hörner ragten ihm aus dem Kopf.

Eine drängende Stimme in Magrats Hinterkopf flüsterte: *Du solltest jetzt weglaufen, wie eine verschreckte Gazelle. Es ist das anerkannt richtige Verhalten in einer derartigen Situation.*

Der gesunde Menschenverstand widersprach. Selbst wenn Magrat einen Anfall von akutem Optimismus erlitt, verglich sie sich nie mit einer Gazelle, ob verschreckt oder nicht.

Außerdem hatte die Sache einen wichtigen Nachteil: Wenn sie wirklich wie eine Gazelle fortlief, entkam sie dem Fremden aller Voraussicht nach.

»Äh«, sagte die Erscheinung.

Eine andere Art von Verstand – Magrat besaß eine Menge davon, obwohl Oma Wetterwachs glaubte, dass die junge Hexe nicht alle Tassen im Schrank hatte – meldete sich ebenfalls zu Wort und wies darauf hin, dass nur wenige Dämonen mitleiderweckend klimperten und ziemlich atemlos wirkten.

»Hallo«, sagte sie.

Das Gehirn des Narren arbeitete fieberhaft. Er geriet allmählich in Panik.

Magrat vermied es, den traditionellen spitzen Hut zu benutzen, den ältere Hexen trugen, aber sie achtete einige grundlegende Regeln der Hexerei. Zum Beispiel: Es hat keinen Sinn, eine Hexe zu sein, wenn man nicht wie eine aussieht. In ihrem Fall bedeutete das jede Menge Schmuck mit Oktagrammen, Fledermäusen, Spinnen, Drachen und anderen Symbolen des alltäglichen Mystizismus. Magrat hätte sich die Fingernägel schwarz lackiert, verzichtete jedoch darauf, weil sie glaubte, Oma Wetterwachs' strenge Verachtung nicht ertragen zu können.

Dem Narren dämmerte allmählich, dass ihm eine Hexe gegenüberstand.

»Huch!«, machte er und wirbelte herum.

»Bleib doch hier ...«, begann Magrat, aber der Narr stürmte bereits über den Waldpfad, der zum Schloss führte. Die junge Hexe rührte sich nicht von der Stelle und blickte auf das verwelkende Sträußchen in ihren Händen. Sie strich sich übers Haar, und einige farblose Blütenblätter fielen zu Boden.

Sie glaubte zu spüren, dass ihr ein wichtiger Augenblick entglitten war, ebenso schnell wie ein mit Schmierfett eingeriebenes Ferkel in einer schmalen Gasse.

Sie fühlte den unwiderstehlichen Drang, ausgiebig zu fluchen. Magrat kannte viele Flüche. In dieser Hinsicht war Gütchen Wemper sehr fantasievoll gewesen. Selbst die Geschöpfe des Waldes hatten sich nicht in die Nähe ihrer Hütte gewagt.

Doch Magrat fand keinen einzigen Fluch, der ihre Empfindungen auf angemessene Weise zum Ausdruck brachte.

»Verdammter Mist«, murmelte sie.

In jener Nacht leuchtete wieder der Vollmond am Himmel, und erstaunlicherweise trafen sich alle Hexen früh am Monolithen. Der große Stein war dadurch so verlegen, dass er fortschlich und sich hinter einige Stechginstersträucher duckte.

»Greebo ist schon seit zwei Tagen nicht mehr nach Hause zurückgekehrt«, sagte Nanny Ogg sofort. »Das sieht ihm gar nicht ähnlich. Ich kann ihn nirgends finden.«

»Katzen kommen auch gut allein zurecht«, erwiderte Oma Wetterwachs. »Länder nicht. Ich muss Bericht erstatten. Entzünde das Feuer, Magrat!«

»Hm?«

»Bitte entzünde das Feuer!«

»Hm? Oh. Ja.«

Die beiden älteren Frauen beobachteten, wie die junge Hexe übers Moor ging und an einigen Büschen zupfte. Sie schien mit den Gedanken ganz woanders zu sein.

»Sie ist überhaupt nicht mehr sie selbst«, sagte Nanny Ogg.

»Ja, könnte eine Verbesserung sein.« Oma Wetterwachs setzte sich auf einen kleinen Felsen. »Sie hätte schon vor unserer Ankunft ein Feuer entzünden sollen. Das ist ihre Aufgabe.«

»Sie meint es gut«, murmelte Nanny und hielt einen nachdenklichen Blick auf Magrats Rücken gerichtet.

»Ich habe es ebenfalls gut gemeint, als ich ein Mädchen war, doch das hat Gütchen Filters scharfe Zunge nicht stumpf werden lassen. Die jüngste Hexe muss eine Zeit lang dienen. Du weißt ja, wie das ist. Uns beiden erging es ebenso. Sieh sie dir an! Trägt nicht einmal ihren spitzen Hut. Wie sollen die Leute *Bescheid* wissen?«

»Belastet dich etwas, Esme?«, fragte Nanny.

Oma Wetterwachs nickte düster.

»Gestern bekam ich Besuch«, meinte sie.

»Ich auch.«

Trotz ihrer Sorge spürte Oma, wie Ärger in ihr entstand. »Von wem?«

»Vom Bürgermeister und einigen Leuten aus Lancre. Der neue König gefällt ihnen nicht. Sie möchten einen Monarchen, dem sie vertrauen können.«

»Ich würde keinem König vertrauen, der das Vertrauen von Bürgern genießt«, brummte Oma.

»Aber es ist einfach nicht gut. Die Steuern und Hinrichtungen und so. Der neue Feldwebel soll ziemlich fleißig sein, wenn's darum geht, Häuser und Hütten niederzubrennen. Der alte Verence ließ ebenfalls Feuer legen, aber ... äh ...«

»Ich weiß, ich weiß.« Oma Wetterwachs nickte. »Es war irgendwie persönlicher. Es steckte *Engagement* dahinter. Die Leute fühlten sich geschätzt.«

»Lord Felmet hasst das Königreich«, fuhr Nanny fort. »Überall spricht man darüber. Die Bürger sagen: Wenn wir zu ihm gehen, starrt er uns nur an, kichert, reibt sich die Hände und zuckt ein wenig.«

Oma kratzte sich am Kinn. »Tja, der alte König schrie sie an und jagte sie aus dem Schloss. Meinte, er habe keine Zeit für Ladeninhaber und Krämer und so weiter«, fügte sie mit einem Hauch Anerkennung hinzu.

»Trotzdem war er freundlich und entgegenkommend«, sagte Nanny Ogg. »Und er ...«

»Das Königreich ist besorgt«, warf Oma Wetterwachs ein.

»Das habe ich bereits erwähnt.«

»Ich meine nicht die Leute, sondern das Königreich.«

Oma Wetterwachs erzählte alles, und Nanny unterbrach sie einige Male, um Fragen zu stellen. Zweifel an den Worten kam ihr nicht in den Sinn. Oma Wetterwachs schwindelte und übertrieb nie.

»Na so was«, kommentierte sie schließlich.

»Finde ich auch.«

»Komisch.«

»In der Tat.«

»Und was geschah dann?«

»Die Tiere gingen fort. Es hatte sie zu mir gebracht und schickte sie in den Wald zurück.«

»Niemand hat irgendjemanden gefressen?«

»Nicht dass ich wüsste.«

»Seltsam.«

»Ganz meine Meinung.«

Nanny Ogg beobachtete die untergehende Sonne.

»Ich schätze, nur wenige Königreiche verhalten sich auf diese Weise«, sagte sie. »Du hast ja das Theater gesehen. Könige und solche Leute bringen sich die ganze Zeit um. Ihre Reiche finden sich einfach damit ab. Warum nimmt unser Königreich Anstoß daran?«

»Es ist schon lange hier«, erwiderte Oma Wetterwachs.

»Alles andere auch.« Wie jemand, der sein ganzes Leben lang studiert hatte, erklärte Nanny: »Alles befindet sich dort, wo es zuerst entstand. Man nennt so etwas Geografie.«

»Du meinst gewöhnliches Land«, sagte Oma Wetterwachs. »Bei einem Königreich sieht die Sache ganz anders aus. Ein Königreich besteht aus vielen Dingen. Aus Ideen, Treuepflichten und Erinnerungen. Das alles existiert zusammen. Und dann bildet sich daraus Leben. Kein körperliches Leben. Es ist eher wie eine ... lebende Idee. Sie setzt sich aus allem Lebendigen und den entsprechenden Gedanken zusammen. Und den Gedanken *davor*.«

Magrat kehrte zurück und bereitete das Feuer wie in Trance vor.

»Offenbar hast du intensiv darüber nachgedacht«, entgegnete Nanny Ogg langsam und vorsichtig. »Ich nehme an, das Königreich möchte einen besseren König, stimmt's?«

»Nein! Das heißt, ja. Ich meine…« Oma beugte sich vor. »Es hat nicht die gleichen Vorlieben und Abneigungen wie Menschen, oder?«

Nanny Ogg lehnte sich zurück. »Wohl kaum«, antwortete sie unsicher.

»Es ist ihm gleich, ob Menschen gut oder schlecht sind. Wahrscheinlich merkt es überhaupt nichts davon. Es ist so wie… wie… Kannst du eine gute Ameise von einer schlechten unterscheiden? Jedenfalls, es erwartet Interesse vom König.«

»Ja, aber…«, begann Nanny hilflos. Sie fürchtete sich allmählich vor dem Glühen in Oma Wetterwachs' Augen. »Viele Leute haben sich gegenseitig umgebracht, weil sie König von Lancre werden wollten. Die Geschichte dieses Königreichs ist eine lange Mordserie.«

»Spielt *überhaupt* keine Rolle«, brummte Oma und gestikulierte. Sie zählte die Gründe an den Fingern ab. »Weil erstens: Könige töten sich, da das zu ihrem Schicksal gehört. Es ist kein Mord in dem Sinn. Und weil zweitens: Sie töteten für das Königreich. Diesem Punkt kommt eine besondere Bedeutung zu. Doch der Herzog will nur Macht. Er hasst das Land.«

»Es ist wie mit einem Hund«, warf Magrat ein. Oma Wetterwachs sah sie an und öffnete den Mund, um eine scharfe Antwort zu geben. Dann lächelte sie sanft.

»Ja, du hast recht«, bestätigte sie. »Ein Hund schert sich nicht darum, ob sein Herrchen gut oder schlecht ist, solange es sich um ihn kümmert.«

»Na schön«, murmelte Nanny. »Nichts und niemand mag Felmet. Was sollen wir jetzt unternehmen?«

»Wir warten ab. Du weißt doch, dass wir uns nicht einmischen dürfen.«

»Du hast das Kind gerettet«, erinnerte Nanny.

»Das ist keine Einmischung!«

»Wie du meinst.« Nanny seufzte. »Aber vielleicht kommt der Junge eines Tages zurück. Als Mann. Schicksal, du weißt schon. Und du hast gesagt, wir sollten die Krone verstecken. Sie kommt bestimmt zurück, da kannst du ganz sicher sein. Beeil dich mit dem Tee, Magrat!«

»Was ist mit den Bürgern?«, fragte Oma Wetterwachs.

»Ich habe sie darauf hingewiesen, dass sie ihre Probleme allein lösen müssen. Wenn wir Magie verwenden, hört es nie auf, so lauteten meine Worte.«

»Genau richtig«, erwiderte Oma, doch in ihrer Stimme erklang eine gewisse Wehmut.

»Aber eins steht fest«, fügte Nanny hinzu. »Sie waren nicht begeistert. Ich hörte sie murren, als sie gingen.«

»Kennt ihr den Narren, der im Schloss wohnt?«, platzte es aus Magrat heraus.

»Ein kleiner Mann mit tränenden Augen?«, fragte Nanny, froh, dass die Diskussion wieder normalen Dingen galt.

»So klein nicht«, sagte Magrat. »Wisst ihr zufällig, wie er heißt?«

»Einfach nur Narr, nehme ich an«, brummte Oma Wetterwachs. »Keine gute Arbeit für einen Mann. Mit Glocken herumzulaufen und so.«

»Seine Mutter stammte aus der Familie Blödian, drüben in Schwarzglas«, sagte Nanny, deren Wissen über die Genealogie von Lancre legendär war. »Als junge Frau eine echte Schönheit. Brach vielen Männern das Herz. Sorgte für einige Skandale, wie ich hörte. Aber Esme hat recht. Letztendlich ist ein Narr ein Narr.«

»Warum fragst du, Magrat?« Oma Wetterwachs musterte die junge Hexe.

»Oh ...« Magrats Ohren glühten rot. »Eins der Mädchen im Dorf hat mich darauf angesprochen.«

Nanny räusperte sich, lächelte wissend und sah Oma an, die laut schniefte.

»Es ist ein solider Job«, sagte Nanny. »Das muss man zugeben.«

»Hm«, entgegnete Oma Wetterwachs. »Jemand, der den ganzen Tag über bimmelt. Kein geeigneter Ehemann, finde ich.«

»Ja, aber man weiß immer, wo er ist.« Nanny erwärmte sich langsam für dieses Thema. »Man braucht nur zu lauschen.«

»Jemand mit Hörnern auf dem Kopf verdient kein Vertrauen«, erwiderte Oma kategorisch.

Magrat stand auf, straffte die Gestalt und versuchte, ein paar Jahre älter zu sein.

»Ihr seid zwei dumme, einfältige Frauen«, sagte sie leise. »Und ich gehe jetzt nach Hause.«

Ohne ein weiteres Wort drehte sie sich um und marschierte über den Pfad, der zu ihrem Heimatdorf führte.

Die beiden anderen Hexen blickten sich groß an.

»Na!«, stieß Nanny hervor.

»Es liegt an den Büchern, die sie heutzutage lesen«, sagte Oma Wetterwachs. »Dadurch wird das Gehirn überhitzt. Du hast ihr Flausen in den Kopf gesetzt, stimmt's?«

»Wie meinst du das?«

»Du *weißt*, was ich meine.«

Nanny erhob sich. »Ich begreife nicht, warum eine Frau ihr ganzes Leben lang allein bleiben soll, nur weil du das für richtig hältst. Außerdem: Wenn keine Kinder geboren würden, gäbe es uns nicht.«

»Keine deiner Töchter ist Hexe«, sagte Oma Wetterwachs und stand ebenfalls auf.

»Sie *hätten* es werden können«, verteidigte sich Nanny.

»Ja, wenn du bereit gewesen wärst, es ihnen zu überlassen.

Stattdessen hast du sie dazu ermutigt, sich Männern an den Hals zu werfen.«

»Sie sehen gut aus. Man darf sich der menschlichen Natur nicht in den Weg stellen. Du weißt ja: Wenn du jemals ...«

»Wenn ich jemals *was?*«, fragte Oma Wetterwachs leise.

Sie starrten sich einige Sekunden lang an und teilten ein schockiertes Schweigen. Beide spürten es: eine Anspannung, die vom Boden aus durch ihre Körper wuchs, die heiße, schmerzende Überzeugung, dass sie etwas angefangen hatten und unbedingt zu Ende bringen mussten.

»Ich habe dich schon als Mädchen gekannt«, sagte Nanny verdrießlich. »Du warst ziemlich hochnäsig.«

»Zumindest habe ich die meiste Zeit in der Vertikalen verbracht«, erwiderte Oma Wetterwachs. »Du hingegen hast das Waagerechte vorgezogen. Abscheulich. Alle haben die Nase über dich gerümpft.«

»Woher willst du das wissen?«, zischte Nanny.

»Das ganze Dorf hat darüber geredet.«

»Das gilt auch für dich! Man hat dich Eisfräulein genannt, ha!«, sagte Nanny.

»Ich möchte mir nicht meine Lippen besudeln, indem ich deinen damaligen Spitznamen ausspreche!«, rief Oma.

»Ach, tatsächlich?«, rief Nanny. »Dann will ich dir Folgendes sagen, gute Frau ...«

»Wag es bloß nicht, in dem Ton mit mir zu reden! Und ich lasse nicht zu, dass mich jemand gute Frau nennt ...«

»Na *schön!*«

Erneut folgte Stille, und die beiden Hexen standen dicht voreinander, Nase an Nase. Diesmal war das Schweigen ein ganzes Quantenniveau an Feindseligkeit höher als das letzte – in der Hitze dieses Schweigens hätte man einen Truthahn braten können. Es wurde nicht mehr geschrien; die Ausdruckskraft lauter Schreie genügte jetzt nicht mehr. Die Stimmen klangen nun dumpf und drohend.

»Ich hätte eigentlich wissen müssen, dass es keinen Sinn hat, auf Magrat zu hören«, knurrte Oma Wetterwachs. »Die ganze Sache mit dem Hexenzirkel ist lächerlich. Dadurch lernt man nur die falschen Leute kennen.«

»Ich bin froh, dass wir dieses Gespräch geführt haben«, fauchte Nanny Ogg. »Jetzt ist wenigstens alles klar.«

Sie sah zu Boden.

»*Und* du bist in meinem Revier, gnä' Frau.«

»Gnä' Frau!«

Donner grollte in der Ferne. Der permanente Sturm von Lancre kehrte nach einem Ausflug zu den Vorbergen zurück, um für eine Nacht ein Gastspiel im Gebirge zu geben. Das letzte Licht der Sonne schimmerte blau durch die Wolken, und dicke Wassertropfen fielen auf die spitzen Hüte der beiden Hexen.

»Für diesen Unsinn habe ich überhaupt keine Zeit«, sagte Oma Wetterwachs scharf. »Ich muss mich um wesentlich wichtigere Dinge kümmern.«

»Ich auch«, behauptete Nanny.

»Gute Nacht.«

»Nacht.«

Sie drehten sich gleichzeitig um und stapften durch den strömenden Regen davon.

Regentropfen hämmerten an Magrats Fenster, als sie entschlossen in Gütchen Wempers Büchern blätterte und nach etwas suchte, das hier in Ermangelung eines besseren Ausdrucks ›natürliche Magie‹ genannt werden soll.

Die alte Frau hatte viele solche Dinge gesammelt und – was sehr ungewöhnlich war – darüber geschrieben. Dutzende von Büchern waren mit sorgfältig gekritzelten kleinen Buchstaben gefüllt worden, die alle Einzelheiten zahlloser geduldiger Experimente in angewandter Magie schilderten. Gütchen Wemper war als erste Forschungshexe in die magische Geschichte der Scheibenwelt eingegangen.*

Magrats Interesse galt insbesondere dem Liebeszauber. Wenn sie die Augen schloss, sah sie vor der Dunkelheit ihrer Lider eine rot-gelbe Gestalt. Das konnte sie nicht länger dulden.

Sie klappte das Buch mit einem Ruck zu und sah auf ihre Notizen. Zuerst musste sie seinen Namen herausfinden, was mit dem alten Schäl-den-Apfel-Trick ganz einfach sein sollte. Man schälte einen Apfel, nahm einen langen Streifen und warf ihn über die Schulter – angeblich blieb er in der Form des Namens liegen. Millionen von jungen Frauen hatten es versucht und unweigerlich eine Enttäuschung hinnehmen müssen, es sei denn, der geliebte Mann hieß Scscs. Aber Magrat glaubte, allen Grund zu haben, zuversichtlich zu sein. Immerhin benutzte sie einen Apfel von der Sorte Abendwunder, drei Minuten vor zwölf am ersten Frosttag des Herbstes gepflückt. Darüber hinaus schälte sie ihn mit der linken Hand und benutzte dabei ein silbernes Messer, dessen Klinge weniger als einen halben Zoll breit war. Gütchen Wemper hatte in diesem Zusammenhang gründlich experimentiert und beschrieb in

* Früher oder später musste jemand solche Aktivitäten entfalten. Es mag ja ganz in Ordnung sein, nach dem Auge eines Molchs zu verlangen, aber welche Unterspezies ist damit gemeint: Kammmolch, Bergmolch, Teichmolch oder vielleicht Fadenmolch? Und welches Auge soll man nehmen? Genügt auch Tapioka? Und was geschieht, wenn wir das Eiweiß durch etwas anderes ersetzen? Wird der Zauber a) gelingen, b) versagen oder c) sich durch den Boden des Kessels brennen? Gütchen Wempers Neugier in Bezug auf derartige Dinge war enorm und unersättlich.**

** Fast unersättlich. Zur endgültigen Sättigung kam es wahrscheinlich während des letzten Fluges, bei dem Gütchen Wemper feststellen wollte, ob ein Hexenbesen überlebt, wenn man ihm mitten in der Luft die Borsten ausreißt. Der Bericht des kleinen schwarzen Raben, den sie als Flugschreiber einsetzte, deutet darauf hin, dass die Antwort mit ziemlicher Sicherheit Nein lautet.

ihren Aufzeichnungen alle notwendigen Voraussetzungen. Magrat bewahrte immer einige Äpfel auf – für den Notfall –, und dieser eignete sich vermutlich.

Sie holte tief Luft und warf ein Stück der Schale über die Schulter.

Langsam drehte sie sich um.

Ich bin eine Hexe, erinnerte sie sich. *Dies ist nur ein Zauber. Ich brauche mich deshalb nicht zu fürchten. Reiß dich zusammen, Mädchen! Beziehungsweise* Frau.

Sie blickte nach unten, biss sich verlegen und nervös in den Handrücken.

»Wer hätte das gedacht?«, murmelte sie.

Die Magie funktionierte.

Mit klopfendem Herzen wandte sie sich wieder ihren Notizen zu. Was kam jetzt? Ah, ja: das Sammeln von Farnkraut in einem seidenen Taschentuch bei Morgengrauen. Gütchen Wempers Handschrift – sie neigte dazu, alle Wörter möglichst klein zu schreiben – bot auf den nächsten beiden Seiten detaillierte botanische Anweisungen. Wer sie genau befolgte, bekam schließlich einen Liebestrank, der in einem fest zugestöpselten Krug in einem Eimer mit Eiswasser aufbewahrt werden musste.

Magrat öffnete die Hintertür. Es donnerte inzwischen nicht mehr, aber das erste graue Licht des neuen Tages ertrank in einem beständigen Nieselregen. Dennoch: Es handelte sich zweifellos um ein Morgengrauen, und Magrat war entschlossen.

Dornen zupften an ihrem Kleid, und der Regen klebte das Haar an den Kopf, als sie durch den tropfnassen Wald schritt.

Die Bäume schüttelten sich, obwohl kein Wind wehte.

Auch Nanny Ogg war früh auf den Beinen. Sie hatte ohnehin nicht schlafen können, und außerdem machte sie sich Sorgen wegen Greebo. Der Kater gehörte zu ihren blinden Flecken. Die von Gefühlen unbeeinträchtigte Vernunft zeigte ihn ihr als dicken, verschlagenen, hinterhältigen, gemeinen und stinkenden vielfachen Vergewaltiger, aber trotzdem stellte sie sich ihn instinktiv als jenes kleine, flauschige Kätzchen vor, das er vor einigen Jahrzehnten gewesen war. Der Umstand, dass Greebo einmal eine Wölfin in einen Baumwipfel gejagt und sogar eine Bärin erschreckt hatte, die unschuldig nach Wurzeln grub, hinderte Nanny Ogg nicht an der Sorge, ihm könne etwas zugestoßen sein. Alle anderen Bewohner des Königreichs vertraten die Ansicht, dass Greebo nur von einem direkten Meteoritentreffer vorübergehend außer Gefecht gesetzt werden konnte.

Nanny verwendete elementare Magie, um seiner Spur zu folgen – obgleich dafür eine gute Nase genügte. Die Fährte führte sie durch feuchte Straßen und zum offenen Schlosstor.

Sie nickte den Wächtern kurz zu, als sie das Portal passierte. Den beiden Soldaten kam es nicht in den Sinn, sie aufzuhalten, denn Hexen – wie Imker und große Gorillas – haben uneingeschränkte Bewegungsfreiheit. Wie dem auch sei: Eine ältere Frau, die immer wieder einen Löffel hob und damit an ihre Schüssel klopfte, war wahrscheinlich nicht die Vorhut einer Invasionsarmee.

Das Leben als Schlosswächter in Lancre zeichnete sich in erster Linie durch Langeweile aus. Als Nanny vorbeiging, stützte sich einer der Soldaten auf seinen Speer und wünschte sich etwas Aufregung. Bald würde er sich nach der bisherigen Ruhe zurücksehnen. Der andere Wächter nahm Haltung an und salutierte.

»Guten Morgen, Mama.«

»Guten Morgen, unser Shawn«, sagte Nanny und schritt über den Innenhof.

Nanny Ogg teilte die Abneigung aller Hexen gegenüber Vordertüren, und deshalb betrat sie das Schloss durch den Lieferanteneingang der Küche. Einige Dienstmädchen machten einen Knicks, ebenso wie die Wirtschafterin. Nanny erkannte sie vage als eine Schwiegertochter, konnte sich jedoch nicht an ihren Namen erinnern.

Und so kam es, dass Lord Felmet, als er sein Schlafzimmer verließ, im Flur einer Hexe begegnete. Es konnte überhaupt kein Zweifel daran bestehen. Von der Spitze des spitzen Hutes bis hin zu den Stiefeln – sie war eine Hexe. Und sie hatte es auf ihn abgesehen.

Magrat glitt hilflos eine Böschung hinunter. Sie war völlig durchnässt, und Schlammfladen hafteten an ihr. *Wenn man solche Zauberformeln liest*, fuhr es ihr bitter durch den Sinn, *denkt man immer an einen sonnigen Morgen im späten Frühling*. Darüber hinaus hatte sie vergessen festzustellen, welche verdammte Art von verdammtem Farnkraut es verdammt noch mal zu sammeln galt.

Ein Baum schüttete seine Ladung aus Regentropfen auf sie herab. Magrat wischte sich einige Haarsträhnen aus der Stirn und nahm auf einem umgestürzten Stamm Platz, aus dem eine ganze Schar verlegener blasser Pilze wuchs.

Zunächst schien es eine ausgezeichnete Idee gewesen zu sein, und sie hatte sich viel vom Hexenzirkel erhofft. Sie war sicher, dass es nicht richtig sein konnte, als Hexe allein zu bleiben – dann kam man nur auf komische Gedanken. Sie hatte von klugen Diskussionen über natürliche Energien geträumt, während ein großer Vollmond am Himmel leuchtete, und anschließend versuchten sie es vielleicht mit einigen der in Gütchen Wempers Büchern beschriebenen Tänzen. *Nackte* Tänze – oder ›nur in den Himmel gekleidet‹, wie sich Gütchen ausdrückte – kamen natürlich nicht infrage. Magrat gab sich, was ihren Körper betraf, keinen Illusionen hin, und die beiden älteren Hexen schienen nicht einmal bereit zu sein, ihre Röcke bis zu den Waden zu heben, abgesehen vielleicht von Nanny. Das war auch gar nicht notwendig. In den Büchern stand, dass Hexen manchmal in ihren Nachthemden tanzten. Magrat fragte sich nach dem Grund dafür. Blieb ihnen vielleicht keine Zeit fürs Umziehen?

Sie hatte nicht mit zwei häkelnden alten Frauen gerechnet, denen die Bedeutung des Wortes »Freundlichkeit« unbekannt zu sein schien und die nie zu der richtigen Einstellung gewissen ... Dingen gegenüber fanden. Oh, sie waren bereit gewesen, dem Kind zu helfen, auf ihre eigene Art und Weise, aber Magrat vermutete, dass sich selbst dahinter egoistische Motive verbargen.

Und wenn sie Magie beschworen, sorgten sie dafür, dass alles so gewöhnlich wirkte wie ... wie das Abwaschen zu Hause. Sie trugen keinen okkulten Schmuck. Magrat glaubte fest an die okkulte Bedeutung von okkultem Schmuck.

Alles war völlig verkehrt. Magrat beschloss, nach Hause zurückzukehren.

Sie stand auf, zog das nasse Kleid zurecht, ging durch den dunstigen Wald ...

... und hörte die eiligen Schritte. Jemand lief ziemlich schnell, ohne sich darum zu kümmern, wer ihn hörte. Zweige knackten, und Magrat vernahm auch ein sonderbares Klimpern. Sie duckte sich hinter einen tropfenden Busch und spähte vorsichtig durch die Blätter.

Kurz darauf erkannte sie Shawn, den jüngsten von Nanny Oggs Söhnen, und das metallische Geräusch stammte von seinem Kettenhemd, das ihm einige Nummern zu groß war. Lancre ist ein armes Königreich, und im Lauf der Jahrhunderte mussten die Kettenhemden der Schlosswächter von einer Generation zur anderen weitergereicht werden, häufig am Ende eines langen Stocks. In seiner gegenwärtigen Aufmachung sah Shawn aus wie ein kugelsicherer Bluthund.

Magrat trat vor ihn.

»Bist du das, Fräulein Magrat?«, fragte Shawn und hob den Teil des Kettenhemds, der von der Stirn aus fast bis zum Kinn reichte. »Meine Mama!«

»Was ist mit ihr?«

»Er hat sie eingesperrt! Meinte, sie sei gekommen, um ihn zu vergiften! Und ich kann sie nicht im Kerker besuchen, wegen der neuen Wächter! Es heißt, sie sei in Ketten gelegt worden …« Shawn runzelte die Stirn. »Und das bedeutet, bald wird etwas Schreckliches geschehen. Du weißt ja, wie sie ist, wenn sie die Geduld verliert. Dann geht's drunter und drüber, Fräulein.«

»Was hast du vor?«, fragte Magrat.

»Ich hole unseren Jason und unseren Wane und unseren Darron und unseren …«

»Einen Augenblick!«

»Oh, Fräulein Magrat, stell dir nur einmal vor, er lässt sie foltern. Du weißt ja, was mit ihrer Zunge passiert, wenn sie böse wird …«

»Ich überlege«, verkündete Magrat.

»Er hat seine Leibgarde am Tor postiert und so …«

»Würdest du mal einige Sekunden lang still sein, Shawn?«

»Wenn unser Jason davon hört, wird er dem Herzog eine ordentliche Abreibung verpassen, Fräulein. Er meint, das sei ohnehin längst überfällig.«

Nanny Oggs Jason war ein junger Mann mit der Statur eines Ochsen und, wie Magrat glaubte, auch dem Verstand einer Ochsenherde. Er hatte ein ziemlich dickes Fell, aber sie bezweifelte, ob er einen Pfeilhagel überleben konnte.

»Sag ihm noch nichts«, erwiderte sie nachdenklich. »Vielleicht gibt es eine andere Möglichkeit …«

»Soll ich Oma Wetterwachs Bescheid geben, Fräulein?«

Shawn sprang vom einen Bein aufs andere. »Sie weiß bestimmt, was es jetzt zu unternehmen gilt. Immerhin ist sie eine Hexe.«

Magrat erstarrte. Vorher hatte sie geglaubt, verärgert zu sein, aber jetzt brodelte *Wut* in ihr. Sie fröstelte in der Kühle, war nass und hungrig, und diese *Person* ... Irgendwann einmal, lauschte sie ihren Gedanken, würde sie bei einer derartigen Gelegenheit in Tränen ausbrechen.

»Oh, äh«, sagte Shawn. »Äh. Ich wollte nicht. Ich meine. Huch. Ah. Oh ...«

Er wich zurück.

»Wenn du zufälligerweise Oma Wetterwachs begegnest«, erwiderte Magrat langsam und in einem Tonfall, der die Worte in Glas geätzt hätte, »so kannst du ihr mitteilen, dass ich alles in Ordnung bringe. Geh jetzt, bevor ich dich in einen Frosch verwandle. Du siehst ohnehin wie einer aus.«

Sie drehte sich um, raffte den Rock zusammen und lief in Richtung ihrer Hütte.

Lord Felmet hatte die Kunst der hämischen Freude bis zur Perfektion entwickelt. Er war ein echtes Naturtalent.

»Haben wir's auch hübsch gemütlich?«, fragte er.

Nanny Ogg dachte darüber nach. »Abgesehen von diesem Gefangenenblock, meinst du?«, erwiderte sie.

»Ich bin immun gegen deine niederträchtigen Schmeicheleien«, sagte der Herzog. »Und ich lache über deine teuflische Schläue. Du sollst es ruhig wissen: Man wird dich foltern.«

Diese Bemerkung schien nicht die gewünschte Wirkung zu erzielen. Nanny sah sich mit dem vagen Interesse eines Touristen im Verlies um.

»Und anschließend wirst du verbrannt«, fügte die Herzogin hinzu.

»Gut«, sagte Nanny.

»Gut?«

»Hier drin ist es verdammt kalt. Was ist das große schrankartige Ding mit den Spitzen?«

Lord Felmet zitterte. »Aha!«, entfuhr es ihm triumphierend. »Jetzt dämmert's dir, wie? Werte Dame, das ist eine eiserne Jungfrau. Modernste Foltertechnik. Du hast allen Grund, dich zu fürchten und ...«

»Kann ich den Apparat einmal ausprobieren?«

»Dein Flehen tönt an taube Oh...« Der Herzog unterbrach sich verwirrt. In der einen Wange zuckte es ihm.

Ihre Ladyschaft beugte sich vor, bis sie fast gegen Nannys Nase stieß.

»Genieße deine Sorglosigkeit, solange du Gelegenheit dazu hast«, zischte sie. »Bald wirst du auf der anderen Seite deines Gesichts lachen!«

»Es hat nur diese«, entgegnete Nanny ungerührt.

Die Herzogin betrachtete ein Tablett mit diversen Werkzeugen und lächelte liebevoll. »Das wird sich bald herausstellen«, sagte sie und griff nach einer Zange.

»Und glaub nur nicht, dass dir andere Hexen zu Hilfe eilen.« Lord Felmet schwitzte trotz der Kälte. »Nur wir haben den Schlüssel für dieses Verlies. Ha, ha. Du wirst all den Leuten ein Beispiel sein, die böswillige Lügen über mich verbreiten. Beteure nur nicht deine Unschuld! Dauernd höre ich die Stimmen, wie sie lügen ...«

Die Herzogin packte ihn energisch am Arm. »Das genügt«, schnaufte sie. »Komm, Leonal, wir sollten ihr die Möglichkeit geben, eine Zeit lang über ihr Schicksal nachzudenken.«

»Die Gesichter ... hässliche Lügen ... Ich war nicht dabei, als er fiel ... Mein Haferschleim, völlig versalzen ...«, murmelte der Herzog und taumelte.

Hinter Lord und Lady Felmet fiel die Tür zu. Ein Schloss klickte; Riegel wurden vorgeschoben.

Nanny hockte allein in der Düsternis. Eine Fackel, die hoch an der Wand flackerte, verlieh dem Halbdunkel weitere unheimliche Aspekte. Seltsame Vorrichtungen aus Metall, dafür geschaffen, die Belastungsgrenzen des menschlichen Körpers zu erforschen, warfen gespenstische Schatten. Nanny Ogg bewegte sich; ihre Ketten klirrten.

»Na schön«, sagte sie. »Ich sehe dich. Wer bist du?«

König Verence trat vor.

»Ich habe beobachtet, wie du hinter dem Herzog Grimassen geschnitten hast«, fuhr Nanny Ogg fort. »Ich musste mich sehr bemühen, nicht laut zu lachen.«

»Von Grimassen kann keine Rede sein, Frau. Ich habe Felmet nur finster angestarrt.«

Nanny kniff die Augen zusammen. »Äh, ich kenne dich. Du bist tot.«

»Ich ziehe den Ausdruck ›aus dem Leben geschieden‹ vor«, erwiderte der König.

»Ich würde mich vor dir verneigen*«, sagte Nanny. »Aber die Ketten und so hindern mich daran. Du hast hier nicht zufällig eine Katze gesehen?«

»Doch. Einen Kater. Er befindet sich in einem Zimmer weiter oben und schläft.«

Nanny entspannte sich. »Dann ist ja alles in Ordnung«, seufzte sie. »Ich bin recht besorgt gewesen.« Erneut sah sie sich im Verlies um. »Was hat es mit dem großen Bett-Ding dort drüben auf sich?«

»Ein Streckbrett.« Verence erklärte die Funktionsweise. Nanny Ogg nickte.

»Der Herzog scheint ziemlich einfallsreich zu sein«, kommentierte sie.

»Gnä' Frau, ich fürchte, dass ich für deine derzeitige Situation verantwortlich bin«, sagte der König. Er setzte sich auf

* Hexen machen nie einen Knicks.

einen Amboss, oder schwebte zumindest darüber. »Ich wollte eine Hexe hierher locken.«

»Kannst du Schlösser knacken?«

»Dafür genügen meine ätherischen Muskeln leider noch nicht, aber…« Der Geist des Königs vollführte eine vage Geste, die dem Kerker, Nanny und den Ketten galt. »Aber für eine Hexe ist das sicher ein Kinderspiel.«

»Massives Eisen«, warf Nanny ein. »Du bist in der Lage, einfach hindurchzugehen. Im Gegensatz zu mir.«

»Das wusste ich nicht«, entgegnete Verence. »Ich dachte, Hexen…«

»Junger Mann«, sagte Nanny fest, »du wirst jetzt so freundlich sein, den Mund zu halten.«

»Gnä' Frau! Ich bin der König!«

»Aber du bist auch tot, und deshalb würde ich an deiner Stelle nicht auf persönlichen Ansichten bestehen. Sei ein guter Junge und schweig jetzt.«

Entgegen allen Instinkten stellte der König fest, dass er gehorchte. Einer solchen Stimme konnte er unmöglich widersprechen. Sie ertönte aus der Vergangenheit, aus dem Kinderzimmer. Ihre Echos gaben ihm zu verstehen, dass er früh ins Bett musste, wenn er nicht alles aufaß.

Nanny Ogg zog an den Ketten. *Hoffentlich kommen sie bald*, dachte sie.

»Äh«, begann Verence voller Unbehagen, »ich glaube, ich bin dir eine Erklärung schuldig…«

Danke«, sagte Oma Wetterwachs, und da es Shawn zu erwarten schien, fügte sie hinzu: »Du bist ein guter Junge gewesen.«

»Ja, gnä'f«, erwiderte Shawn. »Gnä'f?«

»Gibt es sonst noch etwas?«

Shawn zupfte verlegen am Saum seiner Kettenhemd-Weste.

»Es stimmt doch nicht, was man sich über unsere Mama erzählt, oder, gnä'f?«, fragte er. »Sie läuft nicht herum und spricht schreckliche Flüche über irgendwelche Leute aus. Abgesehen vom Metzger Daviss. Und dem alten Kuchenbrot, nachdem er ihre Katze getreten hat. Aber das waren eigentlich keine echten Flüche, nicht wahr, gnä'f?«

»Du brauchst mich nicht gnä'f zu nennen.«

»Ja, gnä'f.«

»So was erzählt man sich also, wie?«

»Ja, gnä'f.«

»Manchmal verärgert deine Mutter gewisse Personen.«

Shawn trat vom einen Bein aufs andere.

»Ja, gnä'f, aber es werden auch üble Sachen über dich erzählt, gnä'f, wenn du mir diese Bemerkung gestattest.«

Oma Wetterwachs versteifte sich.

»Welche Sachen?«

»Ich möchte sie nicht wiederholen, gnä'f.«

»*Welche Sachen?*«

Shawn überlegte. Die Liste seiner Möglichkeiten war nicht besonders lang.

»Viele Dinge, die natürlich nicht wahr sind, gnä'f«, sagte er und machte damit sofort seinen Standpunkt klar. »Viele verschiedene Dinge. Alle Arten von Dingen. Zum Beispiel: Der alte Verence war ein schlechter König, und du hast ihm auf den Thron geholfen. Und: Du bist für den schlimmen Winter im letzten Jahr verantwortlich. Und: Die Kuh des alten Norbut gab keine Milch mehr, nachdem du sie angestarrt hast. Alles Lügen«, betonte Shawn loyal.

»Na«, sagte Oma Wetterwachs.

Sie warf die Tür vor dem schwitzenden Gesicht des Soldaten zu, blieb einige Sekunden lang nachdenklich stehen und zog sich dann in ihren Schaukelstuhl zurück.

»Na!«, wiederholte sie schließlich, diesmal mit etwas mehr Nachdruck.

Kurz darauf fügte sie hinzu: »Sie ist eine blöde alte Schlampe, aber wir dürfen nicht zulassen, dass Hexen einfach so eingesperrt werden. Wenn man den Respekt verliert, hat man überhaupt nichts mehr. Ich erinnere mich gar nicht daran, die Kuh des alten Norbut angestarrt zu haben. Wer ist der alte Norbut?«

Sie stand auf, nahm ihren spitzen Hut vom Haken hinter der Tür und steckte ihn mit einigen lanzenartigen Nadeln fest. Sie kannten ihren Platz und glitten hinein, unaufhaltsam wie der Zorn Gottes.

Oma Wetterwachs warf einen finsteren Blick in den Spiegel, bevor sie zum Stall ging und ihren Hexenmantel holte – wenn sie ihn nicht benutzte, diente er als Decke für kranke Ziegen.

Früher einmal hatte er aus schwarzem Samt bestanden; jetzt war er nur noch schwarz. Eine dunkel angelaufene Silberbrosche hielt ihn zusammen.

Keine Samurai oder Ritter, die auszogen, um einen Drachen zu töten, hatten sich jemals so würdevoll und feierlich angezogen.

Schließlich richtete sich Oma Wetterwachs zu voller Größe auf, betrachtete ihr Spiegelbild, lächelte zufrieden und verließ das Haus durch die Hintertür.

Die allgemeine Atmosphäre der Bedrohung wurde nur ein wenig gestört, als Oma draußen auf und ab lief, um den magischen Motor ihres Besens zu starten.

Auch Magrat blickte in den Spiegel.

Sie hatte ein erstaunliches grünes Kleid hervorgeholt, das sowohl enthüllend sein als auch eng anliegen sollte. Unter anderen Umständen wäre das vielleicht auch der Fall gewesen, aber unglücklicherweise gab es bei Magrat nichts, das enthüllt werden oder eng anliegen konnte. Deshalb schob sie sich vorn zwei zusammengerollte Kniestrümpfe unter den Stoff, um einen gewissen Ausgleich für das zu schaffen, was ihr die Natur vorenthielt. Sie versuchte, ihr Haar mit einem Zauber zu ordnen, aber es ließ sich nur widerwillig von Magie beeinflussen und nahm bereits wieder die übliche Form an – eine Löwenzahn-Uhr mit krummen, verwelkten Zeigern.

Sie trug auch Make-up auf, doch ein voller Erfolg ihrer Bemühungen blieb aus. Vielleicht lag es daran, dass es ihr an Übung fehlte. Sie fragte sich, ob sie es mit dem Lidschatten übertrieben hatte.

An Hals, Fingern und Armen hing genug Silberschmuck für ein großes Tafelservice, und hinzu kam ein mit roter Seide bestickter schwarzer Mantel.

Unter bestimmten Lichtverhältnissen und aus einem gewissen Winkel betrachtet, war Magrat nicht hässlich. Ob diese Vorbereitungen ihr äußeres Erscheinungsbild verbesserten, ist fraglich, aber sie hüllten ihr zitterndes Herz wenigstens in eine dünne Patina aus Zuversicht.

Magrat straffte ihre Gestalt und drehte sich nach rechts und links. Die zahllosen Amulette, magischen Ketten und okkulten Armreifen klirrten laut. Unter diesen Umständen musste ein Feind, der nicht begriff, dass sich eine Hexe näherte, sowohl blind als auch taub sein.

Sie drehte sich zum Arbeitstisch um und betrachtete etwas, das sie selbstzufrieden – und nie in Oma Wetterwachs' Hörweite – *Werkzeuge der Hexenkunst* nannte. Ein Messer mit weißem Griff, das man bei der Zubereitung magischer Ingredienzen verwendete. Ein Messer mit schwarzem Griff, das man bei den magischen Vorgängen selbst benutzte – Magrat hatte so viele Runen ins Heft geschnitzt, dass es ständig Gefahr lief auseinanderzufallen. Es waren zweifellos sehr mächtige Instrumente, aber ...

Magrat schüttelte zögernd den Kopf, ging in die Küche und holte ein Brotmesser hervor. Etwas teilte ihr mit, dass sich in der gegenwärtigen Situation eine junge Frau keinen besseren Freund wünschen konnte als ein großes, langes und sehr scharfes Brotmesser.

Ich weiß etwas, was du nicht weißt, und es beginnt mit S«, sagte Nanny Ogg.

Der Geist des Königs blickte sich aufmerksam im Verlies um.

»Schwedentrunk«, antwortete er versuchsweise und rümpfte die Nase.

»Nein.«

»Spanischer Stiefel?«

»Komischer Name. Was ist damit gemeint?«

»Das dort.« Verence streckte eine geisterhafte Hand aus. »Sehr unangenehm für die Waden.«

Nanny schüttelte den Kopf. »Nein.«

»Würg-Strang?«, fragte der König mit wachsender Verzweiflung.

»Das fängt mit einem W an, und außerdem höre ich dieses Wort jetzt zum ersten Mal«, sagte Nanny Ogg. Der König zeigte auf eine andere Vorrichtung und erklärte sie.

»Nein, ganz bestimmt nicht«, sagte die Hexe fest.

Verence schürzte die Lippen. »Rauchender Schuh der Strafe?«

»Meiner Meinung nach kennst du zu viele dieser Namen.« Nanny klang nun argwöhnisch. »Hast du die Dinge zu deinen Lebzeiten benutzt?«

»Nie«, behauptete der Geist.

»Lügende Jungen enden an einem bösen, bösen Ort«, warnte Nanny.

»Lady Felmet hat die meisten Dinge hierherbringen lassen, und das ist die Wahrheit«, sagte der König schnell. Er hielt seine Lage auch ohne böse, böse Orte für schwierig genug.

Nanny holte tief Luft. »Na schön«, murmelte sie, zumindest teilweise besänftigt. »Das richtige Wort lautet Stuhl der Folter.«

»Aber das sind drei Worte, und in Wirklichkeit heißt es Folterstuhl, was mit einem F be…« Verence unterbrach sich gerade noch rechtzeitig. Während seines Lebens als Erwachsener hatte er sich weder vor Mensch noch Tier gefürchtet, nicht einmal vor Kombinationen aus beiden. Doch Nannys Stimme weckte alte Erinnerungen an Klassen- und Kinderzimmer, an eine von Vorschriften reglementierte Existenz, an die Befehle von strengen Frauen in langen Röcken, an überwiegend graubraune Mahlzeiten, die damals unverdaulich ausgesehen hatten und ihm jetzt wie Ambrosia erschienen.

»Damit steht's fünf zu null für mich«, verkündete Nanny fröhlich.

»Bestimmt kommen der Herzog und die Herzogin bald zurück«, sagte der König. »Ist wirklich alles in Ordnung mit dir?«

»Falls das nicht der Fall sein sollte – wie viel Hilfe kannst du mir anbieten?«, fragte Nanny Ogg.

Ein dumpfes Knirschen erklang, als Riegel zur Seite geschoben wurden.

Vor dem Schloss hatte sich bereits eine große Menschenmenge eingefunden, als Oma Wetterwachs' Besen unsicher landete. Die Leute schwiegen und wichen zur Seite. Oma trug einen Korb mit Äpfeln.

»Man hat eine Hexe ins Verlies gesperrt«, flüsterte ihr jemand zu. »Sie erleidet schreckliche Qualen in der Folterkammer.«

»Unsinn«, erwiderte Oma Wetterwachs. »Ausgeschlossen.

Ich vermute, Nanny Ogg gibt dem König nur einen guten Rat oder so.«

»Es heißt, Jason Ogg sei aufgebrochen, um seine Brüder zu holen«, hauchte ein Ladenbesitzer voller Ehrfurcht.

»Ich schlage vor, ihr kehrt jetzt nach Hause zurück«, sagte Oma. »Sicher liegt ein Missverständnis vor. Alle wissen, dass man Hexen nicht gegen ihren Willen festhalten kann.«

»Diesmal ist der Herzog zu weit gegangen«, brummte ein Bauer. »Erst die Steuern, dann das Niederbrennen und jetzt dies. Ihr Hexen solltet endlich was unternehmen. Es muss aufhören. Ich kenne meine Rechte.«

»Welche Rechte meinst du?«, fragte Oma Wetterwachs.

»Zwei Scheite Brennholz im Winter, Bohnen zum Frühstück, Mittagessen und fürs Abendmahl, ranziges Fett, faule Eier (vier im Monat) und viel frische Luft«, antwortete der Bauer sofort. »Außerdem: feuchtes Heu, Eicheln in jedem zweiten Jahr und zwei Drittel einer dreibeinigen Ziege, mit dem Rest des Dorfes zu teilen. Bis er den Stall verbrannte. Es war eine gute Ziege.«

»Jemand, der seine Rechte so gut kennt wie du, könnte es weit bringen«, lobte Oma Wetterwachs. »Aber jetzt sollte er nach Hause gehen.«

Sie drehte sich um und sah zum Tor, vor dem zwei sehr wachsame Wächter standen. Oma trat näher und richtete ihren Blick auf einen der beiden Soldaten.

»Ich bin eine harmlose, alte Apfelverkäuferin«, sagte sie in einem Ton, der sich gut eignete, um die erste Schlacht eines mittelgroßen Krieges einzuleiten. »Bitte lass mich passieren, guter Mann.« Das letzte Wort enthielt mehrere Dolche.

»Niemand darf ins Schloss«, erwiderte der Wächter. »Befehl des Herzogs.«

Oma Wetterwachs hob die Schultern. Soweit sie wusste, hatte der Apfelverkäufer-Trick nur einmal in der ganzen Hexereigeschichte funktioniert, aber er war Tradition.

»Ich kenne dich, Champett Poldy«, sagte sie. »Ich habe deinen Großvater aufgebahrt und dich zur Welt gebracht.« Sie blickte zur Menge, die sich etwas weiter entfernt erneut versammelt hatte, und sah dann wieder den Wächter an, dessen Gesicht nun einer Fratze des Entsetzens gleichkam. Sie beugte sich etwas näher und fuhr fort: »Ich habe dir die erste Tracht Prügel in diesem Jammertal gegeben, und bei den Göttern, wenn du mich jetzt verärgerst, gebe ich dir auch die letzte.«

Der Speer löste sich aus den vor Furcht zitternden Fingern des Mannes und fiel mit einem dumpfen Pochen zu Boden. Oma hob die Hand und klopfte dem Soldaten beruhigend auf die Schulter.

»Sei unbesorgt«, sagte sie. »Hier, nimm einen Apfel!«

Oma Wetterwachs wollte durchs Tor schreiten, aber eine zweite Lanze versperrte ihr den Weg. Interessiert hob sie den Blick.

Der andere Wächter stammte nicht aus den Spitzhornbergen. Er war ein in den Städten aufgewachsener Söldner, und man bezahlte ihn dafür, die während der letzten Jahre zusammengeschrumpfte Schlosswache zu verstärken. Sein Gesicht präsentierte sich als ein Flickwerk aus Narben. Einige dieser Narben gerieten nun in Bewegung und formten etwas, das wie ein höhnisches Grinsen aussah.

»Das ist also Hexenmagie, wie?«, knurrte er. »Ziemlich armselig, wenn du mich fragst. Vielleicht erschreckst du damit einfältige Bauerntölpel, Weib, aber mich nicht.«

»Vermutlich muss man sich sehr anstrengen, um einen so großen und starken Mann wie dich zu erschrecken.« Oma Wetterwachs tastete nach ihrem Hut.

»Versuch bloß nicht, mir Angst einzujagen!« Der Wächter blickte starr geradeaus und wippte langsam auf den Zehen. »Alte Frauen wie du, die ihre Späßchen mit Leuten treiben. Das gehört sich nicht.«

»Wie du meinst.« Oma Wetterwachs stieß den Speer beiseite.

»Hör mal, ich habe *gesagt*...«, begann der Söldner und packte Oma an der Schulter. Ihre Hand bewegte sich so schnell, dass sie sich überhaupt nicht zu bewegen schien, doch plötzlich stöhnte der Wächter und griff nach seinem Arm.

Oma Wetterwachs schob die lange Nadel in den Hut zurück und lief los.

Wir fangen mit dem *Zeigen der Geräte* an«, verkündete die Herzogin voller Vorfreude.

»Ich kenne sie schon«, erwiderte Nanny. »Zumindest alle, die mit S, P, I, T und W anfangen.«

»Mal sehen, wie lange du den Plauderton beibehalten kannst. Bereite das Feuer im Ofen vor, Felmet!«, befahl die Herzogin.

»Bereite das Feuer im Ofen vor, Narr«, sagte der Herzog.

Der Narr schlurfte betont langsam. Mit so etwas hatte er nicht gerechnet; die Folter fehlte in seiner geistigen Tagesordnung. Das kaltblütige Quälen älterer Damen war ganz und gar nicht sein Bier, und wenn man Hexen tatsächlich ein Leid zufügte – die Temperatur des Blutes spielte dabei keine Rolle –, so ergaben sich daraus nicht die Freuden, die man bei einem Bankett mit zwölf Gängen erwarten durfte. Worte, hatte er gesagt. In diesem Fall schienen ihnen auch Taten zu folgen.

»Die Sache gefällt mir nicht«, murmelte der Narr leise.

»Gut«, sagte Nanny Ogg, die ausgezeichnet hörte. »Ich werde daran denken, dass dir die Sache nicht gefällt.«

»Was?«, fragte der Herzog scharf.

»Nichts«, antwortete Nanny. »Dauert's lange? Ich habe noch nicht gefrühstückt.«

Der Narr entzündete ein Streichholz. In der Luft neben ihm *flüsterte* etwas, und die Flamme erlosch. Er fluchte lautlos und versuchte es mit einem zweiten. Seine zitternde Hand trug es bis zum Ofen, bevor es ebenfalls ausging.

»Beeil dich, Mann!«, drängte die Herzogin und legte die einzelnen Werkzeuge bereit.

»Die Dinger wollen offenbar nicht brennen«, brummte der Narr und griff nach einem dritten Streichholz. Es zischte laut, eine kleine Flamme loderte, flackerte trotzig und erlosch wie die ersten beiden.

Lord Felmet riss ihm die Schachtel aus den bebenden Fingern und versetzte ihm eine Ohrfeige. Mehrere Ringe hinterließen deutlich sichtbare Muster in der Wange des Narren.

»Wird denn keinem meiner Befehle Folge geleistet?«, ereiferte er sich. »Unentschlossener Idiot! Willensschwacher Trottel! Her mit der Schachtel!«

»Meiner Treu, du hast sie bereits«, brachte der Narr hervor und wich zurück. Jemand, den er nicht sehen konnte, hauchte ihm etwas Unverständliches ins Ohr.

»Geh nach draußen!«, zischte der Herzog. »Sorg dafür, dass wir nicht gestört werden!«

Der Narr stolperte über die unterste Stufe, drehte sich um, warf Nanny Ogg noch einen letzten flehentlichen Blick zu und hastete durch die Tür. Er hüpfte ein wenig, aus reiner Angewohnheit.

»Das Feuer ist nicht unbedingt notwendig«, sagte die Herzogin. »Es erleichtert nur das Verhör. Nun, Frau, willst du jetzt alles gestehen?«

»Was denn?«, fragte Nanny.

»Ist doch allgemein bekannt: Verrat, boshafte Hexerei, Unterstützung der Feinde des Königs, Diebstahl der Krone ...«

Leises Klappern veranlasste Lord und Lady Felmet, auf den Boden zu blicken. Ein blutbefleckter Dolch war von der Werkbank gefallen, als habe jemand danach gegriffen und ihn dann kraftlos fallen gelassen. Nanny hörte, wie der Geist des Königs fluchte und nach Luft schnappte, die er gar nicht mehr atmen konnte.

»... und die Verbreitung von Lügen«, beendete die Herzogin ihre Anklage.

»... Salz in meinem Essen ...«, fügte der Herzog nervös hinzu und starrte auf die Verbände an seiner Hand. Er hatte das Gefühl, dass sich außer ihnen noch jemand im Verlies befand.

»Wenn du ein Geständnis ablegst, wirst du nur auf dem Scheiterhaufen verbrannt«, versprach Ihre Ladyschaft. »Und bitte verzichte jetzt auf humorvolle Bemerkungen.«

»Welche Lügen?«

Lord Felmet schloss die Augen, aber einige unheilvolle Visionen klebten an den Rückseiten der Lider. »In Hinsicht auf König Verence, der durch einen Unfall starb«, flüsterte er heiser. Irgendwo in seiner Nähe raunte etwas.

Nanny neigte den Kopf zur Seite und schien einer Stimme zu lauschen, die nur sie allein hörte. Allerdings ... Der Herzog glaubte, ebenfalls etwas zu hören, wenn auch keine Stimme. Es klang eher wie das Seufzen des Windes.

»Oh, ich kenne überhaupt keine Lügen«, entgegnete Nanny. »Ich weiß nur, dass du den König erstochen hast. Er bekam den Dolch von dir. Es geschah am oberen Ende der Treppe.« Sie zögerte kurz, horchte erneut, nickte und fuhr fort: »Neben der Rüstung mit dem Speer. Und du hast gesagt: ›Wenn es schon notwendig ist, sollte ich es so schnell wie möglich hinter mich bringen.‹ Oder etwas in der Art. Und dann hast du dir den Dolch des Königs geschnappt, das Messer, das nun dort auf dem Boden liegt. Du hast es hinter Verences Gürtel hervorgezogen und ...«

»Du lügst!«, schrie Lord Felmet. »Es gab keine Zeugen. Wir ... Zeugen hätten überhaupt nichts beobachten können. Ich habe jemanden im Dunkeln gehört, aber es war niemand da! Es kann niemand da gewesen sein und etwas beobachtet haben!«

Lady Felmet bedachte ihren Mann mit einem finsteren Blick.

»Sei endlich still, Leonal!«, zischte sie. »Ich glaube, hier im Verlies brauchen wir kein Blatt vor den Mund zu nehmen.«

»Wer hat ihr davon erzählt? Du?«

»Und beruhige dich! Niemand hat ihr etwas verraten. Sie ist eine Hexe, um Himmels willen. Hexen finden solche Dinge heraus. Mit dem zweiten Blick oder so.«

»Gesicht«, sagte Nanny.

»Das du bald nicht mehr hast, gute Frau«, drohte die Herzogin mit grimmiger Stimme. »Es sei denn, du sagst uns, wer sonst noch Bescheid weiß. Außerdem verlange ich deine Hilfe bei einigen anderen Angelegenheiten. Und du wirst uns helfen, glaub mir. Mit der Folter gelingt es mir bestimmt, dich zu überzeugen. Ich bin darin sehr geschickt.«

Nanny ließ den Blick durchs Verlies schweifen. Inzwischen herrschte bereits ein ziemliches Gedränge. In König Verence kochte so viel zornige Vitalität, dass er fast auch für Normalsterbliche sichtbar wurde, und er versuchte verzweifelt, die Hand um ein Messer zu schließen, ohne dass die Finger das Heft durchdrangen. Hinter ihm wogten und wallten andere Phantome, nicht direkt Geister, sondern vielmehr Erinnerungen, von grässlichen Schmerzen und heißem Entsetzen in die Substanz der Mauern gestanzt.

»Mein eigener Dolch!«, stieß Verence lautlos hervor. »Der verdammte Mistkerl hat mich mit meinem eigenen Dolch umgebracht!« Er hob transparente Arme und beschwor die Unterwelt, diese größte aller Demütigungen zur Kenntnis zu nehmen. »Gib mir Kraft …«

»Ja«, sagte Nanny. »Es ist einen Versuch wert.«

»Und jetzt beginnen wir«, proklamierte die Herzogin.

Was?«, entfuhr es dem Wächter.

»Ich SAGTE: Ich bin gekommen, um diese leckeren Äpfel zu verkaufen«, wiederholte Magrat. »Hast du was mit den Ohren?«

»Ist heute Markttag?« Der Soldat war äußerst nervös, seit man seinen Kameraden ins Lazarett gebracht hatte. *Ich habe diesen Beruf nicht gewählt, um mich mit solchen Problemen auseinandersetzen zu müssen*, dachte er.

Dann fiel ihm etwas ein.

»Du bist doch keine Hexe, oder?«, fragte er und betastete unruhig seine Lanze.

»Natürlich nicht. Sehe ich wie eine aus?«

Der Wächter betrachtete magische Ketten, okkulte Armreifen, einen mit roter Seide bestickten Mantel, zitternde Hände, hob dann langsam den Blick... Das Gesicht wirkte besonders besorgniserregend. Magrat hatte jede Menge Puder benutzt, um sich ein interessantes blasses Aussehen zu geben. Angesichts der üppig aufgetragenen Wimperntusche gewann der Wächter den Eindruck, zwei Fliegen zu beobachten, die in eine Zuckerschüssel gefallen waren. Nur mit Mühe widerstand er der Versuchung, die Hand zu heben, um den bösen Fluch des Lidschattens abzuwehren.

»In Ordnung«, murmelte er zaghaft. Die eingerosteten Zahnräder seines Verstandes gerieten langsam in Bewegung. *Sie ist eine Hexe. Seit einiger Zeit erzählt man sich, Hexen seien schlecht für die Gesundheit. Ich habe den Befehl, keine Hexen passieren zu lassen, aber niemand hat mich aufgefordert, Apfelverkäuferinnen fortzuschicken. Apfelverkäuferinnen stellen überhaupt keine Gefahr dar. Ganz im Gegensatz zu Hexen. Diese Frau behauptet, eine Apfelverkäuferin zu sein, und ich werde mich hüten, eine Hexe als Lügnerin zu bezeichnen.*

Der Wächter lächelte, zufrieden über diese spezielle Version der Logik. Er trat zur Seite, verbeugte sich tief und winkte.

»Du kannst passieren, Apfelverkäuferin.«

»Vielen Dank«, sagte Magrat zuckersüß. »Möchtest du einen Apfel?«

»Nein, danke. Ich muss erst noch den aufessen, den mir die andere Hexe gegeben hat.« Der Wächter rollte mit den Augen. »Nein. Nein, es war keine Hexe. Eine Apfelverkäuferin. Nur eine harmlose, alte Apfelverkäuferin. So wie du. Ich meine, älter.«

»Wann kam sie hier vorbei?«

»Vor einigen Minuten ...«

Oma Wetterwachs hatte sich nicht verirrt. Sie gehörte nicht zu den Personen, die dazu neigten, sich zu verirren. Auch jetzt wusste sie ganz genau, wo sie sich befand, aber leider blieb ihr der Aufenthaltsort aller anderen Personen verborgen. Sie war gerade in der Küche eingetroffen, und ihr Erscheinen führte beim Koch, der Stangensellerie briet, zu einem Nervenzusammenbruch. Der Umstand, dass mehrere Personen versucht hatten, Äpfel von ihr zu kaufen, verbesserte Omas Stimmung nicht.

Magrat erreichte den Großen Saal, der um diese Zeit leer war, abgesehen von zwei Wächtern, die Würfel spielten. Sie trugen die Wappenröcke von Lord Felmets persönlicher Leibgarde und unterbrachen ihr Spiel sofort, als sie die junge Frau sahen.

»Na, wen haben wir denn da?«, brummte einer von ihnen und grinste anzüglich. »Bist gekommen, um uns Gesellschaft zu leisten, nicht wahr, hübsches Schätzchen?«*

»Ich suche das Verlies«, erwiderte Magrat, für die der Aus-

* Niemand weiß, warum Männer so etwas sagen. Wahrscheinlich fügt er gleich noch hinzu, dass er temperamentvolle junge Frauen mag.

druck ›sexuelle Belästigung‹ nur eine sinnlose Folge von Silben war.

»Ach«, sagte einer der Wächter und zwinkerte dem anderen zu, »da können wir dir vielleicht helfen.« Die Gardisten standen auf, blieben rechts und links neben Magrat stehen. Sie sah Kinne, an denen man Streichhölzer entzünden konnte, und außerdem bemerkte sie den fast überwältigenden Geruch von abgestandenem Bier. Einige besonders aufmerksame Teile ihres Bewusstseins schickten Alarmsignale aus und kratzten an der eisenharten Überzeugung, üble Dinge stießen immer nur üblen Menschen zu.

Die Wächter führten sie mehrere Treppen hinunter und in ein Labyrinth aus dunklen gewölbten Gängen. Magrat glaubte allmählich, dass sich etwas Unangenehmes anbahnte, und sie suchte nach einem höflichen Ausweg.

»Ich sollte euch warnen«, sagte sie. »Ich bin nicht die harmlose, junge Apfelverkäuferin, für die ihr mich vielleicht haltet.«

»Tatsächlich nicht?«

»Nein, in Wirklichkeit bin ich eine Hexe.«

Dieser Hinweis schien die Wächter nicht zu beeindrucken. Sie wechselten einen kurzen Blick.

»Na schön«, brummte einer. »Ich habe mich immer gefragt, wie es sein mag, eine Hexe zu küssen. Angeblich verwandelt man sich dadurch in einen Frosch.«

Der andere Gardist gab ihm einen Stoß. »Ich glaube«, begann er in dem vollen, reifen Tonfall eines Mannes, der glaubt, dass seine nächsten Worte unglaublich komisch sind, »du hast vor einigen Jahren schon eine geküsst.«

Das schallende Gelächter verklang, als Magrat an die Wand gedrückt wurde und Gelegenheit bekam, sich die Nasenlöcher eines Wächters aus nächster Nähe anzusehen.

»Jetzt hör mir mal gut zu, Schätzchen«, grollte er. »Falls du unbedingt eine Hexe sein willst, so bist du nicht die erste, die wir hier unten hatten. Aber vielleicht hast du Glück. Vielleicht kannst du diesen Ort wieder verlassen. Wenn du nett zu uns bist, verstanden?«

Irgendwo in der Nähe erklang ein kurzer schriller Schrei.

»Das ist – oder war – eine Hexe, die Widerstand zu leisten versuchte«, erklärte der Soldat. »Du könntest uns allen viel Mühe ersparen, weißt du. Eigentlich hast du Glück, dass du ausgerechnet uns begegnet bist.«

Seine tastende Hand unterbrach ihre Wanderung. »Was ist das hier?«, fragte der Mann und sah auch weiterhin in Magrats blasses Gesicht. »Ein Messer? Ein *Messer?* Ich schätze, jetzt wird's langsam ernst, nicht wahr, Hron?«

»Du solltest sie fesseln und knebeln«, schlug Hron hastig vor. »Hexen müssen sprechen oder die Hände bewegen, um Magie zu beschwören.«

»Was ist mit *euren* Händen? Rührt sie nicht an!«

Magrat und die beiden Gardisten drehten sich um und sahen den Narren. Er läutete vor Wut.

»Lasst sie sofort los!«, rief er. »Oder ich melde euch!«

»Ach, du willst uns melden, wie?«, knurrte Hron. »Und wer soll dir zuhören, du ohrenschmalzfarbener kleiner Hohlkopf?«

»Wir haben hier eine Hexe«, sagte der andere Wächter. »Ich schlage vor, du klimperst woanders.« Er wandte sich wieder an Magrat. »Ich mag junge Frauen mit Temperament«, fügte er hinzu, was, wie sich kurz darauf herausstellte, nicht ganz der Wahrheit entsprach.

Der Narr kam mit einer Tapferkeit näher, die aus dem Humus unheilbaren Zorns wuchs.

»Ihr sollt sie loslassen!«, wiederholte er.

Hron zog das Schwert und lächelte erwartungsvoll.

Magrat schlug zu. Es war ein nicht geplanter, instinktiver Hieb, dessen vernunftgebietende Wucht vom Gewicht der Ringe und Armreifen erheblich verstärkt wurde. Die Faust beschrieb einen weiten Bogen, traf den einen Gardisten genau am Kinn und hinterließ dort einige okkulte Symbole. Der Mann drehte sich zweimal um die eigene Achse, bevor er seufzend auf die Steinplatten sank und reglos liegen blieb.

Hron starrte verblüfft auf den Bewusstlosen hinab, sah Magrat an und hob das Schwert genau in dem Augenblick, als der Narr gegen ihn prallte. Die beiden Gestalten gingen zu Boden und rangen miteinander. Wie die meisten kleinen Männer setzte der Narr in erster Linie auf das Überraschungsmoment eines tollkühnen Angriffs, um sich einen Vorteil zu sichern, aber er wusste nicht, zu welcher Taktik er anschließend greifen sollte. Wahrscheinlich wäre er in ziemliche Schwierigkeiten geraten, wenn Hron nicht plötzlich ein Brotmesser am Hals gespürt hätte.

»Lass ihn los!«, verlangte Magrat und wischte sich eine widerspenstige Haarsträhne aus den Augen.

Der Gardist versteifte sich. »Du überlegst vermutlich, ob ich wirklich fähig bin, dir die Kehle durchzuschneiden«, keuchte Magrat. »Ich weiß es nicht. Wir könnten eine Menge Spaß dabei haben, es gemeinsam herauszufinden.«

Sie streckte die andere Hand aus, packte den Narren am Kragen und zog ihn auf die Beine.

»Woher kam der Schrei?«, fragte sie, ohne den Blick vom Wächter abzuwenden.

»Von dort drüben. Sie haben die Hexe in der Folterkammer eingesperrt, und die Sache gefällt mir nicht, sie geht zu weit, und ich konnte nicht hinein, und deshalb bin ich losgelaufen, um Hilfe zu holen ...«

»Du hast mich gefunden«, erklärte Magrat.

»Du bleibst hier«, sagte sie zu Hron. »Von mir aus kannst du auch weglaufen. Aber du wirst uns nicht folgen.«

Der Soldat nickte und blickte ihnen nach, als sie durch den Flur eilten.

»Die Tür ist verschlossen«, brachte der Narr kurzatmig hervor. »Drinnen ertönen alle möglichen Geräusche, aber die Tür ist verschlossen.«

»Typisch für ein Verlies, nicht wahr?«

»Normale Verliestüren werden nicht von *innen* verriegelt!«

Sie ließ sich tatsächlich nicht bewegen. Auf der anderen Seite herrschte Stille – eine geschäftige, dichte Stille, die durch Ritzen und Fugen in den Flur kroch. Eine Stille, die schlimmer ist als der entsetzlichste Schrei.

Der Narr sprang von einem Fuß auf den anderen, als Magrat die raue Oberfläche der dicken Holztür betastete.

»Bist du wirklich eine Hexe?«, fragte er. »Ich habe gehört, dass du eine Hexe bist, stimmt das? Du siehst gar nicht wie eine Hexe aus, sondern ... wie ... äh ...« Er errötete. »Ich meine, du bist keine alte, äh, Vettel, eher wunderschön ...« Die letzten Worte wurden immer leiser, und schließlich schwieg er.

Ich habe die Situation völlig unter Kontrolle, dachte Magrat. *Eigentlich hätte ich das nicht für möglich gehalten, aber ich denke kristallklar.*

Und auf eine kristallklare Weise begriff sie: Die beiden zusammengerollten Kniestrümpfe waren ihr unterm Kleid bis zur Taille gerutscht; ihr Kopf fühlte sich an, als hätten einige schmutzige Vögel darauf genistet; und der Lidschatten war nicht zerlaufen, sondern zerrannt. Hinzu kamen: ein an mehreren Stellen zerrissenes Kleid, zerkratzte Beine und blaue Flecken am einen Arm. Dennoch fühlte sie sich wundervoll.

»Du solltest jetzt besser zurücktreten, Verence«, sagte sie. »Ich bin nicht sicher, was gleich passieren wird.«

Jemand schnappte zischend nach Luft.

»Woher kennst du meinen Namen?«

Magrat beobachtete die Tür und sah jahrhundertealtes Eichenholz. Doch unter der Oberfläche, die im Lauf der Jahre fast steinhart geworden war, spürte sie einen Rest von Saft. Normalerweise musste sie sich mindestens einen Tag lang auf das vorbereiten, was sie nun beabsichtigte, und außerdem brauchte sie dazu einen ganzen Sack voller exotischer Ingredienzen. Das hatte sie jedenfalls immer geglaubt. Jetzt begann sie daran zu zweifeln. Wenn man Dämonen aus Waschtrögen beschwören konnte, gab es überhaupt keine Grenzen für die Anwendung praktischer Magie.

Ihr Gedächtnis erinnerte sie an die Frage des Narren.

»Oh«, antwortete sie unbestimmt, »ich habe ihn irgendwo gehört.«

»Wohl kaum«, sagte der Narr. »Ich benutze ihn nie. Es war meine Mutter, weißt du. Vermutlich mögen es Eltern, ihren Kindern den Namen von Königen zu geben. Mein Großvater sagte, ein solcher Name passe überhaupt nicht zu mir. Außerdem sagte er, ich solle nicht herumlaufen und ihn allen Leuten ...«

Magrat nickte und blickte fachmännisch durch den dunklen Flur.

Es handelte sich nicht gerade um einen vielversprechenden Ort. Die alten Eichenbohlen befanden sich schon seit vielen Jahren in der Dunkelheit. Vielleicht hatten sie den Wechsel der Jahreszeiten längst vergessen.

Andererseits ... Oma Wetterwachs meinte, alle Bäume seien ein Baum oder etwas in der Art. Magrat glaubte, das zu verstehen, obwohl sie nicht wusste, was damit gemeint war. Jenseits des Schlosses hatte längst der Frühling begonnen. Vielleicht ahnte das auch der Geist des Lebens, der hier noch im Holz steckte. Und wenn nicht, so musste man ihn daran erinnern.

Erneut drückte sie die Hände ans Portal, schloss die Augen und versuchte, sich durch den Stein zu denken, durch die Mauern des Schlosses, in den dünnen schwarzen Boden der Berge, in die Luft, ins Sonnenlicht ...

Der Narr merkte nur, dass Magrat völlig still stand. Schließlich richtete sich langsam ihr Haar auf, und es roch nach Laubkompost.

Und dann, ganz plötzlich, geschah es: Jener Hammer, der

einen schwammweichen Pilz durch fünfzehn Zentimeter dicken Asphalt treibt oder einen Aal veranlasst, tausend Meilen weit durch einen feindlichen Ozean zu schwimmen, um einen ganz bestimmten Hochlandteich zu erreichen – dieser Hammer zuckte aus Magrat heraus und traf die Tür.

Sie trat verwirrt zurück und kämpfte gegen das verzweifelte Verlangen an, die Zehen in Steinplatten zu bohren und Blätter zu entwickeln. Der Narr stützte sie und spürte einen Schock, der ihn fast von den Beinen riss.

Magrat lehnte sich an den vertraut klimpernden Körper und triumphierte. Sie hatte es geschafft! Ohne irgendwelche Hilfsmittel! Wenn die anderen Hexen sie jetzt sehen könnten ...

»Komm der Tür nicht zu nahe!«, murmelte sie. »Ich schätze, ich habe ihr ziemlich viel ... gegeben.« Der Narr schlang die Arme um ihren toastständerartigen Leib und war viel zu verblüfft, um einen Ton hervorzubringen, aber Magrat bekam trotzdem Antwort.

»Das glaube ich auch«, sagte Oma Wetterwachs und trat aus den Schatten. »Diese Möglichkeit wäre mir nie in den Sinn gekommen.«

Magrat sah sie an.

»Du bist die ganze Zeit über hier gewesen?«

»Seit einigen Minuten.« Oma blickte zur Tür. »Eine interessante Methode. Aber es ist altes Holz. Ich nehme an, es war auch im Feuer. Viele Eisennägel stecken drin. Wahrscheinlich klappt's nicht, ich hätte es mit den Steinen versucht, aber ...«

Ein leises *Plopp* unterbrach sie.

Es wiederholte sich, und dann folgte eine ganze Serie von *Plopps*. Es klang so, als ginge ein Schauer aus Meringen nieder.

Hinter Oma Wetterwachs wuchsen Blätter aus der Tür. Sie starrte einige Sekunden lang darauf und begegnete dann Magrats erschrockenem Blick.

»Weg von hier!«, rief sie.

Die beiden Hexen packten den Narren, liefen durch den Flur und duckten sich hinter einen geeigneten Strebepfeiler.

Die Tür knackte warnend. Mehrere Bohlen erzitterten und krümmten sich in pflanzlichen Krämpfen. Festes Gestein splitterte, als einige Nägel wie Dornen aus Wunden gestoßen wurden und von den Wänden abprallten. Der Narr zog den Kopf ein, als Teile des Schlosses über ihn hinwegsausten und an die gegenüberliegende Mauer krachten.

Zaghafte weiße Wurzeln krochen aus dem unteren Teil der Tür, tasteten über feuchtkalte Steinplatten und bohrten sich in den nächsten Riss. Astlöcher wölbten sich, platzten und streckten Zweige aus, die einzelne Steine aus dem Türrahmen lösten. Ein leises Stöhnen begleitete diesen Vorgang; es stammte von den Holzzellen, die versuchten, das durch sie strömende pure Leben festzuhalten.

»Wenn *ich* an deiner Stelle gewesen wäre«, sagte Oma Wetterwachs, als ein Teil der Decke herabsank, »hätte ich es anders angefangen. Ich will natürlich keine Kritik üben«, fügte sie rasch hinzu, als Magrat den Mund öffnete. »Ausgezeichnete Arbeit, im Großen und Ganzen. Du hast es nur ein wenig übertrieben, finde ich.«

»Entschuldigt bitte«, warf der Narr ein.

»Mit Steinen komme ich nicht klar«, erwiderte Magrat.

»Na ja, an Steine, Felsen und dergleichen muss man sich natürlich erst gewöhnen ...«

»Entschuldigt bitte.«

Die beiden Hexen sahen den Narren an, der daraufhin sicherheitshalber einen Schritt zurückwich.

»Solltet ihr nicht jemanden retten?«, fragte er.

»Oh«, entgegnete Oma Wetterwachs. »Ja. Komm, Magrat! Sehen wir nach, was Nanny in der Zwischenzeit angestellt hat.«

»Ich habe Schreie gehört«, sagte der Narr. Er konnte sich kaum des Eindrucks erwehren, dass die Hexen nicht mit dem nötigen Ernst bei der Sache waren.

»Kann ich mir denken.« Oma schob ihn beiseite und trat über eine sich hin und her windende Pfahlwurzel. »Wenn man *mich* in ein Verlies sperren würde, käme es ebenfalls zu Schreien.«

Der Kerker enthielt jede Menge Staub, und im blassen Lichtschein der einen Fackel sah Magrat zwei Gestalten, die in der fernsten Ecke hockten. Ein großer Teil der Einrichtung war umgestürzt und lag, mehr oder weniger zerschmettert, auf dem Boden – nichts davon schien dazu bestimmt zu sein, ein möglichst hohes Maß an Bequemlichkeit zu bieten. Nanny Ogg saß ruhig und gelassen in einer Vorrichtung, die wie ein Gefangenenblock aussah.

»Wird auch Zeit«, sagte sie. »Bitte befreit mich aus diesem Ding! Ich kriege langsam Krämpfe.«

Und dann der Dolch.

Er schwebte mitten im Zimmer, drehte sich um die eigene Achse und glitzerte, wenn der Fackelschein die Klinge traf.

»Mein eigener Dolch!«, sagte der Geist des Königs mit einer Stimme, die nur Hexen hören konnten. »Ich hatte keine Ahnung! Mein eigener Dolch! Sie haben mich verdammt noch mal mit meinem eigenen verdammten Messer erledigt!«

Erneut näherte er sich dem herzoglichen Ehepaar und hob den Dolch. Ein leises Röcheln entrang sich Lord Felmets Kehle und war froh, daraus entkommen zu sein.

»Er macht sich gut, nicht wahr?«, meinte Nanny, als Magrat ihr aus dem Block half.

»Ist das der alte König? Können ihn die andern sehen?«

»Ich glaube nicht.«

König Verence wankte unter dem Gewicht. Er war zu alt für diese Poltergeist-Aktivität; dazu musste man ein junger, vor Ektoplasma strotzender Geist sein ...

»Wartet nur, bis ich dieses Ding richtig in den Griff bekomme«, knurrte er. »Oh, verdammt ...«

Das Messer entglitt den recht substanzlosen Fingern und

fiel zu Boden. Oma Wetterwachs trat clever vor und setzte den Fuß darauf.

»Die Toten sollten nicht die Lebenden umbringen«, sagte sie. »Dadurch könnte ein gefährlicher Dingsbums, Präzedenzfall geschaffen werden. Zum Beispiel wären wir alle in der Minderzahl.«

Der Herzogin gelang es als Erste, aus dem Kokon des Entsetzens zu schlüpfen. Umherfliegende Messer, explodierende Türen und jetzt diese Frauen, die sie in ihrem eigenen Verlies herausforderten. Sie wusste nicht genau, wie man auf übernatürliche Ereignisse reagierte, aber was den letzten Punkt betraf, waren ihre Vorstellungen sehr klar.

Ihr Mund öffnete sich wie ein Tor zur roten Hölle. »Wachen!«, kreischte sie und bemerkte den Narren neben der Tür. »Narr! Hol die Wachen!«

»Sie sind beschäftigt«, erklärte Oma Wetterwachs. »Und wir brechen jetzt ohnehin auf. Wer von euch beiden ist der Herzog?«

Felmet kauerte noch immer in der Ecke und blickte aus rosaroten Augen auf. Er kicherte, und Speichel tropfte ihm von den Lippen.

Oma sah genauer hin. Irgendwo in den tränenden Augen Seiner Lordschaft schien es etwas zu geben, das sie anstarrte. »Ich will dich zu nichts zwingen«, sagte sie. »Aber es wäre besser, wenn du das Land verlässt. Was hältst du davon abzudanken?«

»Und wer soll meinen Platz einnehmen?«, fragte die Herzogin eisig. »Eine Hexe?«

»Kommt nicht infrage«, zischte Lord Felmet.

»Wie bitte?«

Der Herzog stand auf, klopfte sich den Staub von der Kleidung und sah Oma Wetterwachs an. Die Kälte im Zentrum seiner Augen war jetzt größer.

»Ich danke *nicht* ab«, betonte er. »Glaubst du etwa, einige magische Tricks genügen, um mich zu erschrecken? Ich habe den Thron erobert, und jetzt gehört er mir. Daran kannst du nichts ändern. So einfach ist das, Hexe.«

Lord Felmet kam näher.

Oma Wetterwachs musterte ihn. Einem solchen Mann begegnete sie nun zum ersten Mal. Er war zweifellos verrückt, aber im Herzen des Wahnsinns ruhte schrecklich kalte Vernunft – ein Kern aus purem interstellarem Eis mitten in heißem Feuer. Oma hatte ihn unter der harten Schale für schwach gehalten, aber das stimmte nicht ganz. Irgendwo tief in seinem Bewusstsein, jenseits des Ereignishorizonts der Vernunft, führte der enorme Druck des Irrsinns dazu, dass der Wahn des Herzogs noch härter wurde als Diamant.

»Wenn du mich mit Magie besiegst, so muss Magie herrschen«, fuhr Lord Felmet fort. »Dazu bist du nicht imstande. Jeder König, der durch dich an die Macht kommt, wäre unter deinem Einfluss. Er stünde im Bann einer Hexe. Wo Magie herrscht, zerstört sie. Auch dich würde sie vernichten, und das weißt du. Ha, ha.«

Oma Wetterwachs ballte die Fäuste und trat auf den Herzog zu.

»Du könntest mich besiegen«, sagte Lord Felmet. »Und vielleicht fändest du sogar jemanden, um mich zu ersetzen. Aber nur ein wahrer Narr wäre bereit, unter solchen Umständen meine Nachfolge anzutreten, denn er wüsste, dass er die ganze Zeit deinem bösen Blick ausgesetzt ist. Und wenn er dir missfällt … Dann ist sein Leben sofort verwirkt. Auch wenn du es noch so sehr abstreitest: Er weiß, dass er nur mit deiner Erlaubnis regiert. Und dadurch kann er nicht zu einem echten König werden. Habe ich recht?«

Oma Wetterwachs wandte den Blick ab. Die beiden anderen Hexen wahrten einen sicheren Abstand, bereit dazu, sich sofort zu ducken.

»Ich *sagte:* Habe ich recht?«

»Ja«, bestätigte Oma. »Es stimmt ...«

»Ja.«

»... aber es gibt jemand anderen, der dich besiegen könnte«, fügte Oma Wetterwachs langsam hinzu.

»Der Junge? Soll er nur kommen, wenn er erwachsen ist. Ein junger Mann, mit einem Schwert bewaffnet, auf der Suche nach seinem Schicksal.« Der Herzog lachte spöttisch. »Sehr romantisch. Aber ich habe viele Jahre Zeit, mich vorzubereiten. Er hat keine Chance.«

Neben ihm raste König Verences Faust durch die Luft und durchdrang das Ziel.

Lord Felmet beugte sich vor, bis seine Nase fast Oma Wetterwachs' Gesicht berührte.

»Kehrt zu euren Hexenkesseln zurück, seltsame Schwestern«, sagte er leise.

Wie eine große zornige Fledermaus rauschte Oma Wetterwachs durch die Flure des Schlosses, und das höhnische Gelächter des Herzogs hallte hinter ihrer Stirn wider.

»Du könntest dafür sorgen, dass er Furunkeln bekommt«, sagte Nanny Ogg. »Oder Hämorrhoiden. Das ist erlaubt. Sie würden ihn nicht am Regieren hindern, aber er müsste dabei stehen. Und wir hätten was zu lachen.«

Oma Wetterwachs gab keine Antwort. Wenn Zorn Hitze entfaltet hätte, wäre ihr Hut in Flammen aufgegangen.

»Andererseits ...« Nanny musste laufen, um mit Oma Schritt zu halten. »Vielleicht würde er dadurch noch schlimmer. Mit Zahnschmerzen verhält es sich ähnlich.« Sie warf einen kurzen Blick in Omas verzerrtes Gesicht.

»Sei unbesorgt«, sagte sie. »Der Herzog und die Herzogin kamen gar nicht dazu, mich zu foltern. Aber trotzdem besten Dank.«

»Ich mache mir keine Sorgen um dich, Gytha Ogg«, erwiderte Oma scharf. »Ich bin hier, weil Magrat besorgt war. Du kennst ja meinen Standpunkt: Wenn eine Hexe nicht allein zurechtkommt, hat sie kein Recht, sich Hexe zu nennen.«

»Das mit der Tür war nicht schlecht. Magrat verdient ein Lob.«

Oma Wetterwachs unterbrach ihre Wut lange genug, um kurz zu nicken.

»Sie erzielt gewisse Fortschritte«, räumte sie ein. Argwöhnisch drehte sie den Kopf von einer Seite zur anderen, blickte durch den Flur und beugte sich dann zu Nanny.

»Ich wollte ihm nicht die Genugtuung geben, es laut auszusprechen«, flüsterte sie, »aber er hat uns geschlagen.«

»Oh, ich weiß nicht«, sagte Nanny. »Unser Jason und einige kräftige Burschen könnten ...«

»Du hast seine Gardisten gesehen. Es sind nicht mehr die alten Wächter. Sie gehören zur sturen und zähen Sorte.«

»Wenn wir unserem Jason und den anderen ein wenig unter die Arme greifen ...«

»Nein. Mit solchen Dingen müssen die Leute allein fertigwerden.«

»Wenn du das meinst, Esme ...«

»Das meine ich, ja. Magie darf nicht herrschen, sondern muss beherrscht werden.«

Nanny Ogg nickte, erinnerte sich dann an ein Versprechen und nahm einen losen Stein vom Boden.

»Ich dachte schon, du hättest es vergessen«, sagte der Geist des Königs neben ihr.

Weiter hinten im Gang hüpfte der Narr und folgte Magrat.

»Wann sehen wir uns wieder?«, fragte er.

»Tja ... Ich weiß nicht«, antwortete Magrat, während ihr Herz ein selbstzufriedenes Lied sang.

»Heute Abend?«, fügte der Narr hoffnungsvoll hinzu.

»O nein.« Magrat schüttelte den Kopf. »Heute Abend bin

ich sehr beschäftigt.« Sie beabsichtigte, es sich mit warmer Milch gemütlich zu machen und in Gütchen Wempers Büchern über experimentelle Astrologie zu lesen. Aber der weibliche Instinkt teilte ihr mit, dass man einem Freier Hindernisse in den Weg legen musste, um seine Entschlossenheit zu stärken.

»Und morgen Abend?«, fragte der Narr.

»Ich glaube, da wasche ich mir das Haar.«

»Ich könnte mir den Freitagabend freinehmen.«

»Weißt du, abends haben Hexen immer viel zu tun ...«

»Am Nachmittag?«

Magrat zögerte. Vielleicht irrte sich ihr Instinkt. »Nun ...«

»Um zwei Uhr. Auf der Wiese am kleinen See, in Ordnung?«

»Nun ...«

»Dort treffen wir uns, einverstanden?«, fragte der Narr verzweifelt.

»Narr!« Die Stimme der Herzogin hallte durch den Flur, und Entsetzen huschte über die Züge des jungen Mannes.

»Ich muss jetzt gehen«, sagte er. »Auf der Wiese, ja? Ich trage etwas, damit du mich erkennst. Ja?«

»Na schön«, erwiderte Magrat, von der enormen Hartnäckigkeit des Narren wie hypnotisiert. Sie lief los, um zu den beiden anderen Hexen aufzuschließen.

Vor dem Schloss herrschte ziemliche Aufregung. Die Menge, die Oma Wetterwachs' Ankunft beobachtet hatte, war inzwischen noch größer geworden. Sie strömte durch das jetzt unbewachte Tor und erreichte den Innenhof. Ziviler Ungehorsam war völlig neu in Lancre, aber die Bürger hatten bereits einige der elementaren Formen dieses Konzepts gelernt. Mit anderen Worten: Sie winkten mit Harken, Sicheln und anderen landwirtschaftlichen Werkzeugen, riefen dabei immer wieder »Grrgh!«. Einige andere Untertanen schienen noch nicht ganz zu begreifen, worum es ging, denn sie hoben Fähnchen und jubelten. Fortgeschrittene Schüler hielten bereits nach brennbaren Teilen des Schlosses Ausschau. Mehrere Verkäufer von Frikadellen und heißen Würstchen waren aus dem Nichts* erschienen und machten gute Geschäfte.

Die drei Hexen standen am oberen Ende der Treppe, die zum Haupttor des Bergfrieds führte. Interessiert beobachteten sie das Meer aus Gesichtern.

»Da ist unser Jason«, sagte Nanny fröhlich. »Und Wane und Darron und Kev und Trev und Nev…«

»Ich werde mich an sie erinnern«, versicherte Lord Felmet. Er trat zwischen die Hexen und legte ihnen die Hände auf die Schultern. »Seht ihr auch meine Bogenschützen auf den Wehrwällen?«

»Ich sehe sie«, erwiderte Oma Wetterwachs grimmig.

»Dann solltest du lächeln und winken«, sagte der Herzog. »Damit die Leute wissen, dass alles in Ordnung ist. Immerhin: Du hast mich doch besucht, um dringende Staatsgeschäfte mit mir zu besprechen, nicht wahr?«

Er beugte sich näher zu Oma.

»Ja, hundert oder mehr Möglichkeiten stehen dir offen«, fuhr Lord Felmet fort. »Aber es käme in jedem Fall zum gleichen Ergebnis.« Er wich wieder zurück. »Ich hoffe, ich bin kein unvernünftiger Mann«, fügte er in einem heiteren Tonfall hinzu. »Wenn du die Leute dazu bringst, ruhig zu bleiben, bin ich vielleicht bereit, meine Herrschaft etwas liberaler zu gestalten. Natürlich verspreche ich nichts.«

Oma Wetterwachs schwieg.

»Lächeln und winken«, sagte der Herzog.

Oma hob eine Hand und bewegte sie in einem kurzen, krampfartigen Bogen, der nichts mit irgendeiner Art von Frohsinn zu tun hatte. Dann schnitt sie eine finstere Miene

* Sie kommen immer aus dem Nichts. Niemand sieht, wie sie eintreffen. Die logische Erklärung lautet: Zu ihrer Konzession gehört die Bude, der Papierhut und eine gasbetriebene kleine Zeitmaschine.

und stieß Nanny Ogg an, die mit beiden Armen ruderte und wie eine Verrückte grinste.

»Übertreib es nicht!«, zischte sie.

»Aber dort unten stehen unsere Reet und unsere Sharleen und ihre kleinen Kinder«, erwiderte Nanny. »Hall*oho*!«

»Halt endlich die Klappe, du blöde alte Schlampe!«, blaffte Oma Wetterwachs. »Und reiß dich zusammen!«

»Gut, ausgezeichnet«, lobte der Herzog. Er hob ebenfalls die Hände, oder zumindest eine Hand (die andere schmerzte noch immer). Er hatte es erneut mit der Raspel versucht, ohne Erfolg.

»Bürger von Lancre!«, rief er. »Fürchtet euch nicht! Ich bin euer Freund. Ich beschütze euch vor den Hexen! Sie haben sich bereit erklärt, euch in Ruhe zu lassen!«

Oma Wetterwachs starrte ihn an, als er sprach. *Zweifellos ein Manisch-Depressiver*, diagnostizierte sie. *Und verrückt obendrein. Völlig Dingsbums, unberechenbar. Tötet jemanden in der einen Minute und fragt in der nächsten, wie's ihm geht.*

Nach einer Weile spürte sie den erwartungsvollen Blick des Herzogs.

»Was ist?«

»Ich sagte: Nun bitte ich die geschätzte Oma Wetterwachs, einige Worte an euch zu richten, haha«, erwiderte Lord Felmet.

»Das hast du wirklich gesagt, wie?«

»Ja!«

»Du bist entschieden zu weit gegangen«, stellte Oma fest.

»Das bin ich, nicht wahr?« Der Herzog kicherte.

Die alte Hexe wandte sich der schweigenden Menge zu.

»Geht nach Hause!«, rief sie.

Das Schweigen dauerte an.

»Mehr nicht?«, fragte Lord Felmet.

»Nein.«

»Was ist mit dem Eid ewiger Treue?«

»Was soll damit sein? Gytha, würdest du endlich damit aufhören, den Leuten zuzuwinken?«

»Entschuldige.«

»Und jetzt gehen wir auch«, fügte Oma Wetterwachs hinzu.

»Aber wir kommen doch so gut miteinander zurecht«, sagte der Herzog.

»Komm, Gytha«, sagte Oma kühl. »Wo steckt Magrat?«

Magrat hob verlegen den Kopf. Sie hatte ein höchst interessantes Gespräch mit dem Narren geführt: Es handelte sich um die Art von Konversation, bei der man den größten Teil der Zeit damit verbringt, auf den Boden zu starren und an den Fingernägeln zu knabbern. Neunzig Prozent von wahrer Liebe bestehen aus umfassender Verlegenheit, die einem die Ohren glühen lässt.

»Wir brechen auf«, verkündete Oma.

»Freitagnachmittag, denk dran!«, flüsterte der Narr.

»Wenn ich Zeit finde«, erwiderte Magrat.

Nanny Ogg grinste anzüglich.

Oma Wetterwachs marschierte die Treppe hinunter und durch die Menge; Magrat und Nanny mussten laufen, um mit ihr Schritt zu halten. Einige lächelnde Wächter begegneten Omas Blick und bedauerten das sofort, doch hier und dort erklang leises Kichern. Oma passierte das Tor, eilte über die Zugbrücke und durch den Ort. Wenn sie schnell ging, fiel es selbst einem Sprinter schwer, nicht den Anschluss zu verlieren.

Hinter den Hexen erreichte Lord Felmet die letzte irrsinnige Höhe in der Achterbahn seines Wahnsinns und raste ins Tal der Verzweiflung. Er lachte laut.

»Ha, ha!«

Oma Wetterwachs blieb erst am Waldrand jenseits des Ortes stehen. Dort verließ sie den Pfad, setzte sich auf einen umgestürzten Baumstamm und schlug die Hände vors Gesicht.

Ihre beiden Kolleginnen traten vorsichtig näher. Magrat klopfte ihr auf den Rücken.

»Verzweifle nicht«, sagte sie. »Du hast dich genau richtig verhalten.«

»Ich verzweifle nicht«, entgegnete Oma. »Ich denke nach. Lasst mich in Ruhe!«

Nanny Ogg wölbte die Brauen und warf Magrat einen warnenden Blick zu. Sie wichen in eine sichere Distanz zurück – obgleich das nächste Universum nicht weit genug entfernt gewesen wäre, wenn man Oma Wetterwachs' gegenwärtige Stimmung als Maßstab nahm – und setzten sich auf einen moosbewachsenen Stein.

»Ist alles in Ordnung mit dir?«, fragte Magrat. »Musstest du sehr leiden?«

»Niemand hat mich angerührt«, erwiderte Nanny und schniefte. »Der Herzog und die Herzogin sind nicht besonders königlich«, fuhr sie fort. »Der alte König Grünewald zum Beispiel ... Er hätte keine Zeit damit verloren, irgendwelche Dinge zu zeigen und zu drohen. Bei ihm wären einem sofort die Fingernägel ausgerissen worden. O ja, er wusste, worauf es bei einer richtigen Folter ankommt. Und er lachte nicht wie ein Irrer. Ein wahrer König. Sehr freundlich und zuvorkommend.«

»Lord Felmet wollte dich auf dem Scheiterhaufen verbrennen.«

»Oh, das hätte ich nicht zugelassen«, antwortete Nanny ruhig. Und dann: »Offenbar hast du einen Anhänger gefunden.«

»Wie bitte?«, fragte Magrat.

»Der junge Bursche mit den Glocken«, erklärte Nanny. »Und mit dem Gesicht eines Spaniels, den man gerade getreten hat.«

»Ach, *ihn* meinst du.« Die junge Hexe errötete unter ihrem Make-up. »Er folgt mir dauernd, weißt du.«

»Kann recht unangenehm sein«, sagte Nanny weise.

»Außerdem ist er so klein«, sagte Magrat. »Und er *hüpft* immerzu durchs Schloss.«

»Hast ihn gut beobachtet, stimmt's?«

»Pardon?«

»Oder vielleicht auch nicht. Der Narr ist sehr gescheit, finde ich. Er hätte zu einem guten wandernden Schauspieler werden können.«

»Was soll das heißen?«

»Wenn du ihm das nächste Mal begegnest...« Nanny stieß Magrat verschwörerisch in die Rippen. »Sieh ihn mit den Augen einer Hexe, nicht mit denen einer Frau. Übrigens: Das mit der Tür war nicht schlecht. Du machst Fortschritte. Ich hoffe, du hast ihm von Greebo erzählt.«

»Er hat versprochen, ihn sofort freizulassen.«

Oma Wetterwachs schnaufte leise.

»Habt ihr das Kichern in der Menge gehört?«, fragte sie. »Jemand hat gekichert!«

Nanny Ogg nahm neben ihr Platz.

»Und einige von ihnen haben auf uns gezeigt«, fügte sie hinzu. »Ich hab's genau gesehen.«

»Unfassbar!«

Magrat setzte sich ebenfalls auf den umgestürzten Baumstamm.

»Es gibt noch andere Hexen in den Spitzhornbergen«, murmelte sie. »Vielleicht können sie uns helfen.«

Oma und Nanny bedachten sie mit einem Blick schmerzerfüllter Überraschung.

»Ich glaube, so weit brauchen wir nicht zu gehen«, zischte Oma. »Um *Hilfe zu bitten.*«

Nanny Ogg nickte. »Üble Sache. Ziemlich schlechte Angewohnheit.«

»Aber ihr habt einen Dämon um Auskunft gebeten«, sagte Magrat.

»Nein, das stimmt nicht«, widersprach Oma Wetterwachs.

»Nein«, bestätigte Nanny.

»Wir haben ihm *befohlen*, Auskunft zu geben.«

»Genau.«

Oma streckte die Beine und sah auf ihre Stiefel. Es waren gute, feste Stiefel mit großen Schuhnägeln und halbmondförmigen Beschlägen. Man konnte kaum glauben, dass sie von einem Schuster stammten; vielmehr schien jemand eine Sohle genommen und dann *gebaut* zu haben.

»Ich meine, zum Beispiel die Hexe drüben bei Skund«, sagte Oma Wetterwachs. »Schwester Wieso oder Wasweißich, ihr Sohn ging fort, um Seemann zu werden. Du kennst sie sicher, Gytha: *schnieft* dauernd und holt sofort die Sofaschoner hervor, kaum sitzt man bei ihr in einem Sessel …«

»Mütterchen Flinkputz«, brummte Nanny Ogg. »Spreizt den kleinen Finger, wenn sie Tee trinkt. Und lässt nie die Milch anbrennen.«

»Ja. Genau. Seit der Sache mit dem Galgen – du erinnerst dich bestimmt daran – habe ich mich nicht mehr dazu herabgelassen, mit ihr zu reden. Oh, es würde ihr zweifellos gefallen, hier herumzuschnüffeln, ihre hässliche Nase in unsere Angelegenheiten zu stecken und zu sagen, wie man alles besser machen kann und so. *Hilfe*, ha! Es führt nur zu Problemen, wenn Hexen sich gegenseitig *helfen.*«

»Ja, und drüben bei Skund sprechen die Bäume und wandern des Nachts umher«, sagte Nanny. »Ohne vorher um Erlaubnis zu fragen. Armselige Organisation.«

»Dort ist die Organisation also nicht so gut wie bei uns?«, fragte Magrat.

Oma Wetterwachs stand entschlossen auf. »Ich gehe nach Hause«, verkündete sie.

Es gibt Tausende von guten Gründen, warum Magie nicht die Welt regiert. *Sie heißen Hexen und Zauberer*, dachte Magrat, als sie den beiden alten Frauen zum Pfad folgte.

Wahrscheinlich handelte es sich um einen Mechanismus der Natur, der zu ihrem eigenen Schutz diente. Er sorgte dafür, dass alle mit magischen Talenten ausgestatteten Personen ebenso viel Kooperationsbereitschaft zeigten wie eine Bärin mit Zahnschmerzen: Auf diese Weise verpuffte die gefährliche Kraft in Form zufälligen Zanks und sinnloser Rivalität. Natürlich gab es Unterschiede im Stil. Zauberer ermordeten sich in zugigen Fluren; Hexen hingegen brachten sich mitten auf der Straße um. Darüber hinaus waren sie alle so egozentrisch wie ein Kreisel. *Selbst wenn sie den Anschein erwecken, sich gegenseitig zu helfen ...*, überlegte Magrat. *In Wirklichkeit denken sie dabei nur an sich. Im Grunde genommen sind sie wie große Kinder.*

Ich bin die einzige Ausnahme, fügte sie selbstgefällig hinzu.

»Sie ist sehr verärgert, nicht wahr?«, wandte sich Magrat an Nanny.

»Na ja«, erwiderte Nanny Ogg. »Genau da liegt das Problem. Je mehr man sich an Magie gewöhnt, desto weniger möchte man sie verwenden. Desto häufiger gerät sie einem in den Weg. Ganz zu Anfang hast du vermutlich einige Zaubersprüche von Gütchen Wemper – mögesieinfriedenruhen – gelernt und sie ständig benutzt, nicht wahr?«

»Äh, ja. Das ist doch üblich, oder?«

»Eine allgemein bekannte Tatsache«, bestätigte Nanny. »Aber wenn du dich länger mit der Hexerei beschäftigst, lernst du irgendwann, dass die schwierigste Magie jene ist, die man nicht beschwört.«

Magrat dachte eine Zeit lang über die Worte nach. Sie klangen nach einem wichtigen Prinzip. »Das ist nicht zufällig eine Art von Zen, oder?«, fragte sie.

»Keine Ahnung. Bin nie einem begegnet.«

»Als wir im Verlies waren, meinte Oma, sie hätte es mit Steinen versucht. Es hörte sich nach recht schwieriger Magie an.«

»Gütchen Wemper hat sich nie sehr intensiv mit Steinen beschäftigt«, erläuterte Nanny. »Eigentlich ist es gar nicht so schwer. Man muss nur ihrem Gedächtnis auf die Sprünge helfen. Wenn sie sich an die alten Tage erinnern, als sie heiß und flüssig waren ...«

Sie zögerte, griff in die Tasche, fühlte den Schlossstein und entspannte sich.

»Ich dachte schon, ich hätte ihn vergessen«, sagte Nanny und holte den Gegenstand hervor. »Du kannst dich jetzt zeigen.«

Im hellen Tageslicht fiel es nicht leicht, den Geist zu erkennen. König Verence präsentierte sich als vages Schimmern neben einem Baum und blinzelte – er war nicht mehr an den Sonnenschein gewöhnt.

»Esme«, sagte Nanny. »Es gibt hier etwas, das du dir ansehen solltest, Esme.«

Oma Wetterwachs drehte sich langsam um und kniff die Augen zusammen.

»Wir sind uns im Verlies begegnet, nicht wahr?«, fragte sie. »Wer bist du?«

»Verence, König von Lancre«, erwiderte der Geist und verbeugte sich. »Habe ich die Ehre, mit Oma Wetterwachs zu sprechen, der Doyenne aller Hexen?«

Es wurde bereits darauf hingewiesen: Verence stammte zwar aus einem alten Königsgeschlecht, aber das bedeutete nicht notwendigerweise, dass es ihm an einer gewissen elementaren Intelligenz mangelte, und ein Jahr ohne die Ablenkungen des Fleischlichen hatte bei ihm Wunder gewirkt. Normalerweise blieb Oma Wetterwachs ganz und gar unbeeindruckt, wenn jemand versuchte, ihr Honig um den Mund zu schmieren, doch Verence verwendete nun die jährliche Produktion aller Imker eines Königreichs. Hinzu kam die galante Verneigung.

In Oma Wetterwachs' Wange zuckte es kurz, und sie deutete eine steife Verbeugung an, hauptsächlich deswegen, weil sie nichts mit dem Wort ›Doyenne‹ anfangen konnte.

»Du hast sie«, räumte sie ein.

»Von mir aus kannst du dich jetzt wieder aufrichten«, fügte sie würdevoll hinzu.

König Verence kniete fünf Zentimeter über dem Boden. »Ich erflehe deine Hilfe«, sagte er drängend.

»Wie hast du überhaupt das Schloss verlassen?«, fragte Oma.

»Ich verdanke es der geschätzten Nanny Ogg«, antwortete der König. »Wenn ich an die Steine des Schlosses Lancre gebunden bin, so dachte ich mir, müsste es mir eigentlich möglich sein, sie zu begleiten, wenn man sie fortbringt. Leider musste ich zu einem kleinen Trick greifen, um alles zu arrangieren. Derzeit spuke ich in Nannys Schürze.«

»Da bist du vermutlich nicht der Erste«, erwiderte Oma.

»Esme!«

»Oma Wetterwachs, ich bitte dich nun, den Thron meinem Sohn zu geben.«

»Ich soll ihm den Thron geben?«

»Du weißt, was ich meine. Geht es ihm gut?«

Oma nickte. »Als wir ihn das letzte Mal beobachtet haben, aß er einen Apfel.«

»Das Schicksal bestimmt ihn dazu, König von Lancre zu sein!«

»Mit dem Schicksal ist das so eine Sache«, sagte Oma Wetterwachs.

»Du bist nicht bereit, mir zu helfen?«

Oma verzog das Gesicht. »Es wäre Einmischung«, sagte sie. »Und wenn man sich in Politik einmischt, geht immer alles schief. Zum Beispiel: Wenn man damit anfängt, kann man nicht wieder aufhören. Eine fundamentale Regel der Magie, jawohl. Und mit fundamentalen Regeln der Magie sollte man nicht herumpfuschen.«

»Du willst nicht helfen?«, fragte der König.

»Na ja, eines Tages, wenn dein Sohn älter ist...«

»Wo befindet er sich jetzt?«, fragte Verence kühl.

Die Hexen vermieden es, sich anzusehen.

»Äh, wir haben ihn außer Landes gebracht, in Sicherheit, äh«, antwortete Oma nervös.

»Er lebt jetzt bei einer sehr guten Familie«, warf Nanny Ogg hastig ein.

»Bei wem?«, fragte der König. »Doch hoffentlich nicht bei gewöhnlichen Leuten, oder?«

»Nein«, erwiderte Oma überzeugt und stellte sich dabei Vitoller vor. »Sie sind nicht gewöhnlich. Eher recht ungewöhnlich. Äh.«

Sie richtete einen verzweifelten Blick auf Magrat.

»Es waren Thespisjünger«, stellte die junge Hexe fest. Ihre Stimme brachte dabei ein so hohes Maß an Anerkennung zum Ausdruck, dass der König automatisch nickte.

»Oh«, sagte er. »Gut.«

»Im Ernst?«, flüsterte Nanny. »Sie sahen überhaupt nicht wie Thespisjünger aus.«

»Du solltest deine Unwissenheit besser verbergen, Gytha Ogg«, schniefte Oma Wetterwachs und wandte sich wieder dem Geist des Königs zu. »Entschuldige bitte, Euer Majestät. Es ist nur ihre Angeberei. Sie weiß nicht einmal, wo Thespis *liegt*.«

»Wo auch immer Thespis liegen mag, ich hoffe, dort versteht man sich darauf, jemanden mit der Kunst des Krieges vertraut zu machen«, sagte Verence. »Ich kenne Felmet. In den nächsten zehn Jahren gräbt er sich hier wie eine Kröte ein.«

Der König musterte die Hexen nacheinander. »In welches Königreich wird mein Sohn zurückkehren? Ich höre schon jetzt, was aus dem Reich wird. Wollt ihr tatenlos beobachten, wie es sich verwandelt, wie es schäbig und gemein wird?« Verences schemenhafte Gestalt verblasste.

Seine Stimme hing noch immer in der Luft, leise wie das Flüstern einer Brise.

»Denkt daran, gute Schwestern«, raunte es. »Das Land und der König sind eins.«

Dann verschwand er.

Das verlegene Schweigen endete, als sich Magrat die Nase putzte.

»Eins was?«, fragte Nanny Ogg.

»Wir können nicht einfach die Hände in den Schoß legen«, sagte Magrat leidenschaftlich. »Die magischen Regeln spielen hier keine Rolle mehr.«

»Es ist alles sehr ärgerlich«, gab Oma Wetterwachs zu.

»Ja, aber was willst du tun?«, fragte die junge Hexe.

»Ich werde nachdenken und mir alles gründlich durch den Kopf gehen lassen«, antwortete Oma.

»Schon seit einem Jahr denkst du darüber nach«, erwiderte Magrat.

»Eins was?«, wiederholte Nanny Ogg. »Das Land und der König sind eins was?«

»Es nützt nichts, einfach nur zu reagieren«, sagte Oma. »Man muss ...«

Ein Karren rumpelte über den Weg von Lancre. Oma Wetterwachs achtete nicht darauf.

»... die Situation sorgfältig prüfen und alle Aspekte berücksichtigen.«

»Du weißt gar nicht, was es jetzt zu tun gilt, oder?«, meinte Magrat.

»Unsinn. Ich ...«

»Da kommt ein Karren.«

Oma Wetterwachs zuckte mit den Schultern. »Ihr jungen Leute begreift nicht ...«, begann sie.

Hexen verschwendeten keinen Gedanken an Verkehrssicherheit. Der auf den Straßen von Lancre herrschende Verkehr wich ihnen entweder aus oder wartete, bis sie zur Seite traten. Oma Wetterwachs war mit der unerschütterlichen Überzeugung aufgewachsen, dass es sich um ein ehernes Prinzip handelte. Sie starb nur deshalb nicht mit der Erkenntnis, einem Irrtum erlegen zu sein, weil Magrat über bessere Reflexe verfügte und sie in den Graben stieß.

Es war ein interessanter Graben. Er enthielt sich hin und her windende korkenzieherartige Dinge – direkte Nachkommen von Wesen, die in der primordialen Schöpfungssuppe gelebt hatten. Wer Straßengrabenwasser für langweilig hielt, hätte hier eine erbauliche halbe Stunde mit einem leistungsstarken Mikroskop verbringen können. Brennnesseln wuchsen dort. Und jetzt lag Oma Wetterwachs darin.

Sie kroch durchs Gestrüpp und bebte vor Zorn. Wie eine Venus Anadyomene kletterte sie aus dem Graben; der einzige Unterschied bestand nur darin, dass sie älter war – und dass mehr Wasserlinse an ihr klebte.

»T-t-t«, sagte sie und richtete einen zitternden Zeigefinger auf den davonratternden Karren.

»Der junge Nesheley von Tintenkappe saß auf dem Kutschbock.« Nanny Ogg sprach aus einem nahen Busch. »Stammt aus einer recht wilden Familie. Seine Mutter war eine Wippel.«

»Er hätte uns fast überfahren!«, entfuhr es Oma.

»Vielleicht wäre es besser gewesen, rechtzeitig zur Seite zu treten«, sagte Magrat.

»Zur Seite treten?«, wiederholte Oma. »Wir sind Hexen! Die Leute weichen *uns* aus!« Sie platschte auf den Weg und zeigte noch immer zum fernen Karren. »Bei Hoki, ich werde dafür sorgen, dass er sich wünscht, nie geboren zu sein …«

»Ich weiß noch, dass er ein ziemlich großes Baby war«, sagte der Busch. »Seine Mutter hatte es sehr schwer.«

»So etwas ist mir noch nie zuvor passiert.« Oma zitterte noch immer wie die gespannte Sehne eines Bogens. »Ich zeige ihm, was es bedeutet, die Fahrt einfach fortzusetzen, als hielte er uns für, für, für gewöhnliche Leute.«

»Er weiß es bereits«, erwiderte Magrat. »Bitte hilf mir jetzt, Nanny aus dem Busch zu ziehen.«

»Ich verwandle ihn in …«

»Die Leute haben keinen Respekt mehr«, brummte Nanny,

als Magrat sie von den Dornen befreite. »Bestimmt liegt's am neuen König.«

»Wir sind Hexen!«, rief Oma Wetterwachs, blickte gen Himmel und schüttelte die Fäuste.

»Nun ja«, pflichtete ihr Magrat bei. »Das harmonische Gleichgewicht des Universums und so. Ich glaube, Nanny ist ein wenig müde.«

»Was habe ich die ganze Zeit über getan?«, fragte Oma mit einem rhetorischen Schwung, der sogar Vitoller beeindruckt hätte.

»Nicht viel«, antwortete Magrat.

»Gelacht!«, ereiferte sich Oma Wetterwachs. »Man hat über mich gelacht! Auf meinen eigenen Straßen! In meinem eigenen Land. Das ist zu viel! Das ertrage ich keine zehn Jahre mehr! Nicht einmal einen *Tag*!«

Die Bäume um sie herum begannen zu schwanken. Staub stieg vom Weg auf und bildete kleine wogende Wolken, die der zornigen Hexe auszuweichen versuchten. Oma Wetterwachs streckte einen langen Arm und entfaltete an seinem Ende einen langen Finger. Oktarines Feuer glühte am Fingernagel.

Eine halbe Meile entfernt verlor der Karren seine vier Räder.

»Er hat es gewagt, eine Hexe einzusperren, nicht wahr?«, rief Oma den Bäumen zu.

Nanny stemmte sich in die Höhe.

»Wir sollten sie packen und festhalten«, flüsterte sie Magrat zu. Sie sprangen, griffen nach Omas Armen und zwangen sie nach unten.

»Verdammt, ich zeige ihm, wozu eine Hexe imstande ist!«, schrie sie.

»Ja, ja, gut, in Ordnung, *völlig* in Ordnung«, entgegnete Nanny. »Aber nicht jetzt, und nicht auf diese Weise, einverstanden?«

»Seltsame Schwestern, ha!«, donnerte Oma. »Das wird er bereu...«

»Lass sie nicht los, Magrat!« Nanny Ogg rollte den Ärmel hoch.

»Solche Anfälle sind bei besonders fähigen Hexen möglich«, fügte sie hinzu, holte aus und schlug so fest zu, dass sie für eine Sekunde beide den Boden unter den Füßen verloren. Ein derartiges Klatschen konnte das Ende des Universums einleiten.

Atemloses Schweigen folgte, und schließlich sagte Oma Wetterwachs: »Danke.«

Betont würdevoll zupfte sie ihre Kleidung zurecht. »Aber ich hab's ernst gemeint. Heute Abend treffen wir uns am Monolithen und überlegen, was es zu unternehmen gilt. Ähem.«

Sie schob die Nadeln tiefer in den Hut, taumelte kurz und stapfte in Richtung ihrer Hütte.

»Was ist mit der fundamentalen magischen Regel, die Einmischungen in Politik verbietet?«, fragte Magrat und sah Oma nach.

Nanny Ogg massierte sich die stark schmerzende Hand.

»Bei Hoki, das Kinn der Frau ist so hart wie ein Amboss«, sagte sie. »Äh, wie war das?«

»Was ist mit der Regel, die keine Einmischungen zulässt?«

»Äh«, murmelte Nanny und schloss die Finger um den Arm der jungen Hexe, »wenn du unser Gewerbe besser kennenlernst, Mädchen, findest du irgendwann heraus, dass es eine noch wichtigere Regel gibt. Esme hat sich ihr ganzes Leben lang daran gehalten.«

»Und wie lautet sie?«

»Wenn man Regeln verletzt, so sollte man sie besonders gründlich brechen«, erwiderte Nanny. Sie lächelte und offenbarte dabei Zahnfleisch, das noch bedrohlicher wirkte als Zähne.

Der Herzog sah über den Wald und grinste.

»Es funktioniert«, sagte er. »Überall murrt man gegen die Hexen. Wie hast du das fertiggebracht, Narr?«

»Meiner Treu, mit Witzen. Und mit Gerüchten. Die Leute waren ohnehin mehr oder weniger bereit, daran zu glauben. Alle respektieren die Hexen, aber kaum jemand mag sie.«

Freitagnachmittag, dachte er. *Ich muss Blumen pflücken und mich besonders gut anziehen. Das Wams mit den silbernen Glocken, ja.* Erwartungsvolle Aufregung vibrierte in ihm.

»Ich bin sehr zufrieden«, verkündete Lord Felmet. »Wenn es so weitergeht, verdienst du dir den Ritterstand.«

Der Narr dachte sofort an Scherz Nummer 302 – das Stichwort bohrte sich ins Herz eines gequälten Humors. »Fürwahr, Onkel«, begann er und achtete nicht darauf, dass der Herzog eine Grimasse schnitt, »wenn der Ritterstand (Ritter stand) eine Auszeichnung ist, so darf er nie ruhen und sich hinlegen. Andererseits: Meiner Treu, wenn ein Narr zum Ritter wird, was geschieht dann mit…«

»Ja, ja, schon gut«, zischte Lord Felmet. Er fühlte sich bereits viel besser. An diesem Abend war sein Haferschleim nicht versalzen gewesen, und das Schloss erschien angenehm leer. Es raunten keine Stimmen mehr, die ihm Unverständliches zuflüsterten.

Er nahm auf dem Thron Platz. Zum ersten Mal hatte er es dort bequem.

Die Herzogin saß neben ihm und beobachtete den Narren, das Kinn auf die Hand gestützt. Ihr Blick besorgte ihn. Er wusste, woran er mit Seiner Lordschaft war: Bei ihm brauchte man nur zu warten, bis in seinem Wahnsinn die fröhliche Phase begann. Aber Lady Felmet entsetzte ihn.

»Offenbar sind Worte außerordentlich mächtig«, sagte sie.

»Wahrlich, Lady.«

»Du hast dich sicher eingehend damit befasst.«

Der Narr nickte. Die Macht des Wortes hatte ihm geholfen,

alle Schrecken der Gilde zu überstehen. Zauberer und Hexen benutzten Worte als Werkzeuge, um bestimmte Dinge zu erreichen, aber der Narr glaubte, dass Worte selbst Dinge waren.

»Man kann damit die Welt verändern«, sagte er.

Lady Felmet kniff die Augen zusammen.

»Das hast du schon einmal behauptet. Ich bin noch immer nicht davon überzeugt. Starke Männer verändern die Welt.« Sie zögerte kurz. »Starke Männer und ihre Taten. Worte sind nur wie Marzipan auf einem Kuchen. Du glaubst natürlich, dass Worte wichtig sind. Du bist schwach und hast nichts anderes.«

»Ihre Ladyschaft irrt sich.«

Die dicke Hand der Herzogin trommelte ungeduldig auf die Armlehne ihres Throns.

»Du solltest besser imstande sein, diese Behauptung zu rechtfertigen.«

»Lady, der Herzog möchte den Wald abholzen lassen, nicht wahr?«

»Die Bäume reden über mich«, hauchte Lord Felmet. »Beim Reiten höre ich sie flüstern. Sie erzählen Lügen über mich!«

Der Narr begegnete dem Blick der Herzogin.

»Aber diese Politik stößt auf fanatischen Widerstand«, fügte der Hofnarr hinzu.

»Was?«

»Die Leute mögen so etwas nicht.«

Lady Felmet explodierte regelrecht. »Welche Rolle spielt das schon?«, erwiderte sie schrill. »Wir herrschen! Die Bürger müssen unsere Anweisungen befolgen, wenn sie nicht erbarmungslos hingerichtet werden wollen!«

Der Narr hüpfte umher und gestikulierte beschwichtigend.

»Dann gehen uns irgendwann die Untertanen aus, Teuerste«, murmelte der Herzog.

»So etwas ist überhaupt nicht nötig, nein, nein!«, stieß der

Narr verzweifelt hervor. »Auf drastische Maßnahmen dieser Art könnt ihr verzichten. Es genügt, wenn ihr …« Er legte eine kurze Pause ein, und seine Lippen bewegten sich lautlos. »Ihr beginnt mit einem wohlüberlegten und ehrgeizigen Plan, um die landwirtschaftliche Industrie zu entwickeln, mittelfristig neue Arbeitsplätze in Sägemühlen zu schaffen, weiteres Land zu erschließen und dem Räuberwesen die soziale Basis zu entziehen.«

Der Herzog blinzelte verwirrt. »Und wie stelle ich das an?«, fragte er.

»Indem du die Wälder abholzen lässt.«

»Aber du hast doch gesagt …«

»Sei still, Felmet!«, knurrte die Herzogin. Sie bedachte den Narren mit einem nachdenklichen und durchdringenden Blick.

Nach einer Weile fragte sie: »Welche Erklärung bietet man an, wenn man die Häuser unsympathischer Leute zerstören möchte?«

»Urbane Sanierung«, sagte der Narr.

»Ich habe daran gedacht, sie zu verbrennen.«

»*Hygienische* urbane Sanierung«, sagte der Narr sofort.

»Außerdem erwäge ich die Möglichkeit, auf bestimmten Äckern und Feldern Salz auszustreuen.«

»Meiner Treu, ich nehme an, das ist hygienische urbane Sanierung mit einem Programm für ambientale Verbesserung. Es wäre vielleicht eine gute Idee, auch einige Bäume zu pflanzen.«

»Keine Bäume mehr!«, platzte es aus Felmet heraus.

»Oh, sei unbesorgt! Sie gehen ohnehin ein. Wegen des Salzes. Wichtig ist nur, dass du sie gepflanzt hast.«

»Aber ich will auch die Steuern erhöhen …«

»Fürwahr, Onkel …«

»Ich bin nicht dein Onkel.«

»Tante?«, fragte der Narr zaghaft.

»Nein.«

»Fürwahr ... äh, wahrlich ... Du musst dein ehrgeiziges Programm für die Entwicklung des Landes finanzieren.«

»Wie?« Der Herzog verlor erneut den Faden.

»Er meint, das Abholzen des Waldes kostet Geld«, erklärte die Herzogin. Sie musterte den Narren und lächelte. Zum ersten Mal spürte er einen solchen Blick auf sich ruhen; für gewöhnlich sah Ihre Ladyschaft so auf ihn herab wie auf eine schäbige kleine Kakerlake. Es gab noch immer etwas Käferhaftes in ihren Augen, aber jetzt teilten die Pupillen mit: Guter kleiner Käfer; du hast einen interessanten Trick gelernt.

»Faszinierend«, kommentierte die Herzogin. »Können Worte auch die Vergangenheit verändern?«

Der Narr dachte darüber nach.

»Das ist sogar noch einfacher, glaube ich«, antwortete er. »Die Vergangenheit besteht aus Dingen, an die sich die Leute erinnern, und Erinnerungen sind Worte. Wer weiß, wie sich ein König vor tausend Jahren verhielt? Nur Geschichten berichten darüber. Und natürlich Theaterstücke.«

»O ja«, warf Felmet ein, »ich habe einmal eine Vorführung gesehen. Komische Burschen in Strumpfhosen. Viel Geschrei. Den Leuten hat's gefallen.«

»Soll das heißen, Geschichte ist nur das, was man den Menschen erzählt?«, fragte die Herzogin.

Der Narr sah sich im Thronsaal um und deutete auf ein Porträt, das König Grünbeer den Guten (906–967) zeigte.

»Stimmt der Beiname? Wer weiß das heute noch? War er wirklich gut? Es spielt keine Rolle mehr. Bis zum Ende der Welt bleibt er Grünbeer der Gute.«

Der Herzog beugte sich vor, und in seinen Augen glühte es.

»Ich möchte ein *guter* Herrscher sein«, sagte er. »Ich möchte, dass mich die Leute mögen. Ich möchte, dass man sich liebevoll an mich erinnert.«

»Nehmen wir an, es gibt andere Dinge, die Anlass für Kontroversen geben«, dachte die Herzogin laut. »Historische Ereignisse, die ... falsch dargestellt werden.«

»Mich trifft überhaupt keine Schuld«, warf der Herzog ein. »Er rutschte aus und fiel. Ja. Er rutschte aus und fiel. Ich war nicht einmal dabei. Er griff mich an. Reine Notwehr, jawohl. Er rutschte aus und fiel in Notwehr auf seinen Dolch.« Er nuschelte nur noch. »Ich erinnere mich gar nicht mehr daran.« Lord Felmet rieb sich die Dolchhand, obwohl diese Bezeichnung nicht mehr ganz zutraf.

»Schweig endlich, Gemahl!«, sagte die Herzogin scharf. »Ich weiß, dass du völlig schuldlos bist. Ich bin nicht bei dir gewesen, wie du dich bestimmt erinnerst. Ich war es, die dir nicht den Dolch gegeben hat.« Lord Felmet schauderte erneut.

»Und jetzt, Narr ...« Lady Felmet holte tief Luft. »Ich wollte auf Folgendes hinaus: Es gibt einige Dinge, an die man sich *richtig* erinnern sollte.«

»Du meinst, dass du zu jenem Zeitpunkt nicht dort warst?«, fragte der Hofnarr.

Es stimmt schon: Worte haben Macht. Aber manchmal entwickeln sie auch ein seltsames Eigenleben und verlassen den Mund des Sprechers, bevor er Gelegenheit hat, sie zurückzuhalten. Wenn man Worte mit unschuldigen kleinen Lämmern vergleichen kann, so beobachtete der Narr nun, wie sie fröhlich davonliefen, direkt in den Flammenwerfer von Lady Felmets Blick.

»Nicht *wo?*«

»Äh, nirgends«, sagte der Narr eilig.

»Dummer Kerl! Jeder hält sich irgendwo auf.«

»Ich meine, du warst irgendwo, aber gewiss nicht am oberen Ende der Treppe«, versicherte der Narr.

»Am Ende *welcher* Treppe?«

»Irgendeiner.« Der Narr begann zu schwitzen. »Ich erinnere mich ganz deutlich daran, dich nicht gesehen zu haben.«

Die Herzogin starrte ihn eine Zeit lang an.

»Vergiss das nur nicht!«, grollte sie und rieb sich das Kinn. Man konnte dabei ein leises Kratzen hören.

»Die Realität besteht also nur aus schwachen Worten. Woraus folgt: Worte sind Realität. Wie kann man daraus Geschichte formen?«

»Die Vorführung, die ich gesehen habe, wurde wirklich gut vorgeführt«, sagte Lord Felmet verträumt. »Auf der Bühne kam es zu Kämpfen, aber es wurde niemand verletzt. Und dann die Reden. Hörten sich gut an, die Reden.«

Von der Herzogin kam ein weiteres schmirgelpapierartiges Geräusch.

»Narr?«, fragte sie.

»Lady?«

»Kannst du ein Theaterstück schreiben? Ein Stück, das über die ganze Welt zieht? Das alle böswilligen Gerüchte besiegt?«

»Nein, Lady. Dazu ist besonderes Talent notwendig.«

»Kennst du Personen, die dazu fähig sind?«

»Oh, es gibt solche Leute, Lady.«

»Finde jemanden!«, murmelte der Herzog. »Finde den Besten. Finde den Besten. Damit die Wahrheit bekannt wird. Finde jemanden ...«

Der Sturm ruhte sich aus. Er wollte es nicht, aber ihm blieb keine Wahl. Zwei Wochen hatte er damit verbracht, ein berühmtes Hochdruckgebiet über dem Runden Meer zu vertreten. Jeden Tag spannte er die böigen Muskeln und wartete in der Kaltluftfront, dankbar für die Chance, ab und zu einen Baum zu entwurzeln beziehungsweise das eine oder andere Bauernhaus zu zertrümmern. Aber der erhoffte grundlegende Wetterwechsel stellte sich nicht ein.

Er tröstete sich mit dem Gedanken, dass auch die großen Stürme der Vergangenheit – zum Beispiel das Gewaltige Tosen von 1789 oder Orkan Zelda und Ihre Erstaunlichen Regnenden Frösche – irgendwann während ihrer Karriere eine solche Phase erlebt hatten. So etwas gehörte eben zur Tradition des Wetters.

Außerdem hatte er sich in der weiten Ebene mit dem Äquivalent einer Pantomime vergnügt, saisongemäßen Schnee gebracht und Millionen von Menschen Frostbeulen beschert. Er musste sich einfach damit abfinden, hier oben zu warten und nur das Heidekraut zu bewegen. Wenn Wetter menschliche Gestalt annehmen könnte, hätte dieser Sturm die Wartezeit damit überbrückt, einen Papierhut zu tragen und in einer Imbissstube hinter dem Tresen zu stehen.

Derzeit beobachtete er drei Frauen, die durchs Moor schritten und sich zielstrebig der Lichtung näherten, wo der Monolith stand. Oder eigentlich stehen sollte; er hatte sich wieder versteckt.

Der Sturm erkannte sie als alte Freunde und Kenner, begrüßte sie mit einem Donnern, das nicht der Jahreszeit entsprach und überhört wurde.

»Der verdammte Stein ist nicht da«, sagte Oma Wetterwachs. »Wie viele auch immer es sein mögen.«

Sie war blass. Ihr Gesicht war verzerrt und sah aus wie von einem neurotischen Künstler entworfen. Sie schien es ernst zu meinen. Sehr ernst.

»Entzünde das Feuer, Magrat«, fügte sie automatisch hinzu.

»Nach einer guten Tasse Tee fühlen wir uns bestimmt viel besser«, erwiderte Nanny Ogg und sprach diese Worte wie ein Mantra. Sie griff unter ihren Schal. »Mit was drin«, murmelte sie und holte eine kleine Flasche Apfelschnaps hervor.

»Alkohol lähmt das Hirn und trübt die Seele«, kommentierte Magrat tugendhaft.

»Ich rühre das Zeug nie an«, stellte Oma Wetterwachs fest. »Wir müssen einen klaren Kopf bewahren, Gytha.«

»Ein Tropfen im Tee schadet bestimmt nicht«, behauptete

Nanny. »Ganz im Gegenteil: Es ist Medizin. Gegen die Kälte hier oben.«

»Na gut«, räumte Oma ein, »aber nur ein Tropfen.«

Sie tranken schweigend. »Magrat«, sagte Oma Wetterwachs schließlich, »du kennst dich ja mit Hexenzirkeln und so aus. Wir sollten es richtig machen. Was tun wir jetzt?«

Magrat zögerte. Sie überlegte, ob sie nacktes Tanzen vorschlagen sollte, entschied sich aber dagegen.

»Wir könnten singen«, entgegnete sie. »Um den Vollmond zu preisen.«

»Er ist nicht voll, sondern Dingsbums, gewölbt«, widersprach Oma.

»Konvex«, warf Nanny ein.

Magrat suchte nach den richtigen Worten. »Man preist den Vollmond nur im Allgemeinen. Und dann müssen wir unser Bewusstsein erweitern. Ich fürchte allerdings, das geht nur bei Vollmond. Monde sind dabei sehr wichtig.«

Oma musterte sie nachdenklich.

»Moderne Hexerei, wie?«, fragte sie.

»Der Mond gehört dazu. Und noch viele andere Dinge.«

Oma Wetterwachs seufzte. »Jedem das Seine, denke ich. Nun, ich will verdammt sein, wenn ich mir von einer glänzenden Felskugel sagen lasse, was es zu unternehmen gilt.«

»Alles Firlefanz«, bestätigte Nanny. »Ich schlage vor, wir verfluchen jemanden.«

Der Narr schlich vorsichtig durch die nächtlichen Flure. Er wollte kein Risiko eingehen. Magrat hatte ihm Greebos übliche Verhaltensweise sehr anschaulich beschrieben, und deshalb trug er sowohl Handschuhe als auch eine Art Metallschleier. Seine Ausrüstung stammte aus dem Schlosslager mit den vererbten Kettenhemden.

Er erreichte die Rumpelkammer, schob behutsam den Riegel beiseite, stieß die Tür auf und drückte sich an die Wand.

Es wurde etwas dunkler im Flur, als die schwärzere Finsternis in dem Raum durch den Zugang strömte und sich gewöhnlicher Dunkelheit hinzugesellte.

Sonst geschah nichts. Die Anzahl der zischenden, wütenden Kugeln aus mörderischem Fell war gleich null. Der Narr entspannte sich und betrat den Raum.

Greebo fiel ihm auf den Kopf.

Ein langer Tag lag hinter dem Kater. Die Rumpelkammer bot ihm nicht das aktive Leben, an das er sich gewöhnt hatte. Es kam nur zu einer Abwechslung, als er am späten Vormittag eine Mäusekolonie entdeckte, die sich seit Generationen durch einen kostbaren Wandteppich fraß. Er zeigte eine kompakte Form der Geschichte von Lancre, und die Nagetiere waren bis zum König Murune (709–745) gekommen, der einem schrecklichen Schicksal zum Opfer fiel*, als es ihnen ähnlich erging. Greebo hatte sich die Krallen an einer Büste geschärft, die Lancres einzige königliche Vampirin zeigte, Königin Grimnir die Pfählerin (1514–1553, 1553–1557, 1557–1562, 1562–1567 und 1568–1573). Er hatte seine morgendliche Notdurft auf dem Porträt eines unbekannten Monarchen verrichtet – das Bild löste sich langsam auf. Jetzt langweilte er sich, und hinzu kam ein gewisser Ärger.

Er streckte die Krallen dorthin, wo sich eigentlich die Ohren des Narren befinden sollten, doch erstaunlicherweise erklang nur metallenes Kratzen.

»Sei ein lieber Junge«, sagte der Hofnarr, »Kuschimuschiduh.«

Das überraschte Greebo. Die einzige andere Person, die

* Es betraf einen rot glühenden Schürhaken, einen Abort, zehn Pfund lebende Aale, einen über drei Meilen hinweg zugefrorenen Fluss, ein großes Fass Wein, zwei Tulpenzwiebeln, mehrere vergiftete Ohrentropfen, eine Auster und einen Mann mit einem Holzhammer. König Murune fand nicht leicht Freunde.

jemals so mit ihm gesprochen hatte, hieß Nanny Ogg; alle anderen nannten ihn ›Lassdieverdammtenpfotendavondumistvieh‹. Er beugte sich vor, fasziniert von dieser neuen Erfahrung.

Der Narr sah einen umgekehrten Katzenkopf, der sich allmählich in sein Blickfeld schob. Greebos Gesichtsausdruck deutete auf boshaftes Interesse hin.

»Möchtest du vielleicht nach Hause, Miezekätzchen?«, fragte der Narr hoffnungsvoll. »Sieh nur, das Türchen steht offen.«

Greebo griff fester zu. Er hatte einen Freund gefunden.

Der Hofnarr zuckte – ganz vorsichtig – mit den Schultern, drehte sich um und kehrte in den Flur zurück. Er ging durch den dunklen Korridor, trat auf den Hof, schritt am Wachhaus vorbei zum Haupttor und nickte den Wächtern vorsichtig zu.

»Eben habe ich jemanden mit einer Katze auf dem Kopf gesehen«, sagte einer der beiden Gardisten, nachdem er sich eine Minute Zeit genommen hatte, um gründlich zu überlegen.

»Wer war's?«

»Der Narr, glaube ich.«

Erneut folgte nachdenkliche Stille. Der zweite Wächter rückte seine Hellebarde zurecht.

»Es ist ein mieser Job«, sagte er. »Aber ich schätze, irgendjemand muss ihn erledigen.«

Wir verfluchen niemanden«, sagte Oma Wetterwachs fest. »Es klappt fast nie, wenn die Betreffenden nicht wissen, dass sie verflucht worden sind.«

»Für gewöhnlich schickt man ihnen eine kleine Puppe mit Nadeln drin.«

»Nein, Gytha.«

»Man braucht nur Schnipsel von einem Zehennagel«, beharrte Nanny voller Begeisterung.

»Nein.«

»Oder einige Haare. Ich habe Nadeln.«

»Nein.«

»Das Verfluchen von Leuten ist moralisch verkehrt und sehr schlecht fürs eigene Karma«, sagte Magrat.

»Ich verfluche ihn trotzdem«, sagte Nanny. »Ganz leise. In seinem kalten Verlies hätte ich mir den Tod holen können. Er hat mir nicht einmal eine Decke gebracht.«

»Wir verfluchen ihn *nicht*«, stellte Oma Wetterwachs fest. »Nein, wir ersetzen ihn durch jemand anderen. Was ist mit dem alten König?«

»Ich habe den Schlossstein auf dem Küchentisch gelassen«, antwortete Nanny. »Weil ich es nicht mehr ertragen konnte.«

»Wieso?«, fragte Magrat. »Verence schien doch sehr freundlich zu sein. Für einen Geist, meine ich.«

»Oh, mit *ihm* ist alles in Ordnung«, erwiderte Nanny. »Aber die anderen ...«

»Die anderen?«

»›Bitte nimm einen Stein aus dem Schloss mit, damit ich ihn bespuken kann, gute Mutter‹, hat er gesagt«, erklärte Nanny. »›Es ist so verdammt langweilig hier drin, Frau Ogg, bitte entschuldige mein Klatschianisch‹, fügte er hinzu, und natürlich war ich bereit, ihm einen Gefallen zu tun. Vermutlich haben sie alle zugehört. Heda, ist ja toll, dachten sie sicher. Alle an Bord, wird höchste Zeit für einen Urlaub. Ich habe nichts gegen Geister, erst recht nichts gegen königliche«, betonte Nanny loyal. »Aber meine Hütte ist kein geeigneter Ort für sie. Ich meine, es gibt da eine Frau, die immerzu laut schreit und mit ihrem Streitwagen in der Waschküche herumbraust. Ich bitte euch! Und dann zwei kleine Mädchen in der Speisekammer, und überall kopflose Männer, und jemand stöhnte unter der Spüle, und dann ein haariger Affenmensch, der ständig umherirrt und so. Das alles geht mir langsam auf die Nerven.«

»Wenigstens ist der verstorbene König nicht da«, sagte Oma Wetterwachs. »Wir wollen hier keine Männer.«

»Er ist ein Geist, kein Mann«, erwiderte Magrat.

»Wir brauchen nicht gleich in die Einzelheiten zu gehen«, sagte Oma kühl.

»Jedenfalls, den alten König kannst du nicht wieder auf den Thron setzen«, fuhr die junge Hexe fort. »Geister eignen sich kaum dafür, ein Königreich zu regieren. Und dann die Krone. Er könnte sie nicht auf dem Kopf behalten.«

»Wir ersetzen ihn durch seinen Sohn«, sagte Oma. »Er ist der rechtmäßige Nachfolger.«

Nanny Ogg winkte ab. »Ach, das haben wir doch schon besprochen. In fünfzehn Jahren wäre es vielleicht möglich, aber ...«

»Heute Nacht«, sagte Oma.

»Ein Kind auf dem Thron? Seine Amtszeit würde fünf Minuten dauern. Höchstens.«

»Kein Kind«, brummte Oma Wetterwachs. »Ein erwachsener Mann. Erinnert ihr euch an Aliss Steheviel?«

Stille. Irgendwann lehnte sich Nanny zurück.

»*Lieber* Himmel«, hauchte sie. »Das willst du doch nicht versuchen, oder?«

»Ich bin fest entschlossen.«

»Lieber *Himmel*«, flüsterte Nanny und fügte hinzu: »Hast du dir das gut überlegt?«

»Ja.«

»Hör mal, Esme. Ich meine, die Schwarze Aliss war eine der Besten. Ich meine, du bist ziemlich gut, soweit es, äh, Pschikologie und Denken betrifft. Ich meine, die Schwarze Aliss ging immer voll drauf los.«

»Glaubst du, sie sei besser gewesen als ich?«

»Entschuldigt bitte«, ließ sich Magrat vernehmen.

»Nein. Nein, natürlich nicht.« Nanny überhörte die junge Hexe.

»Gut.«

»Allerdings ... Na ja, sie war ein, äh, echter Wildfang, so wie der König sagte.«

»Doyenne«, verbesserte Oma Wetterwachs, die im Lexikon nachgesehen hatte. »Er sprach von Doyenne. Das bedeutet etwas ganz anderes.«

»Entschuldigt bitte.« Magrat sprach nun lauter. »Wer war die Schwarze Aliss?« Rasch fuhr sie fort: »Und fangt jetzt bloß nicht damit an, wortlose Blicke zu wechseln und über meinen Kopf hinweg zu reden. Immerhin besteht dieser Zirkel aus drei Hexen.«

»Sie lebte vor deiner Zeit«, antwortete Nanny Ogg. »Auch vor meiner. Drüben bei Skund. Soll sehr mächtig gewesen sein.«

»Wenn man den Gerüchten Glauben schenken darf«, schränkte Oma Wetterwachs ein.

»Einmal hat sie einen Kürbis in eine königliche Kutsche verwandelt«, sagte Nanny.

»Angeberei«, sagte Oma. »Es nützt niemandem etwas, wenn man bei einem Ball erscheint und wie eine Pastete riecht. Und dann die Sache mit dem gläsernen Schuh. Gefährlich, wenn ihr mich fragt.«

Nanny achtete nicht auf die Unterbrechung. »Ihre größte Leistung war, ein ganzes Schloss hundert Jahre schlafen zu lassen. Bis ...« Sie zögerte. »Kann mich nicht mehr erinnern. Ging es dabei um Rosensträucher oder ein Spinnrad? Ich glaube, irgendeine Prinzessin musste sich in den Finger stechen ... Nein, es war ein Prinz. Ja, ich bin ziemlich sicher.«

»Ein Prinz musste sich in den Finger stechen?«, warf Magrat verwirrt ein.

»Nein. Er sollte die Prinzessin küssen. Tja, die Schwarze Aliss war sehr romantisch. Das fand auch in ihren Zaubersprüchen Niederschlag. Sie mochte kleine Spielchen, zum Beispiel *Mädchen trifft Frosch*.«

»Warum nannte man sie Schwarze Aliss?«

»Wegen der Fingernägel«, erläuterte Oma Wetterwachs. Nanny Ogg nickte. »Und der Zähne. Aß dauernd Süßigkeiten. Wohnte in einem Pfefferkuchenhäuschen. Zwei Kinder haben sie schließlich in den Ofen geschoben. Schockierend.«

»Und jetzt wollt ihr Schloss Lancre schlafen lassen?« vergewisserte sich Magrat.

»Es hat nie irgendein Schloss geschlafen«, entgegnete Oma Wetterwachs. »Das sind nur die dummen Geschichten dummer Frauen.« Sie bedachte Nanny mit einem finsteren Blick. »Aliss hat nur die Zeit ein wenig beschleunigt. Das ist gar nicht so schwer, wie viele Leute glauben. Es geschieht immerzu. Man könnte die Zeit mit Gummi vergleichen, das man ganz nach Belieben strecken kann.«

So etwas gehört sich doch nicht, wollte Magrat antworten. *Die Zeit ist Zeit. Jede Sekunde dauert genau eine Sekunde. Das ist ihre Aufgabe, ihre Pflicht ...*

Dann erinnerte sie sich an Wochen, die wie im Flug vergingen, und an Nachmittage, die sich zu einer Ewigkeit dehnten. Gelegentlich schienen aus Minuten Stunden zu werden, und manche Stunden verstrichen so schnell, dass man es kaum merkte ...

»Aber das ist doch nur persönliche Wahrnehmung«, sagte sie. »Nicht wahr?«

»O ja«, bestätigte Oma Wetterwachs. »Natürlich. Das gilt für praktisch alles. Macht es irgendeinen Unterschied?«

»Hundert Jahre wären ein wenig übertrieben«, sagte Nanny.

»Fünfzehn genügen sicher«, meinte Oma. »Fünfzehn, eine hübsche runde Zahl. Dann ist der Junge achtzehn. Wir bringen einfach den Zauber hinter uns und holen den Kna... den Mann, damit er sein Schicksal erfüllen kann. Anschließend ist wieder alles in bester Ordnung.«

Magrat schwieg. Sie dachte daran, dass Schicksale völlig problemlos zu sein schienen, wenn man so über sie sprach, aber meistens ergaben sich Schwierigkeiten, sobald es dabei um lebende Menschen ging.

Nanny Ogg griff erneut nach der Flasche und gab einen ordentlichen Schuss Apfelschnaps in ihre Tasse.

»Gar nicht übel«, sagte sie. »Ein bisschen Frieden und Stille für fünfzehn Jahre. Wenn ich den Zauber richtig im Gedächtnis habe, muss man vor dem ersten Hahnenschrei einmal ums Schloss fliegen.«

Oma Wetterwachs schüttelte den Kopf. »Nein, das genügt nicht. Es wäre nicht richtig. Felmet bliebe die ganze Zeit über König. Und das Land würde krank. Nein, ich habe mir vorgestellt, den Zauber auf das ganze Königreich auszudehnen.«

Sie sah die beiden anderen Hexen an und strahlte.

»Ganz Lancre?«, fragte Nanny.

»Ja.«

»Fünfzehn Jahre in die Zukunft?«

»Ja.«

Nanny betrachtete Omas Besen. Abgesehen vom häufig recht störrischen magischen Motor war es ein guter Besen, dazu bestimmt, Äonen zu überdauern. Aber seine Leistungsfähigkeit hatte Grenzen.

»Unmöglich«, sagte Nanny. »Du schaffst es nicht ums ganze Königreich. Es ist ein sehr langer Weg, hoch bis nach Pudermesser und runter bis nach Schottervlies. Dazu reicht die Magie einfach nicht aus.«

»Das habe ich mir bereits überlegt«, erwiderte Oma Wetterwachs.

Sie strahlte erneut. Es wirkte schrecklich.

Dann erklärte sie ihren Plan. Er war fürchterlich.

Eine Minute später erstreckte sich eine leere Lichtung in der Nacht – die Hexen eilten fort, um alle notwendigen Vorbereitungen zu treffen. Eine Zeit lang herrschte Stille, abgesehen vom Zirpen der Fledermäuse und dem leisen Flüstern des Winds im Heidekraut.

Dann blubberte es im nahen Torfmoor. Ganz langsam verließ der Monolith sein Versteck, schüttelte möglichst leise einige Bleichmoosfladen ab und sah sich mit großem Argwohn um.

Greebo hatte viel Spaß. Zuerst glaubte er, sein neuer Freund bringe ihn zu Magrats Hütte, aber aus irgendeinem Grund wich er im Dunkeln vom Pfad ab und wanderte durch den Wald, und zwar in einem besonders interessanten Teil davon, fand der Kater. Hier gab es viele Hügel, verborgene Löcher im Boden und kleine Sümpfe, über denen selbst bei gutem Wetter Nebelwolken schwebten. Greebo kam oft hierher, in der Hoffnung, einen Wolf zu finden, der sich gerade ausruhte.

»Ich dachte immer, Katzen finden ganz allein den Weg nach Hause«, brummte der Narr.

Er fluchte leise vor sich hin. Es wäre leicht gewesen, das blöde Tier Nanny Ogg zu bringen, die im Ort wohnte, praktisch im Schatten des Schlosses. Doch dann war er auf die Idee gekommen, Magrat zu besuchen, um sie zu beeindrucken. Hexen mochten Katzen. Er stellte sich vor, wie sie ihn hereinbat, ihm eine Tasse Tee anbot …

Erneut trat er in ein mit Wasser gefülltes Loch. Etwas bewegte sich darin. Der Narr stöhnte und wich auf einen dicken Pilz zurück.

»Hör mal, Katze«, sagte er, »du verlässt jetzt meinen Kopf, einverstanden? Du springst auf den Boden und gehst nach Hause. Ich folge dir. Katzen können auch im Dunkeln gut sehen und finden immer den Heimweg«, fügte er hoffnungsvoll hinzu.

Er hob die Hände. Greebo entschloss sich zu einer freundlichen Warnung, bohrte die Krallen in den einen Arm des Narren und stellte überrascht fest, dass er überhaupt keine Wirkung auf das Kettenhemd erzielte.

»Ja, brave Katze«, lobte der junge Mann und ließ ihn zu Boden. »Nur zu, lauf jetzt nach Hause. *Irgendein* Haus genügt.«

Greebos Grinsen verblasste allmählich, bis nur noch der Kater übrigblieb. Der umgekehrte Vorgang hätte kaum gespenstischer sein können.

Er streckte sich und gähnte, um über seine Verlegenheit hinwegzutäuschen. Es konnte seiner Jagd-Reputation kaum förderlich sein, wenn man ihn mitten in einem seiner besten Schleichreviere ›brave Katze‹ nannte. Rasch verschwand er im Unterholz.

Der Narr starrte in die Finsternis und fand, dass er den Wald mochte – wenn er ihn vom Schloss aus beobachtete. Es war nett zu wissen, dass Wälder existierten, aber es gab einen wichtigen Unterschied zwischen echten Wäldern und denen der Fantasie: In Letzteren verirrte man sich nicht so leicht. Darüber hinaus zog er den Wald bei hellem Sonnenschein vor, ohne lästige Dornen, ohne Bäume, die Grimassen zu schneiden schienen. Viele *dieser* Bäume sahen wie pflanzliche Gnome aus, dienten nur als Gerüst für Pilze und Efeu.

Der Hofnarr erinnerte sich undeutlich daran, dass man die Richtung feststellen konnte, indem man beobachtete, an welcher Seite des Stammes Moos wuchs. Eine kurze Untersuchung der nächsten Bäume deutete darauf hin, dass es ungeachtet der normalen Geografie überall nach mittwärts ging.

Von Greebo fehlte jede Spur.

Der Narr seufzte, löste den Metallschleier, klimperte vorsichtig durch die Nacht und suchte nach höher gelegenem Terrain. Höher gelegenes Terrain erschien ihm richtig. Der Boden, auf dem er jetzt stand, begann zu zittern, und das sollte eigentlich nicht der Fall sein, glaubte er.

Magrat hockte auf ihrem Besen, der fast hundert Meter über der drehwärtigen Grenze von Lancre schwebte. Sie sah auf das Meer aus Nebel hinab: Hier und dort ragte ein Baumwipfel daraus hervor, wie ein algenbewachsener Felsen bei Flut. Ein wie aufgebläht wirkender Mond leuchtete über ihr. *Wahrscheinlich ist er wieder konvex*, dachte Magrat und fragte sich, was dieses Wort bedeutete. Selbst eine schmale Sichel wäre besser und angemessener gewesen, fand sie.

Die junge Hexe schauderte und überlegte, wo Oma Wetterwachs jetzt sein mochte.

Ihr Besen war überall am Himmel von Lancre bekannt und gefürchtet. Oma hatte das Fliegen erst spät gelernt, und nach anfänglichem Misstrauen reagierte sie darauf mit dem gleichen Enthusiasmus, den Schmeißfliegen einem leckeren Fischkopf entgegenbringen. Es gab jedoch ein Problem: Oma Wetterwachs sah in jedem Flug eine gerade Linie von A nach B und konnte sich einfach nicht an die Vorstellung gewöhnen, dass andere fliegende Dinge ebenfalls gewisse Rechte hatten. Dieser Umstand veranlasste den Vogelzug eines ganzen Kontinents dazu, eine Generation zu entwickeln, die auf dem Rücken flog, sodass sie aufmerksam den Himmel beobachten konnte.

Omas feste Überzeugung, dass ihr alles ausweichen sollte, galt auch anderen Hexen, sehr hohen Bäumen und gelegentlichen Bergen.

Es war ihr gelungen, den unter dem Gebirge lebenden Zwergen einen solchen Schrecken einzujagen, dass sie ihren Besen mit einem leistungsstärkeren magischen Motor ausstatteten. So mancher nichts ahnende Vogel hatte mitten in der Luft ein Ei gelegt, als er plötzlich Oma Wetterwachs sah, die mit finsterer Miene geradewegs auf ihn zuraste.

Bei den Göttern!, fuhr es Magrat durch den Sinn. *Ich hoffe, sie ist niemandem zugestoßen.*

Eine mitternächtliche Brise drehte sie langsam, wie einen

Wetterhahn ohne Halterung. Sie zitterte und spähte zum mondscheinerhellten Massiv, den hohen Spitzhornbergen, deren frostumhüllte Felsen und eisgrüne Schluchten weder Könige noch Kartografen achten. Nur auf der randwärtigen Seite öffnete sich Lancre dem Rest der Welt; die übrigen Grenzen waren so zerklüftet wie das Maul eines Wolfs und weitaus unpassierbarer. Von hier aus konnte man das ganze Königreich überblicken ...

Am Himmel über Magrat fauchte es. Ein Windstoß erfasste sie, drehte sie herum, und dann vernahm sie einen vom Dopplereffekt verzerrten Ruf: »Träum nicht, Mädchen!«

Sie drückte ihre Knie an die Borsten und lenkte den Besen nach oben.

Es dauerte einige Minuten, um zu Oma Wetterwachs aufzuschließen, die sich an den Besenstiel schmiegte, um den Luftwiderstand zu reduzieren. Dunkle Baumwipfel rasten unter ihnen hinweg, als Magrat längsseits ging. Oma drehte den Kopf und hielt sich mit der einen Hand den Hut fest.

»Wird auch Zeit!«, zischte sie. »Ich schätze, dieses Ding hat nur noch Magie für einige Flugminuten. Komm, beeil dich.«

Sie streckte den Arm aus. Magrat folgte ihrem Beispiel. Die beiden Besen bebten und schwankten in den Turbulenzen; zwei Fingerspitzen zielten unsicher aufeinander, berührten sich ...

Magrats Arm prickelte, als Kraft hindurchfloss.* Omas Besen beschleunigte jäh.

»Lass mir etwas übrig!«, rief Magrat. »Ich möchte nach unten zurück.«

»Das sollte nicht schwer sein!«, rief Oma Wetterwachs, um das Rauschen der Luft zu übertönen.

»Ich will nicht abstürzen, sondern sicher landen!«

* Vermutlich handelt es sich um den ersten erfolgreichen Versuch, einen Besen während des Fluges aufzutanken.

»Du bist doch eine Hexe, oder? Übrigens: Hast du den Kakao mitgebracht? Ich erfriere hier fast!«

Magrat nickte verzweifelt und griff mit der freien Hand nach einem Beutel.

Oma nahm ihn entgegen. »In Ordnung. Gut. Wir sehen uns an der Lancre-Brücke.«

Sie streckte die Finger.

Magrat trieb im böigen Wind ab und klammerte sich an einem Besen fest, der – wie sie fürchtete – jetzt den gleichen Auftrieb hatte wie ein Stück Feuerholz. Er war zweifellos nicht in der Lage, eine erwachsene Frau vor den zerrenden Klauen der Gravitation zu schützen.

Als sich ihre Flugbahn allmählich nach unten neigte, dachte Magrat daran, dass in Oma Wetterwachs' Angewohnheit, nicht an die Probleme anderer Leute zu denken, vermutlich etwas Schmeichelhaftes zum Ausdruck kam. Ihre Einstellung ließ den Schluss zu, dass sie andere Leute für fähig hielt, ihre Probleme selbst zu lösen.

Gegen einen kleinen Veränderungszauber gab es sicher nichts einzuwenden.

Magrat konzentrierte sich.

Es schien zu klappen.

Die für jeden Normalsterblichen sichtbare Realität blieb in ihrer derzeitigen Form erhalten. Magrat hatte nur ihre eigene geistige Perspektive verändert: Sie war nun keine verwirrte und auch ängstliche Frau mehr, die sich mit recht hoher Geschwindigkeit einem eher ungastlichen Boden näherte; sie wurde jetzt zu einer optimistischen, positiv denkenden Frau, die sich mutig der Wirklichkeit stellte, volle Verantwortung für ihr Leben trug und genau wusste, woher sie kam. Unglücklicherweise hatte das keinen Einfluss auf ihr gegenwärtiges Ziel. Trotzdem fühlte sich Magrat jetzt wesentlich besser.

Sie drückte die Hacken an den Stiel und zwang ihren Besen, die letzte Kraft für einen kurzen Schub zu verwenden. Einige

Sekunden lang flog Magrat wenige Meter über den Baumwipfeln. Als das Holz unter ihr wieder an Höhe verlor und eine Schneise ins mitternächtliche Grün zu graben begann, holte die junge Hexe tief Luft und betete zu allen Waldgöttern, die ihr zuhörten: *Bitte lasst mich auf etwas Weichem landen.* Dann ließ sie los.

Auf der Scheibenwelt gibt es dreitausend bekannte Hauptgötter, und Forschungstheologen entdecken in jeder Woche weitere. Abgesehen von einigen Nebengöttern der Felsen, der Bäume und des Wassers sind zwei bekannt, die in den Spitzhornbergen wohnen: Hoki, halb Mensch, halb Ziege und ein ganzer Witzbold, den man aus Würdentracht verbannte, weil er den Trick mit der explodierenden Mistel beim Blinden Io versuchte, dem Oberhaupt aller Götter; und Hern der Gejagte, furchtsamer und leicht zu erschreckender Gott der kleinen pelzigen Geschöpfe, deren Schicksal darin besteht, ihr Leben mit einem kurzen knirschenden Quieken auszuhauchen …

Beide sind Kandidaten für das kleine Wunder, das jetzt geschah: In einem Wald aus kalten Felsen, splittrigen Baumstümpfen und Dornbüschen fiel Magrat tatsächlich auf etwas Weiches.

Inzwischen begann für Oma Wetterwachs die zweite Etappe des Fluges, als sie die Geschwindigkeit erhöhte und zu den Bergen flog. Sie trank leider lauwarmen Kakao und ließ die Flasche mit ausgeprägtem Umweltschutzbewusstsein über einem Hochlandsee fallen.

Kurz darauf stellte sie fest, dass sich Magrat unter nahrhaftem Essen zwei Brote mit Eiern und Kresse vorstellte; die Krusten waren abgeschnitten. Oma bemerkte auch hübsche Garnierungen aus Petersilie, bevor der Wind sie fortriss. Eine Zeit lang betrachtete sie die Brote skeptisch. Dann biss sie hinein.

Weiter vorn öffnete sich eine Schlucht, noch immer halb von Winterschnee erstickt. Ein Funke gleißte in der Finsternis und bildete einen hellen Fleck vor den gewaltigen, weit aufragenden Schatten der Spitzhornberge – Oma Wetterwachs, die das Gebirge herausforderte.

Unten im Wald setzte sich Magrat auf und zupfte geistesabwesend einen kleinen Zweig aus ihrem Haar. Einige Meter entfernt fiel der Besen durch die Wipfel; es regnete Blätter.

Die junge Hexe sah sich um, als sie ein leises Stöhnen vernahm, gefolgt von einem halbherzigen Läuten. Eine undeutliche Gestalt ruhte auf allen vieren, tastete umher und suchte etwas.

»Bin ich auf dir gelandet?«, fragte Magrat.

»Wenn du's nicht gewesen bist, war's jemand anders«, antwortete der Narr.

Sie krochen aufeinander zu.

»Du?«

»Du!«

»Was machst du denn hier?«

»Ich bin auf dem Boden umhergegangen«, erwiderte der Narr. »Das ist bei vielen Leuten der Fall. Ich meine, es passiert nicht zum ersten Mal. Es ist alles andere als originell. Wahrscheinlich lässt so etwas einen Mangel an Fantasie vermuten, aber für mich ist es immer gut genug gewesen.«

»Habe ich dich verletzt?«

»Ich fürchte, ein oder zwei meiner Glocken können nie wieder das sein, was sie einmal waren.« Der Narr strich mit den Händen durchs Laub, und schließlich fand er den verhassten Hut. Er bimmelte nicht mehr, sondern rasselte dumpf.

»Völlig hin, wahrlich«, sagte der Hofnarr und setzte das Ding trotzdem auf. Er schien sich wieder zu fassen. »Regen, ja. Hagel, ja. Sogar kleine Steine. Von mir aus auch Fische und Frösche, in Ordnung. Aber Frauen? Nein. Wird sich das wiederholen?«

»Du hast einen verdammt harten Kopf«, sagte Magrat und stand auf.

»Bescheidenheit verbietet es mir, eine passende Antwort darauf zu geben«, erwiderte der Narr. Dann erinnerte er sich und fügte hastig hinzu: »Meiner Treu.«

Sie musterten sich gegenseitig, und ihre Gedanken rasten.

Sieh ihn dir gut an, hat Nanny gesagt, dachte Magrat. *Jetzt sehe ich ihn an. Aber er verändert sich nicht. Er ist noch immer ein trauriger, kleiner, dünner Mann in einem närrischen Narrengewand. Und er hat praktisch einen Buckel.*

Und dann erfolgte eine überraschende Verwandlung, so wie bei Wolken, die für das Auge des Betrachters plötzlich die Form von Schiffen oder Walen gewinnen. In Magrats Vorstellung wuchs der Narr plötzlich, und sie erkannte: Er war mindestens durchschnittlich groß, *machte* sich jedoch klein, indem er die Schultern hängen ließ und mit krummen Beinen ging, wodurch er den Eindruck erweckte, auf der Stelle zu hüpfen.

Ich frage mich, was Gytha sonst noch aufgefallen ist, dachte die junge Hexe verwundert.

Der Narr rieb sich den Arm und lächelte schief. »Hast du eine Ahnung, wo wir hier sind?«

»Hexen verirren sich nie«, sagte Magrat mit fester Stimme. »Manchmal vergessen sie nur, wo sie abstürzen. Lancre ist *dort*, glaube ich. Wenn du mich jetzt entschuldigen würdest ... Ich klettere den nächsten Hügel hoch.«

»Um herauszufinden, wo du bist?«

»Um herauszufinden, *wann* ich bin. Heute Nacht gibt's jede Menge Magie.«

»Tatsächlich? Dann begleite ich dich«, entgegnete der Narr ritterlich, nachdem er einige Sekunden lang in die von Bäumen heimgesuchte Finsternis gestarrt hatte, die sich zwischen ihm und den kalten Fliesen im Schloss erstreckte. »Ich möchte nicht, dass dir etwas zustößt.«

Oma Wetterwachs beugte sich noch tiefer über den Besen, als er durch die einsamen, leeren Schluchten der Berge raste. Sie neigte sich von einer Seite zur anderen, in der Hoffnung, dadurch die Steuerung beeinflussen zu können, die sonderbarerweise immer schwieriger wurde. Der hinter ihr fallende Schnee tanzte im Fahrtwind und bildete seltsame Formen. Hohe Wellen aus verkrustetem Weiß, die sich im Lauf des Winters im Bereich der Gletscher aufgetürmt hatten, erbebten und rollten übers Eis. Das dumpfe Donnern von Lawinen untermalte Omas Flug.

Sie sah nach unten auf das Land aus plötzlichem Tod und schroffer Schönheit, in dem Wissen, dass es ihren Blick erwiderte, so wie ein dösender Mensch, der eine Mücke beobachtet. Oma fragte sich, ob es ihre Absicht kannte. Sie überlegte, ob es sie deshalb weicher fallen lassen würde – und tadelte sich in Gedanken für diese Schwäche. Nein, mit dem Land stand es ganz anders. Es ließ nicht mit sich handeln. Es nahm hart, und es gab hart. Ein Hund beißt besonders fest in die Hand des Tierarztes.

Und dann hatte es Oma Wetterwachs geschafft. So tief sauste sie über den letzten Gipfel hinweg, dass sich ein Stiefel mit Schnee füllte. Sie flog nun zum Tiefland.

Der Nebel verbarg sich immer irgendwo im Gebirge. Er kehrte jetzt zurück, und diesmal meinte er es besonders ernst, wurde zu einem dichten silbergrauen Meer. Oma stöhnte leise.

Irgendwo in der Mitte davon schwebte Nanny Ogg und trank ab und zu aus einer kleinen Flasche, die ein Schutzmittel gegen Kälte enthielt.

Eis bildete sich an Oma Wetterwachs' Stiefeln, und Nässe glänzte an ihrem Hut und im Haar, als sie eine ferne, dumpf klingende Stimme hörte, die dem Himmel begeistert verkündete, der Igel sei in jedem Fall besser dran als alle anderen Tiere. Sie drehte den Besen und jagte durch die trägen Wogen der Wolken, wie ein Falke, der etwas Kleines und Flauschiges im Gras gesehen hat, wie ein umherziehender interstellarer Grippe-Bazillus, der einen hübschen blauen Planeten entdeckt.

»Komm!«, rief Oma, trunken von der Geschwindigkeit und dem Hochgefühl des Fliegens. Das in einer Höhe von etwa hundertfünfzig Metern erklingende Geräusch verschreckte einen Wolf und lenkte ihn von seinem späten Abendessen ab. »Verlier keine Zeit, Gytha!«

Nanny Ogg ergriff widerstrebend ihre Hand, und die beiden Besen stiegen wieder auf und flogen zum sternenbesetzten Firmament empor.

Die Scheibenwelt erweckte wie immer den Eindruck, als sei sie erschaffen, um von oben betrachtet zu werden. Weiße und silberne Wolkenbänder reichten bis zum Rand, und die drehende Welt verlieh ihnen die Gestalt lang gestreckter Wirbel. Hinter den beschleunigenden Besen zerfaserte ein Teil des Nebeldaches und wurde nach oben gerissen; die beobachtenden Götter – und sie beobachteten ganz bestimmt – sahen den schrecklichen Flug als eine Art Furche am Himmel.

Eisige Luft umwehte die beiden Hexen, als sie eine Höhe von dreihundert Metern erreichten und sich erneut zankten.

»Es war eine verdammt dumme Idee«, klagte Nanny. »Ich habe es nie ausstehen können, so weit über dem Boden zu sein.«

»Hast du etwas zu trinken mitgebracht?«

»Natürlich. Wie du sagtest.«

»Und?«

»Ich hab's getrunken«, erwiderte Nanny. »Mitten in der kalten Luft zu warten, in meinem Alter … Unser Jason hätte einen Anfall bekommen.«

Oma Wetterwachs knirschte mit den Zähnen. »Gib mir jetzt neue Magie«, brummte sie. »Meine geht allmählich zur Neige. Erstaunlich, wie …«

Ein Schrei schloss sich an, als Omas Besen ganz plötzlich trudelte und in die Tiefe stürzte.

Der Narr und Magrat saßen auf einem kleinen Felsvorsprung, von dem man über den Wald blicken konnte. Die Lichter von Lancre waren nicht weit entfernt, aber niemand schlug vor, zum Ort zurückzukehren.

Zwischen ihnen knisterten unausgesprochene Gedanken und wilde Vermutungen.

»Bist du schon lange ein Narr?«, fragte Magrat höflich. Sie errötete in der Dunkelheit. Unter den gegebenen Umständen hörte es sich wie die unhöflichste aller Fragen an.

»Mein ganzes Leben lang«, erwiderte der Hofnarr bitter. »Als ich in der Wiege lag, habe ich mit kleinen Glocken gespielt.«

»Ich nehme an, es ist eine Familientradition«, sagte Magrat. »Man tritt in die Fußstapfen des Vaters, nicht wahr?«

»Meinen Vater bekam ich nur selten zu Gesicht«, antwortete der Narr. »Als ich noch ein kleiner Junge war, ging er fort, um Hofnarr bei den Lords von Quirm zu werden. Er hatte eine Auseinandersetzung mit meinem Großvater. Ab und zu kehrt er zurück, um meine Mutter zu besuchen.«

»Das tut mir leid.«

Es klimperte leise, als der Narr mit den Schultern zuckte. Er erinnerte sich vage an seinen Vater, sah ihn als kleinen, freundlichen Mann mit Augen wie Austern. Es war nicht gerade typisch für ihn, sich auf eine Konfrontation mit Großvater einzulassen. Im Gedächtnis des Narren herrschte kein Mangel an unangenehmen Erinnerungen, aber er schauderte innerlich, als er an zwei Glockenkostüme dachte, die voller Zorn läuteten.

»Aber es muss ein glückliches Leben sein«, sagte Magrat.

Ihre Stimme war etwas höher als sonst, und ein Vibrato der Ungewissheit erklang darin. »Ich meine, du bringst die Leute zum Lachen und so.«

Als sie keine Antwort bekam, sah sie auf und musterte den jungen Mann. Sein Gesicht wirkte steinern. Schließlich sprach er leise und rau, wie zu sich selbst.

Er erzählte von der Gilde der Narren und Witzbolde in Ankh-Morpork.

Die meisten Besucher verwechselten sie zuerst mit den Büros der Meuchelmördergilde, deren Verwaltungs- und Ausbildungszentrum jedoch im recht hübsch wirkenden und großzügig angelegten Gebäudekomplex nebenan untergebracht war – die Meuchelmörder hatten immer genug Geld. Während die jungen Narren schufteten, um Hunderte von Witzen auswendig zu lernen, während sie in dunklen Zimmern froren, die selbst im Hochsommer kalt blieben, hörten sie manchmal Meuchelmörderschüler, die jenseits der Mauern spielten. Sie beneideten die Studienkollegen der anderen Gilde, obwohl die fröhlichen Stimmen im Lauf des Semesters immer weniger wurden. Der Grund: Meuchelmörder glaubten an den Sinn von Ausleseprüfungen.

Viele Geräusche durchdrangen die hohen, fensterlosen Mauern, und durch wissbegierige Befragungen der Bediensteten gewannen die jüngeren Narren eine Vorstellung von der Stadt. Dort draußen gab es Tavernen und Parks. Dort draußen gab es eine aufregende Welt; die Lehrlinge und Studenten der verschiedenen Gilden und Universitäten genossen sie in vollen Zügen, indem sie ihr Streiche spielten, schreiend durch sie liefen oder Teile davon in die Höhe warfen. Dort draußen gab es Gelächter, das überhaupt nicht auf die Fünf Kadenzen und zwölf Tonveränderungen achtete. Des Nachts in den Schlafsälen munkelte man sogar von nicht autorisiertem Humor, der keinen Stilbeschränkungen unterlag und dem jeder Bezug zum *Buch des unheimlichen Spaßes* oder zum Rat fehlte.

Dort draußen, jenseits der fleckigen Wände, erzählte man sich Witze, ohne auf die Lords des Unfugs Rücksicht zu nehmen.

Es war ein ernüchternder Gedanke. Na ja, nicht unbedingt *ernüchternd*, denn in der Gilde erlaubte man keinen Alkohol. Aber er hatte die gleiche Wirkung.

Auf der ganzen Scheibenwelt existierte kein ernüchternderer Ort als die Gilde.

Der Narr berichtete verbittert vom großen zornigen Bruder Schelm, von langen Abenden, die er damit verbracht hatte, die Fröhlichen Scherze zu lernen, von ebenso langen Vormittagen in der eiskalten Sporthalle, wo man den Schülern sowohl die Achtzehn Hopser als auch die vorgeschriebene Flugbahn einer Sahnetorte zeigte. Und dann das Jonglieren! Der dafür zuständige Lehrer hieß Bruder Spaßvogel, ein Mann mit einer Seele, die aus kalt gekochten Riemen zu bestehen schien. Der Narr musste nicht etwa deshalb regelmäßige Wutausbrüche hinnehmen, weil er schlecht jonglierte. Man *erwartete* von Narren, dass sie schlecht jonglierten, insbesondere wenn es dabei um Dinge wie Torten, brennende Fackeln und extrem scharfe Hackbeile ging. Aber Bruder Spaßvogel wies ihn mit rot glühender, brodelnder Wut darauf hin, dass er schlecht jonglierte, *weil er überhaupt kein Talent für schlechtes Jonglieren hatte.*

»Wolltest du nicht etwas anderes werden?«, fragte Magrat.

»Was gibt es sonst?«, erwiderte der Narr. »Ich habe nichts gesehen, das mir eine Möglichkeit geboten hätte.«

Im letzten Ausbildungsjahr durften die Narrenschüler das Gebäude verlassen, wobei sie sich allerdings an überaus strenge Regeln halten mussten. Während er kummervoll durch die Straßen hüpfte, sah der Narr zum ersten Mal Zauberer, die sich wie würdevolle Karnevalswagen bewegten. Er sah die überlebenden Meuchelmörder, geckenhafte, kichernde junge Männer in schwarzer Seide, ihre Sinne so scharf wie Messer. Er sah Priester, die fantastische Kostüme trugen; in ihrer beeindruckenden Aufmachung störten nur die langen Opferschürzen, die sie bei wichtigen Gottesdiensten benötigten. Jedes Gewerbe hatte eine eigene Kleidung, stellte der Narr fest. Zum ersten Mal begriff er, dass seine Uniform einzig und allein dafür bestimmt war, den Träger wie einen hirnlosen Idioten aussehen zu lassen.

Trotzdem hielt er durch. Er verbrachte sein ganzes Leben mit Durchhalten.

Er hielt durch, weil er absolut unfähig war – und weil ihn sein Großvater andernfalls verdroschen hätte. Er lernte die zugelassenen Witze auswendig, bis ihm der Kopf dröhnte. Er stand frühmorgens auf und jonglierte, bis die Ellbogen knackten. Er perfektionierte das Verständnis fürs komische Vokabular, bis ihn nur noch die ältesten Lords verstanden. Er hüpfte und tollte mit grimmiger, unerschütterlicher Entschlossenheit. Er beendete die Ausbildung als Klassenbester und bekam dafür die Ehrenblase, die er zu Hause in den Abort warf.

Magrat schwieg.

»Wie bist du zu einer Hexe geworden?«, fragte der Narr.

»Hm?«

»Ich meine, bist du zur Schule gegangen oder so?«

»Oh. Nein. Gütchen Wemper kam eines Tages ins Dorf, versammelte alle Mädchen auf dem Platz und zeigte auf mich. Weißt du, man wählt die Hexerei nicht. Es ist genau umgekehrt.«

»Ja, aber wann wird man zu einer richtigen Hexe?«

»Ich schätze, wenn einen die anderen Hexen wie eine Kollegin behandeln.« Magrat seufzte. »Vielleicht ist das bei mir nie der Fall. Ich dachte, nach dem Zauber im Flur würden sie mich endlich respektieren. Immerhin war er ziemlich gut.«

»Meiner Treu, er kam einem Übergangsritus gleich«, entfuhr es dem Narren, bevor er seine Zunge fesseln konnte. Magrat warf ihm einen verwirrten Blick zu. Der junge Mann hüstelte.

»Die beiden älteren Damen sind die anderen Hexen?«, fragte er. Die übliche Schwermut kroch in ihn zurück.

»Ja.«

»Offenbar haben sie einen starken Charakter.«

»Und ob«, bestätigte Magrat mit Nachdruck.

»Ich frage mich, ob sie jemals meinem Großvater begegnet sind«, murmelte der Narr.

Magrat starrte auf ihre Füße.

»Eigentlich sind sie ganz nett«, sagte sie. »Es ist nur... Na ja, als Hexe denkt man nicht oft an andere Leute. Ich meine, man *denkt* an sie, aber man kümmert sich kaum um ihre Gefühle, wenn du verstehst, was ich meine. Es sei denn, man denkt an sie.« Erneut sah sie zu Boden.

»Du bist anders«, entgegnete der Narr.

»Wenn du doch nur aufhören würdest, für den Herzog zu arbeiten!« Magrat war verzweifelt. »Du weißt ja, wie er ist. Er foltert Gefangene, steckt Häuser in Brand und so weiter.«

»Ich bin sein Narr«, sagte der Narr. »Ein Narr muss seinem Herrn treu bleiben. Bis er stirbt. Ich fürchte, so verlangt es die Tradition. Und die Tradition hat große Bedeutung.«

»Aber es gefällt dir doch gar nicht, ein Narr zu sein!«

»Ich hasse es. Aber das hat nichts damit zu tun. Wenn ich schon ein Narr sein muss, so will ich wenigstens ein *richtiger* Narr sein.«

»Das ist dumm«, kommentierte Magrat.

»Ich ziehe den Ausdruck ›närrisch‹ vor.«

Der Narr rückte etwas näher. »Wenn ich dich küsse«, fügte er vorsichtig hinzu, »verwandle ich mich dann in einen Frosch?«

Die junge Hexe sah wieder auf ihre Füße. Dieses hohe Maß an Aufmerksamkeit stimmte sie verlegen, und deshalb krochen sie unters Kleid.

Magrat spürte die Schatten von Gytha Ogg und Oma Wetterwachs rechts und links neben sich. Oma bedachte sie mit einem warnenden Blick und verkündete: *Eine Hexe hat jede Situation unter Kontrolle.*

Sie ist immer Herr der Lage, meinte die Vision von Nanny Ogg, grinste von einem Ohr zum anderen, winkte und zwinkerte.

»Es wird sich herausstellen«, sagte Magrat laut.

Es war der beeindruckendste Kuss in der Geschichte des Vorspiels.

Die Zeit ist tatsächlich eine subjektive Erfahrung, wie Oma Wetterwachs bereits andeutete. Die Jahre des Narren in der Gilde dehnten sich zu einer Ewigkeit, während die Stunden mit Magrat im Wald wie zwei Minuten verstrichen. Hoch über Lancre zogen sich zwei Handvoll Sekunden wie Toffee in die Länge, wurden zu Stunden des Entsetzens.

»Eis!«, stieß Oma Wetterwachs hervor. »Das Ding ist vereist!«

Nanny Ogg ging längsseits und versuchte vergeblich, ihren Kurs dem zitternden, bockenden Besen anzupassen. Oktarine Glut flackerte über frosterstarrte Borsten und führte zu magischen Kurzschlüssen. Nanny beugte sich vor und griff nach Omas Rock.

»Eine dumme Idee, wie ich schon sagte!«, rief sie. »Erst bist du durch den feuchten Nebel geflogen und dann nach oben in die kalte Luft, verblödetes Weib!«

»Lass meinen Rock los, Gytha Ogg!«

»Komm schon, halt dich an mir fest. Hinten hat dein Besen bereits Feuer gefangen!«

Sie passierten eine Wolkenwand und schrien synchron, als der von Sträuchern bewachsene Boden wie aus dem Nichts erschien und direkt auf sie zielte.

Und dann sauste er *vorbei.*

Nanny starrte in etwas Schwarzes, und tief unten glaubte sie schäumendes Wasser zu erkennen. Sie waren über den Rand der Lancre-Schlucht geflogen.

Blauer Rauch quoll aus Omas Besen, aber sie ließ nicht locker und zwang ihn auf einen neuen Kurs.

»Lieber Himmel, was hast du jetzt vor?«, kreischte Nanny.

»Ich folge dem Fluss!«, erwiderte Oma Wetterwachs ebenso laut. Flammen züngelten und prasselten. »Sei unbesorgt!«

»Komm an Bord, hörst du? Es ist vorbei.«

Hinter Oma Wetterwachs krachte eine kleine Explosion. Dutzende von brennenden Borsten lösten sich und fielen ins breite schwarze Maul der Schlucht. Der Besen kippte zur Seite, und Nanny packte Oma an der Schulter, als das Feuer über andere Teile des Stiels leckte.

Der lodernde Besen zuckte zwischen Omas Beinen hervor, krümmte sich und raste nach oben. Er zog einen Schweif aus Funken hinter sich her, und das dabei ertönende Geräusch ... Es hörte sich nach einem feuchten Finger an, der über den Rand eines Weinglases strich.

Nanny flog plötzlich verkehrt herum und hielt Oma Wetterwachs am Arm. Sie sahen sich an und schrien erneut.

»Ich kann dich nicht hochziehen!«

»Ich bin wohl kaum in der Lage, nach oben zu klettern, oder? Sei nicht kindisch, Gytha!«

Nanny Ogg dachte kurz nach. Dann ließ sie los.

Drei Ehen und eine abenteuerliche Kindheit hatten Nanny mit Muskeln ausgestattet, die eine Kokosnuss aufbrechen konnten, und der Andruck zerrte an ihr, als sie den Besen in einem engen Bogen herumzwang.

Weiter unten fiel Oma Wetterwachs wie ein Stein. Mit der einen Hand hielt sie ihren Hut fest, und mit der anderen verhinderte sie, dass die Schwerkraft unter ihre Röcke spähte. Nanny beschleunigte so heftig, dass der Besen knackte, ergriff die fallende Hexe an der Taille, richtete den Stiel auf – und seufzte erleichtert.

Das Schweigen endete erst, als Oma Wetterwachs sagte: »Tu das nie wieder, Gytha Ogg!«

»Ich verspreche es.«

»Kehr um! Wir wollen zur Lancre-Brücke, erinnerst du dich?«

Nanny gehorchte, flog eine weite Kurve und streifte dabei die Schluchtwand.

»Es sind noch immer viele Meilen«, gab sie zu bedenken.

»Ich schaffe es«, erwiderte Oma Wetterwachs. »Es ist noch immer viel Nacht übrig.«

»Aber vielleicht nicht genug.«

»Eine Hexe weiß überhaupt nicht, was das Wort ›Fehlschlag‹ bedeutet, Gytha.«

Sie gewannen wieder an Höhe. Der Horizont zeigte sich als Linie aus goldenem Licht, als die langsame Morgendämmerung der Scheibenwelt übers Land kroch und die Wehrwälle der Nacht niederwalzte.

»Esme?«, fragte Nanny Ogg nach einer Weile.

»Ja?«

»Es bedeutet, dass sich der erhoffte Erfolg nicht einstellt.«

Einige Sekunden lang flogen sie in eisiger Stille.

»Ich habe es Dingsbums gemeint«, sagte Oma. »Im übertragenen Sinn.«

»Oh. Nun. Hättest gleich darauf hinweisen sollen.«

Die Linie aus Licht wurde heller und breiter. Zum ersten Mal schlich sich behutsamer Zweifel in Oma Wetterwachs' Denken, verwirrt von der unvertrauten Umgebung.

»Wie viele junge Hähne mag es in Lancre geben?«, brummte sie.

»Ist das eine der Dingsbums-Fragen?«

»Ich habe nur laut gedacht.«

Nanny Ogg lehnte sich zurück. Es gab insgesamt zweiunddreißig im Krähalter. Sie wusste es, weil sie am vergangenen Abend Nachforschungen angestellt und Jason alle notwendigen Anweisungen gegeben hatte. Nannys Familie bestand aus fünfzehn erwachsenen Kindern sowie zahllosen Enkeln und

Urenkeln. *Bestimmt haben sie inzwischen ihre Plätze eingenommen,* überlegte sie. *Schließlich hatten sie die ganze Nacht Zeit.*

»Hast du das gehört?«, fragte Oma Wetterwachs. »Dort drüben bei Scharfschneide?«

Nanny blickte unschuldig über die dunstige Landschaft. In diesen frühen Stunden schienen alle Geräusche lauter zu sein als sonst.

»Was?«, erwiderte sie.

»Es klang wie *Urrgh.*«

»Ich habe nichts bemerkt.«

Oma drehte ruckartig den Kopf. »Und auch dort. Diesmal bin ich ganz sicher. Es hörte sich an wie *Kiekerekieharrgh.*«

»Ich glaube, du hörst Gespenster.« Nanny blickte gen Himmel und lächelte. »Lancre-Brücke voraus.«

»Und dort drüben! Direkt unter uns! Es hat ganz eindeutig gequiekt!«

»Vermutlich das Morgenkonzert der Vögel, Esme. Sieh mal, nur noch eine halbe Meile.«

Oma Wetterwachs starrte auf den Hinterkopf ihrer Kollegin.

»Irgendetwas geht hier vor«, sagte sie.

»Ich weiß überhaupt nicht, was du meinst, Esme.«

»Deine Schultern zittern!«

»Weil ich meinen Schal verloren habe und friere. He, gleich sind wir da.«

Oma Wetterwachs sah nach vorn, und in ihr rang Argwohn mit Misstrauen. Sie beschloss, dieser Sache auf den Grund zu gehen. Sobald sie Zeit dafür hatte.

Das feuchte Holz von Lancres Hauptverbindung mit dem Rest der Welt glitt sanft unter ihnen hinweg. Bei der etwa eine halbe Meile entfernten Hühnerfarm ertönte ersticktes Quieken, gefolgt von einem dumpfen Pochen.

»Und das?«, fragte Oma scharf. »Was war das?«

»Hühnerpest. Achtung, ich lande jetzt.«

»Lachst du über mich?«

»Es ist nur die Freude über deinen Erfolg, Esme. Damit gehst du in die Hexengeschichte ein.«

Sie schwebten über der Brücke. Oma Wetterwachs kletterte vorsichtig auf die glitschigen Planken hinab und strich ihr Kleid glatt.

»Ja, nun«, murmelte sie mit vagem Interesse.

»Man wird sagen, dass du besser warst als die Schwarze Aliss«, sagte Nanny Ogg.

»Manche Leute behaupten einfach alles«, grummelte Oma. Sie beugte sich übers Geländer, beobachtete die reißende Strömung des Flusses und blickte dann zum fernen Felsvorsprung, auf dem sich Schloss Lancre erhob.

»Glaubst du wirklich?«, fragte sie wie beiläufig.

»Ich bin ganz sicher.«

»Hmm.«

»Aber zuerst musst du den Zauber vervollständigen.«

Oma Wetterwachs nickte. Sie wandte sich der Morgendämmerung zu, hob die Arme und beschwor die letzte erforderliche Magie.

Es ist fast unmöglich, das plötzliche Verstreichen von fünfzehn Jahren und zwei Monaten mit Worten zu beschreiben.

Bilder sind in diesem Zusammenhang weitaus nützlicher. Man stelle sich einen Kalender vor, dessen Blätter fortwehen, oder eine Uhr, deren Zeiger sich immer schneller drehen, bis ihre Konturen verschwimmen, oder Bäume, die innerhalb weniger Sekunden erblühen und Früchte tragen …

Sie kennen das bestimmt. Die Sonne wird zu einem feurigen Streifen am Himmel; Tage und Nächte flackern wie ein schlecht eingestelltes Stroboskop. Im Laden auf der anderen Straßenseite zieht sich die Schaufensterpuppe schneller an und aus als eine Mittagsstripperin, die in fünf Pubs auftreten muss.

Es gibt noch viele andere Beispiele, aber sie brauchen hier nicht genannt zu werden, weil nichts dergleichen geschah.

Die Sonne *rückte* ein wenig zur Seite, und die Bäume auf der randwärtigen Schluchtseite schienen etwas größer zu sein. Außerdem gewann Nanny den unangenehmen Eindruck, dass sich jemand auf sie gesetzt hatte, um sie platt zu drücken und anschließend wieder aufzupumpen.

Dafür soll hier folgende Erklärung angeführt werden: Als das Königreich durch die Zeit raste, bewegte es sich nicht auf eine Weise, die Spezialeffekte wie flackernden Himmel oder Hochgeschwindigkeitsfotografie erforderte. Es *raste* auch nicht *durch* die Zeit, sondern glitt *um sie herum*, was viel eleganter und leichter ist. Außerdem braucht man dazu kein Laboratorium zu finden, von dem aus man einen Laden sehen kann, in dessen Schaufenster sechzig Jahre lang die gleiche Puppe steht, was traditionsgemäß besonders zeitaufwändig und kostspielig ist.

Der Kuss dauerte mehr als fünfzehn Jahre.

So etwas schaffen nicht einmal Frösche.

Der Narr wich mit trüben Augen zurück, und Verblüffung zeigte sich in seinen Zügen.

»Hast du gespürt, wie sich die Welt bewegt hat?«, fragte er.

Magrat blickte über die Schulter und beobachtete den Wald.

»Ich glaube, sie hat es tatsächlich geschafft«, erwiderte sie.

»Was meinst du?«

Die junge Hexe zögerte. »Oh. Nichts. Überhaupt nichts.«

»Sollen wir es noch einmal versuchen? Offenbar hat es beim ersten Mal nicht ganz geklappt.«

Magrat nickte.

Diesmal dauerte der Kuss nur fünfzehn Sekunden. Es schien länger zu sein.

Eine Erschütterung erfasste das Schloss und ließ Lord Felmets Frühstückstablett erzittern, auf dem ein Teller mit Haferschleim stand, der zur großen Erleichterung des Herzogs nicht zu salzig schmeckte.

Auch Nanny Oggs Haus erzitterte; dort drängten sich die Geister wie eine Rugbymannschaft in einer Telefonzelle.

Das Beben schüttelte alle Hühnerställe im Königreich, und mehrere Hände lockerten ihren Griff. Zweiunddreißig junge, rot angelaufene Hähne holten tief Luft und krähten aus vollem Hals, aber es war bereits zu spät, zu spät...

Bestimmt hast du etwas ausgeheckt«, sagte Oma Wetterwachs.

»Möchtest du noch eine Tasse Tee?«, erwiderte Nanny liebenswürdig.

»Du willst doch nichts hineinschütten, oder?«, fragte Oma scharf. »Es liegt am Hineingeschütteten von gestern Abend. Andernfalls wäre ich nicht auf eine solche Idee gekommen. Du solltest dich schämen.«

»Die Schwarze Aliss hat nie so etwas geleistet«, sagte Nanny aufmunternd. »Ich meine, bei ihr waren's hundert Jahre, in Ordnung, aber sie hat nur ein Schloss bewegt. Ich schätze, das kann jeder, ein Schloss bewegen.«

Dünne Falten bildeten sich in Oma Wetterwachs' Stirn.

»Und sie hat es von Unkraut überwuchern lassen«, fügte sie überkorrekt hinzu.

»In der Tat.«

»Gut gemacht«, lobte König Verence eifrig. »Wir alle halten es für eine ausgezeichnete Leistung. Da wir uns in der ätherischen Sphäre befinden, hatten wir eine Art Logenplatz.«

»Danke, Euer Majestät.« Nanny Ogg drehte sich um und beobachtete die vielen Geister hinter dem verstorbenen König. Ihnen fehlte das Privileg, am Tisch Platz zu nehmen beziehungsweise dicht über den Stühlen zu schweben.

»Aber die anderen sollten jetzt endlich verschwinden«, sagte sie. »Ab mit euch nach draußen! Bis auf die beiden Mädchen«, fügte Nanny hinzu. »Sie können bleiben. Arme kleine Würmchen!«

»Weißt du, es fühlt sich einfach zu gut an, nicht mehr im Schloss zu sein«, erklärte Verence.

Oma Wetterwachs gähnte.

»Wie dem auch sei ...«, brummte sie. »Jetzt müssen wir den Jungen finden. Das ist der nächste Schritt.«

»Wir beginnen sofort nach dem Essen mit der Suche.«

»Essen?«

»Es gibt gebratene Hähnchen«, sagte Nanny. »Und du bist müde. Außerdem: Eine gründliche Suche nimmt sicher viel Zeit in Anspruch.«

»Er ist in Ankh-Morpork«, stellte Oma Wetterwachs fest. »Daran besteht überhaupt kein Zweifel. Früher oder später treibt es jeden zur Stadt. Wir halten dort nach ihm Ausschau. Man braucht nicht nach Menschen zu suchen, wenn das Schicksal im Spiel ist. Man wartet einfach in Ankh-Morpork auf sie.«

Nannys Miene erhellte sich. »Unsere Karen hat dort einen Wirt geheiratet. Ich habe ihr Kind noch nicht gesehen. Wir hätten dort freie Kost und Logis und alles.«

»Es ist nicht nötig, dass wir Lancre verlassen«, sagte Oma. »Es kommt nur darauf an, dass der Sohn des Königs hierherkommt.« Eine kurze Pause. »Die Stadt würde uns bestimmt nicht gefallen. Sie ist wie eine ... Abflussrinne.«

Das sind fünfhundert Meilen!«, brachte Magrat hervor. »Es wird eine Ewigkeit dauern, bis du zurückkehrst!«

»Mir bleibt keine Wahl«, antwortete der Narr. »Der Herzog hat mir einen Sonderauftrag erteilt. Er vertraut mir.«

»Ha! Du sollst noch mehr Söldner holen, wie?«

»Nein. Keineswegs. So schlimm ist es nicht.« Der Narr zögerte. Er hatte für Felmet die Tür zur Welt der Worte geöffnet. Das war doch bestimmt besser, als Leute mit Schwertern zu erschlagen, oder? Gewannen sie dadurch nicht Zeit? Konnte man unter den gegenwärtigen Umständen mehr erhoffen?

»Aber du *musst* nicht gehen! Du *willst* es doch gar nicht!«

»Das spielt keine Rolle. Ich habe dem Herzog Treue geschworen, bis zum ...«

»Ja, ja, bis zum Tod. Aber das ist doch *Unsinn*! Du hast mir erzählt, wie sehr du die Gilde und alles andere hasst!«

»Trotzdem bin ich gebunden. Ich habe mein Wort gegeben.«

Magrat hätte fast mit dem Fuß aufgestampft, doch so tief wollte sie nicht sinken.

»Und wir haben gerade damit begonnen, uns besser kennenzulernen!«, rief sie. »Du bist ein Schuft!«

Der Narr kniff die Augen zusammen. »Ich wäre ein Schuft, wenn ich meinen Eid bräche«, erwiderte er. »Ich bin nur sehr schlecht beraten. Tut mir leid. In einigen Wochen komme ich zurück.«

»Will es dir denn nicht in den Kopf, dass ich dich bitte, den Auftrag des Herzogs abzulehnen?«

»Tut mir leid«, wiederholte der Narr. »Äh, können wir uns noch einmal wiedersehen, bevor ich aufbreche?«

»Ich wasche mir das Haar«, sagte Magrat steif.

»Wann?«

»Wann auch immer!«

Hwel zwickte sich in den Nasenrücken und schielte auf das mit Wachsflecken übersäte Papier.

Er kam nicht gut mit dem Stück voran.

Vor einer Weile hatte er die Sache mit dem fallenden Kronleuchter in Ordnung gebracht und auch einen Platz für den Schurken gefunden, der sein entstelltes Gesicht hinter einer Maske verbarg. Außerdem hatte er eine der komischen Stellen geändert, um zu berücksichtigen, dass der Held in einer Handtasche geboren war. Aber die Clowns bereiteten ihm nach wie vor Probleme: Sie veränderten sich ständig, wenn er an sie dachte. Er zog zwei vor – so entsprach es der Tradition –, doch jetzt schien ein dritter Gestalt anzunehmen, und dem Zwerg fielen einfach keine lustigen Bemerkungen für ihn ein.

Sein Federkiel kratzte übers letzte Blatt und versuchte, jene Stimmen einzufangen, die in Hwels träumender Fantasie ertönten und zunächst so humorvoll geklungen hatten.

Die Zunge schob sich zwischen den Lippen hervor. Schweiß perlte ihm auf der Stirn.

Dies ist mein kleines Arbeitszimmer, schrieb er. *He, mit einem kleinen Arbeitszimmer könntest du es weit bringen. Ich schlage vor, du machst dich jetzt auf den Weg. Wenn du nicht sofort aufbrechen kannst, so gehe sogleich. Wenn das zu schnell ist, solltest du unverzüglich loslaufen. Hast du vielleicht einen Kugelschreiber? Oder einen Bleistift?*

Hwel starrte entsetzt auf die Worte hinab. Auf dem Papier wirkten sie völlig unsinnig. Und doch, und doch, im bis auf den letzten Platz gefüllten Zuschauersaal ...

Er tauchte den Federkiel ins Tintenfass und lauschte wieder den Echos.

Zweiter Clown: Is' geritzt, Boss.

Dritter Clown: (Ding aus Ballon und Stange) Tröt. Tröt.

Hwel gab auf. Ja, es wirkte komisch. Er *wusste*, dass es komisch war; in seinen Träumen hörte er ganz deutlich das Gelächter. Aber etwas stimmte nicht. Noch nicht. Vielleicht nie. Er verglich diese Sache mit der anderen Idee bezüglich der beiden Clowns, der eine dick, der andere doof… (Klagende Stimme) *Was hast du jeeetzt schon wieder angestellt, Stanleigh?*

Hwel hatte gelacht, bis ihm der Bauch schmerzte, während er die verwirrten Blicke der Schauspieler auf sich ruhen spürte. In seinen Träumen war es zum Schreien.

Er ließ den Federkiel sinken und rieb sich die Augen. Inzwischen musste es fast Mitternacht sein, und eine lebenslange Angewohnheit forderte ihn auf, mit den Kerzen sparsam zu sein – obwohl sie sich jetzt so viele Kerzen leisten konnten, wie sie wollten, auch wenn Vitoller etwas anderes behauptete.

Überall in der Stadt schlugen Stundengongs, und Nachtwächter verkündeten, dass es tatsächlich Mitternacht war. Sie bewiesen einen ziemlich gestörten Sinn für die Realität, indem sie hinzufügten, alles sei in bester Ordnung. Einige von ihnen brachten den Satz zu Ende, bevor man sie niederschlug.

Hwel öffnete die Fensterläden und blickte über Ankh-Morpork hinweg.

Es wäre verlockend, jetzt darauf hinzuweisen, dass die Metropole gerade die beste Zeit des Jahres erlebte. Aber das entspräche nicht ganz den Tatsachen. Die Zwillingsstadt befand sich in ihrer *typischen* Phase.

Der Fluss Ankh, Kloake eines ganzen Kontinents, war bereits recht breit und schlammig, wenn er den Stadtrand erreichte, doch auf der anderen Seite floss er nicht mehr, sondern *schwitzte.* Im Lauf der Jahrhunderte hatte sich so viel Schlick angesammelt, dass das Flussbett an einigen Stellen höher lag als manche Viertel von Ankh-Morpork. Die Schneeschmelze führte nun dazu, dass einige Distrikte von Morpork – dort waren die Mieten besonders niedrig – überflutet wurden. Wobei allerdings fraglich bleibt, ob man wirklich von einer echten Überflutung sprechen kann: Man brauchte keine Eimer, um die Flüssigkeit fortzutragen; Netze genügten. Diese Sache wiederholte sich in jedem Jahr und hätte sicher verheerende Schäden in der Kanalisation angerichtet. Die vorbeugenden Maßnahmen bestanden darin, dass man auf ein ausgeklügeltes System der Abwasserbeseitigung verzichtete. Die Bürger hielten nur einen Stechkahn auf dem Hinterhof bereit, und gelegentlich fügten sie ihren Häusern ein weiteres Stockwerk hinzu.

Ankh-Morpork galt als sehr gesund. Nur wenige Bazillen überlebten dort.

Hwel beobachtete eine Art dunstiges Meer, in dem sich Gebäude aneinanderdrängten wie Sandburgen bei Flut. Leuchtfeuer und helle Fenster schufen interessante Muster auf der schillernden Oberfläche, doch die Aufmerksamkeit des Zwerges galt in erster Linie einem Licht, das wesentlich näher war.

Auf einer höheren Stelle neben dem Fluss – Vitoller hatte enorm viel Geld für das Grundstück ausgegeben – entstand ein neues Gebäude. Es wuchs selbst in der Nacht, wie ein Pilz. Überall im Gerüst brannten Fackeln; Handwerker und sogar einige der Schauspieler lehnten es ab, ihre Arbeit von der Farbe des Himmels beeinflussen zu lassen.

Neue Gebäude waren recht selten in Morpork, und in diesem Fall handelte es sich sogar um eine neue Art von Gebäude.

Die *Scheibe*.

Vitoller hatte die Idee zuerst abgelehnt, aber Tomjon bestand darauf. Und alle wussten, dass der junge Mann Wasser dazu bringen konnte, bergauf zu fließen, wenn er das richtige Gefühl dafür entwickelte.

»Aber wir sind *immer* auf Wanderschaft gewesen«, sagte Vitoller im verzweifelten Ton eines Mannes, der weiß, dass er letztendlich nachgeben wird. »In meinem Alter kann ich nicht mehr damit anfangen, mich irgendwo niederzulassen.«

»Sie schaden dir nur«, erwiderte Tomjon fest. »All die frostigen Nächte, meine ich. Und die kalten Vormittage. Immerhin wirst du nicht jünger. Wir sollten sesshaft werden und die Leute zu uns kommen lassen. Das Publikum bleibt bestimmt nicht aus. Du weißt ja, wie viele Zuschauer wir jetzt haben.

Praktisch jede Vorstellung ist ausverkauft. Hwels Stücke sind berühmt.«

»Nicht meine Stücke«, meinte der Zwerg. »Die Schauspieler.«

»Ich kann mir kaum vorstellen, in einem stickigen Zimmer am Kamin zu sitzen und in einem Federbett zu schlafen«, sagte Vitoller. Aber er fügte sich, als er das Gesicht seiner Frau sah.

Und dann das Theater. Es fiel wesentlich leichter, Wasser bergauf fließen zu lassen, als Vitoller Geld aus der Tasche zu locken, aber seit einiger Zeit erzielten sie große Erfolge. Seit Tomjon groß genug war, um eine Halskrause zu tragen und einige Worte zu sprechen, ohne dass seine Stimme sich überschlug.

Hwel und Vitoller hatten beobachtet, wie die ersten Holzlatten des Gerüsts zusammengenagelt wurden.

»Es ist gegen die Natur«, klagte der Direktor und stützte sich auf seinen Stock. »Den Geist des Theaters einzufangen und ihn in einen Käfig zu sperren. Bestimmt stirbt er.«

»Oh, ich weiß nicht«, entgegnete Hwel zurückhaltend. Tomjon hatte sich alles gut überlegt und dem Zwerg einen ganzen Abend gewidmet, bevor er sich an seinen Vater wandte. Jetzt dachte Hwel voller Begeisterung an verschiedene Hintergründe und rasche Szenenwechsel, an Kulissen, Soffitten und herrliche Apparate, die Götter vom Himmel herablassen konnten, an Falltüren, die Dämonen Gelegenheit gaben, aus der Hölle auf die Bühne zu klettern. Er sah sich außerstande, gegen das neue Theater Einwände zu erheben; ebenso wenig war ein Affe bereit, gegen eine Bananenplantage zu protestieren.

»Das verdammte Ding hat noch nicht einmal einen Namen«, brummte Vitoller. »Ich sollte es *Meiniges Gold* nennen, weil es mich so viel kostet. Wer bezahlt das alles? Und wie?«

Sie hatten sich bereits viele mögliche Namen einfallen lassen, aber Tomjon fand sie ungeeignet.

»Es muss ein Name sein, der alles zum Ausdruck bringt«, sagte er. »Weil das Theater *alles* bedeutet. Die ganze Welt auf der Bühne, verstehst du?«

Hwels Zunge bewegte sich von allein. Er lauschte seiner Stimme und begriff sofort, dass er genau die richtigen Worte sprach: »Die Scheibe.«

Jetzt dauerte es nicht mehr lange bis zur Fertigstellung der Scheibe, und das neue Stück wartete noch immer darauf, von ihm verfasst zu werden.

Er schloss das Fenster, kehrte zum Tisch zurück, griff nach dem Federkiel und zog ein neues Blatt Papier heran. Plötzlich fiel ihm etwas ein. Die ganze Welt *war* eine Bühne, zumindest für die Götter ...

Kurz darauf begann er zu schreiben.

Die Scheibenwelt kommet einer Bühne gleich, und alle Männer und Frauen sindet ihre Schauspieler. Hwel beging den Fehler, eine kurze Pause einzulegen, und sofort regnete eine neue Inspiration auf ihn herab, lenkte den Zug seiner Gedanken auf ein anderes Gleis.

Er blickte auf das Geschriebene und fügte hinzu: *Bis auf die Popcorn-Verkäufer.*

Nach einer Weile strich er das durch und kritzelte: *Wie die Bühne eines Theaters isset die Welt, und alle Menschen schreitigen wie Schauspieler darauf.*

Das schien ein wenig besser zu sein.

Hwel dachte nach und schrieb gewissenhaft: *Manchmal tretigen sie auf. Manchmal tretigen sie ab.*

Er verlor den Faden. Zeit, Zeit. Er brauchte eine ganze Ewigkeit ...

Im Nebenzimmer erklang ein gedämpfter Schrei, gefolgt von einem leisen Pochen. Hwel legte den Federkiel beiseite und öffnete vorsichtig die Tür.

Tomjon saß mit kalkweißem Gesicht im Bett. Er entspannte sich, als der Zwerg hereinkam.

»Hwel?«

»Was ist los, Junge? Albträume?«

»Bei den Göttern, es war schrecklich! Ich habe sie wieder gesehen! Einige Sekunden lang dachte ich …«

Hwel hatte geistesabwesend damit begonnen, Tomjons verstreut auf dem Boden herumliegende Kleidungsstücke einzusammeln, doch nun hielt er inne. Träume interessierten ihn. Träume waren der Schoß, der Ideen gebar.

»Was hast du gedacht?«, fragte er.

»Ich … Ich befand mich *in* etwas, in einer Art Kugel, und drei schreckliche Gesichter starrten mich an.«

»Ach?«

»Ja. Und dann sagten sie: ›Heil dir.‹ Und dann stritten sie sich über meinen Namen, und dann sagten sie: ›Wie dem auch sei … hernach soll er König sein.‹ Und dann sagte eine von ihnen: ›Hernach was?‹ Und eine der beiden anderen antwortete: ›Einfach nur hernach, Mädchen. Das sagt man bei solchen Sachen. Du könntest ruhig versuchen, dich etwas mehr zu bemühen.‹ Und dann kamen ihre Gesichter näher, und eine der anderen sagte: ›Sieht ein bisschen blass und kränklich aus. Liegt wahrscheinlich an dem ausländischen Essen.‹ Und dann sagte die Jüngste: ›Nanny, ich habe dich bereits darauf hingewiesen, dass es keinen Ort namens Thespis gibt.‹ Und dann zankten sie ein wenig, und eine der Älteren sagte: ›Er kann uns doch nicht hören, oder? Seht nur, er dreht sich dauernd von der einen Seite auf die andere.‹ Und die andere sagte: ›Du weißt doch, dass der Ton bei diesem Ding nicht funktioniert, Esme.‹ Und dann zankten sie wieder etwas, und alles verschwamm, und dann … bin ich aufgewacht.« Tomjon schnappte nach Luft. »Es war grauenhaft. Wenn sie sich vorbeugten, vergrößerte die Kugel alles, sodass man nur noch die Augen und Nasenlöcher sehen konnte.«

Hwel nahm auf der Kante des schmalen Betts Platz.

»Manche Träume sind recht komisch«, erwiderte er.

»Meiner war ganz und gar nicht zum Lachen.«

»Ja, das glaube ich dir«, entgegnete Hwel. »Aber weißt du, gestern Nacht habe ich von einem kleinen, krummbeinigen Mann geträumt, der über eine Straße wanderte. Er trug einen kleinen schwarzen Hut und ging so, als seien seine Schuhe voller Wasser.«

Tomjon nickte höflich.

»Ja?«, fragte er. »Und ...?«

»Das ist alles. Nichts weiter. Er hatte einen Spazierstock, den er dauernd drehte, und es war unglaublich ...«

Der Zwerg unterbrach sich. Tomjons Gesicht zeigte einen bereits vertrauten Ausdruck, der die Art von höflicher und ein wenig herablassender Verwirrung zeigte, die Hwel kannte und zu fürchten gelernt hatte.

»Na ja, ich fand es recht amüsant«, sagte er mehr zu sich selbst. Aber er wusste, dass es ihm nie gelingen würde, die Schauspieler zu überzeugen. Wenn man nicht irgendwann eine Sahnetorte werfen durfte, so meinten sie, war kaum etwas Komisches dran.

Tomjon schwang die Beine aus dem Bett und griff nach der Hose.

»Ich kann jetzt nicht mehr schlafen«, sagte er. »Wie spät ist es?«

»Nach Mitternacht. Und dein Vater möchte nicht, dass du spät zu Bett gehst. Das weißt du doch.«

Tomjon streifte die Stiefel über. »Ich gehe nicht spät zu Bett. Ich stehe früh auf. Frühes Aufstehen ist gesund. Und jetzt gehe ich los, um etwas sehr Gesundes zu trinken. Du kannst mitkommen«, fügte er hinzu. »Um mich im Auge zu behalten.«

Hwel bedachte ihn mit einem skeptischen Blick.

»Du weißt auch, was dein Vater von Kneipenbesuchen und dergleichen hält«, warnte er.

»Ja, er hat mir erzählt, dass er als junger Mann dauernd

irgendwelche Tavernen besuchte. Er meinte, er habe die ganze Nacht über Bier geschlabbert und sei erst gegen fünf nach Hause zurückgekehrt, wobei er sich unterwegs einen Spaß daraus machte, Fensterscheiben zu zertrümmern. Er beschrieb sich als jemanden, der es verstand, ordentlich auf den Putz zu hauen, ohne gleich nach den ersten Gläsern umzufallen, im Gegensatz zu den heutigen Schwächlingen, die überhaupt nichts vertragen.« Tomjon trat vor den Spiegel und rückte sein Wams zurecht. »Ich glaube, Hwel, verantwortliches Verhalten erwirbt man erst, wenn man älter wird. So wie Krampfadern.«

Der Zwerg seufzte. Tomjons gutes Gedächtnis für schlecht überlegte Bemerkungen war bereits legendär.

»Na schön«, brummte er. »Aber nur ein Glas. In irgendeiner anständigen Schenke.«

»Einverstanden.« Tomjon setzte seinen Hut auf. Eine Feder steckte darin.

»Übrigens«, sagte er, »wie ›schlabbert‹ man eigentlich?«

»Ich glaube, es bedeutet, dass man den größten Teil verschüttet«, erklärte Hwel.

Das Wasser des Ankh war dicker und mit mehr Persönlichkeit ausgestattet als das gewöhnlicher Flüsse, und ähnlich verhielt es sich mit der *Geflickten Trommel*: Die Luft darin zeichnete sich durch eine höhere Dichte aus und erinnerte an trockenen Nebel.

Tomjon und Hwel beobachteten, wie sie auf die Straße strömte. Die Tür öffnete sich, und ein Mann flog mit dem Rücken voran hindurch – er berührte den Boden erst, als er auf der gegenüberliegenden Straßenseite an die Wand prallte.

Ein riesiger Troll – der Wirt bezahlte ihn dafür, eine gewisse Ordnung in der Taverne zu garantieren – stapfte nach draußen, zog zwei andere Bewusstlose hinter sich her, ließ sie auf dem Kopfsteinpflaster liegen und trat sie an ihre empfindlichen Stellen.

»Ich glaube, die Leute da drin krakeelen, nicht wahr?«, fragte Tomjon.

»So hat es den Anschein«, bestätigte Hwel und schauderte. Er verabscheute Tavernen. Die Gäste neigten dazu, ihre Krüge auf ihm abzustellen.

Sie eilten durch die offene Tür, während der Troll einen ohnmächtigen Trinker am Bein hochzog und nach Münzen suchte, indem er ihm den Kopf mehrmals aufs Pflaster rammte.

Man vergleicht das Trinken in der *Geflickten Trommel* häufig damit, in einem Sumpf zu tauchen. Es gibt nur einen nennenswerten Unterschied: Im Sumpf klauen einem die Krokodile nicht zuerst das Geld. Zweihundert Augen beobachteten Tomjon und Hwel, als sie sich durchs Gedränge zur Theke schoben. Hundert Münder hörten damit auf, Bier zu kippen, zu fluchen und um Gnade zu flehen. Neunundneunzig Stirnen wurden gerunzelt, während die dahinter befindlichen Gehirne festzustellen versuchten, ob die beiden Neuankömmlinge zur Kategorie A (Leute, vor denen man sich fürchten sollte) oder zur Kategorie B (Leute, denen man Furcht einjagen kann) gehörten.

Tomjon schritt so durch die Menge, als gehöre sie ihm, und mit dem Ungestüm der Jugend klopfte er auf den Tresen. In der *Geflickten Trommel* war eine derartige Verhaltensweise dem Überleben nicht förderlich.

»Zwei Halbe von deinem besten Bier, Wirt«, sagte er in einem so sorgfältig modulierten Tonfall, dass sich der Mann hinter der Theke erstaunt dabei ertappte, wie er sofort den ersten Krug füllte, noch bevor Tomjons Stimme verklungen war.

Hwel sah auf. Rechts von ihm stand ein *großer* Hüne, der die Haut von einigen Stieren und mehr als genug Ketten trug, um ein Kriegsschiff zu vertäuen. Das Gesicht sah aus wie ein Bauplatz mit Haaren und starrte auf den Zwerg herab.

»Ist das zu fassen?«, grollte der Riese. »Ein verdammter Rasenschmuck.«

Hwel erstarrte. Die Bürger von Morpork mochten recht kosmopolitisch sein, aber wenn es um nichtmenschliche Völker ging, vertraten sie forsche und energische Einstellungen. Sie lassen sich in folgendem Prinzip zusammenfassen: Man zertrümmere Ziegelsteine auf ihren Schädeln und werfe sie in den Fluss. Das galt natürlich nicht für Trolle. Es fällt sehr schwer, jemandem für längere Zeit mit Vorurteilen zu begegnen, der zwei Meter zwanzig groß ist und sich durch dicke Mauern beißen kann. Aber neunzig Zentimeter kleine Leute waren praktisch dazu *bestimmt*, diskriminiert zu werden.

Der Hüne klopfte Hwel auf den Kopf.

»Wo ist deine Angelrute, Rasenschmuck?«, fragte er.

Der Wirt schob zwei gefüllte Krüge über die Theke. »Hier«, sagte er und grinste spöttisch. »Ein Halber. Und ein halber Halber.«

Tomjon setzte zu einer Erwiderung an, aber Hwel stieß ihn rechtzeitig ans Knie. *Einfach alles überhören, sich nicht provozieren lassen, bloß keinen Streit anfangen und so schnell wie möglich von hier verschwinden*, lautete seine stumme Botschaft. *Sonst geht's uns an den Kragen …*

»He, wo ist dein kleiner spitzer Hut?«, grollte der Bärtige.

Es war jetzt still im Raum. Die übrigen Gäste erwarteten ein interessantes Kabarett.

»Ich habe dich etwas *gefragt*«, knurrte der Riese. »Wo ist dein spitzer Hut, Wicht?«

Der Wirt tastete unter den Tresen, griff vorsichtshalber nach einem dicken Schwarzdornknüppel mit Nägeln drin und sagte: »Äh …«

»Ich spreche mit dem Rasenschmuck hier.«

Der Bärtige hob seinen Krug und goss ihn langsam über dem stummen Zwerg aus.

»Hier trinke ich nie wieder«, grunzte er, als die erhoffte

Reaktion ausblieb. »Es ist schon schlimm genug, dass hier Tiere zugelassen sind, aber Pygmäen …«

Die Stille im Zimmer gewann nun eine ganz neue Intensität. Jemand schob einen Stuhl zurück, und das leise Kratzen klang wie das Donnern der Apokalypse. Alle Blicke glitten zur anderen Seite des Raums, wo der einzige Gast saß, der in die Kategorie C fiel.

Was Tomjon bisher für einen alten Sack gehalten hatte, der am Tresen lehnte, streckte Arme und … andere Arme aus, die als Beine dienten. Ein trauriges ledriges Gesicht wandte sich dem Hünen zu, und es wirkte so melancholisch wie die Nebelschwaden der Evolution. Breite Lippen kräuselten sich; die darunter zum Vorschein kommenden Zähne schienen nicht zum Scherzen aufgelegt zu sein.

»Äh«, wiederholte der Wirt, und in der, nun, *tierischen Stille* erschreckte ihn die eigene Stimme. »Das hast du doch bestimmt nicht ernst gemeint, nicht wahr? Das über Tiere. Äh. Sicher möchtest du dich jetzt entschuldigen, habe ich recht?«

»Bei allen Dämonen, was ist das?«, flüsterte Tomjon.

»Ein Orang-Utan«, erwiderte Hwel. »Ein Affe.«

»Ein Tier ist ein Tier«, brummte der Bärtige, woraufhin einige der vorsichtigeren Gäste der *Geflickten Trommel* zur Tür schlichen. »Ich meine: Und wenn schon? Aber dieser blöde Rasenschmuck …«

Hwels Faust schlug in Lendenhöhe zu.

Zwerge stehen in dem Ruf, erbarmungslose Kämpfer zu sein. Ein Volk, das aus neunzig Zentimeter großen Personen besteht, die gern Äxte schwingen und so in den Kampf ziehen, als handele es sich um einen Wettbewerb im Bäumefällen – so ein Volk gerät schnell ins Gerede. Aber Hwel hatte seit Jahren nichts Schwereres gehoben als Federkiele, und dieser Umstand reduzierte die vernunftgebietende Kraft seines Hiebs. Vermutlich hätte es sein Ende sein können, als der Hüne brüllte und ein Schwert zog, doch zwei schmale rotbraune Hände griffen sofort nach der langen Klinge und verbogen sie mühelos.*

Als der Riese knurrte und sich umdrehte, geschah Folgendes: Ein Arm – er sah aus wie mehrere Besenstiele, die von Gummibändern zusammengehalten wurden, aus denen rotes Fell wuchs – entfaltete sich in einer komplizierten Bewegung, holte aus und traf den Hünen so fest am Kinn, dass ihn die Wucht des Schlages zwanzig Zentimeter in die Höhe riss. Er landete auf einem Tisch.

Der Tisch rutschte gegen mehrere andere und stieß einige Sitzbänke um, was dazu führte, dass die Stimmung im Raum eine kritische Schwelle erreichte und die längst überfällige Prügelei begann. Es waren auch einige Freunde des Bärtigen zugegen, und sie nützten die gute Gelegenheit, ihren Ärger in Form von sehr energischen Gesten zum Ausdruck zu bringen. Da es niemand wagte, den Affen anzugreifen – er hatte verträumt eine Flasche aus dem Regal gezogen und ihre untere Hälfte am Tresen zertrümmert –, stürzten sich die Anwesenden einfach auf jene Leute, die zufälligerweise in ihrer Nähe standen. Das ist genau die richtige Etikette für jede ordentliche Tavernenschlägerei.

Hwel schritt unter einen Tisch und zog Tomjon mit sich, der alles mit großem Interesse beobachtete.

* An dieser Stelle ist eine Erklärung notwendig. In der Unsichtbaren Universität von Ankh-Morpork, dem wichtigsten Lehrinstitut für Zauberei auf der Scheibenwelt, kam es häufig zu magischen Zwischenfällen, und der Bibliothekar war vor einigen Jahren einem magischen Unfall zum Opfer gefallen, der ihn in einen Orang-Utan verwandelt hatte. Seit jener Zeit lehnte er es strikt ab, wieder zu einem Menschen zu werden. Lange Arme und Greifzehen erwiesen sich als recht nützlich, wenn es darum ging, hohe Regale zu erklettern, und hinzu kam ein weiterer Vorteil: Affen fürchteten sich nicht so sehr. Er stellte zufrieden fest, dass sein neuer Körper zwar wie ein Gummisack voller Wasser aussah, jedoch dreimal so viel Kraft entfaltete wie der alte. Außerdem war seine Reichweite jetzt doppelt so groß.

»Das meint man also, wenn man von ›krakeelen‹ spricht. Jetzt verstehe ich.«

»Ich halte es für eine gute Idee, die Schenke zu verlassen«, sagte der Zwerg mit fester Stimme. »Bevor sich, äh, Schwierigkeiten ergeben.«

Es krachte, als jemand auf den Tisch über ihnen fiel. Ein Glas zerbrach.

»Ist dies echtes Krakeelen oder nur einfaches Herumtollen?«, fragte Tomjon und lächelte.

»Wenn wir noch eine Minute warten, beginnt die Haut-sie-alle-in-Stücke-Phase, Junge!«

Tomjon nickte und kroch ins allgemeine Getümmel zurück. Hwel hörte, wie er mit etwas auf die Theke klopfte und um Ruhe bat.

Panikerfüllt hob der Zwerg die Arme über den Kopf.

»Ich wollte nicht ...«, begann er.

Es geschah nur sehr selten, dass jemand während einer ausgewachsenen Prügelei in der *Geflickten Trommel* um Ruhe bat, und deshalb schwiegen die Gäste, um Tomjon verwundert anzustarren. Praktisch von einem Augenblick zum anderen herrschte Stille.

Hwel zuckte unwillkürlich zusammen, als er die Stimme des jungen Mannes hörte. Voller Zuversicht begann Tomjon mit einem erstklassigen Vortrag.

»*Brüder! Und doch möchte ich alle Menschen Brüder nennen, denn in dieser Nacht ...*«

Der Zwerg reckte den Hals und sah, dass Tomjon auf einem Stuhl stand und die Hand in der vorgeschriebenen deklamatorischen Weise gehoben hatte. Um ihn herum warteten Dutzende von Männern, die Fäuste mitten im Zuschlagen erstarrt. Alle sahen den Jungen an.

Unten in Tischhöhe bewegten sich Hwels Lippen in perfekter Synchronisation mit den Worten, als Tomjon den vertrauten Vortrag hielt. Er riskierte einen neuerlichen Blick.

Die Kämpfer richteten sich auf, klopften Hosen ab, rückten Jacken zurecht und wechselten entschuldigende Blicke. Mehrere von ihnen nahmen Haltung an.

Selbst Hwel spürte ein Prickeln in seinem Blut, obwohl die Worte von ihm stammten. Eine halbe Nacht lang hatte er über ihnen gebrütet, nachdem Vitoller erklärte, sie brauchten zusätzliche fünf Minuten im dritten Akt des Stücks *Der König von Ankh*.

»Schreib uns was mit Leidenschaft«, erinnerte sich Hwel an die Hinweise des Direktors. »Etwas mit Schmiss und Schwung, du weißt schon. Etwas Ergreifendes, das unseren Freunden auf den Halben-Taler-Sitzen ans Herz geht. Und es sollte lang genug sein, um uns einen Szenenwechsel zu erlauben.«

Damals hatte sich Hwel über das Stück geschämt. Die berühmte Schlacht von Morpork, so argwöhnte er, hatte aus zweitausend Soldaten bestanden, die an einem kalten, regnerischen Tag durch den Sumpf gestapft waren und mit rostigen Schwertern aufeinander eingeschlagen hatten. Welche Worte mochte der letzte König von Ankh an einen Haufen müder, zerlumpter Krieger gerichtet haben, die ganz genau wussten, dass sie in der Minderzahl und umzingelt waren – und dass der feindliche Oberbefehlshaber weitaus mehr taktisch-strategisches Talent hatte als ihr Anführer? Etwas mit Biss, etwas Scharfes, wie der letzte Brandy für einen Sterbenden. Keine Logik, keine Erklärungen, nur Worte, die direkt im Hirn eines müden Kämpfers erklangen und ihn an den Hoden auf die Beine zogen.

Jetzt sah Hwel die Wirkung.

Er glaubte zu spüren, wie sich die Wände verflüchtigten. Kalter Wind wehte über den Sumpf, und in der erstickenden Stille ertönten die ungeduldigen Schreie hungriger Aasvögel.

Und die Stimme …

Der Zwerg hatte diese Worte geschrieben; sie waren das Produkt *seiner* Fantasie. Kein König, ob übergeschnappt oder nicht, hatte jemals auf diese Weise gesprochen. Der Monolog diente nur dazu, einen Szenenwechsel zu ermöglichen, um ein Schloss aus bemaltem, über Holzlatten gespanntem Sackleinen hinter den Vorhang zu schieben. Die Stimme nahm nun den Kohlenstaub dieser Worte und füllte den Raum mit Diamanten.

Ich habe sie geschaffen, dachte Hwel. *Aber sie gehören mir nicht. Sie gehören ihm.*

Man sehe sich nur die Leute an. Kein einziger Patriot ist unter ihnen. Aber wenn Tomjon den Haufen von Trunkenbolden auffordern würde, mit ihm den Palast des Patriziers zu stürmen, würden sie sofort aufbrechen. Und wahrscheinlich hätten sie Erfolg.

Ich hoffe, Tomjons Mund fällt nie in die falschen Hände ...

Als die letzten Silben verklangen, als ihre heißen Echos über die Seelen aller Anwesenden sengten, schüttelte sich Hwel, kroch aus seinem Versteck und stieß den Jungen ans Knie.

»Komm jetzt, du Narr!«, brachte er hervor. »Bevor der Bann nachlässt.«

Er packte Tomjon am Arm, reichte dem verblüfften Wirt einige Freikarten und eilte die Stufen hoch. Erst eine Straße weiter blieb er stehen.

»Ich glaube, ich habe die Leute ziemlich beeindruckt«, sagte der junge Mann.

»Zu sehr, wenn du mich fragst«, erwiderte Hwel.

Tomjon rieb sich die Hände. »Na schön. Wohin gehen wir jetzt?«

»Wie bitte?«

»Der Abend ist noch jung.«

»Der Abend ist längst tot«, sagte der Zwerg hastig. »Es hat bereits ein neuer Tag begonnen.«

»Jedenfalls, es ist noch zu früh, um nach Hause zurückzukehren. Kennst du einen freundlicheren Ort? Eigentlich haben wir noch gar nichts getrunken.«

Hwel seufzte.

»Eine Trolltaverne«, meinte Tomjon. »Davon habe ich gehört. In den Schatten* gibt es einige. Ja, ich würde mir gern eine Trolltaverne ansehen.«

»Sie eignen sich nur für Trolle, Junge. Dort schenkt man heiße Lava aus, und es klingt Felsmusik, und wenn man sich einen Imbiss bestellt, bekommt man Kieselsteine mit Chutney-Geschmack.«

»Was ist mit Zwergenkneipen?«

»Sie würden dir sicher nicht gefallen«, versicherte Hwel. »Außerdem müsstest du dort dauernd den Kopf einziehen.«

»Richtige Spelunken, wie?«

»Sieh es mal aus dieser Perspektive: Wie lange könntest du über Gold singen?«

»Es ist gelb und klimpert, und außerdem kann man sich viele Dinge damit kaufen«, sagte Tomjon versuchsweise, als sie durch die Menge auf dem Platz der Gebrochenen Monde schlenderten. »Vier Sekunden lang, glaube ich.«

»Eben. Fünf Stunden davon können recht langweilig werden.« Hwel trat verdrießlich nach einem Stein. Während ihres letzten Aufenthalts in der Stadt hatte er einige Zwergenkneipen besucht und dort nur Enttäuschungen erlebt. Zu Hause zeigten seine Landsleute ein tugendhaftes Verhalten und beschränkten sich darauf, Eisenerz abzubauen und kleine Tiere zu jagen. Aber wenn sie sich in einer großen Stadt aufhielten, schien sie etwas zu zwingen, Kettenhemden als Unterwäsche zu tragen, Äxte hinter die Gürtel zu klemmen und sich Namen wie Timkin Bauchaufschlitzer zu geben. Außerdem: Zwerge waren die mit Abstand besten Schlabberer. Manchmal verfehlten sie ihren eigenen Mund.

* Die Schatten sind ein besonders altes Viertel von Ankh-Morpork, und sie stehen in einem noch wesentlich schlechteren Ruf als der Rest der Stadt. Besucher finden das immer wieder erstaunlich.

»Nun«, fügte Hwel hinzu, »man würde dich bestimmt hinauswerfen, weil du zu kreativ bist. Die Worte des Lieblingsliedes der meisten Zwerge lauten: Gold, Gold, Gold, Gold, Gold, Gold.«

»Gibt es einen Refrain?«

»Gold, Gold, Gold, Gold, Gold.«

»Du hast einmal ›Gold‹ ausgelassen.«

»Wahrscheinlich deshalb, weil ich nicht dazu geschaffen bin, ein Zwerg zu sein.«

»Du siehst mir aber ganz wie ein Zwerg aus, Rasenschmuck«, sagte Tomjon.

Es zischte leise, als Hwel nach Luft schnappte.

»Tut mir leid«, sagte der junge Mann schnell. »Es ist nur ... Ich höre es häufig. Mein Vater ...«

»Ich kenne deinen Vater schon sehr lange«, warf Hwel ein. »Wir sind durch dick und dünn gegangen, und es war viel häufiger dünn als dick. Vor deiner Geburt ...« Er zögerte. »Damals herrschten recht schwierige Zeiten«, sagte er. »Ich meine ... einige Dinge muss man sich erst verdienen.«

»Ja. Entschuldige bitte.«

»Weißt du ...« Hwel unterbrach sich und sah in den Zugang einer dunklen Gasse. »Hast du was gehört?«, fragte er.

Sie spähten in die Finsternis und bewiesen damit einmal mehr, dass sie neu in der Stadt waren. Morporkianer starren nicht in dunkle Gassen, wenn sie seltsame Geräusche hören. Wenn sie vier miteinander ringende Gestalten sehen, so kommen sie nicht auf die Idee, jemandem zu Hilfe zu eilen. Zumindest verzichten sie darauf, einer Person zu helfen, die zu verlieren scheint oder sich am falschen Ende eines Stiefels befindet. Sie rufen auch nicht ›He!‹ Vor allen Dingen wirken sie nicht überrascht, wenn die Angreifer, anstatt wegzulaufen, eine kleine Pappkarte hervorholen und sie ihnen vor die Augen halten.

»Was ist das?«, fragte Tomjon.

»Ein Clown!«, entfuhr es Hwel. »Sie haben einen Clown niedergeschlagen!«

»›Diebeslizenz‹?«, las Tomjon und hielt die Karte ins Licht.

»Genau«, bestätigte einer der drei Männer. »Aber erwartet bloß nicht von uns, dass wir euch ebenfalls die Taschen ausräumen. Wir sind nämlich auf dem Heimweg.«

»Das stimmt«, bestätigte ein anderer. »Es liegt am Soundso, am Kontingent.«

»Aber ihr habt ihn getreten!«

»Na ja, nicht oft. Und eher vorsichtig. Von richtigem Treten kann kaum die Rede sein.«

»Wir haben ihn nur ein wenig mit den Stiefelspitzen angestoßen«, sagte der dritte Dieb.

»Wir wollen doch fair bleiben. Der Kerl hat sich zur Wehr gesetzt und Ron hier ein echtes Ding verpasst, nich wahr?«

»Stimmt haarscharfgenau. Manche Leute haben überhaupt keine Manieren.«

»Ihr gemeinen Schur…«, begann Hwel, aber Tomjon unterbrach den Zwerg, indem er ihm die Hand auf den Kopf legte.

Er drehte die Karte herum. Auf der Rückseite stand:

J. H. ›Flanellfuß‹ Boggis und Neffen
Diebe nach Maß
›Die Alte Firma‹
(Gegr. AM 1789)
Alle Arten fon Diebställen
Wir sind diskrehte Profies – auf uns ist Verlass
Ganze Häuser. 24-Stunden-Service. Kein Job zu klein.
WIR LEGEN AUCH FAMILIENQUOTEN FEST

»Scheint alles in Ordnung zu sein«, kommentierte Tomjon widerstrebend.

Hwel hatte dem benommenen Opfer gerade auf die Beine helfen wollen, doch nun zögerte er.

»In Ordnung?«, platzte es aus ihm heraus. »Soll es etwa in Ordnung sein, jemanden zu überfallen?«

»Natürlich hat er eine Quittung bekommen«, erwiderte Boggis. »Er kann von Glück sagen, dass wir ihn zuerst gefunden haben. Einige Neulinge in unserem Genre wissen noch nicht, dass man bestimmte Regeln beachten muss.«*

»Solche Leute sind zu allem fähig«, pflichtete ihm ein Neffe bei. »Empörend.«

»Wie viel habt ihr gestohlen?«, fragte Tomjon.

Boggis öffnete den Geldbeutel des Clowns, der inzwischen an seinem Gürtel hing. Eine Sekunde später erbleichte er.

* Ankh-Morporks beneidenswertes System amtlich zugelassener Verbrechen geht auf den gegenwärtigen Patrizier Lord Vetinari zurück. Seiner Ansicht nach ist es nur dann möglich, die Ordnung in einer Millionenstadt zu wahren, indem man die verschiedenen Banden und Räubergilden anerkennt, ihnen einen professionellen Status verleiht, die Anführer gelegentlich zu einem Bankett einlädt, ein erträgliches Maß an Straßenkriminalität erlaubt *und es dann den Oberhäuptern der Gilden überlässt, die Einhaltung der Quoten zu gewährleisten.* Wenn sie ihrer Verantwortung nicht gerecht werden, verlieren sie sowohl ihre bürgerlichen Ehren als auch große Teile der Haut. Es klappte auf Anhieb. Wie sich herausstellte, eigneten sich Verbrecher gut dazu, die Pflichten der Polizei wahrzunehmen. Zum Beispiel machten nicht autorisierte Räuber bald die Erfahrung, dass ihnen jetzt nicht mehr eine Nacht im Kerker drohte, sondern eine Ewigkeit am Grund des Flusses.
Allerdings ergab sich das Problem, die Kriminalstatistiken angemessen aufzuteilen. Aus diesem Grund erfand man Jahresbudgets, Bezuschussungen, Rabatte und Gutscheine, um sicherzustellen, dass a) Mitglieder der Gilden ein regelmäßiges Einkommen hatten und b) kein Bürger mehr als die vereinbarte Anzahl von Überfällen hinnehmen musste. Viele mit Weitblick ausgestattete Bewohner der Stadt trafen Übereinkünfte mit den lizenzierten Verbrechern, die zu Beginn des Rechnungsjahres ein akzeptables Minimum an Diebstählen und dergleichen vorsahen, meistens in der behaglichen Gemütlichkeit des eigenen Heims; dann konnten sie während des restlichen Jahres in den Straßen unterwegs sein, ohne etwas befürchten zu müssen. Dieses System garantierte den sozialen Frieden und funktionierte ausgezeichnet, was einmal mehr beweist: Im Vergleich mit dem Patrizier von Ankh wäre Machiavelli nicht einmal imstande gewesen, einen Stall mit Wellhornschnecken zu verwalten.

»Oh, verdammter Mist!«, ächzte er. Die Neffen kamen besorgt näher und blickten ebenfalls in den Beutel. »Himmel, jetzt sitzen wir ganz schön in der Patsche.«

»Das passiert uns schon zum zweiten Mal in diesem Jahr, Onkel.«

Boggis starrte auf das Opfer hinab.

»Woher sollte ich das wissen? So etwas konnte ich doch nicht ahnen, oder? Ich meine, seht ihn euch an. Hättet ihr vermutet, dass er so viel Geld bei sich hat? Einige Kupfermünzen, ja, aber mehr nicht. Ich meine, unter normalen Umständen wäre er gar nicht überfallen worden. Aber als wir ihn auf unserem Heimweg sahen ... Das hat man davon, wenn man jemandem einen Gefallen tun möchte.«

»Wie viel Geld ist es?«, fragte Tomjon.

»Hier drin sind mindestens hundert Silbercollar«, stöhnte Boggis und winkte mit dem Beutel. »Ich meine, das ist einfach zu viel für mich. Damit komme ich nicht zurecht. Ich meine, für solche Summen sind andere zuständig. Vermutlich muss man Mitglied der Anwaltsgilde sein, um so viel Geld zu stehlen. Es ist viel mehr als meine Quote.«

»Dann gib es zurück«, schlug Tomjon vor.

»Aber ich habe ihm bereits eine Quittung ausgestellt!«

»Sie sind nummeriert, wisst ihr«, erklärte der jüngste Neffe. »Die Gilde, äh, überprüft alles ...«

Hwel griff nach Tomjons Hand.

»Bitte entschuldigt uns für einige Sekunden«, sagte er zu dem verzweifelten Dieb und zog Tomjon zur anderen Seite der Gasse.

»Na schön«, brummte er. »Wer ist hier verrückt? Sie? Ich? Du?«

Der junge Mann begann mit einer Erklärung.

»Es soll legal sein?«

»Bis zu einem gewissen Punkt. Faszinierend, nicht wahr? Jemand hat mir davon erzählt.«

»Die Diebe dort drüben haben dem Kerl *zu viel* gestohlen?«

»Ja, so scheint es. Ich schätze, die Gilde hat in dieser Hinsicht sehr strenge Vorschriften erlassen.«

Das Opfer zwischen ihnen stöhnte leise und läutete.

»Kümmere dich um ihn«, sagte Tomjon. »Ich bringe diese Sache in Ordnung.«

Er kehrte zu den recht besorgt wirkenden Dieben zurück.

»Mein Klient glaubt, dass wir dieses Problem lösen können, indem ihr das Geld zurückgebt«, sagte er.

»J-ja«, erwiderte Boggis und dachte so über die Idee nach wie über eine völlig neue Theorie der kosmischen Schöpfung. »Aber die Quittung, weißt du ... Wir mussten sie ausfüllen, Zeit und Ort angeben, sie unterschreiben ...«

»Mein Klient ist der Ansicht, dass ihr ihm vielleicht, nun, fünf Kupfermünzen stehlen könnt«, sagte Tomjon glatt.

»Von wegen!«, rief der Narr, der wieder zu sich kam.

»Das wären zwei Kupfermünzen für die Quote plus eine Vergütung für die Arbeitszeit, allgemeine Auslagen, Spesen ...«

»Abnutzung des Knüppels ...«, fügte Boggis hinzu.

»Genau.«

»Fair und angemessen.« Boggis sah über Tomjons Kopf hinweg zum Narren, der jetzt sehr wach und sehr zornig war. »Fair und angemessen«, wiederholte er laut. »Und gerecht. Um nicht zu sagen: staatsmännisch. Ausgesprochen entgegenkommend, jawohl.« Er blickte auf Tomjon hinab. »Und für dich, Herr?«, fügte er hinzu. »Nenn mir ruhig deine Wünsche. Wir haben derzeit ein Sonderangebot an schwerer Körperverletzung. Ist praktisch völlig schmerzlos; man spürt kaum etwas dabei.«

»Lässt kaum Spuren auf der Haut zurück«, warf der ältere Neffe ein. »Und du kannst dir die Stelle selbst aussuchen.«

»Nein, danke, in dieser Hinsicht bin ich bereits gut bedient«, antwortete Tomjon.

»Oh. Na schön. Wie du meinst. Kein Problem.«

Als sich die Diebe abwandten, um den Heimweg fortzusetzen, sagte Tomjon: »Damit bleibt nur noch die Frage, wie hoch das Anwaltshonorar sein soll.«

Das sanfte Grau am Stumpf der Nacht floss über Ankh-Morpork. Tomjon und Hwel saßen in ihrer Unterkunft am Tisch und zählten das Geld.

»Drei Silberdollar und achtzehn Kupfermünzen Gewinn«, sagte Tomjon.

»Es war wirklich erstaunlich«, murmelte der Narr. »Ich meine, dass die Diebe nach Hause gingen, um mehr Geld zu holen, nachdem du den Vortrag über die Rechte des Menschen gehalten hast.«

Er strich sich etwas mehr Salbe auf den Kopf.

»Und der jüngste Neffe begann zu weinen«, fuhr er fort. »Bemerkenswert.«

»Bestimmt erholt er sich bald von seinem Kummer«, sagte Hwel.

»Du bist ein Zwerg, nicht wahr?«

Dem konnte Hwel kaum widersprechen.

»Und ich sehe deutlich, dass du ein Narr bist«, entgegnete er.

»Man erkennt es an den Glocken, stimmt's?«, erwiderte der Narr und rieb sich die Rippen.

»Ja, auch an den Glocken.« Tomjon schnitt eine Grimasse und trat unterm Tisch nach Hwel.

»Ich bin euch sehr dankbar.« Der Narr stand auf und verzog das Gesicht. »Ich würde euch gern meine Dankbarkeit zeigen. Gibt es hier irgendwo eine Taverne, die noch geöffnet hat?«

Tomjon ging mit ihm zum Fenster und deutete die Straße hinunter.

»Siehst du die Schenke am Ende, mit dem blauweißen Schild?«

»Ja, ich glaube schon.«

»Soweit ich weiß, ist sie hier die einzige, die niemals schließt.«

»Dann erlaubt mir bitte, euch einzuladen – zumindest dazu bin ich verpflichtet«, sagte der Narr nervös. »Dein kleiner Freund möchte bestimmt was zum Schlabbern.«

Hwel schloss beide Hände um die Tischkante und öffnete den Mund, um zu brüllen.

Aber es kam kein Laut von seinen Lippen.

Er starrte die beiden jungen Männer an. Der Mund blieb offen.

Nach einigen Sekunden klappte er ihn zu.

»Stimmt was nicht?«, fragte Tomjon.

Hwel senkte den Blick. Eine lange Nacht lag hinter ihm. »Sicher liegt's am Licht«, murmelte er. Und: »Ich brauche jetzt tatsächlich etwas zu trinken. Ein ordentliches Schlabbern wäre genau das Richtige.«

Wie heischt das nächschte Wort?«

»Gold, glaube ich.«

»Ah.«

Hwel schielte in seinen Krug. Einen Vorteil hatte es, betrunken zu sein: Das Strömen der Inspirationen verwandelte sich in ein dünnes Rinnsal.

»Und du hascht das ›Gold‹ ausgelassen«, sagte er.

»Wo?«, fragte Tomjon. Er trug den Hut des Narren.

Hwel überlegte. »Ich schätze«, erwiderte er und konzentrierte sich, »ich schätze, zwischen dem ›Gold‹ und ›Gold‹. Und ich schätze …« Erneut starrte er in den Krug. Das Ding war leer – ein schrecklicher Anblick. »Ja, und ich schätze …«, begann er noch einmal. Schließlich gab er auf und brummte stattdessen: »Ich schätze, ich möchte noch einen Halben.«

»Diesmal bin ich dran«, sagte der Narr. »He – hahaha – Wirtchen, noch eine Runde. Hahaha.« Er versuchte aufzustehen und stieß mit dem Kopf an die Decke.

In der düsteren Taverne griffen ein Dutzend Hände nach Äxten. Ein kleiner nüchterner Teil von Hwel stellte entsetzt fest, dass der Rest vollkommen betrunken war. Hastig veranlasste er ihn, die Hand zu heben und einigen buschigen Brauen zuzuwinken, unter denen zornige Augen durchs Halbdunkel starrten.

»Regt euch nich' auf!«, lallte er und bemühte sich, die einzelnen Silben an den richtigen Platz zu rücken. »Er hat'sch nich' so gemeint. Isch ein komischer Dingsbums, Idiot. Ein Narr. Ja, ein schehr komischer Narr. Kommt ausch dem fernen Wieheischtdaschland.«

»Lancre«, sagte der Narr und ließ sich auf die Theke sinken.

»Ja, genauig. Weit von Dingsbums entfernt, klingt wie 'n Fußleiden. Weisch nich', wie man schich richtig benimmt. Hattf, kaum Gelegenheit, Schwerge kennenzulernen.«

»Hahaha«, sagte der Narr und presste sich die Hände an den Kopf. »In meiner Heimat sind selbst die *Kinder* größer.«

Jemand klopfte Hwel auf die Schulter. Er drehte den Kopf und sah ein kantiges, haariges Gesicht unter einem Eisenhelm. Der betreffende Zwerg warf demonstrativ sein Beil hoch und fing es wieder auf.

»Du solltest deinen Freund bitten, etwas weniger komisch zu sein«, schlug er vor. »Sonst amüsiert er bald die Dämonen in der Hölle.«

Hwel zwinkerte mehrmals, um den Alkoholdunst vor seinen Augen zu lichten.

»Wer bischt du?«, fragte er.

»Schnapptopf Donnerstoß.« Der Zwerg schlug sich an die

kettenhemdgepanzerte Brust. »Und ich gebe dir den guten Rat…«

Hwel beugte sich vor.

»He, ich kenne dich«, sagte er. »Du hascht einen Kosmetikladen unten an der Hüpfschnell-Straße. Letzte Woche habe ich jede Menge Schminke bei dir gekauft…«

Panik huschte durch Donnerstoß' Gesicht, und er winkte hastig. »Seibloßstill, seibloßstill«, flüsterte er.

»Ja, genau, dein Geschäft heischt Saal des Elfenparfüms und Rouge Co.«, erwiderte Hwel fröhlich.

»Verdammt gute Schachen«, sagte Tomjon, der immer wieder von der kleinen Sitzbank rutschte. »Inschbesondere Nummer 19, Leichengrün. Mein Vater schwört, es schei das Beste vom Besten. Erschtklassig.«

Der Zwerg ließ unsicher die Axt sinken. »Nun, äh«, antwortete er. »Oh. Aber. Ja. Nun, vielen Dank. Nur die erlesensten Ingredienzen, da könnt ihr sicher sein.«

»Zerkleinerst schie vermutlich mit dem Ding, wasch?«, fragte Hwel unschuldig. »Hascht du heute deine freie Nacht?«

Donnerstoß zog erneut die Brauen zusammen. Es sah aus, als träfen sich mehrere Kakerlaken zu einer Konferenz.

»Seid ihr vielleicht vom Theater?«

»Das schind wir«, bestätigte Tomjon. »Wandernde Schauspieler.« Er berichtigte sich: »Derzeit stillstehende Schauspieler. Haha. Und jetz' herunterrutschende Schauspieler.«

Der Zwerg legte die Axt beiseite, setzte sich auf die Bank und lächelte plötzlich.

»In der vergangenen Woche habe ich eine Vorstellung besucht«, erzählte er. »Tolle Sache. Es ging dabei um eine junge Frau und einen Burschen, aber sie war mit dem alten Mann verheiratet, und dann kam der andere Kerl, und sie sagten, er sei gestorben, und dann verzehrte sie sich vor Gram und nahm Gift, und dann stellte sich heraus, dass dieser Mann in Wirklichkeit der andere Mann war, aber er durfte es ihr nicht sagen, weil ...« Donnerstoß brach ab und putzte sich die Nase. »Am Ende starben alle. Sehr tragisch. Auf dem Weg nach Hause hab' ich geweint, ich geb's zu. Sie war so blass.«

»Nummer 19 und Puder«, erwiderte Tomjon. Er grinste. »Und eine Prise brauner Lidschatten.«

»Wie?«

»Und einige Taschentücher unter der Weste.«

»Was soll das heißen?«, wandte sich der Zwerg an die Theatergruppe im – hier fehlt ein besserer Ausdruck – Großen und Ganzen.

Hwel lächelte in seinen Humpen.

»Trag einen Teil von Gretalinasch Monolog vor, Junge«, sagte er.

»Gern.«

Tomjon stand auf, stieß mit dem Kopf an die Decke und schloss einen Kompromiss, indem er sich auf den Boden kniete. Dann presste er die Hände an etwas, das sein Busen gewesen wäre, wenn ihn die Natur mit einigen zusätzlichen Chromosomen ausgestattet hätte.

»Es lüget, wer dies Sommer nennt ...«, begann er.

Die versammelten Zwerge hörten mehrere Minuten lang still zu. Einer von ihnen ließ seine Axt fallen, und die anderen kommentierten das laute Klappern mit bitterbösen Blicken.

»... und schmelzender Schnee. So lebt denn wohl«, schloss Tomjon. »Trinkt Fläschchen aus, fällt hinter den Wehrwall, die Leiter herunter; zieht sich um, Heroldsrock für Komischen Wächter Zwei, tritt auf. *Heda, gut ...*«

»Das genügt«, sagte Hwel leise.

Mehrere Zwerge weinten in ihre Helme. Hier und dort wurden Nasen geputzt.

Donnerstoß holte ein Kettenhemd-Taschentuch hervor und wischte sich Tränen aus den Augen.

»Das sind die traurigsten Worte, die ich jemals gehört habe«, sagte er. Dann fiel ihm plötzlich etwas auf, und er starrte Tomjon an. »He, einen Augenblick. Er ist ein Mann. Verdammt, ich habe mich in die junge Frau auf der Bühne verliebt.« Er gab Hwel einen Stoß in die Rippen. »Hat er etwas von einem Elfen?«

»Nein.« Hwel schüttelte den Kopf. »Es besteht kein Zweifel daran, dass er ein Mensch ist. Ich kenne seinen Vater.«

Wieder musterte er den Narren, der sie mit offenem Mund beobachtete, und dann sah er Tomjon an.

Nein, unmöglich, dachte er. *Reiner Zufall, weiter nichts.*

»Schauspielkunst«, erklärte Hwel. »Ein guter Schauspieler kann alles sein.«

Er spürte, wie sich ihm der Blick des Narren in den kurzen Nacken bohrte.

»Ja, aber sich wie eine Frau anzuziehen, ist ein wenig übertrieben«, sagte Donnerstoß skeptisch.

Tomjon zog die Schuhe aus, kniete und brachte sein Gesicht auf eine Höhe mit dem des Zwergs. Einige Sekunden lang betrachtete er die fremden Züge, bevor er seine Mimik veränderte.

Daraufhin gab es Schnapptopf Donnerstoß plötzlich zweimal. Einer von ihnen kniete und schien sich gerade rasiert zu haben.

»Rede, heda«, sagte Tomjon mit der Stimme des Zwergs.

Die übrigen Zwerge – sie zeichneten sich durch einen unkomplizierten Sinn für Humor aus – fanden das urkomisch. Als sie näher kamen, fühlte Hwel, wie ihn jemand an der Schulter berührte.

»Gehört ihr beiden zum Theater?«, fragte der inzwischen fast nüchterne Narr.

»Ja, da hascht du recht.«

»Dann habe ich fünfhundert Meilen zurückgelegt, um mit euch zu sprechen.«

Es war, wie Hwel in einer Bühnenanweisung geschrieben hätte, *später am gleichen Tag*. Die Scheibe wuchs in ihrem Gerüst; beständiges Hämmern hallte durch Hwels Kopf und auf der anderen Seite heraus.

Er glaubte, sich einigermaßen genau an das Trinken zu erinnern. Die Zwerge gaben viele Runden aus, als Tomjon mit seinen Imitationen begann. Anschließend besuchten sie alle eine andere Taverne, die Donnerstoß gut kannte, und von dort aus torkelten sie zu einer klatschianischen Pizzeria. Wenig später kam geistiger Nebel auf, der alle Einzelheiten verschleierte ...

Hwel konnte nicht besonders gut schlabbern. Zu viel vom Inhalt der Krüge schaffte es in seinen Mund.

Nach dem Geschmack zu urteilen, hatte dort auch ein inkontinentes Geschöpf der Nacht mehrere direkte Treffer erzielt.

»Schaffst du es?«, fragte Vitoller.

Hwel schlug sich auf die Lippen, um die üblen Aromen zu vertreiben.

»Ich denke schon«, erwiderte Tomjon. »So wie er es erzählte ... Es klang recht interessant. Ein böser König, der mithilfe von bösen Hexen regiert. Stürme. Geisterhafte Wälder. Wahrer Thronerbe, der einen Kampf um Leben und Tod führt. Aufblitzender Dolch. Schreie. Alarme. Böser König stirbt. Das Gute triumphiert. Läutende Glocken beenden die Vorstellung.«

»Wir könnten auch Rosenblätter herabregnen lassen«, schlug Vitoller vor. »Ich kenne jemanden, der sie fast gratis besorgt.«

Vater und Sohn blickten zu Hwel, der mit den Fingern auf einen Stuhl trommelte. Alle drei spürten, wie ihre Blicke von dem Geldbeutel angezogen wurden, den der Narr Hwel gegeben hatte. Er enthielt genug Silber, um die Scheibe fertigzustellen. Und es stand noch mehr in Aussicht. Das Wunder hieß Patronat.

»Bist du dazu bereit?«, wandte sich Vitoller an den Zwerg.

»Ein gewisses Etwas lässt sich nicht leugnen«, räumte Hwel ein. »Aber ... Ich weiß nicht ...«

»Ich versuche keineswegs, dich unter Druck zu setzen«, versprach Vitoller. Wieder gingen ihre Blicke zu dem Geldbeutel.

»An der Sache scheint etwas faul zu sein«, sagte Tomjon. »Ich meine, mit dem Narren ist alles in Ordnung. Doch wie er uns die Sache schilderte ... Seltsam. Der Mund spricht die Worte, aber seine Augen behaupten etwas ganz anderes. Er schien sich zu wünschen, dass wir seinen Augen glauben und nicht den Worten.«

»Andererseits ...«, warf Vitoller hastig ein. »Was kann es schaden? Die Bezahlung stimmt.«

Hwel hob benommen den Kopf.

»Wie?«, fragte er.

»Ich sagte: Es kommt nur auf das Stück an«, antwortete Vitoller.

Stille folgte, nur unterbrochen von Hwels trommelnden Fingern. Der Beutel mit den Silbermünzen schien größer zu werden und das ganze Zimmer zu füllen.

»So wie ich die Sache sehe ...«, begann Vitoller unnötig laut.

»Meiner Ansicht nach ...«, begann Hwel.

Sie unterbrachen sich beide.

»Entschuldige. Nach dir.«

»Es ist nicht wichtig. Ich überlasse dir den Vortritt.«

»Ich wollte nur sagen, dass wir es uns ohnehin leisten können, die Scheibe zu bauen«, sagte Hwel.

»Mauern und Bühne«, gab Vitoller zurück. »Aber nicht all die anderen Dinge. Mit den Falltüren müssten wir noch warten. Ebenso mit der Apparatur, die es erlaubt, Götter vom Himmel herabzulassen. Und denk nur an die große Drehscheibe und den Ventilator für Wind und so.«

»Bisher sind wir auch ohne diese Vorrichtungen zurechtgekommen«, sagte Hwel. »Erinnerst du dich an damals? Uns standen nur einige Bretter und bemaltes Sackleinen zur Verfügung. Aber wir hatten jede Menge Schwung und Elan. Wenn wir Wind brauchten, mussten wir ihn selbst erzeugen.« Eine Zeit lang trommelte er mit den Fingern. »Natürlich sollte eine Wellenmaschine möglich sein«, fügte er leise hinzu. »Eine kleine. Ich habe da eine Idee, wisst ihr. Ein Schiff strandet auf einer Insel, wo …«

»Tut mir leid.« Vitoller schüttelte den Kopf.

»Viele unserer Vorstellungen waren ausverkauft!«, protestierte Tomjon.

»Ja, sicher. Aber die Zuschauer bezahlen nur halbe Taler. Beziehungsweise Zehnteldollar, hier in Ankh-Morpork. Die Handwerker wollen Silber. Um reich zu werden, muss man heute Tischler sein.« Vitoller warf Hwel einen kurzen Blick zu. »Oder in einer Goldmine arbeiten.« Er rutschte unruhig auf dem Stuhl hin und her. »Ich schulde dem Troll Chrysopras bereits mehr, als mir lieb ist.«

Die beiden anderen starrten ihn groß an.

»Er steht in dem Ruf, Leute zu zerfetzen!«, entfuhr es Tomjon.

»Wie viel schuldest du ihm?«, fragte der Zwerg.

»Seid unbesorgt«, erwiderte Vitoller schnell. »Was die Zinsen betrifft, komme ich meinen Zahlungsverpflichtungen nach. Mehr oder weniger.«

»Wie viel verlangt er?«

»Einen Arm und ein Bein.«

Hwel und Tomjon rissen entsetzt die Augen auf. »Wie konntest du …«

»Ich habe dabei an euch beide gedacht! Tomjon verdient eine bessere Bühne. Er soll sich nicht die Gesundheit ruinieren, indem er in wackligen Karren schläft und überhaupt kein Zuhause kennt. Und du, Hwel … Ich wollte dir endlich Gelegenheit geben, deine Kreativität voll zu entfalten, mit Falltüren und … und Wellenmaschinen und so weiter. Immer wieder habt ihr mich darauf angesprochen, und schließlich dachte ich: Ja, sie haben recht. Das Leben auf der Straße taugt nichts. Zwei Aufführungen am Tag, vor einem Publikum, das nur aus Bauern besteht, und dann mit einem Hut herumgehen. So was hat keine Zukunft. Ich dachte: Wir sollten uns irgendwo niederlassen, den Zuschauern bequeme Sitze geben und vor Leuten spielen, die keine Kartoffeln auf die Bühne werfen. Ich dachte: Zum Teufel mit den Kosten. Ich wollte nur …«

»Schon gut!«, rief Hwel. »Ich schreibe das Stück!«

»Und ich trete dabei auf«, sagte Tomjon.

»Ich möchte nur noch einmal darauf hinweisen, dass ich euch zu nichts zwinge«, betonte Vitoller. »Es ist eure eigene Entscheidung.«

Hwel runzelte die Stirn. Es gab tatsächlich einige interessante Aspekte, das musste er zugeben. Drei Hexen, gut. Zwei genügten nicht, und vier wären zu viel gewesen. Vielleicht mischten sie sich in das Schicksal der Menschheit ein und so. Viel Rauch und grünes Licht. Ja, mit drei Hexen konnte man eine Menge anstellen. Erstaunlich, dass noch niemand daran gedacht hatte.

»Wir können dem Narren also mitteilen, dass wir den Auftrag übernehmen, nicht wahr?«, fragte Vitoller, die eine Hand bereits auf dem Geldbeutel.

Und ein ordentlicher Sturm machte sich immer gut. Und dann die Geist-Szene, die Vitoller aus *Wie du willst* gestrichen hatte, weil er meinte, der Musselin sei zu teuer. Und vielleicht fand Hwel auch Platz für einen Auftritt des Todes. Mit weißer Schminke und Plateauschuhen gab der junge Dafe einen ausgezeichneten Tod ab …

»Er erwähnte einen weiten Weg, den er zurückgelegt hat«, sagte der Zwerg.

»Er kommt aus den Spitzhornbergen«, entgegnete Vitoller. »Aus einem kleinen Königreich, von dem noch nie jemand etwas gehört hat. Der Name klingt wie eine Lungenkrankheit.«

»Wir wären Monate unterwegs.«

»Ich würde mir die Spitzhornberge gern ansehen«, meinte Tomjon. »Immerhin bin ich dort geboren.«

Vitoller sah zur Decke hoch. Hwel starrte zu Boden. Derzeit war alles besser, als sich direkt anzusehen.

»Das hast du mir jedenfalls gesagt«, fuhr Tomjon fort. »Als ihr im Gebirge unterwegs wart, hast du gesagt.«

»Ja, aber an den genauen Ort erinnere ich mich nicht mehr«, erwiderte Vitoller. »Die vielen kleinen Bergdörfer unterschieden sich kaum voneinander. Meine Güte, wir hatten kaum Gelegenheit, auf der Bühne zu stehen; die meiste Zeit verbrachten wir damit, Flüsse zu durchqueren und unsere Karren über steile Hänge zu lenken.«

»Wie wär's, wenn ich mit einigen von den jungen Burschen aufbreche?«, sagte Tomjon. »Wir reisen den Sommer über und führen unsere alten Lieblingsstücke auf. Bis zum Seelenkuchentag sind wir bestimmt zurück. Du bleibst hier und kümmerst dich ums Theater. Ich bin sicher, dass wir rechtzeitig wieder da sind, um an der Eröffnungsvorstellung teilzunehmen.« Er sah seinen Vater an und lächelte. »Eine derartige Erfahrung kann ihnen nur zum Vorteil gereichen«, fügte er listig hinzu. »Du hast selbst gesagt, dass es einigen der jungen Burschen an richtiger Lebenserfahrung mangelt. Wenn gute Schauspieler aus ihnen werden sollen, sollten sie wissen, wie das wahre Leben beschaffen ist.«

»Hwel muss erst noch das Stück schreiben«, gab Vitoller zu bedenken.

Der Zwerg schwieg und blickte ins Leere. Nach einer Weile tastete eine Hand ins Wams und holte ein Bündel hervor, verschwand dann irgendwo im Bereich des Gürtels, um kurz darauf mit einem zugestöpselten Tintenfass und mehreren Federkielen zum Vorschein zu kommen.

Vater und Sohn beobachteten stumm, wie Hwel tranceartig das Papier glättete, den kleinen Korken aus dem Tintenfass zog, einen Federkiel hineintauchte und ihn hielt wie ein Falke, der auf das nächste Opfer wartet. Dann beugte er sich vor und begann zu schreiben.

Vitoller nickte Tomjon zu.

Auf leisen Sohlen verließen sie das Zimmer.

Am späten Nachmittag brachten sie eine Mahlzeit und ein weiteres Bündel Papier nach oben.

Am frühen Abend stand der gefüllte Teller noch immer auf dem Tablett. Das Papier fehlte.

Einige Stunden später berichtete ihnen ein Schauspieler, der an Hwels Tür vorbeigegangen war, er habe ein lautes »So klappt es nicht! Noch einmal von vorn!« vernommen. Diesem Ausruf folgte das typische Geräusch eines Gegenstands, der quer durch den Raum geworfen wurde.

Gegen acht hörte Vitoller, wie der Zwerg mehr Kerzen und neue Federkiele verlangte.

Tomjon ging früh zu Bett, fand jedoch keine Ruhe: Die hektische Kreativität im Nebenzimmer hielt den Schlaf von ihm fern. Hwel brummte von Balkonen und fragte sich im Selbstgespräch, ob die Welt wirklich Wellenmaschinen brauchte. Dann herrschte wieder Stille, untermalt vom fleißigen Kratzen der Federkiele.

Irgendwann träumte Tomjon.

»So. Haben wir jetzt alles?«

»Ja, Oma.«

»Entzünde das Feuer, Magrat.«

»Ja, Oma.«

»Gut. Mal sehen, *wie …«*

»Ich hab' alles aufgeschrieben, Oma.«

»Ich kann lesen, Mädchen, vielen herzlichen Dank. Hm, was ist das denn? ›Um den Kessel schlingt den Reihn: Eingeweid' voll Gift hinein.‹ Was soll das bedeuten?«

»Unser Jason hat gestern ein Schwein geschlachtet, Esme.«

»Für mich sieht's aus wie einwandfreies Gekröse, Gytha. Dort drin schwimmen jetzt mindestens zwei gute Mahlzeiten, wenn du mich fragst.«

»Bitte, Oma.«

»Ich meine nur: In Klatsch gibt's viele Verhungernde, die darüber bestimmt nicht die Nase rümpfen würden … Na schön, na schön. ›Vollkornweizen und auch Linsen, zu des Kessels Binsen‹? Was ist mit dem Frosch passiert, der einunddreißig Tag' unterm kalten Steine lag?«

»Bitte, Oma. Du verzögerst alles. Du weißt doch, wie sehr Gütchen gegen unnötige Grausamkeit war. Pflanzliches Protein ist ein durchaus geeigneter Ersatz.«

»Also auch keine Molchesaugen und sumpfgeborner Schlange Lende?«

»Nein, Oma.«

»Und Unkenzehen?«

»Hier.«

»Was ist das denn für ein Blödsinn, entschuldige bitte mein Klatschianisch?«

»Eine Unkenzehe. Unser Wane hat sie von einem Händler gekauft, der aus weiter Ferne kam.«

»Bist du sicher?«

»Unser Wane hat sich extra danach erkundigt, Esme.«

»Scheint eher eine Knoblauchzehe zu sein, nach dem Geruch zu urteilen. Na schön. ›Doppelt, doppelt Plag' und Mühe: Feuer sprühe; Kessel glühe.‹ WARUM glüht der Kessel nicht, Magrat?«

Tomjon erwachte und zitterte am ganzen Leib. Es war dunkel im Zimmer. Draußen durchdrang das Funkeln einiger Sterne den Dunst über der Stadt; ab und zu pfiffen Einbrecher und Wegelagerer, die ihren streng reglementierten Geschäften nachgingen.

Stille herrschte im Nebenzimmer, aber Tomjon sah Kerzenlicht unter der Tür.

Er legte sich wieder hin.

Auf der anderen Seite des sich träge dahinwälzenden Ankh erwachte auch der Narr. Er wohnte in der Gilde – das entsprach zwar nicht seinem Wunsch, aber der Herzog hatte ihm nur das fürs Theater bestimmte Geld gegeben –, und das Einschlafen war ihm sehr schwergefallen. Die kalten Wände brachten zu viele Erinnerungen. Außerdem: Wenn er aufmerksam lauschte, hörte er das gelegentliche Schluchzen und Wimmern in den Schlafsälen der Schüler, die sich entsetzt fragten, welches Leben ihnen bevorstand.

Der Narr klopfte auf das steinharte Kissen, schloss die Augen und döste ein. Vielleicht träumte er. Zum Beispiel dies:

»›Klebrig-dick die Grütze‹, ja. Aber hier steht nicht, wie klebrig-dick.«

»Gütchen Wemper riet immer, einen Teil davon in einer Tasse mit kaltem Wasser auszuprobieren. So wie Toffee.«

»Wie bedauerlich, dass wir nicht daran gedacht haben, eine mitzubringen, Magrat.«

»Ich glaube, wir sollten keine Zeit mehr verlieren, Esme. Die Nacht ist fast vorbei.«

»Gebt bloß nicht mir die Schuld, wenn die erhoffte Wirkung ausbleibt. Nun, sehen wir mal ... ›Pavianshaar und ...?‹ Wer hat das Pavianshaar? Oh, danke, Gytha. Sieht eher wie Katzenhaar aus, aber was soll's. ›Pavianshaar und Alraune ...‹ Wenn das eine echte Alraune ist, will ich nicht mehr Oma Wetterwachs heißen. ›Karottensaft und Stiefellatz.‹ Oh, ihr dachtet wohl, ein wenig Humor kann nicht schaden, wie?«

»Bitte beeil dich!«

»Ist ja gut, ist ja gut. ›Beim Eulenschrei und des Wurmes Bohren – Koche, und lass es gut und lange schmoren.‹«

»Weißt du, Esme, es schmeckt überraschend gut.«

»Du sollst das Zeug nicht trinken, du blöde Doyenne!«

Tomjon schreckte hoch. Sie waren es wieder: dieselben Gesichter, die zankenden Stimmen, verzerrt von Raum und Zeit.

Er stand auf, blickte aus dem Fenster und sah frisches Tageslicht, das durch die Stadt strömte. Trotzdem hörte er die murrenden, schimpfenden Stimmen in der Ferne, wie dumpfes Gewittergrollen, das langsam verklang ...

»Das mit dem Stiefellatz war bestimmt nur ein Scherz.«

»Von ›klebrig-dick‹ kann noch immer keine Rede sein. Sollen wir etwas Reismehl hineingeben?«

»Spielt keine Rolle. Entweder ist er jetzt hierher unterwegs, oder er ist es nicht ...«

Tomjon wankte zum Becken und spritzte sich kaltes Wasser ins Gesicht.

Stille rollte in dichten Schwaden aus Hwels Zimmer. Tomjon zog sich an und öffnete die Tür.

Im Nebenzimmer schien es geschneit zu haben: Große schneeflockenartige Dinge lagen in den Ecken. Hwel hockte am niedrigen Tisch in der Mitte des Raums, benutzte einen Stapel Papier als Kissen und schnarchte hingebungsvoll.

Tomjon schlich auf Zehenspitzen weiter und griff nach einem zusammengeknüllten Blatt. Er glättete es vorsichtig und las:

KÖNIG: Nun, ich setze die Krone jetzt auf diesen Strauch hier, und ihr sagt mir, ob jemand versucht, sie zu nehmen, einverstanden?

GRÜNDLINGE: Ja!

KÖNIG: Wenn ich jetzt nur mein Pferdchen finden könnte ...

(Erster Mörder schaut hinter einem Felsen hervor)

PUBLIKUM: Hinter dir!

(Erster Mörder verschwindet)

KÖNIG: Wollt ihr einem alten König Streiche spielen, ihr frechen …

Viele Worte waren durchgestrichen, und hinzu kam ein großer Tintenklecks. Tomjon ließ das Blatt fallen und wählte einen anderen weißen Ball.

KÖNIG: Ist das ein~~e Ente ein Messer~~ Dolch, ~~die das~~ was ich ~~hinter neben vorn~~ da vor mir sehe, den ~~Schnabel~~ Griff zum ~~Zuschnappen~~ Greifen nah?

ERSTER MÖRDER: Meiner Treu, ich glaube nicht. ~~Oh, nein, natürlich nicht!~~

ZWEITER MÖRDER: Wahr ist's, Herr. ~~O ja, natürlich!~~

Die Falten im Papier deuteten darauf hin, dass dieses Blatt mit besonderer Wucht an die Wand geschleudert worden war. Tomjon erinnerte sich an Hwels Theorie in Hinsicht auf Inspirationen; alles deutete darauf hin, dass sich in der vergangenen Nacht eine ganze Flut von Einfällen auf ihn ergossen hatte.

Der Einblick in die Vorgänge des Kreativen faszinierte den jungen Mann so sehr, dass er einen dritten weggeworfenen Versuch aufhob:

KÖNIGIN: O je, draußen klopft jemand an die Tür! Vielleicht mein zurückkehrender Gemahl! Rasch, in den Kleiderschrank, und warte dort, bis du von mir hörst!

MÖRDER: Fürwahr, aber deine Zofe hat noch meine Pantoffeln!

ZOFE *(öffnet die Tür)*: Der Erzbischof, Euer Majestät.
PRIESTER *(unterm Bett)*: Du meine Güte!
(diverse Alarme)

Irgendwo fügte Hwel den Bühnenanweisungen immer diverse Alarme hinzu, und Tomjon fragte sich, was damit gemeint sein mochte. Vielleicht bedeutete es, dass die Burg der Fantasie brannte und von der Feuerwehr seiner Kreativität gerettet werden musste.

Er schlich zum Tisch, zog ganz vorsichtig den Papierstapel unter Hwels Kopf hervor und ersetzte ihn durch ein Kissen.

Auf dem obersten Blatt stand: ~~Verence Felmet Abend der Geringen Götter~~ Nacht der ~~Messer Dolche~~ Könige, von Hwel aus Vitollers Gruppe. Eine ~~Komödie~~ Tragödie in ~~acht sechs fünf drei~~ neun Akten.

Personen: Felmet, ein guter König
Verence, ein böser König
Wetterwaks, eine böse Hexe
Hogg, gleichfalls eine böse Hexe
Magerat, eine Sirene ...

Tomjon griff nach dem nächsten Blatt.

Szene: ~~ein Salon Schiff auf hoher See Straße in Pseusopolis~~ sturmumheultes Moor. Drei Hexen treten auf.

Der junge Mann las eine Weile und nahm dann das letzte Blatt.

Leute, lasst uns tanzen und singen und dem König alles Gute wünschen. (Gehen ab, singen Falala usw. Es regnet Rosenblätter. Glocken läuten. Götter kommen vom Himmel herab; Dämonen klettern aus der Hölle. Viel Trara mit der Drehscheibe etc.) Ende.

Hwel schnarchte.

In seinen Träumen stiegen Götter auf und fielen. Schiffe segelten kühn und geschickt über Leinwandozeane. Bilder sprangen umher und verschmolzen zu Dutzenden von verschiedenen Szenen. Menschen flogen an Drähten und auch ohne. Große Schiffe der Fantasie rangen an imaginären Himmeln miteinander. Meere öffneten sich; Frauen wurden in der Mitte durchgesägt. Tausend Experten für Spezialeffekte kicherten und brabbelten. Mit verzweifelt ausgebreiteten Armen rannte der Zwerg durch das Durcheinander und wusste genau, dass dies alles nicht existierte und nie existieren würde, dass ihm in *Wirklichkeit* nur einige Quadratmeter Bühne, etwas Sackleinen und Farbe zur Verfügung standen, um die verlockenden Szenen in seinem Kopf festzuhalten.

Nur in unseren Träumen sind wir frei. Die meiste Zeit über brauchen wir Lohn.

Ein gutes Stück«, lobte Vitoller. »Abgesehen von dem Geist.«

»Der Geist bleibt«, sagte Hwel verdrießlich.

»Bei solchen Gelegenheiten stimmen Zuschauer immer ein hämisches Gelächter an und werfen mit Dingen. Außerdem weißt du, wie schwer es ist, den Kreidestaub aus der Kleidung zu entfernen.«

»Der Geist bleibt. Er ist eine dramatische Notwendigkeit.«

»Das hast du auch beim *letzten* Stück behauptet.«

»Und ich hatte recht.«

»Und bei *Wie du willst* und bei *Der Zauberer von Ankh* und bei allen anderen.«

»Ich mag Geister.«

Sie standen auf der einen Seite und beobachteten, wie die Zwergenhandwerker eine Wellenmaschine montierten. Sie bestand aus mehreren Spindeln, bedeckt von komplexen Leinwandspiralen, die blau, grün und weiß bemalt waren, sich über die ganze Länge der Bühne erstreckten. Eine verwirrende Vorrichtung aus Zahnrädern und Dutzenden von Riemen verband das Ding mit einem Tretwerk hinter den Kulissen. Wenn sich die Spiralen alle gleichzeitig drehten, mussten Zuschauer mit schwachen Mägen den Blick abwenden.

»Seeschlachten«, hauchte Hwel. »Wracks. Meergötter. Piraten!«

»Es quietscht und knarrt überall«, brummte Vitoller und stützte sich auf den Gehstock. »Wartungskosten. Überstunden.«

»Die Apparatur sieht sehr ... kompliziert aus«, gestand Hwel ein. »Wer hat sie entworfen?«

»Ein bekloppter alter Knabe«, erwiderte Vitoller. »Wohnt in der Straße schlauer Kunsthandwerker. Heißt Leonard von Quirm. Eigentlich ist er Maler, und mit solchen Sachen beschäftigt er sich nur in seiner Freizeit. Zufälligerweise habe ich gehört, dass er schon seit einigen Monaten an diesem Ding arbeitete. Ich hab's rasch gekauft, bevor er damit fliegen konnte.«

Sie sahen, wie sich Leinwandwellen hoben und senkten.

»Du willst wirklich los?«, fragte Vitoller schließlich.

»Ja. Tomjon ist noch immer ein bisschen ... ungezügelt. Er braucht einen kühleren und älteren Kopf, der auf ihn achtgibt.«

»Um ganz offen zu sein: Ich werde dich vermissen, Bürschchen. Ich habe dich immer für eine Art Sohn gehalten. Wie alt bist du eigentlich? Ich weiß es noch immer nicht.«

»Hundertzwei.«

Vitoller nickte kummervoll. Er war sechzig und litt bereits sehr an seiner Arthritis.

»Dann sehe ich von jetzt an eine Art Vater in dir«, sagte er.

»Letztendlich gleicht es sich aus«, erwiderte Hwel zaghaft. »Halbe Größe, doppeltes Alter. Wenn man einen allgemeinen Durchschnitt als Maßstab nimmt, leben wir Zwerge etwa ebenso lange wie Menschen.«

Der Direktor seufzte. »Ich weiß nicht, wie ich ohne dich und Tomjon zurechtkommen soll. Im Ernst.«

»Es ist nur für einen Sommer, und die meisten jungen Leute bleiben hier. Eigentlich gehen nur die Lehrlinge. Du hast selbst gesagt, es sei eine gute Chance für sie, Erfahrungen zu sammeln.«

Vitoller schnitt eine Grimasse. In der Kühle des halb fertiggestellten Theaters wirkte er wesentlich kleiner als sonst, wie ein Luftballon zwei Wochen nach der Party. Mit dem Gehstock stocherte er nach einigen Sägespänen.

»Wir werden alt, Meister Hwel. Zumindest ich«, berichtigte er sich. »Ich werde alt, und du wirst älter. Wir haben bereits die Mitternachtsgongs gehört.«

»Ja. Du möchtest nicht, dass er aufbricht, oder?«

»Zuerst war ich dafür. Das weißt du ja. Dann dachte ich: Das Schicksal tritt auf. Wenn's endlich einmal gut läuft, mischt sich immer das verdammte Schicksal ein. Ich meine, er kommt von dort. Aus den Bergen. Und jetzt ruft ihn die Vorsehung zurück. Ich sehe ihn nie wieder.«

»Es ist nur für einen Sommer«, wiederholte der Zwerg.

Vitoller hob die Hand. »Unterbrich mich nicht! Ich bin gerade in der richtigen dramatischen Stimmung.«

»Entschuldige.«

Plock-plock – der Gehstock wirbelte die Späne davon.

»Ich meine, du weißt, dass ich nicht sein richtiger Vater bin.«

»Trotzdem ist er dein Sohn«, sagte Hwel. »Das mit der Vererbung funktioniert häufig nicht so, wie man es sich vorstellt.«

»Danke dafür, dass du mich aufzumuntern versuchst.«

»Ich meine es ernst. Nimm mich als Beispiel. Ich sollte eigentlich gar keine Theaterstücke schreiben. Normalerweise können Zwerge nicht einmal lesen. An deiner Stelle würde ich keine Gedanken an das Schicksal verschwenden. Ich war dazu bestimmt, in irgendwelchen Bergwerken zu graben. Die meiste Zeit über liegt die Vorsehung völlig falsch.«

»Aber du hast gesagt, dass er dem Narren ähnelt. Und ich hab's selbst gesehen.«

»Wahrscheinlich liegt's am Licht. Eine optische Täuschung oder so.«

»Vielleicht ist hier das Schicksal am Werk.«

Hwel zuckte mit den Schultern. Das Schicksal war eine komische Sache. Man konnte ihm nicht vertrauen. Oft konnte man es nicht einmal sehen. Wenn man glaubte, es in die Enge getrieben zu haben, stellte es sich als etwas ganz anderes heraus: Zufall vielleicht, oder ein Scherz der Götter. Man verriegelte Türen und Fenster, um das Schicksal auszusperren, und plötzlich stand es direkt hinter einem. Und wenn man hoffte, es endgültig festgenagelt zu haben, schlenderte es mit dem Hammer fort.

Der Zwerg setzte das Schicksal oft ein, denn als dramaturgisches Werkzeug in seinen Stücken war es noch besser als Geister. Ja, das Schicksal eignete sich prächtig dafür, um den guten alten Plot in Bewegung zu bringen. Aber Hwel hielt es für falsch anzunehmen, dass man ihm eine bestimmte Form geben konnte. Und wer gar versuchte, es zu kontrollieren ...

Oma Wetterwachs starrte verärgert in Nanny Oggs Kristallkugel. Es war keine besonders gute Kristallkugel. Sie bestand aus grünlichem Glas, und Oma argwöhnte, dass sie einst dazu gedient hatte, Fische zu fangen. Einer von Nannys Söhnen hatte das Ding als Souvenir von der Küste des Runden Meers mitgebracht. Es verzerrte alles, wahrscheinlich auch die Wahrheit.

»Er ist hierher unterwegs, kein Zweifel«, sagte sie schließlich. »In einem Wagen.«

»Ein prächtiges weißes Ross wäre angemessener gewesen«, sagte Nanny Ogg. »Du weißt schon. Mit hübsch bestickten Schabracken und so.«

»Hat er ein magisches Schwert?«, fragte Magrat und beugte sich vor.

Oma Wetterwachs lehnte sich zurück.

»Ihr beide solltet euch was schämen«, brummte sie. »Magische Rösser und prächtige Schwerter ... Lieber Himmel, ihr glotzt wie zwei Milchmädchen.«

»Ein magisches Schwert ist wichtig«, beharrte Magrat. »Ein richtiger Held braucht so etwas. Wir könnten ihm eins geben«, fügte sie wehmütig hinzu. »Aus Eisen, das von Blitz und Donner geschmiedet wurde. Ich kenne einen Zauberspruch dafür. Es ist ganz einfach. Man nimmt von Blitz und Donner geschmiedetes Eisen und stellt ein Schwert daraus her. Ah.«

»Von dem alten Kram halte ich nichts«, erwiderte Oma Wetterwachs. »Manchmal wartet man tagelang auf den richtigen Blitz, und wenn er schließlich vom Himmel zuckt, muss man aufpassen, dass man sich nicht den ganzen Arm verbrennt.«

»Und ein Muttermal in Form einer Erdbeere«, sagte Nanny Ogg verträumt.

Die anderen beiden Hexen sahen sie erwartungsvoll an.

»Ein Muttermal in Form einer Erdbeere«, wiederholte sie. »Das braucht man, wenn man ein Prinz ist, der rechtmäßigen Anspruch auf sein Königreich erheben will. Dadurch wissen alle Bescheid. Obwohl ich nicht ganz sicher bin, was Erdbeeren damit zu tun haben.«

»Ich mag keine Erdbeeren«, sagte Oma unbestimmt und schielte wieder in die Kristallkugel.

In den rissigen grünen Tiefen – sie rochen nach längst gekochten Hummern – küsste ein winziger Tomjon seine Eltern, verabschiedete sich von den anderen Mitgliedern der Theatergruppe und kletterte in den ersten Karren.

Offenbar hat's geklappt, dachte Oma Wetterwachs. *Sonst käme er nicht hierher, oder? Die anderen sind vermutlich seine getreuen Freunde. Vernünftig von ihm, dass er nicht allein aufbricht. Immerhin muss er fünfhundert Meilen durch unbekanntes Land zurücklegen. Bei einer solchen Reise kann viel passieren. Die Rüstungen und Schwerter liegen vermutlich in den Wagen.*

Sie entdeckte einen Hauch von Zweifel und verdrängte ihn sofort. *Es gibt keinen anderen Grund, warum er hierherkommen sollte, ist doch ganz klar. Wir haben den Zauber genau richtig hingekriegt. Abgesehen von den Zutaten. Und den meisten Reimen. Sicher war's auch nicht der richtige Zeitpunkt. Und Gytha hat den größten Teil nach Hause mitgenommen, für ihren Kater. Hat man Töne!*

Aber er ist auf dem Weg. Wer nicht zu sprechen vermag, kann auch nicht lügen.

»Leg besser das Tuch darüber, wenn du fertig bist, Esme«, sagte Nanny. »Ich fürchte immer, dass mich jemand beobachtet, wenn ich ein Bad nehme.«

»Er ist unterwegs«, stellte Oma Wetterwachs fest, und die

Zuversicht in ihrer Stimme war so stark, dass man Korn damit mahlen konnte. Sie stülpte einen schwarzen Samtbeutel über die Kugel.

»Eine lange Reise steht ihm bevor«, sagte Nanny. »Man soll den Tag nicht vor dem nächsten Wochenende loben. Vielleicht lauern ihm Räuber auf.«

»Wir schützen ihn«, sagte Oma.

»Das ist nicht richtig«, warf Magrat ein. »Wenn er König sein soll, muss er sich allein durchschlagen.«

»Wir möchten doch nicht, dass er seine Kraft verausgabt«, sagte Nanny. »Er soll frisch und ausgeruht sein, wenn er hier eintrifft.«

»Und dann wird er hoffentlich *ohne* unsere Hilfe in den Kampf ziehen«, erwiderte Magrat.

Oma Wetterwachs rieb sich energisch die Hände.

»In der Tat«, bestätigte sie. »Falls alles darauf hindeutet, dass er den Sieg erringt.«

Sie hatten sich in Nanny Oggs Haus getroffen. Als Oma Wetterwachs kurz vor der Morgendämmerung ging, fand Magrat einen Vorwand, um noch etwas zu bleiben. Angeblich wollte sie Nanny beim Aufräumen helfen.

»Was ist mit der Regel passiert, die Einmischungen verbietet?«, fragte sie.

»Was meinst du?«

»Das weißt du genau, Nanny.«

»Es ist kein Einmischen in dem Sinne«, sagte Nanny unsicher. »Wir sorgen nur dafür, dass alles seinen richtigen Lauf nimmt.«

»Das glaubst du doch nicht im Ernst!«

Nanny setzte sich und zupfte nervös an einem Kissen.

»Nun, äh, normalerweise ist es gut, sich nicht einzumischen«, erklärte sie. »Es fällt leicht, auf Einmischungen zu verzichten, wenn sie unnötig sind. Außerdem muss ich an meine Familie denken. Unser Jason hat mehrmals die Fäuste schwingen lassen, weil ihm nicht gefällt, was die Leute sagen. Man warf unseren Shawn aus dem Heer. So wie ich die Sache sehe ... Wenn wir den neuen König auf seinen Thron setzen, schuldet er uns den einen oder anderen Gefallen. Das ist nur fair und gerecht.«

»Aber erst vor einer Woche hast du gesagt ...« Magrat unterbrach sich. So viel Pragmatismus schockierte sie.

»Eine Woche kann ziemlich lang sein, wenn Magie im Spiel ist«, erwiderte Nanny. »Zum Beispiel fünfzehn Jahre. Jedenfalls, Esme hat eine Entscheidung getroffen, und ich bin nicht in der richtigen Stimmung, ihr alles auszureden.«

»Du willst also auf Folgendes hinaus«, kommentierte Magrat eisig. »Mit dem ›Du sollst dich nicht einmischen‹ ist es ähnlich wie mit dem Eid, nie zu schwimmen. Man hält sich immer daran – bis man in tiefes Wasser fällt.«

»Scheint mir besser zu sein, als einfach so zu ertrinken«, antwortete Nanny.

Sie hob die Hand zum Kaminsims und nahm eine Tonpfeife, die einer kleinen Teergrube ähnelte. Sie entzündete das Ding mit einem Span aus den Resten des Feuers, und der auf seinem Kissen liegende Greebo beobachtete sie aufmerksam.

Magrat zog den Samtbeutel von der Kristallkugel und blickte ins grüne Glas.

»Ich glaube, ich werde die Hexerei nie ganz verstehen«, sagte sie. »Wenn ich das Gefühl habe, die Sache in den Griff zu bekommen, verändert sie sich plötzlich.«

»Wir sind eben nur Menschen.« Nanny blies eine Wolke aus blauem Rauch zum Kamin. »Alle sind nur Menschen.«

»Leihst du mir die Kristallkugel?«, fragte Magrat plötzlich.

»Klar, nimm sie nur.« Nanny bedachte Magrats Rücken mit einem breiten Lächeln. »Hast dich mit dem jungen Mann gestritten, wie?«

»Ich weiß gar nicht, wovon du redest.«

»Hast ihn schon seit Wochen nicht mehr gesehen.«

»Oh, der Herzog hat ihn fortgeschickt, nach ...« Magrat unterbrach sich und fuhr dann fort: »Er hat ihn irgendwohin geschickt. Mit einem Auftrag oder so. Interessiert mich überhaupt nicht.«

»Ich verstehe. Nimm die Kugel ruhig mit.«

Magrat atmete erleichtert auf, als sie ihre Hütte erreichte. Des Nachts wagte sich kaum jemand ins Moor, aber während der letzten Monate war vieles schlimmer geworden. Man begegnete den Hexen mit vagem Misstrauen, und den Leuten in Lancre, die Kontakte zum Rest der Welt unterhielten, dämmerte langsam, dass sich a) entweder überraschend viele Dinge ereignet hatten, von denen sie nichts wussten, oder dass b) die Zeit aus den Fugen geriet. Es ließ sich kaum beweisen*, aber einige Händler, die nach dem Winter über die Bergpfade kamen, schienen älter zu sein, als sie es eigentlich sein sollten. Angesichts des hohen magischen Potenzials der Spitzhornberge rechnete man dauernd mit unerklärlichen Geschehnissen, doch mehrere Jahre, die einfach über Nacht verschwanden ... Das ging zu weit.

* Wegen der verschiedenen Arten von Zeitrechnung in den einzelnen Staaten, Königreichen und Städten. In einem hundert Quadratmeilen umfassenden Bereich ist dasselbe Jahr das Jahr der Kleinen Fledermaus, des Erwarteten Affen, der Jagenden Wolke, der Dicken Kühe und der Drei Großen Hengste. Hinzu kommen mindestens neun Zahlen, mit denen man die verstrichene Zeit angibt, seit bestimmte Könige, Propheten und seltsame Ereignisse entweder gekrönt oder geboren wurden beziehungsweise geschahen.** Jedes Jahr hat eine unterschiedliche Anzahl von Monaten, und einigen von ihnen fehlen Wochen, und bei einem nimmt man keine Unterteilungen in Tage vor. Unter derartigen Umständen herrscht nur in einem Punkt Gewissheit: Guter Sex dauert nicht lange genug.***

** In der Theokratie von Muntab benutzt man einen Kalender, der nicht mehr Jahre zählt, sondern immer weniger. Niemand kennt den Grund dafür, aber wahrscheinlich ist es keine gute Idee, dort abzuwarten, bis die Null erreicht wird.

*** Was natürlich nicht für den Zabingo-Stamm am Großen Nef gilt.

Magrat verriegelte die Tür, schloss alle Fensterläden und legte die Kristallkugel vorsichtig auf den Tisch.

Sie konzentrierte sich ...

Der Narr döste unter den Planen des Flusskahns, der auf dem Ankh mit zwei Meilen pro Stunde stromaufwärts fuhr. Es handelte sich nicht um ein besonders aufregendes Transportmittel, doch irgendwann erreichte man das Ziel.

Er schien in Sicherheit zu sein, aber trotzdem wälzte er sich im Schlaf immer wieder von einer Seite auf die andere.

Magrat fragte sich, wie es sein mochte, das ganze Leben mit einer Tätigkeit zu verbringen, die man hasste. *Als sei man tot*, dachte sie. *Aber es ist noch schlimmer, weil man es erlebt und daran leidet.*

Sie hielt den Narren für schwach und glaubte ihn in die Irre geleitet. Er brauchte eine gehörige Portion Rückgrat, jemanden, der ihm half. Ungeduldig wartete sie auf seine Rückkehr, damit sie sich darauf freuen konnte, ihn nie wiederzusehen.

Es war ein langer, heißer Sommer.

Sie hatten es nicht besonders eilig. Es erstreckte sich viel Land zwischen Ankh-Morpork und den Spitzhornbergen, und die Reise machte Spaß, wie Hwel zugeben musste. Für gewöhnlich gehörten solche Dinge nicht zur emotionalen Erfahrungswelt von Zwergen.

Wie du willst erzielte große Erfolge – das Stück kam beim Publikum immer gut an. Die Lehrlinge übertrafen sich selbst. Sie vergaßen ihren Text und improvisierten Witze; in Sto Lat zeigten sie den dritten Akt von *Gretalina und Mellias* vor den Kulissen des zweiten Akts von *Der magische Krieg*, aber niemand schien zu bemerken, dass die größte Liebesszene in der Geschichte vor einer gemalten Flutwelle stattfand, die sich über einen Kontinent ergoss. Die Erklärung: Tomjon spielte Gretalina. Er fesselte die Zuschauer so sehr, dass Hwel ihn bat, im nächsten Haus – wenn diese Bezeichnung für den gemieteten Schuppen angemessen war – die Rolle zu wechseln. Trotzdem verhielt sich das Publikum wie Rotwild, das des Nachts in besonders helles Licht sieht – obgleich Gretalina nun der junge Wimsloe war, der dazu neigte, sich steifbeinig zu bewegen und zu stottern. Hwel hoffte, dass irgendwann die Pickel aus seinem Gesicht verschwanden.

Am nächsten Tag, in einem namenlosen, von endlosen Kohlfeldern umgebenen Dorf, gab Hwel Tomjon die Rolle des Alten Miskin in *Wie du willst* – Vitoller hatte sie immer vollendet gespielt. Normalerweise kam dafür nur jemand infrage, der mindestens vierzig war – es sei denn, man wollte einen Alten Miskin, der ein Kissen unter dem Wams und Falten aus sorgfältig aufgetragener Schminke trug.

Hwel hielt sich nicht für alt. Sein Vater hatte noch als Zweihundertjähriger drei Tonnen Erz am Tag gefördert.

Jetzt fühlte er sich alt. Er beobachtete, wie Tomjon über die Bühne humpelte, und für einige Sekunden wusste er, was es bedeutete, ein dicker, alter, in Wein eingelegter Mann zu sein, der längst vergessene Kriege führte und sich grimmig am Schluchtrand des mittleren Alters festklammerte, um nicht ins Greisenhafte zu stürzen – aber nur mit einer Hand, denn die andere zeigte dem Tod ein V. Hwel hatte sich so etwas vorgestellt, als er die Szene schrieb, doch jetzt wurde sie *real.*

Dem neuen Stück mangelte es an dieser Art von Magie. Sie führten es einige Male auf, um zu sehen, wie das Publikum reagierte. Die Zuschauer schauten aufmerksam zu und gingen dann nach Hause. Sie machten sich nicht einmal die Mühe, etwas zu werfen. Es ging keineswegs darum, dass sie das Stück für schlecht hielten; sie wussten überhaupt nichts damit anzufangen.

Und doch hatte es alle notwendigen dramaturgischen Ingredienzen, oder? Das traditionelle Theater war voller Untertanen, die bösen Herrschern eine gerechte Lektion erteilten. Hexen beeindruckten immer, und das galt auch für den Auftritt des Todes, falls man ihn einige düster klingende Sätze sprechen ließ. Wenn man das alles mischte ... Dann schienen sich die Einzelwirkungen gegenseitig aufzuheben. Dann ergaben sich Eintönigkeit und Langeweile, die zwei Stunden lang das Geschehen auf der Bühne bestimmten.

Spätabends, wenn die Schauspieler bereits schliefen, saß Hwel in einem der Wagen und schrieb das Drama voller Eifer um. Er veränderte die Szenen, strich Dialoge, schrieb neue, erfand einen Clown, fügte einen weiteren Kampf hinzu und verstärkte die Spezialeffekte. Ohne Erfolg. Das Stück war wie ein herrlich komplexes Gemälde, ein Gelage aus Impressionen, solange man dicht davorstand; doch aus einem gewissen Abstand betrachtet, verwandelte es sich in eine bedeutungslose Ansammlung von Farben.

Als die einzelnen Inspirationen noch schneller aufeinander folgten, versuchte es Hwel sogar mit einem anderen Stil. Frühaufsteher gewöhnten sich daran, gescheiterte Experimente im Gras neben den Karren zu finden – sie wirkten wie außerordentlich literarische Pilze.

Tomjon behielt eins der seltsamsten:

ERSTE HEXE: Er ist spät dran.

(Pause)

ZWEITE HEXE: Er hat versprochen zu kommen.

(Pause)

DRITTE HEXE: Er hat versprochen zu kommen, aber er ist noch nicht da. Dies ist mein letzter Molch. Ich habe ihn extra aufgespart. Und er ist nicht gekommen.

(Pause)

»Ich glaube, du solltest dir ein wenig Ruhe gönnen«, sagte Tomjon später. »Du hast deine Arbeit erledigt. Niemand verlangt, dass du *brillierst.*«

»Aber das wäre möglich. Wenn es mir endlich gelänge, die Worte so aufs Papier zu bringen, wie ich sie höre.«

»Du bist ganz sicher, was den Geist betrifft?«, fragte Tomjon. Sein Ton machte deutlich, dass es immer noch einen Rest von Zweifel in ihm gab.

»Mit dem Geist ist alles in Ordnung«, erwiderte Hwel eingeschnappt. »Nie habe ich eine bessere Szene geschrieben als die mit dem Geist.«

»Aber, nun, äh, vielleicht passt sie nicht in dieses Stück.«

»Der Geist bleibt. Ich schlage vor, wir machen uns jetzt wieder auf den Weg, Junge.«

Zwei Tage später – die Spitzhornberge ragten als blau-weiße Wand auf, die den mittwärtigen Horizont dominierte – wurde die Gruppe angegriffen. Die allgemeine Dramatik hielt sich in Grenzen: Tomjon und seine Gefährten hatten die Karren gerade über eine Furt gelenkt und ruhten sich im Schatten eines Wäldchens aus, dem plötzlich Räuber wuchsen.

Hwels Blick fiel auf ein halbes Dutzende fleckige, rostige Schwerter. Ihre Eigentümer schienen nicht genau zu wissen, wie sie sich jetzt verhalten sollten.

»Wir haben irgendwo eine Quittung …«, begann der Zwerg.

Tomjon stieß ihn sanft in die Rippen. »Diese Leute sehen nicht wie Diebe von der Gilde aus«, flüsterte er. »Ich vermute, es sind Freiberufler.«

Es wäre vielleicht ganz nett, den Anführer der Räuber als schwarzbärtigen und arroganten gemeinen Kerl zu beschreiben, der ein rotes Kopftuch und goldene Ohrringe trug. Romantische Imagination fügt dieser Vorstellung ein Kinn hinzu, mit dem man Töpfe reinigen kann. Erstaunlicherweise sah er genauso aus. Hwel hielt das Holzbein für ein wenig übertrieben, aber ganz offensichtlich hatte der Mann seine Rolle gründlich studiert.

»Nun, ho«, sagte das Oberhaupt der Räuber, »wen haben wir denn hier, und sind ihre Taschen voller Geld?«

»Wir sind Schauspieler«, erwiderte Tomjon.

»Damit dürften beide Punkte geklärt sein«, meinte Hwel.

»Und bloß keine schlagfertigen Antworten«, sagte der Räuber. »Ich bin in der Stadt gewesen, jawohl. Schlagfertige Antworten erkenne ich auf den ersten Blick...« Er wandte sich halb zu seinen Männern um und hob die Brauen, um darauf hinzuweisen, dass er einige geistreiche Worte plante. »Wenn ihr nicht aufpasst, lasse ich mich zu einigen *scharfen* Bemerkungen hinreißen.«

Hinter ihm blieb alles still, und daraufhin winkte er ungeduldig mit dem Entermesser.

»Na schön«, knurrte er, als das unsichere Gelächter verklang. »Wir nehmen nur das Wechselgeld, das ihr zufällig bei euch tragt. Und natürlich alle wertvollen Gegenstände sowie Proviant und Kleidung.«

»Darf ich was sagen?«, fragte Tomjon.

Die anderen Schauspieler wichen von ihm fort. Hwel sah zu Boden und lächelte.

»Du willst um Gnade winseln, wie?«, fragte der Räuber.

»Ja, das stimmt.«

Hwel schob die Hände tief in die Taschen, blickte zum Himmel hoch, pfiff leise vor sich hin und versuchte, nicht wie ein Irrer zu grinsen. Die übrigen Mitglieder der Theatergruppe schwiegen erwartungsvoll.

Bestimmt trägt er jetzt den Gnadenmonolog aus Die Sage vom Troll *vor*, dachte der Zwerg.

»Wenn ihr gestattet...«, begann Tomjon. Seine Haltung veränderte sich auf subtile Weise, und er streckte die rechte Hand aus. »Der Wert des Menschen liegt nicht in tapfer'm Handeln mit blut'gem Stahl, auch nicht in Habgier oder dreistem Plündern …«

Hwel dachte an die Diebe, die in Ankh-Morpork den Narren niedergeschlagen hatten. *Jetzt steht uns etwas Ähnliches bevor*, dachte er. *Vielleicht geben sie uns ihre Schwerter – was sollen wir nur damit anfangen? Und es ist so peinlich, wenn sie zu schluchzen beginnen.*

Im gleichen Augenblick gewann alles um ihn herum einen grünlichen Glanz, und Hwel glaubte, wie aus weiter Ferne leise Stimmen zu hören.

»Da sind Männer mit Schwertern, Oma!«

»… die Schönheit der Welt mit glüh'ndem Schwerte zu zerreißen …«, sagte Tomjon, und die Stimmen am Rand der Fantasie fügten hinzu: *»Ich lasse nicht zu, dass mein König jemanden um etwas bitten muss. Gib mir den Milchkrug, Magrat.«*

»… im Herzen des Mitgefühls, der Kuss …«

»Er ist ein Geschenk von meiner Tante.«

»… die kostbarste aller Kostbarkeiten, die Krone der Kronen.«

Stille folgte. Ein oder zwei Räuber hoben die Hände vors Gesicht und weinten leise.

»Ist das alles?«, fragte der Anführer.

Zum ersten Mal in seinem Leben wirkte Tomjon verblüfft.

»Nun, ja«, entgegnete er. »Äh. Möchtest du, dass ich es noch einmal wiederhole?«

»Es war ein guter Vortrag«, räumte der Räuber ein. »Aber ich weiß nicht, was er mit mir zu tun hat. Ich bin ein praktisch denkender Mann. Rückt nun eure Wertgegenstände heraus.«

Er hob das Schwert, und die Spitze verharrte dicht vor Tomjons Kehle.

»Die anderen sollten nicht wie Idioten herumstehen«, fügte er hinzu. »Bewegt euch! Sonst geht's dem Jungen an den Kragen. An den Hals, meine ich.«

»Ah«, sagte der Lehrling Wimsloe vorsichtig.

»Was ist denn?«, brummte der Räuber.

»B-bist du s-sicher, dass du r-richtig zugehört h-hast, Herr?«

»Ich wiederhole mich nicht gern. Entweder höre ich jetzt das Klimpern von Münzen, oder ihr hört ein Röcheln!«

Stattdessen hörten alle ein Pfeifen hoch in der Luft, kurz darauf gefolgt von einem lauten Krachen. Ein raureifbedeckter Milchkrug raste vom Himmel herab und traf die Spitze auf dem Helm des Anführers.

Die anderen Räuber betrachteten das Ergebnis ein oder zwei Sekunden lang, und dann flohen sie.

Die Schauspieler starrten auf den reglosen Mann. Hwel stieß einen Klumpen gefrorener Milch mit der Stiefelspitze an.

»Na so was!«, murmelte er.

»Er hat überhaupt nicht auf den Monolog reagiert«, hauchte Tomjon fassungslos.

»Ein geborener Kritiker«, sagte der Zwerg. Es war ein blauweißer Krug. Seltsam, dass man bei solchen Gelegenheiten bestimmte Einzelheiten bemerkte. Das Ding musste schon mehrmals zerbrochen sein, denn die einzelnen Teile waren sorgfältig zusammengeleimt gewesen. *Jemand hat diesen Krug geliebt*, dachte Hwel.

»Bestimmt haben wir es hier mit einem absonderlichen Wirbelwind zu tun«, sagte er laut und versuchte, einen letzten Rest von Logik zu bewahren. »Ganz klar.«

»Milchkrüge fallen nicht einfach so vom Himmel«, erwiderte Tomjon und demonstrierte damit die erstaunliche menschliche Fähigkeit, das Offensichtliche zu leugnen.

»Vielleicht doch«, murmelte Hwel. »Ich meine, ich habe gehört, dass es Fische, Frösche und Steine geregnet hat. Warum nicht auch Geschirr?« Er erholte sich langsam von der Überraschung. »Es war nur eins von diesen ungewöhnlichen Phänomenen. In diesem Teil der Welt passieren sie dauernd, das ist ganz normal.«

Sie kletterten wieder auf die Karren und setzten den Weg in höchst ungewöhnlichem Schweigen fort. Der junge Wimsloe sammelte alle Scherben des Krugs ein, legte sie in eine Schachtel und verbrachte den Rest des Tages damit, den Himmel zu beobachten. Er hoffte auf eine Zuckerschüssel.

Die Wagen quälten sich über die staubigen Hänge der Spitzhornberge, kaum mehr als winzige Flecken im fleckigen Glas der Kristallkugel.

»Sind sie wohlauf?«, fragte Magrat.

»Sie ziehen kreuz und quer umher«, erwiderte Oma. »Als Schauspieler mögen sie ganz gut sein, aber was das Reisen betrifft, müssen sie noch eine Menge lernen.«

»Es war ein hübscher Krug«, sagte Magrat. »Solche Krüge bekommt man heute nicht mehr. Ich meine, wenn du mich auf deine Absicht hingewiesen hättest ... Dort steht eine alte Zuckerschüssel im Regal.«

»Es gibt mehr im Leben als nur Milchkrüge.«

»Oben war er mit hübschen Gänseblümchen gemustert.«

Oma Wetterwachs schenkte ihr keine Beachtung. »Meiner Ansicht nach wird's Zeit, dass wir uns den neuen König aus der Nähe ansehen«, sagte sie. Und gackerte.

»Du hast gegackert«, stellte Magrat mit finsterer Stimme fest.

»Das ist nicht wahr! Ich habe nur ...« Oma suchte nach dem richtigen Wort. »... gekichert.«

»Ich wette, die Schwarze Aliss hat immerzu gegackert.«

»Pass bloß auf, dass du nicht ebenso endest wie sie«, riet Nanny Ogg, die am Feuer saß. »Zum Schluss wurde sie ein wenig komisch, weißt du. Vergiftete Äpfel und dergleichen.«

»Nur weil ich ein bisschen, äh, laut gekichert habe...« Oma Wetterwachs fühlte sich in die Defensive gedrängt, was ihr ganz und gar nicht behagte. »Mit dem Kichern ist so weit alles in Ordnung. Wenn man 's nicht übertreibt.«

Ich glaube, wir haben uns verirrt«, sagte Tomjon.

Hwel ließ seinen Blick über das vom Hitzedunst umhüllte Moor schweifen, das sich bis zu den hohen Felstürmen der Spitzhornberge erstreckte. Selbst im Hochsommer klebten Wimpel aus Schnee an den höchsten Gipfeln. Es handelte sich um eine Landschaft beschreibbarer Schönheit. Im Thymian am Wegesrand waren Bienen fleißig oder versuchten zumindest, möglichst fleißig zu summen. Wolkenschatten glitten über die alpinen Wiesen. Es herrschte jene Art von großer, leerer Stille, die von einer Umwelt geschaffen wird, in der sich keine Menschen befinden, die überhaupt keine braucht.

Das galt auch für Wegweiser.

»Wir haben uns schon vor zehn Meilen verirrt«, erwiderte Hwel. »Um unseren derzeitigen Zustand zum Ausdruck zu bringen, sind ganz neue Worte notwendig.«

»Du hast gesagt, dass es hier überall Zwergen-Bergwerke mit vielen Tunneln gibt«, sagte Tomjon. »Du hast gesagt, im Gebirge weiß ein Zwerg immer, wo er ist.«

»*Unter* dem Gebirge. Man erkennt seinen jeweiligen Aufenthaltsort an den verschiedenen Gesteinsschichten und Felsformationen. An der Oberfläche ergeben sich gewisse Probleme. Dort ist die ganze Landschaft im Weg.«

»Wir könnten dir ein Loch graben«, schlug Tomjon vor.

Aber es war ein schöner Tag, und als sich die Straße an Schierlingstannen und Kiefern vorbeiwand, überließen sie es den Eseln, das Tempo selbst zu bestimmen. Die Straße, fand Hwel, musste irgendwo enden.

Dieser geografische Irrglaube hat vielen Leuten den Tod beschert. Straßen brauchen kein Ende, nur einen Anfang.

»Wir *haben* uns verirrt, nicht wahr?«, fragte Tomjon nach einer Weile.

»Natürlich nicht.«

»Wo sind wir dann?«

»In den Bergen. Sie stehen in jedem Atlas.«

»Wir sollten anhalten und jemanden fragen.«

Tomjon blickte übers hügelige Land. Irgendwo zirpte ein einsamer Brachvogel, oder vielleicht war es auch ein Dachs – Hwel kannte sich mit ländlichen Dingen nicht besonders gut aus, sofern sie an einem Ort stattfanden, der sich über der Kalksteinschicht befand. Weit und breit war kein menschliches Wesen zu sehen.

»Wen denn?«, erwiderte er sarkastisch.

»Die alte Frau mit dem komischen Hut«, sagte Tomjon und streckte die Hand aus. »Ich habe sie beobachtet. Sie duckt sich immer wieder hinter einen Strauch, wenn sie glaubt, dass ich sie sehe.«

Hwel drehte den Kopf und spähte zu einem zitternden Brombeerstrauch.

»Heda, gute Mutter!«, rief er.

Ein empörter Kopf spross aus dem Busch.

»Wessen Mutter soll ich sein?«, fragte er.

Hwel zögerte. »Es ist nur eine Redensart, Frau ... Fräulein ...«

»Frau«, schnappte Oma Wetterwachs. »Und ich bin eine arme alte Holzsammlerin«, fügte sie trotzig hinzu. Oma räusperte sich. »Herrje«, fuhr sie fort. »Du hast mich wirklich erschreckt, junger Herr. Mein armes altes Herz.«

Die Schauspieler schwiegen. »Bitte?«, fragte Tomjon schließlich.

»Wie?«, antwortete Oma.

»Was ist mit deinem armen alten Herz?«

»Was soll damit sein?«, fragte Oma Wetterwachs. Sie war nicht daran gewöhnt, sich wie eine alte Frau zu verhalten, und deshalb unterlag ihr diesbezügliches Repertoire gewissen Beschränkungen. Aber der Brauch verlangte, dass junge Thronerben, die ihr Schicksal erfüllen wollten, Hilfe von geheimnisvollen alten Frauen bekamen, die irgendwo Holz sammelten, und Oma hielt an der Entschlossenheit fest, allen Erfordernissen der Tradition zu genügen.

»Du hast es erwähnt, und deshalb dachte ich ...«, sagte Tomjon.

»Mein Herz spielt keine Rolle. Herrje, ich schätze, ihr wollt nach Lancre«, brummte Oma Wetterwachs gereizt. Sie wollte so schnell wie möglich zur Sache kommen.

»Äh, ja«, bestätigte Tomjon. »Schon den ganzen Tag lang.«

»Hier seid ihr völlig falsch.« Oma deutete in die Richtung, aus der die Karren kamen. »Kehrt etwa zwei Meilen weit zurück und nehmt dort den Weg nach rechts, an den Kiefern vorbei.«

Wimsloe zupfte an Tomjons Hemd.

»Wenn m-man eine g-geheimnisvolle alte Frau auf der Straße t-trifft, so m-muss man anbieten, d-das Abendessen mit ihr zu t-teilen oder ihr über einen F-fluss zu h-helfen«, stotterte er.

»Tatsächlich?«

»Andernfalls b-bahnt sich unheilvolles Unheil an.«

Tomjon richtete den Blick auf Oma Wetterwachs und lächelte freundlich.

»Was hältst du davon, das Abendessen mit uns zu teilen, gute Mu... altes W... gnä' Frau?«

Oma zögerte skeptisch.

»Was gibt's denn?«

»Gepökeltes Schweinefleisch.«

Sie schüttelte den Kopf. »Nein, besten Dank«, sagte sie höflich. »Davon bekomme ich immer Blähungen.«

Oma drehte sich brüsk um und marschierte durchs Gestrüpp davon.

»Wir könnten dich über einen Fluss bringen, wenn du möchtest!«, rief ihr Tomjon nach.

»Über welchen Fluss?«, fragte Hwel. »Wir sind hier in einem Moor. Der nächste Fluss ist sicher viele Meilen entfernt.«

»M-man muss ihre Freundschaft g-gewinnen«, brachte Wimsloe mühsam hervor. »Dann h-helfen sie.«

»Vielleicht hätten wir sie bitten sollen, hier zu warten, während wir nach einem Fluss suchen«, erwiderte Hwel verdrießlich.

Sie fanden die Abzweigung. Die rechte Straße führte in einen Wald, in dem sich mindestens ebenso viele Wege kreuzten wie in einem Rangierbahnhof. In einem solchen Wald flüsterte der Hinterkopf des Wanderers, dass sich die Bäume drehten und ihm nachsahen. Es war einer jener Wälder, über denen der Himmel besonders hoch und fern erscheint. Trotz des warmen, hellen Tages hing undurchdringliche Düsternis zwischen den Stämmen, die sich so dicht an den Weg heranschoben, als wollten sie ihn ganz bedecken.

Es dauerte nicht lange, bis Tomjon und seine Begleiter erneut die Orientierung verloren. Sie alle hätten es vorgezogen, sich in offener Landschaft zu verirren; als weitaus schlimmer empfanden sie es, überhaupt nicht mehr zu wissen, wo sie waren.

»Sie hätte uns genauere Beschreibungen geben können«, klagte Hwel.

»Fragen wir einfach die nächste Frau«, meinte Tomjon. »Zum Beispiel die dort drüben.«

Er erhob sich auf dem Kutschbock.

»Heda, alte … gute …«, begann er.

Magrat löste ihren Schal.

»Ich bin nur eine schlichte Holzsammlerin«, sagte sie verärgert und hob einen Zweig als Beweis. Sie hatte mehrere Stunden in der Gesellschaft stummer Bäume verbracht, was für ihre Stimmung nicht ohne Folgen blieb.

Wimsloe stieß Tomjon an, der daraufhin besonders freundlich lächelte.

»Möchtest du vielleicht unser Abendessen mit uns teilen, alte ... gute Fr... Fräulein?«, fragte er. »Leider gibt es nur gepökeltes Schweinefleisch.«

»Fleisch ist schlecht fürs Verdauungssystem«, antwortete Magrat. »Ihr würdet erschrecken, wenn ihr in euren Dickdarm sehen könntet.«

»Das glaube ich auch«, murmelte Hwel.

»Wisst ihr eigentlich, dass ein erwachsener Mann die ganze Zeit über bis zu fünf Pfund unverdautes rohes Fleisch in seinem Darm herumträgt?«, fuhr Magrat fort. Ihre informativen Vorträge über Ernährung hatten ganze Familien dazu veranlasst, sich im Keller zu verstecken, bis sie fortging. »Wohingegen Haferschrot und Sonnenblumensamen ...«

»Gibt es hier zufällig einen Fluss, den du überqueren willst?«, fragte Tomjon verzweifelt. »Wir wären dir gern dabei behilflich.«

»Sei nicht dumm«, entgegnete Magrat. »Ich bin nur eine einfache Holzsammlerin. Herrje, ich sammle Äste und Zweige, und manchmal zeige ich verirrten Reisenden den Weg nach Lancre.«

»Ah«, brummte Hwel. »Dachte mir schon, dass wir darauf kommen.«

»Biegt weiter vorn nach links ab und dann nach rechts, am großen Stein mit dem Riss drin«, erklärte Magrat. »Ihr könnt ihn nicht übersehen.«

»Danke«, knurrte Hwel. »Wir möchten dich nicht aufhalten. Ich bin sicher, du musst noch viel Holz sammeln und so.«

Er trieb die Esel mit einem Pfiff an und grummelte leise vor sich hin.

Als die Straße eine Stunde später an Dutzenden von hausgroßen Monolithen vorbeiführte, die alle sehr rissig wirkten, ließ der Zwerg langsam die Zügel sinken und verschränkte die Arme. Tomjon starrte ihn groß an.

»Was soll das?«, fragte er.

»Ich warte«, erwiderte Hwel grimmig.

»Es wird bald dunkel.«

»Wir bleiben bestimmt nicht lange hier.«

Schließlich gab Nanny Ogg auf und kam hinter einem Felsen hervor.

»Wir haben nur gepökeltes Schweinefleisch«, sagte Hwel scharf. »Entweder du magst es, oder du magst es nicht. Und nun: Wo geht's nach Lancre?«

»Geradeaus, an der Schlucht nach links, dann die Straße zur Brücke, ist nicht zu übersehen«, erwiderte Nanny sofort.

Hwel griff nach den Zügeln. »Du hast das Herrje vergessen.«

»Verdammter Mist. Entschuldigt bitte. Herrje.«

»Und ich nehme an, du bist eine arme, alte, einfache Holzsammlerin«, fuhr Hwel fort.

»Du hast's erfasst«, erwiderte Nanny fröhlich. »Ich wollte gerade damit anfangen, Holz zu sammeln.«

Tomjon gab dem Zwerg einen Stoß.

»Der Fluss«, flüsterte er. »Denk an den Fluss!« Hwel warf ihm einen finsteren Blick zu.

»O ja«, brummte er. »Du kannst hier warten, während wir einen Fluss suchen.«

»Um dir hinüberzuhelfen«, sagte Tomjon vorsichtig.

Nanny Ogg lächelte munter. »Mit der Brücke ist alles in Ordnung. Aber ich lasse mich gern von euch mitnehmen. Rückt beiseite!«

Hwel beobachtete verärgert, wie Nanny Ogg ihre Röcke raffte, auf den Kutschbock kletterte und sich zwischen ihn und Tomjon setzte. Dann rutschte sie wie ein Austernmesser hin und her, bis ihr die Hälfte des Platzes gehörte.

»Was das gepökelte Schweinefleisch betrifft…«, sagte sie. »Habt ihr auch Senf?«

»Nein«, antwortete Hwel mürrisch.

»Ohne die richtige Würze kann ich gepökeltes Schweinefleisch nicht ausstehen«, fügte Nanny im Plauderton hinzu. »Aber holt's trotzdem hervor.« Wimsloe reichte ihr wortlos den Korb mit dem Abendessen der Theatergruppe. Nanny Ogg öffnete ihn und betrachtete den Inhalt kritisch.

»Der Käse ist ein wenig angelaufen«, stellte sie fest. »Man sollte ihn so schnell wie möglich aufessen. Was enthält die Lederflasche?«

»Bier«, sagte Tomjon. Einen Sekundenbruchteil zu spät log der Zwerg geistesgegenwärtig: »Wasser.«

Nanny trank. »Ziemlich schwaches Zeug«, kommentierte sie, tastete in die Tasche der Schürze und fand den Tabaksbeutel.

»Hat jemand Feuer?«, fragte sie.

Zwei Schauspieler boten ihr Streichholzschachteln an. Nanny nickte und legte den Beutel beiseite.

»Gut. Und hat jemand Tabak?«

Eine halbe Stunde später erreichten sie die Lancre-Brücke. Die Karren rollten darüber hinweg, an einigen Bauernhöfen vorbei und durch den Wald, aus dem der größte Teil des Königreichs bestand.

»Das ist es?«, fragte Tomjon.

»Nicht alles«, erwiderte Nanny, die mehr Enthusiasmus erwartet hatte. »Hinter den Bergen dort drüben gibt's noch mehr. Dies ist die flache Stelle.«

»Du nennst das flach?«

»Mehr oder weniger«, räumte Nanny ein. »Aber die Luft tut gut. Dort oben steht das Schloss und bietet einen herrlichen Blick übers Land.«

»Über den Wald, meinst du wohl.«

»Es wird dir hier gefallen«, behauptete Nanny.

»Das Königreich scheint nicht besonders groß zu sein.«

Nanny Ogg dachte darüber nach. Fast ihr ganzes Leben hatte sie innerhalb der Grenzen von Lancre verbracht, ohne jemals den Eindruck zu gewinnen, dass es an Platz mangelte.

»Hübsch und ruhig«, sagte sie. »Hier verliert man nie den Überblick.«

»Über den Wald?«

Nanny gab auf. »Und die Steilhänge«, erwiderte sie. Hwel schwieg. Die Luft *tat* gut. Wie eine Stirnhöhlenwaschung rollte sie an den unerklimmbaren Graten der Spitzhornberge herunter, und die hohen Wälder verliehen ihr einen gesunden Terpentinduft. Nach einer Weile passierte die Gruppe ein Tor, das in eine Art, nun, Stadt führte. Der Zwerg hatte sich inzwischen eine kosmopolitische Einstellung zu eigen gemacht und kam zu dem Schluss, dass dieser Ort im Vergleich mit den Städten der Ebene nur offener Bereich gewesen wäre.

»Dort ist eine Schenke«, sagte Tomjon unsicher.

Hwel blickte in die gleiche Richtung. »Ja«, bestätigte er schließlich. »Ich glaube, du hast recht.«

»Wann führen wir das Stück auf?«

»Keine Ahnung. Ich glaube, wir sollten zuerst den Leuten im Schloss Bescheid geben.« Hwel kratzte sich am Kinn. »Der Narr meinte, der König oder so möchte das Manuskript sehen.«

Tomjon blickte sich im Ort um. Er wirkte recht friedlich. Offenbar handelte es sich nicht um einen Ort, der Schauspieler am Abend fortschickte – er brauchte die zusätzliche Bevölkerung.

»Dies ist die Hauptstadt des Königreichs«, verkündete

Nanny Ogg. »Euch fallen sicher die gut geplanten Straßen auf.«

»Straßen?«

»Die Straße«, berichtigte sich Nanny. »Die Häuser sind alle in einem ausgezeichneten Zustand, nur einen Steinwurf vom Fluss entfernt ...«

»Wurf?«

»Fall«, gab Nanny zu. »Hübsche Misthaufen, seht nur! Außerdem elegante ...«

»Wir sind gekommen, um die Stadt zu unterhalten, gnä' Frau«, sagte Hwel. »Wir wollen sie nicht kaufen.«

Nanny Ogg musterte Tomjon aus dem Augenwinkel. »Ich wollte euch nur auf die Vorzüge hinweisen.«

»Dein Lokalpatriotismus ist durchaus ehrenhaft«, brummte Hwel. »Wenn du jetzt bitte so freundlich wärst, den Wagen zu verlassen ... Bestimmt musst du noch etwas Holz sammeln. Herrje.«

»Besten Dank für den kleinen Imbiss«, sagte Nanny und stieg ab.

»Für die Mahlzeiten«, murmelte Hwel.

Tomjon stieß ihn an. »Du solltest freundlicher sein«, sagte er. »Man kann nie wissen.« Er wandte sich an Nanny. »Vielen Dank, gute ... Oh, sie ist weg.«

Sie sind gekommen, um ein Theaterstück aufzuführen«, berichtete Nanny.

Oma Wetterwachs fuhr damit fort, Bohnen zu entschoten. Nanny beobachtete sie verärgert.

»Nun?«, drängte sie nach einigen Sekunden. »Hast du nichts zu sagen? Ich habe Dinge herausgefunden, Informationen gesammelt, nicht herumgesessen und Suppe vorbereitet ...«

»Eintopf.«

»Ist bestimmt sehr wichtig, nicht wahr?«, zischte Nanny und schniefte.

»Was für ein Theaterstück?«

»Ich weiß es nicht. Eins für den Herzog, glaube ich.«

»Was will er mit dem Theater anfangen?«

»Das haben die Schauspieler nicht gesagt.«

»Wahrscheinlich ein Trick, um ins Schloss zu gelangen«, meinte Oma Wetterwachs und lächelte wissend. »Ausgesprochen klug und schlau. Hast du in den Karren etwas bemerkt?«

»Kisten und Bündel und dergleichen.«

»Sicher voller Rüstungen und Waffen, verlass dich drauf.«

Nanny Ogg blieb skeptisch.

»Die Leute sahen nicht wie Soldaten aus. Ich meine, die jungen Männer sind *jung*, manche sogar picklig.«

»Gerissen von ihnen. Ich schätze, irgendwann während der Aufführung manifestiert der König vor allen Zuschauern sein Schicksal. Guter Plan.«

»Da wäre noch etwas«, sagte Nanny, nahm eine Bohnenschote und kaute darauf. »Er scheint dieses Land nicht sehr zu mögen.«

»Unsinn. Es *muss* ihm gefallen. Das liegt ihm im Blut.«

»Ich habe ihn über den hübschen Weg hierhergebracht. Er zeigte sich kaum beeindruckt.«

Oma Wetterwachs zögerte.

»Ich nehme an, er hat dir misstraut«, sagte sie schließlich. »Er war zu überwältigt, um seine Begeisterung zu zeigen.«

Oma ließ die Schüssel mit den Bohnen sinken und blickte nachdenklich zu den Bäumen.

»Arbeiten noch immer Verwandte von dir im Schloss?«, fragte sie.

»Shirl und Daff helfen in der Küche, seit der Koch übergeschnappt ist.«

»Gut. Ich spreche mit Magrat. Vielleicht sollten wir die Theatervorstellung besuchen.«

Perfekt«, sagte der Herzog.

»Danke«, erwiderte Hwel.

»Du hast den schrecklichen Zwischenfall genau richtig dargestellt«, fügte Lord Felmet hinzu. »Du scheinst dabei gewesen zu sein. Ha. Ha.«

»Das warst du doch nicht, oder?« Lady Felmet beugte sich vor und starrte den Zwerg an.

»Ich habe nur meine Fantasie benutzt«, versicherte Hwel schnell. Ihre Ladyschaft durchbohrte ihn mit eisigen Blicken, die ihm folgende Botschaft übermittelten: *Deine Fantasie kann froh sein, dass sie nicht auf den Hof gezerrt wird, um dort vier Pferden und einer langen Kette gegenüber Rechenschaft abzulegen.*

»Genau richtig«, wiederholte der Herzog und blätterte mit einer Hand im Manuskript. »Haargenau richtig. Um nicht zu sagen: exakt. So und nicht anders ist es geschehen.«

»Wird es geschehen sein«, fügte die Herzogin scharf hinzu.

Lord Felmet blickte auf eine Seite hinab.

»Du trittst auch auf«, sagte er. »Erstaunlich: Es ist Wort für Wort so, wie ich mich daran erinnern werde. Wie ich sehe, hast du auch dem Tod eine Rolle gegeben.«

»Die des Todes«, antwortete Hwel. »Solche Szenen sind sehr beliebt. Das Publikum erwartet so etwas.«

»Wann könnt ihr das Stück darstellen?«

»Aufführen«, berichtigte Hwel. »Wir haben es schon mehrmals geprobt. Wann du möchtest.« *Damit wir so schnell wie möglich von hier fort können,* dachte er. *Fort von deinen Augen, die wie rohe Eier aussehen. Fort von diesem weiblichen Berg in roten Kleid. Fort von dem Schloss, das auf den Wind ebenso wirkt wie ein Magnet auf Eisen. Eins steht fest: Später wird man dieses Stück nicht als eins meiner besten loben.*

»Welchen Lohn haben wir dir in Aussicht gestellt?«, fragte die Herzogin.

»Ich glaube, es war die Rede von hundert Silbermünzen«, erwiderte Hwel.

»Und du hast sie alle verdient«, sagte Lord Felmet. Hwel eilte aus dem Thronsaal, um Ihrer Ladyschaft keine Gelegenheit zu geben, mit ihm zu handeln. Andererseits: Er wäre gern bereit gewesen, etwas zu bezahlen, um diesen Ort zu verlassen. *Hübsch und ruhig*, dachte er. *Bei den Göttern, wie kann jemand ein solches Königreich mögen?*

Der Narr wartete auf der Wiese am See. Wehmütig sah er zum Himmel auf und fragte sich, wo zum Teufel Magrat blieb. Dies war *ihr* Platz, wie sie gesagt hatte. Die Tatsache, dass auch mehrere Dutzend Kühe zugegen waren, schien nicht weiter wichtig zu sein.

Die junge Hexe kam mit einem grünen Kleid und in ziemlich mieser Stimmung.

»Was hat es mit dem Theaterstück auf sich?«, fragte sie. Der Narr setzte sich auf den umgestürzten Baumstamm einer Weide.

»Freust du dich nicht, mich wiederzusehen?«, erwiderte er.

»Ja. Natürlich. Was das Theater betrifft...«

»Mein Lord möchte seine Untertanen – und vor allen Dingen sich selbst – davon überzeugen, dass er der rechtmäßige König von Lancre ist.«

»Bist du deshalb in der großen Stadt gewesen?«

»Ja.«

»Abscheulich.«

Der Narr seufzte leise. »Sind dir die Methoden der Herzogin lieber?«, fragte er. »Wenn's nach ihr ginge, würden alle hingerichtet. Sie versteht sich gut auf so etwas. Und dann käme es zu Kämpfen und dergleichen. Viele Leute könnten herausfinden, ob es ein Leben nach dem Tod gibt. Auf diese Weise wird weitaus weniger Blut vergossen.«

»Oh, wo ist dein Mumm, Menschenskind?«

»Bitte?«

»Möchtest du nicht einen ehrenvollen Tod sterben, für eine ehrenvolle Sache?«

»Es wäre mir viel lieber, ein ruhiges, ehrenvolles Leben zu führen«, sagte der Narr. »Für euch Hexen spielt so etwas keine Rolle; ihr könnt ganz nach Belieben handeln. Aber mir sind die Hände gebunden.«

Magrat nahm neben ihm Platz. *Finde alles über das Theaterstück heraus*, hatte ihr Oma Wetterwachs aufgetragen. *Geh und sprich mit deinem klimpernden Freund!* Woraufhin Magrat geantwortet hatte: *Er ist sehr loyal. Vielleicht verrät er mir nichts.* Und Oma: *Wir haben keine Zeit für halbe Maßnahmen. Verführ ihn, wenn's notwendig wird.*

»Für wann ist die Vorstellung geplant?«, fragte Magrat und rückte etwas näher.

»Meiner Treu, das darf ich dir nicht sagen«, gab der Narr zurück. »Der Herzog meinte zu mir, er meinte: ›Verrat den Hexen bloß nicht, dass die Aufführung morgen Abend stattfindet.‹«

Magrat nickte. »Dann solltest du darüber schweigen.«

»Um acht Uhr.«

»Ich verstehe.«

»Fürwahr, die Ehrengäste kommen schon eine halbe Stunde vorher. Um Sherry zu trinken.«

»Bestimmt sollst du auch nicht sagen, wer eingeladen ist«, vermutete Magrat.

»Du hast recht. Die meisten Würdenträger von Lancre. Das verrate ich dir natürlich nicht.«

»Nein«, bestätigte Magrat.

»Aber meiner Meinung nach hast du ein Recht darauf zu erfahren, was ich dir nicht verraten darf.«

»Nett von dir. Gibt es noch immer die kleine Hintertür, die zur Küche führt?«

»Meinst du das Tor, das fast nie bewacht ist?«

»Ja.«

»Oh, seit einiger Zeit werden dort keine Wächter mehr postiert.«

»Glaubst du, dass dort morgen Abend gegen acht jemand steht?«

»*Ich* vielleicht.«

»Gut.«

Der Narr schob das feuchte Maul einer neugierigen Kuh fort.

»Der Herzog erwartet euch«, sagte er.

»Aber wir sollten doch gar nichts erfahren.«

»Er verbot mir, euch auf die Vorstellung hinzuweisen. Aber er meinte auch: ›Sie kommen ohnehin. Ich hoffe es.‹ Seltsam. Er schien in recht guter Stimmung zu sein, als er diese Worte sprach. Äh. Sehen wir uns nach der Aufführung?«

»Mehr hat er nicht gesagt?«

»Oh, er erwähnte seine Absicht, Hexen die Zukunft zu zeigen. Es klang sehr sonderbar. Ich würde dich wirklich gern nach der Vorstellung sehen, weißt du. Ich habe ...«

»Wahrscheinlich wasche ich mir die Haare«, erwiderte Magrat nachdenklich. »Entschuldige, ich muss jetzt gehen.«

»Ja, aber ich habe dir ein Geschenk gekauft ...« Der Narr unterbrach sich und sah Magrat nach.

Er ließ die Schultern hängen, als sie zwischen den Bäumen verschwand, blickte dann auf die Halskette, die sich zwischen nervösen Fingern spannte. Sie war schrecklich geschmacklos, das musste er zugeben, aber Magrat hätte bestimmt Gefallen an den kleinen Totenköpfen gefunden, an den ins Silber gekratzten Runen. Ihm schwindelte, als er sich an den Preis erinnerte.

Eine Kuh, von den Hörnern auf dem Kopf des Narren in die Irre geführt, streckte ihm die Zunge ins Ohr.

Es stimmt schon, dachte er. *Manchmal stellen Hexen unangenehme Dinge mit Menschen an. Insbesondere mit Männern.*

Der nächste Abend begann, und die Hexen näherten sich auf Umwegen – und mit großem Widerstreben – dem Schloss.

»Wenn der Herzog hofft, dass wir da sind, sollten wir eigentlich nicht da sein«, sagte Oma Wetterwachs. »Bestimmt hat er einen Plan. Er setzt Pschikologie gegen uns ein.«

»Etwas geht vor«, erwiderte Magrat. »Gestern Nacht hat er in meinem Dorf drei Hütten in Brand setzen lassen. So etwas geschieht immer dann, wenn er sich freut. Hinzu kommt: Der neue Feldwebel ist recht flink mit den Streichhölzern.«

»Unsere Daff hat heute Morgen gesehen, wie die Schauspieler übten«, sagte Nanny Ogg. Sie trug einen Beutel mit Walnüssen und eine lederne Flasche, die einen scharfen Geruch verströmte. »Sie erzählte von lauten Stimmen und stechenden Dolchen, und anschließend fragten sich alle, wer der Mörder ist. Und dann hielten Leute lange Vorträge.«

»Schauspieler«, brummte Oma Wetterwachs in einem vernichtenden Ton. »Die Welt hat doch schon genug Geschichte. Warum erfinden sie noch mehr?«

»Sie rufen so laut, dass man sich fast nicht mehr sprechen hören kann«, fügte Nanny hinzu. Sie hatte auch noch etwas anderes dabei, tief verborgen in der Tasche ihrer Schürze – den kleinen Schlossstein. Eine Freikarte für den Geist des Königs.

Oma nickte. Sie war trotzdem sicher, dass ihnen ein interessanter Abend bevorstand. Natürlich wusste sie nicht, was Tomjon beabsichtigte, aber ihr angeborener Sinn für Dramatik versicherte, dass der Junge etwas Wichtiges unternehmen würde. *Vielleicht springt er von der Bühne, um den Herzog zu erstechen*, dachte sie und stellte fest, dass sie sich so etwas erhoffte.

»Heil dem Dingsbums«, murmelte sie, »dem neuen König her und nach.«

»Wir sollten uns beeilen«, schlug Nanny vor. »Sonst bleibt kein Sherry mehr für uns übrig.«

Der Narr wartete niedergeschlagen an der kleinen Pforte. Seine Miene erhellte sich, als er Magrat sah, fror dann in einem Ausdruck höflicher Überraschung ein, als er die beiden anderen Hexen bemerkte.

»Es kündigen sich doch keine Schwierigkeiten an, oder?«, fragte er. »Ich möchte keine Scherereien. Bitte.«

»Ich bin ganz sicher, dass ich überhaupt nicht weiß, was du meinst«, erwiderte Oma Wetterwachs würdevoll und rauschte an ihm vorbei.

»Heda, Freund Glöckchen«, sagte Nanny und stieß den jungen Mann in die Rippen. »Ich hoffe, du hast unsere liebe Magrat immer hübsch allein ins Bett gehen lassen.«

»Nanny!«, platzte es schockiert aus Magrat heraus. Der Narr zeigte das nervöse, krampfhafte Lächeln von jungen Männern, die mit aufdringlichen älteren Damen konfrontiert werden und Kommentare über ihr intimes Privatleben hinnehmen müssen.

Nanny Ogg schritt ebenfalls durchs Tor. Der Narr griff nach Magrats Hand.

»Ich kenne einen Platz, an dem wir ungestört sind und von dem aus man einen guten Blick auf die Bühne hat«, sagte er.

Sie zögerte.

»Sei unbesorgt«, fuhr der Narr fort. »Bei mir bist du völlig sicher.«

»Ja, das bin ich, nicht wahr?« Magrat reckte den Hals, spähte durchs offene Tor und versuchte festzustellen, wohin die beiden anderen Hexen gegangen waren.

»Die Vorstellung findet draußen statt, auf dem großen Hof. Von einem der Wachtürme aus können wir alles sehen, und außer uns ist niemand da. Ich habe alles vorbereitet, Wein und so.«

Als Magrat keine Antwort gab, fügte der Narr hinzu: »Es gibt dort auch einen Behälter mit Wasser und eine Feuerstelle, die manchmal von den Wächtern benutzt wird. Falls du dir das Haar waschen willst.«

Hunderte von Personen hatten sich im Schloss eingefunden und offenbarten die höfliche Unsicherheit von Leuten, die häufig miteinander zu tun haben und sich nun unter ungewöhnlichen sozialen Umständen wiedersehen, zum Beispiel bei einer Büroparty. Niemand schenkte den Hexen Beachtung, als sie umherwanderten und sich den Sitzbänken näherten, die auf dem Hof vor einer hastig montierten Bühne standen.

Nanny Ogg setzte sich und bot Oma Wetterwachs den Walnuss-Beutel an.

»Möchtest du?«, fragte sie.

Ein Ratsherr von Lancre schob sich vorbei und deutete auf den Platz links von ihr.

»Sitzt dort jemand?«, fragte er.

»Ja«, sagte Nanny.

Der Ratsherr blickte gedankenverloren zu den anderen Bänken, die sich rasch füllten, sah dann wieder auf die leere Stelle neben Nanny. Entschlossen raffte er seinen Umhang zusammen.

»Die Vorstellung beginnt jetzt anzufangen, und deshalb müssen deine Freunde einen anderen Platz finden, wenn sie eintreffen«, sagte er und setzte sich.

Innerhalb weniger Sekunden erbleichte er. Ihm klapperten die Zähne. Er presste sich beide Hände auf den Bauch und stöhnte.*

* Der aufmerksame Beobachter kennt den Grund dafür: Der Geist des Königs saß bereits dort. Der Ratsherr litt nicht etwa, weil er mit verbaler Kaltblütigkeit den Ausdruck ›beginnt jetzt anzufangen‹ benutzt hatte – obwohl das eigentlich der Fall sein sollte.

»Ich hab's dir ja *gesagt«*, meinte Nanny, als der Mann forttaumelte. »Welchen Sinn hat es, solche Fragen zu stellen, wenn man die Antwort überhört?« Sie beugte sich zum scheinbar leeren Sitz. »Eine Walnuss?«

»Nein, danke«, erwiderte König Verence und winkte mit einer Ektoplasmahand. »Weißt du, ich kann sie nicht im Magen behalten.«

»So hört nun, mit geneigtem Ohre, denn wir möchten euch eine Geschichte erzählen ...«

»Was soll das?«, zischte Oma Wetterwachs. »Wer ist der Bursche in der Strumpfhose?«

»Er heißt Prolog«, sagte Nanny. »Tritt immer am Anfang auf, damit die Leute wissen, worum's geht.«

»Verstehe kein Wort davon«, brummte Oma. »Was ist ein geneigtes Ohr?«

»Muss irgendwie krumm sein.«

»Wirklich ein freundlicher Empfang«, kommentierte Oma Wetterwachs. »›Jetzt hört mal zu, ihr Krummohren.‹ Ja, bringt die Leute gleich in die richtige Stimmung.«

Um die beiden Hexen herum erklang ein Pscht-Chor.

»Diese Walnüsse sind verdammt hart«, sagte Nanny und spuckte eine in die Hand. »Ich muss meinen Schuh ausziehen, um sie zu knacken.«

Oma wahrte ein für sie höchst ungewöhnliches Schweigen und versuchte, dem Prolog zu folgen. Das Theater weckte Besorgnis in ihr. Es verfügte über eine eigene Art von Magie, die ihr fremd war und sich ihrer Kontrolle entzog. Sie veränderte die Welt. Ihre Worte woben neue Wirklichkeit. Und schlimmer noch. Es handelte sich um Magie, die nicht zum Instrumentarium von Magiern gehörte. Gewöhnliche Menschen benutzten sie, Leute, die nichts von den magischen Regeln wussten. Sie änderten die Welt, damit sie besser klang.

Lord und Lady Felmet saßen auf ihren Thronen direkt vor

der Bühne. Als Oma Wetterwachs sie beobachtete, drehte der Herzog den Kopf, und sie sah sein Lächeln.

Ich möchte die Welt so, wie sie ist, dachte sie. *Die Vergangenheit soll bleiben, wie ich sie kenne. Ach, früher war die Vergangenheit viel besser als heute.*

Das Orchester begann zu spielen.

Hwel spähte hinter einer Säule hervor, winkte Wimsloe und Brattsley zu, die daraufhin in den hellen Schein der Fackeln traten.

ALTER MANN: *»Was ist widerfahren dem Land?«*

ALTE FRAU: *»Unheil zieht umher ...«*

Der Zwerg blieb einige Sekunden hinter der Seitenkulisse, und seine Lippen bewegten sich lautlos. Dann eilte er ins Wachzimmer zurück, wo die anderen Darsteller noch immer damit beschäftigt waren, sich schnell die richtigen Kostüme überzustreifen. Er stieß den traditionellen zornigen Schrei von Regisseuren aus.

»Beeilt euch!«, drängte er. »Soldaten des Königs, zackzack! Und die Hexen ... *Wo sind die verdammten Hexen!*«

Drei junge Lehrlinge kamen näher.

»Ich habe meine Warze verloren!«

»Der Kessel ist voller Bäh!«

»In dieser Perücke *lebt* was!«

»Ganz ruhig, ganz ruhig«, sagte Hwel nervös. »Wenn die Vorstellung beginnt, wird alles in Ordnung sein!«

»Die Vorstellung hat bereits begonnen!«

Hwel nahm eine Handvoll Kitt vom Schminktisch und klatschte einer Hexe eine apfelsinengroße Warze ins Gesicht. Die kribbelnde Perücke landete auf dem richtigen Kopf, mit allem Lebendigen drin, und anschließend wurde der Kessel inspiziert. Wie sich herausstellte, enthielt er genau die richtige Art von Bäh; an solchem Bäh gab es überhaupt nichts auszusetzen.

Auf der Bühne ließ ein Wächter seinen Schild fallen, bückte

sich, um ihn aufzuheben, und verlor dabei den Speer. Hwel rollte mit den Augen und schickte ein stummes Gebet an alle zuhörenden Götter.

Es ging bereits alles schief. Sicher, bei den früheren Proben war es zu den üblichen Kinderkrankheiten gekommen, aber während der vergangenen Jahre hatte Hwel mehrmals Gelegenheit gefunden, monumentale Theaterschrecken kennenzulernen, und er wusste nun, dass sich besonders entsetzliches Inszenierungsentsetzen anbahnte. Die Schauspieler schienen nervöser zu sein als Hummer in einem Kochtopf. Aus den Ohrenwinkeln hörte er, wie der Bühnendialog ins Stocken geriet, und daraufhin lief er zu den Seitenkulissen zurück.

»... den grauenvollen Tod deines Vaters zu rächen ...«, zischte Hwel, wirbelte um die eigene Achse und hastete zu den zitternden Hexen. Er stöhnte. Bei allen diversen Alarmen: Diese drei alten Frauen (jungen Männer) sollten ein ganzes Königreich terrorisieren. Bis zum Auftritt blieb noch eine Minute.

»Na schön!«, sagte er und riss sich zusammen. »Wer seid ihr? Ihr seid böse Hexen, stimmt's?«

»Ja, Hwel«, erwiderten sie schüchtern.

»Sagt mir, wer ihr seid!«, befahl er.

»Wir sind böse Hexen, Hwel.«

»Lauter!«

»Wir sind böse Hexen!«

Der Zwerg marschierte an den drei unsicheren Schauspielern vorbei und drehte sich jäh um. »Und worin besteht eure Aufgabe?«

Die Zweite Hexe kratzte sich an seiner lebendigen Perücke.

»Sollen wir Leute verfluchen?«, fragte er. »Es steht im Manus ...«

»Ich-kann-euch-nicht-HÖREN!«

»Wir verfluchen Leute!«, erwiderten die drei Hexen wie aus

einem Mund. Sie nahmen Haltung an und sahen starr geradeaus, um Hwels Blick zu meiden.

Der Zwerg legte die Hände auf den Rücken und ging erneut an seiner Truppe vorbei.

»Wer seid ihr?«

»Wir sind Hexen, Hwel.«

»Was für Hexen?«

»Wir sind schwarze Hexen der Nacht!«, riefen die drei jungen Männer und fanden allmählich Gefallen an ihrer Rolle.

»Was für schwarze Hexen der Nacht?«

»*Böse* schwarze Hexen der Nacht!«

»Plant ihr Verschwörungen?«

»Ja!«

»Wollt ihr Unheil bringen?«

»*Ja*!«

Hwel richtete sich zu seiner vollen Größe von etwa neunzig Zentimetern auf.

»Wer-seid-ihr?« donnerte er.

»Wir sind böse schwarze Hexen der Nacht, die Verschwörungen planen und Unheil bringen!«

»Richtig!« Hwel deutete mit einem vibrierenden Zeigefinger zur Bühne, senkte die Stimme ... In diesem Augenblick raste ein dramatisches Inspirationspartikel durch die Atmosphäre, traf seinen Kreativitätsknoten und veranlasste ihn zu folgenden Worten: »Ich möchte jetzt, dass ihr nach draußen geht und ihnen die Hölle heiß macht. Nicht für mich. Nicht für den gottverdammten Captain.« Er rollte einen imaginären Zigarrenstummel von der einen Mundseite zur anderen, schob einen nicht existierenden Helm zurück und knurrte: »Für Corporal Walkowski und seine Jungs.«

Die Hexen starrten den Zwerg verwirrt an.

Jemand schüttelte eine Blechplatte und brach den Bann.

Hwel schloss die Augen. Er war in den Bergen aufgewachsen, wo Gewitter auf Beinen aus Blitzen von Gipfel zu Gipfel schritten. Er erinnerte sich an Gewitter, die ganzen Gebirgen eine neue Form gaben und Wälder entwurzelten. Der Klang einer Blechplatte ließ sich damit nicht vergleichen, auch wenn man sie noch so energisch schüttelte.

Nur ein Mal, dachte Hwel. *Nur ein einziges Mal möchte ich die Chance bekommen, alles richtig hinzukriegen.*

Er hob die Lider und musterte die Hexen.

»Worauf wartet ihr noch?«, rief er. »Auf die Bühne mit euch. Und *verflucht* ordentlich!«

Er beobachtete, wie die drei Lehrlinge forteilten, und dann klopfte ihm Tomjon auf den Kopf.

»Wir haben keine Krone.«

»Hmm?«, erwiderte Hwel, während er in Gedanken mit der Konstruktion einer Blitz-und-Donner-Maschine begann.

»Wir haben keine Krone. Und ich brauche eine.«

»Natürlich haben wir Kronen. Zum Beispiel die große mit dem roten Glas, sehr eindrucksvoll, die Zuschauer in der Stadt mit dem großen Platz waren begeistert ...«

»Ich glaube, sie blieb dort zurück.«

Erneut grollte asthmatischer Donner, und der Teil von Hwel, der die Schauspieler zur Bühne begleitete, hörte eine stotternde Stimme. Einmal mehr stürmte er zu den Seitenkulissen.

»... viele Kinder habe ich erwürgt ...«, flüsterte er und sprintete zurück.

»Dann nimm eben eine andere«, sagte er. »Aus der Kiste. Du bist der Böse König, und was wäre ein König – ob gut oder böse – ohne Krone? Los jetzt, Junge, in einigen Minuten beginnt dein Auftritt! Lass dir was einfallen!«

Tomjon ging zur Kiste. Er kannte Kronen von Kindesbeinen an, große Kronen aus Holz und Gips, mit erstklassigem Glas geschmückt. Als Säugling hatte er an den Hutkrempen der Autorität gelutscht. Doch die meisten Kronen befanden sich jetzt in der Scheibe. Er öffnete die Kiste und räumte die aus falschen Dolchen, Totenschädeln und Vasen bestehenden Sedimente vieler Jahre beiseite. Unten, ganz unten, berührten Tomjons Finger etwas Dünnes und Kronenartiges, einen Gegenstand, den nie jemand hatte aufsetzen wollen, weil er so unkronenhaft aussah.

Es wäre nett, sich vorzustellen, dass er in seiner Hand prickelte. Vielleicht geschah das tatsächlich.

Oma saß reglos wie eine Statue, und fast ebenso kalt. Der Schrecken des Verstehens kroch in ihr Bewusstsein.

»Das sind wir«, sagte sie. »Dort an dem lächerlichen Kessel. Das sollen wir sein, Gytha.«

Nanny Ogg verharrte mit einer Walnuss im Mund und lauschte aufmerksam.

»Ich habe nie irgendwelche Schiffe auf ein Riff laufen lassen!«, erwiderte sie. »Die Hexen haben das gerade behauptet. Aber es stimmt nicht!«

Oben im Turm gab Magrat dem Narren einen Stoß in die Rippen.

»Das Gesicht ist ganz grün.« Sie beobachtete die Dritte Hexe. »So sehe ich doch nicht aus, oder?«

»Natürlich nicht«, sagte der Narr.

»Und das Haar!«

Der Narr sah wie eine übereifrige Steinfigur an den Zinnen vorbei.

»Scheint Stroh zu sein«, meinte er. »Und offenbar ist es nicht besonders sauber.«

Er zögerte und betastete mit den Fingerkuppen nervös die flechtenbewachsene Mauer. Noch in Ankh-Morpork hatte er Hwel gefragt, welche Worte man an eine junge Dame richtete, und sie waren nun fest in sein Gedächtnis eingebrannt. *Jetzt oder nie*, dachte er.

»Ich würde gern wissen, ob ich dich mit einem Sommertag vergleichen kann. Weil ... Nun, der zwölfte Juni war nicht schlecht, und ... Oh. Du bist gegangen.«

König Verence schloss die Hände fest um die Kante der Sitzbank, und seine Finger drangen ins Holz ein. Tomjon stand jetzt auf der Bühne.

»Das ist er, nicht wahr? Mein Sohn, stimmt's?«

Nanny Ogg nickte. Sie hatte gerade eine Walnuss knacken wollen, ließ sie nun fallen.

Verence wandte ihr ein eingefallenes, durchsichtiges Gesicht zu.

»Aber was macht er da? Was sagt er?«

Nanny schüttelte den Kopf. Der König hörte mit offenem Mund zu, als Tomjon halb geduckt über die Bühne humpelte und mit seinem wichtigsten Monolog begann.

»Ich glaube, er stellt dich dar«, hauchte Nanny.

»Aber ich bin nie so gegangen! Warum hat er einen Buckel? Und was ist mit seinem Bein passiert?« Er horchte erneut, und nach einigen Sekunden fuhr er entsetzt fort: »*Das* habe ich nie getan! Und das auch nicht. Warum behauptet er so etwas?«

Er bedachte Nanny mit einem flehentlichen Blick. Sie zuckte mit den Schultern.

»Außerdem trägt er meine Krone! Sieh nur! Und er legt mir die schrecklichsten Dinge zur Last ...« Er zögerte kurz und vernahm das letzte Reimpaar. »Na schön. Ich will es nicht abstreiten. Ich habe *tatsächlich* einige Hütten in Brand stecken lassen. Das tun alle Könige. Es ist gut für die Bauindustrie.«

Er setzte die geisterhafte Krone auf.

»Warum sagt er das alles über mich?«, klagte er.

»Kunst«, erklärte Nanny. »Es ist Dingsbums; man hält dem Leben einen Spiegel vor.«

Oma Wetterwachs drehte sich langsam um und beobachtete die Zuschauer. Hingerissen starrten sie zur Bühne und empfingen die Worte in einer Atmosphäre allgemeiner Atemlosigkeit. Dies war real, sogar noch realer als die Realität. Dies war Geschichte. Vielleicht stimmte sie nicht, aber das spielte keine Rolle.

Oma hatte nie viel Zeit für Worte erübrigt – ihrer Meinung nach fehlte es ihnen an Substanz. Doch jetzt bereute sie, sich nicht eingehender damit beschäftigt zu haben. Worte waren tatsächlich immateriell, so weich wie Wasser. Aber sie konnten auch die Kraft von Wasser entfalten, und nun strömten sie übers Publikum, erodierten alle Deiche der Wahrheit und spülten die Vergangenheit fort.

Das sind wir dort vorn, dachte Oma Wetterwachs. *Alle wissen, wer wir wirklich sind, aber die Leute werden sich so an uns erinnern, wie uns die Bühne zeigt: drei brabbelnde alte Weiber mit spitzen Hüten. Was wir getan haben, was wir gewesen sind – das alles existiert bald nicht mehr.*

Sie richtete den Blick auf den Geist des Königs. *Er ist nicht schlimmer gewesen als andere Könige. Oh, ab und zu hat er alte Hütten abgebrannt, in einer gedankenlosen Art und Weise, und nur dann, wenn er sich wirklich über etwas geärgert hat. Außerdem konnte er jederzeit damit aufhören. Wenn er die Welt verwundete, so fügte er ihr Wunden zu, die rasch heilten.*

Wer auch immer dieses Stück schrieb – er kennt sich mit der Magie des Theaters aus. Selbst ich glaube, was auf der Bühne geschieht, obwohl ich weiß, dass alles erfunden ist.

Das hat es also mit der Kunst auf sich, dem Leben einen Spiegel vorzuhalten. Darum ist alles genau verkehrt herum. Wir haben verloren. Gegen diese Sache können wir nichts ausrichten – es sei denn, wir werden genau das, was wir nicht sind.

Nanny Ogg rammte ihr den Ellbogen in die Rippen.

»Hast du das gehört?«, fragte sie. »Eine von ihnen hat gesagt, wir werfen Babys in den Kessel! Das ist eine Verleumdung! Ich bleibe hier nicht ruhig sitzen, wenn man behauptet, dass wir Babys in den Kessel werfen!«

Oma hielt Nanny am Schal fest, als sie aufzustehen versuchte.

»Verlier nicht die Beherrschung!«, fauchte sie. »Sonst wird alles noch schlimmer.«

»›Von einem Flittchen im Graben geboren‹, haben sie gesagt«, meinte Nanny. »Damit ist sicher die junge Millie Hüftenschwung gemeint, die es nicht wagte, sich ihrer Mutter anzuvertrauen. Sie ging schließlich nach draußen, um Feuerholz zu sammeln. Meine Güte, sie hielt mich die ganze Nacht beschäftigt. Brachte ein hübsches Mädchen zur Welt. Noch eine Verleumdung! Übrigens: Was ist ein Flittchen?«

»Worte«, murmelte Oma zu sich selbst. »Nur sie sind jetzt noch übrig: Worte.«

»Jetzt tritt ein Trompeter auf«, sagte Nanny. »Was hat er vor? Oh. Ende des ersten Akts.«

Man wird die Worte nicht vergessen, dachte Oma Wetterwachs. *Sie entfalten Macht. Es sind verdammt gute Worte.*

Erneut grollte Donner, und es folgte lautes Scheppern. Es klang nach einer Blechplatte, die jemandem aus der Hand rutschte und an die Wand prallte.

In der Welt außerhalb der Bühne drückte die Hitze wie ein Kissen herab und presste das Leben aus der Luft. Oma sah, wie ein Lakai zum Herzog trat und ihm etwas ins Ohr flüsterte. *Nein, er unterbricht die Vorstellung bestimmt nicht*, überlegte sie. *Natürlich nicht. Er will, dass sie ihren Lauf nimmt.*

Lord Felmet schien Omas heißen Blick am Nacken zu spüren. Er drehte sich um, sah sie an und lächelte dünn. Dann gab er Lady Felmet einen Stoß; Herzog und Herzogin lachten.

Oma Wetterwachs war häufig zornig. Sie sah darin eine ihrer Stärken. Echter Zorn gehörte zu den großen kreativen Kräften der Welt. Aber man musste lernen, ihn zu kontrollieren. Man durfte ihn nicht davontröpfeln lassen. Nein, man musste ihn sammeln und mehren, ihn sorgfältig stauen, bis er ganze Täler im Bewusstsein füllte. Und dann, wenn der Druck so groß geworden war, dass alles nachzugeben drohte, öffnete man tief unten das Ventil im Damm und ließ vom eisenharten Strahl der Wut die Turbinen der Rache antreiben.

Oma spürte das Land selbst durchs knapp einen Meter dicke Fundament, durch die Steinplatten, eine Lage Leder und zwei Lagen Socken. Es wartete.

Sie hörte den König sagen: »Mein eigen Fleisch und Blut? Warum hat er mir das angetan? Ich werde ihn zur Rede stellen!«

Oma Wetterwachs griff sanft nach Nanny Oggs Hand.

»Komm, Gytha.«

Lord Felmet lehnte sich auf seinem Thron zurück, grinste vom einen Ohr zum anderen und freute sich über eine Welt, die für ihn wieder ins Lot kam. Die Dinge entwickelten sich besser, als er zu hoffen gewagt hatte. Er fühlte es ganz deutlich: Die Vergangenheit schmolz hinter ihm wie Eis im Tauwetter des Frühlings.

Er gab einem Impuls nach und rief den Lakaien zurück.

»Ruf den Hauptmann der Wache!«, befahl er. »Er soll die Hexen suchen und sie verhaften.«

Die Herzogin schnaubte.

»Weißt du nicht mehr, was beim letzten Mal geschehen ist, Idiot?«

»Wir haben nur eine von ihnen eingekerkert«, erwiderte Lord Felmet. »Diesmal sind auch die beiden anderen dran. Der Trend der öffentlichen Meinung ist auf unserer Seite. So etwas bleibt auf Hexen nicht ohne Wirkung, verlass dich drauf.«

Ihre Ladyschaft ließ die Fingerknöchel knacken, um zu zeigen, was sie von der öffentlichen Meinung hielt.

»Du musst zugeben, Teuerste, dass mein Experiment funktioniert.«

»So scheint es.«

»Nun gut. Steh nicht einfach so herum, Mann. Vor dem Ende der Aufführung, sag ihm das. Er soll die Hexen hinter Schloss und Riegel bringen.«

Tod rückte den Pappschädel vor dem Spiegel zurecht, zog sich die Kapuze tiefer in die Stirn, trat zurück und prüfte sein Erscheinungsbild. Zum ersten Mal durfte er auch einige Worte auf der Bühne sprechen, und er wollte Fehlern vorbeugen.

»Duckt euch, kurzlebige Sterbliche«, verkündete er. »Denn ich bin der Tod. Weder Schlösser noch ... noch ... Noch was, Hwel?«

»Oh, heiliger Himmel, Dafe. ›Weder Schlösser noch vorgeschobene Riegel halten mich zurück.‹ Ist doch gar nicht so schwer, das im Kopf zu behalten, oder ... Nein, nicht dorthin, ihr Hirnis!« Der Zwerg eilte ins Durcheinander hinter der Bühne und verfolgte zwei unaufmerksame Kulissenschieber.

»Na schön«, sagte Tod zum Spiegel und betrachtete die dunkle Gestalt darin.

»Weder Schlösser noch ... Tumpty-Tum ... vorgeschobene Tumpty-Tumpty-Riegel ...«, sagte er unsicher und hob die Sense. Ihr Ende fiel ab.

»Glaubst du, ich sehe schrecklich genug aus?«, fragte er, als er die Klinge wieder am Stiel befestigte.

Tomjon saß auf seinem Buckel, trank Tee und nickte aufmunternd.

»Kein Problem, mein Freund«, erwiderte er. »Der Tod könnte nicht schrecklicher sein als du. Aber vielleicht solltest du ein wenig hohler sprechen.«

»Wie meinst du das?«

Tomjon setzte die Tasse ab. Schatten huschten über seine Züge; die Augen schienen zu glühen, und die Lippen wichen von den Zähnen zurück. Das Gesicht wirkte nun wesentlich blasser, und die Haut straffte sich über hohen Jochbeinen.

»ICH BIN GEKOMMEN, UM DICH ZU HOLEN, DU SCHRECKLICHER SCHAUSPIELER«, intonierte er, und jede Silbe klang wie ein zufallender Sargdeckel. Dann rutschte Tomjons Miene wieder in die ursprüngliche Form.

»So zum Beispiel«, sagte er.

Dafe hatte sich an die Wand gedrückt, entspannte sich etwas und lachte nervös.

»Bei den Göttern, das kriege ich nicht hin«, brachte er hervor. »Ehrlich: Ich kann nie so gut sein wie du.«

»Eigentlich ist es gar nicht schwer. Beeil dich jetzt, sonst fällt Hwel doch noch einem Nervenzusammenbruch zum Opfer.«

Dafe warf ihm einen dankbaren Blick zu und lief los, um beim Szenenwechsel zu helfen.

Tomjon nippte voller Unbehagen an seinem Tee, während ihn die Geräusche hinter den Kulissen dichtem Nebel gleich umwehten. Er machte sich Sorgen.

Hwel hatte gesagt, mit dem Stück sei im Grunde alles in Ordnung – bis auf das Stück selbst. Tomjon gewann immer wieder den Eindruck, dass sich das Drama umzugestalten versuchte. Wenn er auf der Bühne stand, glaubte er, in irgendeinem Winkel seines Kopfes andere Worte zu hören. Es war, als belausche er ein Gespräch. Er musste die Stimme heben, um das mentale Flüstern zu übertönen.

Etwas ging nicht mit rechten Dingen zu. Sobald ein Theaterstück geschrieben war, stand es, nun, auf dem Papier. Es sollte nicht lebendig werden und versuchen, sich selbst zu redigieren.

Tomjon seufzte. Er konnte es gar nicht abwarten, dieses gespenstische Schloss zu verlassen und eine möglichst große

Entfernung zwischen sich und den wahnsinnigen Herzog zu legen. Nach einer Weile blickte er sich um und stellte fest, dass es noch ein wenig dauern würde, bis der nächste Akt begann. Er stand auf und wanderte ziellos umher, auf der Suche nach frischerer Luft.

Er öffnete eine Tür und trat auf den Wehrwall. Als er die Tür hinter sich schloss, blieben alle lauten Geräusche zurück und wichen samtener Stille. Ein farbenprächtiger Sonnenuntergang schmachtete hinter den Gitterstäben der Wolken; die Luft war so unbewegt wie ein Mühlteich und so heiß wie ein Backofen. Im Wald tief unten krächzte ein Nachtvogel.

Er ging zur anderen Seite des Wehrwalls und blickte in die schwindelerregende Tiefe der Schlucht. Ewiger Dunst umhüllte dort einen brodelnden Fluss.

Tomjon drehte sich um und trat in einen so kalten Windzug, dass ihm der Atem stockte.

Ungewöhnliche Brisen zupften an seiner Kleidung. Etwas raunte in der Nähe, als versuche jemand, ihm etwas mitzuteilen, ohne die Geschwindigkeit richtig regeln zu können. Eine Zeit lang stand der junge Mann wie erstarrt. Dann holte er tief Luft und floh durch die Tür.

Aber wir sind *keine* Hexen!«

»Warum seht ihr dann so aus? Fesselt sie, Jungs!«

»Entschuldige bitte, aber wir sind keine *echten* Hexen!«

Der Hauptmann musterte die drei Frauen nacheinander. Er sah spitze Hüte, zerzaustes Haar, das nach feuchten Heuhaufen roch, gallengrüne Haut und Dutzende von Warzen. Der Job des Hauptmanns der Wache bot keine sehr guten beruflichen Perspektiven für jemanden, der zu Eigeninitiative neigte. Lord Felmet verlangte drei Hexen, und diese hier schienen genau richtig zu sein.

Der Hauptmann hielt nichts von inszenierten Dramen. Kurz vor der Pubertät hatte er beim Kasperletheater ein Trauma erlitten, und seitdem mied er sowohl jede Form von organisierter Unterhaltung als auch alle Orte, an denen man Krokodile vermuten konnte. Die letzte Stunde hatte er in der Wachstube verbracht, in der angenehmen Gesellschaft einer Flasche Wein.

»Ich habe euch befohlen, sie zu fesseln«, erinnerte er seine Männer.

»Sollen wir sie auch knebeln?«

»Wenn du doch endlich *zuhören* würdest! Wir gehören zum Theater ...«

»Ja«, erwiderte der Hauptmann und schauderte. »Knebelt sie.«

»Bitte ...«

Der Hauptmann beugte sich vor und starrte in drei furchterfüllte Augenpaare. Er zitterte.

»Ihr habt zum letzten Mal die Würstchen anderer Leute gegessen!«, stieß er hervor.

Kurz darauf merkte er, dass ihm auch die Soldaten seltsame Blicke zuwarfen. Er hüstelte und richtete sich auf.

»Also gut, ihr theatralischen Hexen«, sagte er. »Eure Vorstellung war gut, und jetzt wird's Zeit für den Applaus.« Er nickte den Gardisten zu.

»Klatscht sie in Ketten!«

Drei andere Hexen saßen hinter der Bühne und starrten leer ins Halbdunkel. Oma Wetterwachs hatte eine Zweitschrift des Manuskripts gefunden; ab und zu warf sie einen Blick darauf, wie auf der Suche nach Rat.

»›Diverse Alarme und Exkurse‹«, las sie unsicher.

»Das bedeutet, es geschehen viele schreckliche Dinge«, erwiderte Magrat. »In jedem ordentlichen Drama kommt es früher oder später dazu.«

»Alarme und was?«, fragte Nanny Ogg, die nicht richtig zugehört hatte.

»Exkurse«, wiederholte Magrat geduldig.

»So wie in Exkursion?« Nanny Oggs Miene erhellte sich ein wenig. »Oh, ich weiß, damit sind Ausflüge gemeint. Ein hübscher Strand wäre jetzt nicht schlecht. Am Meer.«

»Sei still, Gytha!«, brummte Oma Wetterwachs. »Die Eks... Die Ausflüge sind nicht für dich bestimmt, sondern für alle Diversen. Hier steht's ganz deutlich. Damit sie sich von den vielen Alarmen erholen, nehme ich an.«

»Wir können das nicht zulassen«, sagte Magrat schnell und laut. »Wenn dieses Stück öfter aufgeführt wird, hält man Hexen bald überall für alte Vetteln mit grüner Schminke.«

»Alte Vetteln, die sich in die Angelegenheiten von Königen einmischen«, betonte Nanny. »Wozu *wir* uns *nie* hinreißen lassen, wie allgemein bekannt ist.«

»Ich habe nichts gegen Einmischungen an sich«, sagte Oma Wetterwachs und stützte das Kinn auf die Hand. »Ich bin nur gegen *böses* Einmischen.«

»Und die schlechte Behandlung von Tieren«, murmelte Magrat. »All das Gerede von Hundeaugen und Krötenohren ... *Niemand* benutzt so etwas.«

Oma Wetterwachs und Nanny Ogg vermieden es, sich anzusehen.

»Flittchen!«, sagte Nanny bitter.

»Hexen sind ganz anders«, warf Magrat ein. »Wir leben in Harmonie mit den großen Zyklen der Natur. Wir fügen niemandem Schaden zu, und es ist gemein, dass diese Leute etwas anderes behaupten. Wir sollten ihre Knochen mit heißem Blei füllen.«

Die beiden anderen Hexen musterten sie mit einer Mischung aus Überraschung und Bewunderung. Magrat errötete – ihre Wangen verfärbten sich keineswegs grün – und sah auf ihre Knie.

»Gütchen Wemper hat ein Rezept entwickelt«, sagte sie. »Es ist ganz einfach. Man besorgt sich nur ein wenig Blei und …«

»Das halte ich kaum für angemessen«, sagte Oma Wetterwachs langsam, nachdem sie ihren inneren Widerstand überwunden hatte. »Dadurch kämen die Leute auf falsche Gedanken.«

»Aber nicht für lange«, kommentierte Nanny nachdenklich.

»Nein, mit so etwas dürfen wir nicht anfangen.« Diesmal klang Omas Stimme fester und entschlossener. »Es würde kein Ende nehmen.«

»Warum verändern wir nicht einfach die Worte?«, schlug Magrat vor. »Wenn die Schauspieler auf die Bühne zurückkehren, könnten wir einen magischen Einfluss beschwören, damit sie ihren Text vergessen. Und dann lassen wir sie ganz andere Sätze sprechen.«

»Ich schätze, mit Theaterworten kennst du dich gut aus, nicht wahr?«, fragte Oma Wetterwachs sarkastisch. »Sie müssen zur richtigen Sorte gehören, denn sonst würden die Zuschauer Verdacht schöpfen.«

Nanny Ogg winkte ab. »Es ist gar nicht schwer. Ich habe mich damit befasst. Man sagt einfach Tumpty-tumpty-tumpty.«

Oma dachte darüber nach.

»Ich vermute, es steckt noch mehr dahinter«, sagte sie. »Einige der Vorträge waren wirklich gut. Ich habe kaum etwas davon verstanden.«

»Es ist überhaupt kein Trick dabei«, beharrte Nanny. »Außerdem: Die meisten Schauspieler sind auf der Bühne ohnehin sehr vergesslich. Kein Problem.«

»Könnten wir ihnen neue Worte in den Mund legen?«, fragte Magrat.

Nanny Ogg nickte. »Ich weiß nichts von *neuen* Worten«, antwortete sie. »Aber wir sind bestimmt in der Lage, sie die *alten* vergessen zu lassen.«

Sie sahen Oma Wetterwachs an, die daraufhin mit den Schultern zuckte.

»Ich schätze, es ist einen Versuch wert«, räumte sie ein.

»Die noch ungeborenen Hexen werden uns dafür danken«, sagte Magrat leidenschaftlich.

»Oh, gut«, kommentierte Oma.

»Endlich! Was macht ihr hier? Wir haben euch überall gesucht!«

Die Hexen drehten sich um und sahen einen zornigen Zwerg, der sich alle Mühe gab, vor ihnen aufzuragen.

»Meinst du uns?«, erwiderte Magrat. »Aber wir sind doch gar nicht…«

»Natürlich seid ihr dran. Wisst ihr nicht mehr? Wir haben die Szene in der letzten Woche hinzugefügt. Zweiter Akt, vorderer Teil der Bühne, am Kessel. Ihr braucht nichts zu sagen und symbolisiert okkulte Kräfte, die am Werk sind. Seid so unheilvoll wie möglich. Kommt schon, Jungs. Bisher wart ihr ganz gut.«

Hwel klopfte Magrat auf den Po. »Die Hautfarbe ist genau richtig, Wilph«, fügte er ermutigend hinzu. »Aber um Himmels willen: Stopf dir vorn was ins Hemd; du hast noch immer die falsche Form. Tolle Warzen, Billem.« Er wich ein wenig zurück und nickte anerkennend. »Ich bin sicher, niemand hat jemals scheußlichere Hexen gesehen als euch. Wirklich nicht schlecht. Nur die Perücken lassen zu wünschen übrig. Beeilt euch jetzt. Der Vorhang hebt sich in einer Minute. Hals- und Beinbruch.«

Er gab Magrat einen neuerlichen Klaps auf den verlängerten Rücken, schüttelte kurz die schmerzende Hand und lief fort, um jemand anderen in Trab zu bringen.

Die Hexen schwiegen eine Zeit lang. Magrat und Nanny Ogg wandten sich instinktiv Oma Wetterwachs zu.

Sie schniefte. Sie sah auf. Sie sah sich um. Sie sah zur hell erleuchteten Bühne hinter ihr. Sie klatschte so laut, dass man es im ganzen Schloss hörte, und dann rieb sie sich die Hände.

»Warum nicht?«, stieß sie grimmig hervor. »Wir nehmen direkt an der Vorstellung teil.«

Nanny warf einen Blick in die Richtung, in der Hwel verschwunden war. »Brich dir selbst den Hals«, brummte sie. »Und auch die Beine.«

Hwel stand bei den Seitenkulissen und gab das Zeichen für den Vorhang. Und fürs Donnern.

Alles blieb still.

»Donner!«, zischte er so laut, dass ihn viele Zuschauer hörten. »Worauf wartest du noch?«

Hinter der nächsten Säule ertönte eine klagende Stimme. »Ich habe das Ding hin und her gebogen, Hwel! Aber mehr als ein leises *Kling-klong* konnte ich ihm nicht entlocken!«

Einige Sekunden lang stand der Zwerg völlig reglos und zählte. Die Schauspieler beobachteten ihn, von Schrecken ergriffen, aber leider nicht wie vom Donner gerührt.

Schließlich hob Hwel die Fäuste zum Himmel. »Ich wollte ein Gewitter! Nur ein Gewitter. Nicht einmal ein großes Gewitter. *Irgendein* Gewitter. Jetzt möchte ich mich besonders KLAR ausdrücken. Mir REICHT'S! Es soll DONNERN, und zwar JETZT!«

Ein Blitz antwortete ihm und verwandelte die grauen Schatten des Schlosses in blendendes Weiß und lichtloses Schwarz. Angemessener Donner grollte.

Es war das lauteste Geräusch, das Hwel jemals gehört hatte. Offenbar begann es irgendwo in seinem Kopf und bahnte sich dann einen Weg nach draußen.

Das Krachen schüttelte jeden Stein im Schloss. Staub regnete herab. Ein ferner Eckturm brach langsam und träge aus dem Wehrwall, drehte sich mehrmals und fiel in die hungrige Tiefe der Schlucht.

Die Stille nach dem Donnern läutete wie eine Glocke.

Hwel blickte zum Himmel. Große dunkle Wolken zogen übers Schloss und verschlangen das Funkeln der Sterne.

Der Sturm war zurück.

Seit einer Ewigkeit lernte er sein meteorologisches Handwerk. Viele Jahre hatte er damit verbracht, in abgelegenen Tälern zu lauern. Er hatte stundenlang vor einem Gletscher geübt. Jetzt glaubte er, Vollkommenheit erreicht zu haben. An diesem Abend sah er tief unten ein interessiertes Publikum, das zweifellos auf ihn wartete, und er beschloss, seine bis zur Perfektion entwickelten Fähigkeiten unter Beweis zu stellen.

Hwel lächelte. Vielleicht hörten die Götter *doch* zu. Er bedauerte, dass er nicht auch um eine gute Windmaschine gebeten hatte.

Hastig winkte er Tomjon zu.

»Fang an! Fang an!«

Der Junge nickte und begann mit seinem Monolog.

»Und nun ist unsere Herrschaft vollständig ...«

Hinter ihm auf der Bühne beugten sich die Hexen über den Kessel.

»Das Ding besteht nur aus Blech«, hauchte Nanny. »Und es enthält lauter Bäh.«

»Und das Feuer ist nur rotes Papier«, flüsterte Magrat. »Von dort drüben sah es echt aus, aber es ist nur rotes Papier! Sieh mal, man kann es anfassen, ohne sich zu verbrennen ...«

»Schon gut«, sagte Oma Wetterwachs. »Gebt euch beschäftigt und wartet auf mein Zeichen.«

Als der Böse König und der Gute Herzog mit dem Wortwechsel begannen, der schließlich zur aufregenden Duellszene führte, spürten sie ablenkende Aktivität hinter sich und vernahmen ein gelegentliches Kichern aus dem Publikum.

Nach einem völlig unpassenden lauten Lachen wagte es Tomjon, sich umzusehen.

Eine der Hexen zerriss das Feuer, und die andere putzte den Kessel. Die dritte saß mit verschränkten Armen und starrte ihn an.

»*Der Boden selbst schreit Tyrannei ...*«, sagte Wimsloe, bemerkte dann Tomjons Gesichtsausdruck und folgte seinem Blick. Er beendete den Satz nicht.

»›Und ruft mich als Boten der Rache‹«, soufflierte Tomjon hilfreich.

»A-aber ...«, raunte Wimsloe und versuchte, heimlich mit dem Dolch zu zeigen.

»Keine Hexe, die etwas auf sich hält, benutzt einen solchen Kessel«, flüsterte Nanny Ogg so laut, dass man sie auch ganz hinten auf dem Schlosshof hörte. »Hier sind zwei Tage Arbeit mit einem Topfkratzer und einem Eimer Sand nötig.«

»›Und ruft mich als Boten der Rache‹«, wiederholte Tomjon. Aus den Augenwinkeln sah er Hwel hinter den Seitenkulissen. Der Zwerg bebte vor Zorn und erinnerte an ein Pulverfass mit brennender Lunte.

»Wie lässt man das Papierfeuer flackern?«, fragte Magrat.

»Seid still, ihr beiden!«, verlangte Oma Wetterwachs. »Ihr bringt die Leute durcheinander.« Sie sah Wimsloe an und hob kurz den Hut. »Sprich nur, junger Mann. Achte überhaupt nicht auf uns.«

»Was?«, erwiderte Wimsloe.

»Aha, das Land ruft dich als Boten der Rache, wie?«, fragte Tomjon verzweifelt. »Und auch der Himmel fordert Vergeltung, schätze ich.«

Der Sturm nahm dies zum Anlass, einen zweiten Blitz zu schicken, der die Spitze von einem weiteren Turm riss ...

Lord Felmet duckte sich, sein Gesicht ein Panorama der Furcht. Er streckte etwas, das einst ein Finger gewesen war.

»Das sind sie«, kam es von seinen Lippen. »Die Hexen. Was

machen sie in meinem Theaterstück? Wer hat ihnen erlaubt, in meinem Theaterstück aufzutreten?«

Die Herzogin neigte weniger zu rhetorischen Fragen und winkte dem nächsten Wächter zu.

Auf der Bühne schwitzte Tomjon unter der Last des Textes. Wimsloe stotterte zusammenhanglos. Und Gummirippe, der die Rolle der Guten Herzogin spielte – er trug eine Flachsperücke –, verlor nun ebenfalls den Faden.

»Aha, du nennest mich bösen König, obgleich du es flüsterst, damit nur ich dich höre«, krächzte Tomjon. »Und du habest *den Wächter gerufen*, wahrscheinlich mit einem höchst geheimen Signal, das weder Lippen noch Zunge gehöret.«

Ein Wächter taumelte auf die Bühne und versuchte, das Gleichgewicht zu wahren; Hwel hatte ihm einen ziemlich energischen Stoß gegeben. Er sah zu Oma Wetterwachs.

»Hwel lässt fragen: Bei allen Dämonen, was ist eigentlich los, verdammt?«, zischte er.

»Wie war das?«, entgegnete Tomjon. »Habe ich da gehört: *Ich komme, werte Lady?*«

»Er meint, die drei Hexen sollen verschwinden!«

Tomjon trat zum vorderen Bereich der Bühne.

»Du quasselst, Mann. Sieh nur, wie ich dem spitzen Speer ausweiche. Ich *sagte:* Sieh nur, wie ich dem spitzen Speer ausweiche. Der Speer, Mann. Du hältst ihn in deiner verdammten Hand, Menschenskind.«

Der Wächter reagierte mit einem starren Lächeln purer Verzweiflung.

Tomjon zögerte. Drei andere Schauspieler in seiner Nähe starrten zu den Hexen. Mit der Unvermeidlichkeit eines Steuerbescheids stand ihm nun ein Schwertkampf bevor, bei dem er allem Anschein nach die eigenen Hiebe parieren und sich selbst erstechen musste.

Er drehte sich zu den Hexen um, öffnete den Mund ...

Und schwieg. Zum ersten Mal in seinem Leben ließ ihn ein

sonst absolut zuverlässiges Gedächtnis im Stich. Er wusste nicht, was er sagen sollte.

Oma Wetterwachs stand auf, näherte sich dem Rand der Bühne und hob die Hand. Das Publikum hielt unwillkürlich den Atem an.

»Phantome des Geistes und alle List hinfort, die Wahrheit soll kommen an …« Sie zögerte kurz. »An diesen Tumptytumpty-Ort.«

Tomjon spürte, wie ihm Kühle entgegenströmte. Er zitterte. Auch die anderen Schauspieler bewegten sich.

Aus den dunklen Tiefen ihrer leeren Seelen kamen neue Worte, rote Worte des Blutes und der Rache, Worte, die zwischen den Mauern des Schlosses erklungen waren, in Silizium gespeichert, Worte, die sich nun selbst hören wollten, Worte, die den Mund jedes Sprechers so fest im Griff hatten, dass der Versuch, sie nicht auszusprechen, in gebrochenen Kiefern resultierte.

»Fürchtest du ihn jetzt?«, fragte Gummirippe. »Obgleich der Wein ihn umnebelt? Nimm seinen Dolch, Gemahl – nur eine Klingenbreite trennt dich vom Königreich.«

»Ich wage es nicht«, erwiderte Wimsloe und versuchte verblüfft, die eigenen Lippen zu beobachten.

»Niemand wird davon erfahren.« Gummirippe deutete zum Publikum und wusste, dass er keine andere Rolle so gut spielen würde. »Sieh nur, allein die augenlose Nacht ist Zeuge. Nimm jetzt den Dolch und morgen das Königreich. Gib dir einen Ruck und ihm einen Stoß, Mann.«

Wimsloes Hand erbebte.

»Wie du meinst, Teuerste«, sagte er. »Ist das ein Dolch, was ich da vor mir sehe?«

»Natürlich ist es ein verdammter Dolch. Komm schon, bring es hinter dich! Die Schwachen verdienen keine Gnade. Wir behaupten einfach, er sei die Treppe hinuntergefallen.«

»Aber die Leute schöpfen sicher Verdacht!«

»Es gibt Verliese. Und Daumenschrauben. Besitz bestimmt neun Zehntel des Gesetzes – wenn man einen Dolch besitzt.«

Wimsloe zog die Hand zurück.

»Ich kann nicht! Er war die Freundlichkeit selbst für mich!«

»Und du kannst der Tod für ihn sein …«

Dafe hörte die Stimmen aus der Ferne. Er rückte die Maske zurecht, prüfte die Tödlichkeit seines Erscheinungsbilds im Spiegel und warf noch einen Blick auf das Blatt mit dem Text.

»Duckt Euch, Kurzlebige Sterbliche!«, sagte er möglichst hohl. »Denn Ich Bin Der Tod. Weder Schlösser Noch … Noch …«

VORGESCHOBENE RIEGEL.

»Oh, danke«, sagte Dafe geistesabwesend. »Weder Schlösser Noch Vorgeschobene Riegel Halten …«

HALTEN MICH ZURÜCK.

»Ja, genau, Halten Mich Zurück. In Dieser Nacht Der Könige Bin Ich Gekommen, Um … Um …«

UM MIT EUCH ABZURECHNEN.

Dafe ließ die Schultern hängen.

»Du kannst es viel besser als ich«, stöhnte er. »Du hast die richtige Stimme und erinnerst dich an die Worte.« Er drehte sich um. »Es sind nur drei Sätze, und Hwel wird mir das Fell … über … die … Ohren … ziehen.«

Er erstarrte. Seine Pupillen weiteten sich und wurden zu zwei großen Scheiben der Furcht. Tod streckte die knochige Hand aus, hielt sie dicht vors Gesicht des jungen Mannes und schnippte mit den Fingern.

VERGISS!, befahl er und ging zu den Kulissen.

Leere Augenhöhlen sahen mehrere Kostüme und wächserne Reste auf dem Schminktisch. Leere Nasenlöcher rochen den Geruch von Mottenkugeln, Schmiere und Schweiß.

Hier gab es etwas, das fast den Göttern gehörte, fand er. Menschen hatten eine Welt innerhalb der Welt geschaffen, und sie reflektierte, so wie ein Wassertropfen die Landschaft widerspiegelt. Und doch ... und doch ...

In dieser kleinen Welt konzentrierten sie sich auf all die Dinge, denen sie normalerweise entkommen wollten: Hass, Furcht, Tyrannei und so weiter. Tod war fasziniert. Einerseits strebten die Menschen danach, über sich selbst hinauszuwachsen, doch andererseits sorgte jede von ihnen entwickelte Kunstform dafür, dass sie noch tiefer in sich *hinein*wuchsen. Sonderbar ...

Ein ganz bestimmter Grund hatte ihn an diesen Ort geführt. Es ging darum, eine Seele zu beanspruchen. Er durfte keine Zeit verlieren. Aber was bedeutete die Zeit für ihn?

Seine Füße klickten auf dem steinernen Boden. Allein im grauen Halbdunkel hinter den Kulissen begann Tod mit einem Stepptanz.

AM NÄCHSTEN ABEND HÄNGT MAN EINEN STAR IN DEINER GARDEROBE ...

Er riss sich zusammen, hob die Sense und wartete auf sein Stichwort.

Er hatte noch nie eins verpasst.

Er würde hinausgehen und sie alle niedermetzeln.

Und du kannst der Tod für ihn sein. Jetzt!«

Tod trat auf, und seine Füße klackten über die Bühne.

DUCKT EUCH, KURZLEBIGE STERBLICHE, sagte er. DENN ICH BIN DER TOD. WEDER SCHLÖSSER NOCH ... NOCH ...

Er zögerte. Er zögerte zum allerersten Mal in der ewigen Geschichte seiner Existenz.

Der Tod der Scheibenwelt war zwar daran gewöhnt, es mit Millionen von Menschen zu tun zu haben, aber gleichzeitig blieb jeder individuelle Tod einzigartig und persönlich.

Normalerweise sahen ihn nur Leute mit okkulten Tendenzen und natürlich seine Kunden. Der Grund: Das menschliche Gehirn ist schlau genug, alle schrecklichen Anblicke zu filtern, mit denen es nicht fertigwerden kann. Doch jetzt bestand das Problem darin, dass mehrere Hundert Personen *erwarteten*, den Tod zu sehen, und deshalb sahen sie ihn.

Tod drehte sich langsam und starrte in Hunderte von aufmerksamen Augen.

Auch im Griff der Wahrheit erkannte Tomjon einen Schauspielkollegen in Schwierigkeiten und versuchte, seine Lippen unter Kontrolle zu bringen.

»›... noch vorgeschobene Riegel ...‹«, flüsterte er durch zusammengebissene Zähne.

Tod zeigte ihm ein erschrockenes Lampenfieberlächeln.

WAS?, hauchte er, und seine Stimme klang wie ein Amboss, der von einem kleinen Bleihammer getroffen wurde.

»›... noch vorgeschobene Riegel halten mich ...‹«, sagte Tomjon ermutigend.

WEDER SCHLÖSSER NOCH VORGESCHOBENE RIEGEL HALTEN MICH ... ÄH ..., wiederholte Tod verzweifelt und sah auf die Lippen des jungen Mannes.

»›... zurück.‹«

ZURÜCK.

»Nein, ich kann nicht!«, entfuhr es Wimsloe. »Man wird mich sehen! Unten im Saal – jemand beobachtet uns.«

»Dort ist niemand.«

»Ich fühle den Blick!«

»Ängstlicher Hampelmann! Muss ich für dich zustoßen? Sieh nur, er steht schon auf der obersten Stufe!«

Furcht und Ungewissheit verzerrten Wimsloes Gesicht. Er zog den Arm zurück.

»Nein!«

Der Schrei kam aus dem Publikum. Der Herzog war halb aufgestanden und drückte sich weiße Fingerknöchel an den Mund. Schließlich taumelte er zur Bühne, an überraschten Zuschauern vorbei.

»Nein! Mich trifft keine Schuld! Ich war es nicht! Du kannst nicht behaupten, dass ich ihn getötet habe! Du bist nicht dabei gewesen!« Er sah in die ihm zugewandten Gesichter und ließ die Schultern hängen.

»Ich auch nicht«, kicherte er. »Ich habe geschlafen, wisst ihr. Ich erinnere mich genau daran. An das Blut auf der Tagesdecke, an das Blut auf dem Boden. Ich konnte es nicht abwaschen, aber das spielt bei dieser Ermittlung auch keine Rolle. Ich kann nicht zulassen, dass wir Angelegenheiten der nationalen Sicherheit erörtern. Es war nur ein Traum, und als ich erwachte, hätte er morgen noch gelebt. Und morgen wäre es nicht geschehen, weil es gar nicht passierte. Und morgen könnt ihr sagen, dass ich mich an nichts erinnerte. Wie laut er fiel! Laut genug, um die Toten zu wecken ... Wer hätte gedacht, dass sein Körper so viel Blut enthielt ...?« Lord Felmet stand inzwischen auf der Bühne, sah die Schauspieler an und grinste.

»Ich hoffe, damit ist alles klar«, sagte er. »Ha, ha.«

In der folgenden Stille öffnete Tomjon den Mund, um einige angemessen tröstende Worte zu sprechen, doch etwas lähmte seine Zunge.

Dann kroch eine andere Person in ihn, übernahm die Lippen und verkündete:

»Mit meinem eigenen verdammten Dolch, du Mistkerl! Ich wusste, dass du es warst! Ich habe dich oben an der Treppe gesehen; hast am Daumen gelutscht. Bei den Göttern, ich würde dich jetzt umbringen, aber dann müsste ich eine Ewigkeit in deiner Gesellschaft verbringen und mir dein Gewinsel anhören. Ich, Verence, früherer König von ...«

»Was für eine Zeugenaussage soll das sein?«, fragte die Herzogin. Sie stand vor der Bühne, neben sechs Soldaten.

»Verleumdungen!«, keifte sie. »Und üble Nachrede obendrein. Das Gefasel verrückter Schauspieler.«

»Ich war der verdammte König von Lancre!«, rief Tomjon.

»Dann bist du das angebliche Opfer«, erwiderte Lady Felmet ruhig. »Und kannst deshalb nicht für die Anklage aussagen. So gebietet es die juristische Tradition.«

Tomjons Körper drehte sich zu Tod um.

»Du warst dabei! Du hast es gesehen!«

ICH VERMUTE, DASS MAN MICH NICHT FÜR EINEN GEEIGNETEN ZEUGEN HIELTE.

»Also gibt es keine Beweise, und wo Beweise fehlen, gibt es kein Verbrechen«, erklärte die Herzogin. Sie winkte die Soldaten nach vorn.

»So viel zu deinem Experiment«, wandte sie sich an Lord Felmet. »Ich glaube, meine Methode ist besser.«

Sie sah sich auf der Bühne um und richtete den Blick auf die Hexen.

»Nehmt sie gefangen!«, wies Ihre Ladyschaft die Wächter an.

»Nein.« Der Narr trat hinter den Seitenkulissen hervor.

»*Was* hast du gesagt?«

»Ich habe alles gesehen«, antwortete der Narr schlicht. »An dem Abend war ich im Großen Saal. Du hast den König umgebracht, mein Lord.«

»Das stimmt nicht!«, kreischte der Herzog. »Du warst nicht da! Ich habe dich nicht gesehen. Ich *befehle* dir, nicht da gewesen zu sein!«

»Bisher hast du nicht gewagt, solche Worte auszusprechen«, stellte die Herzogin fest.

»Ja, Lady. Aber jetzt kann ich die Wahrheit nicht länger verschweigen.«

Lord Felmet wankte auf den Narren zu.

»Du hast mir Treue bis zum Tod geschworen«, zischte er.

»Ja, mein Lord. Es tut mir leid.«

»Du *bist* tot.«

Der Herzog riss den Dolch aus Wimsloes schlaffer Hand, sprang vor und rammte ihn bis zum Heft ins Herz des Narren. Magrat schrie.

Der Narr taumelte unsicher.

»Den Göttern sei Dank, es ist vorbei«, sagte er, als Magrat an den anderen Schauspielern vorbeieilte und den Narren an etwas drückte, das hier großzügigerweise als ihr Busen bezeichnet werden soll. Der Hofnarr dachte daran, dass er nie einem Busen direkt ins Gesicht gesehen hatte, zumindest nicht seit seiner Zeit als Säugling. Er fand es grausam von der Welt, ihm diese Erfahrung erst nach dem Tod zu ermöglichen.

Behutsam schob er Magrats Arm beiseite, nahm die verhasste Hörnerkappe ab und warf sie fort. Er brauchte jetzt kein Narr mehr zu sein, und im Jenseits verloren Schwüre und dergleichen an Bedeutung. Außerdem: Angesichts des Busens schien der Tod besser zu sein als das Leben.

»Ich bin unschuldig«, sagte der Herzog.

Kein Schmerz, dachte der Narr. *Komisch. Andererseits: Wenn man tot ist, fühlt man wahrscheinlich keine Schmerzen mehr. Das hätte ohnehin keinen Zweck.*

»Ihr habt alle gesehen, dass ich völlig unschuldig bin«, betonte Lord Felmet.

Tod richtete einen verwunderten Blick auf den Narren, griff dann unter seinen schwarzen Umhang und holte eine Sanduhr hervor. Kleine Glocken baumelten daran. Er schüttelte sie, und ein leises Klimpern erklang.

»Ich habe nicht den Befehl gegeben, dass so etwas geschehen soll«, sagte der Herzog ruhig. Seine Stimme kam aus weiter Ferne, aus jenen Gefilden, die nun seinem Verstand als Heimstatt dienten. Die Schauspieler starrten ihn wortlos an. Es fiel sehr schwer, einen solchen Mann zu verabscheuen; man fühlte nur Verlegenheit in seiner Nähe. Selbst der Narr empfand so, obwohl er tot war.

Tod klopfte an die Sanduhr und sah genauer hin, um herauszufinden, ob sie falsch ging.

»Ihr lügt alle«, verkündete der Herzog gelassen. »Und Lügen ist unartig.«

Verträumt und sanft erstach er einige Schauspieler, hob dann die Klinge.

»Seht ihr?«, fragte er. »Kein Blut! Ich war's nicht.« Er blickte zur Herzogin, die wie ein roter Tsunami vor einem kleinen Fischerdorf aufragte.

»Sie ist es gewesen«, sagte er. »Sie hat es getan.«

Lord Felmet stieß ihr ein- oder zweimal das Messer in den Leib, um nicht aus der Übung zu kommen, erstach sich dann selbst und ließ den Dolch fallen.

Er überlegte einige Sekunden lang, und seine Stimme schien der Welt der Vernunft weitaus näher zu sein, als er brummte: »Jetzt könnt ihr mir nichts mehr anhaben.«

Er drehte sich zu Tod um. »Hast du einen Kometen geplant?«, fragte er. »Normalerweise erscheint ein Komet am Himmel, wenn ein Monarch stirbt. Ich gehe und sehe nach, einverstanden?«

Er ging fort. Das Publikum applaudierte.

»Eins muss man ihm lassen«, sagte Nanny Ogg schließlich. »Er war sehr königlich. Da sieht man's mal wieder: Wenn es um Exzentrizität geht, sind Könige weitaus fähiger als Leute wie wir.«

Tod hob die Sanduhr dicht vor seine leeren Augenhöhlen. Das bleiche, knöcherne Gesicht zeigte Verwirrung.

Oma Wetterwachs hob den Dolch auf und prüfte die Klinge mit dem Finger. Mit einem leisen Quietschen glitt sie in den Griff zurück.

Sie reichte das Messer Nanny.

»Da ist dein magisches Schwert«, sagte sie.

Magrat warf einen neugierigen Blick darauf und sah dann den Narren an.

»Bist du tot oder nicht?«, fragte sie.

»Bestimmt lebe ich nicht mehr«, erwiderte er mit gedämpfter Stimme. »Ich glaube, ich bin jetzt im Paradies.«

»Ich meine es ernst.«

»Ich weiß nicht. Ich würde gern atmen.«

»Dann lebst du noch.«

»Alle leben«, sagte Oma Wetterwachs. »Der Dolch ist falsch. Offenbar darf man Schauspielern keine richtigen anvertrauen.«

»Immerhin sind sie nicht einmal imstande, einen Kessel sauber zu halten«, warf Nanny ein.

»Es spielt keine Rolle für mich, ob alle leben oder tot sind«, sagte die Herzogin. »Als Herrscherin steht die Entscheidung darüber mir zu. Mein Gemahl hat ganz offensichtlich den Verstand verloren.« Sie wandte sich an die Soldaten. »Hiermit befehle ich …«

»Jetzt!«, flüsterte König Verence in Omas Ohr. »Jetzt!«

Oma Wetterwachs straffte die Gestalt.

»Schweig, Frau!«, sagte sie scharf. »Der wahre König von Lancre steht vor dir!«

Sie legte Tomjon die Hand auf die Schulter.

»Was, er?«

»Wer, ich?«

»Lächerlich«, schnaubte die Herzogin. »Er ist eine Art Komödiant.«

»Sie hat recht, gnä' Frau«, sagte Tomjon der Panik nahe. »Mein Vater leitet ein Theater und regiert kein Königreich.«

»Er ist der wahre König«, beharrte Oma. »Wir können es beweisen.«

Die Herzogin schob das Kinn vor. »O nein. Das lasse ich nicht zu. Ich mag keine geheimnisvollen Thronfolger, die in dieses Königreich zurückkehren. Wachen, ergreift ihn!«

Oma Wetterwachs hob die Hand. Die Soldaten scharrten unsicher mit den Füßen und wussten nicht recht, was sie tun sollten.

»Sie ist eine Hexe, stimmt's?«, fragte einer von ihnen nervös.

»Natürlich«, bestätigte Lady Felmet.

Die Wächter wechselten unschlüssige Blicke.

»Wir haben gesehen, wie sie Leute in Molche verwandelten«, sagte einer.

»Und dann haben sie dafür gesorgt, dass sie Schiffbruch erlitten.«

»Ja, und dann haben sie all die Diversen alarmiert.«

»Ja, genau.«

»Wir sollten darüber reden. Ich meine, für Hexen müssten wir eigentlich eine Zulage bekommen.«

»Wer weiß, was sie mit uns anstellt. Sie könnte sogar ein Flittchen sein.«

»Seid doch nicht dumm«, erwiderte die Herzogin. »Hexen sind dazu überhaupt nicht imstande. Das sind nur Geschichten, um die Leute zu erschrecken.«

Der Soldat schüttelte den Kopf.

»Für mich wirkte es ziemlich überzeugend.«

»Natürlich, das Stück *sollte* schließlich ...«, begann Lady Felmet. Sie seufzte und nahm den Speer des Wächters.

»Ich zeige euch die Macht der Hexen«, versprach sie, holte aus und zielte auf Oma Wetterwachs' Gesicht.

Omas Hand bewegte sich so schnell wie eine zubeißende Schlange und fing den Speer dicht hinter der Spitze auf.

»So weit kommt es also, nicht wahr?«, fragte sie.

»Ich habe keine Angst vor euch, seltsame Schwestern«, behauptete die Herzogin.

Oma Wetterwachs sah ihr einige Sekunden in die Augen und brummte überrascht.

»Du hast recht«, sagte sie. »Du fürchtest uns wirklich nicht ...«

»Glaubt ihr etwa, ich hätte darauf verzichtet, euch aufmerksam zu beobachten? Eure Hexerei ist nur Schein und Trug, um

Leichtgläubige zu beeindrucken. Auf mich bleibt so etwas ohne Wirkung. Versuch es ruhig mit deinem schlimmsten Zauber.«

Oma musterte Lady Felmet.

»Mit meinem schlimmsten Zauber?«, wiederholte sie. Magrat und Nanny Ogg traten sicherheitshalber beiseite.

Die Herzogin lachte.

»Du bist schlau«, sagte sie. »Das muss ich dir zugestehen. Schlau und schnell. Na los, Hexe. Zeig mir deine Kröten und Dämonen. Ich ...«

Sie unterbrach sich. Ihr Mund klappte mehrmals auf und zu, ohne dass sie ein Wort hervorbrachte. Die Lippen wichen in einem Krampf des Entsetzens zurück, und Lady Felmets Augen starrten nun *durch* Oma Wetterwachs, in eine ganz andere Welt. Eine zitternde Hand flog zum Mund hinauf, und die Herzogin wimmerte leise. Sie erstarrte wie ein Kaninchen, das gerade ein Wiesel gesehen hat und ganz genau weiß, dass es nie wieder ein anderes Wiesel sehen wird.

Magrat fand als Erste die Sprache wieder. »Was hast du mit ihr angestellt?«

Oma Wetterwachs lächelte süffisant.

»Pschikologie«, antwortete sie, und ihr Lächeln wuchs in die Breite. »Man braucht überhaupt keine Magie im Stile der Schwarzen Aliss.«

»Ja, aber was hast du *getan?*«

»Wer so wird wie die Herzogin, dem bleibt nichts anderes übrig, als seelische Mauern zu errichten«, erklärte Oma. »Ich habe sie umgestoßen. Jeder Schrei. Jedes Flehen. Jeder Hauch von Schuld. Jeder einzelne Gewissensbiss. Alles auf einmal. Es gibt da einen kleinen Trick.«

Sie sah Magrat an und schmunzelte herablassend. »Ich bringe ihn dir eines Tages bei, wenn du möchtest.«

Die junge Hexe dachte darüber nach. »Es ist grauenhaft.«

»Unsinn.« Oma Wetterwachs grinste schrecklich. »Jeder

möchte sein wahres Selbst kennenlernen. Lady Felmet weiß jetzt Bescheid.«

»Manchmal muss man die Freundlichkeit benutzen, um grausam zu sein«, sagte Nanny Ogg anerkennend.

»Ich schätze, es ist das Entsetzlichste, was jemandem passieren kann«, murmelte Magrat, als die Herzogin taumelte.

»Bei den Göttern, wo ist deine Fantasie, Mädchen?«, entgegnete Oma. »Es gibt weitaus schlimmere Dinge. Etwa Nadeln unter den Fingernägeln. Und dann Kneifzangen und so.«

»Rot glühende Messer, die an unangenehme Stellen geschoben werden«, fügte Nanny hinzu. »Und zwar mit dem Griff voran, sodass man sich die Finger aufschneidet, wenn man sie herauszuziehen versucht ...«

»Dies ist einfach mein schlimmster Zauber«, sagte Oma Wetterwachs geziert. »Und ich halte ihn für angemessen. Jede Hexe sollte sich daran ein Beispiel nehmen. Etwas Dramatisches ist gar nicht notwendig. Die meiste Magie spielt sich im Kopf ab. Pschikologie. Und jetzt ...«

Die Herzogin gab ein seltsames Geräusch von sich – es klang wie ein Gasleck zwischen ihren Lippen. Sie öffnete die Augen, blinzelte und sah Oma an. Purer Hass glühte in ihrem Gesicht.

»Wachen!«, rief sie. »Nehmt sie endlich gefangen!«

Oma riss verblüfft die Augen auf. »Wie bitte?«, brachte sie hervor. »Aber ... Ich habe dir doch gerade dein wahres Selbst gezeigt ...«

»Was mich zutiefst erschüttern sollte, nicht wahr?« Die Soldaten griffen zögernd nach Omas Armen, und Lady Felmet beugte sich zu ihr vor. Ihre buschigen Brauen bildeten ein V aus triumphierendem Hass. »Erwartest du, dass ich jetzt auf dem Boden umherkrieche? Nun, altes Weib, ich kenne jetzt mein wahres Selbst, jawohl, und ich bin stolz darauf! Ich würde alles wiederholen, nur heißer und länger! Ich hab's genossen und es getan, weil ich es wollte!«

Lady Felmet klopfte sich an die recht umfangreiche Brust.

»Ihr gaffenden Idioten!«, fuhr sie fort. »Ihr seid so *schwach*. Ihr glaubt tatsächlich, dass die Menschen tief in ihrem Innern gut sind, nicht wahr?«

Die Wucht ihres Frohlockens trieb die Leute auf der Bühne zurück.

»Ich habe im ›tiefen Innern‹ nachgesehen«, sagte die Herzogin. »Ich weiß, was Menschen antreibt. Furcht. Fest verwurzelte Furcht. Ihr alle fürchtet mich. Ich kann euch einen solchen Schrecken einjagen, dass ihr alle mit gefüllten Unterhosen nach Hause rennt, und jetzt werde ich ...«

Nanny Ogg schlug ihr den Kessel auf den Kopf.

»Sie ist ziemlich stur, nicht wahr?«, meinte sie im Plauderton, als Lady Felmet zu Boden sank. »Mindestens ebenso exzentrisch wie der Herzog, wenn ihr mich fragt.«

Lange peinliche Stille folgte.

Oma Wetterwachs räusperte sich, sah die Soldaten mit einem strahlenden Lächeln an und deutete auf den violetten Berg.

»Bringt sie in irgendeinen Kerker«, befahl Oma den Männern. Die Wächter nahmen Haltung an, ergriffen die Herzogin an den Armen und zogen sie mit beträchtlicher Mühe hoch.

»Bitte behandelt sie nicht zu grob«, sagte Oma Wetterwachs.

Sie rieb sich die Hände und richtete ihre Aufmerksamkeit auf Tomjon, der sie mit offenem Mund beobachtete.

»Verlass dich drauf«, zischte sie. »Hier und heute, mein Junge. Du hast keine Wahl. Du bist der König von Lancre.«

»Aber ich weiß doch gar nicht, wie man ein König ist.«

»Wir haben dich alle gesehen! Vorhin warst du ein richtiger Monarch; selbst am Rufen und Schreien gab's nichts auszusetzen.«

»Ich habe doch nur eine Rolle gespielt!«

»Dann spiel sie weiter. König zu sein bedeutet ...« Oma Wetterwachs zögerte, wandte sich an Magrat und schnippte mit den Fingern. »Wie nennt man die komischen Dinge, die immer zu hundert in anderen Dingen sind?«

Magrat dachte verwundert nach. »Meinst du Prozente?«, fragte sie.

»Ja, genau«, pflichtete ihr Oma bei. »Meiner Meinung nach muss man die meisten Prozente über eine Rolle spielen, wenn man König ist. Das sollte dir keine Probleme bereiten.«

Tomjon drehte den Kopf und warf einen flehentlichen Blick zu den Seitenkulissen, wo er Hwel vermutete. Der Zwerg befand sich tatsächlich dort, schenkte ihm jedoch keine Beachtung. Er saß an einem kleinen Tisch, lenkte einen eifrigen Federkiel übers Papier und schrieb das Stück um.

ICH VERSICHERE DIR, DASS DU NICHT TOT BIST. GLAUB MIR.

Der Herzog kicherte. Er hatte irgendwo ein Laken gefunden und benutzte es wie einen Umhang, während er durch die leeren Flure des Schlosses schlich. Manchmal stöhnte er ein dumpfes »Huuuuuh«.

Besorgnis erfasste Tod. Er war an Menschen gewöhnt, die darauf beharrten, *nicht* tot zu sein; der Tod kam immer als ein Schock, und den meisten Leuten fiel es schwer, sich damit abzufinden. Aber jemand, der behauptete, tot zu sein, obwohl er nach Herzenslust atmete – das war eine völlig neue und beunruhigende Erfahrung.

»Ich lauere den Lebenden auf«, sagte Lord Felmet verträumt. »Des Nachts rassele ich mit meinen Knochen. Ich hocke auf dem Dach und verkünde den Tod im Haus ...«

DAS IST DIE AUFGABE DER TODESFEEN.

»Trotzdem werde ich auf Dächern hocken, wenn ich Lust dazu habe«, sagte der Herzog mit einer Spur seiner früheren Entschlossenheit. »Ich schwebe durch Wände, klopfe auf Tische und lasse Ektoplasma auf all diejenigen tropfen, die ich nicht mag. Ha, ha.«

DA MUSS ICH DICH ENTTÄUSCHEN. LEBENDEN IST ES NICHT ERLAUBT, ALS GEISTER ZU SPUKEN. TUT MIR LEID.

Lord Felmet unternahm den vergeblichen Versuch, eine Mauer zu durchdringen, gab auf und öffnete stattdessen eine Tür, die zu einem brüchigen Teil des Wehrwalls führte. Der Sturm ruhte sich ein wenig aus, und eine dünne Mondrinde verbarg sich halb hinter den Wolken, wie ein Schwarzhändler, der Karten für die Ewigkeit anbot.

Tod trat hinter ihm durch die Wand.

»Nun«, sagte der Herzog, »wenn ich *nicht* tot bin, warum bist du dann hier?«

Er sprang auf eine Zinne und ließ das Laken wehen.

ICH WARTE.

»Ich hoffe, dein Vorrat an Geduld ist groß genug, Knochengesicht«, keifte der Herzog triumphierend. »Ich bin fest entschlossen, in der Welt des Zwielichts zu verweilen. Ich suche mir Ketten, um sie laut zu schütteln. Ich ...«

Er wich zurück, verlor das Gleichgewicht, landete auf bröckeligem Stein und rutschte. Ein oder zwei Sekunden lang tasteten die Überbleibsel seiner rechten Hand nach Halt und verschwanden dann mit dem Rest des Körpers.

Tod kann sich natürlich an mehreren Orten gleichzeitig aufhalten, und deshalb ist es durchaus zutreffend, wenn hier festgestellt wird: Einerseits wartete er auf dem Wehrwall und strich geistesabwesend imaginären Staub von der glühenden Klinge seiner Sense; andererseits stand er bis zur Hüfte im gischtenden, mit vielen spitzen Felszähnen ausgestatteten Wasser des Flusses Lancre und ließ einen kalkigen Blick umherschweifen, der dort verharrte, wo die Strömung einige trügerische Zentimeter über kantigen Steinen hinwegrauschte.

Nach einer Weile setzte sich der Herzog auf. Die phosphoreszierenden Wellen rollten nun durch seinen transparenten Leib.

»Ich durchstreife die Flure, und in stillen Nächten flüstere ich unter den Türen«, sagte er. Seine Stimme wurde leiser, verlor sich fast im unaufhörlichen Donnern des Flusses. »Ich lasse Korbsessel höchst bedrohlich knacken, wart's nur ab.«

Tod musterte ihn und lächelte.

DAS LÄSST SICH SCHON EHER HÖREN.

Es begann zu regnen.

Der Regen in den Spitzhornbergen hatte eine sonderbar durchdringende Qualität. Im Vergleich dazu wirkt normaler Regen praktisch trocken. Er ergoss sich auf die Dächer des Schlosses, und irgendwie schien es ihm zu gelingen, direkt durch die Schindeln zu fließen. Er füllte den Großen Saal mit unangenehmer warmer Feuchtigkeit.*

Die halbe Bevölkerung von Lancre hatte sich im Saal eingefunden. Draußen übertönte das Rauschen des Regens sogar das ferne Tosen des Flusses. Er spülte fast die Bühne fort. Die bunten Farben des bemalten Hintergrunds zerrannen und vermischten sich; ein Vorhang löste sich von der Haltestange und fiel traurig in eine große Pfütze.

Im Schloss beendete Oma Wetterwachs gerade ihre Rede.

»Du hast die Krone vergessen«, flüsterte Nanny Ogg.

»Oh«, sagte Oma. »Ja, die Krone. Sie befindet sich auf seinem Kopf, wie man deutlich erkennt. Wir haben sie bei den anderen Kronen versteckt, als die Theatergruppe Lancre verließ – weil dort niemand nach ihr suchen würde. Seht nur, wie gut sie ihm passt.«

Es war Oma Wetterwachs' außergewöhnlicher Überzeu-

* Wie Bognor.

gungskraft zu verdanken, dass tatsächlich alle sahen, wie gut die Krone Tomjon passte. Die einzige anwesende Person, die vielleicht Einwände erhoben hätte, hieß Tomjon: Er spürte, dass nur seine Ohren die Krone daran hinderten, eine Halskette zu werden.

»Stellt euch vor, was er empfand, als er sie zum ersten Mal aufsetzte«, fuhr sie fort. »Ich nehme an, er fühlte dabei ein ominöses Prickeln.«

»Eigentlich war es eher wie ...«, begann Tomjon, aber niemand achtete auf ihn. Er zuckte mit den Schultern und beugte sich zu Hwel hinab, der noch immer fleißig schrieb.

»Bedeutet ›ominös‹ unangenehm?«, flüsterte er.

Der Zwerg sah aus trüben Augen zu ihm auf. »Was?«

»Ich habe gefragt: Bedeutet ›ominös‹ unangenehm?«

»Wie? Oh. Nein. Nein, ich glaube nicht.«

»Was *bedeutet* es dann?«

»Keine Ahnung. Länglich, glaube ich.« Hwels Blick kehrte wie gebannt zum Manuskript zurück. »Erinnerst du dich daran, was er nach all dem Mich-trifft-keine-Schuld sagte? Ich bringe es dauernd durcheinander ...«

»Und es war nicht nötig, alle darauf hinzuweisen, dass ich ... adoptiert worden bin«, fügte Tomjon hinzu.

»Aber es entspricht der Wahrheit«, erwiderte der Zwerg geistesabwesend. »Was solche Dinge betrifft, ist es besser, ehrlich zu sein. Hat er sie wirklich erstochen oder nur Vorwürfe gegen sie erhoben?«

»Ich will kein König sein!«, zischte Tomjon heiser. »Alle behaupten, ich sei ganz wie mein Vater!«

»Komische Sache, dass es immer heißt, man sei wie der Vater«, murmelte Hwel. »Wenn das bei mir der Fall wäre, würde ich in dreißig Meter Tiefe eine Spitzhacke schwingen. Doch in Wirklichkeit ...« Er unterbrach sich und starrte auf die Spitze seines Federkiels, als ginge eine unglaubliche Faszination davon aus.

»Doch in Wirklichkeit was?«

»Wie?«

»Hörst du überhaupt nicht zu?«

»Ich wusste, dass alles falsch klang, als ich dieses Stück schrieb. Von Anfang an hatte ich den Eindruck, dass alles verkehrt herum war ... Was? O ja. Sei ein König! Guter Job. Scheint sich durch eine gehörige Portion Konkurrenzkampf auszuzeichnen. Jedenfalls, ich freue mich für dich. Sobald du König bist, kannst du ganz nach Belieben schalten und walten.«

Tomjon musterte die am Tisch sitzenden Würdenträger von Lancre. Sie bedachten ihn mit aufmerksamen, berechnenden Blicken, wie das Publikum bei einer Mastvieh-Versteigerung. Sie versuchten ihn einzuschätzen. Eine feuchte und klamme Erkenntnis offenbarte sich ihm: Sobald er König war, konnte er sich wirklich alle seine Wünsche erfüllen – vorausgesetzt, sie bestanden darin, König zu sein.

»Wie wär's, wenn du dir dein eigenes Theater baust?« In Hwels Augen leuchtete es kurz. »Mit so vielen Falltüren, wie du willst. Und mit prächtigen Kostümen. An jedem Abend könntest du die Hauptrolle in einem neuen Stück spielen. Ich meine, im Vergleich dazu ist die Scheibe wie ein Schuppen.«

»Und wer käme, um mich zu sehen?«, fragte Tomjon. Er ließ die Schultern hängen.

»Alle.«

»Was, jeden Abend?«

»Du könntest deinen Untertanen befehlen, bei den Aufführungen zugegen zu sein«, sagte Hwel, ohne den Kopf zu heben.

Eine solche Bemerkung habe ich geahnt, dachte Tomjon. Und dann, etwas fröhlicher: *Er meint es bestimmt nicht ernst. Er hat sein Manuskript. Eigentlich existiert er überhaupt nicht in dieser Welt, zumindest nicht gerade jetzt.*

Er nahm die Krone ab, drehte sie hin und her. Sie bestand

nicht aus viel Metall, aber trotzdem fühlte sie sich schwer an. Er fragte sich, wie schwer sie werden mochte, wenn er sie ständig trug.

Am einen Ende des Tisches stand ein leerer Stuhl, auf dem – wie man ihm versichert hatte – der Geist seines leiblichen Vaters saß. Es wäre nett zu berichten, dass Tomjon bei der Vorstellung mehr gespürt hatte als nur frostige Kühle und ein leises Summen in den Ohren.

»Vielleicht kann ich Vater helfen, die Scheibe zu bezahlen«, sagte er.

»Darüber wäre er sicher glücklich«, entgegnete Hwel.

Erneut drehte Tomjon die Krone und lauschte niedergeschlagen den Gesprächen um ihn herum.

»Fünfzehn Jahre?«, brachte der Bürgermeister von Lancre hervor.

»Uns blieb keine andere Wahl«, betonte Oma Wetterwachs.

»Ich glaube, in der letzten Woche war der Bäcker ein wenig früh dran.«

»Nein, nein«, sagte die Hexe und schüttelte den Kopf. »So funktioniert es nicht. Niemand hat etwas verloren.«

»So wie ich die Sache sehe, fehlen uns allen fünfzehn Jahre«, warf der Mann ein, der in Lancre die Pflichten des Herolds, Stadtschreibers und Totengräbers wahrnahm.

»Nein, wir haben sie gewonnen«, widersprach der Bürgermeister. »Ist doch ganz klar. Man kann die Zeit mit einer Art kurvenreicher Straße vergleichen, und wir haben die Abkürzung übers Feld genommen.«

»Ganz und gar nicht.« Der Stadtschreiber schob ein Blatt Papier über den Tisch. »Sieh mal, hier…«

Einmal mehr ließ Tomjon zu, dass sich die Fluten der Konversation über ihm schlossen.

Alle wollten ihn als König. Niemand verschwendete einen Gedanken daran, was auf seinem Wunschzettel stand. Seine Meinung spielte überhaupt keine Rolle.

Ja, genau, das war der zentrale Punkt. Niemand wollte *ihn* als König, nicht direkt *ihn*.

Ich bin nur das kleinere Übel, dachte Tomjon betrübt.

Gold wird nicht stumpf, zumindest nicht in physischer Hinsicht, aber er glaubte eine ungewöhnliche Tiefe im Glanz des Metallbands zu fühlen, das er in den Händen hielt. Die Krone hatte auf zu vielen besorgten Häuptern gesessen. Wenn man sie ans Ohr hielt, hörte man die Schreie.

Nach einer Weile merkte er, dass ihn jemand ansah. Der Blick schien die gleiche Wirkung auf ihn zu entfalten wie eine Lötlampe auf ein Eis am Stiel. Er sah auf.

Es war die dritte Hexe, die junge – die jüngste mit den ausdrucksstarken Zügen und der Hecken-Frisur. Sie saß neben dem ehemaligen Narren, als schulde sie ihm kontrollierendes Interesse.

Sie musterte ihn mit intensiver Aufmerksamkeit. Ihre Augen schienen sich in Greifzirkel zu verwandeln, die ihn vom Nacken bis zur Nase erfassten. Tomjon schenkte ihr ein tapferes Lächeln, das sie übersah. *So wie alle anderen*, dachte er.

Nur der Narr nahm ihn zur Kenntnis, erwiderte das Lächeln mit einem entschuldigenden Grinsen und einem verschwörerischen Wink, der folgende Botschaft übermittelte: »Was tun zwei vernünftige Männer wie wir an diesem Ort?« Die junge Frau sah ihn nach wie vor an, neigte den Kopf von einer Seite zur anderen und kniff die Augen zusammen. Ihr Blick huschte nun zwischen dem Narren und Tomjon hin und her. Schließlich wandte sie sich an die älteste Hexe, die einzige Person im heißen, feuchten Zimmer, die sich irgendwie einen Krug Bier besorgt hatte. Sie flüsterte ihr etwas ins Ohr.

Die beiden Hexen begannen ein temperamentvolles geflüstertes Gespräch. Es handelte sich um eine typisch weibliche Form der Unterhaltung, fand Tomjon. Normalerweise fand sie auf einer Türschwelle statt, und alle Teilnehmer verschränkten dabei die Arme. Wenn jemand so unhöflich war, an ihnen vorbeizugehen, so schwiegen sie plötzlich und warteten stumm, bis der Betreffende außer Hörweite geriet.

Schließlich stellte er fest, dass Oma Wetterwachs schwieg und ihn alle Anwesenden erwartungsvoll beobachteten.

»Hallo?«, sagte er.

»Ich halte es für eine gute Idee, die Krönung morgen stattfinden zu lassen«, verkündete Oma. »Es ist nicht gut für ein Königreich, ohne Monarchen zu sein. So etwas gefällt ihm nicht.«

Sie stand auf, schob den Stuhl zurück, trat näher und ergriff Tomjons Hand. Er folgte ihr gehorsam über die Steinplatten zu den Stufen, die zum Thron führten. Dort legte ihm Oma Wetterwachs ihre Hände auf die Schultern und drückte ihn sanft auf die Plüschkissen.

Sitzbänke und Stühle kratzten über den Boden. Tomjon sah sich panikerfüllt um.

»Was passiert jetzt?«, fragte er.

»Sei unbesorgt«, erwiderte Oma fest. »Jetzt kommen alle, um dir Treue zu schwören. Du nickst einfach nur würdevoll und fragst, welchem Beruf sie nachgehen und ob sie Gefallen daran finden. Oh, und du solltest ihnen die Krone zurückgeben.«

Tomjon nahm sie rasch ab.

»Warum?«, fragte er.

»Sie möchten sie dir geben.«

»Aber ich habe sie doch schon«, sagte Tomjon verzweifelt.

Oma seufzte geduldig.

»Nur in einem Dingsbums, realen Sinne«, erklärte sie. »Aber jetzt muss eine Zeremonie erfolgen.«

»Etwas Unreales, meinst du?«

»Ja«, sagte Oma Wetterwachs. »Aber es ist noch viel wichtiger.«

Tomjon umfasste die Armlehnen des Throns.

»Hol mir Hwel«, brummte er.

»Nein, du musst es allein hinter dich bringen. So verlangt es die, äh, Tradition, weißt du. Zuerst ...«

»Ich *sagte:* Hol mir den Zwerg. Hast du mich nicht gehört, Frau?« Diesmal sprach Tomjon genau im richtigen Ton, aber Oma Wetterwachs erholte sich schnell von ihrer Überraschung.

»Ich glaube, dir ist nicht ganz klar, mit wem du redest, junger Mann«, hielt sie ihm entgegen.

Tomjon stemmte sich hoch. Er hatte viele Könige gespielt, und die meisten von ihnen gehörten nicht zu der Sorte, die irgendwelchen Leuten freundlich die Hände schüttelte und sie fragte, ob sie ihre Arbeit mochten. Es waren vielmehr Könige, die ihre Untertanen um fünf Uhr an einem kalten Morgen in die Schlacht schickten *und sie davon überzeugten, das sei besser, als im Bett zu bleiben.* Er spielte sie nun alle gleichzeitig und ließ Oma Wetterwachs die volle Wucht von königlicher Arroganz und blaublütigem Stolz spüren.

»Wir sprechen hier mit jemandem, der sich zu *fügen* hat«, sagte er. »Führe nun den Befehl aus.«

Einige Sekunden lang blieb Omas Gesicht eine unbewegte Maske, während sie überlegte und eine Entscheidung zu treffen versuchte. Dann lächelte sie. »Wie du wünschst«, sagte sie und holte Hwel, der sich weigerte, seinen Federkiel loszulassen.

Der Zwerg verneigte sich steif.

»Das ist nicht nötig«, sagte Tomjon scharf. »Wie soll ich mich jetzt verhalten?«

»Keine Ahnung. Möchtest du, dass ich dir eine Einwilligungsrede schreibe?«

»Ich habe dich mehrfach darauf hingewiesen, dass mir nichts daran liegt, König zu werden!«

»Dann könnten sich bei der Einwilligungsrede gewisse Probleme ergeben«, antwortete der Zwerg. »Hast du gründlich darüber nachgedacht? Es ist eine großartige Rolle, König zu sein.«

»Aber man kann keine andere mehr spielen!«

»Hmm. Dann lehn ab. Ein ›Nein‹ genügt.«

»Einfach so? Und du meinst, es klappt?«

»Es dürfte einen Versuch wert sein.«

Einige Würdenträger von Lancre näherten sich dem Thron und trugen die Krone auf einem Kissen. Ihre Gesichter zeigten eine Mischung aus verkniffenem Respekt und einem Hauch Selbstzufriedenheit. Sie behandelten die Krone wie das Geschenk-für-einen-braven-Jungen.

Der Bürgermeister hüstelte hinter vorgehaltener Hand.

»Es dauert etwas, um eine angemessene Krönungsfeier vorzubereiten«, begann er, »aber wir würden gern ...«

»Nein«, sagte Tomjon.

Der Bürgermeister zögerte. »Wie bitte?«, fragte er.

»Ich bin nicht bereit, König zu werden.«

Der Bürgermeister zögerte erneut. Seine Lippen zitterten lautlos, und die Augen trübten sich. Er hatte das Gefühl, etwas nicht verstanden zu haben, beschloss deshalb, noch einmal von vorn anzufangen.

»Es dauert etwas, um eine angemessene Krönungsfeier ...«

»Nein«, wiederholte Tomjon, »ich will die Krone nicht.«

Der Mund des Bürgermeisters bewegte sich wie der eines Karpfens.

»Hwel?«, fragte Tomjon verzweifelt. »Du kannst mit Worten besser umgehen.«

»Allem Anschein nach besteht das derzeitige Problem darin«, sagte der Zwerg, »dass ›Nein‹ nicht zu den üblichen Optionen gehört, wenn jemandem eine Krone angeboten wird. Vielleicht gäbe er sich mit einem ›Vielleicht‹ zufrieden.«

Tomjon stand ganz auf, nahm die Krone und hielt sie wie ein Tamburin über den Kopf.

»Hört mir alle zu«, sagte er laut. »Ich danke euch für das Angebot, und es ist eine *große* Ehre für mich. Aber ich muss es ablehnen. Ich habe mehr Kronen getragen, als ihr zählen könnt, und das einzige Königreich, das ich zu regieren verstehe, hat vorn einen Vorhang. Es tut mir leid.«

Völlige Stille schloss sich an. Tomjon schien nicht die richtigen Worte gewählt zu haben.

»Ein weiteres Problem kommt hinzu«, meinte Hwel. »Eigentlich hast du gar keine Wahl. Du *bist* der König. Für diesen Job warst du von Geburt an vorgesehen.«

»Aber ich bin doch gar nicht gut im Regieren!«

»Das spielt keine Rolle. Ein König muss nicht unbedingt gut im Regieren sein; es genügt völlig, dass er König ist.«

»Lass mich nicht im Stich! Hier gibt's nur Wälder!«

Erneut fühlte Tomjon erstickende Kühle, und diesem Empfinden folgte das leise Summen in den Ohren. Für einen Moment glaubte er, wie vagen Dunst einen großen traurigen Mann zu sehen, der vor ihm stand und eine flehentliche Hand ausstreckte.

»Entschuldige bitte«, flüsterte er. »Aber ich meine es ernst.«

Durch den verblassenden Schemen sah er die Hexen, deren Blicke an ihm klebten.

Neben ihm sagte Hwel: »Du hast nur dann eine Chance, wenn es noch einen Thronerben gibt. Erinnerst du dich an irgendwelche Brüder und Schwestern?«

»Nein! Hwel, ich ...«

Die Hexen führten ein neuerliches lebhaftes Gespräch. Dann schritt Magrat durch den Saal; sie bewegte sich wie eine Flutwelle, wie Blut, das einem plötzlich in den Kopf schoss. Sie schüttelte Oma Wetterwachs' Hand ab, hielt wie ein Kolben auf den Thron zu und zog den Narren mit sich.

Heda?«

»Äh. *Halloho!*«

»Äh, heda, entschuldigt bitte, hört uns jemand?«

In den oberen Bereichen des Schlosses schien es recht heiter zuzugehen; allgemeiner Jubel herrschte dort. Niemand vernahm die höflichen und besorgten Stimmen, die in Verliesen und Kerkern widerhallten. Mit jeder verstreichenden Stunde wurden sie höflicher und besorgter.

»Äh, heda? Entschuldigt bitte? Billem kann Ratten nicht *aus*stehen, wenn ihr versteht, was ich meine. Hallohalla!«

Stellen wir uns vor, wie die imaginäre Kamera langsam durch den dunklen, leeren Korridor zurückschwenkt, uns dabei feuchten Schimmel, verrostete Ketten und viele Schatten zeigt...

»Hört uns jemand? Es genügt jetzt, finden wir. Es muss irgendein schrecklich-lächerlicher Irrtum vorliegen. Wisst ihr, es sind nur Perücken, man kann sie jederzeit abnehmen...«

Jetzt hören wir, wie die klagenden Echos in spinnwebenverhangenen Ecken und von diversen Nagetieren heimgesuchten Tunneln verklingen, bis sie nur noch ein leises, raues Flüstern sind, wie säuselnder Wind.

»Heda? Entschuldigt vielmals? Hilfe?«

Irgendwann wird jemand den Keller des Schlosses aufsuchen, vielleicht in einigen Tagen.

Später fragte Magrat den Zwerg, was er von langen, persönlichen Engagements hielt. Der Zwerg war gerade damit beschäftigt, die Karren zu beladen*, und er legte nun eine Pause ein.

* Besser gesagt: Er beaufsichtigte das Beladen. Direkte Hilfe konnte er nicht leisten, denn am Tag zuvor war er ausgerutscht und hatte sich das Bein gebrochen.

»Höchstens eine Woche«, antwortete er schließlich. »Und natürlich mit Matineen.«

Ein Monat verging. Die frühen herbstlichen Gerüche feuchter Erde trieben übers samtdunkle Moor, wo sich wässriges Sternenlicht ein Stelldichein mit flackerndem Feuer gab.

Der Monolith stand an seinem üblichen Platz, war jedoch bereit, sich rasch zu verstecken, falls er neugierige Blicke spürte.

Die Hexen saßen auf dem Boden und schwiegen aufmerksam. Dieses Treffen gehörte sicher nicht zu den hundert aufregendsten Hexenzirkel-Versammlungen der Geschichte. Wenn Mussorgski sie gesehen hätte, wäre die Nacht am kahlen Berghang etwa zur Teatime vorbei gewesen.

Schließlich sagte Oma Wetterwachs: »Meiner Meinung nach war's ein gutes Bankett.«

»Mir ist nachher fast schlecht geworden«, kommentierte Nanny Ogg stolz. »Und meine Shirl half in der Küche aus und brachte einige Reste nach Hause.«

»Davon habe ich gehört«, sagte Oma kühl. »Man hat ein halbes Schwein und drei Flaschen Prickelwein vermisst.«

»Ich finde es nett, dass man manchmal auch an die alten Leute denkt«, erwiderte Nanny Ogg völlig unbeeindruckt. »Ich habe einen Krönungskrug bekommen.« Sie holte ihn hervor. »Hier steht ›Viva Verence II Rex‹. Komisch, dass er Rex heißt. Und die Ähnlichkeit lässt ebenfalls zu wünschen übrig. Kann mich nicht daran erinnern, dass er einen Henkel im Ohr hatte.«

Es folgte eine weitere schrecklich höfliche Pause. »Es überraschte uns ein wenig, dass du nicht da gewesen bist, Magrat«, sagte Oma Wetterwachs dann.

»Wir dachten, du würdest am oberen Ende des Tisches sitzen und so«, fügte Nanny hinzu. »Wir dachten, du hättest beschlossen, fortan im Schloss zu wohnen.«

Magrat starrte auf ihre Füße.

»Man hat mich nicht eingeladen«, murmelte sie verlegen.

»Was hat das denn *damit* zu tun?«, fragte Oma. »*Wir* sind auch nicht eingeladen worden. Die Leute laden keine Hexen ein – weil sie wissen, dass wir ohnehin kommen. Wir sind sozusagen Stammgäste.« Es klang zufrieden.

»Wisst ihr, er hat viel zu tun«, sagte Magrat zu ihren Füßen. »Immerhin muss er alles regeln und dergleichen. Eigentlich ist er sehr klug, wisst ihr. Tief in seinem Innern.«

»Ein ausgesprochen solider junger Mann«, stellte Nanny fest.

»Jedenfalls, es ist Vollmond«, sagte Magrat schnell. »Bei Vollmond muss man Hexenzirkel-Versammlungen besuchen. Es spielt keine Rolle, ob man andere wichtige Verpflichtungen hat.«

»Hast d...«, begann Nanny Ogg, aber Oma Wetterwachs gab ihr einen energischen Stoß in die Rippen.

»Ich finde es sehr lobenswert, dass er sich so hingebungsvoll darum kümmert, das Königreich in Ordnung zu bringen«, sagte Oma anerkennend. »Es zeigt angemessenen Respekt. Ich bin sicher, früher oder später wird er mit allem fertig. Kann sehr anstrengend sein, das Regieren.«

»Ja«, bestätigte Magrat tonlos.

Die Stille gewann nun eine fast greifbare Qualität. Nanny beendete sie mit einer Stimme, die so hell und spröde war wie Eis.

»He, ich habe eine Flasche von dem Prickelwein mitgebracht«, sagte sie. »Falls er ... falls ... falls wir Durst bekommen«, beendete sie den Satz und winkte damit.

»Ich will nichts davon«, erwiderte Magrat verdrießlich.

»Trink das Zeug, Mädchen«, forderte Oma Wetterwachs die junge Hexe auf. »Die Nacht ist kalt. Außerdem tut es bestimmt deiner Brust gut.«

Sie beobachtete Magrat, als der Mond hinter einer Wolke hervorglitt.

»Dein Haar ist schmuddelig«, bemerkte Oma. »Sieht aus, als hättest du es seit einem Monat nicht mehr gewaschen.«

Magrat begann zu schluchzen.

Derselbe Mond leuchtete auf den eher unscheinbaren Ort Rham Nitz herab, etwa neunzig Meilen von Lancre entfernt.

Tomjon verließ die Bühne nach dem dritten Akt des Dramas *Der Troll von Ankh*, und donnernder Applaus erklang. An diesem Abend würden sich hundert Personen auf dem Heimweg fragen, ob Trolle wirklich so böse waren, wie sie bisher geglaubt hatten – was sie natürlich nicht daran hinderte, sie weiterhin zu verabscheuen.

Hwel klopfte ihm auf den Rücken, als er am Schminktisch Platz nahm und die dicke graue Schmiere fortkratzte, die ihm das Erscheinungsbild eines wandelnden Felsens geben sollte.

»Ausgezeichnet«, sagte der Zwerg. »Die Liebesszene, haargenau richtig. Und als du dich umgedreht und den Zauberer angebrüllt hast … Ich glaube, bei den Zuschauern blieb kein Auge trocken.«

»Ich weiß.«

Hwel rieb sich die Hände.

»Heute Abend können wir uns eine Taverne leisten. Ich schlage vor, wir …«

»Wir übernachten in den Karren«, erwiderte Tomjon mit fester Stimme und betrachtete sich in einer Spiegelscherbe.

»Aber du weißt doch, wie viel uns der Narr … der *König* gegeben hat! Wir könnten bis nach Ankh-Morpork in Federbetten schlafen!«

»Wir begnügen uns mit Strohmatratzen und bringen viel Geld nach Hause«, sagte Tomjon. »Dann kannst du nicht nur Götter vom Himmel und Dämonen aus der Hölle bezahlen, sondern auch Wind und Wellen und zahllose Falltüren, Rasenschmuck.«

Hwels Hand verharrte kurz auf Tomjons Schulter. »Du hast recht, Boss«, sagte er dann.

»Natürlich habe ich recht. Wie kommst du mit dem Stück voran?«

»Hmm?«, erwiderte Hwel unschuldig. »Welches Stück meinst du?«

Tomjon entfernte vorsichtig einen Brauenhöcker aus Gips.

»Du weißt schon. Das über den König von Lancre.«

»Oh. Gut. Ja, ich komme gut damit voran. Während der nächsten Tage kriege ich es bestimmt richtig hin.« Hwel wechselte rasch das Thema. »Was hältst du davon, wenn wir zum Fluss fahren und ein Boot nehmen? Das wäre doch schön, nicht wahr?«

»Wir könnten die Reise übers Land fortsetzen und unterwegs Geld verdienen. Das wäre noch besser, stimmt's?« Tomjon lächelte. »Heute Abend sind hundertdrei Kupfermünzen in unsere Kasse gewandert – ich habe die Zuschauer während der Urteilsrede gezählt. Das macht fast ein Silberstück nach Abzug der Kosten.«

»Der Sohn deines Vaters, kein Zweifel«, erwiderte Hwel.

Tomjon lehnte sich zurück und sah erneut in den Spiegel. »Ja«, murmelte er. »Ich gebe mir Mühe.«

Magrat mochte keine Katzen und hasste Mausefallen. Sie vertrat die Ansicht, dass es eigentlich möglich sein sollte, mit kleinen Geschöpfen wie Mäusen eine Übereinkunft zu treffen und zur Verfügung stehende Lebensmittel so aufzuteilen, dass beide Parteien zufrieden waren. Es handelte sich um eine sehr humanistische Einstellung. Mit anderen Worten: Mäuse teilten sie nicht. Und deshalb erwies sich die vom Mondschein erhellte Küche als recht lebendig.

Als jemand an die Tür klopfte, schien der ganze Boden zu den Wänden zu eilen.

Nach einigen Sekunden wiederholte sich das Pochen.

Wieder folgte eine Pause. Dann erbebte die Tür in den Angeln, und eine Stimme rief: »Öffne, im Namen des Königs!«

Eine zweite Stimme klagte: »Du brauchst nicht gleich so zu schreien. Warum schreist du so? Ich habe dir nicht befohlen, so zu schreien. Wer so schreit, erschreckt die Leute.«

»Bitte um Verzeihung, Herr! Gehört zu meinem Job, Herr!«

»Klopf noch einmal! Und etwas höflicher, wenn ich bitten darf.«

Das Pochen war nur etwas leiser. Magrats Schürze fiel vom Haken an der Tür.

»Bist du sicher, dass ich es nicht selbst versuchen kann?«

»Es geziemt sich nicht, Herr. Ich meine, normalerweise verzichten Könige darauf, an die bescheidenen Türen armseliger Hütten zu klopfen, Herr. Überlass es besser mir, Herr. ÖFFNE, IM NAMEN ...«

»Feldwebel!«

»Tut mir leid, Herr. Reine Angewohnheit.«

»Wie wär's, wenn du einfach den Knauf drehst?«

Daraufhin erklang das Geräusch eines Mannes, der außerordentlich stark zögerte.

»Davon halte ich nicht viel, Herr«, sagte der unsichtbare Feldwebel. »Könnte gefährlich sein. Wenn ich dir einen Rat geben darf, Herr: Wir sollten das Dach in Brand stecken.«

»In Brand?«

»Jawohl, Herr. Das tun wir immer, wenn niemand öffnet. Bringt die Leute sofort nach draußen.«

»Das ist sicher nicht nötig, Feldwebel. Ich drehe jetzt den Knauf, wenn du gestattest.«

»Es bricht mir das Herz, dir dabei zuzusehen, Herr.«

»Dann schließ die Augen.«

»Und wenn ich nur die Tür anzünde? Oder vielleicht ein Fenster?«

»Nein!«

»Darf ich vielleicht den Abort niederbrennen …?«

»Kommt nicht infrage.«

»Der Hühnerstall dort drüben sieht ziemlich trocken aus …«

»*Feldwebel!*«

»Herr!«

»Kehr zum Schloss zurück!«

»Was? Ich soll dich hier allein lassen, Herr?«

»Es handelt sich um eine sehr delikate Angelegenheit, Feldwebel. Ich bin sicher, dass du es gut meinst und dein Handwerk verstehst, aber manchmal muss ein König allein sein. Es geht um eine junge Dame.«

»Oh. Ich verstehe.«

»Danke. Hilf mir bitte beim Absteigen.«

»Entschuldige, Herr. Taktlos von mir.«

»Schon gut.«

»Wenn ich dir helfen soll, das Feuer der Leidenschaft zu entzünden …«

»Bitte reite jetzt zum Schloss, Feldwebel.«

»Ja, Herr. Wie du meinst, Herr. Danke, Herr.«

»Feldwebel?«

»Ja, Herr?«

»Da ich jetzt kein Hofnarr mehr bin … Ich brauche jemanden, der meine Mütze mitsamt den Glocken zur Narrengilde in Ankh-Morpork bringt. Du scheinst der ideale Mann dafür zu sein.«

»Jawohl, Herr. Herzlichen Dank.«

»Es ist dein, äh, brennender Wunsch, zu Diensten zu sein.«

»Ja, Herr?«

»Bitte darum, dass man dich in einem Gästezimmer einquartiert.«

»Ja, Herr. Danke, Herr.«

Ein Pferd trabte davon. Einige Sekunden später knirschte der Knauf, und der Narr schlich in die Hütte.

Man braucht erheblichen Mut, um im Dunkeln die Küche einer Hexe zu betreten – aber wahrscheinlich nicht mehr als dafür, ein violettes Hemd mit Samtärmeln und Festonrändern zu tragen. Ein Vorteil ließ sich nicht leugnen: Es fehlten Glocken.

Der Narr hatte eine Flasche Prickelwein und einen Blumenstrauß mitgebracht; die Blumen waren inzwischen verwelkt, und der Wein prickelte nicht mehr. Er deponierte beide Geschenke auf dem Tisch und nahm am Kamin Platz.

Nach einer Weile rieb er sich die Augen. Ein langer Tag lag hinter ihm. Er hielt sich nicht für einen guten König, aber er hatte sein bisheriges Leben damit verbracht, etwas zu sein, das er hasste, und deshalb war er ans Durchhalten gewöhnt. Soweit er das feststellen konnte, hatte sich keiner seiner Vorgänger echte Mühe gegeben. Es gab so viel zu tun, so viel in Ordnung zu bringen, so viel zu organisieren ...

Hinzu kam das Problem mit der Herzogin. Etwas hatte ihn dazu veranlasst, sie in einer anständigen Zelle in einem luftigen Turm unterzubringen. Immerhin war sie eine Witwe. Er fühlte sich verpflichtet, Witwen gegenüber freundlich zu sein. Aber bei Lady Felmet schien Freundlichkeit kaum Sinn zu haben; sie verstand den Grund dafür nicht, sah darin nur ein Zeichen von Schwäche. Der Narr fürchtete, dass er früher oder später ihre Hinrichtung anordnen musste.

Nein, ein König hatte nichts zu lachen. Bei diesem Gedanken erhellte sich sein Gesicht. *Das ist immerhin schon etwas*, dachte er erleichtert.

Schließlich schlief er ein.

Die Herzogin schlief nicht. Sie hatte den vergangenen Tag damit verbracht, den Mörtel an den Gitterstäben des Fensters wegzukratzen – soweit es Schloss Lancre betraf, benötigte man dazu weder Hammer noch Meißel; ein weiches Stück Käse genügte –, und derzeit hangelte sie sich draußen an der Mauer herab, wobei sie mehrere zusammengeknotete Laken benutzte. Der Narr war wirklich ein Narr! Er hatte ihr Geschirr und jede Menge Bettzeug gegeben! So reagierten die Leute eben. Sie ließen ihr Denken allein von Angst bestimmen. *Sie fürchten sich vor mir, selbst wenn sie glauben, mich in der Gewalt zu haben*, dachte die Herzogin. *Aber die Schwachen haben die Starken nie in der Gewalt, zumindest nie richtig.* Wenn sie sich selbst in den Kerker geworfen hätte, wäre es ihr eine große Freude gewesen, dafür zu sorgen, dass sie zutiefst bedauerte, jemals geboren zu sein. Stattdessen gab man ihr alle Laken, die sie verlangte – und fürchtete sie.

Lady Felmet war fest entschlossen, irgendwann zurückzukehren. Dort draußen wartete eine große Welt auf sie, und sie wusste, wie man die Leute dazu brachte, auf ihre Wünsche einzugehen. Diesmal würde sie sich nicht mit einem Gemahl belasten. *Welch ein Schwächling! Er ist der Schlimmste von allen gewesen. Keine Spur von Mut in ihm, obwohl ich sein Talent für Bosheit kannte.*

Sie ließ sich aufs Moos fallen, schnappte mehrmals nach Luft und hielt dann das Messer bereit, als sie durch die Nacht eilte und im Wald verschwand.

Ihr Plan bestand darin, den Weg bis zur Grenze des Königreichs fortzusetzen und dort durch den Fluss zu schwimmen. Vielleicht baute sie auch ein Floß. Am nächsten Morgen wollte sie weit genug entfernt sein, dass sie niemand finden konnte – falls man überhaupt nach ihr suchte, was sie bezweifelte.

Schwächlinge!

Erstaunlich schnell hastete sie durch den Wald. Es gab viele Wege, breit genug für Karren, und Ihre Ladyschaft zeichnete sich durch einen guten Orientierungssinn aus. Außerdem ging es immer nur bergab. Wenn sie den Fluss erreichte, brauchte sie sich nur in der Strömung treiben zu lassen.

Und dann bemerkte sie zu viele Bäume. Nach wie vor sah sie den Pfad, der noch immer in die richtige Richtung führte, mehr oder weniger. Aber die Bäume auf beiden Seiten wuchsen dichter nebeneinander, als man es eigentlich erwarten sollte, und als sie nach hinten blickte, existierte kein Weg mehr. Mehrmals drehte sie sich um und rechnete halb damit, Bäume zu beobachten, die sich verstohlen bewegten. Doch sie standen immer völlig reglos, fest im Moos verwurzelt.

Lady Felmet fühlte keinen Wind, aber in den Wipfeln seufzte es.

»Na schön«, sagte sie leise. »In Ordnung. Ich verlasse Lancre ohnehin. Weil ich es *will*. Aber ich komme zurück.«

Genau zu diesem Zeitpunkt endete der Weg an einer Lichtung, die es gestern nicht gegeben hatte und die morgen verschwunden sein würde, eine Lichtung, wo der Mondschein auf Geweihe, Reißzähne und Hunderte von finster blickenden Augen fiel.

Eine Gruppe verbündeter Schwächlinge mag grotesk wirken, aber wenn sich Starke zusammenschließen, so begriff die Herzogin nun, entstehen gewisse Probleme.

Einige Sekunden lang herrschte Stille, nur unterbrochen von zischendem Atmen. Dann lächelte Lady Felmet, hob das Messer und griff an.

Die vorn stehenden Tiere bildeten eine Gasse, die sich hinter der Herzogin schloss. Selbst die Hasen und Kaninchen nahmen an dem Kampf teil.

Das Königreich ließ den angehaltenen Atem entweichen.

Im Moor, unter den Schatten der weit aufragenden Gipfel, schwieg der natürliche Chor der Nacht. Die Grillen stellten ihr Zirpkonzert ein. Die Eulen schrien nicht mehr, und die Wölfe mussten sich um andere Dinge kümmern.

Ein Lied erklang zwischen den hohen Graten, hallte in verborgenen Tälern wider und verursachte kleine Lawinen. Es kroch durch geheime Tunnel unter den Gletschern und verlor die Reste von Bedeutung, als es an Eiswällen abprallte.

Um zu verstehen, was gesungen wurde, muss man nach unten zurückkehren, bis zu dem niedergebrannten Feuer am Monolithen, wo sich die vielen unterschiedlichen Resonanzen und umherschwappenden Echowellen auf eine kleine ältere Frau fokussierten, die mit einer leeren Flasche winkte.

»... mit einer Schlange, die nur kriechen kann, aber der Igel ist in jedem Fall besser dran.«

»Es schmeckt erst richtig gut, wenn die Flasche fast leer ist, nicht wahr?«, fragte Magrat rasch, als Nanny Luft holte, um mit einer neuen Strophe zu beginnen.

»Du hast recht«, bestätigte Oma Wetterwachs und leerte ihre Tasse.

»Ist noch was da?«

»Ich glaube, Gytha hat den Rest getrunken. Sie klingt jedenfalls so.«

Sie saßen im duftenden Heidekraut und blickten zum Mond hoch.

»Wir haben einen neuen König«, sagte Oma. »Damit ist wieder alles im Lot.«

»Wir haben es dir und Nanny zu verdanken.« Magrat hickste.

»Wieso?«

»Ohne eure Hilfe hätte mir niemand geglaubt.«

»Wir haben uns dazu geäußert, weil man entsprechende Fragen an uns richtete«, sagte Oma Wetterwachs.

»Ja, aber der springende Punkt ist: Alle wissen, dass Hexen

nicht lügen. Ich meine, die Leute *sahen* natürlich, wie sehr sie sich ähnelten, aber sie hätten es vielleicht für Zufall gehalten. Wisst ihr …« Magrat errötete. »Ich habe in Gütchen Wempers Lexikon gelesen, was es mit *droit de seigneur* auf sich hat.«

Nanny Ogg sang nicht mehr.

»Ja«, murmelte Oma. »Nun.«

Magrat spürte, wie eine unbehagliche Atmosphäre entstand.

»Du hast die Wahrheit gesagt, nicht wahr?«, fragte sie. »Sie sind wirklich Brüder, oder?«

Gytha Ogg nickte. »O ja. Ganz bestimmt. Ich habe seiner Mutter geholfen, als dein … als der neue König geboren wurde. Und auch der Königin, als Tomjon zur Welt kam. Sie hat mir erzählt, wer sein Vater war.«

»Gytha!«

»Entschuldige.«

Der Wein stieg ihr in den Kopf, aber die Zahnräder im Getriebe von Magrats Bewusstsein drehten sich noch immer.

»Einen Augenblick«, brachte sie hervor.

»Ich erinnere mich an den Vater des Narren«, sagte Nanny Ogg. Sie sprach langsam und vorsichtig. »Ein sehr sympathischer junger Mann. Wisst ihr, er verstand sich nicht besonders gut mit seinem Papa, aber er kam manchmal zu Besuch. Um alte Freunde wiederzusehen.«

»Er fand leicht Freunde«, meinte Oma Wetterwachs.

»Insbesondere bei den Frauen«, pflichtete ihr Nanny bei. »Ein sehr athletischer Bursche, nicht wahr? Keine Wand war zu hoch für ihn, wenn ich mich richtig erinnere.«

»Am Hof erfreute er sich großer Beliebtheit«, sagte Oma. »Soviel ich weiß.«

»O ja. Zum Beispiel bei der Königin.«

»Der König ging häufig auf die Jagd«, fügte Oma hinzu.

»Es lag an seinem *droit*«, erläuterte Nanny. »Brauchte dauernd Ertüchtigung. Auch nachts.«

»Einen Augenblick«, wiederholte Magrat.

Die beiden anderen Hexen sahen sie an.

»Ja?«, fragte Oma.

»Du hast allen gesagt, dass sie Brüder waren und dass Verence der Ältere ist.«

»Ja.«

»Du hast alle in dem Glauben gelassen …«

Oma Wetterwachs rückte ihren Schal zurecht.

»Wir sind an die Wahrheit gebunden«, erwiderte sie. »Aber nichts verpflichtet uns, ehrlich zu sein.«

»Nein, nein, das bedeutet doch, dass der König von Lancre eigentlich gar nicht …«

»Es bedeutet *Folgendes*«, sagte Oma mit fester Stimme. »Wir haben einen König, der nicht schlechter ist als die meisten und besser als viele. Er hat einen richtig aufgeschraubten Kopf …«

»Wenn auch gegen das Gewinde«, warf Nanny ein.

»… und der Geist des alten Königs hat endlich Ruhe gefunden. Eine fröhliche Krönungsfeier fand statt, und *einige* von uns haben Krüge bekommen, die gar nicht für sie bestimmt waren, sondern nur für die Kinder, und alles in allem sind die Dinge weitaus zufriedenstellender als vorher. Das bedeutet es. Es kommt nicht darauf an, was sein könnte oder was sein sollte. Es geht nur um die *gegenwärtige* Situation.«

»Aber er ist gar nicht der richtige König!«

»Vielleicht doch«, murmelte Nanny.

»Eben hast du gesagt …«

»Wer weiß? Möglicherweise hat die verstorbene Königin nicht aufmerksam genug gezählt. Außerdem: Er hat keine Ahnung, dass er nicht königlicher Abstammung ist.«

»Und du wirst ihm das auch nicht verraten, oder?«, brummte Oma Wetterwachs.

Magrat starrte zum Mond, der sich hinter einigen Wolken zu verstecken versuchte.

»Nein«, antwortete sie.

»Gut«, meinte Oma. »Sieh es einmal so: Ein neues Königsgeschlecht muss irgendwo beginnen. Warum nicht mit ihm? Alles deutete darauf hin, dass er seine Pflichten sehr ernst nimmt, und das unterscheidet ihn von der überwiegenden Mehrheit seiner Vorgänger. Er kommt bestimmt gut zurecht.«

Magrat wusste, dass sie verloren hatte. Man verlor immer gegen Oma Wetterwachs; die Frage lautete nur: wie? »Aber ich bin erstaunt über euch beide, ja, das bin ich wirklich«, sagte sie. »Ihr seid Hexen. Anders ausgedrückt: Euch sollten Dinge wie Wahrheit, Tradition und Schicksal am Herzen liegen, stimmt's?«

»Genau an dieser Stelle verstehst du alles falsch«, sagte Oma. »Das Schicksal *ist* wichtig, aber die Leute irren sich, wenn sie glauben, es kontrolliere sie. In Wirklichkeit verhält es sich genau umgekehrt.«

»Das Schicksal kann uns mal«, stimmte ihr Nanny zu.

Oma Wetterwachs warf ihr einen missbilligenden Blick zu.

»Hast du es etwa für einfach gehalten, eine Hexe zu sein?«

»Ich lerne noch«, erwiderte Magrat. Sie sah übers Moor und beobachtete die dünne Rinde der Morgendämmerung am Horizont.

»Ich sollte jetzt besser gehen. Es ist schon ziemlich früh.«

»Ich auch«, sagte Nanny Ogg. »Bald bringt mir unsere Shirl das Frühstück, und sie ärgert sich immer, wenn ich dann nicht zu Hause bin.«

Oma Wetterwachs löschte das Feuer sorgfältig.

»Wann soll'n wir drei uns wiedersehn?«, fragte sie. »Hmm?«

Die Hexen wechselten verlegene Blicke.

Nanny räusperte sich. »Nächsten Monat bin ich ziemlich beschäftigt. Geburtstage und so. Äh. Und durch diesen ganzen Rummel hat sich viel Arbeit angesammelt. Ihr wisst schon. Und dann muss ich mich um die vielen Geister kümmern.«

»Ich dachte, du hättest sie wieder ins Schloss geschickt«, sagte Oma.

»Sie wollten nicht zurück. Um ehrlich zu sein: Ich habe mich an sie gewöhnt. Sie leisten mir jeden Abend Gesellschaft, und inzwischen schreien sie kaum noch.«

»Nett«, kommentierte Oma Wetterwachs. »Was ist mit dir, Magrat?«

»Um diese Jahreszeit gibt es immer viel zu tun, findest du nicht?«

»Allerdings.« Oma nickte zufrieden. »Es ist nicht gut, wenn man dauernd irgendwelche Verabredungen wahrnehmen muss, oder? Ich schlage vor, wir lassen die Frage offen.«

Die beiden anderen Hexen nickten ebenfalls. Als der neue Tag über die Landschaft kroch, gingen sie nach Hause*, jede in ihre eigenen Gedanken versunken, jede allein.

* Viele Philosophen behaupten, dass Hexen und Zauberer nie nach Hause zurückkehren können. Oma Wetterwachs, Nanny Ogg und Magrat gingen trotzdem heim.

Wachen! Wachen!

Ein Roman von der bizarren Scheibenwelt

PIPER

Man nennt sie »Palastwächter«, »Stadtwache« oder schlicht und einfach »Patrouille«. Der Name spielt eigentlich gar keine Rolle. In der Heroic Fantasy erfüllen die entsprechenden Männer immer den gleichen Zweck: Spätestens im dritten Kapitel (oder zehn Minuten nach Beginn des Films) stürmen sie ins Zimmer, greifen den Helden an (nicht zusammen, sondern immer nacheinander) und werden von ihm umgebracht. Nie hat jemand gefragt, ob ihnen das gefällt.

Dieses Buch ist jenen tapferen Soldaten gewidmet.

Und auch Mike Harrison, Mary Gentle, Neil Gaiman und allen anderen, die beim Konzept des B-Raums mithalfen und darüber lachten. Zu schade, dass wir dabei nicht auf Schrödingers Lehren zurückgriffen ...

Hierher verschwanden die Drachen.

Sie liegen und ...

Nein, sie sind nicht tot. Sie schlafen auch nicht. Von Warten kann ebenfalls keine Rede sein, denn wer wartet, *erwartet* etwas. Der angemessene Ausdruck lautet vermutlich ...

... schlummern.

Zwar befinden sie sich nicht im normalen Raum, aber trotzdem liegen sie dicht beieinander. Jeder zur Verfügung stehende Kubikzentimeter ist mit Krallen, Klauen, Schuppen und Schwanzspitzen gefüllt, und der sich daraus ergebende Effekt erinnert an eine Trickzeichnung. Irgendwann begreifen die Augen, dass der Raum zwischen zwei Drachen aus einem weiteren Drachen besteht.

Man mag versucht sein, in diesem Zusammenhang an eine Sardinenbüchse zu denken – vorausgesetzt, man hält Sardinen für groß, schuppig, stolz und arrogant.

Vielleicht gibt es eine Lasche, mit der man die Büchse öffnen kann.

In einer ganz anderen Dimension war es früher Morgen in Ankh-Morpork, der ältesten, größten und schmutzigsten aller Städte. Ein leichter Nieselregen fiel aus grauen Wolken und gesellte sich dem Dunst hinzu, der über dem Fluss wogte und auch über die Straßen kroch. Ratten verschiedener Art gingen ihren nächtlichen Angelegenheiten nach. Mörder mordeten im Schutz der Dunkelheit; Räuber raubten, Huren hurten ... Und so weiter.

Der betrunkene Hauptmann Mumm von der Nachtwache taumelte langsam durch eine Gasse, machte es sich im Rinnstein vor dem Wachhaus bequem und lag dort, während über ihm sonderbare Buchstaben aus Licht in der feuchten Luft zischten und ihre Farbe veränderten ...

Die Stadt war ein Soundso, ein Wiehießesnoch. Ein Ding. Eine *Frau.* Ja, genau dasch war schie. Eine Frau. Leidenschaftlich, temperamentvoll und viele Jahrhunderte alt. Schie schlug einen in den Bann, sorgte dafür, dass man sich in schie – Dings – verliebte. Und dann schlug schie erneut zu. Ins Dingsbums. In den Mund. Zunge? Nee, die Zähne. Jawoll, schie schlug einem die Zähne ein. Schie war ein ... Dings, Dünger, ein Dunghaufen, neinein, das isses nich, ich meine ein *Miststück.* Ja, genau dasch meine ich. Und wenn man schie zu hassen begann, wenn man schon glaubte, man habe schie endlich am ... am wasweißich, dann öffnete schie einem dasch verrottete Herz und überstaunte, nee, erblüffte? *Raschte.* Schie über*raschte* einen. Ja, so isses. Man wusste nie, wo man bei ihr stand. Oder lag. Nur in einem Punkt gab'sch keinen Zweifel: Man konnte sich nich von ihr trennen, denn schie war das Einzige, wasch man hatte, selbst in ihrer Gosse ...

Neblige Finsternis umhüllte die ehrwürdigen Gebäude der Unsichtbaren Universität, des wichtigsten Lehrinstituts für Zauberei. Das einzige Licht – ein blasses oktarines Flackern – filterte aus den hohen Fenstern der neuen Fakultät für hochenergetische Magie. Dort untersuchte messerscharfe Intelligenz das Gefüge des Universums, ob es ihm gefiel oder nicht.

Natürlich glühte es auch in der Bibliothek.

Dort gab es die größte Sammlung magischer Texte im ganzen Multiversum. Viele Tausend Bücher, die geballtes okkultes Wissen enthielten, lasteten schwer in den Regalen.

Es hieß, dass große Ansammlungen von Magie die normale Welt erheblich *verzerren* könnten, woraus man den Schluss zog, in der Bibliothek seien nicht die normalen Regeln der Raumzeit gültig. Es hieß, sie erstrecke sich bis in die *Unendlichkeit.* Wenn man tagelang an den langen Regalen vorbeiwanderte, fand man vielleicht irgendwo verlorene Stämme aus Forschern und Studenten. Es hieß auch, in vergessenen Nischen und Alkoven lauerten seltsame Dinge, die ab und zu noch seltsameren Dingen zum Opfer fielen.*

Kluge und vorsichtige Schüler, die weiter entfernte Bücher suchten, achteten darauf, Kreidemarkierungen an den Regalen zu hinterlassen, wenn sie sich tiefer in die muffige Düs-

* Diese Behauptungen sind aus der Luft gegriffen. Die Wahrheit ist: Jede große Sammlung gewöhnlicher Bücher krümmt den Raum, was leicht von jedem bewiesen werden kann, der sich jemals in einem wirklich altmodischen Antiquariat umgesehen hat. Vielleicht kennen Sie solche Läden. Sie erwecken den Eindruck, von M.C. Escher an einem besonders schlechten Tag entworfen worden zu sein, und meistens haben sie mehr Treppen als Stockwerke. Außerdem enden ihre Regale an Türen, die für einen normalen Menschen viel zu klein sind. Die richtige Gleichung lautet: Wissen = Macht = Energie = Materie = Masse. Eine gute Buchhandlung ist wie ein freundliches Schwarzes Loch, das lesen gelernt hat.

ternis wagten. Außerdem baten sie gute Freunde darum, nach ihnen zu suchen, wenn sie bis zum Abendessen nicht zurück waren.

Da Magie nur schwer gebunden werden kann, waren die Bücher in der Bibliothek mehr als nur zu Brei verarbeitetes Holz und Papier.

Pure thaumaturgische Kraft knisterte von ihren Rücken und tastete harmlos über die Kupferstangen an den Regalen; sie dienten dazu, die magische Energie abzuleiten. Trübe Gespinste aus blauem Feuer krochen umher, und ab und zu erklang ein leises Rascheln. Es hörte sich an, als sträubten Dutzende von Staren ihr Gefieder. In der Stille der Nacht sprachen die Bücher miteinander.

Außerdem schnarchte jemand.

Der von den Regalen ausgehende Glanz brachte nicht etwa Licht in die Dunkelheit, sondern verdichtete die Finsternis. Aber wer aufmerksam genug Ausschau hielt, konnte in dem violetten Flackern einen zerkratzten alten Tisch erkennen, der genau unter dem zentralen Gewölbe stand.

Dort hatte das Schnarchen seinen Ursprung. Eine fransige und fleckige Decke lag auf einem Gebilde, das wie ein Sandsackhaufen aussah, sich jedoch bei genauerem Hinsehen als erwachsener Orang-Utan entpuppte.

Es handelte sich um den Bibliothekar.

Seit einiger Zeit wies kaum mehr jemand darauf hin, dass er ein Affe war. Ein magischer Zwischenfall hatte zu der Verwandlung geführt – in unmittelbarer Nähe so vieler mächtiger Bücher musste man ständig mit derartigen Ereignissen rechnen –, und man vertrat die Ansicht, er sei glimpflich davongekommen. Immerhin hatte sich an seiner Gestalt im Grunde genommen nichts geändert. Es war ihm erlaubt, weiterhin seiner Arbeit nachzugehen, an der es nichts auszusetzen gab – obwohl hier anstelle von ›erlaubt‹ ein anderes Wort verwendet werden sollte. Der Bibliothekar bewies bemerkenswertes Talent, wenn es darum ging, die Oberlippe zu wölben und konkurrenzlos gelbe Zähne zu zeigen; aus diesem Grund verzichteten die Mitglieder des Universitätsrats darauf, ihm einen neuen Aufgabenbereich nahezulegen.

Jetzt ertönte ein anderes Geräusch, das leise Knarren einer sich öffnenden Tür. Jemand eilte durchs Zimmer und verschwand zwischen den langen Regalen. Die Bücher raschelten empört, und einige der dickeren Grimoires ließen ihre Ketten rasseln.

Der Bibliothekar schlief weiter, eingelullt vom Flüstern des Regens.

Eine halbe Meile entfernt lag Hauptmann Mumm noch immer im Rinnstein, öffnete den Mund und begann zu singen.

Eine in Schwarz gekleidete Gestalt eilte durch die nächtlichen Straßen, trat von Haus zu Haus und erreichte schließlich ein finsteres, unheilvolles Portal. Man gewann sofort den Eindruck, dass keine normale Tür so düster wirken konnte. Sie sah aus, als habe man den Architekten gerufen und ihm spezielle Anweisungen gegeben: Wir möchten etwas Unheimliches in dunkler Eiche, und bitte füg über dem Torbogen eine abscheuliche Steinfigur hinzu; außerdem soll es wie der Schritt eines Riesen klingen, wenn die Tür ins Schloss fällt. Es muss auf den ersten Blick klar werden, dass *hier* niemand mit einem mehr oder auch weniger melodischen *Ding-Dong* rechnen kann, wenn er den Klingelknopf drückt.

Die Gestalt pochte einen komplizierten Code ans dunkle Holz, woraufhin sich eine kleine vergitterte Luke öffnete. Ein misstrauisches Auge starrte nach draußen.

»›Die bedeutungsvolle Eule schreit in der Nacht‹«, sagte der Besucher und versuchte, Regenwasser aus seinem Umhang zu wringen.

»›Doch viele graue Herren gehen traurig zu herrenlosen Männern‹«, intonierte eine Stimme auf der anderen Seite des Gitters.

»›Gepriesen sei die Tochter der Jungfernschwester‹«, entgegnete die tropfnasse Gestalt.

»›Für den Mann mit der Axt sind alle Flehenden gleich groß.‹«

»›Doch wahrlich, die Rose verbirgt sich im Dorn.‹«

»›Die gute Mutter kocht Bohnensuppe für den irrigen Knaben‹«, verkündete die Stimme hinter der Tür.

Stille folgte, nur unterbrochen vom Prasseln des Regens. Dann fragte der Besucher: »Wie bitte?«

»›Die gute Mutter kocht Bohnensuppe für den irrigen Knaben.‹«

Eine etwas längere Pause schloss sich an. »Bist du sicher, dass der schlecht gebaute Turm nicht sehr wackelt, wenn ein Schmetterling vorbeifliegt?«, fragte die nasse Gestalt.

»Ne-neh. Bohnensuppe ist gemeint. Tut mir leid.«

Der Regen zischte erbarmungslos im verlegenen Schweigen.

»Und der eingesperrte Wal?«, fragte der Besucher und drückte sich an die schreckliche Tür, um dem herabströmenden Wasser zu entgehen.

»Was soll damit sein?«

»Er sollte nichts von den mächtigen Tiefen wissen, wenn du's unbedingt wissen willst.«

»*Oh*, der eingesperrte *Wal*. Du möchtest zu den *Aufgeklärten* Brüdern der Völlig Schwarzen Nacht. Drei Türen weiter.«

»Und wer seid ihr?«

»Wir sind die Erleuchteten und Uralten Brüder von Iieeh.«

»Ich dachte, ihr trefft euch drüben in der Herrupstraße«, sagte der durchnässte Mann nach einigen Sekunden.

»Äh, du weißt ja, wie das ist. Dienstags hat der Laubsäge-Klub das Zimmer. Da muss was schiefgelaufen sein.«

»Ach? Nun, trotzdem vielen Dank.«

»Gern geschehen.« Die kleine Luke schloss sich wieder.

Die in einen Umhang gehüllte Gestalt starrte eine Zeit lang darauf, wandte sich dann um und stapfte durch die Pfützen davon. Kurze Zeit später fand sie ein anderes Portal, das erstaunlich schlicht wirkte.

Sie klopfte an. Die Klappe schwang auf, bildete ein kleines vergittertes Fenster.

»Ja?«

»Hör mal: ›Die bedeutungsvolle Eule schreit in der Nacht.‹ Alles klar?«

»›Doch viele graue Herren gehen traurig zu herrenlosen Männern.‹«

»›Gepriesen sei die Tochter der Jungfernschwester‹, in Ordnung?«

»›Für den Mann mit der Axt sind alle Flehenden gleich groß.‹«

»›Doch wahrlich, die Rose verbirgt sich im Dorn.‹ Es regnet in Strömen, das *weißt* du doch, oder?«

»Ja«, erwiderte die Stimme im Tonfall eines Mannes, der tatsächlich Bescheid weiß und froh ist, nicht draußen zu stehen.

Der Besucher seufzte.

»›Der eingesperrte Wal weiß nichts von den mächtigen Tiefen‹«, sagte er. »Wenn's dich glücklich macht...«

»›Der schlecht gebaute Turm wackelt sehr, wenn ein Schmetterling vorbeifliegt.‹«

Der Bittsteller griff nach den Gitterstäben, zog sich hoch und grollte: »Lass mich jetzt endlich eintreten. Ich bin bis auf die Knochen nass.«

Eine Pause folgte, untermalt vom Plätschern des Regens.

»Was die Tiefen betrifft ... Hast du ›mächtig‹ oder ›nächtlich‹ gesagt?«

»Mächtig. Ich bin ganz sicher. *Mächtige* Tiefen. Weil sie, äh, mächtig tief sind. Ich bin's, Bruder Finger.«

»Für mich klang es wie ›nächtlich‹«, murmelte der Mann hinter der Tür.

»Hör mal, willst du das verdammte Buch, oder nicht? Ich hätte überhaupt nicht herkommen müssen und könnte jetzt zu Hause im warmen Bett liegen.«

»Und du hast *bestimmt* von mächtigen Tiefen gesprochen?«

»Meine Güte, ich weiß, wie verdammt tief die Tiefen sind«, brummte Bruder Finger ungehalten. »Ich wusste schon von ihrer mächtigen Tiefe, als du noch ein blöder Neophyt warst. Öffnest du jetzt endlich die Tür?«

»Na schön ... Meinetwegen.«

Ein Riegel wurde beiseitegeschoben, und kurz darauf sagte die Stimme: »Könntest du von außen drücken? Bei feuchtem Wetter klemmt die Tür-des-Wissens-die-kein-Unbelehrter-passieren-darf.«

Bruder Finger stemmte die Schulter dagegen, trat über die Schwelle, bedachte Bruder Pförtner mit einem bitterbösen Blick und eilte durch den Flur.

Die anderen warteten bereits im Sanktuarium und wirkten so unsicher wie Leute, die nicht daran gewöhnt sind, unheilvolle schwarze Umhänge zu tragen. Der Oberste Größte Meister begrüßte den Neuankömmling mit einem Nicken.

»Bruder Finger, nicht wahr?«

»Ja, Oberster Größter Meister.«

»Hast du deinen Auftrag erfüllt?«

Bruder Finger holte ein Paket unter seiner Kutte hervor.

»Es befand sich genau an der von dir beschriebenen Stelle«, erwiderte er. »Es ergaben sich keine Probleme.«

»Gut gemacht, Bruder Finger.«

»Danke, Oberster Größter Meister.«

Der Oberste Größte Meister klopfte mit seinem kleinen Hammer und rückte sich damit ins Zentrum der allgemeinen Aufmerksamkeit. Die anderen Anwesenden bildeten eine Art Kreis.

»Ich eröffne hiermit die Sitzung der Einzigartigen und Höchsten Loge Aufgeklärter Brüder«, intonierte er. »Ist die Tür-des-Wissens verriegelt, damit keine Ketzer und Unwissenden eintreten können?«

»Das Ding sitzt völlig fest«, entgegnete Bruder Pförtner. »Es liegt an der Feuchtigkeit. Nächste Woche bringe ich meinen Hobel mit und …«

»In Ordnung, in *Ordnung*«, sagte der Oberste Größte Meister unwirsch. »Ein schlichtes ›Ja‹ hätte vollkommen genügt. Ist der dreifache Kreis gut und wahrhaftig gezeichnet? Sind alle hier, die Hier Sind? Es sei keinem Unwissenden geraten, an diesem Ort zu weilen, denn man würde ihn fortbringen und ihm den Quaker aufschneiden, das Zappelnicht in alle vier Winde verstreuen, die Wampe mit Haken entzweireißen und sein Wabbel an einer Lanze aufspießen *ja was ist denn?*«

»Verzeihung, hast du *Aufgeklärte* Brüder gesagt?«

Der Oberste Größte Meister starrte einen abseits stehenden Mann an, der die Hand gehoben hatte.

»Ja, wir sind die Aufgeklärten Brüder, Hüter des heiligen Wissens seit einer Zeit, an die sich niemand mehr …«

»Seit letztem Februar«, warf Bruder Pförtner freundlich ein. Der Oberste Größte Meister gewann den Eindruck, dass Bruder Pförtner noch immer nicht genau wusste, worauf es ankam.

»Oh, tut mir leid, ich bedaure es wirklich«, sagte die besorgte Gestalt. »Offenbar bin ich hier in der falschen Geheimgesellschaft. Muss mich in der Tür geirrt haben. Wenn ihr mich jetzt bitte entschuldigen würdet …«

»Und sein Wabbel wird an einer Lanze aufgespießt«, wiederholte der Oberste Größte Meister grimmig. Im Hintergrund knarrte etwas, als Bruder Pförtner versuchte, das klemmende Portal zu öffnen. »Sind wir jetzt so weit? Befinden sich vielleicht noch andere Unwissende unter uns, die sich verirrt haben?«, fügte er mit ätzendem Sarkasmus hinzu. »Gut. Wunderbar. Ich bin ja *so* froh. Vermutlich brauche ich gar nicht zu fragen, ob die vier Wachtürme geschlossen sind, oder? Oh, ausgezeichnet. Hat sich jemand die Mühe gemacht, der Heiligen Hose die Beichte abzunehmen? Ach, tatsächlich? Auf die richtige Art und Weise? Und wenn ich nachsehe? Na schön. Sind vor den Fenstern die Roten Kordeln des Intellekts gespannt worden, so wie es die uralten Überlieferungen verlangen? Gut. Dann können wir jetzt vielleicht beginnen.«

Der Oberste Größte Meister schien ein wenig enttäuscht zu sein, wie jemand, der mit dem Finger übers oberste Regal der Schwiegertochter streicht und zu seiner großen Überraschung feststellt, dass alles blitzblank ist.

Was für Blödmänner!, dachte er. *Ein Haufen von Nieten. Andere Geheimgesellschaften würden sie nicht einmal mit einem drei Meter langen Zepter der Autorität berühren. Schon bei einem geheimen Händedruck verrenken sie sich die Finger.*

Aber gleichzeitig handelte es sich um Stümper mit gewissen Möglichkeiten. Sollten die anderen Gesellschaften ruhig die Hoffnungsvollen, Ehrgeizigen und Zuversichtlichen aufnehmen. Der Oberste Größte Meister wählte die Verärgerten, jene Leute, die über einen unerschöpflichen Vorrat an bitterer Galle verfügten, die glaubten, Großartiges leisten zu können, wenn sie nur eine Chance bekamen. Er brauchte diejenigen, in denen sich Fluten aus Gift und Rachsucht hinter den Dämmen der Unfähigkeit und latenten Paranoia stauten.

Hinzu kam Dummheit. *Sie alle haben den Eid geschworen, aber kein einziger von ihnen hat gefragt, was ein Wabbel ist.*

»Brüder«, begann der Oberste Größte Meister, »heute Abend müssen wir außerordentlich wichtige Dinge erörtern. Das Schicksal dieser Stadt – mehr noch: die Zukunft von Ankh-Morpork – liegt in unseren Händen.«

Die Zuhörer blickten interessierter, und der Oberste Größte Meister spürte wieder das überaus angenehme Prickeln der Macht. Die Männer hingen an seinen Lippen und vermittelten ihm ein Gefühl, das es verdiente, in einen blutroten Seidenumhang gekleidet zu werden.

»Wissen wir nicht, dass die Stadt im Bann von Korrupten steht, die sich auf ihrem Sündengeld ausruhen und unrechtmäßig erworbenen Reichtum genießen, während bessere Männer um den Lohn ihrer Arbeit betrogen und in die Knechtschaft gezwungen werden?«

»O ja, das stimmt!«, bestätigte Bruder Pförtner heftig, nachdem er Gelegenheit gefunden hatte, die gerade gehörten Worte gedanklich zu übersetzen. »Erst letzte Woche habe ich Meister Puderzucker von der Bäckergilde zu erklären versucht ...«

Der Oberste Größte Meister war gar nicht in der Lage, einen Blickkontakt herzustellen – er hatte dafür gesorgt, dass die Gesichter der Brüder unter den Kapuzen in mystischer Dunkelheit verborgen blieben. Aber es gelang ihm allein mit empörter Stille, Bruder Pförtner zum Schweigen zu bringen.

»Doch es herrschte nicht immer Verdorbenheit«, fuhr der Oberste Größte Meister fort. »Einst gab es ein Goldenes Zeitalter, das den Würdigen Befehlsgewalt und Respekt bescherte. Ich meine eine Epoche, in der Ankh-Morpork nicht nur eine große, sondern auch eine großartige Stadt war. Ein Zeitalter der Ritterlichkeit. Eine Ära, in der ... Ja, Bruder Wachturm?«

Eine massige Gestalt ließ die Hand sinken. »Meinst du die Zeit, als wir Könige hatten?«

»Sehr scharfsinnig, Bruder«, erwiderte der Oberste Größte Meister und spürte einen Anflug von Ärger angesichts dieser überraschend intelligenten Frage. »Und …«

»Aber das wurde doch schon vor vielen Jahrhunderten geklärt«, sagte Bruder Wachturm. »Kam es nicht zu einer großen Schlacht oder so? Seitdem herrschen Lords, wie zum Beispiel der Patrizier.«

»Ja, sehr gut, Bruder Wachturm.«

»Ich wollte nur darauf hinweisen, dass es keine Könige mehr gibt«, fügte Bruder Wachturm hilfreich hinzu.

»Wie Bruder Wachturm gerade zum Ausdruck brachte …«

»Das Stichwort ›Ritterlichkeit‹ brachte mich darauf«, sagte Bruder Wachturm.

»Ja, und …«

»Ritterlichkeit ist typisch für Könige«, erklärte Bruder Wachturm glücklich. »Und für Ritter. Sie retteten junge Frauen mit langen blonden Haaren aus hohen Türmen und …«

»Allerdings«, sagte der Oberste Größte Meister scharf, »wäre es durchaus denkbar, dass das Geschlecht der alten Könige von Ankh nicht ausgestorben ist, wie man bisher annahm. Vielleicht gibt es nach wie vor Deszendenten, die Anspruch auf den Thron erheben könnten. Mein Studium uralter Schriftrollen lässt derartige Annahmen plausibel erscheinen.«

Der Oberste Größte Meister trat erwartungsvoll einen Schritt zurück, doch die erhoffte Reaktion blieb aus. Möglicherweise lag es an der Verwendung so anspruchsvoller Ausdrücke wie ›Deszendent‹ und ›plausibel‹.

Bruder Wachturm hob erneut die Hand.

»Ja?«

»Soll das heißen, irgendwo treibt sich ein Thronerbe herum?«

»Es ist nicht auszuschließen.«

»O ja«, verkündete Bruder Wachturm weise, »so etwas geschieht häufig. Man liest ständig davon. Man nennt die Leute Nachfahren. Eine Ewigkeit lang verstecken sie sich in fernen Wäldern und geben das geheime Schwert und irgendwelche Muttermale von Generation zu Generation weiter. Wenn das alte Königreich sie braucht, erscheinen sie ganz plötzlich und legen den Thronräubern das Handwerk. Anschließend wird meistens ordentlich gefeiert.«

Dem Obersten Größten Meister klappte die Kinnlade herunter. Er hatte nicht damit gerechnet, dass es so einfach wäre.

»Ja, mag sein«, brummte eine Gestalt, die der Oberste Größte Meister als Bruder Stukkateur erkannte. »Und dann? Angenommen, ein Nachfahre taucht auf, geht zum Patrizier und sagt: ›Heda, ich bin der König, hier ist mein Ausweis, das Muttermal. Mach den Thron frei und verschwinde.‹ Was hat er davon? Eine Lebenserwartung von allerhöchstens zwei Minuten – *das* hat er davon.«

»Du hast überhaupt nicht richtig *zugehört*«, erwiderte Bruder Wachturm. »Es geht doch darum, dass der Nachfahre eintrifft, wenn das Königreich bedroht ist, stimmt's? Er kommt als Retter, wird auf den ersten Blick erkannt und zum Palast getragen, wo er einige Kranke heilt, einen halben Feiertag verkündet und einen kleinen Teil des königlichen Schatzes an die Armen verteilt. So läuft der Hase, mein Lieber.«

»Außerdem muss er eine Prinzessin heiraten«, warf Bruder Pförtner ein. »Weil er ein Schweinehirt ist.«

Die anderen Brüder sahen ihn verblüfft an.

»Warum muss er unbedingt ein Schweinehirt sein?«, fragte Bruder Wachturm. »Ich habe nie behauptet, dass er ein Schweinehirt ist. Was hat das alles mit Schweinehirten zu tun?«

»Bruder Pförtner hat nicht ganz so unrecht«, sagte Bruder

Stukkateur. »Der zurückkehrende Thronerbe ist meistens ein Schweinehirt oder Förster, etwas in der Art. Das liegt am In-Dingsbums. Kognito. Der neue König muss den Eindruck erwecken, von einfacher Herkunft zu sein.«

»An einfacher Herkunft ist überhaupt nichts Besonderes«, sagte ein recht kleiner Bruder, der nur aus einer schwarzen Kutte in Kindergröße und Mundgeruch zu bestehen schien. »In meiner Familie gibt es nichts anderes als einfache Herkunft. Wir halten die Arbeit des Schweinehirten für einen außerordentlich erstrebenswerten Beruf.«

»Aber in deiner Familie fehlt königliches Blut, Bruder Verdruss«, hielt ihm Bruder Stukkateur entgegen.

»Vielleicht auch nicht«, murmelte Bruder Verdruss verdrießlich.

»Na schön«, sagte Bruder Wachturm widerwillig. »Meinetwegen. Doch im entscheidenden Augenblick legen echte Könige ihre Mäntel ab und rufen ›Siehe!‹ Daran zeigt sich deutlich ihr majestätisches Wesen.«

»Wie denn?«, fragte Bruder Pförtner.

»Warum soll kein königliches Blut in meinen Adern fließen?«, grummelte Bruder Verdruss. *»Es ist nicht richtig zu behaupten, ich hätte überhaupt kein …«*

»Irgendwie, in Ordnung? Ein majestätisches Wesen erkennt man sofort, wenn man's sieht.«

»Aber vorher muss das Königreich gerettet werden«, erklärte Bruder Stukkateur.

»O ja«, bestätigte Bruder Wachturm mit bedeutungsvoller Stimme, »das ist das Wichtigste, jawohl.«

»Gerettet wovor?«

»… habe ich ebenso viel Recht darauf wie alle anderen, dass vielleicht königliches Blut in meinen Adern fließt …«

»Vor dem Patrizier?«, fragte Bruder Pförtner.

Bruder Wachturm schlüpfte bereitwillig in die Rolle des Experten für Könige und schüttelte den Kopf.

»Eigentlich ist der Patrizier gar keine große Bedrohung«, antwortete er. »Man kann ihn wohl kaum als Tyrannen bezeichnen. Zumindest nicht als einen schlimmen. Ich meine, er *unterdrückt* nicht richtig.«

»Ich werde die ganze Zeit über unterdrückt«, ließ sich Bruder Pförtner vernehmen. »Von Meister Puderzucker, während der Arbeit. Morgens, mittags und abends unterdrückt er mich, indem er ständig schreit und so. Und dann die Frau im Gemüseladen ... Sie unterdrückt mich *dauernd.«*

»Mir geht's ähnlich«, sagte Bruder Stukkateur. »Mein Hauswirt unterdrückt mich auf gemeine und hinterhältige Weise. Immer wieder klopft er an die Tür und erinnert an die Miete, die ich ihm angeblich schulde, was natürlich frei erfunden ist. Und die Leute nebenan unterdrücken mich in jeder Nacht. Ich arbeite den ganzen Tag und habe nur abends Zeit, mit der Tuba zu üben. Aber glaubt ihr etwa, das sehen sie ein? Dauernd beschweren sie sich! Ach, niemand spürt den Stiefel des Unterdrückers deutlicher im Nacken als ich.«

»Wenn man's aus diesem Blickwinkel sieht ...«, meinte Bruder Wachturm nachdenklich. »Ich glaube, mein Schwager unterdrückt mich, indem er sich ein Pferd und einen nagelneuen Einspänner gekauft hat. *Ich* habe keinen. Wo bleibt da die Gerechtigkeit?, frage ich euch. Ich wette, ein König würde diese Art von Unterdrückung nicht zulassen. Er erließe bestimmt ein Gesetz, das es Ehefrauen verbietet, ihre Ehemänner mit Bemerkungen wie ›Mein Bruder Ruprecht hat seiner Frau eine neue Kutsche geschenkt, aber du hast wohl wieder kein Geld, was?‹ zu unterdrücken.«

Der Oberste Größte Meister hörte mit wachsendem Erstaunen zu. Vielleicht kannte er das Phänomen der Lawinen, aber als er den metaphorischen Schneeball über den langen verschneiten Hang rollen ließ, hatte er keine so bemerkenswerten Resultate erwartet. Er brauchte kaum in die Diskussion einzugreifen, um sie in die von ihm gewünschte Richtung zu lenken.

»Ich wette, ein König unternähme etwas gegen verlogene Hauswirte«, sagte Bruder Stukkateur.

»Und er würde Leute mit protzigen Kutschen bestrafen«, fügte Bruder Wachturm hinzu. »Ich wäre gar nicht überrascht, wenn mein Schwager das Ding mit gestohlenem Geld bezahlt hat.«

An dieser Stelle hielt der Oberste Größte Meister einen zarten Hinweis für notwendig. »Meiner Ansicht nach würde ein kluger König protzige Kutschen nur dann unter Strafe stellen, wenn sie *Unwürdigen* gehören.«

Nachdenkliche Stille folgte, als die versammelten Brüder eine mentale Teilung des Universums vornahmen, um die Würdigen von den Unwürdigen zu trennen. Es fiel ihnen nicht weiter schwer, sich für die richtige Seite zu entscheiden.

»Das wäre nur anständig«, sagte Bruder Wachturm langsam. »Aber ich muss auch Bruder Stukkateur recht geben. Ich halte es eher für unwahrscheinlich, dass ein König erscheint, nur weil Bruder Pförtner glaubt, dass ihm die Frau im Gemüseladen seltsame Blicke zuwirft.«

»Außerdem wiegt sie immer zu knapp«, brummte Bruder Pförtner. »Und sie ...«

»Ja, ja, ja.« Der Oberste Größte Meister holte tief Luft. »Es stimmt schon: Die rechtschaffenen Bürger von Ankh-Morpork werden unterdrückt. Aber normalerweise offenbart sich ein König unter dramatischeren Umständen. Zum Beispiel während eines Krieges.«

Alles lief bestens. Die Brüder mochten egozentrisch und dumm sein, aber bestimmt gab es einen unter ihnen, der auf den richtigen Gedanken kam, oder?

»Meistens gibt es in solchen Fällen alte Prophezeiungen und so«, sagte Bruder Stukkateur. »Mein Großvater hat mir davon erzählt.« Er blickte ins Leere, als er sich zu erinnern versuchte. »›Fürwahr, der König bringt Gesetz und Gerechtigkeit, kennt nichts als die Wahrheit. Mit dem Schwert in der Hand wird er seinem Volk dienen und es schützen.‹ Was seht ihr mich so komisch an? Diese Worte stammen nicht von mir.«

»Ach, *solche* Sprüche kennen wir *alle*!« Bruder Wachturm winkte ab. »Völliger Unsinn, wenn ihr mich fragt. Ich meine, kommt der König etwa mit Gesetz und Wahrheit dahergeritten, so wie die vier Reiter der Apokalypse? ›Hallo, Leute‹«, fuhr Bruder Wachturm mit veränderte Stimme fort, »›ich bin der König, und dort steht die Wahrheit, tränkt gerade ihr Pferd.‹ Das ist doch absurd! Nein, alten Legenden kann man nicht vertrauen.«

»Und warum nicht?«, fragte Bruder Verdruss eingeschnappt.

»Weil sie legendär sind«, antwortete Bruder Wachturm. »Dadurch weiß man Bescheid.«

»Wie wär's mit schlafenden Prinzessinnen?« schlug Bruder Stukkateur vor. »Nur ein König kann sie wecken.«

»Sei nicht dumm«, sagte Bruder Wachturm streng. »Wir haben keinen König, und deshalb sind auch keine schlafenden Prinzessinnen möglich. Ist doch logisch.«

»*Damals* war natürlich alles einfacher«, meinte Bruder Pförtner fröhlich.

»Wieso?«

»Der zukünftige König brauchte nur einen Drachen zu erlegen.«

Der Oberste Größte Meister klatschte in die Hände und betete stumm zu allen Göttern, die gerade zuhörten. Er hatte sich nicht geirrt, was diese Leute betraf. Früher oder später entstand in ihrem wirren Denken genau die Idee, die man sich von ihnen erhoffte.

»Welch interessante Vorstellung!«, lobte er.

»Aber sie bringt uns nicht viel weiter«, kommentierte Bruder Wachturm kummervoll. »Es gibt keine großen Drachen mehr.«

»Und wenn sie zurückkehren?«

Der Oberste Größte Meister ließ die Fingerknöchel knacken.

»Wie bitte?«, fragte Bruder Wachturm.

»Ich sagte: Und wenn sie zurückkehren?«

In den dunklen Tiefen unter Bruder Wachturms Kapuze erklang ein nervöses Lachen.

»Meinst du echte Drachen? Mit Schuppen und Flügeln?«

»Ja.«

»Schmelzofenheißer Atem?«

»Ja.«

»Und so, äh, Dinger an den Füßen ... Äh, Krallen?«

»Vermutlich meinst du Klauen. Die Antwort lautet: ja. So viele du willst.«

»Was soll das heißen, so viele ich will?«

»Ich dachte eigentlich, das sei inzwischen klar geworden, Bruder Wachturm. Wenn du Drachen möchtest, kannst du welche haben. Du bist imstande, einen Drachen hierher zu holen. Jetzt. In die Stadt.«

»Wer? Ich?«

»Ihr alle«, sagte der Oberste Größte Meister. »Wir, meine ich.«

Bruder Wachturm zögerte. »Ich weiß nicht, ob das ratsam wäre ...«

»Und er würde euch aufs Wort gehorchen.«

Dieser Zusatz wischte alle Einwände fort und köderte die Brüder. Auf ihre bornierte Beschränktheit hatte er die gleiche Wirkung wie ein dicker leckerer Fleischbrocken im städtischen Hundezwinger.

»Was hast du gerade gesagt?«, fragte Bruder Stukkateur langsam.

»Ihr könnt ihm Befehle erteilen und dafür sorgen, dass er sich genau so verhält, wie ihr es wollt.«

»Und du meinst einen, äh, *echten* Drachen?«

Der Oberste Größte Meister nutzte die Privatsphäre seiner Kapuze, um mit den Augen zu rollen.

»Ja, ich meine einen echten. Keinen mehr oder weniger niedlichen Sumpfdrachen, sondern ein authentisches Exemplar.«

»Aber ich dachte immer, es gab sie nur in, äh, du weißt schon, Müthen.«

Der Oberste Größte Meister beugte sich vor.

»Es gab sie in Mythen, und es gibt sie in Wirklichkeit«, sagte er laut. »Sie waren und sind sowohl eine Welle als auch ein Teilchen.«

»Da komme ich nicht ganz mit«, murmelte Bruder Stukkateur.

»Ich erkläre es euch. Das Buch, bitte, Bruder Finger! Danke. Brüder, als ich Gelegenheit fand, an der Weisheit der Geheimen Meister teilzuhaben ...«

»An *wessen* Weisheit, Oberster Größter Meister?«, fragte Bruder Stukkateur verwirrt.

»Warum hörst du nicht zu?«, entfuhr es Bruder Wachturm. »Du hörst *nie* richtig zu! Er hat die Geheimen Meister erwähnt. Du weißt schon: jene ehrwürdigen Weisen, die auf einem Berg leben und insgeheim die Geschicke der Welt lenken. Sie haben unserem Obersten Größten Meister ihr geheimes Wissen offenbart oder so, und außerdem können sie durchs Feuer gehen und dergleichen. Erst letzte Woche hat er davon erzählt, und jetzt wird er uns unterrichten, nicht wahr, Oberster Größter Meister?«, fügte er unterwürfig hinzu.

»Oh, die *Geheimen* Meister«, brummte Bruder Stukkateur. »Tut mir leid. Es liegt an den mystischen Kapuzen. Entschuldigung. Geheim. Jetzt erinnere ich mich wieder.«

Aber wenn ich die Stadt regiere, dachte der Oberste Größte Meister, *hört dies alles auf. Dann gründe ich eine neue Geheimgesellschaft aus scharfsinnigen und intelligenten Männern, obwohl sie natürlich nicht zu intelligent sein dürfen, nein, nicht zu intelligent. Dann stürzen wir den blöden Patrizier und beginnen ein neues Zeitalter im Zeichen der Erleuchtung, der Brüderlichkeit und des Humanismus, wir verwandeln Ankh-Morpork in ein Utopia, und Leute wie Bruder Stukkateur werden langsam über dem Feuer gebraten, wenn ich bei dieser Angelegenheit etwas zu sagen habe, was gewiss der Fall sein wird. Wir verzichten auch nicht darauf, sein Wabbel zu rösten.**

»Wie ich schon sagte: Als ich Gelegenheit fand, an der Weisheit der Geheimen Meister teilzuhaben ...«, begann er noch einmal.

»Damals haben sie von dir verlangt, auf Reispapier zu gehen, nicht wahr?«, fragte Bruder Wachturm im Plauderton. »Das hat mich von Anfang an beeindruckt. Seitdem verwende ich kein Reispapier mehr, um die Makronen einzuwickeln. Eigentlich erstaunlich. Es fällt mir überhaupt nicht schwer, darauf zu gehen. Da kann man mal sehen, wie nützlich es ist, sich einer Geheimgesellschaft anzuschließen.«

Wenn Bruder Stukkateur auf dem Bratblech liegt, dachte der Oberste Größte Meister, *wird er nicht allein sein.*

»Deine Schritte auf dem Pfad der Erleuchtung sind uns allen ein Beispiel, Bruder Wachturm«, sagte er. »Wenn ich jetzt fortfahren darf... Zu den vielen Geheimnissen ...«

* Das *Lexikon-seltsamer-Wörter-die-einem-Tränen-in-die-Augen-treiben* definiert Wabbel als ›kleines Gebäck aus Mürbeteig mit Rosinen‹. Jenes Lexikon hätte für den Obersten Größten Meister von unschätzbarem Wert sein können, als er sich Eidformeln für die Bruderschaft einfallen ließ, denn es enthielt auch Einträge wie Wampe (›eine Art Schürze, die von bestimmten Uhrmachern getragen wird‹), Quaker (›ein scheuer graubrauner Vogel aus der Wasserhuhn-Familie) und Zappelnicht (›ein kompliziertes Geschicklichkeitsspiel, bei dem es um Schildkröten geht‹).

»Die du aus dem Herzen des Seins in Erfahrung gebracht hast…«, warf Bruder Wachturm anerkennend ein.

»Die ich, wie Bruder Wachturm ganz richtig ausführt, aus dem Herzen des Seins in Erfahrung gebracht habe, gehört auch das Wissen um den jetzigen Aufenthaltsort der erhabenen Drachen. Sie sind keineswegs ausgestorben, wie man gemeinhin annimmt. Sie haben nur eine neue evolutionäre Nische gefunden, aus der man sie herbeirufen kann. Dieses Buch…« Der Oberste Größte Meister hob es mit einer dramatischen Geste. »…enthält genaue Anweisungen dafür.«

»Es steht in einem Buch?«, fragte Bruder Stukkateur unsicher.

»Es ist kein gewöhnliches Buch«, antwortete der Oberste Größte Meister. »Dies ist das einzige Exemplar. Ich habe Jahre gebraucht, um es zu finden. Tubal de Malachit, ein Fachmann für Drachenkunde, hat es eigenhändig geschrieben. Anders ausgedrückt: Es ist seine Handschrift. Er beschwor damals Drachen aller Größen, und dazu seid auch ihr imstande.«

Einmal mehr herrschte ehrfürchtige Stille.

»Ähem«, wandte Bruder Pförtner ein.

»Klingt ein wenig, äh, *magisch*«, murmelte Bruder Wachturm im nervösen Tonfall eines Mannes, der weiß, unter welcher Tasse die Erbse liegt, es jedoch nicht wagt, darauf hinzuweisen. »Ich meine, ich möchte natürlich nicht deine überlegene Weisheit und so infrage stellen, aber, nun, äh… Magie…«

Er sprach nicht weiter.

»Ja«, bestätigte Bruder Pförtner voller Unbehagen.

»Es, äh, betrifft die Zauberer«, sagte Bruder Finger. »Vielleicht weißt du nichts davon, weil du die ganze Zeit bei den ehrwürdigen Geheimmeistern die Schulbank gedrückt hast und so, aber die hiesigen Zauberer werden ziemlich sauer, wenn sich jemand in magische Dinge einmischt.«

»Sie nennen es Demarkation«, erläuterte Bruder Pförtner. »Zum Beispiel: Ich spiele nicht mit den mystischen Gespinsten der Dingsbums, Kausalität herum, und dafür führen die Zauberer keine Stuckarbeiten durch.«

»Wo liegt da das Problem?«, fragte der Oberste Größte Meister, obwohl er es ganz deutlich sah. Dies war die letzte Hürde. Wenn er den engstirnigen und blasierten Brüdern half, sie zu überwinden, gehörte ihm die ganze Welt. Bisher hatte ihn ihr geradezu verblüffend dummer Egoismus nicht enttäuscht; bestimmt konnte er auch diesmal darauf zählen ...

Unruhe erfasste die Brüder. Schließlich meldete sich Bruder Verdruss zu Wort.

»Hm. *Zauberer.* Was verstehen solche Leute von harter Arbeit?«

Der Oberste Größte Meister atmete tief durch. Ah ... Die Atmosphäre gemeiner Rachsucht verdichtete sich spürbar.

»Überhaupt nichts, und das ist eine Tatsache«, stellte Bruder Finger fest. »Sie stolzieren hochnäsig umher und blicken auf uns herab, weil sie sich für etwas Besseres halten. Ich habe sie während meiner Arbeit in der Universität beobachtet: Ihre Hinterteile sind *kilometerbreit*, jawohl. Sie wissen überhaupt nicht, was ehrliche mühselige Arbeit bedeutet.«

»Womit du sicher Klauen und Stehlen meinst, wie?«, bemerkte Bruder Wachturm. Bruder Finger war ihm nie sehr sympathisch gewesen.

Bruder Finger überhörte den Kommentar. »Natürlich werden die Zauberer nicht *müde*, darauf hinzuweisen, dass man Magie meiden sollte, weil nur sie sich mit solchen Sachen auskennen. Angeblich geht es dabei um die Gefahr, das Gefüge der kosmischen Harmonie und wasweißich aus dem Gleichgewicht zu bringen. Humbug, wenn ihr mich fragt.«

»Nu-un«, begann Bruder Stukkateur, »ich weiß nicht

recht. Ich meine, wenn mir beim Mischen ein Fehler unterläuft, besteht das Ergebnis nur aus nassem Gips vor den Füßen. Aber wenn man was Magisches verpfuscht, kommen irgendwelche *Dinge* herangekrochen und drehen einen durch die Mangel.«

»Ja, aber das behaupten die *Zauberer*«, sagte Bruder Wachturm nachdenklich. »Um ganz ehrlich zu sein, ich konnte sie noch nie ausstehen. Alle ihre Warnungen ... Vielleicht wollen sie sich nur einen Vorteil sichern. Und was die Beschwörungen betrifft: Sobald man sie ausgesprochen hat, braucht man nur noch zu winken und so. Das kann eigentlich gar nicht so schwer sein.«

Die Brüder dachten darüber nach. Es klang durchaus vernünftig. Wenn *sie* etwas entdeckt hätten, das ihnen Vorteile bot, so wären sie bestimmt nicht bereit gewesen, es mit anderen zu teilen.

Der Oberste Größte Meister hielt die Zeit für reif.

»Dann sind wir uns also einig, Brüder? Ihr wollt versuchen, Magie einzusetzen?«

»Oh, *versuchen!*«, platzte es erleichtert aus Bruder Stukkateur heraus. »Gegen *Versuche* habe ich nichts einzuwenden. Solange wir vermeiden, dass die Sache ernst wird ...«

Der Oberste Größte Meister klappte das Buch zu.

»Ich meine echte Zauberformeln!«, donnerte er. »Um Recht und Ordnung in die Stadt zu bringen! Um einen Drachen zu beschwören!«

Die Brüder wichen erschrocken zurück. »Und wenn es uns gelingt, einen Drachen hierher zu holen ...«, sagte Bruder Pförtner nach einer Weile. »Dann erscheint der rechtmäßige König, einfach so?«

»Ja!«, versicherte der Oberste Größte Meister.

»Das leuchtet mir ein«, verkündete Bruder Wachturm. »Ist doch logisch. Es liegt an der Bestimmung und den gnomischen Einflüssen des Schicksals.«

Die anderen Brüder zögerten, und dann nickten dunkle Kapuzen. Nur Bruder Stukkateur wirkte ein wenig besorgt.

»Nu-un«, brummte er, »es gerät doch nicht außer Kontrolle, oder?«

»Bruder Stukkateur, ich verspreche dir, dass wir jederzeit aufhören können«, sagte der Oberste Größte Meister glatt.

»Äh, na schön«, erwiderte der widerwillige Bruder. »Ein *Versuch* schadet sicher nicht. Könnten wir den Drachen lange genug hierbehalten, um zum Beispiel unterdrückende Gemüseläden niederzubrennen?«

Ah ...

Der Oberste Größte Meister hatte gewonnen. Es würde wieder Drachen geben. Und einen König. Nicht wie die alten Könige. Einen König, der keine *eigenen* Entscheidungen traf.

»Das hängt vom Ausmaß eurer Hilfe ab«, fuhr der Oberste Größte Meister fort und wandte sich an die ganze Bruderschaft. »Zunächst einmal brauchen wir möglichst viele magische Gegenstände ...«

Es war sicher keine gute Idee, den Brüdern zu zeigen, dass die eine Hälfte von de Malachits Buch aus Asche bestand. Vielleicht hätte Bruder Stukkateur das zum Anlass genommen, erneut zu zweifeln.

Dies ist erst der Anfang, dachte der Oberste Größte Meister. *Und niemand kann mich aufhalten.*

Donner grollte ...

Es heißt, die Götter spielen mit dem Leben der Menschen. Aber weiß jemand, um was es dabei geht, wer als Spielfigur eingesetzt wird und welche Regeln gelten?

Man sollte besser nicht darüber spekulieren.

Donner grollte …

Und würfelte eine Sechs.

Man wende jetzt die Aufmerksamkeit von den nassen Straßen Ankh-Morporks ab, blicke durch den Morgendunst der Scheibenwelt und beobachte einen jungen Mann. Er nähert sich der Stadt und offenbart dabei die ebenso direkte wie unschuldige Zielstrebigkeit eines Eisbergs, der in eine wichtige Schiffahrtslinie treibt.

Der junge Mann heißt Karotte. Er verdankt diesen Namen nicht etwa dem Haar, das sein Vater aus hygienischen Gründen immer ganz kurz geschnitten hat, sondern der Körperform.

Um eine derartige konische Gestalt zu bekommen, muss man gesund leben, einen herzhaften Appetit entwickeln und immerzu frische Bergluft atmen. Wenn der junge Mann die Schultermuskeln spannte, mussten erst andere Muskeln beiseiterücken, um Platz zu schaffen.

Zu seiner Ausrüstung gehört ein Schwert, das er unter mysteriösen Umständen erhalten hat. Unter *sehr* mysteriösen Umständen. Deshalb mag es überraschen, dass gewisse Erwartungen unerfüllt bleiben. Es ist nicht magisch. Es hat auch keinen Namen. Wenn man damit ausholt, hat man nicht das Gefühl, von okkulter Kraft durchströmt zu werden – man holt sich nur Blasen an den Händen. Man könnte die Waffe für ein so oft verwendetes Schwert halten, dass sie schließlich zur Quintessenz eines Schwertes wurde, zu einem langen Stück Metall mit scharfen Kanten. Hinzu kommt: Die Klinge ist keineswegs in eine Aura des Schicksals gehüllt.

Ein einzigartiges Schwert, wahrhaftig.

Donner grollte.

In den Rinnsteinen gurgelte es leise, als der Müll der Nacht fortgespült wurde. In manchen Fällen protestierte er kläglich.

Als das Wasser den liegenden Hauptmann Mumm erreichte, teilte es sich und floss um ihn herum. Mumm öffnete die Augen. Einige Sekunden lang genoss er gedankenlosen Frieden, doch dann traf ihn die Erinnerung wie ein Hammerschlag.

Es war ein ziemlich übler Tag für die Wache gewesen. Man denke nur an Herbert Humpels Beerdigung. Armer Humpel. Er hatte eine der wichtigsten Wächter-Regeln verletzt, eine Regel, die auch jemand wie Humpel nicht zweimal missachten konnte. Die Folge: Man bestattete ihn im matschigen Boden, während Regen auf seinen Sarg prasselte. Nur die drei überlebenden Mitglieder der Nachtwache – keine andere Gruppe in der Stadt stand in einem so schlechten Ruf – waren zugegen gewesen, um ihn zu betrauern. Feldwebel Colon hatte sogar geweint. Armer alter Humpel.

Armer alter Mumm, dachte Mumm.

Der arme alte Mumm, hier in der Gosse. Aber dort hatte er begonnen. Armer alter Mumm: Das Wasser floss ihm unter den Brustharnisch. Armer alter Mumm: Er beobachtete, wie der restliche Inhalt des Rinnsteins vorbeiquoll. *Wahrscheinlich bietet schich jetzt schogar dem armen alten Humpel ein besserer Anblick dar*, dachte er.

Mal schehen ... Nach der Beerdigung war er fortgegangen, um sich zu betrinken. Nein, das schtimmte nicht ganz. Ein

Wort, das mit einem ›er‹ endete. Betrunkener. Ja, genau: Er ging fort, um betrunkener zu sein als schonst. Weil nämlich die Welt irgendwie verdreht und falsch war, als schähe man sie durch gesplittertes Glas. Sie gewann erst dann wieder klare Konturen, wenn man sie durch den Boden einer Flasche betrachtete.

Da gab's doch noch was anderes, oder?

O ja. Nacht. Dienst. Allerdings nicht für Humpel. Brauche einen Neuen. Hat schich nicht schon einer gemeldet? Irgend so'n Hinterwäldler. Brief. Ja. Es schtand im Brief. Geschrieben. Ein Bursche ausser Pro... Prowi...

Hauptmann Mumm gab auf und ließ sich zurücksinken. Der Rinnstein gurgelte weiter vor sich hin; es klang mürrisch.

Oben flackerten die Buchstaben aus Licht im Regen.

Frische Bergluft war nicht die einzige Erklärung für Karottes beeindruckendes Erscheinungsbild. Der Umstand, dass er zwölf Stunden täglich in einer von Zwergen eingerichteten Goldmine gearbeitet und dabei Loren durch die Stollen nach oben geschoben hatte, spielte in diesem Zusammenhang eine nicht unbeträchtliche Rolle.

Er ging gebückt, und auch dafür gab es einen guten Grund. Wer in einer Goldmine von Zwergen aufwächst, die hundertfünfzig Zentimeter für eine völlig ausreichende Stollenhöhe halten, zieht irgendwann den Kopf ein.

Karotte ahnte von Anfang an, dass er anders war. Zum Beispiel hatte er immer ungewöhnlich viele blaue Flecken. Die Vermutungen wurden zur Gewissheit, als eines Tages sein Vater zu ihm kam, von der Taille her zu ihm aufsah und erklärte, entgegen aller bisherigen Annahmen sei er kein Zwerg.

Es ist schrecklich, fast sechzehn zu sein und zur falschen Spezies zu gehören.

»Entschuldige bitte, dass wir dich erst jetzt darauf hinweisen, Sohn«, sagte Vater. »Wir hofften, du würdest es dir irgendwann abgewöhnen.«

»Was denn?«, fragte Karotte.

»Das Wachsen. Aber jetzt glaubt deine Mutter – das heißt, wir *beide* glauben –, dass du zu deinem Volk zurückkehren solltest. Ich meine, es ist nicht anständig, dich hierzubehalten, ohne jemanden, der auch nur annähernd an deine Größe herankommt.« Vater zupfte an einer gelockerten Helmniete, ein deutlicher Hinweis auf seine Besorgnis. »Äh«, fügte er hinzu.

»Aber ihr seid meine Eltern!«, entfuhr es Karotte verzweifelt.

»In gewisser Weise, ja«, erwiderte der Vater. »Doch wenn man die Sache genauer betrachtet und bestimmte Dinge in Erwägung zieht, so muss die Antwort ›nein‹ lauten. Weißt du, es hat was mit den Genen zu tun. Aus diesem Grund wäre es sicher eine sehr gute Idee, wenn du aufbrechen und dir die Welt ansehen würdest.«

»Was? Ich soll euch verlassen? Für immer?«

»O nein! Nein. Natürlich nicht. Du kannst jederzeit zurückkehren und uns besuchen. Aber, nun, ein Junge in deinem Alter, der nur diesen Ort kennt ... Es ist nicht richtig. Du weißt schon. Ich meine. Bist kein Kind mehr. Die meiste Zeit über auf den Knien umherzukriechen und so. Das ist nicht richtig.«

»Zu welchem Volk gehöre ich denn?«, fragte Karotte verwirrt.

Der alte Zwerg holte tief Luft. »Du bist ein Mensch«, sagte er.

»Was, wie Herr Varneschi?« Einmal in der Woche kam Herr Varneschi mit seinem Ochsenkarren über den Bergpfad, um Dinge gegen Gold zu tauschen. »Ich bin einer von den Großen?«

»Du bist einsfünfundneunzig groß, Junge. Er kommt nur auf hundertfünfzig Zentimeter.« Der Zwerg zupfte erneut an der gelockerten Niete. »Wenn du verstehst, was ich meine …«

»Ja, aber … Aber vielleicht bin ich nur ein hochaufgeschossener Zwerg«, wandte Karotte verzweifelt ein. »Wenn es kleine Menschen gibt, so sind doch auch große Zwerge möglich, oder?«

Vater klopfte ihm voller Mitgefühl ans Knie.

»Du musst dich den Tatsachen stellen, Junge. Auf dem Boden fühlst du dich bestimmt viel wohler als *darin*. Es liegt in deinem Blut. Außerdem ist oben die Decke nicht so niedrig.« *Es besteht sicher nicht die Gefahr, dass du dauernd mit dem Kopf an den Himmel stößt*, dachte Vater.

»Einen Augenblick mal!« Furchen bildeten sich in Karottes Stirn, als er versuchte, konzentriert nachzudenken. »Du bist ein Zwerg, stimmt's? Und Mama ist eine Zwergin, habe ich recht? Also müsste ich ebenfalls ein Zwerg sein. So ist das nun mal im Leben.«

Vater Zwerg seufzte. Er hatte gehofft, dieses Thema mit aller Behutsamkeit zur Sprache zu bringen und das verbale Ziel im Lauf mehrerer Monate anzusteuern. Aber jetzt blieb keine Zeit mehr für rücksichtsvollen Takt.

»Setz dich, Junge«, sagte er. Karotte setzte sich.

»Die Wahrheit ist …«, begann Vater Zwerg unglücklich, als das große und offene Gesicht des Jungen seinem eigenen etwas näher war, »die Wahrheit ist … Wir fanden dich eines Tages im Wald. Du lagst in der Nähe eines Weges im Gras und hast mit deinen Zehen gespielt … ähem.« Die Niete quietschte leise. Der alte Zwerg gab sich einen inneren Ruck.

»Wir fanden auch noch, äh, Wagen. Sie brannten, könnte man sagen. Und dann gab es Leichen. Äh, ja. Tote Leichen. Vollkommen tot. Wegen der Räuber. Es war ein ziemlich strenger Winter, jener Winter, und in den Bergen wimmelte es von ... Leuten und so. Deshalb nahmen wir dich auf, und dann ... Na ja, der Winter dauerte recht lange, und deine Mutter gewöhnte sich an dich, und irgendwie kamen wir nie dazu, Varneschi um Nachforschungen zu bitten. Äh, das wär's im Großen und Ganzen.«

Karotte nahm diese Ausführungen gelassen hin, weil er fast nichts davon verstand. Soweit er wusste, war es völlig normal, dass Kinder zur Welt kamen, indem man sie irgendwo im Wald fand. Ein Zwerg durfte erst damit rechnen, dass man ihm* die technischen Einzelheiten erklärte, wenn er die Pubertät** erreichte.

»Na schön, Paps«, entgegnete er und beugte sich vor, damit sich sein Mund auf einer Höhe mit dem Zwergenohr befand. »Aber weißt du, ich und ... Du kennst doch Minty Felsschmetterer, nicht wahr? Sie ist wirklich hübsch, Paps, hat einen herrlichen weichen Bart, so weich wie ... Er ist wirklich sehr weich. Wir verstehen uns prächtig, und ...«

»Ja«, sagte Vater kühl, »ich weiß. Ihr Vater hat mit mir gesprochen.« *Und ihre Mutter mit deiner Mutter*, fügte er in Gedanken hinzu. *Und dann hat deine Mutter mit mir geredet, und zwar ziemlich lange.*

Es ist keineswegs so, dass man dich nicht mag. Du bist ein zuverlässiger Junge, und an deiner Arbeit gibt es nichts auszusetzen. Du wärst sicher ein guter Schwiegersohn. Vier gute Schwiegersöhne. Genau dort liegt das Problem. Außerdem: Minty hat gerade erst ihren sechzigsten Geburtstag gefeiert. Es ist nicht angemessen. Es ist nicht richtig.

Vater Zwerg hatte Geschichten über Kinder gehört, die bei Wölfen aufwuchsen. Er fragte sich, ob das Oberhaupt des

* Das Pronomen gilt bei Zwergen als neutral. Alle Zwerge haben Bärte und tragen bis zu zwölf verschiedene Kleidungsschichten. Die Art des Geschlechts bleibt zunächst der Fantasie vorbehalten.

** Mit anderen Worten: etwa im Alter von fünfundfünfzig Jahren.

Rudels jemals in eine so schwierige Situation geraten war. Vielleicht führte es den Jungen auf irgendeine abgelegene Lichtung und sagte: Hör mal, Sohn, vielleicht hast du dich darüber gewundert, dass du nicht so haarig bist wie alle anderen …

Er hatte die Angelegenheit bereits mit Varneschi besprochen. Ein guter, verlässlicher Mann. Er erinnerte sich an Varneschis Vater, sogar an seinen Großvater, als er nun darüber nachdachte. Menschen schienen keine besonders hohe Lebenserwartung zu haben. Wahrscheinlich alterten sie schnell, weil sich das Herz sehr anstrengen musste, um das Blut so hoch hinaufzupumpen.

»Da bist du echt in einer verzwickten Lage, König*«, hatte der alte Mann geantwortet. Sie saßen auf einer Bank vor Schacht Zwei und genehmigten sich den einen oder anderen Schluck Branntwein.

»Er ist natürlich ein guter Junge«, erwiderte der König. »Ehrlich und mit festem Charakter. Man kann ihn nicht unbedingt sehr intelligent nennen, aber wenn man ihm einen Auftrag gibt, ruht er nicht, bis alles erledigt ist. Die Gehorsamkeit gehört zu seinem Wesen.«

»Du könntest ihm die Beine abhacken«, schlug Varneschi vor.

»Die *Beine* sind nicht das eigentliche Problem«, antwortete der König bedrückt.

»Oh. Ja. Ich verstehe. Nun, in *dem* Fall …«

»Nein.«

»Nein«, stimmte Varneschi nachdenklich zu. »Hmm. Vielleicht solltest du ihn für eine Weile fortschicken, ihm Gelegenheit geben, unter Menschen zu sein.« Er lehnte sich zurück. »Du hast es hier mit einer Ente zu tun, König«, fügte er weise hinzu.

* Er benutzte den Ausdruck *Dezka-knik*, was ›Minenaufseher‹ bedeutet.

»Es hätte bestimmt keinen Sinn, ihm so etwas zu sagen. Es fällt ihm schon schwer genug zu glauben, dass er ein Mensch ist.«

»Ich meine: eine Ente, die unter Hühnern aufgewachsen ist. Ein weithin bekanntes Bauernhof-Phänomen. Irgendwann stellt das arme Ding fest, dass es gar nicht richtig picken kann, und vom Schwimmen hat es überhaupt keine Ahnung.« Der König hörte höflich zu. Die landwirtschaftlichen Kenntnisse von Zwergen sind eher begrenzt. »Aber wenn man es zu anderen Enten schickt, damit es nasse Füße bekommt, läuft es bald keinen Glucken mehr nach. Und Bob ist dein Onkel.«*

Varneschi lehnte sich wieder zurück und wirkte sehr zufrieden mit sich.

Wenn man einen großen Teil seines Lebens in einem Bergwerk verbringt, neigt man zu einer eher nüchternen Denkweise. Zwerge können mit Metaphern nur wenig anfangen. Steine sind hart, und die Dunkelheit ist dunkel. Wenn man mit bildhaften Beschreibungen beginnt, kommt man nur durcheinander – so lautet das Zwergenmotto. Doch der König pflegte schon seit zweihundert Jahren Kontakte mit Menschen, und während dieser Zeit hatte er ein mentales Instrumentarium entwickelt, um sich im Labyrinth menschlicher Redewendungen besser zurechtzufinden.

»Bjorn Starkimarm ist tatsächlich mein Onkel«, sagte er langsam.

»Meine ich ja.«

Es folgte eine Pause, als der König die letzte Gesprächssequenz sorgfältig analysierte.

Vater Zwerg wählte seine Worte mit besonderer Vorsicht, als er schließlich erwiderte: »Du meinst also, wir sollen Ka-

* Eigentlich: »Und fertig ist der Lack.« – Anm. d. Übers.

rotte fortschicken und ihn eine Ente unter Menschen sein lassen, weil Bjorn Starkimarm mein Onkel ist.«

»Er ist zweifellos ein prächtiger Bursche«, sagte Varneschi. »Einem so kräftigen Jungen stehen bestimmt viele Möglichkeiten offen.«

»Ich habe gehört, dass Zwerge in der Großen Stadt arbeiten«, überlegte der König laut. »Sie schicken ihren Familien Geld, was sehr lobenswert und anständig ist.«

»Na bitte. Besorg ihm einen Job in ...« Varneschi besann sich auf seine Fantasie. »In der Wache oder so. Mein Urgroßvater diente in der Wache, weißt du. Gute Arbeit für jemanden, der das Herz am rechten Fleck hat, meinte mein Urgroßvater.«

»Wache?«, wiederholte der König. »Was bedeutet das?«

»Oh«, antwortete Varneschi mit der vagen Unsicherheit eines Mannes, dessen Familie während der letzten drei Generationen nicht mehr als zwanzig Meilen weit gereist ist, »die betreffenden Leute sorgen dafür, dass die Gesetze beachtet werden und sich jeder an seine Anweisungen hält.«

»Eine sehr ehrenhafte Aufgabe«, kommentierte der König. Er war daran gewöhnt, Anweisungen zu erteilen, und daher vertrat er in diesem Zusammenhang einen recht festen Standpunkt.

»Natürlich nimmt die Wache nicht jeden auf«, fügte Varneschi hinzu und kramte in den untersten Schubladen seines Gedächtnisses.

»Das kann ich gut verstehen. Immerhin ist diese Arbeit sehr wichtig. Ich schreibe dem König in der Stadt.«

»Ich glaube, dort gibt es gar keinen König«, gab Varneschi zu bedenken. »Nur einen Mann, der allen anderen Leuten sagt, was sie zu tun haben.«

Der Zwerg nahm diesen Hinweis ruhig entgegen. Seiner Ansicht nach war man zu mindestens siebenundneunzig

Prozent König, wenn man anderen Leuten sagte, was sie zu tun hatten.

Karotte fand sich mit diesen Erklärungen ab und nahm sein plötzlich verändertes Schicksal hin – ebenso gut hätte man ihn auffordern können, Schacht Vier zu erweitern oder Holz für Stützbalken zu holen. Alle Zwerge sind von Natur aus pflichtbewusst, ernst, tugendhaft, gehorsam und nachdenklich. Ihre einzige Schwäche besteht in der Tendenz, nach einem Drink Feinden entgegenzustürmen, ›Arrrrgh!‹ zu brüllen und Beine in Kniehöhe abzuhacken. Karotte sah keinen Grund dafür, anders zu sein. Er beschloss, die ›Stadt‹ aufzusuchen – was immer das auch sein mochte – und dort einen Mann aus sich machen zu lassen.

Varneschi hatte darauf hingewiesen, dass nur die Besten hoffen durften, in die Wache aufgenommen zu werden. Ein Wächter musste gut zu kämpfen verstehen und rein sein, in Gedanken ebenso wie in Wort und Tat. Der alte Mann griff auf die Anekdotensammlung seiner Ahnen zurück und berichtete von Bösewichtern, die im Mondschein über hohe Dächer zu fliehen versuchten, von regelrechten Schlachten mit Schurken, die sein Großvater natürlich alle gewonnen hatte, obwohl der Feind zahlenmäßig weit überlegen gewesen war.

Es klang besser als die Arbeit in den Minen, befand Karotte.

Der König dachte gründlich nach, schrieb einen Brief an den Herrscher von Ankh-Morpork und fragte respektvoll, ob für Karotte ein Platz in den Reihen der Besten infrage käme.

Im Bergwerk der Zwerge geschah es nur selten, dass jemand einen Brief schrieb. Die Arbeit ruhte, und der ganze Clan fand sich ein, schwieg ehrfürchtig und lauschte, während der Federkiel des Königs übers Pergament kratzte. Seine Tante war zu Varneschi geschickt worden, um ein wenig Siegelwachs zu holen. Die Schwester hatte das Dorf besucht und Frau Knobblauch gefragt, wie man Emffehlunk schrieb.

Monate verstrichen.

Und dann traf die Antwort ein. Der Umschlag war fleckig und zerknittert – in den Spitzhornbergen wurden Briefe Reisenden übergeben, die mehr oder weniger die richtige Richtung einschlugen –, und die Mitteilung darin beschränkte sich auf einige wenige Worte. Es hieß schlicht und einfach, der Bewerbung werde stattgegeben, und Karotte solle sich unverzüglich zum Dienst melden.

»Das ist alles?«, fragte der Junge verwundert. »Ich dachte, erst fänden einige Tests statt. Um festzustellen, ob ich geeignet bin.«

»Du bist mein Sohn«, erwiderte der König. »Darauf habe ich deutlich hingewiesen. Woraus folgt: Es kann überhaupt kein Zweifel an deiner Eignung bestehen. Wahrscheinlich hast du das Zeug zum Offizier.«

Er holte einen Sack unter seinem Stuhl hervor, griff hinein und holte einen langen Metallgegenstand hervor. Zuerst wirkte er wie eine Säge, doch wenn man genauer hinsah, wies das Objekt zumindest gewisse Ähnlichkeiten mit einem Schwert auf.

»Ich glaube, dies ist dein rechtmäßiges Eigentum«, erklärte Vater Zwerg. »Als wir die ... Wagen fanden, war dort nichts anderes übrig geblieben. Wegen der Räuber, weißt du. Unter uns gesagt ...« Er bedeutete Karotte, sich zu ihm herabzubeugen. »Wir haben es von einer Hexe untersuchen lassen. Weil wir irgendeine Art von Magie vermuteten. Aber das ist nicht der Fall. Die Hexe meinte, es sei das unmagischste Schwert, das sie jemals gesehen habe. Nicht eine Spur von magischem Magnetismus. Wenigstens ist es gut ausbalanciert.«

Der König reichte die Waffe dem Jungen und griff erneut

in den Sack. »Und dann dies hier.« Er hob ein Hemd. »Es wird dich schützen.«

Karotte betastete es vorsichtig. Das Kleidungsstück bestand aus der Wolle von Spitzhorn-Schafen, war so warm und weich wie Schweineborsten. Es handelte sich um eine der legendären Zwergenwesten, die eigentlich Angeln brauchten.

»Wovor soll es mich schützen?«, fragte er.

»Vor der Kälte und so«, erwiderte der König. »Deine Mutter meint, du sollst es tragen. Äh, da fällt mir ein ... Herr Varneschi möchte, dass du ihm auf dem Weg zur Stadt einen Besuch abstattest. Er hat etwas für dich.«

Vater und Mutter winkten, bis Karotte außer Sicht geriet, doch Minty kam nicht, um ihn zu verabschieden. Seltsam: Seit einiger Zeit schien sie ihn zu meiden.

Und so zog der Junge also los: das Schwert auf dem Rücken, in der Tasche belegte Brote und saubere Unterwäsche, die ganze Welt – bildlich gesprochen – zu Füßen. Außerdem nahm er das Schreiben des berühmten Patriziers mit, der die große und prächtige Stadt Ankh-Morpork regierte.

So hatte sich jedenfalls seine Mutter ausgedrückt. Der Briefkopf zeigte ein beeindruckendes Wappen, doch die Unterschrift lautete: ›Lupin Schnörkel, Sekr'r, pp.‹

Trotzdem: Wenn der Brief nicht vom Patrizier persönlich unterzeichnet worden war, so hatte ihn bestimmt jemand geschrieben, der für ihn arbeitete. Oder im gleichen Gebäude wohnte. Wahrscheinlich *wusste* der Patrizier wenigstens von dem Brief. In groben Zügen. Und wenn er nichts von *diesem* Brief ahnte, so war ihm sicher bekannt, dass ein Phänomen namens Post existierte.

Karotte wanderte mit langen zuversichtlichen Schritten über den Bergpfad und scheuchte Hummelschwärme auf. Nach einer Weile zog er das Schwert aus der Scheide und schlug versuchsweise nach verbrecherischen Baumstümpfen und ungesetzlichen Ansammlungen von Brennesseln.

Varneschi saß vor seiner Hütte und reihte getrocknete Pilze an einer Schnur auf.

»Hallo, Karotte!«, begrüßte er den Jungen und führte ihn durch die Tür. »Freust du dich auf die Stadt?«

Karotte dachte darüber nach.

»Nein«, antwortete er schließlich.

»Hast du's dir anders überlegt?«

»Nein«, erwiderte Karotte ehrlich, »ich habe mir gar nichts überlegt, bin einfach nur gegangen.«

»Dein Vater hat dir das Schwert gegeben, nicht wahr?«, fragte Varneschi und kramte in einem stinkenden Regal.

»Ja. Und eine Wollweste, die mich vor Erkältungen schützen soll.«

»Ah. Ja, unten in der Ebene kann's ziemlich feucht sein, wie ich hörte. Schutz. Sehr wichtig.« Varneschi drehte sich um und fügte in einem bedeutungsvollen Tonfall hinzu: »*Dies* gehörte meinem Urgroßvater.«

Karottes Blick fiel auf eine seltsame halbkugelförmige Vorrichtung mit einigen Riemen.

»Eine Art Schlinge?«, fragte er, nachdem er das sonderbare Objekt mehrere Sekunden lang betrachtet und dabei höflich geschwiegen hatte.

Varneschi nannte ihm die gebräuchliche Bezeichnung für den Gegenstand.

»Hosenbeutel?«, wiederholte Karotte verwirrt. »Schnallt man das Ding an den Gürtel?«

»Nein«, murmelte Varneschi. »Man verwendet es beim Kampf. Du solltest es die ganze Zeit über tragen – dann sind deine, äh, edlen Teile immer geschützt.«

Karotte probierte den Hosenbeutel aus.

»Er ist zu klein, Herr Varneschi.«

»Äh, weißt du, er wird nicht auf den Kopf gesetzt.«

Varneschi erklärte die Einzelheiten, und Karottes Verwirrung verwandelte sich allmählich in bestürztes Entsetzen. Der alte Mann beendete seinen Vortrag mit dem Hinweis: »Mein Urgroßvater sagte immer, ich hätte mein Leben in erster Linie diesem Gegenstand zu verdanken.«

»Was meinte er damit?«

Varneschis Mund öffnete und schloss sich mehrmals. »Keine Ahnung«, antwortete er feige und rückgratlos.

Jetzt lag das schändliche Objekt ganz unten in Karottes Rucksack. Zwerge konnten mit solchen Dingen nichts anfangen. Die scheußliche Schutzvorrichtung gehörte zu einer Welt, die ebenso fremdartig war wie die Rückseite des Mondes.

Herr Varneschi gab Karotte auch noch etwas anderes: ein kleines, aber sehr dickes Buch, gebunden in Leder, das im Laufe der Jahre die Festigkeit von Holz gewonnen hatte.

Der Titel lautete: ›Die Gesetze und Verordnungen der Städte Ankh und Morpork‹.

»Es stammt ebenfalls aus dem Besitz meines Urgroßvaters«, verkündete Varneschi. »Darin steht alles, was die Wache wissen muss. Du solltest die Gesetze kennen, wenn du ein guter Offizier werden willst«, sagte er ernst.

Leider vergaß Varneschi, dass Karotte noch nie eine Lüge gehört und immer nur genaue Anweisungen bekommen hatte, die keinen Interpretationsspielraum ließen. Der Junge nahm das Buch würdevoll entgegen. Wenn er schon ein Offizier der Wache sein sollte, so wäre es ihm nie in den Sinn gekommen, weniger als ein *guter* Offizier zu werden.

Es war eine fünfhundert Meilen weite und erstaunlicherweise völlig ereignislose Reise. Wer nahezu zwei Meter groß und in den Schultern fast ebenso breit ist, braucht bei seinen Reisen nicht mit unliebsamen Zwischenfällen zu rechnen. Es mag durchaus geschehen, dass Leute hinter Felsen hervorspringen, aber sie sagen nur: »Oh! Entschuldigung. Ich habe dich für jemand anderen gehalten.«

Karotte verbrachte den größten Teil der Zeit damit, im Buch zu lesen.

Und jetzt lag Ankh-Morpork vor ihm. Die Stadt bot einen eher enttäuschenden Anblick. Karotte hatte mit aufragenden Türmen und bunten Fahnen gerechnet, aber die Gebäude ragten nicht etwa auf, sondern duckten sich an den Boden, als fürchteten sie, jemand könne ihn stehlen. Außerdem fehlten bunte Fahnen.

Am Tor stand ein Wächter. Zumindest trug er ein Kettenhemd und stützte sich auf einen Speer – er musste ein Wächter sein.

Karotte begrüßte ihn und reichte ihm den Brief. Der Mann starrte eine Zeit lang darauf hinab.

»Mhm?«, grummelte er dann.

»Ich glaube, ich muss mich bei Lupin Schnörkel Sekr'r pp melden«, sagte Karotte.

»Wofür steht das pp?«, fragte der Wächter misstrauisch.

»Vielleicht für prompt-pünktlich«, antwortete Karotte, der sich die gleiche Frage gestellt hatte.

»Ich kenne keinen Sekr'r«, brummte der Wächter. »Wende dich an Hauptmann Mumm von der Nachtwache.«

Karotte lächelte freundlich. »Wo ist er stationiert?«

»Um diese Tageszeit würde ich es in der Weintraube versuchen, an der Ecke Leichte Straße und Torkelgasse.« Der Mann musterte Karotte von Kopf bis Fuß. »Du willst dich der Wache anschließen, wie?«

»Ich hoffe, mich als würdig zu erweisen«, erwiderte Karotte.

Der Wächter bedachte ihn mit einem Blick, den man als altmodisch bezeichnen kann. Er war geradezu neolithisch.

»Was hast du angestellt?«, fragte er.

»Wie bitte?«

»Du musst irgendetwas angestellt haben«, sagte der Mann.

»Mein Vater schrieb einen Brief«, entgegnete Karotte stolz. »Er hat mich freiwillig gemeldet.«

»Dunnerschlach!«, entfuhr es dem Wächter.

Erneut kroch die Finsternis der Nacht heran, und hinter dem grässlichen Portal:

»Sind die Räder der Qual richtig gedreht?«, fragte der Oberste Größte Meister.

Die Aufgeklärten Brüder standen im Kreis und schwiegen.

»Bruder Wachturm?«, grollte der Oberste Größte Meister.

»Es ist nicht meine Aufgabe, die Räder der Qual zu drehen«, erwiderte Bruder Wachturm. »Normalerweise kümmert sich Bruder Stukkateur um die Räder der Qual ...«

»Nein, das stimmt nicht, meine Pflicht besteht darin, die Achsen der Universellen Zitrone zu schmieren!«, entfuhr es Bruder Stukkateur empört. »Du behauptest *immer*, ich sei für die Räder der Qual zuständig, aber das ist glatt gelogen!«

Der Oberste Größte Meister seufzte im Schatten seiner Kapuze, als ein neuerlicher Streit begann. Aus dieser Schlacke sollte er ein Zeitalter der Vernunft schmieden?

»Seid endlich still!«, rief er. »Heute Abend brauchen wir die Räder der Qual gar nicht. Ihr sollt aufhören! Brüder, habt ihr euren Auftrag erfüllt und die benötigten Gegenstände mitgebracht?«

Hier und dort erklang bestätigendes Murmeln.

»Legt sie in den Kreis der Beschwörung!«, sagte der Oberste Größte Meister.

Es war eine armselige Sammlung. *Bringt mir magische Objekte*, so lautete die Anweisung. Nur Bruder Finger holte etwas Brauchbares unter seinem Umhang hervor, eine Art Altarornament. Der Oberste Größte Meister hielt es für besser, nicht zu fragen, woher es stammte. Er trat vor und stieß einen der anderen Gegenstände mit dem Fuß an.

»Was ist das hier?«, fragte er.

»'n Amulett«, brummte Bruder Verdruss. »Sehr mächtig. Hab's gekauft. Wirkt garantiert. Schützt vor Krokodilbissen.«

»Und du kannst wirklich darauf verzichten?«, vergewisserte sich der Oberste Größte Meister. Die übrigen Brüder kicherten pflichtbewusst.

»Schweigt, Brüder!« Der Oberste Größte Meister drehte sich verärgert um. »Bringt magische Objekte, habe ich gesagt. Keine Kinkerlitzchen und völlig wertloses Zeug! Meine Güte, in dieser Stadt wimmelt's von Magie!« Er bückte sich. »Bei allen Göttern, was sollen wir denn *damit* anfangen?«

»Es sind Steine«, erklärte Bruder Stukkateur unsicher.

»Das sehe ich. Warum sollen sie magisch sein?«

Bruder Stukkateur zitterte. »Sie haben Löcher, Oberster Größter Meister. Es ist allgemein bekannt, dass Steine mit Löchern drin magisch sind.«

Der Oberste Größte Meister kehrte zu seinem Platz im Kreis zurück und hob die Arme.

»Na schön, in Ordnung, meinetwegen«, sagte er zerknirscht. »Wenn es unbedingt sein muss, begnügen wir uns mit diesen ... Dingen. Wenn wir einen nur fünfzehn Zentimeter langen Drachen bekommen, kennen wir *alle* den Grund dafür. Nicht wahr, Bruder Stukkateur? Bruder Stukkateur? Entschuldige, aber ich habe dich nicht verstanden. Was hast du gesagt? Bruder Stukkateur?«

»Ich sagte: Ja, Oberster Größter Meister«, hauchte Bruder Stukkateur.

»Gut. Ich hoffe, dieser Punkt ist jetzt *geklärt*.« Der Oberste Größte Meister griff nach dem Buch.

»Und nun, wenn ihr bereit seid …«, begann er.

»Ähem.« Bruder Wachturm hob zögernd die Hand.

»Bereit wofür, Oberster Größter Meister?«, fragte er zaghaft.

»Für die Beschwörung, Mann! Heiliger Himmel, ich dachte …«

»Aber du hast uns noch nicht gesagt, was wir tun sollen, Oberster Größter Meister«, klagte Bruder Wachturm.

Der Oberste Größte Meister zögerte. Bruder Wachturm hatte recht, aber das wollte er nicht zugeben.

»Das liegt doch auf der Hand«, erwiderte er. »Ihr müsst eure Konzentration fokussieren. Denkt an Drachen!«, übersetzte er. »Ihr alle.«

»Das genügt?«, fragte Bruder Pförtner.

»Ja.«

»Müssen wir nicht irgendwelche mystische Runen singen oder so?«

Der Oberste Größte Meister bedachte ihn mit einem durchdringenden Blick. Bruder Pförtners Gesicht bot sich nur als anonymer Schatten unter einer schwarzen Kapuze dar, aber trotzdem gelang es ihm, erstaunlich trotzig zu wirken. Er hatte sich keiner Geheimgesellschaft angeschlossen, um auf das Singen mystischer Runen zu verzichten. Ganz im Gegenteil: Er hoffte auf eine entsprechende Gelegenheit.

»Sing ruhig, wenn du unbedingt willst«, sagte der Oberste Größte Meister. »Ich möchte jetzt, dass ihr … *ja, was ist denn, Bruder Verdruss?*«

Der kleine Bruder ließ die Hand sinken. »Ich kenne keine mystischen Runen, Größter Meister. Und meine Stimme gibt nicht viel her …«

»Dann begnüge dich damit, nur zu *summen!*«

Der Oberste Größte Meister öffnete das Buch.

Er hatte das betreffende Kapitel gelesen und überrascht

festgestellt, dass die eigentliche Beschwörungsformel nach vielen Seiten umständlichen Geschwafels nur aus wenigen Worten bestand. Es waren weder mystische Runen noch irgendwelche magischen Gesänge notwendig, auch keine düster klingenden Verse – einige zusammenhanglose Silben reichten aus. De Malachit behauptete, sie verursachten Interferenzen in den Wellen der Realität, aber diese Erklärung hatte der blöde alte Narr sicher frei erfunden. Genau darin bestand das Problem mit Zauberern: Sie machten immer alles kompliziert. In Wirklichkeit brauchte man nur Willenskraft. Und daran mangelte es den Brüdern gewiss nicht. Es mochte engstirnige, bornierte und hasserfüllte Willenskraft sein, von naiver Bosheit durchtränkt, aber sie konnte die notwendige Kraft entfalten …

Der Oberste Größte Meister beschloss, sich langsam an sein Ziel heranzutasten. Dies war der erste Versuch, und es musste vermieden werden, verfrühtes Aufsehen zu erregen. Ein abgelegener Ort in der Stadt …

Die Brüder sangen, und jeder von ihnen bemühte sich, besonders mystisch zu sein. Es ergab sich ein erstaunlich guter akustischer Effekt, wenn man nicht auf die Worte achtete.

Die Worte. O ja …

Der Oberste Größte Meister blickte aufs Buch hinab, las die Silben und sprach sie laut aus.

Nichts geschah. Er blinzelte.

Als er die Augen wieder öffnete, befand er sich in einer dunklen Gasse. Feuer brannte in ihm, und er war sehr zornig.

Dem Dieb Dritter Klasse Zebbo Klaufix stand die schlimmste Nacht seines Lebens bevor, und es hätte ihn wohl kaum getröstet zu erfahren, dass es auch seine letzte sein würde. Der Regen sorgte dafür, dass alle Leute zu Hause blieben, und dadurch fiel es Zebbo schwer, die festgelegte Quote zu erfüllen. Aus diesem Grund war er nicht ganz so vorsichtig wie sonst.

In den nächtlichen Straßen von Ankh-Morpork hat Vorsicht keine relative, sondern absolute Bedeutung. Wer nur ein wenig Vorsicht walten lässt, bezahlt einen hohen Preis dafür. Entweder ist man *sehr* vorsichtig oder tot, selbst dann, wenn man noch auf beiden Beinen steht und atmet.

Zebbo Klaufix hörte dumpfe Geräusche in einer nahen Gasse, zog den lederumhüllten Totschläger aus dem Ärmel und wartete, bis sich das Opfer der Ecke genähert hatte. Dann sprang er vor, sagte: »O, Mi...« Und starb.

Ein höchst ungewöhnlicher Tod – seit vielen Jahrhunderten war niemand mehr auf diese Weise gestorben.

Das kirschrote Glühen der Mauer hinter ihm verblasste allmählich.

Klaufix sah den Drachen von Ankh-Morpork als erster, was ihm in seinem gegenwärtigen Zustand jedoch herzlich wenig nützte. »...st«, murmelte er. Sein körperloses Selbst betrachtete einen kleinen Aschehaufen, und mit einer ihm unvertrauten Gewissheit begriff er, dass sich seine Seele gerade davon gelöst hatte. Es war ein sonderbares Gefühl, auf die eigenen sterblichen Überreste hinabzublicken. Zebbo spürte dabei nicht das Entsetzen, das sicher in ihm entstanden wäre, wenn er sich vor zehn Minuten derartigen Vorstellungen hingegeben hätte. Es ist gar nicht so schrecklich, tot zu sein, wenn man diese Feststellung *selbst* treffen kann.

Die dunkle Gasse auf der anderen Seite war völlig leer.

»Wie seltsam«, sagte Klaufix.

SOGAR AUSSERGEWÖHNLICH SELTSAM.

»Hast du's beobachtet? Was ist eigentlich geschehen?« Zebbo Klaufix musterte die dunkle, von Schatten umhüllte Gestalt. »Wer bist du überhaupt?«, fragte er argwöhnisch.

RATE MAL, antwortete die Stimme.

Der Dieb spähte unter die Kapuze.

»Donnerwetter!«, platzte es aus ihm heraus. »Ich dachte immer, Leuten wie mir würdest du nicht erscheinen.«

FRÜHER ODER SPÄTER ERSCHEINE ICH JEDEM.

»Ich meine, äh, nicht persönlich.«

DA HAST DU RECHT. FÜR GEWÖHNLICH SCHICKE ICH EINEN STELLVERTRETER. ABER BEI BESONDEREN ANLÄSSEN KOMME ICH SELBST.

»Eins steht fest«, erwiderte Klaufix. »Dies ist ein besonderer Anlass! Ich meine, das Ding sah wie ein verdammter Drache aus! Kein Wunder, dass es mich erwischt hat. Wer rechnet denn damit, dass hinter der nächsten Ecke ein Drache lauert?«

JA, IN DER TAT. WENN DU MICH JETZT BITTE BEGLEITEN WÜRDEST ... Tod legte eine Knochenhand auf Zebbos Schulter.

»Weißt du, vor'n paar Jahren hat mir 'ne Wahrsagerin ein friedliches Ende im Bett in Aussicht gestellt, umgeben von trauernden Urenkeln«, sagte Klaufix und folgte der finsteren Gestalt. »Was hältst du davon, hm?«

ICH GLAUBE, SIE HAT SICH GEIRRT.

»Ein verfluchter Drache.« Der Dieb schüttelte den Kopf. »Noch dazu mit feurigem Odem. Habe ich sehr gelitten?«

NEIN. DU WARST PRAKTISCH SOFORT TOT.

»Gut. Ich würde mich nur ungern daran erinnern, sehr gelitten zu haben.« Klaufix sah sich um. »Was passiert jetzt?«, fragte er.

Hinter ihm spülte der Regen die schwarze Asche in den schlammgefüllten Rinnstein.

Der Oberste Größte Meister öffnete die Augen. Er lag auf dem Rücken, und Bruder Verdruss wollte gerade mit der Mund-zu-Mund-Beatmung beginnen. Diese Drohung genügte, um jeden aus der Ohnmacht zu wecken.

Er stemmte sich hoch und kämpfte dabei gegen das Gefühl an, mehrere Tonnen zu wiegen und von Schuppen bedeckt zu sein.

»Wir haben es geschafft«, flüsterte er. »Der Drache! Er ist gekommen! Ich hab's gespürt!«

Die Brüder wechselten skeptische Blicke.

»Mir ist nichts aufgefallen«, sagte Bruder Stukkateur.

»Mir schon«, erklärte Bruder Wachturm loyal. »Glaube ich.«

»Er kam nicht *hierher!*«, zischte der Oberste Größte Meister. »Es kann uns wohl kaum daran gelegen sein, dass ein Drache an *diesem* Ort erscheint, oder? Ich meine draußen, in der Stadt. Für ein paar Sekunden ...«

Er streckte den Arm aus. »Seht nur!«

Die Brüder drehten sich schuldbewusst um und rechneten damit, dass die heiße Flamme der Vergeltung loderte.

Die magischen Gegenstände in der Mitte des Kreises zerfielen langsam zu Staub. Gerade löste sich das Amulett von Bruder Verdruss auf.

»Da soll mich doch der Schlag treffen!«, raunte Bruder Finger beeindruckt.

»Das Amulett hat mich drei Ankh-Morpork-Dollar gekostet«, brummte Bruder Verdruss.

»Das ist der Beweis«, sagte der Oberste Größte Meister. »Begreift ihr denn nicht, ihr Narren? Es funktioniert! Wir *können* Drachen beschwören!«

»Vielleicht wird's ein wenig kostspielig, soweit es magische Gegenstände betrifft«, warf Bruder Finger ein.

»... drei Dollar, jawohl. Hab wirklich tief in die Tasche gegriffen ...«

»Macht ist nicht billig«, knurrte der Oberste Größte Meister.

»Fürwahr.« Bruder Wachturm nickte. »Nicht billig. Ganz meine Meinung.« Erneut betrachtete er den kleinen Haufen erschöpfter Magie. »Meine Güte, wir haben es *tatsächlich* geschafft, nicht wahr? Gleich beim ersten Versuch ist es uns gelungen, magische Kraft freizusetzen, stimmt's?«

»Siehst du?«, triumphierte Bruder Finger. »Ich hab doch gesagt, dass überhaupt nichts dabei ist. Ein Klacks.«

Der Oberste Größte Meister lächelte unter seiner Kapuze. »Ihr könnt sehr stolz auf euch sein.«

»... eigentlich kostete es sechs Dollar, aber der Verkäufer meinte, er triebe sich selbst in den Ruin und überließe es mir für drei Dollar ...«

»Ja.« Bruder Wachturm holte tief Luft. »Wir haben den Dreh raus! Und eigentlich war's gar nicht schwer! Echte Magie! Ohne die Hilfe der Feen, Elfen und dergleichen, die du beim mystischen Runengesang um Hilfe gebeten hast, Bruder Stukkateur.«

Die anderen Brüder nickten. Wahrhaftige Magie. Kein Zweifel. Von jetzt an sollte die restliche Welt besser *aufpassen*.

»Eins gibt mir zu denken«, sagte Bruder Stukkateur. »Wohin ist der Drache *verschwunden*? Ich meine, haben wir ihn wirklich beschworen oder nicht?«

»Welch dumme Frage!«, gab Bruder Wachturm zurück, doch auch in ihm regte sich Zweifel.

Der Oberste Größte Meister strich sich den Staub von der mystischen Kutte.

»Wir haben ihn beschworen«, bestätigte er, »und der Drache kam nach Ankh-Morpork. Doch als die magische Kraft versiegte, kehrte er wieder zurück. Wenn er länger bleiben soll, brauchen wir mehr Magie. Verstanden? Beginnt sofort mit der Suche nach entsprechenden Gegenständen.«

»... drei Dollar sind ein Vermögen für mich, um nicht zu sagen: viel Geld ...«

»Halt die Klappe!«

Lieber Vater (schrieb Karotte), *jetzt bin ich in Ankh-Morpork. Hier ist es nicht so wie daheim. Ich glaube, die Stadt hat sich verändert, seit Herr Varneschis Urgroßvater hier war. Allem Anschein nach können die hiesigen Leute nicht zwischen Recht und Unrecht unterscheiden.*

Ich habe Hauptmann Mumm in einer gewöhnlichen Bierstube gefunden. Du hast mir einmal gesagt, dass sich ein guter Zwerg von solchen Orten fernhält, aber da er nicht herauskam, musste ich hineingehen. Er lag mit dem Kopf auf dem Tisch. Als ich ihm alles erklärte, meinte er: Das kannst du deiner Großmutter erzählen. Ich glaube, er war sehr betrunken. Er meinte: Such dir eine Bleibe und melde dich heute Abend bei Feldwebel Colon im Wachhaus. Außerdem meinte er: Wer sich freiwillig der Wache anschließt, sollte seinen Kopf untersuchen lassen.

Davon hat mir Herr Varneschi nichts gesagt. Vielleicht hat es etwas mit Hygiene zu tun.

Ich ging spazieren. Hier in der Stadt gibt es viele Stadtbewohner. Schließlich erreichte ich ein Viertel, das man ›Schatten‹ nennt. Dort sah ich mehrere Räuber, die eine junge Dame überfielen. Natürlich eilte ich ihr zu Hilfe. Die Angreifer wussten nicht, wie man richtig kämpft, und einer von ihnen versuchte, mir in die edlen Teile zu treten, aber ich trug den Schützer, und er verletzte sich selbst. Dann kam die Frau zu mir und fragte, ob ich an einem Bett interessiert sei. Ich antwortete: ja, welch ein Zufall, das bin ich wirklich. Sie führte mich dorthin, wo sie wohnt, ich glaube, ein solches Haus nennt man Pension. Es wird von einer gewissen Frau Palm geleitet. Die überfallene Dame, sie heißt Reet, sagte zu ihr: Du hättest ihn sehen sollen, es waren insgesamt drei, und er wurde spielend mit ihnen fertig. Woraufhin Frau Palm antwortete: Es geht auf die Rechnung des Hauses. Und sie meinte: Was für ein großer Schützer. Ich ging nach oben und schlief ein, obwohl es in dem Haus ziemlich laut ist. Reet weckte mich ein- oder zweimal, um sich nach meinen Wünschen zu erkundigen, aber sie hatte keine Äpfel. Ich bin auf die Füße gefallen, wie es hier heißt, obwohl ich noch immer nicht ganz verstehe, wie so etwas möglich sein soll, man fällt nicht auf die Füße, sondern auf den Boden, das weiß doch jeder.

Hier gibt es bestimmt viel zu tun. Auf dem Weg zum Feldwebel sah ich ein Gebäude mit einem Schild, auf dem ›Diebesgilde‹ (!!) stand. Ich habe Frau Palm darauf angesprochen, und sie sagte: Natürlich, dort treffen sich die Diebe der Stadt. Ich ging zum Wachhaus, und dort lernte ich Feldwebel Colon kennen, einen sehr dicken Mann, und als ich ihm von der Diebesgilde erzählte, sagte er: Sei kein Narr. Ich glaube, er nimmt seine Pflichten nicht sehr ernst, denn er sagte auch: Mach dir keine Gedanken über die Diebesgilde; du brauchst nur des Nachts durch die Straßen zu wandern und ›Zwölf Uhr, und alles ist gut!‹ zu rufen. Ich fragte: Und wenn nicht alles gut ist? Und er antwortete: Dann suchst du dir besser eine andere Straße.

Ich fürchte, er kann mir kein Vorbild sein.

Ich habe ein Kettenhemd bekommen. Es ist verrostet und nicht von guter Qualität.

Man wird dafür bezahlt, ein Wächter zu sein. 20 Ankh-Morpork-Dollar im Monat. Wenn ich meinen ersten Lohn erhalte, schicke ich ihn Euch.

Ich hoffe, es geht Euch gut. Habt Ihr Schacht Fünf schon in Betrieb genommen? Heute Nachmittag sehe ich mir die Diebesgilde aus der Nähe an. Es wird ein ›Ruhmesblatt‹ für mich sein, etwas gegen sie zu unternehmen – ich gewöhne mich bereits an die hier übliche Ausdrucksweise. In Liebe Euer Sohn Karotte.

PS. Bitte richtet Minty einen herzlichen Gruß von mir aus. Ich vermisse sie sehr.

Lord Vetinari, der Patrizier von Ankh-Morpork, hob eine Hand vor die Augen.

»Er hat was getan?«

»Man hat mich durch die Straßen *gezerrt*«, sagte Urdo von Puh, amtierender Präsident der Gilde der Diebe, Einbrecher und artverwandter Berufe. »Am hellichten Tag! Mit gebundenen Händen!« Er näherte sich dem unverzierten hochlehnigen Amtsstuhl des Patriziers und winkte mit dem Zeigefinger.

»Du weißt ganz genau, dass wir unser Budget nicht überschritten haben«, fuhr er fort. »Auf eine solche Art und Weise *gedemütigt* zu werden! Wie ein gemeiner Verbrecher! Ich verlange eine *offizielle* Entschuldigung. Andernfalls treten wir in den Streik. Es bleibt uns gar nichts anderes übrig, obgleich wir unsere Verantwortung als Bürger dieser Stadt sehr ernst nehmen«, fügte er hinzu.

Es dauerte einige Sekunden, bis von Puh begriff, dass er einen Fehler gemacht hatte: der Finger. Die hochgewachsene Gestalt vor ihm starrte darauf, und als der Gildenpräsident ihrem Blick folgte, ließ er die Hand rasch sinken. Wer einen anklagenden Zeigefinger auf den Patrizier richtete, musste damit rechnen, bald nur noch bis neun zählen zu können.

»Und er war ganz allein?«, fragte Lord Vetinari.

»Ja! Das heißt...« Von Puh zögerte. Es klang seltsam, als er es jetzt laut aussprach.

»Aber du hattest doch Gesellschaft«, sagte der Patrizier ruhig. »Im Gebäude befanden sich mehr als hundert deiner Diebesfreunde, wenn du mir diesen Ausdruck gestattest.«

Von Puh öffnete und schloss den Mund mehrmals. Die ehrliche Antwort hätte eigentlich lauten müssen: ›Ja, und wenn jemand so frech wäre, uns im Gildenhaus herauszufordern, zögen wir ihm im wahrsten Sinne des Wortes das Fell über die Ohren. Aber der Kerl war so ungeheuer selbstbewusst, dass es niemand wagte, ihm eine Lektion zu erteilen. Hinzu kam, dass er immer wieder Leute in seiner Nähe schlug und sie aufforderte, sich zu bessern.‹

Der Patrizier nickte.

»Ich werde mich kurz darum kümmern«, sagte er. Lord Vetinari mochte diesen Satz, insbesondere das Wörtchen ›kurz‹ darin. Es sorgte immer dafür, dass seine Gesprächspartner zögerten und nachdenklich wurden. Sie wussten nicht, ob er sich *in* oder *für* kurze Zeit um etwas kümmern wollte, und niemand von ihnen wagte es, danach zu fragen.

Von Puh wich zurück.

»Eine offizielle Entschuldigung«, betonte er noch einmal. »Um meinen Ruf zu wahren.«

»Danke«, erwiderte der Patrizier. »Ich möchte dich nicht aufhalten und in Gewahrsam nehmen.« Einmal mehr verwandelte er die Sprache in ein ganz persönliches Werkzeug, das sich bestens für subtile Drohungen eignete.

»Na schön, in Ordnung, gut, danke«, sagte der Dieb.

»Bestimmt hast du noch viel zu tun«, fügte Lord Vetinari hinzu.

»Oh, äh, ja, natürlich.« Von Puh zögerte. In der letzten Bemerkung des Patriziers verbargen sich Widerhaken. Der Gildenpräsident hielt mit wachsendem Unbehagen nach ihnen Ausschau.

»Äh«, sagte er und hoffte auf einen Hinweis.

»Ich meine, derzeit seid ihr ziemlich beschäftigt, nicht wahr?«

Panik kroch ins Gesicht des Diebs. Vage Schuld strömte ihm ins Bewusstsein. Es ging nicht darum, was er getan hatte. Die Frage lautete vielmehr: *Was hat der Patrizier herausgefunden?* Lord Vetinaris Spione befanden sich praktisch überall, und einige von ihnen schienen sich nun hinter seiner Stirn versammelt zu haben, starrten spöttisch und *wissend* aus den eisblauen Augen.

»Ich, äh, kann dir nicht ganz folgen …«, begann von Puh.

»Es sind einige sehr seltsame Dinge verschwunden.« Der Patrizier griff nach einer Liste. »Zum Beispiel eine Kristallkugel, die einer Wahrsagerin in der Glatten Gasse gehörte. Ein kleines Altarornament aus dem Tempel des Krokodilgottes Offler. Und so weiter. Lappalien.«

»Ich weiß beim besten Willen nicht …«, murmelte der Oberste Dieb. Lord Vetinari beugte sich vor.

»Es handelt sich doch nicht etwa um *unbefugtes* Stehlen, oder?«, fragte er.*

»Ich kümmere mich höchstpersönlich darum«, brachte der Gildenpräsident hervor. »Du kannst dich auf mich verlassen!«

Der Patrizier lächelte süffisant. »Da bin ich völlig sicher«, entgegnete er. »Danke für deinen Besuch. Du darfst dich beeilen, jetzt zu gehen.«

Von Puh hastete nach draußen. So war es immer mit dem Patrizier, dachte er bitter. Man kam mit einer durch und durch berechtigten Beschwerde, doch kurze Zeit später stellte man fest, dass man sich immer wieder verbeugte, zur Tür schielte und nur noch den Wunsch verspürte, das Audienzzimmer so schnell wie möglich zu verlassen. Das musste man Lord Vetinari lassen, gestand von Puh widerstrebend ein. Wenn nicht, schickte er Männer und nahm es sich.

Als der Patrizier wieder allein war, läutete er eine kleine Bronzeglocke und bestellte damit den Sekretär zu sich. Der Name des Mannes lautete – trotz seiner Handschrift – Lupin

* Eine der wichtigsten vom Patrizier eingeführten Innovationen bestand darin, der Diebesgilde die Verantwortung für alle Diebstähle zu geben. Dazu gehörten ein Jahresbudget, Quotenplanung und umfassender Arbeitsplatzschutz. Als Gegenleistung für einen vereinbarten jährlichen Kriminalitätsdurchschnitt gingen sie mit der ganzen Kraft der Ungerechtigkeit – man denke in diesem Zusammenhang an dicke Knüppel mit Nägeln – gegen das unerlaubte Verbrechen vor.

Wonse. Er traf wenige Sekunden später ein und hielt den Federkiel bereit.

Man konnte Lupin Wonse auf folgende Art und Weise beschreiben: Ihm haftete eine gepflegte, unauffällige Eleganz an, und er erweckte immer den Eindruck von zurückhaltender Perfektion. Das galt auch für sein Haar. Es war so glatt und fettig, dass es wie aufgemalt wirkte.

»Die Wache scheint Probleme mit der Diebesgilde zu haben«, sagte der Patrizier. »Von Puh hat sich gerade darüber beklagt, dass er von einem Wächter verhaftet wurde.«

»Aus welchem Grund, Herr?«

»Offenbar warf man ihm vor, ein Dieb zu sein.«

»Ein Mitglied der *Wache?*«, vergewisserte sich der Sekretär.

»Absurd, ich weiß. Geh der Sache auf den Grund, in Ordnung?«

Lord Vetinari lächelte selbstzufrieden.

Und er schmunzelte weiterhin, als er das Erinnerungsbild des zornigen Chefdiebs betrachtete. Es ist nicht leicht, den besonderen Humor des Patriziers zu verstehen.

Eine von Lord Vetinaris wichtigsten Maßnahmen zum Schutz der Ordnung in Ankh-Morpork bestand darin, dass er gleich zu Beginn seiner Amtszeit die alte Diebesgilde legalisiert hatte. Er hielt das Verbrechen an sich für völlig unausrottbar, und wenn es schon wirklich Kriminalität geben musste, so wenigstens *organisierte.*

Er ermutigte die Diebe dazu, ihr Leben im Schatten aufzugeben, ein großes Gildenhaus zu bauen, an Festbanketten teilzunehmen und tägliche Ausbildungskurse zu veranstalten, deren Absolventen vom Gildenpräsidenten unterschriebene Abschlusszertifikate bekamen. Als Gegenleistung für eine weniger aufmerksame und tüchtige Wache versprachen die Diebe (sie versuchten dabei, keine Miene zu verziehen), ein jährlich festgelegtes Verbrechensniveau zu achten. Auf diese Weise konnten alle Bürger der Stadt vorausplanen, meinte Lord Vetinari. Er fügte hinzu, damit sei zumindest ein Teil der Ungewissheit aus dem Chaos des Lebens genommen.

Wenig später rief der Patrizier die Diebe erneut zu sich und begann: ›Oh, übrigens, ich wollte euch noch etwas anderes sagen. Worum ging es dabei? Ah, ja, jetzt fällt es mir wieder ein ...

Ich kenne euch‹, fuhr er fort. ›Ich weiß, wo ihr wohnt. Ich weiß, welche Pferde ihr reitet. Ich weiß, zu welchen Friseuren eure Frauen gehen. Ich weiß, wo eure entzückenden Kinder spielen, sie werden immer größer, nicht wahr, meine Güte, wie die Zeit vergeht. Ihr vergesst doch nicht, auf was wir uns geeinigt haben, oder?‹ Und dann lächelte er.

Die Diebe lächelten ebenfalls, wenn auch etwas gezwungener.

Die Übereinkunft erwies sich als in jeder Hinsicht zufriedenstellend. Es dauerte nicht lange, bis die Obersten Diebe Bäuche bekamen, eigene Wappen erfanden und sich nicht mehr in muffigen Kellern trafen, an denen kaum jemand Gefallen gefunden hatte, sondern in richtigen Gebäuden. Alle Bewohner der Stadt verdienten gleichermaßen die Aufmerksamkeit der Gilde, und ein komplexes System aus Quittungen und Gutscheinen sorgte dafür, dass niemand zu viel bekam. Dies galt als vollkommen annehmbar, insbesondere bei den reichen Bürgern. Sie konnten es sich leisten, der Gilde die hohen Jahresprämien für ein ungestörtes Leben zu bezahlen. Es gab eine fremdartig klingende Bezeichnung dafür: *Fair-sicher-ung*. Niemand wusste, was es mit der letzten Silbe auf sich hatte, aber an der Bedeutung der ersten beiden Worte bestand kein Zweifel.

Die Wache erhob den einen oder anderen Einwand, musste sich jedoch den Tatsachen stellen: Es stand längst fest, dass die Diebe das Verbrechen weitaus besser kontrollieren konnten. Dafür gab es eine einfache Erklärung. Die Wache musste sich doppelt anstrengen, um das Ausmaß der Kriminalität auch nur ein wenig zu reduzieren; die Gilde erreichte das gleiche Ziel, indem sie einen arbeitsfreien Tag einlegte.

Ankh-Morpork erblühte, während die Wache einen allmählichen Niedergang erlebte. Sie wurde zu einem nutzlosen Anhängsel, zu einer Gruppe von mehr oder weniger Unfähigen, die niemand ernst nahm.

Niemand wollte, dass sie gegen Verbrecher vorzugehen begann. Dennoch empfand der Patrizier eine gewisse Genugtuung, als er daran dachte, dass der Gildenpräsident in eine für ihn recht peinliche Lage geraten war.

Hauptmann Mumm versuchte, vorsichtig an die Tür zu klopfen, aber das Pochen hallte ihm trotzdem schmerzhaft laut im Hinterkopf wider.

»Herein!«

Mumm nahm den Helm ab, klemmte ihn unter den Arm und öffnete die Tür. Das Knarren und Quietschen der Angeln brannte ihm heiß über die Hörnerven.

In der Gegenwart von Lupin Wonse hatte er sich noch nie sehr wohl gefühlt. Ebenso wenig in Gegenwart von Lord Vetinari. Allerdings erfüllte ihn die Anwesenheit des Patriziers mit einer anderen Art von Unbehagen – es gründete sich auf die Furcht des Untertanen vor der absoluten Autorität. Was Wonse betraf... Mumm kannte ihn seit seiner Kindheit in den Schatten. Schon als Junge hatte er vielversprechende Talente gezeigt. Wonse wurde nie zu einem Bandenführer, weil es ihm an Kraft und Zähigkeit fehlte. Außerdem: War es überhaupt sinnvoll, Anführer einer Bande zu sein, wenn es ständig ehrgeizige Leute gab, die sich selbst befördern und das Kommando übernehmen wollten? Die meisten Bandenführer haben eine nur geringe Lebenserwartung. Aber in jeder Bande gibt es einen blassen Jungen, der nur deshalb bleiben darf, weil er die besten Ideen hat (meistens geht es dabei um alte Frauen und unverschlossene Läden). Dies war Wonses natürlicher Platz in der sozialen Struktur des Universums.

Mumm war damals ein einfaches Bandenmitglied gewesen, das Falsett-Äquivalent eines Jasagers. Die Erinnerung zeigte ihm Wonse als kleinen dünnen Jungen, der ständig verschlissene Hosen trug und sich in einer Art Spring-Hüpf-Lauf bewegte, um mit den größeren Jungen Schritt zu halten. Ständig ließ er sich etwas Neues einfallen, um seine Kumpanen daran zu hindern, ihm irgendwelche Streiche zu spielen – ihre normale Freizeitbeschäftigung, wenn sich nichts Interessanteres ergab. Diese geistige Akrobatik war eine ausgezeichnete Vorbereitung auf die diversen Unbilden des Erwachsenenalters, und Wonse entwickelte sie zur Meisterschaft.

Trotzdem: Sie hatten beide in der Gosse begonnen. Wonse war es gelungen, sich nach oben zu arbeiten, und Mumm musste sich eingestehen, dass die Sprossen *seiner* Karriereleiter nur aus weiteren Rinnsteinen bestanden hatten. Wenn tatsächlich einmal irgendein Erfolg in greifbare Nähe rückte, unterlief ihm regelmäßig der Fehler, seine Meinung zu sagen – und es war immer die falsche.

Deshalb prickelte Nervosität in Mumm, wenn er es mit Wonse zu tun bekam: Es lag am Ticken des präzisen Uhrwerks der Zielstrebigkeit.

Als das Schicksal Zielstrebigkeit verteilt hatte, war Mumm leer ausgegangen.

»Ah, Mumm.«

»Herr«, erwiderte der Hauptmann und salutierte nicht, weil er fürchtete, dadurch das Gleichgewicht zu verlieren. Er bedauerte es, noch keine Gelegenheit gefunden zu haben, zu Abend zu trinken.

Wonse kramte in den Papieren auf seinem Schreibtisch.

»Seltsame Dinge geschehen, Mumm«, sagte er. »Leider liegen ernste Beschwerden über dich vor.« Wonse trug keine Brille; andernfalls hätte er Mumm jetzt über ihren Rand hinweg gemustert.

»Herr?«

»Einer deiner Männer aus der Nachtwache. Offenbar hat er das Oberhaupt der Diebesgilde verhaftet.«

Hauptmann Mumm schwankte ein wenig und versuchte sich zu konzentrieren. Auf so etwas war er nicht vorbereitet.

»Entschuldigung, Herr«, erwiderte er. »Ich fürchte, ich verstehe nicht ganz.«

»Ich *sagte:* Einer deiner Männer hat das Oberhaupt der Diebesgilde verhaftet.«

»Einer meiner Männer?«

»*Ja.*«

Mumms versprengte Hirnzellen versuchten tapfer, sich neu zu gruppieren. »Ein Angehöriger der *Wache?*«, fragte er.

Wonse lächelte erbarmungslos. »Er hat dem Gildenpräsidenten die Hände gebunden und ihn zum Palast geführt, was natürlich ziemliches Aufsehen erregte. Außerdem hinterließ er eine Nachricht – ah, hier ist sie ja. ›Gemäß Paragraph 14 (iii) der Allgemeinen Verordnung *Zur Bekämpfung von Schwerverbrechen* wird diesem Mann Begünstigung von gemeingefährlicher Kriminalität vorgeworfen. Gezeichnet Karotte Eisengießersohn.‹«

Mumm blinzelte. »Vierzehn ieh ieh ieh?«

»So steht es hier«, bestätigte Wonse.

»Was bedeutet das?«

»Ich habe keine blasse Ahnung«, erwiderte Wonse trocken. »Und dann der Name ... Karotte?«

»Das ist doch verrückt!«, entfuhr es Mumm. »Es hat doch

überhaupt keinen Sinn, Mitglieder der Diebesgilde zu verhaften. Ich meine, wir hätten rund um die Uhr zu tun.«

»Dieser Mann namens Karotte ist offenbar anderer Ansicht.«

Der Hauptmann schüttelte den Kopf – und zuckte zusammen. »Karotte? Nie gehört.« Mumms verwirrter Tonfall überzeugte selbst Wonse, der erstaunt die Brauen hob.

»Er war ziemlich ...« Der Sekretär zögerte. »Karotte, Karotte«, wiederholte er nachdenklich. »*Ich* habe diesen Namen schon einmal gehört. Besser gesagt: Ich habe ihn gelesen.« Er blickte ins Leere. »Der Freiwillige. Ja, genau! Erinnerst du dich?«

Mumm starrte ihn groß an. »Gab's da nicht einen Brief von einem Zwerg oder so?«

»Es war die Rede davon, der Gemeinschaft zu dienen und dafür zu sorgen, dass die Straßen sicher sind. ›Bringe ich die Hoffnung zum Ausdruck, dass mein Sohn für würdig gehalten wird, einen einfachen Posten in der Wache zu bekleiden ... ‹ So hieß es, glaube ich.« Wonse blätterte in verschiedenen Unterlagen.

»Was hat er angestellt?«, fragte sich Mumm.

»Nichts. Das ist es ja gerade. Überhaupt nichts.«

Falten fraßen sich in Mumms Stirn, als sich in seinen Gedanken ganz neue Vorstellungen formten.

»Ein *Freiwilliger?*«, fragte er ungläubig.

»Ja.«

»Man hat ihn nicht gezwungen, sich der Wache anzuschließen?«

»Es entsprach seinem Wunsch. Du hast gesagt: ›He, das soll wohl ein Witz sein!‹ Und meine Antwort lautete: ›Wir sollten mehr ethnische Minderheiten in die Wache aufnehmen.‹ Weißt du noch?«

Mumm versuchte sich zu erinnern. Es fiel ihm nicht leicht. Er war sich vage der Tatsache bewusst, dass er trank, um zu vergessen, was ebenfalls nicht ganz unproblematisch blieb, da er sich kaum mehr daran erinnerte, *was* er vergessen wollte. Letztendlich trank er, um nicht ständig daran zu denken, dass er trank.

»Weiß ich es noch?«, entgegnete er hilflos.

Wonse faltete die Hände auf dem Schreibtisch und beugte sich vor.

»Hör mir gut zu, Hauptmann«, sagte er. »Seine Lordschaft verlangt eine Erklärung. Ich möchte ihm nicht mitteilen, dass der Hauptmann der Nachtwache überhaupt keine Ahnung hat, was in seinem Kommando – soweit diese Bezeichnung angemessen ist – geschieht. So etwas könnte zu Schwierigkeiten führen, zu unangenehmen Fragen und dergleichen. Das wollen wir doch vermeiden, oder? Oder?«

»Ja, Herr«, murmelte Mumm. Neuerliche Schuldgefühle suchten ihn heim, als er sich, verschwommen und undeutlich, an jemanden zu erinnern glaubte, der ihn in der *Weintraube* angesprochen hatte. Ein Zwerg? Nein, bestimmt nicht. Es sei denn, die Definition dieses Wortes war drastisch verändert worden.

»Es freut mich, dass du meiner Meinung bist«, fuhr Wonse fort. »Um der alten Zeiten willen und so weiter. Ich spreche mit Seiner Lordschaft. Und du wirst herausfinden, was los ist – und der Sache einen Riegel vorschieben, wenn du verstehst, was ich meine. Gib dem Zwerg eine kurze Lektion darüber, was es bedeutet, zur Wache zu gehören.«

»Haha!«, machte Mumm pflichtbewusst.

»Wie bitte?«, fragte Wonse.

»Oh. Deine letzte Bemerkung war nicht als ethnischer Scherz gemeint, nein? Entschuldigung, Herr.«

»Hör mal, Mumm, ich zeige wirklich viel Verständnis, wenn man die Umstände bedenkt. Geh jetzt und bring alles in Ordnung. Ist das *klar?*«

Mumm salutierte. Tief in ihm lauerte ständig dunkle Niedergeschlagenheit, dazu bereit, die seltenen Phasen relativer Nüchternheit auszunutzen. Sie kroch ihm nun auf die Zunge.

»Zu Befehl, Herr Sekretär«, sagte er. »Ich werde den Zwerg darauf hinweisen, dass es gegen das Gesetz verstößt, Diebe zu verhaften.«

Gleich darauf bedauerte er diese Worte. Wenn er nicht immer wieder derartige Kommentare abgegeben hätte, wäre er jetzt vielleicht Hauptmann der *Palast*wache, ein geachteter und respektierter Offizier. Der Patrizier hatte seinen besonderen Sinn für Humor unter Beweis gestellt, als er Mumm den Befehl über die Nachtwache gegeben hatte. Diesmal kam es nicht zu den befürchteten ernsten Konsequenzen: Wonse las ein Dokument und schien den Sarkasmus gar nicht gehört zu haben.

»In Ordnung«, sagte er nur.

Liebe Mutter, (schrieb Karotte), *heute ist es viel besser gewesen. Ich habe das Gebäude der Diebesgilde betreten, den obersten Bösewicht verhaftet und zum Palast des Patriziers gebracht. Er wird bestimmt nicht mehr gegen das Gesetz verstoßen. Frau Palm hat mir angeboten, in der Mansarde zu wohnen. Sie meinte, ein Mann im Haus sei sehr nützlich. Der Grund dafür ist: In der letzten Nacht schlugen mehrere Betrunkene in einem Damenzimmer Krach, und ich musste mit ihnen sprechen, aber sie wollten nicht auf mich hören, und einer von ihnen versuchte, mich mit dem Knie zu verletzen, aber ich trug den Schützer, und Frau Palm sagte, er hat sich seine Patella gebrochen, aber ich brauche keine neue zu bezahlen.*

Manche Wächterpflichten verstehe ich nicht. Ich habe einen Partner namens Nobby. Er sagt, ich bin zu diensteifrig. Er sagt auch, ich muss noch viel lernen. Das stimmt vermutlich, denn ich habe erst bis zur Seite 326 im Buch ›Gesetze und Verordnungen der Städte Ankh und Morpork‹ gelesen. In Liebe Euer Sohn Karotte.

PS. Bitte grüßt Minty von mir.

Es war nicht nur die Einsamkeit, sondern das *umgedrehte* Leben. Daran lag es, fand Mumm.

Die Soldaten der Nachtwache standen auf, wenn der Rest der Welt unter die Bettdecke kroch, und sie gingen schlafen, wenn das erste Licht des Tages über die Landschaft glitt. Sie verbrachten den größten Teil ihrer Zeit in feuchten dunklen Straßen, in einer Welt der Schatten. Der Nachtwache gehörten Leute an, die aus irgendeinem Grund zu einem derartigen Leben neigten.

Mumm erreichte das Wachhaus. Es handelte sich um ein altes und erstaunlich großes Gebäude, eingekeilt zwischen einer Gerberei und der Werkstatt eines Schneiders, der verdächtige Lederwaren herstellte. Einst mochte es recht beeindruckend gewesen sein, doch inzwischen war nur noch ein kleiner Teil bewohnbar. In den übrigen Zimmern hausten Eulen und Ratten. Über der Tür hing ein verrostetes Schild, dessen Aufschrift, in Ankh-Morporks alter Sprache, sich unter einer dicken Patina aus Ruß und Flechten nur noch erahnen ließ:

FABRICATI DIEM, PVNC

Feldwebel Colon hatte als junger Mann weite Reisen unternommen und hielt sich daher für einen Fremdsprachenexperten. Seiner Ansicht nach lautete die Übersetzung: ›Zu schützen und zu dienen.‹

Ja, früher einmal musste es etwas bedeutet haben, Wächter zu sein.

Feldwebel Colon, dachte Mumm, als er ins muffige Zwielicht wankte. Er liebte die Dunkelheit. Seit dreißig Jahren war er glücklich verheiratet, und dieses Wunder verdankte er dem Umstand, dass Frau Colon tagsüber arbeitete, während sich seine eigenen Aktivitäten auf die Nacht beschränkten. Sie verständigten sich mit Hilfe von Zetteln. Feldwebel Colon kochte seiner Frau Tee, bevor er abends das Haus verließ, und sie ließ ihm morgens ein warmes Frühstück im

Backofen zurück. Sie hatten drei erwachsene Kinder, und Mumm glaubte, dass ihre Geburt auf eine außerordentlich intensive Zettelkommunikation zurückging.

Korporal Nobbs ... Jemand wie Nobby hatte zahllose Gründe, sich nicht zu wünschen, von anderen Leuten gesehen zu werden. Ein Blick genügte, um zu dieser Erkenntnis zu gelangen. Mumm verzichtete nur deshalb darauf, Nobbs mit irgendwelchen Tieren zu vergleichen, weil er die entsprechenden Geschöpfe nicht beleidigen wollte.

Und dann er selbst: eine dürre unrasierte Ansammlung schlechter Angewohnheiten, in Alkohol mariniert. Das war sie auch schon, die Nachtwache. Drei Männer. Früher einmal hatte sie aus Dutzenden und Hunderten von Soldaten bestanden, doch jetzt gab es nur noch drei.

Mumm wankte und stolperte die Treppe hinauf, tastete sich ins Büro, nahm in einem urzeitlichen Sessel Platz – an einigen Stellen quoll das Polstermaterial aus langen Rissen –, zog die unterste Schublade des Schreibtischs auf, griff nach der Flasche, biss in den Korken, zog ihn heraus, spuckte und trank. Damit begann sein Arbeitstag, besser gesagt: die Arbeitsnacht.

Allmählich gewann die Welt wieder klare Konturen.

Leben ist ein chemischer Prozess. Ein Tropfen hier, ein Tröpfchen dort, und alles verändert sich. Einige Kubikzentimeter (oder auch etwas mehr) fermentierte Flüssigkeit genügen, um die nächsten Stunden zu überstehen.

Als dieser Stadtteil noch anständig und respektabel gewesen war, hatte ein hoffnungsvoller Besitzer der nahen Schenke einem Zauberer viel Geld dafür bezahlt, den Eingang der Taverne mit einer Werbeleuchte zu schmücken. Damals hatte jeder Buchstabe in einer anderen Farbe geglüht. Jetzt funktionierte die thaumaturgische Vorrichtung nicht mehr richtig; besonders bei feuchtem Wetter kam es zu häufigen magischen Kurzschlüssen. Derzeit schimmerte das E in einem viel zu grellen Rosarot und blitzte in unregelmäßigen Abständen.

Mumm hatte sich daran gewöhnt. Es gehörte zu seinem Leben.

Eine Zeit lang beobachtete er das Flackern am abbröckelnden Mörtel, hob dann den einen Fuß und stampfte zweimal auf den hölzernen Boden.

Nach einigen Minuten deutete dumpfes Schnaufen darauf hin, dass Feldwebel Colon die Treppe hochkam.

Mumm zählte lautlos. Colon blieb immer sechs Sekunden lang auf dem obersten Treppenabsatz stehen, um Atem zu schöpfen.

Sieben, dachte Hauptmann Mumm, als sich die Tür öffnete. Das Gesicht des Feldwebels erschien wie ein Herbstmond.

Man konnte Feldwebel Colon folgendermaßen beschreiben: Wenn sich Männer wie er für eine berufliche Laufbahn beim Militär entschieden, so fühlten sie sich automatisch vom Posten des Feldwebels angezogen. Der Rang des Korporals kam für Colon einfach nicht infrage. Ebenso wenig der des Hauptmanns. Wenn Leute wie er keine Soldaten wurden, so standen sie hinter dem Metzgertresen und verkauften Würstchen. Sie suchten sich eine Arbeit, die ein großes rotes Gesicht und den Hang erforderte, selbst dann zu schwitzen, wenn es schneite.

Colon salutierte, legte einen zerknitterten Zettel auf Mumms Schreibtisch und strich ihn mit dramatischer Sorgfalt glatt.

»'n Abend, Hauptmann«, sagte er. »Der Bericht über die gestrigen Zwischenfälle. Außerdem schuldest du dem Teeklub vier Pence.«

»Was hat es mit dem Zwerg auf sich, Feldwebel?«, fragte Mumm brüsk.

Colon runzelte die Stirn. »Zwerg?«, wiederholte er.

»Ich meine das neue Mitglied der Nachtwache. Der Bursche heißt …« Mumm zögerte. »Karotte oder so ähnlich.«

»Ach, *ihn* meinst du?« Colon starrte den Hauptmann groß an. »Er soll ein *Zwerg* sein? Ich hab's immer gesagt: Man kann den kleinen Kerlen nicht trauen! Er hat mich reingelegt, Hauptmann, muss gelogen haben, als ich ihn nach seiner Größe fragte!« Colon vertrat größistische Einstellungen, wenn es um Leute ging, die kleiner waren als er.

»Heute Morgen hat er den Präsidenten der Diebesgilde verhaftet.«

»Warum?«

»Er warf ihm vor, Präsident der Diebesgilde zu sein.«

Die Verwirrung des Feldwebels wuchs. »Das ist doch kein Verbrechen, oder?«

»Ich glaube, ich sollte mit Karotte reden«, sagte Mumm.

»Hast du denn noch nicht mit ihm gesprochen, Herr?«, fragte Colon. »Er meinte, er hätte sich bei dir gemeldet, Herr.«

»Ich, äh, bin wahrscheinlich mit anderen Dingen beschäftigt gewesen«, antwortete Mumm. »Habe viel zu tun, weißt du.«

»Ja, Herr«, bestätigte Colon höflich. Mumm besaß gerade genug Selbstachtung, um den Blick zu senken und einige staubige Aktenstapel zurechtzurücken.

»Wir müssen ihn so schnell wie möglich von der Straße holen«, brummte er. »Sonst kommt er noch auf den Gedanken, das Oberhaupt der Meuchlergilde zu verhaften und ihm Mord vorzuwerfen! Wo steckt er jetzt?«

»Ich habe ihn zu Korporal Nobbs geschickt, Hauptmann. Damit er von ihm die Kniffe lernt.«

»Du überlässt *Nobby* einen neuen Rekruten?«, ächzte Mumm.

»Herr«, erwiderte Colon unsicher, »er hat Erfahrung. Ich

dachte, Korporal Nobbs könnte Karotte zeigen, worauf es ankommt …«

»Hoffen wir, dass der Zwerg langsam lernt«, sagte Mumm und rammte sich den Helm auf den Kopf. »Komm!«

Als sie das Wachhaus verließen, lehnte eine Leiter an der Tavernenmauer. Ein untersetzter Mann stand auf einer der oberen Sprossen und fluchte halblaut, während er mit dem leuchtenden Schild rang.

»Es ist das E!«, rief Mumm. »Das E funktioniert nicht richtig.«

»Was?«

»Das E. Und das T zischt, wenn's regnet. Die Reparatur ist längst überfällig.«

»Reparatur? Oh. Ja. Reparatur. Genau darum geht es mir. Ich repariere das Ding. Ja.«

Die beiden Wächter stapften durch die Pfützen davon. Bruder Wachturm schüttelte langsam den Kopf und konzentrierte sich dann wieder auf den Schraubenzieher.

Männer wie Korporal Nobbs gibt es in jeder Streitmacht. Für gewöhnlich verfügen sie über ein geradezu enzyklopädisches Wissen, das alle Einzelheiten der Dienstvorschriften betrifft, aber sie achten immer darauf, nie über den Rang des, nun, Korporals hinaus befördert zu werden. Nobbs neigte dazu, aus dem Mundwinkel zu sprechen. Er rauchte unaufhörlich, aber Karotte machte eine seltsame Feststellung: Jede von Nobby gerauchte Zigarette verwandelte sich fast sofort in einen Stummel und *blieb* ein Stummel, bis er irgendwann hinter dem Ohr verschwand, das eine Art Elefantenfriedhof für Nikotin darstellte. Wenn er einmal eine Rauchpause einlegte (was selten genug geschah), hielt er die Zigarette (beziehungsweise den Stummel) in der gewölbten Hand.

Nobbs war klein und krummbeinig und wies gewisse Ähnlichkeiten mit einem Schimpansen auf, der nie zu Teepartys eingeladen wurde.

Sein Alter blieb ein Rätsel. Wenn man Zynismus und allgemeine Lebensmüdigkeit als Maßstab nahm, die Kohlenstoffdatierung der Persönlichkeit, so war er etwa siebentausend Jahre alt.

»Hier ist nie viel los, und das bedeutet, wir können eine ruhige Kugel schieben«, sagte er, als er zusammen mit seinem Begleiter durch eine feuchte Straße im Kaufmannsviertel schlenderte. Versuchsweise drehte er einen Knauf. Verriegelt. »Wenn du bei mir bleibst«, fügte er hinzu, »findest du bald heraus, wie der Hase läuft. Versuch's mit den Türen auf der anderen Straßenseite.«

»Oh, ich verstehe«, sagte Karotte. »Wir überprüfen, ob alle Läden abgeschlossen sind.«

»Du bist auf Zack, Junge.«

»Vielleicht bekommen wir Gelegenheit, einen Bösewicht auf frischer Tat zu ertappen«, sagte Karotte hoffnungsvoll.

»Äh, ja«, erwiderte Nobby unsicher.

»Wenn wir eine unverschlossene Tür finden, so ist es unsere Pflicht, den Ladeninhaber zu verständigen«, fuhr Karotte fort. »Und einer von uns muss hierbleiben und aufpassen, nicht wahr?«

»Ja?« Nobbys Miene erhellte sich. »Das übernehme ich«, sagte er. »Mach dir deshalb keine Sorgen. Geh du ruhig los, um dem Opfer, äh, dem Ladeninhaber Bescheid zu geben.«

Er griff nach einem anderen Knauf. Das Ding drehte sich.

»Wenn bei uns in den Bergen ein Dieb gefasst wird«, erklärte Karotte, »so hängt man ihn auf, und zwar am ...«

Er unterbrach sich und kontrollierte eine Tür.

Nobby erstarrte.

»Am *was?*«, fragte er mit entsetzter Faszination.

»Weiß nicht mehr«, entgegnete Karotte. »Meine Mutter

meint, Diebe haben eine noch viel schlimmere Strafe verdient. Stehlen ist Unrecht.«

Nobby hatte viele berühmte Massaker überlebt, indem er so klug gewesen war, nicht daran teilzunehmen. Er ließ den Knauf los und versetzte ihm einen freundlichen Stoß.

»Ich hab's!«, entfuhr es Karotte. Nobby zuckte zusammen.

»Du hast was?«, fragte er.

»Mir ist gerade eingefallen, woran man bei uns Diebe aufhängt.«

»Oh.« Nobby stöhnte leise und schluckte. »Woran denn?«

»Am Rathaus«, sagte Karotte. »Manchmal tagelang. Sie stehlen nie wieder, das steht fest. Und Bjorn Starkimarm ist dein Onkel.«

Nobby lehnte seine Pike an die Mauer und holte einen gelbschwarzen Stummel hinter dem Ohr hervor. Er hielt den Zeitpunkt für gekommen, die eine oder andere Sache zu klären.

»Warum musstest du Wächter werden, Junge?«, fragte er sich.

»Diese Frage stellt man mir dauernd«, antwortete Karotte. »Ich musste es nicht. Es war vielmehr mein Wunsch. Die Wache wird einen Mann aus mir machen.«

Nobby sah nie jemandem direkt in die Augen. Derzeit starrte er verblüfft auf Karottes rechtes Ohr.

»Soll das heißen, du bist nicht vor etwas auf der Flucht?«

»Wovor sollte ich fliehen?«

Nobby gestikulierte vage und suchte nach den richtigen Worten. »Oh, es gibt immer etwas. Vielleicht... vielleicht hat man dir was zur Last gelegt, obwohl dich überhaupt keine Schuld trifft. Zum Beispiel...« Er grinste. »Vielleicht sind auf geheimnisvolle Weise irgendwelche Dinge aus einem Vorratslager verschwunden, und man macht dich dafür verantwortlich. Oder man fand gewisse Dinge bei deinen Sachen, ohne dass du wusstest, wie sie dorthin kamen. Was in der

Art. Kannst es dem alten Nobby ruhig sagen.« Er gab Karotte einen kameradschaftlichen Stoß in die Rippen. »Oder steckt was anderes dahinter, hm? *Scherscheh la fam*, was? Ein Mädchen in Schwierigkeiten gebracht?«

»Ich …«, begann Karotte und erinnerte sich dann daran, dass man immer die Wahrheit sagen sollte, selbst wenn man es mit Leuten wie Nobby zu tun hatte, die gar nicht wussten, was das bedeutete. Die Wahrheit lautete: Ja, er hatte Minty dauernd Probleme bereitet, obgleich die Frage nach dem Wie und Warum noch auf eine Antwort wartete. Wenn er sie besuchte und anschließend die Höhle der Felsschmetterer verließ, hörte er fast jedes Mal, wie Minty von ihren Eltern ausgeschimpft wurde. Ihm gegenüber verhielten sie sich immer recht freundlich, aber aus irgendeinem unerfindlichen Grund genügte es, zusammen mit Minty gesehen zu werden, um sie in Schwierigkeiten zu bringen.

»Ja«, gestand er ein.

»Aha, dachte ich mir«, kommentierte Nobby weise. »Geschieht häufig.«

»Ich bekomme es ständig mit Frauen zu tun, die in Schwierigkeiten sind«, fügte Karotte hinzu. »Praktisch jeden Abend.«

»Donnerwetter!«, brummte Nobby beeindruckt und betrachtete den Schützer. »Ist das der Grund, warum du so ein Ding trägst?«

»Ich verstehe nicht …«

»Schon gut«, sagte Nobby. »Jeder hat sein kleines Geheimnis. Oder auch sein großes. Das gilt selbst für den Hauptmann. Er ist nur bei uns, weil ihn eine Frau ruwinierte. Es sind seine eigenen Worte. Er wurde ruwiniert, von einer Frau.«

»Meine Güte«, hauchte Karotte und stellte sich etwas sehr Schmerzhaftes vor.

»Aber ich schätze, es liegt daran, dass er ganz offen seine Meinung sagt. Selbst dem Patrizier. Wie ich hörte, ist er einmal zu offen gewesen. Hat die Diebesgilde als einen Haufen Diebe bezeichnet oder so. Deshalb gehört er jetzt zur Nachtwache. Tja.« Nobby starrte nachdenklich zu Boden und fragte dann: »Wo wohnst du, Junge?«

»Es gibt da eine freundliche Dame namens Frau Palm ...«, begann Karotte.

Nobby verschluckte sich am Zigarettenqualm, hustete und schwankte ein wenig.

»In den Schatten?«, schnaufte er. »Du wohnst in den Schatten?«

»O ja.«

»Jeden *Abend?*«

»Äh, jeden Tag. Ja.«

»Und du bist hergekommen, um zu einem Mann zu werden?«

»Ja!«

»Ich glaube, in deiner Heimat gefiele es mir nicht«, sagte Nobby.

Karotte begriff nicht, was der Korporal damit meinte. »Ich bin hier, weil Herr Varneschi meinte, es gebe nichts Ehrenvolleres, als das Gesetz zu hüten. Das stimmt doch, oder?«

»Tja, äh«, erwiderte Nobby, »wenn du's unbedingt wissen willst ... Ich meine, wenn's darum geht, das Gesetz zu hüten und so ... Ich meine, früher kann das vielleicht ehrenvoll gewesen sein, als es noch nicht die Gilden gab. Äh. Heute allerdings ... Eigentlich läutet man nur die Glocke und versucht, nicht zu viel Aufsehen zu erregen.«

Nobby seufzte. Dann brummte er, löste die Sanduhr vom Gürtel und stellte fest, dass sich der größte Teil ihres Inhalts in der unteren Hälfte gesammelt hatte. Er steckte sie wieder ein, zog den Lederdämpfer vom Klöppel und schüttelte die Glocke kurz, wobei er darauf achtete, dass sie nicht zu laut läutete.

»Zwölf Uhr«, murmelte er, »und alles, wirklich alles ist gut.«

»Und das genügt?«, fragte Karotte, als das leise Echo verklang.

»Im Großen und Ganzen, ja, im Großen und Ganzen.« Nobby klemmte sich den Stummel zwischen die Lippen.

»Es finden keine Verfolgungsjagden im Mondschein statt?« Es klang enttäuscht. »Und es wird nie notwendig, sich an hohen Kronleuchtern hin und her zu schwingen?«

»Ich glaube nicht«, sagte Nobby mit einem gewissen Nachdruck. »In meiner beruflichen Laufbahn sind solche Zwischenfälle bisher ausgeblieben. Niemand hat so etwas von mir verlangt.« Er nahm einen Zug von der Zigarette. »Wer sich an hohen Kronleuchtern hin und her schwingt, könnte fallen und sich etwas brechen, weißt du. Ich begnüge mich mit der Glocke, wenn du nichts dagegen hast.«

»Darf ich sie mal ausprobieren?«, fragte Karotte.

Nobby erlitt einen seltsamen Anfall väterlicher Großzügigkeit. Sonst wäre es ihm bestimmt nie in den Sinn gekommen, Karotte die Glocke zu geben.

Der Junge betrachtete sie einige Sekunden lang, bevor er sie kräftig über dem Kopf schüttelte.

»Zwölf Uhr!«, donnerte er. *»Und alles ist guuuut!«*

Die Echos tanzten außerordentlich lebhaft durch die Straße und erlagen schließlich einer schrecklichen, bedrückenden Stille. Irgendwo in der Nacht bellten einige Hunde. Ein Kind begann zu weinen.

»Pscht!«, zischte Nobby.

»Es ist doch alles gut, oder?«, entgegnete Karotte.

»Es wird alles *schlecht*, wenn du weiter mit der Glocke läutest! Her damit!«

»Ich verstehe das nicht«, sagte Karotte. »Weißt du, ich habe in dem Buch gelesen, das mir Herr Varneschi geschenkt hat...« Er holte die Gesetze und Verordnungen hervor.

Nobby warf einen kurzen Blick darauf und hob die Schultern. »Noch nie was davon gehört. Sei jetzt still! Wenn du weiterhin solchen Lärm machst, könnten irgendwelche ... Leute auf uns aufmerksam werden. Komm, hier entlang!«

Er griff nach Karottes Arm und zog ihn mit sich.

»Was für Leute?«, fragte der Junge neugierig, gab dem Zerren nach und trat übers feuchte Pflaster.

»*Üble* Leute«, antwortete Nobby.

»Aber wir sind die *Wache!*«

»Da hast du verdammt recht! Und deshalb wollen wir niemandem auf den Schlips treten, klar? Denk nur daran, was dem armen Humpel zugestoßen ist!«

»Ich habe wirklich keine Ahnung, was dem armen Humpel zugestoßen ist«, erwiderte der völlig verwirrte Karotte. »Ich kenne den armen Humpel überhaupt nicht.«

»Vor deiner Zeit«, murmelte Nobby. Er ließ ein wenig die Schultern hängen. »Der arme Humpel war ein armer Kerl. Ach, es hätte jedem von uns passieren können!« Er hob den Kopf und bedachte Karotte mit einem finsteren Blick. »Hör jetzt auf damit, in Ordnung? Es geht mir allmählich auf die Nerven. Verfolgungsjagden im Mondschein. *Meine Güte!*«

Er wankte über die Straße. Nobbys normale Fortbewegungsmethode bestand in einer Art Schleichen, und die Kombination aus Wanken und Schleichen ergab ein seltsames Resultat. Man stelle sich in diesem Zusammenhang eine hinkende Krabbe vor.

»Aber, aber«, sagte Karotte, »in dem Buch heißt es ...«

»Ich will nichts mehr von dem Buch hören!«, knurrte Nobby.

Karotte schien völlig geknickt zu sein. »Aber es ist das Gesetz ...«, begann er.

Er wurde fast für immer unterbrochen, und zwar von einer Axt. Sie flog durch eine niedrige Tür hinter ihm und prallte an der Mauer weiter vorn ab. Untermalt wurde dieser Vorgang von einigen charakteristischen Geräuschen: Es klang nach zerbrechenden Holzgegenständen und splitterndem Glas.

»He, Nobby!«, stieß Karotte mit diensteifrigem Ernst hervor. »Da drin findet ein Kampf statt!«

Nobby blickte zur Tür. »Oh, *natürlich*«, sagte er. »Es ist eine Zwergenkneipe. Die schlimmste aller Spelunken. Halte dich von ihr fern, Junge! Die kleinen Mistkerle würden sich einen Spaß daraus machen, dir ein Bein zu stellen und dich zu Brei zu treten. Bleib bei dem guten alten Nobby, dann wird dir nichts geschehen ...«

Erneut schloss er die Hand um Karottes Arm. Das heißt, er versuchte es jedenfalls, aber der Arm war so dick wie ein Baumstamm.

Der Junge erblasste.

»Zwerge?«, wiederholte er. »Sie *trinken?* Und *kämpfen?*«

»So isses«, bestätigte Nobby. »Die ganze Zeit über. Und sie benutzen dabei eine Ausdrucksweise, die ich nicht einmal meiner lieben Mutter gegenüber verwenden würde. Mit solchen Burschen sollte man sich nicht kloppen, sie sind hinterhältig und kennen zu viele Tricks – *geh da nicht rein!*«

Niemand weiß, warum Zwerge, die zu Hause in den Bergen ein ganz ruhiges und ordentliches Leben führen, in einer großen Stadt ihre natürliche Zurückhaltung aufgeben. Der Verwandlungsprozess erfasst selbst den untadeligsten Grubenschürfer und veranlasst ihn dazu, ein Kettenhemd zu tragen, nach einer Axt zu greifen, sich Schnappkehle Schienbeintreter oder so ähnlich zu nennen und bis zur Bewusstlosigkeit zu trinken.

Vielleicht liegt es gerade daran, dass die Zwerge zu Hause ein so ruhiges und ordentliches Leben führen. Wenn ein junger Zwerg siebzig Jahre lang für seinen Vater in irgendeinem finsteren Bergwerk gearbeitet hat und endlich Gelegenheit bekommt, eine große Stadt zu besuchen, so kann man durchaus verstehen, dass er sich einen hinter die Binde gießen und jemanden schlagen möchte.

Es handelte sich um einen typischen und in aller Fröhlichkeit stattfindenden Zwergenkampf. Mit anderen Worten: Es gab etwa hundert Teilnehmer und hundertfünfzig verschiedene Bündnisse. Die Schreie, Flüche und das metallene Scheppern von Äxten auf Helmen vermischten sich mit dem Grölen von einigen Betrunkenen, die am Kamin saßen und – eine weitere Zwergentradition – über Gold sangen.

Jemand stieß gegen Karottes Rücken, als er einen fassungslosen Blick durch die Taverne schweifen ließ.

»So geht es hier jeden Abend zu«, sagte Nobby. »Mischt euch nicht ein, meint der Feldwebel. Es ist ihre ethnische traditionelle Lebensweise oder so. Ethnische traditionelle Lebensweisen muss man respektieren.«

»Aber, aber«, stotterte Karotte, »sie sind mein Volk. In gewisser Weise. Welche Schande, sich so zu benehmen! Was sollen die anderen Leute nur von ihnen denken?«

»Nichts Gutes«, erwiderte Nobby. »Wir halten sie für gemeine kleine Mistkerle. *Komm* jetzt!«

Karotte achtete gar nicht auf ihn und trat mitten in das wogende Durcheinander. Er hob die Hände, formte daraus einen Trichter vor dem Mund und brüllte etwas in einer Sprache, die Nobby nicht verstand. Bei ihm galt diese Beschreibung für praktisch jede Sprache, auch für jene, die er von seiner lieben Mutter gelernt hatte. Er hörte jetzt klares, deutliches Zwergisch.

»Gr'duzk! Gr'duzk! aaK'zt ezem ke bur'k tze tzim?« *

* Wörtlich übersetzt: »Guten Tag! Guten Tag! Was haben die hiesigen Vorgänge (an diesem Orte) zu bedeuten?«

Von einem Augenblick zum anderen herrschte Stille. Hundert bärtige Gesichter sahen zu Karottes gebückter Gestalt auf, und ihre Verärgerung wich sprachloser Verblüffung.

Ein zerbeulter Humpen prallte an der Brustplatte des Jungen ab. Karotte packte eine zappelnde Gestalt und hob sie mühelos hoch.

*»J'uk, ydtruz-t'rud-eztuza, hudr'zd dezek drez'huk, huzukkruk't b'tduz g'ke'k me'ek b'tduzt t'be'tk kcedrutk ke'hktd. aaDb'thuk?«**

Kein Zwerg hatte jemals so viele Worte der Alten Sprache aus dem Mund von jemandem gehört, der mehr als ein Meter zwanzig groß war. Ihr Erstaunen kannte keine Grenzen.

»Ihr seid Zwerge!«, fügte Karotte hinzu. »Zwerge sollten vernünftiger sein. Seht euch nur an! Schämt ihr euch denn gar nicht?«

Hundert granitharte Kinnladen klappten nach unten.

»Ich meine, *seht* euch doch nur an!« Karotte schüttelte den Kopf. »Stellt euch eure armen weißbärtigen Mütter vor, die in ihren kleinen Höhlen schuften und sich fragen, wie es den Söhnen geht. Sie wären sicher sehr enttäuscht, wenn sie euch hier sehen könnten. Eure eigenen Mütter, von denen ihr gelernt habt, wie man mit einer Spitzhacke umgeht…«

Nobby stand ebenso entsetzt wie verdutzt neben der Tür. Er hörte ein langsam lauter werdendes Schniefen und Schluchzen, als Karotte fortfuhr: »Wahrscheinlich denkt sie

* »Hör mal, Sonnenschein (wörtlich: ›das Starren des großen heißen Auges am Himmel, dessen feuriger Blick die Öffnung der Höhle durchdringt‹), ich möchte niemanden verdreschen, aber wenn ihr B'tduz** mit mir spielt, so spiele ich B'tduz mit euch, okay?***«

** Ein beliebtes Zwergenspiel. Die Teilnehmer beziehen zwei oder drei Meter voneinander entfernt Aufstellung und bewerfen sich mit großen Steinen. Wer den Kopf trifft, hat gewonnen.

*** Wörtlich: »Alles richtig blankgeputzt und abgestützt?«

gerade: Bestimmt verbringt mein Sohn den Abend damit, Domino zu spielen ...«

Ein Zwerg – er trug einen Helm mit fünfzehn Zentimeter langen Spitzen – vergoss Tränen in sein Bier.

»Und ich wette, es ist *lange* her, seit ihr euren Müttern den letzten Brief geschickt habt. Obwohl ihr jede Woche schreiben wolltet ...«

Nobby holte geistesabwesend ein fleckiges Taschentuch hervor und reichte es einem Zwerg, der an der Wand lehnte und vor Kummer zitterte.

»Nun gut«, sagte Karotte etwas sanfter. »Ich möchte nicht zu streng mit euch sein. Aber von jetzt an komme ich jeden Abend vorbei und erwarte, dass ihr euch wie richtige Zwerge betragt. Ich weiß, wie es ist, fern von der Heimat zu sein, aber für ein solches Verhalten gibt es keine Rechtfertigung.« Er hob die Hand zum Helm. *»G'hruk, t'uk.«**

Er zeigte ein strahlendes Lächeln und bückte sich noch etwas tiefer, als er durch die Tür ging. Draußen klopfte ihm Nobby auf den Arm.

»Bring mich nie wieder in eine derartige Lage!«, sagte er scharf. »Du gehörst zur Stadtwache! Ich will nichts mehr von Gesetzen und so hören!«

»Aber sie sind sehr wichtig«, erwiderte Karotte ernst und folgte Nobby, als der Korporal durch eine schmalere Seitenstraße schlich.

»Nicht so wichtig wie das eigene Überleben«, stellte Nobby fest. »Zwergenkneipen! Wenn du auch nur einen Funken Verstand hast, beschränkst du dich auf Lokalitäten wie diese hier. Komm, wir gehen rein! Und halt die Klappe!«

Karotte sah an dem Gebäude hoch, das sie gerade erreicht hatten. Es stand ein wenig abseits des üblichen Straßen-

* »Allen einen guten Abend.« (Wörtlich: »Glückwünsche für alle Anwesenden am Ende des Tages.«)

schlamms, und in seinem Innern erklangen Geräusche, die auf entschlossenes und leidenschaftliches Trinken hindeuteten. Ein schmutziges Schild hing über der Tür und zeigte eine Trommel.

»Eine Taverne, nicht wahr?«, vermutete Karotte nachdenklich. »Um diese Zeit geöffnet?«

»Warum denn nicht?«, erwiderte Nobby und drückte die Tür auf. »Ist doch wirklich sehr rücksichtsvoll vom Wirt. Du lernst jetzt die *Geflickte Trommel* kennen.«

»Wird hier auch Bier und so ausgeschenkt?« Karotte blätterte hastig im Buch.

»Das will ich doch stark hoffen«, sagte Nobby. Er nickte dem Troll zu, der als Zerreißer* in der Trommel arbeitete. »N'Abend, Detritus. Ich bringe unserem Neuen die Kniffe bei.«

Der Troll grollte leise und winkte mit einem verkrusteten Arm.

Die *Geflickte Trommel* ist bereits legendär und als berühmteste, anrüchigste Taverne auf der ganzen Scheibenwelt bekannt. Sie gilt als eins der charakteristischen Merkmale von Ankh-Morpork, und der Wirt legt großen Wert darauf, den Ruf seines Etablissements zu wahren. Nach den letzten unvermeidlichen Renovierungsarbeiten gab er sich erhebliche Mühe, an den Wänden die ursprüngliche Patina aus Dreck, Ruß und einigen nur schwer zu identifizierenden Substanzen wiederherzustellen. Für den Boden hatte er sogar eine Tonne aus gut vorgefaulter Binse importiert. Was die Kundschaft betraf, bot sich das übliche Panorama aus Helden, Halsabschneidern, Söldnern und Schurken; die Unterschiede ließen sich nur mit einer sorgfältigen Analyse feststellen. Dichte Rauchschwaden hingen in der Luft; vielleicht wollten sie vermeiden, die Wände zu berühren.

* Eine Art Rausschmeißer. Trolle verwenden nur mehr Kraft.

Die lauten Stimmen wurden etwas leiser, als die beiden Wächter eintraten, kehrten dann zum normalen akustischen Niveau zurück. Zwei Freunde winkten Nobby zu.

Der Korporal bemerkte plötzlich, dass Karotte beschäftigt war.

»Was tust du da?«, fragte er. »Du willst doch nicht über Mütter reden, wie?«

»Ich halte meine Beobachtungen fest«, erwiderte Karotte grimmig. »In einem Notizbuch.«

»So isses richtig«, sagte Nobby. »Hier wird's dir bestimmt gefallen. Ich esse hier immer zu Abend.«

»Wie schreibt man ›Gesetzesübertretung‹?« Karotte drehte ein Blatt um.

»Keine Ahnung«, antwortete Nobby und bahnte sich einen Weg durchs Gedränge. Einmal mehr regte sich Großzügigkeit in ihm, und diesmal betraf sie seinen Geldbeutel. »Was möchtest du trinken?«

»Nichts«, sagte Karotte. »Es wäre wohl kaum angemessen. Außerdem: Alkohol lässt selbst den besten Mann zum Narren werden.«

Er spürte einen durchdringenden Blick am Nacken, drehte sich um und sah in das große, sanfte und freundliche Gesicht eines Orang-Utans.

Das Geschöpf saß an der Theke, vor einem Krug Bier und einer Schüssel mit Erdnüssen. Es prostete Karotte kameradschaftlich zu und trank dann ziemlich lautstark, indem es die Unterlippe zu einem Trichter stülpte. Es hörte sich an, als strömten hundert Liter Spülwasser durch ein Abflussrohr.

Karotte gab Nobby einen Stoß.

»Dort sitzt ein Ti...«, begann er.

»Sag es nicht!«, unterbrach ihn der Korporal erschrocken. »Sprich das Wort nicht aus! Du hast es nämlich mit dem Bibliothekar zu tun. Arbeitet an der Universität. Kommt abends immer hierher, für einen Schlummertrunk.«

»Und niemand erhebt Einwände?«

»Warum sollte jemand was dagegen haben?«, fragte Nobby. »Ab und zu gibt er eine Runde aus, und dadurch hat er viele Freunde gewonnen.«

Karotte drehte sich um und musterte den Affen. Einige Fragen wetteiferten um seine Aufmerksamkeit, zum Beispiel: Wo verstaut er sein Geld? Der Bibliothekar begegnete seinem Blick, verstand ihn falsch und schob die Erdnussschüssel auf ihn zu.

Karotte richtete sich zu seiner vollen und sehr beeindruckenden Größe auf. Er blätterte im Notizbuch und erlaubte sich in Gedanken ein zufriedenes Nicken. Es erwies sich nun als nützlich, dass er den Nachmittag damit verbracht hatte, in den *Gesetzen und Verordnungen* zu lesen.

»Wer ist der Besitzer, Eigentümer oder, mal sehen, Wirt dieses Schankorts?«, fragte er Nobby.

»Wasis?«, erwiderte der kleine Wächter. »Wirt? Oh, ich glaube, heute Abend steht Charley an den Zapfhähnen. Warum?« Er deutete auf einen großen stämmigen Mann, dessen Gesicht aus Dutzenden von Narben bestand. Charley stellte seine Bemühungen ein, den Schmutz auf der Theke mit Hilfe eines feuchten Lappens gleichmäßiger zu verteilen, sah Karotte an und zwinkerte verschwörerisch.

»Charley, das ist Karotte«, sagte Nobby. »Er wohnt drüben bei Rosie Palm.«

»Was, er *wohnt* da?«, entfuhr es Charley.

Karotte räusperte sich. »Wenn du der Wirt bist«, intonierte er, »so nehme ich dich hiermit fest.«

»Was willst du nehmen, Freund?«, brummte Charley und versuchte, ein Glas zu reinigen.

»Du bist verhaftet«, sagte Karotte. »Man wird später offiziell Anklage gegen dich erheben, und dabei geht es um folgende Punkte. 1(i), am oder ungefähr am 18. Gruni hast du im Lokal *Geflickte Trommel*, Filigranstraße, a) alkoholische

Getränke ausgeschenkt oder b) ihren Ausschank ermöglicht, und zwar nach 12 (zwölf) Uhr Mitternacht, was den Bestimmungen des Gesetzes über öffentliche Bierstuben (Öffnungszeiten) von 1678 widerspricht, und 1(ii) am oder ungefähr am 18. Gruni hast du im Lokal *Geflickte Trommel*, Filigranstraße, alkoholische Getränke ausgeschenkt oder ihren Ausschank ermöglicht und dabei Behälter benutzt, deren Größe und Fassungsvermögen nicht den Normen des bereits erwähnten Gesetzes genügen, und 2(i) am oder ungefähr am 18. Gruni hast du im Lokal *Geflickte Trommel*, Filigranstraße, Gästen erlaubt, unverhüllte Stichwaffen zu tragen, deren Länge über die von Paragraph Drei des erwähnten Gesetzes zugelassenen 7 (sieben) Zoll hinausgeht, und 2(ii) am oder ungefähr am 18. Gruni hast du im Lokal *Geflickte Trommel*, Filigranstraße, alkoholische Getränke ausgeschenkt oder ihrer Ausschank ermöglicht, obgleich eine Lizenz für den Verkauf und/oder den Konsum der genannten Getränke fehlt, was ebenfalls im Gegensatz zu dem Paragraphen Drei des erwähnten Gesetzes steht.«

Grabesstille folgte, als Karotte umblätterte. »Darüber hinaus ist es meine Pflicht, dir meine Absicht mitzuteilen, die Richter auch noch auf weitere Verstöße gegen die Vorschriften hinzuweisen, wobei folgende Gesetze gemeint sind: das Gesetz über Öffentliche Versammlungen (Glücksspiele) von 1567, das Gesetz über Lizenzen (Hygiene) von 1433, 1456, 1463, 1465, äh, und 1470 bis 1690, hinzu kommt...« Karotte warf einen kurzen Blick auf den Bibliothekar, der einen besonderen Spürsinn für Probleme entwickelt hatte und sich bemühte, rasch seinen Krug zu leeren. »... das Gesetz über zahme und domestizierte Tiere (Haustiere, Schutz und Pflege) von 1673.«

Die Lautlosigkeit in der *Geflickten Trommel* hatte die atemlose Qualität gespannter Erwartung, als sich die versammelten Gäste fragten, was jetzt geschehen würde.

Charley stellte langsam das Glas ab – die Flecken daran glänzten nun sehr stark – und sah auf Nobby hinab.

Nobby versuchte den Anschein zu erwecken, völlig allein zu sein und in überhaupt keiner Beziehung zu dem Hünen neben ihm zu stehen, der zufälligerweise die gleiche Uniform trug.

»Was meint er mit ›Richtern‹?«, fragte der Wirt. »Es gibt doch gar keine Richter.«

Nobby hob entsetzt die Schultern.

»Er ist neu, nicht wahr?«, brummte Charley.

»Ich rate dir, keinen Widerstand zu leisten«, sagte Karotte.

»Weißt du, es ist nicht persönlich gemeint«, wandte sich Charley an Nobby. »Es geht dabei um ein Dingsbums ... Neulich war 'n Zauberer hier und hat's erklärt. Ein lehrreiches Ding, irgendwie krumm.« Er überlegte kurz. »Eine *Lernkurve.* Ja, so nannte er es. Eine Lernkurve. Detritus, beweg deinen steinernen Arsch hierher.«

Für gewöhnlich kommt zu diesem Zeitpunkt jemand in der *Geflickten Trommel* auf die Idee, ein Glas zu werfen. Und genau das geschah.

Hauptmann Mumm lief durch die Kurze Straße – es war die längste in der ganzen Stadt, ein deutlicher Hinweis auf den berüchtigten subtilen Humor der Ankh-Morporkianer –, und ein asthmatisch schnaufender Feldwebel Colon bemühte sich, nicht den Anschluss zu verlieren.

Nobby hatte die *Geflickte Trommel* verlassen und hüpfte von einem Bein aufs andere. Wenn Gefahr drohte, verstand er es auf geheimnisvolle Weise, zwischen verschiedenen Orten zu wechseln, ohne von den dazwischenliegenden Strecken aufgehalten zu werden. Angesichts dieser bemerkenswerten

Fähigkeit wäre jeder gewöhnliche Materietransmitter vor Neid erblasst.

»Er kämpft da drin!«, keuchte er und griff nach dem Arm des Hauptmanns.

»Ganz allein?«, fragte Mumm.

»Nein, gegen alle anderen!«, rief Nobby und hüpfte erneut.

»Oh.«

Das Gewissen sagte: Wir sind zu dritt. Er trägt die gleiche Uniform wie wir. Er gehört zu uns, zu *deinen* Männern. Denk an den armen alten Humpel!

Ein anderer Teil des Gehirns – der verhasste, ekelhafte Teil, der es ihm jedoch ermöglicht hatte, zehn Jahre in der Wache zu überleben – erwiderte: Es ist unhöflich, sich einfach einzumischen. Wir warten, bis er fertig ist, und dann fragen wir ihn, ob er Hilfe braucht. Außerdem entspricht es nicht der Nachtwachentradition, Kämpfe zu verhindern. Man erspart sich viele Probleme, wenn man nachher eingreift und die Bewusstlosen verhaftet.

Etwas krachte. Ein nahes Fenster platzte auseinander und spuckte einen ziemlich überraschten Kämpfer auf die andere Straßenseite.

»Ich glaube, wir sollten rasch handeln«, sagte der Hauptmann langsam.

»Der Meinung bin ich auch«, pflichtete ihm Feldwebel Colon bei. »Wer hier steht, könnte verletzt werden.«

Vorsichtig gingen sie die Straße hinunter und blieben erst stehen, als die Geräusche – das dumpfe Splittern von Holz, das helle Klirren von Glas – nicht mehr ganz so laut waren. Die drei Wächter starrten in drei verschiedene Richtungen. Ab und zu schrie jemand in der Taverne, und manchmal erklang ein seltsames Scheppern, als ramme jemand das Knie an einen Gong.

Mehrere Minuten lang wahrten Mumm, Colon und Nobby ein verlegenes Schweigen.

»Hast du dieses Jahr schon Urlaub gemacht, Feldwebel?«, fragte der Hauptmann schließlich und wippte auf den Zehen.

»Jawohl, Herr. Hab meine Frau im letzten Monat nach Quirm geschickt, Herr. Zu ihrer Tante.«

»Um diese Jahreszeit soll das Klima in Quirm recht angenehm sein, wie ich hörte.«

»Jawohl, Herr.«

»Dort wachsen Geranien und so was.«

Jemand fiel aus einem Fenster im Obergeschoß der *Geflickten Trommel* und blieb auf dem Kopfsteinpflaster liegen.

»In Quirm gibt es auch Sonnenuhren aus Blumen, nicht wahr?«, fragte der Hauptmann verzweifelt.

»Jawohl, Herr. Sind sehr hübsch. Bestehen aus lauter kleinen Blumen, Herr.«

Ein neues Geräusch ertönte. Es hörte sich nach einem schweren Gegenstand aus Holz an, der wiederholt auf einen Kopf geschlagen wurde. Mumm schnitt eine Grimasse.

»Ich bezweifle, ob er in der Wache *glücklich* gewesen wäre, Herr«, sagte der Feldwebel sanft.

Die Tür der *Geflickten Trommel* war so oft zertrümmert worden, dass der Wirt vor kurzer Zeit neue und besonders stabile Angeln installiert hatte. Der Umstand, dass beim nächsten Krachen nicht nur die Tür aufs Pflaster flog, sondern auch der Rahmen, bewies nur, dass viel Geld verschwendet worden war. Mörtelstaub bildete eine dichte Wolke, und in ihr zeichnete sich vage eine massige Gestalt ab, die sich hochzustemmen versuchte, stöhnte und zurücksank.

»Ich glaube, das wär's jetzt ...«, begann der Hauptmann.

Nobby unterbrach ihn. »Es ist der verdammte Troll!«

»Was?«, fragte Mumm.

»Der Troll! Ich meine den Rausschmeißer!«

Die drei Wächter näherten sich behutsam.

Und ihre Blicke fielen tatsächlich auf Detritus den Zerreißer.

Es ist sehr schwer, ein Geschöpf zu verletzen, das man mit Fug und Recht als mobilen Stein bezeichnen kann. Doch offenbar war es jemandem gelungen. Die auf dem Boden liegende Gestalt stöhnte, und es klang nach zwei aneinander reibenden Granitbrocken.

»Da bin ich platt«, behauptete der Feldwebel. Die drei Männer drehten sich um und beobachteten das helle Rechteck dort, wo eben noch eine Tür gewesen war. Inzwischen schien es in der Taverne wesentlich ruhiger geworden zu sein.

»Haltet ihr es vielleicht für möglich, dass er *gewinnt?*«, fragte Colon unsicher.

Hauptmann Mumm schob das Kinn vor. »Lasst es uns herausfinden – das sind wir unserem Kameraden und Mitstreiter schuldig.«

Hinter ihm wimmerte jemand. Mumm und Colon drehten sich um und beobachteten einen Nobby, der diesmal nur auf einem Bein hüpfte und sich den Fuß hielt.

»Was ist los mit dir, Mann?«, brummte Mumm.

Nobby stöhnte leise.

Feldwebel Colon begann zu verstehen. Zwar gehörte vorsichtige Unterwürfigkeit zu den wichtigsten Grundsätzen der Wache, aber in der ganzen Gruppe gab es niemanden, der nicht wenigstens einmal am falschen Ende von Detritus' Fäusten gestanden hatte. Nobby verhielt sich nur wie ein typischer Polizist, indem er einen vermeintlichen Vorteil nutzte, um eine alte Rechnung zu begleichen.

»Er hat den Troll in die E…, äh, an seine empfindlichste Stelle getreten, Herr«, sagte Colon.

»Abscheulich«, erwiderte der Hauptmann beiläufig. Dann: »Haben Trolle E… ich meine, haben sie *empfindliche* Stellen?«

»Ja und nein, Herr. Trolle *haben* empfindliche Stellen, aber sie sind nicht im eigentlichen Sinn *empfindlich.*«

»Donnerwetter!«, sagte Mumm. »Mutter Natur treibt manchmal seltsame Scherze, wie?«

»In der Tat, Herr«, bestätigte der Feldwebel gehorsam.

»Und jetzt...« Mumm zog sein Schwert. »Vorwärts, Männer!«

»Jawohl, Herr.«

»Das gilt auch für dich, Feldwebel«, fügte der Hauptmann hinzu.

»Jawohl, Herr.«

Es war vermutlich der vorsichtigste Vorsturm in der Geschichte militärischer Manöver. Vielleicht wurde er nicht einmal als Fußnote in einem Buch über tollkühne Angriffe erwähnt.

Mumm und seine beiden Gefährten zögerten sicherheitshalber, bevor sie durch den zerstörten Eingang der *Geflickten Trommel* spähten.

Mehrere Männer lagen auf den Tischen, besser gesagt: auf ihren Resten. Wer noch bei Bewusstsein war, schien sich nicht sonderlich darüber zu freuen.

Karotte stand in der Mitte des verheerten Schankraums: Sein rostiges Kettenhemd war zerrissen, und der Helm fehlte. Er schwankte leicht, und das eine Auge schwoll an, aber trotzdem erkannte er den Hauptmann, ließ eine dumpf ächzende Gestalt fallen und salutierte.

»Melde einunddreißig Fälle von Landfriedensbruch, sechsundfünfzig Fälle von tumultarischem Benehmen, einundvierzig Fälle von Behinderung eines Wachoffiziers in der Ausübung seiner Pflicht, dreizehn Fälle von Angriff mit einer gefährlichen Waffe, sechs Fälle von bösartigem Herumlungern und ... und ... Korporal Nobby hat mir noch keinen einzigen Kniff gezeigt.«

Karotte fiel nach hinten und zertrümmerte einen Tisch.

Hauptmann Mumm hustete und fragte sich, was er jetzt unternehmen sollte. Soweit er wusste, hatte sich die Wache noch nie in einer solchen Lage befunden.

»Hol ihm was zu trinken, Feldwebel!« verlangte er.

»Jawohl, Herr.«

»Und mir auch.«

»Jawohl, Herr.«

»Du kannst dir ebenfalls ein Gläschen genehmigen, wenn du möchtest.«

»Jawohl, Herr.«

»Und was dich betrifft, Korporal – würdest du bitte ... He, was tust du da?«

»Ich durchsuche diesen bewußtlosen Herr«, antwortete Nobby hastig und richtete sich auf. »Vielleicht hat er belastendes Material bei sich.«

»In der Geldbörse?«

Nobby verbarg die Hände hinterm Rücken. »Man kann nie wissen, Herr«, sagte er.

Der Feldwebel entdeckte eine Flasche, die wie durch ein Wunder heil geblieben war. Er hielt sie an Karottes Lippen und zwang den Jungen dazu, einen großen Teil ihres Inhalts zu schlucken.

»Was fangen wir mit den ganzen Leuten an, Hauptmann?«, fragte er über die Schulter hinweg.

»Ich habe keine blasse Ahnung«, antwortete Mumm und setzte sich. Das Gefängnis im Wachhaus war gerade groß genug für sechs sehr kleine Personen – die einzige Art von Häftlingen, die dort untergebracht wurde. *Diese* Burschen hingegen ...

Hauptmann Mumm blickte sich mit wachsender Verzweiflung um. Nork der Pfähler lag unter einem Tisch und gab gurgelnde Geräusche von sich. Zu den Ohnmächtigen gehörten auch der Große Henri und Würger Simmons, einer der gefürchtetsten Tavernenkämpfer in der ganzen Stadt. Es war sicher nicht ratsam, in der Nähe zu sein, wenn sie erwachten.

»Wir könnten ihnen die Kehlen durchschneiden, Herr«, schlug Nobby als Veteran vieler alter Schlachtfelder vor. Er hatte inzwischen einen geeigneten bewusstlosen Kämpfer gefunden und zog ihm die Stiefel aus – sie wirkten recht neu, und auch die Größe schien zu stimmen.

»Das wäre völlig verkehrt«, erwiderte Mumm. Er wusste nicht genau, wie man jemandem die Kehle durchschnitt. Bisher hatte sich nie Gelegenheit für ihn ergeben, irgendwelche Kehlen durchzuschneiden.

»Nein«, sagte er. »Ich glaube, wir lassen sie mit einer Verwarnung frei.«

Unter der Sitzbank stöhnte jemand.

»Außerdem sollten wir unseren gefallenen Kameraden so schnell wie möglich in Sicherheit bringen«, fügte er schnell hinzu.

»Gute Idee.« Der Feldwebel trank einen Schluck, um seine Nerven zu beruhigen.

Mumm und Colon zogen Karotte hoch, stützten ihn und lenkten seine gummiartigen Beine die Treppe hoch. Der Hauptmann brach fast unter dem Gewicht zusammen und sah sich nach Nobby um.

»Korporal Nobbs!«, schnaufte er. »Warum trittst du die Bewusstlosen?«

»Weil sie sich nicht wehren können, Herr.«

Nobby hatte einmal gehört, dass man fair kämpfen und nichts gegen einen hilflos auf dem Boden liegenden Gegner unternehmen sollte. Als er genauer darüber nachdachte, kam er zu dem Schluss, dass derartige Regeln nur für jemanden galten, der höchstens ein Meter zwanzig groß war und dessen Muskeltonus der Konsistenz eines besonders elastischen Gummibands entsprach.

»Hör damit auf«, sagte der Hauptmann. »Ich möchte, dass du die Übeltäter verwarnst.«

»Wie, Herr?«

»Nun, du …« Hauptmann Mumm zögerte. Er wusste nicht, wie man jemanden verwarnte. Auch in dieser Hinsicht hatte er bisher keine Erfahrungen gesammelt.

»Verwarn sie einfach!«, knurrte er. »Ich muss dir doch nicht alles erklären, oder?«

Nobby blieb allein auf der obersten Treppenstufe zurück. Allgemeines Brummen und Stöhnen vom Boden her wiesen darauf hin, dass niedergeschlagene Männer erwachten. Korporal Nobbs überlegte fieberhaft und hob einen mahnenden Zeigefinger, der einer kleinen Käsestange ähnlich sah.

»Lasst euch das eine Lehre sein!«, sagte er. »*Bessert* euch!«

Dann nahm er die Beine in die Hand.

Im dunklen Dachgebälk knarrte es, als sich der Bibliothekar kratzte. Das Leben war wirklich voller Überraschungen; es mochte interessant sein, die nächsten Entwicklungen zu beobachten. Er schälte eine Erdnuss mit dem Fuß, schwang sich an den Sparren entlang und verschwand in der Finsternis.

Der Oberste Größte Meister hob die Hände.

»Sind die Rauchfässer des Schicksals rituell gezüchtigt, um böses und undiszipliniertes Denken aus dem Heiligen Kreis zu verbannen?«

»Klar doch.«

Der Oberste Größte Meister ließ die Hände sinken.

»Klar doch?«

»Klar doch«, sagte Bruder Verdruss fröhlich. »Hab's selbst erledigt.«

»Du sollst *eigentlich* antworten: ›Fürwahr, o Oberster und Größter‹«, verkündete der Oberste Größte Meister. »Meine Güte, ich habe euch immer wieder darauf hingewiesen. Wenn ihr nicht mit der richtigen Einstellung an die Sache herangeht ...«

»Ja, hör gut zu, was dir der Oberste Größte Meister zu sagen hat«, ließ sich Bruder Wachturm vernehmen und starrte den sündigen Bruder finster an.

»Ich habe die blöden Rauchfässer stundenlang gezüchtigt«, grummelte Bruder Verdruss.

»Du kannst jetzt fortfahren, o Oberster Größter Meister«, meinte Bruder Wachturm.

»Nun gut.« Der Oberste Größte Meister atmete tief durch. »Heute Abend versuchen wir eine zweite experimentelle Beschwörung. Habt ihr geeignete Rohstoffe mitgebracht, Brüder?«

»... geschrubbt und geschrubbt habe ich die verdammten Dinger, aber wer dafür ein Dankeschön erwartet ...«

»Es ist alles vorbereitet, Oberster Größter Meister«, versicherte Bruder Wachturm.

Diesmal war die Sammlung ein wenig besser, fand der Größte Meister. Ja, die Brüder hatten sich wirklich Mühe gegeben. Besondere Aufmerksamkeit verdiente ein leuchtendes Tavernenschild, dessen Entfernung normalerweise einen Orden verdiente. Derzeit leuchtete das E in einem grässlichen Rosarot und flackerte in unregelmäßigen Abständen.

»Das habe *ich* besorgt«, sagte Bruder Wachturm stolz. »Die Leute dachten, ich würde das Ding reparieren. Stattdessen hab ich's mit dem Schraubenzieher abgeschraubt und ...«

»Ja, gut gemacht«, warf der Oberste Größte Meister ein. »Zeigt Initiative.«

»Danke, Oberster Größter Meister.« Bruder Wachturm strahlte.

»... meine Hände sind ganz wund vom Schrubben, wund und gerötet, und seht euch nur die rissige Haut an, und die drei Dollar habe ich natürlich nicht zurückbekommen, nein, es fällt niemandem ein, meine Auslagen zu erstatten, man hört nicht einmal ein einfaches Danke ...«

»Und nun«, sagte der Oberste Größte Meister und griff nach dem Buch, »fangen wir an zu beginnen. Sei endlich still, Bruder Verdruss!«

In jeder Stadt des Multiversums gibt es einen Bezirk, den man mit den Schatten von Ankh-Morpork vergleichen kann. Für gewöhnlich ist er das älteste Viertel. Die Straßen beziehungsweise Gassen befinden sich dort, wo man vor Jahrhunderten Kühe zum Fluss führte, und ihre Namen lauten Chaospfad, Krähenhorst, Weg-des-höhnischen-Lachens und dergleichen.

Diese Beschreibung gilt prinzipiell für den größten Teil von Ankh-Morpork, aber in besonderem Maße für die Schatten – sie sind eine Art Schwarzes Loch eingebauter Gesetzlosigkeit. Man kann es folgendermaßen ausdrücken: Selbst *Verbrecher* fürchteten sich dort in den Straßen. Die Wächter hielten sich von jenem Viertel fern.

Doch jetzt betraten sie es, wenn auch nicht unbedingt absichtlich. Eine anstrengende Nacht lag hinter ihnen; sie hatten sich beruhigt und ihre Nerven gestärkt. Tatsächlich waren sie jetzt so ruhig und stark, dass sich jeder von ihnen auf die Hilfe der drei anderen verließ, um auf den Beinen zu bleiben.

Hauptmann Mumm gab die Flasche dem Feldwebel zurück.

»Es ischt eine.« Er dachte einige Sekunden lang nach. »Schande. Betrunken in Gegenwart desch vor, vorge, vorgesch, vorgeschetzten Offischiers.«

Colon versuchte zu antworten, doch seine Zunge war ihm im Weg.

»Schetz dich auf die Ankl-l-l, Anklagebank«, sagte Hauptmann Mumm und prallte von der Wand ab. Eine Zeit lang starrte er auf die Mauersteine. »Diesche Wand hat mich angegriffen«, erklärte er. »Ha! Hältscht dich wohl für knallhart, wasch! Aber ich bin 'n Offischier der Wache, jawoll! Ich vertrete dasch, äh, Geschetz, ichzeigschdirwartschbloschab, wir greifen hart durch, wenn, wenn, wenn ...«

Er blinzelte langsam, dann noch einmal.

»Wann greifen wir hart durch, Feldwe'el?«, fragte er.

»Wenn keine Gefahr droht, Herr?«, erwiderte Colon.

»Nein, nein, nein. Das ischesch nicht. Wie dem auch schei: Wir greifen hart durch, wenn, wenn, wenn ... wir hart durchgreifen.« Verschwommene Bilder zogen durch Mumms Kopf und zeigten ihm einen Raum voller Verbrecher, voller Leute, die ihn auslachten und verhöhnten, deren Existenz ihn seit vielen Jahren quälte. Er wusste nicht mehr genau, was damals geschehen war, aber tief in ihm rührte sich plötzlich ein wesentlich jüngerer Mumm – ein Mumm, der einen glänzenden Brustharnisch trug und große Hoffnungen hatte, ein Mumm, der entgegen allen Erwartungen nicht schon vor langer Zeit im Alkohol ertrunken war.

»Scholl, scholl, scholl ich dir wasch schagen, Feldwe'el?«, lallte er.

»Herr?« Die vier Wächter prallten sanft an einer anderen Wand ab und begannen mit einer Art Krabbenwalzer, der sie quer durch die Gasse führte.

»Diese Schtadt. Diese Schtadt. Diese Schtadt, Feldwe'el. Diese Schtadt ischt eine, ischt eine, ischt eine Frau, Feldwe'el.

Ja, 'ne Frau. Feldwe'el. Eine uralte und üppig geschminkte Schönheit, Feldwe'el. Aberwennmanschichinschieverliebt, dann, dann, dann schlägt schie einemdiezähneein …«

»Eine Frau?«, wiederholte Colon.

Er versuchte so sehr, einen klaren Gedanken zu fassen, dass sich sein schweißfeuchtes breites Gesicht in eine Grimasse verwandelte.

»Schie isch acht Meilen breit, Herr«, entgegnete der Feldwebel schließlich. »Und mitten drin fliescht ein Flusch, ich meine, schtrömt ein Schtrom. Auscherdem gibt'sch hier viele Häuscher und scho.«

»Ah. Ah. Ah.« Mumm richtete einen unsicher zitternden Zeigefinger auf Colon. »Ich habe nie, nie, nie, *nie* geschagt, dasch schie eine kleine Frau ischt. Schtimmt'sch?« Er winkte mit der Flasche, und ein anderer Zufallsgedanke kroch aus dem Schaum seines Geistes.

»Wir haben'sch ihnen gezeicht«, sagte er aufgeregt und schlurfte zusammen mit den anderen drei Wächtern zur gegenüberliegenden Mauer. »Ja, wir haben ihnen eine Lexion erteilt, nich wahr? Eine Lexion, die schie beschtimmt nich scho schnell vergeschen werden.«

»Da hascht du vollkommen recht«, bestätigte der Feldwebel, aber es klang nicht sonderlich begeistert. Colon dachte noch immer über das Geschlechtsleben seines vorgesetzten Offiziers nach.

Doch in der gegenwärtigen Stimmung brauchte Mumm gar keine Ermutigung.

»Ha!«, rief er in die dunklen Gassen. »Bin ich vielleicht zu laut für dich? Schläfscht du noch? Dasch läscht sich ändern!« Der Hauptmann warf die leere Flasche hoch.

»Zwei Uhr!«, rief er. »Und alles ischt guuuut!«

Das wunderte die verschiedenen finsteren Gestalten, die den vier Männern schon seit einer ganzen Weile folgten. Nur reines Erstaunen hatte sie bisher davon abgehalten, ihre

Aufmerksamkeit ganz deutlich zu zeigen. Es sind *Wächter*, dachten sie immer wieder. *Sie tragen die richtigen Helme und den Rest, aber sie befinden sich in den Schatten.* Mumm und seine Begleiter wurden mit der Faszination von Wölfen beobachtet, deren verblüffte Blicke mehreren Schafen galten, die über eine Lichtung torkelten, verspielt gegeneinanderstießen und mehr oder weniger unverständliche Laute von sich gaben. Das letztendliche Ergebnis bestand zweifellos aus einer leckeren Mahlzeit, aber zunächst gab der Appetit interessierter Neugier den Vorrang.

Karotte hob benommen den Kopf.

»Wo sin wir?«, stöhnte er.

»Auf dem Weg nach Hausche«, erwiderte der Feldwebel. Er betrachtete ein rissiges, von Würmern zerfressenes und von Messern zerkratztes Schild. »Wir gehen gerade durch die, durch die, durch die ...« Er kniff die Augen zusammen. »Durch die Schätzchengasse.«

»Die Schätzchengasche ischt nich der richtige Heimweg«, brachte Nobby undeutlich hervor. »Wir möchten gar nich durch die Schätzchengasche gehen, weil schie schich nämlich in den Schatten befindet. Meine Güte, wenn wir durch die Schätzchengasche gingen ...«

Einige Sekunden lang herrschte beunruhigte Stille. Plötzliches Verstehen entfaltete die gleiche Wirkung wie zehn Stunden ungestörter Schlaf und mehrere Tassen Mokka. Mumm, Colon und Nobby trafen eine stumme Übereinkunft und drängten sich in Karottes Nähe zusammen.

»Was schollen wir jetzt tun, Hauptmann?«, fragte der Feldwebel:

»Äh«, erwiderte Mumm. »Wie wär's, wenn wir um Hilfe rufen?«

»Wasch, *hier?*«

»Ein guter Hinweisch.«

»Ich schätze, wir schind nach der Silberschtraße links abgebogen und nicht nach rechts«, sagte Nobby mit zittriger Stimme.

»Dieschen Fehler werden wir scho schnell nich wiederholen«, sagte der Hauptmann. Gleich darauf wünschte er sich, auf diese Antwort verzichtet zu haben.

Sie hörten Schritte. Irgendwo links von ihnen kicherte jemand.

»Wir müschen ein Kwadrat bilden«, sagte der Hauptmann. Sie alle versuchten, einen Punkt zu formen.

»He!«, entfuhr es Feldwebel Colon. »Wasch war das?«

»Wasch denn?«

»Ich hab's schon wieder gehört. Irgendein ledriges Geräusch.«

Hauptmann Mumm gab sich alle Mühe, nicht an Kapuzen und Garrotten zu denken.

Er wusste, dass viele Götter existierten. Es gab einen Gott für jedes Gewerbe: einen Gott für Bettler, eine Göttin für Huren, einen Gott für Diebe, wahrscheinlich sogar einen Gott für Meuchelmörder.

Er fragte sich, ob es irgendwo in dem gewaltigen Pantheon auch einen Gott gab, der voller Wohlwollen auf bedrängte und eigentlich völlig unschuldige Hüter des Gesetzes herabblickte, deren Lebenserwartung sich gerade drastisch reduziert hatte.

Wahrscheinlich nicht, dachte Mumm bitter. Vermutlich hielten Götter so etwas für unter ihrer Würde. Welcher Gott, der etwas auf sich hielt, verschwendete seine göttliche Aufmerksamkeit an irgendwelche armen Burschen, die für eine Handvoll Dollar im Monat versuchten, dem Recht Genüge zu leisten? Nein. Götter schwärmten für schlaue Mistkerle, deren Vorstellungen von harter Arbeit sich darauf beschränkten, das Rubinauge des Ohrwurmkönigs zu stehlen, nicht für einfallslose Narren, die jede Nacht ihre Runden abmarschierten ...

»Dasch heißt, es klang eher glitschig«, sagte Feldwebel Colon, der Wert auf Genauigkeit legte.

Und dann ertönte ein Geräusch ...

... es mochte ein vulkanisches Geräusch sein, das Geräusch eines brodelnden Geysirs, es war ein langes, trockenes *Donnern*, wie von den Blasebälgen in den Schmieden der Titanen ...

... aber es war nicht so schlimm wie das Licht, das blauweiß schimmerte, eine Art Licht, das die Muster der Augenadern an die Innenseite des Hinterkopfs projizierte.

Das Gleißen und seine akustische Untermalung hielten etwa hundert Jahre an und hörten dann ganz plötzlich auf.

Eine Zeit lang rührten sich die vier Wächter nicht von der Stelle.

»Nun, nun«, sagte der Hauptmann unsicher.

Nach einer weiteren Pause erklärte sich die Zunge zu vorbehaltlosem Gehorsam bereit. »Feldwebel, nimm einige Männer und geh der Sache auf den Grund, in Ordnung?«

»Wem oder was soll ich auf den Grund gehen, Herr?«, fragte Colon. Aber der Hauptmann hatte sich bereits folgender Erkenntnis gestellt: Wenn der Feldwebel einige Männer nahm, blieb er, Hauptmann Mumm, allein zurück.

»Nein, ich habe eine bessere Idee«, sagte er mit fester Stimme. »Wir gehen alle.« Sie gingen alle.

Ihre Augen hatten sich inzwischen an die Dunkelheit gewöhnt, und deshalb sahen sie deutlich ein rotes Glühen weiter vorn.

Es stammte von einer Wand, die rasch abkühlte. Teile des gerösteten Mauerwerks fielen zu Boden, als sich die Steine zusammenzogen, und ein leises Knistern begleitete diesen Vorgang.

Doch das war nicht das Schlimmste. Das Schlimmste klebte an der Wand.

Mumm und seine Gefährten betrachteten es eine Weile.

Dann betrachteten sie es noch etwas länger.

Bis zur Morgendämmerung dauerte es nur noch ein oder zwei Stunden, und niemand schlug vor, in der Dunkelheit zurückzukehren. Stattdessen warteten sie an der Mauer. Wenigstens bot sie Wärme.

Sie versuchten, nicht auf die Steine zu starren.

Schließlich streckte sich Colon voller Unbehagen und sagte: »Nur Mut, Hauptmann! Es hätte schlimmer sein können.«

Mumm sehnte sich nach einer vollen Flasche. Er fühlte sich nicht annähernd betrunken genug.

»Ja«, erwiderte er. »Wenn es *uns* erwischt hätte.«

Der Oberste Größte Meister schlug die Augen auf.

»Und erneut haben wir einen Erfolg erzielt«, verkündete er.

Die Brüder jubelten laut. Bruder Wachturm und Bruder Finger umarmten sich und tanzten im magischen Kreis.

Der Oberste Größte Meister holte tief Luft.

Erst das Zuckerbrot, dachte er. *Und jetzt die Peitsche.* Oh, er *mochte* die Peitsche!

»Ruhe!«, donnerte er.

»Bruder Finger, Bruder Wachturm, schämt ihr euch denn gar nicht?«, grollte er. »Und die anderen – seid still!«

Sie wurden still, wie schwatzhafte Kinder, die gerade feststellten, dass der Lehrer ins Klassenzimmer gekommen war. Und kurz darauf wurden sie noch etwas stiller, wie Kinder, die den *Gesichtsausdruck* des Lehrers sahen.

Der Oberste Größte Meister wartete voller Genugtuung und stolzierte dann an den Brüdern vorbei, die versuchten, in Reih und Glied zu stehen.

»Ich nehme an, es ist uns gelungen, etwas Magie zu beschwören, nicht wahr?«, fragte er. »*Hmm?* Bruder Wachturm?«

Bruder Wachturm schluckte. »Äh, du hast selbst gesagt, dass wir, äh …«

»Du hast ÜBERHAUPT NICHTS *geleistet!«*

»Äh, nein, äh …« Bruder Wachturm zitterte. »Lassen sich *richtige* Zauberer dazu hinreißen, nach einer kleinen Beschwörung umherzutanzen und ›Es hat geklappt, es hat geklappt, es hat geklappt!‹ zu singen, Bruder Wachturm? *Hmm?*«

»Äh, wir haben uns nur darüber gefreut, dass …«

Der Oberste Größte Meister wirbelte herum.

»Und starren *richtige* Zauberer besorgt zu Boden, Bruder Stukkateur?«

Bruder Stukkateur ließ den Kopf hängen. Er hatte gehofft, dass niemand seinen Blick bemerkte.

Als die Anspannung im Raum so zufriedenstellend *knarrte* wie eine Bogensehne, trat der Oberste Größte Meister zurück.

»Warum halte ich mich mit euch auf?«, fragte er und schüttelte den Kopf. »Ich hätte andere und *bessere* Leute wählen können. Stattdessen habe ich nur einen Haufen *Kinder.*«

»Äh, im Ernst«, sagte Bruder Wachturm, »wir sind sehr bemüht gewesen, äh, ich meine, wir haben uns wirklich konzentriert. Nicht wahr, Jungs?«

»Ja«, antworteten die übrigen Brüder wie aus einem Mund. Der Oberste Größte Meister bedachte sie mit einem durchdringenden Blick.

»In dieser Bruderschaft gibt es keinen Platz für Brüder, die nicht voll und ganz hinter uns stehen«, warnte er.

Die Brüder seufzten so erleichtert wie erschrockene Schafe, die gerade feststellten, dass sich ein Gatter des engen Pferchs öffnete. Sie stürmten sofort darauf zu.

»Mach dir deshalb keine Sorgen Größter aller Größten Obersten Meister«, sagte Bruder Wachturm feurig.

»Hingebungsvoller Eifer, so lautet unsere Losung!«, rief der Oberste Größte Meister.

»Losung, ja«, bestätigte Bruder Wachturm. Er stieß Bruder Stukkateur an, dessen Blick erneut zur Fußleiste glitt.

»Wie?«, murmelte er. Und dann, etwas lauter: »Oh. Ja. Losung. Klar.«

»Und Vertrauen und Brüderlichkeit«, fügte der Oberste Größte Meister hinzu.

»Genau«, bekräftigte Bruder Finger. »Das auch.«

»Also *gut*«, brummte der Oberste Größte Meister. »Wenn es jemanden unter uns gibt, der nicht eifrig bemüht beziehungsweise nicht *versessen* darauf ist, das große Werk fortzusetzen, so möge er jetzt vortreten.«

Niemand bewegte sich.

Ich habe sie am Wickel, dachte der Oberste Größte Meister. *Bei allen Göttern, ich hab's wirklich drauf. Ihre schlichten und naiven Gemüter sind wie Knetmasse für mich. Meine Güte, die Kraft der Banalität ist wahrhaft erstaunlich! Wer hätte gedacht, dass sie nachhaltiger wirkt als Stärke? Aber man muss wissen, wie man sie in die richtige Richtung lenkt. Und ich weiß, worauf es dabei ankommt.*

»Na schön«, sagte er. »Und jetzt wiederholen wir den Schwur.«

Er sprach die Eidformel, lauschte den stotternden, ängstlichen Stimmen der Brüder und erlaubte sich in Gedanken ein anerkennendes Nicken, als er hörte, wie widerstrebend sie das Wort ›Wabbel‹ formulierten. Außerdem behielt er Bruder Finger im Auge.

Er ist ein wenig intelligenter als die anderen, dachte der Oberste Größte Meister. *Besser gesagt: Er ist nicht ganz so leichtgläubig. Ich sollte darauf achten, immer als Letzter zu gehen. Sonst kommt er auf die Idee, mir nach Hause zu folgen.*

Man benötigt eine besondere Denkweise, um eine Stadt wie Ankh-Morpork zu regieren, und Lord Vetinari brachte alle notwendigen Voraussetzungen mit. Kein Wunder: Er war ein besonderer Mann.

Er verwirrte und verärgerte die Handelsherrn so sehr, dass sie schon vor Jahren alle Versuche eingestellt hatten, ihn umbringen zu lassen. Fortan konzentrierten sie ihren Ehrgeiz darauf, sich gegenseitig aus dem Weg zu räumen. Einem Meuchelmörder wäre es ohnehin alles andere als leicht gefallen, beim Patrizier genug Fleisch zu finden, um einen Dolch hineinzustoßen.

Während sich andere Lords von Lerchen und gepökelten Pfauenzungen ernährten, hielt Lord Vetinari ein Glas abgekochtes Wasser und eine Scheibe trockenes Brot für völlig ausreichend.

Der Patrizier konnte einen wirklich zur Verzweiflung bringen. Er schien überhaupt kein entdeckbares Laster zu haben. Das blasse pferdeartige Gesicht schien darauf hinzudeuten, dass er gern mit Peitschen und Nadeln umging und großen Gefallen an jungen Frauen in dunklen Kerkern fand. Derartige Neigungen hätten die anderen Lords sofort akzeptiert. Mit Peitschen und Nadeln war ihrer Ansicht nach alles in Ordnung, solange man das Maß wahrte. Doch der Patrizier verbrachte den Abend offenbar damit, Berichte zu lesen und bei besonderen Anlässen – wenn er sich ein wenig Aufregung wünschte – Schach zu spielen.

Er zog schwarze Kleidung vor. Es handelte sich nicht um ein sehr beeindruckendes Schwarz, wie es die besten Assassinen benutzten. Nein, es war das ernste, etwas schäbige Schwarz eines Mannes, der morgens nicht darüber nachdenken möchte, was er anziehen soll. Man musste früh aufstehen, wenn man es auf den Patrizier abgesehen hatte. Besser noch: Man sollte erst gar nicht zu Bett gehen.

Doch er erfreute sich auch einer gewissen Beliebtheit.

Seine Herrschaft brachte zum ersten Mal seit tausend Jahren *Ordnung* in die Stadt. Sie war nicht fair oder demokratisch, aber sie *funktionierte*. Er pflegte sie mit der gleichen Hingabe, die ein Gärtner Ziersträuchern entgegenbringt: Ab und zu ermutigte er hier das Wachstum oder schnitt dort einen unpassenden Zweig ab. Es heißt, Lord Vetinari toleriere praktisch alles, abgesehen von Dingen, die Ankh-Morpork bedrohten*, und genau darum ging es nun ...

Er starrte eine Zeit lang auf die Wand, während ihm der Regen vom Kinn tropfte und die Kleidung durchnässte. Hinter ihm wartete ein nervöser Wonse.

Schließlich streckte der Patrizier eine lange, schmale, von blauen Adern durchzogene Hand aus und strich über den Rand der Schatten.

Eigentlich waren es keine Schatten, eher Silhouetten. Die Konturen zeichneten sich ganz deutlich ab, doch in ihrem Innern gab es nur das vertraute Ziegelmuster. An den übrigen Stellen hatte etwas die Wand so sehr erhitzt, dass sie einen recht hübschen keramischen Glanz gewann, der den alten Steinen die erstaunliche Qualität eines Spiegels verlieh.

Die Schemen auf der Mauer zeigten sechs verblüfft erstarrte Männer. Verschiedene gehobene Hände hatten ganz offensichtlich Messer und Dolche gehalten.

Der Patrizier senkte den Kopf und betrachtete stumm den Aschehaufen zu seinen Füßen. Einige Streifen aus geschmolzenem Metall darin mochten einst jene Waffen gewesen sein, deren Form als Brandschatten in der Mauer verewigt worden war.

* Und abgesehen von Pantomimen. Eine seltsame Abneigung, ja, aber selbst der Patrizier war nicht vor menschlichen Schwächen geschützt. Wer mit weiter Hose und weißem Gesicht versuchte, irgendwo in der Stadt seine Kunst zu zeigen, fand sich kurze Zeit später in einer Skorpiongrube wieder, an deren hohen Mauer der Hinweis stand: Jetzt kommt es auf die richtigen Worte an.

»Hmm«, sagte er.

Hauptmann Mumm führte Lord Vetinari respektvoll in die Gasse des schnellen Glücks und zeigte dort auf Beweisstück Eins.

»Fußspuren«, erklärte er. »Das ist natürlich nicht ganz richtig, Herr. Sie stammen eher von Krallen. Man könnte sogar so weit gehen und behaupten, dass sie von Klauen verursacht wurden.«

Der Patrizier starrte mit ausdruckslosem Gesicht auf die Abdrücke im Schlamm.

»Ich verstehe«, erwiderte er nach einer Weile. »Hast du eine Meinung dazu, Hauptmann?«

Das war tatsächlich der Fall. In der Zeit bis zur Morgendämmerung hatte sich Mumm verschiedene Meinungen gebildet und mit der Überzeugung begonnen, dass es ein großer Fehler gewesen war, geboren zu werden.

Dann hatte das graue Licht selbst die Schatten erreicht, und ihm war klar geworden, noch immer am Leben und gar nicht geröstet zu sein. Mit der Erleichterung eines Idioten hatte er sich umgesehen – und nur einen Meter entfernt diese Spuren entdeckt. Das genügte, um von einem Augenblick zum anderen vollkommen nüchtern zu werden.

»Herr«, begann er, »ich weiß natürlich, dass die Drachen schon seit vielen Tausend Jahren ausgestorben sind, Herr ...«

»Ja?« Der Patrizier kniff die Augen zusammen.

Hauptmann Mumm gab sich einen inneren Ruck. »Aber, Herr, die Frage lautet: Wissen *sie* das ebenfalls? Feldwebel Colon hat ein ledriges Geräusch gehört, kurz bevor, bevor, äh, bevor es zu dem ... Verbrechen kam.«

»Du glaubst also, ein ausgestorbener und ganz und gar mythischer Drache sei in die Stadt geflogen, um in dieser schmalen Gasse zu landen, einige Kriminelle zu verbrennen und dann wieder zu verschwinden?«, fragte Lord Vetinari.

»Allem Anschein nach handelte es sich um ein von Recht und Gesetz inspiriertes Geschöpf.«

»Wenn du es so ausdrückst...«

»Wenn ich mich richtig erinnere«, fuhr der Patrizier fort, »waren die legendären Drachen Einzelgänger, die Menschen mieden und einsame, gottverlassene Orte vorzogen. Man kann sie wohl kaum als *städtische* Wesen bezeichnen.«

»Nein, Herr«, sagte der Hauptmann und biss sich auf die Zunge, um sie an folgender Bemerkung zu hindern: Wenn man einen gottverlassenen Ort sucht, so kommen gerade die Schatten infrage.

»Außerdem...«, fügte Lord Vetinari hinzu. »Man sollte meinen, dass jemand etwas bemerkt hätte.«

Mumm nickte in Richtung Wand und deutete auf den schrecklichen Fries. »Abgesehen von diesen Leuten, Herr?«

»Meiner Ansicht nach haben wir es hier mit dem Ergebnis eines Bandenkrieges zu tun«, sagte der Patrizier. »Wahrscheinlich hat irgendeine Verbrechergruppe einen Zauberer in ihre Dienste genommen. Mit anderen Worten: Es ist ein lokales Problem.«

»Vielleicht steht es mit den seltsamen Diebstählen in Zusammenhang, Herr«, warf Wonse ein.

»Und die Fußspuren, Herr?«, fragte Hauptmann Mumm stur.

»Wir sind hier in der Nähe des Flusses«, stellte der Patrizier fest. »Vermutlich stammen die Spuren von... von einer Art Stelzvogel. Reiner Zufall«, betonte er. »Aber sie sollten trotzdem beseitigt werden. Wir möchten doch vermeiden, dass die Leute auf komische Ideen kommen und voreilige Schlussfolgerungen ziehen, nicht wahr?«, schloss Lord Vetinari scharf.

Hauptmann Mumm fügte sich.

»Wie du wünschst, Herr«, murmelte er und betrachtete seine Sandalen.

Der Patrizier klopfte ihm auf die Schulter.

»Mach nur weiter so«, sagte er. »Ich bin sehr zufrieden mit dir. Du hast Initiative gezeigt. Sehr lobenswert. Und du nimmst deine Pflichten ernst genug, um auch in den Schatten zu patrouillieren. Ausgezeichnet.«

Lord Vetinari drehte sich um und prallte fast gegen eine Kettenhemdwand, die den Namen Karotte trug.

Hauptmann Mumm beobachtete entsetzt, wie der neue Rekrut auf die Kutsche des Patriziers zeigte. Sechs Angehörige der Palastwache standen dort, bis an die Zähne bewaffnet und sehr aufmerksam. Sie nahmen Haltung an und wurden noch etwas wachsamer. Mumm verabscheute die Männer. Sie trugen Federn an den Helmen, und er hasste mit Federn geschmückte Wächter.

»Entschuldige bitte, Herr«, sagte Karotte, »ist das deine Kutsche, Herr?«

Lord Vetinari musterte ihn von Kopf bis Fuß. »Ja«, erwiderte er. »Wer bist du, junger Mann?«

Karotte salutierte. »Obergefreiter Karotte, Herr.«

»Karotte, Karotte. Der Name klingt irgendwie vertraut.«

Lupin Wonse beugte sich vor und flüsterte dem Patrizier etwas ins Ohr. Daraufhin erhellte sich Lord Vetinaris Gesicht. »Ah, der junge Diebesfänger. Nun, da ist dir ein kleiner Fehler unterlaufen, aber du hast es sicher gut gemeint. Vor dem Gesetz sind alle gleich, wie?«

»Ja, Herr«, bestätigte Karotte.

»Eine anerkennenswerte Einstellung«, meinte der Patrizier. »Und nun, meine Herren …«

»Was die Kutsche betrifft …«, sagte Karotte hartnäckig. »Mir ist aufgefallen, dass das vordere linke Rad entgegen der Vorschriften …«

Er will den Patrizier verhaften!, fuhr es Mumm durch den Sinn. Der eisige Gedanke rollte ihm wie eine Lawine durch das Bewusstsein. *Er will tatsächlich den Patrizier verhaften. Den obersten Herrscher. Gleich führt er ihn ab. Ja, dazu ist er wirklich fähig. Das Wort ›Furcht‹ kennt er überhaupt nicht. Oh, es würde vollkommen genügen, wenn ihm die Bedeutung des Wortes ›Überleben‹ klar wäre …*

Stimmbänder, Zunge und Lippen des Hauptmanns schienen von einer seltsamen Lähmung befallen zu sein.

Wir sind alle so gut wie tot. Oder schlimmer noch: Der Patrizier macht sich einen Spaß daraus, uns in seinen Kerker zu werfen. Und wir kennen seinen Humor – er hat keinen.

Genau in diesem Augenblick verdiente sich Feldwebel Colon eine metaphorische Medaille.

»Obergefreiter Karotte!«, rief er. »Aaa-chtung! Obergefreiter Karotte, keeehrt-um! Obergefreiter Karotte, maaarschmarsch!«

Karotte nahm Haltung an wie ein Pfahl, den man ruckartig aufrichtet. Sein Gesicht brachte die grimmige Bereitschaft zum Ausdruck, kompromisslosen Gehorsam zu leisten.

»Ein guter Mann, jener Mann«, sagte der Patrizier nachdenklich, als Karotte steifbeinig davonmarschierte. »Weitermachen, Hauptmann. Ich nehme an, du gehst gegen alle Gerüchte über Drachen vor, nicht wahr?«

»Ja, Herr«, erwiderte Mumm.

»Guter Mann.«

Die Kutsche rollte fort, und die sechs Palastwächter folgten ihr im Dauerlauf.

Mumm hörte die Stimme des Feldwebels wie aus weiter Ferne. Colon befahl dem sich rasch entfernenden Karotte, stehen zu bleiben und zurückzukehren.

Unterdessen dachte der Hauptmann nach.

Erneut betrachtete er die Spuren im Schlamm. Mit seiner Dienstpike – sie war genau zwei Meter lang – maß er die Größe der Abdrücke und den Abstand zwischen ihnen. Er pfiff leise durch die Zähne. Dann ging er langsam und äußerst vorsichtig an der Mauer entlang und sah um die

Ecke – die Gasse endete an der kleinen, schmutzigen und verriegelten Hintertür eines Holzgebäudes.

Etwas geht hier nicht mit rechten Digen zu, dachte Mumm.

Die Fußspuren – beziehungsweise Klauenspuren – führten aus der Gasse heraus, jedoch nicht in sie hinein. Außerdem gab es nicht viele Stelzvögel im Ankh, weil der Dreck im Wasser (oder die Flüssigkeit im Dreck) innerhalb weniger Sekunden ihre Beine auflöste. Ganz abgesehen davon: Es wäre ohnehin einfacher für sie gewesen, *auf* dem Fluss zu stehen.

Mumm hob den Kopf. Hunderte von Wäscheleinen reichten zwischen den Wänden der Gasse hin und her, bildeten ein selbst für schlanke Fliegen undurchdringliches Netz.

Es läuft also auf Folgendes hinaus, dachte der Hauptmann. *Etwas Großes und Feuriges hat die Gasse verlassen, ohne sie vorher zu betreten.*

Und der Patrizier ist deshalb sehr besorgt.

Er hat mich augefordert, den Zwischenfall zu vergessen.

Am Ende der Gasse bemerkte er noch etwas anderes, bückte sich und hob eine frische leere Erdnussschale auf.

Mumm warf sie von Hand zu Hand und starrte ins Leere.

Er brauchte jetzt etwas zu trinken. Andererseits: Vielleicht sollte er noch ein wenig damit warten.

Der Bibliothekar wankte eilig durch die dunklen Gänge zwischen den schlummernden Bücherregalen.

Die Dächer der Stadt gehörten ihm. Oh, Assassinen und Diebe benutzten sie ab und zu, aber er hatte schon vor langer Zeit festgestellt, dass der Wald aus Schornsteinen, Strebepfeilern, Steinfiguren und Wetterfahnen eine gute und manchmal auch recht angenehme Alternative zu den Straßen darstellte.

Zumindest bis jetzt.

Er hatte es zunächst für amüsant und interessant gehalten, der Wache in die Schatten zu folgen, einen urbanen Dschungel, der für einen dreihundert Pfund schweren Affen keine Gefahren bereithielt. Doch als er sich hoch oben durch die dunklen Gassen schwang, sah er einen Gestalt gewordenen Albtraum, der Menschen sicher dazu veranlasst hätte, ihren Augen nicht mehr zu trauen.

Als Affe hatte er überhaupt keinen Grund, an seinen Augen zu zweifeln. Er vertraute ihnen die ganze Zeit über.

Derzeit wollte er ihren Blick auf ein Buch richten, von dem er sich Hinweise erhoffte. Es befand sich in einem Teil der Bibliothek, für den kaum mehr jemand Interesse aufbrachte. Die dortigen Bücher waren eigentlich gar nicht magisch. Auf dem Boden hatte sich eine anklagende Staubschicht gebildet.

Und jetzt zeigten sich Fußspuren darin.

»Ugh?«, fragte der Bibliothekar in der warmen Düsternis.

Er setzte den Weg vorsichtig fort und stellte sich schließlich der unausweichlichen Erkenntnis, dass die Spuren in die gleiche Richtung führten wie seine, nun, Schritte.

Kurz darauf schob er sich um eine Ecke – und erstarrte.

Der richtige Gang.

Der richtige Bücherschrank.

Das richtige Regal.

Die Lücke.

Es gibt viele schreckliche Anblicke im Multiversum. Doch für eine Seele, die an den subtilen Rhythmus einer Bibliothek gewöhnt ist, existiert kein schrecklicherer Anblick als ein Loch dort, wo sich eigentlich ein Buch befinden sollte.

Jemand hatte das Buch gestohlen.

Der Patrizier befand sich im Rechteckigen Büro, seinem persönlichen Sanktuarium. Mit langen Schritten wanderte er umher und diktierte Anweisungen.

»Beauftrage auch einige Männer damit, die Wand neu zu streichen«, sagte er.

Lupin Wonse wölbte eine Braue.

»Hältst du das für klug, Herr?«, fragte er.

»Ein Fries aus gespenstischen Schemen fordert Kommentare und Spekulationen heraus«, erwiderte Lord Vetinari mürrisch.

»Das gilt auch für frische Farbe in den Schatten«, stellte Wonse ruhig fest.

Der Patrizier zögerte kurz. »Guter Hinweis«, sagte er. »Lass die verdammte Mauer abreißen!«

Am Ende des Zimmers drehte er sich ruckartig und marschierte erneut los. *Drachen!*, dachte er. *Als wenn es nicht schon genug wirklich wichtige Dinge gäbe, die meine Aufmerksamkeit erfordern.*

»Glaubst du an Drachen?«

Wonse schüttelte den Kopf. »Sie sind unmöglich, Herr.«

»So heißt es jedenfalls«, murmelte Lord Vetinari. Eine Kehrtwendung an der anderen Wand.

»Soll ich mit zusätzlichen Ermittlungen beginnen?«, fragte Wonse.

»Ja. Gute Idee.«

»Und ich werde dafür sorgen, dass es die Wache nicht an der nötigen Diskretion mangeln lässt«, fügte Wonse hinzu.

Der Patrizier blieb stehen. »Die Wache? Die Wache? Mein lieber Junge, die Wache besteht aus unfähigen Narren unter dem Befehl eines Trunkenbolds. Ich habe Jahre gebraucht, um dieses Ziel zu erreichen. Um die *Wache* brauchen wir uns gewiss keine Sorgen zu machen.«

Er überlegte einige Sekunden. »Hast du jemals einen Drachen gesehen, Wonse? Einen *großen*, meine ich. Oh, sie sind natürlich unmöglich, wie du eben selbst gesagt hast.«

»Sie existieren nur in Legenden, Herr«, antwortete der Sekretär. »Reiner Aberglaube.«

»Hmm«, brummte der Patrizier. »Und Legenden sind natürlich, nun, legendär.«

»Genau, Herr.«

»Trotzdem ...« Lord Vetinari zögerte erneut und musterte Wonse nachdenklich. »Na schön, kümmere dich darum. Ich möchte nicht, dass die Leute damit beginnen, über Drachen zu reden. Das schafft nur Unruhe. Schieb der Sache einen Riegel vor.«

Als der Patrizier allein war, trat er ans Fenster und blickte bedrückt über die beiden vom Fluss getrennten Hälften der Stadt. Es nieselte wieder.

Ankh-Morpork! Ein urbaner Ameisenhaufen aus hunderttausend Seelen. Und die Anzahl der mehr oder weniger menschlichen Bewohner war zehnmal so groß, wusste Lord Vetinari. Der frische Regen glänzte auf dem Panorama aus Türmen und Dächern, ohne etwas von der bitteren und bösen Welt zu ahnen, die er benetzte. Glücklicherer Regen fiel auf Hochlandschafe, flüsterte sanft über Wäldern oder platschte ein wenig inzestuös ins Meer. Doch der Regen, der über Ankh-Morpork niederging, geriet in Schwierigkeiten. In Ankh-Morpork stellte man schreckliche Dinge mit Wasser an. Dass man es ab und zu trank, war nur der Anfang.

Der Patrizier fand Gefallen an der Vorstellung, eine *funktionierende* Stadt zu beobachten. Es war keine schöne Stadt, und sie genoss auch keinen besonders guten Ruf. Gewisse Gerüche wiesen darauf hin, dass ein Kanalisationssystem fehlte, und in architektonischer Hinsicht schien Ankh-Morpork eher benachteiligt zu sein. Selbst die treuesten Bürger der Stadt mussten eingestehen, dass Ankh-Morpork (von oben betrachtet) folgenden Eindruck erweckte: Jemand schien versucht zu haben, mit Stein und Holz eine Wirkung zu erzielen, wie man sie vom Pflaster vor jenen Imbissstuben kennt, die vierundzwanzig Stunden am Tag geöffnet sind.

Aber trotzdem funktionierte die Stadt. In ihr brodelte die gleiche vitale Aktivität wie in einem kurz vor dem Ausbruch stehenden Vulkan. Doch es kam nie zur Eruption, und dafür, so fand der Patrizier, gab es nur einen Grund: Keine Interessengruppe in Ankh-Morpork war stark genug, um bis zum Kraterrand zu klettern. Kaufleute, Diebe, Assassinen, Zauberer – sie alle bemühten sich, das Rennen zu gewinnen, und niemand von ihnen begriff, dass überhaupt kein Rennen nötig war. Niemand von ihnen brachte den anderen genug Vertrauen entgegen, um zu fragen, wer die Rennstrecke abgesteckt hatte und wer die Startfahne in der Hand hielt.

Lord Vetinari verabscheute das Worte ›Diktator‹. Es beleidigte ihn. Er gab den Stadtbewohnern nie Befehle; glücklicherweise war das auch gar nicht nötig. Einen großen Teil seiner Zeit verbrachte er damit, die Dinge so zu gestalten, dass alles beim Alten blieb.

Natürlich existierten verschiedene Gruppen, die ihn stürzen wollten, doch daran gab es überhaupt nichts auszusetzen, denn es handelte sich um die üblichen Symptome einer gesunden und dynamischen Gesellschaft. In dieser Hinsicht konnte ihn niemand als unvernünftig bezeichnen. Immerhin hatte er die meisten entsprechenden Organisationen selbst gegründet. Es amüsierte den Patrizier, dass sie fast ihre ganze verschwörerische Kapazität nutzten, um sich gegenseitig zu bekämpfen.

Lord Vetinari hielt die menschliche Natur für ein wundervolles Phänomen. Sie bot viele Möglichkeiten – wenn man ihre schwachen Stellen kannte.

Die Sache mit dem Drachen ließ vages Unbehagen in ihm entstehen. Wenn es irgendein Geschöpf gab, das keine schwachen Stellen hatte, so hieß es Drache. Dieses Problem musste so schnell wie möglich gelöst werden.

Der Patrizier hielt nichts von unnötiger Grausamkeit.* Er hielt auch nichts von sinnloser Rache. Aber er vertrat den unerschütterlich festen Standpunkt, dass Probleme gelöst werden mussten.

Seltsamerweise gingen Hauptmann Mumm ähnliche Gedanken durch den Kopf. Er konnte sich nicht mit der Vorstellung anfreunden, dass man Bürger der Stadt – selbst der Schatten – als keramisches Färbemittel verwendete.

Außerdem war es praktisch in Gegenwart der Wache geschehen. Als spiele die Wache überhaupt keine Rolle. Als sei die Wache völlig bedeutungslos. Das wurmte.

Und es wurmte noch viel mehr, weil es stimmte.

Ein nicht unerheblicher Teil von Mumms Ärger basierte auf der Tatsache, dass er seine Befehle missachtet hatte. Oh, sicher, die Spuren in der Gasse existierten jetzt nicht mehr. Aber in der untersten Schublade des alten Schreibtischs, verborgen unter mehreren leeren Flaschen, lag ein Gipsabdruck. Er glaubte, seinen Blick zu spüren, durch drei dicke Holzschichten.

Der Hauptmann wusste überhaupt nicht, was in ihn gefahren war. Und jetzt begab er sich noch weiter aufs sprichwörtliche Glatteis.

Mumm musterte seine, nun, Truppe – es fiel ihm kein besserer Ausdruck ein. Er hatte die beiden Senior-Wächter gebeten, in ziviler Kleidung zu kommen. Was bedeutete, dass Feldwebel Colon, der sein ganzes Leben in Uniform

* Er zögerte natürlich nicht, nötige Grausamkeit als ein geeignetes Mittel der Regierungspolitik einzusetzen.

verbracht hatte, ziemlich verlegen wirkte. Er trug jetzt seinen Beerdigungsanzug. Nobby hingegen ...

»Offenbar habe ich mich nicht klar genug ausgedrückt, als ich von ›ziviler‹ Kleidung sprach«, sagte Mumm.

»Dieses Zeug trage ich immer in meiner Freizeit, Chef«, erwiderte Nobby eingeschnappt.

»Herr«, korrigierte Feldwebel Colon.

»Meine Stimme ist ebenfalls in Zivil«, brummte Nobby. »Initiative. Darum geht's.«

Mumm ging langsam um den Korporal herum.

»Und deine zivile Kleidung veranlasst keine alten Frauen dazu, in Ohnmacht zu fallen?«, fragte er. »Kleine Kinder ergreifen nicht die Flucht, wenn sie dich in dieser Aufmachung sehen?«

Nobby verlagerte unsicher das Gewicht vom einen Bein aufs andere. Mit Ironie kannte er sich kaum aus.

»Nein, Herr, Chef«, antwortete er. »Es ist die neueste Mode.«

Das stimmte in gewisser Weise. Derzeit galten in Ankh Federhüte, Halskrausen, ausgeschnittene Wämser mit goldenem Plüsch, weite Hosen und Stiefel mit Ziersporen als letzter Schrei. Allerdings hatten die meisten modebewussten Bürger genug Körper, um die einzelnen Teile auszufüllen, während man von Korporal Nobbs nur sagen konnte, dass er irgendwo darin steckte.

Vielleicht ergab sich sogar ein Vorteil daraus. Niemand, der Nobby in dieser Ausstattung auf der Straße sah, hielt ihn für einen Wächter, der unverdächtig wirken wollte.

Hauptmann Mumm dachte plötzlich daran, dass er überhaupt nichts von dem *Zivilisten* namens Nobbs wusste. Er konnte sich nicht einmal daran erinnern, wo der Korporal wohnte. Schon seit vielen Jahren kannte er ihn, doch erst jetzt dämmerte ihm die Erkenntnis, dass Nobby in seinem geheimen Privatleben eine Art Geck war. Ein sehr *kleiner*

Geck, ja, ein Geck, den man immer wieder mit einem schweren Gegenstand geschlagen hatte, aber trotzdem ein Geck. Noch ein Beweis dafür, dass man nie vor Überraschungen gefeit war.

Mumm konzentrierte sich wieder auf den bevorstehenden Einsatz.

Er sah Nobbs und Colon an. »Ich möchte, dass ihr euch heute Abend unauffällig – beziehungsweise auffällig, Korporal – unter die Leute mischt und versucht, etwas, äh, Ungewöhnliches aufzuspüren.«

»Was denn, zum Beispiel?«, fragte der Feldwebel.

Mumm zögerte. Er wusste es selbst nicht genau. »Ich meine, äh, sachdienliche Hinweise.«

»Oh.« Colon nickte klug. »Sachdienliche Hinweise. Völlig klar.«

Betretenes Schweigen folgte.

»Vielleicht ist jemandem etwas Seltsames aufgefallen«, sagte Hauptmann Mumm. »Unerklärliche Feuer. Oder Fußspuren. Ihr wisst schon«, fügte er verzweifelt hinzu. »Irgendwelche Dinge, die auf Drachen hindeuten.«

»Du meinst sicher Goldschätze, auf denen jemand geschlafen hat«, entgegnete der Feldwebel.

»Und an Felsen gefesselte Jungfrauen«, ergänzte Nobbs weise.

»Ich habe gewusst, dass ihr euch mit solchen Sachen auskennt.« Mumm seufzte. »Haltet die Augen offen!«

»Dieses Unter-die-Leute-mischen …«, fragte Feldwebel Colon vorsichtig. »Bedeutet es auch, dass wir Tavernen besuchen und dort mit den Gästen trinken müssen und so?«

»Unter anderem, ja.« Mumm nickte.

»Ah.« Der Feldwebel lächelte glücklich.

»In Maßen.«

»Selbstverständlich, Herr.«

»Und auf eure eigenen Kosten.«

»Oh.«

»Bevor ihr geht …« Der Hauptmann legte eine kurze Pause ein. »Ist euch vielleicht jemand bekannt, der über Drachen *Bescheid weiß*? Ich meine, abgesehen von gefesselten jungen Frauen und dem Schlafen auf Gold.«

»Zauberer müssten eigentlich …«, begann Nobby.

»Abgesehen von Zauberern«, sagte Mumm mit Nachdruck. Zauberern konnte man nicht trauen. Jeder Wächter wusste, dass man Zauberern nicht trauen konnte. Sie waren noch schlimmer als Zivilisten.

Colon überlegte gründlich. »Wir könnten uns an Lady Käsedick wenden. Sie wohnt in der Teekuchenstraße und züchtet Sumpfdrachen. Ihr wisst schon, die kleinen Biester, die sich manche Leute als Haustiere halten.«

»Oh, *die* Lady!«, brummte Mumm. »Ich glaube, ich habe sie schon mal gesehen. Hat einen Wer-wiehert-mag-Drachen-Aufkleber hinten an ihrer Kutsche, nicht wahr?«

»Genau«, sagte Feldwebel Colon. »Sie ist verrückt.«

»Und welchen Auftrag bekomme *ich*, Herr?«, fragte Karotte.

»Äh, den mit Abstand wichtigsten«, erwiderte Mumm hastig. »Ich möchte, dass du hier im Büro bleibst. Damit die Bürger der Stadt einen, äh, Ansprechpartner haben.«

In Karottes Gesicht wuchs ein ungläubiges Lächeln.

»Soll das heißen, ich nehme Anzeigen entgegen, Herr?«

»Wenn es sich nicht vermeiden lässt …«, entgegnete Mumm. »Aber du wirst niemanden verhaften, klar?«, fügte er rasch hinzu.

»Nicht einmal dann, wenn ich einen Verbrecher überführe, Herr?«

»Nicht einmal dann. In solchen Fällen nimmst du nur ein, äh, Protokoll auf.«

»Na schön«, sagte Karotte. »Dann lese ich in meinem Buch. Und putze den Helm.«

»Guter Junge«, lobte der Hauptmann. *Ich schätze, das ist sicher genug*, dachte er. *Niemand kommt hierher. Man wendet sich nicht einmal an uns, um einen entlaufenen Hund zu melden. Neunundneunzig Komma neun Prozent der Stadt beachten uns nicht.* Bitterkeit regte sich in Mumm. *Nur die Verzweifelten im Endstadium der Hoffnungslosigkeit bitten die Wache um Hilfe.*

Die Teekuchenstraße war breit und von hohen Bäumen gesäumt. Sie gehörte zu einem ausgesprochen exklusiven Viertel von Ankh, das sich auf einem hohen Hügel erstreckte und deshalb von den recht intensiven Gerüchen des Flusses verschont blieb. Die Bewohner der Teekuchenstraße besaßen altes Geld, das angeblich besser sein sollte als neues Geld – Hauptmann Mumm hatte nie Gelegenheit gefunden, den Unterschied festzustellen. Die Bewohner der Teekuchenstraße ließen sich von eigenen Leibwächtern schützen. Die Bewohner der Teekuchenstraße standen in dem Ruf, so unnahbar und hochmütig zu sein, dass sie nicht einmal mit den Göttern sprachen. Na ja, das grenzte an eine Verleumdung. Sie *sprachen* mit den Göttern, vorausgesetzt, es handelte sich um gut erzogene Götter, die aus anständigen Familien stammten.

Es fiel nicht weiter schwer, Lady Käsedicks Haus zu finden. Das Gebäude erhob sich auf einem breiten Felsvorsprung, vom dem aus man einen prächtigen Blick über die Stadt hatte, falls man Wert darauf legte. Auf den Torpfosten standen steinerne Drachen, und der Garten wirkte ungepflegt. Statuen längst verstorbener Angehöriger der Käsedick-Dynastie ragten aus dem wuchernden Grün. Die meisten von ihnen verfügten über Schwerter und waren bis zum Hals mit Efeu bedeckt.

Mumm beobachtete sie eine Zeit lang und vermutete, dass

es den Eigentümern des Gartens keineswegs an den notwendigen finanziellen Mitteln mangelte, um das Anwesen in Ordnung zu bringen und die Statuen von ihren grünen Mänteln zu befreien. Sie schienen vielmehr der Ansicht zu sein, dass es wichtigere Dinge gab als Vorfahren – eine für Aristokraten höchst ungewöhnliche Einstellung.

Offenbar waren sie auch der Meinung, dass man durchaus auf Gebäudepflege und dergleichen verzichten konnte. Als der Hauptmann die Türklingel des hübschen alten Hauses betätigte – es stand in einem blühenden Rhododendronwald –, lösten sich mehrere Putzfladen von der Wand.

Ansonsten geschah nichts, sah man einmal davon ab, dass hinter dem Haus irgendwelche *Dinge* heulten.

Es begann wieder zu regnen. Nach einer Weile erinnerte sich Hauptmann Mumm an die Würde seines Amtes, ging an dem Gebäude vorbei und wahrte dabei vorsichtshalber einen Abstand von mehreren Metern – falls die Mauern plötzlich nachgaben.

Kurze Zeit später erreichte er eine massive Holztür in einer massiven Holzwand. Verglichen mit der Baufälligkeit des Hauptgebäudes wirkte beides erstaunlich neu und solide.

Mumm klopfte an, woraufhin sich das Geheul wiederholte. Diesmal ertönte auch zischendes Fauchen.

Die Tür öffnete sich, und etwas Monströses starrte auf den Hauptmann herab.

»Ah, guter Mann!«, donnerte eine Stimme. »Kennst du dich mit der Paarung aus?«

Im Wachhaus war es still und warm. Karotte lauschte dem leisen Zischen des Sands im Stundenglas und konzentrierte sich dann wieder darauf, seinen Brustharnisch zu putzen. Die jahrhundertealte Schmutzkruste versuchte vergeblich, seinen Säuberungsbemühungen zu widerstehen. Das Metall glänzte.

Mit einem schimmernden Brustharnisch wusste man genau, woran man war. Die Stadt erschien Karotte seltsam und rätselhaft: Zwar gab es viele Gesetze, aber die Bürger versuchten ständig, sie zu missachten. Doch ein schimmernder Brustharnisch war ein Brustharnisch, der schimmerte – daran konnte überhaupt kein Zweifel bestehen.

Die Tür schwang auf. Karotte blickte über den alten Schreibtisch. Weit und breit niemand zu sehen.

Erneut rieb er den Lappen energisch übers Metall.

Ein leises Geräusch erklang, und offenbar stammte es von jemandem, der nicht länger warten wollte. Zwei mit violetten Fingernägeln ausgestattete Hände schoben sich um den Rand des Schreibtischs, und langsam kam der Kopf des Bibliothekars zum Vorschein. Es sah nach einer Kokosnuss aus, die im Zeitraffer wuchs.

»Ugh.«

Karotte starrte verblüfft. Man hatte ihm sorgfältig erklärt, dass im Falle des Bibliothekars der äußere Eindruck täuschte und Gesetze in Bezug auf die Tierwelt bei ihm nicht zur Anwendung kamen. Andererseits: Der Bibliothekar gab sich auch keine besondere Mühe, die für Menschen bestimmten Vorschriften zu achten. Er gehörte zu jenen kleinen Anomalien, die man einfach hinnehmen musste.

»Hallo«, sagte Karotte unsicher. (»Nenn ihn nicht ›Kleiner‹ oder Junge‹. Das verärgert ihn immer. Er hat es auch nicht gern, wenn man ihm auf die Schulter klopft.«)

»Ugh.«

Der Bibliothekar hob einen langen, mit mehreren Gelenken ausgerüsteten Finger.

»Wie bitte?«

»*Ugh.*«

»Was meinst du?«

Der Bibliothekar rollte mit den Augen. Er fand es sonderbar, dass es angeblich intelligenten Hunden, Pferden und Delphinen nie schwerfiel, den Menschen wichtige Nachrichten zu übermitteln, sie zum Beispiel darauf hinzuweisen, dass sich drei Kinder in einer Höhle verirrt hatten oder dass der Zug über die Gleise rollte, die zur eingestürzten Brücke führten. Ihn, den Bibliothekar, trennten nur einige wenige Chromosomen vom Tragen einer Weste, aber trotzdem schaffte er es nicht, einen durchschnittlichen Menschen zu bewegen, aus dem Regen zu treten und ihm an einem warmen Kamin Gesellschaft zu leisten.

»*Ugh!*«, drängte er und winkte.

»Ich kann das Büro nicht verlassen«, sagte Karotte. »Befehl ist Befehl.«

Die Oberlippe des Bibliothekars rollte wie eine Jalousie zurück.

»Soll das ein Lächeln sein?«, fragte Karotte. Der Bibliothekar schüttelte den Kopf.

»Jemand hat ein Verbrechen begangen, nicht wahr?«

»Ugh.«

»Ein schlimmes Verbrechen?«

»Ugh!«

»So schlimm wie Mord?«

»Iiek.«

»Noch schlimmer als Mord?«

»Iiek!« Der Bibliothekar wankte zur Tür und sprang dort aufgeregt umher.

Karotte schluckte. Befehle waren Befehle, ja, aber er konnte nicht zulassen, dass irgendein skrupelloser und durch und durch böser Bösewicht sein Unwesen trieb. Die Schurken dieser Stadt schreckten vor nichts zurück.

Er schnallte den Brustharnisch an, schraubte den funkelnden Helm auf den Kopf und marschierte zur Tür.

Dann erinnerte er sich an seine Verantwortung, kehrte zum Schreibtisch zurück, griff nach einem Zettel und schrieb mühsam: *Ich bekämpfe das Verbrechen. Bitte komm später noch einmal vorbei. Vielendank.*

Und *dann* trat Karotte auf die Straße, furchtlos und mit blitzblankem Brustharnisch.

Der Oberste Größte Meister hob die Arme.

»Brüder«, intonierte er, »lasst uns beginnen ...«

Es war so leicht. Es genügte, das große septische Reservoir aus Eifersucht, Zorn und Groll zu kanalisieren, das die Brüder in einem solchen Übermaß besaßen, ihren banalen Ärger zusammenzuballen, der weitaus mehr Kraft hatte als das pure Böse. Und dann brauchte man nur noch eine geistige Hand auszustrecken, um ...

... nach dem Ort zu greifen, wohin die Drachen verschwunden waren.

Hauptmann Mumm wurde am Arm gepackt und durch die Tür gezogen. Hinter ihm schloss sich der Zugang mit einem lauten Klicken.

»Es geht um Lord Rückenfreud Munterschuppe Klauenstoß III. von Ankh«, sagte die Erscheinung. Sie trug eine geradezu erschreckend große und besonders dicke Rüstung. »Ich glaube, er kommt einfach nicht damit klar.«

»Tatsächlich nicht?«, erwiderte Mumm und wich zurück.

»Man braucht zwei dazu.«

»Zwei, ja«, hauchte Mumm. Seine Schulterblätter versuchten sich durch die Holzwand zu bohren.

»Könntest du mir vielleicht einen Gefallen tun?«, donnerte das Monstrum.

»Was?«

»Ach, stell dich doch nicht so an, Mann! Du brauchst ihm nur in die Luft zu helfen. Um den schwierigen Teil kümmere ich mich. Es ist grausam, ich weiß, aber wenn er es heute Nacht nicht schafft, muss ich das Messer holen. Nur die Stärksten dürfen überleben und so. Tja.«

Hauptmann Mumm riss sich zusammen. Offenbar hatte er es mit einer sexbesessenen potenziellen Mörderin zu tun, soweit sich trotz der seltsam unförmigen Kleidung eine Geschlechtsbestimmung vornehmen ließ. Wenn die Gestalt nicht weiblich war, so erlaubten Bemerkungen wie ›Um den schwierigen Teil kümmere ich mich‹ diverse Vorstellungen, die Mumm noch eine Zeit lang beschäftigen würden. Er wusste, dass die Reichen bei gewissen Dingen andere Angewohnheiten hatten, aber dies ging eindeutig zu weit.

»Gnädige Frau«, sagte er kühl, »ich bin Offizier der Wache und muss dich darauf hinweisen, dass das von dir vorgeschlagene Verhalten gegen die Gesetze der Stadt verstößt.« *Außerdem auch gegen die der prüderen Götter,* fügte er in Gedanken hinzu. »Ich fordere dich hiermit auf, Seine Lordschaft unverzüglich freizulassen, ohne ihm irgendein Leid zuzufügen ...«

Die Gestalt starrte verblüfft auf ihn herab.

»Was?«, brachte sie hervor. »Es ist *mein* verdammter Drache!«

Möchtest du noch etwas zu trinken, Nicht-Korporal Nobby?«, fragte Feldwebel Colon und schwankte leicht.

»Gute Idee, Nicht-Feldwebel Colon«, erwiderte Nobby.

Sie nahmen die Unauffälligkeit sehr ernst, und daher kamen die meisten Tavernen auf der Morpork-Seite des Flusses nicht für sie infrage. Sie befanden sich nun in einer recht eleganten Schenke im Geschäftsviertel von Ankh, die es ihnen ermöglichte, ziemlich unauffällig zu sein. Die übrigen Gäste hielten sie für eine Art Kabarett.

»Ich habe nachgedacht«, verkündete Feldwebel Colon.

»Im Ernst?«

»Wenn wir die eine oder andere Flasche kaufen und nach Hause gehen, können wir noch viel unauffälliger sein.«

Nobby überlegte.

»Aber der Hauptmann meint doch, wir sollen Augen und Ohren offenhalten«, erwiderte er. »Er hat uns beauftragt, etwas aufzuspüren.«

»Das können wir auch bei mir zu Hause«, behauptete Feldwebel Colon. »Wir beobachten und lauschen die ganze Nacht über.«

»Das klingt nicht übel«, sagte Nobby. Es klang sogar immer besser, als er den Vorschlag in Gedanken wiederholte.

»Zuerst aber muss ich ein gewisses Örtchen aufsuchen«, brummte er.

»Ich ebenfalls«, murmelte der Feldwebel. »Nach einer Weile schlägt einem die Aufspürerei ganz schön auf die Blase, nich wahr?«

Sie wankten in die Gasse hinter der Taverne. Der Vollmond hing am Himmel, verbarg sich jedoch hinter einigen dichten Wolken. In der Dunkelheit stießen die beiden Wächter unauffällig gegeneinander.

»Bist du das, Aufspürer Feldwebel Colon?«, fragte Nobby.

»Niemand anders! Kannst du jetzt die Tür des Aborts aufspüren, Aufspürer Korporal Nobbs? Wir suchen nach einer kleinen, dunklen und gemein wirkenden Tür, ahahaha.«

Nobby taumelte weiter, und kurz darauf klirrte und klapperte etwas. Der Korporal fluchte hingebungsvoll, und ein zischendes Fauchen ertönte, als eine der vielen Katzen Ankh-Morporks zwischen Nobbys Beinen hindurchschlüpfte und die Flucht ergriff.

»Hüübsches kleines Miezekätzchen«, sagte Nobby leise. Und dann: »Es war überhauptnich klein. Und ich *verabscheue* Katzen.«

»Ich halt's nicht länger aus.« Feldwebel Colon bezog an einer Ecke Aufstellung.

Sein grüblerisches Sinnieren wurde vom dumpfen Ächzen des Korporals unterbrochen.

»Bisse noch da, Feldwebel?«

»*Aufspürer* Feldwebel, Nobby«, entgegnete Colon freundlich.

Nobbys Stimme klang bedeutungsvoll und plötzlich völlig nüchtern. »Bleib ganz ruhig, Feldwebel – ich habe gerade einen Drachen fliegen gesehen.«

»Oh«, antwortete Colon und rülpste. »Ich kenne Schmeißfliegen und so. Sind ganz schöne Brummer. Aber Drachenfliegen …«

»Ich meine einen fliegenden Drachen und keine verdammten Drachenfliegen, du Idiot!«, stieß Nobby hervor. »Er hatte große Schwingen, und sie sahen aus wie, wie, wie … wie große Schwingen!«

Feldwebel Colon drehte sich würdevoll um. Das Gesicht des Korporals war so weiß, dass es in der Finsternis zu strahlen schien.

»Das ist kein Witz, Feldwebel!«

»Na schön«, sagte Colon. »Zeig ihn mir!«

Hinter ihm knarrte etwas. Mehrere Dachziegel fielen herunter und zerbrachen auf dem Kopfsteinpflaster.

Der Feldwebel drehte sich um und sah den Drachen auf dem Dach.

»Da hockt ein Drache auf dem Dach!«, platzte es aus ihm heraus. »Nobby, auf dem Dach sitzt ein *Drache*! Was soll ich jetzt tun, Nobby! Ein Drache sitzt auf dem Dach! Und er starrt mich an, Nobby!«

»Vielleicht solltest du die Hose hochziehen«, riet Nobby und duckte sich hinter die nächste Mauer.

Selbst ohne die verschiedenen Schichten ihrer Schutzkleidung wirkte Lady Sybil Käsedick außerordentlich beeindruckend. Mumm erinnerte sich an die Legenden der barbarischen mittwärtigen Völker. Darin war die Rede von großen, mit Kettenhemden und stählernen Büstenhaltern ausgestatteten Kriegerinnen, die auf Streitwagen übers Schlachtfeld donnerten, Gefallene in ein ruhmreiches, von ewigen Kämpfen geprägtes Leben nach dem Tod brachten und dabei in einem angenehmen Mezzosopran sangen. Lady Käsedick hätte eine von ihnen sein können. Man stellte sie sich unwillkürlich als Anführerin solcher Kriegerinnen vor. Sie wäre in der Lage gewesen, ein ganzes *Bataillon* fortzubringen. Wenn sie sprach, wirkte jedes Wort wie ein ordentlicher Klaps auf den Rücken und brachte die aristokratische Selbstsicherheit der durch und durch Wohlerzogenen zum Ausdruck. Allein die Vokale genügten, um Teakholz zu schneiden.

Mumms Vorfahren waren an solche Stimmen gewöhnt. Normalerweise erklangen sie hinter den Visieren dicker Rüstungen, die auf den Rücken von prächtigen Kriegsrössern saßen und darauf hinwiesen, es sei doch sicher eine gute Idee, nichwahr, den Feind anzugreifen und ihm eine ordentliche Lektion zu erteilen. Die Beine des Hauptmanns reagierten instinktiv und wollten Haltung annehmen.

Prähistorische Männer hätten Lady Käsedick verehrt. Tatsächlich war es ihnen gelungen, schon vor Jahrtausenden lebensgroße Statuen von ihr aus dem Fels zu meißeln. Eine Wolke aus dichtem kastanienfarbenem Haar umgab ihren Kopf – eine Perücke, wie Mumm später erfuhr. Wer sich mit Drachen beschäftigte, neigte irgendwann dazu, sein Haar zu verlieren.

Apropos Drachen: Einer hockte auf ihrer Schulter. Er hieß Klauenstoß Vincent Wunderkind von Quirm – Lady Käsedick nannte ihn schlicht und einfach Vinny –, und er schien einen erheblichen Beitrag zu den seltsam chemischen Gerüchen im Haus zu leisten. Der Duft klebte an allem fest. Auch an dem großen Stück Kuchen auf Mumms Teller.

»Die, äh, Schulter ... sieht, äh, nett aus«, sagte der Hauptmann in dem verzweifelten Versuch, ein Gespräch zu beginnen.

»Unsinn«, erwiderte Ihre Ladyschaft. »Ich dressiere ihn nur, weil Schulterhocker den doppelten Preis erzielen.«

Mumm murmelte, dass er gelegentlich Damen der Gesellschaft gesehen hatte, die kleine bunte Drachen auf ihren Schultern trugen, und er betonte, das sähe sehr, äh, nett aus.

»Oh, es *klingt* nett«, sagte Lady Käsedick. »Ja, das schon. Aber die meisten Leute begreifen überhaupt nicht, welche Konsequenzen sich daraus ergeben. Sie lauten: Ruß, Verbrennungen, versengtes Haar und jede Menge Kot auf dem Rücken. Außerdem bohren sich die Krallen immer wieder in die Haut. Schließlich kommen die vorher so stolzen Besitzer zu dem Schluss, dass ihre kleinen Lieblinge zu groß werden und *unangenehm* riechen. Dann steht entweder Morporks Sonnenscheinheim für einsame Drachen auf dem Programm – oder der Fluss. Du weißt schon: Strick um den Hals, schwerer Stein am Strick. Ach, die armen Biester!« Lady Käsedick setzte sich und strich einen Rock glatt, dessen

Stoff ausgereicht hätte, um Segel für eine kleine Flotte zu nähen. »Du bist *Hauptmann*, nicht wahr?«

Mumm war vollkommen ratlos. Längst verstorbene Käsedicks starrten aus verzierten Bilderrahmen hoch an den dunklen Wänden auf ihn herab. Zwischen, an und unter den Porträts befanden sich die von Lady Käsedicks Ahnen benutzten Waffen – sie schienen ziemlich oft benutzt worden zu sein. Verbeulte Rüstungen bildeten lange Reihen, und Mumm bemerkte, dass viele von ihnen verdächtige Löcher aufwiesen. Die Decke bot sich als ein Durcheinander aus mottenzerfressenen Fahnen dar. Es war keine gerichtsmedizinische Untersuchung notwendig, um festzustellen, dass sich die Käsedicks nie vor einem Kampf gedrückt hatten.

Mumm fand es sehr erstaunlich, dass Lady Käsedick friedlich genug sein konnte, eine Tasse Tee zu trinken.

»Meine Vorfahren«, erklärte sie und folgte dem hypnotisierten Blick des Wächters. »Weißt du, seit tausend Jahren ist kein Käsedick in seinem Bett gestorben.«

»Ja, gnä' Frau?«

»Eine Art Familientradition.«

»Ja, gnä' Frau.«

»Nun, *einige* Käsedicks – sogar ziemlich viele, um ehrlich zu sein – sind in *fremden* Betten gestorben.«

Mumm verschluckte sich fast. »Ja, gnä' Frau«, sagte er.

»Hauptmann ist ja so ein interessanter Rang.« Lady Käsedick bedachte Mumm mit einem strahlenden Lächeln. »Ich meine, Oberste sind einfach langweilig und Majore viel zu aufgeblasen und arrogant. Aber Hauptleute haben immer etwas *Gefährliches* an sich. Was wolltest du mir zeigen?«

Mumm hielt sein Paket wie einen Keuschheitsgürtel.

»Ich habe mich gefragt«, begann er, »wie groß ein Sumpfdrache, äh ...« Er unterbrach sich, als er spürte, dass seinen unteren Körperregionen etwas Schreckliches zustieß.

Lady Käsedick beugte sich vor, um das Problem in Augenschein zu nehmen. »Oh, beachte ihn gar nicht«, sagte sie fröhlich. »Schlag ihn mit einem Kissen, wenn er dich stört.«

Ein kleiner älterer Drache war unter dem Stuhl hervorgekrochen und hatte die Schnauze in Mumms Schoß gelegt. Aus großen braunen Augen blickte er seelenvoll zu ihm auf und ließ etwas Ätzendes – das Brennen gab einen deutlichen Hinweis – auf die Knie des Hauptmanns tropfen. Außerdem stank er wie der Abfluss eines Säurebads.

»Das ist Tautropfen Mabellin Klauenstoß der Erste«, stellte Ihre Ladyschaft vor. »Preisgekrönter Drache und Stammvater preisgekrönter Drachen. Ach, jetzt ist der arme Kerl alt und hat kein Feuer mehr. Er mag es, am Bauch gekratzt zu werden.«

Mumm versuchte ebenso heimlich wie energisch, den alten Drachen vom Schoß zu schieben. Das Tier blinzelte vorwurfsvoll, warf ihm einen anklagenden Blick aus rheumatischen Augen zu, wölbte andeutungsweise die Lippen und zeigte eine Palisade aus rußgeschwärzten Zähnen.

»Stoß ihn einfach beiseite, wenn er dir auf die Nerven geht«, sagte Lady Käsedick gut gelaunt. »Mit welchem Anliegen bist du gekommen?«

»Ich habe mich gefragt, wie groß Sumpfdrachen werden«, erwiderte Mumm und versuchte, ein wenig zur Seite zu rutschen. Klauenstoß der Erste knurrte leise.

»Du hast den ganzen weiten Weg zurückgelegt, um danach zu fragen? Nun … Wenn ich mich richtig erinnere, war Munterherz Klauenstoß von Ankh vierzehn Daumen groß, von den Zehen bis zum Scheitel.«

»Äh …«

»Gut einen Meter«, fügte Ihre Ladyschaft hinzu.

»Größer nicht?«, brachte Mumm hoffnungsvoll hervor. Der alte Drache auf seinem Schoß schnarchte.

»Lieber Himmel, nein. Munterherz war ein regelrechter

Riese. Meistens werden die Biester kaum größer als acht Daumen.«

Hauptmann Mumms Lippen bewegten sich, als er rasch rechnete. »Etwa sechzig Zentimeter?«, fragte er kühn.

»Ja. Damit meine ich natürlich die Raufer. Die Hennen sind ein wenig kleiner.«

Mumm ließ nicht locker. »Ein Raufer ist ein männlicher Drache?«

»Vorausgesetzt, er hat das zweite Lebensjahr hinter sich«, erklärte Lady Käsedick triumphierend. »Bis zum achten Monat ist er ein Kriecher, bis zum vierzehnten ein Hahn. Anschließend wird er zum Schnauzer ...«

Hauptmann Mumm hörte wie gebannt zu und aß den grässlichen Kuchen, während sich der Informationsstrom vor einem hohen Damm der Verblüffung staute. Er erfuhr dies: Männchen kämpften mit gespucktem Feuer, doch während der Brutzeit atmeten nur die Hennen* Flammen, um die Eier auszubrüten – eine bemerkenswerte Fähigkeit, ermöglicht von der Verbrennung höchst komplexer Verdauungsgase; die Männchen beschränkten sich darauf, Feuerholz zu sammeln; eine Gruppe von Sumpfdrachen nannte man *anstrengenden Haufen* oder *Peinlichkeit*; Weibchen legten pro Jahr jeweils dreimal bis zu vier Eier, und die meisten davon wurden von unaufmerksamen Männchen zu Brei zertreten; Drachen beider Geschlechter beachteten sich kaum und zeigten nur Interesse an Feuerholz, abgesehen von einer anderen Verhaltensphase, die sich alle zwei Monate wiederholte und ihnen die Zielstrebigkeit einer Kreissäge verlieh.

Mumm konnte nicht verhindern, dass ihn Lady Käsedick mit dicker Schutzkleidung ausstattete – sie bestand aus Leder und war mit Stahlplatten verstärkt – und zum Pferch

* Natürlich nur bis zur dritten Brut. Danach waren sie Altglucken.

führte, zu dem langen niedrigen Gebäude, in dem er das Heulen und Kreischen gehört hatte.

Die Temperatur war schon schlimm genug, aber das Geruchspanorama erwies sich als noch weitaus schlimmer. Mumm taumelte ziellos von einem metallverschalten Zwinger zum nächsten, während Ihre Ladyschaft die Namen der kleinen, birnenförmigen, rotäugigen und quiekenden Schrecken nannte: »Mondmurmel Herzogin Märzschmerz, die gerade schwanger ist.« Und: »Monddunst Klauenstoß II., der letztes Jahr in Pseudopolis als bester Zuchtdrache ausgezeichnet wurde.« Grüne Flammenzungen leckten über Lady Käsedicks Knie.

Viele Ställe waren mit Rosetten und Zertifikaten geschmückt.

»Und dies hier ist Gutjunge Bündel Federstein von Quirm, fürchte ich«, sagte die Lady unerbittlich.

Mumm blickte benommen über die angesengte Sperre und betrachtete das kleine Geschöpf, das mitten im Zwinger auf dem Boden lag. Es sah den übrigen Drachen so ähnlich wie Nobbs einem durchschnittlichen Menschen. Das Abstammungsschicksal hatte sich einen Scherz erlaubt und ihm Brauen gegeben, die fast ebenso groß waren wie die stummelförmigen Schwingen – man sah auf den ersten Blick, dass dieses Exemplar unmöglich fliegen konnte. Der Kopf schien von einem Ameisenbär zu stammen, und die Nasenöffnungen wirkten wie große Ansaugstutzen. Sie hatten sicher den gleichen Luftwiderstand wie zwei Fallschirme, wenn es diesem Wesen jemals gelingen sollte, der Schwerkraft zu trotzen und sich vom Boden zu lösen.

Außerdem richtete es den intelligentesten Blick auf Mumm, den er jemals bei einem Tier gesehen hatte, einschließlich Korporal Nobbs.

»So was passiert manchmal.« Lady Käsedick seufzte. »Es liegt an den Genen, weißt du.«

»Tatsächlich?«, erwiderte Mumm. Der kleine Drache schien die Kraft, die seine Geschwister an Feuer und Geheul verschwendeten, auf ein durchdringendes Starren zu konzentrieren, das einer thermischen Lanze gleichkam. Mumm erinnerte sich plötzlich daran, dass er sich als Kind ein Hündchen gewünscht hatte. Damals hatte die Familie gehungert: Auf den Tisch war alles gekommen, das zumindest teilweise aus Fleisch bestand ...

»Man achtet beim Züchten auf ordentliche Flammen, dicke Schuppen, die richtige Farbe und so weiter«, fuhr Ihre Ladyschaft fort. »Gelegentliche Ausrutscher lassen sich nicht vermeiden.«

Das seltsame Wesen warf Mumm einen Blick zu, der ihm zweifellos den Der-Drache-den-die-Preisrichter-am-liebsten-nach-Hause-mitnehmen-und-als-lebendes-Gasfeuerzeug-verwenden-würden-Preis eingebracht hätte.

Gelegentliche Ausrutscher, wiederholte Mumm in Gedanken. Er wusste nicht genau, was dieser Ausdruck bedeutete, ahnte jedoch, dass er nichts mit Beinen, Füßen und verlorenem Gleichgewicht zu tun hatte. Es klang eher nach dem, was übrig blieb, wenn man alles Ehrenhafte und Nützliche fortnahm. *Wie die Wache*, dachte er. *Nobby und Colon, die reinsten Ausrutscher. Und das gilt auch für mich. Mein ganzes Leben ist ein einziger Ausrutscher.*

»Die Natur ist nicht immer besonders zuverlässig«, sagte Lady Käsedick gerade. »Natürlich fiele es mir nicht im *Traum ein*, Federstein als Zuchtmaterial zu verwenden.«

»Warum nicht?«, fragte Mumm.

»Drachen paaren sich in der Luft, und mit diesen Schwingen kann er überhaupt nicht fliegen. Sein Vater war Brenda Rodleys Baumbiss Hellschuppe. Kennst du Brenda?«

»Äh, nein«, antwortete Mumm. Lady Käsedick gehörte zu den Leuten, die annahmen, jeder sei mit jedem bekannt ...

»Nette Frau. Mit Federsteins Brüdern und Schwestern ist so weit alles in Ordnung.«

Armer kleiner Kerl, dachte Mumm. *Die Natur ist nicht immer besonders zuverlässig? Von wegen! Man kann sich darauf verlassen, dass sie einem immer die schlechtesten Karten gibt.*

Kein Wunder, dass man sie Mutter nannte...

»Du wolltest mir doch etwas zeigen, nicht wahr?«, drängte Lady Käsedick.

Mumm reichte ihr wortlos das Paket. Sie streifte die dicken Handschuhe ab und öffnete es.

»Ein Gipsabdruck«, stellte sie fest. »Und?«

»Erinnert er dich an etwas?«, fragte Mumm.

»Könnte von einem Stelzvogel stammen.«

»Oh.« Der Hauptmann fiel wie aus allen Wolken.

Lady Käsedick lachte. »Oder von einem ziemlich großen Drachen. Hast dir das Ding aus einem Museum besorgt, stimmt's?«

»Nein. Ich habe die Spuren heute Morgen in einer Gasse gefunden.«

»Was? Ich glaube, da hat dir jemand einen Streich gespielt, Teuerster.«

»Äh. Es gab noch einige andere, äh, Indizien.«

Mumm berichtete von der Mauer. Ihre Ladyschaft starrte ihn groß an.

»Draco nobilis«, sagte sie heiser.

»Wie bitte?« Mumm blinzelte verwirrt.

»*Draco nobilis*. Der erhabene Drache. Im Gegensatz zu diesen Biestern hier.« Lady Käsedick vollführte eine Geste, die den vielen heulenden und zischenden Echsen galt. »*Draco vulgaris*, sie alle. Aber die wirklich großen Exemplare existieren nicht mehr. Sie sind verschwunden. Steht fest. Kein Zweifel. Ach, sie waren wunderschön! Wogen Tonnen. Die größten fliegenden Tiere. Niemand weiß, wie es ihnen gelang, der Schwerkraft ein Schnippchen zu schlagen.«

Lady Käsedick runzelte plötzlich die Stirn.

Hauptmann Mumm folgte ihrem Beispiel. Eine seltsame Stille herrschte.

Die Drachen in den Pferchen waren mucksmäuschenstill, schienen auf etwas zu warten und blickten zur Decke.

Karotte sah sich um. Regale erstreckten sich in alle Richtungen, und Bücher standen darin. Er ahnte langsam, um welchen Ort es sich handelte.

»Dies ist die Bibliothek, nicht wahr?«, fragte er.

Der Bibliothekar hielt weiterhin die Hand des Jungen – sanft und gleichzeitig fest –, als er ihn durch das Labyrinth aus schmalen Gängen führte.

»Liegt hier irgendwo eine Leiche?« *Bestimmt*, dachte Karotte. Schlimmer als Mord! Eine Leiche in der Bibliothek. Die möglichen Konsequenzen waren nicht abzusehen.

Schließlich blieb der Affe vor einem Regal stehen, das sich nicht von allen anderen zu unterscheiden schien. Einige der Bücher waren angekettet. Es gab eine Lücke, und der Bibliothekar deutete darauf.

»Ugh.«

»Was ist damit? Ein Loch dort, wo ein Buch stehen sollte.«

»Ugh.«

»Jemand hat ein Buch genommen. Jemand hat ein Buch *gestohlen?*« Karotte richtete sich zu seiner vollen Größe auf und holte tief Luft. »Du hast die Wache verständigt, weil jemand ein *Buch* gestohlen hat? Du glaubst, der Diebstahl eines Buches sei schlimmer als Mord?«

Der Bibliothekar bedachte ihn mit jener Art von Blick, den Menschen normalerweise für solche Menschen reservieren, die sich zu Bemerkungen wie ›Warum soll Völkermord schlimm sein‹ hinreißen lassen.

»Wer die Zeit der Wache verschwendet, begeht praktisch ein Schwerverbrechen«, sagte Karotte. »Warum hast du nicht einfach den Zauberern oder so Bescheid gegeben?«

»Ugh.« Der Bibliothekar wies mit einigen erstaunlich knappen Gesten darauf hin, dass Zauberer nicht einmal dann ihre eigene Nase fanden, wenn sie mit beiden Händen suchten.

»Ich weiß nicht, wie ich dir helfen kann«, sagte Karotte. »Wie heißt das Buch?«

Der Bibliothekar kratzte sich am Kopf. Gewisse Schwierigkeiten kündigten sich an. Er blickte zu Karotte hoch, presste die beiden ledrigen Hände aneinander und öffnete sie langsam.

»Ich *weiß*, dass es um ein Buch geht. Wie lautet der Titel?«

Der Bibliothekar seufzte und hielt eine Hand hoch.

»Vier Wörter?«, vermutete Karotte. »Erstes Wort.« Der Affe presste zwei faltige Finger zusammen. »Kleines Wort? Ein. Auf. Die. Un…«

»Ugh!«

»Die? Die. Zweites Wort. Drittes Wort? Kleines Wort. Die? Ein. Auf. Aus. Und. Von … Von? Die etwas von. Zweites Wort? Was? Oh. Erste Silbe. Nein, die ersten beiden Silben. Finger? Etwas mit den Fingern berühren? Daumen gespreizt.«

Der Orang-Utan knurrte leise, hob den Kopf und legte sich die Hand aufs Herz.

»Etwas mit den Fingern berühren und gleichzeitig die Hand aufs Herz legen? Daumengespreizt, Zeige- und Mittelfinger gestreckt? Etwas mit den Fingern strecken? Halt, ich hab's – schwören. Die zweite Silbe: schwören? Nein. Oh, etwas *beschwören*. Jetzt die dritte Silbe. Kurz? Eine kurze Silbe. Besteht nur aus drei Buchstaben. Der? Die? Auf? Aus? Und? Ung? Ja. Ung. Beschwören. Ung. Beschwörenung? Beschwörung! Die Beschwörung von. He, das macht Spaß, nicht wahr? Viertes Wort. Ganzes Wort …«

Karotte hielt aufmerksam Ausschau, als sich der Bibliothekar auf geheimnisvolle Weise hin und her wand.

»Großes Ding. Riesiges großes Ding. Schlägt mit Flügeln. Riesiges großes Ding, das mit Flügeln schlägt. Zähne. Es schnauft. Und keucht. Und bläst. Riesiges großes Ding, das mit Flügeln schlägt und gleichzeitig schnauft, keucht und bläst.« Schweiß perlte auf Karottes Stirn, als er gehorsam zu verstehen versuchte. »Saugt an den Fingern. An den Fingern saugendes Ding. Brennt. Heiß. Riesiges großes Ding, das mit Flügeln schlägt, schnauft, keucht und bläst und ziemlich heiß ist...«

Der Bibliothekar rollte mit den Augen. Homo sapiens? Wohl kaum.

Der große Drache tanzte über der Stadt, drehte sich und schwebte über der Stadt. Er glänzte im Licht des Mondes, das auf seinen Schuppen gleißte. Manchmal glitt er tiefer und sauste aus purer Lebensfreude über die Dächer.

Das ist völlig verkehrt, dachte Hauptmann Mumm. Ein Teil seines Selbst bewunderte die pure Schönheit dieses Anblicks, aber einige eigenbrötlerische Gehirnzellen auf der falschen Synapsenseite schmierten ihre Graffiti an die Mauern des Staunens.

Es ist eine verdammt große Echse, gaben sie zu bedenken. *Wiegt bestimmt viele Tonnen. Etwas so Schweres kann unmöglich fliegen, nicht einmal mit so hübschen Schwingen. Und warum hat die fliegende Echse schwarze Schuppen auf dem Rücken?*

Fast zweihundert Meter über Mumm leckte eine blauweiße Flammenzunge durch die Nacht.

So etwas ist vollkommen ausgeschlossen! Der Drache würde sich die eigenen Lippen verbrennen!

Lady Käsedick stand mit offenem Mund neben ihm. Hinter ihr wimmerten und heulten die kleinen Drachen in ihren Pferchen.

Das große Geschöpf drehte sich hoch in der Luft und glitt erneut über die Dächer. Einmal mehr spuckte es Feuer, und weiter unten stoben gelbe Funken. Es geschah so leise und stilvoll, dass Mumm erst nach mehreren Sekunden einige brennende Gebäude bemerkte.

»Donnerwetter!«, entfuhr es Lady Käsedick. »Sieh nur! Er nutzt den Aufwind! Deshalb das Feuer!« Sie wandte sich dem Hauptmann zu, und in ihren Augen glühte Aufregung. »Ist dir eigentlich klar, dass du jetzt etwas beobachtest, das seit Jahrhunderten niemand gesehen hat?«

»Ich sehe einen verdammten fliegenden Alligator, der meine Stadt in Brand setzt!«, rief Mumm.

Ihre Ladyschaft hörte ihm gar nicht zu. »Es muss irgendwo ein Nest geben«, murmelte sie. »Nach so langer Zeit! Was glaubst du: Wo lebt der Drache?«

Mumm hatte keine Ahnung. Aber er war fest entschlossen, es herauszufinden und dem Drachen einige sehr ernste Fragen zu stellen.

»Ein Ei«, hauchte Lady Käsedick. »Ein einziges Ei würde vollkommen genügen ...«

Mumm musterte sie verblüfft und fragte sich, wer von ihnen beiden den Verstand verloren hatte.

Ein weiteres Gebäude ging in Flammen auf.

»Wie weit fliegen Drachen?«, fragte er und sprach dabei so langsam und deutlich, als richte er die Frage an ein Kind.

»Normalerweise sind sie an ein bestimmtes Revier gebunden«, erwiderte Ihre Ladyschaft. »Nach den Legenden ...

Mumm begriff sofort, dass jetzt ein längerer Vortrag drohte. »In wenigen Worten, gnä' Frau«, sagte er hastig.

»Eigentlich nicht sehr weit«, sagte Lady Käsedick verwundert.

»Vielen, vielen Dank, gnä' Frau«, brummte Mumm. »Du hast mir sehr geholfen.« Er lief los.

Irgendwo in der Stadt. Außerhalb von Ankh-Morpork gab es nur leere Ebenen und Sümpfe. Der Drache hauste irgendwo in der Stadt.

Mumms Sandalen klatschten aufs Kopfsteinpflaster, als er durch die Straßen stürmte. Irgendwo in der Stadt! Das war doch lächerlich. Lächerlich, absurd und unmöglich.

Das habe ich nicht verdient, dachte er. *Es gibt viele Städte auf der Scheibenwelt, aber das verdammte Biest musste ausgerechnet in meine kommen ...*

Als Mumm den Fluss erreichte, war der Drache verschwunden. Es gab jedoch einige Dinge, die an ihn erinnerten, zum Beispiel die dichte Rauchwolke über den Straßen und viele Menschen, die lange Ketten bis zum Ankh bildeten, Eimer hielten und Stücke des Flusses zu den brennenden Häusern brachten.* Andere Menschen behinderten die Löschversuche. In Scharen strömten sie durch die Straßen und trugen ihre Besitztümer mit sich – der größte Teil von Ankh-Morpork bestand aus Holz und Stroh, und deshalb wollten sie kein Risiko eingehen.

Doch eigentlich war die Gefahr nicht besonders groß. Sie

* Die Gilde der Feuerwehrleute war im vergangenen Jahr nach vielen Beschwerden vom Patrizier verboten worden. Es ging dabei um Folgendes: Wenn man einen Vertrag mit der Gilde abschloss, so drohte dem eigenen Heim keine Brandgefahr mehr. Unglücklicherweise kam in diesem Zusammenhang schon nach kurzer Zeit das allgemeine Ankh-Morpork-Ethos ins Spiel. Es sorgte dafür, dass Feuerwehrleute in Gruppen künftige Kunden besuchten und ihre Häuser mit Bemerkungen wie ›Sieht ziemlich leicht entzündbar aus‹ und ›Brennt wahrscheinlich wie Zunder, wenn man auch nur ein Streichholz fallenlässt, du verstehst sicher, was ich meine‹ kommentierten.

war sogar erstaunlich klein, wenn man genauer darüber nachdachte.

Hauptmann Mumm hatte sich heimlich ein Notizbuch zugelegt und führte es schon seit einigen Tagen bei sich. Er schrieb die beobachteten Schäden auf – als genügten einige Schriftzeichen, um die Welt weitaus übersichtlicher zu gestalten.

Punkt Ains: ain Wohnhaus (das ainem harmlosen Geschäftsmann gehörte, der beobachten musste, wie saine neue Kutsche ferbrannte).

Punkt Zwai: ain klainer Gemüseladen (von ainem gut gezielten Flammenstrahl getroffen).

Mumm dachte darüber nach. Er hatte einmal Äpfel in dem Laden gekauft; dort schien es nichts zu geben, woran ein Drache Anstoß nehmen konnte.

Sehr rücksichtsvoll von dem Drachen, überlegte Mumm, als er zum Wachhaus ging. *Die vielen Bauholzstapel, Heuschober, Strohdächer und Öllager, die das Biest durch Zufall hätte treffen können ... Es hat den Bürgern einen gehörigen Schrecken eingejagt, ohne eine Katastrophe auszulösen.*

Das erste Licht des neuen Tages filterte durch den Rauch, als Mumm das Wachhaus betrat. Dies war sein Zuhause. Nicht das kleine und fast völlig leere Zimmer, in dem er schlief – es befand sich in der Kohlkrautgasse, über dem Laden des Kerzendrehers –, sondern dieser scheußlichbraune Raum, der nach verschiedenen Dingen roch: schmutzigen Kaminen, Feldwebel Colons Pfeife, Nobbys geheimnisvollem persönlichen Problem und, seit kurzer Zeit, nach den Reinigungsmitteln, die Karotte verwendete, um seinen Brustharnisch zu putzen. Die Amtsstube bedeutete fast so viel wie Heimat.

Niemand war zugegen, was den Hauptmann kaum überraschte. Er stieg die Treppe zu seinem Büro hinauf, lehnte sich dort im Sessel zurück – jeder einigermaßen anspruchsvolle Hund hätte die Polster voller Abscheu aus seinem Korb gezerrt –, schob den Helm über die Augen und versuchte, konzentriert nachzudenken.

Es hatte keinen Sinn, überstürzt zu handeln. Der Drache war im Rauch und in der Aufregung verschwunden, schien sich einfach in Luft aufgelöst zu haben. Es gab noch Zeit genug für überstürztes Handeln. Zunächst einmal musste ein Ziel dafür gefunden werden ...

Ich habe mich nicht geirrt, fuhr es Mumm durch den Sinn. *Stelzvogel, ha!* Aber wo begann man in einer so großen Stadt wie Ankh-Morpork mit der Suche nach einem Drachen?

Der Hauptmann merkte plötzlich, dass seine rechte Hand ein sonderbares Eigenleben entwickelte und die unterste Schublade des Schreibtischs aufzog. Drei Finger gehorchten Anweisungen des Unterbewusstseins und holten eine Flasche hervor. Es war eine jener Flaschen, die von ganz allein leer wurden. Logik teilte Mumm mit, dass er ab und zu eine volle Flasche berührte, das Papiersiegel vom Korken löste und bernsteinfarbene Flüssigkeit beobachtete, die bis in den Flaschenhals reichte. Aber er konnte sich beim besten Willen nicht daran erinnern. Irgendeine seltsame Fügung des Schicksals sorgte dafür, dass seine Flaschen immer zu zwei Dritteln leer waren.

Er starrte aufs Etikett. Offenbar handelte es sich um Jimkin Bärdrückers alten und gut gelagerten Drachenblutwhisky. Billig und stark. Man konnte damit Kaminfeuer anzünden und Löffel reinigen. Es war nicht nötig, viel davon zu schlucken, um betrunken zu sein, was durchaus Vorteile hatte – man sparte eine Menge Geld.

Irgendwann rüttelte Nobby den Hauptmann wach und teilte ihm mit, dass sich ein Drache in der Stadt herumtrieb und Feldwebel Colon eine Art Anfall erlitten hatte. Mumm beugte sich vor und blinzelte wie eine Eule, während er versuchte, die Worte festzuhalten und zu verstehen. Selbst der unerschütterlichste Mann blieb nicht ruhig und gelassen, wenn ein riesiges feuerspeiendes Reptil seine unteren Körperregionen aus einer Entfernung von nur knapp zwei Metern beobachtete. Derartige Erfahrungen hinterließen einen nachhaltigen Eindruck.

Mumm war noch immer damit beschäftigt, Nobbys Mitteilungen geistig zu verarbeiten, als Karotte mit dem Bibliothekar erschien.

»Habt ihr ihn gesehen?«, rief er. »Habt ihr ihn gesehen?«

»Ja, wir *haben* ihn gesehen«, brummte der Hauptmann.

»Ich weiß darüber Bescheid!«, verkündete Karotte triumphierend. »Man hat ihn mit Magie herbeigeholt. Jemand hat ein Buch aus der Bibliothek gestohlen, und ratet mal, wie es heißt.«

»Keine Ahnung«, erwiderte Mumm gequält und stöhnte leise.

»Der Titel lautet *Die Beschwörung von Drachen!*«

»Ugh«, bestätigte der Bibliothekar.

»Ach?« Mumm seufzte. »Und?«

Der Bibliothekar rollte mit den Augen.

»Darin steht, wie man Drachen beschwört. Mit Magie!«

»Ugh.«

»Und das ist verboten, jawohl!«, fügte Karotte fröhlich hinzu. »Wer gefährliche Geschöpfe in der Stadt freisetzt, macht sich strafbar. Das Gesetz über wilde Tiere (Schutz der öffentlichen Sicher...«

Mumm stöhnte erneut. Magie bedeutete Zauberer. Und mit Zauberern bekam man nur Ärger.

»Ich nehme an, es gibt keine zweite Ausgabe des Buchs, oder?«, fragte er.

»Ugh.« Der Bibliothekar schüttelte den Kopf.

»Und du kennst nicht zufälligerweise den Inhalt? Wie?« Mumm blinzelte. »Was? Oh. Vier Wörter. Erstes Wort. Drei Buchstaben. Was? Das? Der? Die? Sie? Wie? Wie. Zweites Wort. Kurzes Wort. In, auf, und, man ... man. Wie man. Ja, ich *verstehe*, aber ich meinte: Kennst du Einzelheiten des Inhalts? Nein? Oh.«

»Was unternehmen wir jetzt, Herr?«, fragte Karotte diensteifrig.

»Der Drache ist irgendwo dort draußen«, verkündete Nobby. »Tagsüber versteckt er sich, denn er scheut das Licht der Sonne. Zusammengerollt liegt er in seiner geheimen Höhle, auf einem großen Schatz aus glänzendem Gold, und er träumt Reptilienträume aus dem Anbeginn der Zeit. Geduldig wartet er darauf, dass sich der dunkle Vorhang der Nacht senkt. Wenn die Finsternis herankriecht, fliegt er wieder unter dem Himmelszelt, im perlmuttenen Schein des Mondes ...« Nobby zögerte und fügte in einem verdrießlichen Tonfall hinzu: »Was starrt ihr mich so an?«

»Sehr poetisch«, sagte Karotte.

»Jeder weiß, dass die großen Drachen auf einem Goldschatz schlafen«, erwiderte der Korporal. »In den Legenden und Sagen ist dauernd die Rede davon.«

Mumm blickte niedergeschlagen und kummervoll in die nahe Zukunft. Nobby mochte widerwärtig und abscheulich sein, aber er bot ein gutes Beispiel dafür, was dem durchschnittlichen Bürger von Ankh-Morpork durch den Kopf ging. Man konnte ihn als eine Art Wetterfrosch benutzen, um das allgemeine Stimmungsklima vorauszusagen.

»Wahrscheinlich würdest du gern herausfinden, wo der Schatz versteckt ist, nicht wahr?«, fragte Mumm versuchsweise.

Daraufhin wirkte Nobby noch etwas verschlagener als sonst. »Na ja, ich wollte mich tatsächlich ein wenig umsehen, Hauptmann. Du weißt schon. Natürlich in meiner freien Zeit«, fügte er tugendhaft hinzu.

»Das hat mir gerade noch gefehlt«, ächzte Mumm.

Er griff nach der leeren Flasche und legte sie vorsichtig in die Schublade zurück.

Nervosität erfasste die Aufgeklärten Brüder. Vage Furcht sprang von Bruder zu Bruder. Es war die Furcht von jemandem, der fröhlich mit Schießpulver, Kugel und Ladepfropf experimentiert hat, nach der Betätigung des Abzugs einen grässlichen Knall hört, erschrocken zusammenzuckt und sicher ist, dass bald jemand kommen wird, um festzustellen, wer solchen Lärm macht.

Doch der Oberste Größte Meister wusste, dass sich die Brüder fügten, vielleicht noch mehr als vorher. Schafe und Lämmer, Schafe und Lämmer. Da sie ohnehin kaum etwas Schlimmeres anstellen konnten, als sie bereits angestellt hatten, war es eigentlich gar nicht sinnvoll für sie, jetzt aufzuhören. *Sie werden weitermachen*, dachte der Oberste Größte Meister. *Und vielleicht überzeugen sie sich sogar davon, dass alles von Anfang an ihren Absichten und Wünschen entsprach. O ja, das Feuer der Rachsucht brennt langsam, aber es ist nur schwer zu löschen ...*

Trotzdem wirkte nur Bruder Stukkateur richtig zufrieden.

»Das soll allen unterdrückenden Gemüsehändlern eine Lehre sein«, wiederholte er immer wieder.

»Ja, äh«, sagte Bruder Pförtner. »Allerdings, ich meine, es besteht doch nicht die Gefahr, dass wir den Drachen zufälligerweise *hierher* beschwören ...?«

»Ich – das heißt, *wir* – haben ihn perfekt unter Kontrolle«, antwortete der Oberste Größte Meister glatt. »Die Macht liegt allein in unseren Händen. Das versichere ich euch.«

Die Mienen der Brüder erhellten sich ein wenig. »Und nun«, fuhr der Oberste Größte Meister fort, »kommt die Sache mit dem König.«

Die Brüder wirkten sehr ernst. Bruder Stukkateur bildete die einzige Ausnahme.

»Haben wir ihn schon gefunden?«, fragte er. »He, das ist wirklich Glück!«

»Du hörst nie zu, oder?«, zischte Bruder Wachturm. »Der

Oberste Größte Meister hat uns letzte Woche alles erklärt. Wir suchen nicht nach einem König, wir *bestimmen* einen.«

»Ich dachte, er würde einfach erscheinen. Schicksal und so.«

Bruder Wachturm lachte leise. »Wir helfen dem Schicksal etwas nach.«

Der Oberste Größte Meister lächelte im dunklen Schatten unter der Kapuze. Die Sache mit der Mystik war erstaunlich. Er bot den Brüdern einfach eine Lüge an, und später, wenn es notwendig wurde, belog er sie noch einmal und behauptete, sie machten gute Fortschritte auf dem Pfad der Weisheit. Dann lachten sie nicht etwa, sondern folgten ihm mit gestärkter Entschlossenheit, in der Hoffnung, dass sich irgendwo in all den Lügen die Wahrheit verbarg. Schließlich nahmen sie das Unannehmbare hin. Ja, wirklich erstaunlich.

»Verdammich, das ist schlau!«, entfuhr es Bruder Pförtner. »Wie gehen wir dabei vor?«

»Der Oberste Größte Meister hat gesagt, wir suchen uns jemanden, der wie ein Held aussieht und sich gut darauf versteht, Befehle auszuführen. Er tötet den Drachen, und dann ist alles geritzt. Überhaupt kein Problem. Es ist viel *intelligenter*, als auf den sogenannten richtigen König zu warten.«

»Aber …« Bruder Stukkateurs Lächeln verblasste und wich unvertrautem Ernst. »Wenn wir den Drachen kontrollieren – und wir kontrollieren ihn doch, stimmt's? –, dann ist es doch gar nicht nötig, ihn von jemandem töten zu lassen. Wir verzichten einfach darauf, ihn noch einmal zu beschwören, und damit ist alles in bester Ordnung.«

»O ja«, höhnte Bruder Wachturm, »völlig klar. Wir gehen einfach nach draußen und sagen ›He, Leute, keine Angst, wir setzen eure Häuser nicht mehr in Brand, nett von uns, nicht wahr?‹ Mann, es geht dabei um Folgendes: Der König muss ein, äh …«

»Unleugbar mächtiges und romantisches Symbol für absolute Autorität sein«, sagte der Oberste Größte Meister ruhig.

»Genau«, bestätigte Bruder Wachturm. »Absolute Autorität.«

»Oh, ich *verstehe*«, behauptete Bruder Stukkateur. »Ja. Natürlich. Absolute Autorität. Genau richtig für den König.«

»In der Tat.« Bruder Wachturm nickte.

»Niemand wird jemandem widersprechen, der absolute Autorität hat, oder?«

»Wie wahr, wie wahr«, sagte Bruder Wachturm.

»Dann ist es wirklich ein Glücksfall, dass wir den richtigen König gefunden haben«, murmelte Bruder Stukkateur. »Eine Chance von eins zu einer Million.«

»Wir haben *nicht* den richtigen König gefunden«, stellte der Oberste Größte Meister mit erzwungener Geduld fest. »Den richtigen König *brauchen* wir gar nicht. Zum letzten Mal: Ich habe mich für einen jungen Mann entschieden, dem eine Krone steht, der Befehle entgegennimmt und weiß, wie man ein Schwert schwingt. Und jetzt hört *aufmerksam* zu ...«

Das Schwingen war natürlich wichtig. Es genügte nicht, einfach nur ein Schwert zu *halten*. Das Halten eines Schwerts, so fand der Oberste Größte Meister, stand in einem direkten – und oft recht blutigen – Zusammenhang mit dynastischer Chirurgie. Es kam nur darauf an, richtig auszuholen und zuzustoßen. Doch für einen König geziemte es sich, dass er sein Schwert *schwang*. Die Klinge musste das Licht auf die richtige Art und Weise widerspiegeln und durfte bei den Zuschauern keinen Zweifel daran lassen, dass der vom Schicksal Auserwählte vor ihnen stand. Es hatte ziemlich viel Zeit und Geld gekostet, das Schwert und den Schild vorzubereiten. Der Schild glänzte wie eine Münze, die aus dem Ankh stammte – abgerieben, verätzt –, doch das Schwert war prächtig ...

Die lange Klinge funkelte hell. Sie schien das Werk eines genialen Metallarbeiters zu sein – gemeint sind hier kleine Zen-Burschen, die nur beim Morgengrauen und während der Abenddämmerung arbeiten und so lange auf dicke Stahlblöcke hämmern, bis etwas entsteht, das am Rand so scharf ist wie ein Skalpell und die gleiche beeindruckende Kraft entfaltet wie ein sexbesessenes und tobsüchtiges Nashorn –, der sich anschließend kummervoll in den Ruhestand zurückzog, weil er genau wusste, dass er nie wieder etwas so Wundervolles herstellen konnte. Das Heft war mit so vielen Edelsteinen und Kristallen geschmückt, dass man es in eine Samtscheide hüllen musste – man brauchte geschwärztes Glas, um es zu betrachten. Eigentlich genügte es völlig, die Hand darum zu schließen, um König zu werden.

Was den jungen Mann betraf... Er war ein Vetter dritten Grades, begeisterungsfähig, eingebildet und auf eine anerkennenswert aristokratische Weise dumm. Derzeit befand er sich – unter Bewachung – in einem fernen Bauernhaus und verfügte dort über einen angemessenen Vorrat an Getränken und hübschen jungen Frauen, obgleich seine Vorliebe in erster Linie Spiegeln galt. *Aus solchem Holz sind Helden geschnitzt*, dachte der Oberste Größte Meister. *Zumindest gehorsame Helden.*

»Ich nehme an, er ist nicht der *echte* Ärbe des Throns, oder?«, fragte Bruder Wachturm.

»Wie meinst du das?«, erwiderte der Oberste Größte Meister.

»Du kennst das Schicksal ja«, sagte Bruder Wachturm. »Spielt einem manchmal die seltsamsten Streiche. Haha. Wäre doch wirklich komisch, wenn sich der Junge als richtiger König herausstellt. Nach all unseren Mühen ...«

»Es gibt keinen richtigen König mehr!«, sagte der Oberste Größte Meister scharf. »Glaubst du etwa, dass irgendwelche Leute jahrhundertelang in der Wildnis umherwandern und

sich die Zeit damit vertreiben, geduldig Schwert und Muttermal zu vererben? Denkst du in diesem Zusammenhang vielleicht an *Magie?*« Er spuckte das letzte Wort aus. Sie hatten Magie benutzt, als Mittel zum Zweck – der Zweck heiligte die Mittel und so weiter –, aber dem Obersten Größten Meister schauderte bei der Vorstellung, in der Magie moralische Kraft zu sehen, vergleichbar mit Logik. »Lieber Himmel, Mann, denk doch logisch! Sei vernünftig! Selbst wenn es Überlebende der alten königlichen Familie gibt... Inzwischen ist die ursprüngliche Blutlinie so sehr verwässert, dass Tausende Anspruch auf den Thron erheben könnten. Sogar ...« Er suchte nach einem Beispiel für den unwahrscheinlichsten Thronanwärter. »Sogar Bruder Verdruss.« Er musterte die versammelten Brüder. »Übrigens: Warum ist er heute Abend nicht hier?«

»Eine sonderbare Angelegenheit«, sagte Bruder Wachturm nachdenklich. »Hast du nichts davon gehört?«

»Wovon?«

»Gestern Abend wurde er auf dem Heimweg von einem Krokodil gebissen. Armer Kerl.«

»Was?«

»Eine Chance von eins zu einer Million. Das Tier muss aus einer Menagerie oder so geflohen sein und versteckte sich im Hinterhof. Als Bruder Verdruss den Schlüssel unter der Fußmatte hervorholen wollte, erwischte ihn das Krokodil am Zupfel.«* Bruder Wachturm griff unter die Kutte, und kurz darauf kam seine Hand mit einem schmutzigen braunen Umschlag zum Vorschein. »Wir wollen eine Sammlung veranstalten, um ihm frisches Obst und so zu kaufen. Wenn du ebenfalls einen Beitrag leisten möchtest ...«

»Du kannst drei Dollar für mich eintragen«, sagte der Oberste Größte Meister.

* Eine Sockenart.

Bruder Wachturm nickte. »Komisch, nicht wahr?«, murmelte er. »Das habe ich bereits.«

Nur noch einige wenige Nächte, dachte der Oberste Größte Meister. *Bald sind die Bürger der Stadt so verzweifelt, dass sie selbst einen einbeinigen Troll zum König krönen würden, nur um den Drachen loszuwerden. Bald haben wir einen König und einen Ratgeber, der volles Vertrauen genießt, der Einfluss hat, und dann hört dieser Unsinn auf. Dann brauche ich mich nicht mehr zu verkleiden und meine Zeit mit blödsinnigen Ritualen zu verschwenden.*

Dann war es auch nicht mehr nötig, Drachen zu beschwören.

Ich kann jederzeit aufhören, dachte der Oberste Größte Meister. *Jederzeit. Es ist überhaupt kein Problem.*

Dichtes Gedränge herrschte auf den Straßen vor dem Palast des Patriziers. Eine besondere Art von Karneval schien stattzufinden. Hauptmann Mumm ließ einen wissenden und erfahrenen Blick über die Menge schweifen. Es handelte sich um den üblichen Ankh-Morpork-Mob in Krisenzeiten: Die eine Hälfte wollte sich beschweren, und ein Viertel war gekommen, um die andere Hälfte zu beobachten. Der Rest nutzte die günstige Gelegenheit, um zu stehlen, zu belästigen und Würstchen zu verkaufen. Aber Mumm entdeckte auch einige neue Gesichter. Sie gehörten mehreren grimmig wirkenden Männern, die Schwerter und Peitschen trugen und zielstrebig durch die Menge marschierten.

»Neuigkeiten machen hier schnell die Runde«, bemerkte eine vertraut klingende Stimme in unmittelbarer Nähe. »Guten Morgen, Hauptmann.«

Mumm sah in das leichenhafte grinsende Gesicht des bekannten Händlers Treibe-mich-selbst-in-den-Ruin Schnapper. Ständig zog er mit einem Koffer durch die Straßen und verkaufte Dinge, die garantiert von einem Ochsenkarren heruntergefallen waren.

»Morgen, Ruin«, erwiderte Mumm geistesabwesend. »Was verkaufst du heute?«

»Erstklassige Waren, Hauptmann.« Ruin beugte sich etwas näher. Wenn er ›Guten Morgen‹ sagte, klang es wie ›Ein einmaliges Angebot, das sich nie wiederholen wird‹. Seine Augen drehten sich in den Höhlen, wie zwei kleine Nagetiere, die nach einer Möglichkeit suchten, aus dem Kopf zu kriechen. »Zum Beispiel Anti-Drachen-Creme«, zischte er leise. »Unter den gegenwärtigen Umständen absolut notwendig. Ich gebe Garantie darauf: Wenn du trotzdem verbrennst, bekommst du dein Geld zurück. Ehrenwort.«

»Wenn ich dich richtig verstehe«, sagte Mumm langsam, »willst du mir den Preis erstatten, wenn mich der Drache bei lebendigem Leib röstet.«

»Natürlich muss der Käufer höchstpersönlich einen entsprechenden Antrag stellen.« Treibe-mich-selbst-in-den-Ruin öffnete einen Krug mit giftgrüner Salbe und hielt das Gefäß unter Mumms Nase. »Aus über fünfzig seltenen Gewürzen und Kräutern hergestellt, nach einem Rezept, das nur einige alte Mönche kennen, die auf einem fernen Berg leben. Ein Dollar pro Krug, und damit treibe ich mich selbst in den Ruin. Ist eigentlich geschenkt«, fügte er hinzu.

»Erstaunlich, die alten Mönche auf dem fernen Berg«, kommentierte Mumm. »Sie haben das Zeug in bemerkenswert kurzer Zeit zusammengebraut.«

»Sind schlaue Burschen«, entgegnete Treibe-mich-selbst-in-den-Ruin. »Wahrscheinlich liegt's am Meditieren und dem Jak-Joghurt.«

»Was geht hier vor, Ruin?«, fragte Mumm. »Wer sind die Kerle mit den großen Schwertern?«

»Drachenjäger, Hauptmann. Der Patrizier hat eine Belohnung von fünfzigtausend Dollar für denjenigen in Aussicht gestellt, der ihm den Kopf des Drachen bringt. Natürlich nicht am Rest des Drachen befestigt. Lord Vetinari ist kein Narr.«

»Wie?«

»Das hat er gesagt. Es steht überall auf den Plakaten.«

»Fünfzigtausend Dollar!«

»Kein Kleingeld, was?«

»Der Drache wird sich freuen«, brummte Mumm. *Es kündigen sich weitere Schwierigkeiten an*, dachte er. »Es überrascht mich, dass du dir nicht ebenfalls ein Schwert besorgt hast und an der Suche teilnimmst.«

»Ich bin eher im Dienstleistungssektor tätig, Hauptmann.« Treibe-mich-selbst-in-den-Ruin blickte argwöhnisch nach rechts und links, bevor er Mumm einen Zettel reichte.

Darauf stand:

Anti-Drachen-Spiegelschilde à 500 $
Tragbare Schlupfwinkel-Detektoren à 250 $
Pfeile-die-Drachenschuppen-durchdringen à 100 $
Schaufeln à 5 $ Spitzhacken à 5 $ Säcke à 1 $

Mumm gab den Zettel zurück. »Wozu die Säcke?«, fragte er sich.

»Wegen des Schatzes«, antwortete Ruin.

»O ja«, sagte Mumm bedrückt. »Natürlich.«

»Ich sag dir was«, flüsterte Ruin. »Ja, ich sag dir was: Zehn Prozent Rabatt für unsere Mitbürger in Uniform.«

»Und damit treibst du dich natürlich selbst in den Ruin, nicht wahr?«

»Fünfzehn Prozent für Offiziere!«, drängte Ruin, als Mumm fortging. Der Grund für die vage Panik in seiner Stimme war offensichtlich: Es mangelte nicht an Konkurrenz.

Die Bürger von Ankh-Morpork sind nicht etwa von Natur aus Helden, sondern natürliche Händler. Das Angebot auf wenigen Quadratmetern ließ keine Wünsche offen. Es reichte von magischen Waffen mit ächten *Au!-thentizitehts-Sertifikaten, fom Herschteller unterzeichnicht* über Unsichtbarkeitsmäntel – keine schlechte Idee, fand Mumm und bewunderte den Einfallsreichtum des Verkäufers, der Spiegel ohne Glas verwendete – bis hin zu trivialeren Produkten: Drachenkeksen, Luftballons und Windrädchen an kleinen Holzstangen. Hinzu kamen kupferne Armreifen, die selbst vor den aggressivsten Drachen schützen sollten.

Mumm sah ebenso viele Säcke und Schaufeln wie Schwerter.

Bei allen Göttern!, fuhr es ihm durch den Sinn. *Der Goldschatz. Ha!*

Fünfzigtausend Dollar! Ein Offizier der Wache verdiente dreißig Dollar im Monat und musste dafür bezahlen, dass man ihm die eigenen Zähne einschlug.

Was ließ sich nicht alles mit fünfzigtausend Dollar anstellen …

Mumm dachte eine Zeit lang darüber nach und überlegte dann, was sich mit fünfzigtausend Dollar anstellen *ließ*. Ziemlich viel, das stand fest.

Er stieß fast gegen einige Männer, die auf ein Plakat an der Wand starrten. Tatsächlich wurden fünfzigtausend Dollar jenem tapferen Helden versprochen, der den Kopf des gefährlichen und schrecklichen Drachen zum Palast brachte.

Einer der Männer – Größe, Waffen und der Umstand, dass er den einzelnen Buchstaben mit dem Zeigefinger folgte, kennzeichneten ihn sofort als führenden Helden – las den anderen vor.

»Zu-m Pa-lah-st br-in-g-t«, schloss er.

»Fünfzigtausend«, sagte einer der übrigen Helden nachdenklich und rieb sich das Kinn.

»Ein Trinkgeld«, brummte der Intellektuelle. »Weit unter dem üblichen Preis. Normalerweise besteht der Lohn aus dem halben Königreich und der Tochter als Ehefrau.«

»Ja, aber er is kein König, sondern Patrizier.«

»Dann eben die Hälfte seines Patrimoniums oder was weiß ich. Wie sieht die Tochter aus?«

Die Drachenjäger hoben die Schultern.

»Lord Vetinari ist nicht verheiratet«, erklärte Mumm. »Und er hat auch keine Tochter.«

Die Helden drehten sich um und musterten ihn von Kopf bis Fuß. Der Hauptmann bemerkte die Verachtung in ihren Augen. *Wahrscheinlich erledigen sie Leute wie mich gleich dutzendweise, und zwar täglich*, dachte er.

»Keine Tochter?«, vergewisserte sich einer. »Der Patrizier will irgendwelche Drachen töten lassen und hat nicht einmal eine Tochter?«

Mumm fühlte sich seltsamerweise dazu verpflichtet, den Stadtherrn zu verteidigen. »Er hat einen kleinen Hund, an dem er sehr hängt«, sagte er.

»Es ist doch einfach empörend, dass er überhaupt keine Tochter hat«, brummte ein Drachenjäger. »Und was sind fünfzigtausend Dollar heute wert? Sie genügen gerade, um die Netze zu bezahlen.«

»Da hasse vollkommen recht«, pflichtete ihm ein anderer Held bei. »Die Leute halten fünfzig Riesen für 'n echtes Vermögen, aber sie denken nich daran, dass wir keine Pension kriegen. Und dann die Arztkosten. Die häufigen Verbrennungen und so … Außerdem muss man selbst für die Ausrüstung und ihre Pflege sorgen.«

»Der Verschleiß an Jungfrauen …« Ein kleiner und dicker Jäger nickte kummervoll.

»Ja, und dann noch … wie bitte?«

»Meine Spezialität sind Einhörner«, erklärte der Jäger und lächelte verlegen.

»Oh, interessant.« Der andere Held schien darauf zu brennen, eine ganz bestimmte Frage zu stellen. »Sind inzwischen recht selten geworden, nicht wahr?«

»Das stimmt«, bestätigte der kleine Dicke. »Man findet auch nicht mehr so viele Einhörner.« Mumm gewann den Eindruck, dass der Jäger zum ersten Mal in seinem Leben scherzte.

»Tja, is schon wahr«, murmelte der erste Held. »Die Zeiten sind hart.«

»Außerdem werden die gewöhnlichen Ungeheuer immer schnippischer«, sagte jemand anders. »Ich hab da von einem Burschen gehört. Er tötete das Ungeheuer im See, war überhaupt kein Problem, und als er anschließend einen Tentakel über die Tür hängte ...«

»Auf solche Prowokazionen sollte man heutzutage besser verzichten«, warf ein dritter Jäger ein.

»Ja. Und wisst ihr, was dann geschah? Die Mutter des erlegten Monstrums kam und beschwerte sich. Sie marschierte geradewegs durch den Flur und *beschwerte* sich. Könnt ihr euch das vorstellen? Eine *Beschwerde!* Man kriegt heute einfach keinen Respekt mehr.«

»Die weiblichen Ungeheuer sind besonders schlimm«, verkündete ein anderer Held bedrückt. »Ich habe einmal 'ne schielende Meduse kennengelernt. Die reinste Katastrophe. Verwandelte dauernd ihre eigene Nase in Stein.«

»*Wir* riskieren dauernd unsere Haut«, sagte der Intellektuelle. »Ich meine, wenn man mir einen Dollar für jedes Pferd gäbe, das unter mir weggefressen wurde ...«

»Genau. Fünfzigtausend Dollar? Soll er sein blödes Geld behalten.«

»Ja.«

»Genau. Verdammter Geizhals!«

»Lasst uns was trinken!«

»Gute Idee.«

Die Helden nickten selbstgerecht und marschierten zur *Geflickten Trommel*. Nur der Intellektuelle blieb zurück und trat verlegen auf Mumm zu.

»Was für ein Hund?«, fragte er.

»Wie?«

»Was für einen Hund hat der Patrizier?«

»Einen kleinen drahthaarigen Terrier, glaube ich«, erwiderte der Hauptmann.

Der Jäger überlegte einige Sekunden. »Ne-nee«, brummte er schließlich und folgte seinen Gefährten.

»Außerdem hat er eine Tante in Pseudopolis!«, rief ihm Mumm nach.

Er bekam keine Antwort, hob die Schultern und bahnte sich einen Weg durch die Menge. Sein Ziel war der Palast des Patriziers ...

... in dem Lord Vetinari gerade eine schwierige Unterredung führte.

»Meine Herren«, sagte er scharf, »ich weiß wirklich nicht, was wir sonst noch unternehmen sollten!«

Die versammelten Würdenträger der Stadt murmelten leise vor sich hin.

»Bei solchen Gelegenheiten verlangt die Tradition, dass ein Held erscheint«, erklang die Stimme des Präsidenten der Assassinengilde. »Ein Drachentöter. Was ich gern wissen möchte – wo ist er? Warum bringen unsere Schulen keine jungen Leute hervor, deren Fähigkeiten für die Gesellschaft nützlich sind?«

»Fünfzigtausend Dollar scheinen kein angemessener Lohn zu sein«, gab der Vorsitzende der Diebesgilde zu bedenken.

»Auch wenn du die Summe für nicht angemessen hältst,

mehr kann sich die Stadt nicht leisten«, sagte der Patrizier mit fester Stimme.

»Und was ist mit Geschäft und Handel?«, warf der Repräsentant der Kaufmannsgilde ein. »Es segelt wohl kaum jemand mit einer Fracht aus erlesenen Nahrungsmitteln hierher, um sie dann einfach verbrennen zu lassen.«

»Meine Herren, ich bitte euch!« Lord Vetinari hob in einer beschwichtigenden Geste die Hände und wartete, bis es wieder still wurde. »Ich bin der Auffassung, wir haben es hier mit einem rein *magischen* Problem zu tun. Dazu würde ich gern die Meinung unseres gelehrten Freundes hören. Hmm?«

Jemand stieß den eingedösten Erzkanzler der Unsichtbaren Universität an.

Der Zauberer erwachte verwirrt. »Äh? Was?«, brachte er unsicher hervor.

»Wir haben uns gefragt, welche Maßnahmen du gegen deinen Drachen ergreifen willst«, verkündete Lord Vetinari laut.

Der Erzkanzler war alt, aber wer viele Jahrzehnte in einer Welt rivalisierender Zauberei überlebte und sich gleichzeitig in den komplexen politischen Irrgärten der Unsichtbaren Universität zurechtfand, verstand sich darauf, innerhalb eines Sekundenbruchteils defensive Argumente zu finden. Man blieb nicht lange Erzkanzler, wenn man derartige Bemerkungen einfach überhörte und zuließ, dass sie ihre destruktive Wirkung entfalteten.

»*Mein* Drache?«, fragte er.

»Es ist allgemein bekannt, dass die großen Drachen ausgestorben sind«, stellte der Patrizier brüsk fest. »Außerdem zogen sie das Leben auf dem Land vor. Woraus ich den Schluss ziehe, dass *dieses* Exemplar magi…«

»Mit allem Respekt, Lord Vetinari…«, sagte der Erzkanzler. »Es wurde häufig *behauptet*, dass die großen Drachen ausgestorben sind, aber wenn du mir diesen Hinweis gestattest: Angesichts der jüngsten Ereignisse muss diese Theorie in Zweifel gezogen werden. Was den Lebensraum betrifft… Es handelt sich schlicht und einfach um eine Veränderung des üblichen Verhaltensmusters, hervorgerufen von der Ausdehnung urbaner Bereiche in unerschlossene Gebiete, ein Stimulus, der viele bis dahin rurale Geschöpfe veranlasste, sich den neuen Lebensbedingungen anzupassen, sie sogar zu begrüßen. Ich möchte hinzufügen, dass viele von ihnen die neuen Gegebenheiten zu ihrem Vorteil nutzen. Um nur ein Beispiel zu nennen: Es geschieht immer wieder, dass Füchse meine Mülltonnen umstoßen.«

Der Erzkanzler strahlte voller Stolz auf sich selbst. Er hatte nicht ein einziges Mal sein Gehirn bemühen müssen, um diesen Vortrag zu halten.

»Soll das heißen, dass der hiesige Drache zu einer neuen *städtischen* Spezies gehört?«, fragte der Assassine langsam.

»Die Evolution ist immer für Überraschungen gut«, antwortete der Zauberer fröhlich. »Eigentlich sollte er sich hier recht wohl fühlen. Ankh-Morpork bietet ihm zahlreiche Nistplätze an, und hinzu kommt ein vielseitiges Futterangebot.«

Nachdenkliches Schweigen folgte diesen Worten. »Übrigens«, fragte der Vertreter der Kaufmannsgilde schließlich, »wovon ernähren sich Drachen?«

Der Dieb hob die Schultern. »Ich habe in diesem Zusammenhang Geschichten über an Felsen gekettete Jungfrauen gehört.«

»In dem Fall droht unserem Drachen der Hungertod«, brummte der Dieb. »Es gibt hier keine Felsen, nur Lehm.«

»Sie neigen auch dazu, auf Jagd zu gehen und Beute zu schlagen«, fuhr der Assassine fort. »Weiß nicht, ob uns das weiterbringt…«

»Wie dem auch sei«, bemerkte der Kaufmann, »jetzt ist es wieder dein Problem, Lord Vetinari.«

Fünf Minuten später marschierte der Patrizier zornig durchs Rechteckige Büro.

»Sie haben über mich gelacht!«, stieß er hervor. »Ich bin ganz sicher!«

»Hast du einen Arbeitsausschuss vorgeschlagen?«, fragte Wonse.

»Natürlich! Aber diesmal hat der Trick nicht funktioniert. Weißt du, ich ziehe tatsächlich in Erwägung, die Belohnung zu erhöhen.«

»Ich bezweifle, ob das einen Sinn hätte, Lord. Jeder tüchtige Drachentöter kennt den üblichen Lohn.«

»Ha!«, entfuhr es dem Patrizier. »Das halbe Königreich!«

»Und deine Tochter als Ehefrau«, sagte Wonse ernst.

»Genügt vielleicht eine Tante?«, fragte sich der Patrizier hoffnungsvoll.

»Die Tradition verlangt eine Tochter.«

Lord Vetinari nickte kummervoll.

»Und wenn wir ihn bestechen?«, überlegte er laut. »Wenn wir ihm Geld geben, damit er aus der Stadt verschwindet? Sind Drachen intelligent?«

»Ich glaube, man bezeichnet sie gemeinhin als ›schlau‹ und ›verschlagen‹, Lord«, erwiderte Wonse. »Soweit ich weiß, haben sie eine Vorliebe für Gold.«

»Tatsächlich? Was kaufen sie damit?«

»Sie schlafen darauf, Lord.«

»Was? Sie stopfen es in Matratzen?«

»Nein, Lord. Sie schlafen auf dem *Gold.*«

Der Patrizier dachte darüber nach. »Ist das nicht ein wenig unbequem? Ich meine, *hart?*«

»Eine solche Vermutung erscheint mir durchaus angebracht, Herr. Ich nehme an, bisher hat niemand Gelegenheit gefunden, einen Drachen danach zu fragen.«

»Hmm. Können sie sprechen?«

»Sogar ziemlich gut, Lord.«

»Ah. Interessant.«

Der Patrizier dachte: *Wenn der Drache sprechen kann, sind Verhandlungen möglich. Wenn Verhandlungen möglich sind, habe ich ihn am Wickel. Dann ziehe ich ihm das Fell über die Ohren. Beziehungsweise die Schuppen.*

»Es heißt, sie reden mit silbernen Zungen«, sagte Wonse. Der Patrizier lehnte sich im Sessel zurück.

»Ach, sie bestehen nur aus Silber?«, vergewisserte er sich.

Im Flur ertönten gedämpfte Stimmen, und kurz darauf wurde Mumm hereingeführt.

»Ah, Hauptmann«, begrüßte ihn Lord Vetinari. »Hast du Fortschritte zu melden?«

»Wie bitte, Lord?« Regenwasser tropfte von Mumms Umhang.

»In Hinsicht auf die Verhaftung des Drachen«, sagte der Patrizier.

»Meinst du den Stelzvogel?«, fragte Mumm.

»Du weißt ganz genau, was ich meine«, entgegnete Lord Vetinari noch etwas schärfer.

»Wir ermitteln noch immer«, antwortete Mumm routiniert.

Der Patrizier schnaubte. »Du brauchst nur den Schlupfwinkel zu finden, die Höhle oder was weiß ich«, erklärte er. »Wenn sie gefunden ist, hast du auch den Drachen. Das liegt doch auf der Hand. Die halbe Stadt sucht danach.«

»Vorausgesetzt natürlich, es gibt überhaupt eine Höhle«, erwiderte Mumm. »Oder einen Schlupfwinkel.«

Wonse sah plötzlich auf.

»Was bedeutet das?«

»Wir ziehen einige Möglichkeiten in Betracht«, gab Mumm steif zurück.

»Wenn der Drache keine Höhle hat«, fragte der Patrizier, »wo verbringt er dann den Tag?«

»Es finden Untersuchungen statt«, sagte Mumm.

»Dann lass sie etwas schneller und mit besonderer Gründlichkeit stattfinden.« Die Stimme des Patriziers klang eisig. »Finde heraus, wo sich der verdammte Drache tagsüber versteckt.«

»Ja, Herr. Darf ich jetzt gehen, Herr?«

»Meinetwegen. Ich hoffe, dass du mir bis heute Abend einen Erfolg meldest, klar?«

Warum habe ich mich gefragt, ob das Biest einen Schlupfwinkel hat?, überlegte Mumm, als er ins Tageslicht zurückkehrte und über einen Platz ging, auf dem noch immer dichtes Gedränge herrschte. *Weil er irgendwie unwirklich aussah. Und wenn er unwirklich ist, braucht er sich nicht so zu verhalten, wie wir es von ihm erwarten. Wie kann er eine Gasse verlassen, ohne sie vorher zu betreten?*

Wenn man das Unmögliche ausklammerte, musste notwendigerweise die Wahrheit übrig bleiben. Das Problem bestand darin festzustellen, was unmöglich war. Eine schwierige Aufgabe.

Hinzu kam die seltsame Sache mit dem Orang-Utan während der Nacht …

Am Tag herrschte in der Bibliothek rege Aktivität. Mumm wanderte zaghaft durch die Gänge. Eigentlich konnte er jeden beliebigen Ort in der Stadt aufsuchen, aber er hatte das Gefühl, dass für die Unsichtbare Universität andere, magische Gesetze galten. Er hielt es für klug, sich nicht die Feindschaft von Leuten zuzuziehen, die in der Lage waren, jemanden in ein *Ding* zu verwandeln.

Der Bibliothekar hockte an seinem Schreibtisch und bedachte den Hauptmann mit einem hoffnungsvollen Blick.

»Tut mir leid, ich habe das Buch noch nicht gefunden«,

sagte Mumm. »Wir setzen die Ermittlungen fort. Aber vielleicht könntest du mir helfen.«

»Ugh?«

»Dies ist doch eine magische Bibliothek, nicht wahr? Ich meine, die Bücher hier sind sozusagen intelligent, stimmt's? Ich habe mir überlegt: Wenn ich des Nachts herkäme, würden die Bände sicher nervös. Weil sie mich nicht kennen. *Wenn* ich ihnen bekannt wäre, blieben sie vermutlich ganz ruhig und gelassen. Mit anderen Worten: Wer auch immer das Buch gestohlen hat, es müsste ein Zauberer sein. Oder zumindest jemand, der in der Universität arbeitet.«

Der Bibliothekar sah sich wachsam um, griff dann nach Mumms Hand und führte ihn in eine Nische zwischen mehreren Regalen. Erst dort nickte er.

»Jemand, den die Bücher kennen?«

Ein kurzes Achselzucken, gefolgt von einem neuerlichen Nicken.

»Deshalb hast du uns Bescheid gegeben, oder?«

»Ugh.«

»Und nicht dem Universitätsrat?«

»Ugh.«

»Irgendeine Ahnung, wer es gewesen sein könnte?«

Der Bibliothekar hob die Schultern, eine erstaunlich ausdrucksstarke Geste für jemanden, dessen Körper im Grunde genommen wie ein Sack zwischen den Schulterblättern aussah.

»Das ist immerhin etwas. Benachrichtige mich, falls erneut seltsame Dinge geschehen, in Ordnung?« Mumm beobachtete die langen Regale. »Ich meine etwas Seltsameres als sonst.«

»Ugh.«

»Danke. Es ist mir ein Vergnügen, einen Bürger kennenzulernen, der es für seine Pflicht hält, der Wache zu helfen.«

Der Bibliothekar gab ihm eine Banane.

Mumm spürte eine sonderbare Begeisterung, als er wieder Teil der Hektik in den Straßen wurde. Er begann wirklich damit, gewisse Dinge aufzuspüren. Eigentlich waren es keine Dinge, sondern Ding*chen*, wie Teile eines Puzzles. Kein einziges ergab für sich genommen einen Sinn, doch sie ließen ein größeres Bild vermuten. Er brauchte nur ein Eckstück zu finden, oder eins vom Rand …

Ganz gleich, von welchen Annahmen der Bibliothekar ausging: Mumm war ziemlich sicher, dass kein Zauberer dahintersteckte. Wenigstens kein *richtiger*. Das entsprach einfach nicht ihrem Stil.

Und dann die Sache mit der Höhle oder dem Schlupfwinkel. Es war am vernünftigsten, einfach abzuwarten und festzustellen, ob der Drachen an diesem Abend erschien, und dann herauszufinden, *wohin* er verschwand. Um dieser Aufgabe gerecht zu werden brauchte man einen hohen Aussichtspunkt. Gab es eine einfache Möglichkeit, Drachen zu finden? Mumm erinnerte sich an Treibe-mich-selbst-in-den-Ruin Schnappers Drachen-Detektoren: Sie bestanden aus einem Metallstab, an dem ein Holzkeil baumelte. Wenn das Stück Holz verbrannte – und vielleicht auch der Stab –, hatte man den Drachen gefunden. Es handelte sich um eine der typischen Waren aus dem Angebot von Treibe-mich-selbst-in-den-Ruin. Einerseits mangelte es ihnen nicht an der versprochenen Wirksamkeit, doch andererseits waren sie vollkommen nutzlos.

Hauptmann Mumm wollte den Drachen finden, ohne sich die Finger – oder gar etwas anderes – zu verbrennen.

Die Sonne neigte sich dem Horizont entgegen und wirkte dabei wie ein leicht pochiertes Ei.

Selbst in normalen Zeiten zeigten sich zahlreiche Gestalten und Figuren auf den Dächern von Ankh-Morpork, viele von ihnen aus Stein, doch jetzt gesellten sich ihnen diverse Gesichter hinzu. Normalerweise sah man solche Gesichter nur selten, zumindest außerhalb von Holzschnitten über die Gefahren übermäßigen Gin-Genusses bei Leuten, die für gewöhnlich keine Holzschnitte kauften. Viele Gesichter klebten an Körpern mit mehr oder weniger eindrucksvollen Waffen – die meisten hinterließen leere Stellen über Kaminen und waren von Generation zu Generation weitergegeben worden, nicht selten mit Gewalt.

Mumm saß auf den Schindeln des Wachhauses und beobachtete Dutzende von Zauberern, die auf den Dächern der Universität warteten. Hinzu kamen zahlreiche Möchtegern-Schatzsucher in den Straßen, die Schaufeln und Säcke bereithielten. Wenn der Drache tatsächlich ein Bett in der Stadt hatte, so würde er in der nächsten Nacht auf dem Boden schlafen.

Irgendwo weiter unten erklang Treibe-mich-selbst-in-den-Ruin Schnappers Stimme oder die eines Kollegen, der gerade heiße Würstchen verkaufte. Mumm fühlte plötzlichen Stolz auf eine Bürgerschaft, die ihren Mitopfern trotz einer drohenden Katastrophe heiße Würstchen anbot.

Die Stadt hielt den Atem an. Einige Sterne spähten hinter hohen Wolken hervor.

Colon, Nobby und Karotte befanden sich ebenfalls auf dem Dach. Colon schmollte weil ihm der Hauptmann verboten hatte, Pfeil und Bogen zu verwenden.

Solche Dinge wurden in Ankh-Morpork nicht geduldet, da der Pfeil eines Langbogens einen hundert Meter entfernten und völlig unschuldigen Zuschauer treffen konnte, anstatt den völlig unschuldigen Zuschauer in unmittelbarer Nähe.

»Das stimmt«, bestätigte Karotte. »Es steht im Gesetz über Projektilwaffen (öffentliche Sicherheit) von 1634.«

»Hör endlich auf damit, dauernd so 'n Zeug zu zitieren«, knurrte Colon. »Wir *haben* hier keine Gesetze mehr! Sie sind längst überholt! Jetzt ist alles Dingsbums. Pragmatisch.«

»Ob Gesetz oder nicht«, sagte Mumm, »ich fordere dich hiermit auf, das Ding beiseitezulegen.«

»Aber, Hauptmann …«, wandte Colon ein. »Früher konnte ich ziemlich gut damit umgehen.« Verdrießlich fügte er hinzu: »Außerdem bin ich nicht der Einzige, der eine solche Waffe trägt.«

Damit hatte er vollkommen recht. Die nahen Dächer sahen aus wie Igelrücken. Wenn sich der Drache tatsächlich zeigte, musste er durch dickes Holz mit kleinen Lücken drin fliegen. Das arme Tier konnte einem fast leid tun.

»Weg damit!«, wiederholte Mumm. »Ich werde nicht zulassen, dass meine Wache Bürger erschießt. Und deshalb: Lass die Finger davon.«

»Ich bin ganz deiner Meinung, Hauptmann«, pflichtete Karotte bei. »Wir sind hier, um zu dienen und zu schützen, nicht wahr?«

Mumm warf ihm einen kurzen Blick zu. »Äh«, erwiderte er. »Ja. Ja, ich glaube schon.«

Lady Käsedick rückte einen Klappstuhl auf dem Dach ihres Hauses zurecht, richtete das Fernrohr aus, stellte eine Thermoskanne mit Kaffee sowie einen Teller mit belegten Broten auf die Brüstung, setzte sich und wartete. Ein Notizbuch lag auf ihren Knien.

Eine halbe Stunde verging. Mehrere Pfeilhagel begrüßten eine vorbeiziehende Wolke, einige ziemlich verdutzte Fledermäuse und den aufgehenden Mond.

»So ein verdammter Mist!«, fluchte Nobby schließlich. »Warum müssen die Leute unbedingt Soldaten spielen? Dadurch haben sie das Biest verschreckt.«

Feldwebel Colon ließ seine Pike sinken. »Sieht ganz danach aus«, gestand er ein.

»Außerdem wird's hier oben langsam kalt«, stellte Karotte fest. Er gab Mumm einen vorsichtigen Stoß. Der Hauptmann lehnte an einem Schornstein und starrte missmutig ins Leere.

»Vielleicht sollten wir nach unten zurückkehren, Herr«, schlug er vor. »Uns ein Beispiel an den anderen nehmen.«

»Hmm?«, murmelte Mumm, ohne den Kopf zu drehen.

»Bestimmt beginnt es bald zu regnen«, sagte Karotte.

Mumm antwortete nicht. Seit einigen Minuten beobachtete er den Kunstturm, Zentrum der Unsichtbaren Universität und angeblich ältestes Gebäude in der Stadt. Zweifellos war er das höchste. Zeit, Wetter und gleichgültige Renovierungen verliehen ihm ein knorriges Erscheinungsbild. Er wirkte wie ein Baum, der zu viele Gewitter erlebt hatte.

Der Hauptmann versuchte sich an die genaue Form zu erinnern. Es erging ihm so wie mit vielen vertrauten Dingen: Seit Jahren hatte er dem Turm kaum Beachtung geschenkt. Er wollte sich nun davon überzeugen, dass der Wald aus kleinen Minaretten und Zinnen ganz oben ebenso aussah wie gestern.

Es fiel ihm schwer.

Mumm wandte nicht den Blick davon ab, als er eine Hand um Colons Schulter schloss und den Feldwebel in die richtige Richtung drehte.

»Fällt dir an dem Turm etwas auf?«, fragte er.

Colon starrte eine Zeit lang durch die Nacht und lachte nervös. »Man könnte meinen, dort oben hockt ein Drache, nicht wahr?«

»Ja. Diesen Eindruck habe ich ebenfalls gewonnen.«

»Allerdings, äh, wenn man genauer hinsieht, sind es nur Schatten und Efeubüschel und so Zeug. Ich meine, wenn man ein Auge schließt, sieht's aus wie zwei alte Frauen mit einer Schubkarre.«

Mumm kniff ein Auge zu. »Nein«, widersprach er seinem Feldwebel. »An der Form des Drachen ändert sich kaum etwas. Außerdem ist es ein recht großes Exemplar. Sitzt irgendwie zusammengekauert und sieht nach unten. Man kann deutlich die zusammengefalteten Schwingen erkennen.«

»Bitte um Verzeihung, Herr. Was du für Schwingen hältst, ist nur eine geborstene Zinne.«

Erneut beobachteten sie eine Weile.

»Sag mir, Feldwebel«, begann Mumm, »weißt du, ich frage aus reiner Neugier: Warum sieht es jetzt nach einem Drachen aus, der zwei große Schwingen entfaltet?«

Colon schluckte.

»Herr, ich glaube es liegt daran, dass ein Drache zwei große Schwingen entfaltet.«

»Haargenau richtig, Feldwebel.«

Der Drache ließ sich fallen. Er glitt nicht etwa vom Dach des Kunstturms fort, sondern stürzte in die Tiefe und verschwand hinter den anderen Gebäuden der Universität.

Mumm lauschte unwillkürlich nach dem dumpfen Krachen des Aufpralls.

Und dann erschien der Drache wieder, sauste wie ein Pfeil, wie eine Sternschnuppe, bewegte sich wie etwas, das nach einem Sturzflug mit einer Fallgeschwindigkeit von fast zehn Metern pro Sekunde steil nach oben rast. In (menschlicher) Kopfhöhe jagte er über die Dächer der Stadt, und dabei erklang ein schreckliches Geräusch. Es hörte sich an, als werde die Luft langsam und gründlich zerrissen.

Die Wächter drückten sich möglichst flach an die Schindeln. Aus dem Augenwinkel sah Mumm ein gewaltiges, irgendwie pferdeartiges Gesicht, bevor das Ungetüm vorbeiglitt.

»Dreimal verfluchte Kacke!«, ächzte Nobby. Seine Stimme erklang im Bereich der Regenrinnen.

Mumm griff nach dem Rand des Schornsteins und zog sich hoch. »Du bist in Uniform, Korporal Nobbs«, sagte er, und es klang fast völlig ruhig.

»Entschuldigung, Hauptmann. Dreimal verfluchte Kacke, Herr.«

»Wo ist Feldwebel Colon?«

»Hier unten, Herr. Halte mich an einem Abflussrohr fest, Herr.«

»Bei allen Göttern, hilf ihm hoch, Karotte!«

»Donnerwetter!«, entfuhr es dem Jungen. »Seht nur!«

Man konnte mühelos feststellen, wo sich der Drache befand, denn das Klappern vieler Pfeile bot einen deutlichen Hinweis. Außerdem gab es weitere Anhaltspunkte: Manche Schäfte prallten von steinernen Figuren ab und trafen Amateur-Drachentöter, die daraufhin hingebungsvoll stöhnten.

»Er hat noch nicht einmal mit den Flügeln geschlagen!«, rief Karotte und versuchte, auf den Schornstein zu klettern. »Seht nur!«

Das Wesen sollte nicht so groß sein, dachte Mumm, als er beobachtete, wie der gewaltige Schatten über den Fluss hinwegsegelte. *Meine Güte, es ist so lang wie eine Straße!*

Eine Flamme züngelte über den Docks, und für einige wenige Sekunden zeigte sich der Drache vor dem Mond. *Dann* hob und senkte er die Schwingen, nur einmal. Mumm hörte das Geräusch und dachte an Tierhäute und Felle, die von zornigen Gerbern bearbeitet wurden.

Der Drache wendete – er brauchte dazu erstaunlich wenig Platz –, schlug mehrmals mit den Flügeln, beschleunigte und kehrte zurück.

Als das Ungeheuer übers Wachhaus flog, spuckte es weißes Feuer. Die Dachziegel schmolzen nicht einfach, sondern platzten funkenstiebend auseinander. Der Schornstein explodierte, und Ziegelsteine regneten auf die Straße.

Breite Schwingen prügelten die Luft, als der Drache über dem brennenden Gebäude schwebte und weiterhin Flammen spie. Innerhalb weniger Sekunden verwandelte sich das Haus in einen glühenden Haufen. Als nur noch eine Pfütze aus geschmolzenem Fels mit interessanten Streifenmustern und Blasen übrig war, wandte sich der Drache verächtlich davon ab und flog hoch über die Stadt hinweg.

Lady Käsedick ließ das Fernrohr sinken und schüttelte langsam den Kopf.

»Das ist nicht richtig«, flüsterte sie. »Das ist *überhaupt* nicht richtig. Zu *so etwas* sollte er auf keinen Fall in der Lage sein.«

Sie hob das Fernglas wieder vor die Augen und versuchte festzustellen, welches Gebäude brannte. Unten heulten die kleinen Drachen in ihren Pferchen.

Wenn man nach einer herrlich ereignislosen Bewusstlosigkeit erwacht, fragt man für gewöhnlich: »Wo bin ich?« Wahrscheinlich gehört das zum Rassengedächtnis oder so.

Auch Mumm sprach diese drei Worte aus.

Die Tradition erlaubt auch noch andere Reaktionen. Einer der wichtigsten Auswahlpunkte besteht in der Feststellung, ob der Körper noch alle Glieder hat, die er gestern besaß.

Mumm nahm eine entsprechende Überprüfung vor. Jetzt kommt der interessante und gleichzeitig schwierige Teil. Der Schneeball des Bewusstseins gerät nun ins Rollen und fragt sich, welche Überraschungen die Realität bereithält. Liegt der Körper vielleicht im Rinnstein, in der Gesellschaft von etwas Glitschigem – Glitschiges bedeutet in jedem Fall Unheil, weiß die Seele, erst recht dann, wenn es aus dem eigenen Innern stammt –, oder wartet die Wirklichkeit mit leise knisternden Bettlaken, einer tröstenden Hand und einer in Weiß gekleideten Gestalt auf, die Fenstervorhänge beiseitezieht, damit strahlender Sonnenschein ins Zimmer fällt? Ist jetzt alles vorbei? Besteht die Zukunft aus nichts Schlimmerem als lauwarmem Tee, Haferbrei, kurzen Spaziergängen im Garten und vielleicht einer platonischen Liebesaffäre mit einem Schutzengel? Oder hat irgendein verdammter Halunke die kurze Phase gnädiger Schwärze genutzt, um mit dem Stiel einer Spitzhacke auszuholen und zur Sache zu kommen? Bietet mir das Schicksal irgendwelche Weintrauben an?, überlegt das Bewusstsein.

An dieser Stelle sind externe Stimuli recht hilfreich. Bemerkungen wie ›Es wird alles gut‹ klingen angenehm, wohingegen Wortfolgen wie zum Beispiel ›Hat jemand seine Nummer?‹ vage Besorgnis schaffen. Doch sie sind immer noch besser als ›Dreht dem Kerl die Arme auf den Rücken und haltet ihn gut fest‹.

Jemand sagte: »Du hättest fast das Zeitliche gesegnet, Hauptmann.«

Der Schmerz hatte Mumms Ohnmacht genutzt, um fortzuschlendern und eine metaphorische Zigarette zu rauchen, doch jetzt erinnerte er sich an seine Pflicht und kehrte zurück.

»Arrgh«, erwiderte Mumm und öffnete die Augen.

Über ihm erstreckte sich eine Decke. Sie klammerte einige besonders unangenehme Möglichkeiten aus und bot daher einen willkommenen Anblick – eine Beschreibung, die nicht für Korporal Nobbs galt. Nobby bewies überhaupt nichts. Selbst im Tod konnte man jemanden (oder Dinge) wie Nobby sehen.

In Ankh-Morpork gab es nicht viele Krankenhäuser. Alle Gilden hatten ihre eigenen Sanatorien, und hinzu kamen einige öffentliche Hospitäler, geleitet von den seltsameren der seltsamen religiösen Organisationen, zum Beispiel den Balancierenden Mönchen. Aber im Großen und Ganzen fehlte medizinische Hilfe in der Stadt, und daher mussten Kranke und Verletzte auf unrühmliche Art und Weise sterben, ohne den Beistand von Ärzten. Man stand allgemein auf dem Standpunkt, dass die Existenz wirkungsvoller Heilmethoden Schlaffheit begünstigte und mit ziemlicher Sicherheit dem Willen der Natur widersprach.

»Habe ich schon gefragt, wo ich bin?«, fragte sich Mumm unsicher.

»Ja.«

»Und wie lautete die Antwort?«

»Keine Ahnung, wo wir hier sind, Hauptmann. Das Haus gehört einem piekfeinen Weibsbild. Einer reichen Frau, wenn du's genau wissen willst. Sie hat uns aufgefordert, dich in ihr Hügelheim zu bringen.«

Zwar krochen Mumms Gedanken noch immer durch rosaroten Sirup, aber trotzdem hörte er zwei Schlüsselworte und stellte einen direkten Zusammenhang zwischen ihnen her. Die Kombination von ›reich‹ und ›Hügel‹ bedeutete sicher etwas. Das galt auch für den sonderbar chemischen Geruch im Zimmer, der sogar Nobbys persönliche Duftnote überlagerte.

»Wir sprechen doch nicht von Lady Käsedick, oder?«, fragte er vorsichtig.

»Vielleicht doch. Ziemlich groß und, äh, kräftig. Liebt Drachen über alles.« Nobbys nagetierartiges Gesicht zeigte das schrecklichste wissende Lächeln, das Mumm jemals gesehen hatte. »Du liegst in ihrem Bett«, sagte er.

Der Hauptmann drehte den Kopf von einer Seite zur anderen und spürte das erste Prickeln beginnender Panik, als ihm auffiel, dass es dem Raum an der für Junggesellen üblichen Unordnung mangelte. Er glaubte sogar, Talkumpuder zu riechen.

»Eine Art Budoah«, erklärte Nobby im Tonfall eines Experten.

»He, einen Augenblick!«, ächzte Mumm. »Ich erinnere mich an einen Drachen. An *den* Drachen. Er war direkt über uns ...«

Die Erinnerung marschierte heran und schlug zu wie ein zorniger Zombie.

»Ist alles in Ordnung mit dir, Hauptmann?«

... die Klauen, mehr als zwei Meter breit; das dumpfe Donnern der Schwingen, größer als Segel; ein grässlicher Gestank, allein die Götter mochten wissen, wovon er stammte ...

Das Ungetüm flog so nahe heran, dass Mumm die kleinen Schuppen an den Beinen und das rote Glühen in den Augen sah. Es waren nicht nur die Augen eines Reptils. In *diesen* Augen konnte man ertrinken.

Und der Atem, heißer noch als Feuer, fast etwas Massives. Er verbrannte nicht, sondern zerschmetterte ...

Trotzdem lag er hier im Bett und lebte. Die eine Körperseite fühlte sich an wie nach einem Boxkampf mit einer dicken Eisenstange, aber er lebte noch.

»Was ist passiert?«, fragte er.

»Der junge Karotte«, sagte Nobby. »Er hat dich und den Feldwebel gepackt und ist mit euch vom Dach gesprungen, bevor der Drache Gelegenheit bekam, uns zu erwischen.«

»Ich habe Schmerzen«, stellte Mumm fest. »Also *hat* er mich erwischt. Wenigstens zum Teil.«

»Nein«, entgegnete Nobby. »Vermutlich liegt's daran,

dass du erst aufs Klodach und dann auf die Regentonne gefallen bist.«

»Und Colon? Ist er verletzt?«

»Nicht verletzt. Nicht direkt *verletzt*. Er landete etwas weicher. Sein Gewicht sorgte dafür, dass er *durchs* Klodach fiel, und darunter, na ja, du weißt schon ...«

»Was ist dann geschehen?«

»Wir haben's dir so bequem wie möglich gemacht. Anschließend gingen wir umher und riefen nach dem Feldwebel. Bis wir ihn fanden. Daraufhin blieben wir stehen und riefen nur noch.« Nobby zögerte kurz. »Und dann kam die Frau und rief ebenfalls.«

»Damit meinst du Lady Käsedick, nicht wahr?«, fragte Mumm kühl. Seine Rippen schmerzten mit hingebungsvollem Eifer.

»Ja«, bestätigte Nobby. »Tolles Weibsbild. Ich meine, wenn man Masse mag. Versteht sich gut darauf, Leuten Anweisungen zu geben. ›Oh, der arme Mann, bringt ihn *sofort* in mein Haus.‹ Deshalb bist du hier. Eigentlich gibt's gar keinen besseren Ort. In der Stadt geht's drunter und drüber. Die Leute laufen umher wie Hühner, denen man gerade den Kopf abgeschlagen hat.«

»Hat der Drache großen Schaden angerichtet?«

»Während du bewusstlos warst, haben die Zauberer das Ungeheuer mit Feuerbällen angegriffen. Ich glaube, das gefiel ihm nicht sonderlich. Es wurde dadurch nur noch stärker und zorniger. Hat den ganzen Umgekehrten Flügel der Universität zerstört.«

»Und ...?«

»Das wär's eigentlich. Der Drache verbrannte noch einige andere Dinge und verschwand dann im Rauch.«

»Niemand hat gesehen, wohin er flog?«

»Wenn irgendwelche Leute darüber Bescheid wissen, so behalten sie's für sich.« Nobby lehnte sich zurück und schnitt eine Grimasse. »Widerlich, dass die Lady in einem solchen Zimmer wohnt. Sie hat haufenweise Geld, meint der Feldwebel. Also braucht sie nicht in gewöhnlichen Zimmern zu wohnen. Was hat's für einen Sinn, nicht arm sein zu wollen, wenn es den Reichen gestattet ist, in gewöhnlichen Zimmern zu wohnen? Normalerweise müsste hier alles aus Marmor bestehen.« Nobby schnaufte leise. »Die Lady hat mir aufgetragen, sie zu verständigen, sobald du erwachst. Sie füttert gerade ihre Drachen. Komische kleine Biester. Ich frage mich, wieso sie Drachen züchten darf.«

»Wie meinst du das?«

»Du weißt schon. Sie sind alle vom gleichen Schlag.«

Nobby schlurfte nach draußen, und Mumm sah sich noch einmal im Zimmer um. Es fehlten tatsächlich jene Dinge aus Blattgold und Marmor, die der Korporal bei Leuten von hohem Stand für selbstverständlich hielt. Die Möbel waren alt. Die Gemälde an den Wänden mochten wertvoll sein, aber sie sahen wie Gemälde aus, die nur deshalb in einem Schlafzimmer hingen, weil ihr Eigentümer keinen geeigneteren Platz für sie fand. Unter ihnen befanden sich auch einige schlichte Aquarelle, die Drachen zeigten. Zusammengefasst ließ sich sagen: Es handelte sich um eins von den Zimmern, in denen nur immer eine Person wohnt, die es voll und ganz ihren Bedürfnissen angepasst hat, wie ein Gewand mit Decke.

Es war eindeutig das Zimmer einer Frau, die ihr gewohntes Leben fortsetzte, ohne jemals Trübsal zu blasen, während die schmalzigen romantischen Dinge anderen Leuten vorbehalten blieben. Die hier wohnende Frau gab sich allein mit ihrer Gesundheit zufrieden.

Die sichtbare Kleidung diente nur praktischen Zwecken und schien von einer früheren Generation zu stammen. Sie wurde keineswegs den Erfordernissen leichter Artillerie im Krieg der Geschlechter gerecht. Auf der Frisierkomnmode standen einige ordentlich aneinandergereihte Flaschen und

Krüge, aber ihr schlichtes, fast ernstes Erscheinungsbild deutete darauf hin, dass die Etiketten Aufschriften wie ›Jeden Abend gut einreiben‹ und nicht etwa ›Ein Tröpfchen hinters Ohr‹ trugen. Man konnte sich mühelos vorstellen, dass die Bewohnerin des Zimmers ihr Leben lang in diesem Bett geschlafen hatte und bis zu ihrem vierzigsten Geburtstag vom Vater ›mein kleines Mädchen‹ genannt worden war.

Hinter der Tür hing ein großer blauer Morgenrock. Mumm brauchte gar nicht hinzusehen, um zu wissen, dass die eine Tasche das Stickmuster eines Kaninchens aufwies.

Mit anderen Worten: Es war das Zimmer einer Frau, die nie damit rechnete, dass ihr dort einmal ein Mann Gesellschaft leisten würde.

Dutzende von Blättern lagen auf dem Nachtschränkchen. Vages Schuldgefühl regte sich in Mumm, als er einen Blick darauf warf.

Es ging ausschließlich um Drachen. Einige Briefe stammten vom Ausstellungskomitee des sogenannten Höhlenklubs, andere von der Vereinigung freundlicher Flammenwerfer. Mumm betrachtete Broschüren und Mitteilungen vom Sonnenscheinheim für kranke Drachen: ›Der arme kleine Vinny konnte fast überhaupt kein Feuer mehr spucken, nachdem man ihn fünf grausame Jahre lang als Abbeizer verwendete …‹ Außerdem gab es Spendenaufrufe, Appelle, persönliche Schilderungen, Berichte und andere Dinge, die den Schluss zuließen, dass Lady Käsedicks Herz groß genug war, um der ganzen Welt Platz zu bieten – zumindest jenem Teil, der Schwingen hatte und Feuer atmete.

Wenn man über solche Zimmer nachdachte, kam es irgendwann zu sonderbaren emotionalen Reaktionen. Man fühlte Kummer und ein eigentümliches Mitleid, das es einen für eine gute Idee halten ließ, die ganze Menschheit auszulöschen und mit Amöben noch einmal von vorn zu beginnen.

Neben den Blättern lag ein Buch. Mumm verrenkte sich fast den Hals, als er den Titel zu lesen versuchte. *Drachenkrankheiten* von Sybil Deidre Olgivanna Käsedick.

Entsetzte Faszination erfasste den Hauptmann, als er den dicken Band öffnete und mit einem Universum verblüffender Probleme konfrontiert wurde. Schieferkehle. Schwarzer Widder. Trockenlunge. Schauder. Schwanker. Werfer und Schlepper. Großes Heulen. Steine. Mumm las einige Seite und fand es immer erstaunlicher, dass Sumpfdrachen lange genug überlebten, um einen zweiten Sonnenaufgang zu beobachten. Selbst die Durchquerung eines Raums musste als biologisches Wunder angesehen werden.

Von den mühsam gezeichneten Illustrationen wandte er hastig den Blick ab. Eingeweide waren nicht sein Geschmack.

Jemand klopfte an die Tür.

»Hallo?«, rief Lady Käsedick fröhlich. »Bist du schon salonfähig?«

»Äh …«

»Ich habe dir etwas Nahrhaftes mitgebracht.«

Aus irgendeinem Grund stellte sich Mumm eine Suppe vor. Stattdessen bekam er einen großen Teller mit Schinken, Bratkartoffeln und Eiern. Er spürte, wie seine Arterien in Panik gerieten, als er die Mahlzeit betrachtete.

»Außerdem gibt es auch noch einen Brotauflauf«, sagte Lady Käsedick verlegen. »Normalerweise koche ich nicht zu viel, jedenfalls nicht für mich allein. Du weißt ja, wie das ist, wenn man nur für sich selbst sorgen muss.«

Mumm dachte an die Mahlzeiten in seiner Unterkunft. Rätselhafterweise war das Fleisch immer groß und hatte seltsame Löcher.

»Äh«, begann er, nicht daran gewöhnt, sich mit einer Frau zu unterhalten, in deren Bett er lag, »Korporal Nobbs hat mir berichtet …«

»Nobby ist wirklich ein farbiger kleiner Mann!«, dröhnte Lady Käsedick.

Mumm war nicht sicher, ob er diesen Ausdruck verstand.

»Farbig?«, wiederholte er.

»Ein Mann mit Charakter. Wir kommen bestens miteinander zurecht.«

»Tatsächlich?«

»O ja. Er kennt so viele Anekdoten.«

»Ja, das muss man ihm lassen.« Es wunderte Mumm immer wieder, warum Nobby der Umgang mit anderen Menschen so leichtfiel. Vielleicht lag es daran, dass er weder hohe Ansprüche stellte noch ihnen genügte. Es war nicht weiter schwer, in Nobby ein Beispiel dafür zu sehen, dass es tatsächlich noch schlimmer kommen konnte.

»Äh«, sagte Mumm und stellte überrascht fest, dass dieses unvertraute Thema sein Interesse weckte, »findest du seine Ausdrucksweise nicht ein wenig, äh, gepfeffert?«

»Eher gesalzen«, erwiderte Lady Käsedick großzügig. »Du hättest meinen Vater hören sollen, wenn er wütend war. Wie dem auch sei, wir haben viel gemeinsam. Mein Großvater hat seinen Großvater einmal wegen boshaften Herumlungerns ausgepeitscht. Ein bemerkenswerter Zufall, nicht wahr?«

Bemerkenswert, ja, dachte Mumm. *Dadurch gehören sie praktisch zur gleichen Familie.* Er zuckte zusammen, als neuerlicher Schmerz in ihm brannte.

»Du hast diverse blaue Flecken, Abschürfungen und die eine oder andere gebrochene Rippe davongetragen«, erklärte Ihre Ladyschaft. »Wenn du dich auf den Bauch rollst, behandle ich dich noch einmal hiermit.« Sie holte einen Behälter mit gelber Salbe hervor.

Die Panik hatte ständig auf der Lauer gelegen, und nun stürmte sie vor. Mumm zog sich das Laken bis zum Kinn hoch.

»Stell dich nicht so an!«, tadelte Lady Käsedick. »Ich sehe nichts, das ich nicht schon gesehen hätte. Ein Hinterteil unterscheidet sich kaum vom anderen. An denen von Drachen sind Schwänze befestigt, das ist alles. Also los: auf den Bauch und hoch mit dem Nachthemd. Es stammt übrigens von meinem Großvater.«

Dieser Tonfall duldete keinen Widerspruch. Mumm überlegte, ob er Nobby rufen und bitten sollte, in die Rolle der Anstandsdame zu schlüpfen, entschied sich dann aber dagegen. Der Korporal hätte wahrscheinlich die ganze Zeit über gekichert.

Die Salbe brannte wie Eis.

»Was ist das?«

»Besteht aus vielen verschiedenen Substanzen. Dieses Mittel beschleunigt den Heilungsprozess der Haut und sorgt dafür, dass neue gesunde Schuppen wachsen.«

»*Wie* bitte?«

»Oh. Vermutlich keine Schuppen. Sei unbesorgt. Ich bin fast sicher: So, das wär's auch schon. Alles fertig.« Lady Käsedick gab Mumm einen Klaps auf den Allerwertesten.

»Gnä' Frau, ich bin Hauptmann der Nachtwache«, betonte Mumm und kam sich dabei wie ein Narr vor.

»Außerdem liegst du halbnackt im Bett einer Dame«, erwiderte Lady Käsedick ungerührt. »Setz dich auf und iss. Wir wollen doch, dass du gesund und stark wirst.«

Grauen irrlichterte in Mumms Augen.

»Warum?«, fragte er.

Lady Käsedick griff in die Tasche ihrer fleckigen Jacke.

»Ich habe mir gestern Abend Notizen gemacht«, sagte sie. »Über den Drachen.«

»Oh, der Drache.« Mumm entspannte sich ein wenig. Derzeit schien der Drache ein Thema zu sein, das weitaus mehr Sicherheit versprach.

»Außerdem sind mir verschiedene Dinge durch den Kopf

gegangen. Ich meine, das Tier ist sehr seltsam. Es sollte gar nicht imstande sein, den Boden zu verlassen und zu fliegen.«

»Da bin ich ganz deiner Meinung.«

»Wenn der Körperbau dem von Sumpfdrachen entspricht, müsste dieses Biest etwa zwanzig Tonnen wiegen. Zwanzig Tonnen! Und wenn man das Verhältnis von Gewicht und Schwingenbreite berücksichtigt ... Unmöglich, sage ich.«

»Ich habe gesehen, wie der Drache einer Schwalbe gleich vom Turm fiel.«

»Ja, ich weiß«, entgegnete Lady Käsedick ernst. »Eigentlich hätte er dabei die Schwingen verlieren und ein großes Loch im Boden hinterlassen müssen. Die Aerodynamik versteht keinen Spaß. Man kann nicht einfach etwas Kleines groß werden lassen und hoffen, dass ansonsten alles beim Alten bleibt. Es geht dabei um Muskelkraft und Flächen, die Auftrieb geben.«

»Ich *wusste*, dass etwas nicht mit rechten Dingen zugeht.« Mumms Miene erhellte sich ein wenig. »Und dann die Flammen. Kein Geschöpf kann mit einer derartigen inneren Hitze überleben. Wie bringen Sumpfdrachen so etwas fertig?«

»Oh, reine Chemie.« Lady Käsedick winkte ab. »Sie destillieren brennbare Flüssigkeiten oder Gase aus der aufgenommenen Nahrung und entzünden sie, wenn sie die entsprechenden Verdauungskanäle verlassen. Eigentlich gibt es überhaupt kein Feuer in ihnen, es sei denn, es kommt zu einer Art Rückzündung.«

»Was passiert dann?«

»In einem solchen Fall muss man Drachenfetzen einsammeln«, sagte Lady Käsedick fröhlich. »Ich fürchte, bei den Drachen hat die Natur nicht sorgfältig genug geplant.«

Mumm hörte zu.

Die Schuppenwesen hatten in erster Linie deshalb überlebt, weil es Sümpfe meist nur in abgelegenen Regionen mit wenigen natürlichen Feinden gab. Drachen stellten ohnehin keine gute Beute dar: Wenn man die ledrige Haut und die starken Flugmuskeln fortnahm, blieb nur etwas, das man am besten mit einem schlecht strukturierten Chemiebetrieb vergleichen konnte. Kein Wunder, dass Drachen fast immer krank waren. Sie benötigten permanente Magenverstimmungen, um genügend Brennstoff zu haben. Ein großer Teil der Hirnkapazität wurde von der Kontrolle des Verdauungssystems beansprucht, das brennbare Substanzen aus den seltsamsten Grundstoffen gewann. Sie konnten sogar über Nacht ihr internes Leitungssystem verändern und es problematischen Stoffwechselprozessen anpassen. Die ganze Zeit über lebten sie auf einer chemischen Messerschneide: Ein falscher Schluckauf, und sie waren ein Fleck in der Landschaft.

Außerdem: Was die Auswahl von Nistplätzen betraf, hatten die Weibchen den Mutterinstinkt und die Vernunft eines Ziegelsteins.

Mumm überlegte, warum sich die Menschen damals so sehr vor Drachen gefürchtet hatten. Wenn ein solches Wesen in irgendeiner nahen Höhle wohnte, brauchte man nur zu warten, bis es sich selbst in die Luft jagte oder an akuter Verdauungsstörung starb.

»Du hast dich wirklich gründlich mit ihnen beschäftigt, nicht wahr?«, fragte der Hauptmann.

»Dazu fühlte ich mich verpflichtet.«

»Aber was ist mit den großen Exemplaren?«

»Die sind nach wie vor ein Geheimnis«, antwortete Lady Käsedick ernst.

»Darauf hast du bereits hingewiesen.«

»Die großen Drachen kennen wir nur aus Legenden. Allem Anschein nach wurde eine Drachenspezies immer größer und größer – und verschwand dann.«

»Starb sie aus?«

»Nein. Ab und zu erschien ein Exemplar. Aus dem Nichts.

Voller Schwung und Elan. Und dann, eines Tages, kamen sie nicht mehr.« Ihre Ladyschaft sah Mumm triumphierend an. »*Ich* glaube, sie fanden einen Ort, an dem sie wirklich *sein* konnten.«

»An dem sie *was* sein konnten?«

»Drachen. Ein Ort, der es ihnen ermöglichte, ihr ganzes Potenzial zu entfalten. Eine andere Dimension oder so. Mit geringerer Schwerkraft oder was weiß ich.«

»Als ich den Drachen beobachtete, dachte ich …« Mumm legte eine kurze Pause ein. »Ich meine, ich dachte: Es ist unmöglich, dass etwas fliegt *und* solche Schuppen hat.«

Lady Käsedick und der Hauptmann wechselten einen bedeutungsvollen Blick.

»Wir müssen seinen Schlupfwinkel finden«, sagte Ihre Ladyschaft.

»Kein verdammter fliegender Molch setzt *meine* Stadt in Brand«, knurrte Mumm.

»Denk nur an die möglichen Beiträge zur Drachenkunde«, überlegte die Lady laut.

»*Wenn* jemand diese Stadt in Brand setzt, so bin ich das.«

»Eine einmalige Gelegenheit. Es gibt noch immer so viele Fragen …«

»Da hast du recht.« Mumm erinnerte sich an eine Bemerkung Karottes. »Und wir brauchen Antworten, wenn wir mit unseren Ermittlungen weiterkommen wollen.«

»Wir haben bis morgen früh Zeit«, sagte Lady Käsedick fest.

Die grimmige Entschlossenheit in Mumms Zügen verflüchtigte sich.

»Ich schlafe unten in der Küche«, schlug die Drachenzüchterin gönnerhaft vor. »Dort steht immer ein Feldbett bereit, wenn die Eierlegezeit beginnt. Manche Weibchen benötigen dabei Hilfe. Mach dir keine Sorgen um mich.«

»Äh, ich bin dir sehr dankbar«, murmelte Mumm.

»Ich habe Nobby in die Stadt geschickt«, erklärte Lady Käsedick. »Er hilft den anderen dabei, euer Hauptquartier in Ordnung zu bringen.«

Mumm hatte das Wachhaus vollkommen vergessen. »Wurde es schwer beschädigt?«, fragte er zaghaft.

»Es ist total zerstört«, erwiderte Ihre Ladyschaft. »Nur noch eine Pfütze aus geschmolzenem Gestein. Aus diesem Grund stelle ich euch ein Gebäude in der Pseudopolis-Allee zur Verfügung.«

»Bitte?«

»Oh, mein Vater hatte überall in der Stadt Grundbesitz«, führte Lady Käsedick aus. »Ich kann damit kaum etwas anfangen. Deshalb habe ich meinen Immobilienmakler gebeten, Feldwebel Colon die Schlüssel für das Haus in der Pseudopolis-Allee zu geben. Bestimmt muss es gut gelüftet werden.«

»Aber jenes Viertel ... Ich meine, dort gibt es ein *richtiges* Kopfsteinpflaster! Und dann die Miete ... Ich meine, Lord Vetinari ist bestimmt nicht bereit ...«

»Sei unbesorgt«, sagte die Lady und klopfte dem Hauptmann auf die Schulter. »Du solltest jetzt schlafen.«

Mumm legte sich wieder hin, fand jedoch keine Ruhe. Seine Gedanken rasten. Die Pseudopolis-Allee befand sich auf der Ankh-Seite des Flusses, in einem vornehmen – und teuren – Bezirk. Wenn Nobby oder Feldwebel Colon dort am helllichten Tag über die Straße gingen, erzielten sie sicher die gleiche Wirkung wie die Eröffnung eines Seuchenlazaretts.

Schließlich döste Mumm ein und sank in einen tiefen Schlaf. In seinen Träumen sah er Riesendrachen, die ihn mit Salbengläsern verfolgten ...

Am nächsten Morgen weckten ihn aufgeregte und zornige Stimmen.

Wenn sich Lady Käsedick stolz zu voller Größe aufrichtete, bot sie einen Anblick, den man nicht so schnell vergaß, obwohl man es natürlich versuchen konnte. Der Vorgang ähnelte einer umgekehrten Kontinentaldrift: Verschiedene Subkontinente und Inseln drängten sich zusammen und formten eine massive, verärgerte Protofrau.

Die aufgebrochene Tür des Drachenhauses schwang in ihren Angeln. Bei den Insassen herrschte die gleiche Anspannung wie in den Saiten einer amphetaminsüchtigen Harfe, und sie wurden immer nervöser. Kleine Flammen zischten über Metallplatten, als die Sumpfdrachen in ihren Pferchen umhersprangen.

»Was hat das zu bedeuten?«, fragte die Züchterin.

Die Käsedicks neigten nicht zur Introspektion. Andernfalls hätte Ihre Ladyschaft zugeben müssen, dass sich diese Bemerkung durch einen eklatanten Mangel an Originalität auszeichnete. Aber sie war praktisch. Und sie erfüllte ihren Zweck. Klischees werden deshalb zu Klischees, weil sie die Hämmer und Schraubenzieher in der Werkzeugkiste der Kommunikation sind.

Die Menge verharrte im und vor dem Zugang. Einige Männer hielten scharfkantige Gegenstände und winkten damit wie typische Randalierer.

»Nuun«, sagte der Anführer, »es geht uns um den Drachen, nichwahr?« Die anderen brummten zustimmend.

»Was ist damit?«, fragte Lady Käsedick.

»Nuuun. Er verbrennt die Stadt. Solche Tiere fliegen nicht weit. Du hast Drachen hier. Es könnte einer von ihnen sein, nichwahr?«

»Ja.«

»Genau.«

»QED.«*

* Selbst Randalierer können gebildet sein.

»Deshalb sind wir gekommen. Um dafür zu sorgen, dass die verdammten Feuerspucker an ihren eigenen Flammen ersticken, jawohl.«

»Genau.«

»Ja.«

»Pro bono publico.«

Lady Käsedicks Brust schwoll wie ein gewaltiger Blasebalg an. Sie streckte die Hand aus und nahm eine Mistgabel von der Wand.

»Ich warne euch«, sagte sie. »Einen Schritt näher, und ihr werdet es bitter bereuen.«

Der Anführer starrte an ihr vorbei und beobachtete die außer Rand und Band geratenen Sumpfdrachen.

»Ach ja?«, höhnte er. »Was willst du denn gegen uns unternehmen, hm?«

Lady Käsedicks Mund öffnete und schloss sich mehrmals. »Ich rufe die Wache!«, donnerte sie schließlich.

Die erhoffte Wirkung dieser Drohung blieb aus. Ihre Ladyschaft hatte den Teilen der Stadt, die keine Schuppen besaßen, nie besondere Aufmerksamkeit geschenkt.

»Oh, das ist schlimm«, sagte der Anführer. »Jetzt sind wir wirklich besorgt, weißt du? Meine Güte, mir werden sogar die Knie weich.«

Er zog ein langes Hackbeil hinter dem Gürtel hervor. »Wenn du jetzt nicht sofort Platz machst, Weib …«

Ein grüner Flammenstrahl raste aus dem rückwärtigen Teil des Schuppens heran, zischte einen knappen Meter über die Köpfe der Menge und traf eine halb verkohlte Rosette über der Tür.

Dann erklang eine Stimme, deren ruhige, eisige Kühle alle Anwesenden schaudern ließ.

»Das ist Lord Rückenfreud Schnappzahn Winterschreck IV., der heißeste Drache in ganz Ankh-Morpork. Er könnte euch mühelos den verdammten Dickschädel vom Hals brennen.«

Hauptmann Mumm hinkte aus den Schatten.

Er hatte sich einen kleinen und völlig verängstigten goldenen Drachen fest unter den Arm geklemmt. In der anderen Hand hielt er den Schwanz.

Die Randalierer starrten wie gebannt.

»Ich weiß, was ihr jetzt denkt«, fuhr Mumm mit gefährlicher Gelassenheit fort. »Ihr überlegt, ob er nach der ganzen Aufregung noch genug Feuer hat, stimmt's? Ich bin da selbst nicht so sicher ...«

Er beugte sich vor und spähte durch die Lücke zwischen den Drachenohren. Seine Stimme surrte wie eine zustoßende Messerklinge.

»Ihr solltet euch folgende Frage stellen: Habe ich heute meinem Glückstag?«

Die Leute wichen zurück, als Mumm näher trat.

»Nun? *Glaubt* ihr, dass heute euer Glückstag ist?«

Einige Sekunden lang stammten die einzigen Geräusche von Lord Rückenfreud Schnappzahn Winterschreck IV.: In seinem Bauch rumpelte es unheilvoll, als Brennstoff in die Feuerkammern floss.

»Nun, äh«, sagte der Anführer und hielt den Blick wie hypnotisiert auf den Drachenkopf gerichtet, »es ist doch nicht nötig, gleich zu so drastischen Mitteln zu greifen ...«

»Vielleicht entscheidet er sogar ganz allein, euch in Asche zu verwandeln«, brummte Mumm. »Manchmal kommt es zu plötzlichen Feuerstößen, weil der Druck im Magen zu groß wird. Und Nervosität lässt den Druck schnell steigen. Wisst ihr, ich habe die Sumpfdrachen noch *nie* so nervös erlebt wie jetzt.«

Der Anführer vollführte eine Geste, von der er hoffte, dass sie beschwichtigend wirkte. Leider benutzte er dabei die Hand mit dem Hackbeil.

»Lass es fallen«, sagte Mumm scharf, »oder du bist gleich nur noch Geschichte!«

Das Beil klapperte auf den Boden. Unruhe erfasste die hinteren Reihen der Versammelten: Dort standen einige Leute, die – bildlich gesprochen – sehr weit entfernt waren und mit der ganzen Sache überhaupt nichts zu tun hatten.

»Aber bevor ihr guten Bürger in aller Ruhe geht und euch um eure eigenen Angelegenheiten kümmert«, fuhr Mumm bedeutungsvoll fort, »schlage ich vor, dass ihr euch diese Drachen einmal genau anseht. Ist irgendeiner von ihnen fast zwanzig Meter lang? Haben ihre Flügel vielleicht eine Spannweite von mehr als fünfundzwanzig Metern? Und wie heiß mögen ihre Flammen sein?«

»Keine Ahnung«, murmelte der Anführer.

Mumm hob Lord Winterschrecks Kopf, woraufhin der Anführer mit den Augen rollte.

»Keine Ahnung, Herr«, berichtigte er sich.

»Möchtest du es herausfinden?«

Der Anführer schüttelte den Kopf. Schließlich gelang es ihm, Stimmbänder und Zunge unter Kontrolle zu bringen.

»Wer bist du eigentlich?«, fragte er.

Mumm holte tief Luft und schob das Kinn vor. »Hauptmann Mumm von der Stadtwache«, antwortete er.

Fast völlige Stille folgte diesen Worten. Die einzige Ausnahme bildete eine fröhliche Stimme, die irgendwo weiter hinten erklang. »Nachtschicht, nicht wahr?«

Mumm sah an seinem Nachthemd hinab. In der Eile, das Krankenbett zu verlassen, hatte er ein Paar von Lady Käsedicks Hausschuhen gewählt. Erst jetzt bemerkte er die rosaroten Bommel darauf.

Genau in diesem Augenblick beschloss Lord Rückenfreud Schnappzahn Winterschreck IV., herzhaft zu rülpsen.

Es raste nicht etwa ein dicker Flammenstrahl aus dem Maul des kleinen Drachen. Es handelte sich nur um eine fast unsichtbare Kugel aus feuchtem Feuer, die über das

Gedränge hinwegrollte und einige Brauen versengte. Aber sie hinterließ einen enormen Eindruck.

Mumm erholte sich schnell von der Überraschung, davon überzeugt, dass man ihm den Sekundenbruchteil des Schreckens nicht angemerkt hatte.

»Das diente nur zur Warnung«, behauptete er mit ausdrucksloser Miene. »Beim nächsten Mal zielt er tiefer.«

»Äh«, entgegnete der Anführer und bewies damit eine gute rhetorische Begabung. »Völlig klar. Kein Problem. Wir wollten ohnehin gerade gehen. Hier gibt es keine großen Drachen. In Ordnung. Wir bedauern die Störung.«

»O nein«, ließ sich Lady Käsedick in einem triumphierenden Tonfall vernehmen. »So leicht kommt ihr nicht davon!« Sie streckte die Hand nach einem hohen Regal aus und holte eine Blechbüchse hervor. Oben wies sie einen Schlitz auf, und in ihrem Innern rasselte und klimperte es. An der einen Seite stand: *Sonnenscheinheim für kranke Drachen.*

Die erste Sammlung ergab vier Dollar und einunddreißig Pence. Als Hauptmann Mumm demonstrativ den Drachen hob, kamen auf geheimnisvolle Weise fünfundzwanzig Dollar und sechzehn Pence hinzu. Anschließend flohen die verhinderten Randalierer.

»Ich brauche einen Monat, um so viel Geld zu verdienen«, sagte Mumm, als er mit Lady Käsedick allein war.

»Du warst sehr tapfer!«

»Hoffentlich gewöhne ich mich nicht daran«, erwiderte Mumm und setzte den erschöpften Drachen vorsichtig in seinen Pferch zurück. Er fühlte sich irgendwie benommen.

Erneut gewann er den Eindruck, beobachtet zu werden. Als er den Kopf drehte, sah er das lange, spitz zulaufende Gesicht von Gutjunge Bündel Federstein – er hatte sich auf den Hinterläufen aufgerichtet und nahm eine Haltung an, die man am besten als die des letzten Hündchens im Laden beschreiben konnte.

Mumm war selbst überrascht, als er sich vorbeugte und den kleinen Sumpfdrachen hinter den Ohren kratzte, beziehungsweise hinter den beiden spitzen Objekten, die seitlich aus dem Kopf ragten. Das Geschöpf reagierte mit einem seltsamen Geräusch. Es klang nach dicken Pfropfen, die sich in den Rohrleitungen einer Brauerei gebildet hatten. Der Hauptmann zog die Hand rasch zurück.

»Keine Sorge«, sagte Lady Käsedick. »Ihm knurrt nur der Magen. Es bedeutet, dass er dich mag.«

Mumm stellte verwundert fest, dass ihn diese Mitteilung freute. Zum ersten Mal in seinem Leben begegnete ihm jemand – etwas – mit Sympathie. Es war eine sonderbare Erfahrung, die Mumms Weltbild erschütterte, wenn auch nur für kurze Zeit.

»Ich dachte, du wolltest ihn, äh, loswerden«, brummte er.

»Das wäre die richtige Entscheidung«, entgegnete Ihre Ladyschaft. »Aber du weißt ja, wie das ist. Sie sehen einen aus ihren großen seelenvollen Augen an …«

Unbehagliches Schweigen folgte, dehnte sich in die Länge.

»Was hältst du davon, wenn ich …«

»Glaubst du vielleicht, du könntest …«

Sie unterbrachen sich beide und schwiegen erneut.

»Wenigstens das bin ich dir schuldig«, sagte Lady Käsedick.

»Aber du hast uns doch schon ein neues Hauptquartier und so gegeben!«

»Das war meine Pflicht als verantwortungsbewusste Bürgerin dieser Stadt«, erwiderte Lady Käsedick. »Bitte nimm Gutjunge als, als einen *Freund*.«

Mumm hatte das Gefühl, dass er eine tiefe Schlucht überquerte, und zwar auf einer *sehr* schmalen Planke.

»Ich weiß nicht einmal, wovon sich Sumpfdrachen ernähren«, wandte er ein.

»Eigentlich sind sie omnivor«, sagte Ihre Ladyschaft. »Sie fressen alles, außer Metall und Eruptivgestein. Man darf nicht pingelig sein, wenn man in einem Sumpf aufwächst.«

»Aber braucht er keinen Auslauf? Oder Aus*flüge?*«

»Die meiste Zeit schläft er.« Lady Käsedick tätschelte das hässliche Ding auf dem schuppigen Kopf. »Der zahmste und genügsamste Drachen, den ich je gezüchtet habe, Ehrenwort.«

»Was ist mit, du weißt schon?« Mumm deutete auf die Mistgabel.

»Der größte Teil der Ausscheidungen besteht aus Gas. Bring ihn an einem gut belüfteten Ort unter. Du hast doch keine wertvollen Teppiche, oder? Du solltest dir besser nicht das Gesicht von ihm lecken lassen, aber sie können so dressiert werden, dass sie ihre Flammen unter Kontrolle halten. Außerdem sind sie recht hilfreich beim Anzünden von Kaminfeuern.«

Gutjunge Bündel Federstein rollte sich zusammen. Irgendwo in ihm gluckerte und blubberte es.

Sumpfdrachen hatten acht Mägen, erinnerte sich Mumm; die Illustrationen im Buch waren sehr detailliert. Außerdem verfügte der Verdauungstrakt auch noch über andere komplexe Komponenten, zum Beispiel Röhren für fraktionierte Destillation – ein übergeschnappter Alchimist wäre begeistert gewesen.

Kein noch so ehrgeiziger Sumpfdrache konnte jemals ein Königreich terrorisieren, es sei denn durch Zufall. Mumm fragte sich, wie viele von ihnen unternehmungslustigen Helden zum Opfer gefallen waren. Wie grausam, Geschöpfe umzubringen, deren einziges Verbrechen darin bestand, im Flug zu explodieren. Den einzelnen Drachen lag bestimmt nichts daran, eine Angewohnheit daraus zu machen. Zorn brodelte in Mumm, als er darüber nachdachte. Eine Spezies der Ausrutscher – das waren die Drachen. Geboren, um zu verlieren. Leb schnell und stirb noch viel schneller. Lady Käsedick hatte sie als Allesfresser bezeichnet, aber das stimmte sicher nur zum Teil. In Wirklichkeit zehrten sie hauptsächlich von ihren Nerven, wenn sie kummervoll über der Welt flogen und sich vor ihrem eigenen Verdauungssystem fürchteten. Während die Familie noch versuchte, über den Explosionstod des Vaters hinwegzukommen, marschierte irgendein Hohlkopf heran, rückte die Rüstung zurecht und bohrte das Schwert in ein Etwas, das fast nur aus Mägen bestand und bald ohne fremde Hilfe gestorben wäre.

Mumm fragte sich, wie die Helden der Vergangenheit gegen die *großen* Drachen gekämpft hatten. In Rüstungen? Nein, besser nicht. Es machte ohnehin keinen Unterschied, und wer auf derartige Schutzkleidung verzichtete, dessen Asche kehrte wenigstens nicht in Blech abgepackt nach Hause zurück.

Der Hauptmann blickte auf das missgebildete kleine Wesen hinab, und eine Idee, die schon seit einigen Minuten an die Tür der Aufmerksamkeit klopfte, erhielt endlich Einlass. Ganz Ankh-Morpork wollte den Drachen finden, besser gesagt: seinen *leeren* Schlupfwinkel. Mumm zweifelte kaum daran, dass Holzkeile an kleinen Metallstangen in dieser Hinsicht nichts nützten. Wie hieß es so schön: Um einen Dieb zu fangen ...*

»Können sich Drachen gegenseitig wittern?«, fragte er. »Ich meine, sind sie imstande, einer entsprechenden Fährte zu folgen?«

* Die bekannte ankh-morporkianische Redensart ›Um einen Dieb zu fangen, braucht man einen Dieb‹ hatte (nach energischen Einwänden der Diebesgilde) inzwischen folgende Veränderung erfahren: ›Um einen Dieb zu fangen, braucht man eine tiefe Grube mit Sprungfedern an den Wänden, Stolperdrähten, hydraulisch betriebenen Messerkatapulten, Glassplittern und Skorpionen.‹

Liebe Mutter (schrieb Karotte), gestern Nacht gab es eine ziemliche Überraschung. Der Drache hat unser Hauptquartier verbrannt, und siehe da – jetzt haben wir ein neues. Es ist besser als das alte und befindet sich in der Pseudopolis-Allee, direkt dem Opernhaus gegenüber. Feldwebel Colon meint, wir stehen jetzt mehrere Sprossen höher auf der sozialen Leiter, und er hat Nobby gebeten, die Möbel nicht zu verkaufen. Das mit der Leiter ist eine Metapher. Ich lerne immer mehr darüber: Metaphern sind wie Lügen, nur ausschmückender. Wir brauchen jetzt nicht mehr auf den Boden zu spucken, weil es hier hübsche Teppiche gibt. Heute kamen zweimal Leute, um im Keller nach Drachen zu suchen, man kann es kaum glauben. Außerdem suchen sie auch in Aborten und Dachkammern, es ist wie ein Fieber. Die Bürger der Stadt haben kaum noch Zeit für etwas anderes, und Feldwebel Colon meint, wenn man seine Runden abmarschiert und ›Zwölf Uhr und alles ist gut‹ ruft, während ein Drache die Pflastersteine schmelzen lässt, so kommt man sich ziemlich dumm vor.

Ich habe Frau Palm verlassen, weil das Haus genügend Platz bietet. Der Abschied war sehr traurig, und sie haben einen Kuchen für mich gebacken, aber ich glaube, es ist besser so, obgleich Frau Palm nie Miete von mir verlangte. Das finde ich sehr großzügig von ihr, denn schließlich ist sie Witwe und muss sich ganz allein um ihre vielen Töchter kümmern, ganz zu schweigen von der Mitgift ettzehtera.

Außerdem bin ich jetzt mit dem Affen befreundet, der uns immer wieder besucht und fragt, ob wir sein Buch gefunden haben. Nobby bezeichnet ihn als verlausten Trottel, weil der Orang-Utan 18D bei Leg-Herrn-Zwiebel-rein gewann, das ist ein Kartenspiel, das ich nicht spiele; ich habe Nobby auf das Glücksspielgesetz (Regulierung) hingewiesen, und er antwortete ›Verpiss dich!‹, was meiner Ansicht nach die 1389 erlassenen Vorschriften für Anstand verletzte, aber ich bin diskret gewesen und habe darauf verzichtet, den Korporal zu verhaften.

Hauptmann Mumm ist krank und wird von einer Lady ge-

pflegt. Nobby meint, es sei allgemein bekannt, dass sie verrückt ist, aber Feldwebel Colon sagt, es liegt nur daran, dass sie in einem großen Haus wohnt und viele Drachen hat. Er sagt, sie ist ein Vermögen wert, und der Hauptmann hat gut daran getan, die Füße unter ihren Tisch zu stellen. Ich weiß nicht, was Möbel damit zu tun haben. Heute Morgen bin ich mit Reet spazieren gegangen und habe ihr die Eisenarbeiten in der Stadt gezeigt. Sie fand das alles sehr interessant. Sie sagt, ich bin anders als alle anderen Leute, die sie kennt. Euer Euch liebender Sohn Karotte.

PS. Ich hoffe, Minty geht es gut.

Karotte faltete das Blatt sorgfältig zusammen und steckte es in den Umschlag.

»Die Sonne geht unter«, sagte Feldwebel Colon.

Karotte sah vom Siegelwachs auf.

»Das bedeutet, die Nacht beginnt bald«, fügte Colon hinzu.

»Ja, Feldwebel.«

Colon strich sich über den Kragen. Seine Haut zeigte ein höchst beeindruckendes Rosarot – das Ergebnis mehrerer Stunden energischen Schrubbens. Trotzdem wahrten die Leute eine respektvolle Distanz zu ihm.

Manche Menschen kommen als Befehlshaber zur Welt. Manche Menschen werden zu Befehlshabern. Anderen wird die Befehlsgewalt aufgezwungen, und der Feldwebel gehörte jetzt zu dieser Kategorie. Er war nicht besonders glücklich darüber.

Colon begriff, dass er bald die Anweisung geben musste, mit der Streife zu beginnen, und das entsprach ganz und gar nicht seinem Wunsch. Er wollte sich in einem Keller verkriechen, vorzugsweise in eine Kellerkneipe. Aber Nobbleß

Oblidsch – er trug die Verantwortung, und deshalb blieb ihm keine Wahl.

Es war nicht etwa die Einsamkeit des Befehlshabers, die ihm Probleme bereitete. Zu schaffen machte ihm eher eine gewisse Wahrscheinlichkeit dafür, bei lebendigem Leib gebraten zu werden.

Seine Besorgnis galt auch noch einem anderen Umstand: Wenn sie nicht bald etwas über den Drachen herausfanden, bestand die Gefahr, dass der Patrizier ärgerlich wurde. Und wenn der Patrizier ärgerlich wurde, neigte er zu sehr demokratischen Einstellungen. In solchen Fällen fand er höchst komplizierte und schmerzhafte Möglichkeiten, um viele Bürger Ankh-Morporks an seinem Ärger teilhaben zu lassen. Verantwortung, so fand der Feldwebel, war eine schreckliche Angelegenheit. Und das galt auch für lange und gründliche Folterungen. Colon ahnte, dass zwischen beiden Dingen ein ursächlicher Zusammenhang zu entstehen begann.

Deshalb war er sehr erleichtert, als eine kleine, alte und lädierte Kutsche vor dem Haus hielt. An der Tür sah Colon die verblichenen Farben eines Wappens, und hinten bemerkte er die neu wirkende Aufschrift: *Wer wiehert, mag Drachen.*

Hauptmann Mumm stieg aus und verzog dabei immer wieder das Gesicht. Ihm folgte eine Frau, die der Feldwebel als verrückte Sybil Käsedick erkannte. Was den dritten Passagier betraf: Er hoppelte gehorsam am Ende einer Leine, war klein und …

Nervosität hinderte Colon daran, auf die Größe zu achten.

»Da soll mich doch der Schlag treffen! Sie haben das Biest geschnappt!«

Nobby saß an einem Ecktisch und hatte sich noch immer nicht zu einer wichtigen Erkenntnis durchgerungen. Sie lautete: Es ist praktisch unmöglich, bei einem Glücks- und Geschicklichkeitsspiel gegen jemanden zu gewinnen, der ständig lächelt. Er sah auf, und der Bibliothekar nutzte die gute Gelegenheit, um zwei Karten unter dem Stapel hervorzuziehen.

»Sei doch nicht blöd«, brummte der Korporal. »Das ist bloß ein Sumpfdrache. Und die Frau ... Sybil Käsedick. Eine echte Lady.«

Die beiden anderen Wächter drehten sich um und konnten kaum glauben, dass die letzten drei Worte von Nobby stammten.

»Was starrt ihr mich so an?«, fragte der Korporal. »Glaubt ihr etwa, dass ich keine echte Lady erkennen kann? Sie hat mir Tee serviert, in einer Tasse, so dünn wie Papier, und mit einem silbernen Löffel darin«, fuhr er im Ton eines Mannes fort, der einen Blick über die hohe Mauer der sozialen Unterschiede geworfen hat. »Und ich habe ihr beides zurückgegeben. Man weiß schließlich, was sich gehört.«

»Wie verbringst du eigentlich deine freien Abende?«, fragte Colon.

»Geht dich nichts an.«

»Und du hast ihr den Löffel wirklich zurückgegeben?«, fragte Karotte.

»Klar habe ich das«, sagte Nobby. »Mit der Tasse.«

»Achtung, Jungs!«, rief der Feldwebel voller Erleichterung.

Mumm und Lady Käsedick betraten das Zimmer. Der Hauptmann musterte seine Männer auf die übliche Art: mit resigniertem Kummer.

»Meine Truppe«, murmelte er.

»Gute Männer«, behauptete Lady Käsedick. »Entschlossene Kämpfer für Recht und Ordnung, nicht wahr?«

»Kommt ganz darauf an, aus welcher Perspektive man es sieht«, grummelte Mumm.

Lady Käsedick strahlte ermutigend, und eine seltsame Unruhe erfasste die Männer. Feldwebel Colon gelang es mit nicht unerheblicher Mühe, die Brust weiter vorzuschieben als den Bauch. Karotte stand nicht mehr gebeugt, sondern richtete sich auf. Nobby nahm betont soldatenhafte Haltung an, hielt die Arme gerade an den Seiten und achtete darauf, dass die Daumen einen rechten Winkel zu den Händen bildeten. Seine flache Hühnerbrust war so angeschwollen, dass die Füße Gefahr liefen, den Bodenkontakt zu verlieren.

»Ich habe immer gedacht, dass wir alle sicherer in meinem Bett schlafen können, wenn so tapfere Männer über uns wachen«, sagte Lady Käsedick und ging bedächtig an den Uniformierten vorbei, wie ein Schatzschiff, das in einer leichten Brise segelte. »Und wer ist das?«

Einem Orang-Utan fällt es schwer strammzustehen. Der Körper schafft es im Großen und Ganzen, alle Glieder in die richtige Position zu bringen, doch die Haut ist dauernd im Weg. Der Bibliothekar versuchte es trotzdem und stand in einer Art respektvollem Haufen am Ende der Reihe; als er salutierte, beschrieben die mehr als hundertzwanzig Zentimeter langen Arme höchst komplexe Bewegungsmuster.

»Er trägt immer Zivil und gehört zur Sonderabteilung Affen«, erklärte Nobby bereitwillig.

»Interessant, ja, sehr interessant«, erwiderte Lady Käsedick. »Wie lange bist du schon ein Affe, guter Mann?«

»Ugh.«

»Gut gemacht.« Sie wandte sich an Mumm, der ungläubig starrte.

»Du kannst stolz sein«, fügte sie hinzu. »Es sind ausgezeichnete Männer …«

»Ugh.«

»… beziehungsweise Anthropoiden«, verbesserte sich Lady Käsedick, ohne dass es in ihrem Redefluss zu einer Unterbrechung kam.

Einige Sekunden lang fühlten sich die Wächter wie nach der Rückkehr aus einer fernen Provinz, die sie ganz allein erobert hatten. Mit anderen Worten: Sie fühlten sich enorm ermuntert – so hätte es Lady Käsedick ausgedrückt –, was einen beträchtlichen Unterschied zu ihren normalen Empfindungen darstellte. Selbst der Bibliothekar spürte eine sonderbare Zufriedenheit und beschloss, wenigstens dieses eine Mal die Bemerkung ›guter Mann‹ zu überhören.

Etwas tröpfelte, und ein starker chemischer Geruch beanspruchte die allgemeine Aufmerksamkeit.

Gutjunge Bündel Federstein gab sich völlig unschuldig, als er neben etwas hockte, das nicht etwa ein Fleck im Teppich war, sondern vielmehr ein Loch im Boden. Rauch kräuselte vom Rand empor.

Lady Käsedick seufzte.

»Ist nicht weiter schlimm, gnä' Frau«, sagte Nobby heiter. »Das bringen wir bald in Ordnung.«

»So etwas geschieht oft, wenn Drachen aufgeregt sind«, erwiderte Ihre Ladyschaft.

»Du hast ein prächtiges Exemplar mitgebracht, jawohl«, lobte Nobby und genoss seine neuen Erfahrungen in Hinsicht auf höfliche Konversation.

»Er gehört nicht mir, sondern dem Hauptmann«, entgegnete Lady Käsedick. »Besser gesagt: euch allen. Eine Art Maskottchen. Er heißt Gutjunge Bündel Federstein.«

Gutjunge Bündel Federstein trug das Bedeutungsgewicht seines Namens mit Fassung und beschnüffelte ein Tischbein.

»Er sieht mehr wie mein Bruder Errol aus«, kommentierte Nobby mit einer kühnen Kessheit, die alle Anwesenden überraschte. »Hat die gleiche spitze Nase, wenn du mir diese Bemerkung gestattest, Milady.«

Mumm betrachtete das Geschöpf, das seine neue Umgebung erforschte. Von jetzt an hieß der kleine Sumpfdrache

Errol, ob es ihm gefiel oder nicht. Das Schuppenwesen biss versuchsweise in den Tisch, kaute einige Male, spuckte den Bissen aus, rollte sich zusammen und schlief ein.

»Er setzt doch nicht alles in Brand, oder?«, fragte der Feldwebel besorgt.

»Nein, ich glaube nicht«, erwiderte Lady Käsedick. »Er scheint noch nicht herausgefunden zu haben, wozu die Feuerröhren in seinem Leib dienen.«

»Aber mit dem Entspannen kommt er schon ziemlich gut zurecht«, sagte Mumm und blickte auf den schnarchenden Drachen hinab. Dann wandte er sich an seine Truppe. »Nun, Männer ...«

»Ugh.«

»Dich habe ich nicht gemeint. Was macht er hier?«

»Äh«, antwortete Feldwebel Colon hastig, »ich, äh ... du warst nicht da und so, und wir brauchten Hilfe ... und Karotte meinte, es sei durchaus mit dem Gesetz vereinbar und ... Ich habe ihn vereidigt, Herr. Den Affen, Herr.«

»Als was hast du ihn vereidigt, Feldwebel?«, fragte Hauptmann Mumm.

»Als Sonderkonstabler, Herr«, sagte Colon und errötete. »Du weißt schon, Herr. Als eine Art Bürgerwächter.«

Mumm warf die Hände hoch. »*Sonder*konstabler? Warum nicht als *einzigartigen* Konstabler?«

Der Bibliothekar sah Mumm an und grinste breit.

»Nur vorübergehend, Herr«, sagte Colon flehentlich. »Für die Dauer der ... der Krise, Herr. Er kann uns bestimmt helfen, Herr, und ... Er scheint weit und breit der einzige zu sein, der uns mag ...«

»Ich halte das für eine *schrecklich* gute Idee«, warf Lady Käsedick ein. »Gut gemacht, der Affe.«

Mumm zuckte mit den Schultern. Die Welt war auch so schon verrückt genug; schlimmer konnte sie kaum werden, oder?

»Na schön«, brummte er. »Na schön! Meinetwegen. Prächtig! Gebt ihm eine Dienstmarke – bin gespannt, wo er sie trägt. Gut! Hervorragend! Warum nicht?«

»Ist alles in Ordnung mit dir, Hauptmann?«, fragte Colon beunruhigt.

»Bestens!«, blaffte Mumm und marschierte durchs Zimmer. »Ich bin ja so glücklich! Willkommen in der neuen Wache! Großartig! Immerhin besteht unser Gehalt aus Erdnüssen, und deshalb können wir durchaus ein Ti...«

Der Feldwebel presste Mumm respektvoll die Hand auf den Mund.

»Äh, da wäre noch eine Sache, Hauptmann«, sagte Colon eindringlich und fühlte Mumms verblüfften Blick auf sich ruhen. »Du solltest besser darauf verzichten, das T-Wort zu benutzen. Er mag es nicht. Er rastet einfach aus, wenn er es hört. Ist wie ein rotes Dingsbums für ihn, Herr. Gegen ›Affe‹ hat er nichts, Herr, aber das T-Wort geht ihm gegen den Strich. Und noch etwas, Herr. Wenn er wütend wird, beschränkt er sich nicht nur darauf, einfach zu schmollen, Herr, wenn du verstehst, was ich meine, Herr. Abgesehen davon ist er sehr umgänglich, Herr. Alles klar? Du solltest nur daran denken, nie ›Tier‹ zu sagen. Ohmist!«

Die Brüder waren nervös.

Der Oberste Größte Meister hörte, wie sie leise miteinander sprachen. Die Dinge entwickelten sich zu schnell für sie. Zunächst war es seine Absicht gewesen, sie ganz langsam und praktisch Stück für Stück an der Verschwörung zu beteiligen, ihnen nicht mehr Wahrheit zu gewähren, als ihre Kleingeistigkeit verarbeiten konnte, aber er hatte sie trotzdem überschätzt. Die Situation verlangte Strenge. Gerechte Strenge.

»Brüder«, begann der Oberste Größte Meister, »sind die Schellen der Aufrichtigkeit geschlossen?«

»Was?«, fragte Bruder Wachturm unsicher. »Oh. Die Schellen. Ja. Geschlossen. Natürlich.«

»Und die Mauersegler des Winkens, sind sie richtig gerupft?«

Bruder Stukkateur zuckte schuldbewusst zusammen. »Wie? Was? Oh. Alles in Ordnung. Überhaupt kein Problem. Gerupft. Ja.«

Der Oberste Größte Meister zögerte.

»Brüder«, sagte er sanft, »wir haben das Ziel *fast* erreicht. Jetzt dauert es nicht mehr lange. Nur noch einige Stunden, und die Welt gehört *uns*. Das *versteht* ihr doch, Brüder, oder?«

Bruder Stukkateur blickte verlegen zu Boden.

»Nun«, erwiderte er, »ich meine, klar. Ja. Natürlich. Selbstverständlich. Wir stehen hundertzehn Prozent hinter dir ...«

Jetzt sagt er gleich ›allerdings‹, dachte der Oberste Größte Meister.

»... allerdings ...«

Ah.

»... wir, ich meine, wir alle, wir sind ... es ist eigentlich eine komische Sache, ich meine, nachdem man einen Drachen beschworen hat, fühlt man sich irgendwie anders ...«

»Ausgepumpt«, warf Bruder Pförtner hilfreich ein.

»... ja, das könnte man sagen, es ist so, als ...« Bruder Wachturm kramte in allen Schubladen seines Wortschatzes. »Als sei einem etwas genommen ...«

»Ausgesaugt«, bemerkte Bruder Stukkateur.

»Ja, das stimmt, und wir ... nun, vielleicht ist die ganze Angelegenheit ein wenig zu riskant ...«

»Es fühlt sich an, als nagten sich unheimliche Geister aus dem Jenseits in unsere Seele«, sagte Bruder Stukkateur.

»Ich würde eher von unangenehmen Kopfschmerzen

sprechen«, fügte Bruder Wachturm hilflos hinzu. »Weißt du, Größter Meister, deshalb haben wir über all die Sachen mit dem kosmischen Gleichgewicht nachgedacht, weil, nun, erinnere dich daran, was mit dem armen Bruder Verdruss geschehen ist. Es könnte ein Wink des Schicksals sein. Äh.«

»Er wurde doch bloß von einem Krokodil gebissen, das sich in einem Blumenbeet versteckte«, erwiderte der Oberste Größte Meister. »Das hätte jedem passieren können. Andererseits: Ich verstehe natürlich eure Gefühle.«

»Im Ernst?«, vergewisserte sich Bruder Wachturm.

»O ja. Sie sind völlig normal. Alle großen Zauberer verspüren ein gewisses Unbehagen, bevor sie mit einem so bedeutungsvollen Werk beginnen.« Die Brüder wechselten stolze Blicke. *Große Zauberer. Damit meint er uns. Klingt gut.* »Aber in einigen Stunden ist alles vorbei, und der König wird euch bestimmt großzügig belohnen. Eine ruhmreiche Zukunft erwartet uns.«

Für gewöhnlich genügte dieser Hinweis. Doch diesmal erzielte er nicht die gewünschte Wirkung.

»Aber der Drache ...«, wandte Bruder Wachturm ein. »Bald verschwindet er für *immer*«, antwortete der Oberste Größte Meister. »Bald brauchen wir ihn nicht mehr. Hört mir gut zu. Es ist ganz einfach: Der Junge hat ein prächtiges Schwert. Jeder *weiß*, dass Könige prächtige Schwerter haben ...«

»Handelt es sich um das prächtige Schwert, von dem du uns bereits erzählt hast?«, fragte Bruder Stukkateur.

»Und wenn es den Drachen berührt – *Bumm!*«, sagte der Oberste Größte Meister.

»Ja, das stimmt«, bestätigte Bruder Pförtner. »Solche Geräusche darf man erwarten. Mein Onkel hat mal einen Sumpfdrachen getreten, weil das Biest seine Kürbisse fraß. Es krachte laut, und er hätte fast ein Bein verloren.«

Der Oberste Größte Meister seufzte. Einige wenige Stunden, ja, und dann war es endlich vorbei. Nur noch eine Entscheidung stand aus: Sollte er die Brüder sich selbst überlassen – bestimmt gab es niemanden, der ihnen glauben würde –, oder war es besser, sie wegen gemeingefährlicher Dummheit von der Wache verhaften zu lassen?

»Nein«, sagte er geduldig. »Ich meine, der Drache wird sich einfach in Luft auflösen. Wir schicken ihn zurück. Und dann gibt es keinen Drachen mehr.«

»Und wenn die Leute Verdacht schöpfen?«, fragte Bruder Stukkateur. »Vielleicht rechnen sie mit mehr oder weniger gleichmäßig verteilten Drachenfetzen.«

»Nein«, entgegnete der Oberste Größte Meister triumphierend. »Sie wissen ganz genau: Eine Berührung des Schwertes der Wahrheit und Gerechtigkeit genügt, um die Brut des Unheils zu vernichten!«

Die Brüder starrten ihn groß an.

»Das werden sie zumindest *glauben*«, sagte der Oberste Größte Meister. »Wir helfen zum entsprechenden Zeitpunkt mit mystischem Rauch nach.«

»Oh, mystischer Rauch«, murmelte Bruder Finger. »Ganz einfach. Überhaupt kein Problem.«

»Also keine blutigen – beziehungsweise verkohlten – Fetzen?«, fragte Bruder Stukkateur. Es klang ein wenig enttäuscht.

Bruder Wachturm hüstelte. »Weiß nicht recht, ob sich die Leute damit abfinden. Geht alles zu glatt über die Bühne. Meine ich.«

»Hört zu!«, zischte der Oberste Größte Meister. »Die Leute stellen bestimmt *keine einzige* Frage! Sie werden alles *beobachten* und sich so sehr den Sieg des Jungen wünschen, dass sich niemand Gedanken macht! Verlasst euch drauf! Und nun … Lasst uns beginnen …«

Er konzentrierte sich.

Ja, es war einfacher, jedes Mal einfacher. Er spürte die Schuppen, fühlte den Zorn des Drachen, als er sein Bewusstsein erweiterte und den *Ort erreichte, wohin die Drachen verschwunden waren.* Er kontrollierte und beherrschte.

Dies war Macht, und sie gehörte ihm.

Feldwebel Colon schnitt eine Grimasse. »Au!«

»Sei nicht so zimperlich!«, rief Lady Käsedick fröhlich und zog den Verband mit einem routinierten Geschick fest, das auf die Erfahrung vieler weiblicher Käsedick-Generationen hinwies. »Er hat dich kaum berührt.«

»Und außerdem tut es ihm *sehr* leid«, fügte Karotte scharf hinzu. »Zeig dem Feldwebel, wie leid es dir tut! Los!«

»Ugh«, brummte der Bibliothekar verlegen.

»Lass bloß nicht zu, dass er mich küsst!«, quiekte Colon.

»Wenn man jemanden an den Waden packt, ihn umdreht und so hält, dass der Kopf mehrmals an den Boden stößt«, überlegte Karotte laut, »könnte man das als Misshandlung eines vorgesetzten Offiziers verstehen?«

»Ich erhebe keine Anklage, nein, ich nicht!«, stieß der Feldwebel hastig hervor.

»Lasst uns jetzt aufbrechen«, drängte Mumm. »Ich möchte feststellen, ob Errol in der Lage ist, Witterung aufzunehmen und den Schlupfwinkel des großen Drachen zu finden. Auch Lady Käsedick ist der Ansicht, es sei einen Versuch wert.«

»Du meinst eine tiefe Grube mit Sprungfedern an den Wänden, Stolperdrähten, hydraulisch betriebenen Messerkatapulten, Glassplittern und Skorpionen, um einen Dieb zu fangen, Hauptmann?«, fragte der Feldwebel skeptisch. »Au!«

»Ja, wir folgen der Fährte«, verkündete Lady Käsedick. »Hör endlich auf, dich wie ein kleines Kind anzustellen, Feldwebel!«

»Wenn ich so kühn sein darf«, sagte Nobby, während Colon unter dem Verband errötete, »hervorragende Idee, Errol als Spürhund ... ich meine, als Spürdrachen zu verwenden, gnä' Frau.«

Mumm fragte sich, wie lange er Nobby als sozialen Bergsteiger ertragen konnte.

Karotte schwieg. Er gewöhnte sich langsam an die Tatsache, dass er wahrscheinlich kein Zwerg war, aber aufgrund des berühmten Prinzips der morphischen Resonanz floss Zwergenblut in seinen Adern, und die geborgten Gene teilten ihm mit, dass es vermutlich nicht so einfach sein würde. Es mochte selbst dann riskant sein, einen Drachenhort zu finden, wenn der Besitzer nicht zu Hause weilte. Außerdem: Karotte hielt an der Überzeugung fest, dass er die Existenz eines solchen Hortes längst gespürt hätte: Große Goldmengen sorgten dafür, dass Zwergenhände juckten, und er fühlte nicht einmal ein leichtes Prickeln.

»Wir beginnen mit der Wand in den Schatten«, sagte der Hauptmann.

Feldwebel Colon warf Lady Käsedick einen kurzen Blick zu und stellte fest, dass er in der Gesellschaft dieser stattlichen Frau unmöglich feige sein konnte. Er beschränkte sich auf ein »Ist das klug, Herr?«

»Natürlich nicht. Wenn wir klug wären, hätten wir längst aufgehört, Wächter zu sein.«

»Oh, ich finde das alles so *aufregend*«, sagte Lady Käsedick.

»Nun, ich glaube nicht, dass du uns begleiten solltest ...«, begann Mumm.

»... *Sybil*, bitte! ...«

»... es ist ein sehr anrüchiges Viertel.«

»Aber wenn ich mit so tapferen und unerschrockenen Männern zusammen bin, droht mir bestimmt keine Gefahr«, gurrte Lady Käsedick. »Ich bin sicher, Vagabunden *schmelzen* einfach, wenn sie euch sehen.«

Das liegt am Drachen, dachte Mumm kummervoll. *Die Halunken schmelzen, wenn sie den Drachen sehen, hinterlassen dann nur einen Schatten an der Mauer.* Wenn Mumm argwöhnte, dass er eine gewisse Trägheit entwickelte oder das Interesse verlor, erinnerte er sich an jene Schatten, und dann hatte er das Gefühl, als streiche ihm kaltes Feuer über den Rücken. *Solche Dinge dürfen nicht geschehen. Nicht in meiner Stadt.*

In den Schatten ergaben sich überhaupt keine Probleme. Die meisten Bewohner dieses Viertels waren auf der Suche nach dem Goldschatz des Drachen, und der Rest neigte weitaus weniger als sonst dazu, in dunklen Gassen zu lauern. Hinzu kam: Die vernünftigsten Schurken begriffen auf den ersten Blick, dass es keinen Sinn hatte, Lady Käsedick zu überfallen. Wahrscheinlich forderte sie dazu auf, die Socken hochzuziehen und nicht *dumm* zu sein, und zwar in einem so befehlsgewohnten Ton, dass selbst dem hartnäckigsten Halunken keine andere Wahl blieb, als ihr zu gehorchen.

Die Mauer war noch nicht abgerissen worden und zeigte nach wie vor das grässliche Fresko. Errol schnüffelte ein wenig, hoppelte durch die Gasse, legte sich hin und schlief ein.

»Hat nicht geklappt«, stellte Feldwebel Colon fest.

»War aber 'ne gute Idee«, sagte Nobby loyal.

»Vielleicht liegt es am Regen und den Leuten, die hier unterwegs gewesen sind«, murmelte Lady Käsedick. Mumm hob den Sumpfdrachen hoch. Es war ohnehin nur eine vage Hoffnung gewesen. Der Hauptmann hielt es für besser, etwas zu unternehmen, als die Hände in den Schoß zu legen und abzuwarten.

»Wir sollten jetzt besser zurückkehren«, sagte er. »Die Sonne geht unter.«

Sie gingen schweigend. *Der Drache hat sogar die Schatten ge-*

zähmt, dachte Mumm. *Er beherrscht die ganze Stadt, selbst dann, wenn er überhaupt nicht da ist. Bestimmt dauert's nicht mehr lange, bis die Leute damit anfangen, Jungfrauen an Felsen zu ketten.*

Drachen sind eine Metapher für die verdammte menschliche Existenz. Und wenn das noch nicht genügt: Sie sind auch verdammt große und verdammt heiße fliegende Wesen.

Mumm holte den Schlüssel für das neue Hauptquartier hervor. Als er ihn ins Schloss steckte, erwachte Errol und jammerte.

»Nicht jetzt«, brummte der Hauptmann. Er spürte ein schmerzhaftes Stechen in der Seite. Die Nacht hatte kaum begonnen, und er fühlte sich schon müde und erschöpft.

Eine Schieferplatte fiel vom Dach und zerplatzte auf dem Kopfsteinpflaster neben Mumm.

»Hauptmann«, flüsterte Feldwebel Colon.

»Was ist denn?«

»Das Biest sitzt dort oben, Hauptmann.«

Etwas in Colons Stimme ließ Mumm erstarren. Der Feldwebel klang weder aufgeregt noch furchtsam, dafür aber zutiefst entsetzt.

Langsam hob er den Kopf. Errol erzitterte unter seinem Arm.

Der Drache – *der* Drache – blickte interessiert über die Dachrinne. Im Kopf hätten gleich mehrere athletisch gebaute Männer Platz gefunden, und die Augen waren so groß wie große Augen. Rote Glut schimmerte in ihnen, und eine Intelligenz, die sich ganz und gar vom menschlichen Verstand unterschied. Es war eine Intelligenz, die schon seit Äonen in Tücke gebadet und sich in Arglist gesuhlt hatte, als die ersten Fast-Affen überlegten, ob es der biologisch-evolutionären Karriere förderlich sein mochte, auf zwei Beinen zu stehen. Es war eine Intelligenz, die sich nicht mit Dingen wie Diplomatie aufhielt; derartige Konzepte blieben ihr fremd.

Solche Geschöpfe spielten nicht, stellten einem auch

keine Rätsel. Als Ausgleich fanden sie großen Gefallen an Arroganz, Macht und Grausamkeit. Ihre Auffassung von Humor bestand darin, anderen Wesen – vorzugsweise Menschen – den Kopf zu verbrennen.

Derzeit war der Drache zorniger als sonst. Er spürte etwas hinter den Augen: ein winziges, schwaches und *fremdes* Ich, erfüllt von aufgeblasener Selbstzufriedenheit. Das Etwas störte ebenso wie hartnäckiges Jucken an einer Stelle, an der man sich nicht kratzen konnte. Es zwang den Drachen zu einer Verhaltensweise, die ihm überhaupt nicht behagte, und hinderte ihn gleichzeitig daran, sich mit Dingen zu beschäftigen, die ihn faszinierten.

Das Ungeheuer richtete den roten Blick auf Errol, der völlig außer sich zu sein schien. Mumm begriff, was ihn bisher davor bewahrt hatte, in einem viele hunderttausend Grad heißen Flammenstrahl zu verdampfen: Der große Drache fragte sich, warum er einen kleinen Drachen in den Armen hielt.

»Mach keine plötzlichen Bewegungen«, hauchte Lady Käsedick hinter ihm, »und achte darauf, keine Furcht zu zeigen! Drachen merken es sofort, wenn man sich vor ihnen fürchtet.«

»Hast du mir sonst noch einen Rat anzubieten?«, fragte Mumm langsam und versuchte zu sprechen, ohne dabei die Lippen zu bewegen.

»Manchmal ist es recht nützlich, sie hinter den Ohren zu kratzen.«

»Oh.« Mumm stöhnte leise.

»Gelegentlich erfüllt auch ein scharfes ›Nein!‹ seinen Zweck. Oder man bringt den Futternapf weg.«

»Ah?«

»In *extremen* Fällen nehme ich eine Papierrolle und gebe ihnen damit einen Klaps auf die Nase.«

Einige Sekunden lang blieb Mumm in einer langsamen,

von klaren Konturen und wachsender Verzweiflung bestimmten Welt gefangen, deren Zentrum aus zwei zerklüfteten und nur wenige Meter entfernten Nüstern bestand. Doch schließlich öffnete sich dieser Kosmos des Schreckens und schuf Platz für ein dumpfes Zischen.

Der Drache holte tief Luft.

Das Zischen verklang. Mumm starrte in die dunklen organischen Flammenwerfer und fragte sich, ob er etwas sehen würde – vielleicht ein weißes Aufblitzen –, bevor er zu Asche zerfiel.

Genau in diesem Augenblick ertönte ein Horn.

Der Drache hob verwirrt den Kopf und gab ein wortloses, aber doch eindeutig fragendes Geräusch von sich.

Erneut das Horn. Echos tanzten wie rein akustische Wesen durch die Straßen und Gassen, vermittelten eine Herausforderung. Wenn dieser Eindruck täuschte, wenn es sich *nicht* um eine Herausforderung handelte ... In dem Fall drohten dem Hornbläser einige schwer zu lösende Probleme. Der Drache warf Mumm noch einen letzten glühenden Blick zu, entfaltete die enorm breiten Schwingen, sprang und verspottete alle aeronautischen Gesetze, als er in die Richtung flog, aus der das Horn erklang.

Nichts in der Welt hätte auf diese Weise fliegen dürfen. Die Schwingen hoben und senkten sich, verursachten dabei ein dumpfes Donnern wie von eingeschüchterten Gewittern. Aber den Bewegungen des Drachen haftete keineswegs etwas Schwerfälliges an, ganz im Gegenteil. Mit einer rätselhaften Eleganz glitt er über die Dächer hinweg und vermittelte dabei den Eindruck, dass er einfach angehalten wäre, wenn er nicht mehr mit den Flügeln geschlagen hätte. Er flog nicht, sondern *schwebte.* Es wirkte noch weitaus beeindruckender, wenn man daran dachte, dass dieses Geschöpf scheunengroß war und eine Haut hatte, deren Konsistenz man mit dickem Stahl vergleichen konnte.

Der Drache pflügte durch die Nacht und näherte sich dem Platz der Gebrochenen Monde.

»Wir müssen ihm folgen!«, rief Lady Käsedick.

»Es ist einfach nicht richtig, dass er so fliegt«, sagte Karotte und griff nach seinem Notizbuch. »Ich bin sicher, damit verstößt er gegen das Hexerei-Gesetz. Und er hat das Dach beschädigt. Die Anklageliste wird immer länger.«

»Fühlst du dich nicht gut, Hauptmann?«, fragte Feldwebel Colon.

»Ich habe dem Ungetüm direkt in den Rachen gestarrt«, antwortete Mumm verträumt. Er blinzelte mehrmals und konzentrierte sich auf das Gesicht des Feldwebels. »Wohin ist es verschwunden?«

Colon streckte den Arm aus.

Mumm beobachtete den sich rasch entfernenden Schatten.

»Wir folgen ihm!«, sagte er mit fester Stimme.

Erneut erklang das Horn.

Hunderte von Bürgern waren zum Platz der Gebrochenen Monde unterwegs. Der Drache glitt über sie hinweg, wie ein Hai, der gerade eine einsame Luftmatratze entdeckt hatte. Sein Schwanz neigte sich langsam von einer Seite zur anderen.

»Irgendein Blödmann will gegen ihn kämpfen«, sagte Nobby.

»Oder es zumindest versuchen«, erwiderte Colon. »Armer Narr! Wahrscheinlich wird er gleich in seiner Rüstung gebraten.«

Das schien auch die Meinung der Leute am Rande des Platzes zu sein. Die Bewohner von Ankh-Morpork neigten zu einer nüchternen und sachlichen Perspektive, wenn es um Unterhaltung ging. Sie hätten sich bestimmt darüber gefreut, den Tod eines Drachen zu erleben, aber sie gaben sich auch damit zufrieden, einen verhinderten Drachentöter zu beobachten, der in seiner eigenen Rüstung garte. So etwas geschah schließlich nicht jeden Tag; man konnte den Kindern davon erzählen.

Mumm wurde hin und her gestoßen, als immer mehr Leute den Platz erreichten und nach vorn drängten.

Das Horn blökte eine dritte Herausforderung. »Klingt nach einem Schneckenhorn«, sagte Colon weise. »Hört sich an wie eine Sturmglocke, nur dumpfer.«

»Bist du sicher?«, fragte Nobby.

»Ja.«

»Muss von einer verdammt großen Schnecke stammen.«

»Erdnüsse! Wabbel! Heiße Würstchen!«, rief jemand hinter ihnen. »Hallo, Jungs. Hallo, Hauptmann Mumm! Willst dir den Kampf ansehen, was? Wenn's überhaupt dazu kommt. Möchtest du ein Würstchen? Geht auf die Rechnung des Hauses.«

»Was ist hier los, Ruin?«, fragte Mumm und hielt sich am Bauchladen des Händlers fest, als jemand gegen ihn stieß.

»Irgendein Bursche kam in die Stadt geritten und meinte, er werde den Drachen töten«, antwortete Treibe-mich-selbst-in-den-Ruin. »Angeblich hat er ein magisches Schwert.«

»Hat er auch eine magische Haut?«

»In deiner Seele fehlt jegliche Romantik, Hauptmann«, sagte Ruin. Er zog eine heiße Röstgabel aus der Bratpfanne des Bauchladens und piekste sie ins breite Hinterteil einer dicken Frau. »Bitte tritt beiseite, Verehrteste, der Handel ist der Lebensnerv dieser Stadt, besten Dank.« Er wandte sich wieder an Mumm. »Natürlich müsste eigentlich eine Jungfrau an einen Felsen gekettet sein, aber die Tante war dagegen. Das ist das Problem mit manchen Leuten. Sie haben keinen Sinn für Tradition. Übrigens: Der Bursche behauptet, rechtmäßiger Ärbe zu sein.«

Mumm schüttelte den Kopf. Die Welt geriet tatsächlich aus den Fugen. »Ich verstehe nicht ganz ...«

»Ärbe«, wiederholte Treibe-mich-selbst-in-den-Ruin geduldig. »Du weißt schon. Thronärbe.«

»Thron?«

»Der von Ankh.«

»Was für ein *Thron von Ankh?*«

»Du weißt schon. Könige und so.« Ruin dachte nach. »Leider erinnere ich mich nicht an seinen Namen. Ich habe in der Großhandelstöpferei des Trolls Ignazius drei Gros Krönungsbecher bestellt, und es ist sicher sehr mühsam, nachher den Namen aufzumalen. Soll ich zwei für dich vormerken, Hauptmann? Ich biete sie dir für neunzig Pence an, und damit treibe ich mich selbst in den Ruin.«

Mumm gab auf, bahnte sich einen Weg durch die Menge und benutzte Karotte dabei als eine Art Leuchtturm. Der Obergefreite ragte aus dem allgemeinen Gewühl hervor, und die übrigen Wächter klammerten sich an ihm fest.

»Hier ist doch alles total verrückt!«, rief Mumm. »Kannst du was sehen, Karotte?«

»Einen Reiter mitten auf dem Platz«, lautete die Antwort. »Er hat ein glitzerndes Schwert. Derzeit scheint er zu warten.«

Mumm schob sich auf Lady Käsedicks Leeseite.

»Könige«, schnaufte er. »Von Ankh. Und Throne. Gibt es welche?«

»Was?« Ihre Ladyschaft drehte den Kopf. »O ja. Es *gab* einmal welche. Früher. Vor vielen Hundert Jahren. Warum?«

»Jemand hat behauptet, der Bursche dort drüben sei ein Thronerbe!«

»Das stimmt!«, bestätigte Ruin. Er war Mumm in der Hoffnung gefolgt, ein Geschäft abzuschließen. »Er hat eine eindrucksvolle Rede gehalten und versprochen, den Drachen zu töten, die unrechtmäßigen Machthaber zu vertreiben und alles Falsche ins Richtige zu verwandeln. Die Leute haben ihn bejubelt. Heiße Würstchen, aus echten Schweinen, zwei für einen Dollar! Warum kaufst du keins für die Lady?«

»Du meinst wohl Schweinefleisch, nicht wahr?«, fragte Karotte misstrauisch und beäugte die glänzenden zylinderförmigen Objekte.

»Sozusagen, in gewisser Weise«, erwiderte Ruin hastig. »Es sind echte Schweineprodukte. Daran kann gar kein Zweifel bestehen.«

»Wenn in dieser Stadt jemand eine Rede hält, kann er immer damit rechnen, bejubelt zu werden«, knurrte Mumm. »Das hat überhaupt nichts zu bedeuten.«

»Fünf Würstchen für nur zwei Dollar!«, rief Ruin. Gespräche lenkten ihn nie von seinen Pflichten als Händler ab. »Könnte gut fürs Geschäft sein, die Monarchie. Schweinewürstchen! Schweinewürstchen! In Brötchen! Und dann die Verwandlung des Falschen ins Richtige. Scheint mir eine gute Idee zu sein. Mit Zwiebeln!«

»Darf ich dir vielleicht ein Würstchen anbieten, gnä' Frau?«, fragte Nobby.

Lady Käsedick blickte auf Ruins Bauchladen hinab. Tausend Jahre guter Erziehung kamen ihr zu Hilfe, und deshalb vibrierte nur vages Grauen in ihrer Stimme, als sie sagte: »Oh, sie sehen wirklich lecker aus. Schmecken bestimmt ausgezeichnet.«

»Stammen sie von Mönchen auf einem mystischen Berg?«, fragte Karotte.

Ruin bedachte ihn mit einem seltsamen Blick. »Nein«, antwortete er geduldig. »Von Schweinen.«

»Der Kerl will Falsches in Richtiges verwandeln?«, brummte Mumm. »Wie meint er das, Ruin? Heraus damit!«

»Nuuun«, begann der Händler, »wie wär's zum Beispiel mit den Steuern? Meiner Ansicht nach sind sie falsch.« Er hatte Anstand genug, ein wenig verlegen zu wirken. In Treibe-mich-selbst-in-den-Ruins Welt war das Zahlen von Steuern ein Schicksalsschlag, der ihn verschonte.

»Da hast du völlig recht«, ließ sich eine alte Frau neben ihm vernehmen. »Und dann die Regenrinnen des Hauses, in dem ich wohne. Etwas Schreckliches tropft aus ihnen, aber der Hauswirt unternimmt nichts dagegen. Das ist falsch.«

»Und vorzeitiger Haarausfall«, sagte der Mann vor ihr. »Das ist ebenfalls falsch.«

Mumms Kinnlade klappte nach unten.

»Ah, Könige kennen ein Mittel gegen Glatzen«, behauptete ein anderer Protomonarchist.

Ruin griff in seine Tasche. »Zufälligerweise habe ich noch diese eine Flasche übrig. Sie enthält eine Wundersalbe, die ...« Er warf Karotte einen durchdringenden Blick zu. »... von alten Mönchen auf einem hohen Berg hergestellt wurde.«

»Und sie antworten nie, wenn man sie was fragt«, fuhr der Monarchist fort. »Daran erkennt man sofort ihre königliche Natur. Sind einfach nicht dazu fähig, Antwort zu geben. Hat etwas damit zu tun, erhaben zu sein.«

»Ja, das stimmt.« Die Regenrinnenfrau nickte.

»Und dann Geld«, sagte der Monarchist und genoss die Aufmerksamkeit der anderen. »Könige tragen keins bei sich. Das gibt einen guten Hinweis.«

»Wieso?«, fragte der Mann, dessen Haarreste auf dem fast kahlen Kopf wie die versprengten Überbleibsel eines besiegten Heeres anmuteten. »Geld ist doch gar nicht schwer. *Ich* kann mühelos tausend und mehr Dollar tragen.«

»Wahrscheinlich bekommt man schwache Arme davon, ein König zu sein«, vermutete die Frau. »Von all dem Winken und so weiter.«

»Ich habe immer gedacht«, sagte der Monarchist, holte eine Pfeife hervor und stopfte sie so langsam wie jemand, der zu einem längeren Vortrag ansetzte, »eins der größten Probleme von Königen sei die Gefahr, dass die Tochter irgendeinen Hohlkopf heiraten muss.«

Nachdenkliches Schweigen folgte.

»Oder dass sie hundert Jahre schläft«, fügte der Monarchist ernst hinzu.

»Oh«, murmelten einige der Zuhörer erleichtert.

»Und dann der Verschleiß an Erbsen.«

»Für Erbsensuppe?«, fragte die Frau unsicher.

»Nein, fürs Bett«, sagte der Monarchist.

»Ganz zu schweigen von den vielen Matratzen. Hunderte!«

»Genau.«

»Tatsächlich?« Treibe-mich-selbst-in-den-Ruin war interessiert. »Ich könnte sie dem König *än groh* besorgen.« Er wandte sich an Mumm, dessen Miene immer verdrießlicher wurde. »Was hältst du davon, Hauptmann? Du wärst dann ein Mitglied der *königlichen* Wache, nehme ich an. Vielleicht bekommst du sogar Federn für den Helm.«

»Ah, Prunk und Gepränge«, sagte der Monarchist und hob die Pfeife. »Sehr wichtig. Jede Menge Schauspiele und so.«

»Was, umsonst?«, fragte Ruin.

»Nuuun, für die *besten* Plätze muss man vielleicht bezahlen«, räumte der Monarchist ein.

»Ihr seid ja alle übergeschnappt!«, platzte es aus Mumm heraus. »Ihr wisst überhaupt nichts über den Burschen, und außerdem hat er noch nicht gewonnen!«

»Reine Formsache, schätze ich«, sagte die Frau.

»Er bekommt es mit einem feuerspeienden Drachen zu tun!«, donnerte Mumm und erinnerte sich an die Nüstern. »Und er ist nur jemand, der auf einem Pferd sitzt, verdammt!«

Ruin klopfte ihm auf den Brustharnisch. »Du hast überhaupt kein Herz, Hauptmann. Wenn ein Fremder in die vom Drachen unterjochte Stadt kommt und das Ungeheuer mit einem glitzernden Schwert herausfordert – nuuun, dann steht bereits fest, wie die Sache endet. Schicksal, wenn du mich fragst.«

»Unterjocht!«, rief Mumm. »*Unterjocht?* Gestern hast du noch niedlich kleine Drachenpuppen verkauft, du dreimal verfluchter Halsabschneider!«

»Das war reines Geschäft, Hauptmann«, sagte Treibe-mich-selbst-in-den-Ruin in aller Ruhe. »Kein Grund, sich aufzuregen.«

Bedrückt und missmutig kehrte Mumm zu seiner Truppe zurück. Ganz gleich, was man von Ankh-Morporks Bürgern hielt: Sie waren unerschütterlich unabhängig und verteidigten ihr Recht, auf einer wahrhaft demokratischen Basis zu rauben, zu stehlen, zu betrügen, zu veruntreuen und zu morden. Mumm hatte nichts dagegen einzuwenden. Seiner Meinung nach gab es überhaupt keinen Unterschied zwischen dem reichsten Mann in der Stadt und dem ärmsten Bettler, sah man einmal davon ab, dass der Reiche mehr Geld und Macht besaß, sich besser kleidete, gesünder lebte und für gewöhnlich nicht an Unterernährung starb. Aber wenigstens war er nicht *besser*. Nur reicher, mächtiger, besser angezogen, gesünder und dicker. So verhielt es sich schon seit Jahrhunderten.

»Jetzt wittern die Leute Hermelinpelz und werden plötzlich ganz sentimental und schnulzig«, murmelte Mumm.

Der Drache flog langsam über den Platz der Gebrochenen Monde. Mumm reckte den Hals, um über die Köpfe der vor ihm stehenden Leute zu blicken.

In den Genen mancher Raubtiere sind die Silhouetten ihrer Beute gewissermaßen programmiert, und vielleicht erinnerte sich das Rassengedächtnis des Drachen an Gestalten, die auf Pferden saßen und glitzernde Schwerter hielten. Das Ungetüm zeigte *vorsichtiges* Interesse.

Mumm hob die Schultern. »Ich wusste nicht einmal, dass wir einst ein Königreich waren.«

»Es ist schon lange her«, sagte Lady Käsedick. »Die Könige wurden verjagt, und das war auch ganz richtig so. Sie konnten ziemlich unangenehm werden.«

»Aber du stammst doch aus einer piekf… aus einer adligen Familie«, bemerkte Mumm. »Ich dachte, Leute wie du sind von Königen begeistert.«

»Einige von ihnen wussten nicht, was sich gehört«, erwiderte Ihre Ladyschaft geziert. »Hatten überall Frauen und fanden es lustig, Köpfe abzuschlagen. Sie begannen sinnlose Kriege, aßen mit Messern, warfen halb abgenagte Hähnchenschenkel fort und so weiter. Wir *Adlige* benehmen uns *ganz* anders.«

Es wurde still auf dem Platz. Der Drache befand sich auf der anderen Seite und schwebte einige Dutzend Meter über dem Pflaster. Nur seine Schwingen bewegten sich.

Mumm spürte, wie ihm etwas über den Rücken kratzte. Einige Sekunden später hockte Errol auf seiner Schulter und hielt sich mit den Klauen der Hinterbeine fest. Die stummelförmigen Flügel hoben und senkten sich im gleichen Rhythmus wie die des großen Drachen. Er zischte leise und hielt den Blick starr auf das riesige Geschöpf gerichtet.

Das Pferd scharrte nervös mit den Hufen, als der junge Reiter abstieg, sein Schwert hob und sich dem Gegner zuwandte.

Der Bursche scheint erstaunlich zuversichtlich zu sein, dachte Mumm. *Andererseits: Wieso genügt es in der heutigen Zeit, einen Drachen zu töten, um sich als König zu qualifizieren?*

Eins musste man zugeben: Das Schwert glänzte und funkelte nicht nur, es *gleißte* regelrecht.

Zwei Uhr am nächsten Morgen, und alles war gut, abgesehen vom Regen. Es nieselte wieder.

Es gibt einige Städte im Multiversum, deren Bewohner fest davon überzeugt sind, dass sich niemand besser vergnügen kann. In Orten wie New Orleans und Rio wissen die Leute nicht nur, wie man die Sau rauslässt, sondern auch, wie man sie später wieder reinholt. Sie sind sehr stolz darauf, und wahrscheinlich würden sie vor Neid erblassen, wenn sie Ankh-Morpork sehen könnten. Wenn es in *dieser* Stadt rundgeht, wirken alle anderen Städte wie ein walisisches Provinznest um zwei Uhr an einem regnerischen Sonntagnachmittag.

Feuerwerksraketen explodierten in der feuchten Luft über dem trüben Schlamm des Ankh. Verschiedene domestizierte Tiere brieten in den Straßen. Tänzer sprangen von Haus zu Haus, drehten sich immer wieder um die eigene Achse und schafften es mühelos, lose Ziergegenstände mitzunehmen. Überall wurde getrunken. Selbst normalerweise sehr zurückhaltende und schweigsame Leute riefen »Hurra!«

Mumm stapfte mürrisch durch die Straßen und kam sich wie die einzige eingelegte Zwiebel im Fruchtsalat vor. Er hatte seinen Männern den Abend freigegeben.

Er fühlte sich überhaupt nicht monarchistisch. Eigentlich waren ihm Könige völlig gleichgültig, aber die Vorstellung, dass *Ankh-Morporkianer* Fahnen schwenkten, ließ eine seltsame Unruhe in ihm entstehen. Solche Verhaltensweisen offenbarten nur dumme Untertanen in anderen Ländern. Außerdem hielt Mumm nichts von Federn am Helm. Mehr noch: Er verabscheute sie. Federn am Helm erschienen ihm wie ein deutliches Zeichen dafür, dass man nicht mehr sich selbst gehörte. Damit würde er sich bestimmt wie ein Vogel fühlen. Nein, Federn kamen nicht infrage.

Die Beine führten ihn zur Pseudopolis-Allee zurück. Wohin sollte er auch sonst gehen? Seine Unterkunft war deprimierend, und die Hauswirtin hatte sich schon über die Löcher beschwert, die Errol trotz der vielen Ermahnungen im Teppich hinterließ. Und dann der Geruch des kleinen Sumpfdrachen! Mumm überlegte, ob er eine Taverne besuchen sollte, entschied sich dann aber dagegen. Wenn er betrunken war, sah er häufig unangenehme Dinge, aber in dieser Nacht bestand die Gefahr, dass sie noch weitaus unangenehmer wurden.

Ruhe und Stille herrschten in dem Zimmer, obgleich die fernen Geräusche des Festes durchs Fenster filterten.

Errol sprang von Mumms Schulter und begann damit, die Kohlen im Kamin zu verspeisen.

Der Hauptmann lehnte sich im Sessel zurück und legte die Füße auf den Tisch.

Welch ein Tag! Welch ein Kampf! Zuschlagen und ausweichen, zuschlagen und ausweichen. Die Rufe und Schreie der Zuschauer ... Der junge Mann stand in der Mitte des Platzes, wirkte winzig und hilflos, als der Drache auf eine Art und Weise Luft holte, die Mumm bereits kannte ...

Aber er spuckte kein Feuer. Das hatte nicht nur Mumm überrascht, sondern auch das Publikum – und erst recht den Drachen, der auf sein eigenes Maul herabschielte, die Klauen hob und nach den Flammenkanälen tastete. Er blieb auch überrascht, als sich die winzige Gestalt vor ihm unter einer Tatze hinwegduckte und das glitzernde Schwert in den Schuppenleib stieß.

Ein lautes Krachen.

Aber die allgemeinen Erwartungen erfüllten sich nicht. Als sich der Rauch lichtete, lagen nirgends blutige – oder verkohlte – Fetzen.

Mumm zog einen Zettel heran und blickte auf die Notizen vom vergangenen Tag.

Punkt Ains: Der Drachen isset schwer, aber er kannet trotzdem richtig fliegen.

Punkt Zwai: Das Feuer isset sehr heiß, aber es stammet doch von einem lebendigen Wesen.

Punkt Drai: Die Sumpfdrachen sind mitlaiderweckende Geschöpfe, doch dieses Ungetüm isset sehr mächtig und beaindruckend.

Punkt Vier: Niemand wisset, woher es kommet, wohin es verschwindigt und wo es die Zeit dazwischen verbringet.

Der Hauptmann nahm Federkiel und Tinte, zögerte kurz und schrieb:

Punkt Fünf: Warum isset er so ainfach verbrannt?

Punkt Sechs: Kann ein Drachen so zerstöret werden, dass er ins Nichts verschwindet?

Mumm überlegte eine Zeit lang und fügte hinzu:

Punkt Sieben: Er isset explodiert, ohne irgendwelche Spuren zu hinterlassigen. Seltsam.

Das war wirklich ein Rätsel. Lady Käsedick hatte betont, dass von einem explodierenden Sumpfdrachen überall Drachenfetzen übrig blieben. In diesem besonderen Fall handelte es sich um ein ziemlich großes Exemplar. Zugegeben, sein Inneres kam sicher einem alchimistischen Albtraum gleich, aber die Bürger von Ankh-Morpork hätten eigentlich trotzdem den Rest der Nacht damit verbringen müssen, Drachenteile von den Straßen zu schaufeln. Niemand schien sich Gedanken darüber zu machen. Der violette Rauch war beeindruckend gewesen.

Errol verschluckte die letzten Kohlen und nahm sich den Schürhaken vor. Bisher hatte er an diesem Abend drei Kopfsteine, einen Türknauf, etwas Undefinierbares aus dem Rinnstein und, zur allgemeinen Überraschung, drei von Treibe-mich-selbst-in-den-Ruins Würstchen gefressen, die angeblich aus echtem rosaroten Schweinefleisch bestanden. Das Knacken und Knirschen des Schürhakens, der nun die Reise zum ersten Magen begann, vermischte sich mit dem Prasseln der Regentropfen am Fenster.

Mumm sah erneut auf den Zettel und schrieb:

Punkt Acht: Können Könige aus dem Nichts kommigen?

Er hatte den jungen Mann nur kurz aus der Nähe gesehen. Er wirkte recht sympathisch, wenn auch nicht sonderlich intelligent, und es fiel einem leicht, sich sein Profil auf Münzen vorzustellen. Obwohl das eigentlich überhaupt keine Rolle spielte – nach seinem Sieg über den Drachen hätte er auch ein schielender Kobold sein können. Das Publikum hatte ihn im Triumphzug zum Palast des Patriziers getragen.

Lord Vetinari hockte nun in seinem eigenen Kerker. Wie es hieß, hatte er überhaupt keinen Widerstand geleistet und nur gelächelt, als man ihn abführte.

Welch ein glücklicher Zufall für die Stadt, dass genau zum richtigen Zeitpunkt ein König erschienen war, um den Drachen zu töten!

Mumm drehte diesen Gedanken hin und her und betrachtete ihn aufmerksam von allen Seiten, bevor er erneut den Federkiel nahm und schrieb:

Punkt Neun: Es isset doch wirklich ain glücklicher Zufall, dass der Bursche Gelegenheit bekam, ainen Drachen zu töten. Wie hättige er sonst bewaisen können, das Zoig zum König zu haben?

Ein Drache als Trophäe. Zugegeben, das war weitaus besser als irgendwelche Muttermale und Schwerter.

Mumm spielte eine Zeit lang mit dem Federkiel und kritzelte dann:

Punkt Zehn: Der Drache waret kain mechanisches Ding, und gewiss haben Zauberer nicht die Macht, ain Ungeheuer mit solchigen Auß. Außmah. Von solchiger Größe zu beschwörigen.

Punkt Elf: Verdammt und zugenäht, warum habet das Biest kain Feuer gespuckt?

Punkt Zwölf: Woher kamet es?

Punkt Dreizehn: Wohin verschwand es?

Der Regen prasselte lauter ans Fenster. Die Geräusche des Festes wurden dumpf und feucht, verklangen schließlich. Donner grollte in der Ferne.

Mumm unterstrich das Wort ›verschwand‹ mehrmals, überlegte und fügte ein ausdrucksstarkes ›??‹ hinzu.

Er beobachtete den Effekt einige Sekunden, zerknüllte dann den Zettel und warf ihn in den Kamin. Errol ließ sich den Leckerbissen nicht entgehen.

Ein Verbrechen. Sinne, von denen Mumm gar nicht wusste, dass er sie besaß – uralte Polizistensinne –, ließen ihn schaudern und wiesen auf ein Verbrechen hin. Vermutlich handelte es sich um ein so außergewöhnliches Verbrechen, dass es nicht einmal in Karottes Buch stand, aber es war trotzdem begangen worden. Mumm beschloss, es zu finden und ihm einen Namen zu geben.

Er stand auf, zog den ledernen Regenmantel vom Haken neben der Tür und trat in die nasse Stadt.

Hierher verschwanden die Drachen.

Sie liegen und ...

Nein, sie sind nicht tot. Sie schlafen auch nicht. Von Warten kann ebenfalls keine Rede sein, denn wer wartet, erwartet etwas. Der angemessene Ausdruck lautet vermutlich ...

... sind *zornig*.

Ein Drache – *der* Drache – erinnerte sich an das Gefühl echter Luft unter den Schwingen, an die Euphorie der Flammen, an leere Himmelsgewölbe und eine interessante Welt darunter, eine Welt voller seltsamer Geschöpfe, die dauernd zu laufen und zu fliehen schienen. *Dort* hatte die Existenz eine andere und bessere Substanz.

Doch als er allmählich Gefallen daran fand, lähmte ihn etwas, hinderte ihn daran, Feuer zu spucken, und warf ihn zurück. Man gab ihm einen mentalen Tritt, wie einem räudigen Hundewesen.

Das Etwas nahm ihm die faszinierende Welt.

In den Reptiliensynapsen des Drachenbewusstseins wuchs die Hoffnung, dass er irgendwie zurückkehren konnte. Man hatte ihn gerufen und anschließend voller Verachtung fortgeschickt. Aber vielleicht gab es eine Spur, eine Fährte, einen Pfad, der bis zum Himmel reichte …

Vielleicht genügte der Weg der Erinnerung …

Er erinnerte sich an fremde Gedanken, an eine launische Stimme, erfüllt von Arroganz und Überheblichkeit. Das andere Ich ähnelte dem eines Drachen, war jedoch viel winziger und unbedeutender.

Aha.

Er breitete die Flügel aus.

Lady Käsedick genehmigte sich eine Tasse Kakao und lauschte dem Regen, der draußen in den Abflussrinnen gurgelte.

Sie streifte die verhassten Tanzschuhe ab, die, wie sie selbst zugeben musste, zwei rosaroten Kanus glichen. Aber *Nobbleß Oblidsch*, wie der komische kleine Feldwebel sagen würde. Als letzte Repräsentantin einer der ältesten Familien von Ankh-Morpork hatte sie den Siegesball besuchen müssen, um guten Willen zu zeigen.

Lord Vetinari hatte nur selten Bälle veranstaltet. Seine Vorstellung von Vergnügen bestand darin, allein in einem Zimmer zu sitzen und die Berichte seiner Spione zu lesen. Doch jetzt hielt die Zukunft viele Bälle bereit.

Lady Käsedick konnte Bälle nicht ausstehen. Viel lieber mistete sie Drachenställe aus. Wenn man Drachenställe ausmistete, wusste man genau, woran man war. Dabei geriet man auf eine andere Art und Weise ins Schwitzen, und außerdem war es nicht nötig, seltsame Dinge an Spießen zu essen oder Kleider zu tragen, in denen man wie eine Wolke kleiner Engelchen aussah. Den Sumpfdrachen war das äußere Erscheinungsbild völlig gleichgültig, solange man mit einem Futternapf kam.

Seltsam. Lady Käsedick hatte immer angenommen, es dauere Wochen oder gar *Monate*, einen Ball vorzubereiten. Einladungen, Dekorationen, Würstchen, die an Stricken zwischen hohen Stangen hingen, sonderbare Hühner*dinge*, die in Pasteten untergebracht werden mussten ... Aber alle diese Vorbereitungen fanden innerhalb weniger Stunden statt, als habe jemand mit einem solchen Ereignis gerechnet. Wahrscheinlich ein Wunder der Gastronomie. Ihre Ladyschaft hatte sogar mit der Person getanzt, die sie in Ermangelung eines besseren Wortes als neuen König bezeichnete. Der Junge oder Bursche richtete einige höfliche Worte an sie, aber seine Stimme klang dabei recht dumpf und undeutlich.

Und morgen stand eine Krönung bevor. Obwohl man normalerweise Monate benötigte, um so etwas zu organisieren.

Lady Käsedick dachte noch immer darüber nach, als sie die einzelnen Ingredienzien für das Abendessen der Drachen mischte: Petroleum und Torf mit einer Prise Schwefel. Sie machte sich nicht die Mühe, das Ballkleid auszuziehen, band einfach eine dicke Schürze um, griff nach Handschuhen und Helm, klappte das Visier herunter und lief mit den Futtereimern durch den Regen.

Als sie die Tür des Schuppens öffnete, wusste sie sofort, dass etwas nicht stimmte. Normalerweise reagierten die kleinen Drachen auf eine bevorstehende Mahlzeit, indem sie heulten und kreischten und freudiges Feuer spuckten.

Diesmal hockten sie still in ihren Pferchen und starrten mit gespannter Aufmerksamkeit an die Decke.

Es war irgendwie unheimlich. Lady Käsedick stieß die Eimer aneinander.

»Ihr braucht euch nicht mehr zu fürchten, der hässliche

große Drache ist fort!«, rief sie fröhlich. »Hier, ich habe euch was mitgebracht!«

Einige Sumpfdrachen warfen ihr einen kurzen Blick zu, konzentrierten sich dann wieder auf…

Worauf? Sie schienen sich überhaupt nicht zu fürchten. Sie waren nur sehr, sehr wachsam. Warteten sie auf etwas? Ja, sie warteten darauf, dass etwas geschah.

Erneut grollte Donner.

Einige Minuten später verließ Lady Käsedick ihr Anwesen und machte sich auf den Weg in die Stadt.

Es gibt einige Lieder, die man nie in nüchternem Zustand singt. Ihre Texte eignen sich prächtig dazu, hingebungsvoll zu grölen und zu lallen – und am nächsten Tag zu erröten, wenn man sich daran erinnert. In Ankh-Morpork heißt die in diesem Zusammenhang beliebteste Weise: ›Ein Zauberstab hat einen Knauf am Ende‹.

Die Nachtwache war betrunken. Das galt zumindest für zwei der drei anwesenden Wächter. Man hatte Karotte dazu überredet, ein Bier mit Limonade zu probieren, aber es schmeckte ihm nicht. Außerdem kannte er nicht alle Wörter, die seine beiden Kameraden sangen, und wenn er einmal vertraute Silben entdeckte, so blieb ihm ihr Sinn verborgen.

»Oh, ich *verstehe*«, sagte er schließlich. »Es sind humorvolle Wortspiele, nicht wahr?«

»Weißt du«, begann Colon wehmütig und beobachtete die dichter werdenden Nebelschwaden über dem Ankh, »bei solchen Gelegenheiten bedauere ich, dass der alte…«

»Sag es nicht!« Nobby schwankte ein wenig. »Wir haben gemeinsam beschlossen, nicht darüber zu reden.«

»Es war sein Lieblingslied«, stellte Colon traurig fest. »Seine Tenorstimme klang wirklich gut.«

»Ich bitte dich, Feldwebel …«

»Er war ein guter Mann, unser Humpel«, murmelte Colon.

»Wir konnten ihm nicht helfen«, behauptete Nobby mürrisch.

»Vielleicht doch«, widersprach Colon. »Wenn wir schneller gelaufen wären …«

»Was ist geschehen?«, fragte Karotte.

»Er starb in der Ausübigung seiner Pflicht«, verkündete Nobby.

»Ich habe ihn *gewarnt*«, sagte Colon und trank einen großen Schluck aus der Flasche, die sie mitgenommen hatten, um die Nacht auf möglichst angenehme Weise zu verbringen. »Jawohl, *gewarnt* habe ich ihn. Lauf langsamer, lautete meine Warnung. Besser noch: Bleib stehen. Andernfalls bringst du dich nur in Schwierigkeiten. Ich weiß überhaupt nicht, warum er so *rannte.*«

»Ich gebe der Diebesgilde die Schuld«, brummte Nobby. »Wenn sie solche Leute auf den Straßen zulässt …«

»Wir sahen da einen Burschen, den wir nur eine Nacht zuvor bei einem Raubüberfall gesehen hatten«, erklärte Colon kummervoll. »Der Kerl stand direkt vor uns! Und Hauptmann Mumm, er sagte, kommt, den schnappen wir uns, tja, und dann liefen wir los. Es kommt allerdings darauf an, nicht zu schnell zu laufen, denn sonst erwischt man vielleicht jemanden. Und wenn man Halunken erwischt, ergeben sich oft Probleme …«

»Sie mögen es nicht, erwischt zu werden«, fügte Nobby hinzu. Donner grollte, und der Regen prasselte mit erneuertem Enthusiasmus.

»Sie mögen es nicht«, bestätigte Colon. »Aber Humpel vergaß das. Er lief nicht nur, sondern *rannte* regelrecht, er *stürmte* um die Ecke und … Na ja, dort warteten einige Kumpel des Schurken …«

»Eigentlich war's sein Herz«, sagte Nobby.

»Jedenfalls«, fuhr Colon fort, »er erwischte nicht etwa den Halunken, sondern es erwischte ihn. Hauptmann Mumm war sehr bestürzt. Wenn man in der Wache ist, sollte man nie schnell laufen, Junge«, sagte er ernst. »Man kann ein schneller oder ein alter Wächter sein, aber es ist unmöglich, ein schneller *und* alter Wächter zu werden. Armer alter Humpel.«

»Das ist nicht richtig«, kommentierte Karotte.

Colon setzte die Flasche an die Lippen und trank.

»Aber es ist die bittere Wirklichkeit«, sagte er. Regen klatschte ihm auf den Helm und tropfte ihm übers Gesicht.

»Trotzdem, es sollte nicht so sein«, überlegte Karotte laut.

»Trotzdem, es ist so«, erwiderte Colon.

Es gab noch jemanden in Ankh-Morpork, der Unbehagen empfand. Er war als Bibliothekar bekannt.

Feldwebel Colon hatte ihm eine Dienstmarke gegeben. Er drehte sie nun in den großen sanften Händen; manchmal knabberte er daran.

Ihn belastete keineswegs der Umstand, dass die Stadt plötzlich einen König hatte. Orang-Utans sind Traditionalisten, und es gibt nichts Traditionelleres als einen König. Aber sie legten auch großen Wert darauf, dass alles in Ordnung war, und von einem solchen Zustand konnte man derzeit nicht sprechen. Besser gesagt: Alles war *zu sehr* in Ordnung, und diese Beschreibung traf nur selten – praktisch nie – auf Phänomene wie Wahrheit und Realität zu. Thronerben längst vergangener Königreiche wuchsen nicht einfach an Bäumen; in dieser Hinsicht wusste der Bibliothekar Bescheid.

Außerdem suchte niemand nach dem gestohlenen Buch. Manchmal setzten Menschen seltsame Prioritäten …

Das Buch spielte bei dieser Sache eine zentrale Rolle. Er

war ganz sicher. Es gab eine Möglichkeit herauszufinden, was in dem Buch stand. Eine gefährliche Möglichkeit, ja, aber mit solchen Dingen kannte sich der Bibliothekar aus. Schließlich verbrachte er täglich viele Stunden in einer magischen Bibliothek.

Im Schweigen der schlafenden Bücher öffnete er seinen Schreibtisch, griff in ein entlegenes Fach und holte eine kleine Laterne hervor. Ihr Konstrukteur hatte sorgfältig darauf geachtet, dass die Flamme im Innern eingesperrt blieb. Wenn die Umgebung überwiegend aus außerordentlich trockenem Papier bestand, konnte man nicht vorsichtig genug sein.

Der Bibliothekar nahm auch eine Tüte mit Erdnüssen, zögerte kurz und fügte seiner Ausrüstung einen Schnurballen hinzu. Ein Teil davon biss er ab und benutzte es, um sich die Dienstmarke als eine Art Talisman um den Hals zu hängen. Dann befestigte er das Ende der Schnur am Schreibtisch, dachte einige Sekunden lang nach und wankte durch den Gang zwischen den Regalen. Ein Faden blieb hinter ihm zurück.

Wissen gleich Macht ...

Der Faden war wichtig. Nach einer Weile verharrte der Bibliothekar und konzentrierte die ganze Kraft des Bibliothekswesens.

Macht gleich Energie ...

Manchmal erwiesen sich Menschen als erstaunlich dumm. Sie hielten die Bibliothek aufgrund der magischen Bücher für einen gefährlichen Ort, was durchaus stimmte, aber die gefährlichste Gefahr basierte auf der schlichten Tatsache, dass es sich um eine Bibliothek handelte.

Energie gleich Materie ...

Er erreichte einen anderen Gang, der nach wenigen Metern zu enden schien. Dort marschierte er etwa eine halbe Stunde lang.

Materie gleich Masse.

Und Masse krümmt den Raum. Sie krümmt ihn zum vielfach gekrümmten Bibliotheks-Raum, auch B-Raum genannt.

Die bibliothekarische Dezimalklassifikation hat durchaus ihre Vorteile, aber wenn man etwas in den multidimensionalen Falten des B-Raums sucht, so benötigt man in erster Linie einen Schnurballen.

Jetzt gab sich der Regen wirklich Mühe. Er glänzte auf dem Kopfsteinpflaster des Platzes der Gebrochenen Monde, spritzte hier und dort über zerrissene Fähnchen, Wimpel, zerbrochene Flaschen und halb verdaute Abendessen hinweg. Es herrschte nach wie vor kein Mangel an Donnergrollen, und in der feuchten Luft hing ein grüner frischer Geruch. An einigen Stellen schwebten Dunstfetzen, die sich vom Ankh hierher verirrt hatten. Es dauerte nicht mehr lange bis zum Morgengrauen.

Mumms Schritte hallten nass von den Mauern der nahen Häuser wider, als er über den Platz stapfte. Der Junge hatte *hier* gestanden.

Er spähte durch die faserigen Nebelschwaden und versuchte sich zu orientieren. Der Drache hatte – er trat vor – *hier* geschwebt.

»Und dort starb er«, sagte Mumm.

Er kramte in den Taschen. Sie enthielten diverse Dinge: Schlüssel, einige Schnüre, Korken. Schließlich ertasteten die Finger einen Kreidestift.

Er ging in die Hocke. Errol sprang ihm von der Schulter und watschelte fort, um den Müll des Festes zu inspizieren. Er schnüffelte immer, bevor er etwas fraß, stellte Mumm fest. Eigentlich seltsam, warum er sich damit aufhielt; letztendlich verschwand alles im Magen des Sumpfdrachen. Beziehungsweise in den *Mägen.*

Der Kopf ist etwa, mal sehen, hier gewesen.

Der Hauptmann trat zurück, zog den Kreidestift über die Kopfsteine und bewegte sich wie jemand, der versuchte, in einem komplexen Labyrinth nicht die Übersicht zu verlieren. Hier eine Schwinge, zu einem Schwanz gewölbt, der sich dort erstreckte, gut, jetzt der andere Flügel ...

Als Mumm fertig war, blieb er im Zentrum des gemalten Umrisses stehen und strich mit den Fingerkuppen über die Steine. Er rechnete fast damit, dass sie warm waren.

Eigentlich sollte sich hier etwas entdecken lassen. Vielleicht ein wenig, na ja, Schleim oder, oder verschmorte Schuppen.

Errol verspeiste einige Glasscherben und schien die Mahlzeit zu genießen.

»Weißt du, was ich glaube?«, fragte Mumm. »Ich glaube, das Ungetüm hat sich an einen *anderen* Ort zurückgezogen.«

Wieder grollte Donner.

»Na schön, na schön«, brummte Mumm. »War nur so ein Gedanke. Derartige Dramatik ist nicht nötig.«

Errol schmatzte – und erstarrte plötzlich.

Ganz langsam drehte sich der Kopf, als säße er auf einem gut geölten Lager, und der kleine Sumpfdrache blickte nach oben.

Er beobachtete eine völlig leere Stelle über dem Platz. Mehr ließ sich darüber nicht sagen.

Mumm schauderte unter seinem Mantel. Welch ein Blödsinn!

»Hör auf herumzualbern«, sagte er. »Dort oben gibt es überhaupt nichts.«

Errol zitterte.

»Es ist nur der Regen«, fügte Mumm hinzu. »Friss die Flasche. Ist bestimmt eine *leckere* Flasche.«

Ein dünnes besorgtes Klagen löste sich aus dem Maul des Sumpfdrachen.

»Ich zeig's dir«, brummte der Hauptmann. Er sah sich um und bemerkte eins von Ruins Würstchen, fortgeworfen von einem hungrigen Feiernden, der offenbar zu dem Schluss gekommen war, nicht *so* hungrig zu sein. Mumm hob es auf.

»Pass auf!« Er warf den zylinderförmigen Gegenstand nach oben.

Aufmerksam beobachtete er die Flugbahn und war völlig sicher, dass das Ding *herunter-* und nicht einfach *weg*fallen sollte. Es verschwand in einem Tunnel am Himmel, in einem Tunnel, der Mumms verblüfften Blick erwiderte.

Grelles violettes Licht zuckte aus der leeren Luft und traf die Häuser an der einen Seite des Platzes. Einige Sekunden lang flackerte es über die Mauern, und dann verschwand das Glühen so plötzlich, als hätte es nie existiert.

Kurz darauf gleißte es erneut, und diesmal tanzte das Licht zur randwärtigen Seite. An den Steinen zerstob es zu einem unüberschaubaren Wirrwarr aus leuchtenden Tentakeln, die über den Mörtel krochen.

Der dritte Versuch war nach oben gerichtet und formte eine aktinische Säule, die bis auf eine Höhe von zwanzig Metern wuchs, stabil zu werden schien und sich langsam drehte.

Mumm hielt es für angebracht, das aktuelle Geschehen zu kommentieren. »Arrgh«, sagte er.

Während sich die Säule drehte, schickte sie Zickzack-Ausläufer über die Dächer. Manchmal verblassten sie; manchmal kehrten sie zurück. Das Licht *suchte.*

Errol stürmte mit fliegenden Klauen an Mumms Rücken hoch und nahm wieder seinen Platz auf der Schulter ein. Der stechende Schmerz erinnerte den Hauptmann daran, dass er etwas unternehmen sollte. War dies der geeignete Zeitpunkt, um noch einmal zu schreien? Er versuchte es mit einem zweiten »Arrgh!« Nein, wahrscheinlich nicht.

Die Luft roch nach verbranntem Blech.

Lady Käsedicks Kutsche rollte auf den Platz und verursachte dabei Geräusche, die nach einer Rouletteschüssel klangen. Sie donnerte auf Mumm zu und hielt so plötzlich an, dass sie halb herumrutschte. Um verknotete Beine zu vermeiden, blieb den Pferden gar nichts anderes übrig, als sich schnell zu drehen. Eine zornige Gestalt – die Kleidung bestand aus gepolstertem Leder, Handschuhen, einem Diadem und dreißig Metern rosafarbenem Tüll – beugte sich durch die Tür und rief: »Komm her, du verdammter Idiot!«

Ein Handschuh packte Mumm an einer Schulter, die keinen Widerstand leistete, und zerrte ihn grob in die Kutsche.

»Und hör auf zu schreien!«, befahl das Phantom, wobei es viele Generationen natürlicher Autorität in sechs Silben konzentrierte. Die unheimliche Gestalt zischte etwas, und daraufhin begannen die verwirrten Pferde aus dem Stand heraus mit einem vollen Galopp.

Die Droschke rumpelte übers Kopfsteinpflaster. Ein forschender Tentakel aus Licht strich kurz über die Zügel und verlor das Interesse.

»Ich nehme an, du hast keine Ahnung, was hier passiert, oder?«, rief Mumm, um das laute Knistern des Schimmerns zu übertönen.

»Nicht die blasseste!«

Die flackernden Tentakel dehnten sich aus, bildeten ein Gespinst über der Stadt und verloren an Leuchtkraft, je weiter sie sich vom Platz der Gebrochenen Monde entfernten. Vor dem inneren Auge sah Mumm, wie sie durch Fenster krochen und sich unter Türen hinwegschoben.

»Das Gleißen scheint etwas zu suchen!«, stieß der Hauptmann hervor.

»Dann halte ich es für eine gute Idee, von hier zu verschwinden, bevor die Suche Erfolg hat.«

Eine Feuerzunge leckte nach dem Kunstturm der Unsichtbaren Universität, glitt grell über die efeubewachsenen Mauern und glänzte durch die Kuppel der Bibliothek.

Die übrigen Lichter wichen der Dunkelheit.

Lady Käsedick hielt die Kutsche auf der anderen Seite des Platzes an.

»Was will Es in der Bibliothek?«, fragte sie und runzelte die Stirn.

»Vielleicht möchte es sich informieren.«

»Sei nicht dumm«, schnaufte Ihre Ladyschaft. »Dort drin gibt es bloß Bücher. Was könnte ein Blitz oder so lesen?«

»Eine *kurze* Kurzgeschichte?«

»Ich glaube, du solltest ernster werden.«

Das Licht explodierte, schuf einen hellen, fast zwei Meter breiten Bogen zwischen der Bibliothek und dem Zentrum des Platzes und flirrte in der feuchten Luft.

Dann wurde es plötzlich zu einer Feuerkugel, die sich rasch ausdehnte, den ganzen Platz umfasste und jäh verschwand. Unstete violette Schatten blieben zurück.

Und ein *großer* Drache.

Wer hätte das gedacht? So viel Macht, und so nahe. Der Drache spürte, wie sich sein innerer Kosmos mit magischer Kraft füllte, ihn immer stärker werden ließ und den langweiligen physikalischen Gesetzen ihre Bedeutung nahm. Dies war nicht die armselige Kost, die man ihm vorher gewährt hatte. Dies war geballte Energie. Mit einer solchen Macht gab es keine Beschränkungen mehr für ihn.

Doch zuerst musste er gewissen Menschen einen Besuch abstatten.

Der Drache schnüffelte, atmete die kühle Luft des frühen Morgens und nahm Witterung auf. Stinkende Gedanken, bornierte Überheblichkeit. Ja …

Erhabene Drachen haben keine Freunde, höchstens Feinde, die noch leben.

Die Luft wurde still, so still, dass man fast das Rieseln von Staub hören konnte. Der Bibliothekar stützte sich immer wieder mit den Fingerknöcheln ab, als er an den endlosen Regalen vorbeiwankte. Die Kuppel der Bibliothek befand sich nach wie vor über ihm. Wie immer.

Es gab Gänge, in denen sich die Regale an den Außenseiten erstreckten, und daher hielt es der Bibliothekar für logisch, dass auch Gänge zwischen den *Büchern* existierten, geschaffen von Quantenfalten, die auf das enorme Gewicht der vielen Worte zurückgingen. Hier und dort ertönten seltsame Geräusche hinter manchen Wänden, und der Bibliothekar zweifelte kaum daran, dass er andere Bibliotheken unter anderen Himmeln sehen würde, wenn er einige Bücher beiseiterückte.

Bücher krümmen Zeit und Raum. Einer der Gründe dafür, warum die Eigentümer der bereits erwähnten kleinen Antiquariate so unirdisch und übernatürlich wirken, besteht darin, dass sie wirklich unirdisch und übernatürlich sind. Sie nahmen eine falsche Abzweigung in ihren Buchläden, die zu anderen Welten gehörten. *Dort* gilt es als völlig normal, ständig Pantoffeln zu tragen und das Geschäft nur zu öffnen, wenn man Lust dazu hat.

Man verirrt sich auf eigene Gefahr in den B-Raum.

Alte und verdienstvolle Bibliothekare, die sich mit einer kühnen Tat des Bibliothekswesens als würdig erweisen, werden in einen geheimen Orden aufgenommen und lernen dort die einzigartige Kunst des Überlebens Hinter Den Uns Bekannten Regalen. Der Orang-Utan hatte sich längst entsprechende Fähigkeiten angeeignet, doch nun begann er mit einem Wagnis, durch das er nicht nur die Mitgliedschaft im Orden, sondern auch sein Leben verlieren konnte.

Alle Büchereien aller Welten sind im B-Raum miteinander verbunden. *Alle* Büchereien *aller* Welten. Und der Bibliothekar (er ließ sich von den ins Holz der Regale geschnitzten Zeichen leiten, die von früheren Forschern stammten, von den verschiedenen Gerüchen, sogar vom Herrenenhaften Flüstern der Nostalgie) näherte sich zielstrebig einer ganz bestimmten.

Es gab nur einen Trost: Wenn er die Orientierung verlor, so würde er es nie erfahren.

Aus irgendeinem Grund wirkte der Drache auf dem Boden noch weitaus schlimmer. In der Luft war er eine elementare Erscheinung, selbst dann voller Anmut und Eleganz, wenn er sich anschickte, einem die Stiefel zu verbrennen. Auf dem Boden hingegen war er nur ein verdammt großes Tier.

Der riesige Kopf zeichnete sich vor dem ersten Licht des neuen Tages ab und schwang langsam herum.

Lady Käsedick und Hauptmann Mumm blickten hinter einem Trog hervor. Mumm hielt Errol mit beiden Händen das Maul zu. Der kleine Sumpfdrache wimmerte wie ein getretenes Hündchen und versuchte ständig, sich aus dem Griff zu befreien.

»Ein wahres Prachtexemplar«, sagte Lady Käsedick. Wenn sie flüsterte, sprach sie so laut wie ein normaler Mensch.

»Wenn du nur nicht dauernd darauf hinweisen würdest!«, erwiderte Mumm.

Es kratzte und schabte, als sich der Drache übers Kopfsteinpflaster schob.

»Ich *wusste*, dass er nicht tot ist«, knurrte Mumm. »Es fehlten ... Spuren. Es ging alles zu glatt. Er wurde fortgeschickt, wahrscheinlich mithilfe von Magie. Sieh ihn dir nur an! So ein Geschöpf ist völlig unmöglich! Es braucht Zauberei, um am Leben zu bleiben!«

»Wie meinst du das?«, fragte Lady Käsedick und behielt dabei weiterhin die Schuppenflanken im Auge.

»Alle physikalischen Gesetze verbieten die Existenz eines solchen Wesens«, antwortete Mumm. »Was so schwer ist, kann nicht fliegen oder derart heißes Feuer spucken. Ich hab's dir doch schon gesagt.«

»Aber es sieht echt aus. Ich meine, von einem magischen Geschöpf erwartet man eine, äh, durchscheinende Gestalt.«

»Oh, der Drache ist echt, zweifellos«, erwiderte Mumm bitter. »Aber angenommen, er braucht Magie wie wir – Sonnenlicht. Oder Nahrungsmittel.«

»Du hältst ihn also für thaumivor, oder?«

»Ich glaube, er ernährt sich von Magie, das ist alles«, sagte Mumm, der keine klassische Bildung hatte. »Ich meine, all die Sumpfdrachen, die dauernd vom Aussterben bedroht sind ... Vielleicht haben einige von ihnen in prähistorischen Zeiten herausgefunden, wie man Magie benutzt.«

»Damals fehlte es nicht an natürlicher magischer Kraft«, gestand Lady Käsedick nachdenklich ein.

»Na bitte. Immerhin hat sich das Leben auch in der Luft und im Meer ausgebreitet. Ich meine, wenn's natürliche Ressourcen gibt, so werden sie früher oder später verwendet, stimmt's? In diesem besonderen Fall spielen schlechte Verdauung, Gewicht und Flügelgröße keine Rolle mehr, denn die Magie gleicht alles aus. Donnerwetter!«

Aber man braucht viel Magie, dachte der Hauptmann. Er

wusste nicht genau, wie viel Zauberei notwendig war, um die Welt so sehr zu verändern, dass sie das Fliegen eines viele Tonnen schweren Schuppenkörpers zuließ, aber bestimmt benötigte man *eine Menge*.

Er erinnerte sich an die sonderbaren Diebstähle. Jemand hatte den Drachen gefüttert.

Mumm beobachtete den Gebäudekomplex der Unsichtbaren Universität und richtete den Blick auf die Bibliothek, die größte Ansammlung destillierter Magie auf der ganzen Scheibenwelt.

Jetzt hatte der Drache eine neue Futterquelle gefunden.

Eine schreckliche Erkenntnis beanspruchte Mumms Aufmerksamkeit: Er stellte plötzlich fest, dass Lady Käsedick nicht mehr neben ihm stand. Sie schritt dem Drachen entgegen, das Kinn wie ein Amboss vorgeschoben.

»Bei allen Göttern, was hast du vor?«, flüsterte er laut.

»Wenn das Biest von Sumpfdrachen abstammt, kann ich es wahrscheinlich kontrollieren!«, rief sie. »Man muss ihnen ins Auge sehen und mit strenger Stimme sprechen. Der strengen Stimme eines Menschen *müssen* sie gehorchen. Weißt du, sie haben nicht genug Willenskraft. Eigentlich sind es nur große starke Schwächlinge.«

Mumm spürte beschämt, dass seine Beine nichts von einem tollkühnen Vorsturm hielten, um Ihre Ladyschaft zurückzuholen. Der Stolz rümpfte die metaphorische Nase, aber der Körper gab zu bedenken, dass die Gefahr, eine dünne Rußschicht an der nächsten Wand zu bilden, nicht etwa den Stolz betraf. Mit verlegen glühenden Ohren hörte er, wie Lady Käsedick sagte: »Sei brav!«

Das Echo dieser strengen Aufforderung hallte über den Platz.

Mich trifft der Schlag!, dachte Mumm. *Ist so ein Verhalten nötig, um Drachen zu dressieren? Zeigt man auf die geschmolzene Stelle im Boden und droht damit, die Schnauze hineinzudrücken?*

Er riskierte es, über den Trog zu spähen.

Der Kopf des Drachen schwang wie ein Kranausleger herum. Es fiel dem Ungetüm schwer, den Blick auf die Frau zu richten, denn sie stand genau unter ihm. Mumm beobachtete, wie die großen roten Augen zu schmalen Schlitzen wurden, als der Drache an seinem riesigen Maul entlangschielte. Er wirkte verwirrt, und das überraschte Mumm nicht.

»Sitz!«, donnerte Lady Käsedick in einem Tonfall, der absoluten Gehorsam verlangte. Der Hauptmann spürte, wie die Beine unter ihm nachgaben. »Guter Junge! Ich glaube, ich habe irgendwo ein Stück Kohle...« Sie klopfte auf ihre Taschen.

Blickkontakt. Darauf kam es an. *Sie hätte nicht nach unten sehen dürfen*, dachte Mumm.

Der Drache hob wie beiläufig eine Klaue und presste Ihre Ladyschaft an den Boden.

Als Mumm entsetzt aufstand, riss sich Errol los und sprang mit einem weiten Satz über den Trog hinweg. Er hüpfte über den Platz, schlug immer wieder mit den kleinen Schwingen, öffnete den winzigen Rachen, rülpste schnaufend und versuchte Feuer zu speien.

Der wesentlich größere Drache antwortete mit einer blauweißen Flamme, die Dutzende von Kopfsteinen in brodelnde Lava verwandelte, den Herausforderer jedoch verfehlte. Es war sehr schwer, ihn zu treffen, denn ganz offensichtlich wusste auch Errol nicht, wo er sich im nächsten Augenblick befinden und welche Höhe er beim nächsten Sprung erreichen würde. Seine einzige Hoffnung bestand darin, ständig in Bewegung zu bleiben. Wie ein erschrockenes, aber sehr entschlossenes Zufallspartikel tanzte er zwischen den immer wütender werdenden Flammenstößen.

Der große Drache richtete sich auf, und es hörte sich an, als schleudere jemand ein Dutzend Ankerketten in die Ecke.

Er hob die Tatzen und schickte sich an, Errol aus der Luft zu schlagen.

Genau in diesem Moment beendeten Mumms Beine ihren Streik und beschlossen, zumindest für eine Weile heldenhafte Beine zu sein. Der Hauptmann lief mit gezücktem Schwert los – obgleich ihm die Waffe kaum etwas nützte –, packte Lady Käsedick am Arm, bekam dabei mehrere Pfund schmutziges Ballkleid zu fassen und warf sich Ihre Ladyschaft über die Schulter.

Nach einigen Metern begriff er, dass er keine besonders kluge Entscheidung getroffen hatte.

»Gngh!«, ächzte er. Wirbelsäule und Knie versuchten sich zu einem Klumpen zu vereinen. Violette Funken blitzten vor Mumms Augen. Hinzu kam: Etwas Unvertrautes – offenbar handelte es sich um Fischbeinstäbe – bohrte sich ihm in den Nacken.

Das Bewegungsmoment trug ihn noch einige Schritte weiter. *Wenn ich jetzt stehen bleibe*, dachte er, *werde ich zermalmt.* Während ihrer Stammesgeschichte hatten die Käsedicks keinen Wert auf Schönheit gelegt, sondern in erster Linie auf gesunde Solidität und einen stabilen Knochenbau. Lady Käsedick entsprach in jeder Hinsicht diesen Idealen.

Drachenfeuer knisterte nur einen Meter entfernt übers Pflaster.

Später fragte sich Mumm, ob er wirklich einige Zoll hochgesprungen war und die restliche Strecke bis zum Trog in einem bemerkenswerten Sprint zurückgelegt hatte. Vielleicht lernte jeder im Notfall die Kunst des zeitlosen Ortswechsels, die Nobby so gut beherrschte. Jedenfalls, plötzlich befand sich der Trog hinter ihm, und er hielt Lady Käsedick in den Armen, besser gesagt, Ihre Ladyschaft fesselte seine Arme an den Boden. Nach einer Weile gelang es ihm, sie zu befreien und etwas Leben in sie zu massieren. Was jetzt? Die Züchterin schien nicht verletzt zu sein.

Mumm erinnerte sich daran, dass man in solchen Fällen die Kleidung lockerte, um das Atmen zu erleichtern, aber bei Lady Käsedick mochte das gefährlich sein, wenn man keine besonderen Werkzeuge benutzte.

Sie löste das Problem, indem sie nach dem Rand des Trogs griff und sich hochzog.

»Na schön«, sagte sie. »*Jetzt* bekommst du den Hausschuh zu spüren ...« Dann erkannte sie Mumm.

»Was geht hier vor ...?«, begann sie, sah über die Schulter des Hauptmanns und erbleichte.

»Verdammte Scheiße!«, entfuhr es ihr. Und: »Bitte verzeih mir mein Klatschianisch.«

Errol ermüdete allmählich. Mit den stummelförmigen Schwingen konnte er nicht richtig fliegen, und er hielt sich nur deshalb in der Luft, weil er so verzweifelt mit den Flügeln schlug wie ein Huhn. Gewaltige Klauen sausten heran. Die rechte zertrümmerte einen Springbrunnen des Platzes, und die linke ...

Sie traf Errol.

Der Sumpfdrache raste über Mumm hinweg, prallte weiter hinten auf ein Dach und rutschte herunter.

»Du musst ihn fangen!«, rief Lady Käsedick. »Das ist unbedingt notwendig!«

Mumm starrte sie groß an und sprang, als der birnenförmige Errol über die Dachkante kippte und fiel. Er erwies sich als überraschend schwer.

»Den Göttern sei Dank«, seufzte Lady Käsedick und stemmte sich in die Höhe. »Weißt du, sie explodieren so leicht. Es hätte sehr gefährlich sein können.«

Sie erinnerten sich an den anderen Drachen. Er gehörte nicht zu der explodierenden Art, sondern zu der Sorte, die Menschen tötete. Langsam drehten sie sich um.

Das Ungeheuer ragte vor ihnen auf, schnüffelte und wandte sich dann gleichgültig ab, als seien die Winzlinge auf dem Boden völlig bedeutungslos. Es duckte sich andeutungsweise, sprang hoch, schlug einmal mit den breiten Flügeln und glitt über den Platz. Eine Zeit lang kreiste es, stieg höher und verschwand im Dunst, der vom Ankh heranwogte.

Mumms Aufmerksamkeit richtete sich auf den wesentlich kleineren Drachen in seinen Armen. Errols Magen knurrte bedrohlich. Der Hauptmann bedauerte, nicht länger und gründlicher im Buch über Drachenkrankheiten gelesen zu haben. Deuteten solche Geräusche darauf hin, dass eine Explosion unmittelbar bevorstand, oder drohte die eigentliche Gefahr erst dann, wenn das Knurren nachließ?

»Wir müssen ihm folgen!«, platzte es aus Lady Käsedick heraus. »Was ist mit der Kutsche passiert?«

Mumm zeigte in eine bestimmte Richtung. Soweit er wusste, hatten die Pferde schon vor einer ganzen Weile die Flucht ergriffen; vielleicht galoppierten sie noch immer irgendwo durch die Stadt.

Errol nieste eine Wolke aus warmem Gas, die schlimmer stank als etwas, das man im Keller eingemauert hatte. Er wand sich einige Male hin und her, beleckte Mumms Gesicht mit einer Zunge, die sich wie eine Raspel anfühlte, sprang zu Boden und watschelte davon.

»Wohin will er?«, donnerte Lady Käsedick. Mumm stellte fest, dass die Pferde nicht weit genug geflohen waren: Ihre Ladyschaft zog sie gerade aus dem Dunst. Die Tiere versuchten Widerstand zu leisten, und ihre Hufe schlugen Funken von den Kopfsteinen, aber sie konnten nicht hoffen, den Kampf zu gewinnen.

»Er versucht noch immer, den Großen herauszufordern!«, erwiderte Mumm. »Warum gibt er nicht auf?«

»Wenn Drachen kämpfen, geht es im wahrsten Sinne des Wortes heiß her«, erklärte Lady Käsedick, als Mumm in die Kutsche stieg. »Sie versuchen, den Gegner explodieren zu lassen.«

»Ich dachte immer, die Natur sorgt dafür, dass sich das besiegte Tier in einer Geste der Unterwerfung auf den Rücken rollt«, sagte Mumm, während die Kutsche übers Kopfsteinpflaster klapperte und Errol folgte. »Damit ist dann der Kampf beendet.«

»Bei Drachen funktioniert so was nicht«, antwortete Lady Käsedick. »Wenn sich irgendein blödes Wesen vor dir auf den Rücken rollt, so schlitz ihm den Bauch auf – das ist ihr Motto. In dieser Hinsicht denken sie fast wie Menschen.«

Dichte Wolken ballten sich über Ankh-Morpork zusammen. Darüber breitete sich das goldene Sonnenlicht der Scheibenwelt aus.

Der Drache funkelte in der Morgendämmerung, glitt froh dahin und flog aus reiner Freude enge und eigentlich unmögliche Schleifen. Dann fiel ihm etwas ein.

Einige Menschen waren so *unverschämt* gewesen, ihn zu beschwören ...

Tief unten taumelte die Nachtwache durch die Straße der Geringen Götter. Trotz des dichten Nebels herrschte bereits rege Aktivität.

»Wie nennt man die Dinger?«, fragte Feldwebel Colon. »Sehen aus wie schmale Treppen ...«

»Leitern«, sagte Karotte.

»Es wimmelt hier davon«, brummte Nobby. Er schwankte zu einer davon und gab ihr einen Tritt.

»He!« Eine fahnenumhüllte Gestalt kletterte herab.

»Was ist hier los?«, knurrte Nobby.

Der Fahnenträger musterte ihn von Kopf bis Fuß.

»Wer will das wissen, Knirps?«, erwiderte er.

»Wir, wenn du nichts dagegen hast«, sagte Karotte freundlich. Er ragte wie ein Eisberg aus dem Dunst. Der Mann auf der Leiter lächelte schief.

»Es geht um die Krönung und so«, erklärte er hastig. »Es muss alles für die Krönung vorbereitet werden. Fahnen und Wimpel und dergleichen. Die alten Banner, ihr wisst schon.«

Nobby betrachtete die bunten Tücher, und bittere Falten bildeten sich in seiner Stirn. »Sehen gar nicht so alt aus«, sagte er. »Sogar recht neu. Was sind das für dicke, aufgedunsene Dinger auf dem Wappenschild?«

»Die königlichen Nilpferde von Ankh«, verkündete der Mann stolz. »Sie erinnern an unser edles Erbe.«

»Seit wann haben wir ein edles Erbe?«, fragte Nobby.

»Oh, seit gestern.«

»Ein edles Erbe kann unmöglich einen Tag alt sein«, warf Karotte ein. »Solche Sachen erfordern viel Zeit.«

»Wenn wir bisher keins hatten, so wird sich das bald ändern«, sagte Feldwebel Colon. »Meine Frau hat mir eine entsprechende Notiz hinterlassen. So viele Jahre, und plötzlich stellt sie sich als Monarchistin heraus.« Er trat nach dem Pflaster, als wären die Kopfsteine an allem schuld. »Ha! Dreißig Jahre lang rackert man sich ab, um Fleisch auf den Tisch zu bringen, aber sie faselt nur noch von einem Jungen, der für fünf Minuten Arbeit König wird. Wisst ihr, was ich gestern zum Tee bekam? Brötchen mit Bratensoße!«

Die erwartete Reaktion der beiden Junggesellen blieb aus.

»Donnerwetter!«, entfuhr es Nobby.

»*Echte* Bratensoße?«, fragte Karotte. »Mit knusprigen Stücken darin und glänzenden Fetttropfen drauf?«

»Weiß überhaupt nicht mehr, wann ich zum letzten Mal die Kruste in einer Schüssel mit Bratensoße genießen konnte«, schwärmte Nobby, dessen Gedanken in einem gastronomischen Paradies weilten. »Mit ein wenig Salz und Pfeffer ergibt sich daraus eine Mahlzeit, die eines Kö…«

»Sag es nicht«, warnte Colon.

»Ach, wenn man ein Messer durchs Fett stößt und beobachtet, wie das goldbraune Zeug aufsteigt…« Karotte schluckte. »Für einen solchen Anblick gäbe ich ein ganzes Kö…«

»Hörtendlichauf!«, rief Colon. »Ihr seid… *He, was war das?«*

Sie spürten einen plötzlichen Windzug und sahen, wie sich einige Dunstschwaden aus der größeren Nebelmasse lösten, zu den Hauswänden glitten und dort zerfransten. Kühlere Luft seufzte durch die Straße und verstummte.

»Etwas scheint über die Dächer geflogen zu sein«, vermutete der Feldwebel. Er erstarrte. »Ihr glaubt doch nicht etwa…«

»Wir haben beobachtet, wie der Drache getötet wurde, nicht wahr?«, ließ sich Nobby vernehmen.

»Wir haben beobachtet, wie er *verschwand*«, erwiderte Karotte.

Sie standen sich auf der feuchten, dunstigen Straße gegenüber und wechselten stumme Blicke. Über dem Nebel erstreckte sich eine andere Welt, und ihre Fantasie bevölkerte sie mit den schrecklichsten aller denkbaren Wesen. Was noch schlimmer war: Vielleicht verfügte die Natur in dieser Hinsicht über weitaus mehr Kreativität.

»Nein, äh, nein«, sagte Colon. »Bestimmt war es nur ein… ein großer Stelzvogel. Oder so.«

»Sollten wir nicht etwas unternehmen?«, fragte Karotte.

»Ja«, sagte Nobby. »Wir sollten diesen Ort rasch verlassen. Denkt an den armen Humpel!«

»Vielleicht ist es ein anderer Drache«, sagte Karotte. »Wir müssen die Leute warnen und…«

»Nein«, widersprach Feldwebel Colon sofort. »Sie würden

uns Ah ohnehin nicht glauben, und außerdem haben wir Beh einen König. Er ist dafür zuständig, für Drachen, meine ich.«

»In der Tat«, pflichtete ihm Nobby bei. »Er wäre sicher wütend. Ich meine, Drachen sind wahrscheinlich, äh, königliche Tiere. Wie Hirsche. Ein Mann könnte seine Tridlins* verlieren, wenn er auch nur daran denkt, 'n Drachen zu töten, obwohl ein König zugegen ist.«

»Das halte ich nicht für eine sehr verantwortungsbewusste Einstellung ...«, begann Karotte. Er wurde von Errol unterbrochen.

Der kleine Sumpfdrache trippelte mit hoch erhobenem Schwanz mitten auf der Straße und starrte die ganze Zeit nach oben. Er eilte an den Wächtern vorbei, ohne ihnen Beachtung zu schenken.

»Was ist los mit ihm?«, wunderte sich Nobby.

Ein lauter werdendes Klappern kündigte die Käsedick-Kutsche an.

»Männer?«, fragte Mumm zögernd und blickte durch den Nebel.

»Ich glaube schon«, erwiderte Feldwebel Colon. »Ich bin sogar ganz sicher.«

»Habt ihr einen Drachen gesehen? Abgesehen von Errol, meine ich?«

»Nun, äh«, antwortete der Feldwebel und warf seinen beiden Kameraden einen kurzen Blick zu, »in gewisser Weise, Herr. Wäre möglich. Könnte sein.«

»Dann steht dort nicht wie Trottel herum!«, rief Lady Käsedick. »Steigt ein! Hier drin gibt es genug Platz!«

Damit hatte sie durchaus recht. Vor einigen Jahrzehnten

* Tridlins: ein kurzes und völlig unnötiges Observanzritual, das die Heiligen Balancierenden Derwische von Otherz täglich durchführen. So heißt es jedenfalls im *Lexikon-seltsamer-Wörter-die-einem-Tränen-in-die-Augen-treiben*.

mochte die Kutsche ein Prachtstück gewesen sein, ausgestattet mit Plüsch, Blattgold und samtenen Vorhängen, an denen auch keine Troddeln fehlten. Zeit, Vernachlässigung und der Umstand, dass man die Sitze entfernt hatte, um den Transport von Drachen zu ermöglichen, waren nicht spurlos an ihr vorübergegangen. Trotzdem roch sie noch immer nach Privilegien, Stil … und natürlich nach Sumpfdrachen.

»Was tust du da?«, fragte Colon, als die Kutsche durch den Nebel rasselte.

»Ich winke«, sagte Nobby und gab sich betont würdevoll, als er mit dem Arm Dunstschwaden beiseitewedelte.

»Eigentlich ist so etwas abscheulich«, brummte Feldwebel Colon. »Leute fahren in Kutschen, während andere nicht einmal ein Dach über dem Kopf haben.«

»Dieses Ding gehört Lady Käsedick«, erinnerte Nobby. »Mit ihr ist alles in Ordnung.«

»Ja, aber ihre Vorfahren … Man bekommt keine großen Häuser und Kutschen, ohne die Armen auszusaugen.«

»Du bist nur sauer, weil deine bessere Hälfte ihre Unterwäsche mit Kronen bestickt«, sagte Nobby.

»Das hat überhaupt nichts damit zu tun«, entgegnete Feldwebel Colon empört. »Ich habe immer die Rechte des Menschen geachtet.«

»Und die der Zwerge«, warf Karotte ein.

»Ja, in Ordnung«, erwiderte Colon unsicher. »Aber diese Sache mit Königen und Lords widerspricht der elementaren menschlichen Würde. So was geht mir gegen den Strich. Immerhin sind wir alle gleich geboren.«

»So hab ich dich noch nie reden gehört, Frederick«, sagte der Korporal.

»Für dich bin ich nach wie vor Feldwebel Colon, Nobby.«

»Entschuldigung, Feldwebel.«

Der Nebel entwickelte sich allmählich zu einer echten

Ankh-Morpork-Herbstsuppe.* Mumm starrte durch das Grau, während sich die Myriaden Tröpfchen alle Mühe gaben, ihn bis auf die Haut zu durchnässen.

»Ich glaube, ich habe ihn gerade gesehen«, sagte er. »Bieg nach links ab.«

»Hast du eine Ahnung, wo wir sind?«, fragte Lady Käsedick.

»In irgendeinem Geschäftsviertel«, antwortete der Hauptmann knapp. Errol hüpfte jetzt nicht mehr ganz so schnell, blieb immer wieder stehen, blickte nach oben und jaulte.

»In diesem Nebel kann ich über uns nichts sehen«, murmelte Mumm. »Ich frage mich, ob …«

Der Nebel bewies seine Kooperationsbereitschaft, indem er sich lichtete. Weiter vorn schien eine besondere Art von Chrysantheme zu blühen, und gleichzeitig ertönte ein seltsames Geräusch. Es klang wie *Whuuuooom!*

»O nein!«, stöhnte Mumm. »Nicht schon wieder!«

Sind die Tassen der Ehrlichkeit gut und wahrhaftig gefüllt?«, intonierte Bruder Wachturm.

»Jawoll. Gefüllt. Bis zum Rand.«

»Die Wasser der Welt, sind sie gestaut?«

»Gestaut, in der Tat. Nichts schwappt über.«

»Sind die Dämonen der Unendlichkeit mit vielen Ketten gefesselt?«

»Verdammt!«, entfuhr es Bruder Stukkateur. »Wir kriegen's nie ganz auf die Reihe.«

Bruder Wachturm seufzte. »Es wäre wirklich nett, wenn die uralten und völlig zeitlosen Rituale wenigstens einmal

* Wie Erbsensuppe, nur weitaus dicker, geruchsintensiver und mit Dingen darin, über die man nicht genauer Bescheid wissen möchte.

vervollständigt werden könnten, nicht wahr? Hol das mit den Ketten nach.«

»Könnten wir nicht Zeit sparen, wenn ich die Dämonen der Unendlichkeit beim nächsten Mal doppelt fessele, Bruder Wachturm?«, fragte Bruder Stukkateur.

Bruder Wachturm dachte widerstrebend darüber nach. Es klang durchaus vernünftig.

»Na schön«, erwiderte er. »Geh jetzt zu den anderen! Und du sollst mich mit ›Stellvertretender Oberster Größter Meister‹ ansprechen, verstanden?«

Diese Bemerkung schien bei den Brüdern nicht den angemessenen Respekt hervorzurufen.

»Niemand hat uns gesagt, dass du der Stellvertretende Oberste Größte Meister bist«, murmelte Bruder Pförtner.

»Ich *bin* der Stellvertretende Oberste Größte Meister, weil der Oberste Größte Meister derzeit mit den Vorbereitungen für die Krönung beschäftigt ist und mich bat, diese Versammlung der Loge zu leiten«, verkündete Bruder Wachturm hochmütig. »Und *das* macht mich wohl zum Stellvertretenden Obersten Größten Meister, oder?«

»Finde ich nicht«, brummte Bruder Pförtner. »Deshalb ist kein so großartiger Titel nötig. Du könntest dich, äh, Ritualhüter nennen oder so.«

»Ja«, sagte Bruder Stukkateur. »Es gibt überhaupt keinen Grund dafür, dass du so vornehm tust. Schließlich bist du nicht von irgendwelchen Mönchen in uralte und mystische Geheimnisse eingeweiht worden.«

»Außerdem warten wir schon seit Stunden«, warf Bruder Pförtner ein. »Das ist nicht richtig. Wir haben uns eine Belohnung erhofft …«

Bruder Wachturm begriff, dass er die Kontrolle verlor. Er versuchte es mit schmeichlerischer Diplomatie.

»Ich bin sicher, der Oberste Größte Meister trifft bald ein«, sagte er. »Wir wollen doch jetzt nicht die Geduld verlieren, oder, Jungs? War 'ne tolle Sache, den Kampf gegen den Drachen und so zu arrangieren, stimmt's? Wir haben eine Menge hinter uns, nicht wahr? Bestimmt lohnt es sich, noch etwas länger zu warten, meint ihr nicht auch?«

»Na schön.«

»Meinetwegen.«

»In Ordnung.«

GEWISS.

»Ja.«

»Einverstanden.«

Bruder Wachturm ahnte, dass etwas nicht mit rechten Dingen zuging. Vages Unbehagen erfasste ihn.

»Äh«, sagte er. »Brüder?«

Nervosität breitete sich im Zimmer aus. Etwas ließ die Versammelten unruhig werden und schuf eine seltsame Atmosphäre.

»Brüder«, wiederholte Bruder Wachturm und versuchte, zu seiner Selbstsicherheit zurückzufinden, »wir sind doch *alle* hier, oder?«

»Natürlich sind wir das.«

»Was ist denn los?«

»Ja!«

JA.

»Ja.«

Da war es wieder. Etwas schien auf unfassbare Art und Weise falsch zu sein, doch so sehr man sich auch bemühte: Man konnte nicht bestimmen, was es war. Das sonderbare Etwas entzog sich der erschrockenen Aufmerksamkeit. Ein Kratzen auf dem Dach unterbrach Bruder Wachturms besorgte Überlegungen. Einige Mörtelbrocken fielen von der Decke.

»Brüder?«, fragte Bruder Wachturm noch einmal.

Diesmal klang er wirklich nervös.

Es folgte ein stilles Geräusch, ein gedehntes Summen des

Schweigens, das auf tiefe Konzentration hindeutete. Hinzu kam vielleicht das Zischen einer heuschobergroßen Lunge, die sich gerade mit Luft füllte. Die letzten Ratten von Bruder Wachturms Zuversicht flohen vom sinkenden Schiff des Mutes.

»Bruder Pförtner, wenn du bitte die grässliche Tür öffnen würdest...«, brachte er mit zittriger Stimme hervor.

Dann glänzte Licht.

Es gab keinen Schmerz. Dafür reichte die Zeit nicht.

Der Tod raubt einem viele Dinge – besonders dann, wenn er mit einer Temperatur kommt, die Eisen verdampfen lässt –, und dazu gehören auch die Illusionen. Bruder Wachturms unsterbliche Überreste beobachteten, wie der Drache durch den Nebel davonglitt, blickten dann auf die langsam erstarrende Pfütze aus Stein, Metall und verschiedenen Spurenelementen, die vom geheimen Hauptquartier übrig geblieben war. Und von den Versammelten, begriff er mit jener leidenschaftslosen Gleichgültigkeit, die Teil des Todes ist. Man lebte mehr oder weniger froh und munter, nur um schließlich als schmieriger Streifen zu enden, wie Sahne in einer Kaffeetasse. Ganz gleich, mit welchen Spielen sich die Götter ihre Zeit vertrieben: Die Spielregeln waren verdammt rätselhaft.

Bruder Wachturm musterte die in einen Kapuzenmantel gehüllte Gestalt an seiner Seite.

»So etwas haben wir nie beabsichtigt«, sagte er kleinlaut. »Ganz ehrlich. Es lag uns fern, jemanden zu beleidigen. Wir wollten nur, was uns zusteht.«

Eine knöcherne Hand berührte ihn freundlich an der Schulter.

HERZLICHEN GLÜCKWUNSCH, sagte Tod.

Abgesehen vom Obersten Größten Meister gab es nur einen Überlebenden der Aufgeklärten Brüder: Bruder Finger. Man hatte ihn beauftragt, Pizzen zu holen. Wenn es darum ging, etwas zu essen zu holen, fiel die Wahl immer auf Bruder Finger. Es war billiger. Er hielt sich nie mit dem Bezahlen auf.

Als die Käsedick-Kutsche zu Errol aufschloss, taumelte Bruder Finger mit einigen Pappschachteln über die Straße und starrte aus großen, entsetzt blickenden Augen.

Dort, wo sich eigentlich das schreckliche Portal befinden sollte, zeigte sich nur eine heiße Masse aus diversen brodelnden Substanzen,

»Ach du lieber Himmel«, murmelte Lady Käsedick.

Mumm stieg aus und klopfte Bruder Finger auf die Schulter.

»Entschuldige bitte«, sagte er, »hast du zufällig gesehen, was hier ...«

Als sich Bruder Finger umdrehte, war sein Gesicht so bleich wie das eines Mannes, der gerade einen Blick in die Hölle geworfen hat. Der Mund öffnete und schloss sich mehrmals, ohne einen Laut hervorzubringen.

»Wenn du so freundlich wärst, mich zur Wache in der Pseudopolis-Allee zu begleiten ...«, fügte Mumm hinzu. »Ich habe Grund zu der Annahme, dass du ...« Er zögerte. Eigentlich wusste er nicht genau, welche Gründe er für welche Annahmen hatte. Aber eins stand fest: Dieser Mann war ganz offensichtlich schuldig. Man brauchte ihn nur anzusehen. Vielleicht traf ihn keine *besondere* Schuld, aber sicher eine *allgemeine.*

»Mmmmmuh«, machte Bruder Finger.

Colon hob behutsam den Deckel der obersten Pappschachtel.

»Was hältst du davon, Feldwebel?«, fragte Mumm und trat zurück.

»Äh«, erwiderte Colon und nickte anerkennend. »Sieht nach einer klatschianischen Pizza aus, Herr. Mit Paprika und Anschovis, Herr.«

»Ich meine den Mann«, seufzte Mumm.

»Nnnn«, machte Bruder Finger.

Colon warf einen Blick unter die Kapuze. »Oh, ich kenne ihn, Herr«, sagte er. »Bengy ›Flinkfuß‹ Boggis, Herr. Er ist *Capo de monty* in der Diebesgilde, Herr. Bin ihm oft begegnet, Herr. Ein schlauer kleiner Bursche. Hat an der Universität gearbeitet.«

»Was, als Zauberer?«, fragte Mumm.

»Nein, Herr. Als Gärtner und Zimmermann und so, Herr.«

»Ach, *tatsächlich?*«

»Können wir dem armen Mann nicht irgendwie helfen?«, warf Lady Käsedick ein.

Nobby salutierte zackig. »Wenn du möchtest, gebe ich ihm einen ordentlich Tritt in den Bommel, Milady.«

»Dddrrr«, kommentierte Bruder Finger und erbebte am ganzen Leib. Unterdessen lächelte Lady Käsedick das eisenharte Lächeln einer adligen Frau, die nicht zeigen will, dass sie genau verstanden hat, was ihr eben zu Ohren gekommen war.

»Ihr beiden, setzt ihn in die Kutsche!«, befahl Mumm. »Wenn du nichts dagegen hast, Lady Käsedick…«

»Sybil«, berichtigte Ihre Ladyschaft. Mumm errötete und fuhr fort: »Ich halte es für eine gute Idee, ihn in Gewahrsam zu nehmen. Die Anklage lautet: Diebstahl eines Buches mit dem Titel *Das Beschwören von Drachen.*«

»Da hast du vollkommen recht, Herr«, brummte Feldwebel Colon. »Außerdem werden die Pizzen kalt. Und du weißt ja, wie klebrig der Käse wird, wenn die Dinger kalt sind.«

»Und niemand tritt ihn«, warnte Mumm. »Nicht einmal dort, wo keine Spuren zurückbleiben. Karotte, du begleitest mich.«

»DDddrrraa«, ächzte Bruder Finger.

»Nimm Errol mit«, fügte Mumm hinzu. »Hier schnappt er noch über. Mutiger kleiner Kerl, das muss man ihm lassen.«

»Er ist wirklich nicht übel, wenn man genauer darüber nachdenkt«, sagte Colon.

Errol hüpfte vor dem zerstörten Gebäude umher und jaulte.

»Seht ihn euch nur an.« Mumm winkte. »Kann's gar nicht abwarten, dass es losgeht.« Etwas schien seinen Blick zu packen und auf die dunklen Wolken zu richten.

Das Biest ist irgendwo dort oben, dachte er.

»Was unternehmen wir jetzt, Herr?«, fragte Karotte, als die Kutsche davonklapperte.

»Du bist doch nicht etwa nervös, oder?«, erwiderte Mumm.

»Nein, Herr.«

Der ruhige, gelassene Tonfall erinnerte Mumm an etwas und verhalf ihm zu einer Erkenntnis.

»Nein«, entgegnete er, »bei dir kann von Nervosität keine Rede sein, oder? Vermutlich liegt's daran, dass du bei Zwergen aufgewachsen bist. Du hast keine Fantasie.«

»Ich gebe mir Mühe, Herr«, sagte Karotte mit fester Stimme.

»Schickst du deinen Sold noch immer nach Hause?«

»Ja, Herr.«

»Guter Junge. Deine Mutter ist bestimmt stolz auf dich.«

»Ja, Herr. Was unternehmen wir jetzt, Hauptmann Mumm?«, wiederholte Karotte.

Mumm sah sich um und ging einige ziellose, verzweifelte Meter weit. Er breitete die Arme aus, ließ sie wieder sinken.

»Woher soll ich das wissen?«, antwortete er. »Vielleicht wäre es angebracht, die Leute zu warnen. Ich schlage vor, wir begeben uns zum Palast des Patriziers. Und dann ...«

Schritte näherten sich durch den Nebel. Mumm verharrte, hob den Zeigefinger an die Lippen und winkte Karotte in den Schutz eines Zugangs.

In den Dunstschwaden zeichnete sich eine Gestalt ab.

Noch so ein Bursche, dachte Mumm. *Na ja, es gibt kein Gesetz, das lange schwarze Umhänge mit breiten Kapuzen verbietet. Es könnte Dutzende von völlig harmlosen Gründen dafür geben, warum diese Person einen langen schwarzen Umhang mit breiter Kapuze trägt und während der Morgendämmerung vor einem niedergeschmolzenen Haus steht.*

Vielleicht sollte ich den Kerl bitten, mir wenigstens einen zu nennen.

Er trat vor.

»Entschuldige bitte ...«, begann er.

Die Kapuze schwang herum. Es zischte, als die Gestalt nach Luft schnappte.

»Vielleicht wärst du so nett, mir ... *Ihm nach, Obergefreiter!*«

Der Unbekannte lief los und erwies sich als recht flink. Er sauste um eine Straßenecke, und als Mumm die betreffende Stelle erreichte, sah er, wie Umhang und Kapuze durch eine Seitengasse verschwanden.

Der Hauptmann stellte plötzlich fest, dass er allein war. Schnaufend blieb er stehen, drehte den Kopf und beobachtete, wie Karotte in einem gemütlichen Dauerlauf um die Ecke kam.

»Was ist denn los?«, keuchte er.

»Feldwebel Colon hat mir geraten, nicht zu schnell zu laufen«, erklärte Karotte.

Mumm musterte ihn verwirrt. Dann begriff er allmählich.

»Oh«, sagte er, »ich, äh, verstehe. Bestimmt meinte er das nicht als Regel, die in *jedem* Fall gilt, Junge.« Er starrte wieder ins dunkle Grau. »Bei diesem Nebel und in solchen Gassen hätten wir ohnehin keine Chance, den Kerl zu erwischen.«

»Vielleicht ist er nur ein unbeteiligter Zuschauer, Herr«, sagte Karotte.

»Was, hier in Ankh-Morpork?«

»Ja, Herr.«

»Dann hätten wir ihn erst recht schnappen sollen. Weil er Seltenheitswert hat.«

Mumm klopfte Karotte auf den Rücken. »Komm! Wir gehen jetzt zum Palast des Patriziers.«

»Zum Palast des Königs«, korrigierte Karotte.

»Wie?« Mumms Gedanken sprangen aus den mentalen Gleisen.

»Es ist jetzt der Palast des Königs«, sagte Karotte. Mumm musterte ihn und blinzelte mehrmals.

Dann lachte er grimmig.

»Ja, das stimmt«, räumte er ein. »Dort wohnt unser König, der Drachentöter. Ein verdienstvoller Mann, jener Mann.« Er seufzte. »Diese Sache wird ihm nicht gefallen. Weder ihm noch den anderen.«

Hauptmann Mumm behielt recht.

Das erste Problem ergab sich bei der Palastwache. Mumm hatte sie nie gemocht, und seine Abneigung beruhte auf Gegenseitigkeit. Na schön, vielleicht waren seine Männer nur einen Schritt davon entfernt, Halunken zu sein, aber nach Mumms fachmännischer Meinung fehlte noch weitaus weniger, um die Palastwächter in *gemeine* Halunken zu verwandeln. Besser gesagt: in den schlimmsten kriminellen Abschaum, den die Stadt je gesehen hatte. Sie standen nicht *neben* der Kloake des Verbrechens, sondern bereits mit einem Bein *darin*. Sie mussten sich *bessern*, bevor man auch nur in Erwägung ziehen konnte, ihre Namen in die Liste der Zehn Unerwünschtesten Personen einzutragen.

Sie waren grob. Sie waren zäh. Sie gehörten nicht zum Kehricht in der Gasse. Nein, sie klebten noch immer im

Rinnstein, wenn die Straßenkehrer erschöpft aufgaben. Der Patrizier hatte sie außerordentlich gut bezahlt, und ihr Verhalten ließ den Schluss zu, dass der König diese Tradition fortsetzte. Als Mumm vor dem Tor stehen blieb, stießen sich zwei Palastwächter von der Wand ab, strafften ihre Gestalt ein wenig und wahrten gleichzeitig genau das richtige Maß an beleidigender psychologischer Lässigkeit.

»Hauptmann Mumm«, sagte Mumm und blickte starr geradeaus. »Ich möchte den König sprechen. Es geht um eine sehr wichtige Angelegenheit.«

»Ach, tatsächlich?«, brummte ein Wächter. »Das will ich dir auch geraten haben. Hauptmann Krumm, nicht wahr?«

»Mumm«, erwiderte Mumm. »Mit einem Emm.«

Der Wächter nickte seinem Kameraden zu.

»Mumm«, sagte er. »Mit einem Emm.«

»Komisch«, murmelte der andere Wächter und grinste.

»Es ist sehr dringend«, betonte Mumm und wahrte eine steinerne Miene. Versuchsweise trat er einen Schritt vor.

Der erste Wächter versperrte ihm sofort den Weg und klopfte auf den Brustharnisch des Hauptmanns.

»Niemand passiert dieses Tor«, knurrte er. »Befehl des Königs, kapiert? Kehr in deine Jauchegrube zurück, Hauptmann Mumm mit einem Emm.«

»Zur Seite!«, verlangte Mumm.

Der Wächter beugte sich vor und tippte auf Mumms Helm. »Da ich nicht freiwillig zur Seite trete, muss mich jemand dazu zwingen. Willst du's versuchen, Hohlkopf?«

Manchmal ist es ein wahres Vergnügen, die Bombe sofort platzen zu lassen. »Obergefreiter Karotte, ich möchte, dass du diese Männer festnimmst«, sagte Mumm.

Karotte salutierte. »Jawohl, Herr.« Er drehte sich um und lief in die Richtung zurück, aus der sie gekommen waren.

»He!«, rief Mumm, als der Junge hinter einer Ecke verschwand.

»Das gefällt mir«, bemerkte der erste Wächter und stützte sich auf einen Speer. »Der junge Mann hat nicht nur Initiative, sondern ist auch sehr vernünftig. Ein kluger Kopf, ja. Er möchte nicht hierbleiben und sich die Ohren abreißen lassen. Ich bin sicher, er wird es noch weit bringen.«

»Ein sehr intelligenter junger Mann«, bestätigte der andere Wächter.

Er lehnte seinen Speer an die Wand.

»Wenn man Leute wie dich sieht, kann's einem schlecht werden«, sagte er im Plauderton. »Ihr Kerle von der Nachtwache latscht immer nur durch die Gegend und kümmert euch überhaupt nicht um eure Pflichten. Bildet euch eine Menge auf eure schmutzigen Uniformen ein und glaubt sogar, wichtig zu sein. Aber in Wirklichkeit seid ihr nichts weiter als aufgeblasene Nullen. Clarence und ich zeigen dir jetzt, was *richtige* Wächter sind ...«

Ich könnte vielleicht mit einem von ihnen fertig werden, dachte Mumm und wich einige Schritte zurück. *Wenn er mir den Rücken zukehrt.*

Clarence stellte seinen Speer ebenfalls an die Mauer und spuckte in die Hände.

Ein schreckliches Geheul erklang. Mumm stellte erstaunt fest, dass es nicht aus seinem Mund stammte.

Karotte stürmte um die Ecke. In jeder Hand hielt er eine Holzfälleraxt.

Die großen Ledersandalen klatschten aufs Kopfsteinpflaster, als er rasch näher kam und noch schneller wurde. Die ganze Zeit über brüllte er *Graaaahhgruuuuhhgraaaahh*; es hörte sich nach dem Gebrüll von etwas an, das tief in einer Schlucht mit zweistimmigem Echo gefangen war.

Die beiden Palastwächter standen stocksteif und verblüfft.

»An eurer Stelle würde ich mich ducken«, riet Mumm. Nur wenige Zentimeter trennten seinen Kopf vom Boden.

Die beiden Äxte verließen Karottes Hände und sausten

durch die Luft, verursachten dabei Geräusche, die an fliegende Rebhühner erinnerten. Die erste traf das Tor und bohrte sich halb hinein. Die zweite prallte an den Schaft der ersten und spaltete ihn. Dann war Karotte heran.

Mumm wich zur Seite, nahm auf einer nahen Sitzbank Platz und rollte sich eine Zigarette.

Schließlich sagte er: »Ich glaube, das genügt, Obergefreiter. Bestimmt sind sie jetzt ganz friedlich.«

»Ja, Herr«, erwiderte Karotte und klemmte sich zwei schlaffe Körper unter die Arme. »Wie lautet die Anklage, Herr?«

»Angriff auf einen Offizier der Wache in Ausübung seiner Pflicht. Ah, und noch etwas: Sie haben sich der Verhaftung widersetzt.«

»Fällt das unter Paragraph (vii) des Gesetzes für öffentliche Ordnung von 1457?«, fragte Karotte.

»Ja«, antwortete Mumm ernst. »Ja. Ja, ich denke schon.«

»Aber eigentlich haben sie keinen großen Widerstand geleistet, Herr«, wandte Karotte ein.

»Dann war es eben der *Versuch*, sich der Verhaftung zu widersetzen. Ich schlage vor, du lehnst sie dort drüben an die Wand. Wir nehmen sie später mit. Sicher verspüren sie derzeit nicht den Wunsch zu flüchten.«

»Wie du meinst, Herr.«

»Und verletz sie nicht«, fügte Mumm hinzu. »Gefangene dürfen nicht verletzt werden.«

»Das stimmt, Herr«, erwiderte Karotte pflichtbewusst. »Verhaftete Gefangene haben Rechte, Herr. Sie sind im Gesetz über die Würde des Menschen (Bürgerrechte) von 1341 festgelegt. Ich habe es Korporal Nobbs immer wieder gesagt. Gefangene haben Rechte, so lautete mein Hinweis. Das bedeutet, man darf nicht kräftig zutreten.«

»Da bin ich ganz deiner Meinung, Obergefreiter.«

Karotte sah auf die beiden reglosen Gestalten hinab und

begann: »Ihr habt das Recht zu schweigen. Ihr habt das Recht, euch nicht selbst zu verletzen, indem ihr auf der Treppe zu den Zellen ausrutscht. Ihr habt das Recht, nicht aus hohen Fenstern zu springen. Ihr braucht nichts zu sagen, aber wenn ihr eine Aussage macht, so muss ich sie aufschreiben, und sie kann vor Gericht gegen euch verwendet werden.« Er holte sein Notizbuch hervor, beleckt kurz den Stift und beugte sich noch etwas tiefer.

»Wie bitte?«, fragte er. Nach einigen Sekunden blickte er zu Mumm auf.

»Wie buchstabiert man ›stöhnen‹, Herr?«

»S-C-H-T Ö-H-N-E-N, glaube ich.«

»Danke, Herr.«

»Äh, Obergefreiter?«

»Ja, Herr?«

»Warum die Äxte?«

»Sie *waren* bewaffnet, Herr. Die Äxte stammen vom Schmied in der Marktstraße. Ich habe versprochen, dass du sie nachher bezahlst.«

Mumm verzog das Gesicht. »Und der Schrei?«

»Das Kriegsjodeln von Zwergen, Herr«, sagte Karotte stolz.

»Ein *guter* Schrei.« Mumm wählte seine Worte mit besonderer Vorsicht. »Aber ich wäre dir sehr dankbar, wenn du mich beim nächsten Mal vorher warnen würdest, in Ordnung?«

»Gewiß, Herr.«

»Schriftlich.«

Der Bibliothekar setzte den Weg fort. Er kam nur langsam voran, weil es hier Dinge gab, denen er nicht begegnen wollte. Geschöpfe entwickeln sich, um alle ökologischen Nischen der Umgebung zu füllen, und um einige Wesen in der staubigen Unermesslichkeit des B-Raums machte man besser einen weiten Bogen. Sie waren noch weitaus ungewöhnlicher als die normalen ungewöhnlichen Lebensformen.

Die meiste Zeit über genügte es, die Trittstuhlkrabben im Auge zu behalten. Solange sie friedlich durch den Staub krochen, war alles in bester Ordnung. Aber wenn sie sich fürchteten, musste man vorsichtig sein. Mehrmals presste sich der Bibliothekar flach an die Regale, weil ein Thesaurus vorbeidonnerte. Er wich einer Critter-Herde aus, die sich an dem Inhalt einiger besonders erlesener Bücher labte und einige dünne Bände zurückließ, die von Literaturkritikern stammten. Und dann gab es noch andere Dinge – Dinge, denen man nicht zu nahe kommen, die man nicht einmal ansehen sollte...

Außerdem musste man um jeden Preis Klischees meiden.

Der Bibliothekar verspeiste seine letzten Erdnüsse und hockte dabei auf einer Leiter, die gedankenlos in den Büchern der obersten Regale schmökerte.

Dieser Bereich der Bibliothek wirkte vertraut. Zumindest gewann der Orang-Utan den Eindruck, dass er bald vertraut wirken würde. Im B-Raum hatte die Zeit eine ganz andere Bedeutung.

Er beobachtete Regale, deren Konturen er kannte. Die Buchtitel blieben unleserlich, aber langsam, ganz langsam entstanden deutlichere Umrisse. Hinzu kam ein muffiger Geruch, den er wiederzuerkennen glaubte.

Der Bibliothekar trottete durch einen Seitengang, wankte um die Ecke und zögerte nur kurz, bevor er jene Dimension betrat, die Menschen – weil sie es nicht besser wissen – für normal halten.

Hitze durchströmte ihn, und sein Fell richtete sich auf, als die temporale Energie nach und nach davonknisterte.

Dunkelheit umhüllte ihn.

Er streckt den einen Arm aus und betastete die Bücher in unmittelbarer Nähe. Ah. Jetzt wusste er, wo er sich befand.

Zu Hause.

Er war zu Hause, und zwar vor einer Woche.

Er musste darauf achten, keine Fußspuren zu hinterlassen. Kein Problem. Er kletterte an den nächsten Regalen hinauf. Sternenlicht filterte durch die hohe Kuppel, als er sich von einem Bücherschrank zum anderen schwang.

Lupin Wonse hob den Blick geröteter Augen und wandte sich von den vielen Papieren auf dem Schreibtisch ab. Niemand in der Stadt kannte sich mit Krönungen aus, und deshalb musste er improvisieren. In einem Punkt hatte er keine Zweifel: Es waren viele Dinge notwendig, mit denen man winken konnte.

»Ja?«, fragte er scharf.

»Äh, ein gewisser Hauptmann Mumm möchte dich sprechen«, sagte der Lakai.

»Mumm von der Wache?«

»Ja, Herr. Er meint, es gehe um eine sehr wichtige Angelegenheit.«

Wonse sah auf die Liste mit ebenfalls sehr wichtigen Angelegenheiten. Zum Beispiel die Krönung des Königs. Alle Hohenpriester der dreiundfünfzig in Ankh-Morpork zugelassenen Religionen beanspruchten die Ehre dieses Rituals für sich. Wahrscheinlich kam es im entscheidenden Augenblick zu einem ziemlichen Gedränge. Und dann die Kronjuwelen.

Das Problem bestand darin, dass es keine gab. Irgendwann während der früheren Generationen waren die Kronjuwelen verschwunden. Ein Juwelier in der Straße Schlauer Kunsthandwerker versuchte, mit Blattgold und Glas innerhalb kurzer Zeit Ersatz zu schaffen.

Mumm konnte warten.

»Sag ihm, er soll morgen – oder besser noch übermorgen – wiederkommen«, brummte Wonse.

»Ich bin dir sehr dankbar dafür, dass du uns empfängst«, sagte Mumm und trat durch die Tür.

Wonse bedachte ihn mit einem finsteren Blick.

»Da du schon einmal hier bist…«, erwiderte er. Mumm legte seinen Helm auf den Schreibtisch des Sekretärs – eine klare Geste der Herausforderung, fand Wonse – und setzte sich.

»Nimm Platz«, murmelte Wonse.

»Hast du schon gefrühstückt?«, fragte Mumm.

»Jetzt gehst du zu…«, begann Wonse.

»Mach dir deshalb keine Sorgen«, erklärte Mumm heiter. »Obergefreiter Karotte wird uns was aus der Küche holen. Der Bursche dort drüben ist sicher so nett, ihm den Weg zu zeigen.«

Als Karotte und der Lakai das Zimmer verlassen hatten, beugte sich Wonse über die Papierstapel.

»Ich hoffe, du hast einen guten Grund dafür, einfach so hereinzupla…«

»Der Drache ist zurück«, sagte Mumm.

Wonse starrte ihn eine Zeit lang stumm an.

Mumm erwiderte den durchdringenden Blick.

Die verblüfften Gedanken des Sekretärs kehrten aus der dunklen Ecke zurück, in die sie geflohen waren.

»Du hast getrunken, nicht wahr?«, fragte er.

»Keinen Tropfen. Der Drache ist zurück.«

»Hör mal…«, begann Wonse.

»Ich habe ihn gesehen«, sagte Mumm schlicht.

»Einen Drachen? Bist du sicher?«

Mumm beugte sich ebenfalls vor. »Nein!«, donnerte er. »Vielleicht irre ich mich, verdammt! Möglicherweise ist es irgendein anderes Tier mit großen Klauen, breiten ledrigen Schwingen und *heißem* Feuer im Rachen! Schließlich wimmelt's überall von solchen Geschöpfen!«

»Aber wir haben alle gesehen, wie der Drache starb!«, wandte Wonse ein.

»Ich weiß nicht, was *wir* gesehen haben«, erwiderte Mumm. »Aber dafür ist mir klar, was *ich* gesehen habe!«

Er lehnte sich zurück und ließ die Schultern hängen. Plötzlich fühlte er sich sehr müde und erschöpft.

»Wie dem auch sei«, fügte er in einem normalen Tonfall hinzu, »er hat ein Haus in der Stichwaschstraße verbrannt. So wie die anderen.«

»Ist jemand entkommen?«

Mumm rieb sich die Schläfen und überlegte, wann er zum letzten Mal geschlafen hatte, richtig geschlafen, unter einer Decke und auf einer Matratze. Und dann Essen. Die letzte Mahlzeit – gestern Abend oder der Abend davor? Hatte er überhaupt jemals in seinem Leben geschlafen? Es erschien ihm unwahrscheinlich. Morpheus' Arme rollten die Ärmel hoch und hämmerten auf das benommene Bewusstsein des Hauptmanns ein, doch Teile davon setzten sich zur Wehr. *Ist jemand …?*

»Jemand wer?«, fragte er.

»Die, äh, Bewohner des Hauses«, sagte Wonse. »Ich nehme an, es stand nicht leer, oder? Ich meine, des Nachts bleiben die Leute meistens daheim und schlafen.«

»Oh? Oh. Ja.« Mumm nickte langsam. »Allerdings war es kein normales Haus, eher ein geheimer Treffpunkt oder so.« Etwas versuchte, seine Aufmerksamkeit wachzurütteln.

»Ist vielleicht Magie im Spiel?«

»Keine Ahnung«, brummte Mumm. »Wäre möglich. Burschen in Kapuzenmänteln und so.«

Gleich fragt er bestimmt, ob ich es übertrieben habe, dachte Mumm. *Und die Antwort lautet vermutlich: ja.*

»Hör mal«, sagte Wonse freundlich. »Wenn Leute mit Magie herumspielen und nicht wissen, wie man sie kontrolliert ... Früher oder später jagen sie sich selbst in die Luft und ...«

»Sie jagen sich selbst in die Luft?«

»Du hast einige sehr anstrengende Tage hinter dir«, fuhr Wonse in einem verständnisvollen Tonfall fort. »Wenn *mich* ein Drache fast zermalmt und bei lebendigem Leib gebraten hätte, sähe auch ich ständig irgendwelche schuppigen Ungeheuer.«

Mumm blickte ihn mit offenem Mund an. Ihm fiel keine Antwort ein. Während der vergangenen Tage hatte ihm dauernde Anspannung Kraft gegeben, doch nun erschlaffte sie wie ein altes Gummiband und hinterließ nur noch Leere.

»Vielleicht hast du ein wenig übertrieben, meinst du nicht?«, fügte Wonse hinzu.

Na bitte, dachte Mumm. *Prächtig.*

Er sank nach vorn.

Der Bibliothekar beugte sich vorsichtig über das oberste Regal und streckte einen Arm in die Finsternis.

Dort war es.

Die dicken Fingernägel berührten einen Buchrücken, zogen den Band vorsichtig hervor und hielten ihn fest. Mit der anderen Hand hob er die Laterne.

Kein Zweifel. *Das Beschwören von Drachen.* Einzige Ausgabe, erste Auflage. Voller *feuriger* Magie.

Der Bibliothekar stellte die Lampe zur Seite, schlug das Buch auf und begann zu lesen.

Mhmmm?«, fragte Mumm und erwachte.

»Ich habe dir eine Tasse Tee gebracht, Hauptmann«, sagte Feldwebel Colon. »Und einen Wabbel.«

Mumm blickte verwirrt zu ihm auf.

»Du hast geschlafen«, erklärte Colon hilfreich. »Du warst völlig weggetreten, als dich Karotte hierher trug.«

Mumm sah sich in dem bereits vertrauten Zimmer um. Das Käsedick-Anwesen in der Pseudopolis-Allee. »Oh«, murmelte er.

»Nobby und ich haben unterdessen ermittelt und aufgespürt«, sagte Colon. »Erinnerst du dich an das niedergeschmolzene Haus? Dort wohnte überhaupt niemand. Es enthielt nur Zimmer, die vermietet wurden. Wir begannen mit der Suche nach dem Vermieter und sprachen mit dem Hausmeister, der jeden Abend die Stühle zurechtrückt und abschließt. Du weißt ja, wie Hausmeister sind.«

Der Feldwebel trat zurück und wartete auf den Applaus.

»Gut gemacht«, sagte Mumm pflichtbewusst und tunkte den Wabbel in den Tee.

»Drei Vereine haben ihre Versammlungen in dem Haus abgehalten«, führte Colon aus. Er holte sein Notizbuch hervor. »Und zwar folgende: die Ankh-Morpork-Vereinigung von Liebhabern der Schönen Künste, – oho! – der Tanz- und Volksliedklub von Morpork und die Aufgeklärten Brüder der Völlig Schwarzen Nacht.«

»Warum *oho?*«, fragte Mumm.

»Du weißt schon, Schöne *Künste*«, sagte Colon im Ton des erfahrenen Kenners. »Damit sind Männer gemeint, die nackte Frauen malen. Der Hausmeister hat's mir erzählt. Manche von ihnen benutzen zwar Pinsel, aber überhaupt keine Farbe. Sollten sich was schämen.«

Es gibt mindestens eine Million Geschichten in dieser verdammten Stadt, dachte Mumm. *Warum höre ich immer nur solche?*

»Wann haben sie sich dort getroffen?«

»Montags um halb acht, zehn Pence Eintritt«, antwortete Colon sofort. »Was die Tänzer und Volksliedsänger betrifft... Alles in Ordnung. Du hast dich doch immer gefragt, wie Korporal Nobbs seine freien Abende verbringt, nicht wahr?«

Colons Gesicht zeigte ein Wassermelonengrinsen.

»Nein!«, entfuhr es Mumm ungläubig. »Soll das heißen, unser Nobby...«

»Ja!«, bestätigte Colon, entzückt von der Reaktion des Hauptmanns.

»Was, er springt mit kleinen Glöckchen umher und winkt mit seinem Taschentuch?«

»Er meint, das sei wichtig für die Kulturpflege.«

»Nobby? Herr-Stiefelspitze-in-den-Unterleib? Herr-ich-habe-nur-überprüft-ob-die-Tür-abgeschlossen-ist-sie-ging-ganz-von-allein-auf?«

»Ja! Ist schon eine komische Welt, nicht wahr? Er war deshalb ziemlich verlegen.«

»Lieber Himmel!«, ächzte Mumm.

»Es beweist nur, dass es immer wieder Überraschungen gibt«, fuhr Colon fort. »Der Hausmeister sagte, dass die Aufgeklärten Brüder immer ein heilloses Durcheinander zurückließen. Kreidezeichen auf dem Boden, meinte er. Außerdem stellten sie nie die Stühle zurück und machten sich auch nicht die Mühe, den Teekessel auszuspülen. Allem Anschein nach haben sie sich in der letzten Zeit recht häufig getroffen. Die Maler der nackten Frauen mussten sich ein anderes Atteljeh suchen.«

»Was hast du mit dem Verdächtigen angestellt?«, fragte sich Mumm.

»Oh, er, äh, ist abgehauen, Hauptmann«, erwiderte der Feldwebel beschämt.

»Was? Er schien überhaupt nicht in der Verfassung zu sein, irgendwohin zu laufen.«

»Als wir hierher zurückkehrten, setzten wir ihn an den

Kamin und gaben ihm einige Decken, weil er am ganzen Leib zitterte«, erklärte Colon, während Mumm seinen Brustharnisch festschnallte.

»Ich hoffe, ihr habt nicht seine Pizzen gegessen!«

»Errol hat sie verspeist. Es liegt am Käse. Er wird so klebrig, wenn ...«

»Erzähl mir den Rest!«

»Nun ...« Colon suchte nach den richtigen Worten. »Der Bursche schauderte und faselte dauernd von Drachen. Um ganz ehrlich zu sein: Er tat uns leid. Und dann sprang er plötzlich auf und rannte einfach so nach draußen.«

Mumm musterte das große, offene und unehrliche Gesicht des Feldwebels.

»Einfach so?«, wiederholte er.

»Wir hatten Hunger, und deshalb habe ich Nobby zum Bäcker geschickt. Der Gefangene wollte nichts essen, aber wir hielten es für notwendig, dass er was in den Magen bekam, und ...«

»Ja?«, drängte Mumm.

»*Nun*, als Nobby ihn fragte, ob er sein Wabbel geröstet möchte, stieß der Kerl einen entsetzten Schrei aus und ergriff die Flucht.«

»Das ist alles?«, hakte Mumm nach. »Ihr habt ihn überhaupt nicht bedroht?«

»Nein, Hauptmann. Ein echtes Rätsel, wenn du mich fragst. Da fällt mir ein: Er erwähnte immer wieder einen gewissen Obersten Größten Meister.«

»Hmm.« Mumm blickte aus dem Fenster. Grauer Nebel umwickelte die Welt mit trübem Licht. »Wie spät ist es?«

»Fünf Uhr, Herr.«

»Na schön. Bevor es dunkel wird ...«

Colon hüstelte. »Fünf Uhr *morgens*, Herr. Heute ist morgen.«

»Du hast mich einen *ganzen Tag lang* schlafen lassen?«

»Ich hab's einfach nicht über mich gebracht, dich zu wecken, Herr. Von dem Drachen fehlt jede Spur, wenn es dir darum geht. Es kam zu keinem einzigen Zwischenfall. Alles ist totenstill.«

Mumm warf ihm einen kurzen Blick zu und öffnete das Fenster.

Der Nebel wogte herein und bildete eine Art gelbgrauen Wasserfall.

»Wir vermuten, er ist weggeflogen«, erklang Colons Stimme hinter dem Hauptmann.

Mumm beobachtete die langsam dahinziehenden dunklen Wolken.

»Ich hoffe, das Wetter bessert sich bis zur Krönung«, murmelte Colon besorgt. »Alles in Ordnung, Herr?«

Er ist nicht *weggeflogen*, dachte Mumm. *Warum sollte er wegfliegen? Wir stellen keine Gefahr für ihn dar, und hier kann er alle seine Wünsche erfüllen. Er wartet, irgendwo dort oben.*

»Alles in Ordnung, Herr?«, wiederholte Colon.

Vermutlich befindet er sich irgendwo über dem Nebel. In einem solchen Dunst kann selbst er nichts sehen. Er müsste damit rechnen, gegen irgendwelche Türme oder hohen Gebäude zu prallen.

»Wann findet die Krönung statt, Feldwebel?«, fragte er.

»Um zwölf Uhr, Herr. Herr Wonse hat eine Nachricht geschickt. Du sollst deine beste Rüstung tragen und bei den Würdenträgern der Stadt sitzen.«

»Soll ich das?«

»Feldwebel Hängematte und seine Männer von der Tageswache säumen den Weg, Herr.«

»Womit?«, fragte Mumm und beobachtete den Himmel.

»Wie bitte, Herr?«

Mumm beugte sich vor und spähte misstrauisch zum Dach hoch. »Hmm?«

»Ich sagte, Feldwebel Hängematte und die Tageswache säumen den Weg.«

»Er ist dort oben, Colon«, brummte Mumm. »Ich kann ihn praktisch riechen.«

»Ja, Herr«, erwiderte Colon gehorsam.

»Er denkt darüber nach, was er als Nächstes unternehmen soll.«

»Ja, Herr?«

»Deshalb ist es mir völlig schnuppe, wer oder was irgendwelche Wege säumt. Ich möchte, dass ihr drei auf die Dächer klettert, verstanden?«

»Ja, Herr ... Was?«

»Auf die Dächer. Nach oben. Wenn der Drache kommt, will ich als erster Bescheid wissen.«

Colon versuchte, allein mit seinem Gesichtsausdruck anzudeuten, dass *er* keinen Wert darauf legte.

»Hältst du das für eine gute Idee, Herr?«, wandte er vorsichtig ein.

Mumm blickte durch ihn hindurch. »Ja, Feldwebel«, entgegnete er kühl. »Es ist eine gute Idee – sie stammt von mir. Geh jetzt und befolge deine Anweisungen.«

Wenige Sekunden später war Mumm allein. Er wusch und rasierte sich mit kaltem Wasser, kramte dann in seiner alten Militärtruhe und holte den für Paraden bestimmten Brustharnisch sowie einen roten Umhang hervor. Na ja, er war einmal rot *gewesen*, und an einigen Stellen zeigte sich noch immer etwas von der früheren Farbe. Aber im Großen und Ganzen wirkte er jetzt wie ein kleines Netz, das sich gut dazu eignete, Motten zu fangen. Außerdem gab es auch noch einen Helm – ohne Federn! –, der schon vor einer Ewigkeit die moleküldicke Schicht aus Blattgold verloren hatte.

Irgendwann einmal habe ich damit begonnen, für einen neuen Mantel zu sparen, dachte der Hauptmann. *Was ist aus dem Geld geworden?*

Im Wachraum hielt sich niemand auf. Errol lag in den traurigen Überbleibseln der vierten Obstkiste, die ihm Nobby besorgt hatte. Der Rest schien sich einfach in Luft aufgelöst zu haben. *In brennbare Luft*, fuhr es Mumm durch den Sinn, als er sich an das Verdauungssystem der Sumpfdrachen erinnerte.

In der warmen Stille klang das Knurren in Errols Mägen erstaunlich laut. Ab und zu wimmerte er leise.

Mumm kratzte ihn halbherzig hinter den Ohren.

»Was ist los mit dir, Junge?«, fragte er.

Die Tür öffnete sich mit einem dumpfen Knarren. Karotte trat ein, sah Mumm neben der zerfetzten Kiste und salutierte.

»Wir haben uns schon Sorgen um ihn gemacht, Hauptmann«, sagte er. »Weil er seine Kohlen nicht gefressen hat. Er liegt nur immer da, zuckt ab und zu und jammert. Glaubst du, er ist krank?«

»Vielleicht«, erwiderte Mumm. »Aber Krankheiten sind für einen Drachen ganz normal. Sie kommen immer darüber hinweg. So oder so.«

Errol bedachte ihn mit einem traurigen Blick und schloss dann wieder die Augen. Mumm zog eine angesengte Decke über ihn.

Etwas quiekte. Der Hauptmann schob die Hand unter den zitternden Sumpfdrachen, holte ein kleines Gumminilpferd hervor, starrte verblüfft darauf hinab und drückte es versuchsweise.

»Ich dachte, er würde sich über ein Spielzeug freuen«, sagte Karotte verlegen.

»Du hast es ihm gekauft?«

»Ja, Herr.«

»Wie nett von dir.«

Mumm hoffte, dass Karotte nicht den flauschigen Ball ganz hinten in der Kiste bemerkte. Er war recht teuer gewesen.

Er ließ Karotte und Errol im Zimmer zurück und trat in die Welt jenseits der Hausmauern.

Noch mehr Fahnen und Wimpel hingen über und neben den Straßen. Die ersten Bürger der Stadt bezogen bereits Aufstellung, obwohl es noch Stunden dauerte, bis die Krönung begann. Mumm fand das alles außerordentlich deprimierend.

Er spürte einen seltsamen Appetit, und diesmal hätten nicht einige Gläser von Jimkin Bärdrückers Whisky genügt, um ihn zu sättigen. Der Hauptmann beschloss, in Hargas Rippenstube zu frühstücken, wie schon seit Jahren. Dort erwartete ihn eine weitere unangenehme Überraschung. Normalerweise bestand der einzige Schmuck aus den vielen Flecken auf Hargas Schürze, und das Essen war genau richtig für einen kühlen Morgen: nur Kalorien, Fett und Protein, vielleicht auch ein Vitamin, das leise schluchzte, weil es ganz allein war. Jetzt hingen handgefertigte Papierschlangen unter der Decke, und die neue Speisekarte enthielt mit Buntstift geschriebene kulinarische Angebote, in denen immer wieder die Worte ›Kröhnung‹ und ›köhniglich‹ auftauchten.

Mumm deutete auf die Überschrift.

»Was ist das hier?«, fragte er.

Harga kniff die Augen zusammen und las. Sie waren allein in dem Restaurant, an dessen Wänden sich eine braune Patina mit hohem Fettgehalt gebildet hatte.

»Da steht ›Im Nahmen des Köhnigs‹, Hauptmann«, verkündete Harga stolz.

»Und was bedeutet das?«

Harga kratzte sich mit einem Schöpflöffel am Bart. »Nun«, begann er unsicher, »es bedeutet sicher ... Ich meine, wenn der König hierherkommt, dann schmeckt es ihm bestimmt.«

»Hast du etwas, das auch Nicht-Aristokraten essen können?«, fragte Mumm mürrisch. Er entschied sich für plebejisches gebackenes Brot und ein proletarisches Steak. Das Stück Fleisch war so roh und blutig, dass man es fast noch schreien hören konnte. Mumm verspeiste es am Tresen.

Ein leises Kratzen unterbrach seine Grübeleien. »Was machst du da?«

Harga sah schuldbewusst von seiner Arbeit auf. »Nichts, Hauptmann«, sagte er. Er versuchte, die Beweismittel hinter dem Rücken zu verstecken, als Mumm über die von Messern zerkratzte Holzplatte blickte.

»Komm schon, Hargi! Kannst es mir doch ruhig zeigen.«

Hargas große breite Hände kamen zögernd zum Vorschein.

»Ich habe nur das alte Öl aus der Pfanne gekratzt«, murmelte er.

»Ich verstehe.« Mumm holte tief Luft und fragte mit gefährlicher Freundlichkeit: »Wie lange kennen wir uns jetzt schon, Hargi?«

»Viele Jahre, Hauptmann«, antwortete der Mann. »Du kommst fast täglich hierher. Bist ein Stammgast. Einer meiner besten Kunden.«

Mumm lehnte sich über den Tresen, bis sich seine Nase in einer Höhe mit dem rosaroten Stummel in Hargas Gesicht befand.

»Hast du in all dieser Zeit *jemals* das Öl gewechselt?«, fragte er.

Harga versuchte zurückzuweichen. »Nun ...«

»Es ist wie ein guter Freund für mich gewesen, das alte Öl«, sagte Mumm. »Es enthält kleine schwarze Stücke, an denen ich sehr hänge. Es hat einen hohen Nährwert. Und du hast die Kaffeebecher ausgespült, stimmt's? Das fiel mir sofort auf. Dieser Kaffee schmeckt nach, äh, Kaffee. Das andere Zeug hatte *Aroma*.«

»Ich dachte, es wird Zeit ...«

»Warum?«

Die Pfanne rutschte aus Hargas Wurstfingern. »Ich dachte, wenn mir der König zufälligerweise einen Besuch abstattet ...«

»Du bist ja *verrückt!*«

»Aber Hauptmann ...«

Mumms Finger bohrten sich anklagend in die zweite Nahtstelle von Hargas dicker Weste.

»Du kennst doch nicht einmal den Namen des Blödmanns!«, rief er.

Harga fasste sich wieder. »Doch, Hauptmann«, brachte er hervor. »Ich weiß, wie er heißt. Der Name stand auf den Plakaten und so. Er lautet Rex Vivat.«

Mumm ließ ihn langsam los, schüttelte erschüttert den Kopf und beklagte stumm die menschliche Neigung zur Unterwürfigkeit.

In einer anderen Zeit und an einem anderen Ort beendete der Bibliothekar seine Lektüre. Er hatte das Ende des Textes erreicht, jedoch nicht das Ende des Buches. Oh, es gab noch einen großen Rest Buch, aber leider war er bis zur Unleserlichkeit und darüber hinaus verbrannt.

Es fiel auch schwer, die Worte auf den letzten nicht verbrannten Seiten zu entziffern. Die Hand des Autors hatte gezittert, als er besonders schnell schrieb, und daher bestanden manche Silben nur aus krakeligen Linien. Aber der Bibliothekar hatte viele schreckliche Texte in den schlimmsten jemals gebundenen Büchern gelesen, Worte, die ihrerseits versuchten, den Leser zu lesen, die sich auf dem Papier hin und her wanden. In diesem Fall handelte es sich nur um die Worte eines Mannes, der um sein Leben bangte. Eines Mannes, der seiner Nachwelt eine unheilvolle Warnung hinterließ.

Die Aufmerksamkeit des Bibliothekars galt in erster Linie einer der Seiten vor dem verbrannten Teil. Er hockte sich nieder und betrachtete sie eine Zeit lang.

Dann starrte er in die Dunkelheit.

Es war *seine* Dunkelheit. Irgendwo in der Finsternis schlief er. Irgendwo in der Finsternis schlich ein Dieb zu diesem Ort, um das Buch zu stehlen. Anschließend würde jemand darin lesen, auch diese Worte – und die Warnung missachten.

Die Hände des Bibliothekars juckten.

Es genügte, dieses Buch zu verstecken oder es dem Dieb auf den Kopf fallen zu lassen, ihm anschließend die Ohren abzuschrauben.

Erneut sah er in die Dunkelheit.

Aber das bedeutete Einmischung in den Lauf der Geschichte. So etwas konnte grauenhafte Konsequenzen nach sich ziehen. Der Bibliothekar kannte sich bestens damit aus; man musste über solche Dinge Bescheid wissen, bevor man sich in den B-Raum wagen durfte. Er hatte Bilder in alten Büchern gesehen. Es bestand die Gefahr, dass sich die Zeit gabelte, wie eine Hose. Wenn man nicht aufpasste, endete man im falschen Bein und führte ein Leben, das eigentlich im *anderen* Bein stattfand. In einem solchen Fall redete man mit Leuten, die sich gar nicht im gleichen Bein aufhielten, oder man stieß gegen Wände, die überhaupt nicht existierten. Oh, im falschen Hosenbein der Zeit konnte das Leben entsetzlich sein.

Außerdem widersprach es den Bibliotheksregeln.* Die übrigen Bibliothekare in Zeit und Raum hätten sicher protestiert, wenn er mit der Kausalität herumzupfuschen begann.

Er schloss das Buch behutsam und stellte es ins Regal zurück. Dann schwang er sich erneut von einem Schrank zum

* Die drei Regeln der Bibliothekare in Zeit und Raum lauten: 1. Stille; 2. Bücher dürfen nicht später zurückgebracht werden als am letzten angegebenen Datum; 3. Nimm keinen Einfluss auf die Natur der Kausalität.

anderen, bis er die Tür erreichte. Dort verharrte er, blickte auf sein schlafendes Ebenbild hinab und überlegte, ob er sich wecken, ein interessantes Selbstgespräch führen und sich mitteilen sollte, dass er Freunde hatte, dass es keinen Grund gab, besorgt zu sein. Er entschied sich dagegen. Auf diese Weise konnte man in erhebliche Schwierigkeiten geraten.

Stattdessen schlüpfte er durch die Tür, lauerte im Schatten und wartete, bis der in einen Kapuzenmantel gehüllte Dieb mit dem gestohlenen Buch erschien. Er folgte ihm durch die Straßen der Stadt und blieb in der Nähe des schrecklichen Portals, während die Versammlung der Aufgeklärten Brüder stattfand. Als der letzte von ihnen ging, behielt er ihn im Auge und murmelte in anthropoider Überraschung, als er feststellte, wo der Mann wohnte …

Kurz darauf eilte er zur Bibliothek und den tückischen Pfaden des B-Raums zurück.

Am späten Vormittag drängten sich Tausende von Ankh-Morporkianern in den Straßen. Mumm zog Nobby einen Tagessold ab, weil er Fähnchen geschwenkt hatte; eine düstere Stimmung herrschte im Käsedick-Anwesen der Pseudopolis-Allee, schwebte wie eine schwarze Wolke darüber, aus der dann und wann Blitze zuckten.

»›Auf die Dächer, nach oben‹«, brummte Nobby. »Das sagt sich leicht.«

»Ich habe mich darauf gefreut, die Straßen zu säumen«, bemerkte Colon. »Dann hätte ich alles gut beobachten können.«

»Neulich hast du dich noch über Privilegien und die Rechte des Menschen ausgelassen«, warf ihm Nobby vor.

»Zu den Privilegien und Rechten des Menschen gehört

auch die Möglichkeit, etwas gut beobachten zu können«, erwiderte der Feldwebel. »Das ist jedenfalls meine Meinung.«

»Ich habe den Hauptmann noch nie in einer so miesen Laune erlebt«, murmelte Nobby. »Mir gefiel er besser, als er noch an der Flasche hing. Ich schätze, er ...«

»Ich glaube, Errol geht es wirklich schlecht«, warf Karotte ein.

Sie drehten sich zur Obstkiste um.

»Er wird immer heißer. Und die Haut glänzt.«

»Was ist die richtige Temperatur für einen Drachen?«, fragte Colon.

»Und wie misst man sie?«, fügte Nobby hinzu.

»Ich glaube, wir sollten Lady Käsedick bitten, ihn zu untersuchen«, sagte Karotte. »Sie kennt sich mit solchen Dingen aus.«

»Bestimmt bereitet sie sich jetzt auf die Krönung vor, und vermutlich möchte sie dabei nicht gestört werden.« Nobby streckte die Hand nach Errols zitternden Flanken aus. »Ich hatte einmal einen Hund, der ... Au! Der kleine Kerl ist mehr als nur heiß – er glüht!«

»Ich habe ihm jede Menge Wasser angeboten, aber er rührt nichts an. Was machst du da mit dem Kessel, Nobby?«

Der Korporal gab sich völlig unschuldig. »Ich dachte, wir könnten uns Tee kochen, bevor wir nach draußen gehen. Ist doch schade, eine so gute Gelegenheit nicht zu ...«

»Nimm das Ding von Errol herunter!«

Zwölf Uhr. Der Nebel verschwand nicht, aber er lichtete sich immerhin ein wenig und erlaubte ein mattes gelbes Glühen dort, wo sich die Sonne befinden sollte.

Während der vergangenen Jahre war der Posten des Hauptmanns der Nachtwache zwar zu etwas Schäbigem geworden, aber er gab Mumm nach wie vor das Recht, bei offiziellen Veranstaltungen zugegen zu sein. Die allgemeine Hackordnung hatte sich allerdings verändert, was dazu führte, dass er in der untersten Reihe der wackeligen Zuschauertribüne saß, zwischen dem Vorsitzenden der Bettlergemeinschaft und dem Oberhaupt der Lehrergilde. Das machte ihm jedoch nichts aus. Er fand es immer noch besser, als in der obersten Reihe zu sitzen, unter den Assassinen, Dieben, Kaufleuten und all den anderen, die in der Brühe der städtischen Gesellschaft ganz oben schwammen. Er wusste nie, worüber er reden sollte. Außerdem bot zumindest der Lehrer eine recht angenehme Gesellschaft: Er beschränkte sich darauf, in unregelmäßigen Abständen die Fäuste zu ballen und leise zu wimmern.

»Stimmt was nicht mit deinem Hals, Hauptmann?«, fragte der oberste Bettler höflich, während sie auf die Kutschen warteten.

»Wie?«, erwiderte Mumm geistesabwesend.

»Du blickst immer wieder gen Himmel«, stellte der Bettler fest.

»Hmm?«, brummte Mumm. »Oh. Nein. Alles bestens.«

Der Bettler zog sich den Samtmantel enger um die Schultern.

»Du hast nicht zufällig ...« Er zögerte und errechnete eine Summe, die seinem hohen Stand geziemte. »... etwa dreihundert Dollar für ein Bankett mit zwölf Gängen übrig, oder?«

»Nein.«

»Dachte ich mir.« Der Bettler nickte freundlich und seufzte. Das Betteln war kein besonders lohnender Job. Es lag an den sozialen Unterschieden: Einfache Bettler kamen gut mit einigen Pennies zurecht, aber die Leute neigten dazu, in eine andere Richtung zu blicken, wenn man sie um eine Villa mit sechzehn Zimmern für die Nacht bat.

Mumm richtete seinen Blick wieder nach oben.

Der Hohepriester des Blinden Io – am vergangenen Abend hatte er mit Hilfe einer geschickt geführten ökumenischen Diskussion und anschließend der sorgfältig abgewogenen Verwendung eines dicken Knüppels (mit Nägeln drin) die Erlaubnis bekommen, den König höchstpersönlich zu krönen – stand auf seinem Podium und traf gerade die letzten Vorbereitungen. Neben dem tragbaren Opferaltar wartete ein gemütlich wiederkäuender Ziegenbock und dachte wahrscheinlich auf ziegisch: Was bin ich für ein glücklicher Ziegenbock, dass man mir eine so gute Aussicht gewährt; heute findet etwas statt, von dem man noch den Enkeln erzählen kann.

Mumm beobachtete die sich ungenau abzeichnenden Konturen der nächsten Gebäude.

Ferner Jubel deutete darauf hin, dass die feierliche Prozession unterwegs war.

Auf dem Podium brach hektische Aktivität aus, als Lupin Wonse einige Diener antrieb, die einen roten Teppich auf den Stufen ausrollten.

Auf der anderen Seite des Platzes saß Lady Käsedick inmitten der metaphorisch verstaubten Aristokratie von Ankh-Morpork und sah ebenfalls nach oben.

Am Thron – man hatte ihn hastig aus Holz und Goldfolie improvisiert – nahmen einige nicht ganz so ranghohe Priester Haltung an. Mehrere von ihnen wiesen leichte Kopfverletzungen auf.

Mumm rutschte unruhig hin und her, lauschte dem Pochen des eigenen Herzschlags, starrte in den Dunst über dem Fluss ...

... und sah die Schwingen.

Liebe Mutter und lieber Vater (schrieb Karotte, wenn er einmal nicht pflichtbewusst in den Nebel spähte), *die Stadt ist für die Krönung bereit. Sie scheint weitaus komplizierter zu sein als bei uns zu Hause. Heute bin ich auch am Tag im Dienst. Das ist schade, denn ich wollte mir die Krönung mit Reet ansehen, aber es gehört sich nicht, darüber zu klagen. Ich muss diesen Brief jetzt beenden, weil wir praktisch jeden Augenblick damit rechnen, dass ein Drache erscheint, obwohl er eigentlich überhaupt nicht existiert. – Euer Euch liebender Sohn.*

PS. Habt ihr in der letzten Zeit etwas von Minty gehört?

Du Idiot!«

»Entschuldigung«, sagte Mumm. »Entschuldigung.«

Die Leute nahmen wieder Platz, und viele von ihnen warfen ihm bitterböse Blicke zu. In dem Gesicht des Sekretärs Lupin Wonse glühte weiße Wut.

»Wie konntest du nur so *dumm* sein?«, zischte er.

Mumm blickte auf seine Finger.

»Ich habe die Schwingen ganz deutlich gesehen ...«, begann er.

»Es war ein *Rabe*! Du weißt doch, was Raben sind, oder? In dieser Stadt gibt es sicher Hunderte von ihnen!«

»Im Nebel ist es nicht leicht, die Größe abzuschätzen«, verteidigte sich Mumm.

»Und der arme Rektor Auweh ... Du hättest wissen sollen, wie laute Geräusche auf ihn wirken!« Das Oberhaupt der Lehrergilde wurde von einigen hilfsbereiten Bürgern fortgeführt.

»So zu schreien!«, fuhr Wonse fort.

»Meine Güte, es tut mir leid! Es war ein Versehen!«

»Ich musste sogar die Prozession anhalten!«

Mumm schwieg und spürte viele amüsierte oder ärgerliche Blicke.

»Ich sollte jetzt besser zum neuen Wachhaus zurückkehren ...«, murmelte er.

Wonse kniff die Augen zusammen. »Nein!«, erwiderte er scharf. »Aber du kannst nach Hause gehen, wenn du möchtest. Oder *irgendwohin*. Gib mir deine Dienstmarke.«

»Was?«

Wonse streckte die Hand aus.

»Deine Dienstmarke«, wiederholte er.

»Meine Dienstmarke?«

»Genau das habe ich gemeint. Ich möchte dich vor weiteren Schwierigkeiten bewahren.«

Mumm sah den Sekretär verblüfft an. »Aber es ist meine *Dienstmarke!*«

»Und du wirst sie mir geben«, sagte Wonse grimmig. »So befiehlt es der König!«

»Was soll das heißen? Er weiß doch überhaupt nichts davon!« Mumm hörte das Jammern in seiner Stimme.

Wonse schnitt eine finstere Miene. »Bald wird er Bescheid wissen«, entgegnete er. »Und ich bezweifle, ob er einen Nachfolger bestimmt.«

Mumm nahm die Kupferscheibe ab – sie hatte Grünspan angesetzt –, wog sie in der Hand und warf sie Wonse zu, ohne einen Ton von sich zu geben.

Für einen Moment spielte er mit dem Gedanken, an das Mitgefühl des Sekretärs zu appellieren, doch etwas in ihm protestierte dagegen. Er drehte sich um und marschierte durch die Menge davon.

Das war's also.

Ganz einfach. Nach einem halben Leben im Dienst. Keine Stadtwache mehr. Hm. Mumm trat nach dem Pflaster. Stadtwache? Es dauerte sicher nicht mehr lange, bis sie Königliche Wache hieß.

Und dann trugen die Wächter Federn an den Helmen ...

Ihm reichte es. Es war ohnehin kein richtiges Leben in der Wache. Oh, sicher, ab und zu lernte man interessante Personen kennen, aber meistens ließen die Umstände zu wünschen übrig. Bestimmt gab es Hunderte von anderen Dingen, mit denen er sich beschäftigen konnte, und wenn er lange genug nachdachte, erinnerte er sich vielleicht an einige von ihnen.

Die Pseudopolis-Allee erstreckte sich abseits der Prozessionsroute, und als Mumm das Wachhaus betrat, hörte er den fernen Jubel jenseits der Dächer. Überall in der Stadt erklangen die Tempelgongs.

Jetzt schlagen sie die Gongs, dachte Mumm, *aber bald werden sie die, die die Gongs* nicht *mehr schlagen*. Als Aphorismus gab diese Wortfolge nicht viel her, aber er konnte daran arbeiten. Er hatte jetzt Zeit genug.

Mumm bemerkte sofort das große Durcheinander im Zimmer.

Errols Appetit war zurückgekehrt. Der Sumpfdrache hatte nicht nur den größten Teil des Tisches verschlungen, sondern auch den Feuerrost, einen Kohleneimer, mehrere Lampen und das quiekende Gumminilpferd. Jetzt lag er wieder in seiner Kiste. Die Schuppenhaut zuckte, und manchmal wimmerte er im Schlaf.

»Du hast hier ein ziemliches Chaos angerichtet«, sagte Mumm gleichgültig. Wenigstens brauchte *er* nicht aufzuräumen.

Er griff in eine bestimmte Schublade des Schreibtischs.

Jemand hatte auch *das* gegessen. Nur einige Glassplitter waren übriggeblieben.

Feldwebel Colon zog sich an der Brüstung des Tempels der Geringen Götter hoch. Er war zu alt für so etwas. Viel lieber hätte er die Straßen gesäumt und Glöckchen geläutet, anstatt an einem hohen Ort zu hocken und darauf zu warten, dass ihn der Drache fand.

Er schöpfte Atem und blickte durch den Nebel.

»Sind irgendwelche Leute hier oben?«, flüsterte er zaghaft.

In der feuchten stillen Luft klang Karottes Stimme seltsam monoton.

»Ich bin hier, Feldwebel«, antwortete er.

»Ich wollte nur sicher sein, dass du noch da bist«, erklärte Colon.

»Ich bin noch hier, Feldwebel«, bestätigte Karotte gehorsam.

Colon trat auf ihn zu.

»Wollte mich nur vergewissern, dass du nicht verschlungen bist«, sagte er und rang sich ein schiefes Lächeln ab. »Oder verbrannt.«

»Bin nie verschlungen oder verbrannt gewesen«, erwiderte Karotte.

»Oh, gut.« Colon trommelte mit den Fingern aufs nasse Mauerwerk und fühlte sich dazu verpflichtet, seinen Standpunkt zu verdeutlichen.

»Ich wollte nur jeden Zweifel ausschließen«, betonte er. »Solche Überprüfungen gehören zu meiner Pflicht, weißt du. Ermitteln und aufspüren. Es ist keineswegs so, dass ich mich hier oben auf den Dächern fürchte oder so. Ziemlich dichter Nebel, stimmt's?«

»Ja, Feldwebel.«

»Alles in Ordnung?« Nobbys dumpfe Stimme kroch durch die grauen Schlieren, und kurz darauf folgte ihr Besitzer.

»Ja, Korporal«, sagte Karotte.

»Was machst du hier?«, fragte Colon.

»Ich bin nur gekommen, um festzustellen, ob mit dem Obergefreiten Karotte alles in Ordnung ist«, entgegnete Nobby unschuldig. »Was führt *dich* hierher, Feldwebel?«

»Wir sind alle in Ordnung«, sagte Karotte und strahlte. »Das ist gut, nicht wahr?«

Die beiden anderen Wächter wandten sich voller Unbehagen ab und vermieden es, sich anzusehen. Nebelgefüllte Luft trennte sie von ihren praktisch unerreichbar fernen Posten, und hinzu kamen Dächer, die keinen *Schutz* gewährten.

Colon traf eine Entscheidung.

»Verdammt«, sagte er leidenschaftslos und nahm auf den Resten einer steinernen Figur Platz. Nobby lehnte sich an die Brüstung und zog einen feuchten Stummel aus dem sonderbaren Aschenbecher hinter dem Ohr.

»Habe gehört, wie die Prozession vorbeigekommen ist«, murmelte er. Colon füllte seine Pfeife und entzündete ein Streichholz an der Mauer.

»Wenn der Drache noch lebt«, brummte er, blies eine Rauchwolke von sich und verwandelte einen Teil des Nebels in Smog, »so ist er bestimmt von hier verschwunden. Wisst ihr, Städte bieten Drachen keinen richtigen Lebensraum«, sagte er im Ton eines Mannes, der verzweifelt versucht, sich selbst zu überzeugen. »Bestimmt hat er einen Ort aufgesucht, der ihm hohe Plätze und viel Futter bietet, da könnt ihr ganz sicher sein.«

»Eine Art Stadt, meinst du?«, fragte Karotte.

»Halt die Klappe!«, erwiderten die beiden anderen Wächter synchron.

»Wirf mir mal die Streichhölzer rüber, Feldwebel!«, ließ sich Nobby vernehmen.

Colon kam der Aufforderung nach, und einige Sekunden später hielt Nobby ein Bündel aus dicken Holzstäbchen mit schwefelgelben Köpfen in der Hand. Er zog eins hervor und entzündete es, doch ein kurzer Windstoß blies die Flamme aus. Graue Fetzen glitten vorbei.

»Wind kommt auf«, bemerkte der Korporal.

»Gut«, erwiderte Colon. »Kann diesen Nebel nicht ausstehen. Äh, wo bin ich stehen geblieben?«

»Du hast gesagt, der Drache sei meilenweit entfernt«, erklärte Nobby.

»Oh. Ja. Genau. Nun, ist doch logisch, oder? Ich meine, ich würde nicht hierbleiben, wenn ich fliegen könnte. Wenn ich fliegen könnte, würde ich nicht auf irgendeinem Dach hocken, auf den Resten einer blöden Statue.«

»Welche Statue?«, fragte Nobby. Die Hand mit dem Zigarettenstummel verharrte auf halbem Wege zum Mund.

»Diese hier«, sagte Mumm und klopfte an den Stein. »Versuch jetzt bloß nicht, mir 'n Schrecken einzujagen, Nobby. Auf dem Tempel der Geringen Götter gibt es Dutzende von kleinen alten Statuen, das weißt du doch.«

»Nein, das weiß ich nicht«, widersprach der Korporal. »Ich weiß nur eins: Man holte sie im letzten Monat runter, als das Dach ausgebessert wurde. Hier gibt's nur das Dach und die Kuppel, weiter nichts. Man muss auf solche Einzelheiten achten, wenn man ermittelt und aufspürt«, fügte er hinzu.

Feuchte Stille folgte, und Feldwebel Colon richtete seinen Blick zögernd auf den Stein unter ihm. Das Etwas verjüngte sich, trug Schuppen und hatte gewisse Ähnlichkeiten mit einem Schwanz. Langsam drehte er den Kopf, starrte in die andere Richtung und beobachtete, wie schuppige Umrisse durch den sich rasch lichtenden Nebel aufragten.

Der Drache saß auf der Kuppel des Tempels, reckte sich, gähnte und entfaltete seine Flügel.

Das Entfalten war nicht einfach. Der Vorgang dauerte eine Weile, während die komplizierte biologische Maschinerie aus Rippen und Falten in Bewegung geriet. Mit ausgebreiteten Schwingen gähnte der Drache noch einmal, trat zum Dachrand und sprang in die Luft.

Nach einer Weile kam hinter der Brüstung eine Hand zum Vorschein. Sie tastete unsicher umher, bis sie festen Halt fand.

Jemand brummte. Karotte kletterte aufs Dach zurück und zog die beiden anderen Wächter hoch. Sie blieben flach auf den Bleiplatten liegen, und Karotte beobachtete tiefe Furchen im Metall – offenbar stammten sie von den Klauen des Drachen. Solche Dinge fielen einem sofort auf.

»Sollten wir nicht...« Er schnaufte und holte tief Luft. »Sollten wir nicht die Leute warnen?«

Colon kroch nach vorn und sah über die Stadt.

»Ich glaube, diese Mühe können wir uns sparen«, sagte er. »Ich schätze, den Leuten wird bald klar, dass der Drache nicht tot oder verschwunden ist.«

Der Hohepriester des Blinden Io stolperte über seine eigenen Worte. Soweit er wusste, fand nun zum ersten Mal eine offizielle Krönung in Ankh-Morpork statt. Die alten Könige hatten sich in diesem Zusammenhang mit schlichten Bemerkungen und Hinweisen begnügt, zum Beispiel: »Wir habet die Krone, kannet überhaupt kein Zweifel daran bestehen, und beim Klabautermann und den Sieben Teufeln: Wir werden jeden verdammten Hurensohn vierteilen lassen, der sie klauen will.« Derartige Kronreden zeichneten sich nicht nur durch ausgesprochene Klarheit aus, sondern besaßen auch den Vorteil der Kürze. Der Hohepriester hatte viel Zeit damit verbracht, eine längere Ansprache vorzubereiten, die den modernen Zeiten gerecht wurde, und nun fiel es ihm schwer, sich daran zu erinnern.

Außerdem wurde er von dem Ziegenbock abgelenkt, der ihn mit ergebenem Interesse beobachtete.

»Beeil dich!«, zischte Wonse, der hinter dem Thron stand.

»Immer mit der Ruhe«, zischte der Hohepriester zurück. »Falls du es noch nicht wissen solltest: Dies ist eine Krönung. Ich schlage vor, du zeigst ein wenig Respekt.«

»Ich könnte gar nicht respektvoller sein! Trotzdem wäre ich dir sehr dankbar, wenn du …«

Rechts im Publikum ertönte eine laute Stimme. Wonse starrte in die Menge.

»Das ist die Käsedick-Frau«, stellte er fest. »Was tut sie da?«

Die Leute in ihrer Nähe sprachen aufgeregt miteinander, und Finger deuteten nach oben, bildeten einen kleinen stoppelförmigen Wald. Der eine oder andere Schrei erklang, und dann bewegten sich die Zuschauer wie eine Flutwelle.

Wonse blickte über die breite Straße der Geringen Götter.

Dort flog kein Rabe. Nein, diesmal nicht.

Der Drache glitt dicht über dem Boden dahin, und die breiten Schwingen ruderten anmutig durch die Luft.

Die Fähnchen und Wimpel am Straßenrand zerrissen wie dünne Spinnweben, sammelten sich an den Rückenschuppen des Ungetüms und bildeten einen langen Schweif hinter dem Schwanz.

Das gewaltige Geschöpf flog mit gestrecktem Hals, und der Kopf wirkte wie die Galionsfigur am Bug eines Schiffes. Die Bürger auf der Straße schrien und kletterten übereinander, um die vermeintliche Sicherheit der Hauseingänge zu erreichen. Der Drache achtete überhaupt nicht auf sie.

Er hätte mit lautem Gebrüll kommen sollen, doch die einzigen Geräusche stammten vom ledrigen Knarren der Schwingen und dem Knacken der Fahnenstangen.

Er *hätte* mit lautem Gebrüll kommen sollen. Nicht auf diese langsame und stille Weise, die dem Entsetzen Zeit genug gab, alle Illusionen zu verdrängen. Er verhieß etwas, anstatt zu drohen, und das schien nicht richtig zu sein.

Er hätte mit lautem Gebrüll kommen sollen. Stattdessen kam er mit dem bunten Flattern zerrissener Fahnen.

Mumm zog die oberste Schublade des Schreibtischs auf und betrachtete die Papiere darin. Es waren nicht besonders viele, und eigentlich betrafen sie ihn kaum. Mit einer Ausnahme: Die fransigen Reste eines Zuckertütchens erinnerten ihn daran, dass er der Teekasse sechs Pence schuldete.

Seltsam. Er fühlte überhaupt keinen Zorn. Noch nicht. Bestimmt war es nur eine Frage der Zeit, bis er ärgerlich wurde. *Heute Abend bin ich bestimmt wütend*, dachte er. *Wütend und betrunken.* Aber bis dahin dauerte es noch etwas. Erst musste er die Bedeutung der jüngsten Ereignisse verarbeiten. Er gab sich nur deshalb der üblichen Routine hin, weil sie ihn vor dem Nachdenken bewahrte.

Errol bewegte sich in der Kiste, hob den Kopf und winselte.

»Was ist los mit dir, Junge?«, fragte Mumm und streckte die Hand aus. »Hast du dir den Magen verdorben?«

Die Haut des kleinen Drachen zuckte so sehr, als arbeiteten darunter mehrere Fabriken der Schwerindustrie. Ein *solcher* Fall fand im Buch über Drachenkrankheiten keine Erwähnung. In dem angeschwollenen Bauch ertönten Geräusche, wie man sie vom Krieg in einem Erdbebengebiet vermutete.

Etwas stimmte nicht, das stand fest. Sybil Käsedick betonte immer wieder, dass man sehr auf die Diät eines Sumpfdrachen achten musste, weil jede noch so geringe Magenverstimmung Wände und Decke mit mitleiderweckenden Schuppenhautfetzen schmücken konnte. Doch während der vergangenen Tage ... Abgesehen von kalten Pizzas und Nobbys schrecklichen Zigarettenstummeln hatte Errol jene

Dinge gefressen, die ihm schmackhaft erschienen. Und nach dem gegenwärtigen Zustand des Zimmers zu urteilen, hielt er praktisch alles für lecker. Auch den Inhalt der untersten Schublade.

»Wir haben uns nicht besonders gut um dich gekümmert, wie?«, fragte Mumm. »Eigentlich bist du wie ein Hund behandelt worden.« Er überlegte, welche Auswirkungen quiekende Gumminilpferde auf die Verdauung von Sumpfdrachen hatten.

Nach einer Weile hörte Mumm, dass der ferne Jubel Schreien wich.

Gedankenverloren blickte er auf Errol hinab, und ein außergewöhnlich grimmiges Lächeln umspielte seine Lippen, als er aufstand.

Die fernen Geräusche veränderten sich erneut, kündeten nun von Panik und hastiger Flucht.

Mumm setzte den verbeulten Helm auf und neigte ihn fröhlich zur Seite. Dann summte er munter vor sich hin und schlenderte nach draußen.

Eine Zeit lang blieb Errol völlig reglos liegen. Schließlich bewegte er sich vorsichtig und kroch aus der Kiste. Der wichtigste Teil des Gehirns – jener Bereich, der das Verdauungssystem kontrollierte – übermittelte seltsame Botschaften und verlangte völlig unvertraute Dinge. Glücklicherweise war er imstande, den komplexen Rezeptoren in der Nase eine detaillierte Beschreibung zu geben. Die Nüstern blähten sich und unterzogen die Luft im Zimmer einer genauen Analyse. Errol drehte den Kopf von einer Seite zur anderen und nahm eine Peilung vor.

Er kroch über den Boden, erreichte das Ziel und begann mit offensichtlichem Genuss eine ganz bestimmte Dose zu verspeisen. Sie enthielt diverse Substanzen, mit denen Karotte seinen Brustharnisch polierte.

Erschrockene Bürger der Stadt eilten an Mumm vorbei, als er durch die Straße der Geringen Götter schritt. Rauch wehte vom Platz der Gebrochenen Monde.

Dort hockte der Drache auf den Überresten des Krönungspodiums. Er schien sehr zufrieden mit sich zu sein.

Es fehlte jede Spur vom Thron und seinem Inhaber – obgleich es möglich war, dass eine gründliche gerichtsmedizinische Untersuchung des kleinen Aschehaufens im schwelenden Holz gewisse Hinweise geliefert hätte.

Mumm hielt sich an einem Zierbrunnen fest, als die panikerfüllte Menge vorbeistürmte. In jeder Straße, die vom Platz wegführte, herrschte wildes Gedränge, und hinzu kam eine gespenstische Stille. Die Leute verschwendeten nicht mehr ihren Atem, indem sie schrien. Sie beschränkten sich auf die stumme und feste Entschlossenheit, einen anderen Ort aufzusuchen.

Der Drache breitete die Schwingen aus und hob sie träge. Die letzten Fliehenden nahmen dies zum Anlass, auf die Schultern der Leute vor ihnen zu klettern und von Kopf zu Kopf zu springen.

Innerhalb weniger Sekunden war der Platz leer, abgesehen von den Dummen und hoffnungslos Verblüfften. Selbst die Niedergetrampelten legten einen Kriechsprint zur nächsten Gasse ein.

Mumm sah sich um. Überall lagen Fahnen und Banner, und einige von ihnen wurden von einem betagten Ziegenbock gefressen, der sein Glück überhaupt nicht fassen konnte. Mehrere Dutzend Meter entfernt hockte Treibe-mich-selbst-in-den-Ruin auf allen vieren und versuchte, den verstreuten Inhalt seines Bauchladens einzusammeln.

Neben Mumm stand ein kleines Kind, winkte zögernd mit einem Fähnchen und rief: »Hurra!«

Stille schloss sich an.

Mumm bückte sich.

»Ich glaube, du solltest jetzt nach Hause gehen«, sagte er.

Das Kind sah zu ihm auf.

»Bist du ein Wächter?«, fragte es.

»Nein«, erwiderte Mumm. »Und ja.«

»Was ist mit dem König passiert, Wächter?«

»Äh«, sagte Mumm. »Vielleicht hat er den Platz verlassen, um irgendwo ein Nickerchen zu machen.«

»Meine Tante sagt, ich soll nicht mit Wächtern sprechen«, verkündete das Kind.

»Hältst du es vielleicht für eine gute Idee, nach Hause zurückzukehren und ihr zu erzählen, wie gehorsam du gewesen bist?«, fragte Mumm.

»Meine Tante sagt, wenn ich ungezogen bin, setzt sie mich aufs Dach und ruft den Drachen«, plauderte das Kind. »Meine Tante sagt, er frisst einen ganz auf und fängt mit den Beinen an, sodass man dabei zusehen kann.«

»Warum gehst du nicht nach Hause und richtest deiner Tante aus, dass ihre Erziehungsmethoden den besten Traditionen Ankh-Morporks entsprechen?«, erwiderte Mumm. »Lauf jetzt.«

»Er zermalmt die Knochen«, fuhr das Kind fröhlich fort. »Und wenn er sich den Kopf vornimmt...«

»Er hockt dort drüben!«, rief Mumm: »Der große böse Drache, dem es so sehr gefällt, Knochen zu zermalmen! Geh jetzt *heim*!«

Das Kind beobachtete den schuppigen Riesen auf dem zerschmetterten Podium.

»Ich habe noch nicht gesehen, wie er jemanden gefressen hat«, beklagte es sich.

»Verzieh dich, wenn du dir keine Backpfeife holen willst!«, knurrte Mumm.

Damit schien er eine gewisse Wirkung zu erzielen. Das Kind nickte verständnisvoll.

»Na schön. Kann ich noch einmal ›Hurra‹ rufen?«

»Wenn du unbedingt willst ...« Mumm ächzte leise.

»Hurra!«

Kein Wunder, dass es so schwer ist, in dieser Stadt für Ordnung zu sorgen, dachte Mumm. Erneut sah er hinter dem Zierbrunnen hervor.

»Du kannst sagen, was du willst«, erklang eine Stimme über ihm. »Meiner Meinung nach ist er ein wahres Prachtexemplar.«

Mumms Blick glitt an dem Brunnen empor und erreichte schließlich das oberste Becken.

»Ist dir aufgefallen, dass jedes Mal ein Drache erscheint, wenn wir uns begegnen?« Sybil Käsedick stützte sich an einer verwitterten Statue ab, kletterte herunter und bedachte Mumm mit einem bedeutungsvollen Lächeln. »Ob das ein Zeichen für uns ist?«

»Er hockt einfach da«, erwiderte Mumm hastig. »Beobachtet nur. Vielleicht wartet er auf etwas.«

Der Drache blinzelte mit jurassischer Geduld.

Die Straßen am Rande des Platzes waren noch immer voller Menschen. *Das ist der typische Ankh-Morpork-Instinkt*, dachte Mumm. *Lauf weg und bleib dann stehen, um festzustellen, ob anderen Leuten was Interessantes zustößt.*

In den Trümmern neben den vorderen Tatzen des Ungetüms bewegte sich etwas. Der Hohepriester des Blinden Io stand auf und strich sich Staub und Holzsplitter vom Umhang. In der einen Hand hielt er noch immer die hastig angefertigte Krone.

Mumm sah, wie der alte Mann aufblickte und in zwei rote Augen starrte, von denen ihn nur knapp zwei Meter trennten.

»Können Drachen Gedanken lesen?«, fragte Mumm.

»Ich bin sicher, dass meine jedes Wort verstehen, das ich sage«, zischte Lady Käsedick. »O nein! Der Narr gibt ihm die Krone!«

»Ein kluger Schachzug, nicht wahr?«, erwiderte Mumm.

»Drachen mögen Gold. Es ist so, als werfe man einen Stock, den der Hund holen soll, stimmt's?«

»Oh, äh, nein, das glaube ich eigentlich nicht«, wandte Lady Käsedick ein. »Drachen haben einen sehr gut ausgeprägten Geruchs- und Geschmackssinn, weißt du.«

Der große Drache betrachtete den kleinen goldfarbenen Gegenstand. Ganz behutsam streckte er eine lange Klaue aus und nahm das Objekt aus den zitternden Händen des Hohepriesters.

»Wie meinst du das?«, fragte Mumm und beobachtete, wie sich die Klaue langsam dem breiten und pferdeartigen Gesicht näherte.

»Sie können enorm gut riechen und selbst zwischen subtilen Geschmacksnuancen unterscheiden. Weil sie so, äh, chemisch orientiert sind.«

»Soll das heißen, er kann Gold *schmecken?*«, hauchte Mumm, als eine Drachenzunge über die Krone tastete.

»Ja. Und riechen.«

Mumm fragte sich, wie groß die Wahrscheinlichkeit dafür war, dass die Krone wirklich aus Gold bestand. Bestimmt ließ sie sich nur hinter dem Komma ausdrücken, und zwar nach der Null. Vielleicht Goldfolie auf Kupfer, ja. Das genügte, um Menschen zu täuschen. Dann überlegte Mumm, wie Menschen auf angeblichen Zucker reagierten, der sich im Kaffee als Salz entpuppte.

Die Klaue des Drachen löste sich in einem anmutigen Bogen vom Maul und traf den Hohepriester, der gerade fortzuschleichen versuchte. Der Hieb schleuderte den alten Mann hoch in die Luft. Als er den Scheitelpunkt seiner Flugbahn erreichte und aus vollem Halse schrie, drehte das Ungeheuer den Kopf, öffnete den Rachen und ...

»Donnerwetter!«, entfuhr es Lady Käsedick.

Die Zuschauer in den Straßen stöhnten.

»Welch *enorme* Temperatur!«, brachte Mumm hervor. »Ich

meine, es ist überhaupt nichts übrig geblieben! Nur eine Rauchwolke!«

Erneut regte sich etwas zwischen den Trümmern. Eine zweite Gestalt stand auf und lehnte sich benommen an die Reste eines geborstenen Balkens.

Lupin Wonse, in einen Kokon aus Ruß gehüllt.

Mumm beobachtete, wie der Sekretär in zwei kanaldeckelgroße Nüstern blickte.

Wonse lief los. Mumm fragte sich, was man bei einer solchen Flucht empfand. Man musste jederzeit damit rechnen, von einem Flammenstrahl getroffen zu werden, der selbst Stahl verdampfen ließ. Vermutlich fühlte man sich unter derartigen Umständen nicht besonders wohl.

Wonse schaffte es halb über den Platz, bevor der Drache überraschend flink vorsprang und ihn packte. Die Klaue hob den Mann hoch und hielt ihn dicht vor den Rachen.

Eine Zeit lang musterte das Ungetüm die winzige Gestalt, drehte sie dabei hin und her. Dann stampfte der Drache auf drei Beinen davon, schlug ab und zu mit den Flügeln, um das Gleichgewicht zu wahren, und näherte sich dem Gebäude, das erst der Palast des Patriziers und – für sehr kurze Zeit – der Regierungssitz des Königs gewesen war.

Das riesige Wesen übersah die ängstlichen Zuschauer, die sich stumm an Wände und Mauern drückten. Mit entmutigender Mühelosigkeit stieß es den granitenen Torbogen beiseite. Die eisenbeschlagene und sehr massive Tür hielt erstaunliche zehn Sekunden stand, bevor sie sich in einen Haufen glühender Asche verwandelte.

Der Drache setzte den Weg fort.

Lady Käsedick drehte sich verwirrt um. Mumm hatte zu lachen begonnen.

Es war ein irres Lachen, und Tränen quollen ihm in die Augen. Er lachte und lachte, sank dabei langsam an dem Zierbrunnen herunter und streckte die Beine von sich.

»Hurra, hurra, hurra!«, kicherte er und schnappte nach Luft.

»Himmel, was ist los mit dir?«, fragte Lady Käsedick.

»Schwenkt die Fahnen! Blast die Becken, röstet die Glocken! Wir haben ihn gekrönt! Endlich gibt es einen König in der Stadt! Hoho!«

»Hast du getrunken?«, fragte Ihre Ladyschaft argwöhnisch.

»Noch nicht!«, gluckste Mumm. »Noch nicht! Aber das hole ich bald nach!«

Er lachte noch immer und wusste: Wenn er aufhörte, fielen Niedergeschlagenheit und Verzweiflung wie ein bleiernes Soufflé auf ihn. Ganz deutlich sah er die Zukunft Ankh-Morporks ...

Immerhin war der Drache eindeutig *erhaben*. Er trug kein Geld, und er konnte auch nicht antworten. Außerdem fiel ihm die Innenstadtsanierung bestimmt nicht schwer: Er riss die alten Gebäude nicht ab, sondern schmolz sie nieder.

Darauf läuft es hinaus, dachte Mumm. *Typisch für diese Stadt. Wenn man das Biest nicht besiegen oder bestechen kann, so setzt man es eben auf den Thron und behauptet, das sei von Anfang an beabsichtigt gewesen.*

Vivat Draco.

Mumm stellte fest, dass sich ihm wieder das kleine Kind genähert hatte. Es winkte freundlich mit einem Fähnchen und fragte: »Darf ich noch einmal ›Hurra‹ rufen?«

»Warum nicht?«, erwiderte er. »Bald bist du damit nicht mehr allein.«

Aus der Richtung des Palastes kamen die Geräusche eines gründlichen Zerstörungswerks ...

Errol biss in einen Besenstiel, zog ihn über den Boden und winselte vor Anstrengung, als er ihn aufrichtete. Mehrere Minuten lang schnaufte und keuchte der kleine Sumpfdrache hingebungsvoll, und nach einigen Versuchen gelang es ihm schließlich, den Stiel zwischen die Wand und den großen Krug mit Lampenöl zu schieben.

Er legte eine Pause ein, atmete wie ein Blasebalg und drückte zu.

Zunächst leistete der Krug hartnäckigen Widerstand und schwankte einige Male, doch dann gab er auf und zerbrach auf den Fliesen. Dickflüssiges, sehr schlecht raffiniertes Öl bildete eine schwarze Pfütze.

Errols breite Nüstern zuckten. Irgendwo in seinem Hinterkopf klickten unvertraute Synapsen wie Telegrafentasten. Große Datenbrocken glitten durch die zentralen Nervenstränge zur Nase und lieferten unerklärliche Informationen, bei denen es um Dreiwertigkeiten, Alkane und geometrische Isomerie ging. Der größte Teil davon verfehlte allerdings den kleinen Bereich von Errols Gehirn, den er benutzte, um Errol zu sein.

Er begriff nur, dass er plötzlich sehr, sehr durstig war.

Etwas Bedeutendes geschah im Palast. Mehrmaliges Krachen wies auf einstürzende Mauern und herunterfallende Decken hin …

Der Patrizier von Ankh-Morpork lag in einem von Ratten heimgesuchten Kerker, hinter einer Tür mit mehr Schlössern und Riegeln als im Tresorraum einer wichtigen Bank. Er lauschte und lächelte in der Dunkelheit.

Freudenfeuer brannten in der Stadt.

Ankh-Morpork feierte. Die Bürger wussten nicht genau, was der Anlass war, aber sie hatten sich auf ein Fest vorbereitet, und es wäre doch eine Schande gewesen, all diese Mühen zu vergeuden. Man denke nur an die vielen angestochenen Fässer, an Dutzende von bratenden Ochsen, die auf hungrige Mägen warteten. Außerdem: Jedes Kind hatte einen Papierhut und einen Pappbecher erhalten. Ein interessanter Tag ging zu Ende, und die Bewohner von Ankh-Morpork hielten viel von Unterhaltung.

»Ich sehe das folgendermaßen«, sagte ein Feiernder und winkte mit einem dicken Stück halbgarem Fleisch. »Vielleicht ist ein Drache als König gar keine so schlechte Idee. Wenn man genauer darüber nachdenkt, meine ich.«

»Er sah wirklich sehr anmutig und elegant aus«, erwiderte die Frau an seiner Seite und versuchte sich mit dieser Vorstellung anzufreunden. Es gelang ihr mühelos. »Irgendwie geschmeidig und, äh, gepflegt. Ganz und gar nicht verwahrlost. Offenbar legt er Wert auf sein Äußeres.« Mit finsterem Blick musterte sie einige der jüngeren Feiernden am Tisch. »Heutzutage besteht das Problem mit den Leuten darin, dass sie überhaupt keinen Wert mehr auf ihr Äußeres legen.«

»Und dann die Außenpolitik«, warf jemand ein und griff nach einer Rippe. »Kann nur von Vorteil sein.«

»Wie meinst du das?«

»Diplomatie«, sagte der Rippenesser knapp.

Die anderen dachten darüber nach. Nach einer Weile drehten sie die Idee um und betrachteten sie auch von der anderen Seite, um herauszufinden, was es damit auf sich hatte.

»Tja, weiß nicht«, brummte der monarchistische Experte langsam. »Ich meine, der gewöhnliche Drache kennt im Grunde genommen nur zwei Verhandlungsmethoden, nicht wahr? Ich meine, entweder er brät einen bei lebendigem Leib, oder er verzichtet darauf«, fügte er hinzu.

»Genau darauf wollte ich hinaus. Ich meine, nehmen wir mal an, der Botschafter von Klatsch kommt hierher, ihr wisst ja, wie arrogant die Klatschianer sind, angenommen er sagt: Wir wollen dies, wir wollen das, wir wollen jenes. Nun«, fuhr der Mann fort und lächelte, »dann sagen wir: Halt die Klappe, wenn du nicht in einer Urne nach Hause zurückkehren möchtest.«

Die Zuhörer prüften auch diese Idee. Ihr fehlte nicht ein gewisses Etwas.

»Sie haben eine große Flotte, die Klatschianer«, gab der Monarchist zu bedenken. »Könnte riskant sein, ihre Diplomaten zu rösten. Vielleicht gefällt es den Leuten nicht, wenn sie an Bord des heimgekehrten Schiffes einen Haufen Asche sehen.«

»Ah, und *dann* sagen wir: Heda, ihr Klatschianer-Fritzen, ihr aufpassen vor großer Echse vom Himmel wenn ihr machen Ärger sie verbrennen Lehmhütte eure, *zackzack*.«

»Das sagen wir wirklich?«

»Warum nicht? *Und* wir sagen: Schicken Tribut zu uns viel Geld und nicht vergessen Glitzersteine und Metall gelbiges.«

»Ich habe die Klatschianer nie gemocht«, sagte die Frau mit fester Stimme. »Was die für ein Zeug essen! Eklig! Und dauernd brabbeln sie in ihrer heidnischen Sprache ...«

In einer schattigen Ecke entflammte ein Streichholz.

Mumm wölbte die Hände, entzündete stinkenden Tabak, warf das Streichholz in den Rinnstein und schlurfte durch einige Pfützen davon.

Es gab etwas, das ihn noch mehr deprimierte als sein eigener Zynismus: die bittere Tatsache, dass die Welt weitaus zynischer sein konnte.

Seit Jahrhunderten kommen wir gut mit den Klatschianern und den anderen Nachbarn zurecht, dachte er. Gutes Zurechtkommen ist praktisch der wichtigste Grundsatz unserer Außenpolitik gewesen. Und jetzt habe ich gerade gehört, dass wir jemandem den Krieg erklären, einem uralten Volk, mit dem wir nie nennenswerte Probleme hatten, auch wenn es eine seltsame Sprache benutzt. Und danach – die ganze Welt. Was noch schlimmer ist: Wahrscheinlich gewinnen wir sogar.

Ähnliche Gedanken (nur mit einer anderen Perspektive) gingen auch den Würdenträgern der Stadt durch den Kopf, als man sie am nächsten Morgen zu einem Arbeitsessen in den Palast bestellte. Es sei ein Befehl, hieß es in der kurzen Mitteilung.

Niemand wies darauf hin, von wem der Befehl stammte oder wer das Essen gab.

Sie saßen jetzt im Vorzimmer.

Gewisse Veränderungen fielen auf. Es war nie ein besonders exklusiver Palast gewesen. Der Patrizier hatte immer die Ansicht vertreten: Wenn man es Besuchern zu bequem machte, wollten sie vielleicht bleiben. Deshalb bestand die Einrichtung früher aus einigen wackeligen Stühlen und mehreren Bildern an den Wänden, die ehemalige Herrscher mit Schriftrollen und dergleichen zeigten.

Die Stühle befanden sich noch immer an Ort und Stelle. Aber das traf nicht auf die Bilder zu. Die fleckigen und verstaubten Porträts lagen in einer Ecke, doch von den vergoldeten Rahmen fehlte jede Spur.

Die Mitglieder des Stadtrates blickten in verschiedene Richtungen und trommelten mit den Fingern auf die Knie.

Schließlich öffneten zwei besorgt wirkende Diener die Tür des Hauptsaals. Lupin Wonse trat ein.

Die Ratsmitglieder hatten die ganze Nacht damit verbracht, Prinzipien einer neuen *Drachen*politik zu entwickeln, aber im Gegensatz zu ihnen erweckte Wonse den Eindruck, seit Jahren nicht mehr geschlafen zu haben. Die Farbe seines

Gesichts entsprach der eines fermentierten Tischtuchs. Er war nie kräftig gebaut gewesen, doch jetzt ähnelte er etwas, das man aus einer Pyramide geholt hatte.

»Ah«, intonierte er. »Gut. Sind alle zugegen? Dann bitte hier entlang, meine Herren.«

»Äh«, sagte der oberste Dieb. »In der Mitteilung wurde ein Essen erwähnt.«

»Ja?«, erwiderte Wonse.

»Mit einem *Drachen?*«

»Meine Güte, du fürchtest doch nicht etwa, von ihm gefressen zu werden, oder?«, entfuhr es Wonse. »Welch verrückte Idee!«

»Ist mir nie in den Sinn gekommen«, sagte der Dieb. Erleichterung strömte wie Rauch aus seinen Ohren. »Eine absurde Vorstellung. Haha.«

»Haha«, machte das Oberhaupt der Kaufmannsgilde.

»Hoho«, brummte der Repräsentant der Assassinen. »Eine absurde Vorstellung, fürwahr.«

»Nein, ihr wärt sicher zu zäh«, warf Wonse ein. »Haha.«

»Haha.«

»Ahaha.«

»Hoho.« Die Temperatur sank um einige Grad.

Auch der Große Saal hatte sich verändert. Zunächst einmal: Er war ein ganzes Stück größer als vorher. Mehrere Wände, die ihn von anderen Zimmern trennten, existierten nicht mehr, und das galt auch für einige Stockwerke darüber. Mauerreste, Steine und Mörtel bildeten ein heilloses Durcheinander auf dem Boden, doch in der Mitte des Saals ...

Dort lag ein Haufen Gold.

Zumindest *glänzte* er hier und dort. Es sah ganz danach aus, als habe jemand alle funkelnden und schimmernden Gegenstände aus dem Palast herbeigetragen. Zu dem Haufen gehörten: Bilderrahmen, goldene Fäden aus Wandteppichen, Silber, einige vereinzelte Edelsteine, Suppenterrinen aus der Küche, Kerzenhalter, Wärmpfannen und Spiegelsplitter. Glitzernde Dinge.

Doch die Ratsmitglieder schenkten ihnen überhaupt keine Beachtung. Ihre Aufmerksamkeit galt in erster Linie dem Geschöpf, das unter der Decke hing.

Es wirkte wie die größte und am schlechtesten gerollte Zigarre im ganzen Universum – wenn die größte und am schlechtesten gerollte Zigarre im ganzen Universum dazu neigte, mit dem vorderen Ende nach unten zu hängen. Undeutlich waren zwei breite Klauen zu erkennen, die sich um dicke Dachsparren geschlossen hatten.

Auf halbem Wege zwischen dem glänzenden Haufen und der Tür stand ein gedeckter Tisch. Das traditionelle Silberbesteck fehlte, wie die Würdenträger mit nur gelinder Überraschung feststellten. Die Teller bestanden aus dünnem Porzellan: Messer, Gabeln und Löffel schienen erst vor kurzer Zeit und mit ziemlicher Hast aus Holz geschnitzt zu sein. Wonse nahm an der Stirnseite des Tisches Platz und nickte den Dienern zu.

»Bitte setzt euch«, wandte er sich an die Besucher. »Es tut mir leid, dass einige ... Veränderungen eingetreten sind. Der König hofft, dass ihr euch damit zufriedengebt, bis die Dinge auf eine angemessene Weise arrangiert werden können.«

»Der, äh«, sagte das Oberhaupt der Kaufmannsgilde.

»Der König«, betonte Wonse. Nur eine halbe Oktave trennte seine Stimme von Hysterie.

»Oh. Der König. Völlig klar«, sagte der Kaufmann. Von seinem Platz aus hatte er einen guten Blick auf das an der Decke hängende Ding. Unter den ledrigen Schwingen, die das Ungetüm umhüllten, schien sich etwas zu bewegen. »Lang soll er leben, meine ich«, fügte er rasch hinzu.

Kurz darauf brachten die Diener den ersten Gang: Suppe mit Knödeln. Wonse rührte sie nicht an. Entsetzte Stille herrschte, während die anderen aßen, und man hörte nur ein gelegentliches Klappern, wenn Holz an Porzellan stieß.

»Es müssen einige Entscheidungen getroffen werden, und der König meint, in diesem Zusammenhang sei eure Zustimmung willkommen«, begann Wonse schließlich. »Natürlich ist es nur eine Formsache, und ich bedauere es, euch mit solchen Banalitäten zu belästigen.«

Das dicke Bündel an der Decke schien in einer Brise zu schwanken.

»Überhaupt kein Problem«, versicherte der oberste Dieb.

»Der König verkündet hiermit gnädigerweise«, fuhr Wonse fort, »dass er sich sehr über Krönungsgeschenke von der Bevölkerung freuen würde. Er meint natürlich nichts Besonderes. Nur Edelmetalle und Edelsteine, die man leicht entbehren kann. Ich möchte übrigens darauf hinweisen, dass niemand gezwungen ist, sich von solchen Objekten zu trennen. Der König rechnet damit, dass derartige Gesten der Großzügigkeit völlig freiwillig erfolgen.«

Der oberste Assassine blickte traurig auf die Ringe an seinen Fingern und seufzte. Das Oberhaupt der Kaufmannsgilde griff resigniert nach seiner goldenen Amtskette und nahm sie ab.

»Oh, meine Herren!«, entfuhr es Wonse. »Das ist wirklich eine Überraschung!«

»Ähem«, sagte der Erzkanzler der Unsichtbaren Universität. »Du weißt sicher ... Äh, ich meine, dem König dürfte bekannt sein, dass die Universität, äh, normalerweise von allen Steuern und Abgaben befreit ist. So verlangt es die Tradition.«

Er unterdrückte ein Gähnen. Die Zauberer hatten die ganze Nacht ihre besten Formeln gegen den Drachen eingesetzt, aber die magische Auseinandersetzung kam einem Boxkampf mit dem Nebel gleich.

»Mein lieber Herr, es handelt sich keineswegs um Steuern oder Abgaben«, protestierte Wonse. »Ich hoffe, meine bisherigen Ausführungen haben euch nicht zu solchen Vermutungen veranlasst. O nein! Nein. Alle Tribute sollen vollkommen freiwillig sein. Ich hoffe, das ist jetzt völlig klar.«

»So klar wie Kristall«, sagte der oberste Assassine und bedachte den alten Zauberer mit einem durchdringenden Blick. »Ich nehme an, unsere ganz und gar freiwilligen Tribute dienen dazu ...«

»Sie werden dem Hort hinzugefügt«, erklärte Wonse.

»Ah.«

»Ich bin zwar sicher, dass die Bürger dieser Stadt sehr großzügig sein werden, sobald sie die Situation verstehen«, sagte der Kaufmann, »aber hoffentlich weiß der König auch, dass es in Ankh-Morpork nur wenig Gold gibt.«

»Ein guter Hinweis«, lobte Wonse. »Der König plant eine besonders dynamische und energische Außenpolitik, die Abhilfe schaffen wird.«

»Ah«, erwiderten die Ratsmitglieder wie aus einem Mund. Diesmal erklang sogar ein gewisser Enthusiasmus in ihren Stimmen.

»Zum Beispiel vertritt der König die Ansicht«, fuhr Wonse fort, »dass unsere legitimen Interessen in Quirm, Sto Lat, Pseudopolis und Tsort seit Jahrhunderten vernachlässigt werden. Diesen Fehler wird er so schnell wie möglich korrigieren, und dann, meine Herren, dürfen wir damit rechnen, dass wahre Gold*ströme* in dieser Stadt fließen. Sie werden von allen jenen stammen, die sich nichts sehnlicher wünschen, als den Schutz des Königs zu genießen.«

Der oberste Assassine blickte zum glitzernden Haufen, und hinter seiner Stirn bildete sich eine sehr klare Vorstellung darüber, wo die vielen Schätze enden würden. Eins musste man Drachen lassen: Sie verstanden sich wirklich darauf, Dinge zusammenzuraffen. Eine fast menschliche Eigenschaft.

»Oh«, sagte er.

»Natürlich kommen Anschaffungen in Hinsicht auf Land, Gebäude und dergleichen hinzu, und der König möchte keinen Zweifel daran lassen, dass loyale Kronräte reich belohnt werden.«

»Und, äh ...« Der oberste Assassine gewann allmählich ein klares Bild von der Denkweise des Königs. »Ich nehme an, die, äh ...«

»Kronräte«, sagte Wonse.

»Vermutlich werden sie in Hinsicht auf, äh, Schätze, noch weitaus großzügiger sein, nicht wahr?«

»Ich bin sicher, dass der König keine diesbezüglichen Erwartungen hegt«, behauptete Wonse, »aber es ist trotzdem ein guter Vorschlag.«

»Dachte ich mir.«

Der nächste Gang bestand aus fettem Schweinefleisch, Bohnen und mehligen Kartoffeln. Dick machende Speisen, bemerkten einige Ratsmitglieder. Dem einen oder anderen Anwesenden fiel sogar das Wort *Mastfutter* ein.

Wonse begnügte sich mit einem Glas Wasser.

»Ich möchte nun eine andere delikate Angelegenheit zur Sprache bringen und bin davon überzeugt, dass es so toleranten und aufgeschlossenen Männern wie euch nicht weiter schwerfällt, dieser Sache mit dem notwendigen Verständnis zu begegnen«, sagte der Sekretär. Er hielt das Glas in einer zitternden Hand.

»Ich hoffe, das gilt auch für die Bürger von Ankh-Morpork, zumal der König zweifellos sehr wichtige Beiträge zum Wohl und Schutz der Stadt leisten wird. Ich bin zum Beispiel sicher, dass die Bürger weitaus unbesorgter in ihren Betten ruhen, wenn sie wissen, dass der Dr... der König ständig wacht und sie vor allem Unheil bewahrt. Allerdings sind ebenso lächerliche wie überkommene ... Vorurteile möglich, die nur mit der unermüdlichen Arbeit von Männern guten Willens aus der Welt geschafft werden können.«

Wonse zögerte und musterte die Würdenträger. Der oberste Assassine sagte später, dass er oft in die Augen von Menschen gesehen hatte, die aus offensichtlichen Gründen dem Tode nahe waren. Doch jetzt starrte er in Augen, die seinen Blick aus den Schwefelgruben der Hölle erwiderten. Er hoffte inständig, dass sich diese zutiefst beunruhigende Erfahrung nie wiederholte.

Als Wonse erneut sprach, klangen seine Worte wie Luftblasen, die an der Oberfläche einer Treibsandlache blubberten. »Ich meine die … die Diät des Königs.«

Erschrockene Stille folgte. Weiter hinten hörten die Ratsmitglieder das leise Knarren ledriger Schwingen. Die Schatten in den Ecken des Saals schienen noch dunkler zu werden und sich zu nähern.

»Diät«, wiederholte der oberste Dieb hohl.

»Ja«, bestätigte Wonse. Er quiekte fast, und Schweiß perlte auf seiner Stirn. Der oberste Assassine hatte einmal den Ausdruck ›Riktus‹ gehört und sich gefragt, wann man ihn verwendete, um einen Gesichtsausdruck zu beschreiben. Jetzt wusste er es. Die Bezeichnung schien eigens für Wonse geschaffen zu sein. In der Miene des Sekretärs zeigte sich das Grauen eines Mannes, der kaum glauben konnte, was sein Mund sagte.

Der oberste Assassine überlegte sorgfältig und erwiderte dann: »Wir, äh, wir dachten, dass der Dr… der König dieses, äh, Problem während der vergangenen Wochen gelöst hat.«

»Ach, es waren nur einige armselige Mahlzeiten«, entgegnete Wonse und starrte auf den Tisch. »Ein paar Haustiere und so. Bei einem König ist ein solcher Notbehelf natürlich völlig unangemessen.«

»Äh«, murmelte das Oberhaupt der Kaufmannsgilde, »wie oft hat der König Hunger?«

»Er ist ständig hungrig«, antwortete Wonse, »aber er

isst nur einmal im Monat. Bei einer besonderen Gelegenheit.«

»Selbstverständlich.« Der Kaufmann nickte. »Bei einer besonderen Gelegenheit.«

»Und wann hat der, äh, König zum letzten Mal gespeist?«, fragte der oberste Assassine.

»Ich bedauere, euch mitteilen zu müssen, dass er sich seit seiner Ankunft nicht auf die ihm geziemende Weise ernähren konnte«, erwiderte Wonse.

»Oh.«

Der Sekretär drehte seinen Holzlöffel verzweifelt hin und her. »Bitte versucht, das zu verstehen«, brachte er hervor. »Wenn er jemandem wie ein gemeiner Meuchelmörder auflauert …«

»Ich muss doch *sehr* bitten!«, warf der oberste Assassine empört ein.

»Wie ein gemeiner Mörder, wollte ich sagen … Dann bleibt er unbefriedigt. Bei der Ernährung des Königs geht es darum, eine … Verbindung zu den Untertanen zu schaffen. Es ist wie eine lebende Allegorie. Die Krone wird dem Volk nähergebracht«, fügte Wonse hinzu.

»Was die Art der Nahrung betrifft …«, begann der oberste Dieb und erstickte fast an den Worten. »Sprechen wir hier von jungen Frauen?«

»Das ist ein weit verbreitetes Vorurteil«, sagte Wonse. »Das Alter spielt keine Rolle. Ganz im Gegensatz zum Familienstand. Und der sozialen Stellung. Hat etwas mit dem Geschmack zu tun, glaube ich.« Er beugte sich vor, und in seiner Stimme vibrierten nun Schmerz und Entsetzen. Die Ratsmitglieder glaubten, dass der Sekretär jetzt zum ersten Mal mit seiner eigenen, wahren Stimme sprach. »Denkt darüber nach!«, drängte er. »Nur einmal im Monat! Und wir bekommen so viel dafür! Die Familien derjenigen, die dem König nützlich sind – damit meine ich insbesondere die

Kronräte –, werden natürlich nicht in Betracht gezogen. Und stellt euch nur mal all die Alternativen vor …«

Die Würdenträger stellten sich nicht alle Alternativen vor. Eine genügte völlig.

Bedrücktes Schweigen herrschte bei den Ratsmitgliedern, während Wonse seine Appelle an die Vernunft des Überlebens fortsetzte. Sie saßen steif und stumm und wagten es nicht, sich anzusehen, aus Furcht vor dem, was sich in den Gesichtern der anderen widerspiegelte. Jeder von ihnen dachte: *Gleich meldet sich jemand zu Wort und erhebt Einwände, und dann brumme ich zustimmend, ohne etwas zu sagen, nein, so dumm bin ich nicht, ein festes Murmeln genügt, um keinen Zweifel daran zu lassen, dass ich nichts von dieser Sache halte, ja, bei solchen Gelegenheiten sollte jeder anständige Mann fast aufstehen und beinahe die Stimme zum Protest erheben …*

Aber alles blieb still. *Ihr Feiglinge*, dachte jedes Ratsmitglied.

Niemand rührte den Pudding an, auch nicht die ziegelsteindicken Schokoladenplätzchen, die anschließend serviert wurden. Mit verlegenem, kummervollem Entsetzen lauschten sie Wonses Stimme, und als die Gildenrepräsentanten den Saal nach einer halben Ewigkeit verließen, versuchten sie, einen möglichst großen Abstand zueinander zu wahren, um Gespräche zu vermeiden.

Der Kaufmann bildete die einzige Ausnahme. Er trat an der Seite des oberste Assassinen nach draußen, und beide überlegten fieberhaft, als sie nebeneinander über den Weg gingen. Der Chef der Kaufmannsgilde versuchte, die Dinge positiv zu sehen. Er gehörte zu den Leuten, die Gemeinschaftssingen veranstalten, wenn sich eine Katastrophe anbahnt.

»Nun, nun«, sagte er. »Jetzt sind wir also Kronräte. Bemerkenswert.«

»Hmm«, erwiderte der oberste Assassine.

»Ich frage mich, welche Unterschiede es zwischen gewöhnlichen Stadträten und Kronräten gibt«, überlegte der Kaufmann laut.

Der oberste Assassine schnitt eine Grimasse. »Wahrscheinlich sind wir deshalb zu Kronräten ernannt worden, weil wir nie eine Krone tragen werden.«

Er starrte wieder zu Boden und dachte erneut an die letzten Worte des Sekretärs, als er ihm die schlaffe Hand geschüttelt hatte. *Ob sie außer mir jemand gehört hat? Unwahrscheinlich. Sie sind nicht laut gewesen, eher noch leiser als ein leises Flüstern.* Wonse hatte die Lippen bewegt, als er in das mondbleiche Gesicht des oberste Assassinen blickte.

Hilf. Mir.

Der oberste Assassine schauderte. Warum ausgerechnet er? Soweit es ihn betraf, konnte er nur eine Art von Hilfe gewähren, und darum baten die Leute eher selten. Tatsächlich bezahlten sie viel Geld, um sie als Überraschung anderen Personen anzubieten. Er fragte sich, was Wonse dazu veranlasste, eine solche Alternative für erstrebenswert zu halten ...

Wonse saß allein in dem großen verwüsteten Saal. Er wartete.

Natürlich konnte er zu fliehen versuchen. Aber das Ungetüm würde ihn bestimmt finden, ganz gleich, wo er sich aufhielt. Es witterte sein Bewusstsein.

Oder es beschloss, ihn zu verbrennen. Das war noch viel schlimmer. So wie die Brüder. *Vielleicht* wäre es ein sofortiger Tod gewesen, es sah wie ein sofortiger Tod aus, aber wenn Wonse des Nachts wach im Bett lag, überlegte er immer wieder, ob sich jene letzten Mikrosekunden zu einer unglaublich heißen subjektiven Ewigkeit dehnten, während der alle Teile des Körpers zu kochendem Plasma wurden und das

Denken und Empfinden Gelegenheit bekam, jede einzelne Schmerzphase detailliert zu erleben …

Mach dir keine Sorgen. Dich würde ich nicht verbrennen.

Es war keine Telepathie. Unter Telepathie hatte sich Wonse immer vorgestellt, dass man eine Stimme im Kopf hörte.

In diesem Fall erklang die Stimme im Körper. Sie spannte das Nervensystem wie die Sehne eines Bogens.

Steh auf.

Wonse sprang auf die Beine. Der Stuhl kippte zur Seite, und er stieß mit den Knien an die Tischkante. Wenn jene Stimme ertönte, hatte er ebenso viel Kontrolle über seinen Körper wie Wasser über Gravitation.

Komm.

Wonse setzte sich taumelnd in Bewegung.

Die Schwingen entfalteten sich langsam, knarrten leise und reichten schließlich von einer Wand des Saals bis zur anderen. Die Spitze eines Flügels zerschmetterte ein Fenster und ragte nach draußen in den späten Nachmittag.

Langsam und majestätisch reckte der Drache den Hals und gähnte. Als er damit fertig war, drehte er den Kopf und senkte ihn, bis der Abstand zum Gesicht des Sekretärs nur noch wenige Zentimeter betrug.

Was bedeutet ›freiwillig‹?

»Es, äh, bedeutet, dass man aus freiem Willen handelt«, erklärte Wonse.

Aber die Menschen haben keinen freien Willen! Entweder vergrößern sie meinen Hort, oder ich verbrenne sie!

Wonse schluckte. »Ja«, bestätigte, »aber du darfst nicht …«

Er duckte sich im Tosen des lautlosen Zorns.

Ich darf alles! Es gibt keine Verbote für mich!

»Oh, natürlich, natürlich!«, quiekte Wonse und drückte beide Hände an die Schläfen. »So meinte ich das nicht! Auf diese Weise ist es besser. Glaub mir. Besser und sicherer!«

Niemand kann mich besiegen!

»Davon bin ich überzeugt …«

Niemand kann mich kontrollieren!

Wonse hob die Arme und hoffte, dass seine Geste beschwichtigend genug wirkte. »Selbstverständlich, völlig klar«, sagte er. »Aber es gibt Mittel und Wege, weißt du. Mittel und Wege. Das Brüllen und Verbrennen und so, äh, es ist gar nicht nötig …«

Du dummer Affe! Wie soll ich sonst dafür sorgen, dass sich die Leute meinem Willen unterwerfen?

Wonse legte die Hände auf den Rücken.

»Sie werden deine Anweisungen freiwillig ausführen«, erwiderte er. »Und mit der Zeit glauben sie bestimmt, es sei ihre eigene Idee gewesen. Die ganze Sache wird zu einer Tradition, das versichere ich dir. Wir Menschen sind sehr anpassungsfähig.«

Der Drache bedachte ihn mit einem langen, nachdenklichen Blick.

Wonse versuchte, das Zittern aus seiner Stimme zu verbannen, als er hinzufügte: »Bestimmt dauert es nicht mehr lange, bis … Nun, wenn dann jemand kommt und meint, ein Drache als König tauge nichts, so steinigt man ihn wahrscheinlich.«

Das Ungetüm blinzelte.

Zum ersten Mal schien es ein wenig unsicher zu sein.

»Mit Menschen kenne ich mich aus«, sagte Wonse schlicht.

Der Drache hielt einen starren, durchdringenden Blick auf ihn gerichtet.

Wenn du lügst …, dachte er schließlich.

»Ich könnte dich gar nicht belügen, das weißt du doch.«

Und sie verhalten sich wirklich so?

»O ja, die ganze Zeit über. Eine typisch menschliche Eigenschaft.«

Wonse wusste, dass der Drache zumindest die Gedanken an der Oberfläche seines Bewusstseins las, und dort herrschte eine Resonanz des Schreckens. Er blickte in die großen roten Augen und erahnte wenigstens die Überlegungen dahinter.

Der Drache war gleichermaßen verblüfft und entsetzt.

»Tut mir leid«, sagte Wonse. »So sind wir nun mal. Hat was mit dem Überleben zu tun, glaube ich.«

Es gibt keine mächtigen Krieger, die unterwegs sind, um mich zu töten?, dachte der Drache enttäuscht.

»Ich bezweifle es.«

Keine Helden?

»Nein, nicht mehr. Sie sind zu teuer.«

Aber ich werde Menschen verschlingen!

Wonse zuckte zusammen.

Er fühlte, wie die mentalen Ausläufer des Drachen durch sein Ich kratzten und nach Hinweisen suchten, nach Informationen, die ihm das Verstehen erleichterten. Eine Mischung aus Sehen und Spüren bot ihm kurzlebige Drachenbilder dar, aus dem mythischen Zeitalter der Reptilien und – begleitet von dem aufrichtigen Erstaunen des Ungeheuers – aus weniger lobenswerten Epochen der menschlichen Geschichte. Eigentlich gab es gar keine anderen. Ganz gleich, auf welche Weise sich der Drache verhielt: Es war praktisch unmöglich, dass er den Menschen mehr Leid bescherte, als sie sich gegenseitig zufügten, häufig sogar mit großer Begeisterung.

Du hast die Unverschämtheit, schockiert zu sein, dachte der Schuppenriese. *Aber wir waren Drachen. Man erwartete von uns, grausam, hinterhältig, gemein und schrecklich zu sein. Aber eins will ich dir sagen, du, du Affe.* Der große Kopf kam noch etwas näher, und Wonses Blick reichte in die erbarmungslosen Tiefen der roten Augen. *Wir haben uns nie gegenseitig verbrannt, gefoltert und zerrissen und dafür moralisch-ethische Gründe angeführt.*

Der Drache streckte mehrmals die Flügel und hockte sich dann auf den Tandhaufen aus eher weniger kostbaren Dingen. Eine Klaue wühlte kurz in der Masse glitzernder Objekte, und dann ertönte ein verächtliches Schnaufen.

Nicht einmal eine dreibeinige Eidechse würde so etwas horten, dachte das Ungetüm.

»Bald bekommst du wertvollere Gegenstände«, flüsterte Wonse, erleichtert darüber, dass ihm nicht mehr die volle Aufmerksamkeit des Drachen galt.

Das will ich auch stark hoffen.

»Darf ich ...« Wonse zögerte. »Darf ich dir eine Frage stellen?«

Ich höre.

»Es ist doch nicht *nötig*, dass du Menschen verschlingst, oder? Ich glaube, darin sähen die Bürger der Stadt das einzige Problem, weißt du«, fügte er hastig hinzu und sprach immer schneller. »In Hinsicht auf die Schätze und so ergeben sich bestimmt keine Schwierigkeiten, aber wenn es um, äh, Protein geht ... Vielleicht ist ein so mächtiger Intellekt wie deiner bereits auf den Gedanken gekommen, dass weniger umstrittene Nahrung, zum Beispiel Kühe ...«

Der Drache spie horizontales Feuer, das eine dicke Ascheschicht an der gegenüberliegenden Wand zurückließ.

Nötig? Nötig?, donnerte er, als das Zischen, Knistern und Prasseln verklang. *Sprichst du etwa von Notwendigkeiten? Ist es nicht Tradition, dass die schönste aller Frauen dem Drachen geopfert wird, um Frieden und Wohlstand zu sichern?*

»Weißt du, wir sind immer recht friedlich und einigermaßen wohlhabend gewesen ...«

MÖCHTEST DU, DASS ES DABEI BLEIBT?

Die Wucht dieser mentalen Antwort drückte Wonse auf die Knie.

»Natürlich«, brachte er hervor.

Der Drache hob wie beiläufig die Klauen.

Dann betrifft diese Notwendigkeit nicht mich, sondern euch, dachte er. *Verschwinde jetzt. Ich will dich nicht mehr sehen.*

Wonse sackte in sich zusammen, als das Fremde aus seinem Bewusstsein wich.

Der Drache kroch über den Haufen aus billigem Flitter, erreichte eine hohe Fensterbank und zertrümmerte das Glas mit dem Kopf. Das bunte Abbild eines Stadtvaters fiel in Myriaden Splittern auf den Schutt.

Der lange Hals ragte in die kühle Luft des frühen Abends und neigte sich wie eine Kompassnadel hin und her. Erste Lichter glühten in der Stadt, und das Geräusch von einer Million Menschen, die fleißig lebten, verursachte ein dumpfes, pulsierendes Summen.

Der Drache holte tief und fröhlich Luft.

Dann zog er auch den Rest seines Körpers auf die Fensterbank, stieß den Fensterrahmen mit einem kurzen Schulterzucken beiseite und sprang gen Himmel.

Was ist das?«, fragte Nobby.

Das Objekt war annähernd rund und hatte die Beschaffenheit von Holz. Wenn man darauf klopfte, hörte es sich nach einem Lineal an, das über eine Schreibtischkante rieb.

Feldwebel Colon betrachtete das Ding von allen Seiten.

»Ich gebe auf«, sagte er.

Karotte zog den halbzerrissenen Karton zu sich heran.

»Ein Kuchen«, erklärte er, schob beide Hände unter den Gegenstand, spannte die Muskeln und hob ihn an. »Von meiner Mutter.« Es gelang ihm, den Kuchen auf den Tisch zu stellen, ohne dass seine Finger zerquetscht wurden.

»Kann man ihn essen?«, fragte Nobby. »Er ist monatelang unterwegs gewesen. Zeit genug, um trocken zu werden.«

»Oh, meine Mutter hat ihn nach einem alten Zwergenrezept gebacken«, antwortete Karotte. »Zwergenkuchen werden nicht trocken.«

Feldwebel Colon schlug noch einmal darauf. »Bist du ganz sicher?«, brummte er skeptisch.

»Er hat einen unglaublich hohen Nährwert«, fuhr Karotte fort. »Ist praktisch magisch. Das Geheimnis wurde über Jahrhunderte hinweg von einem Zwerg zum anderen weitergegeben. Ein kleines Stück hiervon, und für den Rest des Tages wollt ihr nichts mehr essen.«

»Kann man sich anschließend noch auf den Beinen halten?«, fragte sich Colon.

»Mit einem solchen Kuchen im Gepäck ist ein Zwerg in der Lage, Hunderte von Meilen zurückzulegen«, sagte Karotte.

»Ja, daran zweifle ich nicht«, murmelte Colon düster. »Und wahrscheinlich denkt er die ganze Zeit über: ›Hoffentlich finde ich bald was anderes zu essen, denn sonst kommt wieder der verdammte Kuchen an die Reihe. ‹«

Für Karotte gehörte das Wort ›Ironie‹ zu den unlösbaren Rätseln des vorzugsweise in Ankh-Morpork gebräuchlichen Vokabulars. Er griff nach seiner Pike, stach mehrmals vergeblich zu – die Klinge prallte immer wieder ab – und schaffte es schließlich, den Kuchen in vier Stücke zu schneiden.

»Das wär's«, verkündete er munter. »Eins für jeden von uns, und eins für den Hauptmann.« Er begriff, was er gerade gesagt hatte. »Oh, Entschuldigung.«

»Ja«, entgegnete Colon halblaut.

Eine Zeit lang schwiegen sie.

»Ich habe ihn *gemocht*«, kam es nach einer Weile von Karottes Lippen. »Es tut mir sehr leid, dass er nicht mehr zu uns gehört.«

Erneut folgte Stille. Sie ähnelte der ersten Stille, war jedoch noch tiefer und wies Furchen aus Niedergeschlagenheit auf.

»Vermutlich befördert man dich jetzt zum Hauptmann«, sagte Karotte.

Colon zuckte zusammen. »Mich? Ich lege überhaupt keinen Wert darauf, Hauptmann zu werden! Mit dem ganzen Denken komme ich bestimmt nicht zurecht. Es lohnt sich gar nicht, so viel zu denken, wenn man dafür nur neun Dollar mehr im Monat bekommt.«

Er trommelte mit den Fingern auf den Tisch.

»Das ist alles?«, fragte Nobby. »Ich dachte, Offiziere hätten die Taschen voller Geld.«

»Neun Dollar im Monat«, wiederholte Colon. »Ich habe mal die Soldtabelle gesehen. Neun Dollar im Monat und zwei Dollar Spesen für Federn. Die Zulage hat er nie in Anspruch genommen. Eigentlich komisch.«

»Von Federn hielt er nicht viel«, warf Nobby ein.

»Ja«, bestätigte Colon. »Das Problem des Hauptmanns ... Ich habe mal ein Buch gelesen, und darin stand, dass in unseren Adern nicht nur Blut fließt, sondern auch Alkohol, eine Art *natürlicher* Alkohol, wisst ihr. Selbst wenn man keinen Tropfen anrührt – der Körper stellt das Zeug trotzdem her. Aber Hauptmann Mumm, tja, er gehört zu den Leuten, deren Körper nicht genug davon produzieren. Es ist so, als sei er zwei Gläser unter dem normalen Niveau geboren.«

»Donnerwetter!«, entfuhr es Karotte.

»Ja, und deshalb ... Ich meine, im nüchternen Zustand ist er *wirklich* nüchtern. Knurd nennt man so etwas. Ich meine, erinnerst du dich daran, wie es einem geht, wenn man nach einer ordentlichen Zechtour aufwacht, Nobby? So fühlt er sich *die ganze Zeit über.*«

»Armer Kerl«, sagte Nobby. »Davon wusste ich nichts. Kein Wunder, dass er immer so schlecht gelaunt ist.«

»Er versucht dauernd, den normalen Zustand herzustellen, aber er kriegt die Dosis nicht immer richtig hin. Außerdem ... « Colon warf Karotte einen kurzen Blick zu. » ... wurde er von einer Frau ruiniert.«

»Was tun wir jetzt, Feldwebel?«, brummte Nobby.

»Hätte er was dagegen, wenn wir sein Stück Kuchen essen?«, fragte Karotte. »Wäre doch schade, es trocken werden zu lassen.«

Colon hob die Schultern.

Die beiden älteren Männer schwiegen kummervoll, während sich Karotte den Kuchen vornahm. Seine Zähne verursachten dabei Geräusche, wie man sie von den mit Schaufelrädern ausgestatteten Zerkleinerungsmaschinen in Bergwerken erwartete. Colon und Nobby wären nicht einmal dann hungrig gewesen, wenn man ihnen ein leichtes Soufflé angeboten hätte.

Sie versuchten, sich ein Leben ohne den Hauptmann vorzustellen. Sicher war es öde und trostlos, selbst ohne Drachen. Eins musste man Hauptmann Mumm lassen: Er hatte Stil. Es mochte ein zynischer, mit Widerhaken versehener Stil sein, aber er hatte ihn – und sie nicht. Er konnte lange Worte lesen und addieren. Selbst das war Stil, zumindest in gewisser Weise. Er betrank sich sogar stilvoll.

Colon und Nobby hatten versucht, die Minuten zu dehnen, die Zeit zu strecken. Es nützte nichts: Schwarze Dunkelheit kroch heran und verdrängte den Tag. Die Nacht begann.

Es gab keine Hoffnung für sie.

Sie mussten nach draußen gehen und mit der Streife beginnen.

Sechs Uhr. Und es war nicht alles gut.

»Ich vermisse auch Errol«, sagte Karotte.

»Eigentlich gehörte er dem Hauptmann«, erwiderte Nobby. »Jedenfalls, Lady Käsedick kümmert sich bestimmt um ihn.«

»Wir konnten hier überhaupt nichts liegen lassen«, fügte Colon hinzu. »Ich meine, selbst das Lampenöl. Er hat sogar das Lampenöl getrunken.«

»Und die Mottenkugeln«, sagte Nobby. »Eine ganze

Schachtel Mottenkugeln. Warum sollte jemand Mottenkugeln essen wollen? Und dann der Kessel. Und Zucker. Er war verrückt nach Zucker.«

»Ich fand ihn nett«, murmelte Karotte. »Freundlich und so.«

»Oh, ich auch«, bestätigte Colon. »Aber eigentlich ... Es ist nicht richtig. Ich meine, ein Haustier, bei dem man immer hinter den Tisch springen muss, wenn es einen Schluckauf bekommt.«

»Ich vermisse sein niedliches Gesicht«, sagte Karotte.

Nobby putzte sich laut die Nase.

Nur einen Sekundenbruchteil später klopfte es an der Tür. Colon drehte ruckartig den Kopf. Karotte stand auf und öffnete.

Zwei Palastwächter standen mit arroganter Ungeduld vor der Schwelle. Sie wichen hastig zurück, als sie Karotte sahen, der sich unter dem Sturz bückte. Schlechte Nachrichten wie er verbreiteten sich schnell.

»Wir bringen eine Proklamation«, erklärte einer von ihnen. »Ihr müsst sie ...«

»Was hat die frische Farbe auf deiner Brustplatte zu bedeuten?«, fragte Karotte höflich. Nobby und der Feldwebel spähten neugierig an ihm vorbei.

»Stellt einen Drachen dar«, erwiderte der jüngere Palastwächter.

»*Den* Drachen«, berichtigte sein Vorgesetzter.

»Äh, ich kenne dich«, sagte Nobby. »Du heißt Schrulli Röchelviel und hast früher in der Zimperlichgasse gewohnt. Deine Mutter stellte Hustenbonbons her, fiel in ihre eigene Brühe und starb. Ich lutsche nie ein Hustenbonbon, ohne dabei an deine Mama zu denken.«

»Hallo, Nobby«, sagte der Wächter. Es klang nicht sehr begeistert.

»Ich wette, deine Mama wäre sehr stolz darauf, dass du

einen *Drachen* auf der Brust trägst«, fuhr der Korporal im Plauderton fort. Der Wächter bedachte ihn mit einem Blick, in dem sich Hass und Verlegenheit die Waage hielten.

»Und dann die hübschen Federn am Helm«, sagte Nobby zuckersüß.

»Dies hier ist eine Proklamation, die ihr verlesen müsst«, zischte der Palastwächter. »Außerdem sollt ihr Plakate an Mauern kleben. So lautet der Befehl.«

»Wessen Befehl?«, fragte Nobby.

Feldwebel Golon griff mit einer fleischigen Hand nach der Schriftrolle.

»Der ge-priese-ne Deh-Er Drache«, las er langsam, während ein zögernder Zeigefinger unter den Buchstaben entlangkroch, »Kah-Öh König der Könige und Ah-Beh-Eß absoluter Ha-Eh-Er-Er Herrscher ...«

Colon begann mit einem gequälten akademischen Schweigen, als die Fingerkuppe wie in Zeitlupe übers Pergament wanderte.

»Nein«, sagte er schließlich. »Das ist nicht richtig, oder? Der Drache will jemanden fressen?«

»Verzehren«, korrigierte der ältere Palastwächter.

»Es gehört zum ... zum Gesellschaftsvertrag«, warf Schrulli Röchelviel ein. »Ein geringer Preis für Sicherheit und Schutz der Stadt, das müsst ihr zugeben.«

»Schutz wovor?«, fragte Nobby. »Wir hatten nie einen Feind, den wir nicht bequatschen oder bestechen konnten.«

»Bis jetzt«, murmelte Colon düster.

»Du kapierst schnell«, lobte der Wächter. »Ihr werdet diese königliche Mitteilung überall verkünden. Ungehorsam wird hart bestraft. Mit einer harten Strafe.«

Karotte blickte über Colons Schulter.

»Was ist eine Jungfrau?«, fragte er.

»Eine junge Frau«, entgegnete der Feldwebel rasch. »Unverheiratet.«

»Was, wie meine Freundin Reet?«, platzte es erschrocken aus Karotte heraus.

»Nein, eigentlich nicht«, widersprach Colon.

»Sie ist jung und unverheiratet. Keine von Frau Palms Töchtern befindet sich im Stand der Ehe.«

»Töchter?« Nobby verschluckte sich fast an diesem Wort.

»Äh, da hast du recht«, räumte Colon ein.

»Na also.« Karotte atmete tief durch. »Ich hoffe, dass wir so etwas nicht zulassen werden«, sagte er fest.

»Die Bürger der Stadt sind bestimmt dagegen«, behauptete der Feldwebel. »Ich bin ganz sicher.«

Die Palastwächter bemerkten Karottes zunehmende Entrüstung und traten sicherheitshalber einen Schritt zurück.

»Die Bürger der Stadt können davon halten, was sie wollen«, sagte der ältere Wächter. »Aber wenn ihr die Proklamation nicht verlest, verlangt Seine Majestät sicher eine Erklärung von euch.«

Schrulli Röchelviel und sein Vorgesetzter drehten sich um und eilten fort.

Nobby sprang auf die Straße. »He, Drachen auf der Brust!«, rief er. »Wenn deine Mama wüsste, dass du mit einem verdammten Drachen auf der Brust rumläufst, würde sie sich bestimmt in ihrem Bottich umdrehen!«

Colon ging zum Tisch und breitete die Schriftrolle aus.

»Üble Angelegenheit«, kommentierte er.

»Das Ungeheuer hat bereits Menschen getötet und damit gegen mindestens sechzehn verschiedene Gesetze verstoßen«, stellte Karotte fest.

»Nun, ja«, gestand Colon ein. »Aber das geschah nur im, äh, allgemeinen Durcheinander und so. Was natürlich nicht heißen soll, dass ich so etwas billige. Aber wenn die Leute damit beginnen, an der ganzen Sache *teilzunehmen*, irgendwelche jungen Frauen zu liefern und zuzusehen, so als sei alles völlig in Ordnung – das ist viel schlimmer.«

»Ich schätze, es kommt auf den jeweiligen Blickwinkel an«, sagte Nobby nachdenklich.

»Wie meinst du das?«

»Für jemanden, der bei lebendigem Leib gebraten wird, spielt so was wohl kaum eine Rolle«, erklärte er mit philosophischem Gleichmut.

Colon überhörte diese Bemerkung. »Die Leute sind bestimmt dagegen«, beharrte er. »Wartet es nur ab. Sie marschieren zum Palast und … und was will der Drache dann tun? Hm?«

»Er wird sie alle verbrennen«, antwortete Nobby sofort.

Der Feldwebel runzelte verwirrt die Stirn. »Das würde er doch nicht wagen, oder?«

»Was sollte ihn daran hindern?« Nobby sah nach draußen. »War mal 'n guter Junge. Hat Botengänge für meinen Großvater erledigt. Wer hätte gedacht, dass er mit einem Drachen auf der Brust herummarschiert …«

»Aber was *machen* wir jetzt, Feldwebel?«, fragte Karotte.

»Ich möchte nicht bei lebendigem Leib verbrannt werden«, erwiderte Colon. »Meine Frau würde mir das nie verzeihen. Es bleibt uns also nichts anderes übrig, als die Proklamation zu proklamieren. Aber sei unbesorgt.« Er klopfte Karotte auf einen überaus muskulösen Arm und wiederholte die beruhigenden Worte noch einmal, um sich selbst zu überzeugen. »So weit kommt es nicht. Die Leute sind ganz gewiß dagegen.«

Lady Käsedick strich über Errols Haut.

»Ich wüsste wirklich gern, was hier drunter vor sich geht«, sagte sie. Der kleine Drache versuchte, ihr Gesicht zu lecken. »Was hat er gefressen?«

»Wenn ich mich richtig erinnere, bestand seine letzte

Mahlzeit aus einem ziemlich großen Kessel«, antwortete Mumm.

»Einem Kessel mit was drin?«

»Nein. Es war nur ein Kessel. Ein schwarzes Ding mit Henkeln und Tülle. Er beschnüffelte ihn eine Zeit lang und verschlang ihn schließlich.«

Errol lächelte schief und rülpste. Sowohl Lady Käsedick als auch Mumm duckten sich.

»Oh, und außerdem leckte er Ruß aus dem Kamin«, fügte Mumm hinzu, als sie es wagten, wieder über die Brüstung zu blicken.

Sie beugten sich erneut über den bunkerartigen und mit dicken Stahlplatten verstärkten Pferch. Er gehörte zu der von Lady Käsedick eingerichteten Krankenabteilung und musste speziell abgesichert sein, weil kranke Drachen gleich zu Anfang die Kontrolle über ihre Verdauung verloren.

»Eigentlich sieht er gar nicht krank aus«, bemerkte Ihre Ladyschaft. »Nur dick.«

»Er jammert viel. Und unter seiner Haut bewegt sich etwas. Weißt du, was ich glaube? Du hast mir doch erzählt, dass Sumpfdrachen in der Lage sind, ihr Verdauungssystem zu verändern.«

»O ja. All die Mägen und Bauchspeicheldrüsen und so können auf verschiedene Art und Weise miteinander verbunden werden. Um ...«

»Um alle zur Verfügung stehenden Nährstoffe in etwas Brennbares zu verwandeln«, sagte Mumm. »Ja. Ich glaube, Errol bereitet sich auf sehr heißes Feuer vor. Er will den großen Drachen herausfordern. Jedes Mal wenn das Biest fliegt, starrt er nach oben und heult.«

»Und dabei explodiert er nicht?«

»Bisher ist uns nichts dergleichen aufgefallen. Ich meine, wir hätten bestimmt etwas bemerkt.«

»Und er frisst praktisch alles?«

»Wie man's nimmt. Er beschnüffelt alles und verspeist die meisten Dinge. Zum Beispiel zwei Gallonen Lampenöl. Ich kann ihn wohl kaum im Wachhaus lassen. Dort sind wir nicht in der Lage, uns richtig um ihn zu kümmern. Außerdem müssen wir jetzt nicht mehr nach dem großen Drachen suchen«, fügte Mumm bitter hinzu.

»Ich glaube, du siehst das alles ein bisschen zu eng«, erwiderte Lady Käsedick und ging zum Haus zurück. Mumm folgte ihr.

»Zu eng? Hunderte, nein, *Tausende* haben meine Entlassung beobachtet!«

»Ja, aber bestimmt war das alles ein Missverständnis.«

»Für mich nicht. Ich verstehe es mühelos.«

»Vermutlich ärgerst du dich so sehr, weil du impotent bist.«

Mumms Augen quollen aus den Höhlen. »Was?«, brachte er hervor.

»In Hinsicht auf den Drachen, meine ich«, fuhr Lady Käsedick unbekümmert fort. »Weil du nichts gegen ihn unternehmen kannst.«

»Ich schätze, diese verdammte Stadt und der Drache verdienen sich gegenseitig«, brummte Mumm.

»Die Leute fürchten sich. Man kann nicht viel von ihnen erwarten, wenn sie sich fürchten.« Lady Käsedick berührte ihn sanft am Arm. Ihre Hand bewegte sich wie die stählerne Greifklaue eines Industrieroboters, der ein Ei anhob.

»Nicht jeder ist so tapfer wie du«, verkündete sie schüchtern.

»Wie ich?«

»In der letzten Woche. Als du die aufgebrachte Menge daran gehindert hast, meine Sumpfdrachen zu töten.«

»Ach, *das*! So etwas hat nichts mit Tapferkeit zu tun. Außerdem waren es nur Leute. Leute sind viel einfacher.

Eins sage ich dir: Ich habe keine Lust, noch einmal aus unmittelbarer Nähe in die Nüstern des Drachen zu starren. Manchmal erwache ich tagsüber und erinnere mich daran.«

»Oh.« Lady Käsedick schien ein wenig enttäuscht zu sein. »Wenn du meinst ... Ich habe viele Freunde, weißt du. Falls du Hilfe brauchst, ein Wort genügt. Ich habe gehört, der Herzog von Sto Helit sucht nach einem Hauptmann für seine Wache. Ich setze ein Empfehlungsschreiben für dich auf. Der Herzog und seine Gattin gefallen dir bestimmt. Sollen sehr nett sein.«

»Was meine berufliche Zukunft betrifft, habe ich noch keine endgültige Entscheidung getroffen«, erwiderte Mumm. Es klang mürrischer als beabsichtigt. »Ich ziehe das eine oder andere Angebot in Betracht.«

»Oh, natürlich. Ich bin sicher, du kommst gut zurecht.«

Mumm nickte.

Lady Käsedick zupfte an ihrem Taschentuch, drehte es hin und her.

»Nun gut«, sagte sie.

»Tja«, sagte Mumm.

»Wahrscheinlich, äh, möchtest du jetzt gehen.«

»Ja, ich denke schon.«

Kurze Stille folgte. Dann sprachen beide gleichzeitig.

»Es ist sehr ...«

»Ich wollte nur sagen ...«

»Entschuldigung.«

»Verzeihung.«

»Ich habe dich unterbrochen.«

»Macht nichts. War nicht weiter wichtig.«

»Oh.« Mumm zögerte. »Na schön, ich sollte jetzt besser gehen.«

»Oh. Ja.« Lady Käsedick lächelte gezwungen. »Du kannst die vielen Offiziere nicht warten lassen.«

Sie streckte die Hand aus. Mumm griff vorsichtig danach.

»Tja, dann gehe ich jetzt«, murmelte er.

»Besuch mich, wenn du in der Gegend bist«, entgegnete Ihre Ladyschaft etwas kühler. »Errol würde sich bestimmt freuen, dich wiederzusehen.«

»Ja. Nun. Auf Wiedersehen.«

»Auf Wiedersehen, Hauptmann Mumm.«

Er wankte nach draußen, marschierte mit langen Schritten über den dunklen unkrautüberwucherten Pfad und fühlte dabei Lady Käsedicks Blick im Nacken – zumindest versuchte er sich einzureden, ihn zu fühlen. *Bestimmt steht sie in der Tür und füllt sie fast ganz aus. Sie beobachtet mich. Aber ich drehe mich nicht um. Nein, das wäre dumm. Ich meine, sie ist wirklich nett, hat eine Menge gesunden Menschenverstand und eine enorme Persönlichkeit, aber ...*

Ich sehe nicht zurück, auch wenn sie dort drüben steht und mir bis zur Straße nachstarrt. Manchmal muss man grausam sein, wenn man es gut meint.

Mumm hatte erst die Hälfte des Weges hinter sich gebracht, als er hörte, wie die Tür zufiel. Zorn brodelte in ihm, und er fühlte sich plötzlich wie jemand, dem man etwas Wichtiges gestohlen hatte.

Er blieb in der Dunkelheit stehen und ballte mehrmals die Fäuste. Er war nicht mehr Hauptmann Mumm, sondern Bürger Mumm, und das bedeutete, er konnte sich mit Dingen befassen, von denen er früher nicht einmal zu träumen gewagt hatte. *Wie wär's, wenn ich das eine oder andere Fenster zertrümmere?*, überlegte er.

Nein, das hatte keinen Sinn. Es verlangte ihn nach mehr. Er wollte es dem verdammten Drachen zeigen, seinen Rang zurück und denjenigen durch die Mangel drehen, der hinter dieser ganzen Sache steckte. Er wollte sich wenigstens einmal vergessen und jemanden bis zur Erschöpfung verprügeln ...

Mumm blickte ins Leere. Vom Hügel aus gesehen war die Stadt eine Ansammlung aus Rauch und Dampf. Doch daran dachte er gar nicht.

Er dachte an einen laufenden Mann. Und weiter hinten in den wirren Nebelschwaden seines Lebens lief ein Junge, der zu ihm aufschließen wollte.

»Ist jemand von ihnen entkommen?«, fragte er sich halblaut.

Feldwebel Colon beendete die Proklamation und musterte die feindselig wirkenden Zuhörer.

»Gebt nicht mir die Schuld«, sagte er. »Ich lese nur vor. Ich hab's nicht geschrieben.«

»Das bedeutet Menschenopfer«, brummte jemand. »Mit Menschenopfern ist soweit alles in Ordnung«, kommentierte ein Priester.

»Ja, *per seh*«, erwiderte der erste Mann schnell. »Wenn es angemessene religiöse Gründe dafür gibt. Und wenn man verurteilte Verbrecher und so benutzt.* Aber es geht nicht an, jemanden dem Drachen vorzuwerfen, nur weil ihm der Magen knurrt.«

»Das ist die richtige Einstellung«, lobte Feldwebel Colon.

»Steuern sind eine Sache, das Fressen von Menschen eine ganze andere.«

* Einige Religionen in Ankh-Morpork praktizierten noch immer das Menschenopfer, sehr zur Freude der Tempelgemeinden, die wie alle Bürger Ankh-Morporks großen Gefallen an interessanter Unterhaltung fanden. Die Gesetze der Stadt bestimmten, dass bei derartigen Zeremonien nur verurteilte Verbrecher verwendet werden durften, aber das stellte überhaupt kein Problem dar. In der Weigerung, sich auf dem Blutaltar zu opfern, sahen die meisten Religionen ein Verbrechen, das es verdiente, mit dem Tod bestraft zu werden.

»Fürwahr!«

»Was kann der Drache schon tun, wenn wir alle dagegen sind?«

Nobby setzte zu einer Antwort an. Colon hielt ihm rasch den Mund zu und hob triumphierend die Faust.

»Das ist ganz meine Meinung«, sagte er. »Das vereinte Volk ist feuerfest!«

Jubel erklang.

»Einen Augenblick mal!«, rief ein kleiner Mann. »Soweit wir wissen, versteht sich der Drache prächtig darauf, über der Stadt zu fliegen und Leute zu verbrennen. Ich weiß nicht recht, wie wir ihn daran hindern könnten.«

»Ja, aber wenn wir *alle* protestieren ...«, begann der erste Sprecher. Unsicherheit untermalte seine Stimme.

»Er kann unmöglich *jeden* Bewohner der Stadt verbrennen«, warf Colon ein. Er beschloss, erneut seinen Trumpf auszuspielen, und intonierte stolz: »Das vereinte Volk ist feuerfest!« Diesmal war der Jubel nicht ganz so laut. Das Publikum sparte seine emotionale Kraft, um sich zunehmender Besorgnis hinzugeben.

»Eigentlich frage ich mich, warum er *nicht* dazu in der Lage sein sollte. Warum soll es ihm unmöglich sein, jeden zu verbrennen und anschließend zu einer anderen Stadt zu fliegen?«

»Weil ...«

»Der Hort«, sagte Colon. »Er benötigt Menschen, die ihm Schätze bringen.«

»Ja.«

»Vielleicht, aber wie viele?«

»Was?«

»Wie viele Menschen? In Ankh-Morpork, meine ich. Vielleicht braucht er nicht die ganze Stadt in Schutt und Asche zu legen, nur Teile davon. Welche Teile, frage ich mich?«

»Das ist doch blöd«, sagte der erste Sprecher. »Wenn wir

die ganze Zeit nach irgendwelchen Problemen suchen, bringen wir überhaupt nichts zustande.«

»*Ich* meine, es zahlt sich aus, vorher genau zu überlegen. Um nur ein Beispiel zu nennen: Was passiert, wenn wir den Drachen besiegen?«

»Dann haben wir ihn besiegt!«, betonte Feldwebel Colon.

»Nein, im Ernst. Wie lautet die Alternative?«

»Sie besteht aus einem Menschen!«

»Genau«, bestätigte der kleine Mann. »Aber ich schätze, ein Opfer im Monat ist gar nicht übel, wenn man die Sache mit einigen früheren Herrschern vergleicht. Erinnert sich jemand an den Wahnsinnigen Nersh? Oder an den Kichernden Lord Smince und seinen Lach-ein-bisschen-Kerker?«

Hier und dort ertönten gemurmelte Bemerkungen in der Art von »Da hat er recht.«

»Aber sie wurden gestürzt!«, rief Colon.

»Nein, das stimmt nicht. Man brachte sie um.«

»Läuft doch aufs Gleiche hinaus«, sagte Colon. »Ich meine, niemand wird den Drachen ermorden. Eins steht fest: Dazu braucht man mehr als nur eine dunkle Nacht und ein scharfes Messer.«

Jetzt kann ich den Hauptmann verstehen, fuhr es Colon durch den Sinn. *Kein Wunder, dass er immer was trinkt, nachdem er über gewisse Dinge nachgedacht hat. Wir sind unser größter Gegner. Ich meine, wir schlagen uns selbst, bevor wir in den Kampf ziehen. Wenn man einem Ankh-Morporkianer einen Knüppel gibt, so kann man ziemlich sicher sein, dass er sich damit erschlägt.*

»Jetzt hör mal gut zu, du sanftzüngiger Hohlkopf«, sagte der erste Sprecher, packte den kleinen Mann am Kragen und ballte die freie Hand zur Faust. »Zufälligerweise habe ich drei Töchter, und zufälligerweise möchte ich nicht, dass sie gefressen werden, nein, besten Dank.«

»Ja, und das vereinte ... Volk ... ist ...«

Colon unterbrach sich, als er merkte, dass die Leute nach oben sahen.

Verdammter Mist!, dachte er, als die Vernunft aus ihm floh. *Offenbar hat das Biest Flanellfüße.*

Der Drache hockte auf dem Dach des nächsten Hauses, schlug ein- oder zweimal mit den Flügeln, gähnte und streckte dann den Hals nach unten.

Der Vater von drei Töchtern hob die Fäuste und stand in einem rasch größer werdenden Kreis aus nackten Kopfsteinen. Der kleine Mann befreite sich aus dem Griff und verschwand in den Schatten.

Herr Vater schien plötzlich der einsamste Mensch auf der ganzen Scheibenwelt zu sein. Niemand hatte weniger Freunde als er.

»Ich verstehe«, sagte er leise und starrte zu dem neugierigen Reptil empor. Es wirkte nicht besonders zornig, musterte ihn eher mit vagem Interesse.

»Es ist mir gleichgültig!«, rief der Vater, und in der Stille hallte seine Stimme von Mauer zu Mauer. »Wir unterwerfen uns niemandem, und dir schon gar nicht! Wenn du mich umbringst, kannst du ebenso gut alle anderen töten!«

Unruhe entstand in der abseits stehenden Menge. Offenbar gab es Leute, die des Vaters Meinung nicht für ein ehernes Prinzip hielten.

»Wir können dir Widerstand leisten!«, knurrte der Mann. »Das können wir doch, nicht wahr? Wie war das mit dem vereinten Volk, Feldwebel?«

»Äh«, sagte Colon und glaubte zu spüren, wie sich sein Rückgrat in Eis verwandelte.

»Ich warne dich, Drache. Die menschliche Natur ist…«

Die Zuhörer fanden nie heraus, worin die menschliche Natur bestand, soweit es die Meinung des Vaters betraf. Allerdings… Vielleicht litten einige von ihnen in den nächsten Nächten an Albträumen, in denen sie noch einmal die nachfolgenden Ereignisse sahen. Vielleicht gelangten sie zu einer ebenso wichtigen wie bedrückenden Erkenntnis, wenn sie mitten in der Nacht schweißgebadet aus dem Schlaf schreckten. Vielleicht begriffen sie dann, dass man in Hinsicht auf die menschliche Natur häufig etwas vergisst: Unter gewissen Umständen mag sie edel und tapfer und wundervoll sein, aber in den meisten Fällen bleibt sie schlicht und einfach menschlich.

Die Drachenflamme traf den Vater mitten auf der Brust. Für einen Sekundenbruchteil zeichnete er sich als glühende und sehr heiße Silhouette ab, und dann rieselte schwarze Asche aufs geschmolzene Pflaster.

Das helle Licht des Feuers verblasste.

Die Leute standen völlig erstarrt und fragten sich, was mehr Aufmerksamkeit erregte: völlige Reglosigkeit oder eilige Flucht.

Der Drache beobachtete sie, neugierig darauf, wie sie sich jetzt verhalten würden.

Colon fühlte sich als einziger offizieller Vertreter der Stadt verpflichtet, die Situation unter Kontrolle zu bringen. Er hüstelte.

»Na schön«, sagte er und versuchte, das Zittern aus seiner Stimme zu verbannen. »Wenn ihr jetzt bitte weitergehen würdet, meine Damen und Herren ... Geht nur! Hier gibt es nichts mehr, äh, zu sehen. Glaube ich.«

Er winkte mit den Armen und bemühte sich, selbstbewusst zu wirken. Erleichtert stellte er fest, dass die Menge reagierte. Füße setzten sich in Bewegung, trugen Männer und Frauen fort. Aus dem Augenwinkel sah er rote Flammen hinter den Dächern; Funken stoben gen Himmel.

»Kehrt heim!« Und etwas leiser fügte er hinzu: »Falls ihr noch ein Zuhause habt.«

Der Bibliothekar wankte aus der Bibliothek des Hier und Jetzt. Wut richtete jedes einzelne Haar an seinem Leib auf.

Er öffnete die Tür und starrte in die entsetzte Stadt. Jemand dort draußen würde bald feststellen, dass der schlimmste Albtraum aus einem zornigen Bibliothekar bestand, der eine Dienstmarke trug.

Der Drache glitt träge über die nächtliche Stadt. Er brauchte kaum mit den Flügeln zu schlagen – der warme Aufwind genügte.

Überall in Ankh-Morpork brannten Feuer. Zwischen dem Fluss und diversen in Flammen stehenden Gebäuden hatten sich so viele Löschketten gebildet, dass eine neue Art von Delikt entstand: Eimer wurden entführt. Eigentlich benötigte man gar keine Eimer, um das trübe Wasser des Ankh zu transportieren – ein Netz reichte völlig aus.

Stromabwärts bemühten sich einige rußgeschwärzte Gestalten, die großen und halb verrosteten Tore unter der Messingbrücke zu schließen. Sie stellten Ankh-Morporks letzten Schutz vor einer verheerenden Brandkatastrophe dar. Wenn sie geschlossen waren, gab es keinen Abfluss mehr für den Ankh, und dann quoll die zumindest zähflüssige Masse zwischen den beiden Ufern durch die Straßen und Gassen. Der Gestank stellte eine nicht unerhebliche Gefahr dar: Man konnte darin ersticken.

Die Arbeiter auf der Brücke waren die einzigen Bürger der Stadt, die nicht fliehen konnten oder wollten. Viele andere verließen die leidgeprüfte Metropole und eilten über die kalte, von Dunstschwaden verhüllte Ebene.

Aber nicht lange. Eine Zeit lang beobachtete der Drache die züngelnden Flammen, und dann segelte er anmutig über den Stadtwall hinweg. Nach einigen Sekunden sahen die

Wächter aktinisches Feuer im Nebel. Die menschliche Flut wogte zurück, und der Drache folgte ihr wie ein Schäferhund. Die vielen Feuer in Ankh-Morpork schufen einen roten Widerschein unter seinen Schwingen.

»Hast du eine Ahnung, was wir jetzt unternehmen sollen, Feldwebel?«, fragte Nobby.

Colon gab keine Antwort. *Wäre nur Hauptmann Mumm hier,* dachte er. *Er hätte ebenfalls nicht gewusst, was es jetzt zu tun gilt, aber er hat einen größeren Wortschatz, um seine Verwirrung zum Ausdruck zu bringen.*

Einige Feuer erloschen, als steigendes Wasser und das Durcheinander der Löschketten den angestrebten Zweck erfüllten. Der Drache schien nicht geneigt zu sein, weitere Gebäude in Brand zu setzen. Er hatte seinen Standpunkt verdeutlicht.

»Ich frage mich, wer ausgewählt wird«, sagte Nobby.

»Was?«, murmelteKarotte.

»Als Opfer, meine ich.«

»Der Feldwebel wies darauf hin, dass die Leute bestimmt nicht damit einverstanden sind«, sagte Karotte ruhig.

»Äh. Sieh es mal aus folgendem Blickwinkel. Wenn man den Leuten sagt: Entweder geht euer Haus in Flammen auf, oder der Drache verspeist eine junge Frau, die ihr wahrscheinlich überhaupt nicht kennt ... Dann werden sie vielleicht nachdenklich. Liegt an der menschlichen Natur, weißt du.«

»Ich bin sicher, dass rechtzeitig ein Held erscheint«, sagte Karotte. »Mit einer neuen Waffe oder so. Und damit trifft er den Drachen an der ämpfindlichen Stelle.«

Es folgte das Schweigen aufmerksamen Lauschens.

»Wo?«, fragte sich Nobby.

»An einer Stelle, wo der Drache ämpfindlich ist. Mein Großvater hat mir Geschichten erzählt. Triff einen Drachen an der Ämpfindlichkeit, sagte er immer. Dann hat es ihn erwischt.«

»So wie jemanden in die Dingsbums treten?«, fragte Nobby interessiert.

»Keine Ahnung. Vielleicht. Aber wie ich schon sagte, Nobby: Es ist nicht richtig …«

»Und wo befindet sich die Stelle?«

»Oh, bei jedem Drachen woanders«, antwortete Karotte. »Man wartet, bis er über einen hinwegfliegt, und dann sagt man: He, da ist die ämpfindliche Stelle. Und anschließend tötet man ihn.« Karotte zögerte kurz. »Oder so ähnlich.«

Feldwebel Colon starrte ins Leere.

»Hmm«, brummte Nobby.

Einige Minuten lang beobachteten sie das Panorama der Stadt. Dann fragte Colon: »Und du bist ganz sicher, was die Ämpfindlichkeiten betrifft?«

»O ja. Ja.«

»Ich wünschte, das wäre nicht der Fall, Junge.«

Erneut blickten sie zur Stadt, in der es noch immer recht turbulent zuging.

»Du hast davon erzählt, dass du früher Preise im Bogenschießen gewonnen hast, Feldwebel«, sagte Nobby. »Angeblich hattest du einen Glückspfeil, der dir sehr am Herzen lag, weil es ein Glückspfeil war, und …«

»Schon gut, schon gut! Aber das lässt sich wohl kaum mit *dieser* Situation vergleichen, oder? Außerdem bin ich kein Held. Warum sollte ausgerechnet *ich* versuchen, den Drachen zu töten?«

»Hauptmann Mumm bezahlt dir dreißig Dollar im Monat«, warf Karotte ein.

»Ja«, bestätigte Nobby lächelnd, »und der Feldwebel bekommt fünf weitere Dollar. Verantwortungszuschlag.«

»Aber Hauptmann Mumm ist nicht mehr bei uns«, erwiderte Colon verzweifelt.

Karotte bedachte ihn mit einem strengen Blick. »Wenn er hier wäre, würde er gewiß nicht zögern …«

Colon brachte ihn mit einem hastigen Wink zum Schweigen. »Das hört sich alles toll an. Aber wenn ich das Ziel verfehle?«

»Betrachte es einmal von der positiven Seite«, sagte Nobby. »Wenn du nicht triffst, hast du kaum Zeit genug, es zu bereuen.«

Feldwebel Colons Gesicht verwandelte sich in eine Grimasse, als er betont grimmig grinste. »Das gilt auch für dich.«

»Wie bitte?«

»Wenn du glaubst, dass ich ganz allein auf irgendeinem Dach hocke, so hast du dich gründlich geirrt. Ich befehle dir hiermit, mich zu begleiten. Außerdem bekommst du ebenfalls einen Verantwortungszuschlag, wenn auch nur einen Dollar.«

Nobby geriet in Panik. »Nein, das stimmt nicht!«, stieß er hervor. »Hauptmann Mumm hat ihn für die nächsten fünf Jahre gestrichen, weil ich eine Schande für die Menschheit bin!«

»Vielleicht bekommst du ihn zurück. Wie dem auch sei: Du kennst dich bestens mit ämpfindlichen Stellen aus. Ich habe beobachtet, wie du kämpfst.«

Karotte salutierte zackig. »Bitte um Erlaubnis, mich freiwillig zu melden, Herr. Ich erhalte nur zwanzig Dollar im Monat, weil ich noch in der Ausbildung bin, aber das macht mir nichts aus, Herr.«

Feldwebel Colon räusperte sich und rückte seinen Brustharnisch zurecht, der die metallenen Nachbildungen ausgeprägter Brustmuskeln zeigte. Colons Brust und Bauch passten sich den Konturen so gut an wie Gelee einer Gussform.

Wie würde sich Hauptmann Mumm jetzt verhalten?, überlegte er. *Wahrscheinlich würde er entscheiden, etwas zu trinken. Doch wenn er stattdessen etwas tun würde?*

»Wir brauchen einen Plan«, verkündete der Feldwebel.

Das klang gut. Allein dieser Satz war einen Monatssold wert. Mit einem Plan rückte der Erfolg in greifbare Nähe.

Colon glaubte schon, den Jubel der geretteten Bürger zu hören. Sie säumten die Straßen, warfen Blumen, trugen ihn im Triumphzug durch die Stadt.

Der Nachteil bestand nur darin, dass sie ihn in einer Urne durch die Stadt trugen.

Lupin Wonse schlurfte durch die kühlen Flure und näherte sich dem Schlafzimmer des Patriziers. Es war nie ein sehr luxuriöser Raum gewesen und enthielt nur ein schmales Bett und einige wacklige Schränke. Jetzt sah es noch schlimmer aus, denn eine Wand fehlte. Wer dort schlafwandelte, lief Gefahr, in die gewaltige Höhle des Großen Saals zu fallen.

Trotzdem schloss Wonse die Tür, um zumindest den Anschein von Privatsphäre zu wahren. Dann ging er in die Mitte des Zimmers, warf einen vorsichtigen und nervösen Blick in die weite Halle, bückte sich und hob eine Bodendiele.

Er holte einen langen schwarzen Umhang aus dem Versteck hervor, griff anschließend noch etwas tiefer, sank auf die Knie, schob beide Arme ins staubige Geheimfach und tastete mit wachsender Verzweiflung umher.

Ein Buch flog durchs Zimmer und traf ihn am Hinterkopf.

»Du suchst das hier, nicht wahr?« Mumm trat aus den Schatten.

Wonse drehte langsam den Kopf, und sein Mund klappte auf.

Mumm wusste, was der Sekretär sagen wollte, dachte in diesem Zusammenhang an Bemerkungen wie *Ich kann mir denken, was du jetzt denkst, aber du irrst dich* oder *Wie bist du hier-*

hergekommen? oder vielleicht auch *Ich kann alles erklären.* Mumm bedauerte es, keinen geladenen Drachen dabei zu haben.

»Na schön«, sagte Wonse. »Ziemlich schlau von dir.«

Offenbar bemühte sich der Sekretär um verbale Originalität.

»Unter den Dielen«, sagte Mumm. »Dort, wo man zuerst sucht. Wirklich sehr einfallsreich.«

»Ich weiß«, erwiderte Wonse. »Vermutlich hat er nicht damit gerechnet, dass jemand sucht.« Er stand auf und klopfte den Staub ab.

»Wie bitte?«, fragte Mumm freundlich.

»Vetinari. Du weißt ja, wie sehr ihm Intrigen gefielen. Er war an den meisten Verschwörungen gegen sich selbst beteiligt. Seine Vorstellung von guter Verwaltung. Er fand Gefallen daran. Offenbar hat er den Drachen beschworen, aber dann konnte er ihn nicht kontrollieren. Das Ungeheuer ist noch viel gerissener als er.«

»Und was führt dich hierher?«, fragte Mumm.

»Ich habe mir überlegt, ob es möglich ist, den Zauber rückgängig zu machen. Oder einen zweiten Drachen zu beschwören. Dann würden sie gegeneinander kämpfen.«

»Eine Art Gleichgewicht des Schreckens, wie?«, brummte Mumm.

»Es könnte zumindest einen Versuch wert sein«, sagte Wonse ernst. Er stand auf und trat einige Schritte näher. »Hör mal, was deinen Rang betrifft, ich meine, wir waren beide ziemlich gereizt, und deshalb, ich meine, wenn du wieder Hauptmann sein möchtest, ist überhaupt kein Pro…«

»Es muss schrecklich gewesen sein«, unterbrach Mumm den Sekretär. »Stell dir nur mal vor, wie es ihm ergangen ist. Er hat den Drachen beschworen und stellte dann fest, dass es sich nicht um ein Werkzeug handelt, sondern um ein Geschöpf mit eigenem Willen. Mit einem Bewusstsein, das seinem eigenen ähnelt, in dem es jedoch überhaupt keine

Bremsen gibt. Weißt du, ich bin fast sicher, dass er zu Anfang glaubte, der Stadt einen Dienst zu erweisen. Bestimmt ist er übergeschnappt. Früher oder später.«

»Ja«, sagte Wonse heiser. »Es dürfte schrecklich gewesen sein.«

»Bei allen Göttern, ich würde ihn mir gern vorknöpfen! Ich kenne ihn seit vielen Jahren, und erst jetzt wird mir klar, dass er vollkommen ausgerastet ist …«

Wonse schwieg.

»Lauf!«, sagte Mumm leise.

»Was?«

»Lauf! Ich möchte dich laufen sehen.«

»Ich verstehe ni…«

»In der Nacht, als der Drache das Versammlungshaus verbrannte, habe ich jemanden davonlaufen sehen. Er bewegte sich irgendwie seltsam, *hüpfte* praktisch durch die Straße. Und später habe ich gesehen, wie du vor dem Drachen geflohen bist. Könnte fast derselbe Mann sein, dachte ich mir. Läuft nicht richtig, sondern springt eher. Wie jemand, der verzweifelt versucht, mit irgendwelchen Leuten Schritt zu halten. *Ist jemand entkommen, Wonse?*«

Der Sekretär hob eine Hand und gab sich alle Mühe, möglichst beiläufig zu winken. »Das ist doch lächerlich«, erwiderte er. »Du hast keinen Beweis.«

»Du schläfst jetzt hier, nicht wahr?«, fragte Mumm. »Ich nehme an, der *König* möchte, dass du immer in der Nähe bist, stimmt's?«

»Du hast überhaupt keinen Beweis«, flüsterte Wonse.

»Natürlich nicht. Die Art und Weise, wie jemand läuft. Ein drängender Ton. Das ist alles. Aber spielt es eine Rolle? Nein, nicht die geringste. Selbst *wenn* ich einen Beweis hätte – es gibt niemanden, der in der Lage wäre, damit etwas anzufangen, über dich zu richten. Außerdem: Du kannst mir meinen Rang nicht zurückgeben.«

»Doch, das kann ich,«, widersprach Wonse. »Ich könnte dich sogar befördern. Du brauchst dich nicht damit zufriedenzugeben, Hauptmann zu sein …«

»Du kannst mir meinen Rang nicht zurückgeben«, wiederholte Mumm. »Weil es dir nie zustand, ihn mir zu nehmen. Ich bin kein Offizier der Stadt, des Königs oder des Patriziers gewesen, sondern ein Vertreter des Gesetzes. Es mag korrupt und falsch gewesen sein, aber es war das Gesetz. Jetzt gibt es nur noch eine Regel in Ankh-Morpork. Sie lautet: ›Wenn du nicht aufpasst, wirst du bei lebendigem Leib gebraten.‹ Wo bleibt da noch Platz für mich?«

Wonse sprang vor und griff nach Mumms Arm.

»Hilf mir!«, stieß er hervor. »Vielleicht gibt es eine Möglichkeit, den Drachen zu töten. Oder wir kümmern uns um die Bevölkerung und versuchen, das Schlimmste zu verhüten. Wir vereinbaren einen geheimen Treffpunkt und …«

Mumms Schlag traf Wonse an der Wange und ließ ihn zurücktaumeln.

»Der Drache ist *hier!*«, sagte er scharf. »Man kann ihm nicht gut zureden oder mit ihm verhandeln. Es ist völlig unmöglich, mit einem Drachen Frieden zu schließen. Du hast ihn hergeholt, und jetzt werden wir ihn nicht mehr los, du verdammter *Mistkerl!*«

Wonse ließ die Hand sinken. Ein rote Fleck zeigte sich dort, wo ihn Mumms Ohrfeige getroffen hatte.

»Was hast du jetzt vor?«, fragte er.

Darauf wusste Mumm keine Antwort. Als er sich diese Begegnung vorgestellt hatte, waren ihm Dutzende von Möglichkeiten durch den Kopf gegangen, und bei den meisten war es darum gegangen, Wonse umzubringen. Es erschien nur angemessen. Doch jetzt, als er ihm von Angesicht zu Angesicht gegenüberstand, war er einfach nicht dazu fähig.

»Das ist das Problem mit Leuten wie dir«, sagte der Sekretär. »Ihr seid immer gegen alle Versuche, die Welt zu verbessern, aber ihr habt nie eigene Pläne. Wachen! Wachen!«

Wonse starrte Mumm an und grinste wie ein Irrer.

»Damit hast du nicht gerechnet, was? Hier gibt es immer noch Wächter, jawohl. Natürlich nicht mehr so viele. Seit einiger Zeit bekommen wir nur noch selten Besuch.«

Schritte näherten sich durch den Korridor, und kurz darauf traten vier Palastwächter mit gezückten Schwertern ein.

»An deiner Stelle würde ich nicht versuchen, Widerstand zu leisten«, riet Wonse. »Diese Männer sind unberechenbar und zum Äußersten entschlossen. Trotzdem werden sie gut bezahlt.«

Mumm schwieg. Wonse gehörte zur menschlichen Subspezies der Hämer, zu den Leuten, die hämische Schadenfreude über alles liebten. Bei Hämern hatte man immer eine Chance. Ganz im Gegensatz zum alten Patrizier: Wenn er wollte, dass jemand starb, so erfuhr der Betreffende nie etwas davon.

Wenn man es mit Hämern zu tun hatte, so musste man sich an die Spielregeln halten.

»Damit kommst du nie durch«, sagte Mumm.

»Da hast du recht«, erwiderte Wonse. »Ja, da hast du vollkommen recht. Aber ›nie‹ ist eine lange Zeit, und irgendwann erwischt es jeden von uns. Der einzige Unterschied für dich besteht darin, dass du *jetzt* dran bist.

Du wirst Zeit genug bekommen, darüber nachzudenken.« Er wandte sich an die Wächter. »Werft ihn in den *speziellen* Kerker. Und kümmert euch dann um die andere Sache.«

»Äh«, sagte der Anführer und zögerte.

»Was ist denn, Mann?«

»Du möchtest, dass wir ihn, äh, angreifen?«, fragte der Wächter kummervoll. Die Palastwächter waren zwar ziemlich dumm, aber sie kannten die allgemeinen Sitten ebenso gut wie alle anderen. Wenn Wachen gerufen werden, um in einer kritischen Situation mit einem Mann fertigzuwerden, so deutet alles auf Komplikationen hin. *Der Kerl will bestimmt heldenhaft sein*, dachte der Anführer. Er freute sich nicht auf eine Zukunft, in der er tot war.

»Natürlich, du Idiot!«

»Aber, äh, er ist ganz allein«, sagte der Offizier.

»Und er grinst«, fügte der Mann hinter ihm hinzu.

»Wahrscheinlich schwingt er sich gleich an Kronleuchtern hin und her«, bemerkte ein anderer. »Und setzt über Tische hinweg und so.«

»Er ist nicht einmal bewaffnet!«, kreischte Wonse.

»Die schlimmste Sorte«, stellte ein Wächter mit großer Besorgnis fest. »Weißt du, sie springen hoch und ziehen ein Zierschwert hinter dem Schild überm Kamin hervor.«

»Ja«, bestätigte ein Kollege argwöhnisch. »Und dann schmettern sie einem Stühle auf den Kopf.«

»Hier gibt es weder einen Kamin noch irgendwelche Zierschwerter, nur ihn!«, ereiferte sich Wonse. »Packt ihn endlich!«

Zwei Wächter ergriffen Mumm versuchsweise an den Schultern.

»Und du willst wirklich nicht heldenhaft sein?«, flüsterte einer von ihnen.

»Wüsste gar nicht, wie ich das anstellen sollte.«

»Oh. Gut.«

Als Mumm fortgezerrt wurde, hörte er, wie Wonse schrill loslachte. Hämische Menschen lachen immer schrill; sie können gar nicht anders.

Aber in einem Punkt hat er recht, dachte Mumm. *Ich habe keinen Plan.* Er hatte nicht darüber nachgedacht, was nach der Begegnung mit Wonse geschehen sollte. *Wie närrisch von mir anzunehmen, die Konfrontation mit dem Mistkerl würde genügen, um unter alles einen Schlussstrich zu ziehen.*

Er fragte sich, was ›die andere Sache‹ bedeutete.

Die Palastwächter gaben keinen Ton von sich, blickten starr geradeaus, führten ihn durch den verwüsteten Großen Saal und dann zu einer unheilvoll wirkenden Tür. Sie öffneten sie, stießen Mumm über die Schwelle, schlossen den Zugang wieder und marschierten fort.

Niemand, absolut niemand, bemerkte das dünne blattartige Etwas, das wie ein Ahornsamen vom dunklen Dach des Großen Saals herabfiel, sich mehrmals um die eigene Achse drehte und im glitzernden Tand des Drachenhorts liegenblieb.

Es handelte sich um eine Erdnussschale.

Die Stille weckte Lady Käsedick. Ihr Schlafzimmer befand sich in unmittelbarer Nähe der Drachenpferche, und deshalb war sie daran gewöhnt, ständig flüsternde Schuppen, das leise Klagen eines trächtigen Weibchens oder das Zischen eines im Schlaf ausgestoßenen Flammenstrahls zu hören. Die Abwesenheit von Geräuschen kam dem Schrillen einer Alarmsirene gleich.

Sie hatte ein wenig geweint, bevor sie zu Bett ging, aber nicht viel – immerhin war es sinnlos, sentimental zu sein und sich gehen zu assen. Ihre Ladyschaft zündete die Lampe an, stieg in die Gummistiefel, griff nach einem Stock (vielleicht stand nur er zwischen ihr und einem rein theoretischen Verlust ihrer Unschuld) und eilte durchs dunkle Haus. Als sie den feuchten Rasen zwischen dem Hauptgebäude und den Ställen überquerte, nahm sie geistesabwesend zur Kenntnis, dass in der Stadt etwas geschah. Aber sie achtete nicht darauf. Drachen waren wichtiger.

Einige Sekunden später öffnete Lady Käsedick die Tür.

Sie waren noch immer da. Der vertraute Gestank von Sumpfdrachen – zum einen Teil modriger Schlamm, zum anderen Chemikalien kurz vor der Explosion – wehte in die Nacht.

Jeder Drache balancierte mitten in seinem Pferch auf den Hinterbeinen und starrte mit grimmiger Konzentration zur Decke hoch.

»Oh«, sagte Lady Käsedick. »Der Große fliegt wieder durch die Gegend, wie? Reine Angeberei. Seid unbesorgt, Kinderchen! Jetzt ist Mami hier.«

Sie stellte die Lampe auf ein hohes Regal und stapfte zu Errol.

»Hallo, Bürschchen, wie geht es dir…«, begann sie und unterbrach sich jäh.

Errol lag auf der einen Seite. Dünner grauer Rauch kräuselte aus seinem Maul, und der Bauch pulsierte wie ein Blasebalg. Vom Hals an war die Haut fast völlig weiß.

»Wenn ich jemals eine zweite Ausgabe der *Drachenkrankheiten* schreibe, widme ich dir ein ganzes Kapitel«, sagte Ihre Ladyschaft leise und öffnete das Pferchtor. »Mal sehen, ob das scheußliche Fieber nachgelassen hat, hm?«

Sie streckte die Hand aus, berührte einige Schuppen – und schnappte nach Luft. Abrupt zog sie die Hand zurück und beobachtete, wie sich Blasen an den Fingerkuppen bildeten.

Errol war so kalt, dass er brannte.

Die Wärme von Lady Käsedicks Fingern hatte runde Schmelzspuren auf der Drachenhaut hinterlassen, doch es dauerte nur wenige Sekunden, bis sie unter einer dünnen Patina aus gefrorener Luft verschwanden.

Lady Käsedick setzte sich auf die Fersen.

»Was für ein Sumpfdrache *bist* du eigentlich?«, fragte sie verwirrt.

Ein dumpfes Pochen wies darauf hin, dass jemand an die Haustür klopfte. Ihre Ladyschaft zögerte kurz, blies dann die Lampe aus, kroch schwerfällig an den einzelnen Stallnischen vorbei und zog das Sackleinen vor dem Fenster beiseite.

Das erste Licht der Morgendämmerung zeigte ihr die Silhouette eines Wächters vor der Tür. Die Federn an seinem Helm neigten sich in der sanften Brise hin und her.

Lady Käsedick biss sich in jäher Panik auf die Lippe, hastete zum Hinterausgang, floh über den Rasen, kehrte ins Haus zurück, stürmte die Treppe hoch und nahm dabei drei Stufen auf einmal.

»Ach, wie dumm von mir«, murmelte sie und dachte daran, dass sie die Lampe vergessen hatte. Es blieb ihr keine Zeit mehr, sie zu holen. Vielleicht verlor Mumm die Geduld und ging.

Tastsinn und Erinnerung halfen ihr dabei, sich in der Düsternis zurechtzufinden. Lady Käsedick griff nach der besten Perücke und rammte sie sich auf den Kopf. Irgendwo zwischen den Salben und für Sumpfdrachen bestimmten Heilmitteln auf der Frisierkommode befand sich etwas, das den rätselhaften Namen *Tau der Nacht* trug. Es handelte sich um das Geschenk eines gedankenlosen Neffen. Sie versuchte es mit mehreren Fläschchen, bevor sie, nach dem Geruch zu urteilen, das richtige fand. Selbst einer Nase, die ihr Wahrnehmungsvermögen angesichts der überwältigenden Gerüche von Drachen schon vor langer Zeit drastisch reduziert hatte, erschien der Duft enorm wirkungsvoll. Offenbar mochten Männer so etwas. So hieß es jedenfalls. *Eigentlich Blödsinn*, dachte Lady Käsedick und hielt trotzdem an der Entschlossenheit fest, derartige Hilfsmittel zu benutzen. Sie rückte den obersten Saum ihres plötzlich viel zu keuschen Nachthemds in eine Position, die zeigen, jedoch nicht enthüllen sollte. Im Anschluss daran eilte sie wieder nach unten.

Vor der Tür verharrte sie kurz, holte mehrmals tief Luft, drehte den Knauf, öffnete und bedauerte gleichzeitig, dass sie nicht die Gummistiefel ausgezogen hatte ...

»Hallo, Hauptmann«, sagte sie gewinnend, »das ist wirklich *wer, zum Teufel, bist du?*«

Der Anführer der Palastwache trat einige Schritte zurück, und als Sohn eines Bauern verzichtete er nicht darauf, sich mit einigen heimlichen Zeichen vor bösen Geistern zu schützen. Die erhoffte Wirkung blieb aus. Als er die Augen wieder öffnete, stand die Gestalt noch immer in der Tür, zitterte vor Zorn und stank nach etwas Fauligem. Auf dem Kopf erstreckte sich eine schiefe Lockenmasse, und der enorme Busen hob und senkte sich auf eine Weise, die den Gaumen des Offiziers trocken werden ließ ...

Er hatte von solchen Erscheinungen gehört. Man nannte sie Harpyien. Was war nur aus Lady Käsedick geworden?

Die Gummistiefel verwirrten ihn allerdings. In den Legenden über Harpyien blieben Gummistiefel unerwähnt.

»Heraus damit, Bursche!«, donnerte Lady Käsedick und zog den Ausschnitt des Nachthemds zusammen. »Steh nicht einfach so herum und gaff mich an. Was willst du?«

»Lady Sybil Käsedick?«, fragte der Wächter. Er sprach nicht im höflichen Tonfall eines Mannes, der eine Bestätigung erwartet. Seine Stimme klang vielmehr so, als könne er sich kaum vorstellen, dass die Antwort ›ja‹ lautete.

»Benutz deine Augen, junger Mann. Für wen hältst du mich?«

Der Wächter riss sich zusammen.

»Ich habe eine Vorladung für Sybil Käsedick«, sagte er unsicher.

»Was soll das heißen, eine Vorladung?«, erwiderte Ihre Ladyschaft eisig.

»Äh, du sollst den Palast aufsuchen.«

»Was, so früh am Morgen? Es hat sicher Zeit bis später.« Lady Käsedick wollte die Tür schließen, aber es gelang ihr nicht. Ein im letzten Augenblick in den Spalt gezwängtes Schwert hinderte sie daran.

»Wenn du *nicht* mitkommst«, sagte der Wächter, »bin ich befugt, gewisse Maßnahmen zu ergreifen.«

Die Tür schwang wieder auf, und das Gesicht Ihrer Ladyschaft kam bis auf wenige Zentimeter an das des Wächters heran. Der Geruch verfaulender Rosenblätter raubte ihm fast das Bewusstsein.

»Wenn du mich anrührst…«, begann sie.

Der Blick des Palastwächters huschte kurz zu den Drachenställen. Sybil Käsedick erbleichte.

»Das wagst du nicht!«, zischte sie.

Der Mann schluckte. Die Frau vor ihm – wenn diese Bezeichnung zutraf – jagte ihm zwar einen gehörigen Schrecken ein, aber letztendlich war sie nur ein Mensch. Sie konnte einem höchstens den Kopf abreißen, bildlich gesprochen. Es gab viel schlimmere Dinge als Lady Käsedick, sagte er sich, obgleich sie derzeit nicht nur drei Zoll von seiner Nase entfernt waren.

»Maßnahmen ergreifen«, wiederholte er.

Lady Käsedick richtete sich zu ihrer vollen Größe auf und musterte die Wächter hinter dem Offizier.

»Ich verstehe«, sagte sie kühl. »So ist das also, nicht wahr? Sechs Männer, um eine schwache, hilflose Frau zu überwältigen. Nun gut. Ihr werdet mir natürlich gestatten, einen Mantel überziehen. Es ist recht frisch.«

Sie warf die Tür zu.

Die Palastwächter stampften mit den Füßen auf, hauchten in die kalten Hände und vermieden es, sich anzusehen. Eigentlich sollte es bei Verhaftungen anders zugehen. Für die betreffenden Personen *gehörte* es sich einfach nicht, die Wachen draußen warten zu lassen. Nein, die Welt funktionierte auf eine ganz andere Art und Weise. Andererseits: Die einzige Alternative bestand darin, ins Haus zu stürmen und Ihre Ladyschaft mit Gewalt nach draußen zu zerren, und diese Vorstellung erfüllte sowohl den Offizier als auch seine Begleiter mit tiefem Unbehagen. Außerdem war der Anführer gar nicht sicher, ob er genug Männer hatte, um Lady Käsedick gegen ihren Willen fortzubringen. Dazu brauchte man vermutlich einige Hundert Soldaten mit Rollklötzen.

Ein dumpfes Knarren ertönte, als sich die Tür öffnete und den Blick in einen muffigen Flur freigab.

»In Ordnung, Männer …«, sagte der Offizier.

Lady Käsedick erschien. Er sah sie nur als schemenhafte Gestalt, die mit lautem Geheul heranstürmte, und vielleicht hätte er mit diesem letzten Eindruck sein Leben ausgehaucht, wenn nicht einer der Wächter so geistesgegenwärtig gewesen wäre, der Furie ein Bein zu stellen. Ihre Ladyschaft jagte die Stufen hinunter, verlor das Gleichgewicht, fluchte herzhaft, fiel, pflügte durchs hohe Gras, schlug mit dem Kopf an die Statue eines antiken Käsedick und blieb liegen.

Das lange Breitschwert, mit dem sie einen Angriff geplant hatte, bohrte sich neben ihr in den Boden und zitterte einige Male, bevor es sich ebenfalls nicht mehr rührte.

Nach einer Weile trat ein Wächter vorsichtig über den Pfad und betastete die Klinge.

»Donnerwetter!«, stieß er mit einer Mischung aus Entsetzen und Respekt hervor. »Und der Drache will sie fressen?«

»Klare Sache«, sagte der Offizier. »Sie ist die höchstgeborene Lady in der Stadt. Was ihre Jungfräulichkeit betrifft, habe ich keine Ahnung, und im Augenblick möchte ich lieber nicht darüber spekulieren. Holt einen Karren!«

Er betastete sein von der Schwertspitze gestreiftes Ohr. Er war von Natur aus kein unfreundlicher Mann, aber er hoffte, dass sich eine dicke Drachenhaut zwischen ihm und Ihrer Ladyschaft befand, wenn sie erwachte.

»Sollten wir nicht ihre kleinen Sumpfdrachen töten, Herr?«, fragte ein Wächter. »Wenn ich mich richtig erinnere, wies Herr Wonse darauf hin, dass keins der kleinen Biester überleben darf.«

»Das war nur als Drohung bestimmt, um Lady Käsedick einzuschüchtern«, antwortete der Offizier.

Der Wächter runzelte die Stirn. »Bist du sicher? Ich dachte …«

Der Offizier hatte die Nase voll. Schreiende Harpyien und Breitschwerter, die in unmittelbarer Nähe Geräusche wie von zerreißender Seide verursachten, zerstörten sein Verständnis für den Standpunkt des anderen Mannes.

»Oh, du hast also *gedacht*, wie?«, knurrte er. »Scheinst ein Denker zu sein, was? Glaubst du vielleicht, du bist für einen anderen Posten geeignet? Wie wär's mit der *Stadt*wache, hm? Dort wimmelt's von Denkern.«

Die übrigen Wächter kicherten leise.

»Was hältst du davon, nicht nur zu denken, sondern zur Abwechslung auch einmal *nach*zudenken?«, fuhr der Offizier sarkastisch fort. »Wenn du *nach*gedacht hättest, müsstest du eigentlich wissen, dass dem König kaum am Tod anderer Drachen gelegen sein kann. Wahrscheinlich sind es entfernte Verwandte von ihm oder so. Ich meine, er will bestimmt nicht, dass wir seine Artgenossen umbringen, oder?«

»Bei Menschen ist das ganz normal«, wandte der Wächter verdrießlich ein.

»Oh«, entgegnete der Offizier, »so was lässt sich nicht mit Menschen vergleichen.« Er klopfte bedeutungsvoll an die Seite seines Helms. »*Wir* sind immerhin intelligent.«

Mumm landete auf feuchtem Stroh. Völlige Finsternis umgab ihn, doch es dauerte nicht lange, bis sich seine Augen an die Dunkelheit gewöhnten und er die Wände des Kerkers sehen konnte.

Das Verlies diente nicht dazu, Gefangenen einen bequemen Aufenthalt zu ermöglichen. Im Grunde genommen handelte es sich um einen großen Raum mit den Säulen und Bögen, die den Palast trugen. Durch ein hohes Gitter in der gegenüberliegenden Mauer filterte ein vager Hauch aus schmutzigem, abgegriffenem Licht.

Ein zweites quadratisches Loch zeigte sich im Boden, und es war ebenfalls vergittert. Die einzelnen Stäbe schienen jedoch halb durchgerostet zu sein. Mumm kam zu dem Schluss, dass er sie mit mehr oder weniger Mühe aus dem Gestein lösen konnte, und anschließend brauchte er nur noch schlank genug zu werden, um durch eine Öffnung von zwanzig Zentimeter Durchmesser zu kriechen.

In dem Kerker *fehlten* Ratten, Skorpione, Kakerlaken und Schlangen. Oh, er *hatte* einmal Schlangen enthalten, denn Mumms Sandalen knirschten auf dünnen und langen weißen Skeletten.

Er schob sich behutsam an einer feuchten Wand entlang und fragte sich, woher das rhythmische Kratzen stammte. Kurz darauf trat er hinter einem viereckigen Stützpfeiler hervor und fand die Antwort auf seine Frage.

Der Patrizier rasierte sich und blickte dabei in einen großen Spiegelsplitter, der so an einer Säule lehnte, dass er das Licht aus dem Wandgitter einfing. Nein, das stimmte nicht ganz, stellte Mumm fest. Er lehnte nicht, sondern wurde gehalten. Von einer Ratte. Von einer ziemlich großen Ratte mit roten Augen.

Der Patrizier nickte ihm zu und wirkte keineswegs überrascht.

»Oh«, sagte er. »Mumm, nicht wahr? Ich hörte davon, dass du auf dem Weg hierher bist. Ausgezeichnet. Du solltest das Küchenpersonal bitten ...« Bei diesen Worten merkte Mumm, dass sich Lord Vetinari an die Ratte wandte. »... zwei Mahlzeiten vorzubereiten. Möchtest du ein Bier, Mumm?«

»Was?«, fragte der ehemalige Hauptmann.

»Du hättest bestimmt nichts dagegen. Ist jedoch reine

Glückssache, weißt du. Skrps Volk ist intelligent genug, aber wenn's um das Lesen von Flaschenetiketten geht, kommt eine Art blinder Fleck ins Spiel.«

Der Patrizier betupfte sich das Gesicht mit einem Handtuch und ließ es dann fallen. Ein grauer Schatten huschte heran und zog es durchs Bodenloch.

»In Ordnung, Skrp«, sagte Lord Vetinari. »Du kannst jetzt gehen.« Die Schnurrhaare der großen Ratte zitterten, als sie den Spiegel an die Wand lehnte und davonlief.

»Du lässt dich von *Ratten* bedienen?«, fragte Mumm erstaunt.

»Sie helfen mir ein wenig. Leider sind sie nicht besonders tüchtig. Es liegt an den Pfoten.«

»Aber, aber, aber«, erwiderte Mumm. »Ich meine, wie ist das möglich?«

»Ich vermute, Skrps Volk hat Tunnel, die bis zur Universität reichen«, erklärte Lord Vetinari. »Obwohl ich sicher bin, dass es schon gleich zu Anfang recht intelligent gewesen ist.«

Zumindest damit konnte Mumm etwas anfangen. Es war allgemein bekannt, dass magische Strahlung die im Bereich der Unsichtbaren Universität lebenden Tiere beeinflusste, sie manchmal in winzige Analoga der menschlichen Zivilisation verwandelte und gelegentlich völlig neue spezialisierte Gattungen hervorbrachte, zum Beispiel die Wandfische oder den Bücherwurm vom Kaliber 303.

»Und sie helfen dir?«, vergewisserte sich Mumm.

»Es beruht auf Gegenseitigkeit«, antwortete der Patrizier. »Es ist eine Art Bezahlung für bestimmte Dienstleistungen.« Er nahm auf einem Objekt Platz, das Mumm als Samtkissen erkannte. In einem niedrigen Regal, griffbereit in der Nähe, lagen ein Notizblock und mehrere Bücher.

»Was kannst du für Ratten tun, Herr?«, fragte Mumm skeptisch.

»Oh, ich berate sie.« Der Patrizier lehnte sich zurück. »Genau darin liegt das Problem bei Leuten wie Wonse«, fuhr er fort. »Die eigenen Grenzen sind ihnen unbekannt. Ratten, Schlangen *und* Skorpione. Hier ging es drunter und drüber, als ich eintraf. Die Ratten waren besonders schlimm dran.«

Mumm glaubte, allmählich zu verstehen.

»Mit anderen Worten: Du hast sie ausgebildet?«

»Beraten«, sagte Lord Vetinari. »Ich habe sie beraten. Eins meiner Talente«, fügte er bescheiden hinzu.

Mumm versuchte, sich die entsprechenden Ereignisse vorzustellen. Hatten sich die Ratten mit den Skorpionen gegen die Schlangen verbündet und ihre Stachelfreunde nach dem Sieg zu einem Festschmaus eingeladen? Oder waren einzelne Skorpione bestochen worden – vielleicht mit irgendwelchen Leckerbissen; in dieser Hinsicht versagte Mumms Fantasie –, um ausgewählte Anführer der Schlangen des Nachts zu stechen?

Er hatte einmal von einem Mann gehört, der jahrelang in einer Kerkerzelle saß, kleine Vögel dressierte und sich so ein wenig Freiheit schuf. Er dachte an alte Seeleute, die sich nach einem langen und gefährlichen Leben auf dem Meer damit begnügten, große Schiffe in kleinen Flaschen zu bauen.

Dann dachte Mumm an den Patrizier, der, seiner Stadt beraubt, im Schneidersitz auf dem grauen Boden eines düsteren Verlieses hockte und *en miniature* das schuf, was ihm fehlte: all die kleinen Rivalitäten, Machtkämpfe und Fraktionen. Er stellte sich ihn als ernste, grüblerische Statue inmitten von Pflastersteinen vor, zwischen denen es von kleinen schattenhaften Geschöpfen und plötzlichem politischen Tod wimmelte. Wahrscheinlich fiel es ihm wesentlich leichter als die Herrschaft über Ankh-Morpork – in der Stadt gab es größeres Ungeziefer, das nicht beide Hände brauchte, um ein Messer zu halten.

Am Abflussgitter klirrte etwas. Fünf oder sechs Ratten krochen aus dem Bodenloch und trugen einen tuchumhüllten Gegenstand: Sie dirigierten ihn durch eine Lücke zwischen den verrosteten Gitterstäben, transportierten ihn schließlich bis zu den Füßen des Patriziers. Lord Vetinari beugte sich vor und löste den Knoten.

»Allem Anschein nach haben wir hier Käse, Hähnchenschenkel, recht trockenes Brot und eine Flasche mit, oh, offenbar enthält sie Merckel und Stechmaus' Hochberühmte Braune Soße. Ich habe *Bier* bestellt, Skrp.« Das Rattenoberhaupt rümpfte die Nase. »Entschuldige bitte, Mumm. Sie können nicht lesen, weißt du. Kommen einfach nicht damit klar. Aber sie verstehen sich wirklich ausgezeichnet aufs Zuhören und bringen mir alle Neuigkeiten.«

»Du scheinst es hier recht bequem zu haben«, kommentierte Mumm unsicher.

»Eins meiner Mottos lautet: Baue nie einen Kerker, in dem du nicht selbst übernachten möchtest«, erwiderte der Patrizier und breitete die einzelnen Speisen aus. »Es ginge weitaus besser in der Welt zu, wenn sich mehr Menschen an dieses Prinzip hielten.«

»Wir dachten immer, du hättest geheime Tunnel und dergleichen anlegen lassen«, sagte Mumm.

»Warum sollte ich?«, fragte Lord Vetinari. »Dann müsste man ständig unterwegs sein. Welch eine Verschwendung nützlicher Energie! Eigentlich sitze ich hier im Zentrum des allgemeinen Geschehens. Ich hoffe, das verstehst du, Mumm. Man vertraue niemals einem Herrscher, der sich auf geheime Tunnel, Schlupfwinkel und Fluchtwege verlässt. In einem solchen Fall spricht vieles dafür, dass er seine Regierungspflichten nicht ernst genug nimmt.«

»Oh.«

Er sitzt in einem Kerker seines eigenen Palastes, dachte Mumm. *Weiter oben ist ein Irrer am Werk, und ein Drache verbrennt die Stadt.*

Trotzdem glaubt er, alles vollkommen unter Kontrolle zu haben. Es muss an dem hohen Amt liegen. Die Höhe bringt manche Leute um den Verstand.

»Du, äh, hast doch nichts dagegen, wenn ich mich hier umsehe, oder?«, fragte er.

»Fühl dich wie zu Hause«, erwiderte der Patrizier.

Mumm durchquerte das Verlies und überprüfte die Tür. Es bestand kein Zweifel daran, dass es sich um einen sehr guten Kerker handelte. Es war ein Kerker, in dem man ruhigen Gewissens gefährliche Verbrecher unterbringen konnte. Unter solchen Umständen zog man es natürlich vor, dass keine Falltüren, geheime Tunnel oder verborgene Fluchtwege existierten.

Doch diesmal lag der Fall ein wenig anders. Wirklich erstaunlich, auf welche Weise ein Meter dicke Mauern die Perspektive veränderten.

»Sehen die Wächter häufig nach dem Rechten?«, fragte sich Mumm.

»Eigentlich nie«, sagte der Patrizier und winkte mit einem Hähnchenschenkel. »Bisher haben sie sich nicht die Mühe gemacht, mir etwas zu essen zu bringen. Weißt du, normalerweise soll ein Gefangener hier drin langsam vermodern. Bis vor kurzer Zeit bin ich gelegentlich zur Tür gegangen und habe ein wenig gestöhnt, damit die Wächter zufrieden sind.«

»Aber bestimmt kommen sie irgendwann herein, um nachzusehen, ob alles in Ordnung ist, oder?«, fragte Mumm hoffnungsvoll.

»Oh, ich glaube, das sollten wir nicht zulassen«, erwiderte Lord Vetinari.

»Wie willst du es verhindern?«

Der Patrizier bedachte ihn mit einem missbilligenden Blick.

»Mein lieber Mumm«, sagte er, »ich habe dich für einen

aufmerksamen Beobachter gehalten. Hast du die Tür überprüft?«

»Natürlich«, bestätigte Mumm und fügte hinzu: »Herr. Sie ist verdammt massiv.«

»Vielleicht solltest du sie dir noch einmal ansehen. Und zwar etwas genauer.«

Mumm starrte den Patrizier groß an, kehrte zur Tür zurück und betrachtete sie. Sie gehörte zu den in letzter Zeit recht beliebten Schreckensportalen, bestand nur aus Riegeln, stählernen Bolzen, eisernen Spitzen und besonders dicken Angeln. Mumm beobachtete sie eine Zeit lang, aber sie wurde nicht weniger massiv. Das Schloss schien aus Zwergenproduktion zu stammen – man hätte Jahre gebraucht, um es zu knacken. Anders ausgedrückt: Wenn man nach einem Symbol für ein absolut unüberwindliches Hindernis suchte, so fiel die erste Wahl auf diese Tür.

Die Lautlosigkeit, mit der Lord Vetinari neben Mumm erschien, forderte einen Herzanfall heraus.

»Wenn die Stadt von einem Aufstand der Bürger heimgesucht wird«, sagte er, »so verlangt die Tradition, dass man den gegenwärtigen Herrscher ins Verlies wirft, nicht wahr? Gewisse Leute halten so etwas für weitaus befriedigender als eine schlichte Hinrichtung.«

»Ah, ja, mag sein, aber …«

»Du siehst dir dieses Ding an und erkennst eine außerordentlich stabile Tür, stimmt's?«

»Ja. Ein Blick auf die Riegel genügt, um …«

»Weißt du, ich bin sehr zufrieden damit«, sagte Lord Vetinari ruhig.

Mumm starrte auf die Tür, bis seine Brauen schmerzten. Und dann begriff er plötzlich, was er die ganze Zeit schon gesehen hatte. Es war wie mit zufälligen Wolkenmustern, die sich in Pferdeköpfe oder Segelschiffe verwandelten, ohne dass überhaupt eine Veränderung erfolgte.

Erschrockene Bewunderung regte sich in ihm.

Er überlegte, wie es hinter der Stirn des Patriziers aussehen mochte. *Bestimmt ist dort alles kühl und glänzend*, dachte er. *Ja, Lord Vetinaris Verstand besteht aus blauem Stahl, Eiszapfen und kleinen Zahnrädern, die sich munter drehen, wie in einer Uhr.* Es handelte sich um einen Verstand, der die eigene Entmachtung in Erwägung zog und sie in einen Vorteil verwandelte.

Die Tür war ganz normal für einen Kerker, aber es kam auf die jeweilige Perspektive an.

In diesem Kerker konnte sich der Patrizier vor dem Rest der Welt schützen.

Die Außenseite wies nur das Schloss auf.

Alle Riegel und Bolzen befanden sich an der Innenseite.

Die Angehörigen der Nachtwache kletterten ungelenk und schwerfällig über feuchte Dächer, als die Sonne den Morgendunst fortbrannte. An diesem Tag durfte man nicht mit klarer Luft rechnen: Ölige Rauchschwaden und klebriger Dampf wallten über der Stadt und brachten den traurigen Geruch nasser Asche mit sich.

»Wo sind wir hier?«, fragte Karotte und half seinen beiden Begleitern über einen schmierigen Steg.

Feldwebel Colon sah sich in dem Wald aus Schornsteinen um.

»Wir befinden uns jetzt über Jimkin Bärdrückers Whiskybrennerei«, antwortete er. »Äh, auf der direkten Linie zwischen dem Palast und dem Platz der Gebrochenen Monde. Der Drache wird diesen Ort überfliegen.«

Nobby blickte sehnsüchtig nach unten.

»Bin einmal hier drin gewesen«, sagte er. »Hab in einer dunklen Nacht die Tür kontrolliert, und sie öffnete sich einfach so.«

»Sicher hast du ein wenig nachgeholfen«, bemerkte Colon spitz.

»Ich musste schließlich herausfinden, ob irgendwelche Bösewichter am Werk waren. In den Zimmern und Kammern sieht's toll aus. Überall Röhren und Schläuche und so. Und der Geruch!«

»›Jede Flasche hat bis zu sieben Minuten gelagert‹, zitierte Colon. »›Trink einen Tropfen, bevor du gehst.‹ So steht's auf dem Etikett. Völlig richtig. Ich habe mal einen Tropfen getrunken und bin den ganzen Tag über gegangen.«

Er ließ sich auf die Knie sinken und öffnete das seltsame Bündel, das er die ganze Zeit über mit besonderer Vorsicht getragen hatte. Wie sich herausstellte, enthielt es einen uralten Langbogen und einen Köcher mit Pfeilen.

Voller Ehrfurcht griff Colon nach dem Bogen und betastete ihn mit fleischigen Fingern.

»Wisst ihr«, sagte er leise, »als junger Mann konnte ich verdammt gut damit umgehen. Der Hauptmann hätte mir neulich einen Versuch gestatten sollen.«

»Darauf hast du uns bereits mehrfach hingewiesen«, erwiderte Nobby ohne Mitgefühl.

»Ich habe Preise gewonnen.« Der Feldwebel holte eine neue Sehne hervor, befestigte sie am einen Ende des Bogens, erhob sich, drückte auf das gewölbte Holz, stöhnte ein wenig …

»Äh, Karotte?«, fragte er außer Atem.

»Ja, Feldwebel?«

»Kennst du dich mit dem Bespannen aus?«

Karotte nahm den Bogen, krümmte ihn mühelos und schlang die Sehne um das andere Ende.

»Das fängt ja gut an, Feldwebel«, sagte der Korporal.

»Spar dir deinen Sarkasmus, Nobby! Kraft spielt keine Rolle. Es kommt auf scharfe Augen und eine ruhige Hand an. Gib mir einen Pfeil. Nein, nicht den!«

Nobbys Finger erstarrten an einem Schaft.

»Das ist mein Glückspfeil!«, platzte es aus Colon heraus. »Niemand von euch darf meinen Glückspfeil berühren!«

»Sieht genauso aus wie die anderen Pfeile, Feldwebel«, brummte Nobby.

»Ich benutze ihn für den Dingsbums, den Gnadenschuss«, erklärte Colon. »Mein Glückspfeil hat mich noch nie im Stich gelassen. Trifft immer das Ziel. Ich brauche es kaum anzuvisieren. Wenn der Drache irgendwelche Ämpfindlichkeiten hat – der Pfeil findet sie zweifellos.«

Er wählte einen anderen Pfeil, der weniger glücklich zu sein schien, obgleich er sich überhaupt nicht vom ersten unterschied. Langsam setzte er ihn auf die Sehne und ließ einen nachdenklichen Blick über die Dächer schweifen.

»Ein bisschen Übung kann sicher nicht schaden«, murmelte Colon. »Obwohl ... Wenn man's einmal gelernt hat, vergisst man es nie. Es ist wie mit, mit, mit etwas, das man, äh, nie vergisst.«

Er zog die Sehne bis zum Ohr und stöhnte erneut.

»In Ordnung«, schnaufte er, während der rechte Arm so heftig zitterte wie ein Zweig im Sturm. »Seht ihr dort drüben das Dach der Assassinengilde?«

Nobby und Karotte starrten durch den schmuddeligen Dunst.

»Gut«, keuchte Colon. »Seht ihr auch die Wetterfahne darauf? Na?«

Karotte beobachtete die Pfeilspitze. Sie neigte sich hin und her, beschrieb komplexe Bewegungsmuster und schien sich nicht für ein Ziel entscheiden zu können.

»Sie ist ziemlich weit entfernt, Feldwebel«, gab der Korporal zu bedenken.

»Kein Problem«, ächzte Colon. »Behaltet die Fahne im Auge.«

Karotte und Nobby nickten. Die Wetterfahne sah aus wie

ein geduckter Mann, der einen weiten Umhang trug. Das zum Zustoßen erhobene Messer zeigte immer die Windrichtung an. Auf diese Entfernung war die Gestalt kaum mehr als ein vager Schemen.

»Na *schön*«, brachte Colon mühsam hervor. »Seht ihr auch das Auge des Mannes?«

»Jetzt übertreibst du wirklich«, sagte Nobby.

»Halt endlich die Klappe!«, stöhnte Colon. »Ich habe gefragt, ob ihr das Auge seht!«

»Ich glaube, *ich* kann's sehen, Feldwebel«, erwiderte Karotte ergeben.

»Gut, gut«, murmelte Colon. Die Anstrengung war so groß, dass er vor und zurück schwankte. »Gut. Guter Junge. Wunderbar. Beobachtet das Auge, einverstanden?«

Er stöhnte noch ein letztes Mal und ließ den Pfeil davonschnellen.

Mehrere Dinge geschahen so schnell hintereinander, dass sie in Zeitlupenprosa geschildert werden müssen. Zuerst einmal: Die Sehne schlug an die weiche Innenseite von Colons Handgelenk, woraufhin der Feldwebel schrie und den Bogen fallenließ. Das blieb ohne jede Wirkung auf die Flugbahn des Pfeils, der bereits zu einer steinernen Figur auf dem Dach jenseits der Straße sauste. Er traf sie am Ohr, sprang fort, prallte an einer zwei Meter entfernten Wand ab, kehrte mit noch etwas höherer Geschwindigkeit zu Colon zurück und passierte seinen Kopf in einem Abstand von etwa zwei Zentimetern, wobei ein leises Summen erklang.

Schließlich verschwand er in Richtung Stadtmauer.

Nobby hüstelte nach einer Weile und warf Karotte einen unschuldigen Blick zu.

»Wie groß mag die Ämpfindlichkeit des Drachen sein?«, fragte er.

»Oh, vielleicht ist es nur eine winzige Stelle«, erwiderte Karotte hilfsbereit.

»Das habe ich befürchtet«, brummte Nobby. Er ging zum Dachrand und deutete nach unten. »Dort gibt's einen Teich«, sagte er. »Kühlwasser für die Brennerei. Er dürfte tief genug sein, und daher schlage ich vor, dass wir hineinspringen, nachdem der Feldwebel auf den Drachen geschossen hat. Was hältst du denn davon?«

»Oh, aber das ist gar nicht nötig«, entgegnete Karotte. »Der Glückspfeil des Feldwebels trifft bestimmt die Ämpfindlichkeit und tötet den Drachen, und dann besteht kein Anlass mehr zur Sorge.«

»Da hast du sicher recht«, bestätigte Nobby schnell und sah, wie Colon eine finstere Miene schnitt. »Aber nur für den Fall, weißt du ... Ich meine, wenn ein völlig unwahrscheinlicher Zufall – eine Chance von eins zu einer Million – dazu führt, dass er die ämpfindliche Stelle nur knapp verfehlt, ich meine, dann müssen wir damit rechnen, dass der Drache ziemlich sauer wird, und unter solchen Umständen sollten wir besser nicht hier sein. So etwas ist natürlich nahezu ausgeschlossen, ich weiß. Nennt mich von mir aus einen Schwarzseher. Ich halte es trotzdem für besser, alle Möglichkeiten zu berücksichtigen, auch die unmöglichen.«

Feldwebel Colon rückte sich mit betontem Stolz den Brustharnisch zurecht.

»Wenn man sie wirklich braucht«, verkündete er weise, »erfüllen Chancen von eins zu einer Million immer ihren Zweck. Ist eine allgemein bekannte Tatsache.«

»Da hat der Feldwebel recht, Nobby«, warf Karotte ein. »Wenn es nur noch eine einzige Chance gibt, von der man sich Rettung erhofft, so wird man zwangsläufig von ihr gerettet. Andernfalls gäbe es überhaupt keine ...« Er senkte die Stimme. »Ich meine, ist doch logisch. Wenn man sich nicht auf letzte verzweifelte Chancen verlassen könnte, gäbe es überhaupt keine ... Etwas anderes würden die Götter sicher nicht zulassen. Nein, bestimmt nicht.«

Wie auf ein geheimes Zeichen hin drehten sich die drei Angehörigen der Nachtwache um und sahen zur viele tausend Meilen entfernten Mitte der Scheibenwelt. Jetzt trieben Rauch- und Dunstwolken durch die Luft, doch an einem klaren Tag konnte man Cori Celesti sehen, das Heim der Götter. Beziehungsweise ihre *Residenz.* Sie wohnten in Würdentracht, einem mit Stuckarbeiten geschmückten Walhall, und dort begegneten sie der Ewigkeit mit der Einstellung von Leuten, die nicht einmal wissen, was sie mit einem regnerischen Nachmittag anfangen sollen. Es hieß, sie spielten mit dem Schicksal der Menschen. Allerdings wusste niemand, mit welchem Spiel sie sich derzeit beschäftigten.

Aber es gab natürlich Regeln. Alle wussten, dass es Regeln gab. Man konnte nur hoffen, dass sich die Götter daran hielten.

»Es besteht überhaupt kein Zweifel daran, dass es klappen wird«, behauptete Colon. »Immerhin benutze ich meinen Glückspfeil. Du hast recht, Karotte. Letzte verzweifelte Chancen dürfen einen nicht im Stich lassen. Sonst ergäbe überhaupt nichts mehr einen Sinn. Dann könnte man genauso gut sterben.«

Nobby blickte erneut auf den Teich hinab. Colon zögerte kurz und trat dann an seine Seite. Beide hatten den grüblerischen Gesichtsausdruck von erfahrenen Männern, die wussten, dass man sich letztendlich auf Helden, Könige und sogar die Götter verlassen konnte. Doch jetzt gesellte sich eine weitere Erkenntnis hinzu: Schwerkraft und tiefes Wasser verdienten besonderes Vertrauen.

»Es wird nicht nötig sein«, sagte Colon überzeugt.

»Immerhin haben wir deinen Glückspfeil«, erwiderte Nobby.

»Genau.« Der Feldwebel nickte. »Aber nur aus Interesse: Wie hoch, äh, sind wir hier?«

»Etwa neun Meter. Mehr oder weniger.«

»Neun Meter.« Colon nickte erneut, diesmal etwas langsamer. »Dachte ich mir. Und der Teich ist tief, nicht wahr?«

»Sehr tief, wie ich hörte.«

»Oh, ich glaube dir aufs Wort. Sieht ziemlich schmutzig aus. Ich würde nicht gern hineinspringen.«

Karotte klopfte ihm fröhlich auf die Schulter und hätte Colon dadurch fast über den Dachrand gestoßen. »Was ist los, Feldwebel? Willst du etwa ewig leben?«

»Weiß nicht. Frag mich noch einmal in fünfhundert Jahren.«

»Wir können wirklich von Glück sagen, dass wir deinen Glückspfeil haben«, sagte Karotte.

»Hmm?«, erwiderte Colon geistesabwesend. Seine Stimme kam aus einer Welt düsterer Tagträume.

»Ich meine, ist doch toll, dass wir uns auf eine letzte verzweifelte Chance von eins zu einer Million verlassen können. Sonst wären wir echt in Schwierigkeiten.«

»O ja«, murmelte Nobby kummervoll. »Wir sind wirklich gut dran.«

Der Patrizier streckte sich, und zwei Ratten zogen ihm rasch ein Kissen unter den Kopf.

»Dort draußen scheint's drunter und drüber zu gehen«, sagte er.

»Ja«, gestand Mumm bitter ein. »In der Tat. Aber hier droht dir absolut keine Gefahr.«

Er zwängte ein weiteres Messer in einen Spalt zwischen den Steinen und belastete es vorsichtig mit seinem Gewicht, während Lord Vetinari interessiert zusah. Inzwischen befand sich Mumm fast zwei Meter über dem Boden und auf einer Höhe mit dem kleinen Fenster in der Wand.

Entschlossen begann er damit, auf den Mörtel an den Gitterstäben einzuhacken.

Der Patrizier beobachtete ihn eine Zeit lang und nahm dann ein Buch aus dem kleinen Regal in der Nähe. Da Ratten nicht lesen konnten, war Lord Vetinaris Sammlung ein wenig seltsam, aber er gehörte zu den Leuten, die neues Wissen nie ablehnten. Er schlug den Band *Spitzenarbeiten in den verschiedenen Epochen* auf und las einige Seiten.

Nach einer Weile wischte er einige Mörtelbrocken beiseite und blickte auf.

»Kommst du gut voran?«, fragte er höflich.

Mumm biss die Zähne zusammen und setzte seine Bemühungen fort. Jenseits des kleinen Fensters erstreckte sich ein schmutziger Hof, kaum heller als der Kerker. In einer Ecke lag ein Müllhaufen, der außerordentlich attraktiv wirkte. Zumindest attraktiver als das Verlies. Ein ordentlicher Müllhaufen war den gegenwärtigen Ereignissen in Ankh-Morpork vorzuziehen. Vermutlich handelte es sich dabei um etwas Allegorisches oder so.

Mumm stach immer wieder zu. Das Messer kratzte übers Gestein und zitterte in seiner Hand.

Der Bibliothekar kratzte sich nachdenklich unter den Achseln und war mit eigenen Problemen beschäftigt.

Die Wut auf Bücherdiebe hatte ihn hierher geführt, und dieser Zorn kochte noch immer in ihm. Gleichzeitig ging ihm jedoch ein aufwieglerischer Gedanke durch den Kopf: Gegen Bücher gerichtete Verbrechen mussten zweifellos als besonders schlimme und verwerfliche Kriminalität eingestuft werden, aber vielleicht war es trotzdem besser, mit der Vergeltung noch ein wenig zu warten.

Den Bibliothekar kümmerte es zwar nicht sonderlich, was

sich Menschen gegenseitig antaten, aber gewissen Aktivitäten musste vorgebeugt werden – für den Fall, dass es die Übeltäter übertrieben und solche Dinge auch mit Büchern anstellten.

Er starrte auf seine Dienstmarke und knabberte versuchsweise daran, um festzustellen, ob sie sich inzwischen in etwas Essbares verwandelt hatte. Kein Zweifel: Er hatte dem Hauptmann gegenüber eine Pflicht zu erfüllen.

Der Hauptmann war immer freundlich zu ihm gewesen. Und er besaß ebenfalls eine Dienstmarke.

Ja.

Manchmal musste ein Affe in die Rolle eines verantwortungsbewussten Menschen schlüpfen ...

Der Orang-Utan salutierte umständlich und schwang sich in die Dunkelheit.

Die Sonne stieg höher und kroch wie ein verirrter Ballon durch Rauch und Nebel.

Die Wächter hockten im Schatten eines Schornsteins, warteten und vertrieben sich auf individuelle Art und Weise die Zeit. Nobby untersuchte nachdenklich den Inhalt eines Nasenlochs. Karotte schrieb einen Brief an seine Eltern. Und Feldwebel Colon machte sich Sorgen.

Irgendwann rutschte er voller Unbehagen zur Seite. »Ich glaube, es gibt da ein Problem«, sagte er.

»Wie meinst du das, Feldwebel?«, fragte Karotte.

Colon verzog betrübt das Gesicht. »Was ist, wenn es sich nicht um eine Chance von eins zu einer Million handelt?«

Nobby starrte ihn groß an.

»Was soll das heißen?«, fragte er.

»In *Ordnung*, letzte verzweifelte Chancen von eins zu einer Million funktionieren immer, völlig klar, aber ... Mir scheint, dies ist ein Dingsbums, ein ganz besonderer Fall. Das stimmt doch, oder?«

»Keine Ahnung«, antwortete Nobby.

»Stellt euch nur mal vor, es ist eine Chance von eins zu tausend«, brachte Colon gequält hervor.

»Was?«

»Habt ihr jemals gehört, dass man sich auf Chancen von eins zu tausend verlassen kann?«

Karotte hob den Kopf. »Das ist doch Blödsinn, Feldwebel«, sagte er. »Chancen von eins zu tausend sind völlig unmöglich. Die Wahrscheinlichkeit dafür ist mindesten …« Seine Lippen bewegten sich lautlos. »… eins zu Millionen.«

»Ja, Millionen«, pflichtete ihm Nobby bei.

»Mit anderen Worten: Es klappt nur, wenn es eine wahrhaftige Chance von eins zu einer Million ist«, betonte Colon.

»Ich nehme an, das stimmt«, brummte Nobby.

»Eins zu 999 943, zum Beispiel …«, begann Colon.

Karotte schüttelte den Kopf. »Das wäre ganz und gar aussichtslos. Schließlich sagt niemand: ›Die Chance beträgt eins zu 999 943, aber es könnte klappen.‹«

Sie blickten über die Stadt, während sich hinter ihren Stirnen grimmige Mathematik entfaltete.

»Daraus könnten sich ernste Probleme für uns ergeben«, sagte Colon.

Karotte nahm seinen Notizblock zur Hand und kritzelte hingebungsvoll. Als sich seine beiden Kollegen nach dem Grund dafür fragten, erläuterte er seine Berechnungen in Bezug auf die Fläche einer Drachenhaut und wies auf die Wahrscheinlichkeit dafür hin, dass ein Pfeil genau die richtige Stelle traf.

»Ich ziele, wohlgemerkt«, sagte Colon. »Ich *ziele.*«

Nobby räusperte sich.

»In dem Fall ist die Chance sicher wesentlich kleiner als

eins zu einer Million«, kommentierte Karotte. »Vielleicht beträgt sie nur eins zu hundert. Wenn der Drache langsam fliegt und eine besonders große Ämpfindlichkeit hat, könnte es praktisch eine Gewissheit sein.«

Colons Lippen wölbten sich um folgende Worte: *Es ist eine Gewissheit, aber es könnte durchaus klappen.* Er schüttelte den Kopf. »Nee«, murmelte er.

»Also bleibt uns nur eins übrig«, sagte Nobby langsam. »Wir müssen die Wahrscheinlichkeit zu unseren Gunsten verändern ...«

Eine kleine Mulde zeigte sich im Mörtel des mittleren Gitterstabs. *Nicht viel,* dachte Mumm. *Aber wenigstens ein Anfang.*

»Möchtest du vielleicht, dass ich dir helfe?«, fragte der Patrizier.

»Nein.«

»Wie du meinst.«

Der Mörtel stellte kaum ein Problem dar, erwies sich als weich und spröde. Aber die Gitterstäbe waren tief im Gestein verankert, und unter den Rostschichten verbarg sich noch immer viel hartes Metall. Es dauerte sicher noch ziemlich lange, bis sich der erste Stab lösen ließ, doch die entsprechenden Bemühungen boten eine Ablenkung und erforderten herrlich wenig Gedankenarbeit. Mumm klammerte sich entschlossen an dieser Aufgabe fest und sah darin eine klar überschaubare Herausforderung. Er wusste ganz genau: Wenn er sich weiterhin Mühe gab, erzielte er irgendwann den erhofften Erfolg.

Zu denken gab ihm nur das *Irgendwann.* Irgendwann würde Groß-A'Tuin das Ende des Universums erreichen. Irgendwann erloschen die Sterne. Irgendwann beschloss Nobby vielleicht, ein Bad zu nehmen – obgleich diese Möglichkeit nur mit völlig neuen Vorstellungen in Hinsicht auf das Phänomen Zeit in Betracht gezogen werden konnte.

Mumm hackte erneut auf den Mörtel ein – und hielt jäh inne, als draußen etwas Kleines und Helles am Fenster vorbeisank.

»Eine Erdnussschale?«, murmelte er.

Das Gesicht des Bibliothekars, umgeben von rotbraunen Haaren, erschien hinter der vergitterten Öffnung. Verkehrt herum gesehen wirkte das breite Grinsen des Affen weniger furchteinflößend.

»Ugh?«

Der Orang-Utan sprang zu Boden, griff nach zwei Eisenstäben und zog. Die Muskeln in dem sackförmigen Leib zuckten in einem faszinierend komplexen Muster, und in stummer Konzentration klappte ein mit gelben Zähnen gefüllter Mund auf.

Es knirschte, und kurz darauf ertönte ein doppeltes *Krack!*, als sich die Stäbe aus dem Gestein lösten. Der Bibliothekar warf sie beiseite und griff in das Loch. Die längsten Arme des Gesetzes packten einen verblüfften Mumm unter den Schultern und zogen ihn durch die Öffnung.

Die Wächter prüften ihr Werk.

»Gut«, sagte Nobby. »Welche Chancen bestehen dafür, die Ämpfindlichkeit eines Drachen zu treffen, wenn der Bogenschütze auf einem Bein steht, den Hut schief auf dem Kopf trägt und ein Taschentuch im Mund hat?«

»Mmpf«, antwortete Colon.

»Sie sind ziemlich gering«, meinte Karotte. »Das mit dem Taschentuch erscheint mir allerdings ein wenig übertrieben.«

Colon spuckte es aus. »Entscheidet euch«, ächzte er. »Mir schläft allmählich das Bein ein.«

Mumm rollte über schmierige Kopfsteine, stemmte sich hoch und starrte den Bibliothekar an. Er hatte gerade etwas erlebt, das viele Menschen, meist unter weitaus unangenehmeren Umständen, als Schock empfanden – zum Beispiel dann, wenn in der *Geflickten Trommel* eine Rauferei begann und der Affe in aller Ruhe ein Glas Bier trinken wollte. Es lief auf Folgendes hinaus: Der Bibliothekar wirkte zwar wie ein ausgestopfter Gummisack, aber das Füllmaterial bestand aus Muskeln.

»Das war wirklich erstaunlich«, brachte Mumm hervor. Er sah auf das verbogene Metall hinab, und gerechter Zorn stieg in ihm auf, als er nach einem Gitterstab griff. »Du weißt nicht zufällig, wo Wonse steckt, oder?«

»Iiek!« Der Bibliothekar hielt ihm ein zerknittertes Stück Pergament unter die Nase. »Iiek!«

Mumm las die Worte.

Der gepriesene Drache, König der Könige ... genau um zwölf Uhr ... eine Jungfrau rein, und doch hochgeboren ... um zu schließen den Pakt zwischen Herrscher und Untertanen ...

»In meiner Stadt!«, knurrte er. »In meiner verdammten Stadt!«

Er grub die Hände ins Brusthaar des Affen und zog ihn bis auf Augenhöhe hoch.

»Wie spät ist es?«, rief er.

»Ugh!«

Ein langer rotbrauner Arm deutete nach oben, und Mumms Blick folgte dem ausgestreckten Zeigefinger. Die Sonne sah ganz wie ein glühender Himmelskörper aus, der fast den höchsten Punkt seiner Bahn erreicht hatte und sich darauf freute, langsam und gemütlich zum Horizont zu gleiten und dort unter die Bettdecke der Abenddämmerung zu kriechen …

»Ich werde es nicht zulassen, klar?«, donnerte Mumm und schüttelte den Affen.

»Ugh«, erwiderte der Bibliothekar geduldig.

»Was? Oh. Entschuldige.« Mumm setzte das haarige Geschöpf wieder auf dem Boden ab, und der Bibliothekar verzichtete auf weitere Bemerkungen. Ein Mann, der wütend genug war, um einen dreihundert Pfund schweren Orang-Utan hochzuheben, ohne sich dessen bewusst zu sein, hatte sicher zu viele andere Dinge im Sinn.

Mumm sah sich auf dem Hof um.

»Können wir diesen Ort verlassen?«, fragte er. »Ohne über die Mauern zu klettern, meine ich.«

Er wartete keine Antwort ab und eilte an der Wand entlang, bis er eine schmale, schmutzige Tür fand. Er trat sie auf. Die Tür war verriegelt gewesen, aber auch sie gab dem Zorn des Mannes nach. Der Bibliothekar folgte Mumm und bewegte sich dabei wie ein betrunkener Seemann auf dem Deck eines sturmgepeitschten Schiffes.

Die Küche auf der anderen Seite des Zugangs war fast leer. Das Personal hatte schließlich die Nerven verloren und entschieden, dass vorsichtige Köche nicht dort am Herd standen, wo es einen Magen gab, der für sie alle mehr als genug Platz bot. Zwei Palastwächter saßen am Tisch und aßen belegte Brötchen.

»Hört mal«, begann Mumm, als sie aufstanden, »ich möchte nicht gezwungen sein, euch …«

Die beiden Männer überhörten ihn einfach. Einer von ihnen holte eine Armbrust hervor.

»Ach, zur Hölle damit!« Mumm griff nach einem Schlachtermesser und warf es.

Das Messerwerfen erfordert nicht unerhebliches Geschick, und außerdem braucht man dazu das *richtige* Messer. Andernfalls verhält sich die scharfe Klinge wie in diesem Fall: Sie verfehlt das Ziel.

Der Wächter mit der Armbrust duckte sich zur Seite, hob den Kopf wieder und stellte fest, dass ein violetter Fingernagel den Auslösemechanismus blockierte. Er sah sich um. Der Bibliothekar versetzte ihm einen Schlag auf den Helm.

Der andere Wächter wich zurück und ruderte mit den Armen.

»Neineinein«, sagte er. »Es ist ein Missverständnis! Wozu möchtest du nicht gezwungen sein? Nettes Tier.«

»*Lieber* Himmel!«, entfuhr es Mumm. »Genau das falsche Wort!«

Er überhörte die entsetzten Schreie und suchte im Durcheinander der Küche, bis er ein Hackbeil fand. Mit Schwertern hatte er sich nie richtig anfreunden können, doch bei Hackbeilen lag der Fall ganz anders. Hackbeile waren schwer und dienten einem ganz bestimmen *Zweck*. Ein Schwert mochte würdevoll wirken – abgesehen von dem Exemplar, das Nobby gehörte und nur noch von Rost zusammengehalten wurde –, aber Hackbeile zeichneten sich durch die enorm beeindruckende Fähigkeit aus, Dinge in Stücke zu schlagen.

Mumm verließ den Biologieunterricht – die derzeitige Lektion bewies, dass Affen durchaus in der Lage waren, einen Menschen an den Waden zu packen, ihn umzudrehen und den Kopf mehrmals auf den Boden zu stoßen –, entdeckte eine vielversprechende Tür und sprang über die Schwelle. Erneut fand er sich auf einem Kopfsteinpflaster wieder, doch diesmal erstreckte es sich außerhalb des Palastes. Jetzt konnte er sich orientieren und …

Irgendetwas rauschte über ihm, und ein Windstoß blies nach *unten*, warf ihn von den Beinen.

Der König von Ankh-Morpork glitt mit ausgebreiteten

Schwingen über den Himmel und hockte sich kurz aufs Palasttor. Die Klauen kratzten tiefe Furchen ins Gestein, als sich der Schuppenriese von einer Seite zur anderen neigte, um das Gleichgewicht zu wahren. Das Sonnenlicht glitzerte auf dem gewölbten Rücken, als der Drache den langen Hals reckte, träges Feuer spuckte und dann wieder in die Luft sprang.

Ein animalisches Geräusch – es konnte nur von einem Säugetier stammen – entrang sich Mumms Kehle, als er durch leere Straßen lief.

Stille herrschte im Käsedick-Stammsitz. Die vordere Tür schwang langsam hin und her und ließ eine gewöhnliche, plebejische Brise ins Haus. Der Wind wanderte durch leere Zimmer, blickte sich neugierig um und hielt ganz oben auf den Möbeln nach Staub Ausschau. Er lief die Treppe hoch, öffnete die Tür von Sybil Käsedicks Schlafzimmer, ließ die Flaschen auf der Frisierkommode klirren und blätterte im Buch *Drachenkrankheiten*.

Ein sehr schneller Leser hätte sich über die Symptome von Gesenkten Fersen und der Zickzack-Kehle informieren können.

Abseits des Hauptgebäudes, im warmen, stinkenden Schuppen der Sumpfdrachen, wimmerte ein Errol, der an allen möglichen Krankheiten gleichzeitig zu leiden schien. Er saß nun in der Mitte seines Pferchs, zitterte immer wieder und stöhnte leise. Weißer Rauch kräuselte ihm aus den Ohren und sank zu Boden. Irgendwo in dem angeschwollenen Bauch brodelte, gurgelte und blubberte es laut. Es klang nach einem Bautrupp aus Zwergen, der während eines Gewitters damit beschäftigt war, Abwasserkanäle in porösem Kalkstein anzulegen.

Die Nüstern entwickelten ein seltsames Eigenleben und dehnten sich immer wieder.

Die anderen kleinen Drachen spähten über die Stalltüren und beobachteten Errol mit wachsender Besorgnis.

Ein gastrisches Donnern erklang. Errol wand sich schmerzerfüllt.

Die Sumpfdrachen wechselten bedeutungsvolle Blicke, bevor sie sich nacheinander auf dem Boden ausstreckten und die kleinen Tatzen über den Kopf hoben.

Nobby schürzte die Lippen.

»Ja, nicht übel«, sagte er. »Jetzt scheint alles in Ordnung zu sein. Welche Chancen bestehen dafür, die Ämpfindlichkeit eines Drachen zu treffen, wenn der Bogenschütze Ruß im Gesicht hat, die Zunge ausstreckt, auf einem Bein steht und das *Igellied* singt? Was meinst du, Karotte?«

»Eins zu einer Million, schätze ich«, erwiderte Karotte sofort.

Colon starrte seine beiden Kollegen an.

»Hört mal zu, Jungs«, brummte er, »ihr macht mir doch nichts vor, oder?«

Karotte sah auf den Platz hinab.

»Ach du meine Güte!«, entfuhr es ihm.

»Wasissn?« Colon drehte sich erschrocken um.

»Die Leute ketten eine Frau an den Felsen!«

Die Wächter blickten über den Dachrand. Auf dem Platz hatte sich eine große Menge eingefunden und beobachtete still die bleiche Gestalt, die zwischen fünf oder sechs Palastwächtern zappelte.

»Ich frage mich, wo sie den Felsen aufgetrieben haben«, murmelte Colon. »Hier besteht der Boden nur aus Lehm.«

»Tolles Frauenzimmer, wer auch immer sie sein mag«, sagte Nobby anerkennend, als sich einer der Wächter zusammenkrümmte und zu Boden sank. »Der Bursche weiß ein paar Wochen lang nicht mehr, wie er den Abend verbringen soll. Hat ein treffsicheres Knie, die Frau.«

»Kennen wir sie?«, fragte Colon.

Karotte kniff die Augen zusammen und sah genauer hin.

»Lady Käsedick!«, entfuhr es ihm verblüfft und entsetzt.

»Unmöglich!«

»Doch, er hat recht.« Nobby nickte. »Und sie trägt ein Nachthemd.«

»So weit ist es gekommen!«, zischte Colon. »Eine anständige Frau kann nicht mehr durch die Stadt gehen, ohne gefressen zu werden! Na schön, ihr Mistkerle. Ihr ... ihr seid, äh, *erwischt* ...«

»Feldwebel«, sagte Karotte gedehnt.

»Es heißt erledigt«, warf Nobby ein. »Das wolltest du sagen. Erledigt. Es heißt ›Ihr seid erledigt.‹«

»Meinetwegen!« schnappte Colon. »Ich zeig's den Halunken ...«

»Feldwebel!«

Nobby drehte sich ebenfalls um.

»O Mist!«, krächzte er.

»Ich treffe bestimmt«, versprach Colon und zielte.

»Feldwebel!«

»Seid endlich still. Ich kann mich nicht konzentrieren, wenn ihr dauernd ...«

»Der Drache kommt, Feldwebel!«

Der Drache flog schneller.

Die Umrisse der Dächer von Ankh-Morpork verschwammen, als er über sie hinwegraste. Trübe Luft strich mit einem dumpfen Fauchen an den Schwingen entlang. Der Hals war weit nach vorn gestreckt, und die Zündflammen in den großen Nüstern glühten wie Nachbrenner. Ein lautes Rauschen begleitete den Flug des Ungetüms, und es klang nach einem beginnenden Sturm…

Colons Hände zitterten. Der Drache schien direkt auf ihn zuzuhalten, und er kam so unglaublich schnell näher…

»Jetzt ist es so weit!«, rief Karotte und blickte mittwärts, für den Fall, dass die Götter ihre Pflicht vergessen hatten. Er sprach langsam und betonte jede einzelne Silbe, als er hinzufügte. »Die Chance ist eins zu einer Million, aber es könnte klappen!«

»Schieß endlich!«, drängte Nobby.

»Immer mit der Ruhe, ich ziele auf die ämpfindliche Stelle«, erwiderte Colon mit vibrierender Stimme. »Seid unbesorgt, Jungs. Ich hab's euch doch gesagt: Dies ist mein Glückspfeil. Ein guter Pfeil, dieser Pfeil, hatte ihn schon als junger Bursche, es würde euch sicher erstaunen zu erfahren, was ich damit getroffen habe, nein, macht euch keine Sorgen.«

Er zögerte, während der geflügelte Schrecken herankam.

»Äh, Karotte?«, fragte Colon nervös.

»Ja, Feldwebel?«

»Hat dir dein Großvater erzählt, wie die ämpfindlichen Stellen aussehen?«

Und dann näherte sich der Drache nicht mehr. Er war *da*, sauste dicht über die Wächter hinweg, ein düsteres Mosaik aus glänzenden Schuppen und dem Zischen verdrängter Luft. Das Ungeheuer schien den ganzen Himmel auszufüllen.

Colon ließ die Bogensehne los.

Der Pfeil sauste nach oben, dem Ziel entgegen.

Mumm lief nicht mehr übers feuchte Pflaster, sondern taumelte nur noch. Er war außer Atem und kam zu spät.

Es muss ein Albtraum sein, dachte er. *Der Held wird immer von etwas aufgehalten, aber trotzdem ist er im letzten Augenblick zur Stelle. Diesmal allerdings liegt der letzte Augenblick schon fünf Minuten zurück.*

Aber ich behaupte auch gar nicht, ein Held zu sein. Ich bin nicht mehr in Form, brauche etwas zu trinken, bekomme nur eine Handvoll Dollar im Monat und verzichte auf den Zuschlag für Federn. Ist das vielleicht die Bezahlung eines Helden? Nein, der Lohn von Helden besteht aus Königreichen und Prinzessinnen, und außerdem treiben sie regelmäßig Sport. Und wenn sie lächeln, glitzern ihre Zähne, und meistens erklingt dabei ein kristallenes Ping. Zur Hölle mit ihnen!

Schweiß brannte ihm in den Augen. Der Adrenalinschub, der ihn aus dem Palast gebracht hatte, ging zur Neige und wich bleierner Erschöpfung.

Mumm blieb stehen, stützte sich an eine Mauer, legte den Kopf in den Nacken, schnappte nach Luft … und sah die Gestalten auf dem Dach.

O nein!, fuhr es ihm durch den Sinn. *Sie sind ebenso wenig Helden wie ich! Was ist bloß in sie gefahren?*

Es war eine Chance von eins zu einer Million. Und vielleicht klappte es wirklich, in einem der vielen Millionen möglichen Universen.

Götter mögen so etwas sehr. Doch manchmal kann sich der Zufall selbst gegen die Götter durchsetzen – immerhin hat er 999 999 ausschlaggebende Stimmen.

In *diesem* Universum prallte der Pfeil von einer Schuppe ab und verschwand irgendwo.

Colon riss die Augen auf, als der Drachenschwanz über ihn hinwegzuckte.

»Ich habe ... nicht ... getroffen«, hauchte er.

»Aber das ist völlig unmöglich!« Er richtete einen verdutzten, ungläubigen Blick auf seine beiden Kameraden. »Verdammt, es war doch eine letzte verzweifelte Chance von eins zu einer Million!«

Der Drache neigte die Flügel, flog eine enge Kurve und kehrte zum Dach zurück.

Karotte packte Nobby an der Taille und griff nach Colons Schulter.

Tränen der Wut und Enttäuschung rollten über die Wangen des Feldwebels.

»Eine verdammte letzte verzweifelte Chance von eins zu einer verdammten Million!«

»Feldwebel ...«

Der Drache spie Feuer.

Es war ein außerordentlich gut gezielter Flammenstrahl, der das Dach wie Butter durchdrang.

Er verbrannte das Treppenhaus.

Er knisterte über dicke trockene Balken, die wie sprödes Sperrholz knickten. Er schnitt durch Rohrleitungen.

Wie die Faust eines zornigen Gottes zerschmetterte er die einzelnen Stockwerke und erreichte schließlich einen großen Kupferbottich mit tausend Gallonen frisch gebranntem Whisky.

Das Feuer entschloss sich zu einem Bad, sprang hinein und tauchte in hochprozentigen Alkohol.

Glücklicherweise betrug die Wahrscheinlichkeit dafür, dass jemand die nachfolgende Explosion überlebte, genau eins zu einer Million.

Ein gewaltiger Feuerball loderte gen Himmel und blühte wie eine Blume. Wie eine riesige, orangefarbene und gelbgestreifte Blume. Sie riss das Dach fort, wickelte es um den überraschten Drachen und trug ihn in einer wabernden Wolke aus glühenden Holzsplittern und halb geschmolzenen Rohrteilen gen Himmel.

Das Publikum beobachtete verwirrt, wie das Feuer nach den Wolken über der Stadt griff. Es achtete nicht auf Mumm, der sich schnaufend und keuchend einen Weg durch die Menge bahnte.

Er schob sich an einigen Palastwächtern vorbei und schlurfte so schnell wie möglich übers Pflaster. Niemand schenkte ihm Beachtung.

Nach einigen Metern blieb er stehen.

Es war kein Felsen, denn Ankh-Morpork stand auf Lehm. Es handelte sich vielmehr um einen wahrscheinlich viele tausend Jahre alten und von Mörtel zusammengehaltenen Mauerblock, der aus dem Fundament der Stadt stammen mochte. Ankh-Morpork hatte inzwischen ein solches Alter erreicht, dass die meisten Gebäude auf Ankh-Morpork gebaut worden waren.

Der Mauerblock ruhte in der Mitte des Platzes, und die darin eingelassenen Ketten fesselten Lady Sybil Käsedick. Sie schien ein Nachthemd und große Gummistiefel zu tragen. Gewisse Anzeichen deuteten darauf hin, dass sie sich ziemlich energisch zur Wehr gesetzt hatte, und einige Sekunden lang dachte Mumm voller Mitgefühl an die anderen Teilnehmer der Auseinandersetzung. Ihre Ladyschaft durchbohrte ihn mit einem wütenden Blick.

»Du!«

»Du!«

Mumm hob unsicher das Hackbeil.

»Aber warum ausgerechnet du?«, begann er.

»Hauptmann Mumm«, erwiderte Lady Käsedick scharf, »hör sofort auf, mit dem Ding herumzufuchteln. Ich erwarte von dir, dass du mich befreist, und zwar sofort!«

Mumm hörte gar nicht zu.

»Dreißig Dollar im Monat!«, stieß er hervor. »Dafür starben sie! Für dreißig Dollar im Monat! Und ich habe Nobbys Sold gekürzt. Es blieb mir gar keine andere Wahl, oder? Ich meine, bei dem Kerl würde selbst eine Melone die Geduld verlieren.«

»Hauptmann Mumm!«

Er blickte auf das Hackbeil hinab.

»Oh«, sagte er. »Ja. Natürlich!«

Es war ein gutes, scharfes Hackbeil aus Stahl, und die *alten* Ketten bestanden aus ziemlich rostigem Eisen. Er schlug darauf ein; Funken stoben von den Steinen.

Die Menge beobachtete ihn schweigend und reglos, doch einige Palastwächter eilten herbei.

»Zum Teufel auch, was tust du da?«, fragte einer von ihnen. Allem Anschein nach hatte er nicht viel Fantasie.

»Zum Teufel auch, was tut *ihr* da?«, knurrte Mumm und hob den Kopf.

Sie starrten ihn groß an.

»Wie?«

Mumm holte erneut aus und schlug zu. Mehrere Kettenglieder fielen zu Boden.

»Na schön, du forderst es heraus ...«, begann ein Wächter. Mumm rammte ihm den rechten Ellbogen in die Magengrube, und nur einen Sekundenbruchteil später trat er nach der Kniescheibe des anderen Mannes. Als sich der zweite Wächter zusammenkrümmte, kam der linke Ellbogen zum Einsatz und traf das Kinn.

»*Ihr* habt es herausgefordert«, brummte Mumm geistesabwesend und rieb sich den schmerzenden Arm.

Er nahm das Hackbeil in die andere Hand, hämmerte erneut auf die Kette und beobachtete aus den Augenwinkeln, dass sich weitere Gegner näherten. Aber sie liefen in der für Wächter typischen Weise. Mumm kannte sie gut. So liefen Männer, die dachten: *Wir sind eine große Gruppe. Soll ihn zuerst jemand anderer angreifen.* Und: *Er scheint bereit zu sein, jemanden zu töten. Niemand bezahlt mich dafür, getötet zu werden. Wenn ich noch etwas langsamer werde, läuft er vielleicht weg.*

Warum einen guten Tag verderben, indem man versuchte, jemanden festzunehmen?

Lady Käsedick schüttelte sich frei. Hier und dort wurden jubelnde Stimmen laut, und andere gesellten sich hinzu. Selbst unter den derzeitigen Umständen wussten die Bürger von Ankh-Morpork eine gute Vorstellung zu schätzen.

Ihre Ladyschaft hob eine Kette und schlang sie um die dicke Faust.

»Einige der Wächter wissen nicht, wie man eine Frau …«, begann sie.

»Keine Zeit, keine Zeit«, sagte Mumm und griff nach ihrem Arm. Ebenso gut hätte er versuchen können, einen Berg mit sich zu zerren.

Der Jubel verstummte plötzlich.

Ein anderes Geräusch ertönte hinter Mumm. Es war nicht besonders laut, doch dafür hörte es sich recht grässlich an. Es klang nach vier großen Klauen, die gleichzeitig das Pflaster berührten.

Mumm drehte sich langsam um und sah nach oben.

Ruß klebte an den Flanken des Drachen. Hier und dort steckte verkohltes Holz zwischen den Schuppen, und an einigen Stellen stieg dünner Rauch auf. Eine schwarze Patina bedeckte die so eindrucksvollen bronzefarbenen Schuppen.

Das Ungetüm senkte den Kopf, bis ihn nur noch ein knapper Meter von Mumm trennte. Dann versuchte es, den Blick auf den Mann zu richten.

Ein Fluchtversuch hat sicher überhaupt keinen Zweck, dachte Mumm. *Außerdem fehlt mir die Kraft dazu.*

Er spürte, wie sich Lady Käsedicks Hand um die seine schloss.

»Das hast du wirklich gut gemacht«, lobte sie. »Es hätte fast geklappt.«

Glühende Trümmerstücke regneten auf die Reste der Brennerei herab. Der Teich war kaum mehr als ein zähflüssiger Schutthaufen, auf dem sich eine dicke Schicht aus Asche gebildet hatte. Feldwebel Colon kroch aus der klebrigen Masse.

Auf allen vieren tastete er sich zum Ufer, wie eine maritime Lebensform, die entschlossen ist, sich nicht lange mit den Zwischenstadien der Evolution aufzuhalten.

Nobby lag wie ein undichter Frosch neben dem Teich.

»Bist du das, Nobby?«, fragte Colon besorgt.

»Ja, ich bin's, Feldwebel.«

»Das freut mich, Nobby.« Colon seufzte erleichtert.

»Ich wünschte, ich wär's nicht, Feldwebel.«

Colon goss das Wasser aus seinem Helm und runzelte die Stirn.

»Was ist mit dem jungen Karotte?«, fragte er.

Nobby stemmte sich benommen auf den Ellbogen hoch.

»Keine Ahnung«, sagte er. »Im einen Augenblick standen wir auf dem Dach, und im nächsten sind wir gefallen.«

Beide Wächter betrachteten den aschgrauen Teich.

»Ich nehme an, er kann schwimmen, oder?«, fragte Colon langsam.

»Keine Ahnung«, antwortete Nobby. »Er hat nie darüber gesprochen. Vermutlich hatte er in den Bergen kaum Gelegenheit, irgendwo zu schwimmen. Ich meine, wenn man genauer darüber nachdenkt ...«

»Aber vielleicht gibt es dort tiefe Bergflüsse und Tümpel mit kristallklarem blauen Wasser«, überlegte der Feldwebel hoffnungsvoll. »Und eiskalte Seen in verborgenen Tälern und dergleichen. Ganz zu schweigen von unterirdischen Meeren. Ich bin sicher, dass er eine Möglichkeit bekommen hat, schwimmen zu lernen. Bestimmt hat er den ganzen Tag über im Wasser geplanscht.«

Erneut starrten sie auf die schmierige, grauschwarze Oberfläche.

»Vielleicht lag es am Schützer«, sagte Nobby. »Vielleicht hat sich das Ding mit Wasser gefüllt und ihn zum Grund gezogen.«

Colon nickte düster.

»Ich halte deinen Helm«, fügte Nobby nach einer Weile hinzu.

»Ich bin dein Vorgesetzter!«

»Ja«, erwiderte Nobby bedächtig, »aber wenn du dort drin versinkst, möchtest du sicher, dass dein bester Mann am Ufer steht, um dich zu retten, nicht wahr?«

»Das klingt ... vernünftig«, räumte Colon schließlich ein. »Ein guter Hinweis.«

»Meine ich auch.«

»Die Sache hat nur einen Haken ...«

»Und der wäre?«

»Ich kann nicht schwimmen«, sagte Colon.

»Wie hast du dann das Ufer erreicht?«

Colon zuckte die Schultern. »Ich gehe nie unter, sosehr ich mich auch bemühe.«

Einmal mehr glitten die Blicke der beiden Wächter zum trüben Teichwasser. Nach einer Weile drehte Colon den Kopf und sah Nobby an. Der Korporal nahm widerstrebend den Helm ab.

»Ist da noch jemand drin?«, fragte Karotte hinter ihnen.

Sie drehten sich um. Karotte rieb sich Schlamm aus einem Ohr. Hinter ihm schwelten die Reste der Brennerei.

»Entschuldigt bitte, dass ich nicht auf euch gewartet habe«, sagte er munter. »Ich hielt es für besser, nach dem Rechten zu sehen.« Er deutete auf ein Tor am Rande des Hofes. Es hing schief in den Angeln.

»Oh«, erwiderte Nobby leise. »Gut.«

»Das Tor führt zu einer Straße«, erklärte Karotte.

»Dort lauert doch kein Drache, oder?«, fragte Colon argwöhnisch.

»Es sind weder Drachen noch Menschen zugegen«, sagte Karotte ungeduldig. »Es ist überhaupt niemand in der Nähe. Kommt!«

»Wohin?« Nobby holte einen feuchten Zigarettenstummel hinter dem Ohr hervor und betrachtete ihn kummervoll. Ganz offensichtlich ließ sich nicht mehr viel damit anfangen. Er versuchte trotzdem, ihn zu entzünden.

»Wir wollen gegen den Drachen kämpfen, stimmt's?«, meinte Karotte.

Colon verlagerte das Gewicht ungemütlich von einem Bein aufs andere. »Ja, aber was hältst du davon, wenn wir zuerst nach Hause gehen und uns umziehen?«

»Bei der Gelegenheit könnten wir auch was Warmes trinken«, schlug Nobby vor.

»Und etwas essen«, fügte Colon hinzu. »Zum Beispiel einen leckeren Teller ...«

»Ihr solltet euch schämen«, sagte Karotte. »Eine Frau ist in Not, und außerdem gilt es, einem Drachen das Handwerk zu legen. Aber ihr denkt nur an euren Bauch.«

»Oh, nicht nur daran«, brummte Colon. »Auch an die Haut.«

»Vielleicht haben nur wir die Möglichkeit, Ankh-Morpork vor der totalen Zerstörung zu bewahren!«

»Ja, aber ...«, begann Nobby.

Karotte zog sein Schwert und hob es über den Kopf.

»Hauptmann Mumm wäre sicher sofort in den Kampf gezogen«, sagte er. »Alle für einen!«

Er warf den beiden anderen Wächtern einen finsteren Blick zu und stürmte vom Hof.

Colon wandte sich an Nobby und hob die Schultern.

»Die jungen Leute von heute«, kommentierte er.

»Alle für einen?«, wiederholte der Korporal.

Der Feldwebel seufzte. »Na schön. Komm!«

»Oh. Meinetwegen.«

Sie stapften zur Straße. Weit und breit zeigte sich niemand.

»Wohin ist er verschwunden?«, fragte Nobby.

Karotte trat aus den Schatten und grinste breit.

»Ich wusste doch, dass ich mich auf euch verlassen kann. Folgt mir!«

»Der Junge ist irgendwie seltsam«, bemerkte Colon, als sie übers Pflaster hinkten. »Ist dir aufgefallen, dass er uns immer wieder dazu bringt, ihm zu folgen?«

»Alle für einen was?«, murmelteNobby.

»Vielleicht liegt's an seiner Stimme.«

»Ja, aber alle für einen was?«

Der Patrizier seufzte, fügte das Lesezeichen ein und legte das Buch beiseite. Nach den Geräuschen zu urteilen, ging es draußen ziemlich hektisch zu. Das brachte einen Vorteil mit sich: Bestimmt weilten derzeit keine Palastwächter in der Nähe. Die Wächter waren sehr gut ausgebildet, und solche Männer wollte Lord Vetinari nicht verschwenden.

Er brauchte sie später noch.

Er ging zur Wand und drückte auf einen kleinen Steinblock, der ebenso aussah wie alle übrigen kleinen Steinblöcke. Doch kein anderer kleiner Steinblock hätte diese Wirkung erzielt: Mit angemessenem Knirschen glitt ein Teil der Mauer beiseite.

Die Öffnung enthielt sorgfältig ausgewählte Dinge: einige eiserne Rationen, Kleidung, mehrere Schachteln mit kostbarem Schmuck, Edelsteinen und diversen Werkzeugen. Hinzu kam ein Schlüssel. Man baue niemals einen Kerker, den man nicht verlassen kann.

Der Patrizier nahm den Schlüssel und schlenderte zur Tür. Als sich die stählernen Bärte in gut geölten Rillen drehten, fragte sich Lord Vetinari noch einmal, ob es besser gewesen wäre, Mumm auf den Schlüssel hinzuweisen. Nein, der Mann schien ganz versessen darauf gewesen zu sein, ohne solche Hilfsmittel zu entkommen. Wahrscheinlich hätte es ihn sehr enttäuscht, von dem Schlüssel zu erfahren. Möglicherweise wäre dadurch sein Weltbild verändert worden. Der Patrizier brauchte Mumm und sein Weltbild.

Lord Vetinari öffnete die Tür und wanderte stumm durch die Ruinen des Palastes.

Sie erzitterten, als Ankh-Morpork zum zweiten Mal innerhalb weniger Minuten erbebte.

Die Drachenpferche explodierten. Alle Fenster splitterten. Die Tür flog aus dem Rahmen, segelte auf einer Wolke aus schwarzem Rauch durch die Luft, neigte sich dem Boden entgegen und stürzte in die Rhododendronbüsche.

Etwas sehr Energetisches und Heißes geschah im Stall. Noch mehr Qualm quoll fett und dick und ölig daraus hervor. Eine Wand faltete sich zusammen, und eine andere fiel träge auf den Rasen.

Sumpfdrachen sausten mit der Zielstrebigkeit von Champagnerkorken aus den Trümmern und schlugen wie wild mit den Flügeln.

Nach wie vor wogte Rauch, doch irgendwo darin leuchtete grelles weißes Licht und stieg auf.

Es passierte ein zerstörtes Fenster und geriet außer Sicht, doch kurz darauf erschien es wieder. Eine Dachpfanne drehte sich auf Errols Kopf, als er aus dem von ihm selbst verursachten Qualm flog und gen Himmel schwebte.

Sonnenschein glitzerte auf seinen silbernen Schuppen, während er in einer Höhe von etwa dreißig Metern schwebte, sich umwandte und auf der eigenen Flamme ritt …

Mumm, der auf dem Platz den Tod erwartete, stellte plötzlich fest, dass sein Mund offen stand. Er schloss ihn wieder.

Die Stadt schwieg, und nur Errols Zischen war zu hören.

Sie können ihr Verdauungssystem verändern, erinnerte sich Mumm verwirrt. *Um es den jeweiligen Erfordernissen anzupassen. Bei ihm funktioniert es jetzt genau anders herum: Aber die Dingsda, seine Gene … Sie haben ihn bereits darauf vorbereitet. Kein Wunder, dass der kleine Kerl nur stummelförmige Schwingen hat. Der Körper wusste, dass er gar keine größeren benötigt. Er braucht sie nur zum Steuern.*

Und dann: *Heiliger Himmel! Ich sehe den ersten Drachen, der sein Feuer nach hinten spuckt.*

Mumm riskierte einen Blick direkt nach oben. Der große

Drache war erstarrt; seine riesigen roten Augen konzentrierten sich auf das winzige Geschöpf.

Der König von Ankh-Morpork stieß eine herausfordernde Flamme aus, hob die Schwingen und sprang in die Luft. Alle menschlichen und daher eher banalen Angelegenheiten waren vergessen.

Mumm drehte sich mit einem Ruck zu Lady Käsedick um.

»Wie kämpfen sie?«, fragte er rasch. »Wie kämpfen Drachen?«

»Ich ... Das heißt, na ja, sie schlagen sich gegenseitig mit den Flügeln und schleudern Feuer«, antwortete Ihre Ladyschaft. »Das gilt jedenfalls für Sumpfdrachen. Ich meine, wer hat jemals einen der erhabenen Drachen beim Kampf beobachtet?« Sie klopfte auf ihr Nachthemd. »Ich muss mir Notizen machen. Wo ist nur mein Block ...?«

»Trägst du ihn in einer Tasche deines *Nachthemds?*«

»Erstaunlicherweise kommen einem die besten Ideen, wenn man im Bett liegt. Ich bin immer vorbereitet.«

Flammen prasselten dort, wo eben noch Errol gewesen war, doch er befand sich bereits woanders. Der König versuchte, sich mitten in der Luft um die eigene Achse zu drehen. Der wesentlich kleinere Drache flog im Kreis und ließ dabei mehrere Rauchringe hinter sich zurück, die ein komplexes Gespinst bildeten – in dessen Mitte sich der Herrscher von Ankh-Morpork hilflos hin und her wand. Längere und heißere Flammenzungen leckten, aber sie verfehlten Errol.

Die Zuschauer beobachteten das Duell mit lautloser Faszination.

»Hallo, Hauptmann!«, erklang eine schmeichlerische Stimme.

Mumm senkte den Kopf. Ein kleiner stinkender und als Nobby verkleideter Tümpel grinste ihn an.

»Ich habe euch für tot gehalten!«, platzte es aus Mumm heraus.

»Wir sind quicklebendig«, erwiderte Nobby.

»Oh. Gut.« Mehr fiel Mumm nicht ein.

»Was hältst du von dem Kampf?«

Mumm sah wieder nach oben. Über den Dächern der Stadt bildeten sich komplizierte Rauchspiralen.

»Ich fürchte, Errol hat keine Chance«, sagte Lady Käsedick. »Oh. Hallo, Nobby!«

»Guten Tag, gnä' Frau«, grüßte der Korporal höflich und hob dabei die Hand zur vermeintlichen Stirnlocke.

»Was soll das heißen, er hat keine Chance?«, brummte Mumm. »Seht nur! Der Große hat ihn kein einziges Mal getroffen!«

»Ja, aber Errol zielt immer sehr gut, und trotzdem zeigt sich der Gegner völlig unbeeindruckt. Ich glaube, sein Feuer ist nicht heiß genug. Oh, er weicht immer aus, zugegeben. Doch er braucht jedes Mal Glück, während der andere Drache nur *einmal* etwas Glück benötigt.«

Die Bedeutung dieser Worte senkte sich wie ein schweres Gewicht herab.

»Soll das heißen«, sagte Mumm, »dass Errol nur eine *Schau* abzieht? Dass er den Großen *beeindrucken* will?«

»Ihn trifft keine Schuld«, warf Colon ein und materialisierte hinter ihnen. »Ist wie mit Hunden, nichwahr? Er begreift überhaupt nicht, mit *wem* er es zu tun hat. Wahrscheinlich sieht er nur eine harmlose Balgerei darin.«

Beiden Drachen schien klar zu werden, dass der Kampf in die allgemein bekannte Sackgasse eines klatschianischen Patts geraten war. Ein weiterer Rauchring entstand, gefolgt von einer weißen Flamme, und dann wichen die beiden Gegner voneinander zurück, bis der Abstand zwischen ihnen einige Hundert Meter betrug.

Der König schwebte und schlug schneller als sonst mit

den Flügeln. Höhe. Darauf kam es an. Wenn Drachen gegeneinander kämpften, bot Höhe einen beträchtlichen Vorteil …

Errol tanzte auf seiner Flamme und schien zu überlegen.

Dann trat er lässig mit den Hinterbeinen – es sah aus, als beherrschten Drachen seit Jahrmillionen das Balancieren auf den eigenen Verdauungsgasen –, schlug einen eleganten Purzelbaum und floh. Für einen Sekundenbruchteil verwandelte er sich in einen silbernen Streifen, und dann war er über die Stadtmauer hinweg und verschwunden.

Ein Stöhnen folgte ihm. Es stammte aus zehntausend Kehlen.

Mumm warf die Arme hoch.

»Mach dir keine Sorgen, Chef«, sagte Nobby rasch. »Bestimmt will er nur, äh, was trinken oder so. Vielleicht ist dies das Ende der ersten Runde. Könnte doch sein, oder?«

»Ich meine, er hat unseren Kessel und das andere Zeug verspeist«, fügte Colon unsicher hinzu. »Er würde sich nicht einfach aus dem Staub machen, nachdem er einen Kessel gefressen hat. Ist doch logisch. Ich meine, wer einen Kessel verdauen kann, braucht sich vor nichts zu fürchten.«

»Und mein Poliermittel«, warf Karotte ein. »Die Dose hat fast einen ganzen Dollar gekostet.«

»Na bitte«, brummte Colon. »Ich sag's ja.«

»Jetzt hört mir mal gut zu«, erwiderte Mumm und versuchte mühsam, nicht die Beherrschung zu verlieren. »Errol ist ein niedlicher Sumpfdrache. Ein netter kleiner Kerl, den ich ebenso sehr mag wie ihr. Aber bei allen Göttern, er hat gerade eine sehr vernünftige Entscheidung getroffen. Meine Güte, er will sich nicht verbrennen lassen, nur um uns zu retten. Ihr solltet euch endlich damit abfinden, dass es im Leben anders zugeht.«

Der große Drache stolzierte durch die Luft und richtete seinen Flammenstrahl auf einen nahen Turm. Er hatte gewonnen.

»So etwas habe ich zum ersten Mal beobachtet«, ließ sich Lady Käsedick vernehmen. »Normalerweise kämpfen Drachen bis zum Tod.«

»Dann gibt es wenigstens ein vernünftiges Exemplar«, sagte Mumm verdrießlich. »Seid doch ehrlich: Die Wahrscheinlichkeit dafür, dass ein so kleines Geschöpf wie Errol den großen Drachen besiegt, ist eins zu einer Million.«

Es schloss sich jene Art von Stille an, die man nur dann bekommt, wenn ein hoher klarer Ton erklingt und die Welt den Atem anhält.

Die Wächter wechselten bedeutungsvolle Blicke.

»Eins zu einer Million?«, wiederholte Karotte fasziniert.

»Nicht mehr und nicht weniger«, bestätigte Mumm. »Eins zu einer Million.«

Colon, Nobby und Karotte nickten langsam.

»Eins zu einer Million«, wiederholte der Feldwebel.

»Eins zu einer Million«, pflichtete ihm der Korporal bei.

»In der Tat«, sagte der Obergefreite. »Eins zu einer Million.«

Erneut folgte ein hochfrequentes Schweigen. Die Wächter fragten sich, wer es aussprechen würde.

Feldwebel Colon holte tief Luft.

»Aber es könnte klappen«, sagte er.

»Wovon redest du da?«, fragte Mumm scharf. »Es ist doch völlig absurd anzunehmen ...«

Nobby stieß ihn in die Rippen und deutete über die Ebene.

Weit jenseits der Stadtmauern hatte sich eine Säule aus schwarzem Rauch gebildet. Mumm kniff die Augen zusammen. Ein silbernes Geschoß flog vor dem Qualm und jagte über die Kohlfelder.

Der große Drache bemerkte es ebenfalls. Er spuckte zorniges Feuer, schlug mit den breiten Schwingen und stieg höher.

Jetzt wurde Errols Flamme sichtbar – sie war so heiß, dass

sie fast blau glühte. Mit unglaublicher Geschwindigkeit raste die Landschaft unter ihm hinweg, und er beschleunigte noch immer.

Vor ihm hob der König die Klauen. Das riesige Wesen schien zu grinsen.

Errol wird gegen den Großen prallen, dachte Mumm. *Und wenn er dabei explodiert ... Steht uns bei, ihr Götter!*

Draußen auf den Feldern geschah etwas Seltsames. Dicht hinter Errol schien sich der Boden von ganz allein zu pflügen und Kohl in die Luft zu schleudern. Eine Hecke platzte auseinander und schien sich in Sägemehl zu verwandeln ...

Völlig lautlos passierte Errol den Stadtwall: die Schwingen kaum mehr als Andeutungen an seinen Flanken, der Kopf nach vorn gestreckt, der Körper keilförmig mit einer Flamme dahinter. Sein Gegner begrüßte ihn mit prasselndem Feuer. Mumm beobachtete, wie der kleine Sumpfdrache einen Flügelstummel zur Seite neigte und der Glut mühelos auswich. Und dann war er vorbei, sauste in der gleichen gespenstischen Stille in Richtung Meer.

»Er hat das Ziel verf...«, begann Nobby.

Die Luft zerriss. Von einem Augenblick zum anderen donnerte und krachte es über der Stadt; die Druckwelle zertrümmerte Dachpfannen und schleuderte Schornsteine beiseite. Etwas packte den König und zerrte ihn in den akustischen Strudel, warf ihn hin und her, hämmerte auf ihn ein. Mumm hielt sich die Ohren zu und sah, wie der große Drache verzweifelt Feuer spie, sich immer wieder um die eigene Achse drehte und zum Zentrum einer Spirale aus lodernden Flammen wurde.

Magie knisterte über seinen Flügeln, und er schrie wie ein schmerzerfülltes Nebelhorn. Dann schüttelte er benommen den Kopf und flog einen weiten Bogen.

Mumm stöhnte. Der Schuppenriese hatte etwas überlebt, das dicke Mauern zerstörte. Was war nötig, um ein *solches*

Wesen zu besiegen? *Es hat keinen Sinn, dagegen zu kämpfen,* dachte Mumm niedergeschlagen. *Man kann es nicht verbrennen. Mann kann es nicht zerschmettern. Es ist die personifizierte Kunst des Überlebens.*

Der Drache landete. Es war keine vollendete Landung. Eine vollendete Landung hätte sicher nicht mehrere Häuser zerstört. Sie fand ganz langsam statt, schien ziemlich lange zu dauern und schuf eine Schuttschneise in der Stadt.

Der Große schlug hilflos mit den Flügeln und reckte mehrmals den Hals. Ab und zu flackerten Flammen, als das gewaltige Wesen durch altes Mauerwerk und herabgestürzte Strohdächer rutschte. Hinter ihm brachen mehrere Feuer aus.

Schließlich blieb der Drache am Ende der langen Furche liegen, unter einem großen Haufen aus vormaliger Architektur.

Die Stille wurde von jemandem unterbrochen, der eine weitere Löschkette zu organisieren versuchte.

Dann geriet das Publikum in Bewegung.

Von oben betrachtet sah Ankh-Morpork sicher wie ein in Aufregung geratener Ameisenhaufen aus. Zahllose winzige Gestalten wogten dem Drachen entgegen.

Die meisten von ihnen besaßen Waffen.

Viele trugen Speere.

Manche hielten Schwerter bereit.

Und sie alle hatten nur eins im Sinn.

»Wisst ihr was?«, fragte Mumm. »Dies wird der erste demokratisch getötete Drachen. Jeder Bürger darf einmal zustoßen.«

»Du musst etwas dagegen unternehmen«, sagte Lady Käsedick fest. »Du darfst nicht zulassen, dass man ihn umbringt.«

Mumm sah sie groß an und blinzelte verwirrt.

»Wie bitte?«

»Er ist verwundet!«

»Darum ging's doch, nicht wahr, gnä' Frau?«, erwiderte Mumm. »Außerdem: Er ist nur betäubt.«

»Ich meine, du kannst nicht erlauben, dass man ihn auf *diese* Weise tötet«, beharrte Ihre Ladyschaft. »Armes Ding!«

»Was erwartest du denn von mir?«, blaffte Mumm. Sein Geduldsfaden zerfranste immer mehr. »Soll ich ihn mit Teersalbe einreiben, damit er wieder zu Kräften kommt? Wie wär's, wenn wir ihm ein gemütliches Plätzchen vor dem Kamin anbieten, hm?«

»Die Leute wollen ihn abschlachten!«

»Ich habe nichts dagegen!«

»Aber es ist ein Drache, und deshalb verhält er sich wie ein Drache! Er wäre nie hierhergekommen, wenn man ihn in Ruhe gelassen hätte!«

Lieber Himmel!, dachte Mumm. *Das Biest wollte sie fressen, aber trotzdem hat sie Mitgefühl.* Er zögerte. Vielleicht gab ihr diese Einstellung das Recht auf eine eigene Meinung ...

Feldwebel Colon kam etwas näher, während sich Mumm und Lady Käsedick bleich und zornig anstarrten. Mit wachsender Verzweiflung trat er von einem feucht quatschenden Fuß auf den anderen.

»Du solltest besser mitkommen, Hauptmann«, drängte er. »Dort drüben ist gleich die Hölle los!«

Mumm winkte ab. »Soweit es mich betrifft«, antwortete er und mied dabei Lady Käsedicks durchdringenden Blick, »können die Leute ruhig von ihren Waffen Gebrauch machen.«

»Das meine ich nicht«, sagte Colon. »Es geht um Karotte. Er will den Drachen verhaften.«

Mumm blinzelte erneut.

»Was meinst du mit *verhaften?*«, fragte er. »Meinst du wirklich das, was ich glaube?«

»Könnte durchaus sein, Herr«, entgegnete Colon unsicher. »Ich halte es nicht für ausgeschlossen. Karotte war wie der Blitz auf dem Schutthaufen, griff nach einer Schwinge und sagte: ›Hab dich, Bürschchen!‹ Konnte es kaum fassen, Herr. Und noch etwas, Herr ...«

»Ja?«

Der Feldwebel gestikulierte vage und suchte nach den richtigen Worten. »Herr, du hast uns doch darauf hingewiesen, dass Gefangene nicht verletzt werden dürfen ...«

Ein ziemlich großer und schwerer Dachbalken strich trügerisch langsam durch die Luft. Die in unmittelbarer Nähe stehenden Ankh-Morporkianer verstanden die Botschaft und hielten es für angeraten, einige Meter zurückzuweichen.

»*Nun*«, sagte Karotte, hielt den Balken in einer Hand und schob mit der anderen seinen Helm zurück, »ich hoffe, ich habe mich klar genug ausgedrückt.«

Mumm bahnte sich einen Weg durch die dichte Menge und beobachtete die große Gestalt auf dem hohen Haufen, der aus Schutt und Schuppen bestand. Karotte drehte sich langsam um und hob den Balken wie einen Knüppel. Sein Blick ähnelte dem hellen Lichtstrahl eines Leuchtturms. Wo er auf die Bürger fiel, ließen die Leute voller Unbehagen ihre Waffen sinken.

»Ich warne euch«, fuhr Karotte fort. »Wer einen Wächter bei der Ausübung seiner Pflicht behindert, macht sich eines schweren Vergehens schuldig. Wer als nächster einen Stein nach mir wirft, wird von mir mit unnachgiebiger Strenge zur Verantwortung gezogen.«

Ein Stein prallte an der Seite seines Helms ab. Zornige Stimmen erklangen.

»Wir wollen den Drachen erledigen!«

»Geh endlich aus dem Weg!«

»Wir lassen uns nicht von Wächtern herumkommandieren!«

»Eingebildetum Kerlum militarum!«

»Wie? Ja!«

Mumm zog den Feldwebel zu sich heran. »Hol Seile. Möglichst viele Seile. Und sie müssen dick sein. Ich nehme an, wir können, äh, die Schwingen fesseln und auch den Rachen zubinden, damit das Biest kein Feuer mehr spucken kann.«

Colon musterte ihn verdutzt.

»Meinst du das im Ernst, Herr? Du willst den Drachen wirklich *verhaften?*«

»Worauf wartest du noch?«

Er ist bereits verhaftet, dachte Mumm, als er den Weg fortsetzte. *Ich persönlich hätte es vorgezogen, das Mistvieh im Meer zu versenken, aber jetzt ist es verhaftet. Wir müssen es in Gewahrsam nehmen oder freilassen. Eine andere Alternative gibt es nicht.*

Als er die Empfindungen der Menge spürte, verflüchtigte sich sein eigener Zorn. Was sollten sie mit dem Drachen anstellen? *Eine Gerichtsverhandlung*, dachte er. *Wir verurteilen ihn, und anschließend findet die Hinrichtung statt. Nein; wir töten ihn nicht einfach – so etwas steht nur irgendwelchen Helden in der Wildnis zu. In Städten kann man nicht auf diese Weise vorgehen. Das heißt, man kann es schon, aber wenn man damit beginnt, sollte man gleich alles niederbrennen und noch einmal von vorn anfangen. Es kommt darauf an, nach den, äh, Vorschriften zu handeln.*

Mumm nickte, zufrieden mit sich selbst.

Ja, genau. Wir haben alles andere versucht. Und jetzt probieren wir es zur Abwechselung mit dem Gesetz.

Außerdem steht dort oben ein Stadtwächter, fügte er in Gedanken hinzu. *Wir müssen zusammenhalten. Weil kaum jemand etwas mit uns zu tun haben will.*

Ein stämmiger Mann vor ihm holte mit einem halben Ziegelstein aus.

»Wenn du das Ding wirfst, bist du eine halbe Sekunde später tot«, sagte Mumm. Unmittelbar darauf zog er den Kopf ein und eilte durchs allgemeine Gedränge, während sich der Mann überrascht umsah.

Karotte hielt den Balken zum Zuschlagen bereit, als Mumm den Schutthaufen erkletterte.

»Oh, du bist's, Hauptmann«, sagte er und ließ den improvisierten Knüppel sinken. »Ich melde hiermit die Verhaftung …«

»Ich weiß, ich weiß«, kam ihm Mumm zuvor. »Hast du irgendwelche Vorschläge in Bezug darauf, was wir jetzt unternehmen sollen?«

»O ja, Herr«, erwiderte Karotte. »Ich muss dem Gefangenen seine Rechte vorlesen.«

»Abgesehen davon, meine ich.«

»Nein, Herr, eigentlich nicht.«

Mumm betrachtete die zwischen den Trümmern sichtbaren Drachenteile. Wie *konnte* man ein solches Wesen töten? Die Hinrichtung dauerte sicher Stunden, und ihr Erfolg blieb fragwürdig.

Ein kleiner Stein prallte an seinem Brustharnisch ab.

»Wer war das?«

Die Stimme hatte die gleiche Wirkung wie eine Peitsche.

Stille herrschte.

Sybil Käsedick stapfte mit glühenden Augen heran und ließ einen wütenden Blick über die Menge schweifen.

»Ich habe gefragt: Wer war das?«, wiederholte sie scharf. »Wenn sich die betreffende Person nicht *sofort* zu erkennen gibt, werde ich *sehr* zornig! Ihr solltet euch was schämen!«

Ihre Ladyschaft genoss nun die volle Aufmerksamkeit aller Anwesenden. Einige Leute, die ebenfalls nach Steinen gegriffen hatten, ließen sie möglichst unauffällig fallen.

Lady Käsedicks Nachthemd flatterte im Wind, als sie eine besonders strenge Haltung einnahm.

»Hier stehen der *edle* Hauptmann Mumm …«

»O Himmel«, ächzte Mumm und zog sich den Helm über die Augen.

»... und seine *kühnen* Männer, die so *mutig* waren, heute hierherzukommen, um euch zu retten ...«

Mumm griff nach Karottes Arm und führte den Obergefreiten zur Seite.

»Ist alles in Ordnung mit dir, Hauptmann?«, fragte Karotte. »Du bist ganz rot im Gesicht.«

»Fang *du* nicht auch noch an!«, erwiderte Mumm scharf. »Nobbys und Colons Spott ist schon schlimm genug.«

Zu seinem großen Erstaunen klopfte ihm Karotte kameradschaftlich auf die Schulter.

»Ich verstehe dich«, sagte er voller Mitgefühl. »Ich hatte eine Freundin zu Hause, sie hieß Minty, und ihr Vater ...«

»Zum *letzten* Mal, es gibt absolut *nichts* zwischen mir und ...«, begann Mumm.

Etwas klapperte neben ihm, und eine kleine Lawine aus Mörtel und Stroh rutschte am Hang des Schutthaufens herab. Die Trümmer hoben sich und öffneten ein Auge. Eine große schwarze Pupille, die in blutrotem Glühen schwebte, versuchte den Blick auf Mumm zu richten.

»Wir müssen übergeschnappt sein«, stöhnte der Hauptmann.

»O nein, Herr«, widersprach Karotte. »Es gibt viele Präzedenzfälle. Im Jahr 1135 wurde eine Henne verhaftet, weil sie am Seelenkuchendonnerstag gackerte. Während der Herrschaft des Psychoneurotischen Lord Schraubelocker verurteilte man mehrere Fledermäuse zum Tod, weil sie gegen die abendliche Ausgangssperre verstießen. Das geschah 1401. Im August, glaube ich. Ach, eine glorreiche Zeit für das Gesetz«, kommentierte Karotte verträumt. »1321 leitete man ein strafrechtliches Verfahren gegen eine Wolke ein, die sich während der Amtseinführung des Nervösen Herzogs Hargath vor die Sonne schob.«

»Ich hoffe, Colon kehrt bald zu…« Mumm unterbrach sich. Er *musste* Bescheid wissen. »Wie?«, fragte er. »Wie bestraft man eine Wolke?«

»Der Herzog ließ sie steinigen«, erklärte Karotte. »Dabei kamen einunddreißig Menschen ums Leben.« Er holte sein Notizbuch hervor und starrte auf den Drachen.

»Glaubst du, dass er uns hören kann?«, fragte er.

»Ich denke schon.«

»Nun gut.« Karotte holte tief Luft und wandte sich an das benommene Reptil. »Es ist meine Pflicht, dich darauf hinzuweisen, dass man in folgenden Punkten gegen dich Anklage erheben wird. Eins (eins) i, am oder ungefähr am vergangenen 18. Gruni hast du an einem Ort namens Schätzchengasse, in den Schatten, unerlaubtes Feuer gespuckt und dich dadurch der schweren Körperverletzung schuldig gemacht, was gegen Klausel Sieben des Arbeitsschutzgesetzes von 1508 verstößt. UND eins (zwei) ii, am oder ungefähr am vergangenen 18. Gruni hast du an einem Ort namens Schätzchengasse, in den Schatten, den Tod von sechs unbekannten Personen verursacht beziehungsweise fahrlässig herbeigeführt…«

Mumm fragte sich, wie lange der Drache brauchte, um sich aus dem Schutthaufen zu befreien. Wahrscheinlich nicht lange genug. Der Hauptmann befürchtete, dass Karotte einige Wochen benötigte, um die vollständige Anklageliste zu verlesen…

Die Menge schwieg. Selbst Lady Käsedick wirkte verblüfft.

»Was ist denn los?«, knurrte Mumm und musterte die nach oben blickenden Gesichter. »Habt ihr noch nie gesehen, wie ein Drache verhaftet wird?«

»… sechzehn (drei) ii, du hast in der Nacht des vergangenen 24. Gruni ein als Altes Wachhaus, Ankh-Morpork, Wert etwa zweihundert Dollar, bekanntes Gebäude verbrannt oder fahrlässig in Flammen aufgehen lassen. UND sechzehn (drei) iii, du hast in der Nacht des vergangenen 24. Gruni einen Wächter in der Ausübung seiner Pflicht …«

»Ich glaube, wir sollten uns etwas beeilen«, flüsterte Mumm. »Der Drache wird immer unruhiger. Ist dies alles wirklich nötig?«

»Vielleicht lassen sich die verschiedenen Anklagepunkte zusammenfassen«, erwiderte Karotte. »Unter außergewöhnlichen Umständen bieten Breggs Regeln der …«

»Vielleicht überrascht es dich zu erfahren, dass wir es derzeit mit *sehr* außergewöhnlichen Umständen zu tun haben«, sagte Mumm. »Sie werden sogar noch viel außergewöhnlicher, wenn Colon nicht bald Seile bringt.«

Erneut kam Bewegung in den Schutthaufen, als sich der Drache aufzurichten versuchte. Ein dicker langer Balken fiel mit einem dumpfen Pochen zur Seite. Das Publikum wich zurück, und einige besonders vorsichtige Bürger fanden, dass sie genug gesehen hatten.

Genau in diesem Augenblick kehrte Errol mit einigen kleinen Explosionen über die Dächer zurück und hinterließ mehrere Rauchringe. Er flog tiefer, raste über die Menge hinweg und veranlasste Hunderte von Zuschauern, sich rasch zu ducken.

Der Sumpfdrache heulte wie ein Nebelhorn.

Mumm packte Karotte und zerrte ihn mit sich, als der König energischere Befreiungsversuche unternahm.

»Errol ist zurückgekehrt, um den Großen endgültig zu erledigen!«, rief der Hauptmann. »Vermutlich kommt er erst jetzt, weil das Bremsmanöver viel Zeit in Anspruch nahm!«

Errol schwebte über dem König und heulte schrill genug, um Flaschen und Gläser zerplatzen zu lassen.

Der große Drache hob den Kopf, und Mörtelstaub rieselte in dichten Schwaden herab. Er öffnete das Maul, aber die erwartete weiße Flamme blieb aus. Stattdessen quiekte er wie ein Kätzchen. Besser gesagt: wie ein Kätzchen, das irgendwo in einer tiefen Höhle hockte, dort in eine große Blechbüchse kroch und sich alle Mühe gab, möglichst hohl zu quieken.

Geborstene Sparren fielen zur Seite, als sich das riesige Wesen erhob und schwankte. Die großen Schwingen entfalteten sich und ließen Strohfetzen auf die Straße regnen. Einige davon strichen über den Helm des Feldwebels Colon – er hielt etwas in der Hand, das wie eine kurze Wäscheleine aussah.

»Er steht auf!«, rief Mumm. Er stieß den Feldwebel beiseite und in Sicherheit. »Du darfst ihn nicht aufstehen lassen, Errol! Wenn das Biest aufsteht, erwischt es dich früher oder später!«

Lady Käsedick runzelte die Stirn. »Etwas geht nicht mit rechten Dingen zu«, sagte sie. »Normalerweise kämpfen Drachen nie auf diese Weise. Für gewöhnlich bringt der Sieger den Verlierer um.«

»Hast du gehört, Errol?«, schrie Mumm.

»Und dann explodiert er in den meisten Fällen. Wegen der Aufregung.«

»Erkennst du mich?«, rief Mumm und winkte, während der kleine Sumpfdrache unbekümmert über dem Schutthaufen schwebte. »*Ich* bin's! Ich habe dir den flauschigen Ball mit der Glocke drin geschenkt! Wie kannst du uns so etwas antun?«

»He, warte mal!«, sagte Lady Käsedick und legte Mumm die Hand auf den Arm. »Ich glaube fast, wir sehen die Sache völlig falsch ...«

Der große Drache sprang in die Luft und schlug so kraftvoll – *Whumm!* – mit den Schwingen, dass einige weitere Gebäude einstürzten. Der gewaltige Kopf drehte sich, und der Blick roter Augen richtete sich auf Mumm.

Der König wirkte plötzlich recht nachdenklich.

Errol flog heran, schwebte vor dem Hauptmann und

starrte den Großen streng und missbilligend an. Eine Zeit lang befürchtete Mumm, dass sich der Sumpfdrache von einer Sekunde zur anderen in eine kleine Aschewolke verwandelte, doch dann senkte der König verlegen den Kopf und stieg auf.

In einer weiten Spirale glitt er gen Himmel und wurde schneller. Errol folgte ihm und umkreiste das wesentlich größere Geschöpf – wie ein Schlepper, der ein Passagierschiff in den Hafen zieht.

»Das Ungetüm wirkt geradezu ... *eingeschüchtert*«, kam es langsam von Mumms Lippen.

»Rechne mit dem Mistkerl auf!«, rief Nobby begeistert.

»Ab, Nobby«, berichtigte Colon. »Du wolltest sagen: ›Rechne mit dem Mistkerl ab.‹«

Mumm spürte Lady Käsedicks Blick am Nacken. Er wandte sich um und bemerkte ihren Gesichtsausdruck.

Eine wichtige Erkenntnis klopfte zögernd an die Tür seines Bewusstseins. »Oh«, murmelte er.

Ihre Ladyschaft nickte.

»Wirklich?«, fragte der Hauptmann.

»Ja«, bestätigte die Züchterin. »Ich hätte gleich daran denken sollen. Die heiße Flamme bot einen guten Hinweis. Außerdem ist bei ihnen der Territorialinstinkt wesentlich stärker ausgeprägt.«

»Warum kämpfst du nicht gegen den Mistkerl?«, kreischte Nobby, während sich die beiden Drachen rasch entfernten.

»Es sollte ›Mistkerlin‹ heißen, Nobby«, erwiderte Mumm. »Das wäre angemessener.«

»Hast du nicht gehört, Erro ... Wie bitte?«

»Der große Drache ist weiblichen Geschlechts«, erklärte Lady Käsedick.

»Was?«

Mumm lächelte schief. »Anders ausgedrückt, Nobby: In diesem Fall bliebe dein Lieblingstritt ohne jede Wirkung.«

»Er ist eine Sie«, übersetzte Ihre Ladyschaft. »Ein Mädchen.«

»Aber das Biest ist so verdammt *groß*!«, erwiderte der Korporal ungläubig.

Mumm hüstelte demonstrativ. Nobby richtete den Blick seiner Knopfaugen auf Sybil Käsedick, die wie ein Sonnenuntergang errötete.

»Ein prächtiger und stattlicher Drache, meine ich«, fügte er hastig hinzu.

»Äh, breite, gebärfreu... ich meine, eierbrütende Hüften«, versicherte Feldwebel Colon.

»Schtatuesk«, betonte Nobby.

»Seid still!«, zischte Mumm. Er klopfte Staub von den Resten seiner Uniform, rückte den Brustharnisch zurecht, setzte den Helm auf und gab ihm einen entschlossenen Klaps. *Die Sache ist noch nicht zu Ende*, dachte er. *Nein, noch nicht ganz.*

»Kommt mit mir, Männer«, sagte er mit fester Stimme. »Und beeilt euch! Wir müssen die gute Gelegenheit nutzen. Die anderen sehen noch immer den beiden Drachen nach.«

»Aber was ist mit dem König?«, fragte Karotte. »Oder mit der Königin? Oder was weiß ich?«

Mumm starrte in die entsprechende Richtung. »Keine Ahnung«, antwortete er. »Ich schätze, es liegt ganz bei Errol. Wir müssen uns um andere Dinge kümmern.«

Colon salutierte und schnaufte noch immer. »Wohin gehen wir, Herr?«, brachte er atemlos hervor.

»Zum Palast. Hat jemand von euch ein Schwert dabei?«

»Du kannst meins benutzen, Hauptmann.« Karotte reichte ihm eine lange Klinge.

»In Ordnung«, sagte Mumm leise und schnitt eine grimmige Miene. »Also los!«

Die Wächter folgten Mumm durch leidgeprüfte Straßen.

Er ging schneller. Seine Begleiter versuchten, mit ihm Schritt zu halten.

Mumm begann mit einem Dauerlauf, um an der Spitze zu bleiben.

Die Wächter hinter ihm legten einen Sprint ein. Und dann, wie auf ein geheimes Zeichen hin, rannte die Truppe.

Kurz darauf *stürmte* sie übers Pflaster.

Die Leute wichen beiseite, als Mumm und seine Männer vorbeigaloppierten. Karottes riesige Sandalen klatschten auf die Kopfsteine. Funken stoben von den Metallbeschlägen unter Nobbys Stiefeln. Colon lief auf die für Dicke typische Art: erstaunlich leise und mit verzweifelter Konzentration.

Sie donnerten durch die Straße der Schlauen Kunsthandwerker, bogen in die Schweinebuckelgasse, erreichten kurz darauf die Straße der Geringen Götter und setzten den Weg zum Palast fort. Es gelang Mumm nur mit Mühe, vorn zu bleiben, und ein einziger Gedanke beherrschte sein Bewusstsein. Er lautete: *Lauf!*

Das stimmte nicht ganz. Hinter Mumms Stirn war auch noch für andere Dinge Platz. Zum Beispiel für gerechten Zorn. Es handelte sich um jenen Zorn, der in allen schlecht bezahlten, verspotteten und verachteten Stadtwächtern des Multiversums brodelte, die wenigstens einmal das Recht durchsetzen wollten.

Weit vor der Truppe des Hauptmanns zogen einige Palastwächter ihre Schwerter, sahen genauer hin, sprangen hinter die Mauer zurück und begannen damit, das Tor zu schließen. Die beiden Flügel stießen aneinander, als Mumm eintraf.

Er zögerte, schnappte nach Luft und betrachtete die Barriere. Das vom Drachen verbrannte Tor hatte noch massiveren Ersatz gefunden. Ein dumpfes Kratzen wies darauf hin, dass die Männer dahinter Riegel vorschoben.

Diese Situation verlangte energische Maßnahmen. *Ich bin Hauptmann, verdammt!*, dachte Mumm. *Ein Offizier. Für Offiziere stellen solche Dinge überhaupt kein Problem dar.* Offiziere kannten Lösungen für derartige Probleme. Sie hießen Feldwebel.

»Feldwebel Colon!«, sagte er scharf, während er noch immer in mentaler Verbindung mit allen Polizisten des Multiversums stand. »Schieß das Schloss auf!«

Colon zögerte. »Womit, Herr? Mit Pfeil und Bogen, Herr?«

»Ich meine...« Mumm überlegte. »Ich meine, öffne das Tor!«

»Herr!« Colon salutierte und beobachtete das Hindernis. Dann: »In Ordnung! Obergefreiter Karotte, vorwärts marsch! Obergefreiter Karotte, du hast den Hauptmann gehört! Obergefreiter Karotte, öffne daaaas Tor!«

»Ja, Herr!«

Karotte trat vor, salutierte, ballte eine große Hand zur Faust und klopfte sanft ans Holz.

»Macht auf!«, sagte er. »Im Namen des Gesetzes!«

Flüsternde Stimmen erklangen auf der anderen Seite, und schließlich klappte eine kleine Luke zwei oder drei Zentimeter weit auf. »Warum?«, fragte jemand.

»Wenn ihr nicht öffnet, behindert ihr einen Offizier der Wache an der Ausübung seiner Pflicht, was mit einer Geldbuße von mindestens dreißig Dollar oder einem Monat Gefängnis bestraft wird. In besonders schweren Fällen ist eine längere Untersuchungshaft vorgesehen, während der gründliche Ermittlungen in Hinsicht auf das allgemeine soziale Verhaltensmuster des Häftlings stattfinden. Bei eventuell notwendig werdenden Maßnahmen zur Wiedereingliederung in die Gesellschaft dürfen rotglühende Schürhaken maximal eine halbe Stunde lang verwendet werden.«

Wieder folgte wortloses Flüstern, gefolgt von neuerlichem Kratzen, als die Riegel zurückgeschoben wurden. Die beiden Torflügel schwangen zur Hälfte auf.

Niemand zeigte sich auf der anderen Seite.

Mumm hob den Zeigefinger an die Lippen. Er winkte Karotte zur linken Seite, zog Nobby und Colon zur rechten.

»Drückt ordentlich zu«, hauchte er. Sie drückten zu, und zwar mehr als nur ordentlich. Schmerzerfülltes Fluchen erklang hinter dem Holz.

»Lauft!«, rief Colon.

»Nein!«, rief Mumm und schlenderte durch den Zugang. Vier halb zermalmte Palastwächter starrten ihn finster an.

»Nein«, wiederholte Mumm. »Das Laufen hat jetzt ein Ende. Ich möchte, dass diese Männer verhaftet werden.«

»Das wagst du nicht«, erwiderte einer der Palastwächter. Mumm musterte ihn neugierig.

»Clarence, nicht wahr?«, fragte er. »Mit einem C. Beobachte meine Lippen, Clarence mit einem C. Du kannst frei wählen ...« Er beugte sich etwas tiefer und nickte in Richtung Karotte. »Entweder erhebt man Anklage wegen Beihilfe und Anstiftung, oder ihr bekommt die Axt zu spüren.«

»Na, wie gefällt euch das, ihr Dreckskerle?«, fügte Nobby hinzu und hüpfte in schadenfroher Aufregung von einem Bein aufs andere.

Clarences kleine Schweinsaugen beobachteten die aufragende Muskelmasse namens Karotte, richteten ihren Blick dann auf Mumms Gesicht. Es zeigte kein Erbarmen. Innerhalb weniger Sekunden traf er eine stumme Entscheidung.

»Gut«, brummte Mumm. »Sperr sie im Wachhaus ein, Feldwebel.«

Colon hob den Bogen und straffte die Schultern. »Ihr habt es gehört«, knurrte er. »Eine falsche Bewegung, und ihr ... ihr seid ...« Er suchte nach einem passenden Wort. »Und ihr seid erwischledigt.«

»Ja, schmeißt sie ins Loch!«, jubelte Nobby. Er sah aus wie ein Wurm, der Pirouetten drehte. »Sollen sie langsam verfaulen und vermodern!«, rief er den Palastwächtern gehässig nach.

»Beihilfe und Anstiftung wozu, Hauptmann?«, fragte Karotte, als Colon die entwaffneten Männer fortführte: »Ich meine, die Anstiftung muss sich doch auf etwas beziehen.«

»Ich glaube, in diesem Fall handelt es sich um allgemeine Anstiftung«, erwiderte Mumm. »Gewohnheitsmäßige und vorsätzliche Anstiftung.«

»Ja«, pflichtete ihm Nobby bei. »Ich kann Anstifter nicht ausstehen. Ungeziefer, das man einfach zertreten sollte!«

Colon kehrte zurück und gab Mumm den Wachhausschlüssel. »Das Zimmer ist nicht gerade besonders sicher«, sagte er. »Früher oder später gelingt ihnen bestimmt die Flucht.«

»Das hoffe ich für sie«, brummte der Hauptmann. »Weil du den Schlüssel in den ersten Abfluss werfen wirst, den wir unterwegs finden. Sind alle da? Gut. Folgt mir!«

Lupin Wonse eilte durch die verheerten Flure des Palastes, in der einen Hand das Buch über die Beschwörung von Drachen, in der anderen das glitzernde königliche Schwert.

In einer Tür blieb er keuchend stehen.

Der größte Teil seines Bewusstseins war derzeit nicht in der Lage, vernünftige Gedanken zu denken, aber ein kleiner Teil hatte sich genug Rationalität bewahrt, um immer wieder folgende Botschaft zu übermitteln: *Du kannst unmöglich gesehen und gehört haben, was du gesehen und gehört hast.*

Jemand folgte ihm.

Er hatte gesehen, dass Lord Vetinari durch den Palast wanderte. Obgleich er *wusste*, dass der Patrizier langsam in einem völlig ausbruchsicheren Kerker verschmachtete. In dieser

Hinsicht gab es überhaupt keine begründbaren Zweifel: Vetinari hatte selbst darauf bestanden, die Tür mit einem Schloss auszustatten, das sich unmöglich knacken ließ.

Etwas bewegte sich in den Schatten am Ende des Flurs. Wonse brabbelte leise, drehte den nahen Knauf, huschte über die Schwelle, schloss die Tür wieder, lehnte sich dagegen und versuchte Atem zu schöpfen.

Nach einigen Sekunden öffnete er die Augen.

Er befand sich jetzt im früheren Audienzzimmer. Der Patrizier saß mit überschlagenen Beinen in seinem alten Sessel und musterte den Sekretär mit gelindem Interesse.

»Ah, Wonse«, sagte er.

Wonse wirbelte herum, riss die Tür auf, stürmte in den Gang und lief, bis er die Treppe erreichte. Wie ein einsamer Korkenzieher ragte sie aus den Trümmern im zentralen Bereich des Palastes. Höhe, die einen strategischen Vorteil bot. Verteidigung. Wonse hastete die Treppe hinauf und nahm dabei jeweils drei Stufen auf einmal.

Er brauchte nur einige Minuten. Um sich zu beruhigen. Um sich vorzubereiten. Und *dann* würde er es ihnen zeigen.

In den oberen Stockwerken gab es noch mehr Schatten, und als Ausgleich fehlte es an struktureller Stabilität. Der Drache hatte Säulen und Wände zerstört, als er sich seine Höhle baute. Der Boden mehrerer Zimmer endete an einem tiefen Abgrund. Die Reste von Wandbehängen und Teppichen flatterten im Wind, der durch zerschmetterte Fenster wehte. Die Dielen unter Wonse zitterten wie die Bespannung eines Trampolins, als er auf die nächste Tür zuhielt…

»Das war bemerkenswert schnell«, sagte der Patrizier.

Wonse warf die Tür wieder zu, kreischte entsetzt und rannte durch einen anderen Flur.

Die Vernunft kehrte kurz zurück, und der Sekretär blieb neben einer Statue stehen. Um ihn herum blieb alles still: Es ertönten keine Schritte, und nirgends knarrten Angeln. Wonse beäugte die Statue misstrauisch und stieß sie versuchsweise mit dem Schwert an.

Als sie reglos blieb, zog er die nächste Tür auf, schlug sie hinter sich zu, griff nach einem Stuhl und rammte die Rückenlehne unter den Knauf. Es handelte sich um eins der oberen Prunkzimmer; es hatte einen Großteil seiner Einrichtung sowie die vierte Wand verloren – dort gähnte nun die Leere der Drachenhöhle.

Der Patrizier trat aus der Dunkelheit.

»Wenn du dich jetzt abreagiert hast ...«, sagte er.

Wonse drehte sich um und hob das Schwert.

»Eigentlich existierst du gar nicht«, behauptete er. »Du bist ein ... ein Geist oder so.«

»Ich glaube, da irrst du dich«, erwiderte Lord Vetinari.

»Du kannst mich nicht aufhalten! Ich habe noch immer magische Macht. Das Buch verleiht sie mir.« Wonse zog einen braunen Lederbeutel aus der Tasche. »Ich beschwöre einen anderen Drachen! Wart's nur ab!«

»Davon möchte ich dir dringend abraten«, sagte der Patrizier sanft.

»Oh, du hältst dich für klug und glaubst sicher, die Situation mühelos zu kontrollieren, nur weil ich ein Schwert in der Hand halte und du nicht! Aber ich habe noch einen Trumpf, dem du nichts entgegensetzen kannst!« Wonse triumphierte. »Ja! Die Palastwache ist auf meiner Seite! Sie gehorcht mir, nicht dir! Du bist niemandem sympathisch. Niemand hat dich *jemals* gemocht.«

Er schwang das Schwert so herum, dass die Spitze nur noch zwanzig Zentimeter von der schmalen Brust des Patriziers entfernt war.

»Du kehrst in den Kerker zurück«, sagte er. »Und diesmal sorge ich für, dass du dort bleibst. Wachen! Wachen!«

Draußen erklang das Geräusch hastiger Schritte. Die Tür

zitterte, der Stuhl bebte. Kurze Stille folgte, und dann barsten Tür und Stuhl auseinander.

»Bringt ihn fort!«, heulte Wonse. »Holt noch mehr Skorpione! Werft ihn in … *Ihr seid ja gar nicht …*«

»Lass das Schwert fallen!«, sagte Mumm, während sich Karotte hinter ihm einige Holzsplitter aus der Faust zog.

»Ja«, zischte Nobby und spähte an dem Hauptmann vorbei. »An die Wand und ausbreiten, elender Unhold!«

»Was soll er ausbreiten?«, fragte Feldwebel Colon fasziniert.

Nobby zuckte mit den Achseln. »Keine Ahnung. Alles. Das ist am sichersten.«

»Ah, Mumm«, sagte der Patrizier. »Du wirst …«

»Klappe halten«, entgegnete der Hauptmann gelassen. »Obergefreiter Karotte?«

»Herr!«

»Lies dem Gefangenen seine Rechte vor.«

»Ja, Herr.« Karotte holte sein Notizbuch hervor, befeuchtete sich den Daumen und blätterte.

»Lupin Wonse«, begann er, »auch bekannt als Lupin Schnörkel, Sekr'r, pp…«

»Was?«, fragte Wonse.

»… derzeit wohnhaft in einem Gebäude, das man als Palast, Ankh-Morpork, kennt, es ist meine Pflicht, dir mitzuteilen, dass du verhaftet bist. Die Anklage lautet auf…« Karotte warf Mumm einen gequälten Blick zu. »… auf vielfachen Mord mit Hilfe eines stumpfen Gegenstands, der in diesem Fall als Drache bezeichnet werden kann, und hinzu kommen weitere Verbrechen, die später genauer beschrieben werden und insbesondere allgemeines Anstiften betreffen. Du hast das Recht, die Aussage zu verweigern. Du hast das Recht, nicht einfach so in ein Piranha-Aquarium geworfen zu werden. Du hast das Recht, nach der Folter vor Gericht zu erscheinen. Du hast das Recht …«

»Reinster Wahnsinn«, kommentierte Lord Vetinari ruhig.

»Ich habe dich bereits aufgefordert, die Klappe zu halten«, knurrte Mumm, drehte sich abrupt um und hielt einen drohenden Zeigefinger unter die Nase des Patriziers.

»He, Feldwebel«, flüsterte Nobby, »glaubst du, dass es uns in der Skorpiongrube *gefallen* wird?«

»... nichts zu sagen, äh, aber wenn du etwas sagst, schreibe ich es hier in meinem, äh, Notizbuch auf, damit es später vor, äh, Gericht gegen dich verwendet werden kann ...«

Karottes Stimme wurde immer leiser und verklang schließlich ganz.

»Wenn du wirklich so großen Wert auf diese Vorstellung legst ...«, plauderte Lord Vetinari. »Bring Wonse in den Kerker. Ich kümmere mich morgen um ihn.«

Der Sekretär gab keine Vorwarnung. Er schrie nicht, stieß auch keine Verwünschungen aus. Er begnügte sich damit, zum Patrizier zu laufen und das Schwert zu heben.

Verschiedene Möglichkeiten kamen Mumm in den Sinn. Ganz oben auf der Liste stand der Vorschlag, einfach zurückzutreten und zu beobachten. *Soll sich die Stadt selbst reinigen. Verhafte Wonse, nachdem er Lord Vetinari umgebracht hat, dann ist alles in bester Ordnung*. Ja, ein guter Plan.

Deshalb war es ihm ein Rätsel, dass er stattdessen vorsprang und versuchte, den Hieb mit Karottes Schwert abzuwehren.

Vielleicht hatte es etwas damit zu tun, nach den Vorschriften zu handeln.

Es schepperte, wenn auch nicht besonders laut, und unmittelbar darauf sauste etwas Silbriges an Mumms Ohr vorbei und bohrte sich in die Wand.

Wonses Mund klappte auf. Er warf den Rest seines Schwerts beiseite, wich zurück und klappte das Beschwörungsbuch auf.

»Das wirst du bereuen!«, stieß er hervor. »Ihr werdet es alle bitter bereuen!«

Der Sekretär murmelte seltsame Worte.

Mumm stellte fest, dass er zitterte. Er glaubte zu wissen, was eben dicht an seinem Ohr vorbeigeflogen war, und allein der Gedanke daran trieb ihm den Schweiß aus den Poren. Er war mit im wahrsten Sinne des Wortes tödlicher Entschlossenheit in den Palast gekommen, und einen *flüchtigen* Augenblick lang schien die Welt genau so beschaffen zu sein, wie sie beschaffen sein sollte. Er hatte den sehr zufriedenstellenden Eindruck gewonnen, alles fest im Griff zu haben, doch jetzt ... Jetzt wünschte er sich nur etwas zu trinken. Er wollte nur noch eine Flasche leeren und anschließend eine Woche lang schlafen.

»Gib endlich auf!«, sagte er. »Kommst du freiwillig mit?«

Wonse murmelte noch immer. Die Luft fühlte sich seltsam heiß und trocken an.

Mumm hob die Schultern. »Wie du willst«, brummte er und wandte sich ab. »Zeig ihm die ganze Wucht des Gesetzes, Karotte!«

»Jawohl, Herr.«

Mumm erinnerte sich zu spät.

Zwergen fällt es sehr schwer, Metaphern zu verstehen.

Außerdem können sie gut zielen.

Die *Gesetze und Verordnungen der Städte Ankh und Morpork* flogen durchs Zimmer und trafen Wonse an der Stirn. Er blinzelte, taumelte und trat einen Schritt zurück.

Es war der längste Schritt seines Lebens. Und gleichzeitig sein letzter.

Nach einigen Sekunden prallte der Sekretär fünf Stockwerke tiefer auf den Boden.

Es verstrichen noch einmal mehrere Sekunden, bevor Gesichter dort erschienen, wo sich eigentlich eine Wand befinden sollte.

»Ziemlich tief«, bemerkte Feldwebel Colon. »Beziehungsweise hoch.«

»In der Tat«, bestätigte Nobby und holte einen Zigarettenstummel hinter dem Ohr hervor.

»Von einem Dingsbums umgebracht. Einer Metaffer.«

»Tja, ich weiß nicht«, überlegte Nobby laut. »Meiner Ansicht nach war's der Boden. Hast du Feuer, Feldwebel?«

»Ich habe mich doch richtig verhalten, nicht wahr, Herr?«, fragte Karotte erschüttert. »Du hast mir befohlen ...«

»Ja, ja«, sagte Mumm. »Sei unbesorgt.« Er streckte eine zitternde Hand aus, nahm Wonses Lederbeutel, entleerte ihn und betrachtete verwundert einige Steine. Jeder wies in der Mitte ein Loch auf. *Warum?*, fragte er sich.

Dann hörte er ein metallisches Geräusch und drehte sich um: Lord Vetinari hielt den Rest des königlichen Schwerts und zog die andere Hälfte der Waffe aus der Wand. Die Klinge war in der Mitte gebrochen.

»Hauptmann Mumm«, sagte der Patrizier.

»Herr?«

»Würdest du mir bitte das andere Schwert geben?«

Mumm reichte es ihm. Er sah keinen Sinn mehr darin, Lord Vetinari in irgendeiner Hinsicht Widerstand zu leisten. Wahrscheinlich bekam er eine eigene Skorpiongrube, und die Skorpione darin bekamen *ihn*.

Der Patrizier betrachtete die rostige Waffe von allen Seiten.

»Wie lange hast du dieses Schwert schon, Hauptmann?«, fragte er leise.

»Es ist nicht meins, Herr. Es gehört Obergefreiter Karotte, Herr.«

»Obergefreiter...?«

»Damit bin ich gemeint, Euer Gnaden«, sagte Karotte und salutierte.

»Ah.« Lord Vetinari drehte die Klinge langsam hin und her, während sein faszinierter Blick an ihr klebte. Mumm fühlte, wie die Luft dicker wurde, als kondensiere sich geballte Geschichte. Doch der Grund dafür blieb ihm ein unergründliches Rätsel. Dies war eine der Stellen, an der sich die Hose der Zeit gabelte, und wenn man nicht aufpasste, geriet man ins falsche Bein …

Wonse erhob sich in einer Welt der Düsternis, und eisige Verblüffung strömte in sein Bewusstsein. Verdutzt sah er sich um und richtete den fragenden Blick auf eine hochgewachsene Gestalt, die einen schwarzen Kapuzenmantel trug.

»Ich habe euch alle für tot gehalten«, murmelte er. Eine sonderbare Stille herrschte, und die Farben um ihn herum wirkten abgenutzt und blass. Irgendetwas stimmt nicht. »Bist du das, Bruder Pförtner?«, fragte Wonse zaghaft.

Die Gestalt streckte den Arm aus.

IN GEWISSER WEISE, erwiderte sie.

Ausgezeichnet, junger Mann«, sagte er. »Hauptmann Mumm, ich schlage vor, du gibst deinen Leuten den Rest des Tages frei.«

»Danke, Herr«, erwiderte Mumm. »Also gut, Jungs. Ihr habt Seine Lordschaft gehört.«

»Aber du solltest noch ein wenig hierbleiben, Hauptmann. Wir müssen einige Dinge besprechen.«

»Ja, Herr?«, entgegnete Mumm unschuldig.

Die drei anderen Wächter warfen ihrem Vorgesetzten mitfühlende Blicke zu, bevor sie das Zimmer verließen.

Lord Vetinari trat zum Rand des Bodens und sah nach unten.

»Armer Wonse«, sagte er.

»Ja, Herr.« Mumm starrte an die Wand.

»Weißt du, eigentlich bedauere ich seinen Tod.«

»Herr?«

»Er war irregeleitet, ja, aber auch tüchtig. Sein Kopf hätte mir weiterhin nützen können.«

»Ja, Herr.«

»Den Rest hätten wir natürlich weggeworfen.«

»Ja, Herr.«

»Das habe ich als Scherz gemeint, Mumm.«

»Ja, Herr.«

»Der Kerl hat nie begriffen, was es mit Geheimgängen auf sich hat.«

»Nein, Herr.«

»Was den jungen Burschen betrifft … Er heißt Karotte, nicht wahr?«

»Ja, Herr.«

»Ein guter Mann. Gefällt es ihm in der Wache?«

»Ja, Herr. Fühlt sich bei uns wie zu Hause.«

»Du hast mir das Leben gerettet.«

»Herr?«

»Komm mit mir!«

Lord Vetinari stapfte durch den halbzerstörten Palast, und Mumm folgte ihm zum Rechteckigen Büro. Die Ordnung darin überraschte ihn: Das Zerstörungswerk des Drachen hatte hier nur eine dünne Staubschicht geschaffen. Der Patrizier setzte sich, und plötzlich sah es aus, als hätte er diesen Raum nie verlassen. Mumm fragte sich, ob er ihm wirklich im Kerker begegnet war.

Lord Vetinari strich einige kleine Mörtelbrocken beiseite und griff nach einem Bündel Papiere.

»Schade«, sagte er. »Lupin war ein sehr ordentlicher Mann.«

»Ja, Herr.«

Der Patrizier drückte die Fingerspitzen aneinander und musterte Mumm.

»Ich möchte dir einen guten Rat geben, Hauptmann.«

»Ja, Herr?«

»Vielleicht hilft er dir dabei, die Welt besser zu verstehen.«

»Herr.«

»Vermutlich hältst du das Leben deshalb für so problematisch, weil du glaubst, dass die guten Menschen auf der einen Seite stehen und die schlechten auf der anderen«, sagte Lord Vetinari. »Solche Vorstellungen sind natürlich völlig verkehrt. Es gab und gibt immer nur die Bösen, *aber sie gehören zu unterschiedlichen Lagern.*«

Er winkte in Richtung Stadt, stand auf und trat zum Fenster.

»Ein großes wogendes Meer des Bösen«, fuhr er fast besitzergreifend fort. »An manchen Stellen seicht, ja, doch an anderen sehr, *sehr* tief. Leute wie du bauen sich kleine Flöße aus Regeln und vielleicht sogar guten Vorsätzen und sagen dann: Dies ist die andere Seite, und letztendlich wird sie triumphieren. Erstaunlich!« Der Patrizier klopfte Mumm gutmütig auf den Rücken.

»Dort unten«, setzte er seinen Vortrag fort, »gibt es Menschen, die jedem Drachen folgen, jeden Gott verehren und jede Gräueltat bejubeln. Und das alles nur aus stumpfsinniger, alltäglicher Verderbtheit. Es handelt sich dabei nicht um die erstklassige und kreative Scheußlichkeit der großen Sünder, eher um eine serienmäßig hergestellte Dunkelheit der Seele. Anders ausgedrückt: Es ist Sünde ohne eine Spur Originalität. Solche Menschen nehmen das Böse nicht etwa deshalb hin, weil sie ›ja‹ dazu sagen, sondern weil sie auf ein ›nein‹ verzichten.« Lord Vetinari legte Mumm die Hand auf die Schulter. »Ohne dich beleidigen zu wollen: Leute wie du brauchen Leute wie mich.«

»Ja, Herr?«, fragte Mumm zurückhaltend.

»Und ob. Ich weiß, wie man die Dinge zum Funktionieren bringt. Die Guten verstehen sich darauf, die Bösen zu überwältigen und ihnen das Handwerk zu legen. Ja, darin sind die Guten wirklich *gut*, zugegeben. Das Problem besteht jedoch darin, dass sie keine anderen nennenswerten Fähigkeiten haben. An einem Tag feiern sie den Sturz des grausamen Tyrannen, und am nächsten sitzen sie herum und beklagen sich darüber, dass seit dem Sturz des Tyrannen niemand mehr den Müll wegbringt. Der Grund: Die Bösen können *planen*. Das ist sozusagen eins ihrer Wesensmerkmale. Jeder grausame Tyrann, der etwas auf sich hält, plant die Unterwerfung der ganzen Welt. Wenn es darum geht, in die Zukunft zu blicken, haben die Guten einfach nicht den Dreh raus.«

»Mag sein«, erwiderte Mumm. »Aber beim Rest irrst du dich. Die Menschen fürchten sich nur, und allein ...« Er zögerte. Es klang recht hohl, selbst für seine eigenen Ohren.

Er zuckte mit den Achseln. »Es sind Menschen«, sagte er. »Und sie *verhalten* sich wie Menschen, Herr.«

»Oh, natürlich, natürlich«, räumte Lord Vetinari ein. »Daran muss man glauben, ich weiß. Sonst schnappt man einfach über. Sonst glaubt man, auf einer hauchdünnen Brücke über den Schwefelgruben der Hölle zu stehen. Sonst wäre das Leben eine unaufhörliche Qual. Sonst bestünde die einzige Hoffnung darin, dass es nach dem Tod keine Wiedergeburt gibt. Ich verstehe, was du meinst.« Der Patrizier blickte auf den Schreibtisch und seufzte. »Es gibt jetzt viel zu tun. Der arme Wonse war ein guter Diener, aber als Regent taugte er nicht viel. Du kannst jetzt gehen. Schlaf dich gründlich aus. Oh, und komm morgen mit deinen Männern hierher. Die Stadt wird ihre Dankbarkeit zeigen.«

»Sie wird *was* zeigen?«, fragte Mumm.

Lord Vetinari konzentrierte sich auf eine Schriftrolle, und seine Stimme klang nun wieder so geschäftsmäßig wie die eines Mannes, der organisiert, plant und kontrolliert.

»Ihre Dankbarkeit«, antwortete er. »Nach jedem triumphalen Sieg müssen Helden präsentiert werden. Das ist wichtig. Dann wissen die Bürger, dass alles seine Richtigkeit hat.«

Der Patrizier sah über den Rand des Pergaments hinweg und warf Mumm einen kurzen Blick zu.

»Es gehört zur natürlichen Ordnung der Dinge«, fügte er hinzu.

Eine halbe Minute später griff er nach einem Stift und schrieb Anmerkungen. Nach einer Weile hob er den Kopf.

»Wie ich schon sagte: Du kannst jetzt gehen.«

Mumm verharrte in der Tür.

»Glaubst du das alles, Herr?«, fragte er. »Das mit dem ewigen Bösen und der völligen Finsternis?«

»Selbstverständlich«, erwiderte Lord Vetinari und nahm ein anderes Dokument zur Hand. »Es ist die einzig logische Schlussfolgerung.«

»Aber du stehst jeden Morgen auf und bleibst nicht einfach im Bett liegen, Herr?«

»Hmm? Ja. Worauf willst du hinaus?«

»Ich möchte nur wissen: *warum*, Herr?«

»Oh, bitte sei ein guter, braver Wächter und geh jetzt, Hauptmann.«

Der Bibliothekar wankte über den Boden der dunklen und zugigen Höhle, die der Drache im Zentrum des Palastes angelegt hatte. Er betrachtete die Überbleibsel des nicht besonders wertvollen Horts, blickte dann auf Wonses Leiche herab.

Schließlich bückte er sich und zog ganz vorsichtig das

Buch *Die Beschwörung von Drachen* aus den steifer werdenden Fingern. Er blies den Staub davon und streichelte es so zärtlich wie ein ängstliches Kind.

Dann drehte er sich um, kletterte über den Tandhaufen, verharrte und holte ein zweites Buch aus dem glitzernden Flitter. Es gehörte ihm nicht, wenn man einmal davon absah, dass alle Bücher in seinen Zuständigkeitsbereich fielen. Behutsam öffnete er es und las aufmerksam.

»Behalt es«, sagte Mumm hinter ihm. »Nimm es mit. Bring es an einem sicheren Ort unter.«

Der Orang-Utan nickte dem Hauptmann zu und rutschte am Hang des Hortes hinunter. Unten klopfte er Mumm auf die Kniescheibe, öffnete *Die Beschwörung von Drachen*, blätterte eifrig, fand die richtige Stelle und reichte das Buch dem Wächter.

Mumm starrte auf die kritzelige Schrift.

Doch Drachen sindet nicht wie Einhörner, muss ich hier betonigen. Sie wohnet in einem Reiche, das allein bestimmet wird von den Launen der Fantasie, und deshalb kannet dies passierigen: Wer auch immer sie rufet und ihnen einen Weg schaffet in diesige Welt, beschwöret damit seinen ganz persönlichigen Drachen.

Doch wer reinen Herzens isset, so glaube ich, mag durchaus einen Drachen in diesige Welt rufen, als eine Macht des Guten, die besieget alles Unheil. Für solchige Menschen habet ich geschrieben dieses Buche, damit das Große Werk beginnen kanne. Alles isset vorbereit. Ich binnet sehr bemüht gewesen, würdige Hilfe zu leistigen …

Mumm nickte langsam. *Ein Reich der Fantasie*, dachte er. *Dorthin verschwanden die großen Drachen. In unsere Vorstellung. Und wenn wir sie zurückrufen, geben wir ihnen Gestalt. So wie Teig, den man in eine Form presst. Allerdings bekommt man dabei keine Pfefferkuchenmännchen, sondern Feuer speiende Ungeheuer. Unsere eigene Dunkelheit, die feste Substanz gewinnt …*

Mumm las die entsprechende Passage erneut und sah sich auch die nächsten Seiten an.

Es waren nicht viele. Der Rest des Buches beschränkte sich darauf, eine verkohlte Masse zu sein.

Der Hauptmann gab das Buch dem Affen zurück.

»Was für ein Mensch war de Malachit?«, fragte er.

Der Bibliothekar kannte den Inhalt von *Alle Stadtbiografien in einem Band* auswendig und dachte einige respektvolle Sekunden lang nach. Dann zuckte er mit den Achseln.

»Ein Heiliger?«, fragte sich Mumm.

Der Orang-Utan schüttelte den Kopf.

»Ist er böser gewesen als die meisten anderen Menschen?«

Der Bibliothekar zuckte mit den Schultern und schüttelte erneut den Kopf.

»An deiner Stelle«, sagte Mumm, »würde ich dieses Buch irgendwo verstecken, wo es niemand findet. Und das gilt auch für den anderen Band mit den Gesetzen. Sie sind viel zu gefährlich.«

»Ugh.«

Mumm streckte sich. »Und nun … Ich schlage vor, wir gehen was trinken.«

»Ugh.«

»Nur ein kleines Glas.«

»Ugh.«

»Und du bezahlst.«

»Iiek.«

Mumm blieb stehen und sah in das große sanfte Gesicht hinab.

»Weißt du, die Frage beschäftigt mich schon seit einer ganzen Weile … Ist es *besser*, ein Affe zu sein?«

Der Bibliothekar überlegte. »Ugh«, antwortete er.

Mumm musterte ihn erstaunt. »Ach, tatsächlich?«

Am nächsten Tag. Die langen Reihen der städtischen Würdenträger im Saal reichten von einer Wand bis zur anderen. Der Patrizier saß auf seinem schmucklosen Amtsstuhl, umgeben von den Mitgliedern des Rates. Alle Anwesenden trugen jenes erstarrte Lächeln zur Schau, das man nur bei offiziellen Anlässen sieht.

Lady Sybil Käsedick hatte auf der einen Seite Platz genommen und trug einige Morgen schwarzen Samt. Der Käsedick-Familienschmuck glänzte an ihren Fingern, am Hals und zwischen den schwarzen Locken der heutigen Perücke. Sie erzielte damit eine beeindruckende Wirkung, sah im Großen und Ganzen aus wie eine glitzernde Kugel.

Mumm führte die Männer der Nachtwache in die Mitte des Saals und stampfte mit dem rechten Fuß auf, als er stehen blieb. Den Helm trug er unter dem Arm, wie es die Vorschriften verlangten. Es hatte ihn erstaunt festzustellen, dass sogar Nobby an sein äußeres Erscheinungsbild dachte: Auf seinem Brustharnisch zeigte sich hier und dort ein Fleck aus schimmerndem Metall. Colon wirkte wie jemand, der an Verstopfung litt und gleichzeitig versuchte, einen vornehmen Eindruck zu erwecken. Karottes Rüstung *funkelte.*

Zum ersten Mal in seinem Leben gelang es Colon, zackig zu salutieren.

»Alle zur Stelle und bereit, Herr!«, rief er.

»Ausgezeichnet, Feldwebel«, erwidert Mumm kühl. Er wandte sich an den Patrizier und hob freundlich eine Braue.

Lord Vetinari winkte kurz.

»Steht lässig oder wie ihr Jungs das nennt«, sagte er. »Ich glaube, wir brauchen hier nicht so förmlich zu sein. Was meinst du, Hauptmann?«

»Wie du wünschst«, entgegnete Mumm.

»Nun, Männer ...« Der Patrizier beugte sich vor. »Wir haben gehört, welch erstaunliche Leistungen ihr vollbracht habt, um die Stadt zu verteidigen ...«

Mumm ließ seine Gedanken treiben, während sich Lord Vetinari in zuckersüßen Platitüden erging. Eine Zeit lang fand er es recht amüsant, die Gesichter der Ratsmitglieder zu beobachten. Während des langen Vortrags blieben sie in ständiger Bewegung und zeigten das ganze Spektrum des Mienenspiels. So etwas gehörte natürlich zu einer derartigen Zeremonie. Die Tradition verlangte, dass man Anteilnahme, Anerkennung und angemessene Bewunderung zum Ausdruck brachte. Dann hatte alles seine *Richtigkeit*. Und anschließend konnte man die ganze Sache vergessen und mit einem neuen Kapitel in der langen und aufregenden Geschichte der Stadt beginnen, ettzehtera, ettzehtera. In Ankh-Morpork verstand man sich prächtig darauf, neue Kapitel anzufangen.

Mumms umherschweifender Blick erreichte Lady Käsedick. Sie zwinkerte. Der Hauptmann starrte rasch wieder geradeaus, die Züge so hölzern wie ein Brett.

»... als Zeichen unserer Dankbarkeit«, beendete der Patrizier seine Rede und lehnte sich zurück.

Mumm merkte plötzlich, dass ihn alle ansahen.

»Wie bitte?«, fragte er.

»Ich *sagte*: Wir haben uns überlegt, auf welche Weise wir uns erkenntlich zeigen sollen, Hauptmann Mumm. Verschiedene verantwortungsbewusste Bürger ...« Der Patrizier richtete seine Aufmerksamkeit kurz auf die Mitglieder des Rates und nickte Lady Käsedick zu. »... und selbstverständlich auch ich selbst sind der Ansicht, dass eine Belohnung angebracht ist.«

Mumm blickte noch immer ins Leere.

»Belohnung?«, wiederholte er.

»Das *ist* üblich, um heldenhaftes Verhalten zu würdigen«, betonte Lord Vetinari. Diesmal klang es ein wenig gereizt.

Mumm holte tief Luft. »Denke jetzt zum ersten Mal daran,

Herr«, erwiderte er. »Womit ich natürlich ganz allein mich selbst meine.«

Eine unbehagliche Stille folgte. Aus den Augenwinkeln sah Mumm, wie Nobby den Feldwebel in die Rippen stieß. Schließlich wankte Colon einen Schritt vor und salutierte erneut. »Bitte um Erlaubnis, sprechen zu dürfen, Herr«, brummte er.

Der Patrizier nickte großzügig.

Colon räusperte sich, nahm den Helm ab und holte einen Zettel hervor.

»Äh«, begann er, »die Sache ist, wenn du gestattest, Euer Lordschaft, wir glauben, äh, nach der Rettung der Stadt und so haben wir, äh, ich meine ... wir waren zur rechten Zeit am rechten Ort, und daher vermuten wir, äh, ich meine, gewisse Verdienste unsererseits lassen sich nicht leugnen. Wenn du verstehst, was ich meine.«

Die Anwesenden nickten zufrieden. Der Tradition wurde Genüge getan.

»Deine Ausführungen sind wirklich interessant«, behauptete Lord Vetinari.

»Deshalb haben wir uns zusammengesetzt und bestimmte Dinge besprochen«, sagte der Feldwebel. »Natürlich ganz unverbindlich.«

»Wirklich faszinierend«, kommentierte der Patrizier. »Bitte fahr fort. Du brauchst dich nicht zu unterbrechen. Wir alle wissen von der enormen *Bedeutung* dieser Angelegenheit.«

»Gut, Herr. Nun, Herr. Zuerst der Sold.«

»Der Sold?«, fragte Lord Vetinari. Er sah Mumm an, der weiterhin ins Nichts starrte.

Der Feldwebel hob den Kopf, und sein Gesichtsausdruck entsprach dem eines Mannes, der fest entschlossen ist, nicht aufzugeben.

»Ja, Herr«, bestätigte er. »Dreißig Dollar im Monat. Das erscheint uns nicht richtig. Wir schlagen vor ...« Er befeuchtete sich die Lippen und warf den beiden anderen Wächtern einen kurzen Blick zu. Sie ermutigten ihn mit einigen vagen Gesten. »Wir schlagen vor, den Grundlohn zu erhöhen, auf fünfunddreißig Dollar? Im Monat?« Colon beobachtete die steinerne Miene des Patriziers. »Mit nach Rang gestaffelten Zulagen? Vielleicht fünf Dollar?«

Erneut leckte er sich die Lippen. Lord Vetinaris Gesichtsausdruck verunsicherte ihn. »Mit weniger als vier sind wir nicht einverstanden«, sagte er. »Wir meinen es, äh, ernst. Entschuldige bitte, Euer Hoheit, aber so liegt der Fall nun mal.«

Erneut bedachte der Patrizier Mumm mit einem durchdringenden Blick, wandte sich dann wieder an die Truppe.

»Und das ist *alles?*«, vergewisserte er sich.

Nobby flüsterte dem Feldwebel etwas ins Ohr und wich dann hastig zurück. Der schwitzende Colon klammerte sich so sehr an seinem Helm fest, als gebe ihm nichts anderes Halt.

»Da wäre noch etwas, Euer Ehrwürdigkeit«, sagte er.

»Ah.« Der Patrizier lächelte wissend.

»Der Kessel. Er war ziemlich verbeult, und dann hat ihn Errol verspeist. Hat fast zwei Dollar gekostet.« Colon schluckte. »Wir könnten einen neuen Kessel gebrauchen, wenn du nichts dagegen hast, Euer Durchlaucht.«

Lord Vetinari beugte sich vor und schloss die Hände um die Armlehnen des Stuhls.

»Nur damit Klarheit herrscht«, sagte er kühl. »Ihr bittet also um die Erhöhung eures Solds und einen Haushaltsgegenstand?«

Karotte flüsterte dem Feldwebel etwas ins andere Ohr.

Colons Augen tränten und schienen aus ihren Höhlen fliehen zu wollen, als er die Würdenträger ansah. Der Helmrand drehte sich wie ein Mühlrad in seinen Fingern.

»Nun«, begann er, »manchmal, wir dachten, weißt du, in

der Pause, wenn wir etwas essen, oder am Ende des Dienstes, wenn wir uns ein wenig entspannen und äh, ablenken, wollen …« Colons Stimme verklang.

»Ja?«

Der Feldwebel atmete tief durch.

»Ich nehme an, ein Pfeilbrett käme nicht infrage, oder …?«

Laute Stille folgte. Irgendwo schnarchte jemand.

Mumms zitternde Hand ließ den Helm fallen. Der Brustharnisch hob und senkte sich, als jahrelang unterdrücktes Gelächter in einer unkontrollierbaren Eruption aus ihm herausplatzte. Er sah die Ratsmitglieder an, lachte noch lauter, lachte und lachte, bis ihm Tränen über die Wangen rannen.

Er lachte, als die Männer verwirrt und mit würdevoller Empörung aufstanden.

Er lachte über den Patrizier, der weiterhin darauf achtete, dass sein Gesicht ausdruckslos blieb.

Er lachte über die Welt im Allgemeinen und Ankh-Morpork im Besonderen.

Er lachte über die Rettung der Stadt.

Er lachte und lachte und lachte, bis ihm die Tränen vom Kinn tropften.

Nobby beugte sich zu Colon vor.

»Ich hab's dir doch *gesagt*«, zischte er. »Man kann alles übertreiben. Ich *wusste*, dass wir zu weit gehen, wenn wir ein Pfeilbrett verlangen. Jetzt hast du sie alle verärgert.«

Liebe Mutter, lieber Vater (schrieb Karotte), *ich habe eine tolle Überraschung für Euch, erst seit ein paar Wochen gehöre ich zur Wache, und schon bin ich Oberster Obergefreiter. Hauptmann Mumm sagte, dass der Patrizier höchstpersönlich meine Beförderung veranlasst hat, mir eine lange und erfolgreiche Karriere in der Wache wünscht und meiner beruflichen Laufbahn besonderes Interesse entgegenbringt. Außerdem erhalte ich jetzt zehn Dollar mehr Sold, und hinzu kommt ein spezieller Bonus für uns alle. Er beträgt zwanzig Dollar, und Feldwebel Colon sagt, dass ihn Hauptmann Mumm aus eigener Tasche bezahlt hat. Anbei schicke ich Euch Geld. Allerdings behalte ich diesmal ein wenig, weil ich Reet besuchte, und Frau Palm meinte, auch ihre Mädchen verfolgen meine Karriere mit großem Interesse, und an meinem freien Abend haben sie mich zum Abendessen eingeladen. Feldwebel Colon hat mir erklärt, worauf es beim Umwerben ankommt, und es ist überhaupt nicht so kompliziert, wie es zunächst aussieht. Ich habe einen Drachen verhaftet, aber er ist entkommen. Ich hoffe, Herrn Varneschi geht es gut.*

Ich bin so glücklich, wie man nur sein kann.

Euer Sohn Karotte.

Mumm klopfte an die Tür.

Wie er feststellte, hatte sich jemand Mühe gegeben, das Käsedick-Anwesen in Ordnung zu bringen. Die immer weiter vordringenden Büsche waren erbarmungslos zurückgetrieben und gestutzt worden. Ein älterer Mann auf einer Leiter nagelte den Stuck an die Wände, während ein Gärtner den Spaten schwang und recht willkürlich festlegte, wo der Rasen endete und die alten Blumenbeete begonnen hatten.

Mumm klemmte sich seinen Helm unter den Arm, strich das Haar glatt und klopfte erneut. Zunächst hatte er Feldwebel Colon bitten wollen, ihn zu begleiten, sich jedoch dagegen entschieden, als er an das zu erwartende Kichern dachte. Außerdem: Was gab es schon zu befürchten? *Ich habe dem Tod dreimal ins Auge gesehen, sogar viermal, wenn man das ›Klappe halten!‹ Lord Vetinari gegenüber berücksichtigt.*

Zu seinem großen Erstaunen wurde die Tür von einem so alten Butler geöffnet, dass man vermuten konnte, er sei durchs Klopfen ins Leben zurückgerufen worden.

»Ja Herr?«, fragte er.

»Hauptmann Mumm, Stadtwache«, stellte sich Mumm vor.

Der Butler musterte ihn von Kopf bis Fuß.

»O ja«, sagte er schließlich, »Ihre Ladyschaft hat deinen Besuch erwähnt. Ich glaube, Ihre Ladyschaft befindet sich bei den Drachen. Wenn du hier drin warten möchtest, gebe ich Ihrer Ladyschaft Be...«

»Ich kenne den Weg«, erwiderte Mumm und folgte dem Verlauf des immer noch unkrautüberwucherten Pfads.

Im Stall herrschte völliges Chaos. Mehrere ramponierte Holzkisten lagen auf einer Wachstuchplane, und in einigen davon hockten kleine Sumpfdrachen, die den Hauptmann mit lautem Jaulen begrüßten.

Zwei Frauen schritten zielstrebig zwischen den Kisten umher. Zwei Damen, um genau zu sein. Sie waren viel zu schmutzig, um gewöhnliche Frauen zu sein. Keine gewöhnliche Frau hätte davon geträumt, so verwahrlost zu wirken. Solche Kleidung trug man nur mit der Art von unerschütterlicher Selbstsicherheit, die sich auf das Wissen um eine lange Ahnenreihe gründet. Trotzdem: Es schien Kleidung von erstaunlich guter Qualität zu sein. Zumindest früher einmal. Es handelte sich um Kleidung, die man von den Eltern geschenkt bekommen hatte und die so teuer und erstklassig gewesen war, dass sie sich nie abnutzte und vererbt wurde, wie Porzellangeschirr, Silberbesteck und Gicht.

Drachenzüchterinnen, dachte Mumm. *Man kann sie auf den ersten Blick erkennen. Sie haben etwas an sich. Vielleicht liegt es daran, wie sie ihre Seidenschale tragen, ihre Tweedmäntel und Großvaters Reitstiefel. Hinzu kommt natürlich der Geruch.*

Eine kleine drahtige Frau – ihr Gesicht schien aus Sattelleder zu bestehen – bemerkte den Wächter.

»Ah«, sagte sie, »du bist bestimmt der kühne Hauptmann.« Sie schob widerspenstiges weißes Haar unter das

Kopftuch zurück und streckte eine sehnige braune Hand aus. »Brenda Rodley. Das ist Rosie Devant-Molei. Sie leitet das Sonnenscheinheim.« Die andere Frau – sie war wie jemand gebaut, der Zugpferde in einer Hand halten konnte, während er sie mit der anderen beschlug – lächelte freundlich.

»Samuel Mumm«, sagte Mumm unsicher.

»Mein Vater hieß ebenfalls Sam«, plauderte Brenda. »Er meinte, einem Sam kann man immer vertrauen.« Sie scheuchte einen Sumpfdrachen in seine Kiste zurück. »Wir sind Freundinnen von Sybil und helfen ihr. Mit ihrer Sammlung steht es wirklich schlimm. Sind überall in der Stadt, die kleinen Biester. Aber ich schätze, sie kehren hierher zurück, wenn sie Hunger bekommen. Eine bemerkenswerte Blutlinie, nicht wahr?«

»Bitte?«

»Sybil meint, er sei eine Art Mutation, aber ich bin sicher, wir können innerhalb von drei oder vier Generationen in die eigentliche Stammlinie zurückzüchten. Weißt du, ich bin berühmt für mein Gestüt«, fügte Brenda hinzu. »Wäre sicher sehr interessant. Eine ganz neue Drachenspezies.«

Mumm stellte sich Überschall-Kondensstreifen vor, die Zickzack-Muster am Himmel bildeten.

»Äh«, sagte er. »Ja.«

»Wir haben noch viel zu tun.«

»Äh, ist Lady Käsedick in der Nähe?«, fragte Mumm. »Sie ließ mir mitteilen, es sei dringend erforderlich, dass ich hierherkomme.«

»Ich nehme an, sie befindet sich irgendwo im Haus«, antwortete Brenda. »Angeblich muss sie sich dort um eine wichtige Angelegenheit kümmern. Oh, sei vorsichtig mit dem kleinen Kerl, Rosie, dummes Ding!«

»Gibt es etwas für sie, das noch wichtiger ist als *Drachen?*«, fragte sich Mumm.

»Ja, das habe ich mich auch gefragt.« Brenda Rodley griff in die Tasche einer viel zu großen Weste. »War nett, dich kennenzulernen, Hauptmann. Es freut mich immer, mit jemandem zu sprechen, der sich ebenfalls für die Drachenzucht interessiert. Bitte besuch mich bei Gelegenheit. Dann zeige ich dir meine Ställe.« Sie holte eine schmutzige Karte hervor und drückte sie Mumm in die Hand. »Jetzt muss ich mich sputen. Wir haben gehört, dass einige von Sybils Lieblingen versuchen, im Universitätsturm Nester zu bauen. Das bringt gewisse Gefahren mit sich. Wir wollen sie herunterholen, bevor es dunkel wird.«

Mumm blickte auf die Karte, als Brenda, mit Netzen und Seilen bewaffnet, über den Pfad stapfte.

Die Aufschrift lautete: *Brenda, Lady Rodley, Wittum-Haus, Schloss Quirm, Quirm.* Mumm sah der Gestalt nach, die über den Weg hinwegknirschte und wie ein lebendiger Krämerladen wirkte. Allmählich begann er zu verstehen, was die gelesenen Worte bedeuteten. Brenda war die Herzoginwitwe von Quirm und besaß mehr Land, als man an einem sehr klaren Tag von einem sehr hohen Berg aus sehen konnte. Nobby hätte so etwas sicher zu schätzen gewusst. Offenbar gab es eine besondere Art von Armut, die sich nur die wirklich Reichen leisten konnten ...

Auf diese Weise gelangt man zu Macht, dachte Mumm. *Man schere sich nie darum, was andere Leute denken. Und man zeige nie auch nur eine Spur von Unsicherheit.*

Er kehrte zum Haus zurück und fand dort eine offene Tür, die in einen dunklen muffigen Flur führte. In der Düsternis hingen die Köpfe erlegter Tiere an den Wänden. Die Käsedicks schienen mehr Spezies in Gefahr gebracht zu haben als eine Eiszeit.

Mumm wanderte ziellos durch einen aus Mahagoni bestehenden Torbogen und erreichte ...

Einen Speisesaal. Wenn man an dem dort stehenden langen Tisch Platz nahm, konnte man ziemlich sicher sein, dass die Leute am gegenüberliegenden Ende in einer anderen Zeitzone saßen. Silberne Kerzenhalter siedelten auf dem massiven Holz.

Der Tisch war für zwei Personen gedeckt, und neben jedem Teller lag eine große Auswahl an Besteck. Uralte Weingläser funkelten im Kerzenschein.

Eine schreckliche Vorahnung regte sich in Mumm, und im gleichen Augenblick wehte eine Duftwolke an ihm vorbei. Es handelte sich um *Bezaubern*, das teuerste Parfüm in Ankh-Morpork.

»Ah, Hauptmann. Ich freue mich sehr, dass du gekommen bist.«

Eine atemberaubende Lady Käsedick betrat den Saal.

Mumms verblüffter Blick fiel auf ein langes blaues Kleid, das im flackernden Kerzenlicht glitzerte, auf eine Mähne aus kastanienfarbenem Haar und auf ein leicht besorgtes Gesicht – es ließ vermuten, dass Dutzende von besonders fähigen Malern und Dekorateuren gerade ihre Gerüste abgebaut hatten und nach Hause gegangen waren. Außerdem hörte er ein dumpfes Knirschen, das folgende Botschaft übermittelte: Irgendwo unter dem Kleid mussten Miederwaren einem Druck standhalten, wie er normalerweise nur im Zentrum sehr großer Sterne herrschte.

»Ich, äh«, brachte Mumm hervor. »Wenn du, äh. Wenn du mir etwas gesagt, äh. Hättest, äh. Dann wäre ich, äh. Nicht in Uniform, äh. Gekommen, äh. Äh.«

Lady Käsedick hielt wie eine gewaltige Belagerungsmaschine auf ihn zu.

Mumm ließ sich benommen zu einem Stuhl führen und glaubte zu träumen. Offenbar aß er etwas, denn wie aus dem Nichts erschienen Diener, brachten Dinge, die mit anderen Dingen gefüllt waren, manifestierten sich später erneut und trugen leere Teller fort. Ab und zu wurde der Butler lebendig, um Gläser mit seltsamem Wein zu füllen. Die von den Kerzen ausgehende Hitze genügte, um langsam zu garen. Und die ganze Zeit über sprach Lady Käsedick mit schriller, fast hysterischer Stimme: über die Größe des Hauses, über die Verantwortung, die ein so großes Anwesen mit sich brachte, darüber, dass es Zeit wurde, die eigene Stellung in der Gesellschaft ernster zu nehmen. Irgendwann drang das rote Glühen der untergehenden Sonne in den Speisesaal, und vor Mumms Augen drehte sich alles.

Die Gesellschaft ahnt noch gar nicht, was ihr bevorsteht, dachte er mühsam. Kein einziges Mal wurden Drachen erwähnt, obwohl sich nach einer Weile etwas unter dem Tisch bewegte, den Kopf auf Mumms Schoß legte und sabberte.

Der Hauptmann versuchte vergeblich, eigene Konversationsbeiträge zu leisten. Er fühlte sich umzingelt und eingekesselt, entschied sich schließlich zu einem Ausfall und hoffte, höheres Gelände erreichen und von dort aus ins Exil fliehen zu können.

»Wohin sind sie wohl verschwunden?«, fragte er.

Lady Käsedick unterbrach ihren Redefluss. »Wen meinst du?«

»Die Drachen. Du weißt schon. Errol und seine Fr... sein Weibchen.«

»Oh, ich nehme an, sie sind zu einem entlegenen und felsigen Ort geflogen«, erwiderte Ihre Ladyschaft. »Drachen mögen entlegene und felsige Orte.«

»Aber der große Dr... Ich meine, sie ist ein magisches Wesen. Was geschieht, wenn der Zauber nachlässt?«

Lady Käsedick lächelte scheu.

»Die meisten Leute kommen damit zurecht.«

Sie beugte sich über den Tisch und berührte die Hand des Hauptmanns.

»Deine Männer glauben, dass sich jemand um dich kümmern sollte«, sagte sie sanft.

»Ach, tatsächlich?«, murmelteMumm.

»Feldwebel Colon meint, wir kämen wie ein *Maison en flambé* zurecht.«

»Oh. Das meint er wirklich?«

»Und er sagte noch etwas anderes, was war es doch gleich?« Lady Käsedick überlegte. »Ah, ja: ›Es ist eine Chance von eins zu einer Million.‹ Und dann sagte er: ›Aber es könnte klappen.‹«

Sie lächelte.

Und dann kroch eine Erkenntnis heran, stieß Mumm in die Rippen und flüsterte, dass Lady Käsedick eigentlich recht attraktiv war, zumindest auf ihre eigene Art und Weise. Sie gehörte zu den wenigen Frauen, die ihn eines Lächelns für würdig hielten. Sie konnte nicht schlimmer sein, und er nicht besser. Das schuf einen gewissen Ausgleich. Ihre Ladyschaft wurde kaum jünger, aber wer konnte das schon von sich behaupten? Außerdem hatte sie Stil, Geld, gesunden Menschenverstand, Selbstsicherheit und viele andere Dinge, die ihm fehlten. Sie öffnete ihm ihr Herz, und wenn er es zuließ, konnte sie ihn ganz umhüllen – die Frau war eine Stadt.

Und wenn man unter Belagerung stand, verhielt man sich früher oder später so, wie es den Traditionen Ankh-Morporks entsprach: Man öffnete die Tore, ließ die Eroberer herein und schloss Freundschaft mit ihnen.

Wie begann man? Lady Käsedick schien etwas zu erwarten.

Mumm hob die Schultern, griff nach dem Weinglas und suchte nach einer passenden Bemerkung. Schließlich krochen Worte durch den Nebel hinter seiner Stirn.

»Auf ins Gefecht, Junge«, murmelte er.

Verschiedene Glocken läuteten in der Stadt, und jede von ihnen vertrat eine ganz persönliche Meinung darüber, wann es Mitternacht war.

(Weit entfernt, in Richtung Scheibenweltmitte, dort, wo sich die Spitzhornberge mit den schroffen Graten des zentralen Massivs vereinten, wo seltsame haarige Geschöpfe die Landschaft des ewigen Schnees durchstreiften, wo Sturmböen hohe eisverkrustete Gipfel umheulten, glitten die Lichter eines einsamen Lamaklosters durch hohe Täler. Auf dem Hof trugen zwei in gelbe Kutten gekleidete Mönche die letzte mit kleinen grünen Flaschen gefüllte Kiste zum Schlitten, bereiteten sich dann auf die lange Reise zur fernen Ebene vor. Mit sorgfältigen Pinselstrichen hatte jemand folgende Adresse auf die Kiste gemalt: ›Herr T.M.S.I.D.R. Schnapper, Ankh-Morpork.‹

»Weißt du, Lobgesang«, sagte einer der beiden Mönche. »Ich frage mich häufig, was er mit diesem Zeug anstellt.«)

Korporal Nobbs und Feldwebel Colon lehnten unweit der *Geflickten Trommel* an einer schattigen Mauer, strafften jedoch ihre Gestalt, als Karotte mit einem Tablett zurückkehrte. Der Troll namens Detritus trat respektvoll zur Seite.

»Da bin ich wieder, Jungs!«, rief Karotte. »Drei große Gläser. Auf Kosten des Hauses.«

»Donnerwetter, das hätte ich nie für möglich gehalten«, erwiderte Colon und griff nach einem Glas. »Was hast du dem Wirt gesagt?«

»Oh, ich habe ihn nur darauf hingewiesen, es sei die Pflicht aller ehrbaren Bürger, der Wache zu helfen«, entgegnete Karotte unschuldig. »Und dann brachte ich meinen Dank für seine Kooperationsbereitschaft zum Ausdruck.«

»Ja, und?«, fragte Nobby.

»Und nichts weiter.«

»Du musst in einem sehr überzeugenden Ton gesprochen haben.«

»Was soll's, Jungs«, brummte Colon. »Ich schlage vor, wir lassen es uns schmecken. Prost.«

Sie tranken nachdenklich. Es war ein Augenblick erhabenen Friedens – einige der harten Realität des Lebens abgerungene Minuten. Die Stille hatte das gleiche herrliche Aroma wie ein gestohlener Apfel. Niemand in der großen Stadt schien zu kämpfen, jemanden zu erstechen oder sonst irgendwie Unruhe zu stiften, und mit etwas Fantasie konnte man sogar glauben, dass dieser wundervolle Zustand anhielt.

Und selbst wenn die Wirklichkeit später zurückkehrte: Es gab Erinnerungen, die den Wächtern inneren Halt boten. Die Erinnerungen an das Laufen durch die Straßen, an Leute, die ihnen auswichen, an die entsetzten Mienen der Palastwächter. Erinnerungen daran, *zur Stelle* gewesen zu sein, als alle Schurken, Helden und Götter versagt hatten. Daran, fast richtig gehandelt zu haben.

Nobby stellte sein Glas auf einem nahen Fenstersims ab, stampfte sich das Gefühl in die Füße zurück und behauchte kalte Finger. Dann tastete er in die dunklen Tiefen hinter dem Ohr und holte einen Zigarettenstummel hervor.

»Tolle Sache, was?« Colon seufzte zufrieden, als der Lichtschein eines aufflammenden Streichholzes die Mienen der drei Wächter erhellte.

Die anderen nickten. Schon jetzt hatten sie das Gefühl, dass seit dem gestrigen Tag eine Ewigkeit vergangen war. Aber solche Erlebnisse konnten sie unmöglich vergessen, auch wenn viele Bürger der Stadt dazu in der Lage sein mochten. Sie würden immer daran zurückdenken, ganz gleich, was von jetzt an geschah.

»Von Königen habe ich jedenfalls die Nase voll«, brummte Nobby.

»Ich glaube gar nicht, dass er der richtige König war«, erwiderte Karotte. »Übrigens: Möchte jemand einen Keks?«

»Es gibt keine richtigen Könige«, sagte Colon, doch es klang nicht so bitter wie sonst. Zehn Dollar im Monat machten einen großen Unterschied. Frau Colon reagierte ganz anders auf einen Mann, der zehn Dollar mehr im Monat nach Hause brachte. Ihre schriftlichen Mitteilungen – meist lagen sie auf dem Küchentisch – klangen nun viel freundlicher.

»Nein, ich meine, es ist doch nichts Besonderes, ein uraltes Schwert zu besitzen«, sagte Karotte. »Oder ein Muttermal. Ich meine, nehmt mich als Beispiel. Ich habe ein Muttermal auf dem Arm.«

»Mein Bruder hat ebenfalls eins«, warf Colon ein. »Sieht wie ein Schiff aus.«

»Meins ähnelt mehr einer Krone«, erklärte Karotte.

»Oh, dann bist du ein König.« Nobby grinste. »Ist doch logisch.«

»Finde ich nicht«, widersprach Colon. »Schließlich ist mein Bruder kein Admiral.«

»Und außerdem habe ich dieses Schwert«, fügte Karotte hinzu.

Er zog es aus der Scheide. Colon nahm es dem Obersten Obergefreiten aus der Hand und betrachtete es im schwachen Licht, das durch die Tür der *Geflickten Trommel* fiel. Die Klinge war matt, kurz und wie eine Säge gekerbt. Ein gutes Schwert, zweifellos, und einst mochte es eine Inschrift getragen haben, aber sie war schon vor langer Zeit durch reine Abnutzung unleserlich geworden.

»Eine ordentliche Waffe«, sagte der Feldwebel nachdenklich. »Gut ausbalanciert.«

»Aber sie eignet sich nicht für einen König«, wandte Karotte ein. »Die Schwerter von Königen sind lang und magisch und mit Edelsteinen geschmückt. Wenn man sie hebt, spiegeln sie blendend hell das Licht wider, und dann erklingt ein majestätisches *Ping*.«

»*Ping*«, wiederholte Colon. »Ja. Da hast du wahrscheinlich recht.«

»Ich meine, nur wegen so was kann man nicht irgendwelche Leute auf den Thron setzen«, fuhr Karotte fort. »Das hat auch der Hauptmann gesagt.«

»Ist sicher angenehm, König zu sein«, überlegte Nobby laut. »Könige brauchen sich nicht abzurackern.«

»Hmm?« Colons Gedanken weilten noch immer in einer Welt der Spekulation. Echte Könige waren mit glänzenden Schwertern ausgerüstet, völlig klar. Aber vielleicht ... Vielleicht hatten die *echten* echten Könige damals, vor langer Zeit, Schwerter vorgezogen, die nicht etwa glänzten, sondern scharf genug waren, um Dinge zu zerschneiden. Nur so eine Vermutung.

»Ich habe gesagt, es ist bestimmt angenehm, König zu sein«, wiederholte Nobby. »Könige können sich einen lauen Lenz leisten.«

»Ja«, murmelte Colon. »Ja. Aber nie sehr lange.« Er musterte Karotte nachdenklich.

»Oh. Das stimmt allerdings.«

»Wie dem auch sei«, ließ sich Karotte vernehmen. »Mein Vater sagt immer, die Verantwortung des Königs sei eine sehr schwere Bürde. All das Überwachen und Prüfen und Planen und so.« Er leerte sein Glas. »Das ist nichts für uns. Für uns ...« Er sah stolz auf. »... Wächter. Alles in Ordnung, Feldwebel?«

»Hmm? Wie? Oh. Ja.« Colon zuckte mit den Schultern. *Was spielt es schon für eine Rolle?*, dachte er. *Vielleicht ist es so am besten.* Er trank ebenfalls aus. »Wir sollten uns jetzt auf den Weg machen«, sagte er. »Wie spät mag es sein?«

»Etwa Mitternacht«, antwortete Karotte.

»Und sonst?«

Der Oberste Obergefreite zögerte kurz. »Und alles ist gut?«

»Genau. War nur ein Test.«

»Weißt du«, sagte Nobby, »wenn *du* das sagst, Junge, könnte man es fast für wahr halten.«

Ein umgekehrter Zoom findet statt …

Dies ist die Scheibenwelt, Spiegel von Welten, von vier riesigen Elefanten durchs All getragen, die auf dem Rücken der Himmelsschildkröte Groß-A'Tuin stehen. Am Rand dieser Welt fließt das Meer endlos in die Nacht. In der Mitte ragt die zehn Meilen hohe Felsnadel Cori Celesti empor, und auf ihrem glitzernden Gipfel spielen die Götter mit dem Schicksal der Menschen …

Leider weiß niemand, welche Regeln gelten und wer an den Spielen teilnimmt …

Auf der einen Seite der Scheibenwelt ging die Sonne auf. Das Licht des Morgens floss über das Fleckenmuster aus Meeren und Kontinenten. Besser gesagt: Es tröpfelte eher, denn in einem starken magischen Feld wird Licht faul und träge.

Über der dunklen Sichel – dort, wo das alte Licht des Sonnenuntergangs kaum aus den tiefsten Tälern verschwunden war – sausten zwei helle Punkte aus den Schatten, der eine groß, der andere klein. In geringer Höhe glitten sie über die Wogen des Randmeers und flogen in die völlig unergründlichen, von Sternen durchsetzten Tiefen des Weltraums.

Vielleicht hielt der Zauber an. Vielleicht auch nicht. Aber was währt schon ewig?